T0244825

LAURA GALLEGO

MEMORIAS DE IDHÚN

Laura Gallego nació en Valencia, España, en 1977. Comenzó a escribir a los 11 años y publicó su primer libro a la edad de 21 años, pero para entonces ya había escrito catorce novelas. Ha sido galardonada con el Premio El Barco de Vapor, otorgado por la Fundación SM, además de ser ganadora del Premio Cervantes Chico, y el Premio Nacional de Literatura Infantil y Juvenil en España. *Panteón* es el tercer y último libro de la serie *Memorias de Idhún*, la cual sigue las aventuras de Jack y Victoria.

MEMORIAS DE IDHÚN III

Panteón

LAURA GALLEGO

VINTAGE ESPAÑOL

Penguin
Random House
Grupo Editorial

Primera edición: abril de 2022

*Para la persona a la que estaba destinada esta historia,
no importa dónde se encuentre.*

*Para todos aquellos que se sienten un poco idhunitas
cuando se pierden en las páginas de este libro.*

*Para todo aquel que haya soñado alguna vez
con un cielo iluminado por tres lunas.*

La energía de la tierra necesita ser renovada.
Las ideas nuevas necesitan espacio.
El cuerpo y el alma necesitan nuevos desafíos.

PAULO COELHO, *Maktub*

I

PIEDRA Y HIELO

LA magia no era suficiente.

Se había dado cuenta muchos días atrás, pero simplemente no había querido creerlo. Por pura obstinación había seguido su marcha hacia el norte, siempre hacia el norte, aun cuando ni todos los hechizos térmicos eran ya capaces de mantener su cuerpo caliente, aun cuando hacía ya días que su montura había caído sobre la nieve, abatida por el frío y la inanición.

Pero él había continuado su viaje a pie, cojeando. Y ahora sabía que estaba muy cerca: los conjuros localizadores no podían haberse equivocado.

Y, no obstante...

Se detuvo un momento, tiritando. Se pasó la lengua por los labios amoratados y miró en torno a sí, desorientado. La ventisca confundía sus sentidos; la cortina de nieve le impedía ver qué había más adelante, y el sordo sonido del viento lo aturdía sin piedad. Buscó algún punto de referencia, pero ni siquiera fue capaz de distinguir los picos de las montañas en la oscuridad.

Ya no tenía fuerzas para abrir un túnel seco entre la tormenta de nieve. La magia lo abandonaba poco a poco, y apenas conseguía mantener su cuerpo caliente.

Cuando fue consciente de que sentía el frío, comprendió de pronto que, si el hechizo térmico ya no funcionaba, ningún otro lo haría tampoco. Tenía que detenerse, descansar en algún sitio, buscar un refugio.

Se volvió hacia todos lados, pero solo el viento y la nieve respondieron a su muda petición de auxilio. Se echó sobre las manos el poco aliento que le restaba y siguió caminando, abriéndose paso a duras penas por la helada tierra de Nanhai.

Volvió a detenerse unos metros más allá, sin embargo. Sus sentidos de mago lo alertaban de un peligro indefinido, oculto en algún lugar de la tormenta. O tal vez su intuición, al igual que su magia, le estaba fallando también.

No tuvo tiempo de preparar un hechizo de protección antes de que la bestia se le echara encima.

El mago ahogó una exclamación y pronunció instintivamente las palabras de un conjuro defensivo; pero nada sucedió: la chispa de su magia no prendió, su poder no acudió a su llamada.

Tuvo apenas un instante para echarse a un lado y rodar sobre la nieve, tratando de alejarse del animal, pese a que sabía que, una vez en el suelo, ya no tendría escapatoria. Se arrastró como pudo, pero la bestia ya cargaba de nuevo contra él. El mago dio media vuelta y alzó los brazos, para protegerse, en un movimiento instintivo completamente inútil.

Y, cuando las garras de la bestia se hundieron en su carne, el joven hechicero gritó de dolor y de terror, y se preguntó con incredulidad cómo era posible que hubiera llegado tan lejos para acabar de aquella manera.

La bestia coreó su grito con un gruñido. Pero, inesperadamente, dio un respingo y emitió un lastimero aullido de dolor. Hizo un esfuerzo por alejarse de su víctima, pero las patas no lo obedecieron. El mago lo vio echar la cabeza hacia atrás, abrir las fauces en un grito silencioso, poner los ojos en blanco... y después, la enorme bestia cayó pesadamente sobre él: muerta.

Tardó un poco en asimilar la idea de que, de alguna milagrosa manera, se había salvado. Se arrastró como pudo desde debajo del voluminoso cuerpo del animal, jadeando y sujetándose el vientre ensangrentado, dejando un rastro carmesí sobre la nieve. No quiso pensar en que, aun con la bestia muerta, en su estado sería muy difícil salir vivo de allí. Sin embargo, inmediatamente, otro asunto vino a reclamar su atención.

Ante él se alzaba una figura alta y esbelta, ataviada con una capa de pieles blancas que la ventisca sacudía furiosamente. Sostenía en la mano derecha una espada cuyo filo irradiaba un suave brillo glacial. El mago levantó la cabeza hacia él, y el recién llegado le devolvió una mirada indiferente e inhumana que lo atemorizó aún más que la bestia que había estado a punto de quitarle la vida. Con todo, conocía aquellos ojos azules demasiado bien.

Intentó levantarse, pero no fue capaz. Se le nubló la vista y cayó cuan largo era sobre la nieve, a los pies de su salvador.

Despertó en un lugar cálido y acogedor. No obstante, seguía teniendo frío, mucho frío, sobre todo en el estómago. Abrió los ojos con esfuerzo, pero no pudo hacer nada más. Se sentía demasiado débil.

De pronto, un rostro de piedra apareció en su campo de visión. Lanzó una breve exclamación de sorpresa; enfocó mejor la mirada, y pudo decir, con un hilo de voz:

–¿Yber?

El gigante gruñó algo y se retiró un poco. Fue otra voz, serena e impasible, la que respondió a su pregunta.

–Se llama Ydeon.

Giró la cabeza y descubrió entonces a una silueta vestida de negro, sentada cerca de él, que lo observaba con seriedad. Parpadeó un par de veces y frunció el ceño.

–¿Kirtash? ¿Qué haces aquí?

–Salvarte la vida una vez más –respondió el joven con cierta dureza–. Algo que se está convirtiendo en una costumbre, por lo que veo. También podría preguntarte yo qué haces *tú* aquí, Shail. ¿Acaso me buscabas?

Shail empezaba ya a pensar con claridad.

–No eres tan importante –murmuró, molesto–. No, no te buscaba a ti. ¿Qué te hace pensar eso?

–Entonces, ¿cómo has llegado hasta aquí? Ydeon podrá decirte que no son muchos los que vienen a visitarlo.

–No me metas en esto –rechinó el gigante–. Es amigo tuyo, ¿no?

–No somos amigos –replicaron los dos a la vez; enseguida guardaron silencio, percatándose de lo absurdo de la situación.

–No me metáis en esto –repitió Ydeon–. Me voy: tengo cosas que hacer.

Se levantó para marcharse; se detuvo un momento junto a Shail.

–Toma –le dijo, tendiéndole un cuenco de sopa–. Te sentará bien.

Shail alzó la cabeza y lo miró, agradecido. Esbozó un gesto de dolor al alargar la mano hacia su bastón. Ydeon se inclinó para acercarle el cuenco.

–Fea herida, mago –comentó.

–Se curará, supongo... –empezó Shail, pero se interrumpió al darse cuenta de que el gigante no se refería a la lesión de su estómago–. Ah, eso –dijo entonces, echando un vistazo mohíno a su pierna lisiada–. No, eso no se curará, me temo. No puede crecer de nuevo.

–Humm –masculló Ydeon, pensativo–. Nunca se sabe. Pudiera ser.

Shail no replicó. No le gustaba hablar del tema, y menos con un desconocido. Tomó el cuenco con ambas manos, porque era tan grande como un balde, y se concentró en el caldo que humeaba en su interior.

El gigante inclinó la cabeza, todavía meditabundo, y abandonó la estancia sin una palabra.

Ninguno de los dos jóvenes habló durante un rato. Sentado en un rincón, Christian contemplaba, absorto, el reflejo de las luces de la caldera de lava que calentaba la habitación, con ese aire aparentemente relajado que era propio de él. Shail terminó la sopa y trató de dejar el cuenco en una repisa, pero la herida no se lo permitió. Conteniendo un grito de dolor, se arriesgó a mirar hacia abajo. Le sorprendió ver que el frío que sentía no era solo una impresión suya: tenía el vientre cubierto de escarcha.

–¿Qué me has hecho? –pudo articular, con una nota de temor en su voz.

Christian no se volvió para mirarlo.

–Es una técnica shek de curación –repuso, lacónico–. La herida sanará más deprisa.

Shail tardó un poco en responder.

–Supongo que debo darte las gracias –admitió, de mala gana.

–No te molestes. No lo he hecho por ti.

–Ya lo suponía. ¿Qué era esa bestia de la que me has rescatado?

–Un barjab. Salen a cazar por la noche, pero son lentos y pesados. No son difíciles de matar..., en condiciones normales.

–El Anillo de Hielo casi acaba conmigo –admitió el mago tras un momento de silencio–. Mi magia ya había dejado de funcionar cuando ese animal me atacó. Si no llegas a aparecer...

–Ya te he dicho que no lo he hecho por ti –cortó Christian con sequedad–. No vuelvas a mencionarlo.

Shail lo miró, conteniendo la ira.

–Si tanto te importa Victoria, ¿por qué la abandonaste? –le reprochó.

Christian no alzó la voz, pero su tono era peligrosamente gélido cuando dijo:

–Piensa lo que quieras, mago. No voy a perder el tiempo dándote explicaciones y, además, no tengo por qué hacerlo.

–Tal vez no tengas que dármelas a mí –replicó Shail con más suavidad–, sino a ella. ¿Qué pasará si despierta y no estás allí? O, peor aún... ¿qué pasará si no sobrevive? Si tanto la quieres, ¿por qué no estás a su lado ahora?

Christian no respondió. Shail suspiró, inquieto. Aquel joven le inspiraba sentimientos encontrados. Por un lado, había luchado a su lado en la Resistencia, había contribuido a la caída de Ashran, había arriesgado su vida por Victoria. Pero antes de eso había sido su enemigo en la Tierra durante cinco años, a lo largo de los cuales la Resistencia había tratado, sin éxito, de salvar las vidas que él iba arrebatando sin la menor compasión. Además, ya los había traicionado en una ocasión, y el propio Shail había sido testigo de cómo asesinaba a Jack en los Picos de Fuego. El milagroso e inexplicable retorno del dragón al mundo de los vivos no podía borrar el hecho de que el shek lo había matado.

–He venido hasta aquí siguiendo la pista de Alexander –dijo entonces, cambiando de tema–. ¿Has sabido algo de él?

Christian tardó un poco en responder.

–No –dijo finalmente–. Pero si está en Nanhai, los gigantes lo encontrarán.

Shail asintió y se tendió de nuevo sobre el jergón. Se sentía débil todavía; aún necesitaría mucho reposo para restablecerse por completo. Christian se levantó, con intención de salir de la estancia. Pero se detuvo en la entrada y se volvió hacia el mago.

–Ella está bien –dijo a media voz.

Shail abrió los ojos.

–¿Cómo dices?

–Que ella está bien. Estable, quiero decir. Sigue inconsciente, pero su corazón todavía late. Sigue ahí, a pesar de todo el tiempo que ha pasado. Creo que eso es una buena señal.

–¿Cómo... cómo sabes todo eso?

–Porque todavía lleva puesto mi anillo.

El anillo... Shail recordó aquella joya, que tan siniestra le resultaba. La piedra, engarzada en una serpiente de plata, parecía un ojo que espiara a todo el que posaba su mirada en ella. El mago había supuesto desde el principio que aquel no era un anillo cualquiera. Siempre había sospechado que el shek controlaba a Victoria de alguna manera a través de él. Había tardado en aceptar el hecho de que la voluntad de Victoria, incluso con la sortija puesta, seguía perteneciéndole a ella. Lo que la joya proporcionaba a ambos era una suerte de comunicación sin palabras que los mantenía unidos incluso en la distancia. «Es un amuleto poderoso», se dijo Shail. Ciertamente, lo era; pero también se trataba de una prueba de afecto, de un vínculo que simbolizaba el sentimiento que, contra todo pronóstico, había enlazado los destinos de un unicornio y un shek en algún punto intermedio entre dos mundos sumidos en el caos.

Y, por un momento, Shail los envidió a ambos. Su propia relación con Zaisei, la sacerdotisa celeste, era hermosa y sincera, pero no gozaba de la intensidad del amor que se profesaban Christian y Victoria. Tampoco tenían modo de seguir comunicados cuando se separaban; al menos, no de esa manera. Shail había abandonado la Torre de Kazlunn varios meses atrás. Se había despedido de Zaisei, con el convencimiento de que ella estaría segura con Gaedalu y los magos de la Orden. Pero seguía echándola de menos cada noche, soñando con el instante en que volvería a estrecharla entre sus brazos.

Perdido en sus recuerdos, Shail se sumió lentamente en un pesado sopor. No fue consciente de que Christian abandonaba la estancia, en silencio.

La recuperación de Shail fue lenta, pero progresiva. Durante el tiempo que pasó en casa de Ydeon, el gigante, apenas vio a Christian. El joven entraba y salía sin dar explicaciones a nadie, y en ocasiones tardaba incluso varios días en regresar. No daba la impresión de que Ydeon lo echara de menos.

También el gigante parecía tener siempre asuntos que atender. Los primeros días, Shail escuchó ruidos rítmicos, metálicos, provenientes de un taller cercano, tal vez una fragua. Cuando fue capaz de ponerse en pie y caminar, descubrió que, efectivamente, el obrador de Ydeon era una forja.

Como a Shail nunca le habían interesado especialmente las armas, no lo molestaba cuando estaba trabajando. Se limitaba a sentarse en la habitación de al lado, junto a la caldera, pensativo, y dejaba pasar las horas. Ydeon era incansable y, por otro lado, en los últimos días parecía estar inmerso en algún trabajo importante que lo absorbía casi por completo, por lo que apenas dedicaba tiempo a atender a su invitado.

Shail había llegado a conocer bastante bien el carácter de los gigantes a través de Yber, el hechicero gigante con el que había trabado amistad durante su estancia en Nurgon, por lo que sabía que, para Ydeon, aquello no suponía ninguna descortesía. Los gigantes, especialmente aquellos que apenas salían de Nanhai, eran gente muy independiente. Les resultaba extraña la idea de que alguien necesitara atención y compañía constantes, a no ser que estuviese gravemente enfermo. Y, gracias a los cuidados de Christian y de Ydeon, Shail ya no lo estaba.

Con todo, echaba de menos conversar con alguien. La solitaria caverna de Ydeon contrastaba vivamente con la bulliciosa fortaleza de Nurgon, donde había pasado los últimos meses, antes de la caída de Ashran. A veces, Ydeon se sentaba junto a él después de una larga jornada de trabajo en la fragua. En tales ocasiones, Shail intentaba conocer un poco mejor a su anfitrión, trataba de desentrañar las razones que lo habían llevado a desarrollar algo parecido a una amistad con Kirtash, el shek, el hijo del Nigromante. También le hablaba de la guerra, de las serpientes aladas, de lo que sucedía más allá del Anillo de Hielo, de la llegada de los dioses, que debía de ser inminente, pero de la que aún no había más vestigios que las ensordecedoras voces de los Oráculos. Le preguntaba al gigante qué opinión le merecía todo aquello, en un intento de situarlo en alguno de los bandos que participaban en aquel caos.

Invariablemente, siempre terminaban hablando de espadas.

Aparte de su pasión por las armas, y del hecho de que su interés por Haiass, la espada de Christian, había motivado el inicio de su relación con el shek, Shail no pudo averiguar mucho más.

Una tarde, Christian regresó a la caverna de Ydeon después de una ausencia de cuatro días. Se sentó junto al mago y le dirigió una breve mirada.

–Tienes mucho mejor aspecto –comentó.

–Cierto, y es una buena noticia, al menos para mí –asintió Shail–. En cambio, para ti el destino que pueda correr un simple humano no es algo digno de interés, ¿me equivoco?

–No. Pero sucede que, aun siendo un simple humano, tienes acceso a cierta información que puede serme de utilidad. Por no hablar del hecho de que alguien que me importa mucho te tiene cierto cariño. Pero no quiero hablar de ella ahora.

–¿De qué quieres hablar, pues?

–Tienes buenas relaciones con algunos sacerdotes –dijo Christian– a pesar de ser un mago. Sé que mientras estuviste en la Torre de Kazlunn trataste de averiguar más cosas acerca de los dioses. Este es un tema que se me escapa, lo reconozco. Nunca he sentido demasiado interés por los Seis.

–No me sorprende, teniendo en cuenta que fuiste criado por el Séptimo –comentó Shail.

Christian entornó los ojos. El mago se dio cuenta de que el hecho de que su padre hubiera resultado ser el Séptimo dios no era una idea que el joven encontrara precisamente tranquilizadora.

–Pero ahora necesito saber más de ellos. Necesito saber si... –dudó un momento y alzó la mirada hacia Shail, antes de continuar–, si puede llegar a importarles la vida o la muerte del último unicornio.

El mago calló, sorprendido.

–¿Insinúas que ellos podrían ayudar a Victoria? –dijo después, lentamente.

–¿Quién si no? Estamos hablando de los dioses que crearon a los unicornios. Si alguien puede volver a hacer crecer su cuerno, o devolverle la vida a su esencia de unicornio, esos son ellos.

–Comprendo –asintió Shail.

–También pudiera ser –prosiguió Christian– que en el fondo no les importe. Dejaron que Ashran exterminara a toda la raza de los unicornios, y salvaron solo a uno para que se enfrentara a él. Ahora que ha cumplido con su misión, ahora que Ashran ya no es una amenaza y que pueden combatir al Séptimo en su propio plano, ya no necesitan a Victoria para nada.

»Y, si esto es así, si ellos no están dispuestos a protegerla, entonces tendré que ser yo quien la ponga a salvo.

Shail respiró hondo y trató de ordenar sus ideas.

–Seamos realistas, Kirtash: Victoria no depende solo de ti. Tiene amigos, gente que también la quiere y que va a cuidar de ella. No puedes comportarte como si fuera solo responsabilidad tuya. Además, hace ya tiempo que no estás en muy buenas relaciones con la Resistencia: desde lo sucedido en los Picos de Fuego, y por mucho que Jack parezca haberte perdonado, ya no podemos considerarte uno de nosotros. Así que no puedes pretender...

–No soy uno de vosotros –cortó Christian con frialdad–. Nunca he sido uno de vosotros –se volvió para mirarlo, y Shail retrocedió por puro reflejo, intimidado–. Victoria es un unicornio, una criatura sobrehumana. No estáis preparados para cuidar de ella, ni tenéis por qué hacerlo. Ahora que la profecía se ha cumplido, la misma Resistencia ya no tiene ninguna razón de ser. Ahora que todo ha pasado, somos Jack y yo quienes debemos responsabilizarnos de ella.

–¿Y por qué razón, si puede saberse?

–Porque ella ya no es una niña a la que puedas adoptar como hermana menor, hechicero. Ha crecido, ha madurado y se ha vuelto mucho más poderosa que todos vosotros juntos.

Shail vaciló, recordando la conversación que había mantenido con Jack tiempo atrás, antes de partir de viaje.

–¿Y Jack? ¿Cuentas con él cuando haces planes acerca de Victoria?

–Por supuesto que sí. Pero él estaría de acuerdo conmigo. Este no es su mundo y, puesto que ya hizo lo que se esperaba de él, estará encantado de marcharse de aquí.

Shail sacudió la cabeza.

–No –murmuró–. Él no es así: no nos daría la espalda.

–No tiene ninguna obligación de morir por Idhún. Ni él, ni ninguno de nosotros. Lo forzasteis a tomar parte en una guerra que no era la suya, en una profecía que lo enviaba a una muerte casi segura. No podéis pedirle que siga peleando. Ni mucho menos pretender que se enfrente a un dios.

Shail no replicó. Christian se puso en pie.

–Si tanto os importa vuestro mundo, luchad por él y dejad de esconderos detrás de los dragones, como habéis hecho siempre. Y dejadnos en paz a los demás.

Shail alzó la cabeza.

–¿Y qué hay de los sheks?

–Los sheks tienen ya bastante con luchar por su propia supervivencia. Están disgregados, y tardarán un tiempo en reorganizarse.

–¿Y tú? ¿Sabes algo acerca del Séptimo? ¿Acerca de dónde se encuentra?

–¿Acaso importa eso?

–Claro que importa. Si ha de iniciarse una guerra de dioses, comenzará allá donde el Séptimo se encuentre. Por eso es importante que reunamos toda la información posible.

Christian volvió a sentarse y reflexionó unos instantes.

—El Séptimo es una sombra —dijo—. Ha tenido que ocultarse siempre en lugares que los otros dioses descuidan. Por esta razón se relaciona con sus criaturas mucho más que los otros Seis, que viven en su propia dimensión, ajenos a lo que sucede en la superficie del mundo. Los sheks y los szish son sus hijos. Él cuida de ellos, pero también los utiliza. Todas las serpientes han de servir y obedecer sus órdenes, puesto que sus objetivos son también los nuestros.

—¿Es eso lo que os enseñan acerca de vuestro dios? No es mucho.

—Es suficiente. El culto al Séptimo es una religión misteriosa y secreta, porque ha sido perseguida en Idhún, y porque nuestro dios ha de ocultarse entre las sombras hasta que esté preparado para enfrentarse a los otros Seis. Por esta razón no se nos revela gran cosa acerca de él.

—¿Cómo es posible que se hubiera ocultado en el interior del cuerpo de Ashran? ¿Lo sabías tú?

—No; solo Zeshak, el rey de los sheks, estaba al tanto de ello. Lo creas o no, he estado pensando mucho en esto. Creo que el Séptimo utiliza a seres mortales como disfraz para esconderse de los Seis.

—¿Y por qué un humano? ¿Por qué no un szish, o incluso un shek?

—También yo me lo he preguntado. Y he llegado a la conclusión de que es porque los humanos son más insignificantes que los sheks. Si se trataba de ocultarse, un humano era más difícil de detectar que un shek; aun cuando ese humano fuera Ashran el Nigromante. La mirada de los dioses es muy amplia. Ven mucho y muy lejos, pero, justamente por eso, las cosas más pequeñas les pasan más desapercibidas, de la misma manera que tú puedes ver una res en un prado, pero difícilmente te fijarás en los insectos que pululan entre la hierba, a tus pies.

»Aun así, un cuerpo humano, tan limitado, resulta incómodo para un dios; por lo que, puestos a elegir, resulta mucho más práctico si ese humano es, además, un mago, poseedor de unas habilidades que los humanos comunes no tienen. Por otra parte, un mago sangrecaliente es mucho más poderoso que cualquier mago szish, porque ha tenido la oportunidad de formarse en las Torres de hechicería, lo cual siempre se les ha negado a los hombres-serpiente.

—Lo que intentas decirme es que Ashran era un mago como los demás... hasta que el Séptimo lo... poseyó, o lo que quiera que hiciera con él, ¿no?

Christian asintió.

—No me preguntes cómo sucedió: mis deducciones no han llegado a tanto. Pero ambos, el hombre y el dios, llegaron a ser uno solo. El hombre podía ser destruido, pero no el dios...

—...Y, al salir de ese escondite humano, fue claramente visible para los otros Seis, ¿no? Por eso vienen a buscarlo ahora. ¿Qué pasará con los sheks? ¿Saben lo que está ocurriendo? ¿Sabe alguno de ellos dónde se encuentra el Séptimo?

—Las informaciones que circulan por la red telepática son fragmentarias y confusas. Zeshak nombró a una sucesora antes de morir: Ziessel, que había estado gobernando Dingra antes de la batalla de Awa. Pero Ziessel ha desaparecido. Se fue a otro mundo, dicen. Hay quien afirma que murió durante el viaje. Sinceramente, no lo sé. Pero, si está viva, encontrará la manera de restablecer la red de los sheks y de reunirlos a todos en torno a ella.

»Entretanto, los sheks están sin líder. Hay dos cabezas visibles: Sussh en el sur y Eissesh en el norte. El viejo Sussh sigue gobernando en Kash-Tar. Eissesh sobrevivió de milagro al incendio del cielo, y dicen que se está recuperando de sus heridas en las montañas. Pero ya está reuniendo a todos los sheks y szish supervivientes de Nandelt. Cuando se restablezca por completo, es posible que reclame para sí el liderazgo de nuestra gente.

»Sospecho que el Séptimo, esté donde esté, se habrá puesto en contacto con Ziessel, si es que sigue viva; de lo contrario, se revelará ante el nuevo líder: Eissesh, Sussh... quien sea. Si tienes interés en saber dónde se encuentra, pregúntale a uno de ellos. Para el resto de los sheks, nuestro dios sigue siendo algo misterioso y desconocido.

—No lo era tanto para ti, ¿no? —dijo Shail con delicadeza.

Christian no respondió.

—¿Y qué pasa contigo? —quiso saber el mago—. ¿Eres aún parte de la comunidad shek?

—¿Después de lo que pasó? —replicó él, casi riéndose—. Hundí a Haiass en el cuerpo humano de mi dios: creo que lo que hice puede considerarse no solo alta traición, sino también un auténtico sacrilegio.

Shail no replicó, pero escuchaba con interés. Lo que había sucedido durante el enfrentamiento en la Torre de Drackwen era todavía un misterio para él.

–No sé qué aspecto tiene un dios sin cuerpo –prosiguió Christian–, pero no pienso quedarme a averiguarlo. Los Seis van a presentarse aquí, en Idhún. Lo más inteligente que podemos hacer los mortales es apartarnos de su camino y escondernos lo más lejos posible.

Shail no supo qué decir.

–Lo único que quiero saber –prosiguió Christian– es si tus dioses estarían interesados en preservar la magia en el mundo. Se supone que los unicornios son sus criaturas más perfectas, ¿no?

–Se supone, sí. Y se suponía que eran intocables y que nada podía dañarlos... hasta el día de la conjunción astral. Entonces murieron todos los unicornios de golpe, y solo Lunnaris se salvó. Pensé... que los dioses reservaban para ella un destino especial, no solamente relacionado con Ashran y la profecía. Pensé que ella estaba destinada a restaurar la magia de los unicornios en el mundo. Pero ahora le han arrebatado el cuerno... y, una vez más, los dioses no han hecho nada para impedirlo. Por eso no sé qué decir, Kirtash. Antes de la conjunción astral, incluso antes de regresar a Idhún, te habría dicho que los dioses no abandonarían al último unicornio bajo ninguna circunstancia. Ahora ya no sé qué pensar. Todo aquello de lo que estaba seguro está resultando no ser exactamente como yo creía. No sé si me entiendes.

–Perfectamente –repuso Christian con una media sonrisa.

Shail iba a preguntarle algo más, pero fue interrumpido por Ydeon, que entró en la estancia con su pesado andar habitual. Su rostro pétreo, sin embargo, mostraba una profunda huella de preocupación.

–Vosotros dos, venid a ver esto –dijo.

Christian se levantó de un salto y lo siguió con paso ligero. Shail tardó un poco más en alcanzar su bastón y ponerse en pie.

Se reunió con ellos en el taller de Ydeon. Hacía mucho calor allí, demasiado para su gusto, y demasiado también para cualquier shek. Christian lo soportaba estoicamente, sin embargo. Había colocado la palma de la mano sobre una roca plana.

–¿Lo notas? –decía Ydeon.

El shek asintió.

–Es una vibración. ¿Significa algo para ti?

–Es un mensaje de socorro.

–¿Un mensaje de otro gigante? –preguntó Shail, que sabía que la raza de Ydeon era capaz de comunicarse haciendo vibrar el corazón de roca de su tierra.

—Está relacionado con algo que vengo notando desde hace días —asintió el fabricante de espadas—. En las montañas del norte se está produciendo una actividad anormal: temblores y corrimientos de tierras, desprendimientos de rocas en los precipicios. Imagino que todos los demás gigantes lo han percibido también. Y parece que alguien se ha acercado más de lo necesario a la zona de riesgo —añadió frunciendo el ceño.

—¿Por qué te envía el mensaje a ti? —preguntó Christian—. ¿No estamos demasiado lejos como para llegar a tiempo?

—Nos lo ha enviado a todos. En otras circunstancias no le habría prestado atención, puesto que otros gigantes llegarán mucho antes que nosotros para ver qué está sucediendo.

Ydeon dejó caer la palma de la mano sobre la piedra plana y se concentró en las sensaciones que le transmitía.

—Ynaf —dijo—. Sé dónde vive. Si partimos enseguida, tardaremos solo un par de días en llegar. Porque creo que vosotros dos deberíais ir a investigar. Puede que allí encontréis algo que os interese.

Christian estrechó los ojos, y Shail se dio cuenta de que el shek ya tenía sus sospechas acerca de lo que estaba sucediendo. Lo vio salir del taller sin una palabra, y suspiró, preocupado.

—Quiero enseñarte algo, mago —dijo entonces Ydeon—. No está terminado aún, pero quiero que vayas pensando en ello, para cuando necesite de tu colaboración.

Shail lo siguió, intrigado, hasta el rincón donde el gigante tenía su forja, y se asomó con curiosidad al molde que él le señaló.

Esperaba ver algún tipo de arma en su interior: una espada, un hacha, tal vez una daga. Por eso, cuando descubrió el objeto que se enfriaba allí no pudo reprimir una exclamación de asombro.

Era una pierna.

Una pierna humana, de metal, terminada en un pie descalzo; una pierna tan perfecta que, de no ser por el brillo que reverberaba en su superficie, habría parecido de carne y hueso. Sin dar crédito a sus ojos, el mago se volvió hacia Ydeon.

—¿La has forjado para mí? —preguntó; no pudo evitar que le temblara la voz.

El gigante asintió.

—Tomé el molde mientras estabas inconsciente. He tenido que invertirlo para que el resultado fuera un reflejo de tu pierna izquierda, dado que no tienes una pierna derecha que pueda copiar. Y ha sido bastante más complicado de lo que pensaba. Pero creo que el resultado es bastante satisfactorio.

Shail sacudió la cabeza, perplejo.

–Te has vuelto loco. Una pierna de metal no puede sustituir al miembro que perdí.

–Esta, sí. No como está ahora, claro. Habrá que transferirle una buena cantidad de magia para que cobre vida. Pero tú eres un hechicero, por lo que eso no debería suponer ningún problema.

–¡El metal no puede cobrar vida!

–Esto no es un metal corriente. Es gaar, una aleación que absorbe y asimila la energía mágica. Es el metal con el que se forjan las espadas legendarias.

–Puedes creerlo –los sobresaltó la voz de Christian, a sus espaldas: no lo habían oído entrar–. Ydeon entiende de armas legendarias. Igual que yo, sabe que este tipo de objetos adquiere vida cuando se le transfiere una determinada cantidad de energía, ya sea magia... o el poder de un shek.

Shail se volvió hacia él, todavía desconcertado.

–Pero esto no es una espada, Kirtash. ¡Pretende implantarme una pierna de metal animada mediante la magia! Es una locura...

–Soy experto en espadas, es cierto –asintió Ydeon–. Pero también, a veces, trabajo con seres incompletos –dirigió una larga mirada a Christian–. Si pude forjar un colmillo para una serpiente, no veo por qué no voy a poder devolverle la pierna a un humano.

Christian sonrió levemente. «Seres incompletos», pensó Shail recordando a Victoria. Lamentablemente, nada ni nadie en Idhún podía crear un nuevo cuerno para el unicornio que habitaba en ella. Los magos llevaban milenios tratando de reproducir los poderes del unicornio de forma artificial, sin éxito.

–Piénsatelo, mago –concluyó el gigante–. Ahora tenemos un viaje por delante; pero cuando regresemos pienso terminar esa pierna... y estaría bien que para entonces hubieras meditado acerca del hechizo que vas a utilizar para transferirle la magia que necesita.

Shail murmuró de nuevo por lo bajo: «Es una locura», pero nadie lo escuchó. Christian había salido de nuevo, en busca de su capa de pieles, e Ydeon estaba terminando de recoger sus herramientas.

Momentos más tarde, los tres abandonaban la caverna del forjador de espadas para adentrarse en el corazón de Nanhai, el mundo de los hielos perpetuos.

Raden era una tierra inhóspita y pantanosa. Sus costas no poseían los impresionantes acantilados que dibujaban la mayoría de los litorales idhunitas, y por tal motivo, cada vez que subía la marea, las aguas inundaban buena parte de su territorio. Por eso, en Raden apenas había suelo firme. Las ciénagas recubrían casi toda la superficie, y en ellas crecían distintas especies de árboles de enormes raíces retorcidas que vivían con medio tronco bajo el agua. Pocos peces sobrevivían en el fango, y por eso aquel era también el territorio de diferentes especies de anfibios, batracios y reptiles, y de raras aves zancudas de larguísimas patas.

Ninguna raza inteligente habitaba en Raden, salvo los pescadores de la ciénaga, un pueblo de humanos tan acostumbrados a vivir en humedales que muchos dudaban que fuesen realmente humanos, y no una tribu perdida de varu que se hubiese adaptado a los pantanos. Tiempo atrás, sin embargo, mucha gente había visitado Raden con frecuencia, pues allí se encontraba el Oráculo de los Tres Soles. Los pescadores de la ciénaga solían llevarlos desde Sarel hasta el Oráculo en sus esbeltas y frágiles barcas, que empujaban con largas pértigas. No obstante, hacía ya mucho que el Oráculo había sido destruido por los sheks, y ahora ya nadie se internaba en los pantanos.

Por esta razón, solo los pescadores sabían lo que se ocultaba allí; pero ellos, mientras hubiese cosas que pescar en el fango, no se preocuparían por averiguar qué estaba sucediendo, ni alertarían a nadie.

Para ser humanos, pensaba a menudo Assher, los pescadores de la ciénaga no parecían mucho más listos que los batracios que pescaban.

Assher había huido con su clan hacia el sur, después de la caída de la Torre de Drackwen. Habían hallado refugio en los pantanos, y ahora malvivían como mendigos entre el barro. Por fortuna, las escamas de su piel los protegían de la humedad y, de todas formas, los szish eran una raza paciente y estoica. Cuando los más jóvenes del clan osaban quejarse, los mayores los mandaban callar y les recordaban que los sangrecaliente acechaban lejos de las marismas, en las tierras secas, y que por eso no podían regresar a Alis Lithban.

–Además –solían decir–, estábamos peor en Umadhun.

Assher tenía solo catorce años y no había conocido Umadhun. Había nacido después de la conjunción astral; era idhunita, como los sangrecaliente, y se había criado en Alis Lithban. Había crecido soñando que se uniría al ejército y que lucharía contra los sangrecaliente, bajo las órdenes de un shek. Assher nunca había estado realmente cerca de ningún shek, pero los admiraba y los respetaba hasta la adoración.

Sin embargo, todo aquello se había venido abajo. Su clan había huido en dirección al sur, en lugar de hacerlo hacia el norte, donde se estaban reagrupando otros clanes szish, protegidos por las montañas. Y ahora no se atrevían a abandonar la seguridad de los pantanos.

Tal vez los mayores estaban mejor en Raden que en Umadhun, pero Assher consideraba que Alis Lithban era mucho, mucho mejor.

Una noche, sin embargo, alguien había acudido a verlos. Los centinelas deberían haberla atravesado con sus lanzas nada más verla llegar, pues ella era una sangrecaliente, una feérica. Pero, por algún motivo, no lo hicieron. La dejaron avanzar, mudos de asombro, tal vez preguntándose cómo una criatura como aquella era capaz de caminar en el fango sin mancharse más arriba de los tobillos. Permitieron que ella se detuviese ante ellos y les hablara.

Assher la había visto de lejos. Había escuchado sus palabras, las palabras dirigidas a los adultos del clan. Unas palabras llenas de esperanza.

Algunos la habían reconocido, dijeron después. Se llamaba Gerde y había estado aliada con Ashran, el mago sangrecaliente en el que los sheks tanto confiaban, y que había sido derrotado, propiciando con ello la caída de los sangrefría. Gerde nunca había tenido verdadero poder sobre los szish y, sin embargo, aquella noche todos bebieron de sus palabras, especialmente los varones. Cuando ella se fue, había un brillo especial en la mirada de los hombres-serpiente, pero ninguno de ellos lo admitiría, para no ser objeto de las burlas o la ira de las mujeres del clan.

Assher tampoco lo confesó a nadie; pero, cuando Gerde se iba, pasó por delante de su cabaña y lo descubrió espiando por un resquicio de la puerta. Y le sonrió.

Desde entonces, el joven szish no había sido capaz de pensar en otra cosa, en nada ni en nadie que no fuese la bella feérica, a pesar de que los sangrecaliente siempre le habían parecido sumamente feos. Pero ella... ella era diferente.

Al día siguiente, los jefes del clan se reunieron y hablaron largo y tendido sobre las palabras de Gerde. Había un nuevo espíritu alentando sus corazones, la posibilidad de una nueva vida, de otra oportunidad. Y, varias jornadas más tarde, comenzaron las pruebas.

Al principio, a Assher no le habían permitido presentarse, porque era demasiado joven, dijeron. Así que se vio obligado a ver cómo los vencedores partían en dirección a Alis Lithban para reunirse con Gerde. El premio que ella iba a entregarles no podía ser hallado en ningún otro lugar de Idhún. Por eso aquellas pruebas eran tan importantes, y por eso los mejores eran aclamados como héroes.

Tiempo después, uno de los vencedores visitó Raden para demostrarles que las palabras de Gerde eran ciertas, y maravilló a todos con el don que ella le había concedido. La llamaba «mi señora» y hablaba de ella con gran reverencia. Algunos dudaron que fuera buena idea servir a una sangrecaliente, pero pronto se supo que había sheks junto a ella. Y el deseo de Assher de volver a verla se hizo cada vez más intenso, más insoportable.

Por fin, el milagro se produjo.

Para entonces, el clan de Assher había enviado a once candidatos a las tierras del norte, y de todos ellos, solo uno había sido rechazado por Gerde. Un día, uno de ellos regresó para anunciar que ella necesitaba jóvenes szish, jóvenes que no hubiesen cumplido los veinte años, y que elegiría a uno para concederle un don especial, para distinguirlo por encima de todos los demás.

Las pruebas volvieron a convocarse y, en esta ocasión, participaron casi todos los jóvenes del clan. Assher competía contra otros más fuertes y más rápidos, pero no era eso lo que Gerde valoraba. Después de haber sido testigo de más de diez variedades diferentes de pruebas, Assher no había podido evitar preguntarse si los héroes, los elegidos, eran realmente los más capacitados, o simplemente se trataba de aquellos a los que más sonreía la suerte.

La prueba escogida en aquella ocasión fue la que llamaban el Laberinto del Fango. Cuando se supo, muchas madres intentaron disuadir a sus hijos de participar. Assher tuvo que insistir mucho para que la suya le diese permiso y, aunque finalmente accedió, reacia, el joven szish sabía que ni siquiera ella habría podido detenerlo. Porque habría dado cualquier cosa, habría hecho cualquier cosa, con tal de volver a ver a Gerde, con tal de obtener de ella aquel honor del que se hablaba.

Y por eso ahora se encontraba de pie, ante una amplia extensión pantanosa, junto a una hilera de chicos y chicas szish, dieciséis en total. Casi todos los jóvenes del clan. El Laberinto del Fango era la más peligrosa de todas las pruebas propuestas por Gerde y, no obstante, la participación jamás había sido tan alta.

Porque ellos eran jóvenes. También habían nacido en Idhún, en su mayoría, y no podían creer que Umadhun hubiera sido peor que aquel horrible pantano donde se hallaban exiliados.

Assher tembló brevemente cuando le taparon los ojos con una venda. Respiró hondo y trató de concentrarse.

—Esto es el Laberinto del Fango —anunció el juez; aunque no fuera necesario, puesto que ya todos lo conocían, se sentía en la obligación de seguir todas las formalidades—. Ante vosotros se extiende una ciénaga profunda y traicionera. La prueba consiste en cruzarla hasta el final. Existen caminos ocultos bajo la capa de barro, caminos por los cuales se puede avanzar sin que el fango os llegue más arriba de la rodilla. Existen también profundas fosas que pueden tragarse a un szish en menos tiempo del que se tarda en rescatarlo. Por tal motivo, presentarse a esta prueba supone correr un gran riesgo. Un solo paso en falso, y pereceréis en el barro. Pensadlo bien.

Reinó un pesado silencio. Nadie se movió ni dijo nada. El juez asintió.

—Que así sea —dijo—. Que el Séptimo guíe vuestros pasos en la oscuridad. Confiad en vuestra intuición: ella será vuestra mejor aliada.

Assher sintió que rodeaban su cintura con una cuerda de seguridad. Aquella medida había salvado a muchos, pero había sido inútil en algunos casos. Aun así, la cuerda le dio algo más de confianza.

—Que dé comienzo la prueba —anunció el juez.

Assher se quedó paralizado un momento. Oyó un chapoteo junto a él y supo que los demás ya se habían puesto en marcha. Inspiró hondo y, con cuidado, puso un pie delante de otro. El suelo seguía estable. Respiró.

Los minutos siguientes fueron largos y angustiosos. Assher se movió muy lentamente, tanteando, paso a paso. Durante un rato, siguió en línea recta y todo fue bien. Pero pronto se le acabó la suerte.

El siguiente paso que dio estuvo a punto de lanzarlo al abismo. El suelo cedió bajo sus pies y, solo gracias a sus excelentes reflejos, logró rectificar y dar un salto atrás. Se hundió hasta las pantorrillas, pero el lodo no llegó más allá.

Tras él, oyó un grito de horror y un chapoteo, y exclamaciones ahogadas entre los adultos que asistían a la prueba. Se quedó quieto, con el corazón encogido, hasta que oyó que el caído jadeaba y boqueaba, tratando de respirar, escupiendo barro. Lo habían sacado.

Assher tragó saliva y trató de pensar con rapidez. No podía seguir recto, por lo que tendría que buscar un camino alternativo, por la derecha o por la izquierda. Tras una breve reflexión, comprendió que no era algo que pudiese deducir por la lógica. A su derecha y a su izquierda, los otros szish continuaban avanzando a tientas, pero eso no quería decir nada. Los senderos seguros bajo el barro eran estrechos, y si el muchacho de su derecha avanzaba por un camino firme, tal vez entre él y Assher se abriera un profundo agujero. No podía saberlo.

Recordó que las pruebas no consistían en pensar ni en deducir, sino en dejarse llevar por la intuición y el instinto... cosa que los szish no hacían jamás, y por esta razón les resultaba tan difícil todo aquello. Assher se atrevió a rememorar el rostro de Gerde, su encantadora sonrisa, su voz. Solo un pedazo de ciénaga se interponía entre él y su sueño.

Cerró los ojos bajo la venda y se dejó llevar.

Un paso a la izquierda.

Su pie se hundió en el fango... hasta el tobillo, y no más allá. Respiró, aliviado. Avanzó con el otro pie, inseguro. Pero tampoco se hundió esta vez.

Había encontrado un camino.

Siguió el sendero unos pasos más hacia la izquierda; pero alguien chocó contra él y estuvo a punto de hacerle perder el equilibrio.

Oyó gritar al otro chico. Reconoció su voz: era Izass, tenía su misma edad. Los dos manotearon en el aire, desesperados, tratando de mantenerse firmes sobre el fango... y entonces Assher oyó un sonoro chapoteo, que lo salpicó de barro, y un grito. Comprendió lo que pasaba: Izass se había caído y se hundía sin remedio. Gritó su nombre y trató de tenderle la mano, pero no veía. Intentó quitarse la venda, pero solo consiguió cubrirse la cara de barro. Notó, de todas formas, que algo arrastraba a Izass: los adultos tiraban de su cuerpo hacia la orilla.

Assher se quedó un rato parado, hasta que oyó un agudo grito de dolor, un grito femenino: la madre de Izass.

Habían sacado a su hijo del barro, pero era demasiado tarde.

Assher sintió que se mareaba y estuvo a punto de caer él también. Pero se aferró al recuerdo de Gerde, dejó que su imagen inundara sus pensamientos hasta que, poco a poco, recobró la sensatez.

Lentamente, movió de nuevo los pies para seguir buscando el camino seguro.

Y siguió avanzando mientras, a su alrededor, sus compañeros iban cayendo uno a uno. Por fin, recorrer el Laberinto del Fango se convirtió en algo mecánico. Empezó a visualizar, de alguna manera, los caminos debajo de la ciénaga, y sus pasos se volvieron más seguros y menos titubeantes. En un par de ocasiones estuvo a punto de perder pie, pero lo recuperó.

Y, cuando quiso darse cuenta, estaba casi en la meta.

Lo supo porque oyó una exclamación ahogada junto a él, y eso le hizo volver a la realidad. A su lado, uno de sus compañeros había estado a punto de salirse del sendero seguro. Una chica, para ser más exactos.

–¡Assher! –susurró ella–. ¿Eres tú?

–¡Sassia! –la reconoció.

–No debe de faltar mucho ya, ¿verdad? –preguntó ella, angustiada–. Assher, creo... creo que ya solo quedamos tú y yo.

Una horrible sensación de abatimiento cayó sobre Assher. No sabía que Sassia participaba en las pruebas. Ni siquiera se había fijado, y eso lo llevó a preguntarse qué le estaba pasando. En Drackwen había bebido los vientos por ella.

–Ven, dame la mano –le susurró–. Juntos, avanzaremos más seguros.

–¿Tú crees? –preguntó la joven szish, dubitativa–. ¿Y si uno de los dos resbala?

–Entonces, caeremos los dos, pero serán dos las cuerdas que puedan tirar de nosotros para rescatarnos. No te soltaré; te lo prometo.

Assher no pudo ver su expresión, pero pronto sintió que su mano tanteaba en el aire, junto a él. La atrapó y la estrechó con fuerza.

Así, juntos, poco a poco, fueron avanzando por los senderos ocultos bajo el barro. Assher volvió a visualizarlos en su mente y siguió caminando, arrastrando a Sassia tras de sí.

–¡Diez pasos para la llegada! –anunció la voz del juez un poco más allá.

«Lo vamos a conseguir... lo vamos a conseguir...», pensó Assher. El rostro de Gerde iluminaba todos sus pensamientos.

Entonces, Sassia resbaló y se hundió con un grito, tirando de Assher. Todo sucedió muy deprisa. El joven szish casi pudo ver a su compañera cayendo y, al mismo tiempo, se vio a sí mismo cayendo con ella, hundiéndose en el fango... y perdiendo la prueba que lo llevaría a Gerde.

No lo pensó. Casi sin darse cuenta, soltó la mano de Sassia como si le quemara su contacto.

Hubo gritos entre los szish que aguardaban en la orilla. Assher se quedó paralizado mientras tiraban de la chica para sacarla de la ciénaga y la remolcaban hasta la orilla. Aguzó el oído, esperando escuchar algo que le dijera si Sassia había sobrevivido, si la habían sacado a tiempo. Silencio.

Lentamente, Assher puso un pie delante de otro.

Vivió los últimos metros como en un sueño. Cuando por fin trepó a tierra firme, junto al juez, y este lo declaró vencedor de la prueba, solo fue capaz de pensar: «Voy a ver a Gerde. Voy a ver a Gerde».

Cuando le quitaron la venda de los ojos y miró a su alrededor, vio entre la multitud a Sassia, envuelta en una manta, cubierta de barro, que lo miraba fijamente. Y era una mirada acusadora, una mirada que delataba el hecho de que había soltado su mano, de que había estado dispuesto a dejarla morir.

«No importa», se dijo el chico. «Voy a ver a Gerde».

No tardaron dos días, como Ydeon había calculado, sino tres días y medio. La presencia de Shail los retrasaba inevitablemente, a pesar de que el gigante había optado por cargarlo sobre sus hombros. Pero ni haciendo uso de su bastón, ni con toda su buena voluntad, podía Shail avanzar por la tierra nevada.

–Esto cambiará cuando tengas tu pierna nueva –rechinó Ydeon, muy convencido.

Al atardecer del cuarto día, cuando el primero de los soles comenzaba a declinar, fueron testigos de un espectáculo sobrecogedor.

Una cadena montañosa les cerraba el paso, peinando el horizonte. Y uno de los picos temblaba y se estremecía visiblemente, como golpeado por alguna fuerza invisible. Con cada sacudida, los aludes se precipitaban bramando por las laderas, la roca se resquebrajaba y los despeñaderos arrojaban bloques de piedra a los abismos. La montaña entera rugía y gemía con una voz rocosa, despertada de su sueño milenario, y se convulsionaba como si fuera el epicentro de un poderoso terremoto.

Christian, Ydeon y Shail estaban demasiado lejos como para que peligrara su integridad física, pero la destrucción era fácilmente apreciable incluso desde aquella distancia.

–Por todos los dioses –murmuró Shail–. ¿Qué es lo que está provocando todo eso?

Christian le dirigió una extraña mirada, pero no respondió.

Prosiguieron la marcha, dando un rodeo para no ir directamente hacia allí. No pudieron dejar de observar con inquietud cada convulsión, pero, a pesar de que trataban de no perder detalle, en ningún momento consiguieron ver qué o quién estaba causando aquellos estragos.

Un poco más tarde, distinguieron a lo lejos una silueta que se acercaba hacia ellos por la nieve. Conforme se fue aproximando, les quedó claro que se trataba de un gigante.

Una giganta, en realidad.

–Ynaf –saludó el forjador de espadas.

–Ydeon –respondió ella.

Sus rasgos no se diferenciaban gran cosa de las facciones de un varón de su misma raza, pero las formas de su cuerpo eran indudablemente femeninas. No le preguntó a Ydeon qué estaba haciendo allí, pero sus ojos rojos se clavaron, inquisitivos, en los dos jóvenes humanos.

–Kirtash. Shail –resumió Ydeon, sucinto–. Creo que puede interesarles lo que está pasando por aquí.

Los ojos de Ynaf relucieron con interés.

–¿De veras? Bien, no me extraña. Debería interesar a todo el mundo.

–¿De qué se trata? –preguntó Shail.

–Os llevaré a verlo más de cerca. Aún quedan varias horas de luz.

Christian asintió enseguida. Shail recordó que la curiosidad de los sheks por todo aquello que consideraban nuevo y extraño era proverbial, y comprendió que, en aquel aspecto, Christian no era una excepción.

Acompañaron a la giganta a través de una planicie nevada, siguiendo la línea de la cordillera, a una prudente distancia.

—Todo empezó hace ocho días, cuando el techo de mi caverna se derrumbó sobre mí sin previo aviso —explicó ella—. Conseguí escapar y busqué otro refugio, pero no demasiado lejos, porque me pareció extraño que toda la montaña temblara de esa manera. He estado observando el fenómeno desde entonces. Como vi que no solo no se detenía, sino que además empezaba a moverse...

—¿Se mueve? —interrumpió Christian.

—Avanza a lo largo de la cordillera, muy, muy lentamente —explicó Ynaf—. ¿Veis ese pico de allí? —señaló una cumbre situada un poco más al oeste; desde aquel punto hasta el lugar que ahora retumbaba bajo el poder de una maza invisible, las montañas evidenciaban el paso de aquel inexplicable terremoto—. Ahí es donde empezó. Desde entonces, la destrucción se ha desplazado. Se mueve con tanta lentitud que para poder apreciarlo es necesario estar contemplando las montañas fijamente durante varias horas. Pero se mueve, al fin y al cabo, y no parece que tenga intención de parar. Por eso decidí avisar a quien pudiera interesarle. Varios gigantes han pasado por aquí desde entonces, pero nadie ha sido capaz de precisar de qué se trata. Aunque —añadió, tras una breve pausa— Ymur tiene una teoría bastante... interesante.

—¿Ymur, el sacerdote? —preguntó Ydeon.

Ynaf asintió.

—Llegó ayer, después del tercer amanecer. Parece que mi mensaje también alcanzó las ruinas del Gran Oráculo. Nos reuniremos con él cerca de la montaña.

Encontraron a Ymur contemplando las sacudidas del pico desde un promontorio nevado. Se había sentado sobre una roca y tomaba notas deslizando un carboncillo sobre una tabla de piedra.

—Ymur —saludó Ynaf.

El sacerdote se volvió hacia ellos. Vestía la túnica de la Iglesia de los Tres Soles. Era, como cabía esperar, servidor del dios Karevan, patriarca de los gigantes.

—Ynaf. Ydeon —respondió; apenas se fijó en Christian y en Shail—. Se mueve de nuevo. ¿Os habéis dado cuenta?

—Sí, sacerdote —rechinó Ydeon—. ¿Qué es?

También a Ymur le faltaban las palabras.

–Observadlo con atención –dijo–. Me gustaría acercarme más, pero me temo que resultaría un poco... arriesgado.

–Yo puedo solucionar eso –se ofreció Shail.

Formuló las palabras de un hechizo de lente mágica. El aire se rizó suavemente y formó un óvalo de una textura distinta, que quedó suspendido ante ellos.

–Buen trabajo, mago –aprobó Ymur, al comprobar que mirando a través del óvalo se veía todo mucho más cerca–. Y ahora, mirad...

Los cinco se concentraron en la imagen ampliada de la montaña.

Sí, ahí había algo, algo que sacudía la cordillera hasta sus cimientos, y que arrastraba roca y nieve a su paso, como si de un titán se tratase. Debía de ser una criatura ciclópea, a juzgar por los efectos que provocaba su avance, o tal vez su mera presencia; pero no era apreciable a simple vista, ni siquiera a través de la lente mágica de Shail. Fuese lo que fuese, allí no había nada... o no parecía haber nada. Si no fuera porque parecía imposible, Shail habría jurado que aquello no se desplazaba sobre la roca de la montaña, sino a través de ella. Que lo que estaba destruyendo la cordillera lo hacía desde dentro. O que las propias montañas se despertaban después de una siesta de varios milenios y se desperezaban en un largo y formidable bostezo.

–Es una fuerza. O una energía. O como queráis llamarlo –dijo Ymur–. Invisible... pero poderosa.

–No se trata solo de una cuestión de invisibilidad –murmuró Christian–. Me temo que ni siquiera es material.

–Una fuerza. Una energía –repitió Shail–. Pero...

–Tú sabes lo que es, sacerdote –cortó Christian, clavando su fría mirada en el gigante–. ¿Por qué no compartes tus conclusiones con nosotros?

Ymur dudó.

–Bien, yo tengo una teoría. Sé que puede sonar extraño, incluso... vaya... algo irreverente, pero...

–Pero ¿qué? –se impacientó Shail.

Ymur desvió la mirada, incómodo. Al mago, que siempre había sentido un respeto instintivo hacia los gigantes, tan grandes y poderosos, le resultaba extraño ver dudar a uno de ellos, y se preguntó, inquieto, qué clase de ser o criatura podría asustarlos en su propio mundo.

–Es un dios –concluyó Christian con suavidad.

Hubo un desconcertado silencio.

—¿Un qué? —dijo entonces Shail.

—Diría que es el dios Karevan, que ha decidido darse una vuelta por el mundo —prosiguió el shek a media voz—. ¿No es eso lo que pensabas, sacerdote?

—Era la idea que se me había ocurrido, sí —admitió Ymur, un poco a regañadientes—. Pero llevo días observándolo, y no entiendo su comportamiento. ¿Por qué se ensaña tanto? ¿Por qué toda esta destrucción? ¿Acaso está furioso con nosotros, y esto es algún tipo de castigo?

Christian sonrió.

—Creo que simplemente está paseando —dijo—. Puede que incluso se encuentre todavía algo desconcertado. Al fin y al cabo, hace mucho tiempo que los dioses abandonaron nuestro mundo, ¿no?

—¿Llamas a eso «pasear»? —repuso el sacerdote, incrédulo, señalando la montaña, que seguía convulsionándose violentamente.

Christian se encogió de hombros.

—Es un dios. Una especie de cúmulo de energía, por llamarlo de alguna manera. Mientras no tenga un cuerpo de carne que le permita moverse en un mundo material, su simple presencia resultará sumamente peligrosa para cualquiera que se le acerque. Pero no creo que tenga interés en procurarse un cuerpo: esta vez no. Porque, aunque un cuerpo le permitiría interactuar con el mundo, incluso con sus criaturas, en esta ocasión no ha venido a eso.

Shail lo miró, pálido como un muerto. De pronto acudieron a su mente recuerdos de las conversaciones que había mantenido con Zaisei, con Jack y con el propio Christian acerca de los Seis, del Séptimo, de la derrota de Ashran, y todo cobró un nuevo sentido, mucho más siniestro.

—Sí —asintió Christian, adivinando sus pensamientos—. Hicimos cumplir la profecía de los Oráculos, destruimos a Ashran... y con ello solo conseguimos desatar un mal mayor en este mundo.

Shail desvió la mirada, pero no dijo nada.

—¿Ves eso? —prosiguió el shek, señalando la devastación invisible que se abría paso por la cordillera—. *Eso* es uno de los Seis. No digo que el Séptimo sea más justo o más bondadoso que Karevan, por poner un ejemplo. Pero ha vivido largo tiempo encerrado en un cuerpo humano. Es capaz de *vernos* porque conoce el mundo desde nuestra perspectiva; por pequeños y miserables que podamos parecerle, nos ve. ¿Dirías que Karevan es consciente de nuestra presencia? ¿Era consciente acaso de que Ynaf vivía justo debajo de la montaña por la que él estaba «paseando»? Yo diría que no.

—¡Pues, si no se da cuenta, habrá que decírselo! —exclamó Shail—. Podemos hablar con él, pedirle ayuda...

—¿Cómo? ¿De verdad crees que un dios escucharía la voz de un mortal?

—No sigas hablando —cortó Ymur con dureza—. No deberías decir esas cosas.

Pero el shek lo ignoró. Sus ojos azules seguían clavados en Shail.

—Ahí tienes a Karevan, Señor de la Piedra, padre de los gigantes. Puedes plantarte ante él y hacerle señales de fuegos multicolores, porque no será capaz de verte, dado que ni siquiera tiene ojos. Tal vez te perciba como una pequeña cosa molesta que corretea por allá abajo. O puede que no se dé cuenta de que existes hasta que, sin querer, te haya arrojado encima un alud de nieve al pasar casualmente por allí. Ese es uno de los dioses a los que sirves, Shail. Ese es uno de los dioses a los que quieres pedir ayuda.

Todos lo miraban ahora con fijeza, mudos de estupor, pero Christian se limitó a volver la cabeza hacia las montañas, con gesto impenetrable.

—Eres un joven extraño —comentó el sacerdote.

—Puede que sepa de qué está hablando —replicó Ydeon.

Shail estaba conmocionado, con los ojos fijos en la montaña que se deshacía ante la simple presencia del dios Karevan. Con esfuerzo, logró apartar la mirada y se volvió hacia Christian para preguntarle; pero el joven había cerrado los ojos y se había llevado los dedos a las sienes, concentrado en algo que solo él parecía percibir. Inquieto, Shail lo vio sentarse sobre la roca, serio, como si acabara de recibir una información crucial. Quiso interrogarlo al respecto, pero no se atrevió.

—Si de verdad es Karevan, no puede ignorarnos —estaba diciendo Ymur—. Los gigantes somos sus hijos, nos creó de las entrañas de la roca en el principio de los tiempos.

—Entonces, ¿por qué echó abajo mi casa? —preguntó Ynaf suavemente.

—Deberíais desalojar la cordillera —dijo entonces Christian, alzando de nuevo la cabeza—. Si yo estuviera en vuestro lugar, emigraría al sur, a los confines de Nanhai, o incluso más allá... y esperaría que a vuestro dios no le diese por moverse de aquí.

Se levantó de un salto y dio media vuelta para marcharse. Ninguno de los gigantes hizo nada por detenerlo.

Shail pareció despertar entonces de un sueño.

–¡Espera! –lo llamó, y corrió tras él como pudo, hundiendo su bastón en la nieve–. ¡Espera! ¿Adónde vas?

Christian se detuvo con brusquedad, y el mago casi tropezó con él. El shek se volvió hacia él, y Shail se dio cuenta entonces de que había en sus ojos un destello de emoción contenida.

–Me voy a Kazlunn –dijo, y el mago detectó un levísimo temblor en su voz–. Algo ha pasado con Victoria; hay cambios.

II

Una mirada humana

Cuando Victoria abrió los ojos, Jack estaba con ella.

Podría haberse encontrado a cualquier otra persona en la habitación. Tal vez Qaydar, que acudía a menudo para comprobar que no había cambios, o quizá Kimara, que solía hacer compañía a Jack en las largas horas que pasaba velando a la muchacha. Podría haber estado allí cualquier sacerdote, cualquier mago o semimago, cualquiera de las muchas personas que acudían diariamente a ver con sus propios ojos a los héroes de la profecía. Pero en aquel momento estaban solos. Jack y Victoria. El dragón y el unicornio... o lo que quedaba de él.

No era del todo casual. No solo porque Jack, cansado de las visitas de curiosos o admiradores, hubiera acabado por restringir el acceso a la habitación donde yacía Victoria, sino porque ya había advertido los cambios la noche anterior.

Nadie más se había dado cuenta porque, aunque la estancia solía ser un continuo ir y venir de hechiceros, curanderos, médicos y sanadores, solo Jack pasaba allí la mayor parte del tiempo, incluyendo las noches. Se había acostumbrado ya a tenderse en la cama, junto a Victoria, a rodearla con sus brazos y a dormir a su lado, tal vez porque sentir el lento latido de su corazón lo tranquilizaba y lo ayudaba a descansar. Los primeros días, después de que la joven hubiese perdido su cuerno, Jack se veía incapaz de dormir más de diez minutos seguidos. Lo aterraba la idea de que su amiga pudiera morir mientras él no estaba consciente. Por esta razón, cuando el sueño lo vencía, prefería estar lo más cerca posible de ella.

Y por esta razón fue el único en advertir la luz.

Aquella noche había despertado bruscamente de una de sus pesadillas. Los malos sueños lo asaltaban con frecuencia en los últimos

37

tiempos. La mayoría de las veces tenían que ver con Victoria, pero no solo con ella. Los recuerdos de lo sucedido en la Torre de Drackwen lo torturaban a menudo. La batalla contra Ashran, la elección de Victoria, la muerte de Sheziss... tantas cosas que habría preferido olvidar, pero que seguían ahí, en su memoria, inamovibles. Con todo, aquellas pesadillas no eran las peores. Con demasiada frecuencia soñaba que Victoria no despertaba jamás de aquel estado, o que despertaba para morir entre sus brazos, privada de aquello que su alma de unicornio necesitaba para seguir viviendo. Qaydar había dicho tiempo atrás que cualquier unicornio habría muerto inmediatamente tras la extirpación de su cuerno; pero el alma humana de Victoria se aferraba a la vida con desesperación, y sostenía a duras penas ambas esencias. Por esta razón, el cuerpo humano de Victoria se mantenía en aquel estado letárgico: si despertaba, tal vez su alma no tuviera suficiente fuerza para llenar aquel cuerpo y mantener con vida la esencia de unicornio a la vez. Y si el unicornio moría, Victoria moriría con él.

Por eso, Jack no estaba seguro de querer que Victoria despertara. Eran demasiados interrogantes, demasiadas incógnitas. Nadie sabía qué podía suceder en el caso de que se registrara algún cambio en la muchacha.

Después de aquella pesadilla, una de tantas, Jack se había apresurado a comprobar que Victoria estaba bien. En la semioscuridad de la habitación, la había estrechado entre sus brazos y le había hablado al oído, como hacía a menudo. Fue entonces cuando detectó un débil destello.

Al principio pensó que lo había imaginado. Pero retiró el pelo de la frente de Victoria y escudriñó su rostro, con incertidumbre, en la penumbra de la habitación.

Y sí, allí estaba: apenas una chispa, tan débil que había que forzar la vista para apreciarla. Justo entre los ojos, un poco más arriba.

Jack inspiró hondo. No quería hacerse ilusiones, tal vez no significara nada. Encendió una luz y estudió el pálido rostro de Victoria. Pero no volvió a ver aquel destello.

Ya no pudo volver a dormirse, pero tampoco se apartó de Victoria en toda la noche. Al día siguiente, no solo no dijo nada a nadie, sino que además se las arregló para que nadie más entrara en la habitación en todo el día. Quería estar junto a Victoria cuando algo cambiase, si es que tenía que cambiar. Y solamente él. Nadie más; a excepción, tal vez, de Christian. Pero el shek se había marchado meses atrás, y no había vuelto a dar señales de vida.

Por esta razón, cuando los párpados de Victoria temblaron y se abrieron lentamente, solo Jack estaba allí para verlo.

Fue lento, muy lento. O, al menos, a Jack así se lo pareció, quizá porque su corazón latía a toda velocidad mientras los grandes ojos de Victoria volvían a mirarlo por primera vez en tanto tiempo. Jack respiró hondo y parpadeó a su vez, porque tenía los ojos húmedos. Tragó saliva.

–Hola –susurró–. Hola, pequeña. ¿Puedes... puedes oírme?

Ella despegó los labios, pero no dijo nada. Lo miraba: ahora sí, lo miraba. Y Jack habría jurado que lo reconocía.

–Victoria –dijo, esperando, tal vez, que escuchar su nombre la ayudara a despertar del todo.

Victoria gimió débilmente. Jack, con los ojos llenos de lágrimas, acarició su mejilla. Una parte de él le decía que debía correr a avisar a Qaydar, a los sanadores, a cualquiera que pudiera ayudarla ahora. Pero en el fondo de su corazón sabía que aquel momento les pertenecía solo a ellos dos. Nada ni nadie debía estropearlo.

–¿Cómo estás? Dime, ¿cómo te sientes?

Ella lo miró, desorientada y algo asustada. Él la rodeó con los brazos y la meció con dulzura.

–Tranquila. Tranquila, todo está bien. Te vas a poner bien, Victoria, tranquila. Yo estoy aquí para ayudarte.

–¿Jack? –dijo ella por fin, con un hilo de voz.

Algo se desató en el corazón de Jack. Meses de nervios, de angustia, de miedo y de incertidumbre, de comer poco y de dormir menos aún, le pasaron factura de golpe, y se sintió extrañamente débil y aliviado al mismo tiempo. Abrazó a Victoria, apoyó la cara en su melena oscura y se echó a llorar suavemente.

–... los unicornios son el puente entre la magia del mundo y los futuros hechiceros. Ellos no pueden usar la magia, no como lo hacemos nosotros, pero pueden entregárnosla. Y nosotros, los magos, podemos manipularla con nuestra voluntad. ¿Y cómo expresamos esa voluntad? Mediante la palabra. Es por eso por lo que hemos desarrollado un lenguaje propio, el idhunaico arcano; porque no basta con desear algo para que se haga realidad: es necesario expresarlo. De este modo concentramos nuestra voluntad en un solo punto, en una sola acción futura, y la magia... Kimara, ¿me estás escuchando? ¡Kimara!

La joven volvió a la realidad y apartó la mirada de la ventana, con cierta expresión culpable. Las lecciones de Qaydar solían ser largas y tediosas. Muy teóricas y poco prácticas.

—Agradecería que te tomaras esto con más seriedad –la reprendió el Archimago–. Eres la primera nueva maga en más de quince años, y es posible que seas la última maga en Idhún. Somos pocos, y el tiempo que tenemos para tratar de descubrir la forma de transmitir nuestro poder sin unicornios...

—... no es precisamente ilimitado –concluyó ella con un suspiro–. Sí, maestro, lo sé –¿cómo no saberlo? Qaydar se lo repetía al menos tres veces cada día–. Es solo que... que no le veo sentido a esto. Me paso el día estudiando magia... sin hacer magia. ¿Cuándo voy a aprender a utilizar mi poder para algo?

—Eres demasiado impaciente, muchacha. Antes de utilizar el poder, hay que saber cómo funciona...

—Con Aile aprendí varios hechizos –interrumpió ella, sin poder aguantarlo más–. De curación, sobre todo, pero también algunos de defensa y ataque.

Qaydar entornó los párpados, y Kimara supo que lo había herido. No solo por la comparación, sino también, sobre todo, porque le había recordado que, a pesar de que Aile no era una Archimaga, los había salvado a todos en el bosque de Awa, entregando a cambio su propia vida. El propio Qaydar había sido testigo de ello.

—Las circunstancias eran distintas –dijo el hechicero con frialdad–. Entonces estábamos en guerra.

—¡Seguimos estando en guerra! –estalló Kimara–. ¡En mi tierra ha estallado una rebelión! Mi gente se ha alzado para luchar contra Sussh, para expulsarlo de Kash-Tar. Por primera vez en muchos siglos, las tribus del desierto luchan unidas... ¡y luchan en mi nombre! Y entretanto, yo estoy aquí... sin poder ayudarlos.

—Ya hemos hablado de eso, Kimara. Eres una maga, ya sabes lo que eso significa. No podemos permitirnos el lujo de perderte en una guerra local.

—¡No es una guerra local! ¡Sigue siendo la guerra contra los sheks, la de siempre! Una guerra que no ha acabado, ni acabará hasta que no hayamos terminado con la última de esas criaturas.

Qaydar la miró fijamente, sin una palabra. Kimara respiró hondo, tratando de calmarse. Sentía un gran respeto por el Archimago, pero cada día que pasaba encerrada en la Torre de Kazlunn le costaba más trabajo permanecer callada.

—El último dragón no opina lo mismo —observó entonces Qaydar.

Kimara vaciló. En el fondo, era Jack lo que la retenía allí, y el hecho de que él no había movido un dedo por reiniciar la guerra contra las serpientes. Y eso, pensaba a menudo, no era propio del Jack que ella había conocido. Alzó la mirada hacia el Archimago, y titubeó antes de decir:

—No, y eso no es normal.

—¿No es normal? ¿Acaso conoces a los dragones hasta el punto de poder decir qué es o no normal en ellos?

—Puede que no, pero conozco a Jack. Atravesamos juntos el desierto, y entonces... era diferente. Odiaba a las serpientes y luchaba como un verdadero dragón. Luego dijeron que Kirtash lo había matado, pero tiempo después regresó... y parece el mismo, pero no lo es.

—Está afectado por lo de Victoria...

—No, es algo más. Cuando le hablamos de exterminar a los sheks, o de expulsarlos de Idhún para siempre, reacciona como si esa idea le molestara. Hasta diría que se ha hecho amigo de ese endiablado medio shek... ¿Es esa una conducta propia de un dragón?

Qaydar abrió la boca para responder, pero Kimara prosiguió, cada vez más alterada, señalando hacia el pedazo de cielo que se veía a través de la ventana:

—¡Esos son los verdaderos dragones de Idhún! Los que acudieron en nuestra ayuda para luchar contra los sheks, los que hoy día siguen plantándoles cara.

Qaydar echó un vistazo por la ventana, aunque ya sospechaba a qué se refería Kimara: un elegante dragón de tonos anaranjados se aproximaba a la torre, envuelto en las luces rojizas del primer atardecer. La ilusión era perfecta; pero aquellos que habían luchado en la guerra de Nandelt junto a los Nuevos Dragones sabían que cualquier dragón que no fuera Yandrak había sido fabricado por la hechicera Tanawe, a quien ya llamaban la Hacedora de Dragones, y su gente. Tras la victoria del bosque de Awa, los Nuevos Dragones no habían permanecido inactivos. Tanawe había seguido fabricando dragones, toda una nueva flota, y no le faltaban recursos: la reina Erive de Raheld la había tomado bajo su protección. Y, por otro lado, cada día llegaban más y más jóvenes a las instalaciones de los Nuevos Dragones en Thalis: algunos pedían unirse al equipo del taller de Tanawe; otros aspiraban a ser formados como pilotos de dragones. La historia de Kestra, la valiente piloto que había resultado ser la princesa Reesa de Shia, y que había muerto en la batalla de Awa, luchando contra los sheks, era una de las favoritas de los cantores de noticias. Las hazañas del príncipe Alsan de Vanissar al mando de la Resistencia también eran buen material para los cuentos y las historias. Sin embargo, no existían relatos que hablaran de la caída de Ashran, ni de cómo el dragón y el unicornio habían hecho cumplir la profecía. Se sabía que ambos vivían en la Torre de Kazlunn, y que la dama Lunnaris se debatía entre la vida y la muerte. Pero, puesto que Yandrak era poco dado a dejarse ver, y el unicornio tampoco estaba en condiciones de hacer públicas sus experiencias, nadie sabía qué había pasado realmente en Drackwen. En aquella batalla habían estado solos.

En Kazlunn se sabía que había habido allí una tercera persona. Se sabía que Kirtash, el shek, había acompañado al dragón y al unicornio en su lucha contra el Nigromante. Se sabía que, por alguna razón desconocida, el dragón protegía al hijo de Ashran. Pero poco más.

Los rumores en torno al extraño trío eran oscuros y desconcertantes. Todo el mundo estaba enterado de que ninguno de los tres había apoyado a la Resistencia y los Nuevos Dragones en Awa. Tras la caída de los sheks, no se habían tardado en encontrar el dragón de Kimara en el bosque, hecho pedazos; el dragón dorado al que muchos habían tomado por Yandrak. Pero eso no era todo: peores incluso que la extraña alianza del último dragón con un shek eran las habladurías que ligaban a Kirtash a la propia Lunnaris. A unos pocos les parecía una historia bellamente trágica, pero la mayoría encontraba la idea demasiado repugnante como para ser cierta.

No; ciertamente, aquellos tres jóvenes no eran unos héroes al uso. Resultaba infinitamente más sencillo y menos perturbador cantar las hazañas del príncipe Alsan de Vanissar, del mago Shail, de Aile, la poderosa hechicera feérica, de Hor-Dulkar, el señor de los Nueve Clanes, de los feroces feéricos del bosque de Awa, de Tanawe y sus dragones, de Denyal, Covan, Kestra y todos los demás, incluso de la propia Kimara, la semiyan, antes que hablar del dragón, del unicornio... y del shek.

Los héroes aclamados por todos eran los Nuevos Dragones. Docenas de dragones artificiales surcaban los cielos de Nandelt, persiguiendo a las serpientes dondequiera que se ocultaran. Se sabía que Denyal y Tanawe estaban preparando una escuadra de dragones para enviarla a Kash-Tar, en ayuda de los rebeldes que se habían alzado contra Sussh. Qaydar estaba al tanto de que Kimara quería ir con ellos y volver a pilotar un dragón, como ya había hecho en la batalla de Awa.

–No sabes lo que estás diciendo. Jack sigue siendo un dragón, el último dragón. Y, por perfectas que sean esas máquinas, no dejan de ser máquinas. Alguien como tú, por cuyas venas corre el fuego de Aldun, debería conocer la diferencia.

Kimara bajó la cabeza temblando. Desde la primera vez que sus ojos se habían cruzado con los de Jack, en el desierto, había tenido una fe inquebrantable en él, había sabido que aquel dragón los salvaría a todos. Pero después había muerto, o eso le habían dicho. Y habían tenido que librar solos la última batalla. Ahora, Jack había regresado, pero no se comportaba en modo alguno como un dragón. «Nosotros somos los Nuevos Dragones», había dicho Kestra en una ocasión. «Triunfaremos allá donde los Viejos Dragones fueron derrotados». Kimara estaba empezando a creer que tenía razón.

–No vas a ir a Kash-Tar, Kimara –concluyó Qaydar–. Lo quieras o no, tu vida pertenece a la Orden Mágica.

–Mi vida solo me pertenece a mí –se rebeló ella, con sus ojos de fuego reluciendo furiosamente–. Si quiero regresar a Kash-Tar, nadie va a poder impedírmelo.

Qaydar avanzó un paso hacia ella.

–No me desafíes, niña –dijo con calma–. Todavía sigo siendo tu maestro.

Durante un momento, ninguno de los dos dijo nada. Y entonces, en aquel breve silencio, alguien llamó a la puerta.

–Pasa, Jack –suspiró Qaydar, volviéndose hacia la entrada.

Kimara no lo admitiría nunca, pero, cuando rompieron el contacto visual, se sintió mucho mejor.

La puerta se abrió y el joven dragón entró en la estancia. Kimara desvió la mirada. Todavía se sentía confusa con respecto a Jack. Desaprobaba su actitud, sí, y prefería al Jack que había conocido en el desierto; pero no era menos cierto que el nuevo Jack parecía más adulto, más poderoso y más seguro de sí mismo. Y había algo en él que la intimidaba.

Él apenas la miró, lo cual era otra señal de lo mucho que había cambiado. No era que ya no la apreciara como amiga: si ella lo saludaba, si se acercaba a él, la trataba con el cariño y la confianza de siempre. Pero la mayor parte del tiempo actuaba como si no se acordara de que ella existía. Y no lo hacía a propósito. Simplemente, estaba distante, en alguna dimensión extraña y lejana, en un mundo propio en el que se sentía más cómodo... en un mundo menos humano. «¿Eran así todos los dragones?», se preguntó la semiyan. «Con esa aura de poder, con esa mirada tan intensa, con esa forma de ver el mundo, desde lo alto, como si todos los demás fuésemos muy pequeños en comparación con ellos». No era una idea agradable y, sin embargo... no podía negar que, a pesar de todo, Jack seguía pareciéndole muy atractivo, incluso más que antes.

–Qaydar –dijo el chico–. Te estaba buscando.

Aquel día estaba distinto, apreció Kimara. Tenía los ojos húmedos y estaba temblando. Y, aun así, seguía intimidándola con su mera presencia.

–¿Qué pasa, muchacho? ¿Es...?

–Victoria –asintió él–. Victoria se ha despertado.

Kimara dejó escapar una exclamación de sorpresa, y Jack se volvió hacia ella por primera vez.

–Hola –saludó con una sonrisa.

«No me había visto», pensó ella. No era la primera vez que ocurría.

–Alabados sean los Seis –dijo Qaydar–. ¿Cómo está?

–No puede moverse. Está tan débil que apenas puede hablar, pero está... está viva y consciente.

–Alabados sean los Seis –repitió Qaydar–. Voy a verla inmediatamente. Avisaré a...

–No –cortó Jack–. Está aturdida, no quiero confundirla más llenando su habitación de gente. No le digas nada a nadie. Todavía no. Tiene que recuperar fuerzas.

«Ha vuelto a olvidarse de que estoy aquí», comprendió Kimara.

–De acuerdo –accedió Qaydar–. Vayamos a verla. Seguiremos luego con la lección –le dijo a su discípula.

Eso no era cierto, y ella lo sabía. Todos estarían demasiado pendientes de Victoria como para acordarse de una aprendiza de hechicera. Cuando los dos hubieron abandonado la estancia, Kimara suspiró y volvió a asomarse a la ventana. Vio entonces que el dragón anaranjado ya había aterrizado en el mirador, y corrió a reunirse con él.

Lo había reconocido, incluso desde la distancia. Era el dragón de Tanawe.

–Muchacha –dijo Qaydar con dulzura–. ¿Me recuerdas?

Victoria movió la cabeza con dificultad y le devolvió una mirada cansada. Se fijó en el rostro lampiño del hechicero, en su largo cabello, de tonalidades verdes, recogido en una trenza, en aquellos rasgos que hacían parecer a su propietario mucho más joven de lo que era en realidad.

–Qay... dar –dijo ella con esfuerzo.

–Eso es –asintió el Archimago, satisfecho–. Estás en la Torre de Kazlunn, Victoria. A salvo. Ahora descansa, ¿de acuerdo?

Victoria asintió. Intentó alzar la mano, buscando la de Jack, pero solo tuvo fuerzas para levantar un dedo tembloroso. El muchacho detectó el gesto, la tomó de la mano y se la estrechó con fuerza.

–Mira su frente, Qaydar –dijo Jack–. ¿Lo ves?

El Archimago examinó el rostro de Victoria, que había dejado caer los párpados, agotada. En la frente de la muchacha, entre los ojos, había un extraño agujero oscuro que señalaba el lugar donde se había erguido el cuerno de Lunnaris. Había estado así desde la lucha contra Ashran, pero Jack habría asegurado que aquel círculo de sombras se había hecho un poco más pequeño.

–Se está cerrando, Qaydar.

–¿Estás seguro? Yo no aprecio ningún cambio. ¿No será que es eso lo que deseas, muchacho?

–Sé muy bien qué aspecto tiene –dijo Jack con sequedad–. Se ha reducido. Muy poco, es verdad, pero... es un comienzo. Puede que su herida acabe por sanar por completo.

–No podemos saberlo sin ver al unicornio, Jack.

Jack inspiró hondo. Aquel agujero de oscuridad representaba una lesión, eso era cierto; pero esa lesión se había producido en el cuerpo de unicornio de Victoria y, por tanto, mientras ella presentara forma humana, los médicos no podían curarla. El problema era que Victoria no podía transformarse estando inconsciente; ahora que había despertado, parecía estar demasiado débil como para intentarlo siquiera. Y, por otro lado, probablemente metamorfosearse en un unicornio sin cuerno la mataría al instante. Su esencia herida se había refugiado en aquel cuerpo humano, sano e intacto por el momento, y era esa la razón por la que todavía seguía con vida.

–Dale tiempo –dijo Jack–. Y dame tiempo para recuperarla. Que no corra la voz de que se ha despertado. Todavía no está preparada para enfrentarse al mundo.

Qaydar se le quedó mirando, intuyendo que le ocultaba algo. Pero no tuvo ocasión de averiguar más, porque en aquel momento vinieron a buscarlo para anunciarle la llegada de la maga Tanawe, la Hacedora de Dragones.

–Quédate con ella –le dijo a Jack–. Volveré en cuanto me sea posible.

El joven asintió.

No tardaron en quedarse solos de nuevo, él y Victoria. Jack la miró intensamente.

–No le he dicho lo de la luz –le confió.

Ella no reaccionó, pero Jack sabía que estaba escuchando. Simplemente, ya no tenía fuerzas para abrir los ojos siquiera.

–No puede saberlo –prosiguió Jack–. No puede ver la luz de los ojos de un unicornio porque, aunque tenga antepasados feéricos, es humano sobre todo. Por eso no se ha dado cuenta... pero pronto lo sabrán, Victoria. Tarde o temprano vendrá algún feérico y lo detectará. Y Christian lo descubrirá inmediatamente. No sé qué sucederá entonces, pero... por si acaso, es mejor no decirles nada.

Victoria abrió los ojos entonces y lo miró, triste y cansada. Jack tragó saliva. Sus ojos seguían siendo tan bonitos como los recordaba, pero habían perdido aquel brillo que los hacía especiales. Desde el pálido rostro de Victoria, aquellos ojos le dirigían una mirada profundamente humana.

Qaydar encontró a Tanawe conversando animadamente con Kimara en la terraza, junto al enorme dragón artificial que reposaba sobre las baldosas de mármol, enroscado sobre sí mismo.

–¿Intentando robarme hechiceras para tu causa, Tanawe? –la saludó Qaydar con una sonrisa.

Sus relaciones con la Hacedora de Dragones se habían deteriorado mucho en los últimos tiempos, pero el haber visto a Victoria consciente había mejorado mucho su humor, y estaba dispuesto a hacer las paces. Por otro lado, los dos hechiceros habían luchado juntos en Nurgon y en la batalla de Awa, codo con codo y, en el fondo, a Qaydar le apenaba que se hubieran distanciado.

–Las hechiceras deberían ser libres para ir a donde les pareciera, Qaydar –replicó la maga con frialdad–. Al fin y al cabo, la Orden Mágica ya no es lo que era; no se puede permitir el lujo de seguir manteniendo las mismas normas que hace veinte años.

El Archimago miró a Kimara, que adoptó un aire inocente. No pudo engañarlo. Sabía que Tanawe quería a Kimara en sus filas, como piloto o como maga de apoyo, puesto que los dragones artificiales precisaban de la magia para funcionar y, desde la extinción de los unicornios, los magos habían empezado a convertirse en una rareza en Idhún. También sabía que la lucha de Tanawe contra los sheks había pasado a ser algo personal después de la batalla de Awa. En ella había fallecido Rown, su compañero, el padre de su hijo Rawel. Y Denyal, su hermano, había perdido un brazo, salvajemente mutilado por la bestia que un día había sido el príncipe Alsan de Vanissar.

Rown y Tanawe habían desarrollado juntos la idea de los dragones artificiales. Denyal los había capitaneado contra los sheks. Juntos, los tres, eran el alma de los Nuevos Dragones. Ellos y media docena de pilotos valientes, como Garin, como Kestra, como Kimara.

Todos ellos estaban muertos, a excepción de Kimara. Habían vencido en la batalla, pero habían tenido que pagar un precio muy alto por aquella victoria. Y Tanawe, rota de dolor, había decidido que los Nuevos Dragones no morirían allí.

La hechicera había sido una persona alegre y jovial, para quien la construcción de dragones era, a la vez, un reto y algo tan hermoso como hacer que aquellas poderosas criaturas volvieran a surcar los cielos idhunitas. Antes, Tanawe había liderado a los Nuevos Dragones por vocación. Ahora lo hacía por venganza. Tanawe se había convertido en una mujer dura y resentida que pocas veces sonreía. Compartía, además, tres cosas con Kimara: la admiración por los dragones, el odio hacia los sheks y el deseo de seguir luchando.

–La Orden Mágica nunca volverá a ser lo que era si los hechiceros nos dispersamos en lugar de volver a unirnos, Tanawe –replicó Qaydar.

–La Orden Mágica nunca volverá a ser lo que era, y punto –cortó Tanawe–. No sin unicornios que consagren a más magos. Cuando muera el último de nosotros...

–... entonces tus dragones dejarán de funcionar. Es por eso por lo que debemos unirnos para hallar la manera de seguir transmitiendo nuestra magia, con o sin unicornios...

–Los hechiceros más poderosos llevan siglos tratando de emular los poderes de los unicornios. No deberíamos perder el tiempo buscando lo imposible. Puede que mis dragones dejen de funcionar, pero para entonces habremos exterminado hasta la última serpiente de nuestro mundo. Como ves, tenemos una larga tarea por delante, así que te agradecería que dejaras de retener a hechiceros que pueden ser mucho más útiles en nuestros talleres de Thalis.

Qaydar suspiró para sus adentros. Ya lo habían hablado muchas veces, y nunca se ponían de acuerdo. Ninguno de los dos daría su brazo a torcer.

–Has venido a llevarte a Kimara, ¿no es cierto? Deja que te recuerde que su educación aún no ha concluido. Todavía es una aprendiza.

–Yo me encargaré de su educación, Archimago. Además, Kimara es también una guerrera, no puedes obligarla a pasar su vida encerrada en una torre.

–Es una maga –repuso Qaydar con sequedad–. Y eso no lo he decidido yo... sino un unicornio –se volvió hacia Kimara–. Te hicieron entrega de un don maravilloso, un don por el que muchos matarían. El unicornio que te dio ese poder te necesita, nos necesita a todos ahora mismo. Tú decidirás qué vas a hacer con lo que te entregó en su día. Si vas a devolverle el favor, aprendiendo los misterios de la magia y ayudándonos a restaurarle la salud... o si vas a malgastar tus dones dejando que te maten en una guerra que no es la tuya.

–Es mi guerra... –empezó Kimara.

–No, no lo es. Los magos no tenemos patria, no tenemos tierra. Todo Idhún es nuestro hogar, el mundo entero es nuestra patria. Y no importa cuántas veces salves Kash-Tar, no importa a cuántas serpientes extermines, porque si no salvamos al último unicornio, no habremos salvado nada.

Ninguna de las dos respondió. Qaydar suspiró, cansado.

–¿Cuándo partís para Kash-Tar, Tanawe?

–Calculo que estaremos listos en unos quince días, aproximadamente.

Qaydar se volvió hacia Kimara.

48

–Tienes quince días para pensártelo. Sé que deseas marcharte ahora, pero ¿sabes?... no es un buen momento. Las cosas están cambiando, para bien o para mal. ¿Entiendes?

La semiyan asintió.

–Entiendo.

–Está anocheciendo, Tanawe. Pediré que te preparen una habitación. Después podremos cenar juntos si lo deseas, pero ahora... hay otros asuntos que requieren mi atención. Buenas tardes, señoras.

Con una breve inclinación, Qaydar se despidió de ellas y volvió a entrar en la torre.

–¿Las cosas están cambiando? –repitió Tanawe–. ¿A qué se refiere?

Kimara recordó la petición de Jack.

–A nada en particular –mintió–. Ya sabes cómo es... Ve conspiraciones y profecías en todas partes –alzó la mirada hacia ella–. Quince días, Tanawe. Aún quiero ir con vosotros, pero no me necesitáis, al menos no de momento; y, después de todo, Qaydar sigue siendo mi maestro.

–Me habría gustado contar contigo para poner a punto a los dragones, pero entiendo tu postura, y la respeto.

«No es por Qaydar», se dijo Kimara. «Es por ti, Victoria. Qaydar tiene razón: estoy en deuda contigo, y puede que estos días necesites a una amiga cerca».

Shail observó con aprensión la reluciente pierna metálica que Ydeon le mostraba.

–No puedes estar hablando en serio –dijo; era la enésima vez que repetía aquellas palabras.

El gigante sacudió la cabeza.

–Ha estado toda la noche dentro del hexágono de poder que tú mismo creaste, empapándose de energía mágica. Ha costado mucho trabajo, pero ya está lista; estoy seguro de que has notado los cambios. ¿Vas a echarte atrás ahora?

El mago contempló la pierna artificial. Era cierto que, si se quedaba mirándola fijamente, podía apreciar una leve palpitación en su superficie, pulida y brillante. Suspiró.

–¿Y cómo esperas acoplar eso a mi muñón? Por muy viva que parezca estar, no es una parte de mí.

–Y, sin embargo, desea ser una parte de ti, porque es tu magia la que le ha otorgado la vida, y porque es una pierna que cree ser de carne y hueso. Necesita un cuerpo en el que acoplarse. Pero tú ya deberías saber de estas cosas. ¿Acaso no eres un mago?

Shail dudó. Sí, era cierto, un mago mantenía su mente abierta a todas las posibilidades de la magia; un mago creía en lo increíble. Particularmente él, que había visto en la Tierra cómo la energía podía mover cosas artificiales; que había asistido allí mismo, en Idhún, al despegue de los fabulosos dragones de Tanawe, máquinas que cobraban vida gracias a la magia. «Pero no eran dragones de verdad», se dijo. «Aunque lo parecieran».

No obstante, habían sido reales para mucha gente, personas que habían luchado por la libertad de Idhún bajo la sombra de sus grandes alas. Eran máquinas, pero habían sustituido a los verdaderos con gran eficacia. Igual que las máquinas de la Tierra sustituían a muchas otras cosas.

«Para llenar un vacío», pensó de pronto. «Para eso sirven estos objetos».

Tras una breve vacilación, se subió lentamente el bajo de la túnica y se remangó el pantalón hasta dejar al descubierto el muñón de la pierna derecha, que las hadas le habían amputado tiempo atrás, en el bosque de Awa, para impedir que el veneno de un shek se extendiese al resto de su cuerpo.

Ydeon hizo ademán de acercarle la pierna artificial, pero Shail lo detuvo con un gesto.

–No. Lo haré yo mismo.

Tomó el miembro de metal con ambas manos. Le sorprendió sentirlo cálido entre sus dedos. También le pareció que palpitaba. Respiró hondo y lo acercó al muñón, como quien intenta calzarse una bota. Titubeó un momento, antes de colocarlo en el lugar donde había estado la pierna perdida.

Fue instantáneo. El metal fluyó a través de su piel, de su carne, buscando fundirse con ella. Shail lanzó un grito y soltó la pierna artificial, pero esta ya había lanzado sus tentáculos de metal líquido y los trenzaba en torno al muslo del mago.

–¡Quítame esa cosa! –jadeó Shail, aterrorizado–. ¡Arráncamela!

Ydeon se limitó a contemplar la escena, cruzado de brazos, con impasibilidad pétrea. Cuando, por fin, Shail se dejó caer sobre el suelo, convulso, la pierna de metal se había solidificado, uniéndose por completo a su cuerpo de carne, y era una fusión perfecta.

—¿Lo ves? —dijo el gigante—. No ha sido para tanto.

Shail se atrevió a echar un vistazo. Su nueva pierna reverberaba con un suave reflejo metálico que sugería la magia que latía en ella. Recorrió con un dedo su superficie lisa y perfecta, sus formas suaves y equilibradas.

—Es hermosa —dijo en voz baja; alzó la cabeza para mirar a Ydeon—. ¿Podré caminar con ella?

—Inténtalo.

Shail dudó. Por si acaso, alcanzó su bastón y se puso en pie, apoyándose en él y en la pierna izquierda. Dobló la rodilla derecha.

—Pero es de metal —dijo.

—Inténtalo —repitió Ydeon.

Shail se mordió los labios, pero trató de mover el tobillo derecho... un tobillo artificial.

Para su sorpresa, el pie de metal ejecutó la orden y trazó un semicírculo, tal y como Shail deseaba. Agitó entonces los dedos de metal y contempló, estupefacto, cómo se movían. Dobló la rodilla. Parecía imposible que aquella articulación metálica pudiera moverse... y, no obstante, lo hizo sin un solo ruido.

Tragó saliva y apoyó la planta del pie en el suelo, con cuidado. Vaciló antes de dejar caer el peso del cuerpo sobre la pierna derecha. Esta se mantuvo tan firme como la izquierda. Shail dejó escapar una breve carcajada incrédula. Intentó dar un paso, todavía sin soltar el bastón. La pierna de metal obedeció sus deseos y sostuvo su cuerpo mientras el pie izquierdo avanzaba un poco. Pesaba más que su pierna de carne, pero podía moverla aplicando solo un poco más de esfuerzo.

Maravillado, Shail siguió dando pasos, uno detrás de otro, lentamente, hasta que se sintió lo bastante seguro como para dejar de lado el bastón. Después de dar varias vueltas por la sala, y una vez se hubo convencido de que, en efecto, su pierna de metal funcionaba a la perfección, alzó la cabeza hacia Ydeon, radiante.

—Puedo caminar —dijo; le temblaba la voz—. ¡Puedo caminar de nuevo! Había llegado a creer que nunca volvería a hacerlo —se puso serio de pronto—. Gracias, Ydeon. Estoy en deuda contigo. ¿Cómo puedo pagártelo?

El gigante sonrió.

—Desearía volver a ver algún día a Domivat, la espada de fuego, y conocer a su portador.

Shail calló un momento. Después, asintió con energía.

–Te prometo que los traeré a ambos en cuanto me sea posible.

Pensó en Jack. Mientras Victoria estuviese enferma no se separaría de ella, y menos para ir al fin del mundo. Pero Kirtash había dicho que ella había despertado.

Respiró hondo. Hacía ya varios días que el shek había abandonado Nanhai, y Shail se había visto tentado de seguirlo y regresar a Kazlunn, con Jack y con Victoria. Pero, aunque le doliera admitirlo, Kirtash tenía razón: la joven ya no era responsabilidad suya. De todas formas, no había resistido la tentación de escribir un mensaje a Zaisei contándole todo lo que había sucedido. Había invocado a un pájaro de las nieves para que llevara el mensaje hasta Rhyrr, donde se encontraba la joven sacerdotisa.

–¿Vas a marcharte, pues? –preguntó entonces Ydeon.

Shail llevaba tiempo considerándolo, y si había demorado su partida se había debido a que la pierna de metal todavía no estaba lista. Días atrás le había prometido a Ydeon que esperaría, que se arriesgaría a probarla. Le echó un vistazo crítico. Sí, parecía extraña, pero funcionaba. Y sospechaba que si se sentía algo incómodo con ella, no era debido a que fuera un miembro artificial, sino al hecho de que llevaba tanto tiempo arreglándoselas con una sola pierna que le costaba hacerse a la idea de que volvía a tener dos.

Pero todavía no estaba seguro de haber concluido su misión en Nanhai. Había obtenido información muy valiosa, y quería hablar con Ha-Din y con Gaedalu acerca de la llegada de Karevan a Idhún. Sin embargo, aún no tenía noticias de Alexander y, por otra parte, Ymur le había dicho que lo aguardaba en el Gran Oráculo.

Karevan, si es que era realmente él, seguía haciendo temblar las montañas. Pero los gigantes parecían haberse acostumbrado ya al fenómeno, porque habían dejado de prestarle atención. Ynaf se había instalado en otra cueva, más al sur, y estaba ocupada tratando de hacerla habitable. Había corrido la voz, a través de la piedra, de que aquella zona era peligrosa, y algunos gigantes habían optado por trasladarse, como había hecho ella, lejos de allí. Por lo demás, todo seguía como siempre.

Ymur había regresado a las ruinas del Gran Oráculo. Según les había contado, esperaba visita. Ha-Din había enviado a un grupo de sacerdotes, constructores y albañiles para iniciar las obras de reconstrucción del edificio, que había sido destruido por los sheks muchos años atrás. Tras la caída de Ashran, nada parecía impedir que los Oráculos fuesen levantados de nuevo. Los sheks tenían cosas más importantes en que pensar.

–Voy a marcharme –decidió Shail entonces–, pero no hacia el sur, sino en dirección al norte. Al Gran Oráculo. Les contaré a los enviados de Ha-Din lo que hemos visto en las montañas. Tal vez ellos quieran echar un vistazo por sí mismos. Y si regresan al Oráculo de Awa..., entonces me iré con ellos.

«Y desde allí partiré hacia Rhyrr», se dijo, «para ver a Zaisei».

El Anillo de Hielo había estado a punto de acabar con él cuando había intentado atravesarlo, tiempo atrás. Tal vez no fuera buena idea partir solo; y, de todas formas, desde el Gran Oráculo podía tomar la ruta de la costa que bordeaba Nanhai hasta llegar a Nanetten, y que era el camino por el que llegaría, y se marcharía, el grupo enviado por Ha-Din.

Ydeon se encogió de hombros.

–Como quieras –dijo–. Que tengas buen viaje. Yo estaré aquí cuando regreses, con o sin el portador de Domivat.

Y dio media vuelta y se metió en su taller. Shail se quedó con la boca abierta. Lo siguió, y mientras caminaba no pudo dejar de advertir que su nueva pierna seguía adaptándose a sus movimientos a la perfección.

–¡Un momento! ¿No quieres acompañarme?

Ydeon se volvió hacia él.

–¿Para qué? No tengo nada que hacer allí y... ah, comprendo. Quieres que te acompañe. Necesitas que te acompañe.

Shail enrojeció levemente. Un humano habría considerado enseguida la idea de que tal vez al mago no le apeteciera viajar solo por una tierra extraña. Al gigante no se le había ocurrido.

–Los humanos necesitáis compañía. Siempre se me olvida ese detalle.

«Kirtash no necesita compañía», pensó Shail de pronto. «Por eso Ydeon y él se llevan tan bien. Pero es que... Kirtash no es del todo humano, de todas formas».

–Déjalo. Tengo mi magia y una nueva pierna; me las arreglaré bien.

Ydeon asintió.

–Muy bien. Que tengas buen viaje, mago.

«Un humano habría insistido», pensó Shail.

–Gracias –dijo sin embargo.

Aquella noche, la pierna de metal le dio problemas. De pronto, sin ninguna razón aparente, la zona donde la carne se fusionaba con el metal empezó a dolerle terriblemente, como si se estuviese abrasando. El intenso dolor lo despertó de un sueño ligero e inquieto, y tuvo que contenerse para no gritar. Apartó las mantas y se arrastró hasta la burbujeante caldera de lava que calentaba la estancia y la iluminaba tenuemente. Bajo la luz rojiza examinó su nueva pierna, apretando los dientes para resistir el dolor. Le pareció que tenía el muslo hinchado.

Respirando entrecortadamente, se aplicó a sí mismo un hechizo para calmar el dolor y reducir la hinchazón. Cuando las molestias remitieron, se incorporó como pudo y fue a buscar a Ydeon.

Para cuando el gigante estuvo lo bastante despejado como para echarle un vistazo a su pierna, el dolor se había calmado casi por completo. Shail lo atribuyó a su hechizo, aunque no dejó de sorprenderse de que hubiera funcionado tan bien.

–Parece que vuelve a soldarse –comentó Ydeon.

–¿Que vuelve a qué?

–A soldarse.

–Sí, ya lo había oído. ¿Quieres decir que la pierna se estaba... desprendiendo?

Ydeon lo miró a los ojos.

–Cuando duermes –dijo–, los latidos de tu corazón se ralentizan y tu respiración se hace más pausada. Lo mismo sucede con tu magia. Se adormece, por así decirlo. Tu magia es lo que mantiene la pierna en su sitio, lo que la convierte en un objeto... vivo. Si te duermes o pierdes el conocimiento, la magia se debilita.

Shail calló un momento, confuso.

–¿Quieres decir que tengo que estar consciente para que la pierna siga en su sitio? ¿Y que si me duermo... se caerá? Pero... ¿y el dolor? ¿Es esa falta de magia lo que ha hecho que mi cuerpo reaccionara contra el metal de esa manera?

–Me temo que sí.

Shail apretó los dientes.

–Sabía que no era buena idea.

–¿Quieres que intente quitártela?

–¿Puedes hacerlo?

–Entre los dos podemos, sí. Pero solo mientras la magia fluya entre tu cuerpo y el miembro artificial. Entonces se puede desprender de la misma manera que se unió a ti. Pero si intento quitártela cuando esa unión no sea limpia y perfecta... será una carnicería.

A Shail se le puso la piel de gallina.

–Hay otra opción, sin embargo –añadió Ydeon–. Dos, en realidad. Una de ellas consiste en evitar que la magia se debilite. En mantener activo tu poder incluso cuando estás dormido.

–Puede hacerse –asintió Shail–. Hay amuletos especiales para eso. Pero a veces fallan. ¿Y la otra opción?

–La otra opción es transferir al metal un poder superior al que tú, como mago, posees. Me refiero al poder de un dragón, de un unicornio o de un shek.

El mago calló, pensativo.

–¿Pero eso no tendría efectos secundarios? Piensa en Domivat. Está forjada con fuego de dragón y ningún humano puede blandirla sin abrasarse.

Ydeon rió, con una risa que retumbó como una avalancha de rocas.

–Está pensada para eso: para que ningún humano pueda empuñarla. Pero hay niveles y niveles. Tal vez a tu pierna solo le haga falta un poco de fuego de dragón, o de escarcha de shek, o un leve roce del cuerno de un unicornio.

Shail movió la cabeza.

–No puedo evitar pensar que me estás utilizando para un extraño experimento, Ydeon. Me niego a creer que hayas probado esto antes con otras personas.

–No lo he hecho –admitió el gigante–. Pero no voy a obligarte a seguir con esa pierna, si no quieres. La decisión es tuya.

Shail volvió a contemplar su nueva pierna artificial. De nuevo parecía sólidamente unida a su cuerpo. El dolor y la hinchazón habían desaparecido por completo. Flexionó la rodilla y observó cómo la luz del arroyo de lava arrancaba reflejos rojizos de su superficie metálica. Recordó lo bien que se había sentido al volver a caminar. Vaciló. Era una pierna tan hermosa... tan perfecta...

–No quieres desprenderte de ella tan pronto –adivinó Ydeon.

–No –reconoció Shail en voz baja–. Creo que seguiré con ella un poco más. Sé cómo hacer un amuleto de mantenimiento. Probaré a ver qué tal funciona con eso y... –se interrumpió de pronto, recordando que tenía un viaje planeado. Pero si la pierna le daba problemas... no sería buena idea que esos problemas lo sorprendieran lejos de la caverna del forjador de espadas.

Ydeon le dirigió una larga mirada pensativa.

–Creo que, después de todo –dijo finalmente–, va a ser mejor que te acompañe al Oráculo. Por si acaso.

Partieron dos días después, cuando los primeros rayos de Evanor se abrieron paso entre las nieblas de Nanhai y rozaron las blancas cumbres de las montañas. Shail no había pegado ojo en toda la noche, ni tampoco la anterior: temía rendirse al sueño y encontrarse, al despertar, con que su maravillosa pierna artificial no era más que una enorme astilla de metal atravesando su carne, carne llagada, sangrante... destrozada. Ydeon le había conseguido una gema de piedra minca, un mineral de color violáceo con el que los hechiceros elaboraban muchos de sus amuletos, porque era muy receptivo a la energía mágica. Con ella le había forjado un colgante para que pudiera llevar el talismán prendido del cuello. Shail se había encargado de realizar el ritual para convertir la gema de piedra minca en un amuleto de mantenimiento.

Ahora lo llevaba colgado al cuello, una enorme gema cárdena del tamaño de un puño. Habría preferido que fuera algo menos llamativo, pero Ydeon no se sentía cómodo trabajando con cosas pequeñas. De todas formas, poco a poco el amuleto empezaba a hacer efecto, porque se notaba más despierto y perceptivo, a pesar de que llevaba tanto tiempo sin dormir.

Viajaron durante todo el día, deteniéndose solo para comer. La pierna de Shail no dio ningún problema. Y cuando hicieron un alto para descansar por la noche, en una grieta de las montañas, el joven mago cayó rendido de cansancio, y durmió de un tirón hasta el primer amanecer, sin preocuparse por nada más. Mientras tanto, su amuleto de mantenimiento brillaba tenuemente en la semioscuridad, con una suave luz violeta, conservando su magia tan activa como cuando estaba despierto.

Al levantarse por la mañana y comprobar que todo estaba en orden, Shail se sintió contento y optimista por primera vez en mucho tiempo. Deseó que Zaisei estuviera allí para poder compartir su alegría con ella. Si todo iba bien, pronto volverían a encontrarse.

Zaisei recorría las calles de Rhyrr sin apenas fijarse en lo que sucedía a su alrededor. Era cierto que había echado de menos la Ciudad Celeste, llena de luminosas plazas y amplias calles, bordeadas de edificios de paredes blancas y tejados de cúpulas azules, salpicada de las altas torres-mirador que se elevaban hacia el claro cielo de Celestia y que tanto gustaban a los celestes, porque subiendo a su cúspide se sentían más cerca de su elemento. Había echado de menos la sensación de estar rodeada de su gente, la paz que ello suponía, sin mentiras, sin engaños, sin malos deseos. Convivir con otras razas, especialmente con humanos, resultaba agotador para cualquier celeste, y Zaisei, pese a haber pasado casi toda su vida lejos de Celestia, no era una excepción.

Sin embargo, aquel día deseaba con toda su alma estar en otra parte.

Llegó casi sin aliento a la Biblioteca, uno de los edificios más emblemáticos de la ciudad, con un cuerpo central cubierto por tres cúpulas, una sobre otra, y dos amplios cuerpos laterales que se extendían como las alas de una mariposa. Zaisei había admirado a menudo la delicada y equilibrada belleza de aquel lugar, pero en aquella ocasión no se detuvo a contemplar las enormes paredes acristaladas ni las altas columnas blancas. Subió por las escaleras a toda prisa y recorrió las estancias, en busca de la Venerable Gaedalu.

Tenía una idea bastante aproximada de dónde encontrarla. La Madre y su cortejo habían llegado allí varias semanas atrás, y se habían alojado en una de las grandes casas de Rhyrr, que el alcalde de la ciudad les había cedido con mucho gusto cuando Gaedalu había expresado su deseo de pasar un tiempo allí, consultando los archivos de la biblioteca. La varu solía pasar los días, y a veces también las noches, encerrada en una de las salas más restringidas, aquella en la que se guardaban los documentos más antiguos. Zaisei no sabía qué estaba buscando Gaedalu con tanto afán, pero sí estaba al tanto de que la mayor parte de los textos que examinaba trataban sobre mitología, historia y religión. Aquello, en principio, no tenía nada de particular. Los Oráculos estaban sumidos en el caos, el último unicornio se debatía entre la vida y la muerte y el último dragón había anunciado que se avecinaba una guerra de dioses, una guerra que podría arrasar el continente. Si Gaedalu buscaba respuestas en los textos antiguos, la Biblioteca de Rhyrr era el lugar más indicado. No obstante, había dos cosas que preocupaban a Zaisei. La primera era que ella y Gaedalu llevaban ya mucho tiempo allí, y que las sacerdotisas del Oráculo necesitaban a la Madre en Gantadd. Y la segunda, y más inquietante aún, tenía que ver con los sentimientos de Gaedalu.

Zaisei sacudió la cabeza y trató de no pensar en ello. Además, las noticias que había recibido aquella misma mañana lo cambiaban todo y daban un nuevo giro a las pesquisas de la varu.

Al llegar a la estancia halló a la Madre Venerable inclinada, como siempre, ante un enorme volumen que había sacado de una de las estanterías del fondo. Estaba tan concentrada en su estudio que no se había dado cuenta de que su piel empezaba a resecarse.

Zaisei frunció el ceño, inquieta, pero no por el estado de la piel de la Madre. En los últimos tiempos no resultaba agradable acercarse a ella. Cuando lo hacía, Zaisei experimentaba en su interior ecos de un sentimiento sombrío y violento, un rastro de dolor, odio y deseo de venganza que la turbaban y le revolvían el estómago. Aquella sensación era más intensa cuando se reunía con Gaedalu en la biblioteca. Lo que estaba buscando en aquellos documentos antiguos alimentaba aquel odio en el corazón de la varu, eso parecía claro; pero Zaisei no podía deducir nada más, y tampoco se atrevía a preguntar.

Se quedó en el umbral, por tanto, y carraspeó con delicadeza para hacerse notar. Gaedalu alzó la cabeza. Inmediatamente, la sensación desagradable disminuyó, y Zaisei detectó, como de costumbre, el cariño y el orgullo que teñían los sentimientos de la Madre cada vez que la miraba. Zaisei se sentía abrumada y agradecida ante aquel cariño: sabía que Gaedalu la trataba más como a una hija que como a una pupila, porque había sido buena amiga de su madre y porque, al protegerla a ella, de alguna manera, recordaba a Deeva, la hija que había perdido tiempo atrás. Zaisei no había llegado a conocer a Deeva. Ella era una niña de poco más de cinco años en la época de la conjunción astral, cuando Deeva, por aquel entonces una poderosa hechicera, había partido al exilio para no volver.

Zaisei, en cambio, se sentía demasiado intimidada por Gaedalu como para poder tratarla con la misma confianza que a una madre, aunque la admiraba y hacía lo posible por no decepcionarla.

«Zaisei», sonrió Gaedalu. «¿Qué pasa? ¿A qué vienen tantas prisas?».

La joven trató de olvidar el rastro de odio que había percibido en la Madre Venerable. Los celestes nunca ocultaban sus sentimientos entre ellos, porque no podían hacerlo, pero eran muy conscientes de que otras razas no poseían esa capacidad de leer en los corazones de los demás y que por eso escondían o disimulaban sus emociones, temerosos de que otros pudieran descubrirlas. Por una cuestión de respeto, los celestes habían aprendido a ser discretos en ese aspecto, y por norma general se guardaban para sí lo que sabían sobre los sentimientos ajenos.

–Ha llegado un mensaje desde Nanhai, Madre Venerable –anunció, y sonrió sin poder evitarlo–. Es de Shail, el hechicero.

Cualquier celeste habría notado sin ninguna dificultad que el corazón de Zaisei se henchía de emoción cada vez que pronunciaba su nombre. Pero Gaedalu no necesitaba ser celeste para saber muy bien, a aquellas alturas, cuál era la relación existente entre los dos jóvenes. Le dirigió una mirada severa.

«No me gusta ese muchacho, Zaisei», decretó. «Dice cosas extrañas y ha estado aliado con el hijo de Ashran».

Cuando Gaedalu mencionó a Kirtash, Zaisei volvió a percibir aquella huella de ira y odio en su alma. Retrocedió un paso, intranquila, pero se obligó a centrarse en el tema que estaban tratando.

–Existe un lazo, Madre Venerable –le recordó con tacto.

«Lazos», repitió Gaedalu. «Los celestes concedéis demasiada importancia a los lazos».

Zaisei sonrió. Había mantenido aquella discusión con muchas personas no celestes.

–Al final resulta –dijo– que los lazos son siempre lo único que importa.

«Lo único que puede hacer cambiar el curso de la historia, o incluso malograr una profecía; la diferencia entre la victoria o la derrota de un dios», se dijo, con un ligero estremecimiento, al recordar la extraña relación entre Jack, Christian y Victoria.

«Bien, existe un lazo entre Shail y tú», suspiró Gaedalu. «De acuerdo. Supongo que ya eres mayorcita para saber lo que estás haciendo».

Zaisei inclinó la cabeza.

–Gracias, Madre Venerable. Pero no os he molestado para hablar de lazos ni de mi relación con Shail. La carta contiene información importante, que debéis conocer de inmediato.

Una parte del mensaje de Shail también era personal. El mago no había podido resistir la tentación de decirle en la carta lo mucho que la quería y cuánto la echaba de menos. Zaisei sonrió para sus adentros. A Shail le había costado mucho sincerarse con ella en su día, pero, una vez lo había hecho, solía reiterar sus sentimientos muy a menudo, sin tener en cuenta que Zaisei ya los conocía. «Supongo que es difícil para él, para todos los humanos en general», pensaba la joven a veces, «puesto que no son capaces de ver los lazos que existen entre las personas y van a ciegas en cualquier relación».

Se saltó aquellos párrafos y leyó en voz alta la parte referente a los descubrimientos de Shail en Nanhai. Como la primera vez que sus ojos habían paseado sobre aquellas líneas, Zaisei no pudo evitar que se le encogiera el corazón de angustia al imaginar la cordillera sacudida por una fuerza destructora que Shail asociaba con el dios Karevan.

«¿Cómo se atreve a insinuar semejante cosa?», dijo Gaedalu, perpleja, y hasta Zaisei llegó una pequeña oleada de disgusto.

–El sacerdote Ymur parecía estar de acuerdo con esta teoría, Madre Venerable.

«Pasemos eso por alto. Sigue leyendo, por favor».

–«Lo que más me preocupa es que, si este extraño fenómeno se debe a la acción del dios Karevan, puede que algo semejante suceda en otros lugares de Idhún. Y si los otros dioses son tan destructivos como este, tendremos que encontrar la manera de detenerlos o de evacuar a los habitantes de los lugares donde se manifiesten, si es que se manifiestan todos de forma similar. Ymur ya ha escrito al Venerable Ha-Din para contarle todo lo que estamos viendo estos días en Nanhai. Yo voy a quedarme un poco más para ver si averiguo más cosas, pero no veo la hora de regresar y...» –Zaisei se saltó lo que seguía, ligeramente ruborizada–. «Los magos también estarán sobre aviso. Parece ser que Victoria ha despertado de su trance, aunque esto no he podido comprobarlo por mí mismo, y por tanto te agradecería que averiguaras si es verdad. Lo he sabido a través de Kirtash, que en estos momentos viaja hacia Kazlunn...».

«¿Kirtash?», estalló Gaedalu. La palabra sonó con tanta fuerza en la mente de Zaisei que la muchacha dejó escapar un grito y se llevó las manos a las sienes. «¿Insinúas que tu mago ha estado con ese monstruo todo este tiempo? ¿Cómo te atreves a venir a contarme esas historias de dioses destructores, sabiendo que han salido de la lengua envenenada de un shek?».

Zaisei retrocedió un par de pasos, asustada por la violencia de los sentimientos que percibía en Gaedalu. Se irguió, no obstante, para responder con firmeza:

–Lo que se cuenta en esta carta lo vio Shail con sus propios ojos, y varios gigantes corroboran sus palabras, entre ellos el sacerdote Ymur, del Gran Oráculo.

«Es evidente que ese shek los ha engañado a todos», gruñó Gaedalu. «Vete con tu carta, hija, y reza a Irial para que ilumine tu entendimiento y te haga ver que todas estas mentiras no son sino otra artimaña de las serpientes para hacernos dudar de nuestros dioses».

–Entonces, ¿por qué los Oráculos nos hablan a gritos, Madre?

Gaedalu dejó escapar una suave risa gutural.

«Puede que se hayan dado cuenta de que últimamente nos hemos vuelto un poco sordos. Vete en paz, hija, y no dejes que te confundan con esas historias».

Zaisei no discutió. Salió de la habitación, aún con la carta de Shail entre las manos, y después abandonó la biblioteca, pensativa y muy preocupada. No dudaba de las palabras del mago, pero estaba de acuerdo con Gaedalu en que Kirtash era un ser retorcido e imprevisible, con una inteligencia perversa. Sin embargo, otras personas, entre ellas Jack, habían corroborado la historia de la próxima llegada de los dioses. A Gaedalu la cegaba el odio hacia Kirtash, y tal vez eso podía impedirle ver la verdad.

La tranquilizaba saber que al menos Ha-Din estaba sobre aviso. Tal vez él sí se tomara en serio la alerta que llegaba desde Nanhai; tal vez lograra convencer a Gaedalu...

Pero, entretanto, ¿qué podía hacer ella? ¿Qué debía hacer? ¿Acudir a Kazlunn para comprobar cuál era el estado de Victoria? ¿Regresar al Oráculo? ¿Ir al encuentro de Ha-Din? ¿O permanecer con Gaedalu? Estaba empezando a pensar que había algo extraño en todo aquello, en el modo en que la Madre Venerable bebía de aquellos antiguos libros, con ansia, como si estuviera buscando algo que fuera más allá de una información teórica o un conocimiento olvidado.

Reprimió un estremecimiento. Comprendía que Gaedalu odiase a Kirtash, porque el shek se había ganado muchos enemigos y era difícil sentir aprecio hacia él, después de todo lo que había hecho.

«Pero al final», se recordó a sí misma, oprimiendo con fuerza la carta de Shail entre los dedos, «son los lazos los que cuentan, los que hacen cambiar las cosas. Al final, los lazos son lo único que queda».

Lenta, muy lentamente, Victoria fue recuperando fuerzas.

Al principio resultaba frustrante para Jack, que era quien seguía pasando la mayor parte del tiempo con ella. Victoria no tenía fuerzas para moverse, y no era capaz de pronunciar más de dos o tres frases cada día. Jack cuidaba de ella con paciencia y con cariño, pero empezaba a darse cuenta de que algo no marchaba del todo bien.

Entendió de qué se trataba un día que le estaba dando de cenar, incorporándola con sumo cuidado y tratando de hacerle tragar más de dos cucharadas de sopa.

—No... voy a ponerme bien... ¿verdad? —preguntó ella con esfuerzo.

—Claro que sí —repuso él—. Y antes de lo que crees, ya lo verás.

Ella negó con la cabeza.

—No lo pienses... de verdad... —dijo—. Lo dices... solo... para que me sienta... mejor.

Jack la miró un momento y entendió que no iba a poder animarla con palabras vacías. Dejó a un lado la bandeja y la abrazó con cariño.

—Ten paciencia —le dijo al oído—. Esto llevará un poco de tiempo, pero recuperarás tus fuerzas. Volverás a moverte y a hablar como solías. Eres muy fuerte, Victoria, has luchado contra serpientes y nigromantes; saldrás de esta, como has salido de todos los retos que se te han puesto por delante. Te he visto hacer cosas increíbles... y sigues haciéndolas: la última de ellas fue abrir los ojos el otro día.

Ella había abierto la boca como si fuera hablar, pero, o bien no encontró palabras, o bien ya no le quedaban fuerzas para pronunciarlas. Lo había mirado entonces, con aquellos ojos que le producían tanta tristeza. Porque no solo habían perdido la luz, sino que tampoco irradiaban oscuridad. Eran los ojos de una muchacha humana... como otra cualquiera.

Después giró la cabeza y cerró los ojos, y dos lágrimas rodaron por sus mejillas. Y ya no hizo ni dijo nada más en todo el día.

Jack no supo qué decirle. La dejó sola un rato para que descansara, pero también porque necesitaba pensar. Subió a la terraza y se asomó al mirador, con las sienes ardiéndole.

Victoria no parecía ella misma. No se trataba tan solo de que la luz de sus ojos se hubiese extinguido. Era que aquella criatura débil y temblorosa no recordaba a la mujer fuerte y valiente que él amaba. Cuando la miraba, tan frágil, tan... humana, Jack se sorprendía a sí mismo sintiendo lástima, tal vez ternura, pero no el amor y la pasión que ella le había inspirado. «Pero yo la quiero», pensó. «La quiero». Cerró los ojos y enterró el rostro entre las manos, cansado. La llama se estaba apagando en su interior cada día que pasaba, y lo peor era que Victoria se estaba dando cuenta. «Es una fase», pensó Jack. «Es solo que no estoy acostumbrado a verla así». Victoria lo había pasado mal en otras ocasiones, había estado enferma o en peligro, pero siempre había brillado en ella aquella luz interior, aquella fuerza que hacía pensar a Jack que valía la pena luchar y morir por ella. En cambio, aquella nueva Victoria parecía tan poca cosa, tan perdida y asustada... e incluso parecía temerle a él.

«¿Por qué me tiene miedo?», se preguntó. «¿Precisamente a mí?». Siempre había sentido cierto temor hacia Christian; teniendo en cuenta que él había sido su enemigo, y que su misión había sido matarla, no era de extrañar. Sin embargo, Victoria se había enfrentado a aquel miedo para defender contra viento y marea su relación con el shek. Nunca se había sentido intimidada por Jack, sin embargo. Nunca había tenido motivos. Era su mejor amigo... entre otras cosas.

Eso lo llevó a plantearse algo importante. A lo largo de aquellos días, Victoria había preguntado por todo el mundo. Había preguntado por Shail, por Allegra –y Jack le había hablado del sacrificio del hada, había tenido que explicarle que había muerto en la batalla de Awa–, por Alexander, incluso por Kimara. Pero no había preguntado por Christian. «No es posible que lo haya olvidado», pensó Jack. ¿Y el shek? ¿Sabía que Victoria había despertado ya? La joven todavía llevaba puesto su anillo. ¿Podía la joya transmitirle aquel cambio en su estado? «¿Y qué dirás cuando la veas, Christian? ¿Dónde buscarás ahora la luz que hallabas en ella?».

Victoria se había vuelto muy humana. Demasiado humana para él. «Y yo me he vuelto demasiado dragón para ella», comprendió de pronto. Era eso lo que a Victoria la amedrentaba de él. Lo había mirado de la misma forma en que lo miraban otras personas: como a alguien demasiado grande, poderoso o importante como para osar dirigirse a él. Como si no supieran si era mejor trabar relación con él o apartarse de su camino. «Tan humanos», solía pensar Jack. El tiempo pasado con Christian y con Victoria, y también con Sheziss, lo había apartado de las personas normales y corrientes. Lo había notado al volver a reunirse con lo que quedaba de la Resistencia. Él era *diferente*. Y eso al principio lo había preocupado. Pero al fin había llegado a pensar que, teniendo a Victoria, y a Christian, de alguna manera, no necesitaba a nadie más. Porque ningún humano, ni feérico, ni celeste, ningún semiyan como Kimara, podía llegar a conocerlo y a comprenderlo bien. Solo su amada y su enemigo. Su compañera y su némesis. Su contrario y su complementario.

Y ahora, Victoria se había vuelto una de ellos. Tan humana...

Con un suspiro, se separó de la balaustrada y volvió a entrar en la torre. Podía soportar el hecho de que su némesis se volviera más humano y abandonara la tríada. Pero perder a Victoria suponía que ya solo le quedaría su enemigo, y esa no era una perspectiva muy halagüeña.

Un día, Jack la sorprendió tratando de levantarse de la cama. La recogió justo antes de que cayera al suelo.

—¿Qué haces? —le reprochó—. Todavía no tienes fuerzas para esto.

—Ya lo sé... Pero es que no soporto... estar tan débil...

—Ya te lo he explicado, cariño. Eres una fusión de dos esencias, de dos criaturas. Una de ellas está moribunda, por lo que la otra tiene que mantener con vida esas dos esencias a la vez. Es como si trataras de hacer funcionar dos aparatos de radio con una sola pila, ¿entiendes? Demasiado estás haciendo ya.

Lo reconfortó ver que su comparación la había hecho sonreír. En Idhún, las personas capaces de comprender aquellas referencias podían contarse con los dedos de una mano. Y Victoria era una de ellas. «Qué diferentes eran las cosas cuando vivíamos en la Tierra».

—Pero... no es suficiente —suspiró ella; alzó la cabeza hacia él y lo miró con aquellos ojos tan expresivos, tan humanos—. No es suficiente..., ¿verdad?

Jack no supo qué decir. «Lo sabe, lo sabe todo», pensó. «Se ha dado cuenta de lo que ha cambiado entre los dos, de mis dudas, de que lo nuestro se ha enfriado. Y sabe por qué». Podía haber perdido la luz y el poder del unicornio, pero, por lo visto, seguía conservando su intuición. Ella sentía que él ya no la quería como antes, y eso la hacía sufrir. De pronto, no lo consideró justo. La joven había dado su vida por él, y Jack era lo bastante canalla como para dudar de su amor por ella.

–Victoria, Victoria, con todo lo que hemos pasado juntos –murmuró, conmovido–. Y que a estas alturas todavía nos pasen estas cosas...

–Pero tú...

–Pero yo te quiero –completó Jack, y se dio cuenta de que era verdad.

Acercó su rostro al de ella y la besó, primero de forma delicada, luego con pasión. Era la primera vez que lo hacía desde la noche del Triple Plenilunio. Victoria gimió suavemente, pero se dejó llevar. Cuando se separaron, ella bajó la cabeza, ruborizada.

–¿Qué? –le preguntó él en voz baja.

–Ha sido tan... –suspiró ella–, tan intenso... que me ha dado hasta miedo.

Jack sonrió.

–Sí, me temo que eso puede ser un problema. Pero no es culpa tuya. Soy yo, ya sabes: el fuego del dragón y todo eso. Puede que con Christian te pase al contrario –bromeó–. El hombre de hielo que da besos de hielo.

Se calló al ver que ella se había puesto seria.

–¿Qué te pasa? ¿No quieres que mencione a Christian? ¿No... no lo echas de menos?

Victoria meditó la respuesta.

–No estoy... segura –dijo en voz baja–. Tengo recuerdos... recuerdos de los dos. Recuerdos hermosos... y recuerdos horribles –hizo una pausa para descansar; Jack aguardó pacientemente a que recuperara el aliento–. Me acuerdo... de sus ojos. De su mirada. Hubo un tiempo... en que me gustaban esos ojos... la forma en que me miraba. Pero ahora, a veces... sueño con ellos... y me producen pesadillas.

«Demasiado humana», se dijo Jack.

–Él nunca te haría daño, Victoria.

«No es verdad», pensó enseguida. «Le ha hecho daño muchas veces, pero ella siempre ha estado dispuesta a correr el riesgo. Ahora ya no tiene fuerzas, ya no sabe si vale la pena».

Ella respiró hondo y cerró los ojos un momento, y Jack vio que estaba cansada.

–Ya has tenido demasiadas emociones por hoy, señorita. Ha llegado la hora de descansar hasta mañana. ¿Ves? Ya ha pasado el segundo atardecer. Las niñas buenas se van a dormir cuando cae el primer sol.

La alzó en brazos y la llevó de nuevo hasta la cama. Victoria se dejó arropar y le dedicó una cálida sonrisa.

–Gracias, Jack.

Él le sonrió a su vez.

–De nada. Me gusta cuidar de mi chica.

Ella cerró los párpados, exhausta. Menos de dos minutos después, ya dormía profundamente.

Era ya de noche, pero en el campamento reinaba una gran actividad. Siempre había cosas que hacer, planes que trazar, gente a la que entrenar. Gerde paseaba por entre las chozas de los szish, sonriendo para sí. Se detuvo para observar de lejos a un grupo que atendía a las indicaciones de uno de los iniciados. Eran los jóvenes que había pedido, seleccionados entre todos los clanes; habían superado las primeras pruebas, pero aún les quedaban algunas más, que tendrían lugar en los próximos días. De allí saldría el elegido. Aquel que ocuparía un lugar muy importante en los planes futuros de Gerde.

Descubrió en el grupo a un szish muy jovencito, casi un niño. Frunció el ceño. Era extraño que alguien así hubiera llegado hasta allí, teniendo en cuenta lo dura que debía de ser la competencia. Gerde percibió que el muchacho szish se había percatado de su presencia y la miraba a su vez, haciendo caso omiso de la charla del iniciado, y arriesgándose, por tanto, a recibir una reprimenda. No parecía importarle, sin embargo. Su rostro de serpiente permanecía inalterable y, no obstante, Gerde detectó en sus ojos un brillo de adoración, sincero y profundo. Le sonrió al chico alentadoramente.

Una sombra se deslizó entonces hasta ella.

–Señora –susurró; le costaba hablar, como si cada palabra le provocara un dolor agónico–. Han llegado unos rumores preocupantes desde Kazlunn.

–¿Sí? –sonrió ella, desinteresada en apariencia.

–Acerca del unicornio –dijo la sombra, y su voz sonó extraña, anhelante y a la vez llena de odio–. Dicen que ha despertado.

Gerde se volvió hacia su acompañante. Su rostro quedaba oculto por la capucha de su capa. Era humano y, como tal, no era bien recibido en el campamento szish. Gerde podía haberle dicho que, por mucho que se tapara, los hombres-serpiente seguirían reconociéndolo. Podían detectar el calor que emitía su cuerpo de sangrecaliente.

–He oído los rumores –asintió Gerde–. No harás nada al respecto.

–Pero...

–He dicho que no harás nada al respecto. ¿Queda claro?

La sombra calló un momento; después asintió lentamente. Hizo ante ella una profunda reverencia, tomó su mano y la besó con devoción. Gerde sonrió.

–Todo llega –le dijo con cierta dulzura–. Ten paciencia.

El encapuchado volvió a inclinarse y, momentos después, se perdió entre las sombras. Gerde detectó que, desde el grupo de los jóvenes, el chico szish seguía mirándola. Sabía que había estado observando con atención a su acompañante, devorado por los celos. Sonrió para sí.

III

El unicornio herido

E L viaje hasta el Oráculo duró todavía varios días más. Al atardecer del octavo día, divisaron sus ruinas a lo lejos, su enorme cúpula partida en dos, las columnas que ya no sostenían ningún techo. Shail se detuvo un momento para contemplarlo.

—Es parecido al de Gantadd —murmuró—. Pero mucho más grande. O, al menos, da la sensación de haber sido mucho más grande.

Al filo del tercer crepúsculo se detuvieron ante lo que había sido el pórtico del Oráculo. Solo quedaban tres columnas en pie. Las otras tres se habían derrumbado, y una de ellas bloqueaba la entrada. Pero Ydeon pasó sin problemas por encima de ella. Shail tuvo que trepar tras él, y agradeció para sus adentros el tener de nuevo dos piernas. Con el bastón le habría sido imposible pasar.

Se reunió con Ydeon en los restos del enorme atrio con forma hexagonal que había recibido a los visitantes en tiempos pasados. El gigante estaba echando una mirada en derredor, en busca de señales de vida, pero aquellos restos permanecían silenciosos, vacíos... muertos.

Shail se preguntó dónde andaría Ymur. Después de ver con sus propios ojos cómo había quedado el Gran Oráculo tras el ataque de los sheks, le resultaba extraño que alguien deseara seguir viviendo allí. Sin embargo, Ymur seguía habitando aquellas ruinas muchos años después de que su hogar fuera destruido.

Al fin y al cabo, se dijo Shail, Ymur era un gigante. No tenía nada de particular que alguien como él viviese solo y rodeado de piedras.

—¿No sabía que veníamos? —le preguntó a Ydeon.

—Lo sabía —respondió el fabricante de espadas.

—Tal vez... —empezó Shail, pero algo lo interrumpió: una carcajada histérica que resonó por las ruinas, oscura e inquietante.

Ydeon se enderezó y dejó escapar un gruñido ahogado. Shail se puso en guardia y preparó mentalmente un hechizo de ataque. Los dos se volvieron hacia todas partes, pero no lograron localizar el origen de aquel sonido.

La extraña risa esquizofrénica volvió a oírse, esta vez más cerca, y su eco los persiguió durante unos angustiosos segundos en los que a Shail se le erizó la piel de la nuca.

—¿Quién anda ahí? —retumbó Ydeon.

Solo obtuvo una nueva carcajada por respuesta.

—¡Allí! —dijo entonces Shail.

Los dos vieron una figura andrajosa que saltaba de piedra en piedra con alocada temeridad. Una figura humana.

—¡Buscamos a Ymur, el sacerdote! —gritó Ydeon.

—¡Basura! —chilló el desconocido con voz aguda—. ¡Nada más que un pedazo de escoria! ¡Eso es lo que eres!

Shail parpadeó, confuso. Ydeon, sin embargo, no parecía ofendido.

—¿Conoces a Ymur? —insistió.

El otro se rió como un loco y trepó a lo alto de una columna, donde se sentó y se puso a rascarse un pie.

—¡Cómo has osado dejarte ver! —le espetó—. ¡Vuelve al lugar del que procedes, sobras, restos, desperdicios!

Shail no sabía si enfadarse o echarse a reír.

—Está completamente chiflado —murmuró.

—¡No deberías estar aquí! —seguía berreando el humano—. ¡Profanando esta tierra con tu sucia presencia! ¡Fuera de aquí! ¡Vete! ¡Largo!

Se puso en pie y lanzó un agudo chillido. Después, empezó a tirarse del pelo y a arrancárselo a mechones, mientras lloraba desconsoladamente.

—¡Bastaaaaaa! —aulló—. ¡Callaos ya, malditos! ¡Malditos! ¡Canallas! ¿Por qué me hacéis esto?

Empezó a dar saltos sobre la columna.

—¡Se va a matar! —dijo Shail, alarmado.

Para cuando el hombre se arrojó al vacío desde lo alto de la pilastra, el mago ya tenía preparado un hechizo de levitación. El último grito agónico del loco suicida finalizó en un quejoso llanto apagado mientras su cuerpo flotaba suavemente hasta el suelo. Shail se apresuró a acercarse al lugar donde había quedado tendido, hecho un guiñapo. En dos zancadas, Ydeon lo alcanzó.

El hombre seguía llorando, encogido sobre sí mismo, y no podían verle el rostro, oculto tras una maraña de greñas de color gris.

–Ojalá supiéramos quién es –murmuró Shail– y cómo ha llegado a este estado.

–Se llama Deimar –dijo una voz a sus espaldas–. En cuanto a la segunda cuestión, me temo que aún no tengo una respuesta.

Ydeon y Shail se volvieron. Tras ellos estaba Ymur, el sacerdote, observándolos con gravedad. Cargaba sobre sus poderosos hombros un enorme bulto peludo.

–¿Habéis cenado ya? –preguntó–. Porque yo me muero de hambre.

–Me costó reconocerlo cuando lo vi –dijo Ymur un rato después, cuando estaban los tres sentados en torno a la hoguera, y el loco dormitaba en un rincón, bajo los efectos de un conjuro sedante–. Deimar era un hombre cuerdo cuando abandonó Nanhai hace diecisiete años. Me pidió que me marchara con él a Awa, pero no quise dejar este lugar, ni siquiera después de que fuera destruido.

–¿Os conocíais bien?

Ymur suspiró.

–No –admitió–. Habitábamos los dos en el Oráculo, pero apenas teníamos relación... hasta que llegó la conjunción astral y, poco después, el ataque de los sheks. Lo último que recuerdo fue que el techo se derrumbaba sobre mi cabeza y que hacía mucho frío... Cuando recuperé el sentido no podía creer que siguiera vivo. Todos los hermanos y hermanas del Oráculo habían muerto: el abad Yskar, los sacerdotes y sacerdotisas... Nunca llegué a conocerlos bien, pero en ese momento los eché de menos. Pensé que era el único superviviente, hasta que encontré a Deimar entre los escombros.

Hizo una pausa y contempló el fuego durante unos instantes, pensativo.

–Cuando se recuperó de sus heridas –prosiguió–, se despidió de mí y se fue. Tenía entonces un aspecto muy distinto. Y su mente estaba sana.

»Hace varios meses volvió a aparecer por aquí, los dioses saben cómo, en el estado lamentable en el que está. Llevo desde entonces cuidando de él, esperando que me diga algo coherente que pueda darme una pista acerca del mal que lo aqueja. Lo he dejado solo otras veces, como cuando fui a ver qué era esa extraña fuerza que sacudía las montañas. Nunca antes había intentado suicidarse.

–Quizá hicimos o dijimos algo que lo asustó –aventuró Shail.

Ymur negó con la cabeza.

–Últimamente se estaba poniendo peor, de eso estoy seguro. Sobre todo por las noches, así que estos días he procurado no alejarme demasiado, o regresar antes del último atardecer. Hoy me he retrasado un poco –hizo una pausa–. Otros asuntos requerían mi atención... lejos de aquí.

Shail se enderezó.

–Todavía hay movimientos sísmicos en la cordillera. Hemos oído el sonido de los aludes cuando veníamos hacia aquí. ¿Te refieres a eso?

–Ese es uno de los asuntos que me preocupan, sí. Pero no es el único. Por lo visto, Nanhai se está llenando de extraños visitantes en los últimos tiempos. Una criatura salvaje vaga por las cuevas del este. Dejó malherido a un gigante, y no hay muchas bestias capaces de hacer eso.

–¿Por qué te avisaron a ti? –quiso saber Ydeon.

–Porque no sabían muy bien qué era, si un humano o un animal. Si era un animal, tratarían de darle caza; si se trataba de un ser humano, intentarían capturarlo sin hacerle daño. Pensé que podría ser alguien como Deimar, un humano que hubiese perdido el juicio. Pero después de verlo... ya no sé qué pensar.

»Por fortuna, parece que el ataque de locura asesina ya se le ha pasado, porque ahora rehúye los lugares poblados y se ha escondido en una caverna más apartada. De momento sigue ahí. Los habitantes de la zona lo vigilan discretamente a distancia, tratando de averiguar qué es exactamente.

Shail desvió la mirada, turbado. Ymur lo notó.

–¿Sabes acaso de qué estoy hablando?

–Me parece que sí –repuso el mago–. Sin embargo, no estoy muy seguro de poder resolver vuestro dilema. Porque creo que puedo deciros *quién* es esa criatura... pero no *qué* es.

Los dos gigantes lo miraron con cierta sorpresa.

–Y si es quien creo que es –prosiguió Shail–, tengo que ver en qué se ha convertido. Si es quien creo que es...

Su voz se apagó, pero sus pensamientos seguían dando vueltas. «Si es quien creo que es, una vez fue mi amigo. Antes de la noche del Triple Plenilunio».

–Pareces saber muchas cosas, mago –comentó Ymur–. Muchas, para ser tan joven. Yo llevo dos siglos estudiando los misterios del mundo, y sin embargo hay cosas para las que todavía no tengo explicación. Como la presencia de ese hombre-bestia en Nanhai. O esa cosa invisible que está destrozando la cordillera.

–De la presencia del hombre-bestia tengo mucho que decir –asintió Shail–, pero no sin haber comprobado antes si estoy en lo cierto. En cuanto a esa... manifestación invisible que sacude las rocas de Nanhai, no tengo certezas. Solo suposiciones.

–¿Te refieres a la teoría de que se trata de un dios que ha descendido al mundo? –Ymur negó con la cabeza–. Si esa es la respuesta al misterio, entonces habría preferido no formular ninguna pregunta.

Shail no respondió.

–Ya ha llegado mi nuevo dragón –dijo Kimara sonriendo sin poder evitarlo–. Es de color rojo, como Fagnor, el dragón que tenía Kestra. Te he hablado de Kestra, ¿verdad? –Victoria asintió con una sonrisa–. Es maravilloso, o debería decir que es maravillosa, porque parece una hembra. Es un poco más pequeña que los otros dragones, pero de líneas más suaves y rasgos más dulces. Tanawe está empezando a fabricar dragonas también, ¿no es increíble?

–Sí que lo es –asintió Victoria.

Paseaban las dos por el mirador, bajo la luz del primer atardecer. Victoria ya caminaba, aunque todavía tenía que apoyarse en alguien, y aunque Kimara tendía inconscientemente a acelerar el paso, Victoria se esforzaba por seguirla.

–Me muero de ganas de probarla. Parece mucho más fuerte y rápida que el dragón que piloté en Awa. Y ya no quiero otro dragón dorado. Se lo he dicho a Tanawe. Las dos estamos de acuerdo en que Yandrak debe ser el único dragón dorado de Idhún. Además... de esta forma, tanto los sheks como los pilotos de dragones lo reconocerán desde lejos cuando lidere a nuestras escuadras en la batalla.

Victoria se detuvo en seco y la miró.

–¿Jack se va con vosotros a Kash-Tar?

Kimara cambió el peso de una pierna a otra, incómoda.

–Bueno... no exactamente. Nosotros nos vamos mañana y él no va a abandonarte ahora, en tu estado... Pero estaba hablando de futuras batallas. A todos nos gustaría que un verdadero dragón nos guiara en la lucha contra los sheks... aunque a ti no te gusta que luche contra los sheks, ¿verdad?

–No mucho. Incluso con los dragones de Tanawe cubriéndole las espaldas, no deja de ser peligroso. Los sheks son criaturas poderosas.

Kimara dejó escapar un suspiro de impaciencia.

–¿Cómo pueden gustarte esos monstruos, Victoria? Jack los aborrece, y el único motivo por el que ya no quiere matarlos es que a ti te disgusta eso. ¡No puedes pedirle que renuncie a su instinto de dragón!

–Se lo pido porque quiero que siga con vida, Kimara. Los sheks me parecen hermosos, pero no he olvidado que son letales y que odian a Jack con todas sus fuerzas. ¿Está mal que quiera protegerlo?

Kimara la miró de reojo.

–A pesar de eso, sientes algo por uno de ellos.

Victoria bajó la cabeza.

–O él siente algo por ti –prosiguió la semiyan.

–Eso era antes. Hace tiempo que no sé nada de él. Yo he cambiado mucho y... quién sabe, puede que él haya cambiado también.

–Por mucho que haya cambiado, dudo que nada pueda extirpar el instinto asesino de su negro corazón –respondió Kimara con rencor.

Victoria no respondió. En otro tiempo habría defendido a Christian, pero en aquellos momentos no encontró nada que decir. Quizá porque, cuando recordaba al shek, el frío y el miedo se adueñaban de su alma. «Pero yo lo quería», pensaba a menudo. Y, sin embargo, ya no era capaz de recordarlo con cariño. Se llevó la mano al anillo de Christian, que todavía llevaba puesto. Ya no la reconfortaba. Le transmitía frío y oscuridad, y la siniestra mirada de aquella piedra de cristal le daba escalofríos. Con todo, no se lo había quitado ni una sola vez. Porque, aunque aún no sabía si de verdad deseaba seguir ligada a Christian, tampoco quería traicionarlo. Aquel anillo era uno de los símbolos de su poder, le había dicho en una ocasión: un poder oscuro y letal, pero que era también parte de su alma helada. Victoria se sentía responsable por ello. Sentía que él le había entregado algo muy valioso y que debía cuidarlo con todo el cariño del que fuera capaz. Porque él confiaba en ella. «O confiaba en Lunnaris, el unicornio», pensaba Victoria a menudo, con amargura. A veces soñaba que él regresaba, la miraba a los ojos y ponía esa extraña cara de decepción que se le escapaba a Jack al perderse en su mirada. Soñaba que él le pedía que le devolviera el anillo. «Ya no eres digna de llevarlo», le decía. «Solo eres una pobre chiquilla asustada». Y entonces ella, a pesar del miedo que sentía, a pesar de que una garra de hielo oprimía su corazón ante su mera presencia, lloraba la pérdida de Christian, lloraba su ausencia, lloraba cuando él daba media vuelta y se alejaba de ella sin mirar atrás. Las lágrimas se congelaban sobre sus mejillas, como el rocío en la madrugada, pero Victoria seguía echando de menos al shek, y corría tras él... y cada paso que daba la congelaba un poquito más.

Solía despertarse, temblando de miedo y de frío, en los brazos de Jack. Él la consolaba con su cálido abrazo, y Victoria se sentía mejor, pero era solo un momento... hasta que el fuego de Jack la abrasaba por dentro.

«Ya no soy capaz de resistir a ninguno de los dos», pensó.

Tiempo atrás, su abuela le había hablado del aura. Le había dicho que todas las personas irradian un suave halo de energía, que las hadas ven con facilidad, pero que pocos humanos pueden detectar. Le había dicho que el aura de Jack y de Christian –y en aquel entonces también la de la propia Victoria– era brillante y poderosa, mucho más que la de cualquier otra persona. La más poderosa de las tres era la de Christian, una aureola blanco-azulada tan fría como el hielo. Pero eso era antes de que Jack aprendiera a transformarse en dragón, antes de que Victoria asumiera del todo su esencia de unicornio. Después se habían separado. Victoria había vuelto a encontrarse con Allegra en Nurgon, después de la supuesta muerte de Jack. Entonces ella ya era un unicornio del todo, pero su aura, tan poderosa como debía ser, estaba, sin embargo, preñada de tinieblas. Y Allegra la había mirado con miedo, con el mismo miedo con el que Victoria miraba a Christian en sus sueños.

Y luego se había marchado de Nurgon en busca de Christian, en busca de venganza. No había vuelto a ver a su abuela. Y ya no la vería nunca más.

Había llorado su muerte amargamente, la muerte de quien había sido como una madre para ella. Allegra no había llegado a ver al unicornio en todo su esplendor, ni tampoco el aura de la criatura, valiente, serena y rebosante de luz, que se había enfrentado a Ashran, como habían predicho los Oráculos. Y ahora ya no quedaba nada de todo eso. De haber estado allí, Allegra no habría percibido nada extraordinario en ella.

La echaba de menos. A Allegra, y también a Shail.

Y ahora, el aura de Jack la quemaba, la devoraba. Y seguía queriéndolo, pero se sentía pequeña e insignificante a su lado... preguntándose cuánto tiempo más podría soportarlo.

–Es por eso por lo que Jack defiende a ese shek, ¿no? –preguntó entonces Kimara–. Es por ti.

Victoria le dirigió una mirada cansada.

–Supongo que sí. Pero ya no vale la pena el esfuerzo, ¿verdad? No por mí. Quizá por la que fui un día, pero no por lo que soy ahora.

–Yo no he dicho eso... –protestó Kimara.

–Y cuando se den cuenta de ello –prosiguió ella–, pensarán que ya no tienen motivos para controlar su odio. Y se matarán el uno al otro.

Se apoyó sobre la balaustrada, agotada; pero no era solo un cansancio físico. Kimara le pasó una mano por los hombros.

–No te atormentes. Has sufrido mucho. Ese bastardo de Ashran te hizo mucho daño. Tardarás un tiempo en recuperarte, pero entonces volverás a ser la de siempre. Jack te esperará. Sabes que lo hará.

Victoria la miró, llena de incertidumbre. Kimara le sonrió, y la joven terminó por sonreír también.

Alguien salió al mirador, y las dos se volvieron para ver quién era.

–¡Jack! –saludó Kimara–. ¿Has visto mi nuevo dragón?

–No he tenido el gusto –respondió él, cauto. Los dragones artificiales le inspiraban sentimientos contradictorios. Por un lado, le reconfortaba verlos volar. Le hacían sentirse como en casa, en un hogar que no había conocido pero que, a pesar de todo, añoraba. Por otro lado, sabía perfectamente que no eran dragones de verdad, porque no había ningún otro dragón en el mundo aparte de él, y eso lo llenaba de frustración, de dolor y de ira.

Se reunió con Victoria y la cogió por la cintura con delicadeza. Aunque ella ya podía sostenerse en pie sola, se había acostumbrado a tenerla siempre sujeta, por si se caía.

–Siento lo de esta mañana –le dijo en voz baja.

–No tiene importancia –respondió ella–. No fue culpa tuya.

–Sí, sí que lo fue. Es mi responsabilidad mantener esta parcela de la torre aislada para que nadie te moleste. No sé cómo pudo entrar aquí.

A pesar de todas sus precauciones, se había corrido la voz de que el unicornio había recuperado la conciencia, y todos los días había alguien que trataba de subir a verla. Por los alrededores de la torre pululaban siempre curiosos, cantores de noticias y enfermos diversos, que aspiraban a que Victoria utilizase su poder para curarlos y de paso, por qué no, transformarlos en magos. Aquella mañana habían tenido que echar a un silfo que había conseguido colarse hasta casi la misma habitación de Victoria.

En otro tiempo, nadie habría podido entrar en la torre sin el consentimiento de los magos. Pero la Orden Mágica pasaba por el peor momento de toda su historia, y los hechiceros que vivían en la torre mantenían su magia protectora a duras penas. Por este motivo, Jack contribuía personalmente a mantener alejada a la gente.

Sin embargo, cada vez se sentía más agobiado en su encierro y, por esta razón, se ausentaba con mayor frecuencia. Le sentaba bien transformarse en dragón y dar una vuelta, y a veces tardaba demasiado en regresar. Luego se sentía culpable por haber dejado sola a Victoria tanto rato... pero, por otro lado, tenía la impresión de que ya nada lo retenía allí. Y eso lo asustaba.

Victoria ya había hablado con él acerca de eso. Le había dicho que no quería atarlo a ella, que si tenía que marcharse, que lo hiciera. Jack sabía que ella no quería ser una carga, y que, por mucho que le doliera, aceptaría cualquier decisión que él tomase al respecto. Pero el joven aún no tenía claro qué era lo que quería.

Aquella mañana, en concreto, no había aguantado más y se había dirigido a las montañas. Sabía que no debía hacerlo, pero el instinto había sido más fuerte. Y el instinto lo había llevado directamente a una quebrada donde se ocultaba un shek.

Era joven y tenía un ala herida. Probablemente se había refugiado allí, hostigado por los Nuevos Dragones o por las patrullas de aldeanos que, asistidos de vez en cuando por algún guerrero bárbaro con ganas de gresca, perseguían y exterminaban serpientes en los escondrijos de las montañas.

Jack se había arrojado sobre aquel shek con garras, dientes y fuego. Se había desahogado con él, ensañándose más de lo necesario. Había disfrutado con la matanza.

«Soy un dragón», le recordaba su instinto. «He nacido para esto. Me crearon para esto».

Después había aterrizado en la orilla del río y se había lavado bien, despojándose de los restos de sangre, aquella sangre fría y oscura, de corazón de serpiente. Cuando emprendió el vuelo de regreso a la torre, ya sabía que no se lo iba a contar a nadie. Ni siquiera a Victoria.

–Me marcho mañana –les recordó Kimara a los dos–. He de reunirme con el resto de la escuadra en Thalis, y me llevará un par de jornadas llegar hasta allí.

–Que tengas buen viaje –le deseó Victoria–. Y ten cuidado, ¿vale? Quiero volver a verte sana y salva.

–Descuida; ya sabes que el desierto es mi territorio; nada puede dañarme allí.

Jack cambiaba el peso de una pierna a otra. Victoria lo notó.

–¿Querrías ir con ellos?

«Claro que sí», pensó él.

–No. Quiero quedarme aquí, contigo.

Victoria le dirigió una mirada de reproche.

«Sabe que no soy sincero», comprendió Jack.

Kimara los miró alternativamente a uno y a otro.

–Voy a probar mi nuevo dragón –anunció para aliviar un poco la tensión–. ¿Vienes, Jack?

–Anda, ve –lo animó Victoria–. Vete a estirar las alas un rato. Estaré bien, en serio.

Jack pareció dudar un poco, pero finalmente siguió a Kimara en dirección a la planta baja, al cobertizo donde había guardado su dragón artificial.

Momentos después, Victoria los vio volar a los dos: Yandrak, el dragón dorado, y la dragona roja de Kimara, un armazón de madera sostenido por la magia y por el piloto humano que era su corazón y su alma. Los vio hacer piruetas bajo la luz de los tres soles en declive. «Tal para cual», pensó, sonriendo con tristeza.

Entonces un escalofrío recorrió su cuerpo, y se llevó la mano al anillo de forma inconsciente. Comprendió lo que significaba aquella señal: Christian estaba cerca.

Jack no estaba tan a gusto como Victoria pensaba.

Y la culpa la tenía aquel dragón.

Porque no se trataba de un dragón artificial cualquiera: era una dragona. Apestaba a hembra por todos los poros de su piel, y Jack se dio cuenta de pronto, horrorizado, de que se sentía extrañamente atraído por ella.

«¡Por favor, si es una *máquina*!». El hecho de que Tanawe le hubiese dado aspecto de hembra no la convertía en una hembra.

Jack había tenido la oportunidad de conocer a Tanawe en persona un par de meses atrás, cuando ella se había presentado en la torre para tratar de convencerlo de que se uniera a ellos. Entonces le había mostrado cómo funcionaban sus dragones. Cierto, olían a dragón; Tanawe le explicó que los untaban con una especie de pasta que incluía polvo de escamas de dragón. Era eso lo que hacía que los dragones artificiales tuvieran algo de la esencia de los dragones de verdad. Eso volvía locos de odio a los sheks.

«¿Tanawe sabía que las escamas que ha usado para ese dragón pertenecían a una hembra?», se preguntó Jack. Tenía que ser así; era demasiada casualidad que aquella máquina, que tenía aspecto de dragona, oliese como una dragona.

«Domínate, estúpido», se reprendió a sí mismo. «Es una máquina, no es de verdad». Pero aquella incómoda sensación no se le iba. La dragona era hermosa, y Jack suspiró para sus adentros. «Despierta, atontado. No es real. No hay ninguna más, ninguna como ella. Estás solo».

Solo. Completamente solo.

Rugió con fiereza, en un intento por conjurar el dolor que le causaba el hecho de ser el último dragón del mundo. Antes, esto no era tan terrible porque estaba Victoria, el último unicornio del mundo. Ella no era una dragona, ni lo parecía. Y, sin embargo, latía en su interior un espíritu grande y brillante, como el suyo propio. Y, por fortuna, ambos tenían también un cuerpo humano que les permitía estar juntos, amarse. Por eso, no importaba que él no fuera un unicornio, ni que ella no fuera una dragona.

Pero ahora... ahora, Jack la miraba y solo veía a una humana. Y aquella tarde, al contemplar juntas a Victoria y a Kimara, se había sorprendido a sí mismo fijándose antes en Kimara que en Victoria. Kimara era solo una chispa en un mundo donde Jack era una poderosa hoguera, pero ambos estaban hechos de lo mismo. En cambio ahora... ¿qué era lo que lo unía a Victoria? Tenían un pasado juntos y, por ese pasado, Jack estaba dispuesto a seguir esperando, a dar una oportunidad a aquel sentimiento que los había unido. Pero... ¿tenían acaso un futuro?

Fue consciente entonces, de pronto, de que estaba volando en círculos en torno al dragón de Kimara. Por instinto sabía que aquello era un ritual de cortejo. Sintiéndose avergonzado, se separó un poco y se obligó a volar en línea recta. Por suerte, dudaba mucho que Kimara supiera lo que significaba esa maniobra. Se detuvo en el aire y dejó que la dragona roja se alejara un poco.

No, no iba a caer otra vez en lo mismo. Ya se había sentido atraído por Kimara con anterioridad, para darse cuenta, casi enseguida, de que era a Victoria a quien amaba. No pensaba volver a caer en ello otra vez, volver a hacer daño a Kimara y a Victoria por culpa de un capricho.

De pronto, un sonido escalofriante vino a turbar sus pensamientos: el chillido de un shek lanzándose al ataque... y el rugido de un dragón respondiéndole. Se le congeló la sangre en las venas al ver que una serpiente alada se abalanzaba sobre la dragona roja, también atraída por su olor, pero por razones bien distintas. La ira y el odio se adueñaron de su razón y de sus sentidos y, con un gruñido, se arrojó contra el shek para defender a la hembra roja.

Christian no daba crédito a sus ojos.

Un dragón. Una hembra roja, para ser exactos. Volaba hacia él desde poniente, de modo que no podía verla bien a contraluz, pero olía a dragón, a hembra de dragón, y eso era imposible, porque todos los dragones habían muerto años atrás. Todos... menos uno, pero ese uno era un macho y, además, sus escamas eran de color dorado. Lo sabía muy bien, porque había luchado contra él en varias ocasiones.

Sin embargo, el instinto no podía equivocarse. Y su instinto le exigía que matase a aquella dragona.

Se había jurado a sí mismo que respetaría a Jack para no causar más dolor a Victoria. Pero nada le impedía pelear contra la dragona y destrozarla entre sus anillos. Se estremeció de placer solo de pensarlo. Con un chillido de ira, se arrojó sobre ella abriendo al máximo sus alas y enseñando sus letales colmillos, impregnados de veneno. Y el odio lo cegó, igual que había cegado a miles de sheks antes que a él a través de generaciones, igual que había dominado también a los dragones.

Kimara se asustó al ver al shek precipitarse sobre ella, pero reaccionó deprisa. Había peleado en la batalla del bosque de Awa y, aunque no era tan buena pilotando dragones como lo había sido Kestra, ni poseía su experiencia en el combate contra los sheks, sabía defenderse.

Tiró de las palancas para abrir las alas todavía más, en un movimiento que la hizo elevarse en el aire. Echó hacia atrás la cabeza de la dragona y vomitó una breve llamarada de advertencia. Esperaba con ello hacer retroceder al shek. Sabía, sin embargo, que no debía abusar del fuego del dragón, puesto que no era inagotable. Los dragones Escupefuego requerían renovar su magia ígnea cada cierto tiempo, tarea que estaba reservada a los hechiceros.

Por la escotilla lateral vio que Jack acudía en su ayuda con un rugido salvaje, y se le llenó el pecho de orgullo y alegría.

Por fin, su amigo estaba empezando a comportarse como un auténtico dragón.

Como lo que era, al fin y al cabo.

Jack vio que el shek retrocedía un poco ante la llamarada de la dragona. Lo obsequió con un rugido con el que pretendía llamarle la atención sobre su presencia. El shek se volvió hacia él, siseando, y le enseñó los colmillos... pero entonces sus ojos tornasolados brillaron de forma extraña.

Jack también parpadeó, confuso. Lo reconoció unas centésimas antes de que la voz telepática de la serpiente resonara en su mente: «¿Jack?».

Sí, no cabía duda, era él. El dragón se preguntó cómo había identificado al shek entre los cientos de sheks que pululaban todavía por Idhún. No hacía mucho, todos le parecían iguales. Pero ahora era capaz de distinguir a Christian de entre todos los demás. Igual que había hecho Victoria... desde el principio.

«¡Christian!», pensó. Sabía que el shek había establecido un vínculo telepático con él y captaba sus pensamientos con claridad.

Los dos se miraron un momento; los ojos esmeralda del dragón se encontraron con los ojos irisados de la serpiente. Jack dejó escapar un gruñido; Christian, un breve siseo. El odio seguía latiendo en ellos; el deseo de luchar, de matarse mutuamente, de destrozarse, aumentaba a cada instante, y resultaba cada vez más difícil de controlar.

«Por Victoria», se dijo Jack. Pero el recuerdo de la joven que lo aguardaba en la torre no sirvió, en esta ocasión, para calmar su odio. ¿Realmente valía la pena renunciar al placer que le produciría matar al shek... por ella?

Pero Christian batió las alas suavemente y retrocedió, y cerró la boca con un nuevo siseo; y el brillo letal de sus pupilas se apagó. Y Jack, con un soberano esfuerzo de voluntad, giró la cabeza para romper el contacto visual. Su cresta, que había erizado amenazadoramente, descendió de nuevo con lentitud.

Kimara tardó un poco en comprender lo que estaba sucediendo. ¿Qué les pasaba a esos dos? ¿Por qué no peleaban? Cuando se dio cuenta de que el dragón y la serpiente se estaban comunicando de alguna manera, lo primero que pensó fue que Jack los había vendido a los sheks, había pactado con el enemigo... Luego entendió que aquel shek debía de ser Kirtash, con quien Jack y Victoria habían establecido una extraña alianza. Apretó el puño con fuerza, tratando de controlar su furia. No lograba entender cómo era posible que ellos dos hubiesen perdonado a Kirtash todo el daño que había causado.

Alzó la cabeza, y sus ojos relucieron con el fuego del desierto. «Bien», se dijo. Jack no dañaría a Kirtash porque aquella serpiente significaba mucho para Victoria, y él no quería herirla. Pero Kimara no tenía por qué respetar aquel acuerdo. Odiaba a Kirtash y, tiempo atrás, había jurado que encontraría el modo de matarlo. Y, por una vez, el shek ya no era mucho más grande y poderoso que ella. Por primera vez, ella era igual de grande, y podía pelear contra él como lo haría un dragón.

Con una sonrisa de triunfo, hizo batir las alas a la dragona roja y se arrojó sobre Kirtash, con las garras por delante. Contaba con que Jack se apartaría y la dejaría matar a su enemigo. Es más, seguramente agradecería que Kimara hiciese por él lo que Victoria no le permitía hacer.

Por eso se llevó una sorpresa cuando el dragón se interpuso entre ambos y los separó con un gruñido de advertencia y un furioso batir de alas.

–¡Basta, Kimara! –le gritó–. ¡Es Kirtash!

–Ya lo sé –masculló ella. Trató de hacer girar a su dragón para esquivar a Jack, pero él volvió a interponerse. Bajó la cabeza hasta que sus ojos quedaron a la altura de la escotilla delantera.

–Basta, Kimara –repitió.

La semiyan se estremeció y bajó los ojos, incapaz de sostener la intensa mirada del dragón dorado. Temblaba de ira cuando hizo retroceder a la dragona, pero no dijo nada más. Jack la intimidaba como humano y le daba miedo como dragón, pero eso era algo que nunca reconocería, ni siquiera ante sí misma.

«¿Qué es eso?», preguntó Christian, que no apartaba los ojos de la dragona roja. Jack advirtió su mirada.

«No pierdas el tiempo, no es de verdad», respondió despreocupadamente; pero Christian detectó un tinte de amargura en sus pensamientos.

Jack dio media vuelta y reemprendió el vuelo hacia la Torre de Kazlunn. Christian se reunió con él, no sin antes dedicarle un suave siseo amenazador a la dragona de Kimara. Ella esperó que se alejaran un poco y después los siguió, a cierta distancia. Hizo que la dragona dejara escapar un resoplido teñido de humo, mostrando su disgusto.

«Dragones artificiales», dijo Christian. «Había oído hablar de ellos, pero nunca había visto uno de cerca. No imaginaba que fueran tan...».

«... ¿reales?», lo ayudó Jack. «Sí, imagino que disfrutarías haciéndolo pedazos, pero contente, ¿quieres? La mujer que lo pilota es amiga mía».

Christian siseó por lo bajo, y Jack adivinó que estaba considerando si aquello era razón suficiente como para reprimir su instinto. Pareció juzgar que sí, porque su rostro de reptil mostró una larga sonrisa.

«Es una buena dragona», opinó. «Cuando os he visto juntos he pensado que era tu nueva novia».

—No tengo una nueva novia —estalló Jack, antes de darse cuenta de que el shek se estaba burlando de él—. Sigo teniendo la misma novia de siempre —añadió sin embargo, por si a Christian le quedaba alguna duda.

«También yo», replicó el shek brevemente. A Jack aún le resultaba un tanto extraño el hecho de que ambos estuvieran hablando de la misma persona.

«Ya hemos discutido eso», se dijo el dragón, cansado.

«Cierto», asintió Christian, que había captado sus pensamientos, aun cuando no estuvieran dirigidos a él. «Y no voy a volver a hablar del tema. Dime, ¿cómo está ella?».

Jack dudó.

«No sabría decirte. No muy bien».

«Pero se ha despertado, ¿verdad? Sé que se ha despertado. Está consciente».

83

«Sí, y va recuperando fuerzas poco a poco. Pero está... bueno, ya lo entenderás cuando la veas».

Jack tuvo que adelantarse para asegurarse de que los hechiceros de la torre dejaban aterrizar a Christian en la terraza. Se llevó consigo a Kimara, por si a ella se le ocurría volver a atacar al shek.

Entró en la torre, de nuevo transformado en humano, y empezó a repartir instrucciones; y nadie, a excepción de Qaydar, osó contradecirlo cuando ordenó que desalojaran la planta en la que descansaba Victoria. La visita del shek era algo que solo incumbía a ellos dos y, como mucho, al propio Jack.

—Te has vuelto loco —gruñó el Archimago.

—Sé lo que hago —replicó Jack secamente.

Qaydar quiso replicar, pero Jack lo miró fijamente durante unos instantes. El Archimago acabó por bajar la cabeza y retirarse a sus habitaciones, sin una palabra más.

Jack fue a asegurarse de que Kimara llevaba a su dragona al cobertizo y no volvía a molestarlos. Había aprendido que pocas personas podían sostener su mirada mucho tiempo. Había algo en sus ojos que los amedrentaba y, aunque al principio aquel hecho lo había incomodado, ahora lo encontraba muy útil en circunstancias como aquella.

Apenas unos instantes después, estaba de pie sobre la balaustrada, haciendo señales a Christian que, suspendido en el aire, aguardaba el momento de aterrizar.

El shek pasó por su lado con la elegancia de una saeta de plata, levantando una corriente de aire a su alrededor que estuvo a punto de hacer perder el equilibrio a Jack, a cuyos pies se abría un impresionante acantilado. Pero eso no amedrentó al dragón, que bajó a la terraza de un salto y se reunió con el shek un poco más lejos.

También Christian se había metamorfoseado en humano. Estaba a punto de entrar en el interior del edificio, cuando Jack lo detuvo.

—Espera, Christian. Antes de que la veas... —titubeó un momento.

—¿Qué?

—Bueno, has de saber que ella ya no es exactamente la misma. Pero... no dejes que eso os afecte. Le romperás el corazón si le das la espalda ahora.

—¿Después de todo lo que he sufrido por ella, crees que voy a darle la espalda? —respondió el shek, estupefacto—. ¿Me tomas por estúpido?

Jack negó con la cabeza, muy serio.

—Yo sé por qué lo digo. No lo olvides, ¿de acuerdo?

Christian empezaba a impacientarse.

—¿Dónde está Victoria?

Descubrió una sombra de pena en la expresión de Jack.

—Deberías saberlo ya —dijo con voz extraña—. Está justo detrás de ti.

Christian esbozó una breve media sonrisa. Eso era imposible. La habría detectado. Percibía la luz de Victoria aun cuando no pudiera verla.

Pero los ojos de Jack hablaban en serio. Christian se volvió lentamente, casi temiendo ver lo que iba a encontrarse allí.

Porque, en efecto, Victoria estaba detrás de él. Llevaba el pelo suelto, vestía una sencilla túnica blanca y estaba descalza sobre el suelo de mármol. Los observaba a ambos con los ojos muy abiertos, semioculta tras una columna, sin atreverse a avanzar más. Christian no la recordaba tan pequeña ni tan frágil.

Los dos se quedaron mirándose un momento, hasta que Victoria bajó la cabeza.

—Os dejo solos —dijo Jack por fin—. Me encargaré de que nadie os moleste, pero si necesitáis algo... no andaré demasiado lejos. ¿De acuerdo?

Ninguno de los dos dijo nada. Jack franqueó el umbral de la terraza y cruzó la habitación. Cuando la puerta se cerró tras él, hubo un breve e incómodo silencio.

Christian se acercó a ella. Victoria no sabía qué decir. No lo recordaba tan alto, tan gélido, tan oscuro ni tan amenazador. Y no podía parar de temblar, no sabía si de miedo o de frío.

Él alzó la mano para cogerle suavemente la barbilla. La obligó a levantar la cabeza. Victoria lo miró a los ojos, y un terror irracional la paralizó.

Christian se dio cuenta, y se obligó a sí mismo a apartar la mirada de los ojos de Victoria. Descubrir que ella había perdido la luz, y que en esta ocasión no estaba velada por un manto de tinieblas, sino que simplemente se había extinguido, estaba resultando un duro golpe para él, aunque se esforzaba por no dejarlo traslucir. Examinó el oscuro círculo que marcaba la frente de Victoria.

—Creo que se ha hecho más pequeño desde la última vez que lo vi —comentó suavemente.

–¿Tú crees? –dijo ella en voz baja–. Jack también dice que ha encogido. Pero nadie más lo ha notado.

–Puede que sea porque hace mucho tiempo que no te veo. Me resulta más fácil detectar los cambios.

Pronunció la palabra «cambios» con un matiz especial, quizá con un poco de dureza, y a Victoria se le cayó el alma a los pies. «Ya está», pensó. «Ahora me pedirá que le devuelva el anillo».

Pero Christian no dijo nada. Solo siguió mirándola.

–Yo... –dijo ella tras un tenso silencio–. Sé que he perdido algo importante y que los dos lo echáis de menos. Lo siento mucho, Christian.

Christian permaneció callado. Victoria no se atrevía a mirarlo a los ojos, en parte porque él la intimidaba, en parte porque temía descubrir que él la contemplaba con la fría indiferencia con que trataba al resto del mundo. A todos los que no eran como él.

–Mírame, Victoria –dijo él entonces.

La joven titubeó un instante. Tragó saliva y, reuniendo valor, levantó la cabeza para volver a encontrarse con los ojos azules de él.

–¿Tengo que recordarte por qué estás así ahora? –preguntó Christian con cierta severidad.

–Porque Ashran me arrebató el cuerno.

–Porque *tú* le entregaste tu cuerno, Victoria. Yo estaba allí, y tengo muy buena memoria. Se lo entregaste para salvarnos la vida. A Jack y a mí. Gracias a eso estoy vivo todavía, estoy aquí. Y ahora dime... en el nombre del Séptimo, dime qué significa esto, por qué razón consideras que tienes que pedirme perdón.

–Porque arriesgaste tu vida por mí –respondió ella en voz baja–. Si estuviste en peligro fue justamente por mi causa. Y sé que ahora mismo estás empezando a preguntarte si valió la pena tomarse tantas molestias.

Christian tardó un poco en contestar.

–Veo que me conoces bien –dijo–. Pero te equivocas en una cosa. Una vez te dije... ¿recuerdas?, te dije que mientras viera en tus ojos que aún seguías sintiendo algo por mí, regresaría a buscarte. ¿De veras piensas que soy yo el que no quiere regresar? ¿Y qué hay de ti?

–Te tengo miedo –reconoció ella en un susurro.

De nuevo reinó el silencio entre los dos, un silencio pesado y lleno de dudas, que Christian rompió finalmente:

–Ven aquí.

La atrajo hacia sí. Victoria quiso resistirse, pero no fue capaz. Los brazos de él la rodearon, y la joven apoyó la cabeza en su hombro, temblando, y cerró los ojos. Navegaba desde hacía un buen rato en un mar de hielo y oscuridad, en la búsqueda desesperada de un sentimiento que parecía haberse extinguido. Tragó saliva y rodeó la cintura de él con los brazos, venciendo el miedo que la paralizaba. Los dedos de Christian se enredaron en su cabello. Un escalofrío recorrió la espina dorsal de Victoria, que se dio cuenta, de pronto, de que su corazón latía con fuerza, de que, por debajo de la capa de escarcha que lo cubría, ardía aún una emoción intensa y sincera.

—Yo todavía te quiero, Christian —dijo en voz baja.

—Estás temblando —observó él—. ¿Miedo, frío...?

—Las dos cosas —confesó ella.

—No parece que puedas sostenerte en pie. Si te suelto, te caerás.

Victoria maldijo para sus adentros.

—Te has dado cuenta... Es verdad que me canso con mucha facilidad. Pero estoy mejorando. Cada día más.

Christian no dijo nada. «Lo sabe», pensó Victoria. «Sabe que eso no tiene nada que ver; que, aunque pueda volver a moverme con normalidad, aunque recupere fuerzas, no volveré a ser un unicornio».

Intentó separarse de él, pero Christian no la dejó.

—Está anocheciendo. Te llevaré a tu habitación para que descanses.

Victoria no tuvo fuerzas para oponerse. Dejó que él la alzase en brazos y cargase con ella hasta su cuarto. Tampoco tuvo fuerzas para pedirle que se quedara a su lado un rato más. Impotente, vio cómo Christian la arropaba con cuidado y salía de la habitación en silencio.

«No me ha besado», suspiró Victoria.

Sabía lo que eso significaba.

Christian encontró a Jack sentado en el alféizar de un pequeño balcón, en el otro extremo de la planta. El dragón le dirigió una mirada interrogante.

—Tenías razón —dijo Christian solamente.

Jack se recostó contra la pared.

—Espero que no hayas estado muy frío con ella. Más frío de lo que eres habitualmente, quiero decir.

Christian le dirigió una mirada de reproche.

—¿Y tú? ¿Qué hay de ti?

Jack calló unos instantes, pensativo, mientras alzaba la mirada hacia la más grande de las lunas, que ya emergía por el horizonte.

–He pensado mucho en ello –dijo por fin–. En la forma en que la veo ahora. En lo que siento. En que es muy posible que nada vuelva a ser igual entre nosotros. Y, por extraño que parezca... he llegado a la conclusión de que, a pesar de todo, la sigo queriendo. Aunque se haya vuelto una chica humana como otra cualquiera. Puede que sea solo añoranza, o que hemos pasado demasiadas cosas juntos para tirarlo todo por la borda, o porque es la única chica a la que he querido en toda mi vida. Pero no quiero perderla. Y como, de todas formas, ya no hay nadie en el mundo como yo... tampoco tengo elección. Si he de escoger a una humana, ¿por qué no escogerla a ella? No sé si me explico.

Christian tardó un poco en responder.

–¿Tan seguro estás de que se ha vuelto completamente humana? –dijo entonces–. ¿Crees de verdad que no volverá a ser la que era?

Jack dudó un momento antes de decir:

–Te voy a contar una cosa... algo que solo sabemos ella y yo. Pero no lo comentes con ella, ¿vale?

Christian no dijo nada. Pese a ello, Jack prosiguió:

–Hace unos días, le dije que cogiera el báculo. Entonces me pareció una buena idea: si ese artefacto funciona como un cuerno de unicornio, y es lo que Victoria ha perdido, era lógico pensar que le devolvería su poder o, al menos, parte de sus fuerzas. Pero...

–El báculo la rechazó –adivinó Christian–. No pudo cogerlo.

Jack asintió, pesaroso.

–Eso la ha destrozado. Ha sido un duro golpe para ella. He intentado hacer que lo olvidara, pero... no puede evitar pensar que Lunnaris ha muerto en su interior.

Christian movió la cabeza.

–Si eso hubiera sucedido, ella habría muerto también. Las dos esencias son en realidad una sola, Jack.

–No podemos saber. Victoria es una criatura única. No tenemos constancia de otros seres como ella. No sabemos en realidad cómo funciona su alma doble.

–Tiene todavía la marca en la frente –hizo notar Christian–. Esa marca señala una lesión en su parte de unicornio. Su cuerpo humano está sano. ¿Entiendes lo que quiero decir?

—Quieres decir que si Lunnaris hubiese muerto, si Victoria hubiera perdido esa parte de unicornio, no tendría esa especie de agujero en la frente, ¿no? Pero el agujero se está cerrando, Christian. Se hace cada vez más pequeño. Y no sé si es una buena señal.

Christian calló un momento, sombrío. Jack lo miró.

—¿Qué?

—¿Te has parado a pensar —dijo el shek con lentitud— que, si ella se vuelve del todo humana... puede que en el futuro prefiera tener un compañero humano?

Jack se echó hacia atrás, perplejo.

—No, no lo había pensado —reconoció—. Es verdad que la he notado incómoda conmigo —añadió en voz baja.

Christian no dijo nada.

—Aun así —prosiguió Jack—, creo que seguiré a su lado mientras sea necesario. ¿Y tú? —le preguntó entonces—. ¿Qué vas a hacer con respecto a ella?

—Tenía planes. Y supongo que, a pesar de todo, lo que había planeado para ella sigue siendo la mejor opción.

Jack lo miró, interrogante. Christian procedió entonces a relatarle lo que había visto en Nanhai. Le habló de su encuentro con Shail, de sus conversaciones acerca de los dioses, de la llamada de socorro de Ynaf y de lo que se habían encontrado en la cordillera. Jack escuchaba, conteniendo el aliento. Era la primera vez que oía hablar de Ydeon, el forjador de espadas, el gigante que había creado a Domivat siglos atrás. Se hizo a sí mismo la promesa de visitarlo algún día en Nanhai. Sin embargo, las noticias sobre la llegada de Karevan a Idhún eran mucho más relevantes, por lo que se centró en aquel problema y en la solución que proponía Christian.

—¿Llevártela a la Tierra? —repitió—. ¿No tardará más en recuperarse allí que en la Torre de Kazlunn?

—Probablemente. Pero la Tierra no está amenazada por una inminente guerra de dioses, al menos que yo sepa. Y Victoria se ha vuelto mucho más pequeña que antes, a los ojos de un dios. Haya o no muerto su esencia de unicornio, es imposible detectarla ahora mismo. No creo que los dioses se den cuenta siquiera de que ella está aquí; y si lo hicieran, tampoco sería una buena noticia: puede que el Séptimo todavía tenga interés en ella.

Jack calló un momento, pensando. Después dijo, despacio:

–Puede que la Tierra no esté amenazada por una guerra de dioses; pero sí hay algo peligroso allí. La noche del Triple Plenilunio, cuando murieron todos esos sheks... algunos escaparon hacia otro mundo. De alguna manera abrieron una Puerta interdimensional y se marcharon... Yo los vi. Al principio pensé que lo había soñado, pero ahora sé que fue real. Y estoy convencido de que se fueron a la Tierra.

Los ojos de Christian se estrecharon un instante.

–Ziessel –dijo solamente.

Jack lo miró, interrogante, pero Christian no dio más detalles.

–Aun así, veo más fácil protegerla de un grupo de sheks que de un grupo de dioses.

–En eso te doy la razón.

Christian lo miró.

–¿Vendrías con nosotros, pues?

Jack dudó.

–¿De verdad que no hay nada que podamos hacer aquí?

–¿Contra un dios? –Christian sacudió la cabeza–. Estoy abierto a todo tipo de sugerencias.

Jack abrió la boca, pero no dijo nada. Christian se puso en pie.

–¿Adónde vas?

–Con Victoria. A velarla –titubeó un momento antes de añadir–: Yo también la he echado de menos.

Era todavía de noche, pero Kimara ya estaba cargando sus cosas en el interior de la dragona. El artefacto, ahora en reposo, yacía sobre el suelo de piedra del cobertizo; en aquel estado nadie habría creído seriamente que aquello pudiera confundirse con un dragón de verdad.

Kimara repasó las juntas, aseguró las correas, engrasó las palancas y revisó las alas. Cuando, con los brazos en jarras, echaba un vistazo crítico a la máquina, satisfecha, alguien dejó caer una mano sobre su hombro, sobresaltándola.

–Cuánto madrugas hoy –dijo tras ella la inconfundible voz de Jack–. ¿Pensabas marcharte sin despedirte?

Kimara desvió la vista, molesta, gruñó algo y recogió su manto del gancho donde lo había colgado, ignorando al joven.

–Sigues enfadada conmigo, ¿eh? –comprendió Jack.

Kimara se volvió para mirarlo. El chico había apoyado la espalda en la pared y la observaba, con los brazos cruzados ante el pecho.

—No debiste impedir que luchara contra ese shek —dijo al fin.

—Te habría hecho pedazos.

—¿Y tú qué sabes? No estabas en la batalla de Awa. Los Nuevos Dragones podemos plantar cara a los sheks.

—No lo dudo. Pero, de todas formas, ese shek es un aliado. No tiene sentido que...

—¿¡Aliado!? —cortó Kimara, estupefacta—. ¡Shail y Zaisei dijeron que te había matado!

Jack ladeó la cabeza.

—¿Tengo aspecto de estar muerto, Kimara?

Ella desvió la mirada, incómoda.

—Shail y Zaisei no vieron todo lo que pasó —prosiguió él—. La pelea la empecé yo. Y salí muy bien parado, dadas las circunstancias. Es una historia muy larga de contar, pero me basta con que sepas que yo no considero que tenga que hacerle pagar nada a Christian, así que no tiene sentido que intentes vengar mi supuesta «muerte».

Kimara movió la cabeza en señal de desaprobación.

—Me sorprende que lo defiendas. Y que le permitas estar a solas con Victoria.

—¿Por qué no debería permitírselo? Tiene el mismo derecho que yo a estar con ella. Eso también es una larga historia.

Kimara alzó la cabeza para mirarlo a los ojos. Su presencia la intimidaba, pero se armó de valor para decirle:

—Has cambiado mucho desde que te conocí. Antes eras diferente. Odiabas a los sheks... como todos los dragones.

—Sigo odiándolos, Kimara. Por desgracia, no es algo de lo que uno pueda desprenderse con facilidad. Simplemente, creo que el odio es un sentimiento que no conduce a ninguna parte. A los sheks y a los dragones solo nos ha traído milenios de luchas teñidas de sangre.

Incapaz de seguir sosteniéndole la mirada, Kimara bajó la cabeza.

—¿Es por eso por lo que no te has unido a los Nuevos Dragones? ¿Por lo que no quieres ir a Kash-Tar? ¿O es también por Victoria?

—Victoria está ahora en buenas manos —sonrió Jack—. Y no es que no quiera ir a Kash-Tar. Es que sé que no debo.

Kimara lo miró, sorprendida.

—*Debes* hacerlo. Es lo que han hecho los dragones siempre, luchar contra los sheks, matarlos.

–Sí, me temo que ese es el problema. Por eso no debo seguirles el juego.

–¿A quiénes? ¿A los sheks?

«No, a los dioses», pensó Jack, pero no lo dijo. Desvió su atención hacia la dragona de la semiyan.

–No parece muy viva –comentó, un poco decepcionado.

–Es porque aún no he renovado su magia.

–¿Puedes hacer eso?

–Es una de las pocas cosas que sé hacer –suspiró ella–, y no precisamente gracias a Qaydar. Fue Tanawe quien me enseñó. Observa.

Jack contempló, entre inquieto y maravillado, cómo la dragona cobraba vida bajo el conjuro de Kimara, cómo estiraba las garras y levantaba un poco las alas, cómo alzaba la cabeza y se le quedaba mirando. Retrocedió un paso, por si acaso, pero no sintió la atracción que había experimentado la tarde anterior. «Será porque ahora estoy en mi cuerpo humano», pensó.

–Es bonita, ¿verdad? –dijo Kimara, orgullosa.

–Es preciosa, Kimara. Pero no es de verdad.

Las últimas palabras las pronunció con un tono más seco del que pretendía en realidad. Kimara lo notó y se volvió hacia él, comprendiendo, de golpe, cuál era el problema.

–Ah... es cierto –dijo–. No hay más dragonas... ninguna para ti.

Jack hizo una mueca, un poco molesto por la observación. Kimara clavó en él sus ojos de fuego y se le acercó para hablarle en voz baja.

–Y lo único que te queda es un unicornio al que has de compartir con un shek –susurró–. Comprendo que necesites algo más.

Cruzaron una larga mirada. Jack no necesitaba que la semiyan le aclarase nada más. Respiró profundamente y la separó de sí con delicadeza.

–No necesito nada más, Kimara –le dijo con firmeza–. Ya hablamos de esto una vez. Me gustas, te tengo mucho cariño y te admiro, porque eres franca, hermosa y valiente. Pero no te amo. Y yo no quiero mantener una relación de ese tipo con alguien a quien no amo, por mucho que me atraiga. No quiero engañarte en eso.

Ella le dedicó una sonrisa.

–Ya lo sabía. Pero me extraña que sigas pensando igual que entonces, cuando es obvio que Victoria no actúa como tú. Y no es una crítica, solo una observación –se apresuró a aclarar, temiendo haberlo molestado. Jack le dirigió una mirada de reproche, pero se limitó a responder:

—En eso te equivocas. En este aspecto, Victoria y yo pensamos y actuamos igual. Tampoco ella mantendría una relación con alguien a quien no amase.

—¿Lo ama de verdad? Me sorprende que alguien pueda sentir algo hacia esa serpiente.

—¿Verdad que sí? —la apoyó Jack, burlón—. Además, yo soy mucho más guapo que él.

Kimara tardó un momento en darse cuenta de que estaba de broma. Ambos se echaron a reír, pero él se puso repentinamente serio.

—Lo que hay entre los tres —dijo—, el amor, el odio, es algo que solo nos atañe a nosotros. Y es algo complicado y muy poderoso, que nos ha llevado a hacer grandes cosas y a cometer grandes locuras. Nadie más debería mezclarse en esto, por la simple razón de que podría salir malparado. Y porque, al fin y al cabo, es asunto nuestro, y de nadie más.

Kimara captó la advertencia. Intimidada, se volvió hacia la dragona y le palmeó el flanco.

—He de marcharme ya —dijo cambiando de tema—. Deséame suerte en Kash-Tar, y haz algo por tu parte, o te vas a oxidar.

—Haré algo por mi parte —prometió Jack—. Pero todavía no sé el qué.

Regresar a la Tierra con Christian y Victoria le parecía la opción más atractiva. Pero, por alguna razón, sentía que si se iba los estaría traicionando a todos. «¿Qué otra cosa puedo hacer, si no?», se preguntó. «Están equivocados; siguen peleando contra los sheks, cuando ellos no son la amenaza ahora. Pero ¿cómo enfrentarse a un dios?».

Atrajo hacia sí a la semiyan y le dio un fuerte abrazo de despedida.

—Cuídate y no hagas locuras. Ah, lo olvidaba —se separó de ella para mirarla a los ojos—. Si en algún momento ves algo extraño, algo inexplicable...

—¿Como qué?

—Como una montaña temblando, por ejemplo... Bueno, algo muy grande pero que parece que no está ahí... Si te topas con algo que te asombra y te asusta mucho, que no sabes qué es y contra lo que no sabes cómo luchar... da media vuelta y sal corriendo.

—¿Por qué? ¿De qué me estás hablando, Jack?

—Te lo contaría, pero no me creerías. Si te encuentras con alguno de ellos, lo sabrás, y entonces recordarás lo que te he dicho. Y, por lo que más quieras, si se diera esa circunstancia, hazme caso: no te quedes a ver qué es; simplemente corre en dirección contraria, lo más rápido que puedas.

–Me estás asustando, Jack.

–Sí, eso es exactamente lo que pretendo.

Y esta vez no bromeaba. Kimara se apartó de él, temblando ante la seriedad y la intensidad de su mirada. Trepó hasta la escotilla superior de la dragona y, desde allí, se volvió hacia Jack por última vez.

–Espero que volvamos a vernos –dijo.

Jack sonrió.

–Yo también. Mucha suerte, Kimara.

Momentos más tarde, la dragona de Kimara se elevaba hacia el cielo nocturno, alejándose de la Torre de Kazlunn.

Victoria abrió los ojos de golpe, con el corazón latiéndole con fuerza. Había tenido una pesadilla. Se incorporó un poco, intentando serenarse. Fue entonces cuando se dio cuenta de que estaba sola en la habitación. «Qué raro», pensó. Jack solía dormir a su lado todas las noches. Recordó que la tarde anterior la había dejado a solas con Christian. Estaba claro que Jack aún no había regresado, y que el shek tampoco se había quedado junto a ella. Y aunque lo echó de menos, quiso considerarlo una buena señal: estaba mejorando y no necesitaba que cuidaran de ella constantemente.

Se dio la vuelta para seguir durmiendo cuando detectó un movimiento junto a la ventana. Se volvió con cautela.

–¿Christian? –susurró, pero enseguida se dio cuenta de que no podía ser él; hacía calor en la habitación.

Inquieta, retiró la sábana y puso los pies en el suelo. Su mirada se fue involuntariamente al rincón donde descansaba el Báculo de Ayshel; recordó entonces que no podía tocarlo, y se obligó a no pensar en ello.

–¿Quién está ahí? –preguntó, en voz un poco más alta.

Avanzó hacia la ventana y se asomó con cautela, pero no vio a nadie.

De pronto, algo la sujetó con fuerza por el cuello. La joven trató de gritar, pero no pudo. La arrojaron al suelo con violencia; ella no tenía fuerzas para resistirse.

–Vaya –le susurró una voz que conocía, pero que hacía tiempo que no escuchaba–. Así que no puedes levantarte, ¿eh? ¿Qué ha sido del poderoso unicornio al que nadie era capaz de mirar a los ojos? Ya no tienes ese porte tan arrogante, ¿verdad? Ya no puedes mirar a los mortales por encima del hombro. Y ya nadie tiene que suplicarte para que le entregues tus dones... porque ya no tienes nada que entregar.

La voz seguía siendo en esencia la misma, ligeramente burlona, pero ahora sonaba rota y llena de amargura, y hablaba con lentitud, como si sufriese al pronunciar cada palabra. Victoria levantó a duras penas la cabeza. El desconocido se retiró la capucha, y la luz de las tres lunas bañó su rostro.

Era él, como había temido. Las mismas greñas de cabello rubio oscuro, la barba de varios días, el mismo tipo de atuendo, casual y descuidado, con aquellos pantalones desgastados, aquella amplia camisa, aquellas botas altas. Pero en sus ojos grises había un rastro de oscuridad y sufrimiento que a Victoria le resultó dolorosamente familiar.

–Yaren –murmuró.

El mago le dedicó una sonrisa torcida.

–Me recuerdas. Qué sorpresa.

–Te... te entregué la magia –murmuró Victoria–. No podría haberte olvidado. Ni podré olvidarte nunca.

–Me entregaste angustia, dolor y tinieblas, oh, poderosa Lunnaris –replicó él, cortante.

–Te di lo único que poseía entonces.

–Mientes –la agarró con rudeza por el cuello y tiró de ella hasta hacerla quedar de rodillas–. ¿Crees que no he oído lo que cuentan los cantores de noticias? Hay otra más, una mujer yan. Dicen que pilota dragones. Y dicen también que es una nueva maga. Le diste la magia a ella, una magia buena, limpia. Le diste la oportunidad de estudiar en la Torre de Kazlunn, con el Archimago Qaydar. ¿Por qué no pudiste darme eso a mí?

–No era buen momento... –empezó Victoria, pero no pudo continuar, porque él clavó las uñas en su cuello, inyectándole una energía que le hizo lanzar un grito de dolor.

–¿Sientes eso? –susurró Yaren con una sonrisa siniestra–. Es esa magia sucia y podrida que me diste. Esto es lo que hay en mi alma, Lunnaris. Y este tormento te lo debo a ti.

Volvió a lanzarla contra el suelo. Victoria contuvo un quejido.

–Entonces es verdad que has perdido tu poder, y que ya no eres más que una cría debilucha y asustada –dijo el mago–. Acudía a ti, una vez más, con la esperanza de que me limpiaras por dentro. Pero ya veo que... una vez más... no vas a poder hacer nada por mí. Así que, si ya no sirves para nada, ¿qué sentido tiene que sigas con vida?

Se inclinó junto a la chica, la agarró del pelo y tiró de ella hasta que su rostro quedó frente al de él. Victoria reprimió una mueca de dolor.

—No rehúyas mi mirada, Lunnaris —le ordenó el mago con dureza—. ¡Atrévete a mirar a los ojos de tu creación!

Victoria jadeó, pero obedeció. Y vio, en los ojos de Yaren, una espiral de tinieblas, odio y sufrimiento tan intensa que se le encogió el corazón de miedo y de dolor.

—¿Qué tienes que decir al respecto? —siseó el mago, con una torva sonrisa.

Victoria sostuvo su mirada con seriedad.

—Estaba convencida de que moriría aquella noche —dijo—. Y sabía que no era un buen momento, pero si no te entregaba la magia entonces, nadie más podría hacerlo nunca. Eso fue lo que tú mismo dijiste, ¿no te acuerdas? Que, cuando yo muriese, tu sueño moriría conmigo. La magia era lo que más deseabas, ¿no?

Los rasgos de Yaren se contrajeron en una feroz mueca de odio.

—¿Y esto fue lo único que pudiste compartir conmigo?

—Es... un reflejo de lo que había en mi propia alma entonces. Eso es parte de lo que yo sentía. No había nada más dentro de mí.

—No te creo. Yo confié en ti... Fui tu guía y tu compañero de camino... y así me lo pagaste.

Sus dedos se cerraron en torno a la garganta de Victoria, que manoteó, desesperada.

Fue entonces cuando llegó Christian. Irrumpió en el cuarto como una exhalación; Yaren lo vio venir y retrocedió de un salto. Victoria cayó al suelo, respirando por fin, mientras Christian descargaba a Haiass sobre el cuerpo del mago. Pero la espada legendaria fue detenida por un escudo invisible.

Yaren dio otro paso atrás y extrajo su propia espada de la vaina. Los dos rivales se estudiaron mutuamente.

—Oh —dijo el mago, esbozando otra de sus sesgadas sonrisas—. Yo sé quién eres. «El hombre al que he de matar» —recitó, imitando la voz de Victoria—. ¿Qué pasa? ¿Ahora defiendes a la chica que paseó una espada por medio continente jurando que estaba destinada a ti? Ahora resultará que tanto dolor que decía que sentía, tanto odio... no era más que una estúpida pelea de enamorados.

Christian entrecerró los ojos, pero no dijo nada. Con un movimiento felino, avanzó hacia Yaren, raudo como el pensamiento, para atacar de frente... pero hizo un quiebro en el último momento y lanzó una estocada lateral, buscando el punto donde la pantalla mágica no se había cerrado del todo. Yaren lanzó una exclamación de alarma y saltó hacia atrás, esquivando por los pelos la espada del shek. Interpuso su espada entre ambos, pero aquella arma no tenía nada que hacer contra el helado poder de Haiass. Consternado, el mago vio cómo su espada se partía en dos. Momentos después, era la mano de Christian la que rodeaba su cuello, impidiéndole respirar.

–¡Christian, no! –gritó Victoria.

Christian entornó los ojos y clavó su mirada de shek en Yaren. Victoria se levantó a duras penas y volvió a gritar:

–¡Christian, déjalo! ¡No lo hagas!

Yaren se había quedado paralizado de terror, con los ojos fijos en los iris de hielo de Christian. De pronto, el shek soltó al mago, que cayó de rodillas sobre el suelo, boqueando, y retrocedió un paso.

–No es posible –susurró.

Yaren respiró y alzó la cabeza hacia él, con una sombra de ironía latiendo en sus ojos grises.

–¿Asustado, Kirtash? –sonrió–. Haces bien en estarlo.

Christian reaccionó. Alzó a Haiass de nuevo y arremetió contra él... pero Yaren se esfumó en el aire.

Victoria avanzó unos pasos hacia Christian, cojeando. El shek se volvió hacia ella, y la joven se detuvo, con el corazón encogido, al detectar algo parecido al miedo pintado en su expresión, habitualmente impasible.

IV
CUESTIÓN DE LEALTADES

ERA muy temprano cuando Ymur y Shail partieron hacia las cuevas del este, donde se ocultaba la criatura a quien los gigantes llamaban «el hombre-bestia». Llegaron a su destino cuando el primero de los soles alcanzaba ya su cenit.

Shail sabía que aquellas cavernas estaban bajo la vigilancia de varios gigantes, pero no llegó a verlos, a pesar de que escudriñó con atención las laderas de las montañas cercanas. Descubrió varias rocas sospechosas, pero, aunque las observó con atención, no vio moverse ninguna de ellas. Podían ser realmente rocas, o no. Los gigantes eran una raza paciente.

No le extrañó, tampoco, que nadie tratara de impedirles acercarse a la cueva donde moraba el hombre-bestia. Los vigilantes estaban allí para cuidar de que la criatura no se alejara de aquella zona. Pero si alguien quería acercarse a ella, era asunto suyo, y no de los gigantes.

Ymur se detuvo ante la boca de una caverna cercada de carámbanos de hielo.

–Es aquí.

Shail ejecutó un sencillo hechizo de esfera luminosa para ver en el interior. Llegó a distinguir una forma que se movía por el fondo de la caverna.

–¿Alexander? –tanteó.

Solo obtuvo un gruñido por respuesta.

–¡Alexander! Soy Shail. Si eres tú, por favor, sal a la luz. Llevo mucho tiempo buscándote.

–Pues ya me has encontrado –replicó desde dentro una voz ronca y rota–. Y ahora, vete.

Shail respiró hondo.

–Es él –le dijo a Ymur–. Alexander, voy a entrar –anunció.

No recibió respuesta. Con un suspiro resignado, el mago entró en la caverna. La esfera luminosa flotaba en torno a él, alumbrando su camino.

La figura que se agazapaba en el fondo de la cueva alzó la cabeza y lo miró, parpadeando. Sus ojos estaban inyectados en sangre y lo espiaban entre un revoltijo de sucios cabellos grises.

–Vete –dijo Alexander–. Tú no eres Shail. Eres un fantasma.

–Soy real –repuso el mago–. ¿Qué te hace pensar eso?

–Caminas con dos piernas.

Shail rió suavemente. Se levantó el bajo de la túnica y se remangó la pernera del pantalón para que Alexander pudiera ver su pierna artificial. El hombre-bestia le echó un vistazo, lo miró de nuevo y luego volvió a encogerse sobre sí mismo.

–Mírate, estás en un estado lamentable –dijo el mago–. Con esas greñas y esos harapos. Ya sé por qué los gigantes te confundieron con una bestia. Y no tiene nada que ver con los plenilunios.

–Vete –repitió Alexander.

–Esta no es una conducta propia de un príncipe heredero de Nandelt –replicó Shail, con más severidad.

–¡Yo no soy príncipe de nada! –estalló Alexander, con una violencia que sobresaltó a Shail y le hizo retroceder–. ¡De nada!, ¿me oyes? Asesiné a mi propio hermano. No soy digno de volver a poner los pies en mi tierra.

–Esa noche no eras tú. Las lunas...

–¡Al diablo con las lunas! Si no soy capaz de controlarme a mí mismo, ¿cómo puedo soñar con gobernar un reino?

Shail calló durante un momento. La esfera luminosa seguía bailando a su alrededor, y el mago la detuvo con un gesto de su mano. La luz bañó los rasgos de Alexander, que le gruñó amenazadoramente, enseñándole todos los dientes.

–Apaga eso –ladró.

Shail ignoró su petición y lo observó, pensativo.

–Covan, el maestro de armas de la fortaleza, va a ser coronado nuevo rey de Vanissar –dijo en voz baja–. Él y el líder rebelde, Denyal, fueron testigos de tu transformación en el bosque. Te han acusado de fratricidio ante todo el reino.

–¿Y qué? No mienten.

–Tienen intención de desterrarte.

–Hacen bien.

Pero Shail negó con la cabeza.

–No lo entiendes. Para la mayoría de la gente, eres el héroe que reconquistó Nurgon y que guió al ejército de Vanissar a la victoria ante las serpientes. Todos saben que ni los caballeros de Nurgon ni Denyal y sus Nuevos Dragones eran gran cosa hasta que tú regresaste del otro mundo para liderarlos. Piensan que Covan quiere usurpar tu reino, y que Denyal lo apoya simplemente porque está celoso de que le quitaras protagonismo. Jura que le arrancaste un brazo de cuajo...

–... y es verdad...

–... pero dime, Alexander, ¿quién va a creerlo? Después de la muerte de tu hermano, el trono se ha quedado vacante. Medio reino quiere que seas tú quien lo ocupe. El otro medio cree que Covan sería una mejor opción.

–Y es cierto. Covan será un buen rey. Mejor que yo, en cualquier caso.

–Entonces vuelve y dilo. Di que renuncias al trono. Mientras sigas desaparecido, habrá en Vanissar gente dispuesta a creer que Covan y sus partidarios te mantienen secuestrado o, peor aún, que te han asesinado para que no reclames el trono. Vanissar se halla a las puertas de una guerra civil, Alexander.

El joven no respondió. Shail empezaba a impacientarse.

–¿Qué diría Jack si te viera así?

–¿Qué más da? Está muerto.

«Es verdad, no lo sabe», recordó Shail de pronto.

–No, Alexander, no lo está. Jack está vivo.

–Ahora sí que estoy convencido de que eres una alucinación.

–No murió en los Picos de Fuego –insistió Shail–. Él y Victoria se enfrentaron a Ashran en la misma noche del Triple Plenilunio, en la Torre de Drackwen, mientras nosotros peleábamos en el bosque de Awa. Y lo vencieron. Hicieron cumplir la profecía. El Nigromante está muerto, y los sheks han sido derrotados.

Alexander sacudió la cabeza.

–No te creo. Solo eres una ilusión que viene a torturarme con falsas esperanzas. Márchate de aquí y no vuelvas.

–Pero...

–¡MÁRCHATE! –bramó Alexander, y se abalanzó sobre él, furioso, con los colmillos por delante.

Shail dio un salto atrás, asustado, y la esfera de luz parpadeó, temerosa, y se apagó. Shail aún pudo ver los ojos de Alexander reluciendo en la oscuridad antes de dar media vuelta y salir corriendo de allí.

Se detuvo en la entrada de la caverna y se volvió para echar un vistazo al interior. Alexander volvía a retirarse a su rincón oscuro.

–Si vieras a Jack con tus propios ojos, ¿me creerías? –le gritó.

–Déjame en paz –gruñó él desde dentro.

Shail cruzó una mirada con Ymur.

–No cabe duda de que es humano –dijo el sacerdote–. Nos limitaremos a vigilarlo, pues.

–Volveré en otro momento –murmuró el mago, todavía conmocionado–. Puede que dentro de uno o dos días se muestre más razonable.

–¿Me estás diciendo que no pudiste con un simple mago? –exclamó Jack–. ¿Que se te escapó de entre las manos?

Christian sacudió la cabeza.

–Más o menos; es que mientras me introducía en su mente, vi algo muy extraño en sus recuerdos.

Calló y dirigió una rápida mirada a Victoria.

–Podéis hablar delante de mí –protestó ella–. Me habré vuelto más débil, pero no soy tonta. Ni soy una niña.

–No te enfades –dijo Jack, abrazándola con cariño–. Además, la culpa es del shek; lo dejo contigo y no se le ocurre otra cosa que dejarte sola –lanzó a Christian una mirada asesina–. ¿Se puede saber dónde estabas?

–No es asunto tuyo, dragón.

–Victoria *es* asunto mío, y esta noche estaba bajo tu responsabilidad. Sabes cómo se encuentra y que aún no está en condiciones de defenderse ella sola. Si no eres capaz de protegerla del primer psicópata que entre por la ventana...

–Basta ya, por favor –intervino ella–. No hace falta que os peleéis. No quiero ser una carga para nadie y, al fin y al cabo, no me ha pasado nada grave.

Christian le dirigió una media sonrisa.

–Le otorgaste la magia a ese tipo, ¿verdad? –le preguntó con suavidad–. ¿Cuándo fue eso?

—Cuando vine aquí para luchar contra ti.

—Un momento —los detuvo Jack—. ¿Quieres decir que hay más magos consagrados por Victoria? ¿Más magos aparte de Kimara?

—Uno más —explicó ella—. ¿Recuerdas que cuando llegamos aquí, antes del Triple Plenilunio, te pedí que me ayudaras a buscar a alguien que me había seguido hasta la torre, alguien a quien al final no encontramos? Era Yaren. Un semimago que me acompañó durante un tiempo, mientras buscaba a Christian. Me suplicó cientos de veces que le entregara la magia, y lo hice por fin, pero... no salió como él esperaba.

No dijo nada más. Sin embargo, tanto Jack como Christian recordaron cómo, tras la supuesta muerte del dragón, la luz de Victoria se había trocado en una oscuridad terrible y mortífera.

Y era eso, comprendieron enseguida, lo que la joven le había transmitido al semimago.

—Ha estado aprendiendo de alguien —hizo notar Christian, evitando hablar de la naturaleza del nuevo don de Yaren—. Una cosa es tener el poder, y otra, muy distinta, saber usarlo. Y realizó un hechizo de protección y otro de teletransporte.

—¿Quieres decir que tiene un maestro?

—O una maestra —asintió Christian en voz baja.

Jack y Victoria cruzaron una mirada.

—¿Alguien a quien conozcas? —preguntó Victoria con cierta timidez.

Christian tardó un poco en responder.

—Alguien a quien conocemos los tres —dijo por fin a media voz; alzó la cabeza para mirarlos—. La imagen de Gerde aparecía en sus recuerdos recientes.

Reinó un silencio estupefacto.

—¿No dijiste...? —empezó Victoria, pero no pudo continuar.

Jack lo hizo por ella:

—Dijiste que la habías matado —sonó como una acusación, y Christian se irguió.

—La maté —confirmó, imperturbable, clavando en Jack su fría mirada—. Pero, últimamente, la gente a la que mato tiene la irritante costumbre de permanecer con vida.

Jack le devolvió una sonrisa socarrona.

—Está claro que estás perdiendo facultades —lo provocó.

–Tendré que practicar más, entonces. Y ya veo que estás deseando ofrecerte voluntario.

–Parad ya, los dos –ordenó Victoria; ambos jóvenes se volvieron hacia ella, a una, y la chica bajó la cabeza con brusquedad, intimidada por la fuerza de su mirada–. Por favor –añadió en voz más baja.

–Bien, puede ser que me haya equivocado –prosiguió Christian–. Pero si no es así, y Gerde...

–Si la mataste, no puede estar viva –insistió Jack.

–Ya lo sé. Y eso me lleva a una serie de conclusiones preocupantes –se levantó de un salto–. Voy a rastrear a ese mago, a ver qué consigo averiguar. Si mis sospechas son ciertas...

No dijo nada más. Pero Jack tenía una ligera idea de lo que quería decir, y Victoria decidió que prefería no saberlo.

–¿Cómo vas a rastrearlo? –quiso saber Jack. Christian dejó escapar una sonrisa siniestra.

–El vínculo mental que establecí con él cuando lo miré a los ojos sigue activo. Una parte de mi conciencia sigue dentro de su mente: aunque él no lo sepa, durante un rato podré ver lo que él ve, si me concentro lo suficiente. Pero no durará mucho, así que he de marcharme ya.

–¿Tan pronto? –se le escapó a Victoria. Christian la miró y ella se sonrojó un poco.

Jack los miró alternativamente a ambos y dijo:

–Os espero en la terraza.

Abandonó la habitación, cerrando la puerta tras de sí. Victoria se levantó con cierto esfuerzo.

–Ya sé que no vas a escucharme –dijo–, pero tengo que pedírtelo una vez más: no hagas daño a Yaren.

–Te odia, Victoria. Intentará matarte otra vez, si tiene ocasión.

–Lo sé. Pero no es un mago cualquiera, sabes... Fui yo quien le otorgó el don de la magia. Él es ya parte de mí, igual que Kimara. Aunque ellos no lo sepan, o no lo sientan como yo.

Christian le dirigió una mirada inquisitiva.

–¿Sientes ese vínculo todavía? ¿O son restos de la conciencia de Lunnaris?

Victoria titubeó.

–No lo sé. Pero, por si acaso... si vuelves a toparte con él... recuerda lo que te he pedido, ¿vale?

–No puedo prometerte nada –respondió él tras un breve silencio.

Victoria respiró hondo.

–Tienes que dejar de hacer eso –murmuró–. Te agradezco que te preocupes por mí, pero no puedes ir por ahí matando a todas las personas que me odian o que pueden suponer un peligro para mí. Hay cosas que debo solucionar yo sola, ¿entiendes?

Él la miró largamente.

–Eres demasiado compasiva, Victoria –dijo entonces, y su voz sonó tan fría que ella tuvo que reprimir un estremecimiento–. Puede que algún día eso te traiga consecuencias irreparables.

–Tal vez –admitió Victoria en voz baja–, pero sigue siendo mi decisión. Tienes que acostumbrarte a que tengo derecho a decidir si quiero correr riesgos... y a asumir sus consecuencias.

Christian sacudió la cabeza.

–Vi lo que pasó la última vez que decidiste arriesgarte, y no me gustó.

Victoria se armó de valor, alzó la cabeza y dijo:

–Pues tendrás que asumirlo –trató de que su voz sonara firme, pero le temblaba un poco; no obstante, siguió hablando–. Tampoco a mí me gusta que te pongas en peligro, y sin embargo no te lo prohíbo ni tomo decisiones por ti.

Hubo un silencio tenso entre los dos.

–Supongo que tienes razón –dijo él por fin–. Es solo que no me gusta verte así.

Ella desvió la mirada.

–Ya me había dado cuenta.

Christian no dijo nada. Se irguió, dispuesto a marcharse. Victoria lo retuvo un momento. Había otra cosa de la que quería hablar con él.

–Vas a encontrarte con Gerde..., ¿no?

–Es posible, Victoria.

Tras un momento de vacilación, ella añadió:

–Ten mucho cuidado, Christian. Tengo un mal presentimiento.

Él no respondió. Sostuvo su mirada tanto tiempo que Victoria percibió con claridad las agujas de hielo de su conciencia clavándose en su alma. Apretó los puños de manera inconsciente, para dominar el terror irracional que se estaba apoderando de ella, pero no cerró los ojos ni desvió el rostro. Sintió los dedos de Christian acariciando suavemente su mejilla, apartándole el pelo de la cara. Se estremeció.

–Me tienes miedo, ¿verdad? –dijo él.

–Sí –respondió ella–. Pero... estoy dispuesta a enfrentarme a ese miedo y a superarlo.

Christian sonrió.

–Volveré –susurró.

Tomó el rostro de Victoria con las manos y besó sus labios, lenta y suavemente, acariciándolos con los suyos. Ella, un poco sorprendida, cerró los ojos y se dejó llevar, mientras una deliciosa sensación recorría su cuerpo en oleadas. Christian tuvo que sostenerla entre sus brazos, porque le fallaron las piernas. La sentó sobre la cama.

–Vaya –sonrió la joven, un poco avergonzada–. Últimamente soy un estorbo –empezó a tiritar y alargó la mano para coger una capa–. De repente, me ha entrado frío –murmuró, como excusándose, mientras se la echaba sobre los hombros.

Christian sonrió.

–Es normal –dijo–. Son los efectos secundarios que provoco en los...

–... humanos –completó ella con cierta amargura.

Christian no respondió. Salió de la habitación como una sombra, y ella no levantó la cabeza para mirarlo, ni dijo una palabra más. Cuando la puerta se cerró sin ruido tras el shek, Victoria cerró los ojos, y un par de lágrimas rodaron por sus mejillas.

Jack lo aguardaba en la terraza.

–¿Y Victoria? –preguntó enseguida.

–La he dejado descansando. Demasiadas emociones para ella, supongo.

Jack lo miró con seriedad.

–Está mejorando, Christian. De verdad. Ha hecho muchos progresos; tendrías que haberla visto cuando despertó. Apenas podía hablar.

–¿Piensas que he perdido el interés por ella? –replicó Christian con calma–. No tendrás tanta suerte, dragón.

Jack le dedicó una sonrisa feroz.

–Pasas tanto tiempo lejos de ella que nadie lo diría –comentó, mordaz–. Lo cual me favorece a mí, obviamente.

El shek se acercó tanto a él que casi pudo sentir su helada respiración.

–Me voy porque temo que Victoria esté en peligro... y quiero averiguar qué clase de peligro es. Pero tú, que te quedas con ella, tienes la responsabilidad de protegerla de cualquiera que intente hacerle daño...

–¡Mira quién fue a hablar! –soltó Jack, estupefacto–. ¡Pero si la han atacado la única noche que tú has pasado con ella en cinco meses!

–...Y óyeme bien, dragón: si le pasa algo a Victoria, si sufre el más mínimo daño... te arrancaré las tripas –concluyó, con fría serenidad.

–No te imagino arrancando tripas, serpiente. No es tu estilo. Demasiado sanguinolento para tu gusto.

Christian se separó de él y le dirigió una mirada inescrutable.

–Todavía no me has visto enfadado –le aseguró con seriedad.

Una chispa de fuego de dragón se encendió tras los ojos verdes de Jack. Christian entrecerró los párpados y ladeó un poco la cabeza, tenso, como una cobra a punto de lanzar un mordisco.

Entonces, Jack respiró hondo y sonrió.

–Algunas cosas nunca cambian –comentó.

Christian se relajó lentamente.

–Sí –coincidió por fin–. Y creo que es bueno que sea así.

Jack asintió. Christian inclinó la cabeza y echó a andar hacia la balaustrada, y momentos después la sombra de las alas del shek cubrió la Torre de Kazlunn. Jack lo vio marchar; cuando ya no fue más que un punto en la lejanía, sacudió la cabeza, preocupado, y fue en busca de Victoria.

Christian sobrevoló la costa de Kazlunn durante todo el día. Al atardecer, divisó a lo lejos la alta silueta del monte Lunn, donde, según las leyendas, los dioses habían entregado la magia al primer unicornio, y dedicó un breve pensamiento a Victoria. Sin embargo, ya sabía que no era ese su objetivo. Aunque para entonces ya hacía rato que los hilos de su conciencia habían abandonado la mente de Yaren, a través de los ojos del mago había visto los troncos desnudos y retorcidos de los árboles de Alis Lithban, que se iban cubriendo de vegetación a medida que se acercaba a su corazón: la Torre de Drackwen. Las imágenes eran borrosas y confusas, y desfilaban ante sus ojos a toda velocidad. Esto hizo sospechar a Christian que, o bien el mago corría anormalmente rápido para ser un humano, o algo estaba tirando de él con violencia... y no poca impaciencia.

Al caer la noche alcanzó los límites del bosque, y se detuvo un momento a descansar y a reflexionar acerca de su destino.

Sabía que Yaren se dirigía hacia lo que quedaba de la Torre de Drackwen, que había sido el centro del imperio de Ashran. Christian no había pasado por allí desde la noche del Triple Plenilunio. Sabía, sin embargo, que Qaydar había enviado tiempo atrás a varias personas a mirar entre las ruinas, por si el cuerno todavía seguía allí. No habían encontrado nada, aparte de varios cadáveres humanos y szish, y los cuerpos de dos sheks que parecían haber muerto cuando el derrumbamiento de la torre, tal vez a causa de él. Christian sabía que uno de aquellos cuerpos era el de Zeshak, señor de los sheks. Y el otro correspondía a una hembra a la que Jack había llamado Sheziss. En su fuero interno, Christian sabía que él mismo estaba más relacionado con aquella pareja de lo que habría querido admitir; pero, simplemente, prefería no pensar en ello.

Entre los cuerpos humanos encontrados bajo las ruinas de la torre estaba el de Ashran. Se hallaba completamente calcinado y casi irreconocible, pero los magos habían determinado, finalmente, que se trataba de él. Y todo Idhún había exhalado un suspiro de alivio.

«Mal hecho», pensó Christian. «Tras el cumplimiento de la profecía, todos creen que la amenaza ha sido derrotada. Ignoran que la amenaza es la misma, pero bajo otra forma y con otro nombre. Y mientras nadie sepa dónde hallar esa amenaza, nadie puede detenerla. Ni siquiera los Seis, que no tienen modo de formular otra profecía a través de los Oráculos, porque no saben contra quién dirigir sus fuerzas. Y tal vez... era eso lo que él pretendía. Tal vez por eso se arriesgó. No le preocupaba la profecía: no mientras tuviera otro lugar donde esconderse».

Y quizá fuera mejor así. Porque, mientras nadie supiera nada acerca del paradero del Séptimo, los Seis no volverían a convocar a Jack y a Victoria a la lucha contra su enemigo. «Que solucionen ellos sus propios asuntos. Para cuando unos y otros se encuentren, Victoria y yo estaremos ya muy lejos».

Sin embargo, si sus sospechas resultaban acertadas, había un detalle que podía cambiarlo todo: sus planes acerca de Victoria, el curso del enfrentamiento entre divinidades, incluso su propia implicación en el mismo. Christian no tenía la menor intención de volver a dejarse implicar, pero estaba empezando a presentir que ya lo estaba... y hasta las cejas.

Estaba cansado tras el largo vuelo desde la Torre de Kazlunn, y también hambriento, por lo que deslizó su largo cuerpo de shek hasta el fondo del primer arroyo que encontró y dejó que el agua fresca limpiara sus escamas. Pescó varios peces y los engulló con rapidez. Aunque los sheks también comían carne, sentían cierta preferencia por el pescado. Cuando reptó fuera del arroyo, chorreando, sabía ya que aquella comida no le llenaría el estómago. Pero sí era suficiente para mantener su cuerpo humano, por lo que se metamorfoseó de nuevo y, tras sacudir la cabeza para secarse el pelo, se adentró en el bosque, sigiloso como un felino, en busca de la Torre de Drackwen: un corazón que ya no latía.

Aquella noche, de vuelta ya en el Oráculo, Shail volvió a soñar con una escena que todavía lo atormentaba de vez en cuando: la imagen de Alexander, transformado en bestia, ante el cadáver destrozado de su hermano menor. Cuando se despertó, empapado en sudor, y fue consciente de dónde se encontraba, se dio cuenta de que los aullidos que oía en sus pesadillas tenían una fuente real: un poco más lejos, Deimar, el sacerdote loco, gritaba en sueños.

Se levantó, todavía temblando, y examinó su pierna artificial a la luz de las tres lunas. Todo estaba correcto. Salió de la casa de Ymur, instalada en los restos de una enorme sala abovedada, lo que antes había sido, casi con toda probabilidad, el refectorio del Oráculo. Allí, el gigante había habilitado una vivienda improvisada con todo lo que necesitaba, que no era mucho, puesto que los gigantes eran seres austeros. Al fondo, sin embargo, en una pequeña cámara construida expresamente para ello, se hallaba lo que constituía la verdadera pasión de Ymur, y la razón por la cual permanecía en las ruinas del Oráculo.

Los libros.

En todos aquellos años, Ymur se había dedicado a rescatar todos los manuscritos que había podido de entre los restos del Oráculo. Algunos de los volúmenes estaban destrozados; de otros solo había podido encontrar unas pocas páginas. Pero lo que quedaba de la gran biblioteca del Oráculo estaba allí, en aquella estancia, y muchos de aquellos libros eran de un tamaño considerable: señal de que habían sido escritos por gigantes. El propio Ymur, considerado un erudito, era sin duda el autor de algunos de ellos.

Shail suspiró y salió al aire libre, rodeando el enorme cuerpo de Ydeon, que dormía tendido en el suelo, cerca de la entrada. El joven se envolvió más en su capa para protegerse del frío de Nanhai, y se acercó al rincón donde Deimar se revolvía en sueños, sin más abrigo que el de su andrajosa túnica.

Contempló el rostro del loco a la luz de las tres lunas, pensativo.

Súbitamente, Deimar se incorporó de golpe y aferró su muñeca con una mano que parecía una garra. Shail se echó hacia atrás, sobresaltado. Los ojos del sacerdote se clavaron en él, alimentados por un brillo febril.

—Nos miran —susurró Deimar, temblando.

—¿Qué? —pudo decir Shail—. ¿De qué hablas? ¿Quién nos mira?

Deimar señaló el cielo. Erea, la luna plateada, les sonreía desde allí, arropada por sus dos hermanas.

—¿Te refieres a...?

—Sssssshhh —cortó el loco, y bajó más la voz—. Ellos nos miran. Siempre. Todas las noches. ¿Pero sabes una cosa?

—¿Qué?

Deimar le hizo señas para que se acercase más. Shail obedeció, entre inquieto e intrigado. Entonces, el sacerdote susurró en su oído:

—*No nos ven.*

Shail se separó de él, confuso.

—¿Hablas de los dioses?

Aquella palabra pareció trastornarlo, porque lo miró como si hubiese mencionado algo horriblemente espantoso y comenzó a lanzar aullidos de terror mientras trataba de golpearse la cabeza contra las rocas. Shail, alarmado, intentó detenerlo, con escaso éxito. Por fortuna, los alaridos del loco despertaron a los dos gigantes, que acudieron a ver qué sucedía. Momentos después, Deimar, con el rostro cubierto de sangre, se retorcía entre los poderosos brazos de Ydeon.

—¿Qué le has dicho? —preguntó Ymur, perplejo.

Shail alzó la cabeza hacia él, sombrío.

—Ymur —dijo, sin responder a la pregunta—, dijiste que conociste a Deimar en el Oráculo. Dime, ¿cuál era su función allí, exactamente?

El gigante lo miró sin comprender.

—Era uno de los Oyentes, si no recuerdo mal. ¿Por qué lo preguntas?

Shail no respondió. Contempló un instante a Deimar, retorciéndose entre los brazos de Ydeon, y se dejó caer contra los restos del muro de piedra, temblando.

Jack se despertó, sobresaltado. En cuanto fue consciente de dónde se encontraba, alargó el brazo para asegurarse de que Victoria seguía allí, durmiendo junto a él. Se le paró un instante el corazón al comprobar que la muchacha se había esfumado.

Se levantó de un salto; un breve vistazo a la habitación le bastó para confirmar que Victoria no estaba en ella. A toda velocidad, se puso la camisa y salió corriendo al pasillo, aún descalzo.

Recorrió en silencio los lugares que solía frecuentar Victoria, preguntándose si debía avisar a Qaydar... hasta que se le ocurrió, de pronto, dónde podía encontrarla.

El jardín trasero de la Torre de Kazlunn era una réplica en miniatura de Alis Lithban. Crecía allí el mismo tipo de vegetación, traída por los magos desde el bosque de los unicornios mucho tiempo atrás. Durante los quince años que había durado el asedio de los sheks, el verdadero Alis Lithban había ido agonizando poco a poco; pero los magos de Kazlunn habían logrado mantener con vida su jardín, que, al igual que la propia torre, les recordaba tanto a sus admirados unicornios. Tras la caída de la torre en manos de las serpientes, ni ellas ni Gerde habían levantado un solo dedo contra aquel jardín, que seguía tan bello y exuberante como siempre.

Y al fondo, junto al muro que se alzaba casi en el borde mismo del acantilado, los magos habían erigido un pequeño monumento en honor de Aile Alhenai, la poderosa hechicera feérica.

Jack se detuvo a pocos metros del bloque de piedra, con forma de hexágono, en el que habían inscrito el nombre de Aile y una breve oración a Wina, la diosa de la tierra. A los pies del monumento había una figura, vestida de blanco, de rodillas sobre la hierba. Jack suspiró, aliviado, y se acercó a ella en silencio.

—Deberían haber plantado un árbol —susurró Victoria sin volverse—. Sería su árbol, y viviría la vida que ella abandonó. ¿Qué sentido tiene poner su nombre en una piedra?

—Duran más —respondió Jack en voz baja, sentándose a su lado—. Así, su memoria perdurará durante mucho, mucho tiempo.

—Da igual; la piedra está muerta.

Jack la miró, y vio que tenía las mejillas bañadas en lágrimas. La abrazó para consolarla. Victoria hundió el rostro en su hombro y lloró allí largo rato. Jack recordó, de pronto, una escena similar, ocurrida varios años atrás (¿cuántos: tres, cuatro, cinco?), tras la muerte de sus padres. Entonces había sido Victoria quien lo había consolado a él: una desconocida, una niña de doce años. Parecía haber pasado una eternidad desde entonces.

–No pude decirle adiós –sollozó ella–. Son tantas las cosas que no pude decirle...

–Lo sé, Victoria.

–Y no estuve allí. No estuve allí, Jack.

–Estuvimos haciendo otras cosas. Luchando contra Ashran, contra Zeshak.

–Pero no ha servido de nada.

Jack la abrazó con más fuerza.

–No tuvimos elección. ¿No crees?

Ella asintió, con un suspiro, y se recostó contra él. Al hacerlo, algo centelleó sobre su pecho a la luz de las lunas. Victoria lo vio, y sonrió.

–Todavía no te he dado las gracias por esto –dijo en voz baja, alzando ante él la cadena con la lágrima de cristal.

Jack le devolvió la sonrisa.

–Te has dado cuenta –murmuró.

–¿Cómo no iba a darme cuenta? Lo que pasa es que... si te soy sincera, me daba un poco de vergüenza decírtelo. Sabía que este colgante no era el mío, pero no estaba segura de que hubieses sido tú. Podría haber sido un regalo de Shail, o incluso del Archimago... aunque en el fondo sabía que era tuyo –añadió bajando los ojos.

–El otro se te rompió –dijo Jack–, y pensé... bueno, ya puedes suponer lo que pensé.

–Muchas gracias, Jack. Es precioso, y voy a llevarlo siempre. Es más bonito que el que perdí.

Una sombra de angustia cubrió su rostro al recordar la mano de Ashran intentando llegar hasta ella, y cómo sus dedos se habían enganchado en la cadena, rompiéndola. Jack adivinó lo que pensaba.

–Deja de atormentarte de esa manera. Aquello llegó, y pasó. Y ha terminado.

Victoria lo miró fijamente.

–¿De verdad crees que ha acabado?

Jack le devolvió una mirada preocupada. Victoria temblaba como una hoja, parecía todavía débil y cansada, pero mostraba una actitud decidida y resuelta.

–No, no creo que haya acabado –admitió Jack–. Por eso tengo miedo por ti.

–Sé que tanto Christian como tú queréis ponerme a salvo –dijo ella–. Pero yo quiero luchar a vuestro lado, por vosotros...

–Resulta que no puedes hacerlo, Victoria. Pero pronto te pondrás bien, ya lo verás.

–¿Estás seguro? Sé que no lo crees de verdad, Jack. Sé que piensas que he dejado de ser un unicornio, que soy solo una simple humana...

–¿Y qué, si lo fueras?

Victoria se quedó sin habla.

–Han pasado muchas cosas desde que nos conocimos –prosiguió Jack, con los ojos fijos en los de ella–. Hemos vivido tanto juntos... tantas aventuras, tantas alegrías, tanto sufrimiento, tantas emociones... No es tan fácil borrar todo eso de un plumazo, Victoria. Seas humana, seas un unicornio o una mezcla de las dos cosas, da igual; sigues siendo Victoria. La chica de la que me enamoré.

Victoria abrió la boca, incapaz de pronunciar palabra. Jack seguía mirándola, y la muchacha sintió como si su corazón estallara en llamas de pronto. Tragó saliva, y el instinto le dijo que retrocediera. Pero no pudo moverse; quedó prendida en sus ojos verdes, mientras los suyos propios se llenaban de lágrimas de emoción. Jack no pudo evitarlo. Hundió los dedos en su cabello oscuro, le hizo alzar un poco más la cabeza y la besó con pasión. Victoria se quedó sin aliento; suspiró y respondió al beso, y los dos se fundieron en un fuerte abrazo.

Los momentos siguientes fueron dulces e intensos a la vez, pero, ante todo, solamente suyos. Siguieron susurrándose palabras de amor al oído, compartiendo besos y caricias, a los pies del monumento dedicado a Allegra, hasta que Jack rompió el momento, separándose de ella con un soberano esfuerzo de voluntad.

–Es tarde –dijo mirándola con un intenso brillo en los ojos–; es mejor que volvamos ya.

Subieron en silencio, cogidos de la mano. El corazón de Victoria latía con fuerza, porque sentía algo extraño en el ambiente, una especie de tensión entre los dos. Todavía no estaba segura de qué debía decir, o cómo debía actuar, por lo que, cuando Jack cerró la puerta tras de sí y la besó suavemente, Victoria no opuso resistencia. Le echó los brazos al cuello, con cierta vacilación, y él volvió a besarla, esta vez con más entusiasmo.

—Te he echado de menos —le dijo al oído.

—Yo también a ti —susurró Victoria.

—Me gustaría quedarme contigo esta noche. ¿Puedo?

—Jack, ya duermes a mi lado todas las noches —dijo, aunque intuía que él no se refería a eso.

Pese a que Victoria no le había dado una respuesta, Jack la empujó sin brusquedad hasta la cama. La chica dejó escapar un jadeo ahogado cuando le sintió tenderse sobre ella. Tenía miedo, pero el deseo de seguir junto a Jack era más fuerte que su temor. Respondió a sus besos y a sus caricias, sintiendo que el fuego de él la envolvía y le abrasaba la piel y, al mismo tiempo, daba calidez a su corazón. Dejó escapar un quejido de angustia.

—Jack... —murmuró, y en su voz había un tono distinto, una mezcla de anhelo y temor que hizo que él reaccionara. Se separó un poco de ella, como si despertara de un sueño, y la miró a los ojos, muy serio.

—¿Qué? ¿Todavía me temes? —preguntó—. ¿Quieres que me vaya?

Victoria cerró los ojos un instante, todavía temblando como una hoja. Su alma se estremecía de amor por Jack, pero, al mismo tiempo, el fuego del dragón la intimidaba.

—Si no te sientes bien, dímelo —susurró él en su oído—. Sé que estos días estás... bueno, mucho más sensible, y no quiero aprovecharme de ello, así que, por favor, sé sincera.

Ella acarició el cabello rubio de él. Tragó saliva. Lo miró a los ojos, aquellos ojos verdes que brillaban en la penumbra. En aquel momento, el corazón de Victoria latía por y para Jack. Aquel momento era solo de ellos dos, y de nadie más.

—No, Jack —dijo, y su voz fue apenas un murmullo, pero estaba teñida de amor—. No te vayas, por favor.

Jack sonrió y volvió a besarla, y Victoria se entregó a su beso, bebiendo de él como si fuera la primera vez que sus labios se encontraban.

Christian se pegó al tronco musgoso de un árbol, con el sigilo de una sombra. Aunque Yaren se hubiera dado la vuelta para mirar al lugar donde se ocultaba, no lo habría visto.

Pero no lo hizo. El mago se había detenido en un claro del bosque y estaba hablando con tres personas más, dos szish y un humano; parecían estar esperando algo... o a alguien. Christian dio un paso atrás para ocultarse aún más entre las sombras. Si estaban receptivos, los szish podían intuir su presencia, la presencia de un shek, uno de sus señores. Pero el joven dudaba de que fueran a obedecerlo. Sospechaba que ahora servían a alguien más poderoso.

En aquel momento, alguien entró en el claro. A la luz de las antorchas, Christian vio que se trataba de otros dos hombres-serpiente. Uno de ellos era muy joven, prácticamente un muchacho, y temblaba de puro nerviosismo.

–Ya era hora –comentó Yaren.

–No llegamosss tan tarde –dijo uno de los recién llegados, el de más edad–. No sssomosss losss últimosss en aparecer.

–No –concedió otro de los szish; examinó al muchacho de arriba abajo–. Es demasiado joven, Isskez –le dijo en la lengua de los szish, que Christian comprendía a la perfección–. No sé si estará a la altura.

–Viene del clan de Sozessar –replicó el primero en la misma lengua–. En las marismas de Raden. Ha superado todas las pruebas. Es el indicado.

–Eso tendrá que decidirlo *ella*.

Christian entrecerró los ojos.

Había, sin embargo, otro asunto, en un rincón de su conciencia, que requería su atención. Algo acerca de lo que su mente percibía a través de Shiskatchegg. Tenía que ver con Victoria y sus sentimientos. Brevemente, Christian contactó con las sensaciones que le transmitía el anillo. Le bastó apenas un instante de concentración para saber lo que estaba pasando entre Jack y Victoria. Imperturbable, cerró las puertas de su conciencia al vínculo del anillo, como ya había hecho en una ocasión, tiempo atrás, cuando Ashran lo había torturado hasta el punto de ahogar su parte humana. Entonces, Victoria había perdido el contacto con él y lo había creído muerto. No sabía que el shek había roto aquel vínculo voluntariamente, porque quería echarla de su corazón y de sus pensamientos; porque ella era, de nuevo, una enemiga para él.

En esta ocasión volvió a hacerlo, pero por motivos muy distintos: Victoria estaba con Jack y necesitaba intimidad. Y aunque seguía llevando puesto el anillo, Christian sabía que en aquellos momentos debía retirarse discretamente y dejarla a solas con él. Ya restauraría el vínculo por la mañana.

Se concentró de nuevo en los individuos del claro. Permanecían en silencio, esperando, y parecían nerviosos. Christian esperó con ellos.

—Hacía muchos años que no escuchaba tanta blasfemia junta —dijo Ymur, molesto—. Supongo que se debe a que eres un mago. Los magos siempre os habéis creído con derecho a ser más irreverentes que el resto de los mortales.

—Todo esto me lo contó una sacerdotisa —replicó Shail, muy serio—. Y el propio Ha-Din lo confirmó ante medio centenar de personas en la Torre de Kazlunn. Cuando llegue la delegación del Oráculo de Awa, sus sacerdotes ratificarán mis palabras. Hace ya meses que los Oráculos perdieron contacto con los dioses. Y no porque los dioses ya no hablen, sino porque hablan... demasiado.

Ymur frunció el ceño y echó un vistazo a Deimar, que yacía en el suelo, cerca de ellos; Shail le había aplicado un hechizo tranquilizante, pero el sacerdote todavía murmuraba cosas ininteligibles y sufría extraños espasmos de vez en cuando.

—¿Quieres decir que la voz de los dioses lo ha vuelto loco?

Shail asintió.

—Sabemos que, tras la destrucción del Gran Oráculo, Deimar abandonó Nanhai. Seguramente fue a refugiarse al bosque de Awa y se quedó con el Venerable Ha-Din y sus sacerdotes. En cuanto el nuevo Oráculo de Awa empezó a funcionar, reanudó allí su trabajo como Oyente. Por lo que me han contado, en los últimos tiempos, el mensaje divino ha dejado sordos a varios sacerdotes y ha hecho enloquecer por lo menos a otros dos. Deimar debe de ser uno de ellos.

Ymur movió la cabeza.

—Primero me dices que el dios de mi pueblo no es el padre bondadoso en el que creemos desde hace milenios, sino que se trata en realidad de una poderosa fuerza destructiva, ciega e invisible, que puede aplastarnos a todos sin darse cuenta. Y ahora me vienes con que las voces de los Seis trastornan a las personas hasta el punto de hacerles perder la razón. ¿Sabes lo que estás diciendo?

—Hablo de hechos, Ymur. De lo que he visto y de lo que me han contado los propios sacerdotes y sacerdotisas. Pero tú, que has pasado casi toda tu vida en un Oráculo... ¿no has contemplado nunca nada semejante?

–Yo no soy un Oyente. Lo que sucede dentro de la Sala de los Oyentes, solo ellos y los dioses lo saben, aunque es cierto que no es algo que se deba tomar a la ligera. Recuerdo el caso de un joven humano que entró allí sin permiso y trató de entablar comunicación con los dioses... Algo debieron de responderle, porque salió de allí bastante alterado. Pero no perdió el juicio ni su capacidad de audición, que yo sepa.

–¿Cuándo fue eso? –preguntó Shail con curiosidad.

–No recuerdo... Hace varios años. Tal vez veinte; tal vez más, o tal vez menos.

Shail se echó hacia atrás, perplejo.

–Eso fue antes de la profecía, en todo caso. Por lo que tengo entendido, las voces de los dioses solían ser apenas tenues murmullos a los que había que prestar mucha atención. Es raro que alguien que no hubiera sido adiestrado como Oyente pudiera percibir algo en esa sala. Tal vez los dioses ya hablaron a gritos hace tiempo, pero en tal caso no sé cómo es posible que solo los oyera una persona.

–Puede que fuera un Oyente nato –opinó Ymur–. Algunas personas nacen con una sensibilidad especial. Los Oyentes de este tipo son muy valorados en los Oráculos.

–¿De verdad? ¿Y qué hizo ese joven después? ¿Se quedó entre vosotros?

Ymur negó con la cabeza.

–No. Se marchó, creo. Confieso que yo no solía estar muy al tanto de lo que sucedía en el Oráculo. Si recuerdo a ese humano es porque tuve trato directo con él, al menos antes de que se colara en la Sala de los Oyentes. Lo que hizo después, ya no lo sé.

–¿Cómo era? ¿Cómo se llamaba? ¿Quién...?

–Las preguntas, una por una, mago –cortó Ymur–. No me acuerdo de su nombre, pero tú me recuerdas bastante a él: los dos decís cosas irreverentes.

–¿Cosas irreverentes? –repitió Shail, cada vez más interesado–. ¿Anunciaba la llegada de los dioses, acaso?

–Peor aún: tuvo la desfachatez de venir a preguntarme si entre los textos sagrados de mi biblioteca conservaba algún documento que hablara del Séptimo dios. ¡Del Séptimo dios! Ya puedes imaginar lo que le contesté. Es lo que yo digo: los magos, especialmente los jóvenes, siempre se creen por encima de todo; pero hay cosas que nadie debería... ¿Qué te ocurre, hechicero? ¿Por qué pones esa cara?

Una silueta tenue y esbelta se deslizó por entre los árboles, hacia Yaren y los szish. No la vieron hasta que la tuvieron encima, porque las hadas se mueven por el bosque como si formaran parte de él; pero Christian la había detectado desde el primer momento.

–¿Qué me habéis traído? –preguntó una voz sensual y aterciopelada.

Los cinco cayeron de rodillas ante ella y se echaron de bruces al suelo, en señal de sumisión. El chico szish se había quedado pasmado mirando a la recién llegada, hasta que uno de sus compañeros le obligó a arrojarse al suelo de un empujón.

–Hicimosss lasss pruebasss de inssstinto y percepción, como ordenassste, mi ssseñora –dijo Isskez–. Essste muchacho venció a todosss los jóvenesss de sssu clan y luego fue el primero en lasss pruebasss finalesss.

Ella se inclinó un poco hacia él. Hasta Christian llegó la suave fragancia floral que despedía su largo cabello.

–Tan joven –comentó, con una nota de interés en su voz–. Mírame –le dijo en la lengua de los szish.

El muchacho alzó la cabeza, tembloroso. En aquel momento, Erea asomó desde detrás de una nube, y su luz plateada iluminó los rostros de todos los presentes. Incluido el del hada a la que Yaren y los demás hacían tanta reverencia.

Christian no pudo reprimir un estremecimiento cuando reconoció sus rasgos. Ya la había identificado por su forma de andar, por su voz, por su fragancia, que tan bien recordaba. Pero no había querido creerlo hasta que no la vio con sus propios ojos.

Gerde.

«La maté», pensó, aturdido. «La maté. Estaba muerta».

Había arrojado a Jack, malherido, a un río de lava. Pero no estaba muerto entonces, y a fin de cuentas era un dragón, de modo que, si se paraba a pensarlo, no había nada de particular en que sobreviviera al fuego. Sin embargo, el caso de Gerde era diferente. Él mismo había soltado los hilos de su conciencia, había paralizado sus funciones cerebrales y, con ello, había hecho también que dejara de latir su corazón. La había matado.

Siguió observándola, todavía anonadado. Había algo en ella que era diferente de lo que recordaba, pero no habría sabido decir el qué. Por el momento, solo entendía que no era capaz de dejar de mirarla.

El hada se había acuclillado junto al muchacho, tomando su rostro entre las manos, y lo observaba con una leve sonrisa en los labios.

–No estás mal para ser una serpiente –comentó con cierta dulzura–. ¿Cómo te llamas?

–Assher, mi señora.

–Assher –repitió Gerde–. ¿Sabes por qué estás aquí?

El szish tragó saliva.

–Porque superé las pruebas, mi señora. Fui mejor que todos los demás.

Gerde le sonrió.

–Bien –arrulló–. Bien, mi joven serpiente.

Se separó de él, con ligereza, y se puso de nuevo en pie.

–Levantaos todos –ordenó–. Ya estoy cansada de tanta adoración.

Se volvió hacia Yaren.

–En cuanto a ti –le dijo, muy seria, de nuevo en idhunaico común–, tienes muchas cosas que explicarme.

Yaren bajó la cabeza. Temblaba como un niño.

–Yo... lo siento mucho. Me dejé llevar.

–Tenías que volver a mirarla a los ojos, ¿verdad? Tenías que decirle lo desgraciado que eres por su culpa. Y ahora los has puesto sobre aviso a todos ellos. Te dije que era muy pronto, cerebro de trasgo. Muy pronto. Y te has dejado sorprender y atrapar. Más te valiera que te hubiesen matado.

El hechicero, aterrorizado, se dejó caer de rodillas, a sus pies.

–Suplico tu perdón, mi señora. Te juro que no volveré a desobedecerte.

Christian frunció levemente el ceño. La voz de Gerde había sonado solo un poco amenazadora, pero su gesto era tan encantador como siempre. ¿Cómo podía inspirar tanto terror en Yaren?

–Y bien –sonrió ella–. ¿Qué has visto?

Yaren alzó la cabeza, confuso.

–¿Qué...?

–Que qué has visto. En sus ojos. En los ojos de Victoria.

Los dedos de Christian se crisparon involuntariamente al oír su nombre. Había una velada amenaza en el tono de voz de Gerde al hablar de Victoria, algo sombrío que al shek le resultó extrañamente familiar.

Yaren tardó un poco en contestar.

—Nada, mi señora —dijo por fin—. ¿Qué habría de ver?

—Nada, claro. Podrían emitir destellos cegadores de luz y serías incapaz de verlos, porque los humanos sois completamente ciegos a la luz de un unicornio —suspiró, exasperada—. Esa muchacha debería estar muerta y, sin embargo, se ha despertado. ¿Y cómo voy a saber si el unicornio sigue vivo en ella, si tú no puedes ver su luz?

—Tenía... una especie de agujero en la frente —se apresuró a responder Yaren—. Y estaba muy débil, tanto que apenas podía caminar.

Gerde se volvió para mirarlo.

—Un agujero —repitió—. Bien, no lo has hecho tan mal como creía. El unicornio sigue vivo... pero sin su cuerno.

Se rió. Su risa era pura y cantarina, pero seguía teniendo ese ligero matiz frío e inhumano que a Christian le resultaba tan familiar, y que le chocaba encontrar en la voz de Gerde.

Le dio la espalda a Yaren y volvió a prestar atención al muchacho szish. Utilizó de nuevo la lengua de las serpientes (Christian no recordaba que Gerde la hubiese hablado jamás con tanta fluidez) para decirle de manera tranquila:

—Entonces, ya lo sabes. Lo que voy a entregarte esta noche no te lo puede dar nadie más. Nadie más, en todo Idhún. ¿Eres consciente de eso?

El joven Assher alzó la mirada hacia ella, una mirada de profunda adoración.

—S-soy consciente, mi señora.

A Christian, oculto entre la espesura, le resultaba difícil conservar la calma. Ya había intuido hacía rato lo que estaba sucediendo, y sabía qué iba a presenciar. Y no estaba seguro de estar preparado para verlo.

—Levántate —estaba diciendo Gerde al chico szish—. Retiraos —ordenó a los demás.

Todos obedecieron. El hada alzó entonces la mano, y algo blanco y brillante, como una daga de luz de Erea, centelleó entre sus dedos.

Christian hundió las uñas en el tronco del árbol hasta casi hacerse daño. Reprimió el deseo de desenvainar a Haiass e irrumpir en el claro para matarlos a todos. Respiró hondo y se esforzó por conservar la calma.

Para ello tuvo que cerrar los ojos un momento. Para no ver aquel cuerno de unicornio, el cuerno de Victoria, en manos de Gerde.

Pero los abrió a tiempo de ver cómo el hada deslizaba la superficie perlina del cuerno por la piel escamosa de Assher, primero por su mejilla, descendiendo luego hasta su cuello, como una caricia de luz. El joven cerró los ojos y echó la cabeza hacia atrás con un suspiro, disfrutando de la sensación incomparable de la magia inundando su cuerpo.

Christian contemplaba la escena, impasible en apariencia. Algo afloró de lo más profundo de su conciencia, un recuerdo semiolvidado: el recuerdo del momento en que un unicornio le había entregado su don, diecisiete años atrás. Los detalles de aquel día todavía le resultaban confusos. Pero estaba empezando a darse cuenta de que, en el fondo, nunca había llegado a olvidar del todo la luz del unicornio.

Volvió a la realidad. Un poco más lejos, el chico szish había dejado caer los hombros y temblaba. Christian no podía verlo desde allí, pero sabía que estaba llorando.

Gerde lo contempló en silencio, con una expresión indescifrable.

—Lleváoslo —dijo entonces—. Isskez, tú serás su tutor. Inícialo en el arte de la hechicería y, cuando juzgues que está preparado... tráemelo. Enhorabuena, muchacho —le dijo con dulzura, acariciando su mejilla con las yemas de los dedos—. Ya eres un iniciado. Pero no cualquier iniciado. Tengo planes para ti, Assher. Aprende a hacer buen uso de tu don... y te recompensaré con creces.

El joven szish trató de decir algo, pero no le salió la voz. Los otros lo apartaron de la presencia de Gerde, que se volvió a mirarlos mientras se adentraban en el bosque.

Solo Yaren permaneció a su lado. Se había quedado contemplando el lugar por el que se habían marchado los hombres-serpiente, con los ojos entornados y una expresión sombría en sus facciones.

El hada se volvió hacia él.

—Envidias a Assher, ¿no es verdad?

—Con todo mi ser —dijo Yaren en voz baja; la miró, con un destello de súplica en sus ojos grises—. ¿No podrías...?

—Ya lo hemos intentado —cortó ella con sequedad—. Sabes que no funciona.

–Pero tú... eres poderosa. Eres la hechicera más poderosa que...

–Soy mucho más que una hechicera poderosa, pero hay cosas que, simplemente, no pueden deshacerse. Te lo he explicado muchas veces: para limpiarte por dentro, tendría que canalizar hacia ti una gran cantidad de energía. Y podría hacerlo –rió–, podría entregarte toda la magia que necesitas para curarte. Pero entonces tu cuerpo estallaría en millones de pedazos. Por eso fueron creados los unicornios, así es como funcionan sus cuernos; porque los mortales son recipientes que ellos deben llenar de magia, pero la magia del mundo es tan inmensa, tan vasta... que si no la canalizaran a través de su cuerno, el recipiente sería destruido. Sería como colocar una frágil vasija de barro al pie de una catarata –se encogió de hombros–. Los humanos sois tan delicados... os rompéis enseguida.

–Lo sé –suspiró Yaren–. Sé que si usas el cuerno, no podrás entregarme toda la energía que necesita mi cuerpo para desalojar la magia corrupta que ella me entregó. Y sé que si no lo usas, moriría en el intento. Pero tiene que haber... tiene que haber otra manera.

–Estoy en ello –repuso Gerde con una suave sonrisa–. Pero espero que comprendas que ahora mismo eso no es una prioridad para mí. Y menos, después de lo que has hecho hoy.

Yaren calló un momento y bajó la mirada.

–Saben que estás aquí –le dijo en voz baja–. Nos encontrarán.

En el rostro del hada se dibujó una enigmática sonrisa.

–Lo sé –se limitó a decir.

Yaren la miró, interrogante. Gerde sacudió la cabeza, y su cabello color aceituna ondeó en torno a ella.

–Regresa al campamento y espérame en mi árbol. Tengo algo que hacer.

El hechicero humano esbozó una de sus sesgadas sonrisas y, tras hacer una breve reverencia, desapareció en pos de los szish.

En cuanto se quedó sola, Gerde dio media vuelta y clavó sus ojos negros en las sombras.

En el lugar donde se ocultaba Christian.

Ningún humano, ni szish, ni siquiera un hada como ella, podría haberlo detectado con tanta facilidad. Pero hacía rato que el shek sospechaba que Gerde ya no era un hada como las demás. Desenvainó a Haiass, en tensión, aguardando algún gesto de ella. Y entonces, de súbito, Gerde desapareció.

Christian tardó apenas una centésima de segundo en dar media vuelta y cubrirse con la espada. Su intuición le señaló sin margen de error dónde estaba el hada, pero no la vio hasta que la tuvo justo frente a él.

Cruzaron una mirada tensa. Christian mantenía la espada en alto, pero, por alguna razón, no podía descargarla. Gerde sonreía.

Finalmente, el shek bajó la espada, lentamente.

—Estabas muerta —dijo en un susurro; había un levísimo temblor en su voz.

—Lo estaba —asintió Gerde—. Pero ahora ya no lo estoy.

Christian bajó la cabeza, rompiendo el contacto visual. No era capaz de soportar aquella mirada, la mirada de unos ojos negros que mostraban un extraño brillo metálico. La sonrisa de Gerde se hizo más amplia al ver que el shek temblaba.

—Me has encontrado —dijo el hada con suavidad—. ¿Sorprendido?

—Desagradablemente sorprendido, sí —reconoció él; seguía con la vista baja.

—¿No me has echado de menos? —ronroneó ella.

—Si hubiese tenido intención de echarte de menos, no te habría matado —replicó Christian.

La sonrisa se congeló en el bello rostro del hada.

—Cierto. Me mataste. ¿Cómo he podido olvidarlo?

Christian levantó la cabeza muy lentamente. La miró a los ojos, reprimiendo un escalofrío al detectar en ellos aquella fuerza que había irradiado la mirada de su padre, y que siempre lo había intimidado. Entonces había creído que temía y respetaba a Ashran porque era su padre, su creador, quien había hecho de él lo que era. Ahora sabía que no era así.

Se estremeció cuando los dedos del hada recorrieron su cuello, ágiles como mariposas.

—¿Qué vas a hacer ahora, Kirtash?

—Te mataría otra vez, si pudiera —respondió Christian con serenidad.

—Pero sabes que no puedes.

—¿Y tú? ¿Qué vas a hacer? ¿Tienes intención de hacérmelo pagar? Porque, si es así... abrevia, por favor.

Gerde le dedicó una risa encantadora.

—Tan adusto como siempre —comentó, pasando los brazos en torno a su cuello y pegando su cuerpo al de él—. Es un alivio ver que esa chica no ha conseguido ahogar por completo tu fría personalidad de shek.

—Tampoco tú pareces haber cambiado –replicó él–. A pesar de que puedo imaginar lo traumático que debe de ser morir, y regresar de la muerte transformada en... ¿qué? ¿La Séptima diosa?

—Tampoco has perdido tu perspicacia –sonrió ella–. Ya deberías saber, pues... que soy tu dueña. Que me debes obediencia. Total, absoluta... incondicional.

Christian movió la cabeza.

—Cómo debes de estar disfrutando con esto, ¿verdad?

—Siempre es agradable ver que los vientos del cambio soplan a tu favor.

Christian se la quitó de encima, sin brusquedades pero con firmeza.

—No te temo. Luché contra Ashran. Lo vencimos. No tenía tanto poder sobre mí como me hacía creer.

—Se le escapaba tu parte humana, Kirtash. Tu parte humana no le debía obediencia. Creyó que por el simple hecho de ser el padre natural de esa parte humana, lograría controlarla. Pero no fue así.

—Tú no eres mi padre.

—Cierto –sonrió encantadoramente–. Pero, aun así, tengo más poder sobre ti del que Ashran tuvo jamás. ¿No lo entiendes? Tu parte shek me pertenece porque soy tu diosa. Tu parte humana me rendirá pleitesía... porque eres un hombre.

Christian retrocedió un paso y sacudió la cabeza.

—No funciona, Gerde. No me siento atraído por ti.

Gerde le dedicó una risa cantarina.

—¿De veras? Quizá es porque no me has mirado bien. ¿Qué tal... ahora?

Con cada una de las últimas palabras de Gerde, Christian sintió que la cabeza comenzaba a darle vueltas, cada vez más rápido. De pronto, el aire pareció volverse más fragante, y la voz de Gerde, mucho más melodiosa, como un canto de sirena. Christian la miró, un poco aturdido, y se quedó sin respiración. Jamás había visto una criatura tan bella como la mujer que se alzaba en aquellos momentos ante él, el hada de ojos profundos como el corazón de la floresta, de larguísimo cabello suave y ligero como diente de león. Cerró los ojos e inspiró hondo, tratando de calmarse. Pero el corazón le latía muy deprisa, y eso no era habitual en él. Abrió los ojos lentamente. Tragó saliva. Parecía que solo existía una cosa en el mundo, y eran los labios de Gerde.

Luchó contra el impulso que lo empujaba a besarlos, y trató desesperadamente de recordar a Victoria porque sabía que, si caía en brazos de Gerde, su voluntad dejaría de pertenecerle, y no había nada que temiera más que perder la capacidad de tomar sus propias decisiones. Buscó a Victoria al otro lado de su percepción, pero no la encontró, y entonces recordó que había roto el contacto con el anillo para dejarla completamente a solas con Jack. En aquel breve instante de vacilación, el poder seductor de Gerde terminó de adueñarse de él.

—¿Qué me dices ahora, Kirtash? —sonrió ella—. ¿Me perteneces... o no?

Por toda respuesta, Christian la besó apasionadamente, como jamás había besado a ninguna mujer.

«No soy yo», pensó por un momento. «Yo nunca perdería el control de esta manera. Nunca. Ni siquiera por...».

El nombre de la mujer a la que realmente amaba quedó ahogado entre sus pensamientos por el suave perfume floral que emanaba de la piel y el cabello de Gerde.

Entonces, cuando estaba completamente enredado en su cuerpo, cuando el deseo había ya tomado las riendas de su racionalidad, Gerde se lo quitó de encima con una risa cruel. Christian dio un paso adelante para volver a acercarse a ella, pero el hada extendió la mano hacia él para marcar las distancias.

—Quieto —ordenó, y Christian, aunque no soportaba estar tan lejos de ella, obedeció. Respiró hondo y, poco a poco, fue recobrando la cordura—. Las cosas han cambiado un poco. Puede que a mí ya no me interese un medio shek. Eres poca cosa para alguien como yo, Kirtash.

Christian le dirigió una mirada repleta de frío odio.

—No soy un medio shek. Tú, mejor que nadie, deberías saber que mi esencia de shek está intacta. Soy un shek completo.

—Y también eres un completo humano —replicó el hada con una sonrisa cruel.

—No creo que eso te importe en el fondo —observó Christian—. Tus magos son completos humanos, o completos szish. Inferiores a mí.

–Oh, ¿estás celoso?

–Celoso, no. Solo herido en mi orgullo –replicó él con frialdad.

–No, Kirtash. Tendrás que ganarte el privilegio de tocarme.

–¿Qué te hace pensar que tengo interés en tocarte?

Gerde alzó una de sus finas y arqueadas cejas, con una sonrisa burlona, y Christian sintió que el deseo volvía a apoderarse de él. Luchó por dominarlo, furioso al saberse en manos del hada, al saber que ella estaba jugando con él y que, por primera vez, era ella quien lo controlaba a él.

Gerde se acercó un poco más. Lo miró por debajo de sus espesas pestañas.

–Estás solo, Kirtash –lo arrulló–. Completamente solo. Tu chica unicornio ha perdido su cuerno; sin él, no es más que una humana corriente. No será capaz ya de contener al dragón. Tarde o temprano, él te matará, si no lo has matado tú antes. Y entonces, ¿qué? ¿Qué harás? ¿Adónde irás?

Christian no respondió.

–Quédate con nosotros –le susurró Gerde al oído–. Con tu gente. Con tu diosa.

El shek alzó la cabeza.

–¿Qué es lo que quieres de mí?

Gerde rió con suavidad.

–No pierdes facultades, Kirtash. Cierto, quiero algo de ti. Quiero que hagas algo por mí. Y lo harás porque sabes, en el fondo... que no tienes elección. Porque es una cuestión de lealtades, y porque nunca has dejado de pertenecerme.

Lo besó de nuevo. Christian cerró los ojos y la dejó hacer. Cuando ella dio un paso atrás y lo miró de arriba abajo, evaluadoramente, Christian no dijo nada, ni movió un solo músculo.

–Estás un poco más alto –comentó–. Todo un hombre ya. Y sigues tan atractivo como te recordaba. Lástima –suspiró–, tengo ya planes para esta noche. Pero si no me fallas esta vez, si cumples la misión que te voy a encomendar, puede que olvide algunos pequeños asuntos... Y quién sabe... tal vez te invite a pasar alguna noche en mi árbol. Por los viejos tiempos, ¿eh?

Christian no dijo nada, pero apretó los puños inconscientemente. Gerde sonrió y volvió a acercarse a él. Se puso de puntillas para hablarle al oído, y su suave aliento acarició la mejilla del shek.

—Escúchame, porque no voy a repetirlo dos veces. Escucha lo que quiero que hagas. Si obedeces, te recompensaré... y valdrá la pena, créeme. Si no lo haces... te mataré.

Y algo en su tono de voz, algo oscuro y poderoso que Christian conocía muy bien, le hizo estremecerse de terror de los pies a la cabeza.

—¿Me has entendido? —preguntó ella.

—Sí —respondió Christian en voz baja.

—¿Cómo has dicho?

El shek alzó la cabeza, pero una vez más fue incapaz de soportar la fuerza de la mirada de Gerde.

—Sí, mi señora —se corrigió.

V

BUENAS Y MALAS NOTICIAS

L OS primeros rayos de luz de Kalinor bañaron el rostro de Jack a primera hora de la mañana. El muchacho parpadeó, soñoliento, pero no tardó en situarse. Bajó la mirada y vio a Victoria, profundamente dormida entre sus brazos, su cascada de bucles oscuros desparramada sobre las sábanas. Se dio cuenta de que le había crecido muchísimo el pelo en todo aquel tiempo. Jack acarició aquel manto de cabello castaño, todavía un poco dormido.

Entonces, los detalles de lo que había pasado la noche anterior acudieron a su memoria. Abrió los ojos del todo, bruscamente, y contempló de nuevo a Victoria, entre maravillado y confuso, como si la viera por primera vez. Y sí, había algo distinto en ella, aunque no habría sabido decir el qué, y el apabullante torrente de pensamientos que inundaba su mente le impedía pensar con claridad.

Volvió a cerrar los ojos un momento, disfrutando de la sensación de tener el cálido cuerpo de Victoria tan cerca del suyo. Todavía estaba algo aturdido; le costaba asimilar tantas emociones, y ordenar ideas y sentimientos. Pese a ello, no pudo evitar que una sonrisa iluminase su rostro.

No había sucedido exactamente como él había pensado. Los nervios, la timidez y la inexperiencia habían entorpecido sus movimientos; por suerte, el amor, la ternura y la confianza habían salvado aquella noche de ser un desastre total. Jack suspiró para sus adentros. En el fondo de su ser había temido que Victoria ya hubiese pasado antes por aquello; que Christian, más seguro de sí mismo, mayor y más experimentado, se hubiera adelantado a Jack. Pero había resultado que no: que él, Jack, era el primero. Le había sorprendido gratamente. No solo porque a su orgullo masculino le sentaba muy bien haber obtenido aquel pequeño triunfo sobre su rival, sino también porque, aunque jamás lo confesaría, había sido para él un alivio saber que Victoria no tenía nada con que comparar la experiencia de aquella noche.

Se arrepintió enseguida de aquellos pensamientos, recordando que Christian solía reprocharle, no sin razón, que tendía a tratar a Victoria como si fuera un trofeo que ambos debieran disputarse. Sonrió. «No, Victoria», le dijo a la joven en silencio. «Esto es solo entre tú y yo. Y me siento feliz por haberlo compartido contigo».

Siguió contemplándola, callado, hasta que ella abrió lentamente los ojos, parpadeando. Vio a Jack y le sonrió, todavía desde la bruma que separa el sueño de la vigilia.

—Buenos días —dijo él en voz baja.

Victoria terminó de despejarse, y también ella lo recordó todo de golpe. Jack nunca olvidaría la cara que puso, sus grandes ojos aún más abiertos, un ligero rubor tiñendo sus mejillas.

—Oh... vaya —fue todo lo que dijo.

La sonrisa de Jack se hizo más amplia.

—¿Cómo estás? ¿Te encuentras bien?

Victoria se acurrucó junto a él y se cubrió aún más con la sábana, presa de un súbito pudor.

—Estoy bien... creo.

—Me alegro —dudó un momento antes de añadir—. No... no ha sido como imaginábamos, ¿verdad?

—No, ha sido un poco raro —confesó ella en voz baja—. Pero no me arrepiento. Supongo que en estas cosas, como en todo... se mejora con la práctica, ¿no crees?

Un gran alivio inundó el pecho de Jack. Lo quisiera o no, se sentía responsable.

—Estoy seguro. Y yo estoy dispuesto a practicar todo lo que haga falta —añadió, muy convencido.

Victoria se rió, pero el rubor de sus mejillas se hizo un poco más intenso. Jack sonrió y la besó con ternura.

—En el fondo, me alegro de haber sido tu primera chica —susurró ella.

—No sé, tal vez habría salido mejor si yo hubiese tenido más... —se detuvo y la miró, boquiabierto—. ¿Pensabas que no eras la primera? —lo entendió de pronto—. ¿Pensabas que Kimara y yo...?

—No lo pensaba —se apresuró a explicar ella—. Pero he pasado mucho tiempo enferma, y tú estabas solo, y ella andaba por aquí... —hizo una pausa–. No lo creía en realidad. Pero tenía alguna duda al respecto.

–Pues ya no la tienes –respondió Jack, aún perplejo–. O no deberías tenerla. Sabes que yo no soy así.

Parecía molesto. Victoria se abrazó a él y frotó la mejilla contra su hombro.

–No te enfades. No te lo habría reprochado. Pero... te agradezco mucho que me esperaras.

Jack se calmó al instante.

–También tú me has esperado –le dijo con cariño–. Y también tenía mis dudas.

Victoria entendió a qué se refería.

–Las cosas pasan cuando tienen que pasar –susurró, repitiendo algo que Christian le había dicho tiempo atrás.

Jack suspiró para sus adentros y la estrechó entre sus brazos. La miró de nuevo y se perdió en los rasgos de su rostro, enmarcado por aquella larga cabellera de bucles castaños; en su dulce sonrisa, en sus grandes y expresivos ojos oscuros.

–¿Cuánto tiempo ha pasado? –preguntó entonces–. Ni siquiera estoy seguro de saber la edad que tengo.

–Tampoco yo. Pero ¿realmente importa? ¿Después de todo lo que ha sucedido?

Jack meditó la pregunta.

–Supongo que no. Supongo que, en el fondo, somos mucho mayores de lo que deberíamos.

–En el fondo –asintió Victoria–. Creo que hace mucho tiempo que dejé de ser una niña.

–Sé a qué te refieres. Yo me siento igual.

Volvió a mirarla, intrigado, buscando en su rostro algo que evidenciara ese cambio de adolescente a joven mujer que se le había pasado por alto. Y fue entonces cuando descubrió qué era aquello que había en ella, que le chocaba pero que no terminaba de ubicar. Su corazón se olvidó de latir por un breve instante.

–Victoria –musitó, maravillado–. Mira... mírate.

Señaló su frente con un dedo tembloroso. La chica abrió mucho los ojos y se llevó la mano allí, vacilante. Temía sentir en la yema de los dedos el frío oscuro que delataba la presencia de aquel agujero que marcaba su rostro desde que Ashran le arrebatara el cuerno, pero no percibió nada. Poco a poco, acercó más los dedos a su piel, hasta llegar a rozarla.

Nada. Su frente parecía volver a estar completamente lisa.

Jack también recorrió la zona con los dedos. Se miraron.

–¿Qué crees que quiere decir? –susurró ella, asustada–. ¿Crees que el unicornio ha...?

No fue capaz de terminar la frase. Se había quedado blanca como el papel. Jack le cogió el rostro con ambas manos y escudriñó el fondo de sus ojos. Victoria contuvo el aliento.

–No estoy seguro –dijo él al cabo de un rato que a ella se le hizo eterno–. Pero casi diría que... casi diría...

–Lunnaris no ha muerto –susurró Victoria–. Sigue viva en mi interior, ¿verdad? Se está... se está curando.

–Creo que sí, Victoria –dijo Jack, emocionado.

Victoria reprimió un grito de alegría y se lanzó a sus brazos. Jack parpadeó varias veces para retener un par de lágrimas indiscretas.

–Quizá deberías probar a transformarte –opinó; pero Victoria lo miró, asustada.

–¿Qué...? No, no, es demasiado pronto. No seré capaz.

–¿Cuánto tiempo hace que no lo intentas?

Victoria calló un momento, pensando.

–Es verdad –dijo entonces en voz baja–. Pero ¿qué pasa con mi cuerno? ¿Cómo puedo sobrevivir como unicornio si no tengo cuerno?

–No lo sé. Habrá que preguntarle a Qaydar... De todas formas, se va a alegrar mucho cuando se entere.

–Y Christian también –añadió Victoria, sonriente; alzó la mano para mirar de cerca su anillo. Frunció el ceño al percibir algo raro en él.

Jack se quedó helado y la miró con una expresión extraña. Victoria lo notó.

–¿Qué pasa?

–¿Llevabas puesto su anillo? ¿Mientras estábamos... juntos? ¿Tú y yo?

Parecía enfadado. Victoria le puso una mano sobre el brazo para tranquilizarlo.

–No me lo quito nunca, Jack –le dijo con serenidad–. Ya deberías saber por qué.

Jack temblaba.

–Sí, sé que tenéis una especie de... conexión o comunicación a través de esa cosa. Y mira, cuando estés a solas con él, puedes hacer lo que quieras, pero no estoy dispuesto a aguantar que si tú y yo...

–No –interrumpió ella–. No tenemos esa conexión ahora, Jack. Christian la cortó anoche.

Jack se relajó solo un poco.

–¿Que cortó la conexión? ¿Por qué?

–Para dejarnos intimidad a ti y a mí. Así que estuvimos completamente solos. Tú y yo.

Jack pareció tranquilizarse del todo. Victoria volvió a concentrarse en su anillo.

–Pero no ha vuelto a restaurarla –murmuró, preocupada–. Y ya hace rato que ha amanecido.

–Tal vez quiera seguir dejándonos en la intimidad –sonrió Jack–. Ya sabes... por si queríamos repetir.

De pronto, la piedra de Shiskatchegg se iluminó con un suave resplandor azulado. Victoria lanzó una breve exclamación de alegría y se incorporó sobre la cama.

–Viene hacia aquí –anunció.

Jack asintió, comprendiendo que el momento había pasado. Había cosas más importantes en qué pensar, se dijo. Y no se trataba de la inminente llegada de Christian: era necesario averiguar qué estaba sucediendo con el unicornio que habitaba en el interior de Victoria.

Las instalaciones de los Nuevos Dragones en Thalis eran impresionantes. Cuatro torres, unidas entre sí por larguísimas murallas, delimitaban el amplio espacio cedido por la reina Erive para Tanawe y los suyos. En aquella zona reposaban un buen número de dragones artificiales, cada uno en un cobertizo que daba a una plaza desde la que podían despegar sin problemas. Las torres y las murallas no estaban ahí solamente para cercar el espacio, sino también como mecanismo de defensa. Nunca faltaban en ellas vigías que escrutaban los cielos, dispuestos a dar la alarma si se acercaban los sheks. Los Nuevos Dragones eran conscientes de que en aquella base lo tenían todo: allí se fabricaban los dragones que habían plantado cara a la invasión shek, y si la base era atacada y destruida, tendrían que empezar desde cero otra vez. De ahí que tomasen tantas precauciones, y por eso la misma reina de Raheld había destinado una parte de su ejército a la protección de aquel lugar.

Sin embargo, los sheks nunca aparecían. Ninguno de ellos se había acercado a la base, ni siquiera por casualidad. Habían dejado que fuera construida, y habían permitido que de ella salieran los más de cuarenta dragones que habían fabricado hasta la fecha. Parecía como si no les importara; como si, o bien no los consideraran una amenaza, o bien, simplemente, hubiesen perdido ya toda esperanza de vencer.

Un poco receloso, Denyal había formado una patrulla que se dedicaba específicamente a explorar las montañas en busca del escondite de los sheks. Se hacían llamar los Rastreadores, y eran un grupo de seis dragones, con sus correspondientes pilotos, que emprendían viajes regulares por la cordillera de Nandelt y el Anillo de Hielo. Alguna vez habían descubierto y abatido algún shek solitario, pero a quien buscaban en realidad era a Eissesh, que había sido gobernador de Vanissar, y de quien se decía que seguía vivo, organizando lo que quedaba de la civilización shek en algún escondite de las montañas.

No obstante, aquello no era más que un rumor, mientras que la dominación de Kash-Tar era un hecho. Los Nuevos Dragones destinarían la mitad de su flota a apoyar a los rebeldes que se habían alzado contra Sussh; pero Denyal seguía obsesionado con encontrar a Eissesh y, por tanto, se había negado a dirigir el ataque.

Por esta razón, entre otras muchas, los Nuevos Dragones estaban tan interesados en que Kimara se uniese a ellos; pero la joven no se enteró de todo esto hasta que llegó a Thalis con su nueva dragona y tuvo una larga reunión con los líderes del grupo.

–¿Yandrak no va a venir con nosotros? –fue una de las primeras cosas que le preguntaron.

Ella negó con la cabeza.

–En estos momentos, para él es prioritario cuidar de Victoria... Lunnaris –se corrigió.

Denyal y Tanawe cruzaron una mirada significativa. Kimara entendió sin necesidad de palabras, porque estaba al tanto de los rumores que circulaban en torno a todo aquel asunto. Sabía que, mientras que mucha gente veía a Jack y a Victoria como los héroes que habían salvado Idhún, otros muchos, entre ellos los Nuevos Dragones, consideraban que, para ser héroes, no habían hecho gran cosa.

Desde su llegada a Idhún, el dragón y el unicornio habían ido por la libre, viajando de incógnito y desentendiéndose de todas las grandes batallas que habían decidido el destino del continente. Los rebeldes habían luchado en su nombre, pero ellos no habían acudido a la batalla, y habían sido otros los que habían peleado hasta la muerte, sacrificando sus vidas en muchos casos, para vencer a los sheks. Ashran estaba muerto, eso era cierto; pero el hecho de que su hijo Kirtash estuviera tan relacionado con los héroes de la profecía, hacía dudar a muchos de que hubieran sido realmente ellos los artífices de su derrota.

—Qué pena —se limitó a comentar Tanawe—. Voy a enviar veinte dragones a Kash-Tar y me habría gustado mucho que él hubiera estado al frente de todos ellos.

—Yo habría preferido tenerlo en los Rastreadores —dijo Denyal—. Su instinto nos ayudaría a localizar de una vez por todas el escondite de Eissesh.

—Habría sido el séptimo miembro de la patrulla, Denyal —hizo notar Tanawe—. Eso da mala suerte.

No volvieron a mencionar el tema, pero Kimara había leído la decepción en sus ojos.

Habían pasado el resto de la tarde haciendo planes, estudiando mapas de Kash-Tar y trazando diferentes estrategias de acción. Kimara también había tenido ocasión de conocer a los otros pilotos que serían sus compañeros, y a sus respectivos dragones. Todos se habían quedado un poco sorprendidos al saber que la dragona de la semiyan no tenía nombre todavía. Según le dijeron, para un piloto, su dragón no era una simple máquina: era *su* dragón, su amigo y compañero y, por tanto, debía tener un nombre. «Cómo han cambiado las cosas», se dijo Kimara, recordando los tiempos en los que los dragones no eran más que máquinas, para todos, salvo para Tanawe y Kestra; y cómo todos habían pensado que Kestra era una excéntrica, porque era la única piloto que había puesto nombre a su dragón. «El gran Fagnor», recordó con tristeza. Ambos, mujer y dragón, habían caído juntos en la batalla de Awa.

—La llamaré Ayakestra —dijo finalmente.

Ayakestra, en idhunaico, quería decir «en memoria de Kestra».

Reinó un silencio solemne; pero enseguida todos estallaron en aplausos y vítores.

–¡Kimara y Ayakestra! ¡Kimara y Ayakestra! –exclamaron.

–Ya eres uno de los nuestros –dijo alguien, y Kimara sonrió, entre incómoda y perpleja. «Yo luché en la batalla de Awa», quiso decir. «Yo defendí la Fortaleza de Nurgon. ¿Dónde estabais vosotros entonces?».

Ahora se encontraba en el cobertizo de Ayakestra, renovando su magia, lista para partir de nuevo. Estaba cansada, sin embargo, y un poco molesta. Tanawe la había obligado a poner a punto a otros cinco dragones.

–Nos hacen falta magos –le había dicho.

Después, Kimara le había sonsacado que ella sería la única hechicera de la expedición. Habían discutido porque Kimara no estaba dispuesta a encargarse ella sola del mantenimiento de los veinte dragones durante el tiempo que estuvieran lejos de Thalis. Al final, le había arrancado a Tanawe la promesa de que enviaría con ellos a otro mago.

Cuando Ayakestra alzó la cabeza y la miró, lista para partir, Kimara sonrió y se dispuso a trepar hasta la escotilla. Pero una mano la detuvo, cogiéndola del brazo. La semiyan se volvió y se encontró con Tanawe.

La Hacedora de Dragones le dedicó una débil sonrisa.

–Solo venía a comprobar que estaba todo bien.

–Todo bien, gracias. Yo estoy lista para partir.

–El resto de la flota, también. Rando y Ogadrak han salido ya del cobertizo.

Kimara asintió. Rando, un mercenario que había desertado del ejército de Dingra tiempo atrás, era ahora el piloto más audaz de los Nuevos Dragones. Temerario y pendenciero, había sido el primero en ofrecerse para dirigir la expedición a Kash-Tar, y Denyal había estado encantado de quitárselo de encima. Hasta entonces le había estado dando largas para no incluirlo en su equipo de Rastreadores, porque tenía cierta tendencia a desobedecer las órdenes. En Kash-Tar no daría tantos problemas. Kimara era consciente de que le tocaría a ella lidiar con él, pero ambos se habían caído bastante bien desde el principio.

Lo que sí estaba claro era que Rando no tenía mucha imaginación. Había llamado a su dragón *Ogadrak*, cuyo significado era, literalmente, «dragón negro». Cualquiera que lo viera de lejos comprendería por qué.

—Quería pedirte otra cosa —dijo Tanawe—. Tú conoces Kash-Tar, te has criado allí.

—Sí —respondió Kimara, preguntándose adónde quería ir a parar.

—Se nos están acabando las escamas de dragón. Sé que hay gente que trafica con estas cosas, por lo que necesitaría, si es posible, que trajeses más a tu regreso, o que las enviases por medio de alguien, si ves que vais a tardar mucho en regresar.

Kimara la miró de hito en hito.

—¿Compras las escamas a traficantes de restos de dragón?

—Sí. Son un poco más caras, pero más eficaces que los colmillos o las uñas. Durante la época de Ashran, solíamos comprárselas a un tal Brajdu, pero era muy difícil que las entregas llegaran intactas...

—¿Tenías tratos con Brajdu? —casi gritó Kimara.

—¿Lo conocías?

—Es el humano más vil y repugnante con el que he tenido ocasión de tratar: un tipo sin escrúpulos al que no le importaba saquear la tierra de los dragones para su propio beneficio. Él...

—Kimara —cortó Tanawe, áspera—. Los dragones están muertos, ¿me oyes? Nadie echará de menos sus restos. Y sin escamas de dragón, nosotros no podremos crear más dragones artificiales; al menos, no unos dragones que confundan los sentidos de los sheks y que estén en condiciones de luchar contra ellos. ¿Quieres liberar tu tierra? Entonces, consigue lo que te he pedido, porque puede que con esta flota logréis derrotar a Sussh... o puede que no. Puede que necesitéis refuerzos, y entonces, ¿a quién se los vais a pedir?

Kimara se dejó caer contra el flanco de su dragona, confusa. Miró a Tanawe y no la tranquilizó lo que vio. La hechicera estaba pálida, y profundas ojeras marcaban su rostro. Parecía cansada y muy desmejorada y, sin embargo, un brillo febril alentaba sus ojos.

—Has cambiado mucho, Tanawe —dijo la muchacha, sombría.

Ella entrecerró los ojos.

—Que tengas buen viaje —se limitó a responder.

Salió del cobertizo. Kimara trepó por fin a su dragona, cerró la escotilla, se acomodó en el asiento, ajustó las correas y posó las manos sobre las palancas.

—Kash-Tar, allá vamos —susurró.

Hizo avanzar a Ayakestra hasta el exterior, y la detuvo allí. Por la escotilla lateral vio a los otros diecinueve dragones alineados, listos para partir. Al final de la hilera estaba Ogadrak, que batía las alas y movía la cabeza con impaciencia. Sonrió.

Alguien golpeó el flanco de la dragona, y Kimara vio a Denyal a través del cristal. Abrió la escotilla lateral. El líder de los Nuevos Dragones no se sorprendió al ver que una parte del cuerpo del dragón se abría para mostrar el rostro de la joven semiyan. Para los que no estaban acostumbrados a ver a los dragones artificiales, aquello resultaba chocante; pero los Nuevos Dragones sabían que, bajo la apariencia de una perfecta piel de escamas, había ventanas y escotillas, que eran los verdaderos ojos del dragón.

–¿Todo bien? –inquirió Denyal.

–Sí, ¿por qué lo preguntas?

–He visto que tardabas.

–He estado hablando con Tanawe –titubeó un momento antes de añadir–: Está rara.

–Eso es porque no ha dormido en toda la noche. Ha estado renovando la magia de los dragones que van a ir a Kash-Tar.

Kimara lo miró, un poco perpleja.

–Eso es lo que he estado haciendo yo.

Denyal rió sin alegría.

–¿De verdad? ¿Cuántos dragones has puesto a punto?

–Seis, contando el mío.

–Pues ella se ha ocupado de los catorce restantes.

Kimara se echó hacia atrás, impresionada.

–¿Tan mal andamos de magos?

–No te puedes hacer una idea. Tenemos solo un hechicero más, que es el que se encarga del mantenimiento de la patrulla de Rastreadores, y creo que al final se va con vosotros. Lo he visto subir al dragón de Rando.

Kimara empezó a sentirse culpable.

–No lo sabía.

–No, imagino que no. De todas formas, no te sientas mal. Es verdad que Tanawe no es la misma de siempre. Todos hemos perdido mucho en esta guerra –añadió, llevándose la mano inconscientemente al muñón de su brazo izquierdo.

Kimara no respondió. Sabía que, si Denyal se había quedado sin su brazo, Tanawe había perdido mucho más: había perdido a Rown.

Denyal sonrió y dio una palmada al flanco de la dragona.

–Buen ejemplar –dijo–. Me han dicho que la has llamado Aya-kestra –añadió en voz más baja.

Kimara asintió, con un nudo en la garganta.

–No podía ser de otra manera –dijo.

–Estoy de acuerdo –coincidió Denyal.

Momentos después, los veinte dragones despegaban, uno tras otro, y se hundían en los cielos de Nandelt. Denyal los vio partir, orgulloso de la flota, pero a la vez preocupado por ellos.

–Espero que tengan buen tiempo –comentó Tanawe junto a él, sobresaltándolo.

–¿Por qué lo dices? Las nubes no tapan los soles.

–Sí, pero míralas. Se mueven demasiado rápido, y eso es extraño, porque no notamos viento aquí abajo.

–Puede que arriba haya corrientes.

–En tal caso, son corrientes muy fuertes, ¿no te parece?

Denyal no dijo nada. Pasó el brazo por los hombros de su hermana, y ambos contemplaron en silencio cómo sus dragones se alejaban, rumbo al sur, mientras sobre ellos cruzaban algunas nubes sueltas que corrían como si llegaran tarde a alguna parte.

El gran cuerno de unicornio que era la Torre de Kazlunn apareció en el horizonte, ante Christian, al atardecer del tercer día después de su partida. «Victoria», se dijo inmediatamente. Perdido en sus sombríos pensamientos, casi había olvidado a quién iba a encontrar allí. A pesar de que regresaba a la torre únicamente por ella.

Recordó también que, en su última visita, dos dragones le habían salido al encuentro. Uno de ellos, la dragona artificial de Kimara, había abandonado Kazlunn días atrás. Pero el otro seguía allí.

Hasta el último momento, esperó volver a ver la imponente silueta de Yandrak recortada contra el horizonte. Pero caía ya el segundo de los soles cuando alcanzó la torre, y nada ni nadie le había salido al encuentro.

No sin recelo, Christian aterrizó sobre las blancas baldosas del mirador. No se transformó en humano inmediatamente, como solía hacer siempre para no llamar la atención. Tenía la sensación de que algo extraño estaba ocurriendo, de que aquel silencio no era normal, y en el fondo temía que le hubiesen preparado una emboscada. Tal vez hubieran llegado ya hasta la torre, de alguna forma, noticias de su encuentro con Gerde. En tal caso, si peleaba como shek, tendría más posibilidades de vencer en la lucha que si lo hacía como humano.

Una figura salió a la terraza con un ágil salto. Christian le enseñó los colmillos por puro instinto.

–¿Qué haces así todavía? –le preguntó un Jack demasiado jovial para tratarse realmente de él–. Guarda esos colmillos y adecéntate un poco, hombre. Vas a asustar a todo el mundo.

Christian lo miró con desconfianza. ¿Por qué estaba tan contento? En cualquier caso, era Jack, no cabía duda. Lentamente, el shek recuperó su forma humana. Jack avanzó hacia él; Christian se llevó la mano al pomo de su espada y lo miró con precaución. Jack le devolvió la mirada.

–¿Qué te pasa? ¿Por qué traes esa cara tan larga?

Christian comprendió que no había peligro. Bajó la mano, despacio.

–Tengo muy buenas noticias –dijo Jack, sin poder contenerse por más tiempo.

–En cambio, yo traigo muy malas noticias –replicó el shek.

Jack tardó un poco en responder.

–No sé por qué, no me sorprende –dijo finalmente, con un suspiro–. Está bien, ¿de qué se trata?

Dio media vuelta para entrar en la torre e invitó con un gesto a Christian para que lo siguiera. El shek miró a su alrededor.

–¿Dónde está todo el mundo?

–En una reunión convocada por Qaydar. Tenía algo que anunciar.

–¿Relacionado con tus buenas noticias?

–Sí. ¿Encontraste al mago?

Christian asintió, y pasó a relatarle brevemente la escena que había contemplado oculto entre los árboles de Alis Lithban. No mencionó para nada su posterior conversación con Gerde. El rostro de Jack se fue ensombreciendo por momentos. Cuando el shek terminó de hablar, Jack dejó escapar una maldición.

–Sí que eran malas noticias –comentó–. El Séptimo es ahora Gerde, y además tiene el cuerno de Victoria, y lo está utilizando para crear nuevos magos. Por si fuera poco, ahora que tiene una nueva identidad, una identidad feérica, ha vuelto a ocultarse de la mirada de los Seis, ¿verdad? Y en esta ocasión no hay profecía que nos respalde. En dos palabras: estamos perdidos.

140

—Lo has resumido bastante bien.

—Bueno, no voy a dejar que esto me amargue el día, así que por el momento haré como que no he oído nada.

En aquel momento, alguien llegó corriendo, llamando a Jack por su nombre. Los dos se volvieron al la vez, y la persona que los seguía se detuvo en seco, intimidada. Se trataba de una joven humana; Jack no conocía su nombre, pero sabía que trabajaba en la torre como doncella, aunque no era maga.

—¿Qué sucede?

La chica, sin embargo, fue incapaz de decir nada. Tenía los ojos clavados en Christian y temblaba de puro terror.

—Puedes hablar ante él, no pasa nada —insistió Jack—. ¿Para qué me buscabas?

Por fin ella consiguió centrar la mirada en Jack, pero eso no mejoró las cosas. Se sonrojó hasta la raíz del cabello, bajó la cabeza y empezó a tartamudear. Jack esperó pacientemente hasta que ella fue capaz de decir que había llegado un mensajero con una nota para Jack. Era urgente, y procedía de Nanhai.

—Debe de ser de Shail —comentó Jack—. Bien, voy a ver qué es. Gracias —añadió, dirigiéndose a la doncella, pero ella no fue capaz de moverse, hasta que Jack insistió—. Gracias, puedes irte.

—Ha sido un honor, señor —balbuceó ella, con una exagerada reverencia.

Cuando se hubo marchado, Christian lo miró, enarcando una ceja.

—Sí, siempre es así —suspiró Jack, contestando a la pregunta que él no había formulado—. Parece que Victoria y yo nos hemos vuelto famosos. Aunque tú ya sabes de qué va todo esto, ¿no?

Christian no respondió. Jack no insistió en el tema.

—Voy a recibir al mensajero, y después tendré que volver a la reunión —resumió—. Luego tenemos que hablar los tres... largo y tendido. Encontrarás a Victoria en el jardín: deberías ir a verla... —le dirigió una mirada llena de mal disimulada alegría—, si es que eres capaz de verla, claro.

Momentos después, Christian recorría los senderos umbríos del jardín de la torre, con la extraña sensación de que había algo especial latiendo en el ambiente, algo mágico tal vez, que no estaba antes.

Dio varias vueltas por allí, percibiendo la presencia de Victoria en alguna parte, pero sin llegar a topar con ella. Cuando estaba a punto de darse por vencido, descubrió una forma blanca semioculta bajo un macizo de flores acampanadas. El shek se detuvo en seco y respiró hondo para calmar los violentos latidos de su corazón. Tras asegurarse de que sus ojos no lo engañaban, se acercó al macizo de flores paso a paso, temiendo todavía que aquello fuera una ilusión que pudiera desvanecerse en cualquier momento.

El unicornio no se movió, ni siquiera abrió los ojos. Pero Christian sabía que había detectado su presencia. Se sentó sobre la hierba, junto a ella, sin pronunciar una sola palabra que rompiera la magia del momento. Y esperó.

Instantes después, la criatura abrió los ojos y lo miró.

Christian sintió que le faltaba el aliento. Volvió la cabeza bruscamente, porque los ojos se le empañaban.

–¿Qué te ocurre? –preguntó ella dulcemente–. ¿No te alegras de verme?

–Sabes que sí, Victoria –respondió él en voz baja.

Sobreponiéndose, alzó la cabeza y la contempló largamente. Su mirada se detuvo más tiempo en el pequeño cuerno que crecía sobre su frente, apenas una punta no más larga que su dedo pulgar. El unicornio lo notó y bajó la cabeza, claramente avergonzada. Christian se dio cuenta.

–Te está volviendo a crecer el cuerno.

–Es tan poca cosa –suspiró ella–. Tan pequeño, tan ridículo...

–Crecerá –la tranquilizó Christian–. Y no es poca cosa. Es lo más hermoso que he visto nunca.

Victoria inclinó delicadamente la cabeza en señal de agradecimiento.

–¿Cómo ha pasado?

–No lo sé. Simplemente, ha sucedido. Pero no de golpe. Me parece que ya llevaba tiempo curándome poco a poco. Lo que ocurre es que a mi cuerpo de unicornio le ha costado mucho tiempo generar un nuevo cuerno. Si no fuera porque mi esencia tenía también un cuerpo humano en el que refugiarse, no habría sobrevivido al proceso.

Con un suspiro, apoyó la cabeza en el regazo de Christian. El joven dejó escapar un pequeño jadeo al sentir la dulce corriente de magia que lo recorría por dentro. Cerró los ojos para disfrutar de esa sensación. Tras una breve vacilación, alzó la mano para acariciar las crines del unicornio, que no se movió.

Por fin, Christian volvió a mirarla.

–¿Por qué has hecho esto? –le preguntó.

–Porque lo deseaba –respondió ella en voz baja.

Christian no dijo nada.

Permanecieron así un rato más, los dos en silencio, Christian sentado sobre la hierba, Victoria apoyando la cabeza en su regazo. Hasta que ella dijo:

–Las leyendas de la Tierra dicen que a los unicornios les gusta reposar la cabeza en el regazo de las muchachas vírgenes e inocentes.

–Me temo que yo no encajo mucho con esa descripción –comentó él.

Victoria sonrió.

–Lo sé. Pero no me importa. Eres Christian, y con eso me basta.

El shek la contempló con expresión indescifrable.

–¿Es por eso? ¿Es ese el secreto de los unicornios? Porque, de lo contrario, no me explico qué he hecho yo para merecer este don... dos veces.

–No sé qué vio en ti el unicornio que te convirtió en un mago. Pero sí sé lo que he visto yo. Y deseaba compartir esto contigo... oh, lo deseaba con toda mi alma.

–¿También con Jack?

–Sí, también con él. Pero no ahora. Mi poder es aún muy débil. Si entregara la magia a un no iniciado, o incluso a un semimago como él... el esfuerzo podría conmigo. Pero tú eres ya un mago. No necesito concederte un don que ya posees. Solo puedo renovártelo.

Christian calló. El unicornio alzó la cabeza y lo miró, llena de incertidumbre.

–No te alegras de verme así –afirmó.

–No del todo –reconoció Christian–. Pero tengo una buena razón.

Contempló cómo ella, entre sus brazos, se transformaba de nuevo en humana. Cuando lo miró de nuevo, desde el rostro de una muchacha, todavía había rastros de pena en su mirada.

–Tengo una buena razón –repitió él–. Hay alguien que no considera que una chica humana sea una amenaza. Pero sí puede tener mucho en contra del último unicornio, de alguien capaz de conceder la magia.

Le contó, en pocas palabras, lo mismo que le había contado a Jack. Victoria palideció.

—Gerde tiene mi cuerno. Y es una diosa.

Había miedo e ira en sus palabras. Christian lo notó.

—Tengo que sacarte de aquí antes de que ella sepa que te está creciendo el cuerno de nuevo y se entere de que pronto podrás seguir consagrando a más magos. Y solo hay un lugar donde puedo ocultarte de ella.

—Quieres llevarme de vuelta a la Tierra —adivinó Victoria a media voz.

Christian asintió.

—Sé que Idhún es el mundo más apropiado para el unicornio que hay en ti. Pero no con Gerde. Cuando empieces a conceder tu don a más personas...

—Estás hablando igual que Qaydar —cortó Victoria, tensa—. No es tan sencillo entregar el don. Hay que desearlo de corazón. Es algo muy íntimo y muy especial. Deberías saberlo.

—Lo sé, Victoria.

Ella no dijo nada, y Christian tardó un poco en reanudar la conversación:

—¿Te habría gustado —le preguntó entonces, en voz baja— ser la primera en entregarme la magia?

—Sí —sonrió ella—. Habría sido hermoso. Pero no sufro por ello. En el fondo, no tiene tanta importancia llegar en primer lugar, sino simplemente llegar.

—Cierto —asintió él, mirándola intensamente—. Y ya veo que hay alguien que ya ha «llegado a ti» en primer lugar.

Victoria captó la indirecta y enrojeció, turbada. Christian la alzó con cuidado para apoyar la cabeza de ella sobre su hombro.

—¿Fue todo bien? —le preguntó, sereno.

Victoria comprendió que no le estaba pidiendo detalles, sino que respondiera con una sola palabra.

—Sí —dijo en voz baja.

—Me alegro —susurró él en su oído, con una media sonrisa—. De verdad.

Victoria tragó saliva. Le echó los brazos al cuello y lo abrazó con todas sus fuerzas.

—Voy a llevarte lejos de aquí –le prometió Christian–. A un lugar donde no entres en los planes de nadie. Donde nadie sepa quién eres realmente. Donde estés a salvo de verdad.

—¿No vamos a luchar?

—¿Contra Gerde? –Christian negó con la cabeza–. No. Puede quedarse con Idhún, si quiere, pero no contigo. Ni conmigo tampoco.

Algo en su tono de voz alertó a Victoria acerca de lo que podía haber sucedido entre Christian y Gerde.

—¿La viste? ¿Hablaste con ella?

El shek tardó un poco en contestar.

—Sí –dijo solamente.

Victoria abrió la boca para preguntar más, pero finalmente decidió no hacerlo. Alzó la cabeza de pronto, y Christian lo hizo solo una centésima después que ella, un instante antes de que apareciera Jack, abriéndose paso entre los macizos de flores, muy alterado.

—Tengo que hablar con vosotros –fue lo primero que dijo al verlos.

—¿Tú no tenías que estar en una reunión?

—Al diablo con la reunión. Esto es mucho más importante.

Se sentó junto a ellos y procedió a hablarles del contenido de la carta de Shail. El mago le relataba en ella su encuentro con Alexander y todo lo que había averiguado en el Oráculo, a través de Ymur y de Deimar, el Oyente loco. Cuando terminó, Victoria miró a Christian, inquieta. Pero el semblante del shek seguía siendo impenetrable.

—¿Y qué? –dijo solamente.

—¿Cómo que «y qué»? –exclamó Jack–. ¡Entiendo que las noticias sobre Alexander no te interesen lo más mínimo, pero lo que ha averiguado Shail en el Oráculo te afecta a ti directamente! ¡Está diciendo que ese mago que le preguntó a Ymur por el Séptimo dios y que entró en la Sala de los Oyentes hace años podría haber sido Ashran!

—Bien, y yo repito: ¿y qué? Eso no va a cambiar las cosas.

Jack suspiró y movió la cabeza con desaprobación.

—Parece mentira que no lo captes, serpiente. La historia de Ymur tiene muchos puntos interesantes, como ya dedujo Shail. Resulta que Ashran llegó al Oráculo siendo simplemente un joven mago que hacía preguntas indiscretas sobre el Séptimo dios. Entró en la Sala de los Oyentes y algo sucedió allí. Puede que se comunicara con los dioses entonces. Quizá, con el Séptimo. Si averiguamos cómo lo hizo, tal vez logremos hacer nosotros lo mismo. Puede que podamos contactar con los Seis y...

–Y entonces, ¿qué?

–Deja de ser tan negativo, ¿quieres? –replicó Jack, molesto–. Me acabas de decir que el Séptimo es ahora Gerde. ¿No sería todo infinitamente más sencillo si los dioses conocieran este detalle?

Christian le dirigió una mirada indescifrable.

–No –dijo–, no lo sería.

Apartó a Victoria de sí, con delicadeza, y se puso en pie.

–Tú haz lo que quieras, dragón. Yo me voy a la Tierra, y me iré antes del primer amanecer. Victoria vendrá conmigo, si ella está de acuerdo.

Jack se quedó sin habla.

–¿Vas a marcharte, sin más? –pudo decir al final, estupefacto–. ¿Vas a salir *huyendo*?

–No hay nada que me retenga aquí, y no tengo el menor interés en quedarme a presenciar una guerra de dioses.

–¿Y Victoria? ¿Le darías la espalda si decidiese quedarse?

Se volvieron hacia Victoria, los dos a una, esperando a que ella hablara. Victoria titubeó.

–Es una decisión difícil –dijo por fin–. Tendría que pensarlo.

–Si eligiese quedarse en Idhún –repitió Jack–, ¿qué harías tú, Christian?

Christian y Victoria cruzaron una mirada larga, intensa. Por fin, el shek sacudió la cabeza y dijo:

–Ya he dicho que me voy a la Tierra. Vosotros podéis elegir..., pero puede que yo no tenga otra opción.

Antes de que ninguno de los dos pudiera preguntarle a qué se refería, Christian se perdió en el jardín, silencioso como una sombra, dejándolos a solas.

Jack y Victoria se quedaron un rato en silencio.

–¿Qué vas a hacer? –preguntó él entonces.

Victoria se retorció las manos, indecisa.

–Quieres que vaya a la Tierra con él, ¿verdad?

–Lo habíamos hablado ya, sí. Los dos coincidimos en que es lo más seguro para ti; y, por otro lado, si Gerde tiene tu cuerno y se entera de que a ti te está creciendo el tuyo otra vez...

No terminó la frase, pero Victoria entendió lo que quería decir.

–Christian ha llegado a la misma conclusión –dijo a media voz.

–Y tú, ¿qué opinas? ¿Quieres regresar a la Tierra con él?

Victoria inclinó la cabeza.

–Creo que debo hacerlo. Pero no quiero dejarte atrás, así que, antes de tomar una decisión, me gustaría saber si estarías dispuesto a acompañarnos.

–¿Por qué crees que debes hacerlo? –inquirió Jack, sin responder a la pregunta.

Victoria guardó silencio un momento antes de decir:

–¿Recuerdas cuando llegamos a Idhún? Christian se fue a Nanhai y tú a Awinor, y yo tuve que decidir a quién acompañaría. Entonces me resultaba difícil elegir, pero Christian me hizo ver que estaba muy claro cuál era la opción correcta. Me dijo que tú me necesitabas más en esos momentos.

Jack alzó una ceja.

–¿Ah, sí?

–Estabas solo en un mundo que no conocías. Ibas a emprender un viaje muy peligroso en busca de ti mismo. Christian podría arreglárselas bien sin mí, pero tú necesitabas apoyo y ayuda por mi parte. Eso fue lo que me hizo decidirme por acompañarte a ti, y no a él.

Jack se recostó contra el tronco del árbol.

–¿Y ahora no es así?

–Creo que no, Jack. Christian no está bien. Tengo miedo por él. Temo que esté en peligro.

–¿A causa de Gerde?

Victoria asintió.

–Ella tiene muchos motivos para querer vengarse de él. Y ya no es como antes, Jack: Gerde es la Séptima diosa, tiene poder sobre él. Puede... puede hacerle daño. Le dejó marchar sin más, y creo que es porque sabe que lo tiene en sus manos.

–Entiendo –asintió Jack–. ¿Se te ha ocurrido pensar que, en tal caso, puede que él haya vuelto a cambiar de bando? No digo que lo haga voluntariamente, sino que tal vez... no le quede otra opción, como ha dicho.

–Haga lo que haga, Jack, sé que yo no corro peligro a su lado. Cuando dice que quiere llevarme con él a la Tierra porque allí estaré más segura, está hablando en serio. Quiere alejarme de Gerde, pero, por otro lado, creo que hay algo más que no nos ha contado... ni va a contarnos.

–A mí no, pero puede que a ti sí. Y esa es otra razón por la que tienes que irte con él.

–¿Y tú? Jack, yo siento que debo acompañar a Christian, pero no quiero dejarte atrás.

Jack la miró, indeciso.

–Hasta esta tarde, habría estado dispuesto a ir con vosotros. Pero después de haber recibido la carta de Shail..., no sé qué pensar. No quiero abandonarlos a él y a Alexander a su suerte. Creo que debo ir a Nanhai, con ellos, a tratar de averiguar qué está pasando. No soy estúpido: si Idhún se hunde, no pienso hundirme con él –se estremeció al recordar el desolado paisaje de Umadhun–. Pero quiero investigar este asunto hasta el fondo. Al menos mientras quede tiempo, y si no hay nada que hacer...: entonces trataría de convencer a Shail y Alexander para que volvieran con nosotros.

Victoria lo miró largamente.

–Si me voy a la Tierra –dijo–, ha de ser con la condición de que tú nos sigas en cuanto puedas. ¿Lo harás, Jack?

–Si me quedo aquí, será con esa condición, lo prometo –la tranquilizó él.

–Y con otra condición –añadió ella–. Si para cuando me haya crecido el cuerno del todo no has cruzado la Puerta, yo volveré para buscarte.

Jack se puso repentinamente serio.

–No, Victoria...

–Ha de ser así –cortó ella–. No pienso dejarte atrás si sé que corres algún peligro.

Jack no respondió. Los dos se miraron un momento y se abrazaron con fuerza.

–Te quiero tanto –suspiró Victoria–. Sé que te voy a echar mucho de menos.

–Te acostumbrarás. También pasas mucho tiempo lejos de Christian y lo soportas bien.

–No es lo mismo. Nosotros estamos unidos a través del anillo. Pero si me voy, si cruzo la Puerta a otro mundo, perderé todo contacto contigo. Si te pasa algo, no tendré manera de saberlo.

Jack sonrió, acariciándole la mejilla con cariño.

–No te preocupes antes de hora. Aún no lo he decidido. Christian dijo que se marcharía con el primer amanecer, ¿no? Creo que tengo tiempo hasta entonces para pensarlo. Sin embargo, opino que tú sí debes ir con él. Me quedaré más tranquilo si sé que estás a salvo en la Tierra. Lejos de Gerde, lejos de Yaren, de los dioses y de todos esos fanáticos que no esperarán a que te crezca el cuerno del todo para obligarte a consagrar a más magos.

Victoria inclinó la cabeza.

–Si me voy, no será por esa razón, y lo sabes. Pero ¿cómo voy a decirle a Qaydar que me voy... con Christian? Le dará un ataque.

–No se lo digas. No le digas nada porque, si lo haces... no te dejará marchar.

Victoria se mordió el labio inferior, preocupada. Jack se puso en pie de un salto.

–Volvamos a la torre –dijo–. Qaydar debe de estar preguntándose dónde estamos; además, ya es de noche y se ha levantado viento.

Le tendió la mano a Victoria, y ella se la cogió con una sonrisa. Sin embargo, Jack dio un respingo y retiró la mano, desconcertado.

–¿Qué pasa? –inquirió Victoria, alarmada.

Jack negó con la cabeza.

–Nada; solo me ha dado un calambre.

Victoria contempló su propia mano, pensativa.

Alguien despertó a Zaisei llamando con urgencia a la puerta de su habitación. La joven se levantó con ligereza, se echó una capa sobre los hombros y corrió a abrir. Fuera la esperaba una chica semifeérica. Zaisei la conocía: se trataba de una de las novicias del cortejo de Gaedalu.

–¿Qué ocurre, Feige? –preguntó la celeste–. ¿Qué haces aquí a estas horas?

–La Madre te llama, Zaisei. Dice que es urgente.

Preocupada, Zaisei corrió hasta las habitaciones de Gaedalu.

Encontró a la varu vestida y recogiendo sus cosas con precipitación. Su piel de anfibio se había resecado más de lo conveniente, pero ella no parecía haberse dado cuenta.

–¡Madre, qué hacéis! –exclamó la celeste, alarmada–. ¿Cuánto tiempo habéis pasado fuera del agua?

«Déjame, déjame», protestó Gaedalu cuando Zaisei trató de conducirla hacia la enorme bañera que habían habilitado para ella al fondo de la estancia, y que debía estar siempre llena de agua fresca y limpia. «Esto es más importante. Despierta a todas las novicias y a las sacerdotisas y ocúpate de que hagan el equipaje inmediatamente. Regresamos a Gantadd».

–Pero, Madre –objetó Zaisei, perpleja–. Es muy tarde. ¿No podéis esperar hasta mañana?

«No, no, esto no puede esperar. La luz de las lunas es brillante esta noche; las diosas velarán por nosotras. Vamos, Zaisei, date prisa: cuanto antes partamos, antes llegaremos».

–Madre, no encontraremos transporte para todas a estas horas. Si tenéis un poco de paciencia, mañana enviaré un mensaje a Haai-Sil para que manden pájaros...

«Viajaremos con lo que haya, Zaisei. Los pájaros tardarían mucho tiempo en llegar. Será más rápido si vamos directamente a Haai-Sil y los pedimos allí».

Zaisei suspiró. Gaedalu estaba nerviosa y muy alterada, pero, por encima de todo, había algo en sus sentimientos, una mezcla de siniestra esperanza y salvaje alegría, que desconcertó a la celeste. Nunca la había visto así. Gaedalu la miró fijamente.

«¿Qué sucede, hija? ¿Por qué no haces lo que te he pedido?».

–Me tenéis preocupada, Madre. No es propio de vos comportaros de esta manera.

Gaedalu sonrió.

«Pues deja de preocuparte, Zaisei, porque tengo un buen motivo para regresar a Gantadd de forma tan precipitada. Lo que he averiguado esta noche en la Biblioteca podría ser vital para mucha gente».

–¿Algo acerca de los dioses?

«¿De los dioses?». Gaedalu hizo sonar su característica risa gutural. «No, hija, algo más importante aún: algo acerca de los sheks. Pero puede que sea solo una pista falsa, y por eso he de comprobarlo cuanto antes...».

–Pero, Venerable Gaedalu, todavía no hemos recibido noticias de la Torre de Kazlunn –le recordó Zaisei–. Tal vez sería prudente aguardar a que el Archimago nos confirme si es cierto que Lunnaris ha despertado...

«Sus mensajeros pueden alcanzarnos por el camino, y si no llegan a tiempo, ya recibiremos sus nuevas en el Oráculo».

Zaisei la miró, indecisa. Finalmente, suspiró.

—Me encargaré de organizarlo todo para que partamos cuanto antes. Pero no me iré de aquí hasta que vea que tomáis vuestro baño –añadió, severa.

Percibió la contrariedad de Gaedalu, pero no cedió.

«Está bien, tú ganas», dijo por fin la Madre Venerable.

Se situó en el borde de la bañera y se deslizó hasta el interior, con tanta suavidad que apenas produjo una leve ondulación en su superficie. Desapareció bajo las aguas y luego asomó solo la parte superior de la cabeza. Sus ojos observaron a Zaisei con un cierto aire de reproche.

«¿Mejor así?».

—Mejor así –asintió ella con una sonrisa–. Regresaré dentro de un rato para ayudaros con vuestro equipaje.

Antes de cerrar la puerta tras de sí, la celeste se dio cuenta de que, sobre la cama de Gaedalu, había un viejo volumen polvoriento. Frunció el ceño y por un instante pensó que debía preguntar a los encargados de la Biblioteca si Gaedalu había pedido permiso para llevárselo, puesto que en los últimos tiempos solía mostrarse muy despistada, y se le olvidaban aquel tipo de detalles. Pero entonces oyó un alboroto en la habitación de las novicias, y la inconfundible risa de Feige, tan cantarina como la de cualquier hada de Awa, y sus pensamientos se apartaron del libro. Recogiéndose la orilla de la túnica, Zaisei acudió con ligereza a poner un poco de orden.

Entraron en el salón cuando Qaydar ya salía para buscarlos.

—¿Dónde estabais? –quiso saber–. La reunión ya terminó hace bastante rato. Ahora todos están esperando a ver a Lunnaris con sus propios ojos... bajo su forma humana, quiero decir –añadió, al ver que Jack empezaba a fruncir el ceño.

Los dos chicos cruzaron una mirada, pero no dijeron nada. Siguieron a Qaydar a través de la sala, aún cogidos de la mano, sin prestar atención a los murmullos que se levantaban a su paso. Cuando se situaron frente a lo que quedaba de la Orden Mágica y Qaydar los presentó como Yandrak y Lunnaris, el último dragón y el último unicornio, reinó un silencio sepulcral.

Victoria paseó la mirada por la estancia. Había solo ocho personas allí, aparte de Qaydar, y todas vestían túnicas que delataban su condición de hechiceros. Victoria vio dos silfos, un varu, dos humanos (hombre y mujer), un gigante, un celeste y una mestiza entre hada y celeste. Ninguno menor de veinte años. Ningún aprendiz. «Lo que queda de la Orden Mágica», pensó ella, entristecida. Sabía que había más magos desperdigados por Idhún; pero sumándolos todos, y después de la batalla de Awa, en la que ambos bandos habían tenido muchas bajas, probablemente no quedarían en el mundo más de una veintena de hechiceros. Como si hubiese adivinado sus pensamientos, Qaydar anunció:

–Como veis, los rumores eran ciertos. La dama Lunnaris se ha sobrepuesto de su grave enfermedad y, aunque no podemos pedirle que se muestre como unicornio ante todos nosotros, por razones de intimidad, sí puedo aseguraros que es capaz de...

–No puede entregar magia –cortó entonces Jack.

Qaydar se volvió hacia él con rapidez.

–¿Cómo has dicho?

–Lunnaris está muy débil aún, y todavía no puede pedírsele que entregue la magia a nadie. Eso la mataría. El hecho de que pueda transformarse es una buena noticia, pero hay que tener en cuenta que sus heridas fueron muy graves, y que aún no podemos estar seguros de que se recupere por completo.

Victoria trató de disimular su sorpresa ante las palabras de Jack. No era propio de él mostrarse tan cauto. Al mirarlo con atención, lo vio extraordinariamente serio, con los ojos fijos en los magos que se habían reunido allí aquel día. Y comprendió que, tras las alarmantes noticias que les había traído Christian, Jack no se fiaba ya de nadie. Cualquiera de aquellos magos podía estar al servicio de Gerde, podía haber traicionado a la Orden, como lo había hecho la propia Gerde en tiempos de Ashran... como Elrion, el asesino de sus padres.

La muchacha inclinó la cabeza y dijo:

–Sé que la Orden atraviesa tiempos difíciles. Pero os pido paciencia y comprensión. Lo que Ashran me hizo habría matado a cualquier unicornio. Necesitaré tiempo para recobrarme, si es que lo hago algún día por completo.

Casi lo sintió por Qaydar. El Archimago los había convocado para darles una buena noticia, y ellos la desmentían o, al menos, enfriaban la esperanza que había nacido en los corazones de aquellas personas.

Cuando se disolvió la reunión, Qaydar se los llevó aparte para pedirles explicaciones.

–Tenemos que ser prudentes, Archimago –dijo Jack–. Victoria tiene muchos enemigos, y no nos conviene que se sepa todavía lo que es capaz de hacer.

–¿Enemigos? –repitió el Archimago–. ¿Te refieres al mago que trató de matarla el otro día?

El rostro de Victoria se ensombreció al recordar a Yaren.

–Y ese es solo el menos peligroso –asintió Jack.

Qaydar se acarició la barbilla, pensativo.

–Ya veo –dijo–. No obstante, Jack, considero que buscas enemigos donde no los hay y, por el contrario, te niegas a aceptar que el peligro puede estar mucho más cerca de lo que crees.

Jack tardó un poco en comprender a qué se refería, pero Victoria lo captó al instante.

–Kirtash no es un enemigo –dijo con firmeza–. Es uno de los nuestros.

Qaydar sostuvo su mirada.

–¿Tan segura estás?

Jack titubeó, recordando que Christian había vuelto a encontrarse con Gerde, y preguntándose hasta qué punto el shek podía escapar a su naturaleza. Pero la voz de Victoria no tembló ni un ápice, ni hubo ningún rastro de duda en sus ojos cuando dijo:

–Sí.

–Los motivos de Kirtash pueden parecer oscuros a veces –intervino Jack–, pero él luchará por Victoria hasta la muerte, si es necesario. Y todo el que proteja a Victoria está velando, indirectamente, por los intereses de la Orden Mágica. ¿Es así?

–Tal vez –dijo Qaydar–. Sin embargo, el último unicornio es más valioso vivo que muerto. Si Kirtash se llevase a Victoria para que ella sirviese a las serpientes, no me cabe duda de que seguiría defendiéndola con gran interés... Pero eso no favorece a la Orden Mágica, ni creo que sea bueno para ti, muchacha –añadió mirando a Victoria.

–Él nunca haría algo así –replicó ella–. Me respeta. Jamás me obligaría a hacer nada que yo no quisiera, y eso es mucho más de lo que puede decirse de las intenciones de algunos miembros de la Orden Mágica.

Qaydar entornó los ojos, sintiéndose aludido. Jack, en cambio, estaba cada vez más inquieto. Recordaba muy bien que Christian *sí* había obligado a Victoria a hacer algo en contra de su voluntad, cuando la había dejado dormida en la Torre de Kazlunn, la noche del Triple Plenilunio. La había forzado a permanecer allí, alejándola de la batalla, para protegerla de Ashran. ¿Sería capaz de secuestrarla ahora y entregarla a Gerde, si con ello asegurase su supervivencia? ¿Si Gerde, la Séptima diosa, pudiese garantizarle a Christian que protegería a Victoria de los otros Seis dioses, como nadie más en Idhún era capaz de hacer? Era cierto que Gerde podía otorgar el don de la magia, pero, como Qaydar había dicho, un unicornio era más útil vivo, y, con Victoria entre sus filas, podrían consagrar el doble de magos.

—Vosotros sabréis lo que hacéis —dijo el Archimago con frialdad—. Pero me han informado de que ese shek ha vuelto a la torre. Si no se ha marchado al amanecer, tomaremos medidas. No quiero tenerlo aquí.

—Estás hablando de uno de los héroes de la profecía, de alguien que puso en juego su vida para enfrentarse a Ashran —replicó Victoria, y sus ojos relampaguearon con un destello de ira—. No consentiré que nadie le ponga la mano encima.

Qaydar frunció el ceño.

—Basta ya —terció Jack—. No es necesario todo esto. Kirtash se marchará antes del primer amanecer, y no creo que volvamos a verlo en mucho tiempo, así que no será preciso «tomar medidas» de ninguna clase.

A altas horas de la madrugada, los despertó el furioso silbido del viento, que chocaba contra la torre con tanta violencia que hacía crujir sus cimientos, y el brutal estruendo de las olas golpeando la escollera. Victoria se incorporó, sobresaltada, con el corazón latiéndole con fuerza.

—¿Qué pasa? —preguntó Jack, adormilado—. ¿Ya es la hora?

Victoria no contestó. Se levantó de un salto y corrió a asomarse a la ventana; pero retrocedió, con una exclamación de sorpresa, cuando una ola se estrelló contra la pared y la salpicó de agua salada.

—¿Qué es eso? —dijo Jack, despejándose del todo.

—¡La marea! —respondió ella, atónita—. ¡El viento sopla tan fuerte que las olas llegan hasta aquí arriba!

—Eso no es posible. ¡Estamos en la parte alta!

Se reunió con ella en la ventana, pero le costó acercarse, porque el viento que entraba a través de ella lo empujaba hacia atrás. Victoria se había aferrado firmemente al alféizar, pero el aire golpeaba su rostro y revolvía su pelo con violencia. Juntos, se atrevieron a asomarse al exterior...

Los recibió un paisaje aterrador. Se había levantado un furioso vendaval que agitaba la superficie del mar, generando olas altísimas que se estrellaban contra la torre. El agua había inundado el jardín, derribando parte del muro.

Pero lo peor era el cielo, de un intenso color cárdeno, insólito, que hacía palidecer a las tres lunas y las teñía con una fina neblina fantasmal. En el horizonte, los vientos habían formado un aterrador remolino que giraba sobre sí mismo lenta e inexorablemente. Su cono se estiraba hasta rozar la superficie del mar y, cuando lo hacía, se encogía de nuevo, para volver a estirarse un poco más tarde, rizándose y ondulando como si siguiera un ritmo propio, con una especie de despreocupada alegría... lo cual no dejaba de ser desconcertante, pues la mera proximidad de aquel tornado colosal había transformado el aire en un despiadado huracán que ahora se abatía sobre las costas de Kazlunn.

—¿Qué... qué es eso? —fue lo único que pudo decir Victoria, horrorizada.

—No lo sé, pero viene hacia aquí... ¡Cuidado!

Se apartaron bruscamente de la ventana, justo antes de que una nueva ola chocase contra la torre.

—Va a inundar la habitación —murmuró Jack—. Vámonos de aquí.

Cogió a Victoria por la cintura, pero la soltó de nuevo, con un grito, y sacudió la mano. La chica lo miró, con los ojos muy abiertos, y alzó las manos. Cuando acercó los dedos, brotaron chispas de ellos.

—¿Qué me está pasando? —susurró.

Jack se atrevió a tocarla con la yema del dedo, pero apartó la mano enseguida.

—Victoria, estás cargada de electricidad... como una pila —murmuró, perplejo—. ¿Cómo es posible?

Victoria negó con la cabeza y se precipitó hacia la puerta. Antes de seguirla, Jack recogió a Domivat y el Báculo de Ayshel, aunque no dejó de preguntarse de qué le serviría una espada contra un tifón.

Se encontraron en el pasillo con uno de los magos, el gigante, que bajaba pesadamente las escaleras, agachando la cabeza para no darse contra los arcos que sostenían el techo.

–¡Yber! –lo llamó Jack–. ¿Qué sucede?

–No tenemos ni idea, Jack –respondió él–. El Archimago ha hecho un llamamiento a todos los hechiceros de la torre. Están cerrando todas las aberturas y reforzando el edificio con magia para que resista cuando el tornado nos alcance. Es lo único que podemos hacer.

Yber siguió bajando las escaleras, y Victoria se dispuso a seguirlo; pero Jack la llamó y le indicó por señas que lo siguiera... escaleras arriba. La joven entendió al instante, y ambos subieron corriendo hacia la parta alta de la torre.

Allí, en la cúspide, había una enorme sala hexagonal, que los hechiceros solían utilizar para realizar los conjuros más complejos. Jack y Victoria la habían reconocido al instante la primera vez que habían entrado en ella, tiempo atrás. Allí, sobre aquellas baldosas que representaban el hexágono perfecto formado por los tres soles y las tres lunas de Idhún, un unicornio y un dragón habían cruzado sus miradas, hacía casi dos décadas.

Y ahora, en el centro mismo del hexágono, en pie, sereno e impasible, como si el huracán que azotaba la torre no pudiera afectarlo, estaba Christian.

El viento había roto los cristales de los seis ventanales que daban luz a la sala. Jack se protegió el rostro con un brazo y alargó la otra mano hacia Victoria; cuando ella se la cogió, sintió una violenta descarga eléctrica, pero apretó los dientes y avanzó hasta el centro de la sala, arrastrando a la muchacha tras de sí.

–¿Qué está pasando? –le gritó a Christian cuando llegaron junto a él–. ¡Esto no es normal!

–¡No, no lo es! –respondió el shek, alzando la voz también para hacerse oír–. ¡Y será peor cuando llegue a la costa!

–¡Está afectando a Victoria, mira!

Ella alzó las manos y acercó las palmas, como había hecho antes, para mostrárselo a Christian. El shek entornó los ojos al ver las chispas que saltaban de sus dedos.

–Tenemos que sacarla de aquí –dijo solamente.

–¿Por qué? ¿Qué pasa?

–¿Ves eso? –Christian señaló el tornado que se deslizaba sobre el mar–. ¿Sabes lo que es?

«Algo extraño, algo inexplicable», pensó Jack de pronto, recordando las palabras que le había dirigido a Kimara antes de su partida, «algo muy grande pero que parece que no está ahí... algo que te asombra y te asusta mucho, que no sabes qué es y contra lo que no sabes cómo luchar...».

–¡Es un dios! –dijo, y Victoria dejó escapar una exclamación consternada–. ¿Pero qué clase de dios haría algo parecido?

Christian contempló el remolino, que seguía retorciéndose y ensortijándose, expandiéndose y contrayéndose, como si los vientos de los cuatro puntos cardinales se hubiesen puesto de acuerdo para crear una titánica obra de arte, inestable y turbulenta, pero de una belleza sobrecogedora e inquietante. Por un momento, pareció que el shek no iba a responder a la pregunta, pero finalmente dijo:

–Es Yohavir.

Jack se esforzó por recordar sus conocimientos de mitología idhunita.

–¿El dios de los celestes? –se aseguró.

–¡Ese mismo!

Jack sacudió la cabeza y señaló el torbellino.

–¿Me estás diciendo que ese tornado *es* Yohavir?

–¡No! –respondió Christian–. ¡Ese tornado *lo provoca* Yohavir! Su sola presencia hace que se alteren los vientos, ¿comprendes? ¡Como en Nanhai! Karevan estaba ahí, pero no podíamos verlo... solo apreciábamos los efectos devastadores que produce a su paso... cuando se mueve por su elemento. Con Yohavir está pasando igual.

–¿Y por qué su presencia afecta tanto a Victoria?

–¡Porque ella es un unicornio, una canalizadora de energía! Y un dios es pura energía. Por eso tenemos que sacarla de aquí –añadió, volviéndose para mirarlos fijamente–. Cuando Yohavir llegue, si Victoria no tiene forma de descargar toda esa energía que está atrayendo... no sé lo que puede pasarle.

Jack asintió, haciéndose cargo de la situación.

–Bien; abre la Puerta, pues. Nos vamos a la Tierra.

Victoria se volvió hacia él, sorprendida, pero Jack no la miró. Por el contrario, sostuvo la mirada de Christian, que lo observaba con un brillo de comprensión en sus ojos de hielo.

El shek asintió brevemente y se apartó de ellos. Fue sencillo para él abrir la brecha que separaba ambos mundos, una fisura entre dimensiones que, en medio del caos provocado por la proximidad del dios celeste, parecía lo único estable, lo único seguro, el único lugar posible donde refugiarse. Victoria se quedó contemplándolo, sobrecogida.

–Toma –le dijo entonces Jack–. Sujeta esto.

Le tendía el Báculo de Ayshel. Victoria lo miró, dudosa.

–Cógelo –insistió Jack–. Estoy seguro de que ya puedes usarlo. Te has recuperado lo bastante como para que el báculo sea capaz de detectar el unicornio que hay en ti.

La muchacha sonrió y aferró el báculo. No se atrevió a sacarlo de la funda, sin embargo. Se lo ajustó a la espalda y dijo:

–Estoy lista.

–Yo también –asintió Jack, y la besó.

Victoria se quedó sorprendida, pero después lo miró y le sonrió con cierta timidez.

–¡Daos prisa! –los apremió el shek.

Victoria asintió y se acercó a Christian, que aguardaba junto a la Puerta interdimensional, sin percatarse de que Jack se quedaba un poco retrasado. El shek y el dragón cruzaron una mirada.

«¿Estás seguro de lo que haces?», le preguntó él telepáticamente.

«Sí, lo estoy», repuso Jack. «Aunque no sé muy bien a qué juegas. ¿Crees que no me he dado cuenta? Hace tiempo tenías el poder de abrir la Puerta interdimensional, pero te fue arrebatado cuando regresaste a Idhún con la Resistencia. Lo has recuperado, y solo la misma persona que te lo quitó podría habértelo devuelto. O tal vez otra persona con el mismo poder».

Christian inclinó la cabeza.

«Puede ser», dijo, «pero eso no tiene nada que ver con Victoria».

«Más te vale, serpiente. Más te vale».

Victoria se había quedado mirándolos, sin comprender del todo qué se escondía detrás de aquel largo intercambio de miradas. De pronto, se dio cuenta de que ella y Christian estaban junto a la Puerta, y de que Jack se había quedado rezagado. Y lo comprendió.

–¡No! –gritó, y el aullido del viento coreó aquel grito.

Christian reaccionó rápido. La sujetó por la cintura cuando ella ya salía corriendo.

–¡No, Jack, no! –chilló Victoria, pataleando furiosamente.

–Hasta pronto, Victoria –se despidió él.

Y entonces dio media vuelta y le dio la espalda para encaminarse a la puerta, sereno y seguro de sí mismo, con Domivat sujeta a su espalda, mientras Victoria se debatía, desesperada, y lo llamaba por su nombre, y Christian la arrastraba hacia la Puerta interdimensional, de regreso a casa, envueltos los dos en las chispas que despedía el cuerpo de la muchacha, henchido de energía. Y cuando la brecha se cerró, llevándose con ella al unicornio y al shek, Jack se quedó a solas en la habitación mientras, en la lejanía, los vientos anunciaban, con un silbido ensordecedor, la llegada de un dios.

Victoria seguía gritando el nombre de Jack cuando Christian la soltó. La joven se volvió hacia todos lados, angustiada, pero ya era tarde. Un millar de mundos la separaban de Jack. Se dejó caer de rodillas sobre el suelo, temblando violentamente.

–No puede ser –susurró–. No puede ser.

Christian no dijo nada. Solo se quedó de pie, junto a ella, esperando... Hasta que Victoria alzó la cabeza para mirarlo.

–Llévame de vuelta –le pidió.

La respuesta de él fue breve y directa:

–No.

–¡Tienes que llevarme de vuelta! ¡No puedo dejarlo ahí, en medio de un tifón...!

–Eso te matará, Victoria. No puedo dejarte volver.

Victoria se puso en pie de un salto y lo cogió por los brazos, apremiante.

–¡Regresaremos solo a buscarlo! ¡Solo a buscarlo, y después nos iremos!

Él la miró con cierta ternura.

–Victoria, la decisión de quedarse ha sido suya. Si volvemos y lo traemos a la fuerza, no te lo perdonará jamás, y lo sabes.

Victoria dejó caer los brazos, desolada.

–Pero... ¿por qué?

–Creo que tomó su decisión en el mismo instante en que vio los efectos de Yohavir. Se sintió en la obligación de hacer algo al respecto, supongo.

–¿Y por qué no me lo dijo? ¿Por qué me engañó?

–Porque, si hubieses sabido lo que le pasaba por la cabeza, te habrías quedado con él. Y no debías hacerlo, Victoria. Porque tú ya habías tomado tu decisión. Y él la respeta, del mismo modo que tú has de respetar la suya.

Victoria desvió la mirada.

–¿Y si resulta que mi decisión no es correcta?

–Eso carece de importancia. Es tu decisión, y eso es lo que cuenta. Tú sentías que tenías que regresar conmigo, igual que Jack sentía que debía quedarse. El porqué, no me lo preguntes. Yo soy un shek y, por tanto, siempre me inclino por la opción más sensata. Él, en cambio, es un dragón, de modo que de vez en cuando ha de hacer algo sumamente noble y estúpido. Está en su naturaleza; no se lo tengas en cuenta.

VI

El Señor de los Vientos

JACK bajó deprisa por la escalera de caracol, intentando desterrar de su mente la imagen de Christian y Victoria desapareciendo por la Puerta interdimensional. Regresaban a la Tierra... a casa. Su corazón se estremeció de añoranza, y por un instante deseó dar media vuelta y marcharse con ellos. Pero se sentía en deuda con algunas personas: con Alexander y con Shail, para empezar; con Qaydar, que los había acogido en su torre; con Kimara, que le había salvado la vida en una ocasión. Y aunque ellos no le importaban tanto como Victoria y, en cierto sentido, el shek que se la había llevado, se sentía responsable.

Además, no quería darse por vencido tan pronto. Había estado en Umadhun, Sheziss le había relatado la historia de aquel lugar, y algo en su interior se rebelaba ante la idea de que Idhún, tierra de bellezas y de horrores, de leyenda y de misterio, se viera reducida a un mundo vacío, «espantosamente feo y aburrido», como había dicho la shek. Tenía que haber alguna forma de detener aquello. Tenía que haberla.

Encontró los niveles inferiores inundados de agua, pero a partir del quinto piso de la torre, el suelo estaba apenas encharcado, y las ventanas aparecían selladas por una sustancia que parecía cristal, pero que no lo era. Jack recordó las ventanas de Limbhad, que tanto le habían llamado la atención el día de su llegada. Estaban cerradas con un material cristalino que, sin embargo, era tan elástico que no podía romperse. Ahora, las ventanas de la torre estaban selladas con el mismo sistema. El viento y las olas las golpeaban con furia y solo lograban abombarlas notablemente, pero no conseguían quebrarlas ni penetrar en el interior.

En una de las habitaciones del cuarto piso, la más grande y la que estaba más seca, Jack encontró al personal de servicio, todos los no iniciados de la torre, que se acurrucaban unos junto a otros, muertos de miedo.

–¡¿Dónde están los hechiceros?! –preguntó el chico a gritos, para hacerse oír por encima del vendaval.

Todos se volvieron para mirarlo, y sus rostros reflejaron al verlo un gran alivio y una fe ciega. «Creen que los voy a sacar de esta», comprendió Jack, incómodo. «Solo por ser un dragón». Pero ¿cómo explicarles que ni siquiera los dragones eran capaces de obrar milagros?

Repitió la pregunta en voz más alta todavía, arrepintiéndose ya de haberse quedado. Alguien reaccionó por fin y le contestó que habían ido al sótano a asegurar los cimientos de la torre.

«Los cimientos», repitió Jack para sus adentros, asaltado por una horrible sospecha.

Corrió hasta la parte más baja de la torre y se precipitó hacia las termas. Recordaba perfectamente que allí había una piscina de agua natural que se llenaba cuando subía la marea. Pero con aquel temporal, la alberca no era más que un agujero por el que podía colarse mucha más agua de la que aquel lugar podía soportar.

Sin embargo, cuando llegó allí, descubrió que los magos ya habían sellado la puerta a las termas con un muro de piedra asegurado con magia. Jack se imaginó lo que debía de haberles costado abrirse paso a través del sótano inundado, y se preguntó cómo habrían conseguido levantar aquel muro y achicar el agua. Sacudió la cabeza y siguió caminando pasillo abajo, hasta que llegó a una pequeña escalera que descendía. Bajó por ella.

Desembocó en un sótano formado por una serie de galerías de pesados muros de piedra.

Y allí estaban los magos. Chapoteando en un barro que les llegaba por las rodillas, trabajaban con ahínco, reforzando sillares, aplicando hechizos antiagua y renovando la magia que corría por entre las grietas de la torre. Yber se encargaba del techo, al que llegaba con solo alzar sus poderosos brazos. Desde el pie de la escalera, Jack paseó la mirada por la estancia, buscando algo que hacer.

Qaydar lo vio primero.

–¡Jack! ¿Dónde estabas? ¿Y Victoria?

–¡A salvo! –respondió él–. ¿Puedo ayudar?

–¡Aquí, no! En el cuarto piso están los no iniciados. ¡Ve con ellos y asegúrate de que no les pasa nada!

Jack apretó los dientes, frustrado. «No, ni hablar», se dijo. «No he dejado pasar la oportunidad de regresar a casa para que ahora me digan que no puedo hacer nada».

—¡El tornado, Qaydar! —insistió—. ¿No hay ninguna manera de pararlo?

—¡Lo intentamos con un conjuro atmosférico, pero no funcionó! Probablemente se debió a que necesitábamos a más gente.

«O probablemente se debió a que ni cien Archimagos juntos lograrían detener a un dios», pensó Jack, pero no lo dijo.

—¿Y no podemos tratar de desviarlo?

—¿Desviarlo? ¿Cómo? —repitió Qaydar, estupefacto.

—Tengo razones para pensar que no es un simple tornado. Creo que tiene conciencia, y que si nos va a pasar por encima es, simplemente, porque no nos ve. Si lográramos llamar su atención, hacerle ver que estamos aquí...

—No tenemos tiempo para hacer experimentos, Jack —cortó Qaydar, exasperado—. Por favor, sube con los no iniciados. Aquí no hay nada que puedas hacer.

Herido en su orgullo, Jack dio media vuelta y subió de nuevo las escaleras. Pero no se quedó en el cuarto piso, sino que regresó a la sala de la cúspide de la torre, donde Christian y Victoria habían desaparecido apenas unos momentos antes. Nada quedaba ya de ellos, y la estancia estaba a punto de correr la misma suerte: el tejado cónico de la torre había sido arrancado de cuajo por el vendaval, y una fina lluvia se colaba por el hueco abierto al cielo tempestuoso.

«No he dejado marchar a Victoria simplemente para ver cómo me pasa por encima un dios», se dijo. Contempló el tornado, que se había acercado ya tanto que se mostraba mucho más grande y aterrador. «Podrás pasar por alto a un par de docenas de sangrecaliente», le dijo en silencio. «Pero no puedes ignorar a un dragón».

Respiró hondo, cerró los ojos un momento y después se transformó en dragón. Cuando lo hubo hecho, alzó la cabeza hacia el cielo turbulento. Era consciente de que los vientos lo empujarían y lo zarandearían hasta hacerle perder el control, pero esperaba que eso sirviera para llamar la atención del dios. Se impulsó sobre sus poderosas patas y alzó el vuelo, abriendo al máximo sus grandes alas.

Fue peor de lo que había imaginado. Nada más abandonar el refugio de las paredes de la torre, una violenta ráfaga de aire lo empujó hacia atrás, con un golpe tan fuerte que le hizo quedarse sin respiración y lo dejó aturdido un momento. Batió las alas, con todas sus fuerzas, y logró mantenerse estable. Entonces, lentamente, intentó avanzar hacia el formidable huracán que se desplazaba hacia él. Luchó contra el viento que trataba de derribarlo; luchó hasta el agotamiento y, cuando el tornado estaba ya casi encima de él, se dio cuenta de que él seguía justo sobre la torre: no había logrado moverse del sitio. Tras un breve instante de pánico, se dijo a sí mismo que, si lo que pretendía era alejar a Yohavir de la costa, desde luego no lo estaba consiguiendo. Pero aún quedaba la posibilidad de que el dios se detuviera o, por lo menos, no siguiera avanzando.

Con las escasas fuerzas que le restaban, Jack inspiró hondo, echó la cabeza atrás y vomitó una furiosa llamarada a las nubes. Cuando se quedó sin aliento, volvió a inspirar y a escupir su fuego contra el viento, rogando por que el dios percibiera aquella señal. Y siguió haciéndolo hasta que su poderosa llama no fue más que una chispa en medio del ciclón. Entonces comprendió, agotado, que no había nada más que hacer. Ya ni siquiera tenía fuerzas para mantenerse en el aire, por lo que la siguiente ráfaga de viento lo levantó y lo arrastró como si fuese un muñeco de paja. Aturdido, Jack perdió la noción del tiempo y el espacio, empujado a un lado y a otro, apenas un juguete en manos de los elementos; hasta que, sin saber muy bien cómo, todo a su alrededor se detuvo.

Jack abrió los ojos con esfuerzo y se encontró, para su sorpresa, flotando en el aire, girando lentamente sobre sí mismo. Trató de moverse, pero eso por poco le hizo perder el equilibrio, por lo que comprendió que era mejor quedarse quieto.

No obstante, no era nada sencillo permanecer inmóvil en aquella situación. Parecía que los vientos giraban a su alrededor y que él estaba en el centro del huracán, estable de momento, pero en precario equilibrio. Y, sin embargo, lo peor de todo no era aquello.

Lo peor era aquella sensación indescriptible, que no se parecía a nada de lo que antes hubiese experimentado. Era un cosquilleo en todas sus escamas, como una especie de electricidad estática, que lo aturdía, lo maravillaba y lo aterrorizaba al mismo tiempo. Era la impresión, totalmente irracional, de ser un insecto minúsculo en la palma de la mano de un gigante, obligado a quedarse quieto mientras un inmenso ojo lo observaba con interés.

Pero allí no había palma ni había ojo. No había nada que pudiese ser visto o tocado. Y, sin embargo, había algo. La presencia del dios llenaba toda su percepción, aunque su esencia estuviera más allá de sus sentidos. En medio del indecible terror que llenaba el corazón del dragón que había osado cruzarse en el camino de un titán, Jack solo pudo pensar: «Me ha visto».

El aire pareció cargarse todavía más de aquella extraña electricidad estática que recorría su piel como un millón de hormigas diminutas. La tensión comenzó a subir de pronto y Jack entendió, horrorizado: «¡Se está acercando a mí!». ¿Para qué? ¿Para «verlo» mejor? ¿Para comunicarse con él? En cualquier caso, Jack supo, de pronto, que de ningún modo quería que Yohavir se aproximase más. Y el terror inundó cada fibra de su ser, el terror a algo que era tan inconmensurable y poderoso que no quería mirarlo a la cara. Instintivamente, se revolvió, tratando de escapar, como un animalillo acosado... y los vientos no pudieron ya sostenerlo. Con un rugido de pánico, Jack cayó al vacío, pataleando desesperadamente. Tuvo la sensación de que algunas ráfagas de viento trataban de levantarlo de nuevo, sin éxito, y lo siguiente que sintió fue el golpe brutal que produjo su cuerpo al caer al mar.

Perdió el sentido casi al instante.

–¡Rápido, que venga alguien! ¡El dragón tiene problemas!

Los magos se volvieron hacia la escalera. Allí, muy alterado, se hallaba un joven que vestía las ropas de la Iglesia de los Tres Soles. La mayor parte de ellos se preguntó qué hacía un novicio de los Tres Soles en la Torre de Kazlunn, pero alguno lo reconoció como el mensajero que había llegado desde Nanhai aquella misma tarde, para entregar un mensaje a Jack.

Qaydar era de los que no estaban al tanto de la presencia del mensajero en Kazlunn, pero no perdió tiempo en averiguaciones acerca de su identidad.

–¿Qué pasa con Jack? –exigió saber.

–¡Salió volando hacia el ojo del huracán, señor Archimago! –respondió el chico, nervioso–. ¡Lo hemos visto todo desde la ventana! ¡Acabamos de verlo precipitarse hacia el mar!

Reinó un silencio de piedra, solo roto por el rugido de la tempestad. Todos sabían lo que implicaban las palabras del mensajero.

Ya era un suicidio lanzarse al agua un día sereno, puesto que las poderosas mareas que regían los océanos idhunitas arrojaban contra los acantilados a cualquiera que se bañase en ellas, con una violencia brutal. Aquella noche, ni siquiera un dragón lograría vencer la fuerza de las aguas.

–¡Haced algo, por todos los dioses! –insistió el mensajero–. ¿No se supone que sois hechiceros?

–Voy contigo –dijo Qaydar–. No sé cómo diablos voy a sacar al chico de ahí, pero lo voy a intentar.

Sin embargo, una mano húmeda lo detuvo antes de que pudiera dar un paso. Qaydar se volvió.

–Dablu –murmuró el mago, al reconocer al único hechicero varu que habitaba en la torre–. ¿Qué pasa?

«Quedaos aquí, Archimago», dijo el varu. «Y salvaguardad la torre. Si alguien puede rescatar al dragón, ese soy yo».

–Ni hablar, Dablu. Esta noche el mar es un peligro, incluso para un varu.

«Pero es lo único que podemos hacer; tal vez vos podáis sacarlo del mar con vuestra magia, pero tardaréis demasiado tiempo en encontrarlo, y para entonces será tarde. Jack es el último dragón de Idhún: su vida vale más que la mía».

Qaydar abrió la boca para responder, pero no tuvo tiempo, porque una nueva embestida del viento hizo crujir, otra vez, los cimientos de la torre. Los magos lanzaron exclamaciones de advertencia; alguien dijo que su magia le estaba fallando, y el Archimago respiró hondo y asintió, comprendiendo que su gente lo necesitaba allí abajo.

–Bien; ten cuidado, Dablu.

El varu no respondió. Siguió al joven mensajero escaleras arriba. Cuando ambos abandonaron el sótano, los hechiceros volvieron a centrarse en su tarea, aunque sus pensamientos acompañaban al dragón que había caído al mar embravecido, y al varu que se iba a jugar la vida para rescatarlo.

El mago y el novicio subieron hasta el sexto piso, donde las ventanas no habían sido selladas por los magos y los suelos estaban inundados. Dablu movió la cabeza mientras se deslizaba con rapidez sobre el suelo mojado.

«Baja otra vez y diles que necesitamos que alguien cierre las ventanas de los pisos superiores», le indicó al muchacho. «Las olas golpean cada vez más alto».

–Pero, si sellan todas las ventanas, ¿cómo vas a regresar?

«No te preocupes por eso. Anda, ve, y regresa luego con los otros no iniciados. Soy un varu, estaré bien en el agua».

Tras una breve vacilación, el novicio asintió y dio media vuelta, dejándolo a solas.

Dablu se acercó a la ventana, pegado a la pared para que el viento no le hiciera perder el equilibrio. Cuando alcanzó la abertura más próxima, se despojó de su túnica de mago, que estaba ya empapada, y rebuscó en sus saquillos hasta encontrar las correas que todos los varu utilizaban cuando se desplazaban por el agua. Como necesitaban brazos y piernas para nadar, cualquier cosa que quisieran transportar con ellos debía ir sujeta a su espalda, y por ello las correas eran tan necesarias para ellos como los zapatos para los humanos que caminaban sobre el suelo. Dablu se las ajustó al cuerpo, sonriendo interiormente, como cada vez que lo hacía. Estaba muy orgulloso de ser un mago y vivía en la torre, sirviendo a la Orden Mágica, voluntariamente; pero todos los varu, incluso aquellos que llevaban muchos años habitando entre las razas terrestres, echaban de menos el mar.

Una vez estuvo listo, se encaramó al alféizar de la ventana, sujetándose con fuerza para no ser arrastrado por el furioso vendaval, y miró hacia abajo.

La vista era sobrecogedora. A la altura de la torre había que añadir un impresionante acantilado, a los pies del cual las olas batían con furia contra unas rocas que desde allí parecían minúsculas pero que, Dablu lo sabía muy bien, en realidad eran inmensas. Un poco más allá, en el horizonte, una gigantesca ola se preparaba para estrellarse contra la costa. Dablu calculó que sería lo bastante alta y, aún bien sujeto al alféizar, aguardó.

Cuando la ola chocó contra el acantilado, su cresta alcanzó casi el séptimo piso de la torre. Dablu no se arredró ante la violenta muralla de agua que ocupó su campo de visión por unos instantes. Se sujetó con fuerza y se pegó a la pared, resistiendo la embestida; cuando las aguas se retiraron de nuevo, se soltó y se dejó arrastrar por ellas.

Momentos más tarde, luchaba contra las poderosas corrientes de agua que sacudían el fondo marino. Como todos los varu, podía respirar en el elemento líquido, por lo que no tenía miedo de ahogarse; sin embargo, las olas podían llevarlo a estrellarse contra la escollera, si no era capaz de resistirse a ellas.

Sabía que, más abajo, el mar debía de estar en calma, porque lo que lo movía era el viento, y no algún movimiento sísmico procedente del lecho marino. Por tanto, lo primero que hizo fue descender todo lo que pudo, hasta aguas más tranquilas.

Y una vez allí, lanzó una señal.

Como muchas criaturas marinas, los varu tenían la capacidad de emitir señales de ultrasonidos que los orientaban en el agua. Dablu sabía que la tempestad nublaría sus sentidos subacuáticos, pero esperaba que el cuerpo de un dragón, lo bastante grande como para ser detectado con relativa facilidad, no le pasara desapercibido.

Cuando la señal regresó, creando en su mente un mapa de la zona, Dablu frunció el ceño, preocupado. No había ni rastro del dragón. No obstante, sí había un cuerpo a la deriva: un cuerpo que, por su forma y tamaño, debía de ser humano o similar. También era posible que se tratara del tronco de un árbol arrancado por el vendaval, pero el varu no podía arriesgarse a ignorarlo. Se impulsó con todas sus fuerzas en aquella dirección.

Nadando siempre por la parte más profunda, Dablu llegó por fin al lugar donde estaba el cuerpo. Una nueva oleada de ultrasonidos le permitió localizarlo con mayor precisión e identificarlo, sin lugar a dudas, como un cuerpo humano. Se impulsó hacia arriba y lo vio un poco más allá, arrastrado por las corrientes submarinas.

Lo alcanzó en un par de brazadas y, al sujetarlo entre sus largos brazos, lo reconoció al instante: era Jack.

Dablu no perdió tiempo. Posó sus labios sobre los de él y empezó a insuflarle aire ininterrumpidamente, filtrado por las agallas que todos los varu poseían a ambos lados de la cabeza. Por fin, el joven tosió bajo el agua y abrió la boca para respirar, pero Dablu no se lo permitió. Todavía haciéndole la respiración artificial, lo sostuvo quieto bajo el agua hasta que él recuperó la conciencia y lo miró, asustado y desorientado.

«Aguanta la respiración, muchacho», le dijo el varu. «Voy a sacarte de aquí».

Jack asintió débilmente. Dablu se lo cargó a la espalda y lo ató a su cuerpo con las correas. Jack no pudo hacer otra cosa que dejar caer la cabeza sobre la espalda del varu y dejarse llevar.

Había sido Yber el encargado de subir a sellar las ventanas de los pisos superiores, por la sencilla razón de que, como era el más pesado, el viento no podía arrastrarlo. Pero era difícil hacerlo cuando el agua no cesaba de golpearlo. Esforzándose por no perder la concentración, el gigante fue cerrando, una por una, las ventanas de las habitaciones exteriores. Sin embargo, cuando iba a aplicar el hechizo de cierre a la última de las ventanas del sexto piso, sintió una débil llamada en su mente.

Frunció el ceño y sacudió la cabeza. De todas las razas de Idhún, probablemente los gigantes fueran los menos sensibles a los estímulos telepáticos, y por eso lo que para un varu, un shek o incluso un szish habría sido un potentísimo grito de socorro, para él no fue más que un tenue susurro en un rincón de su conciencia.

Pero la llamada se repitió, e Yber la percibió en esta ocasión con más claridad. Intrigado, asomó su pétrea cabeza por la ventana y miró a su alrededor.

Y vio a Dablu, el varu, pegado a la húmeda pared de la torre, junto a la ventana, a siete pisos de altura, con Jack aferrado a su espalda, ambos colgando precariamente sobre el impresionante acantilado.

Cuando Jack despertó, estaba empapado y temblaba de frío. A su alrededor, la gente hablaba en susurros respetuosos, a excepción de una voz que daba órdenes sin parar:

–¡Encended un fuego y traed una manta! ¡Llamad a un curandero y, por todos los dioses, dejadlos en paz!

Tiritando, Jack abrió los ojos y miró a su alrededor, desorientado. Se encontraba en el vestíbulo principal de la Torre de Kazlunn, tendido en el suelo, sobre un charco de agua. A su lado, también empapado y visiblemente agotado, se hallaba el hechicero varu. Y el resto, magos y no iniciados, se habían congregado en un círculo en torno a ellos. Qaydar intentaba alejarlos para que Jack y el varu tuvieran un poco más de espacio.

–¿Qué ha pasado? –pudo decir Jack, en un susurro.

Alguien le echó una manta sobre los hombros. Qaydar se inclinó junto a él y lo miró a los ojos.

–Estás loco, Jack.

Y Jack recordó todo de golpe. Abrió los ojos al máximo y trató de incorporarse, aunque estaba tan exhausto que no lo consiguió.

–¡Yohavir! –exclamó, con una nota de terror en su voz–. ¿Dónde está? ¿Adónde ha ido?

El Archimago dejó caer una mano sobre su hombro, y Jack se sintió inmediatamente más calmado, como si lo hubiesen sedado. Aún pudo decir, antes de caer dormido otra vez:

–Tan grande...

–... por un increíble golpe de suerte, el ciclón no llegó a pasar por encima de la torre. Se detuvo en el mar y luego siguió hacia el sur. Si no se ha desviado, probablemente habrá tocado tierra a la altura del monte Lunn.

–Con todos mis respetos, señor, no creo que fuera un golpe de suerte. Nosotros vimos cómo Yandrak alzaba el vuelo y se hundía en el mismo corazón del tornado para enfrentarse a él. Inmediatamente, el tornado se detuvo y luego cambió de dirección.

Hubo murmullos teñidos de un temor reverencial. Jack abrió los ojos, poco a poco.

Se encontraba en una butaca junto al fuego, envuelto en una cálida manta, en un rincón de una de las salas de reuniones de la torre. Miró a su alrededor, desorientado, y vio que Qaydar y los demás también se encontraban por allí. Parecían agotados, pero también bastante más relajados que la última vez que los había visto, por lo que dedujo que el peligro había pasado ya. Sacudió la cabeza para despejarse un poco más, y entonces un rostro azulado apareció ante el suyo: un rostro de piel de anfibio y enormes ojos acuáticos.

«Hola», sonrió el varu. «¿Te sientes mejor?».

–Me has salvado la vida –recordó Jack, aún un poco aturdido–. Muchas gracias...

Se detuvo y lo miró, azorado, al darse cuenta de que, aunque lo conocía de vista, no sabía su nombre.

«Dablu», lo ayudó él.

–Dablu –repitió Jack–. No voy a olvidarlo –le prometió.

Él se encogió de hombros.

«No tiene importancia. No tiene nada de particular que un varu saque a un pielseca del agua. Lo hacemos constantemente».

–¿Pielseca? –repitió Jack, casi riéndose.

«Así llamamos a los que vivís en tierra firme».

–Jack –lo llamó la voz de Qaydar

El joven se volvió. Por lo visto, el Archimago los había enviado a todos a colaborar en el arreglo de los desperfectos, porque se habían quedado solos los tres en la habitación.

–Veo que ya estás consciente. Tal vez puedas explicarme ahora qué hacías ahí fuera, volando hacia el huracán.

Jack meditó un momento la respuesta.

–Te dije que no era un simple tornado –recordó–. Lo único que hice fue plantarme ante él y hacerle señales. Supongo que se dio cuenta de que estaba ahí y...

Se interrumpió, y su rostro se cubrió con una sombra de temor. Qaydar lo miró, preocupado.

–Me pregunto –dijo con suavidad– qué puede haber en este mundo que pueda intimidar a un dragón.

Jack dejó escapar una risa sarcástica.

–«Intimidar» no es la palabra que yo usaría, Qaydar; no seas tan delicado. Estoy muerto de miedo. Y tú también lo estarías, si hubieses visto de cerca lo que ha estado a punto de aplastarnos hoy.

–¿Qué aspecto tiene... de cerca?

–No tiene aspecto. No es algo que uno pueda apreciar con los sentidos, pero da igual... sabes que está ahí y que puede destrozarte sin darse cuenta. Y eso que probablemente no tenía intención de herir a nadie.

Qaydar guardó silencio durante un largo rato.

–Antes, cuando Dablu te trajo, pronunciaste el nombre de Yohavir. ¿Te referías al dios?

–¿A qué otro si no? Hace unos meses, cuando regresamos de luchar contra Ashran en la Torre de Drackwen, os hablé de lo que era él, y de lo que había supuesto su derrota... a nivel cósmico. Os anuncié que llegarían los dioses para destruir al Séptimo, y nadie me creyó. Y si alguien lo hizo, desde luego no pensó que los Seis supusieran ninguna amenaza. Bien, no sabemos qué aspecto tiene un dios. Los imaginamos semejantes a nosotros, pero... ¿realmente lo son? ¿Podría el Archimago más poderoso crear o construir un mundo entero?

Qaydar negó con la cabeza.

–Que yo sepa, ninguno de los textos sagrados dice que Yohavir sea un gigantesco ciclón.

–Porque no lo es. El ciclón es un efecto de su presencia allí. ¿Conoces la leyenda del origen de Kash-Tar? Nos la contó Kimara cuando estuvimos allí. Se dice que el dios Aldun descendió al mundo en el principio de los tiempos, para contemplar de cerca la creación. El fuego que generó su simple presencia bastó para hacer arder todo Awinor. La tierra de los dragones se recuperó, pero Kash-Tar es un desierto desde entonces.

Qaydar inclinó la cabeza.

–Conozco la leyenda; los feéricos la relatan a menudo para no olvidar nunca el poder destructor del fuego, y que solo la madre Wina es capaz de hacer crecer la vida donde no hay nada. Como en el caso de Awinor, supongo.

Jack asintió.

–Todos los dioses son energía, magia si lo prefieres: una acumulación de energía tal que altera de forma brutal el elemento por el que se mueve, y que cada uno de ellos considera como propio. La misma Victoria se dio cuenta de ello.

–Esa era otra de las cosas que quería preguntarte. ¿Dónde está Victoria? La hemos buscado por toda la torre.

–Está en un lugar seguro, Qaydar. Le pasó algo extraño cuando se acercó Yohavir. Fue como si se cargara de energía, como si succionara más magia de la que era capaz de soportar. Tuvimos miedo de que eso la hiciera estallar y...

–¿*Tuvimos*? ¿Tú y quién más?

Jack sostuvo su mirada, sereno y resuelto.

– Yo y Kirtash.

–¿Has permitido que ella se fuera con esa serpiente? –casi gritó Qaydar.

–La he *obligado* a que se fuera con él. De haberse quedado, ahora estaría muerta. Lo que casi nos pasa por encima era el dios Yohavir, pero te recuerdo que aún faltan otros cinco dioses más por manifestarse; cuatro, si mis fuentes no se equivocan y es cierto que Karevan se ha dejado caer por Nanhai. No puedo arriesgarme a que Victoria se tope con otro dios y su cuerpo no sea capaz de resistirlo.

—Mientras no se transforme en unicornio ni use el báculo, ella no tiene por qué...

—¡Pero lo estaba haciendo, Qaydar, es lo que trato de decirte! Su esencia de unicornio absorbía la energía incluso bajo forma humana. Imagina la inmensa cantidad de magia que debía de haber en el ambiente. Imagina algo capaz de afectar de esa manera a Victoria, y luego dime que no es un dios.

Qaydar se dejó caer en la butaca, junto a él.

—No puedo creerlo —musitó.

—Yo, sí. Sobre todo, ahora que lo he experimentado en mi propia piel.

—¿Qué podemos hacer al respecto?

«Dar media vuelta y salir corriendo», pensó Jack, pero no lo dijo en voz alta.

—Por el momento, he enviado a Victoria a la Tierra. Allí estará a salvo. Por otro lado, creo que lo que debemos hacer es intentar comunicarnos con ellos, con los dioses. No sé si sacaremos algo en limpio, pero al menos puede que logremos que se den cuenta de que estamos aquí. Puede que se retiren a un lugar no habitado para hacer... lo que quiera que hayan venido a hacer. Todavía no sé muy bien cómo ni por qué, pero creo que en el Gran Oráculo hay algo que puede darme una pista sobre todo este asunto, así que, en cuanto recupere las fuerzas y me asegure de que todo está en orden aquí, partiré hacia Nanhai.

«¿Y qué pasa con Yohavir?», preguntó entonces Dablu, que había estado callado durante toda la conversación, escuchando.

Jack movió la cabeza.

—Que yo sepa, no hay nada que podamos hacer, salvo avisar a todo el mundo para que estén al tanto y evacuen las zonas habitadas.

—Pero ¿cómo vamos a hacerlo? No sabemos hacia dónde se dirige.

Jack se acarició la barbilla, pensativo.

—Ahí está la cuestión —murmuró—. Se dirige a algún lugar en concreto.

«Si yo fuera un dios creador», intervino Dablu, «y regresara al mundo después de muchos milenios de ausencia, me acercaría a visitar a mis criaturas..., no sé, para ver cómo les va».

—¿Y arrasar su tierra bajo un ciclón devastador? —dijo Qaydar, perplejo—. ¿Qué clase de dios creador haría eso?

–Uno que no fuera consciente de que su presencia no puede ser tolerada por los mortales –replicó Jack con un estremecimiento–. Cuando estuve allí arriba, no me pareció que Yohavir fuese malvado o tuviese mala intención. Simplemente... él estaba allí, y yo también. Es como cuando damos un paseo por el campo, sin ser conscientes de los cientos de pequeñísimas criaturas que aplastamos bajo nuestros pies.

–¿Y cómo no se dan cuenta de eso?

–No se dan cuenta, y punto. O puede que sí se den cuenta, pero en el fondo no les importe o no les parezca tan grave, no lo sé. Lo que está claro es que Yohavir se mueve, y puede que Dablu tenga razón y quiera echar un vistazo a sus criaturas antes de enfrentarse al Séptimo. En ese caso...

Los tres cruzaron una mirada.

–Celestia –dijo Qaydar.

Jack se levantó de un salto.

–¡Celestia! Hemos de avisarles. Tenemos que... –se interrumpió de pronto–. Zaisei está allí –dijo, recordando que hacía apenas un par de días había enviado un mensaje a Rhyrr, confirmando a las sacerdotisas que Victoria había despertado–. Y también la Venerable Gaedalu –añadió, esperando que eso hiciera reaccionar a Qaydar.

Funcionó. El Archimago se incorporó.

–Hay un globo de comunicación en Rhyrr –dijo–. Si el mago que se encargaba de su mantenimiento no ha descuidado su trabajo, podremos ponernos en contacto con ellos antes del segundo amanecer.

El poder estaba ahí, en su interior. Assher solo tenía que sentirlo, palpitando en algún rincón de su ser, y concentrarse para sacarlo fuera.

Eso era fácil, en apariencia. Pero a la hora de la verdad, resultaba difícil controlarlo. A menudo utilizaba más energía de la que necesitaba, y terminaba agotado. Otras veces, en cambio, se reprimía tanto que la magia que salía de él era endeble.

El hecho de que Isskez no tuviera demasiada paciencia no facilitaba las cosas.

Aquella tarde era una de esas tardes. Assher se hallaba en la cabaña de Isskez, su maestro, realizando los ejercicios que él le proponía. Ahora se trataba de congelar el agua contenida en una vasija.

Assher lo había intentado ya dos veces, pero en la primera ocasión apenas sí había logrado enfriarla un poco, y después había utilizado tanta magia que incluso había congelado el suelo a su alrededor. A él le había parecido un gran progreso, pero a su maestro no le había gustado.

–Bien, has congelado el agua y todo lo demás... ¿y ahora, qué? Ahora serás incapaz de realizar cualquier otro hechizo, por lo que no te habría servido para nada... Ahora mismo estarías muerto, muchacho.

Descongeló el agua del cuenco y volvió a colocarlo en su lugar.

–Ahora tendrás que repetir el ejercicio, a pesar de que...

No terminó la frase. Una sombra sutil se había detenido a la entrada de la cabaña, y una suave fragancia floral inundó el interior.

Isskez se echó de bruces ante ella. Assher se quedó sin aliento, como cada vez que la veía.

–Fuera de aquí –dijo Gerde sin alzar la voz–. Déjame a solas con el chico.

El szish obedeció. Assher permaneció quieto, temblando, mientras Gerde entraba en la cabaña y se sentaba en el suelo, frente a él. Le sonrió.

–Parece que no progresas mucho –le dijo.

Assher apenas se dio cuenta de que el hada estaba hablando en el idioma de los szish, en lugar de utilizar el idhunaico común. Empleó su lengua materna casi sin darse cuenta.

–No... Os suplico vuestro perdón, mi señora. Soy muy torpe en el uso de la magia, pero prometo...

–No es necesario que te disculpes –sonrió ella–. No es culpa tuya. Los hechiceros szish no dominan el idhunaico arcano ni poseen un dialecto propio adecuado para la magia. Por eso les cuesta mucho más controlarla.

Assher bajó la cabeza, sin saber qué decir. Se había sonrojado, y el corazón le palpitaba con tanta fuerza que apenas lograba oír las palabras del hada.

Gerde tomó la mano del szish y la alzó ante ella. Assher dio un respingo y empezó a temblar.

–¿Qué? –preguntó ella con suavidad.

–Estáis cálida –dijo él, y se arrepintió enseguida de haber dicho algo tan estúpido.

–Soy un hada –respondió Gerde dulcemente–. Una sangrecaliente, como decís vosotros. ¿Por qué no habría de ser cálida?

–No quería decir eso. Es solo que... no pensé que el contacto con una piel cálida pudiera ser tan agradable.

Aquello era todavía peor que lo anterior. Assher se maldijo a sí mismo por no haber controlado su maldita lengua bífida.

La sonrisa de Gerde se hizo más amplia.

–A veces odiamos lo que es diferente a nosotros –dijo en voz baja–. Pero muy a menudo se debe a que tenemos miedo de lo que no conocemos, de lo que es distinto. Y es porque, en el fondo... tememos que nos guste. Yo, por ejemplo, siempre creí que odiaba a las serpientes... hasta que las vi surcando los cielos de Idhún. La primera vez que vi un shek, sentí horror y rechazo y, sin embargo, era tan hermoso... Tampoco yo pensé que pudiera ser agradable. Pero sí, hay algo distinto en un corazón frío. Algo que puede atraer a una sangrecaliente como yo –añadió, y sonrió, perdida en recuerdos pasados.

–Un corazón frío... ¿como el mío? –se atrevió a preguntar Assher.

Gerde respondió con una carcajada cantarina; no era una risa burlona, sin embargo, sino alegre.

–Tal vez... ¿por qué no? Pero todavía eres muy joven. No sufras; en unos pocos años serás ya un szish adulto, mientras que yo seguiré teniendo este aspecto. Puede que entonces las cosas puedan ser distintas entre nosotros, pero de momento no he venido hasta aquí buscando eso de ti.

Assher enrojeció todavía más y bajó la cabeza, avergonzado. Pero Gerde le hizo alzar la mirada para clavar sus ojos en los del muchacho.

–Eres mi elegido, Assher –le dijo con dulzura–. Eso quiere decir que tengo grandes planes para ti, y que estaré cerca de ti durante mucho tiempo. ¿Eso te gustaría?

–Sí –respondió Assher con fervor–. Me gustaría muchísimo.

–Entonces, de ahora en adelante, yo seré tu maestra. Avanzaremos mucho más rápido si formulas tus hechizos en idhunaico arcano.

Assher torció el gesto.

–¿Tengo que aprender el idioma de los sangrecaliente?

Muchos szish lo aprendían para poder comunicarse con sus aliados sangrecaliente; tenían muchos entre los humanos, sin ir más lejos. Pero hablaban el idhunaico con un fuerte acento, remarcando mucho los sonidos sibilantes; y, por descontado, no les gustaba tener que hablar la lengua de sus enemigos.

—Yo soy una hechicera sangrecaliente —replicó Gerde—. Pero también conozco el idioma y las artes mágicas de los sangrefría. Y te aseguro que están muy lejos de alcanzar nuestro nivel.

Mientras hablaba, acarició el suelo con la yema del dedo. El hielo conjurado por Assher se derritió al instante, y en su lugar empezaron a crecer florecillas de color azul, de una belleza sencilla pero innegable. Gerde trazó un círculo de flores en torno al cuenco, y después rozó la superficie del agua con la punta de la uña. Todo el líquido se congeló al instante, pero el cuenco permaneció intacto.

—¿Lo ves? —dijo el hada—. Esto, que puede hacerlo cualquier aprendiz sangrecaliente, les cuesta años a los hechiceros szish. Y no porque sean más torpes o menos poderosos. Es que no utilizan el lenguaje adecuado. Jamás subestimes el poder de las palabras, Assher.

—Pero... —balbuceó él—, si no habéis pronunciado ninguna fórmula mágica...

—Pero la he pensado. A simple vista, las palabras pueden parecer más poderosas si las verbalizas, pero todo tiene relación. El pensamiento está relacionado con el lenguaje: cuanto mejor dominamos una lengua, más claros y complejos son también nuestros pensamientos. Yo puedo ejecutar mis hechizos mentalmente, porque cuando era una aprendiza pasé horas pronunciándolos en voz alta. Porque con esas palabras di forma a mis pensamientos. Los hechiceros szish intentan saltarse la parte de las palabras, y con ello no aprenden más deprisa, sino al contrario.

—¿Y los sheks? —preguntó Assher, fascinado—. ¿Por qué sus pensamientos sí tienen más poder que nuestra palabra hablada?

—Porque ellos son maestros en ese arte, mi joven serpiente. Su mente es tan vasta y tan compleja que no necesitan de las palabras para comunicarse. Y sus pensamientos, sus ideas, no se forjan con lo que oyen o con lo que hablan, sino a través del contacto con los pensamientos de otros sheks. Ellos tienen la red telepática. Nosotros, en cambio, solo tenemos el lenguaje.

—Entiendo —asintió Assher.

—Y hablando de sheks... —dijo Gerde de pronto, con una nota divertida en su voz.

No había terminado de hablar cuando alguien entró en la cabaña. Assher le disparó una mirada llena de antipatía. Lo reconocía: era el hechicero humano que estaba siempre con Gerde.

—Mi señora —dijo el mago.

—Ahora mismo voy —suspiró ella.

Se puso en pie de un ágil salto y salió de la cabaña, tras él.

Assher se quedó un momento quieto, pero enseguida se levantó también y se asomó para ver qué pasaba.

Había llegado un shek al campamento szish. Se había posado justo en el centro, en la plaza, y había enrollado su cuerpo y replegado las alas para sentirse más o menos cómodo en aquel espacio tan estrecho. Observaba a Gerde con los ojos entornados, pero ella se había plantado ante él y sostenía su mirada con serenidad. Assher se preguntó cómo podía una mujer sangrecaliente soportar la mirada de un shek sin echarse a temblar de terror, y la admiró todavía más. Sintió curiosidad por saber de qué estarían hablando, pero la voz mental del shek no llegó hasta él. El mensaje era solo para Gerde.

«Me envía Eissesh, el señor de los sheks», dijo la serpiente. «Quiere transmitirte un mensaje».

Gerde enarcó una ceja, pero no dijo nada. El shek había captado sus pensamientos acerca del título que se otorgaba Eissesh, y siseó, molesto por la osadía del hada, pero no hizo ningún comentario al respecto.

«A las tierras del norte han llegado noticias de que estás consagrando nuevos magos entre los szish», prosiguió el shek. «Eissesh supone que has conseguido el cuerno del último unicornio».

«Así es», pensó Gerde.

«Exige que acudas inmediatamente a su presencia y que le entregues el cuerno. Un objeto tan poderoso no debe estar en manos de una feérica...».

«¿*Exige*?», repitió Gerde, con peligrosa tranquilidad. «¿A *mí*?».

El shek iba a replicar, pero, por alguna razón, no fue capaz. Los pensamientos de Gerde estaban impregnados de algo frío y oscuro, tan frío y oscuro que rivalizó con la propia esencia de la serpiente y, finalmente, le hizo inclinar la cabeza, temblando.

—Le dirás esto a Eissesh —dijo Gerde en voz baja—: le dirás que él no es el rey de los sheks. Que la soberana de los sheks es Ziessel y que, acerca del cuerno y de cómo utilizarlo, solo hablaré con ella, si es que en algún momento decido hablar con alguien. ¿Me has entendido?

El shek entrecerró los ojos. La mirada de Gerde lo intimidaba, y su gesto, serio y sereno a la vez, le inspiraba un horror profundo e irracional.

«Graba bien en tu memoria esta conversación», pensó Gerde. «Todos sus detalles. Mi tono de voz, mi mirada, mis palabras... todo. Y transmíteselo a Eissesh... íntegramente. Si es listo, sabrá que no debe volver a pedirme explicaciones por nada de lo que haga».

La serpiente bajó la cabeza.

«Pero Ziessel...», empezó. No fue capaz de seguir.

«Ziessel no está», dijo ella. «Espero poder confirmar pronto cuál es su situación y, si resulta que ha muerto, entonces podremos empezar a pensar en su sucesor. Pero no ahora».

El shek temblaba. Gerde sabía que su mente estaba tratando de encontrar una explicación racional a lo que estaba sucediendo, al hecho de que una maga sangrecaliente lo intimidara de aquella manera. Sonrió.

«No te preocupes», le dijo. «Eissesh tendrá noticias mías muy pronto».

Kimara contemplaba el cielo con fastidio y un poco de desesperación. El viento sacudía las ramas de los árboles y arrastraba las nubes sobre las cúpulas de la Ciudad Celeste a una velocidad de vértigo, llenando sus oídos con un molesto silbido. Y no parecía que aquello fuera a mejorar.

Kimara no tenía miedo. En Kash-Tar se había enfrentado a tormentas de arena mucho más violentas que aquel furioso viento que azotaba Rhyrr. El único problema era que, mientras el viento no se calmase, la flota de dragones artificiales tendría que permanecer parada.

Habían llegado a Rhyrr la víspera; debían haber partido aquella misma mañana, con el primer amanecer, pero el fuerte viento había impedido que los dragones despegasen. De modo que allí estaban, esperando.

La joven había estado por primera vez en Rhyrr hacía casi un año, cuando había viajado de Kash-Tar a Nurgon para entrevistarse con

Alexander, a petición de Jack. Sin embargo, no había tenido tiempo entonces para visitar la ciudad, por lo que aprovechó aquella mañana para dar una vuelta; pero se aburrió enseguida. Los edificios eran casi todos iguales, blancos y azulados, con cúpulas y suaves formas redondeadas. Lo que más le había llamado la atención habían sido las altísimas torres a las que solían subir los celestes para contemplar el firmamento, o lo que quiera que hicieran allí arriba, pero no le habían permitido subir. El viento soplaba con demasiada fuerza, y era peligroso.

Ahora estaba allí, sentada junto a la ventana, esperando. El alcalde les había proporcionado alojamiento a todos los pilotos, y hasta había hallado un lugar donde guardar todos los dragones, bajo la enorme cúpula de un antiguo templo a las afueras de la ciudad. Kimara sabía que sus compañeros habían salido a recorrer la ciudad, pero todavía no los conocía lo bastante como para unirse a ellos. Por el momento, prefería estar sola, aunque ello resultase sumamente aburrido.

En aquel momento, alguien llamó a la puerta, con la suavidad y delicadeza propias de los celestes.

—¡Adelante! —respondió Kimara, incorporándose un poco.

La puerta se abrió, y un joven celeste se asomó con timidez.

—¿Eres Kimara, la hechicera?

Ella lo miró sorprendida. Estaba acostumbrada a que la llamaran «Kimara, la semiyan» o «Kimara, de los Nuevos Dragones».

—Supongo que sí —dijo con cautela—. Aunque en realidad soy solo una aprendiza y...

—Pero posees el don de la magia, ¿verdad? —Kimara asintió—. Entonces no hay tiempo que perder. Me envía el alcalde. Necesitamos tu ayuda.

El globo de comunicación era una gran esfera apoyada sobre un pedestal finamente labrado. Parecía una perla gigantesca, de suaves tonos grises y cambiantes. De vez en cuando, emitía una leve luz rojiza, pulsante, como una llamada silenciosa.

—Se ha activado esta mañana —dijo Ba-Min, el alcalde de Rhyrr, un celeste algo más alto que la mayoría de los de su raza, y algo más viejo de lo que aparentaba—. Hay alguien que intenta ponerse en contacto con nosotros, pero no podemos responderle; solo un mago puede usar el globo, y no nos queda ninguno en la ciudad.

Kimara lo contempló, indecisa.

–He de aclarar, antes que nada, que no sé cómo se utiliza esto –confesó–. Hace muy poco que soy maga.

–Lo sé. Hemos oído hablar de ti. Dicen que eres la primera maga consagrada por Lunnaris, el último unicornio.

Kimara inclinó la cabeza. Lo cierto era que no le gustaba hablar del tema. No era que no apreciara lo que Victoria había hecho por ella, pero a menudo tenía la impresión de que, sin quererlo, había cargado sobre sus hombros una responsabilidad que ella no había pedido.

–Pero eso no me hace especial. Será mejor que enviéis a alguien a avisar a Vankian, el otro hechicero de mi grupo. Sin duda, él sabrá qué hacer con esto.

–Ya lo hemos hecho, pero no lo encontramos. Entretanto, y por si no aparece, agradecería que lo intentaras, si es posible.

Kimara suspiró y acercó la palma de la mano al globo de comunicación. Los destellos rojizos se hicieron más intensos.

–Za-Kin solía posar las manos sobre el globo –recordó el alcalde–. Después cerraba los ojos y se concentraba... Tal vez pronunciara algunas palabras mágicas, no lo sé.

–¿Y dónde está Za-Kin ahora? –preguntó Kimara.

Ba-Min movió la cabeza, pesaroso.

–Partió de Rhyrr hace un par de años y no ha regresado aún. Ni siquiera sabemos si vive todavía.

Kimara suspiró de nuevo.

–De acuerdo, lo intentaré.

Colocó las palmas de las manos sobre el globo de comunicación, como el alcalde le había indicado. Después, cerró los ojos y trató de concentrarse.

Fue mucho más fácil de lo que había imaginado. En su mente se materializó de pronto la imagen de una especie de ventana. Kimara supuso que tendría que abrirla, por lo que pronunció la palabra «Ábrete» en idioma arcano... y la ventana de su mente se abrió de pronto, inundándola de una luz cegadora. Kimara ahogó un grito y retrocedió, apartando las manos del globo. Para cuando abrió los ojos, la luz rojiza del artefacto se había vuelto estable por completo, y en el centro del globo aparecía, nítidamente, la imagen de Qaydar, el Archimago.

—¡Maestro! —exclamó Kimara, sorprendida.

—¿Kimara? —dijo Qaydar al reconocerla—. ¿Qué haces en Rhyrr?

—Vamos de camino a Kash-Tar. ¿Qué sucede? ¿Qué es tan importante?

El rostro de Qaydar se ensombreció.

—Tenéis que evacuar la ciudad, refugiaros en las montañas. Algo ha pasado por Kazlunn, algo sumamente destructivo, y se dirige ahora hacia Celestia.

—¿Algo? —intervino Ba-Min, serio—. ¿A qué os referís, Archimago?

—Ba-Min —saludó Qaydar—. Hacía mucho tiempo que no hablábamos, y siento ser portador de tan malas noticias. No podemos confirmar su naturaleza con certeza, pero sí podemos decir que, sea lo que sea, genera algo a su alrededor, un huracán, un tifón, como queráis llamarlo. Ha llegado desde el mar y ha tocado tierra por Kazlunn. Por poco arranca la torre de cuajo. Debéis poneros todos a salvo, y proteger a la Venerable Gaedalu...

—La Venerable Gaedalu ya no se halla en la ciudad. Ella y sus sacerdotisas partieron de aquí hace unos días, en dirección a Gantadd.

—Pues enviad a alguien a avisarles, porque las alcanzará de todas formas.

—Tal vez a la altura de Haai-Sil. Oh, no, los nidos de los pájaros —recordó—. ¿Creéis que los haai podrían resistir ese... huracán que decís que se acerca?

Qaydar negó con la cabeza.

—Ni los nidos de los pájaros ni la mayoría de las casas, alcalde. Hacedme caso: no os quedéis a ver qué ocurre.

—¡Los dragones! —exclamó Kimara—. No hemos podido despegar hoy a causa del viento.

—¡Esa es la primera señal! —exclamó de pronto una voz al otro lado del globo, y Kimara vio ante sí el rostro apremiante de Jack—. ¡Eso quiere decir que teníamos razón, y se dirige a Celestia!

—¡Jack! —dijo ella, encantada de verlo otra vez—. ¿Pero *qué* es exactamente?

La expresión de él se volvió extraordinariamente seria.

—¿Recuerdas lo que te dije cuando te fuiste? ¿Que si veías algo extraño e inexplicable, contra lo que no sabías cómo luchar, echaras a correr? Bien, pues a esto me refería. Ha llegado la hora de dar media vuelta y correr, Kimara. Lo más rápido que puedas.

Antes de que el primero de los soles empezara a hundirse por el horizonte, Kimara ya había localizado a casi toda su gente, y estaban listos para partir. Entretanto, la fuerza del viento se había intensificado; ya había derribado algunos árboles y arrancado tejas en distintas zonas de la ciudad. Para entonces, todos sabían que debían abandonar sus casas antes de la mañana siguiente, y los celestes, llenos de temor e incertidumbre, empaquetaban las cosas que consideraban imprescindibles, mientras se preparaban para huir hacia las montañas, donde las cuevas y las quebradas los protegerían de la furia del huracán. También se habían enviado mensajeros a Kelesban, la ciudad del bosque, el primer lugar de Celestia donde se notarían los efectos del paso de Yohavir, y el más vulnerable también, puesto que pocos árboles resistirían la violencia del tornado.

—Es una locura volar en estas condiciones —había protestado una de las pilotos, moviendo la cabeza con desaprobación, cuando Kimara les expuso el plan.

—Pero no tenemos otra alternativa, porque luego se volverá peor —se impacientó la semiyan—. La cúpula del refugio no resistirá el viento, y los dragones quedarán a la intemperie. El huracán los convertirá en astillas.

—¿Tan grave es?

Kimara no fue capaz de responder de inmediato.

Después de recibir el aviso de Qaydar y Jack, había subido a una de las torres de observación con el alcalde, y juntos habían vuelto la mirada hacia el noroeste.

Y lo habían visto.

Después de aquello, ninguno de los dos tuvo la menor duda de que debían marcharse de allí cuanto antes.

—Es mucho, mucho peor de lo que imaginas —murmuró la semiyan, sombría.

Nadie más tuvo nada que decir. Llenos de oscuros pensamientos, los pilotos se encaminaron hacia el antiguo templo donde guardaban sus dragones. Llegar hasta ellos fue toda una hazaña, puesto que el viento era cada vez más intenso y apenas les permitía avanzar. Cuando alcanzaron el templo, muchos exhalaron un suspiro de alivio; pero los siniestros crujidos de la estructura del edificio, que sufría ante cada embate del viento, volvieron a llenarlos de inquietud.

—¡A los dragones! —exclamó Kimara—. Vámonos antes de que la ciudad entera salga volando.

Se dispuso a correr hacia Ayakestra, pero alguien la detuvo, cogiéndola por el brazo. Al darse la vuelta, vio que se trataba de Vankian, el otro hechicero del grupo, que la miraba con seriedad.

—Rando no aparece —dijo solamente.

Kimara resopló, molesta.

—Pues tendremos que irnos sin él. ¿Sabes pilotar un dragón?

—No, no sé. Así que, si quieres que nos marchemos sin Rando, tendrás que dejar también atrás a Ogadrak.

Kimara dejó escapar una maldición por lo bajo. Sabía lo valioso que era cada dragón; sabía que debía luchar por cada uno de ellos. Pero, por otro lado, si esperaban a Rando, corrían el riesgo de perder la flota entera.

—Voy a buscarlo. Volveré antes de que el tercer sol se ponga del todo, con o sin él. Esperadme hasta entonces.

Se echó de nuevo a las calles, barridas por un vendaval contra el que cada vez era más difícil luchar. La Ciudad Celeste estaba ya desierta, por lo que a duras penas encontró a alguien a quien preguntar. Por fortuna, Rando llamaba mucho la atención. Era un hombre imponente, alto y recio, con una barba adornada con trenzas, al estilo shur-ikaili, puesto que algo de sangre bárbara corría por sus venas, como demostraban las vetas pardas que coloreaban su piel morena, de un tono demasiado suave, no obstante, como para ser apreciadas desde lejos. Sin embargo, lo que más llamaba la atención de él eran sus ojos, uno castaño y otro verde. Ni siquiera los ganti, mestizos de varias razas, tenían un ojo de cada color. Nadie sabía por qué los ojos de Rando presentaban dos tonalidades distintas y, aunque ello le confería un aire inquietante y misterioso, lo cierto era que su actitud desbarataba completamente aquel efecto: Rando era un hombre directo, franco, vocinglero y algo canalla.

No; definitivamente, nadie que lo hubiera visto habría podido olvidarlo, se dijo Kimara, exasperada.

Por fin lo encontró en una taberna, exigiendo al cantinero que le sirviese más bebida. El celeste pareció muy aliviado cuando vio entrar a Kimara por la puerta.

—¡Por fin! —exclamó—. ¿Vienes a llevártelo? Estoy intentando cerrar, pero tu amigo no quiere marcharse. Están evacuando la ciudad...

—¡Por un poco de aire fresco! —replicó Rando, obviamente borracho—. ¿Es que los celestes tenéis miedo de que se os lleve el viento, tan flacos y ligeros sois?

—Vale ya, Rando —lo cortó Kimara, abochornada, mientras tiraba de él para levantarlo—. Nosotros también nos vamos —como el piloto parecía poco dispuesto a marcharse, la joven añadió—: Y nos llevamos a Ogadrak. Vankian dice que está dispuesto a pilotarlo, con tal de salir de aquí —mintió.

—¿Qué? —rugió Rando, incorporándose de un salto—. ¡Ni hablar! ¡Nadie va a ponerle las zarpas encima a mi dragón!

«Ese es el espíritu de los Nuevos Dragones», pensó Kimara, alicaída. Mientras tiraba de él para sacarlo fuera de la taberna, se preguntó, inquieta, cómo pensaba Rando pilotar a su dragón en aquel estado.

Pronto pudo dejar de preocuparse, porque la primera ráfaga de viento golpeó la cara de Rando con tanta violencia que lo despejó del todo.

—¡Eh! —gritó—. ¿Qué pasa aquí?

—¡Que nos estamos jugando el cuello por tu culpa, cretino! —estalló Kimara.

Rando la miró con algo de guasa, sin sentirse ofendido en absoluto, y echó a andar calle abajo.

No tardaron tanto en regresar como Kimara había creído, porque Rando avanzaba ante ella y le hacía de pantalla contra el viento. Alcanzaron el refugio cuando ya todos los pilotos estaban poniendo en marcha sus dragones.

—¡Deprisa, deprisa! —los apremió Vankian—. ¡Tenemos que salir de aquí!

Antes de subir a su dragón, Kimara dirigió una mirada severa a Rando.

—Si salimos con vida, tú y yo vamos a hablar de esto... muy en serio.

Rando le dedicó una reverencia burlona.

—Cuando quieras, preciosa.

Momentos después, los veinte dragones, uno tras otro, salían del templo y emprendían el vuelo, desafiando al huracán, rumbo al sur.

Para Kimara, fue la noche más larga de su vida.

El viento era tan fuerte que los arrastraba hacia atrás, como frágiles hojas secas, y pronto los dragones se encontraron aleteando furiosamente contra la tempestad. Kimara empujó las palancas con desesperación, pero un golpe de viento la mandó hacia atrás. Ayakestra dio un par de vueltas de campana antes de que la semiyan pudiera recuperar el control. Otro dragón pasó volando junto a ella, arrastrado por el viento. Kimara lo vio dar vueltas sin control en una espiral que lo llevaba directamente a estrellarse contra el suelo. Lanzó una exclamación ahogada, pero trató de concentrarse.

Otra ráfaga de viento hizo crujir a Ayakestra. Kimara hizo batir las alas para elevarse un poco más. Tras una breve lucha, la dragona salió de la corriente de aire. La joven respiró, aliviada, pero no bajó la guardia. Algo se estrelló contra el pecho del dragón, y a Kimara se le escapó un grito de alarma; abrió los ojos al máximo, aterrada, cuando el viento arrastró el objeto junto a una de las ventanas laterales.

Era un trozo de ala de dragón.

Kimara se inclinó hacia adelante y miró a través de la ventanilla delantera, preocupada.

Ante ella volaba uno de los dragones más grandes, un precioso dragón blanco a quien su dueño había llamado Datagar, en honor a uno de los grandes dragones míticos, que había ostentado ese nombre. A su ala derecha, no obstante, le faltaba un trozo; el mismo trozo que le había sido arrebatado por el viento, y donde ahora, perdida la ilusión mágica, se veía un pedazo de armatoste de madera al que le faltaba la lona que lo había recubierto. Horrorizada, Kimara fue testigo impotente de la lenta destrucción de Datagar. El viento le fue arrancando distintos pedazos, primero las alas, luego la cabeza... Cuando una ráfaga de viento más fuerte arrebató las piezas del lomo, dejando al descubierto el cuerpo del piloto, Kimara supo que no sobreviviría. Con los ojos arrasados en lágrimas, vio cómo perdía el control y se precipitaba al vacío, junto con los restos de Datagar.

En cuanto cayó el dragón blanco, un brutal golpe de viento atacó a Kimara y la obligó a aferrarse a los mandos con todas sus fuerzas. Hubo una especie de sonido de succión; después, otro golpe, algo que se rasgaba... Kimara se atrevió a mirar por la escotilla lateral y comprobó, sin aliento, que acababa de perder media ala.

«No es posible», se dijo. «No puedo morir así».

Con un grito, tiró de las palancas e hizo que Ayakestra batiera las alas con fuerza. El viento la empujó y la zarandeó, pero ella no se rindió. Siguió luchando, aferrando los mandos hasta que le dolieron los nudillos, sin importarle que la dragona volara escorada por la falta de media ala. Cuando, por fin, el viento la escupió hacia delante y la lanzó lejos del vendaval, haciéndole dar varias vueltas sobre sí misma, Kimara se sujetó con fuerza al asiento y rezó a los Seis para que aquello hubiese terminado.

Momentos después, nueve dragones escapaban, maltrechos, en dirección a Awinor, dejando atrás el rugiente vendaval.

El resto no salió de Celestia nunca más.

VII

LA MUJER DE TOKIO

JACK está a salvo –susurró Victoria–. Está bien.

Alzó la mano, en un gesto inconsciente, para acariciar el rostro de Jack, que el Alma le mostraba. Pero se detuvo a medio camino, y dejó caer el brazo, con un suspiro.

–No deberías volver a hacerlo –opinó Christian.

Victoria supo por qué lo decía.

No había soportado la idea de dejar a Jack solo ante el tifón provocado por Yohavir. Para tranquilizarla, Christian había sugerido que pidiesen al Alma que les mostrara lo que sucedía en Idhún.

Victoria no había tenido tiempo de asimilar que se encontraban otra vez en Limbhad, ni todo lo que ello significaba. Había corrido hacia la biblioteca y había saludado de nuevo al Alma. Sin embargo, la conciencia de Limbhad no parecía haberla echado de menos. Para ella, el tiempo no tenía el mismo significado que para los seres materiales.

Le había mostrado lo que quería ver. Y Victoria había asistido, con el corazón encogido, a la titánica lucha de los habitantes de la Torre de Kazlunn contra el temporal provocado por la presencia de Yohavir. Había visto cómo Jack se enfrentaba al dios cara a cara, y cómo caía al mar turbulento. Lo había visto hundirse, sin esperanza de salvación...

Eso había sido lo peor: creer que estaba muerto, o que pronto lo estaría. Victoria había gritado angustiada, había suplicado a Christian que le permitiese regresar... sin pararse a razonar ni tener en cuenta que, aunque volviesen a Idhún, no podrían hacer nada por rescatar a Jack.

La intervención de Dablu le había parecido un pequeño milagro.

Ahora seguía allí, sentada ante la gran mesa de la biblioteca de Limbhad, todavía sin poder creérselo, sin atreverse a apartar la mi-

189

rada del rostro del joven que, en algún lugar de la Torre de Kazlunn, descansaba de las emociones pasadas.

–Seguirá arriesgándose, lo sabes –prosiguió Christian–. Si sigues pendiente de él, vas a sufrir mucho más.

–Lo sé –asintió Victoria, desviando la mirada; lentamente, la imagen se disolvió–. Pero no es por eso por lo que no voy a seguir observando. No quiero espiarlo. Sobre todo si él no sabe que lo hago. No me parece correcto.

–Y, sin embargo, te has quedado más tranquila, ahora que sabes que está bien, por el momento. ¿No es así?

Victoria sonrió y se levantó, con cierto esfuerzo.

–Es inevitable. Pero, como bien dijiste, yo ya había tomado mi decisión –alzó la cabeza para mirarlo a los ojos–. También temía por ti.

Christian ladeó la cabeza y se quedó mirándola, con una media sonrisa.

–Ya me había dado cuenta.

La joven esperó que él le diera más detalles, que le hablara de ese peligro que ella intuía, y que él parecía tener tan presente. Pero no lo hizo. Aún sonriendo, Christian dio media vuelta y salió de la biblioteca.

Victoria dedicó los momentos siguientes a recorrer las estancias silenciosas de Limbhad, a hacerse a la idea de que estaba de vuelta. Entró en lo que había sido su habitación, y sonrió con nostalgia. Pensó, no obstante, que no la recordaba tan pequeña.

Entró después en la habitación de Jack, y no pudo reprimir las lágrimas. Estaba fría, oscura y vacía, pero era el lugar donde Jack había vivido durante un tiempo, antes de viajar a Idhún. Se sentó sobre la cama, recordando que era allí mismo donde ella y Jack se habían besado por primera vez. Se recostó, tratando tal vez de encontrar en la almohada restos de la calidez de Jack, de su olor. Después de todo lo que habían pasado juntos, especialmente los últimos días, las últimas noches, la idea de estar lejos de él le parecía aterradora. Con un suspiro, se levantó por fin y siguió recorriendo la casa.

Pero todo le recordaba a Jack.

La cocina, donde se habían visto por primera vez.

La sala de armas, donde Jack había aprendido a manejar la espada y había pasado innumerables tardes entrenando con Alexander.

La biblioteca, donde habían resuelto tantos misterios.

Salió a la terraza, aspirando el suave aire nocturno de Limbhad. Se alegraba de estar en casa de nuevo, pero aquel lugar no era el mismo: tan solo, tan vacío.

—Ha pasado mucho tiempo desde que nos fuimos –dijo la voz de Christian tras ella, sobresaltándola.

—¿Cuánto tiempo? –susurró Victoria–. Me ha parecido una eternidad.

—No tanto –sonrió el shek–. Yo calculo que entre un año y medio y dos años terrestres, aunque no estoy seguro. De todas formas, no tardaremos en averiguarlo.

—No sé si realmente quiero regresar a mi casa, ahora que mi abuela no está.

Christian se encogió de hombros.

—Quédate aquí, entonces –le sugirió–. No tardarás mucho en hacer esto habitable de nuevo.

—¿Y tú? ¿No te vas a quedar?

Christian negó con la cabeza.

—Tengo algunas cosas que hacer.

Victoria lo miró largamente.

—Entonces es cierto. Suponía que no estabas huyendo sin más. No has abandonado Idhún simplemente para escapar de los dioses.

—Es uno de los motivos, pero no el único. También quería ponerte a salvo a ti. En realidad, esa ha sido mi prioridad en todo momento.

—Pero hay algo más.

—Algo que no tiene que ver contigo, Victoria. Y cuanto menos sepas de ello, mejor.

Victoria no hizo más preguntas.

Christian abandonó Limbhad un rato después. Victoria, en cambio, no tenía valor para volver a casa de su abuela, así que optó por quedarse allí, al menos de momento.

La casa seguiría estando fría y a oscuras mientras la magia de Limbhad no se renovara. Pero Victoria permaneció un rato en su habitación, en penumbra, contemplando el Báculo de Ayshel, que seguía en su funda. Aún no se había atrevido a sacarlo.

Era cierto que había logrado transformarse de nuevo en unicornio. Lo que no había contado a nadie, no obstante, era que aquellas transformaciones la agotaban, y que ya no podía efectuarlas con tanta naturalidad. Se preguntó cuánto tardaría su cuerno en crecer del todo. Tal vez Jack estuviera en lo cierto, y ya pudiera utilizar el báculo como antes. O tal vez no.

Por fin, se levantó y salió decidida de la habitación, dejando el báculo donde estaba. Subió a la biblioteca y le pidió al Alma que la llevara a su casa, la casa de su abuela.

Inmediatamente apareció en la mansión de Allegra. Victoria la recorrió entera, habitación por habitación. Allegra había dejado puertas y ventanas concienzudamente cerradas, pero, por lo demás, todo estaba exactamente igual que cuando se marcharon, debajo de la capa de polvo y del silencio que reinaba en los pasillos.

Entonces, algo cálido y suave se restregó contra sus piernas, haciéndole dar un respingo. Al mirar hacia abajo, Victoria vio una gata de color crema que ronroneaba, feliz de volver a verla.

–¡Eres tú! –murmuró la muchacha–. Dama –añadió, al recordar de pronto su nombre.

Se inclinó para acariciarla. El animal estaba lustroso y bien cuidado, y Victoria lo cogió en brazos, todavía confusa.

–Me había olvidado de ti –le confesó–. Te escapaste de casa hace tanto tiempo... ¿Dónde has estado? ¿Y qué haces aquí? ¿Quién te cuida?

Todavía con la gata en brazos, Victoria recorrió el resto de la casa, soñando por un momento que todo podía ser como antes, como siempre, que podría llevar una vida normal. Pero cuando entró en su antiguo cuarto, aquella ilusión se desvaneció.

Allí estaban todas sus cosas: sus libros, sus cuadernos, sus discos, su ropa, incluyendo el uniforme del colegio, que seguía sobre la silla. Sus zapatillas de estar por casa, tan cómodas y calientes. Parecía mentira, pero había echado de menos algo tan simple como aquellas zapatillas.

Y todo era suyo, pero, de alguna manera, ya no lo era.

Victoria contempló su cuarto, sintiéndose extraña, preguntándose qué había sido de la niña que había vivido allí, adónde había ido, y cuánto quedaba de ella en su interior, si es que quedaba algo.

–¿Qué estoy haciendo aquí? –se preguntó de pronto, en voz alta.

Tenía la sensación de estar invadiendo la habitación de una desconocida. Se miró en el espejo, y no le sorprendió ver que era ella, pero no era igual.

Se oyó un silbido desde el jardín, y la Dama se revolvió entre sus brazos. Victoria la dejó en el suelo, con el corazón latiéndole con fuerza. La gata corrió elegantemente por el pasillo, y luego escaleras abajo.

Victoria la siguió en silencio, pegándose a la pared. La vio salir al jardín por la gatera de la puerta de atrás, y se acercó a la ventana procurando que no se la viera desde el exterior.

–¡Hola, hola! –saludó una voz masculina, una voz que Victoria conocía, pero que no terminaba de ubicar–. ¿Dónde estabas, preciosa?

Victoria espió desde detrás de las cortinas, y vio a un hombre en su jardín, haciéndole carantoñas a la gata, que ronroneaba mientras se enredaba en sus piernas. Le costó un poco reconocerlo, aunque casi se había criado con él.

Era Héctor, el jardinero.

Sonrió para sí misma, conmovida. En la casa de su abuela hacía mucho tiempo que ya no vivía nadie, pero el jardín seguía igual de bien cuidado que siempre. La joven supuso que su abuela había dejado instrucciones a Héctor y a Nati, la doncella, para que siguieran manteniendo la casa. «Por si volvíamos», pensó. «Aunque en el fondo, seguramente ella ya sabía que no íbamos a volver nunca más».

¿Cuánto tiempo habría pasado? Por la capa de polvo que cubría los muebles, estaba claro que Nati había dejado de acudir allí hacía tiempo. En cambio, Héctor seguía cuidando el jardín.

Desde su escondite, detrás de las cortinas, Victoria vio cómo el jardinero llenaba un cuenco de comida para Dama. Seguramente, el animal habría regresado a casa tiempo atrás. Estaría en unas condiciones lamentables, después de haber andado perdida tanto tiempo, pero Héctor debía de haberla recogido y cuidado desde entonces.

Pensó en aquella casa, tan vacía; en su habitación, la habitación de la adolescente que ya no era; y comprendió que no podía quedarse allí.

Que ya no pertenecía a aquel lugar.

Cerró los ojos y, en silencio, llamó al Alma para que la llevara de nuevo a Limbhad.

Recogió el báculo, que había quedado abandonado sobre la cama y lo sacó de la funda, sujetándolo firmemente con la mano derecha.

Hubo una breve sacudida, pero luego se estabilizó. El extremo del báculo relució un instante en la penumbra, con un destello cegador, y después mostró un brillo suave y uniforme, listo para ser utilizado.

Victoria lo dejó a un lado, temblando.

No necesitaba más pruebas. Ella era un unicornio, seguía siéndolo, siempre lo sería. Su vida en la Tierra no había sido más que una fachada, un disfraz, una mentira. No solo porque su abuela no hubiera resultado ser su abuela de verdad, cosa que ella siempre había sabido, sino porque ni siquiera era humana. Probablemente, la mansión de Allegra era ahora suya. Pero sentía que no podía ni debía regresar.

Y, dado que no podía volver a Idhún, al menos no mientras estuviese débil y fuera más una carga que una verdadera ayuda, solo había un sitio para ella, un refugio en la frontera entre dos mundos.

El báculo le permitió renovar la magia de Limbhad. Pronto volvieron a funcionar todas las luces, el agua corriente, la calidez que emanaba de sus muros. Pero bajo aquella luz artificial, la soledad y el abandono de Limbhad eran todavía más evidentes.

Victoria pasó un buen rato adecentando las habitaciones que sabía que iba a volver a usar, y reorganizando un poco las cosas que se había dejado allí antes de partir hacia Idhún. En la noche eterna de Limbhad, las horas se hacían todavía más largas, y el tiempo parecía detenerse. Cuando terminó, estaba cansada y hambrienta, pero no había nada en la despensa. Sin embargo, se le cerraban los ojos, por lo que se echó sobre la cama y, casi enseguida, se durmió.

Cuando despertó, muchas horas después, seguía siendo de noche, y Christian aún no había vuelto. Victoria suspiró, preocupada, y se llevó el anillo a los labios.

Volvió a la mansión de su abuela por última vez, para recoger algunas cosas. Encontró algunas latas en la cocina, y luego subió a su habitación y saqueó su armario en busca de ropa que aún le sirviera. Llenó una mochila con lo que encontró y con otras cosas que necesitaba. Después, regresó a Limbhad.

Christian reapareció horas más tarde. Victoria no sabía cuánto tiempo había estado fuera, pero no se lo preguntó.

El shek la halló en la biblioteca, leyendo uno de los antiguos volúmenes que se guardaban allí, y entendió enseguida qué estaba buscando.

–¿Algo nuevo? –le preguntó, sentándose junto a ella.

La joven negó con la cabeza.

–Limbhad fue un hogar de magos. No parece que les interesaran los dioses.

–Sin embargo, puede que sí encuentres ahí algo de información sobre el origen y la esencia de los unicornios –observó él–. Algo que te sirva a ti.

Ella sonrió.

–Hace tiempo que revisé los libros con esa intención. Cuando buscaba a Lunnaris, ¿te acuerdas?

–Pero ahora es distinto. Ahora entenderías las cosas de otro modo. Porque ahora sabes que Lunnaris eres tú.

Victoria no dijo nada. Christian dejó caer algo sobre la mesa, frente a ella.

–Ahí lo tienes –dijo–. Es de hoy.

Era un ejemplar del *New York Times*. Victoria titubeó antes de mirar la fecha, pero finalmente lo hizo.

–Tengo casi diecisiete años –dijo, perpleja–. Cuando me fui de aquí, acababa de cumplir los quince.

Christian no respondió. Victoria miró el periódico, pensativa.

–¿Has ido a Nueva York?

El shek asintió.

–Yo también he vuelto a casa –sonrió–. Y, como ha estado vacía desde que me marché, necesitaba un poco de tiempo para volver a hacerla habitable.

Ella alzó la cabeza, interesada.

–No sabía que tuvieses una casa. En Nueva York o en cualquier otra parte.

–Tengo un pequeño refugio, sí.

–¿Algo parecido a un castillo? –sonrió Victoria, recordando aquella fortaleza en Alemania.

–No, algo mucho más discreto –respondió Christian, devolviéndole la sonrisa–. Un castillo solo resulta útil si tienes un ejército que debas esconder en alguna parte. Pero hace ya tiempo que prefiero actuar solo.

–¿Y cómo te las arreglaste para tener ahí escondido a un ejército de hombres-serpiente sin que nadie se diera cuenta? –inquirió Victoria con curiosidad.

Christian le dirigió una larga mirada.

—¿De verdad quieres rememorar el pasado? —le preguntó con suavidad.

Victoria entendió por qué lo decía. El regreso a Limbhad, y a casa de su abuela, le estaba trayendo muchos recuerdos de la etapa en que luchaba junto a la Resistencia... y no todo eran recuerdos agradables, en especial los que se referían a Christian. Aquel castillo en Alemania, en concreto, había sido el escenario de momentos muy dramáticos en la vida de Victoria.

—No —coincidió—. No es agradable recordar el pasado. Es duro saber que los comienzos de nuestra historia juntos han estado teñidos de sangre y de dolor.

Christian se encogió de hombros.

—Tal y como estaban las cosas, no podía haber sido de otra manera.

—Lo sé. Pero te uniste a nuestra causa, aunque nunca fue la tuya —recordó—. Para no tener que seguir luchando contra mí. Para no tener que matarme.

—Entonces me pareció una buena razón —sonrió Christian.

—Has peleado por mí en un bando que no era el tuyo —alzó la cabeza para mirarlo a los ojos, muy seria—. Creo que yo tengo derecho a hacer lo mismo por ti, ¿no crees?

Christian entornó los ojos, sorprendido.

—No vas a apartarme de esto —prosiguió ella—. No, después de todo lo que has arriesgado por mí. Si tienes una misión que cumplir, yo voy a ayudarte, siempre y cuando sus consecuencias no dañen a mis seres queridos. Y, como me has dicho que no tiene nada que ver conmigo, doy por sentado que no es el caso. No me importa para quién trabajes; no me importa que sigas órdenes de Gerde, o del Séptimo, o que actúes por tu cuenta. Solo sé que, si no haces lo que has de hacer, van a hacerte daño. Y por eso no voy a permitirte que me mantengas al margen. He abandonado a Jack a su suerte para venir a velar por ti, así que lo menos que puedes hacer es decirme qué está pasando. Porque ya sabes que tengo derecho a decidir por mí misma, y aquella noche, hace casi cuatro años, cogí la mano que tú me tendías.

Christian sonrió y sacudió la cabeza, y Victoria sintió un cálido gozo por dentro. Por una vez, lo había dejado sin palabras.

–De acuerdo –dijo él por fin–. Intentaré explicártelo. Pero antes, observemos la Tierra... tal y como es ahora.

Victoria pidió al Alma que atendiera al deseo de Christian. La esfera apareció de nuevo sobre la mesa, y les mostró imágenes del mundo al que acababan de llegar. Victoria las contempló, sobrecogida. Las cosas no habían cambiado mucho en su ausencia. La Tierra seguía siendo enorme, llena de gente, llena de cosas, de humo, de ruido. Tal y como Christian la había descrito tiempo atrás, en la letra de una de sus canciones.

–Todo se mueve tan rápido –murmuró la muchacha, sobrecogida–. Es algo que nunca me ha gustado de este mundo.

–En cambio, a mí es lo que más me gusta de él –repuso Christian.

–Creo que me he acostumbrado al ritmo vital de Idhún, porque tengo la sensación de que las cosas suceden demasiado deprisa aquí. Ya lo había olvidado.

Christian asintió.

–Como ves, el mundo sigue igual. Tal vez algún país haya cambiado de régimen, puede que haya comenzado o finalizado alguna guerra, quizá haya muerto alguien importante. Pero, en conjunto, todo sigue como siempre. ¿Sabes lo que eso significa?

–¿Debería haber algo nuevo? –adivinó Victoria.

–Hay algo nuevo, distinto. Algo que puede modificar el rumbo de este planeta, darle un completo giro a la existencia de todas las especies que habitan en él. Pero, como todos los cambios importantes, es lento, y la mayoría de la gente no lo notará hasta que ya esté hecho –se volvió para mirar a Victoria–. Veo que Jack no te ha contado lo que vio en la noche del Triple Plenilunio.

–No estoy segura de saber a qué te refieres.

–Conoces las normas de la Puerta interdimensional. Hubo una época, dicen, en que nuestros dos mundos estaban mucho más comunicados de lo que lo están ahora. Hubo una época en que cualquiera podría atravesar la Puerta interdimensional. Pero esos días acabaron.

–Lo sé –asintió Victoria–. Nosotros, unicornios, sheks y dragones, no podemos atravesar la Puerta. Solo nuestros espíritus pueden hacerlo. Por eso, cuando a Yandrak y a Lunnaris los enviaron a través de ella, sus cuerpos se desintegraron, y sus espíritus buscaron cuerpos humanos para reencarnarse. Por eso te crearon a ti, un shek con parte humana, para que pudieses seguirnos hasta la Tierra.

–Sellaron la Puerta para que los sheks y los dragones no escapásemos de Idhún, para que no huyésemos de nuestro destino. Así, además, los unicornios no podrían llevarse la magia a otra parte... y, con ello, condenaron a la Tierra a convertirse en un mundo sin magia. Pero eso no les importaba porque, al fin y al cabo, la Tierra no era su mundo, y los unicornios no eran criaturas terrestres. Tampoco les importaba que la Puerta pudiera ser abierta por hechiceros sangrecaliente, ni que ellos tuvieran la posibilidad de atravesarla. Después de todo, ellos no eran importantes. En cambio, a nosotros nos prohibieron cruzar de un lado a otro; el castigo por incumplir esa norma era la reencarnación, pero tus magos no estaban al corriente de esto, y Yandrak y Lunnaris tampoco, porque eran demasiado pequeños. Pero ningún dragón, ningún unicornio, ningún shek... se habría reencarnado en un humano *voluntariamente*. Ellos lo sabían.

–¿Ellos? ¿Te refieres a los dioses?

–¿Quiénes, si no? Los dioses nos cerraron la Puerta interdimensional a las especies superiores.

–Entonces, solo los dioses podrían abrirla de nuevo.

–Cierto. Pero no lo harán, porque no les interesa. Solo uno de ellos deseaba hacerlo, comunicar ambos mundos... y, sin embargo, mientras estuviera encarnado en un cuerpo mortal, no podría.

–El Séptimo –adivinó Victoria.

–Lo que Jack vio la noche del Triple Plenilunio fue a un grupo de sheks atravesando la Puerta interdimensional. Los guiaba Ziessel, nuestra nueva soberana.

–¡Fueron a la Tierra! –comprendió Victoria–. Pero ¿cómo es posible?

Christian la miró, muy serio.

–Cuando matamos a Ashran –explicó– liberamos la esencia del Séptimo, y pasaron muchas cosas. Quizá no lo notaste porque habías perdido el conocimiento, pero la Torre de Drackwen se derrumbó, así, de pronto. Como hemos podido comprobar en el caso de Yohavir, pocas cosas pueden resistir el paso de un dios.

Victoria desvió la mirada, inquieta.

–Así es como pudo abrir la Puerta a los sheks –dijo.

–Sí. Y ahora mismo hay un grupo de sheks ocultos en algún lugar de la Tierra. No sabemos dónde están, ni cuántos son, ni quiénes son, puesto que también perdimos a muchos durante la batalla de Awa. Tampoco sabemos si Ziessel sobrevivió al viaje, puesto que fue la primera en cruzar, la que tuvo que «empujar», por así decirlo. Mi misión consiste en averiguar todo esto, puesto que soy el que mejor conoce este mundo, y puedo moverme por él con mayor discreción que cualquier shek.

Victoria llevaba un rato imaginándose a las elegantes y letales serpientes aladas sobrevolando los cielos terráqueos, y comprendió por qué Christian le había preguntado si había visto algo diferente en su mundo natal.

–Pero ¿cuánto tiempo llevan en la Tierra? ¿Cómo es posible que nadie los haya visto, que todo siga igual?

–Nadie los ha visto, eso puedo asegurártelo. Se habrán ocultado en un lugar seguro, donde nadie pueda encontrarlos. Pero no soportarán quedarse al margen en un mundo poblado por humanos; por unos humanos, además, especialmente destructivos, que están echándolo todo a perder, devastando su propio mundo como si fueran una plaga.

–¿Insinúas que intentarán hacerse con el control del planeta?

–Indudablemente. No obstante, como ya te he dicho, los grandes cambios son lentos. Desde que llegaron, los sheks están observando este mundo, estudiándolo, aprendiendo... y moviendo hilos. Cuando llegue la hora, dentro de unos años, o dentro de unas décadas, los sheks dominarán el mundo, y a nadie le parecerá tan extraño ni tan terrible. Además, por muy despiadadas que puedan parecer algunas de sus decisiones, acabarán por salvar el planeta de la destrucción humana.

–Pareces muy convencido de ello –murmuró Victoria, con un estremecimiento.

Christian movió la cabeza.

–No has visto tu mundo, Victoria. No lo has visto con los ojos de un idhunita, con los ojos de un shek. Los humanos están acabando con toda la belleza que existe en la Tierra, están matando el planeta poco a poco. Pero son demasiado insensibles y estúpidos como para darse cuenta y, si lo hacen, desde luego no les parece importante.

Victoria calló durante un momento, reflexionando. Luego dijo:

–Y tú, ¿vas a colaborar con todo esto? ¿Es eso lo que Gerde te ha pedido que hagas?

Christian se encogió de hombros.

–Lo único que he de hacer es localizar al grupo de Ziessel y ponerlo de nuevo en contacto con Idhún. Eso no me supone ningún problema. De todas formas, ya tenía planeado volver a la Tierra contigo, y tampoco tengo nada mejor que hacer.

–Pero te gusta tomar tus propias decisiones –señaló Victoria–. Y odias la idea de tener que obedecer a Gerde.

–Lo mío con Gerde ya es algo personal –repuso Christian–. He de obedecer a mi dios, igual que tú deberías obedecer a los tuyos, y eso no me crea ningún conflicto, salvo cuando lo que me ordena va en contra de mis propios intereses... o salvo que mi dios tenga la personalidad de Gerde.

Victoria sonrió.

–¿Y tú? –le preguntó Christian entonces–. ¿Todavía quieres ayudarme... o preferirías mantenerte al margen?

–Tú luchaste a mi lado –dijo Victoria–. Y eso supuso la muerte de tu padre, la derrota de los tuyos, el exterminio de cientos de sheks. Sé que finges que no te importa, pero sí te importa. Te sientes culpable por ello.

»Se dice que los unicornios somos neutrales, pero eso no es del todo cierto. Lo que pasa, simplemente, es que no tomamos partido por razas ni por bandos, sino por personas. Por eso me enamoré de ti aunque fueses un shek, por eso hay magos entre los szish. Y por eso voy a acompañarte.

El shek sonrió levemente.

Las calles de Tokio eran una orgía de luces y sonidos, una explosión de colorido, de contrastes, de sensaciones. Pero Christian avanzaba entre la multitud sereno y seguro de sí mismo, como si hubiese nacido allí. Victoria caminaba a su lado, intimidada, y procuraba no perderlo de vista.

–¿Qué hacemos aquí? –le preguntó, alzando la voz para hacerse oír por encima del ruido del tráfico.

–El mar del Japón tiene más de tres mil islas –respondió Christian–. He detectado un nudo de la red telepática de los sheks en algunas de ellas, las más frías, las que se agrupan en torno a Hokkaido.

Hay miles de sitios más seguros y más discretos en el mundo para esconderse, pero ellos están aquí, en Japón. Y lo más curioso de todo es que la red se extiende hasta Tokio.

–¡Pero estamos hablando de la ciudad más poblada del planeta! –exclamó Victoria–. ¿Cómo es posible que haya sheks aquí y que nadie los haya visto?

–Eso es lo que he de averiguar.

Victoria suspiró. Atravesaban el distrito de Shibuya, su inmenso centro comercial, y la calle estaba llena de jóvenes que acudían allí a pasar la tarde. La muchacha miró a Christian, inquieta, preguntándose cómo se las arreglaba para no llamar la atención en un lugar como aquel, cuando era tan evidente que no era japonés, y que ni mucho menos había ido a Shibuya a divertirse. Sin embargo, nadie se fijaba en él. El shek se deslizaba por las calles de Tokio como una sombra, como un fantasma.

–Dices que has detectado la red de los sheks –recordó Victoria–. Si es así, ¿por qué no te pones en contacto con ellos por telepatía?

Christian no respondió, y Victoria no lo consideró una buena señal. Lo detuvo y le obligó a mirarla a los ojos.

–Sé por qué –le dijo–. Para ellos eres un traidor, y no te recibirán con los brazos abiertos. No es verdad que no te suponga ningún problema cumplir las órdenes de Gerde, estás corriendo un gran riesgo... y ella lo sabía. Pero ahora estás aquí, en la Tierra, donde ella no puede alcanzarte. Así que, dime... ¿por qué lo haces?

Christian sonrió.

–Normalmente no hacemos las cosas por una sola razón –fue su única respuesta.

Acorralaron a un transeúnte en un callejón oscuro. Victoria contempló, preocupada, cómo Christian lo miraba a los ojos, largamente, buceando en sus conocimientos, en sus recuerdos. Cuando el hombre cayó al suelo, temblando de puro terror, Christian dio media vuelta y se alejó sin una palabra.

–Christian, ¿qué has hecho?

–Aprender su idioma –respondió el shek con indiferencia–. Solo a nivel superficial, claro. Pero creo que servirá.

Pasaron el resto del día dando vueltas, de un lado para otro, hasta que a Victoria le dolieron los pies. Tenía la sensación de que Christian buscaba algo en concreto, pero no sabía dónde buscarlo.

–¿Estás cansada? –preguntó él, cuando el sol ya se ponía sobre los tejados de Tokio.

Victoria se obligó a sí misma a apartar la mirada de un grupo de colegialas que caminaban frente a ella, hablando y riendo. No hacía mucho, ella también había llevado uniforme. Pero nunca había sido como ellas. En aquel momento, las envidió con toda su alma.

–Un poco –respondió–, pero puedo aguantar un rato más.

–Puede que necesitemos varios días para encontrar alguna señal. Varios días de dar vueltas sin rumbo por la ciudad, quiero decir. Sé que puede resultar frustrante y agotador, pero es la única manera.

Victoria alzó la mirada hacia él.

–¿De qué tipo de señal estás hablando? Si me dijeras qué estás buscando exactamente, tal vez podría ayudarte.

Christian negó con la cabeza.

–Has visto cómo actúa el instinto, ¿no? Has pasado mucho tiempo con Jack: habrás visto que él detecta un shek cuando lo tiene cerca. Bien, pues a nosotros nos pasa algo parecido cuando nos aproximamos a alguien de nuestra especie. Es lo que estoy tratando de encontrar. Sé que hay algo por aquí cerca, una pista importante, porque los sheks de Hokkaido se comunican con algo o alguien que hay aquí, en algún lugar del centro de Tokio. Esperaba que el instinto me ayudase a localizarlo fácilmente, pero me está fallando, y eso es muy extraño. Porque, si hubiese un shek por aquí, a estas alturas yo ya lo habría encontrado.

–¿Quieres decir que puede que estemos buscando otra cosa?

Christian sacudió la cabeza y clavó en ella la mirada de sus ojos azules, una mirada inusualmente franca para tratarse de él.

–Quiero decir, Victoria, que no sé qué diablos estamos buscando.

Los días siguientes transcurrieron de una forma semejante. Christian y Victoria pasaban el día recorriendo Tokio en busca de algo, una señal, un indicio, que los guiase hasta los sheks. Y, aunque aquella inmensa ciudad asustaba y fascinaba al mismo tiempo a Victoria, no hubo tiempo para hacer turismo. La joven tenía la sensación de que se dejaban arrastrar por la marea humana que inundaba las principales arterias de la urbe en horas punta, pero lo cierto era que Christian jamás se dejaba arrastrar. Aunque caminara sin rumbo fijo, todos sus pasos tenían una precisión metódica, y todos sus movimientos, un propósito definido. Cuando se detenían en algún restaurante para comer *sashimi*, *teppanyaki*, *soba* o cualquiera de los platos típicos de la ciudad, para Victoria, que no había probado nunca aquel tipo de comida, era una experiencia nueva y diferente; pero Christian se limitaba a terminar su parte y a levantarse, casi enseguida. Para él, parar a comer consistía exactamente en eso: parar a comer, cumplir con una necesidad vital, y punto. Después, se echaba de nuevo a las calles, con la firmeza de un soldado, con la eficiencia de un robot.

Victoria no podía evitar mirarlo y preguntarse si había sido siempre así, cuando buscaba a los idhunitas exiliados por todo el globo. En tal caso, no era de extrañar que siempre llegase hasta su objetivo antes que la Resistencia. Y en aquellos momentos, cuando le veía clavar sus ojos de hielo en la multitud, buscando algo que probablemente solo él podría ver, Victoria lo recordaba como entonces, como a Kirtash, el despiadado asesino a quien ella había odiado y temido, y se daba cuenta de que él no había cambiado, y de que la única diferencia entre el pasado y el momento presente era que ahora el shek luchaba a su lado, y no contra ella. Nada más.

Una tarde, sin embargo, las cosas cambiaron.

Deambulaban por el elegante barrio de Ginza, recorriendo las mismas calles arriba y abajo, por alguna razón que a Victoria se le escapaba. Aunque no se paraban a mirar los escaparates de los lujosos establecimientos que los contemplaban desde ambos lados de la calle, Victoria no sentía deseos de hacerlo. Llevaba todo el día caminando, y estaba cansada y sedienta, y sentía que desentonaba tremendamente en aquel lugar.

Entonces, Christian se detuvo en seco, y Victoria casi chocó contra él.

–¿Qué...? –empezó ella, pero no llegó a terminar la frase.

De una suntuosa tienda de precios prohibitivos acababa de salir una joven. Vestía ropa sobria, pero elegante y, a la vez, delicadamente femenina. Se movía con elegancia natural y con una sensualidad solo insinuada. Su cabello negro, recogido sobre la cabeza, caía sobre sus hombros, tan suave como un velo de terciopelo.

La estaba esperando un coche junto a la acera, pero ella pareció sentir la mirada de Christian, porque se volvió hacia ellos y, en medio de una calle abarrotada de gente, los miró.

Victoria nunca olvidaría la mirada de aquellos ojos rasgados, dos profundos espejos repletos de misterios, ni el gesto enigmático de su expresión de esfinge. Había algo en ella, un oscuro magnetismo que la turbaba y la fascinaba al mismo tiempo.

Christian se había quedado paralizado al verla. Victoria lo miró, preocupada, y descubrió que se había puesto pálido.

–Christian –susurró.

El shek reaccionó. Se volvió hacia ella con brusquedad y la abrazó por detrás, casi posesivamente, como si deseara protegerla de algún peligro invisible. Victoria se quedó sorprendida, porque él no era muy dado al contacto físico, y mucho menos en público. Pero Christian susurró en su oído:

–¡No la mires!

Y Victoria cerró los ojos y volvió la cabeza para apoyar la mejilla en el pecho del shek. Inmediatamente, una violenta sensación de mareo la invadió...

Cuando abrió los ojos de nuevo, Christian todavía la abrazaba, pero ya no estaban en Tokio.

–¡Christian! ¿Qué ha pasado?

El shek la soltó.

–Teníamos que irnos de allí. Y Limbhad no me pareció una buena opción.

Victoria miró a su alrededor. Se encontraba en un apartamento pequeño, sobrio, tan escasamente decorado que hasta habría resultado demasiado frío e impersonal, de no ser por la ventana, que se abría a una amplísima terraza, y un rincón donde había un sofá que parecía razonablemente cómodo, y que además estaba situado ante una chimenea.

–¿Dónde estamos?

Christian tardó un poco en responder.

–En mi casa –dijo finalmente.

A Victoria le latió el corazón más deprisa, y contempló el lugar con más interés. El salón era pequeño, y la cocina estaba integrada en él. También era pequeña y estaba demasiado limpia y ordenada, como si no se utilizara muy a menudo. En la pared del fondo había dos puertas.

–Ven –la llamó entonces Christian–. Quiero enseñarte una cosa.

Victoria lo siguió hasta la terraza y salió con él al exterior. Se asomaron a la balaustrada y contemplaron en silencio la gran ciudad que se extendía a sus pies, cubriendo la piel de la tierra con su manto de luces que desafiaban a la más oscura de las noches.

–Bienvenida a Nueva York –susurró el shek en su oído.

Victoria sonrió.

–¿Cómo me has traído hasta aquí? Estábamos en la otra punta del planeta.

–He usado un hechizo de teletransportación.

–¿Cómo? Ni siquiera los magos más poderosos pueden viajar tan lejos.

–Tampoco yo puedo. Es solo que este sitio, este ático, es mi centro... o, como diría un shek, mi usshak. Mi corazón.

–¿Tu corazón?

–Los sheks llamamos así a nuestro hogar, por decirlo de alguna manera. Pero nuestro hogar no es el sitio donde formamos una familia, donde nacemos ni donde crecemos. Es una especie de santuario, un lugar que elegimos y que es solo nuestro, al que nos retiramos cuando queremos estar solos, cuando necesitamos descansar, o recobrarnos de nuestras heridas. Es nuestro refugio.

–Como un Limbhad para ti solo –murmuró Victoria.

–Algo así. Sabes que la magia que poseo no puedo utilizarla como debería, porque mi poder de shek interfiere y la sofoca. Pero en este caso es diferente. Este ático es mi corazón, pero también concentra el poder de mi mente. No podría usar el hechizo de teletransportación para ir a ninguna otra parte... pero sí para regresar a casa, porque este lugar tira de mí, y su recuerdo está tan clavado en mi mente que la magia es solo un instrumento para que mi verdadero poder regrese a su fuente.

–Pero ¿por qué me has traído aquí? ¿Fue por esa mujer que vimos en Ginza?

–Estableció un vínculo mental conmigo, con una sola mirada, Victoria. No sé quién es, ni cómo es posible que hiciera algo así, pero no me pareció seguro regresar a Limbhad. Mientras ese vínculo permaneciese activo, ella podría habernos seguido hasta allí.

Victoria recordó cómo, mucho tiempo atrás, Alsan había reñido a Jack por espiar a Christian por medio del Alma. «Kirtash podría haber llegado hasta nosotros a través de tu mente, y Limbhad habría dejado de ser un lugar seguro para la Resistencia», le había dicho Shail.

Pensó también en Yaren, en cómo Christian había creado un vínculo mental con él tras mirarlo a los ojos, y había sido capaz de rastrearlo.

–¿Y no es peligroso haber venido aquí, entonces? Si es verdad que puede encontrarte, acabas de mostrarle tu usshak, tu santuario.

Christian sonrió.

–El usshak es algo sagrado para todos los sheks. Ninguno de nosotros entraría en el usshak de otro shek, ni física ni mentalmente, sin ser invitado, ni siquiera en el de un enemigo; eso es tabú. Por eso este es el lugar más seguro del mundo, ahora mismo.

Victoria se estremeció al entender lo que implicaban aquellas palabras.

–¿Quieres decir que esa mujer era... una shek?

–No sé lo que era, solo sé que por un momento sentí... que podía serlo. No fue su aspecto, sino su mente, lo que me alertó. Su forma de mirar. Incluso...

–Te lo dijo el instinto –concluyó Victoria en voz baja.

Christian sacudió la cabeza.

–Pero no hay nadie más como yo. Nadie. Por eso, ella no puede ser una shek.

–Eso es lo que te dice la lógica. Pero el instinto la contradice.

–En cualquier caso, si ella era una shek, no llegará hasta aquí, porque respetará mi casa. Y si no lo es, tampoco nos alcanzará, puesto que, como tú misma has dicho, estamos en la otra punta del planeta. ¿Comprendes ahora por qué te he traído aquí, por qué me pareció mejor que regresar a Limbhad?

Victoria asintió, sin insistir más en el tema.

–Gracias de todas formas –le dijo–. Gracias por invitarme a tu usshak.

Christian sonrió.

–Lo cierto es que eres la única persona que ha entrado en este ático desde que vivo en él. A excepción de Gerde, que estuvo aquí una vez.

Victoria no hizo ningún comentario. Se quedaron un rato en silencio, contemplando las luces de la ciudad, hasta que ella murmuró:

–Tengo un poco de frío. Vuelvo dentro, ¿vale?

Christian asintió, sin mirarla. Parecía sumido en hondas reflexiones, y Victoria no quiso distraerlo. Volvió a entrar en la casa.

Abrió una de las puertas, en busca del cuarto de baño, pero se encontró con un pequeño estudio. Sonrió al ver el teclado al fondo de la habitación, el equipo de grabación, la cadena musical y toda la colección de discos de Christian, cuidadosamente ordenada. Pero también había un escritorio con un ordenador, y una estantería repleta de libros y de carpetas. Victoria decidió de pronto que no quería saber qué tipo de información se guardaba allí, de modo que cerró la puerta y abrió la contigua.

Pero tampoco era el baño. Aquel cuarto tenía una cama, una mesita de noche, una silla y un armario, nada más. La cama no era especialmente grande ni parecía especialmente mullida. Era una habitación fría y austera, como el resto de la casa.

Al fondo había otra puerta, y Victoria supuso que esa sí sería la del baño. Pero no fue capaz de dar un paso hacia el interior de la habitación.

—Aquí sí que no ha entrado nunca nadie —dijo de pronto la voz de Christian tras ella, sobresaltándola—. Nadie aparte de mí. Ni siquiera Gerde.

Victoria se volvió hacia él. El shek parecía un poco tenso y la miraba fijamente, con cierto recelo. La muchacha entendió lo difícil que estaba resultando para él abrirle las puertas de su casa, de su refugio... de su corazón. No porque se tratase de ella, sino porque nunca lo había hecho antes. No quiso forzarlo más.

—No te preocupes —murmuró—. Si he de pasar aquí la noche, entonces dormiré en el sofá, y si no, regresaré a Limbhad. No pasa nada, en serio.

Christian pareció relajarse un tanto.

—No —dijo—, puedes quedarte. De hecho... puedes venir aquí cuando quieras, si te sientes sola. Aunque Limbhad es más... cálido que mi piso, al menos aquí es de día de vez en cuando, y además, no es tan grande. Así que, a partir de ahora, cuando quieras venir, el Alma podrá traerte aquí desde Limbhad... porque ya eres parte de este lugar.

Victoria sonrió, emocionada.

—Gracias, Christian. Pero, de verdad, no es necesario. No quiero invadir tu intimidad.

—Tendrás que hacerlo si quieres ir al baño —señaló él, con una sonrisa.

Victoria no se quedó en casa de Christian aquella noche, sino que regresó a Limbhad, mientras el shek volvía a Tokio a investigar sobre aquella misteriosa joven del distrito de Ginza. En esta ocasión no permitió que Victoria lo acompañara, y, aunque ella lo comprendía, en el fondo la inquietaba lo que Christian pudiera encontrar allí.

Un día, él volvió a Limbhad con un montón de papeles bajo el brazo.

—La he encontrado —dijo solamente.

Se sentaron en el sofá, y Christian le pasó la información que había obtenido. Victoria no entendió nada, puesto que los folios estaban en japonés; pero sí vio la fotografía de la joven encabezando el primero de ellos. La observó con interés. No le pareció tan misteriosa y fascinante en la imagen como al natural.

—Se llama Shizuko Ishikawa —empezó Christian—. Tiene veinticuatro años y es la heredera de una poderosa familia de empresarios. Se licenció en la Todai, la universidad más prestigiosa del país, y ahora dirige los negocios de su padre, que falleció hace unos meses. Entonces vivía en la mansión que su familia posee en Yokohama, pero se ha trasladado a un lujoso apartamento en el barrio de Takanawa, uno de los más caros de Tokio.

—¿Algo que la relacione con los sheks, o con Idhún?

Christian negó con la cabeza.

—Lo único raro que he visto es que ha cambiado la orientación de los negocios familiares tras la muerte de su padre. Entre las muchas empresas que poseían los Ishikawa, había una cadena de cines y otra de hoteles; Shizuko Ishikawa las ha vendido para invertir más en investigación y nuevas tecnologías, sobre todo cibernética, informática y biotecnología. La familia Ishikawa tenía muchos intereses en el mundo del ocio, por lo que se ve, pero a Shizuko le importan otras cosas. Además, se ha metido en política. Puede que sea una opción personal y que no tenga nada que ver con la llegada de los sheks a la Tierra, pero...

—Entiendo —asintió Victoria—. Pero has dicho que ella tiene veinticuatro años, ¿no? Hace veinticuatro años, los sheks ni siquiera habían invadido Idhún todavía. De ser ella medio shek, debería de tener nuestra edad. No debería ser mayor que tú, en todo caso.

Christian sacudió la cabeza.

—La cuestión es que nada en su trayectoria vital indica que no sea humana.

—Pero es la clave que estabas buscando. Sea o no una shek, los otros sheks se comunican con ella, ¿verdad?

–Sí, y por eso sé que tengo que investigarla. El siguiente paso es abordar a la gente más cercana a ella, gente que la conoce personalmente. Antes de acercarme más, quiero saber quién o qué es. Necesito saber a qué me enfrento.

Christian regresó a Tokio aquella misma noche, y en esta ocasión tardó mucho más en volver a dejarse ver. Después de tres días sin tener noticias suyas, Victoria, inquieta, probó a pedirle al Alma que la llevase hasta el apartamento del shek en Nueva York; y, para su sorpresa, se materializó allí sin problemas. Aquella era la prueba de que a Christian no le importaba tenerla allí, en su refugio privado, puesto que, en tiempos de la Resistencia, habían tratado mil veces de localizarlo a través del Alma, y esta nunca les había mostrado la imagen de aquel lugar. Victoria se preguntó cómo lograba Christian mantener su piso oculto a la percepción del Alma, y cómo se las había arreglado para cambiar esta circunstancia y permitirle, así, llegar hasta él.

El shek no estaba en casa; Victoria no quiso tocar nada ni curiosear entre sus cosas, por lo que se sentó a esperar su regreso.

Christian llegó al cabo de un rato. No pareció sorprenderse de encontrarla allí. No hizo ningún comentario. Se sentó a su lado y dijo, por todo saludo:

–No es ella, Victoria.

La joven parpadeó, confusa.

–¿De qué me estás hablando?

–De Shizuko Ishikawa. He explorado los recuerdos de personas que la conocen, y todos ellos creen que ha cambiado. Desde la muerte de su padre, o puede que antes. En apariencia es la misma Shizuko, pero hay cosas en ella... que no son igual que siempre. Piensan que se ha vuelto más fría, más distante. Y hay algo en ella que intimida a todo el que la mira a los ojos. Hay cosas que han cambiado en su forma de pensar y de actuar. Y, sin embargo, los negocios de su familia van mucho mejor desde que ella está al frente.

–Y si ha cambiado tanto... ¿cómo es que nadie se hace preguntas al respecto? –preguntó Victoria, interesada.

–Se lo pasan por alto. Creen que son secuelas.

–¿Secuelas, de qué?

–Del accidente. Sí –confirmó Christian al ver la expresión de Victoria–. Shizuko Ishikawa sufrió un grave accidente de tráfico hace unos meses, un accidente que por poco le cuesta la vida. Por lo visto, cuando despertó en el hospital no recordaba nada. No sabía quién era ni cómo había llegado hasta allí. De hecho, al principio ni siquiera podía hablar, y hubo que enseñarle a caminar de nuevo.

–¿Y todo esto fue hace solo unos meses? –inquirió Victoria, sorprendida, recordando a la elegante joven que había visto salir de aquella tienda, en Ginza.

–Una recuperación muy rápida, ¿verdad? –observó el shek.

Victoria alzó la cabeza para mirarlo.

–¿En qué estás pensando?

–Tengo una teoría –dijo él–, pero ahora mismo me parece demasiado descabellada. Y antes de volver a mirar cara a cara a esa mujer, tendría que confirmarla. Me bastará con echar un vistazo a su historia clínica.

–¿De dónde sacas toda esta información, Christian? –preguntó Victoria, pasmada–. ¿Cómo te las arreglas para averiguar todas estas cosas?

Christian se encogió de hombros.

–Solo es cuestión de buscar en los sitios adecuados y de sondear las mentes adecuadas.

–Comprendo –murmuró Victoria.

Christian se quedó contemplándola en silencio. Después, sin una palabra, se levantó y se dirigió a su estudio. Cuando regresó al salón, llevaba una carpeta entre las manos.

–¿Sabes qué es esto, Victoria? –le preguntó en voz baja.

Victoria lo intuía. Lo miró, llena de incertidumbre.

–¿Quieres verlo? –le ofreció Christian.

Ella sacudió la cabeza.

–No sé si me gustaría. Todavía no.

–Entiendo –asintió el shek–. Lo dejaré encima de la mesa del estudio. Estará allí para cuando quieras echarle un vistazo... si es que quieres.

El siguiente viaje de Christian a Tokio duró mucho más. Siempre era de noche en Limbhad, pero Victoria calculó que el shek llevaba ya fuera casi seis días. Y aunque a través del anillo no percibía que él estuviera en peligro de ninguna clase, no podía evitar sentirse preocupada.

Había examinado concienzudamente gran parte de los libros de la biblioteca de Limbhad, pero no encontró nada que pudiera interesarle y, con el paso de los días, cada vez leía los textos con menos profundidad.

Recorrer Limbhad era todavía peor, porque seguía recordándole a Jack, y cada día que pasaba lo añoraba más.

Una noche, decidió volver al apartamento de Christian en Nueva York. De nuevo lo encontró vacío, a pesar de que allí eran ya las dos de la madrugada. Encendió la chimenea para caldear un poco la casa, cogió una manta del armario y se arrellanó en el sofá, dispuesta a esperar lo que hiciera falta.

Debió de quedarse dormida, puesto que se despertó un rato después, sobresaltaba. El fuego de la chimenea se había apagado hacía ya rato, y sobre ella se inclinaba una sombra que la miraba fijamente.

–Christian –susurró, mientras sus ojos se iban acostumbrando a la penumbra–. ¿Qué te pasa? ¿Estás bien?

–¿Qué haces en el sofá, Victoria? –preguntó él a su vez, en voz baja–. Estarías más cómoda en el dormitorio.

Ella negó con vehemencia.

–Es tu cuarto. Ya te dije que no quiero causarte molestias. ¿Qué te pasa? –repitió: había detectado un tono extraño en la voz de él.

Christian deslizó la yema de los dedos por el rostro de ella, acariciando su mejilla, luego su pelo, y descendiendo después hasta su cuello. Victoria se estremeció entera.

–No es nada –dijo el shek, pero no convenció a Victoria–. No te preocupes por mí.

–La has visto, ¿verdad? –adivinó ella–. ¿Ya sabes quién es... qué es?

Hubo un breve y tenso silencio entre los dos. Victoria aguardó, conteniendo el aliento.

–Sí, la he visto –respondió Christian al fin–. Y ya sé quién es. Y qué es.

Se puso en pie.

–Voy a traerte otra manta –dijo–. Si vas a quedarte ahí, no quiero que pases frío.

Victoria abrió la boca para decir algo, pero finalmente optó por permanecer en silencio. Christian volvió con la manta y la arropó con suavidad. Después entró en su habitación y cerró la puerta tras de sí, sin ruido.

Victoria se tapó con las mantas hasta la barbilla y se acurrucó en el sofá, sintiéndose sola y perdida.

Ninguno de los dos pudo dormir aquella noche. Pero ninguno de los dos le confesó al otro sus dudas y temores, ninguno de los dos buscó consuelo en el ser amado, a pesar de que solo una puerta los separaba. La sombra de Shizuko Ishikawa, desde la distante y polifacética Tokio, se interponía entre ellos como un muro insalvable.

VIII

LA MEMORIA DE LOS ORÁCULOS

LOS gritos de los trabajadores alertaron a Shail de que algo estaba sucediendo fuera. Levantó la vista de los documentos que estaba leyendo; Ymur, en cambio, no se inmutó, y siguió enfrascado en la lectura.

—Voy a ver qué pasa —dijo el mago. El sacerdote le respondió con un gruñido de asentimiento, sin llegar a levantar la cabeza.

Shail salió al atrio, donde se habían congregado todos. Los encontró mirando al cielo, lanzando exclamaciones de sorpresa y comentarios maravillados.

El joven mago alzó la vista y sonrió al divisar al elegante dragón dorado que se acercaba sobrevolando la línea de la costa.

—Es uno de los dragones artificiales; los vi volando sobre Nurgon el día de la batalla —dijo uno de los obreros, muy convencido.

Shail negó con la cabeza.

—Me temo que no, amigo. Si no me equivoco, ese dragón es de verdad; el único dragón de carne y hueso que queda en Idhún.

Lo miraron con incredulidad, pero aguardaron a que el dragón se posara en tierra para hacer más valoraciones. Cuando vieron que aterrizaba en una zona despejada ante la entrada del Oráculo, todos corrieron a verlo más de cerca. Sin embargo, se quedaron a una prudencial distancia, protegidos por las enormes columnas del pórtico. Solo Shail se adelantó, sonriente.

El dragón sacudió la cabeza y replegó las alas. Parecía fatigado, pero satisfecho de haber alcanzado su destino al fin. Le dirigió a Shail una mirada amistosa.

—¡Hola! —saludó—. Me alegro de verte. Siento haber tardado tanto en llegar; tuvimos problemas en Kazlunn —miró con curiosidad a las personas que lo observaban desde las columnas sin atreverse a acercarse más–. ¿Qué le pasa a esa gente? ¿Qué hacen ahí?

Shail rió de buena gana.

–Te tienen miedo, Jack. Hay que reconocer que, como dragón, resultas bastante imponente.

Jack estiró el cuello y abrió un poco un ala para observársela con mal disimulado orgullo.

–¿Verdad que sí? –rió, a su vez–. Bueno, no es mi intención asustar a nadie, así que adoptaré una forma más discreta.

Mientras hablaba, fue metamorfoseándose en el joven humano que Shail ya conocía. El mago contempló la transformación con interés.

–¿Dónde guardabas la espada? –preguntó, intrigado, al ver a Domivat sujeta a la espalda de Jack.

El chico sonrió ampliamente.

–Cuando me transformo, mi cuerpo humano desaparece sin más –explicó–. Incluida la ropa y todo lo que esté en contacto directo con él. Tardé un poco en descubrirlo, la verdad. Al principio no lo sabía, así que dejaba a un lado la espada para transformarme en dragón, y luego tenía que cargar con ella. No sé explicarlo, pero es como si, por el hecho de tener... dos almas, o de ser dos personas a la vez, en el mismo lugar, al mismo tiempo, tuviese derecho a «guardar» el cuerpo que no utilizo en ese momento, como quien tiene dos trajes y guarda en un armario el que no esté usando.

–¿Y adónde van tu cuerpo y tu ropa cuando eres dragón? –quiso saber Shail, pero Jack alzó las manos, impotente.

–A mí no me lo preguntes, porque no tengo ni idea. Ni siquiera sabría decirte dónde está ahora el cuerpo de Yandrak. Solo sé que, si lo deseo, puedo «llamarlo», de donde quiera que esté, y cambiar mi cuerpo humano por el suyo.

–Hay muchas cosas de las que tenemos que hablar –comentó el mago, aún un tanto desconcertado–. Cosas que no tuvimos ocasión de contarnos cuando coincidimos en la torre, porque estábamos más preocupados por el estado de Victoria y por todo lo que había pasado la noche del Triple Plenilunio.

–Tenías información que querías compartir conmigo –recordó Jack, poniéndose serio de pronto–. Y también yo tengo mucho que contarte.

Shail asintió.

–Vamos dentro, pues. Hay alguien que tiene interés en conocerte.

Se puso en camino hacia las columnas caídas del pórtico, pero se detuvo al ver que Jack no lo seguía. El joven se había quedado mirándolo, sin dar crédito a sus ojos.

–¿Qué sucede? –preguntó el mago, inquieto.

–Shail, estás caminando –balbuceó Jack, perplejo–. Con las dos piernas. ¿Cómo es posible?

Él le dirigió una amplia sonrisa.

–Sí, es otra de las cosas que quería contarte. Si todo va bien, no tardaré en presentarte al responsable de esto.

Jack siguió a Shail al recinto del Oráculo, y pudo ver con sus propios ojos qué estaban haciendo allí. Había andamios por todas partes, y unos inmensos remolques para escombros. El primer paso para la reconstrucción del edificio consistía en despejar la zona, tarea que parecía imposible a simple vista, dado el tamaño de los inmensos bloques de piedra que había que mover. Sin embargo, algunas de esas piedras estaban ya en los remolques.

–Los gigantes nos están ayudando –aclaró Shail al detectar la mirada del joven.

Jack no hizo ningún comentario. Se limitó a observarlo todo con interés, desde las improvisadas viviendas que se habían habilitado para los sacerdotes, hasta los progresos que habían hecho: las columnas que iban levantándose de nuevo poco a poco, los muros que se iban alzando para dibujar otra vez las distintas estancias...

Shail lo guió hasta una zona más reservada, donde había un refugio que, a todas luces, llevaba mucho más tiempo allí. Había sido construido aprovechando parte de una estructura anterior, que no se había derrumbado del todo. La entrada era enorme, por lo que Jack dedujo que aquello era la morada de un gigante.

Entró, algo inquieto. Hasta el momento, el único gigante que había conocido era Yber, uno de los magos de la torre, y no se trataba de un gigante al uso. Según le habían dicho, no era muy grande en comparación con otros miembros de su raza y, por otra parte, tenía un carácter bastante más abierto que la mayoría de los habitantes de Nanhai. Una cosa era ver a un gigante lejos de su tierra, y otra, muy distinta, visitar la región de la que ellos eran dueños y señores.

La escena que vio, sin embargo, lo sorprendió.

Ymur, el sacerdote, era un gigante de cierta envergadura, más alto que Yber y más ancho de hombros. Por eso, tal vez, chocaba un poco verlo encogido sobre sí mismo, en un rincón, junto a la ventana, por donde entraba más luz, inclinado sobre un manuscrito que, obviamente, había sido escrito por y para gente más pequeña. No obstante, el gigante se aplicaba a la tarea de leer aquel texto con verdadera pasión, a pesar de lo incómodo que resultaba para él. Ni siquiera se dio cuenta de que entraban hasta que Shail carraspeó para llamar su atención.

–Ymur –saludó–. Ha llegado Jack, también conocido como Yandrak... el último dragón.

Ymur alzó la cabeza y los miró atentamente. El tono rojizo de sus ojos era algo apagado, como si su vista estuviera agotada de tanto descifrar libros antiguos, pero Jack todavía detectó en ellos una chispa de ingenio.

–Yandrak, ¿eh? –rechinó el gigante–. Confieso que esperaba algo más grande.

Jack no supo muy bien cómo reaccionar ante ese comentario, pero Shail se echó a reír.

–A veces *es* más grande. Pero en ciertas ocasiones le resulta más práctico tener el tamaño de un humano.

–Para determinadas cosas, sí, lo es –reconoció Ymur con un suspiro, echando un vistazo al volumen que estaba tratando de leer.

–Ymur y yo llevamos ya varios días recabando información en los viejos documentos del Oráculo –le explicó Shail a Jack–; buscando cosas sobre los dioses y sobre lo que pasó cuando Ashran estuvo aquí. Pero no estamos sacando mucho en claro.

–Si Deimar no se encontrase en ese estado –añadió Ymur moviendo la cabeza–, todo esto sería mucho más sencillo. Tal vez él recordase algo más acerca del mago que estuvo aquí hace tanto tiempo.

–Bien –dijo Jack–, puede que lo que tengo que contaros arroje un poco más de luz a todo este asunto.

–Ahora no –cortó Ymur, volviendo su enorme cabeza hacia la ventana–. Los soles empiezan a declinar, así que será mejor que hablemos de todo eso durante la cena.

Jack, que venía hambriento después del viaje, no pudo estar más de acuerdo.

Un rato después, los nuevos habitantes del Oráculo se reunían en torno a una enorme hoguera sobre la que se asaban piezas de barjab, la enorme bestia blanca que suponía un auténtico manjar para los gigantes. En apariencia, todo era como siempre, como cualquier noche después de un largo día de trabajo. Los obreros y los sacerdotes más jóvenes y fuertes, que colaboraban en las tareas de limpieza, mostraban rostros cansados, pero satisfechos. Todos hablaban de cómo sería el Gran Oráculo una vez que lo levantaran de nuevo.

No obstante, aquella noche las conversaciones parecían vacías, y los interlocutores se mostraban distraídos y con pocas ganas de hablar. Lo cierto era que casi nadie podía evitar mirar de reojo al rincón donde Ymur, el gigante, y Shail, el mago humano, se habían sentado con el recién llegado, un muchacho a quien muchos habían visto transformado en dragón, el mítico Yandrak, que se había enfrentado a Ashran. Todos sentían curiosidad hacia él y, sin embargo, nadie se atrevía a acercarse más.

Si lo hubiesen hecho, habrían escuchado una conversación de lo más sorprendente... y, ante todo, inquietante.

Jack y Shail habían aprovechado para ponerse al día de todas las novedades. Shail le había contado con más detalle todo lo que había averiguado aquellos días; le había hablado acerca de Karevan, de Alexander, de Deimar y de Ydeon, que le había forjado una pierna nueva. El joven dragón ya había oído hablar del fabricante de espadas, pero las palabras de Shail hicieron que aumentaran su curiosidad y sus ganas de conocerlo.

Por su parte, Jack le contó todo lo que había sucedido en la Torre de Kazlunn durante su ausencia, desde el despertar de Victoria hasta la devastadora visita de Yohavir.

Ymur los escuchaba en silencio, tan quieto que durante un rato se olvidaron de que estaba allí; cualquiera podría haberlo confundido, de hecho, con una más de las piedras del Oráculo.

–Conocí a ese joven del que habláis –dijo de pronto, sobresaltándolos a los dos–. Kirtash. Fue él quien dijo que los fenómenos sísmicos de la cordillera se deben a Karevan; y ahora, si no he entendido mal, afirma que el Séptimo dios se ha encarnado en una hechicera feérica. O está más loco que Deimar, o es que disfruta siendo irreverente. También, por lo que he escuchado, ese tal Kirtash es hijo del mago blasfemo que estuvo en el Oráculo hace tiempo. Debe de ser cosa de familia.

Jack sonrió, pero Shail sacudió la cabeza.

–Nadie más ha visto a Gerde con vida –dijo–. Sabemos que murió porque Kirtash *dice* haberla matado, y sabemos que sigue viva porque él *dice* que lo está, y que ahora es la Séptima diosa. ¿Cómo sabemos que no miente?

–Hace tiempo que conozco a Kirtash –respondió Jack–; puedo decir muchas cosas de él, y no todas buenas, pero no tiene por costumbre mentir, y menos cuando se trata de temas serios.

–Y, sin embargo, su historia resulta demasiado increíble. Y gracias a ella, ha conseguido llevarse a Victoria consigo a la Tierra. No sé...

–Victoria estará a salvo en la Tierra. Desde allí tiene la posibilidad de refugiarse en Limbhad, y te recuerdo que, si Kirtash tiene intención de hacerle daño, el Alma no lo dejará pasar.

Suspiró para sus adentros al pensar en Victoria. La echaba mucho de menos, y, una vez más, lamentó no haber cruzado la Puerta con ellos. Apartó aquellos pensamientos de su mente. «Esto es lo que debo hacer», se recordó a sí mismo.

Shail calló, pensativo.

–En eso tienes razón –admitió después–. No sabes la de veces que me he arrepentido de haberos obligado a regresar a Idhún. Aunque en su día me pareció un lugar pequeño y limitado, lo cierto es que nunca he conocido un refugio tan seguro como Limbhad.

Sonrió con nostalgia. Jack asintió, sonriendo a su vez.

–Ya ves. Y yo que lo encontraba aburrido... y ahora me muero de ganas de regresar.

–¿Creéis, entonces, en toda esta historia de dioses y reencarnaciones? –preguntó entonces Ymur, retomando el hilo.

–Yo no sé qué pensar –dijo Jack–. Por un lado, he visto a Ashran: sé lo que era porque me enfrenté a él, por lo que no me resulta extraña la idea de que el Séptimo dios haya encontrado otro cuerpo mortal para ocultarse. Por otro, también he visto lo que arrasó las costas de Kazlunn hace unos días, y si es verdad que *eso* es un dios, no me explico cómo algo así puede caber dentro de un cuerpo tan pequeño. La única explicación que se me ocurre es que la esencia del Séptimo sea diferente a la de los demás dioses, porque ellos no se han encarnado en cuerpos materiales.

»Y luego está también el hecho de que, si Kirtash no miente, Gerde estaba muerta. Lo cual significa que el Séptimo la devolvió a la vida para poder ocupar su cuerpo. Y tal vez eso implique...

–... que Ashran también pudo morir como humano y resucitar como el Séptimo dios.

218

–Sí –asintió Jack–. Y puede que todo ello sucediera aquí, en este mismo lugar, hace veinte años. Por eso es importante que averigüemos todo lo posible acerca de Ashran, del mago blasfemo, como lo llama Ymur. Puede que ahí esté la clave para descubrir qué está pasando exactamente.

Los dos se volvieron hacia el gigante, que cambió de postura, haciendo crujir todas sus articulaciones.

–Ya os he dicho que no recuerdo muy bien qué sucedió aquellos días. Confieso que pasaba el día encerrado en la biblioteca y no estaba muy al tanto de lo que ocurría en el Oráculo.

–A lo largo de todos estos años –le explicó Shail a Jack–, Ymur ha estado rescatando los restos de los libros y documentos que desaparecieron con la destrucción del Oráculo. Entre esos libros tienen que estar, en alguna parte, los Registros del Gran Oráculo, una especie de diario donde el abad anotaba todo lo que sucedía aquí. Si encontráramos esos documentos, tal vez su contenido arrojara algo más de luz sobre lo que vino a hacer Ashran al Gran Oráculo, y lo que le pasó en la Sala de los Oyentes.

Jack asintió.

–Bien –dijo–. Yo he venido para ayudaros en lo que haga falta, y eso voy a hacer. Sin embargo... me gustaría, antes que nada, hablar con Alexander.

Shail adoptó una expresión dubitativa.

–No está lo que se dice muy bien –dijo–. No quiere hablar con nadie y no sale de la cueva. Si no fuera porque los gigantes le dejan comida en la entrada, creo que hasta habría muerto de inanición.

–Conmigo sí que va a hablar –replicó Jack con firmeza–. Nos enfrentamos a algo muy grave, peor incluso que la invasión shek y el imperio de Ashran, y no hay tiempo para lamentaciones ni autocompasión. Voy a sacarlo de esa cueva aunque sea a rastras.

Los nidos de pájaros haai podían encontrarse a lo largo y ancho de toda la Llanura Celeste, pero había una zona donde las agujas rocosas sobre las que se levantaban eran mucho más numerosas. Allí, el paisaje era más agreste y accidentado, y el horizonte mostraba un aspecto extraño, como si estuviese erizado de púas. Y sobre cada una de aquellas formaciones rocosas, un pájaro haai había construido su nido.

Allí, donde habitaba la colonia de pájaros haai más numerosa de todo Idhún, los celestes habían erigido Haai-Sil, la ciudad de los criadores de aves.

En Haai-Sil, los edificios eran pequeños y estrechos, puesto que tenían que construirse en los escasos espacios que quedaban entre las agujas de roca. Las calles no eran tan anchas ni estaban tan limpias como en la capital, aunque los celestes se esforzaban mucho por adecentarlas; pero, con cientos de nidos de pájaro situados a una veintena de metros por encima de sus cabezas, resultaba difícil mantener pulcra la ciudad. Las calles se limpiaban todas las mañanas y todas las noches, antes del segundo atardecer. Y, no obstante, nunca faltaba gente que se encargase de aquella tarea. Normalmente eran los muchachos más jóvenes, aquellos que entraban como aprendices de los criadores más experimentados. Nadie se había quejado nunca: al fin y al cabo, también los criadores habían sido aprendices en su día, y habían tenido que contribuir en las tareas de limpieza. Si, después de un par de años ocupándose de ello, los jóvenes no odiaban a los pájaros haai con todas sus fuerzas, es que habían aprendido a amarlos, y aquel era un paso imprescindible para todo aspirante a criador.

En Celestia, los cuidadores de pájaros haai estaban muy bien considerados, pero no tanto como los entrenadores ni como los criadores, el máximo grado al que podía aspirar un aprendiz. Los haai no solo eran los animales de compañía más queridos por los celestes, sino que también constituían su principal medio de transporte. Celestia no era una tierra muy amplia, pero tampoco estaba muy poblada. Los celestes eran una raza escasa en Idhún en comparación con los humanos, los feéricos o los varu, por ejemplo, y sus ciudades habían sido edificadas a mucha distancia unas de otras. Habían empezado a domesticar pájaros haai muchos siglos atrás, para mantener una comunicación regular entre las cuatro ciudades principales de Celestia, y con el tiempo, otras razas idhunitas habían comenzado a apreciar lo práctico de aquel sistema. Los celestes enviaban pájaros a casi todo el continente, y entre las casas reales de Nandelt, antes de la dominación shek, había estado de moda disponer de un haai, con su correspondiente jinete celeste, para desplazamientos rápidos y mensajes urgentes.

Pero no era esta la razón por la cual los celestes se preocupaban tanto de sus aves. Habrían seguido cuidándolas con igual mimo aunque no les hubiera sido posible montarlas ni adiestrarlas.

Zaisei lo sabía muy bien. Ella había nacido en Haai-Sil, aunque la vida había terminado por alejarla de su ciudad natal. Pero allí estaban sus raíces y lo que quedaba de su familia. Por eso, cuando el cortejo de la Venerable Gaedalu se detuvo en la ciudad de los criadores de aves, lo que para todas las sacerdotisas no fue más que una escala en el camino, para Zaisei supuso un reencuentro con el pasado.

Ahora caminaba por las estrechas y retorcidas calles de Haai-Sil, portando con habilidad la sombrilla que todos, nativos y visitantes, debían llevar como precaución cuando recorrían la ciudad. Lo que para la gente de fuera era una incomodidad, para los celestes de Haai-Sil se había convertido en un gesto cotidiano. Todas las familias cultivaban en sus casas, en un jardín interior protegido por una cúpula, brotes de plantas mandim; y nunca salían a la calle sin una de sus enormes hojas acampanadas, que utilizaban como sombrillas. Zaisei sonrió al recordar el gesto horrorizado de las sacerdotisas cuando les habían entregado las sombrillas a la entrada de la ciudad, y les habían explicado para qué servían. Al final no había sido para tanto, puesto que, en el trayecto hasta la casa donde iban a alojarse, solo dos de las sombrillas se habían ensuciado.

Zaisei se había asegurado de que las novicias y sacerdotisas estuvieran instaladas, y de que en la habitación de Gaedalu hubiera un baño lo bastante grande como para que ella se sintiera cómoda, y después había salido de la casa sin dar explicaciones.

Cuando llegó a su destino se detuvo, sin aliento, y contempló, con emoción apenas contenida, la casa que la había visto crecer en sus primeros años de vida.

No era la casa de una familia, y nunca lo había sido. Su padre era adiestrador de pájaros haai cuando conoció a su madre. Para entonces ya tenía a gente a su cargo, de modo que el hogar de Zaisei había sido en realidad una escuela, donde aprendices de distintos niveles vivían bajo el mismo techo.

A Zaisei le habían gustado los pájaros haai desde niña, pero nunca había llegado a unirse a los grupos de limpieza. Porque entonces los sheks habían invadido Idhún, y su madre la había enviado al Oráculo para protegerla.

Zaisei sonrió para sí al contemplar la casa y los nidos de los pájaros, que eran la pasión de su padre. Para muchos, Do-Yin no era más que un inofensivo criador de pájaros.

Para algunos pocos, que sabían la verdad, Do-Yin era uno de los más activos miembros de la lucha contra el imperio de los sheks. Jamás pelearía en un campo de batalla, pero había conseguido algo que muchos criadores habían tratado de lograr antes que él, a lo largo de los siglos, sin éxito: obtener pájaros mensajeros, aves que entregaban mensajes en un destino concreto sin necesidad de que los guiara un jinete.

Así, el correo interno de los frentes armados de la lucha contra Ashran había sido indetectable para los sheks. Si ya solían ignorar a los celestes por considerarlos inofensivos, todavía sospechaban menos de los pájaros, bestias sin inteligencia racional, cuyas mentes, demasiado simples, eran incapaces de detectar.

Zaisei no se molestó en entrar en la casa. Sabía que no encontraría allí a su padre. Aún no se había puesto el último de los soles, y era a aquella hora, al filo del tercer atardecer, cuando los pájaros regresaban a sus nidos, y Do-Yin subía a saludarlos.

Todavía sosteniendo la sombrilla, Zaisei levitó lentamente hasta alcanzar una altura de varios metros. Siguió subiendo, poco a poco, hasta que los nidos de los haai se hicieron visibles.

Era un espectáculo bellísimo. Los pájaros gorjeaban y se llamaban unos a otros, planeaban sobre los nidos, arrullaban y se acomodaban para dormir, mientras los últimos rayos de sol arrancaban de su plumaje dorado reflejos anaranjados. Zaisei saludó al más cercano, una hembra amistosa que estaba sentada sobre su nido y parecía cansada.

–Una larga puesta, ¿eh? –sonrió la celeste–. Apuesto a que nacerán hermosos y sanos.

Tiritó de pronto. Allí arriba hacía frío; se había levantado un viento desagradable que hacía revolotear los bajos de su túnica. Miró a su alrededor, y vio a lo lejos una figura que levitaba de uno a otro nido. También llevaba una sombrilla, pero estaba tan concentrado en su labor que no se había dado cuenta de que se le había ladeado. Colgaba de su costado una enorme bolsa llena de frutos koa, un manjar para los haai. Zaisei sonrió de nuevo y acudió a su encuentro.

Do-Yin tardó un poco en percatarse de su presencia. Era un celeste pequeño y vivaracho, de nariz algo afilada, lo que, en opinión de muchos, le daba cierta semejanza a las aves que criaba.

–Buenas tardes, padre –saludó ella, sonriente–. Que las tres diosas velen tus sueños, y que el padre Yohavir mantenga puro el aire que respiras.

—¡Zaisei! —exclamó el criador de pájaros al reconocerla.

Hacía mucho que no se veían, por lo que el reencuentro fue emotivo. Sin embargo, Do-Yin no habló de descender al suelo, y Zaisei no se lo pidió. Sabía lo importante que era para él aquella visita diaria a los nidos, y no quiso interrumpirlo. Por el contrario, flotó junto a él, de nido en nido, y conversaron mientras hacía su trabajo.

Tenían mucho de que hablar. Zaisei le puso al día de todo lo que había hecho en los últimos tiempos; de su trabajo como embajadora del Oráculo en tiempos de Ashran, de su relación con la Resistencia que había venido de otro mundo, de Yandrak, de Lunnaris, de lo sucedido en Nurgon y en la batalla de Awa. Y aunque Do-Yin seguía examinando patas y alas, dando frutos koa o contando huevos, Zaisei sabía que en el fondo la estaba escuchando atentamente. Por fin, Do-Yin se volvió hacia ella y la miró con cierta severidad.

—Corriste un gran riesgo, Zaisei. Tu madre te llevó al Oráculo para que estuvieses a salvo, no para que participases en la guerra.

—Entonces era una niña; pero ahora ya soy adulta, y, por otro lado, las cosas sucedieron así, simplemente.

—Es por ese muchacho del que me has hablado, ¿verdad? El mago de la Resistencia.

Zaisei se sonrojó un poco.

—Existe un lazo, padre —confesó en voz baja.

Él la miró, con una sonrisa de grata sorpresa.

—¡Vaya! ¿Recíproco?

El rubor de Zaisei se hizo más intenso.

—Sí.

Do-Yin sacudió la cabeza, riendo entre dientes.

—Sí, está claro que ya no eres una niña. Me imagino que a Gaedalu no debe de haberle sentado demasiado bien. No querrá que abandones el Oráculo tan pronto.

—De eso quería hablarte. Mi madre dejó el Oráculo para formar una familia, pero luego regresó.

Do-Yin asintió. Aquello no tenía nada de particular. Los votos a los Seis no impedían las relaciones amorosas, pero en la mayoría de los casos estas debían ser a distancia. Alguien que sirviera en el Oráculo no podía tener a su familia consigo, puesto que en los Oráculos solo podían vivir sacerdotes y sacerdotisas; en el de Raden solo admitían a hombres; en el de Gantadd, solo a mujeres. Y el Gran Oráculo, el único que era mixto y, por tanto, podía acoger entre sus paredes a una pareja formada por un sacerdote y una sacerdotisa, estaba situado en Nanhai, en el fin del mundo. Un lugar poco adecuado para formar una familia.

La madre de Zaisei había servido en Gantadd, un lugar donde no habrían acogido a Do-Yin, en primer lugar, por no ser sacerdote, y en segundo lugar, por ser un hombre. De todas formas, el criador de pájaros no habría sido feliz lejos de Haai-Sil, por lo que la única opción de la pareja había sido que ella abandonara el Oráculo durante un tiempo.

Esta era una práctica habitual entre los sacerdotes y sacerdotisas de los Seis. Su religión no les prohibía pedir permiso para dejar el Oráculo en cualquier momento, bien de forma temporal, bien definitiva, para mantener una relación o fundar una familia, sin dejar por ello de ser sacerdotes. Muchos ya no regresaban, sino que pasaban a trabajar en los templos locales. Pero otros sí volvían al Oráculo al cabo de los años, cuando los hijos eran ya mayores, o si el lazo que los unía a sus parejas se había debilitado, o si consideraban que iban a ser capaces de vivir lejos de su familia, visitándolos solo de forma esporádica; y el Oráculo los recibía con los brazos abiertos. De modo que, si los padres de Zaisei se habían separado tiempo atrás, no se debía a la religión, sino a la distancia.

—Si quieres mantener tu relación con ese joven, tendrás que abandonar el Oráculo tarde o temprano —dijo Do-Yin—. Sobre todo si va para largo.

—No estoy segura —confesó ella—. Pasamos mucho tiempo separados.

—Pero lo echas de menos —adivinó él—. Y si queréis que bendigan vuestra unión y formar una familia...

—Es pronto para hablar de eso —se apresuró a contestar Zaisei—. La nuestra es... una relación difícil.

—¿Porque es un mago?

—No, padre —Zaisei alzó la cabeza para mirarlo fijamente, con seriedad—. Es porque no es un celeste. Es un joven humano.

Do-Yin entornó los ojos y no dijo nada. Volvió a centrarse en el nido que tenía ante sí. Zaisei estaba tranquila, sin embargo. Lo que un humano podría haber interpretado como una reacción de rechazo o desaprobación, la joven celeste lo había visto claramente como un gesto de preocupación. Do-Yin acogía la noticia con cierta cautela: puesto que existía un lazo, un sentimiento sincero entre ambos jóvenes, el celeste no tendría nada que objetar; no obstante, como todos los celestes sabían, especialmente los padres que tenían hijos en edad de buscar pareja, las relaciones con cualquier otra raza no celeste siempre eran complicadas. Los celestes eran especialmente sensibles y, al mismo tiempo, mucho más fuertes emocionalmente que los humanos. Porque los celestes estaban acostumbrados a conocer y aceptar los sentimientos propios y ajenos, mientras que los no celestes desconocían las emociones de la gente que los rodeaba y, al mismo tiempo, ocultaban las suyas propias, las disimulaban, creyéndose así más seguros. Y tenían tendencia a mentir sobre sus propios sentimientos, algo que no tenía sentido ante un celeste. Los no celestes no entendían que, al poner tantos muros en torno a su corazón, no lo protegían más; al contrario: lo hacían más vulnerable.

—Sufriréis mucho los dos —dijo Do-Yin—. Especialmente tú. Los sentimientos de los humanos son intensos y violentos, porque tienden a reprimirlos. Se sentirá incómodo cuando quiera ocultarte algo y no pueda. Y, por otra parte, tú tendrás que decirle con palabras cosas que son obvias para cualquiera que posea la empatía de un celeste.

—Lo sé —asintió Zaisei—. Pero estamos aprendiendo los dos.

Do-Yin sonrió.

—Eso es bueno, hija. Si existe un lazo, deseo de corazón que sea lo bastante fuerte como para resistir las dificultades que puedan deshacerlo con el tiempo. En cuanto a lo de abandonar el Oráculo, tú sabes cuáles son las opciones. Si tenéis hijos varones, no podrás regresar allí, a no ser que te separes de ellos o que te los lleves contigo al Oráculo de Nanhai, si es que vuelve a estar activo algún día, y los instruyan allí como sacerdotes de los Tres Soles. Si tienes hijas, podrías llevártelas contigo a Gantadd. Como hizo tu madre contigo. En cualquier caso, si deseas estar junto a tu mago, tendrías que plantearte dejar el Oráculo.

Zaisei se retorció las manos.

—Lo haría, si fuera necesario. Pero no quiero dejar sola a la Madre Venerable. Ha cuidado de mí desde que era muy pequeña, desde que mamá murió. Y últimamente está muy extraña...

Su padre no dijo nada. Zaisei se movió para situarse detrás de una de las agujas de piedra, tratando de resguardarse del viento, que era cada vez más intenso.

–Los Oráculos no están pasando por un buen momento –prosiguió Zaisei–. Ya te he contado lo que les ha sucedido a los Oyentes.

–Sí –asintió Do-Yin, sombrío; había percibido con claridad los sentimientos de angustia que habían llenado el corazón de su hija al hablar del tema–. Doy gracias a los Seis porque nada parecido sucedió en los tiempos en que tu madre vivía en el Oráculo.

–Sucedieron cosas importantes en aquellos tiempos –susurró Zaisei–. Ella escuchó la Primera Profecía.

Do-Yin la miró, muy serio.

–¿Gaedalu te lo ha contado? Habría sido mejor que no lo hiciera. Nunca quise que te implicaras en esto, hija, y el hecho de que tu madre fuera una Oyente del Oráculo de Gantadd en aquella época, no te obliga a ti a sentirte responsable por todo lo que está pasando.

Zaisei inclinó la cabeza, sin tratar de negarlo.

–Pero hubo otra profecía –dijo entonces–. Dos años después de la primera, poco después de la conjunción astral, poco después de que el dragón y el unicornio fueran enviados a otro mundo. La segunda profecía hablaba también de un shek.

–Eso he oído decir –asintió el criador de aves.

–Entonces yo era muy pequeña, y no recuerdo nada de todo aquello. Y mi madre no tuvo ocasión de explicármelo. Tampoco he podido acceder a las anotaciones que los Oyentes hicieron en su día, y Gaedalu no ha querido responder a mis preguntas al respecto. No le gusta hablar de la Segunda Profecía; de hecho, a veces actúa como si fuera falsa, o como si la hubiésemos interpretado mal. Por eso, padre, necesito saber... si mi madre también escuchó esa Segunda Profecía, la que hablaba de Kirtash... Y si te dijo algo sobre ella.

Do-Yin negó con la cabeza.

–Tu madre no escuchó esa Segunda Profecía, Zaisei –ella abrió la boca para decir algo, pero el celeste le indicó con un gesto que no había terminado de hablar–. No lo hizo porque alguien se lo impidió. Alguien escuchó la profecía en su lugar.

Zaisei lo miró con asombro, percibiendo el intenso dolor que provocaban en él aquellos recuerdos, pero no pudo decir nada porque, en aquel momento, una violenta ráfaga de aire le arrebató la sombrilla de entre las manos.

–¿Quién, padre? –pudo preguntar al fin, alzando un poco más la voz para hacerse oír por encima del silbido del viento.

Do-Yin no contestó. Se había quedado quieto, con la vista clavada en el horizonte. Zaisei siguió la dirección de su mirada y vio un grupo de formas oscuras que se acercaban volando desde el norte.

–No son pájaros –dijo.

–No, hija. Si no fuera porque parece imposible, diría que se trata de dragones.

Zaisei comprendió.

–*Son* dragones. Debe de ser un grupo de los Nuevos Dragones, los dragones artificiales. Los he visto volar. Parecen muy reales.

–Sin embargo, no es eso lo más sorprendente. Mira allí.

El celeste señaló un punto más lejano, algo que parecía perseguir a los dragones y que avanzaba lentamente hacia Haai-Sil. Algo alargado, como una gigantesca columna de colores cambiantes, que parecía, sin embargo, doblarse y ondularse.

–¿Qué es eso? –susurró Zaisei, horrorizada y fascinada a la vez.

–No lo sé, pero viene hacia aquí, y a los pájaros no les gusta.

Fue entonces cuando Zaisei se dio cuenta de que los haai gemían suavemente, aterrorizados. Nunca los había escuchado emitir aquel sonido, y no lo consideró una buena señal.

–Los dragones llegarán primero –dijo–. Si vienen de Rhyrr, tendrán que detenerse aquí para renovar su magia. Voy a recibirlos cuando aterricen: tal vez ellos sepan qué está pasando.

–¡Alexander! –llamó Shail desde la entrada de la cueva–. ¿Estás ahí?

Era una pregunta retórica, por supuesto: sabía que estaba allí dentro. Pero, por si todavía le quedaba alguna duda, el habitante de la caverna le respondió con un gruñido malhumorado.

–¡Soy Shail! –insistió el mago–. ¡He vuelto, como te prometí! ¡Y he traído conmigo a Jack!

–¡Lárgate de una vez! –gritó Alexander desde dentro–. ¡Estoy harto de que me tortures con mentiras y con falsas esperanzas!

Shail se volvió hacia Jack con un suspiro.

–Ya lo has oído.

El chico movió la cabeza en señal de desaprobación.

–Déjamelo a mí.

Sin dudarlo, se metió dentro de la cueva. Cuando la luz que procedía de fuera ya no pudo iluminar sus pasos, desenvainó a Domivat, que resplandeció en la oscuridad. Miró a su alrededor, inquieto, pero el techo era lo bastante alto como para que su esencia de dragón no se sintiera constreñida.

–¡Alsan! –gritó.

Lo descubrió en un rincón, mirándolo con desconfianza a la luz de la llama de la espada.

–¿Quién eres? –gruñó–. ¿Y qué quieres?

–Soy Jack. Y lo que quiero es sacarte de aquí.

–Mientes. Jack está muerto. Además, él nunca me llamaba Alsan.

–Soy Jack, y estoy vivo. Y te llamo como me da la gana.

Clavó a Domivat en el suelo. La espada fundió instantáneamente toda la nieve a su alrededor, pero Alexander no tuvo tiempo de fijarse en el fenómeno, porque Jack se acuclilló ante él.

–¿No me reconoces?

Alexander le enseñó los dientes con un gruñido.

–Está bien, se me ha agotado la paciencia –suspiró Jack.

Lo agarró del pelo y tiró de él para obligarle a levantar la cabeza y mirarle a los ojos. A la luz de Domivat, el fuego de la mirada del dragón poseía una fuerza antigua y poderosa que hizo que Alexander se encogiera sobre sí mismo, intimidado.

–Vas a venir conmigo ahí fuera –le dijo, lentamente pero con firmeza–. Vas a salir de aquí y le vas a plantar cara al mundo, y vas a dejar de esconderte detrás de esta máscara de autocompasión, detrás de ese nombre prestado. Yo también llevo dentro algo que da mucho miedo, créeme. Y también he hecho cosas terribles, obligado por algo que escapaba a mi control y a mi voluntad. Pero eso no cambia el hecho de que sigo siendo Jack.

Alexander no soportó más la intensidad de la mirada del dragón; el miedo y las dudas rompieron el débil equilibrio entre las dos partes de su espíritu que luchaban por el control de su ser. Con un feroz gruñido, se desasió del contacto de Jack, se revolvió y, cuando se giró de nuevo hacia él, estaba a medio transformar. Jack cayó hacia atrás, sorprendido, y por un momento se quedó allí, sentado sobre la nieve. Sin embargo, cuando la bestia se abalanzó sobre él, reaccionó y retrocedió un poco, con un brillo de decisión iluminando sus ojos verdes. Se puso en pie y un instante después estaba transformado en un dragón dorado. Se pegó al suelo y estiró su largo cuello hacia la bestia para responder a su gruñido con un poderoso rugido que hizo retumbar toda la cueva. La criatura se detuvo, un poco perpleja, pero trató de avanzar de nuevo. Jack, perdida ya la paciencia, dejó caer su larga cola sobre él, como si fuera un látigo, y lo arrojó al suelo de un solo golpe. Después lo retuvo ahí, mientras sus ojos relucían en la penumbra y sus orificios nasales dejaban escapar un resoplido teñido de humo.

—Esta no es manera de recibir a los amigos, Alsan —lo riñó.

Lentamente, Alexander volvió a recuperar su aspecto humano. Cuando miró al dragón, confuso y desorientado, había lágrimas en sus ojos. Jack sonrió y volvió a transformarse ante él.

—¿Lo ves? —le dijo en voz baja—. Soy yo, Jack. El chico al que rescataste en Dinamarca. El mismo dragón al que salvaste de la conjunción astral. Sigo vivo.

—Pero... ¿cómo es posible? —balbuceó Alexander—. Decían... que Kirtash te había matado.

—Qué más quisiera él —sonrió Jack—. No es tan fácil acabar con un dragón.

Ambos cruzaron una larga mirada.

—Me alegro de haberte encontrado por fin —dijo Jack.

—Y yo me alegro de que sigas vivo —repuso Alexander con voz ronca—. No te imaginas cuánto.

Los dos se fundieron en un fuerte abrazo.

Kimara divisó a lo lejos los nidos de Haai-Sil cuando su dragón ya empezaba a fallar.

Después de todo un día de vuelo, la magia de los dragones ya estaba perdiendo fuerza, por lo que debían parar a renovarla. Sacudió la cabeza, preocupada. El día anterior ya se habían detenido y el tornado casi los había alcanzado. Avanzaba muy lentamente, pero sin pausa, y por eso los pilotos, que sí necesitaban descansar, habían estado a punto de sufrir las consecuencias.

Y esas consecuencias eran terribles. Kimara había tratado de olvidarlo, pero los recuerdos de lo que había sucedido en Rhyrr la torturaban sin piedad. De los veinte dragones que habían partido de Thalis, ahora solo quedaban nueve. Y delante de todos ellos volaba Ogadrak, con aquella despreocupación que era característica de su piloto, y que tanto exasperaba a Kimara. La joven se preguntaba cómo iban a ayudar a los rebeldes de Awinor ahora, qué diría Tanawe cuando se enterara y, sobre todo, qué dirían las familias y los amigos de aquellos que habían caído.

Kimara apenas había tenido ocasión de conocerlos, pero Rando sí; y por eso le resultaba tan irritante que actuara como si nada hubiese pasado. La noche anterior, cuando Vankian y ella habían renovado la magia de los dragones, Kimara había descubierto que el mago tenía los ojos húmedos. Rando, en cambio, parecía tan tranquilo como siempre, y al preguntarle Kimara al respecto, se había encogido de hombros y había contestado:

—Sí, es una pena.

Kimara estalló.

—¿Cómo que una pena? ¡Esas personas han muerto, y a ti no parece importarte!

Rando había vuelto hacia ella su mirada bicolor:

—Esas personas eran pilotos de los Nuevos Dragones. Acudían a Awinor a luchar y sabían que podían morir. De lo contrario, no serían pilotos de dragones y tampoco estarían en nuestro grupo. Cuando uno está dispuesto a morir por algo, es que la vida no le importa gran cosa, así que ¿para qué llorarle? En mi caso, si algún día caigo, preferiría que nadie derramara una lágrima por mí. Preferiría que la gente riera y dijese: «Ahí se va Rando, y el muy canalla ha vivido la vida al máximo y al límite. Brindemos por Rando, que se carcajeó de su propia muerte y estuvo de buen humor hasta el final».

Kimara se quedó perpleja ante la franqueza del piloto, pero murmujeó:

—Ya, bueno, pero resulta que no todos piensan igual que tú.

No habían hablado más de ello, pero Kimara seguía estando molesta.

Volvió a la realidad al ver que Ogadrak iniciaba una maniobra de descenso, y que el resto de dragones lo seguían. Dudó un momento, pero entonces recordó que probablemente el alcalde de Rhyrr no había tenido tiempo de avisar en Haai-Sil de lo que se avecinaba. Tal vez ya fuera tarde, pero, en cualquier caso, debían hacer algo.

Fue difícil encontrar un lugar donde aterrizar, puesto que el terreno de Haai-Sil, erizado de altas formaciones rocosas con forma de aguja, no dejaba muchos espacios libres. Al final, la flota halló una pequeña explanada a las afueras de la ciudad. Cuando Kimara bajó de un salto de su dragona, los otros pilotos se habían reunido ya en torno a un grupo de celestes que habían acudido a recibirlos. Kimara reconoció entre ellos a Zaisei. Se preguntó qué haría ella en Haai-Sil, y entonces recordó que la Madre Venerable había estado en Rhyrr hasta apenas unos días antes.

Zaisei también la había visto.

–¡Kimara! –exclamó–. ¿Qué es lo que pasa más al norte? ¿Qué es ese tornado que se acerca?

La semiyan sacudió la cabeza.

–No lo sé, pero ha arrasado Rhyrr y ha destruido más de la mitad de nuestra flota. Nos hemos detenido porque hemos de renovar la magia de los dragones y para avisaros, pero en unas horas continuaremos nuestro viaje hacia Awinor, y os aconsejamos que hagáis lo mismo y que evacuéis la población cuanto antes.

Zaisei palideció.

–¡Pero no podemos irnos! Los pájaros...

–Lleváoslos con vosotros –zanjó Kimara–. Usadlos de montura para escapar de aquí. Si os dais prisa, tal vez el huracán no os alcance.

–Pero ¿y los nidos, los huevos, los polluelos...? –preguntó Zaisei, angustiada.

Kimara negó con la cabeza. Los celestes del grupo callaron, pálidos, con los ojos muy abiertos y con una clara expresión temerosa en sus rostros, habitualmente apacibles. Sin duda ya habían captado los sentimientos de terror e impotencia que anidaban en los corazones de los pilotos.

Era ya noche cerrada cuando Jack y Shail regresaron al Oráculo. Los seguía Alexander, aún aturdido, temblando bajo la capa de pieles que le habían proporcionado. Al verlo a la luz de la tarde, habían descubierto que su larga estancia en el reino helado de Nanhai le había hecho perder dos dedos de la mano izquierda. A él, sin embargo, no parecía haberle afectado este hecho; por lo visto, al verlos congelados, se había limitado a cortárselos con su propia espada. En opinión de Shail, si los gigantes no lo hubiesen encontrado tiempo atrás, Alexander no habría sobrevivido. Ahora iba detrás de sus amigos, avanzando torpemente sobre la nieve, sin tener todavía muy claro lo que estaba pasando.

En las ruinas del Oráculo reinaban la calma y el silencio. Todos se habían ido ya a dormir, salvo Ymur, que se había acomodado junto a la hoguera y leía atentamente un libro. Junto a él había un ajado canastillo lleno de viejos volúmenes y antiguos legajos que, sin duda, tenía intención de estudiar a continuación.

Shail se dejó caer junto a la hoguera y puso las manos cerca del fuego para calentárselas. Jack ayudó a Alexander a sentarse.

—Oh, sois vosotros —dijo Ymur, distraído—. ¿Tan pronto habéis vuelto?

—¿Pronto? —repitió Shail, casi riéndose—. Ymur, es tardísimo. Pronto amanecerá.

El gigante se mostró desconcertado.

—¿De verdad? Se me ha pasado el tiempo volando —echó un vistazo a Alexander—. ¿No es este el hombre-bestia? —preguntó con curiosidad—. Visto de cerca, parece solamente un hombre. Un hombre sumamente sucio y greñudo, pero un hombre, al fin y al cabo.

—Es el príncipe Alsan de Vanissar —respondió Jack, muy serio—. Está pasando por un mal momento, pero se recuperará pronto.

Ymur le devolvió una mirada pensativa.

—Algo terrible debe de haberle pasado para comportarse de esa manera, muchacho-dragón; y, si es así, no se trata de algo de lo que uno pueda recuperarse pronto.

—Pero él lo hará —insistió Jack, obstinado—. Lo conozco bien, es fuerte. Se recuperará.

Ymur se encogió de hombros.

—Si tú lo dices... Pero hasta los hombres más fuertes son vulnerables a las heridas del espíritu.

Jack no respondió.

—¿No queda nada de cena? —terció Shail entonces, para aliviar la tensión—. Me muero de hambre.

—Ha sobrado algo de carne, pero, si es tan tarde como decís, seguro que estará fría.

Hubo un silencio mientras Shail se hacía con el cesto de la comida y la repartían entre los tres. Ymur estaba en lo cierto: se había quedado fría. No tardaron, sin embargo, en pincharla en los palos para volver a pasarla sobre el fuego de la hoguera.

Mientras comía, Jack miró de reojo los libros del canastillo. Casi todos eran de tamaño humano.

—¿Algo interesante? —preguntó.

—Pues mira, ahora que lo dices, sí.

—¿Los Registros del abad?

–No, pero sí otra cosa que puede resultar igual de reveladora.

Rebuscó entre los libros del montón para sacar un viejo cuaderno. Lo sostuvo entre el dedo pulgar y el índice, con cuidado, para no romperlo.

–Este es el diario de la Sala de los Oyentes. Se encontraba entre los libros que rescaté en los primeros días después de la destrucción del Oráculo.

Jack se irguió.

–¿Diario? ¿Quieres decir que ahí están recogidas las profecías?

–No, de ninguna manera. Es cierto que cada Oráculo tiene un Libro de la Voz de los Dioses, que contiene todas las profecías escuchadas en la Sala de los Oyentes, pero el nuestro se perdió hace mucho tiempo y no he podido dar con él. Esto es algo más banal. Es un diario de mantenimiento de la Sala de los Oyentes, que suelen llevar los novicios que se encargan de atender a la estancia y a los Oyentes que trabajan en ella. Por lo general no se anota nada interesante en estos diarios; solo las fechas en que se limpia la sala, las horas de los turnos de los Oyentes, los momentos en que estos parecen escuchar algo significativo... En fin, todo tipo de incidencias. En su día no me llamó la atención, pero esta noche me acordé de él y pensé que, si pasó algo importante la noche en que ese mago se coló en la sala, debía de estar escrito aquí.

–¿Y lo está? –inquirió Shail, con el corazón en un puño.

Ymur asintió.

–Lo está. Como yo sospechaba, el novicio no tenía la más remota idea del nombre del hechicero, así que lo llama «el mago visitante». Léelo tú, por favor; tienes los dedos más pequeños y podrás pasar las páginas con más facilidad.

Shail buscó con cuidado la fecha que le indicó el gigante y leyó:

–«Esta noche, un mago visitante ha entrado en la Sala de los Oyentes durante el turno de la hermana Manua. Ha estado un largo rato, por lo que suponemos que Manua se ha dormido y no ha podido atender a sus obligaciones. Cuando ha acudido a la sala, ha encontrado al mago muy asustado, balbuceando blasfemias sobre el Séptimo dios (que los Seis perdonen su impía arrogancia). De verdad parecía muy asustado, pero aun así los hermanos y hermanas han tenido que sacarlo a rastras de la sala, porque no quería salir. Le ha dado un ataque o algo parecido. Ahora mismo está en la enfermería

233

con una fiebre muy alta. Las hermanas sacerdotisas de la diosa Wina están cuidando de él».

—Lo que ya os conté —señaló Ymur.

—¿Qué es eso de los turnos? —preguntó Shail, interesado.

—Los turnos de los Oyentes. Suele haber dos en cada Oráculo, más los Oyentes en formación, novicios que se preparan para ser Oyentes y que a menudo acompañan a los dos que tenemos, o los sustituyen si se encuentran indispuestos. Cada Oyente tenía dos turnos de un cuarto de jornada. Así, desde el amanecer hasta el mediodía estaba Deimar; desde el mediodía hasta el atardecer, Manua. Del atardecer a la medianoche, Deimar de nuevo; y de la medianoche al amanecer, Manua otra vez. Se hacía así para que en todo momento hubiese alguien en la Sala de los Oyentes, por si los dioses nos enviaban algún mensaje. No me sorprende que el mago prefiriese el turno de Manua para entrar en la sala. A esas horas, los novicios que cuidaban de la Sala de los Oyentes debían de estar durmiendo, junto con el resto de sacerdotes y sacerdotisas.

—Pero todo esto no nos aporta nada nuevo —murmuró Jack.

—No —concedió el gigante—. No obstante, tuve una corazonada y seguí leyendo. Y me encontré con que ese mago volvió a entrar en la Sala de los Oyentes días más tarde. Lee la entrada, Shail. Siete días después.

Shail leyó:

—«El mago visitante ha vuelto a entrar en la Sala de los Oyentes, de nuevo durante el turno de la hermana Manua. No sabemos muy bien qué ocurrió, puesto que era en la hora de descanso de los novicios de la sala, pero acudimos allí en cuanto oímos el grito. Al entrar en la sala vimos al hechicero con un puñal ensangrentado entre las manos y la túnica rasgada y llena de sangre. La hermana Manua estaba con él, por lo que pensamos que había intentado herirla, pero luego vimos que ella solo estaba muy asustada, y que el herido era él. Sin embargo, la hermana Manua juró que ella no lo había atacado, sino que él había tratado de herirse a sí mismo. Volvimos a sacarlo de la sala, y esta vez se dejó conducir fácilmente. Salió, además, por su propio pie, por lo que la herida no debe de ser muy grave. Hemos oído decir que los hermanos sacerdotes lo llevaron a la enfermería otra vez, pero que, en un descuido de las sacerdotisas, desapareció. Todavía lo están buscando».

Ymur asintió.

—No se volvió a ver al mago por el Oráculo nunca más.

Jack apretó los dientes.

—Ahora estoy seguro de que era Ashran —murmuró.

Ymur rió sin alegría.

—De modo que el humano que quería saber cosas sobre el Séptimo dios, aquel que entró en la Sala de los Oyentes... era el que luego sería Ashran el Nigromante, el que entregó Idhún a los sheks...

—Era mucho más que Ashran —dijo Jack—. Creo que lo que pasó fue lo siguiente: el Séptimo dios habló a Ashran en la Sala de los Oyentes. Le dijo lo que debía hacer, y por eso él salió tan asustado. Pero tomó su decisión... quizá porque sabía que valía la pena. Unos días después, regresó a la Sala de los Oyentes y acabó con su propia vida con aquel puñal. No sé si se cortó las venas o si hundió el puñal en su propio pecho, pero lo hizo.

—¿Y cómo se lo permitió la sacerdotisa que estaba presente? —inquirió Shail, perplejo.

—Puede que ella entrara más tarde. Incluso puede que la primera vez no se quedara dormida por casualidad. Si yo fuese un mago y quisiera entrar en algún sitio, no me esperaría a que, por un casual, la persona que debía estar dentro se quedase dormida y faltase a su puesto. Le aplicaría yo mismo un hechizo de sueño.

—Cierto, no se me había ocurrido —asintió Shail—. Entonces, la durmió la primera vez y así se encontró la sala vacía. Y la segunda vez debió de hacer algo parecido. Puede que ella despertara cuando Ashran todavía se encontraba en la sala, y al regresar corriendo...

—... Lo vio, y fue entonces cuando gritó, lo cual alertó a los novicios.

—Espera —cortó Ymur—. ¿Has dicho antes que «acabó con su propia vida»? Querrás decir que «lo intentó», ¿no?

—No, quiero decir que *lo hizo*. Debía morir para que el Séptimo dios entrase en su interior, y por eso se autoinmoló. Cuando la esencia del Séptimo poseyó su cuerpo, por así decirlo, él volvió a la vida. Creo, de todas formas, que seguía siendo Ashran, de alguna manera; igual que, por lo que sé, la esencia del Séptimo está ahora en el interior de la maga Gerde, y ella sigue siendo Gerde.

Ymur movió la cabeza, frunciendo el ceño.

—Dicen de ti que te has criado en otro mundo, muchacho-dragón. Tal vez por eso no comprendas que es blasfemia insinuar que el

Séptimo dios, los Seis nos protejan de su maldad y su veneno, pueda hablarnos a través de nuestros propios Oráculos.

–Oh, pero lo hace –rió Jack, con cierta ironía–. ¿Cómo te explicas, pues, que la Segunda Profecía, escuchada en el Oráculo de Gantadd, de la que Ha-Din y Gaedalu guardan constancia, incluyese a un shek en la guerra contra Ashran? ¿Acaso los Seis considerarían siquiera la idea de que pudiese ser aliado nuestro?

–Desde luego que no –replicó Ymur, perplejo–. ¿De qué shek me estás hablando?

–De alguien a quien conoces –repuso Shail, con una serena sonrisa–. De Kirtash, el joven que estaba conmigo cuando nos conocimos. Supongo que muchos en Nanhai no han oído hablar de él, porque esta tierra siempre ha permanecido ajena a lo que sucedía en el resto del continente, pero Kirtash, el hijo de Ashran, es tan shek como Jack dragón.

–¿Y es aliado vuestro? ¿Cómo es posible, pues, que el Séptimo pronunciase una profecía en la que un shek ayudaría a derrotar a Ashran... es decir, a él mismo?

–Porque no podía luchar contra la Primera Profecía –respondió Jack–, de modo que trató de desbaratarla desde dentro. La idea era que tener a Kirtash como aliado nos debilitaría, rompería nuestra unión... y era una buena idea. En realidad, una vez que Victoria y yo descubriésemos quiénes éramos y aprendiésemos a usar nuestro poder, Kirtash no podría ya derrotarnos... Por eso y por otros motivos, en un momento dado, Kirtash dejaría de ser útil a Ashran en su lucha contra nosotros. Pero su presencia en nuestro propio bando crearía confusión, dudas, malestar... y muchos problemas; y, de hecho, así fue. En un determinado momento de la guerra, Kirtash sería más peligroso para nosotros como aliado que como enemigo. Esto fue lo que vio Ashran y lo que nosotros no supimos entender, creyendo que con él a nuestro lado tendríamos más posibilidades de ganar. Y en realidad fue su presencia en nuestro grupo lo que provocó que la Resistencia se disgregara, y lo que estuvo a punto de separarnos a Victoria y a mí para siempre.

–Pero al final vencisteis a Ashran –dijo Shail, recordando cómo los había hallado a los tres cerca de la Torre de Drackwen–. Los tres juntos.

–Sí, lo hicimos. Gracias a una serie de casualidades, la verdad, pero también gracias a que superamos todos los problemas que nos causó esa alianza, y ello solo consiguió que nos hiciéramos más fuertes, que estuviésemos los tres más unidos.

Ymur hundió el rostro entre las manos, confuso.

–Llevo siglos estudiando antiguas escrituras acerca de los dioses –dijo–, pero jamás había oído nada tan descabellado.

–Poco importa ya –dijo Jack, con una cansada sonrisa–. La cuestión es que al final vencimos, pero no sé si ha servido para algo. Por esto estoy aquí, para averiguarlo. Ojalá –suspiró– el Oyente que vio a Ashran en la sala hubiese sido Deimar. Por lo que sabemos de él, ha estado en el Oráculo de Awa, así que imagino que durante todo este tiempo ha seguido junto a Ha-Din. Si él hubiese tenido ocasión de contarle lo que sabía del «mago visitante» que vino aquí, seguramente habríamos atado cabos mucho antes.

–Lo cual me lleva a preguntarme por qué Manua no dijo nada –señaló Shail–. ¿Acaso murió en el ataque contra el Oráculo?

Ymur sacudió la cabeza, tratando de volver a centrarse.

–Hay más cosas interesantes en el diario. Cerca de un año después de la partida del mago, se pronunció la Primera Profecía. Los novicios anotaron el día en que los Oyentes, primero Deimar y luego Manua, anunciaron que los dioses emplazaban a los Venerables para darles un mensaje. En el siguiente plenilunio de Erea, la fecha fijada para que los dioses hablasen, llegaron a Nanhai el Venerable Ha-Din y la Venerable Gaedalu. Cada uno de ellos traía consigo a uno de sus Oyentes. El abad Yskar eligió a Manua, por lo que sabemos que ella seguía aún en el Oráculo.

–Y escuchó la profecía, entonces –dijo Jack–. ¿Hay alguna razón en especial por la cual el abad eligiese a Manua, en lugar de a Deimar? ¿Tiene que ver con los turnos?

–No lo creo. Supongo que sería más bien una cuestión de representación: de Gantadd vinieron dos sacerdotisas de las Tres Lunas; del Oráculo de Raden, dos sacerdotes de los Tres Soles. El propio abad Yskar era también un sacerdote de los Tres Soles, por lo que la sexta persona debía ser una sacerdotisa de las Tres Lunas.

–¿Y después? –quiso saber Shail–. ¿Qué hizo después?

–Creo que se marchó –respondió Ymur–, porque unos días después, una de las Oyentes en formación tuvo que sustituirla. El diario no explica por qué. Simplemente se anota que la hermana Ygrin se encargaría de sus turnos. Y así fue hasta que los sheks nos atacaron y destruyeron el Oráculo. Ygrin murió aquel día, como todos los demás, salvo Deimar y yo.

—O sea, que puede que Manua siga viva —resumió Jack, pensativo—. En tal caso, quizá sepa más cosas. Puede que llegara a tiempo de ver algo importante; puede que supiera, incluso, algo más acerca del pacto de Ashran y el Séptimo.

—Si así fuera, se lo habría dicho a alguien —objetó Shail.

—¿Y quién le habría creído?

Shail guardó silencio, comprendiendo que tenía razón.

En aquel momento comenzó a nevar suavemente. Jack echó un vistazo al cielo.

—Creo que ya es hora de que nos recojamos —dijo.

—Sí —coincidió Shail mirando a Alexander, que dormitaba junto al fuego, envuelto en pieles—. Habrá que llevarlo dentro —comentó.

Ymur guardó los libros en la cesta.

—Cargaré con él si queréis. Pero alguien tiene que llevar los libros.

—Yo lo haré —dijo Jack, y se dispuso a levantar el canastillo; lo observó de cerca, con curiosidad—. ¿De dónde has sacado esto? —preguntó.

—Lo encontré entre las ruinas. Lo uso para transportar los libros porque algunos son tan pequeños que se me escurren entre los dedos.

—Parece una cuna.

—Es que es una cuna. Había un bebé en el Oráculo. Lo sé porque hubo un tiempo en que le oía llorar algunas noches. Me figuro que la cuna era suya, aunque, por suerte, el bebé no estaba en ella cuando la encontré. Puede que se lo llevaran lejos de aquí antes de que nos atacaran.

Jack alzó la cabeza y lo miró, pálido.

Otra pieza del rompecabezas encajaba en su sitio. Y de qué forma.

Las tres lunas brillaban intensamente en el cielo cuando los pájaros de Haai-Sil alzaron el vuelo. Sobre ellos cabalgaba la totalidad de la población celeste de la ciudad. A la cabeza, junto con los mandatarios del lugar, volaban Gaedalu y sus sacerdotisas. En la retaguardia, los nueve dragones artificiales protegían a los celestes y los resguardaban del viento.

El pájaro de Zaisei, sin embargo, no volaba con los de las demás sacerdotisas. Se había retrasado un poco para escoltar a su padre, que iba montado en el pájaro de otro celeste, y lloraba en silencio, destrozado.

Habían tenido que obligarlo a abandonar a una parte de sus pájaros, los que aún no sabían volar, y las hembras que no habían querido separarse de sus huevos. El huracán arrasaría los nidos y se los llevaría a todos.

Poco antes de partir habían intentado obligarlo a que los acompañara, pero él se había resistido con todas sus fuerzas. Nadie había estado dispuesto a usar la violencia para forzarlo a que abandonara la ciudad, porque lo comprendían demasiado bien y porque los celestes eran incapaces de hacerle daño a nadie. Entonces había llegado Rando, el piloto de los Nuevos Dragones, y lo había dejado sin sentido de un golpe, sin el menor escrúpulo. Todos los celestes se habían quedado pálidos y mudos de horror, pero Zaisei le había dado las gracias.

Cuando Do-Yin había recobrado la conciencia, ya volaba a lomos de un haai, sostenido por un joven celeste. No había tenido ya fuerzas para resistirse y, sin embargo, seguía queriendo volver. El celeste que sujetaba a Do-Yin tenía los ojos húmedos: sufría también, no solo por tener que dejar atrás su hogar, sino sobre todo porque sentía en su propio corazón el intenso dolor del criador, para quien abandonar los huevos y los polluelos suponía casi como abandonar a sus propios hijos. Zaisei habría estado dispuesta a cargar ella misma con el dolor de su padre, pero no era lo bastante fuerte como para retenerlo si él trataba de resistirse de nuevo.

El viento soplaba cada vez con más intensidad y tiraba de ellos hacia atrás. Los haai aleteaban con todas sus fuerzas, pero apenas conseguían avanzar. Por fortuna, el huracán que los perseguía iba también muy lento. Con un poco de suerte, llegarían a las montañas antes de que los alcanzase.

En la retaguardia, Kimara se mordía los labios, nerviosa. Los dragones podían volar más deprisa, pero iban más lentos para cubrir las espaldas a los pájaros de los celestes. Había sido idea de Rando, en realidad, lo cual había dejado sorprendida a la semiyan. No obstante, si se paraba a pensarlo, no era tan extraño. Las gentes de Haai-Sil no tenían la culpa de lo que estaba pasando, no se habían arriesgado, valoraban sus vidas. Al propio Rando no le asustaba arriesgarse para proteger a aquellas personas... ni, dicho sea de paso, arriesgar las vidas de los demás pilotos, pensó Kimara, molesta. No pudo evitar recordar, sin embargo, que Rando tenía razón en una cosa: los pilotos de dragones eran guerreros, y se habían alistado en el grupo porque estaban dispuestos a correr riesgos, porque no les importaban las consecuencias. Era lógico, pues, que fuesen ellos los encargados de proteger a los que sí tenían algo que perder.

Apartó aquellos pensamientos de su mente cuando una veloz sombra oscura cruzó ante ella. Parpadeó y se fijó mejor. La sombra volvió a pasar: era uno de los dragones. Ogadrak, para ser más exactos.

–¿Qué tripa se le ha roto ahora? –se preguntó la joven, exasperada.

El dragón de Rando daba vueltas en torno a ella para llamar su atención. Kimara lo miró, preguntándose qué intentaría decirle, cuando de pronto lo perdió de vista. Atisbó por la escotilla delantera y por las laterales, pero no lo vio. Supuso entonces que lo tendría en la cola.

Otro de los dragones se colocó ante ella y lanzó una llamarada de advertencia. Intrigada, Kimara se preguntó qué estaría pasando... y entendió de pronto, horrorizada, que Rando había dado media vuelta y se dirigía hacia el huracán.

–¡Ah, por todos los dioses, ya estoy harta! –estalló–. ¡Que se lo trague el tornado de una vez!

No obstante, tras un breve momento de vacilación, hizo virar a Ayakestra... no para seguir a Rando, sino solo para ver qué diablos pretendía.

Cuando la dragona se colocó por fin mirando hacia el norte, Kimara descubrió que Rando no había ido tan lejos como creía. Su dragón se había detenido muy cerca de allí y, suspendido en el aire, miraba, como tres o cuatro más, lo que sucedía en el horizonte.

Kimara se quedó sin aliento.

El imponente tornado que había asolado Kazlunn, Nangal y parte de Celestia se había detenido ahora y giraba tan lentamente que hasta parecía hacerlo a propósito. Se había vuelto de un extraño color cárdeno, y su cono se había estrechado tanto que apenas existía ya en el lugar donde debía tocar tierra. Las nubes que cubrían el cielo sobre él seguían siendo densas y pesadas, pero también habían cambiado de color, haciéndose más claras.

El tornado siguió bailando un momento sobre Celestia, con un ritmo pausado, casi mortuorio... y entonces su cono se rizó sobre sí mismo por última vez y se desvaneció.

Todos los pilotos contuvieron el aliento.

Momentos después, respiraron, aliviados. Aquel terrorífico huracán se había calmado por fin.

Haai-Sil estaba a salvo.

Kimara contempló a los dragones haciendo piruetas de alegría, y sonrió. Pero en su interior no dejaba de preguntarse, intranquila: «¿Adónde ha ido?».

Dudaba de que algo así pudiera desaparecer, sin más.

Levantó la cabeza para mirar a través del cristal de la escotilla superior... y lo vio.

Sobre ellos se había formado una amplia y densa capa de nubes de un fantástico color purpúreo. Y aquella masa nubosa giraba lentamente sobre sí misma, como un inmenso remolino. Estaba lo bastante alto como para no dañar las cosas a ras de suelo, pero, aun así, resultaba sobrecogedor.

«Se va a quedar ahí, de momento», comprendió Kimara.

Hizo dar media vuelta a su dragona y prosiguió su camino hacia el sur alejándose de aquella cosa; cuanto más, mejor. Uno a uno, los dragones de su grupo la fueron siguiendo.

Mucho tiempo después, cuando ya divisaban a lo lejos las suaves dunas del desierto de Kash-Tar, empezaron a relajarse un poco. Pero quedaba todavía un rastro de terror en sus corazones, y lo que habían vivido aquellos días poblaría sus peores pesadillas el resto de sus vidas.

Las montañas exteriores del Anillo de Hielo estaban horadadas por cientos de enormes cavernas, entrelazadas entre sí por túneles oscuros y laberínticos. Resultaban un buen lugar donde ocultarse, como habían descubierto los Nuevos Dragones tiempo atrás. Pero estos no habían pasado de los niveles superficiales del entramado de galerías. Más abajo, en las mismas raíces de la montaña, las cavernas eran aún más grandes, oscuras y agradablemente frescas.

Allí se habían ocultado la mayor parte de los sheks que habían sobrevivido a la batalla de Awa. Estaban acostumbrados a vivir en túneles; durante generaciones, su especie había habitado en el lóbrego Umadhun. Y, sin embargo, aquel destierro les sabía espantosamente amargo, pues les recordaba una derrota anterior, muchos milenios atrás. Entonces habían sido vencidos por los dragones, y, curiosamente, muchos evocaban aquellos tiempos con nostalgia. Porque, por mucho que odiaran a los dragones, los respetaban, y podían entender que sus enemigos ancestrales los derrotaran en una batalla. Pero ser batidos por los sangrecaliente... Aquello era una humillación que las serpientes aladas no olvidarían jamás.

Y el que más lo recordaba era Eissesh, que había sido uno de los grandes líderes de los sheks. Si por él hubiera sido, habría salido inmediatamente de su escondite y habría plantado cara a los sangrecaliente y sus aberrantes dragones de madera, hasta matarlos a todos y ocultar todo Nandelt bajo una capa de hielo. Pero la lógica le decía que no era prudente.

Entre tanto, su gente, sheks, szish y aliados, aguardaban en las cavernas y lamían sus heridas.

Las de Eissesh eran especialmente graves. La ola de fuego que había cubierto el cielo lo había alcanzado de pleno, y solo se había salvado porque en aquel momento estaba cerca del río. Se había precipitado al agua, cayendo desde las alturas como una tea encendida, y había logrado salvarse.

Con todo, su estado era lamentable. Aún no entendía cómo había sido capaz de arrastrarse hasta las montañas y encontrar un túnel por el que deslizarse hacia las entrañas de la tierra. Había hallado una caverna profunda y, tras enviar una señal telepática a su gente, se había hecho un ovillo y había entrado en un sueño curativo.

Poco a poco, otros sheks y lo que quedaba de algunos clanes de hombres-serpiente habían acudido a su llamada. No lo habían molestado, sin embargo. Se habían limitado a instalarse en los túneles y cuevas cercanos, y a reorganizarse sin él. Tan solo lo interrumpían cuando se trataba de un asunto muy urgente o importante.

Y, entre tanto, Eissesh seguía descansando. No poseía magia propiamente dicha, pero estaba dedicando todo su poder mental a ir reconstruyendo sus tejidos poco a poco. Con todo, nunca volvería a ser el mismo. Y era muy posible que no sobreviviera al proceso.

Aquel día, su concentración se vio interrumpida por un tímido aviso telepático. Eissesh abrió un canal superficial para ver de qué se trataba, pero no reprendió al shek que lo había llamado. Sabía que nadie lo molestaría sin una buena razón.

«Han llegado dos hechiceros sangrecaliente», le informaron.

Eissesh aguardó, sin una palabra. Los hechiceros eran muy valiosos en un mundo que se estaba quedando sin magia, pero aquello no justificaba la interrupción, por lo que dedujo que había algo más.

«Uno de ellos es la feérica que estaba con Ashran. La que está reuniendo un pequeño ejército de szish en Alis Lithban».

No añadió nada más, pero Eissesh entendió. En aquellos largos meses, solo habían interrumpido su trance en dos ocasiones más. El primero había sido Sussh, gobernador de Kash-Tar, para informarle de las bajas que había detectado en la red de los sheks, y de que nadie podía asegurar con certeza si Ziessel y los suyos seguían con vida. La segunda vez se había tratado de un shek que le había dicho que estaban llegando szish desde Alis Lithban, y que hablaban de un hada que concedía el don de la magia. Aquella información sí era sumamente interesante, por lo que Eissesh lo envió para averiguar qué estaba pasando. Aún no había recibido respuesta, pero sabía que el shek seguía vivo, por lo que estaba claro que los sangrecaliente no lo habían abatido. Pero, por otra parte, también quería decir que no había averiguado nada concreto, o que lo que sabía no era tan importante como para molestarlo otra vez.

Pero una parte de la consciencia de Eissesh había estado reflexionando sobre aquella noticia.

Conocía a Gerde; sabía que Ashran le había confiado tareas importantes en el pasado, y que se había convertido en su mano derecha después de la traición de Kirtash. También tenía entendido que el propio Kirtash la había matado; pero, por lo visto, aquella información era falsa, pues, por los datos que tenía, el hada que estaba reuniendo a los szish en los bosques del oeste solo podía ser ella.

También sabía que el último unicornio se debatía entre la vida y la muerte en la torre de Kazlunn, gravemente herido tras la batalla contra Ashran. Eissesh no imaginaba qué clase de herida podía mantener en aquel estado a un unicornio durante tanto tiempo, aunque aquella muchacha no era del todo un unicornio. Pero cuando le hablaron del hada que concedía el don de la magia, ató cabos inmediatamente.

Había enviado al shek a investigar, y después no había vuelto a pensar en ello.

Y ahora, Gerde estaba allí.

Si no hubiera sido por aquel asunto de la magia, Eissesh no se habría molestado en recibirla. Pero la idea de que aquella feérica pudiese poseer el cuerno del último unicornio lo intrigaba. Y más todavía el hecho de que el shek que había mandado a hablar con ella no hubiese regresado todavía.

«Hazla pasar», dijo.

Momentos después, dos figuras entraron en la caverna. Resultaban ridículamente pequeñas ante la gran serpiente alada, que yacía en un rincón, hecha un ovillo, cubierta de escarcha. Su piel escamosa seguía ennegrecida, y su ala izquierda no era más que un montón de jirones. Además, había perdido un ojo.

A pesar de eso, el humano no pudo evitar sentirse intimidado. Gerde, en cambio, solo dirigió al shek una larga mirada pensativa.

–Lamento verte en este estado, gran Eissesh –dijo.

La serpiente movió un poco la cabeza y abrió lentamente el ojo que le quedaba. Una fina lluvia de cristales de hielo se desprendió de su piel.

«Nadie lo lamenta más que yo», coincidió. Los dos magos tuvieron que concentrarse para captar sus pensamientos, que sonaban débiles y lejanos en un rincón de sus mentes. «Gerde, ¿no es así?».

–Veo que recuerdas mi nombre.

«No suelo olvidar nombres, ni siquiera los nombres de los sangrecaliente. ¿Quién es el tipo que te acompaña?».

–Se llama Yaren, y es uno de los dos magos consagrados por Lunnaris hasta la fecha. Es un individuo curioso. Lunnaris le entregó una magia... podríamos decir, corrupta. No la recuerda con cariño.

«No me sorprende», dijo Eissesh. «Por lo que tengo entendido, tú estás usando su cuerno con mayor eficacia. ¿Cuántos magos has consagrado ya entre los szish?».

–Diecisiete. Pronto habrá más hechiceros entre nosotros que en toda la Orden Mágica.

«Me asombra que te creyeras con derecho a llevar a cabo semejante tarea sin consultar con los sheks».

La sonrisa de Gerde se esfumó.

–Veo que tu mensajero no te ha puesto al día –comentó.

«No», repuso el shek. «Imagino que no encontró motivos para molestarme. En otros tiempos, feérica, tener un buen grupo de magos en los clanes szish habría sido de gran ayuda. Hoy no nos sirve de gran cosa. Hemos perdido tanto terreno que tardaríamos años en reconquistar Idhún. Y mientras tanto, ellos siguen construyendo dragones».

Sus últimas palabras fueron apenas un susurro, pero tanto Yaren como Gerde captaron el intenso odio que emanaba de ellas. Gerde sonrió para sí. No era un secreto que ningún shek detestaba los dragones artificiales tanto como Eissesh.

–Comprendo tus reticencias –dijo Gerde–. Pero lo cierto es que dentro de poco no habrá en Idhún gran cosa que reconquistar.

Eissesh no respondió. Había cerrado el ojo de nuevo.

—Aquí estáis en peligro —prosiguió ella—. Los dioses de los sangre-caliente nunca aceptaron la derrota de sus dragones, y vienen a Idhún para luchar contra nosotros. Uno de ellos anda cerca.

Eissesh abrió el ojo otra vez.

«¿Hablas de dioses, feérica? ¿Qué sabes tú de los dioses?».

Gerde le respondió con una larga carcajada. Entonces avanzó hasta situarse justo frente a él. De haberse encontrado en mejores condiciones, Eissesh la habría devuelto a su lugar con un coletazo, pero en aquel momento, simplemente, aguardó.

Ambos, el hada y la serpiente alada, cruzaron una larga mirada.

—¿Qué sé yo de los dioses? —repitió Gerde, con una esquiva sonrisa—. Más de lo que querría, Eissesh.

El shek sostuvo su mirada... y vio en sus ojos algo oscuro y poderoso, tanto que le hizo temblar de puro terror. Trató de dominarse. No estaba tan débil como para sentirse intimidado por una simple maga sangrecaliente.

Gerde se separó de él. Eissesh cerró el ojo, agotado.

—Tengo un plan —dijo ella—. Llevará tiempo, y no disponemos de mucho, pero si sale bien podría salvarnos a todos. Si eres inteligente, Eissesh, y me consta que lo eres, estarás preparado y acudirás con tu gente a mi señal.

Eissesh no respondió. Todavía estaba tratando de encontrar una explicación lógica al miedo que se había adueñado de su frío corazón. Abrió el ojo, sobresaltado, cuando sintió que Gerde dejaba caer la palma de la mano sobre su abrasada piel. Ningún sangrecaliente se había atrevido a tocarlo jamás. Todos se estremecían de terror cuando lo tenían cerca. Y, no obstante, en aquel momento él mismo no tuvo fuerzas para moverse.

Porque un poder empezó a recorrerlo por dentro, una energía fría y oscura, pero a la vez extrañamente vivaz; una energía que regeneró su piel en cuestión de minutos y volvió a hacer crecer su ala destrozada.

Cuando Gerde se separó de él, Eissesh estaba casi completamente curado. Alzó la cabeza y la miró, sin una palabra.

—El ojo no te lo voy a devolver —dijo Gerde, muy seria—. Quiero que recuerdes esta conversación, y quiero que recuerdes que te salvé la vida. Si te sanara por completo, te las arreglarías para olvidar que se lo debes a una sangrecaliente.

Eissesh abrió la boca lentamente.

«¿Quién eres?», quiso saber.

–Soy Gerde –repuso ella simplemente–. Recuerda mis palabras, Eissesh. Estad atentos y permaneced ocultos hasta que llegue el momento. Y no os enfrentéis a ellos. No podéis vencer.

El shek entornó los párpados.

«Entiendo».

–Debo marcharme –dijo Gerde entonces, y un leve timbre de inquietud vibró un instante en su voz–. Él se está acercando.

Eissesh no le preguntó a qué se refería. En el mismo momento en que los dos magos abandonaban la caverna, le llegó el aviso de que se estaba produciendo un violento terremoto en las montañas del este.

IX

EL SÍMBOLO DE LOS SUEÑOS IMPOSIBLES

SHIZUKO Ishikawa se hallaba acodada sobre la barandilla del balcón de su apartamento, en Takanawa. Una luna creciente florecía sobre Tokio, desafiando a la capa de luz artificial bajo la que los humanos insistían en ocultar el suelo de la mirada de las estrellas. Aquella inmensa ciudad que se extendía a sus pies la atraía de alguna forma, y Shizuko se preguntó cómo era posible que encontrara algo bello en un mundo cuya única luna era tan pálida y anodina, un mundo cuyas maravillas estaban siendo sistemáticamente arrasadas, corrompidas, sepultadas bajo un manto de cemento y acero.

Tal vez porque siempre hay algo hermoso y fascinante en el más puro de los horrores.

«Excepto en mí», pensó. «No hay nada bello en mí».

Alzó la mano ante ella y la contempló, pensativa. Era un apéndice ciertamente feo. Útil para algunas cosas, pero repulsivo, con aquellas cinco cosas que se movían tanto. Como tantas otras veces, se palpó la cara y el pelo. Su cabello era lo único que le gustaba de aquella pequeña cabeza redondeada. De lejos, el cabello humano parecía una masa informe y pegajosa, pero el suyo propio había resultado ser suave y brillante. Shizuko lo cuidaba con esmero para mantener su belleza. Además, cuantas más partes de aquella piel blanda, pálida y caliente ocultara, mejor.

Hundió la mano en su mata de cabello. Eso la reconfortó un poco.

Volvía a sentirse mareada. Su cuerpo estaba caliente otra vez. ¡Otra vez! Shizuko tomaba baños de hielo a menudo para mantenerlo fresco, pero aquel horrible cuerpo humano insistía en recuperar su repulsiva tibieza. En cierta ocasión había enfermado, y eso había sido todavía peor, porque su cuerpo se había vuelto aún más caliente. Era lo que los humanos llamaban fiebre. Todos a su alrededor insistían en que no era bueno, no era sano, que tratase de enfriar su cuerpo. Sangrecaliente. No podían entenderla. Nadie podía entenderla.

Percibió una presencia a sus espaldas. No había hecho ningún ruido, pero Shizuko supo que estaba ahí.

«Tienes mucho valor para regresar aquí», pensó, sin volverse.

«Tenía que arriesgarme», repuso él, y su voz telepática llegó a todos los rincones del nivel más superficial de su mente, aquel que utilizaba para comunicarse en una conversación con un extraño.

«¿Por qué razón?», quiso saber ella.

«Por muchas razones», respondió él.

Se situó a su lado, pero manteniendo las distancias, respetando su espacio y su intimidad. Shizuko se lo agradeció en el fondo. Los humanos tendían a acercarse demasiado unos a otros, demasiado para su gusto; incluso allí, en Japón, donde las relaciones entre personas solían ser tan formales y educadas. Shizuko no entendía cómo era posible que los humanos necesitasen tanto el calor de otros humanos. ¿No estaban ya sus cuerpos lo bastante calientes? ¿Para qué necesitaban estarlo más?

El cuerpo de la persona que estaba a su lado también era cálido. Pero no tanto como los otros. Shizuko podía percibir que de él emanaba una suave frescura que le resultaba en cierta medida agradable... para tratarse de un cuerpo humano, claro.

—No te sientes bien en ese cuerpo —comentó él.

Shizuko entornó los ojos, sin comprender por qué le estaba hablando con las cuerdas vocales, teniendo la posibilidad de hacerlo con la mente, una forma de comunicación más completa, porque con ella podía transmitir no solo ideas, sino también imágenes, recuerdos y sensaciones... tantas cosas para las que las palabras resultaban a menudo limitadas y poco precisas, y la razón por la cual los telépatas más poderosos encontraban tan pobre y tosco el lenguaje oral.

Sin embargo, *debía* acostumbrarse a utilizar sus cuerdas vocales, por lo que respondió en voz alta:

—¿Quién podría sentirse bien en un cuerpo así?

—Yo mismo —respondió él—, aunque no siempre. A menudo necesito cambiar de forma para no sentirme asfixiado, y por eso puedo entender por lo que estás pasando.

—No puedes entenderlo —respondió ella, y su voz sonó fría y carente de sentimientos, no porque no los tuviera, sino porque aún no había aprendido a impregnar sus palabras con ellos, a modular el tono de voz para transmitir emociones con él–. Yo no soy como tú, Kirtash.

Él sonrió. La primera vez que habían conversado, la noche anterior, ella no lo había llamado por su nombre, pese a que lo conocía muy bien. De otro mundo, otros tiempos. De un pasado mejor para todos.

–Pero somos parecidos, en cierta medida.

Shizuko contempló sus manos de nuevo, desolada.

–Han pasado muchas lunas y todavía no entiendo muy bien qué me ha sucedido –dijo–. ¿Por qué estoy así? ¿Qué se supone que debo hacer?

–Por eso he venido –respondió el joven–. Me han enviado para poneros en contacto con Idhún, con el resto de nuestra gente. Hay planes que deben llevarse a cabo, y tú y los tuyos sois parte de esos planes.

–¿Y te han enviado a ti? Eres un traidor, Kirtash. Sé lo que sucedió la noche del Triple Plenilunio. Mereces morir por todo lo que has hecho contra nosotros.

–Sin embargo, no has levantado la mano contra mí... Ziessel.

Ella tembló. De miedo, de ira... Christian no habría podido decirlo. Su bello rostro oriental seguía siendo pálido y frío como la más fina porcelana. La shek que habitaba en el interior de aquel cuerpo todavía no sabía cómo reflejar sus emociones en un semblante humano.

–No utilices esa expresión –le advirtió–. Y no me llames por ese nombre. Hace mucho que ya no soy esa persona.

–Posees el alma y la conciencia de Ziessel, la serpiente alada –prosiguió Christian, implacable–. Ziessel, la bella, la reina de los sheks. Pero has perdido tu verdadero cuerpo, ¿no es cierto? Estás atrapada en un cuerpo humano que encuentras opresivo y aborrecible.

»Por eso, por mucho que me desprecies por ser un traidor, no enviarás a tu gente contra mí. No lo harás, porque soy el único que puede explicarte qué te está pasando.

Shizuko cerró los ojos. Habría querido cerrar su mente a sus palabras, pero resultaba difícil, porque estas entraban en ella a través de sus oídos, y no de sus pensamientos.

En el pasado, los sheks no habían sabido muy bien cómo asimilar la existencia de Kirtash, un híbrido de shek y humano, el símbolo del pacto entre el rey de los sheks y el hechicero sangrecaliente que les había permitido regresar. Algunos lo habían considerado una repugnante rareza, un humano que pensaba como un shek. Otros lo habían encontrado interesante, y otros habían valorado en gran medida el sacrificio de la serpiente que debía lidiar con las limitaciones de un cuerpo humano para asegurar la supervivencia de la especie. Todos, sin excepción, comprendían, no obstante, que la creación del híbrido era necesaria para evitar el cumplimiento de la profecía de los Oráculos. Y, mientras Kirtash estuvo cumpliendo con su deber en el otro mundo, los sheks lo respetaron y valoraron su existencia y su trabajo.

Ziessel también había tenido una misión. Y la había llevado a cabo con diligencia, con eficacia. Hasta que la Resistencia había regresado a Idhún y las cosas habían empezado a complicarse. Todavía recordaba cómo habían perdido Nurgon, cómo los renegados habían resucitado la fortaleza, cómo los sheks habían luchado con todas sus fuerzas para aplastarla de una vez por todas. Y tenían la victoria al alcance de la mano. ¿Cómo se había torcido todo?

Ella lo sabía. Sabía que Zeshak, su antecesor, había sucumbido al odio y había permitido regresar al dragón la noche del Triple Plenilunio. Eso había sido determinante.

También sabía que los sangrecaliente habían vencido en Awa porque una hechicera se había sacrificado para realizar un hechizo de fuego que había resultado ser fatal para las serpientes aladas. Por fortuna para los sheks, no existían muchas posibilidades de que eso volviera a suceder. Los héroes, aquellos capaces de sacrificarse por la colectividad, eran escasos. Entre los sangrecaliente había un puñado de héroes y una gran mayoría de gente corriente. Lo cual también era una suerte para los sangrecaliente: si todos estuviesen dispuestos a sacrificarse por todo el mundo, las razas sangrecaliente se habrían extinguido mucho tiempo atrás. A menudo no era una cuestión de valentía o de cobardía, sino de detenerse o no a pensar en las consecuencias de lo que uno mismo hacía. Si la hechicera se hubiese parado a pensar en todas las cosas que podían salir mal en aquel hechizo, probablemente no habría dado su vida por llevarlo a cabo. Un shek se habría parado a pensar. Un shek habría elegido la opción más lógica. Y a menudo las heroicidades no eran la opción más lógica, sino la acción más desesperada. Por eso pocos héroes llegaban a viejos. Por eso había una línea tan fina entre el heroísmo y la locura.

A Ziessel se le había pedido que se sacrificara por los demás, que se atreviera a cruzar la Puerta a otro mundo para que los suyos pudieran seguirla. Y lo había hecho, a pesar de que la lógica le decía que era imposible, a pesar de que ella no era ninguna heroína. Lo había hecho porque era su deber. Porque para eso era la reina de los sheks.

Para las serpientes aladas, su soberano no era quien más poder ostentaba, sino el que se responsabilizaba por todos los demás. Por esta razón, Zeshak había tenido que aportar a sus propios hijos para el experimento de nigromancia de Ashran. Por esta razón Ziessel, su sucesora, había aportado su propio cuerpo para poner a salvo a su pueblo.

¿Y de qué había servido?

Shizuko le dirigió a Kirtash una mirada repleta de fría cólera. Kirtash había trabajado bien durante un tiempo, pero luego los había traicionado. Después había llegado la noticia de que había matado al dragón de la profecía, y los sheks llegaron a pensar que todo había sido una hábil maniobra por parte del híbrido para atacar a la Resistencia desde dentro. Pero el dragón había regresado. Kirtash los había engañado a todos, había ayudado a los sangrecaliente a derrotar a Ashran y lo había echado todo a perder. No podía confiar en él.

Por un momento fue Ziessel de nuevo, la reina, la que debía tomar decisiones y ejecutar al traidor en nombre de todos los sheks, y estuvo tentada de llevar a cabo la sentencia. Pero llevaba demasiado tiempo soportando el dolor que le producía aquel cuerpo humano, la angustia de saberse encerrada, el rechazo implícito que percibía en los otros sheks de su grupo, quienes no podían disimular lo mucho que les repugnaba el aspecto de su reina. Había sufrido aquel tormento demasiado tiempo, y lo había sufrido sola.

—Tú podías transformarte a voluntad —le dijo—. Tu cuerpo de shek era hermoso, y recuerdo haberme preguntado alguna vez por qué no lo utilizabas siempre que podías. ¿Por qué yo no soy capaz de transformarme, como hacías tú? ¿Qué he de hacer?

Christian la observó un momento antes de hablar. A él le gustaba ser lo que era, pero para Ziessel aquello suponía una tragedia. Jamás sería capaz de adaptarse a ese cuerpo humano. Jamás volvería a ser la de antes. Pero ¿cómo explicárselo?

—Yo soy un híbrido —le dijo con calma—. Mi alma es la fusión de dos esencias: un espíritu humano, y un espíritu shek. Cada una de esas esencias moldea mi cuerpo a su antojo según sus necesidades. Por eso puedo transformarme; porque, para cada una de mis esencias, existe un cuerpo.

Shizuko inclinó la cabeza. Eso quería decir que lo entendía y que seguía escuchando. Era un gesto shek.

–¿Qué sucedió cuando cruzaste la Puerta a la Tierra? –prosiguió él–. Déjame adivinarlo: tu cuerpo desapareció, se desintegró. No es simplemente como si hubiera muerto porque, en ese caso, tu alma habría sabido que había sido liberada. No: tu alma se quedó sin cuerpo de repente, y buscó con desesperación otro cuerpo donde introducirse.

»Pero aquí no existían sheks, Ziessel, y las serpientes y demás reptiles que habitan este mundo son criaturas demasiado simples para el espíritu de un shek. Los seres más complejos de la Tierra son los humanos: tenías que encarnarte en uno de ellos.

»Muchos pequeños cuerpos humanos tiraron de ti entonces: cuerpos de criaturas no nacidas, criaturas que aguardaban un alma, o que ya la tenían, pero no la habían asimilado todavía. Pero tú no estabas dispuesta a encarnarte en un bebé humano no nacido, a nacer del vientre de una mujer humana, a ser tan pequeña, tan débil e indefensa durante varios años. Y entonces tu alma se vio atraída hacia otro cuerpo: un cuerpo humano, sí, pero adulto; un cuerpo joven y femenino, como lo era tu cuerpo de shek. Fue lo mejor que encontraste.

–Todo esto ya lo suponía –repuso ella–. También tu espíritu de shek fue introducido en un cuerpo humano. También los cuerpos del dragón y del unicornio desaparecieron al cruzar ellos la Puerta, y por ello hubieron de reencarnarse en bebés humanos no nacidos. Imagino que a ellos no les importó. Por lo que tengo entendido, eran criaturas muy jóvenes. ¿En qué me diferencio de ellos... de ti?

Christian meditó un momento antes de responder:

–Shizuko Ishikawa había sido ingresada en el hospital tras un violento accidente de coche. Estaba en la unidad de cuidados intensivos cuando falleció.

»Estuvo clínicamente muerta durante siete minutos. Después, sus monitores volvieron a registrar actividad cerebral. Una intensísima actividad cerebral, para ser más exactos.

Ella alzó la cabeza y lo miró. Christian supo que lo había comprendido, pero prosiguió:

–En esos siete minutos hubo un intercambio de almas. Shizuko murió; su alma abandonó su cuerpo. Si hubieras tardado un poco más, probablemente tu espíritu ya no podría haberse introducido en él: habría sido demasiado tarde. Pero el cuerpo aún estaba caliente, los daños no eran irreversibles. El espíritu del shek se introdujo en aquel cuerpo humano... y quedó atrapado en él.

»Tú y yo no somos iguales, Ziessel. Yo tengo un alma humana. Tú no la tienes. Yo tengo dos esencias, y por eso puedo tener dos cuerpos. Tú tienes una sola esencia, y por eso solo puedes habitar un cuerpo, aunque ese cuerpo no sea el tuyo. Lo siento.

A Shizuko le temblaron las piernas y sintió un horrible vacío en el estómago. Se aferró a la barandilla con fuerza. Si hubiese sido una serpiente, se habría hecho un ovillo para ocultar la cabeza entre sus anillos.

–Shizuko Ishikawa ya no existe, Ziessel. Dejó de existir esa misma tarde, cuando su alma abandonó su cuerpo. Incluso sus conocimientos, sus recuerdos... todo eso se fue con ella.

»Por eso, cuando despertaste dentro de aquel cuerpo, tuviste que aprender todo lo que ella había sabido. Te enseñaron a caminar como una humana, te enseñaron a hablar su idioma, a leer... Como habías sufrido un accidente, todos creyeron que tu pérdida de memoria se debió al *shock*. Y, de todas formas, no tardaste en aprender a comportarte como la verdadera Shizuko. Lo supiste todo sobre ella sondeando las mentes de sus familiares y conocidos. Reconstruiste la vida y la personalidad de Shizuko a través de la imagen que otras personas tenían de ella. Te esforzaste en aprender todo lo que ella sabía para ocupar su lugar en el mundo, el lugar que ella había abandonado. Era lo único que podías hacer, porque tu identidad como Ziessel ya no tenía ningún sentido en este mundo, en ese cuerpo.

»Aun así, hubo gente a la que no pudiste engañar. Como el padre de Shizuko, ¿verdad? Nunca creyó del todo que tú fueras la hija que había sobrevivido milagrosamente al accidente. Tuvo una muerte rápida, discreta e indolora... Los humanos no encontraron nada extraño en ella, pero estaba claro que llevaba la huella de un shek –sonrió.

Ella apenas lo escuchaba. Christian la miró con seriedad.

–Ahora tienes una nueva identidad –le dijo suavemente–. Una identidad que puede resultarte más útil en este mundo que un cuerpo de shek. Te las has arreglado para no echarla a perder, para sacar partido de la situación. Estás entrando en el juego de la sociedad humana, y estás jugando a ganar desde el principio. Eres muy útil a tu gente, Ziessel. Mucho más que esos sheks que permanecen escondidos en Hokkaido porque su simple presencia alertaría a todo el planeta de vuestra llegada.

La joven se sobrepuso. Alzó la cabeza y le dirigió una fría mirada.

–¿Quién eres tú para darme lecciones sobre cómo ser útil a mi gente?

Christian le devolvió una calmosa sonrisa.

–Soy Kirtash, el traidor –respondió–. Ya lo sé. Pero resulta que también soy un shek, un shek capaz de atravesar la Puerta de un lado a otro sin llamar la atención en este mundo de humanos... y por esa razón alguien pensó que aún podía resultar útil a los sheks. Y no me pareció buena idea contrariarle.

Shizuko recordó la voz que se había dirigido a ella tras la caída de Ashran, aquella voz que estaba muy por encima de cualquier shek. La voz a la que no se había atrevido a poner nombre, y para la que «Ashran» no era la palabra adecuada, a pesar de haber estado contenida en ella.

–¿Has hablado con él? –quiso saber.

Christian sacudió la cabeza.

–Ahora es «ella». Le ha pasado algo muy curioso, algo que en parte me ha ayudado a comprender qué es lo que te ha sucedido a ti.

–¿También está atrapado en un cuerpo humano?

–Feérico, para ser más exactos. Un cuerpo que estaba muerto, pero volvió a la vida para recibir su esencia. La diferencia es que, al volver a la vida, el cuerpo también recuperó a la vez el alma feérica que había contenido. ¿Sabes por qué?

Shizuko negó con la cabeza.

–Porque nuestro dios no necesita cuerpos, sino *identidades*. Por eso no tiene nombre. Su nombre es siempre el nombre de la identidad que asuma en cada momento. Ahora mismo, el Séptimo dios se llama Gerde, y es una hechicera feérica. Igual que antes fue Ashran, un mago humano.

–En tal caso, no puede ser nuestro dios –objetó Shizuko–. Podría haber obtenido una identidad shek, o una identidad szish. ¿Por qué elige siempre a los sangrecaliente?

–Tengo una teoría sobre eso, pero todavía no he podido constatarla. Sin embargo, que se trata del Séptimo dios, o la Séptima diosa, es algo que ahora mismo no dudo ni por un solo instante. Mira.

Le ofreció parte de sus recuerdos recientes, dejándolos flotar hasta el nivel más superficial de su conciencia, para que ella los captara con claridad. No tuvo el menor inconveniente en mostrarle su conversación con Gerde, aun cuando esta dejara tan patente su superioridad sobre él y su forma de manejarlo a su antojo como si fuera un muñeco de trapo. Ziessel conocía el poder del híbrido, que, aunque limitado, era superior al de cualquier feérico, al de cualquier hechicero. Y fue el hecho de revivir el terror que Gerde inspiraba ahora en él lo que hizo pensar a la reina de los sheks que lo que decía podría ser cierto.

—Ella quiere hablar contigo —concluyó él—. Os envió tan deprisa a la Tierra que no tuvo tiempo de enseñarte cómo se abre una Puerta interdimensional, pero tú, como nueva reina de los sheks, deberías poder hacerlo con relativa facilidad. Por eso no ha vuelto ninguno de los sheks ni habéis mandado ninguna señal.

—Esperábamos que nuestra gente se pusiera en contacto con nosotros, que enviaran a alguien...

—Me ha enviado a mí —respondió Christian—. Es cierto que ha tardado un poco en hacerlo, pero no dudo de que ha estado ocupada. Te lo contará ella misma, supongo. No obstante, no le interesa que regreséis; tampoco está preparada para venir a la Tierra, ni dispuesta a utilizarme a mí de recadero constantemente.

—¿Qué se supone que hemos de hacer, entonces? —inquirió ella, interesada.

Christian sonrió.

Las horas pasaban muy lentamente en Limbhad.

Victoria sabía que aquellas horas se convertían en noches y días porque el reloj se lo decía. De lo contrario, le habría parecido que apenas transcurría el tiempo.

En la época de la Resistencia, Victoria había seguido un ritmo vital determinado por su horario escolar, por los días y las noches de Madrid, y visitar Limbhad a menudo no la trastornaba. Ahora que se veía obligada a estar allí casi siempre, comprendía lo que debía de haber significado para Jack el pasar meses enteros encerrado en la Casa en la Frontera, y por qué la había abandonado en cuanto se le había presentado la ocasión. Para tratar de seguir un horario racional, Victoria visitaba de vez en cuando el apartamento de Christian en Nueva York e intentaba acostumbrarse al tiempo de allí; pero eso no la consolaba, ya que el shek casi nunca estaba en casa, y cada vez pasaba menos tiempo en Limbhad.

Victoria sabía que él estaba en Tokio. No habían vuelto a hablar de Shizuko desde que Christian le había confesado que ya sabía quién era ella, y Victoria no había preguntado. En principio, parecía que todo iba bien y que él no corría peligro inmediato, por lo que la joven consideró que no tenía motivos para interrogarle sobre lo que hacía allí. Si Christian no le había hablado de ello, se debía probablemente a que se trataba de un asunto personal.

Se dedicaba a matar el tiempo, pues, investigando en la biblioteca de Limbhad. Había encontrado en un libro una leyenda sobre el origen de los unicornios, y le había gustado tanto que la leía a menudo, hasta casi sabérsela de memoria. En ese aspecto, Christian tenía razón: Victoria recordaba haber leído aquel fragmento tiempo atrás, pero apenas le había prestado atención. Ahora, sin embargo, aquella historia le llegaba muy dentro y la consolaba inmensamente.

«Dicen los sabios», rezaba el texto, «que en el comienzo de los tiempos, los dioses crearon el mundo y después lo abandonaron a su suerte, pues, concluida ya la tarea de la creación, no consideraban que tuviesen ninguna otra responsabilidad con Idhún y sus criaturas. Pero pronto el mundo empezó a secarse. Las plantas crecían menos vigorosas, las corrientes de los mares se volvieron perezosas, el aire se tornó seco y estático, la luz de los soles y las estrellas se debilitó, las montañas envejecieron y se desgastaron y hasta el fuego crepitaba con desgana, pálido y frío. Parecía como si todo estuviese perdiendo fuerza, y por esta razón, los mortales rezaron a los dioses en sus templos y suplicaron que regresasen para renovar la energía del mundo.

»Pero los dioses no regresaron, e Idhún siguió agonizando poco a poco.

»Mucho tiempo después, los Oráculos hablaron y dijeron que los dioses no volverían, sino que enviarían a un mensajero para que curase los males del mundo en su lugar. Los sacerdotes transmitieron las nuevas al resto de los mortales, y todos aguardaron con impaciencia la llegada del emisario de los dioses. Se imaginaban a un poderoso héroe, fuerte y valiente, y cada raza imaginaba que tendría sus mismos rasgos. Lo esperaron en los templos y en los palacios, y prepararon grandes eventos para agasajarlo. Sin embargo, el mensajero no llegó.

»Un día apareció en los bosques del oeste una extraña criatura. Las hadas repararon en su presencia y la comentaron ampliamente, pues nunca habían visto nada semejante. La criatura poseía una belleza delicada y salvaje y parecía haber sido creada con la luz de la luna mayor. Lucía sobre su frente un largo cuerno en espiral. Por esta razón lo llamaron «unicornio».

»La criatura prosiguió su largo viaje hacia el norte. Las hadas la acompañaron hasta la linde del bosque, pero cuando el unicornio dejó atrás la espesura, ellas lo abandonaron porque ya se habían cansado de él. De modo que el unicornio continuó su marcha en solitario.

»Así, llegó al monte Lunn, que entonces se llamaba de otra manera, y con muchas dificultades trepó hasta su cima. Y, una vez allí, levantó la cabeza y alzó hacia el cielo su largo cuerno. Y esperó.

»Cuando los soles llegaron a su cenit, las lunas acudieron a su encuentro desde el horizonte. Y los seis astros se entrelazaron en una conjunción que dibujó un hexágono en los cielos de Idhún.

»Y entonces, desde las alturas descendió un rayo que cayó directamente sobre el cuerno de la criatura, que plantó las patas y lo soportó con valentía. Mucho tiempo estuvieron los dioses entregando su poder al unicornio, pero nadie lo vio, porque todos estaban en los templos y en los palacios, aguardando al mensajero que no llegaba.

»Cuando todo terminó, el unicornio bajó de la montaña y se puso en marcha de nuevo, hacia el norte: pero en esta ocasión nadie logró verlo. Así, siguió viajando, errante; cruzó las llanuras y llegó hasta el mar. Allí, en un poblado en lo alto de los acantilados, vivía un anciano llamado Pildar: él fue el primero en recibir el don del unicornio, el don de la magia. Y desde entonces aquel lugar se llamó Kazlunn, la Cuna de la Magia, y fue allí donde, tiempo después, se erigió la primera torre de la Orden Mágica.

»Pronto hubo más personas agraciadas con el don. Pronto hubo también más unicornios y, poco a poco, la energía del mundo se puso en marcha de nuevo, e Idhún se fortaleció. Los unicornios poblaron el mundo y otorgaron a algunos escogidos poder para renovarlo, cambiarlo y perfeccionarlo, el mismo poder de los dioses, pero en mucha menor medida. Sin embargo, los sacerdotes nunca perdonaron al unicornio que no se hubiese mostrado ante uno de su clase y, por esta razón, los magos y los sacerdotes han estado siempre enfrentados, y las Iglesias desconfían del poder entregado por los unicornios».

A Victoria le gustaba aquella leyenda porque daba un sentido a su condición de unicornio y porque relataba el origen de su especie. Pero también le planteaba serios interrogantes, dudas que antes no se había formulado, porque antes no sabía tanto como ahora. En primer lugar, el texto daba a entender que, sin los unicornios, Idhún moriría irremediablemente. Pero también decía que los mortales habían suplicado a los dioses que regresaran para renovar la energía del mundo.

Los dioses no habían vuelto a Idhún entonces, y Victoria se preguntó si no lo habían hecho porque sabían que su presencia no solo recargaría el planeta de energía, sino que lo convulsionaría tanto que alteraría por completo su fisonomía externa.

«Pero así es como se crean mundos», se dijo ella. «Los comienzos son siempre violentos. Volcanes, maremotos, seísmos, diluvios... Hay que golpear con fuerza un mundo para hacerlo despertar, para lograr que brote la chispa de la vida».

La creación y la destrucción, comprendió entonces, eran una sola cosa. Los mismos dioses que habían creado un mundo podían destruirlo. Los mismos dioses que lo habían dejado morir podían devolverlo a la vida. Y el proceso sería trágico y violento. Pero, cuando los dioses se retiraran, si no lo habían destruido todo, dejarían el mundo tan cargado de energía que la vida crecería de nuevo con más fuerza.

«O eso quiero creer», pensaba Victoria a menudo.

Había otra cosa que le llamaba la atención de aquella leyenda, y era que no mencionaba a los dragones ni a los sheks. Al caer en la cuenta, una cálida emoción la había embargado por dentro. «Los unicornios somos más viejos», se dijo. «La magia es más antigua que el odio entre los sheks y los dragones. Cuando el primer unicornio pisó el mundo, los dragones, los guerreros de los dioses, aún no habían sido creados». ¿Quería eso decir que la guerra entre los dioses había comenzado después? Frunció el ceño. Recordaba que en algún momento Jack le había dado a entender que la lucha entre los Seis dioses y el Séptimo se había iniciado mucho tiempo atrás, que se remontaba incluso a un mundo anterior a Idhún. Se recordó a sí misma que tenía que preguntárselo cuando volviera a verlo.

Había muchas cosas en aquella leyenda que no encajaban con lo que Shail y Alexander le habían enseñado acerca del pasado de Idhún. Intuyendo que podía haber descubierto algo importante, siguió investigando.

La respuesta a algunas de sus preguntas la encontró en un volumen antiquísimo que databa de los tiempos de la Tercera Era. Se trataba de un libro que relataba la historia de Idhún. Por la forma en que estaba contada, parecía destinada a la educación de niños y jóvenes. Victoria agradeció que el contenido fuese tan claro y esquemático, porque eso le permitió detectar con mayor facilidad qué era lo que no encajaba. En una de sus páginas decía:

«Nuestra historia comienza con la llegada del primer unicornio, con la llegada de la magia.

»Antes de la magia las seis razas rezaban a los dioses, pero estos vivían lejos de nosotros, por eso enviaron a los unicornios: y fue entonces cuando comenzó la Primera Era.

»La Primera Era es la Era de la Magia. Duró más de quince mil años. En todo aquel tiempo, los magos aprendimos a controlar nuestro poder y ponerlo al servicio del mundo. Se edificaron las tres torres de hechicería. También llegaron al mundo los hijos del Séptimo, y los dioses enviaron a los dragones para combatirlos. Los magos peleamos contra las serpientes, pero algunos magos cambiaron de bando. Uno de estos magos fue Talmannon.

»La Segunda Era es la Era Oscura. Duró casi mil años. Durante todo ese tiempo, Talmannon extendió su imperio por Idhún, y todos los magos lo obedecían. En aquella época, por culpa de Shiskatchegg, todos los magos servimos al Séptimo dios. Hasta que Ayshel, la Doncella de Awa, derrotó a Talmannon, los dragones derrotaron a los sheks y los expulsaron de Idhún.

»La Tercera Era es la Era de la Contemplación, y es la que estamos viviendo actualmente. Ahora, Idhún pertenece a los hijos de los Seis, y sus sacerdotes gobiernan el mundo. Y, como todos los magos servimos al Séptimo en tiempos pasados, nos hemos visto condenados al exilio. Ya no hay lugar para nosotros en Idhún. La bendición del unicornio es ahora nuestro estigma. Pero algún día volveremos a cruzar la Puerta interdimensional y regresaremos a nuestro hogar, bañado por la luz de los tres soles...».

Victoria había cerrado el libro, pensativa. Sabía que la Tercera Era había terminado muchos siglos atrás, con el descrédito de las Iglesias y el regreso de los hechiceros. Sabía que Idhún estaba viviendo actualmente su Cuarta Era, la Era de los Archimagos, que acabaría, tal vez, con la muerte de Qaydar, o quizá con la muerte del último unicornio del mundo. Pero no era eso lo que la preocupaba en aquel momento.

Aquella era una versión diferente. Tanto Shail como Alexander le habían enseñado que la Era Oscura y la Era de la Magia eran la misma cosa. Es decir, que al largo período anterior a los unicornios lo llamaban la Primera Era, y que la llegada de los unicornios, y de la magia, había culminado con el imperio de Talmannon, y todo ello formaba la Segunda Era.

«Pero no fue así», comprendió. «Con la llegada del primer unicornio no comienza la Segunda Era, sino la primera. Estamos hablando de quince mil años de historia que se han pasado por alto... o que se han asimilado a la llamada Era Oscura. ¿Qué significa esto?».

Aparte de que los sacerdotes contaban una versión de la historia que demonizaba la magia desde sus mismos comienzos, significaba que muchas cosas importantes habían pasado en aquella época. Quince mil años. Quince mil años, y, sin embargo, cuando se hablaba de la magia y de los unicornios, casi siempre se hablaba de la Era Oscura, nunca de lo que había sucedido antes. Y era importante, se dijo, porque durante aquellos largos milenios había comenzado y se había desarrollado la guerra entre los dragones y los sheks. Antes de Talmannon, puesto que, tras su caída, los sheks habían sido expulsados a Umadhun y se había iniciado una larga tregua.

Pero los sheks y los dragones habían combatido durante generaciones enteras. Y los szish habían luchado a las órdenes de los sheks durante todo aquel tiempo. Y, no obstante, cuando Ashran se hizo con el poder en Idhún, casi todos los sangrecaliente habían olvidado ya a los sangrefría, pensó Victoria, recordando que cuando Shail les había hablado de los sheks, los había presentado como criaturas legendarias... y que ni siquiera supo de la existencia de los szish hasta que estos invadieron Idhún el día de la conjunción astral.

«Los olvidaron a todos», se dijo Victoria. «Durante quince mil años se desarrolló una larguísima guerra y los magos pelearon junto a los dragones... y, sin embargo, los idhunitas casi nunca retroceden en el tiempo más allá de Talmannon y la Era Oscura. La Era de la Magia para ellos no existe, o es la misma Era Oscura que han tratado de olvidar».

Y allí estaba la clave. Victoria sospechaba que lo que estaba sucediendo en Idhún en aquellos momentos había comenzado a forjarse en aquella Primera Era, la Era de la Magia. La llegada de los Hijos del Séptimo (¿Llegada? ¿De dónde procedían? ¿Por qué se habían presentado en Idhún?), la respuesta de los dragones (¿Fueron creados entonces? ¿Para responder a la invasión shek?), el desarrollo de la magia. Toda una larga historia olvidada de la que, sin embargo, los unicornios habían sido testigos, porque los unicornios ya estaban allí.

Victoria sospechaba que aquello podía ser importante. Siguió revolviendo en la biblioteca, estudiando viejos volúmenes y documentos, en busca de más pistas, pero no encontró nada que arrojara un poco más de luz sobre aquel período olvidado de la historia idhunita.

Llegó un momento, sin embargo, en que ni siquiera las viejas leyendas podían distraerla de su soledad. Ya no estaba cómoda en Limbhad, porque le recordaba a Jack, a quien echaba mucho de menos; y tampoco se sentía a gusto en el apartamento de Christian, porque él no estaba. No obstante, seguía durmiendo allí, en el sofá, la mayoría de las noches. La mayor parte de las veces, cuando se despertaba al día siguiente, descubría que Christian había pasado por allí, tal vez un rato, unas horas; pero no la había despertado y, en cualquier caso, seguramente había partido antes del amanecer. No era algo que sucediese con frecuencia, sin embargo: Christian solía pasar día y noche fuera de casa.

Y, cuando estaba, se mostraba distante y reservado, tratándola con una fría cortesía que la hería profundamente. Victoria sospechaba que otra mujer ocupaba los sueños y el corazón de Christian y, aunque podía comprenderlo y aceptarlo, le dolía que él no fuera capaz de sincerarse con ella.

Una noche en que estaba sentada frente a la chimenea, repasando sin mucho interés uno de los libros de la biblioteca de Limbhad, Christian volvió a casa. La saludó con normalidad, como si la hubiese visto el día anterior. Victoria cerró el libro y lo siguió hasta la habitación. Se reunió con él junto a la ventana.

–¿Te molesta que esté aquí? –le preguntó sin rodeos.

–Sabes que no, Victoria –respondió el shek.

–No, no lo sé –replicó ella–. Hace tiempo que estás muy extraño y distante... más que de costumbre, quiero decir. Sé que estás pensado en ella, en Shizuko. No quiero atarte, Christian, pero si no quieres verme, simplemente dilo.

–Claro que quiero verte, Victoria. Ten por seguro que, si no fuera así, no te dejaría quedarte en mi casa.

Victoria desvió la mirada.

–Pero estás tan frío... Comprendo que después de la batalla contra Ashran pasamos mucho tiempo separados, y que muchas cosas pueden haber cambiado. Si he dejado de gustarte...

Se interrumpió porque él le había cogido la barbilla para hacerle alzar la cabeza.

–¿Gustarme? Claro que me gustas. Siempre me has gustado, desde la primera vez que te miré a los ojos, y eso que entonces eras casi una niña. ¿Crees que no te deseo? Pues estás muy equivocada, Victoria. Lo único que ocurre es que hay cosas más importantes, y por eso, en estos momentos, lo que yo siento, quiero o deseo, me lo guardo para mí.

Victoria calló, confundida. Christian sonrió al ver que se había ruborizado.

–Solo te estaba dejando espacio –dijo–. Como tú misma has dicho, hemos pasado mucho tiempo separados. Durante todo ese tiempo, Jack ha estado a tu lado.

–Pero eso a ti nunca te ha detenido –objetó ella–. Nunca te ha importado que Jack y yo estuviésemos juntos o, al menos, eso decías.

–Y no me importa. Pero no se trata de mí ahora, sino de ti. Es verdad que nos hemos distanciado, y que en todo ese tiempo has estrechado tu relación con Jack. Así que imaginé que necesitabas tiempo para hacerte a la idea de que yo volvía a estar cerca, y de que Jack no estaba contigo. Además, todavía estás convaleciente, y sé que ahora te intimido un poco. Así que no quise agobiarte con mi presencia.

Victoria lo miró sin poder creer lo que estaba oyendo.

–¿Por eso me dejabas sola?

–No del todo. Tenías la opción de venir aquí cuando quisieras. Pero, sinceramente, Victoria, odio verte dormir en el sofá –añadió, muy serio–. Te habría obligado a aceptar la cama que te ofrecí en su día, si no supiera que te incomoda la idea de dormir en mi cama. Y, como ya te he dicho, no quería presionarte.

Victoria bajó la cabeza, confundida. Sintió la presencia de Christian tras ella, sus brazos enlazando su cintura, y oyó su voz susurrando en su oído:

–Me dices que estoy distante, pero en el fondo tienes miedo de que te toque, ¿no es verdad?

—Tengo miedo de lo que provocas en mi interior —respondió ella en voz baja—. Es algo muy intenso, ¿sabes? Temo perder el control.

—Y ya te dije en su día que yo seguiría controlándome por los dos. ¿No es acaso lo que he estado haciendo?

—Supongo que te he malinterpretado —murmuró Victoria—. Lo siento.

—Y supongo que yo debería haberme dado cuenta de que hace días que tu corazón me estaba llamando a gritos —respondió él—. De que el tiempo que precisabas para acostumbrarte al cambio ya se agotó y ya no necesitabas estar sola. Soy yo quien lo siente. Últimamente he tenido muchas cosas en que pensar.

La abrazó con más fuerza. Victoria cerró los ojos y echó la cabeza hacia atrás para apoyarla en su hombro.

—Me he dado cuenta —dijo con voz apagada.

—Es por Shizuko, ¿verdad? —dijo Christian—. ¿Te sientes amenazada?

—No soy quién para pedirte explicaciones, Christian. Al menos, no mientras siga amando yo también a otra persona.

Hubo un breve silencio.

—Necesito estar con ella —dijo él entonces—. Para tratar de comprender quién soy... y por qué soy así. A veces siento que solo ella tiene las respuestas a las preguntas que nunca me atreví a formular.

—Entiendo. Pero...

—Pero eso no implica que mis sentimientos por ti hayan cambiado lo más mínimo.

Tiró de ella y le hizo dar media vuelta para mirarla a la cara.

—Dime, ¿por qué tienes miedo? —le preguntó con suavidad.

La joven cerró los ojos y dejó que él acariciara su mejilla. Suspiró cuando sus dedos bajaron hasta el cuello.

—Por eso precisamente —respondió en voz baja—. Por lo que siento. Supongo que se debe a todas las veces que me he repetido a mí misma que no debería amarte. Desde aquella primera vez —añadió, abriendo los ojos para mirarlo a la cara— en que debías matarme y no fuiste capaz. Cuando me tendiste la mano. Supongo que es por todos ellos, por Jack, por Alexander, por Shail... y por todos los que esperan de mí que me comporte de otra manera. Todos aquellos que se horrorizarían de saber que el último unicornio se ha enamorado de Kirtash, un shek, el hijo de Ashran...

—Te han machacado mucho con eso, ¿eh? —preguntó él con cierta dulzura.

–No me importa lo que digan. Yo sé lo que siento por ti, y eso no va a cambiar. Es solo que cuando estoy contigo siento que los estoy decepcionando a todos... traicionando las esperanzas que depositaron en mí. Y sin embargo...

–... sin embargo, me quieres –sonrió Christian–. Sí. Sé exactamente cómo te sientes. Pero esos son los motivos de ellos, no tus motivos. Por una vez, Victoria, haz lo que deseas, y no lo que todos esperan de ti. Deja que sea tu corazón el que guíe tus actos.

Se acercó más a ella, y Victoria solo tuvo el tiempo justo de sentir que su corazón empezaba a latir desenfrenadamente, antes de que él la besara con un beso lento, intenso. Cuando sus labios se separaron, Christian no se alejó mucho. Se quedaron un momento así, muy juntos, tan cerca que Victoria podía sentir el aliento de él sobre su pelo. Los brazos del shek rodearon la cintura de la muchacha, con suavidad.

–¿Era esto lo que querías? –dijo Christian en voz baja.

–Sí –susurró Victoria, todavía sin aliento.

–Bien –asintió Christian–. Porque es lo que quería yo también.

La besó de nuevo. Victoria suspiró y le echó los brazos al cuello, y gimió cuando los labios de él se deslizaron hasta su garganta, cuando sus dedos recorrieron su espalda.

–¿Es lo que quieres? –repitió Christian suavemente, casi con dulzura. Sus labios rozaban su piel, muy cerca del lóbulo de su oreja.

Victoria temblaba. No era eso lo que había pretendido al acercarse a él aquella noche. Se habría conformado con una conversación sincera, con una muestra de cariño, con que Christian le permitiera participar de nuevo en su vida, como antes... antes de que él viera por primera vez a Shizuko en Ginza. Pero, ahora que él le estaba ofreciendo mucho más, después de aquel período de doloroso distanciamiento, Victoria no se sentía capaz de rechazarlo. Su alma bebía de su presencia, ávida. Sentía tantos deseos de abandonarse a él que le costaba pensar con claridad, o simplemente pensar.

–Sí –logró musitar, con un suspiro–. Y... si eso es lo que quieres tú también... bésame otra vez, por favor. No dejes de besarme. No te separes de mí esta noche.

Christian se había acomodado en la terraza, sentado sobre el alféizar, con los brazos cruzados ante el pecho. Seguía siendo de noche sobre la ciudad de Nueva York: una noche oscura, sin estrellas, empañada por la polución. El shek contemplaba las luces que se movían como hormigas a sus pies, veinte pisos más abajo, pero apenas las veía. Sus pensamientos estaban en otra parte.

Tras él, la ventana estaba parcialmente abierta, y la brisa nocturna movía la cortina con suavidad. Al otro lado, Victoria dormía profundamente, su largo cabello desparramado sobre las sábanas, que marcaban el contorno de su figura. Christian se volvió para mirarla desde allí. Se quedó contemplándola un rato, sumido en hondas reflexiones, hasta que sintió una llamada en su mente.

Sabía que era Ziessel, o Shizuko, o como debiera llamar a alguien con un cuerpo y una identidad humanas, y un alma de shek. Le abrió solo un canal superficial de su conciencia. Estaba demasiado cerca de su usshak como para sentirse cómodo, pero aquella terraza todavía era terreno neutral. Le permitió que entablara conversación con él.

«Te esperábamos esta mañana», le dijo ella.

«Lo sé. He tenido asuntos que atender», respondió Christian.

«Oh. Se trata de ella», comprendió Shizuko.

Christian maldijo para sus adentros, arrepentido ya de haber iniciado la conversación. Estaba claro que sus sentimientos al respecto impregnaban todos los niveles de su conciencia, aunque tratara de ocultarlos.

«Siempre he querido preguntarte por ella. La chica que estaba contigo en Ginza. Es el unicornio del que tanto se habló, ¿verdad? La criatura por la que nos traicionaste».

«Sí», dijo Christian simplemente, dispuesto a zanjar la conversación. Pero Shizuko siguió hablando en su mente.

«¿Valió la pena?», preguntó.

Christian se encontró a sí mismo dudando. Trató de rectificar aquella primera reacción, pero la shek ya la había captado.

«Te obsesionaste con el unicornio desde la primera vez que la miraste a los ojos, ¿verdad?», sonrió. «Desde entonces no has dejado de pensar en ella. La has seguido, lo has dado todo por conseguirla».

«Eso no es cierto. Ella no es una posesión mía».

«Pero no has parado hasta que te lo ha entregado todo. Su amor, su lealtad, su vida, su magia, su cuerpo y su alma. Has vencido la última barrera, ha dejado de tenerte miedo. Ha superado los prejuicios que inculcaron en su mente los sangrecaliente. Has acabado con la última posibilidad de que te dé la espalda para caer en brazos del dragón. Ya no encuentra motivos para rechazarte. Y no intentes negártelo a ti mismo, porque esa fue tu intención desde el principio, desde la primera mirada que cruzasteis. No te lo reprocho. Es lo que cuentan de los unicornios: los sangrecaliente que han visto uno alguna vez se vuelven locos por ellos. Los persiguen durante toda su vida, algunos lo dejan todo por volver a ver una de esas criaturas. No se quedan contentos hasta que consiguen lo que quieren de ellos. Lo cual no suele suceder nunca, pero mira por dónde tú lo has conseguido, has conquistado a un unicornio. Serías la envidia de cualquier mago».

Christian cerró los ojos.

«No tengo por qué hablar de esto contigo», dijo, cortante.

«Pero quieres hacerlo. Por eso estás ahí fuera, mirándola desde la distancia, contemplando cómo duerme indefensa en tu cama, confiada, segura de su amor por ti. Pobre muchacha. Te fijaste en ella porque era un unicornio y será justamente su esencia de unicornio lo que te aleje de ella. ¿Y tú? Creías que la amabas y, sin embargo, ahora que has conseguido que se abandone entre tus brazos sin dudas ni reservas... ahora que es enteramente tuya, crees despertar de un sueño y te preguntas si no fue la locura del unicornio».

Christian ladeó la cabeza, molesto.

«¿Qué te hace pensar que me conoces tanto como para saber lo que siento?».

«Es lo que se decía cuando nos traicionaste. No lo habrías hecho por una humana cualquiera, y esa muchacha tampoco era una shek. ¿Qué tiene un unicornio que ver contigo? Es porque viste uno cuando eras un niño y lo has estado buscando desde entonces. Pero, sabes, los sangrecaliente que buscan un unicornio no deben encontrarlo, porque es el símbolo de los sueños imposibles. Y los sueños imposibles no deben ser cumplidos, porque si lo hacen... la vida del que los cumple se queda vacía y sin sentido».

Christian sonrió y sacudió la cabeza.

«Ojalá fuera todo tan simple», dijo.

«Puede que lo sea», respondió Shizuko.

Reinó un largo silencio entre los dos. La voz telepática de Shizuko no volvió a hablar, pero Christian sabía que ella seguía presente en su mente.

«Necesito marcharme de aquí», dijo entonces Christian. «Necesito tiempo para pensar».

«Nosotros seguimos trabajando», respondió Shizuko. «Como ya te he dicho, te esperaba esta mañana».

«Bien», asintió Christian.

La shek se retiró de su mente. Christian aguardó un momento y, tras un breve instante de vacilación, se puso en pie y desapareció de allí.

Victoria se despertó bien entrada la mañana, cuando los ruidos de la ciudad inundaban la habitación y la luz del sol entraba a raudales por la ventana. Lo primero que pensó fue que no estaba en Limbhad, puesto que era de día. Después se dio cuenta de que no se hallaba tampoco en el sofá del apartamento de Christian; y, cuando sus ojos se acostumbraron a la luz y pudo mirar a su alrededor, descubrió que se encontraba en la habitación del shek, en su cama. La primera reacción que tuvo fue la de levantarse, pero no lo hizo. Se encogió sobre sí misma y se tapó todavía más con las sábanas, ruborizada. Entonces se dio cuenta de que estaba sola en la habitación, y sospechaba que también en la casa. Christian se había ido.

Suspiró para sí misma y cerró los ojos. «Volverá», se dijo.

Se quedó un rato más en la cama, pensando, recordando y asimilando muchas cosas. Sonrió, aún sonrojada. Entonces se incorporó y buscó su ropa con la mirada, pero no la encontró. Sobre la silla, no obstante, estaba una de las camisas de Christian. Se puso en pie y alargó una mano para cogerla.

Momentos después salía de la habitación, descalza, vestida con la camisa negra del shek. Le venía grande; las mangas ocultaban las palmas de sus manos, y el bajo le llegaba por la pantorrilla. No obstante, en el salón tampoco estaba su ropa, por lo que se encogió de hombros y se dirigió a la cocina.

Estaba abriendo los armarios en busca del café cuando llegó Christian.

Victoria se volvió hacia él y le brindó una cálida sonrisa... pero el gesto se congeló en su boca al no ver rastro de cariño en el rostro del shek, que la saludaba con su habitual frialdad. La muchacha tragó saliva y dijo:

–Buenos días... Buscaba el café –añadió, como si tuviera que justificarse.

Christian negó con la cabeza.

–No lo encontrarás. No tomo café, ni té, ni nada que pueda influir en mi sistema nervioso: ni sustancias sedantes ni excitantes.

–Vaya... No lo sabía –murmuró ella, sin saber qué más decir.

Se quedaron un momento en silencio.

–Te sienta bien el negro –dijo él entonces.

Victoria se miró las mangas de la camisa.

–Sí... lo siento, es que no encontraba mi ropa –se excusó, ruborizándose.

Christian ladeó la cabeza.

–La guardé en el armario anoche –dijo–. Justamente para que pudieras encontrarla con facilidad.

–No se me ocurrió –confesó Victoria–. Bien, si esperas un momento, te devolveré la camisa enseguida...

–No hay prisa –la tranquilizó él–. Te sienta bien –repitió, con una sonrisa.

Victoria bebió de aquella sonrisa como si fuera un charco en pleno desierto. Se dio cuenta entonces de que había pasado algo, algo que se le escapaba, pero que había cambiado algunas cosas de la noche a la mañana. En esta ocasión no quiso callarse.

–Christian, ¿qué pasa? –preguntó, preocupada–. ¿Estás molesto conmigo?

Él la miró. A Victoria le pareció que había algo de pena en su mirada. Se acercó a ella para cogerla de las manos y le sonrió.

–No es culpa tuya –le dijo–. Que jamás se te ocurra pensar que es culpa tuya, ¿me oyes?

–Christian, ¿qué intentas decirme?

Pero él sacudió la cabeza, como si acabara de despertar de un sueño.

–No es nada –dijo, y le sonrió de nuevo, y esta vez sus ojos sí estaban llenos de cariño–. Voy a buscarte un café.

–No es necesario –respondió ella rápidamente–. De verdad, puedo pasar sin él.

Christian asintió. Victoria alzó la mano, que todavía seguía prendida de la de él, y besó sus dedos con ternura. Christian la observó con seriedad mientras ella le manifestaba su cariño de aquella forma tan sencilla y espontánea.

–He de marcharme –le dijo entonces en voz baja–. Tengo cosas que hacer.

–¿En Tokio?

—No exactamente; en Hokkaido.

—¿Con los sheks? ¿Puedo ir contigo?

—Hace mucho frío en Hokkaido, incluso en esta época del año, Victoria.

—Me da igual. Ya sabes que quiero ayudarte.

—Entonces quédate aquí. No sé cómo reaccionarán los otros sheks si te ven; recuerda que fuiste una de las causantes de la caída de Ashran.

Los ojos de Victoria relampaguearon de ira.

—Ashran me arrancó el cuerno. Tenía derecho a defenderme. Además, tú también estabas allí.

—Sí, pero a mí todavía me necesitan. Por favor, Victoria, déjame mantenerte alejada de todo esto.

Victoria se mordió los labios, indecisa.

—Volveré pronto, en serio —sonrió el shek.

Ella alzó la mirada hacia él.

—Ya sabes que no quiero atarte. Es solo que...

No terminó la frase. Christian le acarició el pelo.

—Lo sé. Gracias por estar aquí conmigo, por haberme acompañado a la Tierra. Aunque no te lo haya dicho hasta ahora, aunque no te lo demuestre, significa mucho para mí.

Victoria hundió el rostro en su pecho y rodeó su cintura con los brazos. No habló, y Christian no añadió nada más tampoco.

Había algo en la nieve que la calmaba y la consolaba. Tan blanca, tan pura... tan fría.

Shizuko cerró los ojos e inspiró profundamente. El aire helado le inundó los pulmones y la hizo sentir mejor.

Se encontraba en el porche de un pequeño refugio forestal en las estribaciones de una de las sierras interiores de Hokkaido. Hacía frío, mucho frío, por lo que no era probable que los molestaran. De todos modos, los sheks solían estar al tanto y vigilaban el camino que llevaba hasta allí.

Por el momento, Shizuko y los suyos estaban a solas, y podrían trabajar sin que nadie los interrumpiese. Esa era una de las razones por las cuales habían elegido aquel lugar.

La segunda era que no se hallaba demasiado lejos de Wakkanai, el extremo más meridional de Japón, en cuyas costas habían estado ocultos los sheks todo aquel tiempo.

Pero la tercera y más importante de las razones eran las fuentes termales.

Los manantiales de agua caliente, que los japoneses llamaban *onsen*, abundaban en aquella zona de la isla. Los había de todos los tamaños, más accesibles o más recónditos, solitarios o agrupados. Aquel, en concreto, tenía el tamaño adecuado para lo que pretendían, no demasiado grande, pero tampoco muy pequeño, y redondo, casi perfectamente redondo. Shizuko se apoyó contra uno de los postes de madera del porche y contempló el vaho que emergía del agua. En torno al manantial habían trazado un hexágono de poder, rodeado de símbolos en idhunaico arcano que a la shek no terminaban de gustarle, puesto que era un lenguaje de los sangrecaliente. No obstante, no tenían otro. Los magos szish nunca habían poseído una cultura propia ni habían desarrollado una organización tan importante como la Orden Mágica de los sangrecaliente. El largo exilio de los sangrefría en Umadhun los había alejado de los dones de los unicornios, y el saber que pudieran haber acumulado en eras pasadas se había perdido.

Alzó la cabeza al ver a un shek deslizándose sobre la nieve, hacia el pozo. Su corazón se estremecía de nostalgia cada vez que contemplaba a una de aquellas criaturas, pero sus ojos no lo traslucían, y tampoco sus pensamientos. No en vano, seguía siendo la reina de los sheks, y debía mostrarse fuerte y segura de sí misma, incluso desde el interior de aquel ridículo cuerpo humano.

Contempló, pensativa, cómo el shek exhalaba su aliento sobre el agua caliente y lograba enfriarla hasta cubrir su superficie con una fina capa de hielo. Pronto, sin embargo, el hielo se rompió y se deshizo.

Llevaban varios días haciendo eso. No pretendían congelar el manantial, en realidad. Aquella agua procedía de las entrañas del planeta Tierra, y ponerla en contacto con el hielo de un shek de Idhún era tan solo parte del hechizo que estaban tratando de llevar a cabo.

Shizuko sintió de pronto una presencia junto a ella.

«Has tardado», le dijo.

«No todo mi tiempo te pertenece», repuso él.

Shizuko no contestó. Christian avanzó hacia el manantial y se puso a trabajar.

Repasó el hexágono de poder y trató de transmitirle parte de su magia. También él llevaba días haciendo aquello. Tal vez cualquier otro mago habría logrado resultados mucho antes, pero eso a él no le preocupaba. Sabía que, tarde o temprano, el tejido entre ambos mundos se debilitaría lo bastante como para que ellos pudieran crear lo que pretendían.

Una ventana entre ambos mundos.

Aquella, al menos, era la idea de Gerde. En tiempos de Ashran, Christian había cruzado la Puerta de uno a otro mundo a voluntad, sin ningún problema. Sin embargo, en aquellos desplazamientos se perdía mucho tiempo, por no hablar del hecho de que Christian ya no iba a estar tan disponible como antaño, y de que Gerde necesitaba que Shizuko se quedara en la Tierra. Las Puertas interdimensionales, por otro lado, se abrían y se cerraban, pero no permanecían estables. Lo que Gerde pretendía era crear una brecha que, aunque no se pudiese atravesar, sí sirviese de comunicación entre uno y otro lado, una ventana a través de la cual pudiese controlar lo que hacían sus criaturas sin necesidad de tener a Christian, o a la propia Shizuko, cruzando de un mundo a otro.

Observó a Christian, pensativa. El joven seguía trabajando en el hexágono que rodeaba el manantial, bajo el intenso frío y bajo la atenta mirada del otro shek, que lo contemplaba con un mal disimulado desprecio. Aquel era Kirtash, el híbrido, el traidor. Shizuko se preguntó por qué estaba ahora con ellos. Ya debía saber que, en cuanto hubiese cumplido su tarea, lo matarían, a no ser que Gerde ordenase lo contrario (si es que realmente era ella la Séptima diosa: Shizuko aún tenía dudas al respecto, y si había accedido a llevar a cabo aquel plan era más por curiosidad que porque se sintiera realmente obligada a hacerlo). Y, si lo sabía, ¿por qué corría el riesgo?

Shizuko no podía dejar de admitir que aquel chico la intrigaba. Le gustaba tenerlo cerca, porque era muy semejante a ella, la única persona de su entorno que podía comprenderla. Pero, por otro lado, su presencia le inspiraba temor y rechazo. No solo porque veía en él un reflejo de lo que ella misma había llegado a ser, sino porque en su interior había algo que Shizuko encontraba extraño y diferente, y que no le gustaba.

Christian regresó del manantial para situarse de nuevo junto a ella.

«¿Cuánto tiempo más vamos a tener que esperar?», preguntó Shizuko.

Christian se encogió de hombros.

«No lo sé, pero no debe de faltar mucho ya».

El otro shek se quedó mirándolos fijamente desde el otro lado del manantial. El vaho empañaba su imagen, pero ambos entendieron muy bien el sentido de la mirada.

«No les gusta vernos juntos», comentó Shizuko, sin temor a que el otro shek captase sus pensamientos, puesto que la conversación entre Christian y ella era privada.

«Es normal», sonrió él. «Pero creo que lo entienden».

«Sí», asintió ella. «Y por eso tienen miedo».

Christian se volvió hacia Shizuko, con expresión hermética. Los dos cruzaron una larga mirada. Junto al manantial, el shek siseó, molesto, y se perdió por los estrechos senderos del bosque nevado.

Cuando Christian volvió, a altas horas de la madrugada, Victoria estaba en su cama, profundamente dormida. No obstante, no se había introducido entre las sábanas. Seguía vestida y se había tapado con la manta que ya era de ella. El joven se quedó mirándola, en silencio. Y Victoria debió de percibir aquella mirada, puesto que abrió los ojos y lo miró. Le sonrió, aún entre las brumas del sueño.

–Hola –susurró–. ¿Qué hora es?

–Muy tarde, supongo –respondió él, en el mismo tono de voz–. ¿Me has estado esperando todo el día?

Victoria asintió, aún sonriendo. Christian comprendió que se sentía tan feliz de estar junto a él, que no le importaba haberle aguardado tanto tiempo.

–Te he traído un regalo –le dijo.

La sonrisa de Victoria se hizo más amplia. Christian encendió la lámpara de la mesilla de noche y le tendió un objeto, que Victoria sostuvo entre sus manos como si fuera el tesoro más valioso del mundo.

–Es un libro...

–No exactamente. Ábrelo.

Victoria obedeció, y descubrió entonces que las páginas estaban en blanco. Lo miró con mayor atención. En realidad era un cuaderno, aunque tenía muchas páginas, y las pastas eran duras e imitaban el estilo de los libros antiguos.

–Sé que te gusta escribir –dijo Christian–. Solías llevar un diario cuando vivías con tu abuela.

Victoria se preguntó cómo lo sabía él. Nunca se lo había contado a nadie. Entonces recordó que hubo una época en que el shek la había estado espiando desde las sombras. Se preguntó cuántas cosas más habría averiguado entonces, y recordó la carpeta que descansaba en el estudio, y que aún no se había atrevido a mirar.

–Te lo he traído porque pensé que lo echarías de menos. Me refiero a lo de escribir. Puedes seguir tu diario en este cuaderno, o puedes usarlo para contar todo lo que nos ha pasado, tanto en la Tierra como en Idhún. Lo que más te apetezca.

Victoria estrechó el cuaderno contra su pecho. Christian podía haberle regalado cualquier otra cosa, y si le hubiera preguntado antes, probablemente lo último que se le hubiera ocurrido habría sido aquello. Y, sin embargo, ahora que lo tenía en sus manos, sentía que, de verdad, no había otro regalo que hubiese podido apreciar más. Pensó, por un momento, que Christian no solía darle lo que quería; pero sí lo que necesitaba.

–Muchas gracias –respondió–. Creo que lo usaré para poner por escrito todas nuestras aventuras. Para futuras generaciones –rió–, pero, sobre todo, para que no se me olvide a mí. Me vendrá bien para ordenar mis ideas. Si pongo por escrito todo lo que he aprendido en todo este tiempo, puede que hasta le encuentre algún sentido –bromeó.

Christian sonrió.

–Me alegro de que te guste.

La contempló mientras dejaba el cuaderno sobre la mesilla. Le apartó el cabello de la cara para verla mejor. Al sentir el contacto, Victoria alzó la mirada hacia él, con el corazón palpitándole con fuerza.

–Es tarde –dijo el shek tras una pausa–. Y yo no tenía intención de despertarte. Sigue durmiendo...

–Si vas a estar aquí, prefiero quedarme despierta –respondió ella con rapidez–. Porque, si me duermo, cuando me despierte no estarás conmigo, y no sé cuándo voy a volver a verte otra vez.

–Yo iba a dormir. Tú puedes quedarte despierta, si quieres.

Ella lo miró, desarmada.

–Ah..., en tal caso...

–Duérmete. Me quedaré contigo esta noche.

Victoria se tumbó de nuevo, algo reacia. Christian se acostó a su lado y rodeó su cintura con los brazos. Victoria lo sintió tras ella, tan cerca que notaba su aliento en la nuca. Respiró hondo, disfrutando del momento.

–Buenas noches –dijo en voz baja.

–Buenas noches, criatura –respondió él.

Cuando se despertó, acababa de amanecer, y Christian ya se había ido. Sin embargo, ella percibió algo de su esencia en la habitación. Palpó la almohada, a su lado, y sonrió al comprender que acababa de marcharse. De verdad había pasado la noche junto a ella.

Se incorporó, meditabunda. No entendía muy bien qué estaba ocurriendo, y no sabía si la relación entre ellos iba bien o se había enfriado. Tras los momentos íntimos que habían compartido dos noches atrás, Victoria había supuesto que estaban más unidos que nunca. Pero Christian seguía comportándose con ella de forma un tanto indiferente, y se pasaba la mayor parte del tiempo en Japón, con Shizuko.

Victoria no era tan ingenua como para no saber que Shizuko era importante para él, pero no quería sacar conclusiones precipitadas. Ella misma amaba a Jack intensamente, y eso no significaba que no sintiera nada por Christian. Y al contrario.

Sacudió la cabeza, tratando de apartar aquellos pensamientos de la cabeza.

Se dirigió a la cocina para hacerse el desayuno. Cuando abrió la alacena en busca de algo comestible, descubrió algo que no estaba allí el día anterior: dos botes, uno de cacao y otro de café. Además, se trataba de las marcas que ella solía tomar cuando vivía con su abuela. «¿Cómo los ha conseguido?», se preguntó, perpleja. «Y, más aún... ¿cómo lo ha sabido?».

Sonriendo, se estiró para despejarse y se preparó un poco de café con leche y una tostada. Después movió el sofá para colocarlo junto a la ventana, dejó su desayuno en una bandeja cerca de ella y fue a buscar el diario que le había regalado Christian y un bolígrafo del estudio. Se acomodó en el sofá, abrió el cuaderno, se quedó un momento pensativa y empezó a escribir.

X
EL ÚLTIMO VISIONARIO

L A caravana se deslizaba indolentemente sobre las arenas de Kash-Tar, bajo el calor abrasador de los tres soles. Los carros, tirados por torkas, enormes lagartos del desierto, avanzaban con lentitud. Los torkas, perezosos por naturaleza, no tenían prisa, y sus amos no los fustigaban. Eran conductores experimentados y sabían que, si los hacían correr, acabarían por detenerse agotados, cerrarían los ojos y no habría quien pudiera ponerlos en marcha de nuevo. Los viajes de las caravanas eran lentos y exasperantes; pero el torka era el mejor animal de tiro que tenían en Kash-Tar: fuerte, dócil y resistente. Los mercaderes más veteranos solían decir que los torkas eran un regalo de Aldun para que los yan aprendieran a través de ellos la paciencia que su dios no les había otorgado al crearlos.

Por fin avistaron a lo lejos la silueta de los árboles del oasis. Los torkas aceleraron la marcha sin necesidad de ser fustigados: sabían que, cuando llegaran, podrían dejarse caer a la sombra, cerrar los ojos y dormir durante mucho, mucho tiempo.

Sin embargo, ninguno de los torkas se atrevió a adelantar al carro que guiaba la caravana. Sabían muy bien lo que sucedería si lo hacían.

En los límites del oasis los aguardaba un grupo de hombres-serpiente armados. Un control rutinario. Los mercaderes llevaban años pasando por ellos, y se habían acostumbrado. Y aunque se sabía que las tierras del norte se habían librado del yugo de las serpientes, en Kash-Tar todo seguía más o menos como siempre.

Más o menos.

El guía detuvo su carro junto al que parecía el capitán de la patrulla. El lagarto dejó escapar un agudo sonido gutural, frustrado, pero se detuvo, obediente.

—Sssaludosss, mercader —dijo el capitán.

–Saludos –respondió él.

Sabía lo que le iban a preguntar, y tenía las respuestas preparadas. No obstante, también sabía que no debía darlas todas a la vez, y que debía contestar a las preguntas una por una. Los szish habían adoptado la costumbre de no dejar hablar a los yan mucho rato seguido, porque no los entendían. Los habitantes del desierto solían hablar con tal rapidez que no separaban las palabras. Con ellos, lo mejor que se podía hacer era formularles preguntas a las que pudieran dar respuestas cortas y sencillas.

La rutina se repitió, una vez más.

–Nombre.

–Kit-BakdeNin.

–Origen.

–Lumbak.

–Dessstino.

–Dyan.

–Mercancía.

–TelasdelospueblosnómadasyartesaníalimyatiparaCelestia. Abalorios ycosasparecidas.

–¿Qué classse de «cosssasss parecidassss»? –quiso saber el szish, frunciendo el ceño.

La voz del mercader yan quedaba ahogada por el paño que cubría su rostro, y solo sus ojos, rojizos y ardientes como carbones encendidos, podían darle alguna pista acerca de su estado de ánimo. Y aquellos ojos se clavaban en él con un descaro que habría debido hacerle sospechar. No obstante, al capitán szish nunca le habían caído bien los yan, los más sangrecaliente de todas las razas sangrecaliente. Y había oído hablar de Kit-Bak de Nin, un respetado mercader que nunca había dado problemas a las serpientes.

Sin embargo...

–Cosasdemujeres –respondió velozmente el yan–. Adornossencillos ybaratos. Paraelpelolasmuñecaslostobillos. Nadaimportante.

–¿Y por qué razón te molessstasss en comerciar con ellosss, puesss? –quiso saber el capitán.

Otro de los torkas lanzó un quejido lastimero. Los preliminares se estaban alargando demasiado.

–Sonbaratos. Ymuchasmujereslosencuentranbonitos. Mujeresque nopuedencomprarlasjoyasdeRaheld.

El szish lo observó con cierta desconfianza. El yan le devolvió una mirada serena.

–Bien –asintió por fin–. Podéisss quedarosss hasssta el primer amanecer.

Se volvió e hizo señas a los guardias para que abrieran el portón. Los dos contemplaron, en silencio, cómo la caravana se ponía lentamente en marcha hasta alcanzar la muralla.

–Acomodaosss como podáisss –dijo el hombre-serpiente–. No hay mucho esspacio en torno a la laguna. Tenemosss ya otra caravana desssscanssando en el oasssisss...

Se interrumpió, porque tuvo la sensación, completamente irracional, de que el mercader sonreía de forma siniestra por debajo de la tela que ocultaba su rostro.

–Losé –se limitó a decir.

Y, veloz como un relámpago, introdujo las manos bajo sus holgadas ropas y extrajo dos enormes hachas de debajo de la capa. Con un rápido y enérgico movimiento, mientras lanzaba el grito de guerra de los yan, dejó caer las hachas sobre el cuerpo del capitán, trazándole una enorme y sangrienta equis en el pecho. El szish cayó hacia atrás, muerto antes de tocar el suelo, y el yan, ejecutando un impresionante salto desde el pescante, cayó en medio de la patrulla de los hombres-serpiente. Junto a él aparecieron varios guerreros más, emergiendo de los carros de la caravana, empuñando diferentes armas y profiriendo gritos salvajes.

–¡Rebeldesss! ¡Rebeldessss! –alertaron los szish.

Se apresuraron a defenderse, y pronto los límites del oasis se convirtieron en un campo de batalla. Pero no había quien parase al yan de las dos hachas. Rotaba sobre sí mismo como una centella infernal, descargando sus armas, masacrando a sus contrarios, tiñendo de rojo las arenas del desierto. Uno de los szish fue lo bastante hábil como para retroceder cuando saltaba hacia él, y el impulso del salto dejó al descubierto los brazos morenos del jefe yan, tatuados con espirales rojas. El hombre-serpiente conocía esa marca.

–¡Gosssser! –exclamó, con una nota de terror reverencial en su voz.

Aquella palabra fue la última que pronunció.

Más szish habían acudido a apoyar a sus compañeros, pero los yan eran imparables, y las dos hachas de Goser, su mortífero líder, bailaban teñidas en fría sangre de serpiente.

De pronto, sin embargo, la temperatura del ambiente pareció descender un poco, y una sombra cubrió a los combatientes.

–¡Shek! –gritó Goser con voz potente.

Los yan sacaron sus ballestas y apuntaron a la gran serpiente alada que los sobrevolaba. Sabían que aquellas armas eran ridículas para luchar contra los sheks, pero Goser no se amilanó. Con un nuevo grito de guerra, lanzó al aire una de sus hachas, con toda la fuerza de la que fue capaz. El arma dio un par de vueltas sobre sí misma y llegó a alcanzar una de las alas del shek, produciéndole un pequeño desgarrón. La serpiente chilló, más molesta que dolorida, y descendió en picada hacia él.

El hacha cayó otra vez al suelo y fue a hundirse en la arena, cerca de Goser. Pero él no le prestó atención. Ya enarbolaba su otra hacha con ambas manos y aguardaba al shek, que bajaba entre una lluvia de flechas con la boca abierta, enseñando los colmillos.

Cuando estuvo lo bastante cerca, Goser lanzó el hacha, y en esta ocasión alcanzó el escurridizo cuerpo de la serpiente, que volvió a emitir un chillido de sorpresa y remontó el vuelo. Con un ágil quiebro se deshizo del hacha, que se había quedado incrustada en sus escamas, sin llegar a causarle verdadero daño. Goser le dedicó un grito desafiante, pero su gente ya se había guarecido bajo los carros y disparaba desde allí. No tenían la menor intención de imitar el coraje suicida de su líder, y él tampoco lo esperaba. Los yan eran gente que sabía cuidar de sí misma mejor que de los demás.

El shek dio un par de vueltas sobre ellos, pero no descendió. Los yan aguardaron, inquietos. Goser le gritó otra vez, pero la serpiente no le prestó atención.

Algo se acercaba desde el norte, nueve sombras que volaban hacia ellos. Los yan se miraron unos a otros: si eran más sheks, estaban perdidos.

El shek dejó escapar un nuevo chillido, un chillido que les heló la sangre en las venas, porque estaba teñido de un odio oscuro e insondable y, a la vez, de una salvaje alegría. Y, olvidándose de los yan rebeldes, se lanzó de cabeza hacia las nueve figuras que se acercaban desde el horizonte.

Goser recuperó sus dos hachas y contempló la escena con interés. Después, montó de un salto sobre uno de los torkas, rompió las cinchas de un hachazo y lo espoleó con violencia. El animal, sobresaltado, salió corriendo.

Momentos después, el líder de los rebeldes yan contemplaba una escena sobrecogedora.

Nueve dragones acosaban al shek, atacándolo por todas partes, hostigándolo con fuego, garras y dientes. La criatura debería dar media vuelta y escapar, porque no tenía la más remota posibilidad de salir con vida de allí. Y parecía que se esforzaba por huir de la batalla; pero algo la empujaba a rizar su larguísimo cuerpo y a acometer a los dragones, una y otra vez, con siniestro entusiasmo. Montado sobre su torka, que ya había cerrado los ojos y se había desplomado sobre la arena, adormilado, Goser contempló la absurda y trágica muerte del shek, pero no la lamentó. En realidad, sus ojos de fuego estaban centrados en los dragones, y los contemplaban con fervor y emoción. Al dragón negro que realizaba piruetas imposibles, a la dragona roja que combatía con ferocidad; a los dos dragones anaranjados, que parecían gemelos y peleaban a la par; a un hermoso dragón de tonos ocres, pequeño pero ligero, que volaba como una flecha en torno al shek. Había más, pero Goser dejó de enumerarlos. Eran todos tan bellos... eran perfectos.

Cuando el cadáver del shek cayó con estrépito al suelo, levantando una nube de arena, Goser no se movió, aunque su torka abrió los ojos, sobresaltado. Los dragones prosiguieron su vuelo, pero empezaban a descender, y Goser supo que aterrizarían en el oasis. Espoleó al torka, que se negó a moverse. El líder yan no se rindió. Volvió a clavar los talones en los flancos del animal, emitiendo su potente grito de guerra, y el lagarto salió disparado, muerto de miedo.

El oasis era suyo. Los yan saquearon la caravana que descansaba allí y se apropiaron de las armas que transportaba, fabricadas en Nandelt, que ya nunca llegarían a manos de la gente de Sussh, el shek que gobernaba Kash-Tar. Goser, sin embargo, no participó en el reparto. No pensaba desprenderse de sus hachas y, por otra parte, la caravana ya no le interesaba. Lo único verdaderamente importante eran los nueve dragones que habían aterrizado junto a la laguna.

No se sorprendió cuando vio salir de ellos a nueve personas, que el hechizo ilusorio se desvanecía y que los dragones recuperaban su verdadero aspecto: máquinas de madera construidas por los humanos. Había oído hablar de los dragones artificiales, y de los rumores que decían que los hombres de Nandelt enviarían algunas de esas máquinas para ayudar a los rebeldes de Kash-Tar. No obstante, no pudo evitar que la decepción se adueñase de su corazón. Por un momento había llegado a soñar que era cierto, y que los Señores de Awinor habían regresado.

Goser se limitó a observar de lejos a los recién llegados, hasta que alguien reparó en su presencia. Era un humano alto y fornido, con una larga barba de color castaño. Caminó hasta él, y Goser abandonó la sombra de los árboles para salirle al encuentro. Suponía que aquel humano sería el líder de la expedición. Goser era bastante alto para ser un yan, gente por lo general de baja estatura. Sin embargo, aquel humano le sacaba por lo menos dos cabezas. No obstante, ahora que estaban uno frente al otro, nadie podría haber dicho cuál de los dos resultaba más impresionante: si el imponente semibárbaro, de barba trenzada y ojos bicolores, o el rebelde yan, con sus dos hachas cruzadas a la espalda y los brazos ante el pecho, mostrando una piel cubierta de tatuajes rojos. Goser clavó en el extranjero su mirada de fuego.

—Hola –saludó este, con una amplia sonrisa–. Me temo que nos hemos perdido. Vamos en dirección a Bombak, Bumbak o algo parecido –se rascó la cabeza con aire desconcertado–. Todo el desierto parece igual. En fin, parece que os hemos librado de un apuro, ¿no? Espero que no haya más serpientes por aquí. No es que no nos apetezca un poco de acción, pero estamos algo cansados... y los dragones han perdido mucha magia. Qué oportuno que estuviese aquí este sitio. A propósito, me llamo Rando.

—YosoyGoserElSolQueQuemaALasSerpientes.

Rando parpadeó, desconcertado.

—¿Disculpa? No te he entendido, hablas demasiado rápido. ¡Y tienes un nombre muy largo!

Alguien lo apartó con impaciencia.

—Lárgate de aquí, antes de que digas algo de lo que luego tenga que arrepentirme.

Goser se encontró con unos hermosos ojos rojizos, semejantes a los ojos de un yan, pero de un tono más apagado.

—SaludosGoser –dijo ella–. Sibuscasallíderdenuestraflotanotemo lestesenhablarconél. MinombreesKimaralaSemiyan.

Goser asintió.

—LaQueHaVistoLaLuzEnLaOscuridad. Heoídohablardeti. Mestiza. Dicenqueseteconcedióeldondelamagia. Perohacetiempoquenadieteha vistoenKashTar. Poresotambiéndicenquehabíasabandonadoatupueblo.

Kimara apretó los puños.

–Nuncaosabandoné –replicó–. MefuiaNandeltparaaprenderausar
mipoder.

–¿Yaprendiste?

–Nodemasiado. Elmétododeenseñanzadeloshumanosmepareció
demasiadolento. Asíquemecanséydecidíregresar. Losdragonesquevie
nenconmigopelearánporlalibertaddeKashTar.

Goser sonrió.

–Notefaltaráacciónaquísemiyan. Hasvenidoallugarcorrecto. Eres
bienvenidaentrenosotros.

Lentamente, se retiró el paño de la cara y le mostró sus rasgos, un
rostro enmarcado por una enmarañada melena de trenzas negras. Kimara ya se había fijado en sus brazos tatuados, pero lo que no esperaba era que sus mejillas y su frente ostentaran también tres brillantes
espirales rojas, a imitación de los tres soles de Idhún. Y entre ellos, sus
grandes ojos rojizos brillaban con el poder del fuego del desierto.

Kimara, impresionada, descubrió también su propio rostro. Los dos
se miraron largamente.

–BienvenidaacasaKimara –dijo Goser.

Ydeon recibió visita aquella tarde. Como no esperaba a nadie, en
realidad, no salió a recibirlos, ni los oyó llegar, hasta que alguien le
llamó la atención desde la entrada de su fragua, gritando para hacerse
oír por encima del sonido del martillo. El gigante se volvió, intrigado.
Eran tres humanos: a uno lo conocía; a los otros dos, no.

–¡Buenas tardes! –saludó Shail, sonriendo–. He venido a cumplir
mi promesa.

Ydeon dejó el martillo y se rascó la cabeza.

–¿De qué promesa...? –empezó, pero enmudeció de pronto al fijarse en el muchacho que había entrado con el mago y que miraba
a su alrededor con curiosidad. Shail lo señaló con un gesto grandilo-
cuente:

–He aquí a Jack, también conocido como Yandrak. El último
dragón.

El joven y el gigante cruzaron una larga mirada. En los últimos
tiempos, pocas personas habían logrado intimidar a Jack y, sin embargo,
Ydeon inspiraba en él un profundo respeto, incluso desde antes de
conocerlo, desde que Christian le había hablado de él. Aquel era el

forjador de armas legendarias, el creador de Domivat, la espada de fuego. Mucho tiempo atrás, en la sala de armas de Limbhad, se había fijado en aquella espada. Le habían dicho que era peligrosa y, no obstante, eso solo había hecho que la deseara aún más. Jamás habría imaginado que llegaría a conocer a la persona que la forjó.

Shail le había dicho, por el camino, que Ydeon también había expresado su deseo de conocerlo a él. Por eso, Jack sentía que estaba viviendo un momento importante, solemne. Sostuvo con valentía la inquisitiva mirada del gigante, hasta que este habló.

–Pensaba que todos los dragones teníais tres ojos –comentó.

Jack no supo muy bien cómo tomarse esta afirmación. Supuso que sería una muestra del peculiar sentido del humor de los gigantes.

–Tú forjaste a Domivat –le dijo.

Ydeon asintió.

–Hace mucho tiempo. Tú no habías nacido entonces. Y, sin embargo, esta espada se forjó para ti.

Jack se mostró desconcertado.

–¿Cómo pudo forjarse para mí, si aún no había nacido?

Ydeon rió entre dientes.

–Sácala –le pidió.

Jack extrajo a Domivat de la vaina. Los tres observaron, maravillados, las llamas que lamían su filo.

–Qué hermosa es –dijo Ydeon, y todos percibieron claramente el temblor de su voz, y vieron las lágrimas en sus ojos rojizos.

Jack le tendió la espada, solícito.

–¿Quieres cogerla?

Pero Ydeon retrocedió, sacudiendo la cabeza.

–Nadie en el mundo puede empuñarla, salvo tú. Ni siquiera yo.

–Entonces, ¿cómo pudiste forjarla? –preguntó Jack, desconcertado.

–Es una larga historia.

–En tal caso –intervino Shail–, agradecería que nos la contaras cuando estemos acomodados junto al fuego, si no es molestia.

–Hace tiempo –empezó el gigante, mientras sus tres visitantes bebían con cuidado de sus respectivos cuencos de sopa caliente–, dos siglos, tal vez tres, un dragón vino a visitarme. Era demasiado grande para entrar hasta el fondo de mi caverna, de modo que se quedó en los túneles exteriores y me llamó desde allí.

»Por supuesto, yo nunca había visto un dragón, porque los dragones no solían sobrevolar Nanhai. Lo primero que se me ocurrió al verlo fue que se había perdido. Pero me preguntó si yo era Ydeon, el forjador de espadas. Le dije que sí. Me dijo que debía forjar una espada para él, y... ¿quién se atreve a contradecir a un dragón?

–¿Ni siquiera un gigante? –sonrió Jack.

–Ni siquiera un gigante, muchacho. «Señor», le dije, «¿cómo voy a forjar una espada para vos? Con todos mis respetos... ¿cómo vais a empuñarla?». El dragón me dijo entonces que la espada no estaba destinada a ser empuñada por él. «En un futuro», dijo, «nacerá un niño humano que poseerá el poder del dragón. Estará destinado a hacer grandes cosas, pero para entonces yo ya no existiré, y nadie de mi estirpe será capaz de ayudarlo. Esa espada será para él. Será la espada que guíe su camino y que lo ayude en su misión con la fuerza de todos los dragones que viven hoy en el mundo».

»Como comprenderéis, me pareció que su encargo estaba fuera de mi alcance. Mis trabajos eran valorados en todo el continente, pero jamás se me había pasado por la cabeza que podría llegar a hacer algo que fuese digno de los mismísimos dragones. Aun así, le pregunté cómo debía forjar esa espada tan singular, y le dije que, si pretendía que fuese mágica, íbamos a necesitar a un hechicero para que le otorgase su poder. «No será necesario», contestó él. «Y, ¿quién la dotará del poder del que habláis, pues?», pregunté. «Yo mismo», respondió el dragón.

»Erea salió llena dos veces antes de que terminase la espada. La forjé con el material con el que fraguaba todas las espadas mágicas. Adorné su empuñadura con figuras de dragones, y utilicé para sus ojos rubíes de las cavernas más profundas. La espada era de tamaño humano, por lo que pasé muchos días y muchas noches inclinado junto al fuego, trazando todos los detalles del molde, con mucha paciencia y un cuidado infinito. Por una vez, lamenté ser un gigante, puesto que mis dedos eran demasiado grandes como para modelar todo lo que tenía en mente, a aquella escala.

»Durante todo aquel tiempo, el dragón estuvo durmiendo en una de las cavernas más grandes de la cordillera. No me apremió en ningún momento, ni acudió a mí para preguntarme cuándo la tendría terminada, ni para supervisar mi trabajo. Cuando por fin acabé la espada, acudí a verlo.

»Se limitó a abrir un ojo y a mirarme con curiosidad. «¿Tienes la espada?», preguntó. «Sí, señor», contesté. «¿Y la vaina?», quiso saber. Confesé que no la había forjado todavía. «Mejor así», respondió, «porque ha de ser una vaina especial, que soporte cualquier tipo de fuego. Que no queme al tacto ni siquiera después de haberla dejado durante días y días entre las llamas».

»Esto no era tan sencillo. Consulté a otros gigantes, a lo largo y ancho de Nanhai, pero nadie había oído hablar de un material semejante. Fueron necesarios muchos meses de intenso trabajo y de probar con distintas aleaciones, hasta que por fin dimos con la fórmula adecuada. Si me pidieran que volviera a fundir algo semejante, no sabría hacerlo de nuevo. Creo que Karevan me inspiró aquel día, puesto que la vaina, una vez que se enfrió, no volvió a calentarse nunca más.

»De nuevo acudí al dragón y le presenté mi trabajo. Abrió los ojos. «Magnífico», dijo. «Déjamela». Le tendí la espada y la sostuvo entre sus garras, con el filo hacia arriba. Me dijo que me hiciera a un lado, y entonces exhaló su fuego sobre él, protegiendo la empuñadura para no fundirla. Siguió sometiéndola a su fuego implacablemente, durante toda la noche... y cuando por fin resopló, agotado, y apagó su llama... la espada ya no era una espada corriente. Tenía el halo de las espadas legendarias. «Ahora ya no puedes cogerla», me dijo entonces. «Si lo intentas, arderás como una tea. Por eso necesitábamos la vaina ignífuga». Le pregunté entonces si iba a ponerle un nombre a la espada. Es costumbre que las mejores espadas tengan uno, y se lo dije, porque no estaba muy seguro de que los dragones estuvieran al tanto de esta cuestión. La criatura se quedó contemplando la espada un largo rato, y después dijo que se llamaría Domivat. «¿Domivat?», repetí. «¿Qué significa?». «Nada en particular», respondió él. «Entonces, ¿qué clase de nombre es ese?», pregunté yo. El dragón se quedó mirándome, y después dijo, enseñando todos sus dientes en una sardónica sonrisa: «Domivat soy yo. Es mi nombre».

Jack lanzó una exclamación ahogada y contempló su espada con un nuevo respeto. Ydeon sonrió y prosiguió:

—Esta espada lleva mi fuego —dijo el dragón—. «Cuando yo muera, se llevará parte de mi espíritu. Por eso, en cierta manera, esta espada es parte de mí, o podría decirse, incluso, que soy yo». Medité sus palabras un buen rato, y después le pregunté qué sentido tenía forjar una espada que nadie podía empuñar. «Como ya te dije, algún día llegará alguien que sí pueda empuñarla, porque esta espada ha sido forjada para él», respondió el dragón. «Pero, entretanto, debes dejarla libre. Entrégala a los hombres de Nandelt y deja que hagan con ella lo que quieran, que la lleven de aquí para allá, que la guarden como mejor les parezca; no importa porque, tarde o temprano, la espada encontrará a su dueño». Me dolió la idea de abandonar aquella magnífica espada a su suerte, de no volver a verla nunca más. Pero el dragón me prometió que algún día la espada regresaría a mí, por medio de aquel que estaba destinado a blandirla. «Y, cuando llegue ese momento», me dijo, «quiero que le des un mensaje de mi parte».

Jack se irguió, atento, con el corazón latiéndole con fuerza. Ydeon clavó en él una mirada cargada de gravedad.

—Este es el mensaje que me dio para ti: «Nuestra estirpe vive a través de ti, Yandrak. Y eso quiere decir que no hemos muerto, y que no lo haremos mientras haya un solo dragón surcando los cielos de Idhún. Pero estarás condenado a librar la última guerra por todos nosotros; de ti depende elegir las batallas correctas. No tengas miedo, no dudes. Hay algo aún más poderoso que el instinto, y es el corazón. Ahí es donde está nuestra fuerza. Úsala bien, y serás libre. Y contigo, todos nosotros».

La voz de Ydeon se extinguió. Jack no dijo nada. Contemplaba las llamas con expresión pétrea y un extraño brillo en la mirada.

—No entendí sus palabras —prosiguió el gigante—, pero me las hizo repetir hasta asegurarse de que me las aprendía de memoria. No las he olvidado.

Jack se levantó con brusquedad y salió de la estancia. Todos pudieron apreciar que tenía los ojos húmedos.

—¿Qué le pasa?

Shail movió la cabeza y sonrió.

—Creo que no tenía un buen concepto de los dragones en el fondo —dijo—, a pesar de ser uno de ellos, y eso era algo que le estaba haciendo mucho daño. Tú le has devuelto la fe en su raza. Te doy las gracias por ello.

—Pero ¿cómo lo sabía? —dijo entonces una voz ronca, desde el fondo de la sala—. ¿Cómo sabía ese dragón todo lo que iba a pasar?

Los dos se volvieron, un poco sorprendidos. Era Alexander el que acababa de hablar. Había salido de su mutismo habitual para mirar al gigante con gesto serio.

–No lo sé –repuso Ydeon–. Y lo cierto es que durante mucho tiempo dudé de sus palabras, sobre todo cuando la espada escapó a mi percepción. Pensé que había sido destruida...

–Aún recuerdo la cara que puso Jack la primera vez que vio a Domivat –dijo Alexander, pensativo–. Nunca imaginé que lo hubiera estado esperando desde siempre; aunque, después de todo, es lo que suele suceder con casi todas las armas legendarias.

Shail lo miró fijamente.

–¿Y tú? –le dijo–. ¿Estás bien?

Alexander desvió la mirada, pero luego alzó la cabeza de nuevo y se volvió hacia el gigante.

–¿Puede una espada forjada para luchar por la justicia ser empuñada por alguien innoble..., por un criminal, tal vez? –quiso saber.

–Depende de la espada.

Siguiendo un impulso, Alexander se levantó de un salto y desenvainó a Sumlaris. Los ojos de Ydeon brillaron con interés.

–¿También forjaste tú a Sumlaris? –preguntó Shail.

–No –respondió él, examinándola más de cerca–. Esta no es mía. Pero reconozco la factura. Maese Galdis de Namre. Solía forjar espadas para los caballeros de Nurgon hace cien años. Buenas espadas, sin duda. Estaba tan bien considerado que hasta consiguió colarles algunas espadas mágicas, a pesar de que los caballeros no son amigos de utilizar objetos encantados. Pero el propio Galdis había sido caballero...

»Ah, pero esta espada no ha desplegado aún toda su capacidad –añadió de pronto, estudiando su filo con aire experto–. Está medio dormida.

–¿Qué quiere decir eso? –preguntó Alexander.

–Quiere decir que tú también estás medio dormido, o, para ser más exactos, que todavía no has llegado a ser todo lo buen caballero que puedes llegar a ser. Es decir, que aún tienes que desarrollar todas las cualidades que la propia espada considera imprescindibles para que te conviertas en su dueño perfecto. Pero las tienes, y la espada lo sabe; de lo contrario, hace tiempo que habrías notado que no eres de su agrado.

Alexander se sentó de nuevo, impresionado, y contempló el filo de su espada en silencio. Shail se quedó mirándolo un momento y después se volvió de nuevo hacia Ydeon.

–Ahora me toca a mí –dijo sonriendo–. Yo también tengo una consulta.

—¿Sobre tu pierna?

El mago asintió.

—Hace un par de días que me está dando problemas. Temo que mi magia no baste para mantenerla en su sitio.

Ydeon examinó la pierna artificial que Shail le mostraba, frunciendo el ceño.

—Puede que tu magia fluctúe —dijo después.

—¿Y eso qué significa?

—Que la propia pierna se cansa de estar viva. Verás, la magia de los hechiceros no es estable, porque es una magia prestada, no nacieron con ella. Por eso, cuando la usan mucho, se gastan y tienen que descansar hasta que se recuperan. El poder de un mago no es inagotable.

»Esto no es un problema en el caso de las espadas legendarias, porque por lo general estas pasan mucho tiempo dormidas; todo el tiempo que su dueño no las está empuñando, para ser más exactos. El tiempo que permanecen en la vaina.

»Tu pierna no puede permitirse ese lujo. Porque, si lo hace, se desprenderá del resto del cuerpo.

—Sí, eso lo entiendo —asintió Shail—. Por eso llevo el medallón de piedra minca.

—Y tú mismo dijiste que a veces este tipo de amuletos fallan. Es por esta razón. Ahora estás usando tu magia permanentemente, incluso cuando duermes, y eso te agota, aunque no te des cuenta. Por eso, la piedra minca, que acumula parte de tu energía mágica para que la uses cuando no estás consciente, cada vez obtiene menos poder. Te estás gastando, Shail.

El mago se dejó caer sobre su asiento, anonadado.

—¿Y qué puedo hacer entonces? —murmuró.

Ydeon sacudió la cabeza.

—Puedes obtener otra fuente de poder. O puedes dotar a tu pierna de una energía mayor e inagotable, superior a la que puede conseguir de tu propia magia. Ya hablamos de esto en una ocasión y creo que no lo has olvidado.

—No —reconoció Shail en voz baja.

—Piénsalo —concluyó el gigante.

—No tengo mucho tiempo para pensarlo —repuso el mago—, puesto que mañana partiremos con el primer amanecer. En realidad, solo estamos de paso.

Tenían intención de entrevistarse con Gaedalu, en Celestia o en Gantadd, allá donde se encontrase, y con Ha-Din, en Awa. Ambos habían estado presentes en la Primera Profecía y habían conocido a Manua, la Oyente del Gran Oráculo. Quizá pudieran darles una pista sobre su paradero.

–Bien –dijo Ydeon–. Entonces, tienes toda una noche para pensarlo.

–No te lo tomes al pie de la letra –dijo Alexander.

Jack no respondió. Seguía contemplando los brillos cambiantes de la caldera de lava, con expresión seria.

Era ya muy tarde, y los tres se habían acomodado en sus respectivos jergones, en la sala principal, donde Ydeon les había cedido espacio para pasar la noche. Se habían envuelto en pieles y habían apagado las antorchas, de modo que solo el suave resplandor del pozo de lava iluminaba la estancia. No obstante, ninguno de ellos podía dormir.

–El hecho de que los dragones ya hubieran previsto todo esto y prepararan una espada para ti no significa que estés obligado a vengarlos a todos, ni nada por el estilo –prosiguió Alexander–. No creo que Domivat quisiera descargar esa responsabilidad sobre tus hombros.

–Pero, indirectamente, lo ha hecho –replicó Jack–. No sé si he de vengarlos, pero ellos quieren que haga algo. Y un dragón capaz de prever todo lo que iba a pasar, un dragón que sabía que su raza iba a ser exterminada un par de siglos antes de que eso sucediera, debía saber también qué sucedería si acabábamos con Ashran. ¿Por qué, entonces, no dijo nada al respecto; por qué no trató de impedir todo lo que ha pasado? Y, lo más importante...: ¿cómo lo sabía?

–He estado pensando en ello –dijo Shail a media voz–. Esta mañana, Ydeon dijo algo muy extraño cuando te vio, Jack. ¿Lo recuerdas?: «Pensaba que todos los dragones tenían tres ojos».

–Sí –asintió el joven–. Pero no sé a qué venía eso.

–Bueno, a mí me ha recordado a una antigua leyenda sobre dragones que puede que lo explique. Cuenta que una vez existió un dragón que se enamoró de las lunas.

–¿De las lunas?

Shail asintió.

–Dicen que pasaba las noches en vela, contemplando las lunas, y, por tanto, dormía durante el día. Los dragones son criaturas diurnas, por lo que su comportamiento no dejaba de llamar la atención entre los suyos, y pronto corrió el rumor de que estaba loco.

»Sin embargo, a aquel dragón no le importaba lo que dijeran los demás. Seguía alzando la mirada hacia el cielo cuajado de estrellas, noche tras noche, bebiendo de la luz de las lunas, aprendiéndose sus formas y matices de memoria... y así, pronto empezó a hacerse preguntas. Se preguntaba si era cierto que los dioses vivían en las lunas, y por qué lo harían; y por qué los dragones y las otras criaturas habitaban en Idhún, en lugar de hacerlo allí arriba, y si algún día su raza podría volar hasta Erea para reunirse con ellos.

»Formuló aquellas mismas preguntas a otros miembros de su clan, pero ningún dragón le dio una respuesta satisfactoria. Los dragones estaban en Idhún para cuidar de las seis razas y luchar contra la séptima, pero nadie sabía si los dioses regresarían algún día para ayudarlos, o si ellos debían acudir a su encuentro... por lo que una noche, una noche en que las tres lunas brillaban llenas y estaban más hermosas que nunca, el dragón decidió que él mismo iría a preguntar a los dioses si todo aquello tenía un sentido.

»De modo que alzó el vuelo y se elevó hacia las lunas. Voló toda la noche. Subió y subió, todo lo que pudo, hasta que el primer amanecer lo sorprendió y desdibujó los contornos de las lunas en el cielo, hasta hacerlas invisibles. Pero el dragón no se rindió, y siguió elevándose, con fe inquebrantable.

»Los dioses lo vieron llegar y quisieron detenerlo, haciendo su viaje cada vez más penoso. Primero lo atacaron con frío, luego lo dejaron casi sin aire... pero el dragón seguía subiendo, y subiendo, y cuando la noche volvió a cubrir el mundo con su manto, las lunas estaban mucho más cerca y parecían mucho más grandes.

»Sin embargo, llegó un momento en que el dragón no pudo más. Agotado, cerró los ojos y empezó a caer.

»En Erea, los dioses discutían sobre si debían premiarlo por su perseverancia o castigarlo por su osadía. «Las dos cosas», dijo Irial, con una enigmática sonrisa.

»Cuando el dragón abrió los ojos, yacía sobre el suelo de Idhún, ileso. Los dioses le habían salvado la vida. Sin embargo, habían cambiado algo en él: ahora no tenía dos ojos, sino tres, como las tres lunas que tanto había amado. Los dioses habían abierto un tercer ojo en su frente, sobre los otros dos, y con él podía ver cosas que habían pasado, cosas que estaban pasando y cosas que iban a pasar.

»Regresó a Awinor y relató su aventura, y cuando los dragones vieron su tercer ojo y escucharon las cosas que decía, creyeron sin duda que aquello era obra de los dioses. Desde entonces fue tenido por sabio, y sus palabras fueron escuchadas y tenidas en gran consideración. No obstante, para él el tercer ojo no fue siempre un don, porque no podía controlar las cosas que veía y, lo peor de todo, no podía cambiarlas. Por eso, porque se limitaba a ver, lo llamaron el Visionario.

»Y cuenta la leyenda que, el mismo día de su muerte, eclosionaron los huevos de una pareja de dragones, y uno de los recién nacidos tenía un tercer ojo en mitad de la frente. Y así, siempre ha habido un Visionario entre los dragones, pues cuando muere uno, nace el siguiente, continuando con la estirpe de dragones sabios que ha regido los destinos de Awinor desde entonces. No obstante, nadie, excepto los otros dragones, ha visto nunca a uno de esos Visionarios; pues prefieren permanecer en sus cuevas, en la oscuridad, con sus tres ojos cerrados, contemplando las imágenes que su extraña percepción crea en su mente... y buscando la manera de cambiar el destino.

–Vaya –pudo decir Jack, después de un largo, largo silencio–. ¿Quieres decir que ese dragón... Domivat... pudo ser el Visionario de los dragones?

–Todo apunta a ello; y eso quiere decir que esa leyenda es mucho más que una leyenda.

–El Visionario –murmuró Alexander, impresionado–. Si es cierto, sabía ya que su raza iba a extinguirse...

–Pero no pudo hacer nada, excepto ayudar a crear una espada –suspiró Shail.

–Yo diría que eso ya fue mucho –opinó Alexander–, puesto que esa espada le ha salvado la vida a Jack en más de una ocasión.

–Estaba pensando –dijo Jack de pronto– que si murió el día de la conjunción astral, como todos los demás dragones, ese día pudo haber nacido el siguiente Visionario. Pudo haber sido uno de mis hermanos. Pude haber sido yo –añadió, perplejo.

–Pero no eres tú –respondió Shail–. Solo tienes dos ojos, de modo que me temo que la estirpe de los Visionarios murió con el último de ellos.

–O puede que no haya muerto del todo –murmuró Jack contemplando su espada legendaria, que dormía en su vaina.

Assher se despertó sobresaltado. Había tenido una pesadilla, aunque en aquellos momentos los detalles le resultaban confusos. Respiró hondo y decidió salir a tomar un poco el aire.

Pasó por entre los cuerpos dormidos de los szish con los que compartía la tienda, procurando no despertarlos. Salió al exterior y se detuvo un momento bajo el cielo iluminado por las tres lunas. Después, echó a andar.

Era un simple paseo; pensaba dar una vuelta y regresar a la tienda, pero sus pasos lo llevaron cerca del árbol de Gerde.

El primer día, los szish le habían ofrecido una tienda para ella sola. Pero Gerde la había mirado con aprensión. Assher había oído por ahí que ella había dicho, al verla, que ya había ocupado tiempo atrás un habitáculo como aquel, y no sentía el menor deseo de repetir la experiencia. De modo que había hecho crecer un árbol.

Al principio, los hombres-serpiente se habían mostrado desconcertados. No imaginaban cómo era posible que alguien pudiera sentirse más cómodo en un árbol que en una tienda. Pero resultó que aquel árbol echó raíces, y creció sobremanera, y formó, entre sus ramas y en una oquedad de su tronco, amplios espacios cálidos y acogedores.

Y Gerde se había instalado allí. El tronco del árbol era casi tan amplio como una casa; sus raíces se extendían hasta muy lejos, y decían que emergían de la tierra para atrapar a los intrusos no deseados. Sus ramas, largas y frondosas, formaban un velo vegetal que ocultaba la vivienda casi por completo.

Assher se detuvo a una prudente distancia del árbol y lo contempló, todavía maravillado de la obra del hada.

La suponía durmiendo, en alguno de los recovecos vegetales de aquella vivienda viva, por lo que se sobresaltó cuando sintió junto a él un perfume floral y escuchó la voz de ella en su oído.

–¿No podías dormir?

Assher tembló de pies a cabeza.

–No, señora. Lamento haberos molestado; ya me iba.

–No molestas –sonrió ella–. Tampoco yo podía dormir.

El joven szish se volvió para mirarla. Bajo la luz de las lunas, le pareció todavía más hermosa. Sin embargo, su sonrisa era extraña, y su mirada tenía un punto de amargura.

—A... admiraba vuestra vivienda, señora. Es un árbol magnífico.

—¿Verdad que sí? —ronroneó ella—. Estoy muy orgullosa de él; y, no obstante, espero poder abandonarlo pronto. Eso serían buenas noticias.

Assher no supo qué decir. No entendía las palabras de Gerde, pero no lo dijo, por miedo a parecer estúpido.

—Pero los días pasan —suspiró el hada—, y la señal que estamos aguardando no llega.

—¿Qué clase de señal? —se atrevió a preguntar Assher.

—Un mensaje —fue la respuesta—. Un mensaje que nos confirme que hay una salida. Si nos cierran esa salida, mi joven serpiente, no tendremos más remedio que dar la vuelta y luchar. Y ellos no tendrán tanta piedad como los dragones.

Assher la miró, atónito. Jamás había oído decir que los dragones, sus enemigos ancestrales, fueran benevolentes. Gerde advirtió sus dudas y explicó:

—Los dragones expulsaron de Idhún a todas las serpientes. Mataron a muchas, es cierto, y los szish fueron los que sufrieron más. Pero la raza shek sobrevivió porque ellos se sobrepusieron a su odio y se conformaron con desterrarlos. No los exterminaron.

»Ashran sí lo hizo. Aniquiló a todos los dragones, y no tuvo piedad. Quizá pensaba que con eso nuestros enemigos se darían por vencidos y reconocerían por fin nuestro derecho a existir en Idhún. Pero para ellos había dejado de ser un juego, Assher.

Assher escuchaba con atención, entendiendo solo a medias. Gerde lo miró y sonrió.

—¿Sabías que Ashran tuvo en sus manos la vida del último dragón, y lo dejó escapar?

Otra revelación sorprendente.

—Era un sangrecaliente —dijo, desdeñoso—. No podía esperarse más de él.

La sonrisa de Gerde se hizo más amplia.

—Tenía miedo, Assher. Al principio creyó que, matándolos a todos, daría por terminado este juego sangriento. Pero hubo uno que sobrevivió, uno solo; y los Seis se esforzaron mucho por mantenerlo con vida. Ashran temió que, si lo mataba, los Seis se enfurecerían e intervendrían personalmente. Creyó que, manteniendo con vida a Yandrak, les hacía creer que el juego no había terminado. Que, mientras un solo dragón permaneciese vivo en el mundo, los dioses considerarían que aún tenían una posibilidad de vencer.

»Lamentablemente, los Seis hacían bien apostando por aquel dragón, que acabó siendo la perdición de Ashran. Y los dioses no han aguardado a que el juego termine. Aún hay sheks en el mundo, aún queda un dragón. Pero eso ya no les importa. Detectaron al enemigo y han venido a buscarlo. No tardarán en encontrarlo.

»Nunca juegues con dioses creadores, Assher. No saben perder.

Assher no dijo nada. Por un momento creyó que ella estaba perdiendo el juicio, pero apartó aquellos pensamientos de su mente.

Permanecieron en silencio un rato, hasta que Gerde se giró con brusquedad y lo miró fijamente.

–Assher –le dijo con dulzura–. Mi elegido. ¿Me amas?

El muchacho se quedó con la boca seca.

–Yo... –tragó saliva, con esfuerzo.

–Puedes hablar con franqueza, mi joven serpiente. No espero menos de ti.

–Yo... yo... –tartamudeó Assher–. Pe-perdonad mi atrevimiento, señora, pero... sí, os amo.

Cuando lo hubo dicho, se sintió mucho mejor; pero inmediatamente lo invadió el pánico a ver burla o desprecio en los ojos de ella. No se atrevió a levantar la cabeza, hasta que oyó a Gerde reír suavemente.

–Eso está bien, Assher. Pero, dime... ¿hasta qué punto me amas? ¿Morirías por mí?

El corazón del szish se aceleró. Alzó la cabeza y la contempló, extasiado.

–Sí, mi señora. Yo... lo haría sin dudar.

Ella sonrió y le acarició el rostro, con cierta ternura. Assher deseó besarla, pero no se atrevió. Gerde había dicho que aún era demasiado joven para ella, y no quería hacer algo que pudiera molestarla y apartar de su mente la idea de aceptarlo más adelante, cuando fuera más mayor.

–Ojalá no haya que llegar a eso –dijo el hada–. Pero a todos nos llega la hora. Y, sabes, yo no debería estar viva. Si estoy aquí ahora mismo es porque se me ha concedido una segunda oportunidad. Pero es una vida prestada, Assher, y tarde o temprano tendré que devolverla. No obstante, ¿habría alguien lo bastante loco o valiente como para morir por mi causa?

–Habrá alguien que os ame lo suficiente –susurró el szish–. Será un gran honor para mí ser esa persona, mi señora.

Gerde sonrió.

–¿Lo ves? Por eso eres mi elegido.

Se acercó más a él y depositó un suave beso en sus labios; fue apenas un roce, pero el corazón de Assher estuvo a punto de salírsele del pecho.

El momento fue bruscamente interrumpido. Gerde se separó de él y alzó la cabeza, interesada, como si hubiese escuchado algo. Lentamente, su boca se curvó en una suave sonrisa. Sus ojos relucieron.

–¿Qué sucede, mi...? –empezó Assher, pero calló al ver una sombra que se aproximaba rápidamente hacia ellos. Gerde se volvió hacia él, radiante de alegría.

–¡Tú también lo has notado! –dijo.

–Está empezando –asintió él.

Assher intentó que no se reflejase en su rostro lo que estaba sintiendo. Detestaba a aquel humano de aspecto siniestro. No era ningún secreto que pasaba muchas noches en el árbol de Gerde.

–Está empezando –convino ella–. Parece que Kirtash sigue siendo útil, al fin y al cabo.

Esta vez, Assher no pudo evitar torcer el gesto. Cuando era niño había sentido una admiración mal disimulada hacia Kirtash, el hijo de Ashran. Un humano, ciertamente, pero más poderoso y letal que cualquier szish. Después, Kirtash los había traicionado..., no sin antes, se decía, haber seducido a Gerde, o haber sido seducido por ella; los rumores no se ponían de acuerdo en esta cuestión. La idea de que Kirtash pudiese seguir en contacto con Gerde le revolvía el estómago de rabia y de celos. Porque aquel Yaren no era gran cosa, pero Kirtash...

«Todo eso no importa», se dijo Assher, mientras veía cómo Yaren y Gerde entraban juntos en el árbol. «Yo soy su elegido. Solo yo».

Abandonaron la caverna de Ydeon al día siguiente, a primeras horas de la mañana. Shail no se atrevió a pedirle al gigante que le quitara la pierna de nuevo, por lo que seguía arrastrando molestias, y su magia continuaba debilitándose poco a poco. Sabía que llegaría un momento en que tendría que probar lo que Ydeon había sugerido, y proponerle a Jack que exhalara su aliento de dragón sobre la pierna artificial. Pero aún no lo había hecho, entre otras cosas porque, después de conocer el origen de Domivat y el mensaje del último Visionario, el muchacho estaba serio y pensativo, y Shail no quería molestarlo. Además, había visto a Jack transformado en dragón y, aunque no quisiera admitirlo, lo cierto era que el recuerdo de la poderosa criatura todavía lo intimidaba.

Se pusieron en marcha, pensativos y en silencio; los aguardaba un largo viaje hasta Gantadd.

Cuando Jack propuso que montaran sobre su lomo para ir más deprisa, tanto Shail como Alexander tuvieron sus dudas. Pero ambos habían montado anteriormente en pájaros haai, que parecían más delicados e inestables que el amplio lomo del dragón, por lo que terminaron accediendo.

Aquel día avanzaron mucho, pero al atardecer estalló una tormenta de nieve que los obligó a refugiarse en las montañas. Como al día siguiente no había amainado, no tuvieron más remedio que proseguir a pie.

Los días siguientes transcurrieron de forma similar. Tuvieron que avanzar a pie cada vez que estallaba una tormenta y les impedía viajar por el aire. Sin embargo, cuando por fin franquearon las montañas del este y alcanzaron el camino de la costa, que dejaba el mar a su izquierda y las montañas a la derecha, las tormentas amainaron y pudieron volar más a menudo.

A Alexander le estaba sentando bien el viaje. Ver a Jack vivo, y en pleno uso de sus poderes de dragón, había devuelto la esperanza a su corazón. El plenilunio de Ilea los sorprendió a mitad de viaje, pero la luna verde, aunque obró algunos cambios en su fisonomía y en su carácter, no lo transformó por completo. Alexander no sabía qué haría la próxima vez que Erea estuviese llena, pero ya no parecía importarle tanto. Teniendo a Jack cerca, todo el mundo estaría a salvo. Ni siquiera la bestia que habitaba en su interior sería capaz de vencer al dragón.

Alexander sentía mucho respeto por aquel dragón. La última vez que había visto a Yandrak, este no era más que una cría recién salida del huevo. Y aunque había contemplado al dragón dorado que Tanawe había creado para defender la fortaleza de Nurgon, tiempo atrás, no era lo mismo. Aquel era Jack. Yandrak. *Su* Yandrak. Aquella era la criatura que había rescatado el día de la conjunción astral, y ya había crecido, convirtiéndose en un soberbio y poderoso dragón joven. Volar sobre su lomo era una experiencia única que confirmaba que no había fracasado en su misión. Aquel dragón podía volar porque él lo había salvado tiempo atrás. Se obligaba a pensar en ello a menudo; era una idea que lo reconfortaba frente al sentimiento de culpa y los malos recuerdos.

Un día, sin embargo, sucedió algo que le hizo replantearse el concepto que tenía sobre los dragones.

Habían hallado refugio en una enorme grieta abierta en una pared rocosa. Como todas las noches, se habían envuelto en sus capas de pieles para dormir, en torno a los rescoldos de una hoguera encendida con el fuego de Jack. De madrugada, no obstante, los despertó un estruendo que parecía proceder de las entrañas de la tierra, como un espantoso gemido procedente de mil gargantas de piedra. Los tres se levantaron, sobresaltados.

–¿Qué ha sido eso? –exclamó Alexander.

Nadie pudo contestar. De pronto, el suelo comenzó a temblar, las paredes de la cueva se estremecieron, y del techo se desprendieron algunos fragmentos de roca.

–¡Hay que salir de aquí! –gritó Jack.

Se apresuraron a recoger sus cosas y a arrastrarse fuera de la caverna. Apenas lo habían hecho cuando una enorme estalactita cayó tras ellos con estrépito.

Corrieron con todas sus fuerzas, alejándose de la caverna. El suelo retumbaba a sus pies, lo que hizo que Shail perdiera el equilibrio y cayera al suelo. Jack se detuvo, indeciso.

–¿Qué está pasando? –preguntó Alexander.

–¡Es Karevan! –gritó Shail–. ¡Karevan está aquí!

Jack entornó los ojos. No había visto todavía los efectos que el dios de los gigantes estaba provocando a su paso por el mundo. No había tenido ocasión y, además, después de haberse enfrentado a Yohavir, había considerado que ya tenía bastante. Pero se volvió y alzó la mirada hacia lo alto, tratando de mantenerse erguido mientras la tierra temblaba con violencia a sus pies. Y vio la cordillera sacudiéndose y estremeciéndose, los grandes bloques de piedra desprendiéndose y rebotando por la falda de la montaña, con un sonido ensordecedor. Cuando una de las piedras cayó cerca de ellos, haciéndose pedazos con violencia, Jack no se lo pensó más. Se transformó en dragón y, batiendo las alas suavemente para mantener el equilibrio, gritó:

–¡Vamos, subid a mi lomo!

Los dos humanos lo obedecieron. Jack cogió impulso y se elevó en el aire. Tuvo que sortear otra roca que caía y, cuando ya estaba a una distancia considerable del suelo, se oyó un ruido atronador, como si el mundo se hubiese partido en dos, y Shail gritó:

–¡Cuidado, cuidado! ¡A tu espalda!

Jack se volvió y vio, horrorizado, que un nuevo movimiento sísmico había provocado un enorme alud de nieve que bajaba bramando por la montaña. Batió las alas con todas sus fuerzas para alejarse de allí, pero seguía estando demasiado cerca de la cordillera. Oyó entonces que Shail pronunciaba las palabras de un hechizo, y se sintió súbitamente propulsado hacia adelante. Cuando recuperó su velocidad normal, ya estaban lejos de la montaña, sobrevolando el mar.

Aterrizaron un poco más lejos, sobre los acantilados.

Shail tenía mal aspecto. Parecía agotado, y se sujetaba el lugar donde su pierna artificial se unía al resto de su cuerpo, con evidente dolor. Jack y Alexander lo miraron, preocupados.

–Estoy bien –murmuró el mago, con una débil sonrisa–. Solo necesito recuperar las fuerzas. Cuando mi nivel de magia suba un poco más, la pierna volverá a estabilizarse.

Jack también estaba cansado, por lo que decidieron quedarse allí. Sin embargo, cuando subió la marea y las olas comenzaron a salpicar la parte superior del acantilado, comprendieron que tendrían que alejarse del mar y volver a buscar refugio en la cordillera. Afortunadamente, las montañas más cercanas parecían estables.

–Karevan se mueve con mucha lentitud –dijo Shail–. Por el momento, estamos a salvo.

Encendieron una hoguera al abrigo de una pared rocosa y se sentaron a descansar. Pasaron un buen rato hablando de dioses, de lo que habían visto y vivido cada uno por su parte, de lo que podían hacer en el caso de que aquellas titánicas fuerzas de la naturaleza decidiesen reunirse todas en el mismo lugar, preguntándose si había alguna manera de evitarlo. Jack dijo que tenía un plan, pero no quiso compartirlo con sus amigos. De todas formas, estaban demasiado cansados como para discutir.

–Yo haré la guardia –se ofreció Jack, al ver bostezar a Shail–. No creo que pueda dormir esta noche y, de todas formas, no falta mucho para el primer amanecer.

Nadie lo contradijo.

Apenas un rato más tarde, Shail se despertó de nuevo por culpa de su pierna artificial. Ahogando un gemido, se incorporó y se levantó el bajo de la túnica para verla. Pero no llegó a completar el gesto.

Se había dado cuenta de que Jack no estaba.

Alexander dormía profundamente, pero el joven dragón se había esfumado. Inquieto, Shail se preguntó si aquello tenía algo que ver con el plan del que no quería hablarles. Despertó a Alexander y lo puso al corriente de la situación. Sin una palabra, los dos abandonaron el campamento en silencio y fueron en busca de Jack.

Lo alcanzaron un poco más lejos. El muchacho estaba medio oculto tras un risco, oteando algo que había más allá, a la luz de las lunas. Los dos se reunieron con él.

–¿Qué pasa? –preguntó Alexander en voz baja.

–Serpientes –respondió él en el mismo tono.

Había algo siniestro en la forma en la que pronunció aquella palabra, una especie de oscuro anhelo, una intención letal. Shail lo miró, inquieto, pero Alexander se había situado junto a él y espiaba tras la roca.

Se trataba de un grupo de szish, siete en concreto, que salían precipitadamente de una abertura en la montaña. Una entrada a un refugio secreto, comprendieron los tres al instante.

–Será una pelea difícil, pero podemos hacerlo –susurró Alexander–. Podemos comprobar si esa cueva lleva al lugar donde se esconden Eissesh y los suyos.

–¿Te parece prudente? –preguntó Shail a su vez–. Si uno solo de ellos escapa, dará la alarma.

Jack no los estaba escuchando. Tenía la vista fija en una quebrada que se abría un poco más lejos y se internaba en la cordillera. Su rostro había adoptado una expresión sombría y amenazadora, y sus ojos relucían de forma extraña en la penumbra.

–Hay un shek –les informó.

Los dos se quedaron paralizados.

–¿Estás seguro?

–Sí –respondió Jack, y su voz tenía un matiz de salvaje alegría–. Lo huelo.

—¿Que lo *hueles*? —repitió Shail.

—Entonces será mejor que nos vayamos —murmuró Alexander.

—No —lo contradijo Jack—. Yo voy a luchar. *Tengo* que luchar.

Antes de que ninguno de los dos pudiera detenerlo, el joven se deslizó lejos de ellos, como una sombra, entre las rocas. Rodeó a los szish, avanzando pero sin dejarse ver, en dirección a la quebrada.

—¡Jack! —lo llamó Shail, en un susurro.

Las siete cabezas de ofidio se volvieron hacia ellos. Alexander maldijo por lo bajo.

—Saca tu magia, hechicero —gruñó, desenvainando a Sumlaris—. Tenemos trabajo.

Con un grito, salió de detrás de la roca. Shail preparó un hechizo defensivo.

Momentos más tarde, los dos estaban peleando contra los hombres-serpiente, preguntándose dónde diablos se había metido Jack.

El dragón había alcanzado el desfiladero y se había internado por él. Las paredes estaban impregnadas del olor de la serpiente, y Jack comprendió que la criatura no había tenido más remedio que rozarse contra aquellas rocas, pues el pasadizo no era lo bastante ancho como para que pudiera moverse con comodidad. Por el mismo motivo, Jack no se transformó, al menos por el momento. Siguió saltando, de risco en risco, buscando al shek, cegado por su instinto, ignorando el ruido que, a su espalda, producía el entrechocar de las espadas.

Alexander enarboló a Sumlaris, lanzó un golpe lateral, luego hizo una finta y golpeó de arriba abajo. El filo de su espada hendió la carne de uno de los szish. A su lado, Shail gritó las palabras de un hechizo; inmediatamente hubo un resplandor, un espeluznante olor a quemado y un siseo aterrorizado. Alexander no permitió que eso lo distrajese. Oyó tras él los pasos de otro enemigo, y se agachó a tiempo para evitar que la lanza del szish se clavase en su espalda. Dio media vuelta y, apoyándose en el suelo con la palma de la mano izquierda, lanzó la pierna derecha para hacerlo tropezar y caer, pero el hombre-serpiente saltó y la esquivó. Alexander ya había recuperado el equilibro y blandía su espada. Ambas armas chocaron.

Otro szish lo atacó por detrás. Alexander supo, en ese preciso instante, que no tendría tiempo de volverse. Pero el golpe no llegó a descargarse. Cuando Alexander hundió a Sumlaris en el pecho del primer agresor y se dio la vuelta, comprobó que el segundo había quedado petrificado, y su rostro congelado para siempre en una macabra mueca de sorpresa.

–A veces das miedo, Shail –le dijo a su compañero.

Pero Shail no estaba en condiciones de contestarle. Le había fallado la pierna, y estaba medio sentado en el suelo, sujetándosela con gesto de dolor. Aún quedaban tres szish en liza, el hechizo de protección que los retenía ya no funcionaba, y Shail no podía defenderse.

Con un grito salvaje, Alexander corrió a cubrir al mago. Se plantó ante él y alzó a Sumlaris en alto, para luego descargarla con todas sus fuerzas contra el suelo. La roca tembló un momento, y la punta de la espada legendaria abrió una profunda grieta a los pies de su dueño, una grieta que avanzó hacia sus enemigos. Los szish retrocedieron, recelosos.

Y entonces, toda la montaña retumbó.

Shail alzó la cabeza con esfuerzo.

–¿Lo has hecho tú? –pudo preguntar.

Como si de una respuesta se tratase, la roca volvió a sacudirse, y el temblor fue tan intenso que los hizo caer al suelo a todos. Antes de que pudieran levantarse, el terremoto tuvo una nueva réplica, y en esta ocasión varias rocas de considerable tamaño se desprendieron de la cordillera y se precipitaron hacia ellos, rebotando.

–¡Cuidado! –gritó Alexander, y tiró de Shail para ponerlo en pie. Una enorme roca cayó peligrosamente cerca de ellos, haciéndose pedazos. Los dos se cubrieron la cara con un brazo.

–¡Tenemos que salir de aquí! –urgió Shail–. ¿Dónde está Jack?

Miraron a su alrededor. No había ni rastro del dragón. Los tres szish habían salido corriendo en busca de un refugio. Cuando la montaña tembló de nuevo, a todos les quedó claro que no era a causa de Sumlaris.

–Maldita sea, se mueve más deprisa –murmuró Shail–. Nos ha alcanzado.

–¡Jaaaaaaack! –gritó Alexander, con toda la fuerza de sus pulmones.

No obtuvo más respuesta que el sordo retumbar de las entrañas de la roca, que anunciaba la llegada del dios Karevan.

–Tenemos que irnos –susurró Shail, tirando de Alexander.

–¡Pero no podemos marcharnos sin él!

—Es un dragón, sabe cuidarse solo. Puede volar y esquivar las rocas que caen, pero nosotros no... Tenemos que salir de aquí.

Una nueva avalancha de nieve y rocas ayudó a Alexander a decidirse. Los dos echaron a correr en dirección al mar, dejando atrás la montaña, mientras los bloques de piedra seguían cayendo a su alrededor, y el suelo temblaba bajo sus pies, dificultándoles la marcha. Cuando Alexander tropezó y cayó, arrastrando a Shail consigo, una nueva sacudida resquebrajó la roca que pisaban, abriendo una profunda sima a sus pies. Shail gritó, a punto de perder el equilibro y precipitarse al fondo. Alexander lo agarró por la túnica y tiró de él.

Y cuando creían que no lograrían escapar de allí con vida, Jack llegó volando, entre la lluvia de piedras y de nieve. Llevaba algo entre las garras, algo que parecía un shek sumamente fofo y escuálido, pero Alexander no pudo verlo bien. Cuando el dragón se posó junto a ellos y pudieron subir a su lomo, el joven vio que lo que Jack sostenía entre sus garras era una piel de serpiente.

No tuvo ocasión de preguntarle al respecto. Momentos después, el dragón salía volando hacia el mar, dejando atrás a Karevan y todo lo que su presencia implicaba.

No se detuvieron hasta que vieron que las montañas se abrían para dar paso al gran valle de Nandelt. Shail respiró hondo al ver las tierras de cultivo, los bosques al pie de las montañas, y el resplandor plateado que, un poco más al fondo, sugería la presencia del río Estehin. Se hallaban en Nanetten, reino de comerciantes... Nanetten, la tierra que lo había visto nacer.

Los tres soles estaban ya muy altos cuando Jack decidió aterrizar. Lo hizo en un lugar apartado, en un claro que divisó en un bosquecillo, para no llamar la atención. Cuando los dos humanos bajaron de su lomo, Jack inclinó la cabeza para contemplar su trofeo. La piel de la serpiente era enorme, larguísima. Intimidaba incluso sin un shek en su interior.

Shail se dejó caer sobre la hierba, agotado, pero Alexander miró al dragón con curiosidad.

—¿Se lo has hecho tú? ¿Has despellejado al shek?

—No —respondió Jack; parecía frustrado—. No había ningún shek, era solo una muda.

—¿Y para qué te la has traído? —quiso saber Shail, desconcertado.

El dragón les dedicó una siniestra sonrisa llena de dientes.

–Para destrozarla.

Los dos contemplaron, entre perplejos e inquietos, cómo el dragón se aplicaba a su tarea con oscuro placer. Mordió la piel, la desgarró, la quemó, hasta que quedó casi irreconocible. Cuando terminó, se dejó caer sobre ella y apoyó la cabeza sobre las zarpas. El brillo de sus ojos se había apagado. Miró a sus amigos con aire desdichado.

–¿Lo entendéis ahora?

–No –respondieron ellos, atónitos.

El dragón suspiró y, lentamente, se transformó de nuevo en humano. Jack, el muchacho, se quedó sentado sobre los restos de la muda de shek, cansado y meditabundo.

–Es el instinto –les explicó–. No lo puedo evitar. Necesito matar serpientes, y es difícil... tan difícil luchar contra este impulso...

–¿Por qué habrías de luchar contra él? –preguntó Alexander.

Jack lo miró.

–Tú, mejor que nadie, deberías conocer la respuesta –le reprochó.

Alexander acusó el golpe, pero no dijo nada.

–¿Qué pasa si no quiero luchar contra los sheks? –prosiguió Jack–. ¿Qué pasa si quiero saber por qué son mis enemigos? ¿Por qué razón tenemos que pelearnos, generación tras generación, a través de los siglos? ¿Por qué hemos de matarnos unos a otros? ¿Por un capricho de los dioses?

Shail empezó a entender.

–¿Quieres decir que te sientes *obligado* a matar sheks? ¿Aunque no lo quieras?

Jack asintió.

–Soy el último de mi especie. No tengo ninguna posibilidad de ganar en la guerra contra los sheks y, sin embargo, si viniese un ejército de serpientes, me lanzaría de cabeza a pelear contra ellas hasta la muerte. Porque el instinto me vuelve loco de odio, y al instinto no le importa que valore en algo mi vida, que deje atrás a mis amigos o que en alguna parte me espere una mujer a la que amo. El instinto solo entiende de sangre y de guerras, de un odio ancestral que los dioses inculcaron en nosotros, en nuestros genes, y que es tan nuestro como el fuego en los dragones, o el veneno en los sheks. Si lo que se ocultaba en ese desfiladero hubiese sido un shek, y no la piel que alguno de ellos abandonó allí, ahora mismo estaríais muertos. Porque estaría tan ocupado peleando contra él que no me habría molestado en regresar a buscaros. Y no puedo hacer nada, ¿entendéis? Nada, salvo preguntar a los dioses qué sentido tiene todo esto, y, entretanto, tratar de aprender a controlar mi odio trabando una especie de alianza con un medio shek.

Alexander se dejó caer contra un árbol, pálido. Shail lo miró, con los ojos muy abiertos.

—Pero sin duda todo se debe a una buena razón —pudo decir Alexander—. Los dioses tendrán motivos para actuar así.

Jack se rió con sarcasmo.

—¿De veras? Pues no los han compartido conmigo, ni con ningún dragón, ni shek, desde que el mundo es mundo.

—¿Y eso cómo lo sabes? No has hablado con los dragones. Sin duda ellos sabían por qué luchaban. Sabían que el Séptimo y sus criaturas son perversas, y que merecen ser destruidas. Y si los dioses inculcaron en los dragones un odio innato, fue para que jamás olvidasen su sagrada labor; para que dragones jóvenes y soñadores como tú cumpliesen con su obligación en lugar de aliarse con el enemigo.

Ahora fue Jack el que palideció.

—No puedo creer que digas esas cosas —musitó—. Tú, no.

—¿Por qué? ¿Acaso contradicen algo de lo que te he enseñado hasta ahora?

Jack calló un momento.

—No —dijo con frialdad—. No, es verdad. Tienes razón, tú no has cambiado. Sigues pensando igual que siempre. El que he cambiado soy yo... porque ya no pienso igual que tú.

Cruzaron una mirada tensa. Shail intervino:

—Basta ya, los dos. Estamos cansados y nerviosos; mejor será que lo dejéis estar antes de que digáis algo de lo que podáis arrepentiros.

Ambos asintieron, en parte de mala gana, y en parte aliviados. Pero Jack sintió que algo se había roto entre los dos, que el tiempo y las circunstancias habían abierto una profunda brecha que tal vez los separase para siempre.

Una cálida sensación de gozo embargó a Zaisei cuando contempló la gran cúpula del Oráculo de Gantadd.

No había querido pensar en ello, pero lo cierto era que había echado mucho de menos aquel lugar, que era para ella casi como un segundo hogar.

Las demás sacerdotisas experimentaban sentimientos semejantes. Durante la dominación shek, el Oráculo de Gantadd se había convertido en el único lugar seguro en todo Idhún. La fortaleza de Nurgon, la Torre de Kazlunn, los otros Oráculos...; incluso el bosque de Awa había estado a punto de sucumbir bajo el hielo de los sheks. Sin embargo, no habían tocado el Oráculo de Gantadd. Nunca.

Algunas de las sacerdotisas más jóvenes no habían conocido otra cosa, por tanto. Y algunas de las de más edad se habían acostumbrado a vivir de espaldas al mundo, encerradas en el Oráculo, y ya nunca más saldrían de él.

Gaedalu, no obstante, no se detuvo a contemplar las suaves cúpulas del Oráculo. Cuando Zaisei terminó de despedir a los pájaros haai y se volvió hacia ella, descubrió que la Madre Venerable ya franqueaba el inmenso portón del edificio, que se había abierto para ella.

La joven celeste se recogió los bajos de la túnica y corrió en pos de la varu. Pero, para cuando llegó al atrio del Oráculo, ya la había perdido de vista.

Suspiró y se volvió hacia el grupo de sacerdotisas, que parecían muy desconcertadas.

–La Madre no se encuentra bien –anunció–. Regresad a vuestras habitaciones, deshaced el equipaje. Nos reuniremos en el comedor al primer atardecer.

Esperaba que fuera tiempo suficiente como para ponerse al día y, a la vez, averiguar qué le pasaba a Gaedalu.

De camino hacia sus habitaciones, se encontró con una puerta cerrada. Trató de abrirla, sin éxito, y la contempló, desconcertada. Aquella puerta daba a un pasillo de uso común. Solía estar siempre abierta.

–No se puede entrar –dijo entonces una voz aguda desde una de las habitaciones contiguas.

Zaisei se volvió, intrigada. La puerta a aquella sala sí que estaba abierta. Poseía un amplio ventanal que se proyectaba sobre el acantilado, y junto al ventanal había un diván, en el que las sacerdotisas, especialmente las de la diosa Neliam, solían sentarse para contemplar el mar. Las ayudaba a meditar.

Una de ellas ocupaba el diván en aquellos mismos instantes, pero su actitud parecía más aburrida que contemplativa. Había dejado caer la cabeza sobre los brazos, que permanecían apoyados en el alféizar de la ventana, y había recogido los pies sobre el diván. Zaisei sonrió.

Le permitían aquellos pequeños gestos porque la sacerdotisa no tenía más de siete años.

–Hola, Ankira –saludó–. ¿Nos has echado de menos?

Ella volvió hacia la celeste su rostro moreno y le dirigió una amplia sonrisa llena de dientes blanquísimos.

–Mucho –afirmó–. No he tenido nada que hacer en todo este tiempo.

Zaisei recorrió la distancia que la separaba de la niña y se sentó junto a ella en el diván. Le acarició el largo cabello, blanco con mechones rojos. Ankira era una limyati; pertenecía a una arcaica tribu de humanos de los márgenes del desierto de Kash-Tar, gente libre e independiente a la que no se podía encerrar en un Oráculo. Por eso había pocos sacerdotes limyati, pero aquella niña era una excepción.

Zaisei volvió la mirada hacia la entrada de la habitación, hacia el pasillo que se abría más allá, con su puerta cerrada.

–No se puede entrar –repitió Ankira al advertir su mirada–. La hermana Karale lo decidió poco después de que os fuerais.

–Es la primera vez en la historia de los Oráculos que esa puerta permanece cerrada –dijo la celeste, pensativa–. No sé qué significa. Quizá no deberíamos dar la espalda a los dioses. Tal vez deberíamos volver a abrirla.

Súbitamente, el rostro de la niña se transformó, convirtiéndose en una máscara del más profundo y absoluto terror. Se aferró a la ropa de Zaisei y la zarandeó con desesperación.

–¡No abras esa puerta! –chilló–. ¡Nunca abras esa puerta! ¿Me oyes?

Lloraba y temblaba violentamente. Zaisei se sintió golpeada por la fuerza de su horror, un horror tan intenso que la hizo gemir de miedo a ella también. Casi había olvidado los primeros días, cuando la habían sacado de la sala de los Oyentes, los ojos desorbitados de terror, gritando con toda la fuerza de sus pulmones y pataleando furiosamente. Durante un tiempo, creyeron que había perdido el juicio. Pero Ankira se recuperó... hasta cierto punto. Los primeros días fue incapaz de dormir por las noches, y lloraba a menudo, gimiendo por lo bajo y susurrando: «No quiero volver a entrar, no quiero volver a entrar, no me dejéis sola con ellos...». Zaisei había sentido su miedo, de la misma forma que percibía todos los demás sentimientos. Y cuando las hermanas comentaban en voz baja que la niña había tenido suerte, pues no se había quedado sorda, como la hermana Eline, ni había perdido el juicio, como la hermana Ludalu, Zaisei movía la cabeza y pensaba que no estaba tan segura de que Ankira hubiese sido afortunada.

Y ahora, meses después, seguía pensando igual. El miedo se había instalado en el corazón de aquella niña y ya no lo abandonaría jamás. Y aunque las sacerdotisas mayores pensaran que con el tiempo se calmaría, Zaisei sabía que no era así, y que el Oráculo había perdido a la Oyente más prometedora que había tenido jamás.

Acarició el cabello de la niña, tratando de calmarla.

—No voy a abrir esa puerta —le dijo en voz baja—. No te preocupes.

Ankira alzó hacia ella su carita bañada en lágrimas.

—¿Me prometes que no me obligarás a entrar de nuevo?

—No voy a obligarte a entrar. ¿Quién ha dicho semejante barbaridad?

—Algunas hermanas lo dicen. Dicen que, cuando las voces hablen más bajo, podré entrar en la sala otra vez y ver qué es lo que quieren. Como la hermana Eline se ha quedado sorda, y la hermana Ludalu no está bien de la cabeza, dicen que solo puedo hacerlo yo.

—¿Y las voces no se han callado?

Ankira negó con la cabeza.

—Suenan cada vez más fuertes, tanto que ya no se entiende lo que dicen. Por eso han cerrado esa puerta. Y taparon la puerta de la Sala de los Oyentes con muchos colchones de plumas, para que no se oyera tan fuerte. O, por lo menos, eso dicen. Yo no me atreví a acercarme.

Zaisei no dijo nada. Recordó las noticias que Shail le había enviado sobre Karevan, la sobrecogedora visión de aquel tornado sobre Celestia, y se estremeció. Ankira la observó, pensativa.

—Tú no tienes curiosidad —dijo—. Nunca me has preguntado qué dicen las voces.

—No estoy segura de querer saberlo, Ankira —confesó ella.

—De todas formas da igual, porque nadie me ha creído. La hermana Karale leyó mis notas y quiso romperlas porque dijo que estaban equivocadas, pero las escondí. ¿Quieres verlas?

—¿Crees que es una buena idea?

—Yo no las he mirado desde que las escribí. Pero no me ha hecho falta, porque las voces suenan en mi cabeza —se golpeó la sien con más fuerza de la necesaria; Zaisei la cogió por las muñecas para evitar que se hiciera daño—. Quizá no sea tan horrible, después de todo. Quiero decir, que a lo mejor escrito no da tanto miedo. Pero es que...

La sombra del horror volvió a cubrir su rostro, y los ecos de su miedo sacudieron de nuevo el corazón de Zaisei. La abrazó con fuerza.

–No hace falta que vuelvas a hablar de ello, si no quieres.

–Hace mucho que no hablo de esto con nadie –dijo Ankira, y dos lágrimas escaparon de sus ojos y rodaron por sus mejillas–. Pero no consigo olvidarlo. Y tú siempre sabes cómo me siento, así que sé que me creerás cuando lo veas.

–Supongo que sí –sonrió Zaisei–. Sé que tienes mucho miedo. Nada que pueda producir tanto miedo debería ser tomado a broma.

Ankira sonrió a su vez. Después miró a su alrededor, para asegurarse de que nadie la veía, y sacó un papel arrugado de los pliegues de su túnica. Estaba doblado varias veces, y la niña lo desdobló y lo alisó, poniendo mucho cuidado en que las letras no fueran visibles.

–Toma –susurró–. Pero no lo leas en voz alta.

Se echó sobre el diván, boca abajo, tapándose los ojos con las manos. Zaisei titubeó un instante, pero finalmente le dio la vuelta a la hoja y empezó a leer, y con cada línea el terror que Ankira le había transmitido se incrementó, alimentado por su propio miedo:

«Nopuedesesconderrtebasuranopuedesescaparsobrasdesperdicioscó moteatrevesaestaraquíbasurabasurabasuravamosadestruirtevamosdes truirteVAMOSADESTRUIRTEVAMOSADESTRUIR TEVAMOSADESTRUIRTE».

Gaedalu no se presentó en el comedor aquella noche, y Zaisei fue a verla después de la cena. La encontró probándose el atuendo habitual de los varu, aquellas correas que ceñían sus cuerpos cuando nadaban bajo el agua, y aquello la sorprendió.

–Madre, ¿vais a ir al mar? ¿A estas horas?

«No, Zaisei», sonrió ella. «Solo me estaba preparando».

–Preparando, ¿para qué?

«Mañana, con el primer amanecer, partiré en dirección a Dagledu».

–¿A Dagledu? –repitió Zaisei, consternada–. ¡Pero si acabáis de llegar!

Gaedalu respondió con un gesto de impaciencia.

«El Oráculo no es más que una escala en mi viaje, hija. Mi meta es la capital del Reino Oceánico. Los asuntos que me llevan allí son personales, sin embargo, por lo que no tienes por qué acompañarme, si no lo deseas. De hecho, preferiría que te quedases aquí. En el Oráculo estaréis seguras».

–Madre, no entiendo nada –murmuró ella, perpleja–. Habéis pasado mucho tiempo lejos de casa. El Oráculo está a vuestro cargo y ni siquiera habéis saludado a las sacerdotisas residentes a vuestro regreso. Además, están pasando cosas muy extrañas; la Sala de los Oyentes ha sido clausurada, y las sacerdotisas que trabajaban en ella están en un estado lamentable. Parece ser que la sordera de la hermana Eline es irreversible, y la hermana Ludalu sigue trastornada. Es incapaz de decir nada coherente. Las sacerdotisas cuidan de ella, pero no parece que vaya a recuperar la cordura. Parece muy desgraciada.

»Y, no obstante, quien más me preocupa es la pequeña Ankira. Está aterrorizada y...

«Me ocuparé de todo ello a mi regreso, Zaisei», cortó la Venerable. «Lo que tengo entre manos es sumamente importante, y cuanto antes finalice mi tarea, mejor».

–¿Sumamente importante? ¿Qué puede haber más importante que la seguridad de una niña?

Sus palabras habían sonado un poco duras, y Zaisei se arrepintió enseguida de haberlas pronunciado, porque el estado de ánimo de Gaedalu cambió súbitamente. La celeste percibió odio e ira en el corazón de la Madre Venerable, pero, sobre todo, un dolor profundo e inconsolable.

«¿Qué puede haber más importante?», repitió Gaedalu. «La seguridad de todas las niñas del mundo. No pude proteger a mi hija, y lo menos que puedo hacer es tratar de proteger a las hijas de todas las demás. Sobre todo, ahora que sé cómo evitar que otras madres sufran lo mismo que yo, que otras hijas se queden huérfanas de madre... como te pasó a ti».

–¿Qué tienen que ver mi madre y vuestra hija con todo esto? –quiso saber Zaisei, desconcertada.

Gaedalu le obsequió con su característica risa gutural, pero en esta ocasión fue una risa amarga.

«Mi hija Deeva fue asesinada, Zaisei», le reveló. «Mi hija está muerta».

La celeste abrió los ojos al máximo, horrorizada, y se llevó las manos al pecho, con un suspiro.

–Lo siento mucho, Madre Venerable –murmuró–. No lo sabía.

Gaedalu la miró con ternura.

«Regresa a tu habitación y descansa, Zaisei», dijo. «Dagledu no está lejos; pronto volveré al Oráculo, pronto me tendréis de nuevo entre vosotras».

La celeste sacudió la cabeza.

—No, Venerable. Si habéis de marchar, yo iré con vos.

«¿No te fías de mí?».

—Temo por vos, Madre. Percibo mucho dolor y cólera en vuestro corazón, y quiero tratar de evitar que esos sentimientos se vuelvan contra vos y os hagan daño.

Gaedalu le dirigió una triste mirada.

«Me temo que ya es tarde para eso».

Zaisei apenas durmió aquella noche. Temía que Gaedalu se marchara sin avisarla. No obstante, antes del primer amanecer, oyó unos suaves golpes en la puerta y se incorporó, sobresaltada.

«Estoy lista, Zaisei», dijo la Madre en su mente.

La celeste respiró hondo y echó un vistazo por la ventana. El mar estaba en calma, y las tres lunas brillaban suavemente en el firmamento. No había vestigios del primer amanecer.

«¿Tan temprano?», se preguntó, un poco sorprendida.

Gaedalu captó aquel pensamiento.

«Es cierto, es muy temprano y querrás descansar. Sigue durmiendo, hija. Nos veremos a mi regreso».

—¡No, Madre! —exclamó Zaisei, levantándose de un salto—. Aguardadme en el muelle. Enseguida bajo.

Había olvidado que Gaedalu debía aprovechar la marea alta. Se dio prisa en vestirse y en llenar su bolsa con lo básico y una túnica limpia. Y, con un suspiro, abandonó la habitación. Sabía que el viaje a Dagledu iba a ser muy incómodo para ella, y todo su cuerpo suplicaba que regresase a su cama, que tanto había añorado en los últimos meses. Pero la joven no le hizo caso.

En silencio, recorrió los pasillos vacíos del Oráculo. Oyó a Ankira gimotear en sueños cuando pasó delante de las habitaciones de las novicias, y dudó un momento, pero finalmente apretó el paso.

Gaedalu ya estaba en el muelle cuando ella llegó. El Oráculo disponía de una pequeña cápsula de navegación tirada por lamus, pequeños mamíferos marinos de grandes ojos almendrados, pelaje verdoso, hocico puntiagudo y largas aletas, que acudían siempre a la llamada telepática de los varu. En aquellos momentos, Gaedalu estaba ya en el agua, alimentando a cinco lamus, que gorgoteaban a su alrededor, emocionados. Mientras los animales daban buena cuenta de la golosina, Gaedalu fue enganchándolos uno a uno a los arneses de la cápsula que aún reposaba en suelo firme.

«Coge la bolsa y métela en el bote», dijo Gaedalu, sin dejar de acariciar a los lamus.

Zaisei vio una bolsa impermeable sobre el muelle. La puso junto con sus cosas en el interior de la cápsula. Gaedalu se volvió hacia ella. El lamu más cercano atrapó limpiamente el último pescado que ella le ofrecía, en un movimiento que hizo que el bote se bamboleara un poco.

«¿Estás lista?».

Zaisei trepó por la pequeña escalera lateral para alcanzar la puerta que se abría en lo alto de la cápsula. Se deslizó hasta el interior y cerró la puerta sobre ella. Después se asomó al cristal de una de las ventanillas y le hizo una seña de asentimiento a Gaedalu.

La varu se hundió en el agua sin ruido. Enseguida, los cinco lamus tiraron a la vez, y la cápsula, con una sacudida, cayó al agua.

Momentos después, guiados por Gaedalu, que nadaba a la cabeza, los lamus surcaban velozmente la superficie del océano, arrastrando el vehículo tras de sí, mientras las tres lunas los observaban desde un cielo cuajado de estrellas.

XI

EL CORAZÓN DE LA SERPIENTE

VICTORIA había regresado al piso de Christian porque estaba cansada de la noche de Limbhad, y porque sabía que sus ojos agradecerían trabajar a la luz del día. Había cogido algunos libros de la biblioteca, aquellos que le habían parecido más interesantes, y los había cargado en una mochila, dispuesta a proseguir con su investigación en un ambiente más agradable.

Sin embargo, el ático seguía estando vacío y frío... y, cuando Victoria comprobó que Christian seguía sin aparecer por su propia casa, un soplo helado hizo estremecer su corazón.

Procuró no pensar en ello. Depositó sobre una mesita los libros y el diario que él le había regalado; descubrió que había olvidado coger un bolígrafo, y entró en el estudio en busca de uno. Se detuvo junto al escritorio. Se preguntó si no sería mejor trabajar en aquella habitación, pero descartó la idea. Por alguna razón, sentía que aquel estudio, el lugar donde Christian había compuesto sus canciones, pero también donde había reunido información sobre todas sus víctimas, era un espacio privado, casi sagrado, aún más que su propia habitación.

Inspiró hondo. A pesar de la intimidad que habían compartido días atrás, el shek se mostraba tan frío y distante como si apenas la conociera... como si ya no sintiese nada por ella. Victoria sacudió la cabeza. Sabía que había algo secreto y misterioso que unía a Christian y a la mujer de Tokio, y lo conocía lo bastante como para comprender que se sentía fascinado por ella. No era eso lo que la preocupaba, en realidad, sino la posibilidad de que él hubiese decidido abandonarla... y, sobre todo, que hubiese estado jugando con ella. Sabía que los sentimientos de él habían sido sinceros tiempo atrás, pero... ¿qué debía pensar ahora? ¿Qué podía esperar de alguien que la llevaba hasta su cama e inmediatamente después se olvidaba de ella? En el fondo, Victoria temía que, tras su larga enfermedad, Christian hubiese perdido el interés por ella, tratándola como a una humana más... como lo que, durante un tiempo, había pensado que era. Y Victoria podía asumir que los sentimientos de él pudieran haberse enfriado, podía aceptar que estuviese con otra mujer... pero no soportaba la idea de que lo que habían compartido noches atrás pudiese haber sido un simple juego para él, un entretenimiento, algo que se utiliza para pasar el rato y después se olvida en un rincón.

Decidió no pensar más en ello. Cogió el bolígrafo y se dispuso a salir de la habitación, cuando su mirada se posó en una imagen familiar.

Todos los discos de Christian estaban perfectamente catalogados en una estantería que cubría casi media pared. Solo había uno fuera de su sitio, y la imagen de la carátula evocó en la mente de Victoria los recuerdos de tiempos pasados: tiempos que, descubrió en aquel instante, añoraba profundamente.

No pudo evitar coger el disco de Chris Tara con delicadeza, casi como si se tratase de una reliquia. Respiró hondo y sintió que necesitaba volver a oír aquellas canciones que le habían hecho sintonizar con el alma de Christian de forma tan perfecta, incluso sin conocer su identidad. Necesitaba volver a vibrar con *Beyond* y volver a creer que existía una conexión milagrosa entre dos extraños, un puente entre dos islas distantes. Sacó el disco y lo insertó en el equipo de música.

Pronto, las notas sugestivas y envolventes de la primera canción inundaron la habitación. Victoria no tardó en rememorarla, pese a que hacía tiempo que no la escuchaba.

Aquel tema era *Cold*, el que había dado a conocer a Chris Tara, el primero que había sonado en las emisoras de radio y el primero que Victoria había escuchado. En aquel entonces, la letra, lejos de parecerle arrogante o provocativa, había inspirado en ella una intensa curiosidad hacia la persona que la había compuesto, una fascinación que la había llevado a escuchar aquella canción una y otra vez, buscando leer entre líneas, tratando de alcanzar algo que parecía tan frío y lejano como la misma luna. En aquel tiempo se había permitido soñar con la luna, suspirar por algo inalcanzable. Pero ahora, escuchando de nuevo la letra de *Cold*, le pareció tan dolorosamente real, tan íntimo y a la vez tan intangible, que cerró los ojos y lloró, mientras aquellas notas, aquellas letras, se clavaban más y más profundamente en su corazón, recordándole, una vez más, la verdadera esencia de la persona a la que amaba.

You think we're not
so different at all.
Human body, human souls
but under your skin
your heart's beating warm
and under my skin
there's nothing more than something cold.

So don't follow me,
don't reach me,
don't trust me,
don't,
unless you have a dark soul
unless you want to be alone.

You think we're not
so distant at all.
I read your mind, you listen to my words
but within your eyes
there's a spark of emotion
and within my eyes
there's a breath of cold.

So don't follow me
don't reach me,
don't trust me,
don't,
unless you have a dark soul
unless you want to be alone.

'Cause you're so human
so obviously human...

> *you can feel love, anger or pain*
> *but emotion flames won't light*
> *in a kingdom of ice*
> *in the heart of a snake.*[1]

Victoria se apoyó en la pared y se mordió el labio inferior hasta hacerlo sangrar. Sabía que aquella letra correspondía a una etapa anterior, a una época en la que Christian aún no sentía nada por ella o, si lo hacía, no lo había asumido aún. Pero, a su vez, reflejaba con tanta perfección la actitud de Christian aquellos días, que Victoria no pudo menos que preguntarse, una vez más, si era cierto que los sheks no podían amar a nadie; si Christian, ahora que había obtenido todo lo que ella podía entregarle, le daría la espalda y la abandonaría; si todo aquello no había sido más que una ilusión.

No, se dijo. Ni siquiera él podía ser tan ruin como para utilizarla de aquel modo. Dejó que las notas del siguiente tema fluyeran por la casa, respiró hondo y regresó al salón: debía seguir trabajando.

«¿En serio te gusta este lugar?», preguntó ella. «Yo lo encuentro feo y deprimente».

«Solo en apariencia», respondió él. «También tiene cosas hermosas».

«Las cosas que los humanos todavía no han logrado corromper. No deben de ser muchas».

«También saben crear belleza, aunque te cueste creerlo. Aun así, con humanos o sin ellos, este mundo es enorme y está lleno de cosas nuevas y extrañas. Cosas que quiero aprender y entender».

«Pero no tiene magia».

---

[1] Piensas que no somos / tan distintos, después de todo. / Cuerpo humano, almas humanas; / pero bajo tu piel / late un corazón caliente / y bajo mi piel / no hay nada más que algo frío. // Así que no me sigas, / no me alcances, / no confíes en mí, / no lo hagas, / a no ser que tengas un alma oscura, / a no ser que quieras quedarte sola. // Piensas que no estamos / tan distantes, después de todo. / Yo leo tu mente, tú escuchas mis palabras, / pero en tus ojos / hay una chispa de emoción / y en mis ojos / hay un aliento frío. // Así que no me sigas, / no me alcances, / no confíes en mí, / no lo hagas / a no ser que tengas un alma oscura, / a no ser que quieras quedarte sola. // Porque eres tan humana, / tan obviamente humana... / tú puedes sentir amor, ira o dolor, / pero las llamas de la emoción no prenderán / en un reino de hielo, / en el corazón de una serpiente.

«Pronto, Idhún tampoco la tendrá. Entonces todos echaremos de menos a los unicornios».

«Los unicornios..., qué traidores. Se volvieron contra nosotros cuando se suponía que no debían intervenir. También a mí me gustaría que las cosas hubieran sido de otra manera, en lo que respecta a ellos».

«La profecía los obligó a tomar parte en todo esto».

«No debería haber sido así. No se nos puede reprochar todo lo que pasó el día de la conjunción astral. Los sangrecaliente no juegan limpio, sus dioses son unos tramposos».

Christian no respondió.

Estaban, de nuevo, en el apartamento de Shizuko en Takanawa. Se habían sentado en la terraza y contemplaban el extraño mundo que se abría ante ellos, la noche tokiota que lanzaba al firmamento un desenfreno de luces de colores. Ninguno de los dos hablaba, no con sus cuerdas vocales. Hacía tiempo que habían dejado de comunicarse como los humanos. Habían establecido un estrecho vínculo mental, privado, y solían pasarse horas y horas conversando. Tenían tantas cosas en común.

«No sé si quiero volver», dijo entonces Shizuko.

«¿Por qué razón? Pensaba que odiabas esto».

«No quiero volver a Idhún con este cuerpo. Tal y como soy ahora, este mundo es el único lugar en el que podría estar».

«No es tan malo una vez que te acostumbras», opinó Christian. «Este mundo, el cuerpo humano... los sheks somos criaturas adaptables, hemos sobrevivido donde otras especies no podrían. En eso reside gran parte de nuestra fuerza».

«Aun así, no podría acostumbrarme. Soy demasiado shek para sentirme cómoda aquí».

«Sé lo que quieres decir. Yo también soy demasiado shek para sentirme a gusto entre los humanos, para poder apreciar el mundo desde su punto de vista. Pero, por otro lado, también soy demasiado humano para ser plenamente aceptado por los sheks».

«No te lamentes. Si hubieses cumplido con tu deber, seguirías formando parte de nuestro mundo», le reprochó ella.

Christian esbozó una media sonrisa.

«No me lamento. Así son las cosas; yo sabía cuáles eran las consecuencias, y asumí el riesgo. No me arrepiento de nada de lo que hice».

«No puedo creer que no nos eches de menos. Si a mí ya se me hace angustiosa la red telepática que hemos formado aquí, tan reducida comparada con la red que hay en Idhún... ¿cómo debe de ser haber roto los lazos con toda la raza shek? No quiero ni imaginarlo».

«Fue muy duro», reconoció Christian. «Sobre todo al principio. Mi parte shek se debilitó tanto que me volví mucho más humano».

«Qué horror», comentó Shizuko con sinceridad. «No creo que los sangrecaliente con los que te has aliado sean plenamente conscientes del sacrificio que llevaste a cabo por ellos... por ella».

Christian no contestó. No respondía cuando Shizuko mencionaba a Victoria, por lo que la shek cambió de tema.

«Contempla todo esto», dijo, paseando su mirada por el paisaje de la gran ciudad. «Cuando regresaste de tu primer viaje a la Tierra e informaste a Ashran de lo que habías encontrado, no quise creerlo. ¡Un mundo dominado por humanos! Me parecía demasiado insólito como para ser cierto».

«Es porque apenas han tenido competencia. Pero ¿sabías que, en un pasado remoto, este mundo también estuvo gobernado por grandes seres de sangre fría?».

«Ah, sí, he leído algo al respecto. Se extinguieron».

«Una vez, en un museo, vi el esqueleto de uno de ellos. Me recordó a un dragón... en ciertos aspectos».

«En más de lo que crees. También ellos se han extinguido», respondió ella, con una nota de humor siniestro.

Christian sonrió.

«Algo mató a los grandes saurios de la Tierra. Pero, si siguiesen con vida, tal vez habrían evolucionado... quizá serían inteligentes, más que los humanos. Y más poderosos. Los humanos no saben la suerte que tuvieron».

«Ya es hora de que este planeta vuelva a pertenecer a los sangrefría», opinó Shizuko. «Está claro que los humanos no son la raza más adecuada para gobernar un mundo. No son lo bastante listos, ni saben cuidarlo bien. Se nutren de su planeta, pero no dan nada a cambio. Son una plaga».

«Esa es otra de las claves de su éxito en este mundo».

«Debe de serlo. Su inteligencia es superior a la del resto de seres de su planeta, pero aun así siguen siendo demasiado estúpidos. Ni siquiera tienen magia, ni ningún poder especial, salvo esa manía suya de querer cambiarlo todo, de querer transformarlo todo. Y están sus cuerpos», añadió, tras una pausa. «Que tampoco son aptos para la supervivencia».

«No», coincidió Christian. «Son pequeños...».

«... blandos...», añadió Shizuko. «Tan...».

«Frágiles», pensaron los dos a la vez.

Sus mentes se armonizaron un instante, centradas en un mismo concepto. Se miraron. Fue una mirada larga, intensa, en la que sus pensamientos estuvieron entrelazados, hasta que él rompió el contacto, y cada uno volvió a refugiarse en su propia mente. El pecho de Shizuko se estremeció de forma imperceptible.

«Eres interesante», le dijo a Christian.

Desde el punto de vista de un shek, aquello era un cumplido.

Cuando Christian regresó a casa, Victoria estaba sentada en el sofá, y escribía en el cuaderno que él le había regalado. Una música familiar sonaba desde el estudio, y Christian ladeó la cabeza para escucharla.

—Hacía mucho tiempo que no oía esta canción —comentó.

—Es *Beyond* —sonrió ella—. Mi canción favorita.

Christian no respondió. Dio media vuelta para dirigirse a su habitación, pero Victoria lo detuvo.

—Espera, Christian —le dijo, muy seria—. Creo que tenemos que hablar.

Christian titubeó un instante, pero después asintió.

—Sí —dijo con suavidad—. Tenemos que hablar.

Momentos después estaban sentados en el sofá, Victoria mirando al suelo, Christian con la vista fija en la chimenea, pero ninguno de los dos se animaba a comenzar la conversación.

—Quiero hablarte —empezó por fin Victoria, rompiendo el silencio— de lo que pasó la otra noche.

Christian alzó una ceja.

—¿Por qué? Me pareció que te gustó.

Victoria entrecerró los ojos.

—¿Cómo puedes ser así? —le reprochó, herida—. Sabes muy bien que no es eso lo que tengo que decirte. Hace unos meses, en la Torre de Kazlunn... dijiste que estabas esperando que te invitara a pasar la noche conmigo. Me dijiste... —le tembló la voz, pero se sobrepuso—, me dijiste que no me romperías el corazón después. Que yo no te era indiferente.

—Sí, lo recuerdo.

—¿Me mentiste, acaso?

—No. Te dije la verdad, Victoria. No me eres indiferente.

—Entonces, ¿por qué te comportas como si lo fuera? ¿Cuál es la excusa esta vez?

Christian no dijo nada.

—¿Tanto han cambiado las cosas? —prosiguió ella en voz baja—. ¿Tanto se ha enfriado lo nuestro después de mi... enfermedad? Mira... puedo entender que ya no me quieras como antes, pero... no sé... podrías haber tenido el detalle de hacérmelo saber antes de lo de la otra noche. Sobre todo si tenías intención de romper conmigo después.

Christian la miró, muy serio.

—¿Qué te hace pensar que quiero romper contigo?

—Todo, Christian. Tu forma de tratarme, tu forma de ignorarme. Sabía que mi regreso a la Tierra iba a ser extraño y que no ibas a estar pendiente de mí a todas horas, y tampoco lo pretendía, pero es que esto... esto... esto es demasiado. Volví a la Tierra para estar contigo. He dejado atrás a Jack para estar contigo. Pero si tú no quieres estar conmigo, entonces dímelo claramente, y me volveré a Idhún, con Jack... quien seguramente sí me echará de menos.

—Esto ya lo hemos hablado. Si no quisiera estar contigo...

—... no me dejarías estar en tu casa, ya lo sé. Pero también sé que, si quisieras estar conmigo... estarías conmigo. Y no es el caso. No te pido que te quedes a mi lado todo el tiempo, ni que dejes de lado lo que sea que estés haciendo, pero dime... dime qué está sucediendo. Necesito saber qué te pasa por la cabeza, aunque solo sea para saber a qué atenerme, qué puedo esperar de ti.

Christian clavó en ella una mirada gélida.

—Está bien, ¿qué quieres saber?

Victoria, cogida por sorpresa, tardó unos segundos en reaccionar. Quiso preguntarle lo que de verdad le corroía el alma, es decir, si él aún sentía algo por ella; pero temía la respuesta, y se oyó a sí misma murmurando:

—Dices que siempre has sido sincero conmigo. Yo también he sido sincera contigo; nunca te he ocultado lo que siento por Jack. Comprendo que tu vida privada es privada, pero si existe otra persona... especial en tu vida... más allá de algo esporádico, quiero decir... algo que pueda afectar a tu relación conmigo...

Calló, confundida.

—¿Me estás preguntando por Shizuko, si mantengo una relación con ella? ¿Para qué necesitas que te lo diga? Ya sabes que sí.

Victoria tragó saliva, temiendo lo que podía venir a continuación.

—Bien —dijo, sobreponiéndose—. Vale. Sí, supongo que lo sabía.

Respiró hondo varias veces, y después se atrevió a hacerle aquella pregunta cuya respuesta era tan vital para ella:

—¿Y qué hay de nosotros? ¿Significa eso que todo va a seguir igual... o que ya no quieres seguir conmigo?

Hubo un largo, largo silencio, que oprimió el corazón de Victoria hasta hacerlo sangrar, y que fue para ella mucho más elocuente que cualquier palabra que él pudiera haber pronunciado.

—Bueno —dijo al fin, desolada—. No hace falta que contestes. Ya veo que no. No te preocupes, me volveré a Limbhad esta noche, y mañana regresaré a Idhún. No tiene sentido que siga aquí.

—Victoria, no es necesario...

—Sí que lo es —alzó la cabeza para mirarlo—. Hace ya tiempo que he notado que no me tratas igual, y no tiene nada que ver con Shizuko. Puedo entender y aceptar que ya no quieras seguir conmigo, y no voy a retenerte a mi lado a la fuerza... Pero, si tenías intención de acabar con esta relación... podrías haberlo hecho de otra manera... antes de lo de la otra noche. Porque fue importante para mí, pero si para ti no significó nada, entonces preferiría que me lo hubieras ahorrado. Después de eso no has vuelto a tocarme, así que ¿cómo quieres que me sienta? Si ya no me quieres y además estás con Shizuko, no necesitabas...

—Espera —cortó él; la cogió por las muñecas y la obligó a mirarle a los ojos—. Espera, ¿qué has dicho?

—¿Vas a obligarme a repetirlo? —respondió ella, tensa.

—Me ha parecido entender —dijo Christian, despacio— que piensas que he llegado con Shizuko al mismo grado de intimidad física que contigo. ¿Es eso lo que crees?

—¿Es que no es así?

—No, no lo es —parecía incluso molesto—. Victoria, no la he tocado. Por la sombra del Séptimo, si ni siquiera la he besado.

Victoria lo miró fijamente; había rabia en su mirada. No le dolía tanto la relación de Christian con Shizuko como el hecho de que él le mintiera al respecto.

–Entonces, ¿por qué te sientes tan culpable que te cuesta mirarme a la cara?

Aquella pregunta fue como un jarro de agua fría para Christian. Soltó a Victoria y se dejó caer contra el respaldo del sofá, anonadado.

–Estamos hablando de cosas distintas –comprendió–. Estamos hablando en idiomas diferentes. Pero tienes razón en una cosa –añadió, dirigiéndole una intensa mirada–. Te debo una explicación.

Victoria le devolvió la mirada e inspiró hondo para calmarse. Se acomodó en el sofá, indicando que estaba dispuesta a escuchar.

–Aunque parezca humana –empezó él–, Shizuko es una shek. Es Ziessel, la reina de los sheks –Victoria abrió mucho los ojos, sorprendida, pero no dijo nada; Christian prosiguió–. Se vio atrapada en un cuerpo humano cuando cruzó la Puerta... un cuerpo que acababa de morir. Shizuko, o Ziessel, como queramos llamarla, parece humana, pero no lo es. No tiene un alma humana, como nosotros dos, o como Jack. Su espíritu, su conciencia... son los de una shek.

Victoria abrió la boca para decir algo, pero se lo pensó mejor y se mantuvo en silencio.

–Odia su cuerpo humano –siguió Christian–. La simple idea de tener intimidad física con otro cuerpo humano le resulta repugnante. Puede que con el tiempo se acostumbre a su nuevo aspecto y cambie de idea... o puede que no.

»En cualquier caso, no es ese el principal motivo de que no la haya tocado. La encuentro atractiva, es verdad, pero hay cosas de ella que me llaman más la atención. Mucho más que su cuerpo. Como, por ejemplo, su mente.

–¿Su mente? –repitió Victoria.

–Para un shek, lo mental es mucho más importante que lo físico. Si dos sheks sienten atracción el uno por el otro, no pierden el tiempo con esas cosas; primero exploran sus mentes. Y hablan. Hablan mucho, durante horas, y todo esto sin necesidad de tocarse. Porque es otro tipo de intimidad lo que buscan. Así, el vínculo telepático se va haciendo cada vez más estrecho, cada uno se va introduciendo en la mente del otro, poco a poco...

—Entiendo —asintió Victoria—. Y es eso lo que estás haciendo con Shizuko.

—Nunca antes había mantenido una relación con una shek —confesó él—. Es... diferente. Y una parte de mí anhelaba ese tipo de comunión con alguien. ¿Entiendes?

—Sí —susurró ella—. Porque mi mente no es la de un shek y no puedes establecer ese vínculo telepático conmigo.

Christian sonrió.

—No podía, pero me las arreglé para hacer algo parecido. ¿Adivinas cómo?

Victoria lo sabía. Alzó la mano para contemplar el anillo que llevaba.

—Exacto —asintió el shek—. Te he dicho muchas veces que no me importa que estés con Jack, y es verdad. Porque estoy unido a ti incluso en la distancia.

Victoria bajó la cabeza. Estaba confusa, y Christian lo notó.

—Creo que no me conoces tanto como piensas —le dijo con suavidad—. Las relaciones físicas no me interesan mucho, lo confieso; normalmente tengo cosas más importantes que hacer, cosas más interesantes en qué pensar. En eso no he dejado de ser un shek, supongo. Aunque tenga un cuerpo humano, no soy tan apasionado como la mayoría de los jóvenes humanos de mi edad. Esa necesidad de contacto físico con otra persona... la siento a veces, pero no muy a menudo. Es verdad que tú y yo pasamos mucho tiempo separados; pero ahora estamos juntos, por lo que, si quisiera pasar la noche con alguien, ¿por qué razón necesitaría buscar a otra persona?

—No sería tan extraño si yo hubiese dejado de interesarte..., como me has dado a entender. Y ya te he dicho que lo comprendo, y que puedo aceptarlo. Pero que necesito saber a qué atenerme. Y qué es lo que esperas de mí. Por la forma en que me has tratado estos días, se diría que ya no me quieres a tu lado.

Christian reflexionó sobre sus palabras.

—Se debe a que yo mismo no sabía cómo tratarte. Porque tienes razón, me siento culpable cuando te miro. Como apenas concedo importancia a las relaciones físicas, no podría sentirme así por estar con una mujer que no fueras tú. Pero sí me sentiría culpable si sintiera algo especial por ella. Sentiría que te estoy traicionando. Y creo que es eso lo que me está pasando.

Victoria entendió.

–Christian, ¡te estás enamorando! ¡Otra vez!

El shek movió la cabeza, perplejo.

–Puede ser. O puede que sea, simplemente, que mi alma de shek anhelaba desde hace mucho poder intimar con otro shek. Puede que solo sea añoranza ante aquello que he perdido, o que tal vez nunca tuve. A lo mejor me atrae Shizuko porque es muy parecida a mí. Todavía es pronto para saberlo. Además, el hecho de que me sienta culpable por ti implica, supongo, que todavía me importas, así que aún no estoy preparado para dejarte marchar. No sé lo que quiero de verdad, Victoria, y eso no es algo que me pase a menudo. Por eso estoy bastante confuso y no sé cómo actuar contigo. Te pido disculpas.

Victoria respiró hondo. Ahora comprendía la perspectiva de Christian. No había tocado a Shizuko, no había compartido su cuerpo con ella, pero, desde su punto de vista, estaba haciendo algo peor: estaba compartiendo su mente con la shek y, de alguna manera, también su corazón.

–Bueno..., tengo que reconocer que de esto sí que sé un poco –sonrió Victoria–. Puede ser que termines decidiéndote por una de las dos, o puede que te pase como a mí: que la quieras a ella sin dejar de sentir algo especial por mí. Entonces... –vaciló–. En fin, mientras me sigas queriendo, yo estaré aquí para ti, pero consideraría justo que me dedicaras a mí el mismo tiempo que a ella. Por lo menos –concluyó, con una sonrisa.

Christian sonrió a su vez.

–En cualquier caso –prosiguió Victoria–, cuando lo sepas, no dejes de decírmelo.

–¿Cuando sepa qué?

–Si todavía soy importante para ti. Si lo que te ha alejado de mí es ese sentimiento de culpabilidad, o es que realmente lo nuestro se ha enfriado. Por mi parte, sabes que no. Ahora te toca hablar a ti. Pero si necesitas tiempo...

–Puede que necesite un poco más de tiempo –dijo Christian tras una pausa.

–Lo tendrás –le prometió ella, conciliadora–. Esperaré a que tomes una decisión, y la aceptaré, sea cual sea. Pero, por favor, sé siempre sincero conmigo. Y si algún día dejo de ser especial para ti, simplemente dímelo... pero no me utilices –le rogó, con cierta amargura.

Christian le dedicó una larga mirada.

—Por si te interesa saberlo —dijo en voz baja—, sí que fue diferente.

Victoria alzó la cabeza.

—¿Cómo dices?

—Es lo que te estabas preguntando, ¿no? Si para mí no eres más que una mujer humana con la que mantener una relación física, puesto que no puedo establecer un vínculo telepático contigo, de la misma manera que podría hacerlo con una shek.

—Ah...

—Y he de decirte que no. Para mí también fue especial lo de la otra noche. Y quería que lo supieras.

Victoria no pudo más. Se lanzó a sus brazos, enterró la cara en su hombro y se echó a llorar suavemente. Christian la abrazó.

—Eso era lo que necesitaba oír —sollozó ella.

—No lo he dicho porque necesitaras escucharlo. Lo he dicho porque es la verdad.

Poco a poco, ella se fue calmando. Christian le acarició el pelo, pensativo, pero de pronto se incorporó, alerta.

—¿Qué? —dijo Victoria, inquieta.

Christian no respondió. Se separó de ella con suavidad, se levantó y salió a la terraza. Victoria se quedó en el sofá, esperándolo, hasta que él regresó, muy serio.

—Tengo que volver a Japón. Parece que hay cambios en nuestro proyecto.

—¿Proyecto?

—Gerde quiere establecer una comunicación entre Idhún y la Tierra. Para poder hablar con Ziessel sin necesidad de cruzar la Puerta interdimensional constantemente. Eso era lo que estábamos haciendo.

Victoria inclinó la cabeza.

—Comprendo.

—He de irme, pero ya sabes que volveré. Sabes... que siempre vuelvo.

Victoria sonrió, pero no dijo nada. Apenas un momento después, el shek se había ido.

El agua temblaba y se estremecía, y su superficie adquiría, por momentos, un curioso brillo azulado, metálico. Shizuko la contempló, pensativa.

«No se ha estabilizado todavía», dijo Akshass.

«Puede que necesite un poco más de tiempo», repuso Shizuko. «O un poco más de la magia de Kirtash».

«¿Por qué tenemos que depender de la magia de un medio shek?».

Shizuko tardó un poco en responder. Akshass era un shek joven, pero prometedor. Había estado a su lado desde el principio, durante la guerra en Dingra contra los caballeros de Nurgon. Habían peleado juntos en el bosque de Awa. La shek sabía que Akshass se había hecho ilusiones con respecto a ella, y que no había perdido la esperanza de volver a verla en el cuerpo de Ziessel, la bella. Quizá por eso no soportaba a Kirtash. El hijo de Ashran no solo había dado al traste con aquellas esperanzas, con su explicación sobre lo que le había sucedido a la reina de los sheks, sino que, además, ambos pasaban cada vez más tiempo juntos, a solas. Y Akshass tampoco podía olvidar que se sabía que el shek que habitaba en Kirtash era hijo de Zeshak, el predecesor de Ziessel. Zeshak, que, según decían, también había sentido interés por Ziessel en el pasado.

Shizuko sonrió para sus adentros. Sí, era cierto que Zeshak la había pretendido. Pero entonces ella no había estado interesada en establecer un vínculo tan fuerte con nadie. Era joven y tenía muchas otras cosas en qué pensar. Zeshak lo había entendido y no había insistido.

En cierta manera, resultaba irónico que ahora estuviese dando con Kirtash pasos que no había iniciado con su padre.

Pero las cosas habían cambiado mucho. Si alguna vez se había sentido tentada de aceptar a Zeshak o a Akshass; desde luego, aquellos proyectos se habían desvanecido. No porque no siguiera poseyendo la poderosa mente de una shek, sino porque, después de todo, había quedado atrapada en un cuerpo humano para siempre.

«La técnica de comunicación interdimensional pertenece al terreno de la magia», le recordó. «Él es el único mago que hay entre nosotros, y posee el poder de abrir portales. De momento, lo necesitamos».

«Por lo visto, pronto ya no lo necesitaremos más», señaló Akshass.

Shizuko no respondió. Había percibido la llegada del híbrido, antes que ningún otro de los sheks. Su vínculo telepático había llegado a ese grado de intimidad.

No se movió, sin embargo, ni dio a entender que lo había detectado, hasta que él se situó a su lado.

«¿Me habéis llamado?», dijo, y su pregunta llegó a la mente de todos los sheks.

«Fíjate», respondió Shizuko, volviendo hacia el manantial la mirada de sus hermosos ojos orientales.

«El tejido entre dimensiones se está debilitando», dijo Christian tras un breve vistazo.

«¿Podrás estabilizarlo?».

«Puedo intentarlo».

Se acuclilló junto al manantial y pasó la mano sobre la superficie del agua, sin llegar a tocarla. Un brillo plateado reverberó en las ondas, se apagó y después volvió a iluminar las aguas. Christian lo intentó de nuevo, concentrándose intensamente.

Apenas unos instantes más tarde, la superficie del onsen tembló un segundo, y enseguida se solidificó.

Shizuko y los sheks se inclinaron hacia delante, con curiosidad. La capa superficial del manantial se había convertido en un espejo de hielo.

Christian se levantó con la agilidad felina que era propia de él. Miró a Shizuko.

«Llámala», la invitó, hablándole en privado. «Está deseando volver a contactar contigo».

Ella movió la cabeza.

«Nunca ha contactado conmigo».

«Sí que lo hizo. Pero entonces no se llamaba Gerde. Entonces ni siquiera tenía nombre. Ahora, son dos conciencias unidas en una sola, bajo una misma identidad».

«Trataré de recordarlo. Aunque me resulta difícil imaginarlo. Supongo que tendrá los recuerdos de Gerde, la feérica, sumados a los de la Voz... que debe de haber vivido muchas vidas, tal vez docenas, y conservará recuerdos de todas ellas. No sé cómo puede conjugarse todo ese conocimiento en una sola persona. Quizá eso la haya vuelto inestable».

«O tal vez le haya dado una visión más amplia del mundo. Lo que sí te puedo asegurar es que, en muchos aspectos, sigue siendo Gerde».

Shizuko rió interiormente al percibir el disgusto de Christian, pero su rostro continuó impasible, igual que lo había estado durante toda la conversación.

Se inclinó junto al manantial y se asomó a su lisa superficie. La capa de hielo, pura como el cristal, le devolvió su propio reflejo. Su alma de shek se estremeció de dolor al ver su rostro humano una vez más, pero se sobrepuso y se concentró profundamente. Lanzó los tentáculos de su percepción a través del espejo y aguardó a que hubiese alguien al otro lado.

Lenta, muy lentamente, su imagen reflejada se fue transformando. Y, cuando quiso darse cuenta, la superficie helada del onsen le mostraba el rostro de un hada que le sonreía alentadoramente.

–Saludos, Gerde –dijo Shizuko; si estaba sorprendida, no lo demostró.

–Saludos, Ziessel –respondió ella. En esta ocasión, Shizuko sí que frunció levemente el ceño, desconcertada. Nada en su apariencia externa delataba el alma de shek que latía en ella, y Christian no había tenido ocasión de decírselo a Gerde. ¿Cómo lo había sabido?

–Has cambiado mucho desde la última vez que te vi; qué sorpresa –prosiguió Gerde; reparó entonces en Christian, que se erguía a su lado–. Y Kirtash –lo saludó; los miró a ambos–. Qué encantadora pareja –comentó.

Uno de los sheks siseó por lo bajo con cierta irritación. Shizuko no necesitaba mirarlo para saber que se trataba de Akshass.

–Kirtash nos ha dicho que tenías información importante que transmitirnos –dijo la reina de los sheks–. Hemos perdido muchas jornadas con la creación de esta ventana interdimensional para comunicarnos con Idhún... contigo, así que espero que lo que tengas que decir sea realmente importante. Y que después nos pongas en contacto con Eissesh, o con Sussh, para volver a unir a todos los sheks en la misma red telepática.

Gerde rió, con un gesto despreocupado.

–No necesitas a Eissesh ni a Sussh, Ziessel. Tú eres la señora de todos los sheks.

–Y por esta razón debo comunicarles a todos que sigo viva –replicó ella, gélida.

–También yo tengo cosas que comunicarte. Pero solo hablaré contigo. Nadie más debe estar presente.

Shizuko iba a responder que no tenía por qué echar a su gente de allí: si lo que tenía que contarle era tan importante, todos los sheks debían saberlo. No obstante, había algo en la mirada de Gerde, la mirada que le dirigía desde una dimensión lejana, que le inspiró un súbito terror y la estremeció hasta la más íntima fibra de su ser.

Y no se atrevió a contradecirla.

Brevemente, pidió a los demás que la dejaran a solas con Gerde. Un poco de mala gana, las serpientes, una por una, dieron media vuelta y reptaron sobre la nieve, hacia la espesura, para perderse en el bosque. Christian se dirigió al refugio, sin una palabra. Sabía lo que Gerde iba a contarle a la reina de los sheks. En el pasado, solo Zeshak, su antecesor, había sabido que Ashran era el Séptimo dios.

Percibió la llamada de Shizuko a nivel privado.

«¿Adónde vas?», le dijo.

«He cumplido la misión que se me encargó», repuso él, sin volverse ni detenerse. «Ya no tengo nada más que hacer aquí».

«Tal vez sí», contestó ella.

«Si es así, llámame», respondió Christian. «Y acudiré a tu lado».

Cuando regresó a su apartamento, Victoria no estaba.

Era de noche, y el piso estaba silencioso, frío y oscuro. Christian se encontró a sí mismo echando de menos la luminosa presencia de la muchacha, y por un momento temió que ella se hubiese marchado a Idhún. Luego recordó que no podría hacerlo sin él, y supuso que estaría en Limbhad. Se encogió de hombros y decidió que más tarde iría a verla.

Acababa de encender la chimenea cuando se abrió la puerta de la calle. Christian se incorporó de un salto, alerta, antes de detectar la presencia de Victoria. La joven iba a cruzar la puerta del salón cuando lo vio, y se quedó allí, en la entrada, sin decidirse a pasar. Los dos cruzaron una larga mirada.

—He ido a dar un paseo —dijo ella, rompiendo el silencio—. Encontré las llaves en un cajón. Creo que no sueles usarlas mucho, así que espero que no te importe que las haya...

—No —cortó él con suavidad—. No me importa.

—Iba a marcharme a Limbhad —prosiguió Victoria—, pero habías dicho que hubo cambios en el proyecto, y... en fin, estaba un poco preocupada, de modo que me quedé aquí, a esperarte. Pero no dejaba de darle vueltas a muchas cosas, así que... salí para despejarme.

—No tienes que darme explicaciones, Victoria. Está bien.

–¿Y tú? ¿Estás bien?

–Sí –se sentó en el sofá y contempló las llamas, pensativo–. Por fin hemos contactado con Idhún. Así que Gerde ya tiene el enlace que quería con los sheks de la Tierra.

–Suponía que habría pasado algo así –asintió Victoria; tras un breve titubeo, se sentó a su lado–. Por eso estaba preocupada. Si ya has hecho lo que Gerde quería que hicieras, puede que no te necesite más, y entonces...

–Lo sé. Pero aquí, en la Tierra, estoy lejos de su alcance, y Shizuko no me haría daño sin una buena razón. Y aunque a los otros sheks no les caigo bien, ahora es ella la que manda.

–¿Hasta qué punto? Quiero decir, que si ella tomara una decisión que a ellos no les gustase, ¿la aceptarían, sin más, si no hubiese una razón lógica? Al fin y al cabo, ella es reina: no puede tomar decisiones importantes basándose solo en motivos personales.

Christian la miró, sonriendo.

–Es curioso –dijo–. Ayer mismo te hablaba de las diferencias entre el pensamiento humano y el pensamiento shek... y, no obstante, por lo que parece, nos conoces mucho mejor de lo que crees.

Victoria calló, sin saber si aquello era un reproche o un cumplido.

–He estado pensando –prosiguió él– en todo lo que ha ocurrido entre nosotros últimamente. Sé que he estado frío contigo. En parte se debía a Shizuko, pero no solo a ella. Es que, después de todo lo que hemos pasado juntos, aún sentía que había algo que quería compartir contigo, un grado de intimidad que tú y yo no podríamos alcanzar nunca. Y eso me frustraba. Con Shizuko sí que tengo esa posibilidad, y supongo que eso me ha hecho replantearme muchas cosas. Como, por ejemplo, hasta qué punto sentía algo por ti, o estaba simplemente hechizado por la luz del unicornio. Sabes de qué estoy hablando, ¿verdad?

Victoria asintió recordando a Yaren, el semimago que había buscado al unicornio toda su vida, y cuando al fin había obtenido de ella lo que quería, no había resultado ser lo que esperaba.

–¿Te sentías así después de lo de la otra noche? –murmuró.

–En parte. No, no pongas esa cara, ya te dije que fue especial para mí, y no te he mentido. Pero no pude evitar preguntarme qué pasaría ahora, si esto era todo, si no podíamos llegar más allá. Tanto el vínculo físico como el sentimental son importantes, Victoria, pero yo soy un shek: necesito un vínculo mental para fortalecer una relación, algo que la mera intimidad física no puede darme.

»Sin embargo, después de hablar contigo ayer, de poner las cartas sobre la mesa... se me ocurrió que tal vez no fuera del todo imposible. Porque, a fin de cuentas, no eres simplemente humana. Eres un unicornio.

—¿De qué me estás hablando, Christian? Me he perdido.

—Estoy hablando, otra vez, de las diferencias entre una relación física y una relación mental. ¿Sabes cuál es el máximo grado de intimidad al que puede llegar una pareja de sheks? Los humanos comparten sus cuerpos. Los sheks... fusionan sus mentes.

Victoria se quedó de piedra.

—¿Te refieres a entrar en la mente de otro? Pero eso ya lo haces a menudo, ¿no? Cuando lees sus pensamientos, por ejemplo.

—Voy a explicártelo de otra manera. La mente de una persona es como su casa. Hay casas más grandes y más pequeñas, casas acogedoras y casas siniestras, casas sencillas y casas laberínticas. La diferencia entre la mente de un humano y la de un shek es la que podría haber entre una choza y un castillo.

—Entiendo —asintió Victoria.

—Cuando miro a alguien a los ojos para leer su mente, en realidad es como si mirara el interior de su casa a través de las ventanas. Cuando quiero destruir una mente, envío parte de mi percepción a atacar las columnas que sostienen su casa. Pero fusionar dos mentes es algo distinto. Supone que abandonaría mi casa para recorrer la tuya, y que tú saldrías de la tuya para visitar la mía. Durante ese rato, cada uno de nosotros no sería él mismo. Dejaría atrás su propia mente, abandonada y vulnerable. Y por eso es algo peligroso, pero también una muestra de la confianza más absoluta. Porque cuando recorres la casa de otra persona, has de hacerlo con el convencimiento de que la tuya propia está en buenas manos. No es algo que pueda hacerse a la ligera. Los sheks llegan a ese grado de intimidad con alguien muy pocas veces en su vida. A veces, una sola, y a veces, ninguna.

Victoria respiró hondo, tratando de ordenar sus pensamientos.

—Y eso es lo que no puedes hacer conmigo —resumió.

—Eso es lo que pensaba que no podía hacer contigo —rectificó Christian—. Pero lo cierto es que no lo hemos intentado.

La miraba con seriedad, y con una intensidad que a Victoria le recordó los primeros tiempos de su relación, cuando se veían en secreto, cuando era un amor prohibido. El corazón empezó a palpitarle más deprisa.

–¿Me estás diciendo... que quieres fusionar tu mente con la mía?

–Me gustaría, sí.

Victoria no supo qué decir. De momento, estaba tratando de asimilar las implicaciones de lo que Christian le estaba proponiendo. Por un lado, la idea de entrar en la mente del shek, tan impenetrable y al mismo tiempo tan enigmática, la seducía hasta límites insospechados, igual que saber que él conocería hasta sus más íntimos secretos. Aquello derribaría por fin el muro de hielo que a veces se alzaba entre los dos, ayudaría a Victoria a comprender mejor al joven del que se había enamorado.

Por otra parte, tal y como lo había descrito, el shek tenía razón: la fusión de las mentes era algo muy íntimo..., demasiado, quizá. Porque ¿qué sería Christian sin su misterio? ¿Y acaso no había cosas que ella quería guardar para sí? ¿Hasta qué punto podía olvidarse de sí misma por amor?

–Antes de que me respondas –prosiguió él–, quiero que tengas en cuenta tres puntos importantes. Primero, que algunas de las cosas que verás en mi mente no serán agradables, y no te van a gustar.

Victoria desvió la vista, turbada. Sabía a qué se refería.

–Debería poder vivir con eso –respondió, tras una pausa–. Sé quién eres y lo que has hecho. Lo sabía desde el primer momento, así que, si es cierto que te quiero tanto como creo, por mucho que me duela lo que vea en tu mente, mis sentimientos por ti no deberían cambiar.

Christian sonrió.

–Segundo –prosiguió–, que se necesita como mínimo una mente shek. Es decir, que es algo que tú podrías hacer conmigo, en teoría, pero nunca podrás hacer con Jack.

Victoria abrió la boca para hablar, pero no dijo nada.

–Sabes por qué lo digo, ¿no? Desde el principio te has esforzado mucho en darnos lo mismo a los dos, pero si fusionamos nuestras mentes, habremos alcanzado un grado de unión que jamás podrás tener con Jack. Debes tenerlo en cuenta.

Victoria reflexionó. Después, su rostro se iluminó con una amplia sonrisa.

—Pero eso tampoco es un impedimento —dijo—, porque Jack y yo fusionamos nuestros espíritus, hace mucho tiempo.

Ahora fue Christian el que se sorprendió.

—¿Que hicisteis qué?

—Él no se acuerda, y no me extraña. Yo solo lo supe hace muy poco. Verás, cuando Yandrak y Lunnaris fueron enviados a la Tierra a través de la Puerta, hubo un momento en que sus espíritus se cruzaron... y por un momento fueron uno. Luego se separaron, y fue entonces cuando se reencarnaron.

»Lo supe cuando creí que Jack había muerto. Fue como si me hubiesen arrebatado una parte de mí, y en ese momento... mi alma supo por qué.

Christian sacudió la cabeza, perplejo.

—¡Por eso tenéis una conexión espiritual tan estrecha! Una conexión que se ha ido haciendo más fuerte a medida que Yandrak y Lunnaris iban despertando en vuestro interior.

Victoria asintió.

—Por eso, si es verdad que la fusión mental proporciona una unión tan íntima, no me importaría hacerlo contigo. Aunque la idea de dejar de ser yo me asusta un poco.

—Nunca dejas de ser tú, en realidad —la tranquilizó él—. Pero sí que es verdad que dejas atrás algo muy importante. Por eso hay que pensarlo muy bien.

—Y tú, ¿lo has pensado bien? —le preguntó ella, con curiosidad—. Ayer me decías que no sabías si querías seguir conmigo, y hoy me propones esto... No te entiendo.

—Lo he pensado bien. Llevo mucho tiempo pensando en ello. Es solo que creía que no era posible, así que ni me había planteado tratar de ponerlo en práctica. ¿Recuerdas lo que te he dicho de la choza y el castillo? Si fusionara mi mente con la de una humana, me sentiría muy estrecho —sonrió—. Pero tú eres algo más. Tu conciencia es, en parte, la de un unicornio. No creo que sea lo mismo. No puede ser lo mismo.

—¿Y qué pasará si no sale bien? —preguntó Victoria—. ¿Qué pasará si luego te sientes decepcionado?

—No lo sé —murmuró Christian—. De verdad que no lo sé.

Permanecieron en silencio un instante, navegando en un mar de incertidumbre.

–Quizá –aventuró ella entonces– lo importante no sea lo que vayas a encontrar en mi mente, sino el hecho de que te importo lo bastante como para querer intentarlo. ¿No crees?

El shek asintió.

–Por si te sirve de algo –dijo en voz baja–, sería la primera vez para mí también. Nunca he fusionado mi mente con la de nadie.

La joven alzó la cabeza, sorprendida. Christian la miraba fijamente, muy serio, y Victoria sostuvo su mirada, mientras el corazón le latía con tanta fuerza que amenazaba con salírsele del pecho.

–Christian –susurró, conmovida; sacudió la cabeza–. ¿Cómo es posible? A veces me dices estas cosas... me traes a tu casa, me propones que una mi mente a la tuya... y otras veces me dejas sola durante días para rondar a una shek y dudar de tus sentimientos por mí. No hay quien te entienda.

–Soy un ser complejo –replicó él, imperturbable–. Pero lo que sí debes de saber, a estas alturas, es que nunca te miento. Y cuando te digo algo, es porque lo siento de verdad. Y eso me lleva al tercer punto.

–¿De qué se trata?

–De lo que te he comentado antes. Fusionar las mentes supone tener una confianza total en la otra persona, así que dime: ¿confías en mí?

Cruzaron una mirada larga, intensa.

–¿Y tú? –sonrió Victoria, sin contestar a la pregunta–. ¿Confías en mí?

–Ciegamente –respondió Christian sin dudar–. Y a menudo pienso que querría poder darte motivos para que tú sintieras lo mismo. Para que confiases en mí de la misma forma que confías en Jack. Pero sé que yo no te he tratado igual que él. Y sé que...

–Ya sé –cortó ella– que no debería confiar en ti. Pero lo hago, Christian. De verdad.

Él sonrió. Le acarició la mejilla suavemente. Era el primer gesto tierno que recibía de él en mucho tiempo, y el corazón de Victoria bebió de aquella sensación con avidez.

–Por este tipo de cosas –murmuró Christian– me cuesta tantísimo imaginar siquiera la posibilidad de dejarte marchar.

–Si no quieres dejarme marchar, no lo hagas, Christian. Con Shizuko o sin ella, yo seguiré aquí mientras tú quieras que siga aquí. Lo que no quiero es que me retengas cuando ya no signifique nada para ti.

—Sigues siendo importante para mí —le aseguró Christian—. De lo contrario, no te estaría pidiendo que fusionases tu mente con la mía. De todas formas, no quiero presionarte. Necesitarás tiempo para pensarlo...

—Ya lo he pensado —cortó ella; lo miró a los ojos—: Sí que quiero hacerlo.

Por una vez, Christian pareció quedarse sin palabras.

—Pero hay algo que me preocupa —señaló Victoria—. Tendrás acceso a todos mis recuerdos y mis sentimientos, y yo... hay una parte que prefiero que no conozcas, porque es privada. No por mí, sino porque esos recuerdos no me pertenecen a mí solamente.

—Jack —adivinó él.

—¿Está mal que ponga restricciones? —preguntó ella, preocupada.

—No. Por lo que sé, es habitual, de hecho. Se suele pedir a la otra persona que respete las habitaciones de la casa que corresponden a una relación anterior. La razón la has explicado tú muy bien: porque esos recuerdos no te pertenecen a ti solamente. No te inquietes por eso; no tengo el menor interés en saber los detalles de tu relación con Jack, eso es algo que solo os incumbe a vosotros dos.

—Bien —asintió Victoria; se acercó un poco más a él, con cierta timidez—. Entonces, no necesito pensarlo más. La respuesta es sí.

Trató de relajarse, pero le resultaba difícil. El corazón seguía palpitándole con fuerza, y su respiración era agitada e irregular, como si hubiese estado corriendo. A pesar de todo, no se movió. No apartó la mirada de los ojos de Christian, los ojos azules de Christian, que se clavaban en lo más hondo de su alma como un puñal de hielo, como la primera vez que él la había mirado.

«Tranquila», susurró él desde un rincón de su mente. «No tengas miedo».

Victoria alargó las manos, buscando las de él. Las encontró y las estrechó con fuerza, mientras su mirada seguía clavada en la de Christian, sin apartarse de ella ni un solo instante.

«¿Qué he de hacer?», pensó.

«Sigue mirándome a los ojos y trata de ver más allá. Estoy tendiendo un puente. Encuéntralo y atrévete a cruzarlo».

Victoria tragó saliva. Sentía que los hilos de la conciencia de Christian tejían una red cada vez más tupida en torno a su propia mente, pero ella misma seguía donde estaba. Se concentró en los ojos de Christian, dejó que la mirada de él la estremeciera entera, como había ocurrido en tiempos pasados. Si el shek estaba nervioso, desde luego no lo daba a entender, pues seguía mostrándose frío y sereno, como siempre. Pese a todo, esa era una de las cosas que más le gustaban de él.

Pronto, los iris de hielo de Christian fueron algo más. Victoria empezó a ver en ellos formas que se movían, como fantasmas, al otro lado. Fascinada, siguió mirando. Las figuras siguieron moviéndose, y entonces empezaron a girar, y Victoria sintió que había algo que tiraba de ella, como si la succionara hacia él. Dejó escapar una exclamación de alarma y quiso resistirse, pero entonces recordó por qué estaban haciendo aquello, y las palabras de Christian volvieron a resonar en su mente: «Encuentra el puente, y atrévete a cruzarlo».

Victoria respiró hondo y se dejó llevar. Y todo empezó a dar vueltas a su alrededor.

Se encontró de pronto en un espacio oscuro. Miró a su alrededor, asustada, pero la oscuridad era solo aparente. Pronto, todo se fue aclarando en torno a ella.

Se sintió abrumada ante lo que vio. Se hallaba en un mundo lleno de imágenes, de sonidos, de palabras... amplio y rico, inmenso y, pese a todo, cuidadosamente ordenado. Victoria se quedó donde estaba, maravillada. Centró su atención en la imagen más cercana y tiró de ella, y salió un retazo de recuerdo completo. Se vio a sí misma hablando con Christian, pero lo veía desde el punto de vista de Christian. Eso era extraño.

Ambos estaban en el apartamento de él, sentados en el sillón. Victoria llevaba la misma ropa, por lo que dedujo que era un recuerdo inmediatamente anterior. Le llegó el sonido de su propia voz: «Debería poder vivir con eso. Sé quién eres y lo que has hecho». Sonrió para sí.

Comprendió que estaba en el nivel más superficial de la conciencia de Christian, por lo que trató de moverse en aquel espacio. Lo consiguió con solo desearlo.

Durante un tiempo, no habría sabido decir cuánto, vagó por la mente de Christian, y entendió lo que había querido decir él al compararla con un castillo. No eran solo recuerdos lo que almacenaba allí, sino ideas, pensamientos, razonamientos... algunos tan complejos que a Victoria le costaba seguirlos. Todo estaba tan ordenado que a priori parecía sencillo moverse por allí; y, sin embargo, era tan enorme que daba la sensación de no terminarse nunca.

Topó por casualidad con algunos recuerdos y pensamientos acerca de Shizuko, y decidió no tocarlos; Christian no le había pedido que no lo hiciera, pero prefirió respetar su intimidad, de la misma forma que él iba a respetar la de ella.

Encontró también recuerdos relativos a Ashran. Aquel hombre inspiraba a Victoria un intenso terror, pero descubrió que para Christian había sido importante, y que lo había respetado hasta el final.

Halló pensamientos y recuerdos referentes a la etapa que había pasado en la Tierra. Vio a los idhunitas exiliados morir, uno tras otro, bajo su mirada de shek, y sintió un escalofrío, no tanto por sus muertes, sino por la indiferencia con la que estaban archivadas en la memoria de Christian. Dedicó un pensamiento a cada uno de ellos, víctimas de una guerra absurda, pero no fue capaz de sentir odio ni rencor, ni siquiera rechazo, hacia la persona que los había matado. Se preguntó si, de haber sido completamente humana, habría odiado a Christian por todo aquello. No podía saberlo.

En un nivel más profundo encontró los momentos dedicados a ella.

Revivir aquellas sensaciones desde el punto de vista de él, conocer los pensamientos que le había dedicado, la opinión que tenía Christian de ella, la emocionó y la hizo sentir mucho mejor. Después se vio a sí misma más joven, casi una niña, atrapada entre el filo de Haiass y el tronco de un árbol, aquella vez, la primera vez que se habían mirado a los ojos. Se sorprendió al ver la expresión que su propio rostro había mostrado entonces: sí, reflejaba miedo, pero también una profunda fascinación, y había un brillo de intensa emoción en el fondo de su mirada.

Lo había sospechado, pero nunca lo había sabido con certeza. Ahora, la evidencia la golpeaba con la fuerza de una maza.

Aquella noche, cuando él le había tendido la mano, cuando le había dicho «Ven conmigo»... ella ya estaba enamorada. Podía negárselo a sí misma todas las veces que quisiera, pero la forma en que había mirado al shek traicionaba el sentimiento que anidaba en su corazón.

Y aquel recuerdo era claro y vívido, lo cual indicaba que Christian lo había evocado muy a menudo, y lo guardaba como un tesoro en un rincón de su mente.

De haber estado unida a su cuerpo en aquel preciso instante, se habría ruborizado.

Siguió recorriendo aquella sección, arropada por los pensamientos y sentimientos de Christian con respecto a ella. Era una emoción agradable, pero no tan cálida como Victoria había imaginado. Incluso allí, en un nivel profundo de su conciencia, la implacable lógica del shek tendía a explicar y racionalizar todo lo que sentía. De esta manera, su amor por Victoria no era ardiente ni apasionado, pero, a cambio, poseía unas bases firmes y sólidas. Christian tenía razones para amarla; las había buscado durante años, las había encontrado, y sobre aquella lógica había dejado que crecieran sus sentimientos. Si alguien le preguntaba por qué hacía lo que hacía, podía encontrar una explicación, y eso reforzaba sus actos y lo reafirmaba en sus creencias.

Victoria siguió avanzando y dejó atrás aquella zona, con cierta pena. Inmediatamente después estaba todo lo relacionado con Jack, y era un odio tan oscuro, tan siniestro, que la joven sintió un escalofrío de terror. No obstante, aquel odio estaba rodeado de fuertes razonamientos lógicos que repetían una y otra vez los motivos por los que no debía atacar a Jack. Victoria observó, maravillada, cómo la mente del shek peleaba por mantener prisionero al instinto, por encadenarlo a su conciencia, por tener poder sobre él. Pero el instinto luchaba contra aquellas cadenas y amenazaba con nublar su mente. Victoria se alejó de allí, entristecida.

En un nivel aún más profundo, encontró imágenes de una mujer sin rostro y sin nombre. Supo que era la madre de Christian, y descubrió que no era que él no recordara los detalles; porque todo se queda en la mente, de una manera o de otra, y lo que nos hace olvidar es que no somos capaces de acceder a esos recuerdos. Pero en el caso de Christian, simplemente, los recuerdos no estaban. El rostro de su madre había sido borrado. Por más que se esforzase, no lograría recordarlo.

Siguió deambulando por allí, perdida en la compleja red de niveles de conciencia del shek. Aprendió muchísimo sobre él y sobre los sheks en general, a través de los recuerdos del tiempo que Christian había pasado con ellos. Entendió algunas cosas que antes habían sido un misterio, y comprobó, con alegría, que al hacerlo no disminuía la fascinación que sentía hacia Christian; al contrario: seguía admirándolo y amándolo intensamente, y cuanto mejor lo conocía, más lo amaba.

Se preguntó entonces qué estaría encontrando el shek en su mente, y por un momento tuvo miedo de que él no viera nada grande ni hermoso en ella, sino... algo sencillo y pequeño, como una choza, como decía él. Ante aquel pensamiento, algo tiró de ella, y comprendió que, si deseaba regresar, lo haría de inmediato, por lo que se esforzó en pensar en otra cosa, y siguió recorriendo las galerías de la conciencia de Christian, perdiéndose en el inmenso entramado de su mente.

Christian, por su parte, no se estaba moviendo. Se había quedado exactamente en el mismo lugar.

Había examinado otras veces la mente de Victoria, había intuido lo que podía encontrar allí, pero sus suposiciones no tenían nada que ver con la realidad.

Siempre le había parecido que la conciencia de la muchacha era simple, sencilla, porque era fácil ver todo lo que pensaba. Ahora que estaba dentro, se daba cuenta de que era mucho más compleja de lo que había supuesto. Lo que ocurría era, sencillamente, que los niveles de su mente eran tan luminosos y transparentes que podía contemplarlos todos a la vez. Así, si la mente humana era una choza y la de un shek era un castillo, la mente de Victoria era como un bellísimo palacio de cristal, muy pequeño en comparación con su propia mente, pero puro y diáfano. Y todos los recovecos de su conciencia mostraban un delicado entramado de pensamientos, sutil como la luz de las lunas, brillante como una gema irisada.

Christian dedicó un largo rato a contemplar la mente de Victoria desde allí. Sin necesidad de desplazarse, era capaz de alcanzar a la vez varios niveles de su conciencia, admirando las filigranas que formaban sus ideas, sus recuerdos, sus sueños. Tenía miedo de entrometerse en los niveles más profundos: temía estropear algo. Pero, finalmente, su curiosidad fue más fuerte, y su conciencia recorrió la mente de Victoria con cuidado. Se aproximó a sus pensamientos, a sus anhelos más secretos, a sus recuerdos más preciados. Descubrió a la Victoria oculta, la muchacha que habitaba en un recoveco de su propia conciencia, un lugar no impregnado por el amor que sentía hacia Jack y Christian. Un lugar solo para ella.

Christian encontró allí a Victoria, simple y pura, solamente ella misma; y le gustó.

No se quedó mucho tiempo allí, sin embargo. No quería perturbar con su presencia aquel lugar secreto, que le pertenecía solamente a ella. Evitando cuidadosamente las zonas por donde vagaban pensamientos y sentimientos dedicados a Jack, Christian siguió explorando la mente de la muchacha, admirando los arcos cristalinos que sostenían su conciencia. Y entonces entendió por qué le parecía tan hermoso.

La mente de Victoria era delicada y transparente, como el cristal... como el hielo.

Poco a poco, ambos regresaron a sus propios cuerpos... a sus respectivas mentes. Permanecieron un largo rato en silencio, asimilando todo lo que habían experimentado, acostumbrándose de nuevo a ser ellos mismos. Victoria apoyó la cabeza en el pecho de Christian, con un breve sollozo de emoción. Él la rodeó con los brazos, cerró los ojos y reposó los labios sobre su pelo.

Ninguno de los dos habló. Estaban demasiado extasiados; aquel momento era demasiado mágico como para estropearlo con palabras.

«Si es así, llámame», había dicho el shek. «Y acudiré a tu lado».

Shizuko lo había hecho, pero en el fondo de su corazón dudaba que él respondiese a su llamada. Había cumplido con lo que se esperaba de él y debía de saber ya que estaba en peligro. Era lógico que se refugiase en su usshak y no volviera a salir de allí, al menos hasta que estuvieran tan ocupados con otras cosas que se olvidaran de él.

Esa era la conducta más lógica, más racional. Si él actuara así, Shizuko lo entendería.

Y, no obstante, algo en ella se estremecía de angustia ante la posibilidad de no volver a verlo.

Por eso, cuando Christian apareció de nuevo en el balcón de su apartamento, Shizuko se sintió aliviada, aunque no lo demostró.

«De nuevo te haces de rogar», comentó con suavidad al verlo. Había estado tendida en la cama, tratando de dormir, sin conseguirlo, cuando la presencia del híbrido en la terraza había reclamado su atención. Se había puesto una bata de seda azul, una de las pocas cosas que conservaba de la verdadera Shizuko, porque el tacto suave y ligero de aquella prenda le resultaba agradable, y había salido para encontrarse con él.

Christian no se movió. Estaba apoyado en el antepecho, sereno y frío, como de costumbre.

«He estado ocupado», dijo.

«Y otra vez corres un gran riesgo. Eres consciente de ello, ¿no es así?».

«Sí, lo sé. Pero dije que acudiría a tu llamada, y suelo cumplir mi palabra».

«¿Sientes curiosidad?».

«En parte. Me has citado aquí, lo que significa que no vas a matarme. Doy por supuesto que una ejecución debería llevarse a cabo delante de testigos».

«Todavía no voy a matarte», respondió Shizuko. «Espero no tener que hacerlo, en realidad».

«Eso significa que Gerde aún quiere algo más de mí. También yo espero que lo que vas a pedirme no te obligue a matarme. No solo por mí, sino también por ti. Si yo me negase, te enfrentarías a un dilema interesante».

«¿Tú crees?».

«Elegir entre lo que quieres hacer y lo que debes hacer. Entre los sentimientos y la razón. Oh, sé de qué estoy hablando. Es algo que puede cambiar tu vida puesto que, una vez decides, ya no hay marcha atrás».

«Tal vez. Pero no quiero tener que llegar a eso. Todo depende de ti».

«Puede ser. Aunque el hecho de que admitas esa posibilidad implica que tu voluntad ya no te pertenece solamente a ti. Y eso significa que ya sabes que lo que te conté acerca de Gerde es cierto».

«Sí», respondió Shizuko, y aquel pensamiento estaba más teñido de temor y de respeto reverencial que de afirmación. «Pero ¿cómo es posible?».

Christian inclinó la cabeza.

«Llevo ya tiempo tratando de comprender las razones de los dioses, pero aún no sé a ciencia cierta a qué están jugando, ni qué sentido tiene la guerra que llevan librando desde el principio de los tiempos, y que ha implicado a tantas criaturas a lo largo de los siglos. Lo único que sé es que el Séptimo no es como los otros Seis. Porque el Séptimo adopta identidades mortales, y los Seis, no. No sé qué significa esto».

«Significa que el Séptimo está mucho más cerca de sus criaturas que cualquier otro dios...».

«... para bien o para mal», pensaron ambos a la vez.

Quedaron un momento en silencio, mientras desenredaban sus pensamientos enlazados, con suavidad.

«¿Qué es lo que te ha pedido Gerde?», quiso saber entonces Christian.

«Nada que no puedas cumplir, o al menos, eso creo. Lo cual me hace pensar que no quiere perderte. Y eso significa que puede que tengas una oportunidad de regresar con nosotros. A pesar del desastre que has causado a los sheks, si ella me da motivos para perdonarte, podré hacerlo en nombre de todos los sheks».

Christian dejó que fluyera hasta ella un breve pensamiento de amargo escepticismo.

«Perdimos un mundo por tu culpa», dijo Shizuko. «Pero, si nos ayudas a conquistar otro, tal vez queden perdonadas antiguas ofensas».

«Perdonadas», repitió Christian. «No olvidadas».

«Por algo se empieza. Lo que te ha pedido es poca cosa, no obstante, así que imagino que con el tiempo tendrás que realizar tareas más importantes. Pero, de momento, solo tienes que traerme a la muchacha».

«¿A Victoria? Lo siento, no puedo hacerlo».

«Ella dijo que dirías eso», comentó Shizuko; no había rencor ni amargura en sus palabras. «Me pidió que especificara que no quiere hacerle daño. Solo quiere verla, y me dijo que te prometiera que no le pasará nada. Lo único que has de hacer es conducirla hasta la ventana interdimensional para que Gerde la vea. Desde Idhún no puede tocarla, y yo me ocuparé de que no la dañe ningún shek, puesto que tan importante es para ti. Después, podrás llevártela de vuelta a tu usshak».

«Mi respuesta sigue siendo no. Y no es porque no confíe en ti. Es que no me fío de ella».

340

«Si te niegas, Kirtash, tendremos que matarte. Y no quiero hacerlo».

«Pues no puedo complacerte».

Cruzaron una larga y dolorosa mirada.

«Es una conducta irracional, Kirtash», le reprochó ella. «Sabes perfectamente por qué quiere verla. Si te niegas a mostrársela, estarás confirmando sus sospechas. De modo que de todas formas le estás diciendo a Gerde lo que quiere saber».

«Lo sé. Y precisamente por eso no puedo llevarla ante ella».

Shizuko no contestó. Los dos permanecieron en silencio un largo rato, un silencio oscuro y lleno de incertidumbre, hasta que ella dijo:

«Pasado mañana, al amanecer, nos encontraremos junto a la ventana interdimensional. Trae a la chica. Y si no vas a traerla... mejor será que no vuelvas. Por tu bien».

Christian no dijo nada.

«Puede que no sea yo la que se encuentre ante un dilema», señaló Shizuko con calma. «Puede que seas tú el que tenga que decidir si desea volver a ser uno de nosotros. Y el shek que habita en ti, y que yo puedo ver debajo de ese frágil disfraz humano, desea regresar a la red, lo desea con toda su alma. Así que deberás decidir a quién prefieres rendir lealtad. Aunque, en el fondo de tu corazón... lo sabes».

Christian le dirigió una larga mirada.

«Nos veremos dentro de dos días», dijo solamente. «En Hokkaido».

Después, desapareció en la noche, apenas una sombra sutil recortada contra las luces de Tokio; y Shizuko se quedó sola en el balcón, mientras la brisa revolvía su cabello y enfriaba agradablemente su piel humana. Sin embargo, ella se envolvió más en su bata, inquieta. Por una vez, el calor le resultaba reconfortante.

Encontró a Victoria sentada en el sofá, leyendo unos folios, abstraída. Había olvidado sobre la mesita un sándwich a medio comer. Cuando la sombra de Christian le tapó la luz, Victoria alzó la cabeza, sobresaltada.

–No te había oído llegar –sonrió.

Los dos cruzaron una mirada llena de entendimiento y complicidad. Se sentían más unidos que nunca, y les gustaba aquella sensación.

Christian se sentó a su lado y señaló la carpeta que descansaba sobre sus rodillas.

–Veo que por fin te has decidido –comentó.

El rostro de Victoria se ensombreció.

–Después de todo lo que he aprendido sobre ti, no me gustaba pensar en lo poco que sabía acerca de mí misma. Por otra parte, tú ya conocías toda esta información. Podía haber topado con ella en cualquier momento, mientras exploraba tu mente. Si no lo hice, es porque tu mente es demasiado grande como para conocerla por entero en tan poco tiempo –añadió, con una sonrisa y un leve rubor en las mejillas–. Pero podría haberme enterado de todo esto por casualidad, así que no tenía sentido que siguiera dándole la espalda.

–Sé de qué tenías miedo –dijo Christian con cierta dulzura–. Es parte de tu historia como humana. Y hace tiempo que ya no deseas ser humana.

Victoria sacudió la cabeza.

–Estuve débil; lo pasé muy mal. Es demasiado reciente como para que lo haya olvidado o quiera volver a pasar por ello.

–Y, no obstante, es nuestro cuerpo humano lo que nos permite estar juntos... amarnos. No sé si deberías rechazar esa parte humana tan a la ligera.

–¿De veras? –Victoria sonrió sin alegría–. No hace tanto que todos pensamos que me había vuelto del todo humana. Aún recuerdo la decepción en tus ojos, y en los de Jack. Mi parte humana no te gusta, Christian. De hecho, si fuese completamente humana, no habríamos podido compartir anoche lo que compartimos tú y yo. Habríamos mantenido una relación física que, por muy importante que pudiera ser para mí, para ti no habría sido suficiente. ¿Me equivoco?

–No. Pero no eres solo humana, Victoria, y ahí está la clave. De hecho, ni siquiera eras solo humana cuando eras un bebé.

Victoria entendió por qué lo decía. Bajó la mirada hacia las hojas que había estado leyendo.

–¿Fue por eso? –preguntó en voz baja–. ¿Por eso yo sobreviví al accidente, y mis padres no?

Christian asintió.

Y, lo quisiera o no, Victoria sintió que tenía un nudo en la garganta. Lo cierto era que aquella historia la había conmovido profundamente. Y aunque aún no sabía cómo se las había arreglado Christian para averiguar todo aquello, de pronto se dio cuenta de que no le importaba.

Allí, en las hojas que contenía aquella carpeta, el shek había anotado tiempo atrás los detalles sobre su origen, detalles que Allegra jamás había llegado a contarle. Así, Victoria se había enterado de que, aunque había nacido en España, sus raíces estaban en otra parte. Sus padres, Germán y Miranda, habían emigrado desde Argentina poco antes de venir ella al mundo. Habían tratado de abrirse paso en el país que los había acogido, un poco a regañadientes, con el trabajo de él como albañil, y de ella como camarera en una cafetería. Al nacer Victoria, Miranda había tenido que abandonar su trabajo, y la familia había pasado estrecheces. Sin embargo, apenas unos meses más tarde, todo había terminado en tragedia, con un brutal accidente de tráfico. Los padres de Victoria habían fallecido en el acto, pero ella no había sufrido ni un rasguño.

—¿Por qué no me llevaron de vuelta a Argentina? —murmuró Victoria—. ¿Mis padres no tenían familia allí?

—También yo me lo pregunté —respondió Christian—. Por lo visto, la familia de tu madre no aprobaba su relación con tu padre. Se marcharon a España, buscando iniciar una nueva vida juntos, y cortaron los lazos con su país. Tal vez los habrían retomado con el tiempo... si hubiesen tenido ocasión. Ni siquiera dijeron que habían tenido un bebé, así que las autoridades correspondientes no supieron muy bien qué hacer contigo. Tus abuelos no sabían ni que existías.

—Y terminé en un orfanato —dijo ella, un poco perpleja.

—Terminaste en casa de Aile Alhenai, una de las más poderosas hechiceras de Idhún. Te encontró en Madrid, pero me temo que te habría encontrado de todas formas, aunque te hubieses ocultado en el lugar más remoto del mundo.

—Me encontró antes que tú —señaló Victoria, alzando sus grandes ojos hacia él—. Y tú sabías quién era ella antes de que yo me enterase. Siempre pareces saberlo todo.

—Todo, no. Pero sí muchas cosas. Supe quién era ella y le perdoné la vida porque te protegía. Y ese fue un grave error por mi parte.

Victoria lo miró, perpleja.

—¿Estás diciendo que deberías haber matado a mi abuela entonces?

—Cuatrocientos veintisiete sheks —dijo Christian solamente.

Victoria enmudeció.

343

Cuatrocientos veintisiete sheks habían matado Qaydar y Allegra en la batalla de Awa. Con un solo hechizo combinado, aprovechándose del punto débil de las serpientes aladas: el fuego.

–Cumplí con mi deber –añadió Christian–. Con eficacia y exactitud, durante cinco años. Y entonces empecé a fallar. Me juré a mí mismo que te protegería, pero a menudo pienso que debería haber matado a todos los demás. Al dragón que acabó con el imperio de los sheks. Al mago que lideró el ataque a la Torre de Drackwen. Al guerrero que reconquistó Nurgon. A la hechicera que acabó con cuatrocientos veintisiete de los míos. Maté a todos los renegados, menos a cuatro, y cada uno de ellos, a su manera, fue fatal para los sheks.

–Si te hubiese acompañado entonces –murmuró Victoria–, cuando me tendiste la mano, nos habríamos ahorrado todo esto.

Christian guardó silencio durante un rato. Después dijo:

–No estoy seguro de eso. ¿O es que crees acaso que Jack no habría luchado por recuperarte?

Victoria no dijo nada. Christian la miró intensamente.

–Y, no obstante, me diste la mano aquella noche –dijo con suavidad–. Muchas veces me he preguntado por qué, pero ayer, mientras recorría tu mente, lo supe.

–¿Qué es lo que supiste?

–Que tú y yo estamos hechos de lo mismo, en parte. Los unicornios, Victoria, no son enemigos de los sheks. Nunca lo han sido. Una vez te dije que tú y yo no éramos tan diferentes, pero hasta ayer no supe hasta qué punto tenía razón.

–¿Qué quieres decir? –preguntó Victoria, cada vez más intrigada.

Pero Christian solo la miró y sonrió enigmáticamente.

–Hielo y cristal –fue lo único que dijo.

XII

LA IRA DE NELIAM

PUERTO Esmeralda estaba construido sobre un altísimo acantilado, y protegido por una enorme muralla que lo separaba del mar; una muralla que a Jack, cuando la vio, le recordó a una mandíbula de largos y afilados colmillos. Esto se debía a sus grandes torres cónicas, terminadas en pequeñas plataformas que parecían lugares estratégicos para observar el mar. Más tarde sabría que en lo alto de cada una de las torres se situaba un gran cuerno que solía sonar cuando subía y bajaba la marea. Los encargados de otear el horizonte desde allí y de hacer sonar el cuerno, con niebla, viento o lluvia, recibían el nombre de Vigilantes de las Mareas.

Jack planeó un instante sobre Puerto Esmeralda, admirando la impresionante cascada que formaba el río Adir al caer en picada desde lo alto del acantilado, por una compuerta abierta en la muralla.

—¡Aterriza en las afueras de la ciudad! —le gritó Shail—. ¡Estás llamando mucho la atención!

—¿Por qué se llama Puerto Esmeralda? —preguntó Jack a su vez, intrigado—. ¿Dónde están los barcos?

Por la forma en que estaba construida, daba la sensación de que la ciudad se defendía del mar con uñas y dientes, en lugar de estar abierta a él.

A sus oídos llegó la alegre risa de Shail.

—Te lo enseñaré cuando bajemos —le respondió.

Aterrizaron junto al río, lejos de las murallas. Jack se transformó inmediatamente en humano, puesto que no lejos de allí había un camino que llevaba directamente a las puertas de la ciudad. También Alexander deseaba pasar inadvertido. Se echó una capa sobre los hombros y se cubrió la cabeza con una capucha. Y así, una vez listos, se encaminaron a la ciudad.

Las puertas de Puerto Esmeralda estaban abiertas de par en par, aunque todos los que entraban en la ciudad, ya fuese en carro, a caballo o andando, tenían que dar su nombre y el motivo de su visita a los guardias de la ciudad. No obstante, mientras estaban en la cola, Jack comprobó que la mayor parte de la gente entraba sin cumplir aquella formalidad; por lo visto, casi todos eran vecinos de Puerto Esmeralda, o bien solían visitarla a menudo, puesto que los guardias ya los conocían. Se estaba preguntando qué tenía pensado decir Shail, y cómo debían actuar en el caso de que los guardias reconociesen a Alexander, cuando uno de ellos los saludó enérgicamente.

–¡Eh! –exclamó–. ¡Cuánto tiempo sin verte, Fesbak!

Ante su sorpresa, Shail respondió:

–¡Lo mismo digo, Estrik! ¡Veo que sigues en la puerta!

–¡Ya ves! –bromeó el guardia–. No abandono la esperanza de que algún día me dejen entrar.

Shail rió, de buen humor. Jack lo miró, perplejo.

–¿Cómo te ha llamado?

–Fesbak. Es el apellido de mi familia. Lo cierto es que somos tantos hermanos que la gente que nos conoce tiene problemas para recordar los nombres de todos, así que suelen llamarnos así.

–¿Familia? –repitió Jack–. ¿Quieres decir que viven aquí?

–*Somos* de aquí –corrigió Shail–. Mi padre, mi madre y mis hermanos y hermanas. Por no hablar de mis tíos, primos... Si la ciudad no fuera tan grande, la mitad de sus vecinos estarían emparentados con nosotros.

Jack sonrió, aún un poco sorprendido. Nunca se le había ocurrido que Shail pudiera tener familia... Pero, si se paraba a pensarlo, lo cierto era que nunca le había preguntado al respecto.

Llegaron junto a los guardias, pero Estrik no mostró mucho interés en saber quiénes eran los acompañantes de Shail, y qué asuntos los traían a la ciudad. Por el contrario, estuvo un buen rato hablando con Shail acerca de lo que había sucedido en Nandelt en los últimos años. Dio por sentado que el mago había permanecido encerrado en la Torre de Kazlunn desde el día de la conjunción astral, como la mayoría de los hechiceros de Idhún. Shail no lo desmintió.

–Me alegra ver que sobreviviste al ataque de los sheks –comentó Estrik–. Y veo que el encierro te ha sentado estupendamente. Aún pareces un chaval, y eso que han pasado casi veinte años desde la última vez que te vi.

—Cosas de magos —respondió Shail, evasivo—. Ya sabes, hechizos rejuvenecedores y esas cosas.

—Ya verás cuando te vea tu madre. Y a tus hermanos no los vas a reconocer, especialmente a los pequeños.

La sonrisa de Shail se desvaneció. Jack podía comprender cómo se sentía. Desde el día en que había viajado a la Tierra por primera vez, para él habían transcurrido solo siete años. Siete años, que habían sido casi dos décadas en Idhún. No había visto a su familia en todo aquel tiempo. Los más jóvenes ya debían de ser hombres. Sus hermanos pequeños serían ahora mayores que él.

—Vamos —lo apremió Alexander, empujándolo suavemente—. Hay cola.

Shail se despidió de Estrik y siguió avanzando, aún un tanto turbado.

Momentos después, los tres cruzaban el arco de entrada a la ciudad y se perdían en sus laberínticas callejas.

Desde dentro, Puerto Esmeralda seguía sin dar la sensación de ser una ciudad marítima. Las calles eran pequeñas y estrechas, y las casas, muy bajas, de dos pisos como máximo. La sombra de la muralla lo cubría todo, como si quisiera proteger a sus habitantes de los peligros del océano.

Recorrieron las calles de Puerto Esmeralda, envueltos en una niebla húmeda y pegajosa. El sonido de los cuernos llenaba sus oídos como un lamento lúgubre. Todo ello, unido al hecho de que la ciudad parecía estar desierta, contribuía a darle un cierto aspecto fantasmal.

—¿Dónde está todo el mundo? —preguntó Jack.

—En el puerto —respondió Shail—. Hay marea baja, pero está subiendo. Pronto regresarán los barcos.

—¡El puerto! —repitió el chico, desconcertado—. ¿Y se puede saber dónde lo escondéis? ¡Aún no he visto ni un solo barco!

Shail sonrió, y señaló una arcada baja al fondo de una calle sin salida. Jack había visto antes aquellos arcos, decorados con motivos marinos, que cubrían escaleras descendentes. Le habían recordado a las estaciones de metro de la Tierra, aunque había supuesto que conducían a sótanos o bodegas.

—¿Bajo tierra? ¿Tenéis un puerto subterráneo?

—Casi. Te lo mostraré más tarde, si quieres. Ahora será mejor que busquemos un sitio donde alojarnos.

Un rato después llegaban a una casa de dos pisos, un poco más grande que las demás. Tenía dos dependencias: un edificio más estrecho, el cual se abría a la calle a través de una enorme puerta ancha en forma de arco, que conducía a una tienda, y otro más amplio, adosado al primero, que parecía un almacén.

Salió a recibirlos una mujer de unos cuarenta años, enérgica y vivaz, de amplia sonrisa y alegres ojos castaños. A Jack le resultó familiar.

—¡Bienvenidos a nuestro almacén de productos traídos de todo Idhún! —los saludó—. ¿En qué puedo ayudaros?

Shail se quedó mirándola, con un brillo de emoción en los ojos.

—¿Madre? —pudo decir.

Pero la mujer lo miró sin reconocerlo.

—Ten por seguro que, si hubiese tenido un hijo tan guapo como tú, lo recordaría —bromeó—. ¿A quién buscabas, hechicero?

Shail se sobrepuso, y la miró mejor.

—¡Inisha! Cómo... quiero decir... ha pasado mucho tiempo, y has cambiado. Te pareces mucho a nuestra madre.

Ella lo observó con atención.

—Bendita Irial —susurró—. ¿Shail?

Corrió a su encuentro, y los dos se abrazaron con cariño. Inisha se separó de él para volver a mirarlo.

—Pero... ¿dónde has estado todo este tiempo? ¿Y qué te has hecho? ¡Si tú y yo teníamos casi la misma edad!

Shail se mostró un poco avergonzado.

—Lo siento. Cosas de la magia —mintió.

Su hermana volvió a abrazarlo, esta vez con más energía.

—¡Ha pasado tanto tiempo...! ¿Tienes idea de todo lo que ha sucedido aquí? Pero no te quedes en la puerta. Tú y tus amigos sois bienvenidos.

Jack le dedicó una amplia sonrisa. Alexander, sin embargo, permanecía quieto, con gesto serio y sombrío. Shail lo vio, y entendió que se estaba acordando de su propio hermano, muerto en la batalla de Awa. Por fortuna, Inisha seguía hablando sin parar, por lo que pronto distrajo a Alexander de sus tristes pensamientos.

Alcanzaron el puerto de Dagledu al atardecer.

El viaje no había sido largo, pero a Zaisei se lo había parecido. Las primeras horas en el interior de la cápsula las había pasado durmiendo, envuelta en su capa, mecida por las olas; ni siquiera los ocasionales gorjeos de los lamus que tiraban del vehículo habían logrado despertarla de su profundo sopor. Solo una sacudida de la cápsula, provocada por el oleaje, la arrancó del sueño. Al despejarse, la joven comprobó que el pequeño bote se balanceaba más de lo normal. Tratando de mantener el equilibrio, se puso en pie y abrió la puerta superior para asomarse al exterior.

La recibieron un día luminoso, una extensión infinita de mar azul y una salpicadura de agua en plena cara. Lanzó una exclamación de sorpresa. Uno de los lamus se volvió hacia ella y dejó escapar un sonido parecido a una risa. Zaisei sonrió.

Con todo, se sintió inquieta. De día, la inmensidad del océano dejaba todavía más patente la fragilidad de su pequeño bote y, además, había algo de oleaje, aunque no soplaba ni una brizna de viento. Buscó con la mirada a Gaedalu, y la vio, nadando al frente de los lamus, que la seguían con devoción, apenas una forma plateada bajo las olas.

Zaisei quiso llamarla, pero sabía que no la oiría. De todas formas, el haber comprobado que seguía allí bastó para tranquilizarla un poco. Volvió a cerrar la puerta y trató de acomodarse en el interior de la cápsula.

Descubrió entonces que el movimiento del vehículo había hecho volcar la bolsa impermeable de Gaedalu, y esta se había abierto. Asomaba de ella el canto de un antiguo libro que Zaisei reconoció de inmediato: era el volumen extraído de la biblioteca de Rhyrr.

Lo cogió para asegurarse. Descubrió la marca del pájaro en el lomo, propia de los encuadernadores de la biblioteca celeste. Ya no cabía duda: la Madre no se había llevado aquel libro por error o por descuido.

Intrigada, Zaisei lo abrió, en busca de la información que Gaedalu consideraba tan importante. Comprobó que era un antiguo libro de historia. No obstante, la varu había dejado una marca entre dos páginas, y Zaisei leyó con curiosidad lo que ponía en ellas.

No le pareció tan interesante. El autor no mencionaba a los sheks, como había creído, sino que dedicaba todo el capítulo a comentar distintos fenómenos atmosféricos poco comunes. En los párrafos señalados por Gaedalu hablaba de la Piedra de Erea, una roca que había caído del cielo, muchos milenios atrás, después de que las lunas se oscurecieran durante varios días. El libro afirmaba que varios mitos de distintas razas corroboraban aquella historia, pero que, no obstante, nadie había encontrado nunca la roca cósmica.

«Probablemente», añadía, «si es cierto que esa gran Piedra de Erea existió, debió de caer en el mar».

Zaisei cerró el libro de golpe.

Tardó un poco en asimilar lo que había descubierto. ¿Quería decir aquello que Gaedalu regresaba al Reino Oceánico en busca de la Piedra de Erea, aquella que había caído del cielo en tiempos remotos? ¿Era posible que los varu supieran dónde se encontraba, y que el autor del libro no hubiera sido consciente de ello? Pero ¿qué importancia tenía aquella Piedra de Erea, y cuál era su relación con los sheks?

Siguió examinando el libro, pero no encontró ninguna otra cosa de interés. Finalmente, lo devolvió a la bolsa de Gaedalu y, a falta de otra cosa mejor que hacer, se recostó sobre las tablas y esperó.

Declinaba ya el segundo de los soles cuando los lamus aminoraron la marcha. Zaisei lo notó, y volvió a asomarse por la escotilla superior.

Entonces vio el puerto a lo lejos: un enorme poste que se alzaba hacia las alturas, rematado por una gran plataforma circular. Esta estaba demasiado elevada como para que pudieran alcanzarla, pero Zaisei sabía que estaba situada allí porque muchos barcos llegaban con la marea alta. Pero el enorme mástil tenía otra plataforma, situada por debajo del nivel del mar, que salía a la superficie con la marea baja. Zaisei calculó que no tardaría en hacerse visible.

En efecto; para cuando alcanzaron el altísimo poste, el nivel del mar había descendido un poco más, y la plataforma más baja emergía entre las olas. Zaisei contempló con curiosidad cómo Gaedalu asomaba la cabeza fuera del agua y ataba la cápsula a la baranda de la plataforma. Los lamus se arremolinaban en torno a ella, dejando escapar grititos excitados. La varu rebuscó en la bolsa que llevaba colgada al cinto y sacó pescados para todos. Después los soltó, uno por uno. Al último lo retuvo un momento más entre sus brazos. La criatura la miró, con los ojos muy abiertos, como si estuviera escuchándola atentamente. Después, se sumergió con rapidez.

«Pronto vendrán a buscarnos», dijo Gaedalu.

Ayudó a Zaisei a bajar de la cápsula y a poner los pies sobre la plataforma del puerto. Entre las dos bajaron las pocas bolsas que habían traído. Estaban terminando cuando Zaisei advirtió unas burbujas en el agua, cerca de ellas. Momentos después, tres varu emergían entre las olas.

«Bienvenidas», saludó uno de ellos. «Madre Venerable, es un honor». Gaedalu inclinó la cabeza.

«Y es un placer para mí estar de vuelta en casa. Lamento haber venido sin avisar. Espero que no haya problemas en alojar a mi acompañante».

«En absoluto. La Casa de Huéspedes está vacía en estos momentos. El viejo Bluganu no tiene mucho que hacer».

Zaisei observaba a los otros dos varu, que se habían sumergido de nuevo, y ahora aparecían con algo similar a una burbuja gigantesca. En su interior había espacio para un par de personas. La empujaron hasta la plataforma y la situaron enfrente de Gaedalu. La Madre se mojó las manos en el agua y después las introdujo en la burbuja, atravesándola limpiamente, sin hacerla estallar; entonces las separó, como quien abre una cortina, y las mantuvo así, formando una abertura en la pared de la burbuja.

«Entra», le dijo a Zaisei.

Ella dudó un momento, pero finalmente cargó con las bolsas y se introdujo en la burbuja. Cuando Gaedalu apartó las manos, la esfera se cerró de nuevo. Zaisei quedaba encerrada en ella, y al principio sintió un breve acceso de vértigo. Pero la burbuja se mecía agradablemente, y los varu estaban tranquilos y serenos, por lo que la celeste terminó por calmarse también.

«Cuidaremos del bote hasta vuestra partida», dijo uno de los varu. Zaisei asintió, sin una palabra.

Gaedalu fue la primera en sumergirse. Los otros dos varu la siguieron, remolcando tras ellos la burbuja de Zaisei. El tercero se quedó en la plataforma, con la cápsula.

La joven celeste se acurrucó en el fondo de su burbuja, mientras esta se hundía más y más en las profundidades. Trató de dominar su miedo. Aunque sabía que era un transporte seguro, no podía evitar sentirse inquieta. La voz telepática de uno de los varu llenó su mente.

«Te dolerán un poco los oídos», le dijo. «Es normal. Pero si te duelen mucho, haznos una señal: iremos más despacio».

Zaisei asintió.

Un rato después llegaron a Dagledu, la capital del Reino Oceánico. Desde arriba era difícil verla, porque los edificios estaban cubiertos de algas y corales, y parecían parte del suelo marino. No había calles propiamente dichas; no era necesario, puesto que los varu nadaban entre las casas sin poner los pies en el suelo. Los edificios tampoco tenían puertas, sino ventanas, y estaban construidos en varias alturas, separadas por pequeños tejadillos recubiertos con algas de colores variados; también los peces, que vagaban de un lado para otro, solos o en grupo, presentaban tal gama de formas y colores que hacían de Dagledu una explosión de vida y color. Zaisei se preguntó cómo era posible que en aquel frío y silencioso mundo pudiera existir tanta belleza.

«Es hermoso, ¿verdad?», le preguntó Gaedalu, que nadaba junto a ella.

Zaisei no podía hablar, pero pensó que sí. Y Gaedalu captó aquel pensamiento y sonrió.

«Temía que los sheks hubiesen causado daños graves cuando atacaron la ciudad hace dos años», dijo. «Pero mis sospechas eran ciertas. Algo los hizo retirarse, algo que no habían previsto. Algo que encontraron aquí abajo y que no les gustó en absoluto».

Gaedalu no dijo más, pero no hizo falta. Zaisei ya había encajado todas las piezas.

Los hermanos fueron regresando a casa a la hora de la cena. Para entonces, algunos ya sabían que Shail estaba allí. Llegaron a ser siete en el salón, contándolos a ellos, y Jack descubrió que aún faltaba gente, cuando Shail preguntó:

–¿Dónde están los demás? ¿Arsha, Inko, Gaben y Fada? ¿Y papá y mamá?

–Inko y Fada encontraron pareja y formaron una familia, y no viven ya en casa –informó Inisha–. Pero he mandado a alguien a avisarlos de que pasen con los niños en cuanto puedan. Y Gaben... se unió al ejército de los rebeldes cuando nos invadieron las serpientes, y jamás volvió.

Shail bajó la cabeza, con el corazón en un puño.

–Siempre fue muy impulsivo.

–Sí –asintió Inisha, con pesar–. En cuanto a Arsha y nuestra madre, deben de estar al llegar. Han ido al puerto a supervisar los cargamentos de los barcos que zarparán mañana. Mamá se toma muy en serio el control de las mercancías.

Shail sonrió a su vez.

—¿Y qué dice papá al respecto?

Hubo un pesado silencio.

—Papá no dice nada —respondió entonces uno de los hermanos, en voz baja—. Se lo llevó el mar hace doce años.

Shail palideció y tragó saliva. Tenía un nudo en la garganta.

—No sabía nada.

En aquel momento, no obstante, llegaron Arsha y la madre de Shail. Hubo cierto revuelo, muchas explicaciones, besos y abrazos... y lágrimas en los ojos de la mujer cuando estrechó contra su pecho al hijo que creía perdido.

Después, ante un plato de sopa, la familia se puso al día. Había muchas cosas que contar.

Jack escuchaba la conversación sin intervenir, con sana envidia. Él nunca había tenido hermanos, y Ashran y los suyos se habían encargado de que ya no tuviera padres tampoco.

La familia de Shail era simpática y agradable, como él mismo. Se enteró de que no eran pescadores, sino comerciantes. El almacén de los Fesbak acumulaba objetos traídos de todas partes de Idhún: cestería de Shur-Ikail, cerámica de Vanissar, telas de Celestia, hierbas y plantas de Awa, ingenios de Raheld, armas de Dingra... Comerciaban con el Reino Oceánico por mar, y con el resto del continente por tierra. Eran una familia próspera que, sin nadar en la abundancia, se desenvolvía bien, y que había desarrollado su actividad sin muchos problemas bajo el imperio de Ashran. Entre todos llevaban todo el negocio, repartiéndoselo por secciones. Por lo visto, la madre de Shail insistía en supervisar personalmente los envíos por vía marítima. El mar siempre había sido la gran pasión del padre de Shail, de quien se decía que los dioses se habían equivocado al hacerlo humano, pues debería haber nacido varu; y, por alguna razón, la madre sentía que debía tomar su relevo.

Shail se había separado de su familia cuando un unicornio le había entregado la magia, siendo apenas un niño. Poco después había sido enviado a la Torre de Kazlunn.

No obstante, viéndolos juntos, en torno a la mesa, hablando de todas las cosas que habían pasado en su ausencia, a Jack no le pareció que aquello hubiera supuesto un verdadero distanciamiento. A pesar de que hacía tanto tiempo que no se veían.

Sonrió cuando alguien le preguntó a Shail si ya tenía pareja, y él enrojeció levemente. Sus hermanas no pararon hasta que él les habló de Zaisei, y se mostraron sorprendidas al saber que era una celeste. Sin embargo, enseguida insistieron en que querían conocerla.

Jack pensó en Victoria.

Pensaba en ella muy a menudo, pero especialmente por las noches. Durante el día se mantenía ocupado para distraerse, entre otras cosas porque la echaba mucho de menos. Pero de noche, poco antes de dormir, cuando el silencio se cerraba sobre él, la memoria le jugaba malas pasadas.

Volvió a la realidad cuando Alexander le dio un codazo. Entonces se dio cuenta de que todos lo estaban mirando.

—Perdón —se disculpó—. ¿Qué decíais?

—Que vamos a ir al Oráculo de Gantadd para ver a Zaisei —dijo Shail—, y a la Madre Venerable. Mi madre dice que mañana por la mañana zarpará uno de sus barcos en dirección al Reino Oceánico, y que podemos partir en él sin problemas. Yo le he dicho que tenemos otro medio de transporte... pero aún no sabemos si vas a acompañarnos. Ayer hablabas de volver a Awa.

—Sí —asintió Jack—. Necesito consultar algo en el Oráculo, en cualquier Oráculo. El Oráculo de Awa está más cerca que el de Gantadd. Además, quiero hablar con el Venerable Ha-Din.

—Pero yo no voy a volver a Awa —intervino Alexander con brusquedad; todos lo miraron, un poco sorprendidos por su dureza—. Ese lugar no me trae buenos recuerdos —se justificó.

—Yo quiero ir a Gantadd —suspiró Shail—. Hace tiempo que no veo a Zaisei. Por lo que me habéis contado, escapó del tornado de Celestia por muy poco. Necesito saber si se encuentra bien.

Jack los miró a uno y a otro alternativamente.

—Escuchad —les dijo—, coged ese barco hacia el Reino Oceánico. Yo iré al Oráculo de Awa, haré lo que tenga que hacer y después me reuniré con vosotros en Gantadd.

«Aunque llegaremos más o menos al mismo tiempo», se dijo, suspirando para sus adentros. Podía llevarlos a ambos sobre su lomo hasta Awa, y luego volar todos juntos hasta Gantadd, y tardarían lo mismo. Pero no tenía ganas de discutir con Alexander, y parecía claro que no iba a poder convencerlo de que regresara al bosque donde había matado a su propio hermano.

Shail pareció entenderlo así también, porque asintió.

Más tarde acudieron a la casa Inko y Fada con sus respectivas familias. Shail estuvo encantado de volver a verlos y de conocer a sus sobrinos, y la casa se llenó pronto de risas infantiles. Jack disfrutó jugando con los niños. Era un descanso que nadie supiese quién era, que lo tratasen como a uno más, en lugar de verlo como a un dragón. Y no era que no le gustase ser un dragón. Pero humanos había muchos, en todas partes, mientras que no existía ningún otro dragón en el mundo.

Después de cenar, acomodados junto al fuego, Jack pensó que parecía mentira que aquel pequeño oasis de paz estuviese enclavado en un mundo sacudido por dioses furiosos. Miró de reojo a Sulia, la más joven de los hermanos de Shail, que se había acomodado sobre las rodillas de su prometido, a quien habían invitado a cenar aquella noche. Los dos contemplaban el fuego, la cabeza de ella reposando sobre el hombro de él, y parecían serenos y felices. Jack tuvo que reprimir el impulso de rodear con los brazos la cintura de una inexistente Victoria, a la que imaginaba junto a él, sentada en su regazo, como Sulia. Procuró no pensar en ello. Sabía que cuando quisiera podía regresar a la Torre de Kazlunn y pedir a los magos que abriesen una Puerta interdimensional para él. Y lo harían, si les prometía que traería de vuelta a Victoria. Harían cualquier cosa con tal de recuperar al último unicornio.

Jack sabía que, si se marchaba a la Tierra, con ella y con Christian, no volverían nunca. Y por eso quería hacer todo lo posible por ayudarlos antes de marcharse, de encontrar una solución al problema de los dioses, si es que la había. Porque después iba a dejarlos solos... para poder vivir una noche de paz como aquella, con Victoria sentada sobre sus rodillas, los dos disfrutando de la presencia del otro, alentados por la calidez del fuego.

«No es un pensamiento muy propio de un guerrero», se dijo, un poco alicaído.

Pero lo cierto era que estaba deprimido desde hacía tiempo. Podía pelear contra enemigos físicos; incluso habría hecho el esfuerzo de proseguir, él solo, la guerra ancestral de los dragones contra toda la raza shek. Sin embargo, nada podía hacer contra los dioses. Era una lucha absurda y sin sentido, y Jack había estado demasiado cerca de perder todo lo que le importaba como para querer arriesgarlo de nuevo.

Los niños empezaban a bostezar, y sus padres decidieron que ya era hora de marcharse a casa. Elevaron todos juntos una oración a dos de las diosas del panteón: Irial, madre de los humanos, y Neliam, señora del mar, que regía las vidas de muchos de ellos. Jack se unió a la plegaria, aunque en su fuero interno opinaba que, tal y como estaban las cosas, lo mejor que podían hacer no era pedir protección a los dioses, sino rogar que no se fijasen en ellos.

La madre cabeceaba sobre su butaca. Arsha la despertó para llevarla a la cama, pero ella pidió a Shail que fuese él quien la acompañara. El joven sonrió y accedió enseguida.

Cuando ya se despedían, en la puerta del dormitorio de Valia, ella lo retuvo.

—Me he dado cuenta de que cojeas un poco —le dijo—. ¿Qué te ha pasado?

Shail desvió la mirada, incómodo.

—No es nada. Un pequeño accidente.

—Es mucho más grave de lo que quieres hacerme creer, cuando te estás esforzando tanto en ocultarlo.

Shail dudó un momento, pero finalmente suspiró. Se levantó el bajo de la túnica y después se remangó el pantalón. La madre lanzó una exclamación de sorpresa al ver, bajo la luz del candil, la brillante pierna metálica.

—¡Shail! ¿Qué... qué es eso?

—Una pierna artificial. Perdí la mía en un ataque shek —simplificó él—. Pero ahora estoy bien, así que no vale la pena preocuparse por ello.

Valia lo miró con seriedad, dudando de sus palabras, pero no dijo nada.

Gerde ya no le prestaba atención.

Pasaba los días encerrada en su árbol, inclinada sobre un cuenco con agua que le mostraba imágenes, imágenes que le hablaban.

Assher lo sabía, porque de vez en cuando lo enviaban allí a dar recados y transmitir mensajes. Pero Gerde apenas hacía caso. Ni siquiera reaccionó cuando llegaron los mensajeros enviados a Kash-Tar con la respuesta de Sussh: que hasta que los rebeldes no fuesen completamente aplastados, no pensaba moverse de allí, y mucho menos para tratar con una hechicera sangrecaliente.

Assher creía que Gerde se enfurecería al escuchar algo así, pero solo se echó a reír.

—El viejo Sussh sigue anclado en el pasado —comentó, como sin darle importancia.

—Tal vez deberías ir a hablar con él, igual que hiciste con Eissesh —sugirió Yaren, que estaba sentado en un rincón.

Pero Gerde negó con la cabeza.

—Eissesh ya le puso al corriente. Tarde o temprano acudirá a nosotros, cuando las cosas se pongan mal. Y puede que sea mejor así: puede que esté mejor en el desierto persiguiendo a los yan. Así, por lo menos, no molestará.

Volvió a inclinar la cabeza sobre el cuenco de agua, y Yaren se removió, incómodo. Gerde lo notó.

—¿Crees que paso demasiado tiempo mirando al otro mundo?

—Quizá no sería mala idea mirar a este de vez en cuando —murmuró el mago.

—Este mundo es el pasado, Yaren. El otro mundo es el futuro. Tan grande... con tantas posibilidades...

Yaren desvió la mirada.

—Además —añadió Gerde—, hay en él algo que te interesa.

—¿En serio? ¿Y de qué se trata?

—Lunnaris —dijo ella—. Lunnaris está allí.

El rostro sombrío del hechicero se contrajo en una mueca de odio. Sus dedos se cerraron sobre el tapiz que cubría el suelo, estrujándolo con saña, como si fuera un blanco cuello de unicornio.

—No te preocupes, me las arreglaré para que la traigan de vuelta. Puede que la hayan llevado allí para curarla, o para protegerla, o las dos cosas. No tardaré en averiguar lo que quiero saber acerca de ella.

—¿Y entonces me permitirás matarla? —preguntó Yaren, anhelante.

—Aún no. Mientras Kirtash siga siéndonos útil, el unicornio debe permanecer con vida. Si lo matamos, Kirtash nos abandonará definitivamente.

—¿Tan importante es? —dijo Yaren frunciendo el ceño—. Tenía entendido que ya realizó la misión que le había sido encomendada.

—Cierto. Pero todavía quedan muchas más. De él dependerá llevarlas a cabo o no. Y sabe que le conviene seguir siendo útil —sonrió.

Ambos repararon entonces en Assher, que seguía plantado junto a la entrada.

–¿Qué sucede? –preguntó Gerde.

Assher se mostró inquieto. No había entendido gran cosa de la conversación entre Yaren y el hada, puesto que se había desarrollado en idhunaico común, lengua que, aunque estaba empezando a aprender, aún no dominaba. Tragó saliva.

–¿Qué debo decirle al mensajero? ¿Hay que enviarlo de vuelta a Sussh?

Gerde meditó.

–No; que descanse. Será Sussh el que contacte con nosotros en poco tiempo. Gracias, Assher –le sonrió.

Assher se retiró, con el corazón encogido; el maestro Isskez lo estaba esperando.

Gerde había dejado de enseñarle magia personalmente, y eso lo ponía de mal humor. Pero el hada no le había dicho en ningún momento que hubiese dejado de ser su elegido.

Se aferraba a esa esperanza.

Aquella noche, sin embargo, hubo movimiento en el campamento. Assher se dio cuenta, y por tanto le costó mucho prestar atención a las lecciones de su maestro. Por el rabillo del ojo veía al grupo que se había reunido por orden de Gerde. No era mucha gente, pero Yaren, el mago siniestro, el de la sonrisa torcida y la mirada sombría, iría con ellos.

Eso solo quería decir que la misión era importante. A Gerde le gustaba mantener a Yaren a su lado, y no lo enviaría lejos sin una buena razón.

Porque era evidente, por la forma en que se habían pertrechado, que iban lejos. Tal vez a Kash-Tar, para parlamentar con Sussh, o quizá al norte, con Eissesh. Assher aguzó el oído, tratando de escuchar, desde su posición, lo que Gerde estaba diciendo al grupo, reunido en torno a ella. Pero la voz de Isskez seguía clavándose en su mente y le impedía oír nada.

Por fin, el grupo partió, amparándose en la noche. Para entonces, Isskez ya lo había regañado varias veces por no prestar atención.

Nadie supo decirle, ni aquella noche ni los días posteriores, adónde había ido aquella patrulla. Y Gerde no lo mencionó en ningún momento, como si no fuera importante, o se le hubiese olvidado.

Se despertaron muy temprano, cuando aún no habían salido los soles. La marea volvía a subir con el primer amanecer, y los barcos debían zarpar entonces. Shail y Alexander pronto estuvieron listos para partir, y aunque ni Jack ni Valia iban a viajar con ellos, se levantaron para despedirlos.

Bajaron al puerto por uno de los accesos que Shail les había mostrado a su llegada a la ciudad. Tras un buen rato de descender por una larga y estrecha escalera, desembocaron en un inmenso entramado de cuevas naturales. Los barcos flotaban mansamente sobre unos pocos palmos de agua, en unos anchos canales que recorrían las cavernas. Eran embarcaciones cubiertas, con forma de almendra. Jack no vio velas por ninguna parte, y se preguntó cómo se movían. Shail advirtió su interés y lo acompañó hasta el muelle más cercano.

–Mira –le dijo señalando el agua.

Jack vio que algo nadaba en torno al barco. Algo muy grande y con tres larguísimos tentáculos.

–Es un tektek –explicó Shail–. Todos nuestros barcos tienen en la bodega un tanque para el tektek: es nuestro... nuestro motor, por así decirlo. Expulsa un gran chorro de agua que lo impulsa hacia adelante y lo hace moverse, y con ello empuja también al barco.

–Ah, se mueve como los pulpos –entendió Jack.

–¿Pulpos? –repitió Shail frunciendo el ceño; Jack se los describió, y el mago recordó haber visto uno alguna vez, en la Tierra–. Pero el tektek es distinto –dijo–. Es completamente plano y tiene una cabeza en forma de flecha. Además, seguro que nunca has visto un pulpo con cuatro bocas –añadió sonriendo.

Jack se estremeció.

–No querría encontrarme con un bicho así un día de playa –comentó.

–Por lo general son bastante pacíficos. Además, los tekteks de los barcos están amaestrados. Y siempre hay un varu en cada barco para dirigirlos y controlarlos.

Aun así, Jack se alejó del borde, con cierta aprensión.

Se apresuraron a alcanzar a los demás, que seguían caminando. Al fondo del muelle, Jack vio una inmensa abertura que mostraba un pedazo de cielo nocturno cuyo horizonte empezaba a clarear.

–Eso da al acantilado –explicó Valia–. Ahora está la marea alta, por lo que, si te asomaras, podrías remojarte los pies en el agua. Pero dentro de unas horas, cuando las aguas hayan bajado, no podrás mirar abajo sin sentir vértigo.

Jack nunca sentía vértigo, pero no se lo dijo. De todas formas, comprendía bien lo que Valia quería decir. Había visto el movimiento de las mareas desde la Torre de Kazlunn. Sabía que las aguas podían alcanzar la base de la torre y, horas después, retirarse para dejar atrás un inmenso precipicio de veinte o treinta metros de altura.

Siguieron recorriendo el puerto, y Jack no tardó en comprender cómo funcionaba. Las cavernas recorrían todo el subsuelo de la ciudad, y era allí donde guardaban los navíos. Por debajo de la muralla, en la pared del acantilado, los habitantes de Puerto Esmeralda habían abierto inmensas compuertas por las que los barcos salían al mar, surcando los canales subterráneos. Pero solo podían hacerlo cuando la marea subía tanto que alcanzaba el nivel del puerto. La marea baja dejaba tras de sí un precipicio tan imponente que los barcos no podían salvarlo.

Se reunieron con el capitán poco después. Se llamaba Raktar, y era un tipo moreno y curtido, no muy alto, pero cuya mirada serena imponía respeto. No tuvo ningún inconveniente en aceptar a Shail y Alexander a bordo, y menos aún al comprobar que eran un mago y un guerrero.

—Toda protección es poca —les dijo—. La gente de Glasdur el Pálido lleva mucho tiempo sin dar señales de vida. Calculamos que atacarán antes del próximo plenilunio de Ayea. El *Luna Roja* de Gaeru, no obstante, obtuvo un botín importante hace tres días. Aún estarán celebrándolo.

—¿Perdón? —preguntó Jack, desorientado.

—Piratas —tradujo Valia—. Llevan siglos saboteando los barcos mercantes. Aún no hemos logrado deshacernos de ellos, y no creo que lo consigamos. Conocen el mar tan bien como nosotros.

—O puede que mejor —señaló Shail—. Los piratas de Tares son en gran parte mestizos, semivaru. La mayoría de ellos necesitan mantener su piel húmeda a menudo, pero no poseen las agallas de los varu y, por tanto, no pueden respirar bajo el agua. Por esta razón, hace milenios que los semivaru se apropiaron de las islas de Tares y Riv-Arneth; pero, mientras que los rivarnianos son pescadores, los semivaru de Tares se hicieron piratas. Y no roban para enriquecerse, ni siquiera para sobrevivir. Están convencidos de que, si las profundidades de los océanos pertenecen a los varu, y la tierra firme a los «pielseca», como suelen llamarnos, la superficie del mar es terreno de los semivaru.

Así que hostigan a los barcos mercantes y solo toleran a los pequeños pescadores. La guerra abierta entre Tares y las ciudades marítimas de Nanetten es una cuestión que viene de lejos. No obstante, nunca se ha convertido en un conflicto cruento. Los piratas de Tares son unos ladrones y unos sinvergüenzas, pero disfrutan demasiado de la vida como para tomarse nada en serio, incluidas sus propias reivindicaciones. Se conforman con seguir siendo un permanente dolor de cabeza para el comercio marítimo.

–Entiendo –asintió Jack.

–Las hazañas de Glasdur el Pálido ya corrían de boca en boca cuando yo era un chaval –comentó Shail–. Pero nunca he oído hablar de Gaeru.

–Es una muchacha muy molesta –gruñó Raktar–. Y desvergonzada como pocas. El año pasado saquearon un cargamento que transportaba algas balu...

–Las algas balu son muy apreciadas por los celestes y semicelestes, especialmente los que viven en Nandelt –explicó Valia–. Aparte de que las encuentran un manjar delicioso, dicen que despiden un aroma que relaja a los humanos. Por eso la mayoría de los celestes que conviven con otras razas se sienten más tranquilos si tienen un saquillo de algas balu en su despensa. Creen que los ayudarán a evitar conflictos innecesarios.

–Lo recordaré –sonrió Shail, pensando en Zaisei.

–El caso es –prosiguió Raktar– que Gaeru y la tripulación de su barco, el *Luna Roja*, atacaron el barco mercante y, por lo visto, sufrieron una decepción al ver las algas balu. Curiosamente, aunque los celestes se las comen, a los varu no les gustan. Bien, pues Gaeru dijo que los pielseca no tenían por qué robar comida del mar, que las algas eran para los peces, y quemó todo el cargamento en la misma cubierta del barco saqueado. Sabía perfectamente lo que pasaría, claro. Los efluvios de las algas marearon tanto a la tripulación que estuvieron riendo sin parar y cantando canciones absurdas durante una semana, como si estuviesen permanentemente borrachos. Los más sensibles cayeron dormidos como troncos y tardaron varios días en despertarse. Por lo demás, aparte de dejar el barco a la deriva, los piratas no les hicieron nada más. Parece ser que estuvieron riendo la broma durante mucho tiempo, pero la cosa no tuvo gracia. Los marineros tuvieron suerte de que la marea no estrellara su navío contra los acantilados.

–Qué sentido del humor tan extraño –comentó Jack, perplejo.

–Tú lo has dicho –dijo Shail–. Para ellos, no es más que un juego, pero lo que los piratas encuentran divertido puede ser una catástrofe para otros.

Alexander seguía sin hablar. Jack lo había visto extrañamente silencioso desde la tarde anterior, pero su rostro se había vuelto todavía más serio al contemplar los barcos de cerca. El muchacho comprendió que su amigo no confiaba en el mar; tal vez nunca antes había navegado.

–Oye –le dijo en voz baja–. Si no ves claro lo del barco, os puedo llevar yo volando hasta Gantadd. Puedo aprovechar para hablar con Gaedalu, y después dirigirme a Awa. No pasa nada.

–Sería dar un rodeo muy tonto, Jack –rechazó él–. No, seguiremos con el plan establecido. Pero te lo agradezco.

La despedida fue breve: Jack sabía que volvería a verlos muy pronto. No obstante, la madre de Shail parecía reacia a dejarlo marchar.

–La próxima vez no tardaré tanto en volver, madre. No pretendía pasar tanto tiempo lejos de casa. Es solo que... bueno, me ha parecido mucho menos tiempo. En todos los sentidos.

–No me des explicaciones –refunfuñó ella–. Corre, sube al barco o harás que el capitán Raktar pierda la marea.

Momentos después, Jack y la madre de Shail contemplaban cómo el barco se deslizaba por el canal y, finalmente, caía al agua con un suave chapoteo.

Después regresaron juntos a la casa. Jack se quedó a desayunar con la familia de Shail, y luego acompañó a Sulia al mercado y la ayudó a cargar con las cestas. A media mañana anunció que estaba listo para partir y se despidió de todo el mundo.

Le costó trabajo abandonar la casa de los Fesbak y dejar atrás Puerto Esmeralda. Pero, por otro lado, le apetecía mucho volver a volar.

Tenía intención de transformarse cuando estuviese a una prudente distancia de la ciudad; pero acababa de cruzar el puente cuando oyó a lo lejos los cuernos de los Vigilantes de las Mareas. Se detuvo, desconcertado. Si no había entendido mal, los cuernos solo sonaban al amanecer y al atardecer, con los cambios de las mareas. Y ya era casi mediodía.

El sonido de los cuernos tenía un tono apremiante, y a Jack le evocó alguna clase de peligro, sin saber por qué. Se transformó en dragón, sin importarle ya que lo vieran, y remontó el vuelo. Al sobrevolar

Puerto Esmeralda, descubrió que la llamada de los cuernos había sumido a la ciudad en el caos. Todo el mundo dejaba lo que estaba haciendo y corría precipitadamente a casa. Algunos ya habían logrado reunir a sus familias y se abrían paso, como podían, hacia la puerta norte de la ciudad, evitando el río y alejándose de la muralla del acantilado. Mientras, los cuernos seguían sonando.

El peligro venía del mar. Jack batió las alas y se elevó un poco más para contemplar el océano. Y descubrió qué significaba el sonido de los cuernos y por qué todo el mundo parecía estar tan asustado.

El mar se había retirado, provocando la marea baja más brutal que habían visto las costas de Nanetten en muchos siglos, dejando ver el lecho oceánico hasta veinte metros mar adentro. Y a lo lejos, en el horizonte, se alzaba la cresta de una ola, sombría y amenazadora. Una ola que se acercaba a la costa inexorablemente y que amenazaba con arrasar Puerto Esmeralda.

–Neliam –murmuró Jack, con una amarga sonrisa–. Bienvenida a Idhún.

Dio un par de vueltas sobre la ciudad hasta que encontró una plaza lo bastante grande que, además, estaba vacía por hallarse situada al pie de la muralla. Aterrizó y volvió a recuperar su cuerpo humano. Y entonces corrió a casa de los Fesbak, para asegurarse de que estaban bien.

Halló a Inisha en la tienda, cerrando puertas y ventanas apresuradamente. En el suelo había una bolsa que había empezado a llenar de víveres y diversos objetos que ella consideraba importantes.

–¡Jack! –exclamó al verlo–. ¿Qué haces? ¿No te habías ido?

–He vuelto al oír los cuernos. ¿Sabes qué es?

–Dicen que es una ola gigante. Han cerrado las compuertas del puerto para proteger los barcos y están evacuando la ciudad. Puede que el acantilado y la muralla frenen un poco la embestida de las aguas, pero no podemos estar seguros. Si alcanza la cuenca del río habrá una gran crecida, así que ya no se trata solo del mar.

–Entiendo. ¿Y tu madre y tus hermanos? ¿Están todos bien?

–Ya se han ido todos. Yo me he quedado un poco rezagada porque...

–No quiero que me lo expliques. Lo que has de hacer es marcharte de aquí ahora mismo. Si te entretienes más, puede que luego ya no puedas marcharte.

Aún tuvo que insistir un poco más, puesto que Inisha se resistía a dejar la tienda.

–¿Y tú? ¿Qué vas a hacer tú?

–Te acompañaré hasta la salida de la ciudad y después iré a buscar a Shail y Alexander.

Inisha lanzó una exclamación ahogada.

–¡Están en alta mar! La ola los habrá alcanzado. Pero ¿cómo vas a ir a buscarlos? ¡Ningún barco puede salir ahora del puerto!

–No tengo tiempo para entrar en detalles; solo confía en mí, ¿vale? Y dile a tu madre que haré todo lo posible por rescatar a Shail.

Un rato después, cuando se elevó sobre la ciudad, era ya un magnífico dragón, cuyas escamas relucían bajo los soles como oro bruñido. Batió las alas con fuerza y se zambulló en el cielo idhunita, en dirección al maremoto que amenazaba con abatirse sobre Puerto Esmeralda. Se elevó todo lo que pudo, y desde allí vio, un momento más tarde, cómo la gigantesca ola golpeaba la costa con toda la furia de las profundidades oceánicas, salvando la muralla e invadiendo las calles de la ciudad. El agua barrió los carros y los puestos del mercado y se precipitó, bramando, por los accesos que bajaban al puerto, destrozó tejados y se llevó por delante arcos, puertas y ventanas. Por fortuna, la mayoría de los habitantes de la ciudad habían sido ya evacuados.

Los supervivientes a la Ira de Neliam, como lo llamaron en adelante, jamás olvidarían que debían su vida al temprano aviso de los Vigilantes de las Mareas, cuyos cuernos no cesaron de sonar en ningún momento, hasta que la ola se los tragó.

Alexander estaba asomado a una de las escotillas. Su rostro mostraba un sospechoso color verdoso.

–Creo que tu amigo no se encuentra muy bien –le dijo el capitán Raktar a Shail, con un guiño.

Shail sonrió.

–Es la primera vez que navega –dijo–. Ya se le pasará.

Lo interrumpió un sonido desagradable que indicaba que Alexander acababa de arrojar al mar todo su desayuno. La sonrisa de Shail se hizo más amplia.

–Deberías mostrar un poco más de compasión, muchacho –lo riñó Raktar.

—Le está bien empleado por no querer acompañar a Jack al bosque de Awa —comentó Shail con indiferencia—. Se habría ahorrado todo esto.

Eso le recordó que lo habían dejado solo. En otro tiempo, Shail se habría sentido inquieto por él. Pero después de haberlo visto transformado en dragón, después de haber comprobado con sus propios ojos lo que Jack era capaz de hacer, tenía la impresión de que no valía la pena. Atrás quedaba la época en que Shail y Alexander eran los mayores, y tenían que cuidar de Jack y de Victoria. Tal y como estaban las cosas, era más probable que los más jóvenes tuvieran que protegerlos a ellos.

—¡Aleeeeeerta! —gritó entonces el vigía desde la proa.

No había mástil al que pudiera encaramarse, como en los antiguos barcos de la Tierra, pero tenía un enorme periscopio a través del cual escudriñaba el horizonte en todas direcciones.

—¡Aleeeeeeerta! —repitió el vigía—. ¡Aleeeerta, piratas a la vista!

Todos los marineros acudieron precipitadamente a la cubierta superior.

—¡Aleeva, haz que acelere! —gritó Raktar a la varu que controlaba el tektek de la bodega.

Aleeva pasó corriendo junto a ellos y desapareció escaleras abajo. Shail observó, inquieto, cómo los marineros abrían las escotillas laterales y sacaban por ellas arpones de flechas de fuego. Pronto le pedirían que usara la magia para defender el barco, y él no podría negarse. Pero, cada vez que utilizaba la magia, su pierna artificial se resentía.

Y con Alexander no podía contar. Todavía seguía asomado a la escotilla, tan mareado que no era capaz de tenerse en pie.

De pronto, un grito de auxilio telepático llenó las mentes de todos. Mientras algunos de los marineros, seguidos por Shail, bajaban a la bodega para ver qué sucedía, el barco aminoró la marcha hasta que al final se detuvo. Para cuando llegaron al compartimento del tektek, ya iban a la deriva.

Aleeva estaba en un rincón, metida en el agua hasta la cintura, asustada, pero aparentemente bien. No obstante, las correas que sujetaban al tektek estaban rotas; aún pudieron ver los largos tentáculos del animal desapareciendo por el orificio de salida del chorro de agua. Junto a la abertura estaba también la persona que lo había dejado escapar:

parecía humano, pero tenía las manos y los pies palmeados, como los varu, la piel completamente lisa y pálida y la nariz achatada. Vestía también las típicas correas varu, y les sonreía con suficiencia.

–Buenas tardes, pielseca –los saludó.

Los marineros se abalanzaron sobre él. Entonces, del interior del tanque salieron cuatro piratas más. Iban armados con garrotes, arpones y cuchillos, y pronto se inició una escaramuza salpicada de gritos de ira. Shail se quedó en lo alto de la escalera, dudando. Entonces se fijó en Aleeva, que seguía encogida en su rincón.

–¡Vamos, ven! –la llamó, tendiéndole la mano.

La varu reaccionó y corrió hacia él. Pero, cuando ya subía por la escalera, algo se enrolló en torno a su tobillo, haciéndola caer. Era el látigo de uno de los piratas. Aleeva lanzó un agudo grito telepático y trató de desasirse. El pirata tiró de ella.

–¡Suéltala! –gritó Shail.

–¿Por qué? –se burló el pirata–. ¡Si a los varu les gusta el agua! Si te la llevas arriba, se resecará.

Aleeva gritó de nuevo, pero esta vez de dolor.

–¡Suéltala! –repitió Shail, y esta vez acompañó su orden con un hechizo de ataque cuyo rayo mordió el brazo del pirata y lo obligó a soltar el látigo.

–¡Hechicero, eso es jugar sucio! –les gritó el semivaru mientras desaparecían en dirección a la cubierta superior.

–¡Aleeeerta! –gritó de nuevo el vigía.

Arriba se había iniciado una batalla encarnizada. Los marineros, asomados a las escotillas, disparaban flechas de fuego contra el barco pirata. Alexander le salió al paso a Shail. Todavía no tenía buena cara.

–¡Nos atacan! –le dijo.

–Sí, ya me había dado cuenta.

–Pero ¿cómo voy a luchar si el suelo no deja de moverse?

Shail iba a contestar, pero no tuvo tiempo. Raktar lo agarró por la túnica y tiró de él hasta llevarlo a una de las escotillas laterales.

–¡Haz algo, mago! –gritó–. ¡Los tenemos encima!

Shail se asomó al exterior y vio el barco pirata. Era más pequeño que el de Raktar y parecía haber sido construido con materiales de desecho. Y, no obstante, todo él parecía una verdadera criatura marina emergida de las profundidades. Los semivaru habían decorado el casco con distintos tipos de conchas y algas. Si el barco pirata se hubiese sumergido bajo las olas en aquel momento, a Shail no le habría extrañado en absoluto.

–Es el *Ola Sangrienta* –susurró Raktar al oído de Shail–. El barco de Glasdur el Pálido.

Shail sintió un vacío en el estómago. El barco estaba ya muy cerca, y pudo ver claramente cómo algunos de los piratas se arrojaban al mar desde las escotillas para nadar hacia ellos. Si los marineros de la bodega perdían la pelea, la siguiente oleada lo tendría muy fácil para entrar.

No obstante, se esforzó por recordar el hechizo que tenía en mente. Murmuró las palabras y, en ese preciso instante, una de las flechas de fuego disparadas por la gente de Raktar aumentó varias veces de tamaño. La impresionante saeta fue a clavarse, con estrépito, en el casco del *Ola Sangrienta*. Agotado, Shail cerró los ojos un momento, sobreponiéndose al agudo dolor de su pierna. Oyó los gritos de alarma de los piratas y, pese a todo, sonrió.

–¡Raktar! –se oyó de pronto una potente voz desde el barco pirata–. ¡Maldito bellaco! ¿Ahora llevas magos en tu barco? ¡Eso no es jugar limpio!

Alguien le alcanzó un altavoz al capitán, que se lo llevó a los labios y vociferó:

–¿Y desde cuándo lo es sabotear la bodega del tektek, Glasdur? ¡No me hables de juego limpio, viejo canalla! ¡Y no te atrevas a acercarte a mi barco, porque de lo contrario...!

Se oyó una risotada que tenía el deje gutural de la risa varu.

–¡Ya es demasiado tarde, pielseca! ¡Demasiado tarde!

–Esto se mueve... se mueve demasiado... –murmuró Alexander.

Shail se dio cuenta, de pronto, de que tenía razón. El barco se bamboleaba con demasiada violencia.

–¡La ola! –chilló entonces el vigía, aterrado–. ¡La ola gigante! ¡Viene hacia aquí!

Raktar lo alcanzó en dos zancadas, lo apartó de un empujón y miró por el periscopio. Cuando se separó de él, estaba lívido como un muerto.

–¿Qué pasa? –quiso saber Shail, preocupado.

El capitán no contestó. Salió corriendo pasillo abajo, y Shail lo siguió. Lo vio subiendo por la escalera que llevaba a la cubierta exterior. Lo alcanzó cuando ya se alzaba en cuclillas sobre el techo del barco, desafiando al viento, y contemplaba el horizonte con gesto grave.

–¿Qué...?

–Mira eso, mago –cortó Raktar–, y júrame que no lo has hecho tú con tu magia.

Shail miró en la dirección indicada y sintió como si le arrancasen las entrañas.

Tras el barco pirata se alzaba una ola gigantesca, tan alta que su cresta se cernía sobre ellos, rozando los dos soles gemelos. Se convulsionaba como si tuviese vida propia, lamiendo cada pedacito de cielo que alcanzaba, dirigiéndose hacia ellos lenta pero inexorablemente, una gran masa de agua de un color azul tan profundo como las más hondas simas oceánicas.

–No lo he hecho yo –pudo decir Shail, con un hilo de voz–. Y esa es una mala noticia. Porque si fuese obra mía, sabría cómo detenerlo, y no es el caso.

Raktar lo miró, horrorizado.

–Sagrada Neliam –murmuró.

–Sí... me temo que eso es bastante exacto –dijo Shail, alicaído.

El capitán se puso en pie y vociferó:

–¡Glasdur, mira detrás de ti! ¡Sal de ahí antes de que te trague el mar!

–¡Ja, ja, ja, no vas a engañarme con un truco tan...! –la respuesta del semivaru quedó acallada por un grito de terror. El *Ola Sangrienta* era arrastrado hacia el interior de una ola todavía más mortífera y aterradora que el legendario barco pirata.

Más cabezas asomaron por la escotilla del barco de Raktar, entre ellas la de Alexander. Anonadados, los marineros contemplaron cómo el navío de Glasdur escalaba la ola, arrastrado por su fuerza letal, en medio de los gritos aterrorizados de sus tripulantes.

Momentos después, el dragón descendía en picada sobre la cubierta del barco de Raktar. Pero era demasiado tarde, porque la ola se abatía sobre ellos, y ambos barcos, y el dragón que los había alcanzado, fueron arrastrados por las aguas.

–Deberían haberme avisado –dijo Zaisei, exasperada.

El viejo Bluganu le dirigió una mirada apenada, pero no respondió.

–La Madre Venerable está bajo mi responsabilidad –insistió Zaisei.

«Disculpad que discrepe, pero... ¿no tiene ella edad suficiente como para saber qué está haciendo?», respondió el varu.

Zaisei enrojeció levemente, comprendiendo las dudas de Bluganu. Gaedalu no solo era la poderosa Madre Venerable de la Iglesia de las Tres Lunas sino que, además, era lo bastante mayor como para ser su abuela.

–La Madre Venerable está actuando de forma extraña últimamente –le confió al varu–. Hace poco que se enteró de la muerte de su hija, y temo que eso la haya trastornado. Su corazón alberga sentimientos oscuros; por eso debo acompañarla y vigilarla para que no perjudique a nadie ni se dañe a sí misma.

Bluganu asintió.

«Entiendo», dijo. «Pero al lugar al que ha ido la Madre no debo acompañaros».

Zaisei respiró hondo. Percibía un temor supersticioso en los sentimientos del anciano, y comprendió que no debía presionarlo. Sin embargo, se trataba de Gaedalu; si aquel lugar era peligroso...

–Decidme, ¿adónde ha ido? ¿Tiene que ver con la Piedra de Erea, la roca que cayó del cielo?

Bluganu le dirigió una mirada llena de incertidumbre.

«No sé nada de eso. Desde tiempos remotos, siempre se la ha llamado la Roca Maldita».

–¿Maldita? ¿Por qué razón?

«No sabría deciros, sacerdotisa. Pero tiene algo que vuelve locas a las criaturas del mar. En esa zona, hasta los animales más pacíficos se vuelven agresivos. Y de entre los varu, solo los jóvenes se atreven a acercarse por allí. Todos sienten curiosidad tarde o temprano y se acercan a la Roca Maldita, pero creedme si os digo que nadie que haya estado allí ha sentido el menor deseo de ir por segunda vez».

–¿Y habéis permitido que Gaedalu vaya allí sola?

«No ha ido sola: la escoltaban dos jóvenes centinelas. En cualquier caso, yo no podría haberla detenido. No soy más que el encargado de la Casa de Huéspedes, ¿recordáis?».

Zaisei percibió tristeza y algo de amargura en sus palabras, y le sonrió con simpatía.

–Tal vez para los varu eso no signifique mucho –le dijo suavemente–. Pero ahora mismo mi vida está en vuestras manos. Si no fuese por vuestro trabajo, los habitantes de la superficie no sobrevivirían a una visita al Reino Oceánico.

No lo decía solo para consolarlo; cada una de sus palabras era estrictamente cierta. La Casa de Huéspedes era el único edificio de Dagledu que podía ser habitado por gente de la superficie. Había sido construido a partir de una inmensa burbuja, semejante a las que utilizaban los varu para transportar a los «pielseca» desde el puerto. En torno a la burbuja habían levantado paredes de coral, y la habían recubierto con algas para tapar el techo. El interior constaba de una sola habitación, lo bastante amplia como para que el visitante se sintiera cómodo. Había cuatro literas, dos arcones para que los visitantes guardaran sus pertenencias, una mesa con varios asientos y un pequeño aseo separado del resto por paneles coralinos. Con todo, la burbuja estaba herméticamente cerrada. Debía ser así, puesto que cualquier brecha haría que el interior se inundase de agua. Bluganu debía velar no solo por el bienestar de sus invitados, sino también por la seguridad del habitáculo.

–Por favor –suplicó Zaisei–. Necesito ir allí. Si me hubieseis dicho que la Madre ha ido a visitar a unos parientes no se me ocurriría molestaros. Pero no es normal lo que está haciendo, y si está arriesgando su vida o la de otros por odio o por venganza, debo tratar de detenerla. Os lo ruego: si no vais a acompañarme, por lo menos encontradme a alguien que sí quiera hacerlo.

Bluganu suspiró.

«Está bien», dijo. «Os acompañaré. Aguardad un momento».

Se dirigió, con los pasos torpes de quien no está acostumbrado a caminar en suelo firme, a la burbuja de transporte en la que habían traído a Zaisei desde el puerto, y que ahora descansaba en el interior del habitáculo, junto a la entrada. Bluganu abrió la cápsula de transporte con ambas manos e invitó a Zaisei con un gesto a que entrara. Ella obedeció, y la burbuja se cerró tras ella. Bluganu la empujó suavemente hasta que la sacó de la casa. Zaisei reprimió una exclamación al verse flotando a la deriva entre los edificios de la ciudad, y se volvió para ver cómo Bluganu traspasaba con elegancia la frágil superficie de la burbuja de la Casa de Huéspedes, sin romperla. Momentos después, el varu remolcaba la cápsula de aire de Zaisei a través de Dagledu, moviendo lentamente sus pies palmeados para avanzar en el medio líquido.

«Será un viaje largo», le dijo.

–No me importa –respondió Zaisei, pero su voz quedó ahogada en el interior de la burbuja.

Bluganu no dijo nada más. Siguió empujando la cápsula de aire a través de la ciudad, y Zaisei olvidó por un momento su preocupación por Gaedalu para admirar el sosegado mundo de los varu.

La ciudad estaba llena de actividad, pero era una actividad lenta, silenciosa, como lo era todo en aquel refugio submarino. Los varu nadaban de un lado a otro, sin prisa pero sin pausa. Algunos los miraban con curiosidad, pero ninguno hizo ademán de acercarse a ellos.

Con todo, lo que más llamó la atención de Zaisei fueron los racimos de burbujas.

Había visto algunos en la ciudad, y suponía que los varu habían dejado las cápsulas allí a propósito, para cuando las necesitasen. No obstante, al salir de Dagledu, pasaron por encima de un inmenso lecho de burbujas, que cubrían el fondo marino hasta donde alcanzaba la vista.

–¿Es aquí donde las guardáis? –preguntó Zaisei en voz alta.

Bluganu no la oyó, pero vio la curiosidad pintada en su rostro.

«Un campo de marpalsas», explicó. «Es una clase de planta submarina que produce burbujas de aire. Y no son burbujas corrientes, puesto que están recubiertas por una sustancia que nace de la propia planta, y que las hace flexibles y a la vez resistentes. Si no fuera por las marpalsas, los pielseca nunca habrían podido visitar el Reino Oceánico. Y tampoco existiría la Casa de Huéspedes. Su burbuja fue producida por una planta excepcionalmente grande. Nunca hemos vuelto a ver nada parecido, pero llevamos siglos cultivando marpalsas y cada vez logramos burbujas más grandes. Con el tiempo esperamos obtener ejemplares de tamaño considerable, lo bastante como para poder crear más espacios de aire para los pielseca».

Zaisei contempló los racimos de burbujas que se extendían a sus pies, impresionada. Trató de ver las plantas, pero no lo consiguió: las burbujas, arremolinadas unas junto a otras, lo cubrían todo y solo permitían ver lo que había debajo de forma distorsionada. Se sintió muy pequeña y muy frágil, perdida en el fondo de aquel mundo azul, milenario, y se acurrucó en su burbuja de aire, mientras el viejo varu la empujaba, con lentitud, a través de las profundidades.

Jack abrió los ojos poco a poco. Lo primero que sintió fue que estaba mojado. Lo segundo, el olor a mar y a salitre. Y, por último, que le dolían todos los huesos.

Trató de incorporarse. Tenía una terrible jaqueca, y sacudió la cabeza para despejarse; pero solo consiguió que le doliera más.

Miró a su alrededor. Estaba en una gran cueva, húmeda e incómoda, que se abría sobre un inmenso mar azul. Junto a él estaban Shail, Alexander, el capitán Raktar y algunas otras personas a las que no conocía. Alexander estaba despierto, con una manta sobre los hombros, que no parecía mucho más seca que sus propias ropas, y la espalda apoyada en la pared. Shail estaba dormido, o inconsciente. Y el capitán hablaba en voz baja con dos hombres, que Jack supuso que serían parte de su tripulación. Miró a Alexander, que tenía mal aspecto.

–¿Dónde estamos? ¿Qué ha pasado?

–¿No lo recuerdas?

–Si lo recordara, no te lo preguntaría.

Alexander suspiró.

–Fuimos golpeados por una ola gigante. Nuestro barco volcó, pero tú te las arreglaste para remontar el vuelo y luego volviste a bajar a por nosotros. Por lo visto, encontraste el barco, lo enganchaste con las garras y tiraste de él hacia arriba para mantenerlo en la superficie.

Jack estaba impresionado.

–¿Yo hice eso?

–Debió de resultar un gran esfuerzo para ti, porque al cabo de un rato te desplomaste en el mar. Pero mantuviste el barco a flote, y eso salvó muchas vidas. Los piratas se encargaron de recogernos. Ahora estamos en sus dominios.

–¡Los piratas! –Jack empezaba a recordar–. ¿Te refieres al otro barco que estaba junto al vuestro?

Alexander asintió.

–Son semivaru. Su barco también volcó, pero la mayoría se las arreglaron para sobrevivir. Aunque muchos no pueden respirar bajo el agua, son excelentes nadadores, y el mar no los asusta. Podrían habernos abandonado a nuestra suerte, pero por lo visto les caíste bien. Es la ventaja que tiene ser un dragón –añadió, con una sonrisa feroz.

–Supongo que sí –murmuró Jack, aún desconcertado–. Imagino que se llevarían una decepción al encontrar solo a un chico humano cuando buscaban al magnífico Yandrak –sonrió.

–Ni por asomo. Glasdur es un tipo inteligente y está bien informado. Creo que ya te tiene calado.

Asaltado por una súbita sospecha, Jack se llevó la mano a la espalda. No halló lo que buscaba.

–Domivat –exclamó, con una nota de pánico en la voz–. ¿He perdido a Domivat?

Alexander sacudió la cabeza.

–Cuando te encontraron flotando en el mar, sujeto a una tabla, todavía la llevabas. Me sorprende que no te hayas hundido con ella.

Jack se dio cuenta de que su amigo tampoco llevaba a Sumlaris.

–Son piratas –le recordó Alexander al captar su mirada–. ¿Qué esperabas?

–Voy a recuperarlas –decidió Jack, levantándose de un salto.

Salió de la cueva. Lo recibió una bocanada de aire de mar, pero esto no lo hizo sentir mejor; al contrario, su inquietud aumentó.

Miró a su alrededor para orientarse. Descubrió que estaba en una isla de roca negra. Los elementos la habían hecho alta y accidentada, con multitud de riscos, escollos y salientes, y un buen número de cuevas. Las que estaban en lo más alto parecían habitadas. Estaban comunicadas entre sí por escalas de cuerda y puentes de madera, todos ellos cubiertos de algas, lo cual indicaba que quedaban sumergidos cuando subía la marea. En los salientes más amplios reposaban distintos tipos de barcos. Eran semejantes a los que Jack había visto en Puerto Esmeralda, pero mucho más precarios, con algas creciendo en sus cascos y multitud de pequeños crustáceos aferrándose a ellos. La mayoría estaban absolutamente destrozados, y Jack recordó que la ola que los había barrido en el mar tenía que haber alcanzado, por fuerza, aquella pequeña isla también.

Un poco más arriba se oían exclamaciones, risotadas y ruido de objetos entrechocando. Jack dedujo que alguien se estaba repartiendo un botín. Supuso que solo eso podría hacer que los piratas se olvidasen tan rápidamente de haber sufrido la ira de la diosa Neliam.

No se equivocó. Tras trepar por una escala de cuerda, húmeda y resbaladiza, hasta un nivel superior, Jack se asomó a una caverna donde había un grupo de personas reunidas en torno a un montón de objetos, algunos bastante maltrechos, que habían apilado de cualquier manera, sin la menor consideración. Jack detectó enseguida la vaina de Domivat sobresaliendo entre la chatarra.

–Buenas tardes –saludó el chico.

Los piratas se volvieron para mirarlo. Jack nunca había visto un semivaru, y los observó con curiosidad. Eran todos parecidos, pero a la vez diferentes. Las manos y los pies palmeados parecían ser una característica común en todos ellos. Y, no obstante, algunos tenían ojos humanos; otros, ojos de varu. Unos tenían la piel cubierta de escamas; otros, solo en parte, y otros presentaban una piel fina y blanquecina, como si jamás les hubiese dado el sol. Algunos tenían pelo y otros una mata de color rojo, azul o verde, que parecía más bien un brote de algas marinas que verdadero cabello humano. Y algunos presentaban largas hendiduras a ambos lados de la cabeza, detrás de las orejas; no obstante, aquellas hendiduras no estaban del todo abiertas. Jack adivinó que eran un amago de las agallas de los varu, y supo que aquellas personas no podían respirar bajo el agua. De haber tenido agallas perfectas, vivirían en las ciudades submarinas, comprendió, y no en la superficie.

–¡Un pielseca que se ha despertado! –rió uno de ellos.

Tenía una voz extraña, gutural, borboteante, como si hablase desde el fondo de un barril de agua.

–He venido a buscar mi espada –dijo Jack con calma, señalando la vaina de Domivat–. Y la de un amigo mío. Gracias por guardárnoslas.

Todos los semivaru se echaron a reír, como si aquello fuera un chiste muy divertido.

Solo había alguien que no se reía, aparte de Jack. Era una figura pequeña y sutil que estaba acuclillada encima del montón de trastos. Observaba a Jack con una leve sonrisa en los labios.

–Te sacamos del mar, pielseca –dijo; tenía la profunda voz de los semivaru, pero con un tono indudablemente femenino–. Deberías estarnos agradecido y cedernos las espadas... no sé, como gesto de buena voluntad. ¿No te parece?

Los piratas volvieron a reírse.

–Lamentablemente, no puedo ceder mi espada con tanta facilidad –respondió Jack.

La pirata se puso en pie y lo miró desde lo alto del botín. Era pequeña, pero su rostro menudo mostraba una determinación de hierro, y sus ojos de varu, enormes y acuosos, lo miraban con un brillo astuto. Tenía la piel de un azul desvaído, más pálido que la piel de un celeste. Una capa de escamas le cubría las piernas hasta las rodillas, y por la parte exterior del muslo hasta las caderas. Las escamas también recubrían sus brazos hasta los hombros; pero el resto de su piel era lisa. De su cabeza colgaban guedejas de cabello azulado, semejantes a hojas de algas mojadas que se le pegaban al cuello. Se adornaba con distintos abalorios de conchas y corales. Vestía con restos de ropas humanas que sin duda había obtenido de sus pillajes, y que había roto y remendado para hacerlas más adecuadas a lo que ella quería: un atuendo que la cubriera mínimamente cuando estaba fuera del agua, y que le permitiera total libertad de movimientos al nadar en ella.

—¿De veras? —sonrió la semivaru—. Pues a mí me parece que ya la has cedido.

Jack sopesó sus alternativas. Los piratas los habían rescatado, y él no quería enemistarse con ellos. Pero debía recuperar a Domivat. Observó, impotente, cómo la pirata alargaba una mano palmeada para aferrar la vaina de la espada de fuego y tiraba de ella hasta sacarla del montón. Y se le ocurrió una idea.

—Muy bien —dijo, cruzándose de brazos—. Puesto que tanto te gusta mi espada, adelante, quédatela. Pero si quieres usarla, tendrás que sacarla de la vaina, y no me parece que sea una buena idea. No es una espada que pueda ser manejada por cualquiera. Podrías tener problemas si tratas de blandirla.

La pirata estaba admirando la calidad de la empuñadura de Domivat, pero volvió hacia él su mirada oceánica.

—¿Qué insinúas? ¿Que no puedo pelear con una espada como esta porque soy una pirata? ¿Porque soy una mestiza? ¿O porque soy una mujer?

—Ninguna de las tres cosas. Es porque no eres yo.

Los piratas lo abuchearon. Jack alzó la voz para añadir:

—Pero hagamos un trato: si consigues desenvainarla, puedes quedarte con las dos espadas. Si no puedes blandirlas, no vale la pena que te quedes con ellas, ¿no crees? Y si no tienes problemas en desenvainarla, entonces no has perdido nada.

La semivaru vaciló. Sospechaba que había una trampa en las palabras de Jack, pero era orgullosa, la habían desafiado y no quería echarse atrás.

—Cuidado —advirtió Jack al ver que iba a cerrar la mano sobre la empuñadura de Domivat—. Puedes hacerte daño, y lo digo en serio.

Ella lanzó una carcajada desdeñosa. Aferró el pomo de la espada... y lo soltó inmediatamente, con un grito de dolor. Dejó caer a Domivat y bajó del botín de un salto, para ir a hundir la palma de la mano en un charco de agua.

–Te lo dije –sonrió Jack.

Ella se miró la mano, temblando. Por fortuna, su piel húmeda había impedido que el fuego de Domivat la hiciera arder de inmediato, pero las llagas que le había provocado eran dolorosas.

Los piratas ya no parecían tan amistosos. Se agruparon en torno a Jack con gesto amenazador. Algunos sacaron las armas, y Jack retrocedió un paso. Sabía que podía convertirse en dragón, o que si llamaba a Domivat esta se materializaría en su mano, pero no quería llamar tanto la atención.

–¡Esperad! –ordenó entonces la semivaru.

Había vuelto a encaramarse a lo alto del botín, aunque aún se sujetaba la mano lastimada. Contemplaba a Jack con un brillo divertido en la mirada.

–Me has vencido, pielseca –dijo–. Me he dejado llevar por mi vanidad, y lo que debería haber hecho es no tocar la espada y venderla al primer incauto. Pero he cedido a tu reto, y ahora las espadas te pertenecen.

Se oyeron protestas, pero la pirata las acalló con un gesto. Se inclinó hacia Jack, quedando tan cerca de él que el joven pudo ver las gotas de agua que perlaban su piel. Sintió algo frío y cortante bajo la barbilla. No necesitó verlo para saber que era la hoja de un cuchillo.

–Pero no voy a permitir que me engañes de nuevo –le dijo ella en voz baja, con una sonrisa feroz.

Antes de que Jack pudiera responder, una potente voz resonó por la caverna.

–¡Gaeru! ¿Qué estás haciendo con nuestro invitado? ¿Estás tratando de matarlo, de seducirlo, o simplemente de intimidarlo?

Otra persona se abrió paso entre los piratas. Era un semivaru inmenso, de piel blanca como la leche y una enorme barriga. Llevaba el pelo negro recogido en una coleta detrás de la cabeza, lo cual dejaba ver las agallas imperfectas que tenía en el cuello.

–Es *mi* invitado, Glasdur –señaló Gaeru, malhumorada; pero retiró la daga–. Te recuerdo que estamos lejos de Tares, y que esta sigue siendo *mi* isla. ¿Por qué tenías que traerlos? Hasta ahora me las había arreglado muy bien para que este pedrusco fuera una base completamente secreta. ¡Y vienes tú y me traes a una tripulación entera de humanos!

Glasdur se echó a reír, lo que hizo que temblara su enorme papada.

—¡Niña mala, niña mala! —la riñó—. Estos no son unos invitados corrientes. Además, ¡qué diablos! A todos nos sorprendió esa ola gigante. ¿Es que no tienes corazón?

—Tengo un corazón mojado —respondió ella—. Demasiado húmedo para los pielseca, especialmente para aquellos que tienen un corazón de llamas —añadió, con una pícara sonrisa.

Le arrojó algo que Jack cogió al vuelo. Era Domivat.

—Toda tuya, humano —sonrió—. Has ganado la apuesta. La otra espada no está aquí. Se la regalé al gran Glasdur el Pálido, aquí presente. Pídesela a él.

La sonrisa de Glasdur desapareció.

—¿Qué, cómo? ¿Apostaste mi espada con este pielseca? ¿Qué habíamos hablado acerca de los botines ajenos, niña?

—Con todos mis respetos, la espada no es vuestra —intervino Jack con suavidad—. La espada pertenece a mi amigo Alexander, que sigue vivo, con los demás. Supongo que no me obligaréis a reclamarla por la fuerza —añadió, muy serio.

Los piratas gruñeron por lo bajo; pero la mirada de Jack estaba clavada en Glasdur, que la sostuvo, sin pestañear, hasta que estalló en carcajadas.

—¡Me gusta este chaval! —exclamó, dándole una palmada en la espalda que lo dejó sin aliento—. Pero me estoy resecando, y cuando me reseco no estoy de humor para hablar de cosas serias. Acompáñame, pielseca; vamos a tomar un baño, ¿vale?

Jack no supo qué decir. Pero, cuando el pirata dio media vuelta y se perdió en la penumbra de la caverna, Gaeru le dio un empujón para que lo siguiera.

—Repartíos lo que queda, chicos —dijo a su gente—. Pero guardadme alguna cosa bonita, ¿eh? Luego volveré a buscarla.

Ambos acompañaron a Glasdur por un túnel descendente, iluminado por manchas de hongos luminiscentes que crecían en lugares estratégicos. Era un lugar húmedo y frío, y Jack lo encontraba desagradable; pero a los semivaru parecía gustarles.

Llegaron hasta una caverna más grande, en cuyo fondo había un remanso de agua. Glasdur se deslizó en su interior, con un suspiro de felicidad.

—Aaaah, esto es otra cosa —dijo—. Sírvete tú mismo, pielseca. Hay espacio para varios.

Jack declinó la invitación, pero se sentó sobre una roca húmeda, en el borde del agua.

–Gaeru, vete a buscar a los líderes de los pielseca –dijo Glasdur–. A Raktar, al mago que venía con ellos en el barco, si es que sigue vivo, y al amigo del chaval, el de la espada interesante. Tenemos mucho de que hablar.

Ella inclinó la cabeza y desapareció en la oscuridad.

En otros tiempos, Jack se habría sentido intimidado al quedarse a solas con el enorme pirata, en un lugar lo bastante estrecho como para no estar cómodo si tenía que transformarse. Pero las cosas habían cambiado mucho. Jack no podía tener miedo de Glasdur el Pálido, el terror de los mares idhunitas, por mucho que lo intentara.

–No hagas caso a Gaeru –le confió el semivaru–. Promete, ya lo creo que sí, y lleva camino de ser una gran pirata. Pero quiere ir demasiado rápido, y es tan joven y bonita que teme que no la tomen en serio. Por eso alardea tanto.

–Tiene estilo –opinó Jack.

–Sí, ya lo creo. Pero le falta sabiduría. No es una buena idea enfrentarse a un dragón, ¿verdad?

Jack inclinó la cabeza.

–Ella no tenía por qué saberlo. Por lo que sé, ni siquiera estaba allí cuando sucedió.

–No. Y tampoco se lo he dicho, como has podido comprobar. Exigiendo la devolución de las espadas delante de toda mi gente, me has puesto en un compromiso. Porque está claro que no le puedo llevar la contraria a un dragón, ¿me equivoco? Pero tú no quieres que se sepa que eres un dragón. Has estado a punto de descubrirte tú solito.

»Verás, os salvamos la vida porque me entró curiosidad. Pero puede que haya sido un error. Porque Gaeru tiene razón, esta es *su* isla, y hasta hoy no venía marcada en los mapas de los pielseca. Ahora, Raktar y los suyos la conocen, por lo que tendré que matarlos. No obstante, sospecho que tú tratarías de impedirlo, y... en fin. O nos matas a nosotros o te matamos a ti, y qué quieres que te diga... habré hecho muchas barbaridades a lo largo de mi vida, pero acabar con el último dragón de Idhún nunca ha entrado en mis planes.

–Comprendo –asintió Jack–. Para serte sincero, a mí me importan sobre todo Shail y Alexander, porque son mis amigos. No obstante, el capitán Raktar es amigo de Shail. Es decir, un amigo de un amigo mío.

Y supongo que Alexander también querría quedarse atrás a defenderlo, lo que me pone en un compromiso a mí también. Nosotros tres solo queremos proseguir nuestro viaje hacia Gantadd; cuanto antes, mejor. Así que espero que podamos llegar a un acuerdo.

En aquel momento entraron Raktar, Shail y Alexander, seguidos de Gaeru. Jack advirtió que se había vendado la mano.

—¡Raktar, amigo mío! —lo saludó el pirata festivamente—. ¿Por qué no vienes al agua y nos remojamos juntos?

—Yo no soy tu amigo —gruñó el humano, enseñándole todos los dientes—. Si vas a matarnos, hazlo rápido y acaba de una vez.

—Debería mataros, es cierto —asintió Glasdur, pensativo—. Hoy no hemos conseguido un gran botín, ¿sabes? Me has decepcionado.

—¿Insinúas que encima debería pedir disculpas? ¡No seas tan arrogante! ¡Nos has capturado gracias a la ola gigante!

—Eh, eh, no tan deprisa. La ola nos alcanzó a todos, pero vosotros no habríais sobrevivido si no llegamos a sacaros del agua.

—¿Sacarnos del agua? ¡Fue el dragón quien nos salvó!

—El dragón también estaba medio muerto cuando lo rescatamos. ¿O acaso los dragones pueden respirar bajo el agua?

—No alardees de cosas que no puedes hacer, Glasdur. Si metes la cabeza bajo el agua te ahogas, igual que yo.

El pirata se lanzó sobre él con un grito de furia y un violento salpicón. Alexander se interpuso entre ambos, separándolos a duras penas.

—Deteneos los dos —ordenó—. Creo que todos tenemos el mismo problema. Estamos atrapados aquí, sin barcos, y todavía no sabemos qué provocó la ola gigante.

—Se estrelló contra las costas de Nanetten —dijo Jack a media voz—. Yo lo vi. Arrasó Puerto Esmeralda, pero por fortuna no llegó muy lejos tierra adentro. Las murallas y el acantilado la frenaron.

Raktar y Shail lo escuchaban con atención. Jack advirtió su mirada y añadió:

—La ola barrió las casas más cercanas al mar e hizo crecer el río, pero la mayor parte de la gente ya había sido evacuada. Los Vigilantes de las Mareas fueron muy eficientes.

—¿Cómo pudo llegar a Puerto Esmeralda antes que a nuestros barcos, que estaban en alta mar? —se preguntó Glasdur, desconcertado.

—Porque la ola tenía dos vertientes. Cuando un barco surca el mar, su paso genera olas a ambos lados, a derecha y a izquierda. Lo que vi desde el aire fue algo similar. Algo que avanzaba a través del mar, provocando dos olas gigantescas; una fue a estrellarse contra la costa, y la otra avanzó hacia el este. Esa fue la que nos alcanzó.

Glasdur se dejó caer de nuevo en el agua, con un chapoteo. Parecía perplejo.

–¿Y qué clase de criatura marina podría provocar algo así? ¿Lo viste, dragón?

–No, no lo vi. Y no creo que nadie sea capaz de verlo. Creo que es una especie de fuerza invisible cuya simple presencia hace que se alteren los elementos. He visto cosas similares últimamente. Algo está destrozando las montañas de Nanhai, y un inmenso tornado arrasó Kazlunn y Celestia en los últimos días. Pero hasta ahora no había visto nada parecido en el mar.

–¿Y por qué están pasando estas cosas? ¿Es obra de los sheks? ¿De algún imitador de Ashran? Si ese maldito mago fue capaz de mover los astros...

–No –cortó Jack–. Creo que es algo más grande y más poderoso. Y lo peor de todo es que no sabemos cómo detenerlo.

–¡Detenerlo! –exclamó entonces Gaeru–. ¿Quieres decir que sigue ahí?

–Se dirige hacia el sur –dijo Jack–. Avanza muy lentamente, pero en los próximos días, las olas que provoca golpearán las costas de Derbhad.

–Los acantilados protegerán los bosques de las hadas –dijo Raktar– y, de todas formas, la mayoría viven en el interior. Lo que sí puede estar en peligro son las tierras bajas de los ganti.

–Y las ciudades submarinas –borboteó Glasdur, pensativo–. No sé cómo afectará esto al Reino Oceánico, pero no puede ser nada bueno.

–Y el Oráculo –añadió Shail–. Zaisei –dijo solamente, mirando a sus amigos.

Jack se hizo cargo de la situación.

–Pues este es el trato –le dijo al pirata–: nos devuelves la espada de Alexander y nos dejas marchar a nosotros tres. Si salimos ya, alcanzaremos nuestro destino antes de que llegue Nel... la ola –se corrigió–. Como iremos volando, no hay peligro de que nos afecte. Iremos a Gantadd y daremos aviso, y enviaremos a alguien al Reino Oceánico. A cambio, dejaréis marchar al capitán y a su tripulación. Creo que coincidirás conmigo en que esto es mucho más grave que vuestras habituales peleas. Si los humanos os ayudan a reconstruir vuestros barcos, recuperaréis antes vuestra flota, y ellos podrán regresar a casa para comprobar si sus familias están bien. Después de lo sucedido en Puerto Esmeralda, no creo que nadie tenga ganas de salir a cazar piratas, de modo que Gaeru y su gente estarán relativamente a salvo.

—Me parece razonable —asintió Glasdur, acariciándose la barbilla.

—Bien —dijo Jack incorporándose—, entonces no hay más que hablar. Pongámonos en marcha: nos espera un largo viaje.

XIII
EL JUICIO DE LOS SHEKS

L A claridad de la aurora comenzaba ya a teñir la nieve cuando el rostro de Gerde se mostró en el agua del onsen. En torno a ella, Shizuko y siete sheks aguardaban pacientemente.

—Puede que no se presente —dijo Shizuko con voz neutra.

Gerde esbozó una misteriosa sonrisa.

—Oh, vendrá —dijo—. Ya lo creo que vendrá.

En su fuero interno, Shizuko deseaba que tuviera razón.

Por eso, cuando la sombra del híbrido se proyectó sobre el manto de nieve y lo vieron acercarse a ellos, con su habitual paso sereno, la reina de los sheks sonrió para sí.

No obstante, su sonrisa se desvaneció casi de inmediato al comprobar que venía él solo. Los sheks lo vieron plantarse ante ellos y alzar la cabeza, con calma pero desafiante.

—Ya estoy aquí —dijo.

—Ya lo veo —respondió Shizuko—. ¿Dónde está la chica?

—No va a venir.

La conversación era tranquila y fluida y, no obstante, tremendamente vacía. Porque, al mismo tiempo que hablaban con sus cuerdas vocales, sus pensamientos se entrelazaban con rapidez por un canal privado.

«¿Qué se supone que estás haciendo?».

«Te dije que tenías un dilema, Shizuko. Imagino que has tenido tiempo de pensar en ello».

«¿Me estás poniendo a prueba? ¿Quieres que tenga que decidir entre rebelarme o verme obligada a matarte?».

«No es tan extraño; yo ya me enfrenté una vez a una elección similar».

«Para ti fue más fácil. No eres del todo un shek».

«*Soy* del todo un shek. Y aunque también soy humano, fui parte de la red telepática, sé lo que significa ser uno de vosotros. No simplifiques las cosas».

–Basta –les llegó la voz de Gerde, aburrida, desde la imagen del estanque–. Kirtash, tenía entendido que Ziessel te había pedido que trajeses contigo al unicornio.

Christian avanzó hasta situarse junto al onsen. Dirigió a Gerde una mirada inescrutable.

–Me lo dijo, sí –repuso, con calma–. Pero creo que Victoria no tenía ganas de volver a verte, considerando, además, que aún tienes algo que le pertenece –observó.

–Sé muy bien por qué no la has traído –sonrió el hada–. Era todo lo que necesitaba saber.

–Entonces, ya tienes la información que querías. No era necesario traer a Victoria, ¿ves?

–Puede que no; pero Ziessel te pidió... te ordenó que lo hicieras. ¿No es así?

Christian sonrió para sus adentros. Gerde no podía exhibir demasiada autoridad ante los otros sheks sin desvelar su verdadera esencia. Pero estaba obligando a Shizuko a ejercer la suya. Algunos dudaban ya de que una shek encerrada en un cuerpo humano pudiese ser una buena líder para ellos. El propio Christian era un traidor que no solo había dejado de ser útil, sino que además seguía desafiando a la autoridad de los sheks. Shizuko debería castigarlo por ello. Si no lo hacía, los sheks podrían obligarla a elegir a alguien que la sustituyera como soberano de los sheks. Alguien que no solo mataría a Christian sin dudar sino que, además, podía desahuciarla a ella. Por no hablar de lo que podría hacerle Gerde si volvían a encontrarse.

«¿Por qué has vuelto?», gimió Shizuko en su mente, angustiada. Christian detectó verdadera preocupación en ella, y se sintió conmovido.

«He vuelto a buscarte», dijo solamente. «Pero para eso necesito saber que vas a venir conmigo».

Los ojos rasgados de Shizuko se abrieron de par en par, reflejando una sorpresa que su rostro, tan frío, no solía mostrar.

«Eso no es justo», replicó ella. «Si no eres capaz de tomar una decisión, asúmelo, en lugar de ponerme a mí contra la pared. Sé que quieres que te traicione para poder regresar junto a tu unicornio con la conciencia tranquila, pero no voy a seguirte el juego, porque no es asunto mío».

«Puede que tengas razón. Pero eso no quita el hecho de que, tarde o temprano, tendrías que enfrentarte a esto».

—Cierto, te ordené que me trajeras a la muchacha, y me has desobedecido —le dijo ella en voz alta, respondiendo a la pregunta de Gerde—. Pero siento curiosidad por saber por qué has regresado. Sabías que te mataríamos si te negabas a cumplir mi petición. Si deseas volver a ser considerado uno de nosotros, no deberías contrariarme. Sobre todo teniendo en cuenta que juré no hacer daño a la chica.

Christian le devolvió una larga mirada.

—Ella es un asunto personal —dijo—. Pertenece a mi usshak. Si de verdad me consideráis un shek, deberíais respetar esto. Y si creéis que no soy uno de vosotros, entonces no tengo por qué obedecer a Ziessel. Y mucho menos a Gerde.

—Pero no debemos olvidar quién es ella —dijo entonces Gerde, con una dulce sonrisa—. Si puede entregar la magia, aún es peligrosa: recuerda que mató a Ashran, junto con el dragón... y junto contigo. No creo que debamos dejar pasar esto. Si es inofensiva, no vale la pena pensar más en ella. Pero, si te niegas a traerla, ¿qué vamos a pensar? Dos de los asesinos de Ashran siguen juntos. ¿Cómo sabemos que no conspiran contra nosotros?

—Gerde, tú sabes que quiero protegerla —dijo Christian—. No tengo ninguna intención de obligarla a luchar de nuevo.

—Oh, sigues encaprichado de ella —ronroneó el hada—. Qué curioso que alguien que se precie de ser un shek oculte en su usshak a una criatura medio humana, medio unicornio. Si eres un shek... ¿no deberías tener otro tipo de intereses? ¿Una shek, por ejemplo?

Los pensamientos de Christian y de Shizuko se entrelazaron rápidamente en una misma idea:

«Lo sabe».

Pero Christian había detectado un leve rastro de dolor en la mente de Shizuko, y supo que Gerde había logrado sembrar la duda en su corazón.

Los otros sheks sisearon por lo bajo, desaprobando las palabras de Gerde. Habían captado la insinuación. Sabían que ninguna shek mantendría una relación con un híbrido, pero la misma Ziessel tenía un cuerpo humano. Y los veían a ambos juntos muy a menudo.

Por un lado, la idea les resultaba repugnante. Por otro, si Christian prefería a Victoria antes que a Ziessel, la reina de los sheks, no debía de tener tanta esencia de shek como decía y, por tanto, ellos no tenían por qué respetarlo a él, ni tampoco su usshak.

—Las preferencias de Kirtash no vienen al caso —dijo Shizuko con frialdad—. Dada su naturaleza, dudo mucho que tenga opción.

Akshass entornó los ojos, irritado. Sabía perfectamente que estaba mintiendo. Sabía que realmente tenía opción, que la reina de los sheks podría haberlo acogido a su lado. Pero insistía en proteger a esa joven, una enemiga, y ello solo podía acarrearle la muerte.

El shek se alzó sobre sus anillos, cansado de ser simplemente un observador, e intervino en la conversación; y su voz telepática sonó en las mentes de todos.

«Sí que viene al caso, Ziessel», dijo. «Tal vez tu lamentable accidente te hace experimentar cierta simpatía por el híbrido, simpatía que te impide analizar la situación con frialdad. Pero lo cierto es que la sangrecaliente tiene razón. Le hemos dado al híbrido una segunda oportunidad que no merecía, y ahora discute a su reina una petición que me parece razonable. Todavía no nos ha aclarado si el unicornio conserva o no su poder, y, teniendo en cuenta sus reticencias a hablar del tema, me temo que es así. Protegiendo a la asesina de Ashran y desobedeciendo el deseo de su reina, el híbrido no demuestra arrepentimiento, sino todo lo contrario; para mí está claro que sigue siendo un traidor, y ya se me ha agotado la paciencia. No veo por qué perdemos el tiempo tratando de decidir si debe seguir con vida o no».

Los otros sheks sisearon, mostrando su aprobación. Gerde sonrió.

—Entonces, ¿esas son mis opciones? —dijo Christian en voz alta—. ¿Traeros a Victoria o ser ejecutado por traidor?

—No se trata de eso, Kirtash —respondió Shizuko—. Se te está juzgando por delitos pasados, delitos contra toda la raza shek. Deberías haber sido condenado por ellos hace mucho tiempo y, no obstante, se te ha perdonado la vida... con la condición de que vuelvas a ser útil a los tuyos. A tu reina... a tu dios. Si no aprovechas esta oportunidad, no tendremos más remedio que seguir considerándote un traidor y un enemigo peligroso.

Christian y Shizuko cruzaron una mirada. Sabiéndose en peligro, Christian había cerrado en banda su mente para evitar cualquier posible ataque telepático. Y, no obstante, el canal privado que había creado para Shizuko seguía abierto. Ella se percató de esta circunstancia.

«No deberías hacer esto», le dijo.

«Yo creo que sí», replicó él. «Si crees que merezco morir, entonces mátame tú misma».

«Creo que mereces morir», respondió ella. «Pero no quiero matarte, así que no me obligues a hacerlo».

«Entonces, no me obligues tú a elegir entre Victoria y tú. Lamento decirlo, pero podrías salir malparada».

«No tanto como piensas. Si es cierto que la prefieres a ella, entonces eso significa que no eres lo bastante shek como para merecerme».

–No voy a entregarme así, sin más –dijo Christian, con suavidad pero con firmeza–. El que quiera ejecutarme, tendrá que enfrentarse a mí primero.

Akshass entornó los ojos.

«¿Estás sugiriendo un combate mental?».

–Hay cosas en mi mente que considero demasiado valiosas como para arriesgarlas de ese modo –repuso Christian–. No; me estoy refiriendo a un combate cuerpo a cuerpo.

Los sheks sisearon, disgustados. No tenían por costumbre pelear cuerpo a cuerpo, excepto cuando estaban realmente furiosos, o cuando luchaban contra enemigos que no poseían una mente adecuada para el combate mental.

«¿Lo crees adecuado, Ziessel?», le preguntó Akshass a Shizuko.

Ella tardó un poco en contestar.

–Entiendo que el híbrido quiera luchar por su vida –dijo–. No obstante, lo veo innecesario. Porque, aunque llegara a derrotarte, después tendría que luchar contra cualquier otro que desease ejecutarlo. Acabará muriendo de todas formas. Pero si desea morir luchando, no veo razón para negárselo.

«Sea», dijo Akshass entonces. «Pelearé contra ti en un combate cuerpo a cuerpo».

–Gracias –respondió Christian, y se transformó lentamente en shek.

Cuando abrió las alas, estiró los anillos y echó la cabeza hacia atrás, con un siseo de satisfacción, fue muy consciente de la mirada anhelante que Shizuko le dirigió. Nunca se había mostrado como shek ante ella, porque sabía que le dolía que le recordasen que ella ya nunca más podría recuperar su verdadero cuerpo. Pero ahora no pudo evitar dirigirle una larga mirada. Shizuko captó inmediatamente su significado: resultaba irónico que lo acusara de no ser un shek completo, cuando, a diferencia de ella, poseía alma y cuerpo de shek.

«Podrías desaparecer de aquí, marcharte cuando quisieras», le dijo a Christian en privado. «¿Por qué vas a luchar? ¿Por qué no te has ido ya?».

«Porque te estoy esperando», contestó él.

«¿En serio crees que voy a abandonarlo todo... para ir contigo?».

«Sientes algo por mí. No trates de negarlo».

«No lo estoy negando. Pero eso no basta, Kirtash».

Él le dirigió una larga mirada.

«¿No confías en mí?».

«¿Cómo quieres que confíe en ti?».

Christian siseó. «Victoria sí confía en mí», se dijo. Se recordó a sí mismo que su relación con ella duraba ya casi dos años. En cambio, Shizuko y él apenas estaban empezando a conocerse: era normal que Shizuko pusiera reparos a la idea de tomar partido por él. Pero Victoria le había dado la mano la primera vez que le pidió que lo acompañara. Incluso cuando eran enemigos, cuando ella no habría tenido por qué confiar en él... incluso entonces, Victoria lo habría dejado todo por seguirlo. Eso no basta, había dicho Shizuko. Y aunque Christian entendía la postura de la shek, y no podía reprochárselo, tampoco pudo evitar pensar que a Victoria sí le había bastado.

Claro que Victoria no era una shek. La racionalidad de Shizuko le impediría colocar sus sentimientos por encima de lo que era lógico y razonable. Christian lo comprendía. Había seguido un impulso la primera vez que había perdonado la vida a Victoria, pero después de eso había tardado dos años en decidir que lo abandonaría todo por ella. Victoria, en cambio, no se lo había pensado dos veces. ¿Le había dado la mano entonces porque era un unicornio... o porque era humana?

¿Y si Shizuko hubiese tenido más tiempo para reflexionar? ¿Si Gerde no la estuviese obligando a decidir entre sus sentimientos y su deber para con los otros sheks?

«Si tuviésemos más tiempo», le dijo a ella entonces, «tal vez nuestro vínculo acabaría por hacerse más sólido. Pero Gerde no nos lo va a permitir. ¿Dejarás que se salga con la suya?».

Shizuko no respondió. Le cerró su mente, y Christian entendió que le dejaba libertad para hacer lo que creyera conveniente. No obstante, él siguió esperando.

Akshass se echó un poco hacia atrás y le enseñó los colmillos. Christian le devolvió el gesto.

Los otros sheks retrocedieron para dejarles espacio. Shizuko se situó detrás del onsen y reparó entonces en la imagen de Gerde, que seguía contemplándolo todo con interés.

—¿Por qué estás haciendo esto? —le preguntó en voz baja, consciente de que había sido el hada quien había precipitado aquella situación.

—Espera y verás —sonrió ella.

Observaron a Christian y Akshass, mientras movían las alas lentamente, tensaban sus largos cuerpos de serpiente y siseaban por lo bajo, mostrándose los colmillos. Aquel intercambio previo de amenazas duró apenas un par de minutos. Enseguida, Akshass lanzó la cabeza hacia adelante, en un movimiento rapidísimo, que Christian pudo esquivar a duras penas. Batió las alas hasta elevarse un poco en el aire y, desde ahí, atacó a su adversario. Pronto, los dos estuvieron enredados en un combate a muerte, tratando de morder o estrangular al otro. Pero resultaba difícil, porque los largos cuerpos de los sheks, muy útiles para inmovilizar a criaturas grandes, como los dragones, se mostraban ineficaces a la hora de envolver el cuerpo de otra serpiente. Por otra parte, el veneno de los sheks era solo peligroso para ellos en grandes dosis. De modo que una mordedura, que para otra criatura habría resultado letal, para un shek solo era dolorosa. Podrían estar horas peleando sin que hubiese un claro vencedor.

Shizuko los contemplaba, aparentemente impertérrita, aunque por dentro se hallaba ante un dilema. Sabía por qué Christian estaba haciendo aquello. Era su forma de desafiar a Gerde. Le demostraba que no tenía poder sobre él, al menos en lo que a Victoria se refería. Y, no obstante, no pudo dejar de preguntarse si habría podido contrariarla del mismo modo de haber estado realmente frente a ella, y no a miles de mundos de distancia.

Pero había otra razón, y era la propia Shizuko. Christian le estaba pidiendo que se implicase, que decidiese qué era más importante para ella, si su deber como reina de los sheks o la relación que había iniciado con él. Y no lo hacía solo por ella. Si Shizuko lo rechazaba ahora, entonces él no tendría que elegir entre ella y el unicornio.

Shizuko jamás le había pedido que escogiera a una de las dos. Pero ahora, Gerde los había puesto en un compromiso a ambos, puesto que ya no era una cuestión sentimental, sino de lealtad. Protegiendo a Victoria, Christian no estaba simplemente contrariando a Shizuko, sino que estaba ignorando la petición de la reina de los sheks. Estaba demostrando, una vez más, que no era uno de ellos.

Lo que Shizuko no terminaba de entender era por qué Gerde había llevado a Christian a aquella situación. Si hubiese querido matarlo, lo habría hecho tiempo atrás.

Ante ella, ambos sheks seguían combatiendo. Un furioso coletazo hizo retumbar el suelo, cerca del manantial, y Shizuko recordó, de nuevo, lo frágil que era su cuerpo humano, que podía ser destrozado con tanta facilidad. Retrocedió un poco más.

Ninguno de los dos parecía un claro ganador. Christian había logrado inmovilizar una de las alas de Akshass, que movía la otra mientras trataba de clavar los colmillos en el cuello de su oponente. Christian oprimió más el ala de Akshass, hasta hacerla crujir; pero el shek, con un chillido de ira y de dolor, logró hundir los colmillos en el cuerpo anillado del híbrido.

—¡Basta! —dijo entonces una voz—. ¡No es necesario todo esto!

Aunque el ruido acalló sus palabras, la mente de Christian las captó con claridad, porque había percibido su presencia. Dejó que fluyeran a la mente de todos los sheks, y Akshass, desconcertado, soltó su presa. Christian también aflojó la presión que ejercía sobre el ala de su contrario.

La batalla se detuvo.

Los ojos de los sheks se clavaron, relucientes, en la persona que acababa de llegar. El rostro de Shizuko permaneció impenetrable, y Gerde sonrió.

Christian cerró los ojos un momento. No necesitaba volverse para saber quién acababa de colocarse a su lado, aparentemente sin temor a Akshass ni a los otros sheks. Los dos combatientes desenredaron sus cuerpos y se separaron, y Christian recuperó su aspecto humano. Las heridas recibidas en su cuerpo de shek se manifestaban también en aquel cuerpo, por lo que se tambaleó un momento, presa de una súbita debilidad. Inmediatamente, alguien acudió en su ayuda y lo sostuvo para que no cayera al suelo. El simple contacto con ella hizo que su energía curativa fluyese a través de su cuerpo, dulcemente, sanando sus heridas poco a poco. Y Christian se alegró de que estuviera allí, pero, por otro lado, lo lamentó.

—Pero qué predecibles sois —rió Gerde, encantada.

Victoria alzó la cabeza al oír su voz y la buscó con la mirada. Descubrió su imagen en la superficie helada del onsen y se mostró desconcertada un momento. Enseguida reaccionó y respondió:

—Ya estoy aquí. Ya me ves. ¿No era eso lo que querías?

La sonrisa de Gerde se hizo más amplia.

—Sí —dijo—. Esto era exactamente lo que quería.

Todos los sheks contemplaron a Victoria con curiosidad, y ella soportó aquel examen sin mover un músculo. Entonces se volvió hacia Shizuko.

—Ziessel, reina de los sheks —dijo—. Te saludo, y te pido que perdones a Kirtash. Estoy segura de que él no quería ofenderte. La culpa es mía; me he retrasado un poco.

Shizuko esbozó una media sonrisa.

—Eres valiente, muchacha —dijo—. Sabes perfectamente que Kirtash no tenía la menor intención de traerte consigo hoy. Y sabes que yo lo sé.

—Tal vez —asintió ella—. Pero eso no cambia que le habías pedido que te trajera ante mí, y lo ha hecho. Porque he venido por él.

Estas últimas palabras las pronunció en voz alta, sin titubear, con total convicción. Los sheks entornaron los ojos y la miraron en silencio.

«¿Qué haces, Victoria?», preguntó Christian en su mente.

«Sacarte de los líos en que te metes... una vez más», respondió ella. «A ver si de una vez aprendes a contar conmigo».

Christian sonrió, a su pesar.

«Si pretendes salvar la vida del híbrido, no es buena idea recordarnos su relación contigo», dijo Akshass. «No podemos olvidar que tú eres Lunnaris, el último unicornio. La asesina de Ashran».

—Soy Lunnaris —asintió ella—, el último unicornio, por obra y gracia de Ashran, que exterminó a todos los míos en un solo día. Ashran, que envió a varios asesinos a matarme cuando estaba en el exilio. Ashran, quien me torturó para arrebatarme la magia en cuanto me tuvo en sus garras. Ashran, que amenazó con matar a mis seres queridos y, finalmente, me amputó el cuerno. Cualquiera de vosotros lo habría matado por mucho menos de eso, así que no creo que tengáis nada que reprocharme al respecto.

La sonrisa de Christian se hizo más amplia. Se cruzó de brazos y dejó la situación en manos de Victoria.

–Sí, no cabe duda de que tenías una cuenta pendiente con él –dijo Gerde, con una aviesa sonrisa.

–Una cuenta que aún no ha sido convenientemente saldada –replicó Victoria–. Como compensación por los agravios recibidos, y como gesto de buena voluntad, sería todo un detalle por tu parte que me devolvieras lo que es mío. Es decir, mi cuerno. El cuerno que Ashran me arrebató y que, misteriosamente, ha ido a parar a tus manos.

El hada se echó a reír.

–Te veo muy agresiva, Lunnaris. Tal vez no te convenga desafiarme. Recuerda que el cuerno no es lo único que tengo tuyo –añadió, lanzando una significativa mirada a Christian. El shek, todavía de brazos cruzados, ladeó la cabeza, pero no se inmutó.

–Christian no te pertenece, bruja –le espetó Victoria–. Nunca te ha pertenecido, ni a ti ni a nadie.

–¿Eso crees? –rió Gerde–. Tengo poder para hacerle daño, y lo sabes. Solo por eso deberías mostrarme un poco más de respeto.

«Basta ya», intervino Akshass. «No me interesan las disputas de las mujeres sangrecaliente. ¿Adónde nos lleva todo esto?».

–Soy yo quien debe decidirlo –dijo Shizuko; sus ojos se mostraron más duros y fríos de lo habitual–. Bien; puedo aceptar la palabra de Kirtash de que Lunnaris no quiere regresar a la lucha, aunque muestre animadversión hacia Gerde. Si lo deseáis, os dejaré marchar a los dos. No volveréis a cruzaros en nuestro camino, y nosotros no os perseguiremos. Pero a cambio, y para romper los vínculos de Kirtash con la red de los sheks, exijo que se nos devuelva algo que nos pertenece. Exijo a Shiskatchegg, el Ojo de la Serpiente.

Christian se quedó helado. Victoria vaciló por primera vez, y ocultó detrás de la espalda la mano en la que llevaba el anillo.

–Shiskatchegg me fue entregado a mí –replicó Christian con suavidad– porque yo era el único shek que podía llevarlo.

–Pero ya no eres el único –hizo notar Shizuko; alzó las manos y agitó los dedos ante él–. Hasta ahora no tenía sentido reclamarlo, pero ahora lo que no tiene sentido es que semejante joya esté en manos de un traidor, cuando la reina de los sheks tiene manos humanas que pueden lucirlo.

«Shizuko, no puedes hacerme esto», le dijo él.

«Te estoy dando una oportunidad de salir con vida, a ti y a tu unicornio», replicó ella, irritada. «Estoy negociando. La cólera de los sheks se aplacará si nos devuelves el anillo».

«Todo esto ha sido idea de Gerde, ¿verdad?».

«¿Qué importa eso?».

Christian calló, indeciso. Victoria se pegó más a él.

«La petición de Ziessel me parece razonable», dijo uno de los sheks, y los otros sisearon, mostrando su aprobación.

«Me temo que es tu última oportunidad de ser perdonado, híbrido», comentó Akshass.

Victoria avanzó un paso, pero Christian la retuvo por el brazo.

–Le entregué el anillo a Lunnaris para poder mantener un vínculo mental con ella –dijo con serenidad.

Los sheks sisearon por lo bajo.

«¿Acaso ese vínculo es para ti más importante que la petición de la reina de los sheks?», preguntó Akshass. «¿Más importante que la posibilidad de ser aceptado de nuevo entre nosotros?».

Christian y Shizuko cruzaron una larga mirada. Victoria seguía en pie junto a él, en silencio. Intuía lo que estaba sufriendo Christian, porque tiempo atrás también ella había tenido que elegir. La relación que mantenían ellos dos significaba mucho para ambos, pero Shizuko le ofrecía la posibilidad de regresar con los sheks. Incluso... ¿podría llegar a ser para él una compañera más adecuada que la propia Victoria?

Christian seguía en pie, con la mirada clavada en Shizuko.

«Me pides que renuncie a mi vínculo con Victoria», le dijo. «Pero tú no estarías dispuesta a sacrificar tu vínculo con los otros sheks».

«No lo reduzcas a una cuestión sentimental, Kirtash», repuso ella.

«*Es* una cuestión sentimental. Si no fuera así, me habrías matado en cuanto dejé de seros útil».

«Responde, híbrido», insistió Akshass. «¿Es para ti más importante tu vínculo con Lunnaris que la posibilidad de regresar a la red de los sheks?».

Christian sintió que Victoria le cogía de la mano para llamar su atención, y se volvió hacia ella. «Haz lo que tengas que hacer», le decía la joven con la mirada. Christian supo que, si la abandonaba en aquel mismo momento, ella no se lo reprocharía. Y ya no tuvo más dudas.

–Sí –dijo solamente.

«Entonces, no hay más que hablar», dijo Akshass.

–No –concedió Shizuko–. No hay más que hablar.

«Lo siento», le dijo Christian.

«No lo sientas. Si fueras un shek de verdad, te habrías quedado conmigo. Así que, al fin y al cabo, ella tenía razón: no eres más que un medio shek traidor. Estarás mejor muerto».

«Tal vez. Pero me importas. Aunque te cueste creerlo».

Shizuko entendió que aquellas eran sus últimas palabras, apenas un instante antes de que los dos se desvanecieran en el aire. No tuvo tiempo de dar la alarma. Para cuando quiso hacerlo, Christian y Victoria ya se habían marchado.

Los sheks no perdieron tiempo en enfurecerse ni en lamentarse.

«¿Cómo ha podido ocurrir?», preguntó uno de ellos.

«Combina la magia con el poder del shek», respondió Shizuko. «Puede transportarse a su usshak».

Akshass se estaba lamiendo las heridas, pero alzó la cabeza para mirarla, y dijo:

«Tú sabes dónde está su usshak. Podemos ir tras él».

«No».

«¿Por qué no? No me digas que aún crees que debemos respetarlo».

«No. Es porque su usshak está muy lejos de aquí. Cuando lleguemos, ya se habrán marchado a otro lugar. Un lugar donde ninguno de nosotros puede entrar. Para entonces, el vínculo mental se habrá roto del todo. No podremos alcanzarlos».

«En tal caso, podrían haberse marchado en cualquier momento», dijo uno de los sheks. «¿A qué estaban esperando?».

«A mí», respondió Shizuko. Pero no dio más explicaciones.

Christian y Victoria se dejaron caer sobre el sofá; ella se lanzó a sus brazos, temblando.

–¿Qué has hecho? –gimió–. ¡Pueden seguirte hasta aquí! ¡Ya no respetarán este sitio!

—Nos iremos a Limbhad dentro de un rato —le prometió Christian—. En cuanto termine de desvanecerse mi vínculo telepático con Shizuko.

Victoria dejó que su magia penetrase de nuevo en él, para terminar de curarlo.

—Christian, lo siento —murmuró, tras un instante de silencio.

Él se encogió de hombros.

—No pasa nada. Lo veía venir, de todas formas. Puede que ella sintiera de verdad algo por mí, pero nunca ha llegado a olvidar, ni por un instante, que soy en parte humano.

Victoria lo abrazó con más fuerza.

—Le has negado tantas cosas... una detrás de otra... por mí.

—En realidad se las estaba negando a Gerde. Shizuko jamás me ha exigido nada que tenga que ver contigo. Pero Gerde la ha obligado a ello.

—Es cruel —opinó Victoria—. No entiendo qué es lo que quiere.

—Yo sí: quiere que regrese a Idhún con ella. Acepté su encargo porque me permitiría volver a la Tierra de forma rápida y sin problemas. Ayudé a los sheks porque, aliándome con ellos, la Tierra sería un lugar seguro para nosotros. Pero ahora que he cumplido con lo que se esperaba de mí, Gerde me reclama de nuevo en Idhún. Lo cierto es que yo no tenía ninguna intención de volver, así que la única forma que tenía de conseguir que regresara era enemistándome con Shizuko y los suyos, destruyendo este refugio seguro.

—Pero puedes ocultarte en Limbhad. Allí ella no puede alcanzarte.

—No podré esconderme eternamente. Además, llevamos ya varias semanas aquí y Jack todavía no ha venido. No tardarás en querer regresar a Idhún a buscarlo.

—¡Pero tú no tienes por qué venir conmigo! —replicó ella con energía—. Puedes esperarnos aquí...

—No, Victoria. Ahora mismo, Idhún es un lugar muy peligroso para ti, por muchos motivos. Si has de volver, yo quiero acompañarte.

Victoria sacudió la cabeza.

—Deberías dejar de preocuparte tanto por mí —opinó—. Eso solo te causa problemas.

Christian la miró y sonrió.

—No lo entiendes, ¿verdad? —le dijo con suavidad—. Si te pasara algo, yo lo perdería todo. Porque eres todo lo que me queda.

Victoria tragó saliva.

–Eso no es cierto –dijo–. Te tendrías a ti mismo...

–¿De la misma forma que tú te tenías a ti misma cuando creíste perder a Jack? –contraatacó él.

Victoria guardó silencio.

–Confieso que he tenido miedo –prosiguió Christian–. Tuve miedo de perderte, y cuando conocí a Shizuko... sentí que se me concedía otra oportunidad de recuperar mi espacio. No es la primera vez que sucede. Ashran ya me ofreció en su día la oportunidad de regresar junto a mi gente, a cambio de que matara a Jack. Y me negué..., aunque luego las cosas se torcieron. Pero en todo momento mi intención fue respetar la vida de Jack.

–Lo sé –asintió ella.

–Debería haber aprendido la lección entonces. Los sheks pueden darme muchas oportunidades, pero, tarde o temprano, me pedirán que renuncie a ti, de una forma o de otra. Y es algo que no puedo concederles... ni siquiera por Shizuko.

–Creo que eso era lo que Gerde quería que admitieras hoy –dijo Victoria en voz baja–. Delante de todos y delante de la propia Shizuko. Te ha cerrado las puertas, Christian. ¿Por qué habrías de volver con ella... si ella misma te arrebata la posibilidad de volver a estar vinculado a los sheks?

–Porque solo ella puede volver a abrirme la puerta que ahora me cierra, Victoria. Pero esa no es la única razón, ni la más importante.

Victoria lo miró, intrigada, pero él no dio más detalles.

Lo esperó mientras hacía el equipaje; no tardó mucho, porque cogió solo lo imprescindible.

–Podemos marcharnos ya –anunció después–. He terminado de deshacer los últimos restos de la conciencia de Shizuko que quedaban en mi mente.

Parecía triste. Victoria lo abrazó con todas sus fuerzas, para consolarlo. Christian correspondió a su abrazo y echó un último vistazo a su piso, antes de abandonarlo, tal vez para siempre.

Aparecieron de nuevo en Limbhad. Por una parte, a Victoria le alegraba estar de vuelta. Por otra, sabía que echaría de menos el apartamento de Christian en Nueva York.

La joven acudió a la biblioteca y pidió al Alma que le mostrara a Jack. Se acordaba de él a menudo, pero solía resistir la tentación de observarlo a través del Alma. Aquella vez, sin embargo, lo hizo de nuevo, porque se sentía inquieta. Christian tenía razón: Jack ya debería haber regresado a la Tierra.

La tranquilizó comprobar que estaba bien. Lo vio transformado en dragón, sobrevolando el mar. Shail y Alexander cabalgaban sobre su lomo, y Victoria sonrió. Bien, parecía que Jack estaba aprovechando el tiempo. Se había reunido con Shail y había encontrado a Alexander. Se alegró de volver a verlos, y se preguntó si Shail y Alexander estarían dispuestos a volver a la Tierra con Jack.

Se le hizo extraño pensar en aquellos tres jóvenes, el alma de la Resistencia, que ahora estaban en Idhún, mientras que Limbhad, su cuartel general, quedaba ahora a cargo de ella... y de Christian, su enemigo.

Salió de la biblioteca y lo buscó por toda la casa. Lo halló en una de las habitaciones más apartadas; la que había sido suya en el breve tiempo que había permanecido en Limbhad, antes de cruzar la Puerta interdimensional con destino a Idhún. Estaba guardando sus cosas en el armario. Victoria lo contempló en silencio, hasta que él se detuvo y la miró con seriedad.

–¿Todo bien?

–Sí, por el momento –asintió ella–. Jack está bien, e Idhún no ha estallado en pedazos todavía, así que creo que podemos darle un poco más de tiempo... esperarlo un poco más.

Christian asintió.

–Bien –dijo–. Yo esperaré aquí, contigo, hasta que llegue Jack, o hasta que decidas regresar a Idhún a buscarlo.

–Y si decido regresar, ¿no me lo impedirás?

El shek sacudió la cabeza.

–Te enfrentaste a Gerde, Victoria. Le plantaste cara, a ella y a un grupo de sheks que tenían motivos para matarte. Eso quiere decir que ya te has recuperado del todo. No me gusta la idea de que vuelvas a Idhún, pero ya no puedo obligarte a permanecer aquí. Si se da el caso de que desees regresar, respetaré tu decisión y abriré la Puerta para ti.

–Gracias –sonrió ella.

Cruzaron una larga mirada. Victoria fue entonces consciente, por primera vez, de que estaban juntos y solos en Limbhad. Y de que él ya le prestaba toda su atención. La idea hizo que le latiera más deprisa el corazón.

–Y ahora, ¿qué? –murmuró.

Christian tomó su rostro con las manos y la miró a los ojos.

–¿Ahora? –repitió–. Ahora tengo intención de recuperar todo el tiempo perdido, si me lo permites –dijo, y la besó con suavidad.

Aquella tarde, cuando Shizuko llegó a su casa, lo primero que hizo fue quitar un cuadro que había en una de las habitaciones y colgar un espejo en su lugar.

No era un espejo cualquiera. Estaba hecho con cristal de hielo, el mismo hielo del onsen en el que se había manifestado el rostro de Gerde. Así, la ventana interdimensional ya no estaba en Hokkaido, sino en aquel pequeño espejo redondeado... en la misma casa de Shizuko, en Takanawa.

Aquel apartamento era su usshak. La verdadera Shizuko había vivido con sus padres en Osaka, pero ella se había trasladado a Tokio, no solo porque allí resultaba más fácil hacer avanzar las cosas, sino también porque necesitaba independencia, privacidad e intimidad. Porque, como todos los sheks, necesitaba un refugio seguro que fuese solo para ella.

Aquello no dejaba de resultar irónico. Fiel al espíritu del usshak, Shizuko nunca había permitido a Christian pasar más allá de la terraza. Pero, en cambio, colgaba aquel espejo en una de las habitaciones más recónditas de la casa.

Se separó un poco de la pared y contempló su propia imagen reflejada. Se preguntó si algún día llegaría a acostumbrarse a ella.

Poco a poco, el rostro de Gerde fue ocupando su lugar sobre la lisa superficie del espejo.

«Funciona», comentó Shizuko con gesto inexpresivo.

–¿Acaso lo dudabas? –sonrió ella.

Shizuko no respondió. Pese a que su rostro no manifestaba la menor emoción, Gerde adivinó lo que pensaba.

–Ha estado encaprichado con ese unicornio desde la primera vez que la vio –dijo–. No tiene nada que ver contigo.

Shizuko se sintió molesta, pero no lo dejó traslucir.

«Sabías lo que iba a pasar, ¿verdad?».

–Sí, lo sabía. No es la primera vez que Kirtash se niega a traicionar a Victoria. Y no es la primera vez que ella acude corriendo a rescatarlo. Se puede tratar con Kirtash en la medida en que no se le pida que perjudique a Victoria. De lo contrario, no hay nada que hacer con él.

«Entonces, ¿qué sentido tenía toda esa farsa?».

–Obligar a Kirtash a romper su relación con vosotros. Ahora solo tiene una posibilidad, y es regresar a Idhún, porque en la Tierra no se sentirá cómodo ni seguro. Así que volverá a mi lado. Y me traerá a Victoria consigo.

«Había otras maneras de hacerlo», dijo Shizuko, tensa.

–No, no las había. No mientras tú siguieras protegiéndolo, haciéndole creer que tiene una salida.

Shizuko calló, pensativa.

«Has hecho bien», dijo entonces. «Cometía un error confiando en él».

–No eres la primera que comete ese error, créeme –le aseguró Gerde–. Ni serás la última.

La shek entornó los ojos y cambió de tema:

«Ahora ya sabes que el unicornio ha recuperado su poder. ¿Tan importante era esa información?».

–Sospechaba que era así. Lo imaginé cuando me dijiste que Kirtash se la había llevado consigo a la Tierra. Si ella fuese una simple humana, dudo que se hubiese tomado la molestia de alejarla de mí.

«Y si lo sabías, ¿para qué necesitabas verlo con tus propios ojos?».

–Porque quiero que ellos sepan que yo lo sé. Eso obligará a Kirtash a regresar conmigo y, dado que el último dragón sigue en Idhún, por lo que parece, Victoria acabará volviendo también con ellos.

«¿Tienes planes para ella, acaso?».

–Tal vez –sonrió Gerde–, aunque, de momento, lo único que me interesa es que, casi con toda seguridad, ha recuperado su capacidad de entregar la magia. Y por eso quiero que vuelva a Idhún. No quiero que haya en la Tierra una sola persona capaz de conceder la magia...

«... Aparte de ti», comprendió Shizuko. «¿Es cierto, pues, que posees un cuerno de unicornio?».

–Así es. Y será de mucha utilidad en un futuro. En un mundo sin magos, como la Tierra, aquel que pueda resucitar la magia tendrá la llave para hacerse con todo el planeta.

«No te resultará tan sencillo», opinó Shizuko. «La mayor parte de los humanos de este mundo ya no creen en la magia, y desconfiarán de ella y de todo aquel que la haga resurgir. Por otra parte, no están muy abiertos a tratar con otras especies. Dominan a la fuerza todo aquello que no es humano, y si además se trata de una especie inteligente, o bien se esfuerzan en convencerse de que no existe, o bien lo combaten con fiereza, creyéndolo una amenaza. No conciben la idea de que haya más criaturas racionales aparte de ellos, y mucho menos que exista alguna otra especie que los supere en inteligencia y complejidad. Por no hablar del hecho de que casi todas las sociedades de este planeta son patriarcales. Hay muy pocas mujeres en el poder, incluso en los países en los que son mejor valoradas. Es extraño, pero estos humanos tienen la curiosa idea de que la mente femenina es menos capaz que la masculina».

Gerde encontró la idea muy divertida.

–¿De verdad? Esto promete ser muy interesante.

«¿Interesante? Yo lo encuentro más bien absurdo».

–De modo que por ser mujer, de una raza no humana, y poseer poderes mágicos, crees que en la Tierra no se me tratará bien –sonrió Gerde.

«Hay algo más. En este mundo hay serpientes: criaturas sencillas e irracionales, nada comparado a los sheks o a los szish; pero las hay, y en varias tradiciones religiosas son la encarnación del mal. Aunque solo sea por motivos religiosos, mi gente no será bien vista aquí. Tardaremos mucho tiempo en cambiar esta circunstancia. La Tierra es un mundo muy poblado... excesivamente poblado, diría yo».

Gerde inclinó la cabeza, pensativa.

–Por eso Kirtash era tan útil –comentó–. Aprendió rápidamente cómo funcionaba la Tierra, y hasta logró un cierto poder allí, por lo que tengo entendido.

Shizuko no permitió que aquella pulla la alterara.

«Él pasó años aquí. Yo no he tenido tanto tiempo», le recordó.

–Y no tenemos mucho más –dijo Gerde; Shizuko percibió una fugaz sombra de miedo en su mirada, pero fue tan breve que creyó que lo había imaginado–. La emigración tendrá que comenzar antes de lo que pensaba.

«He pensado en ello», respondió Shizuko. «He comprado amplios terrenos en Mongolia: es un lugar grande, frío y lo bastante despoblado como para que no llamemos la atención, al menos al principio. Un lugar adecuado para sheks y para szish... pero no para un hada», añadió, mirándola dubitativamente.

Gerde asintió.

–Lo sé –dijo–. Estuve en la Tierra hace tiempo, y ya sé que las ciudades de allí no me sientan bien.

«Por lo que sé, la raza feérica vivió en la Tierra hace mucho tiempo», dijo Shizuko. «Los humanos los exterminaron cuando destruyeron la mayor parte de sus grandes bosques. Es muy propio de los sangrecaliente matarse unos a otros, pero estos humanos en concreto son una raza cruel, soberbia, egoísta y peligrosa».

–Bueno, tendré que correr el riesgo. De todas formas, lo tengo todo previsto. Si a mí me sucediera algo, otra persona ocuparía mi lugar. Así que el legado del Séptimo no se perderá, y vosotros no estaréis solos en un mundo extraño.

Shizuko la miró fijamente. Gerde dejó que una idea flotase en sus pensamientos superficiales para que ella la captara.

«Ya veo», dijo. «¿Y por qué no escoger a un shek? ¿Por qué nuestro dios siempre busca identidades tan...?».

Dejó la pregunta sin concluir, pero Gerde entendió lo que quería decir. Rió de buena gana.

–Hay varias razones –dijo–. La primera, que mientras los Seis vigilen Idhún, la esencia del Séptimo estará más segura en una identidad más modesta: un shek llama mucho la atención. Y, sin embargo, a veces los dioses lo descubren... como sucedió con Ashran, antes de la conjunción astral.

»Por otra parte, el espíritu de un shek es algo sumamente poderoso. Podría convivir con el espíritu de un humano, con un cierto éxito, como ya hemos visto. Pero no con el de un dios. Un espíritu divino no puede compartir un mismo cuerpo con el alma de un shek: ambos son demasiado grandes. Necesita algo más pequeño, más humilde; de lo contrario, la fusión entre ambas esencias no sería del todo perfecta, y daría problemas.

«Hay precedentes, ¿no es cierto?».

–Sí –suspiró Gerde–. A lo largo de los siglos, el Séptimo ha tratado de volver al mundo, repetidas veces, a través de recipientes mortales. Y créeme: donde se ha sentido más cómodo ha sido en el interior de hechiceros sangrecaliente. Por extraño que te parezca.

«No es tan extraño, si tenemos en cuenta que no hay muchos magos entre los szish».

–Cierto; y, no obstante, ahora que podemos cambiar esta circunstancia, estoy empezando a pensar que puede que no sea tan buena idea. Puede que en un futuro, cuando iniciemos la conquista de la Tierra...

La interrumpió un agudo pitido procedente de la muñeca de Shizuko. Ella apagó la alarma del reloj, con calma.

–¿Qué es eso?

«Un artefacto que sirve para avisar de que ha llegado la hora».

–¿La hora de qué?

«Cualquier hora. Me cuesta mucho adaptarme a los rígidos horarios de estos humanos, así que necesito que me recuerden que el tiempo pasa demasiado rápido. Son las ocho, y debería empezar a prepararme ya. Tengo una cita importante».

Gerde sonrió.

–Me alegra ver que has superado lo de Kirtash, Ziessel.

«No había nada que superar. No es más que un humano que juega a ser un shek».

Gerde no respondió. Se despidió de ella, pero, cuando su imagen ya se desvanecía en el espejo, Shizuko volvió a llamarla.

«Siento curiosidad», le dijo. «¿Por qué te refieres al Séptimo como si fuera otra persona?».

El hada le dirigió una encantadora sonrisa.

–Porque, aunque ahora soy la Séptima diosa, en el fondo nunca he dejado de ser Gerde.

–¿Cómo hemos llegado a esto? –se preguntó Victoria en voz alta.

Estaba con Christian; yacían ambos en la cama de él, uno en brazos del otro. Pero la pregunta de Victoria iba más allá de la situación. Había estado contemplando a Christian en la penumbra, aprendiéndose todos los rasgos de su rostro, disfrutando de su presencia, de aquel tiempo que era solo de ellos dos. Y no había podido evitar recordar los tiempos en que habían sido enemigos.

Christian no contestó. Se limitó a volver la cabeza hacia ella y a dirigirle una mirada insondable.

–¿Recuerdas cuando me perseguiste en el metro? –insistió Victoria–. Parece haber pasado una eternidad desde entonces.

Christian despegó los labios por fin.

—Sí, lo recuerdo.

Victoria apoyó la cabeza en el pecho de él, con un profundo suspiro.

—Lo que quiero decir es que aquella noche tuve pesadillas —le confió—. Entonces ni se me habría pasado por la cabeza que años más tarde estaríamos así, tú y yo. Si te paras a pensarlo... es extraño. Si me lo hubiesen dicho entonces, no me lo habría creído. Me habría parecido una idea horrible y absurda.

Christian sonrió.

—Pero no ha sido tan malo, ¿no?

Victoria se ruborizó hasta la raíz del cabello.

—No estaba hablando de eso —protestó—. Me refiero a que a veces pienso que no soy la misma persona. Que debo de haber cambiado mucho, o tú has cambiado mucho, o que quizá las cosas no son siempre lo que parecen...

—Lo sé —la tranquilizó él—. Solo te estaba tomando el pelo. Me gusta hacerte sonrojar.

—Eres perverso —sonrió ella—. Esta noche resulta imposible mantener una conversación seria contigo.

—Tal vez —Christian se estiró como un felino; Victoria pensó, de pronto, que nunca lo había visto tan relajado—. Eso se debe a que estoy cansado. Tengo la impresión de que he pasado mucho tiempo en tensión, y por una vez me siento seguro y a salvo, y sin tareas importantes que llevar a cabo. Es una sensación agradable.

Victoria sonrió otra vez.

—Es parte de la magia de Limbhad —dijo.

Christian dejó caer la mano sobre su cabeza para acariciarle el pelo. Había cerrado los ojos de nuevo. Victoria se arrimó más a él y rodeó su cintura con el brazo.

—¿Quieres hablar de cosas serias? —preguntó entonces el shek, con suavidad.

—Me gusta conversar contigo. Y últimamente hemos hablado tan poco...

—No hemos pasado mucho tiempo juntos, es verdad. Sé que al venir conmigo a la Tierra dejaste atrás a Jack, y eso ha sido duro para ti. Debería habértelo compensado como se merece.

—No importa —dijo ella, y lo pensaba de verdad—. Puedo entender cómo te sentías.

–Supongo que tú puedes entenderlo mejor que nadie –sonrió Christian–. Pero podrías no haberlo hecho. Podría haber regresado a casa un día y descubrir que te habías marchado con Jack.

–¿Te habría importado mucho?

–Si hubiese sido para siempre, sí.

–Pero nunca he tenido intención de abandonarte. También yo creí que te marcharías para siempre con Shizuko.

–Llevabas puesto a Shiskatchegg. Tenías acceso a mi usshak. ¿De verdad pensabas que no te quería a mi lado?

Victoria no dijo nada.

–No obstante –prosiguió Christian–, debí haberte contado lo que pasaba, desde el principio. Creo que tenía miedo de descubrir que ya no sentía lo mismo por ti. Y es un contrasentido, ¿verdad? Temía que ya no fuera lo mismo y que eso me obligase a echarte de mi vida... y lo temía, porque en el fondo no quería que te marchases, lo cual, implícitamente, quiere decir que nunca dejé de amarte. Es absurdo, pero a veces el corazón tiene una lógica extraña.

Victoria reflexionó sobre el razonamiento del shek.

–Tú tienes una ventaja –dijo–. Sabes todo lo que pienso, siempre. Si yo dejara de amarte, lo sabrías. Pero yo no puedo saberlo.

–Si algún día dejo de amarte, te lo diré.

Ella lo abrazó con más fuerza.

–Ojalá ese día no llegue nunca –susurró.

Él la miró en silencio, y deslizó la yema del dedo por su mejilla, recorriendo sus rasgos.

–No quiero que las cosas cambien entre nosotros –dijo Victoria–. Por muy sola que me haya sentido estos días, no habría sido capaz de darte la espalda y marcharme con Jack... para siempre.

–Sin embargo, si lo hubieses hecho, yo habría respetado tu decisión. Quiero que esto lo tengas muy en cuenta, de cara al futuro.

–Siempre respetas mis deseos y mis decisiones, salvo cuando me ponen en peligro. Creo que de eso tenemos que hablar tú y yo –sonrió–. Si tú te crees con derecho a ponerte en peligro por mí, deberías permitir que yo hiciera lo mismo.

–Cierto. Supongo que se debe a que eres la primera persona que conozco que me importa de verdad, y por eso deseo protegerte. Sé que a veces puedo resultar irritante.

Victoria sonrió, pero no dijo nada. Quedaron un momento en silencio, hasta que ella preguntó:

–¿Y qué vamos a hacer en el futuro? ¿Qué va a pasar si los dioses destruyen Idhún, si los sheks dominan la Tierra? ¿Adónde iremos tú y yo... y Jack?

–No lo sé, Victoria. Por eso quiso quedarse Jack en Idhún, para descubrir si había alguna manera de salvar el planeta. Y por eso me vine yo a la Tierra, para tratar de asegurar nuestro futuro aquí. Pero ahora que, definitivamente, soy un traidor, me temo que no podemos confiar en la benevolencia de los sheks.

–Podemos luchar contra ellos. Esta mañana solo he contado siete.

–Son más de treinta –sonrió Christian–. Y pronto serán muchos más. ¿Sabes por qué estaba Gerde tan interesada en contactar con Shizuko? Está organizando una gran migración. Se está preparando para enviar a todos los sheks y los szish a la Tierra, para salvarlos de la ira de los Seis.

Victoria tragó saliva.

–Lo sospechaba –murmuró–. Eso quiere decir, pues, que no tiene intención de luchar contra los Seis, ¿no?

–No lo sé. Puede que lo único que esté haciendo sea poner a salvo a su gente antes de la batalla final. O puede que de verdad esté huyendo. No obstante... me resulta extraño que piense que es más sencillo conquistar un nuevo mundo que plantar cara a los Seis, sobre todo teniendo en cuenta que ellos se quedaron sin dragones, y que a ella todavía le queda la mitad de la raza shek.

Victoria sintió un desagradable nudo en el estómago. Se separó de Christian un poco y le dio la espalda, encogiéndose sobre sí misma. Él la contempló un momento antes de decir:

–¿Crees que los Seis no hicieron lo bastante por los tuyos?

–No puedo evitar sentir envidia –susurró–. Tengo la sensación de que tu diosa se preocupa más por su gente que nuestras propias divinidades, los supuestos dioses de la luz. Si se supone que la Séptima divinidad es la encarnación del mal, ¿por qué nuestros dioses son destructores? ¿Por qué no salvaron del exterminio a los dragones y los unicornios?

Christian deslizó un dedo por la espalda desnuda de ella, haciéndola estremecer.

—Los dragones fueron creados para pelear, igual que los sheks —le recordó—. Supongo que eran carne de cañón. Y si a Gerde le interesa tanto conservar a los sheks es porque no deja de tener un cuerpo mortal que quiere proteger.

—Pero los unicornios no teníamos nada que ver con todo esto. Dicen las leyendas que somos más viejos que sheks y dragones. Que la magia fue anterior a la guerra de dioses.

Christian se mostró súbitamente interesado.

—¿De verdad? Explícate.

Victoria sonrió con cierta amargura.

—Te lo habría contado mucho antes si hubieses estado cerca para escucharlo —comentó.

Christian se encogió de hombros, pero no dijo nada. Simplemente, siguió esperando. Con un suspiro, Victoria se acurrucó de nuevo junto a él y le relató la leyenda sobre el origen de los unicornios y la otra versión de la historia de Idhún, aquella que convertía a la mítica Primera Era en algo tan importante como injustamente olvidado.

Christian frunció el ceño, pensativo. Parecía estar sumido en profundas reflexiones, y Victoria no quiso molestarlo. Cerró los ojos y se quedó junto a él, en silencio, escuchando los latidos de su corazón, lentos y regulares.

De pronto, el shek se incorporó, sobresaltándola.

—¿Qué ocurre?

—Esto hay que investigarlo. Imagínate por un momento que fuera cierto. Que los unicornios fueran anteriores a los dragones y los sheks, a la guerra de dioses. Y eso... eso explicaría muchas cosas. Hielo y cristal, ¿recuerdas? Tú y yo no somos tan diferentes.

—No entiendo lo que quieres decir.

Christian se levantó de la cama, aún a medio vestir, y fue a buscar el resto de su ropa. Victoria lo contempló, con el corazón encogido. Él detectó su mirada y le sonrió.

—Esto te pasa por querer hablar de cosas serias.

—Estoy profundamente arrepentida de haber iniciado esta conversación —reconoció ella—. ¿No podríamos olvidarlo y volver atrás? Espera... ¿Adónde vas?

—A la biblioteca —dijo él antes de salir de la habitación.

Victoria lamentó que el momento hubiese pasado, pero terminó por sacudir la cabeza sonriendo y levantarse también.

La noche era agradablemente fresca, y Shizuko, contemplando la luna terrestre, llegó a pensar que el cielo en el que se mecía podría llegar a ser hermoso... si solo se vieran más estrellas.

Se decidió por fin a entrar en la casa. Hacía demasiado calor allí para su gusto, y además no era el tipo de bochorno provocado por el clima, sino que se trataba del calor humano que tan desagradable le resultaba. No obstante, llevaba demasiado tiempo en el balcón y, además, tenía cosas que hacer.

Se zambulló de nuevo en la fiesta. Los humanos, vestidos con trajes elegantes, conversaban unos con otros en pequeños grupos, reían y tomaban copas y canapés servidos por camareros impecablemente vestidos que evolucionaban por toda la sala, como sombras. Shizuko dedicó frías sonrisas a todos los que trataron de acercarse a ella; incluso saludó a algún conocido, mientras recorría la estancia, aparentemente errática, pero sabiendo muy bien adónde iba.

Llevaba tiempo buscando el momento y el lugar oportunos, y aquella fiesta benéfica en la embajada de Corea del Sur era lo que había estado esperando. No le había sido muy difícil obtener una invitación, puesto que contaba con los contactos de la verdadera Shizuko Ishikawa y, por otra parte, también ella había estado moviendo hilos.

Por fin encontró lo que buscaba. A pesar de que los humanos le parecían todos iguales, como todos los sheks, tenía muy buena memoria, y había visto aquel rostro muchas veces, en fotografías y en la televisión. Se acercó de tal modo que nadie habría imaginado que lo estaba haciendo a propósito.

Después, no tuvo más que situarse junto a él. En cuanto sus miradas se cruzaron por casualidad, lanzó un gancho telepático.

Fue tan solo un instante. Después, Shizuko se alejó de nuevo hacia la terraza.

Había allí dos hombres conversando. Bastó una sola mirada de Shizuko, la mujer con alma de serpiente, para que se sintieran espantosamente incómodos y volvieran a entrar en la casa, dejándola sola.

Cerró los ojos entonces. No tuvo que concentrarse demasiado. «Ven», ordenó.

Y esperó.

Momentos después lo tenía allí, a su lado. Jamás sabría que no había salido a la terraza por voluntad propia. Iniciaron una conversación formal. Y, otra vez, sus ojos se encontraron.

La conversación murió en sus labios. Y él, prendido en la enigmática mirada de aquellos ojos, no fue consciente de que ella exploraba su mente, manipulando los hilos de su entendimiento y de su voluntad.

Cuando el primer ministro japonés se reincorporó a la fiesta, alguien lo notó un poco pálido y ausente, pero pronto pareció recuperarse.

Mientras, en la terraza, bajo la luz de la pálida luna, Shizuko sonreía.

Victoria no habría sabido decir cuánto tiempo pasaron en la biblioteca. Probablemente fueron varios días, puesto que interrumpieron su trabajo a menudo para comer, y también los venció el sueño en varias ocasiones. Aun así, a la joven no le importaba. Nunca antes había pasado tanto tiempo con Christian, conviviendo juntos, y le resultaba agradable, más incluso que estar con Jack. Esto se debía, comprendió al reflexionar sobre ello, a que los momentos que pasaba con Christian eran escasos y efímeros: uno nunca sabía cuándo iba a desaparecer de nuevo, ni cuándo regresaría, por lo que Victoria había aprendido a disfrutar de su presencia al máximo y a aprovechar cada instante. Y pese a que él pasaba casi todo su tiempo en la biblioteca, examinando los viejos volúmenes que allí se guardaban, cuando daba por concluida su jornada de trabajo siempre tenía un rato para Victoria. La mayor parte de las veces hablaban simplemente; Victoria se dio cuenta de que él prefería una larga conversación a cualquier cosa que implicase intimidad física y, no obstante, también encontraron tiempo para ello en alguna ocasión. Fueron días muy especiales para los dos y, sin embargo, había dos cosas que empañaban la felicidad de Victoria.

Una de ellas era, obviamente, Jack. La joven había tomado por costumbre contemplarlo un rato a través del Alma, todos los días antes de acostarse. Por el momento estaba bien, pero no parecía tener intención de regresar pronto, y Victoria no podía evitar sentirse preocupada.

La otra era la obsesión de Christian por la información que parecía estar oculta en algún lugar de aquella biblioteca. Victoria no sabía qué buscaba exactamente, y la respuesta de él («Información sobre los unicornios») le parecía demasiado vaga y general. Sospechaba que él tenía una teoría que no quería compartir con ella, tal vez por no haberla confirmado todavía, tal vez porque no quería preocuparla.

Un día, Christian encontró un viejo libro en uno de los estantes. Victoria lo vio mirándolo fijamente y sonrió.

–No pierdas el tiempo, las páginas están en blanco.

–No es el interior lo que me llama la atención, sino la cubierta. Mira.

Se lo tendió, y la joven lo examinó con curiosidad.

–Es el símbolo del sol. Una espiral. ¿Qué tiene de especial?

–Que nunca había visto este símbolo solo. Normalmente son tres espirales dispuestas en forma de triángulo, no una. ¿Por qué razón su autor representaría un solo sol?

–Estamos en Limbhad –le recordó ella–. Tal vez a las personas que habitaron aquí hace siglos les llamó la atención el sol de la Tierra. Quizá este libro estaba destinado a ser una especie de diario de sus experiencias en un nuevo mundo.

–Tiene sentido –asintió Christian–. Pero no veo por qué tenían que ocultar esa información y, por otra parte, percibo en este símbolo algo antiguo y poderoso. No creo que haga referencia a un sol, y menos aún al sol de la Tierra.

Victoria clavó la mirada en la espiral, intrigada. Por un momento tuvo la sensación de que aquel símbolo rotaba sobre sí mismo, y cerró los ojos, mareada. Cuando volvió a abrirlos, vio los ojos de Christian fijos en ella.

–¿Qué? –preguntó, inquieta.

–Tu cuerno –dijo Christian solamente.

Victoria entendió. Se palpó la frente, pero, aunque no podía verlo, sabía lo que Christian estaba mirando: un punto brillante, como una estrella. Por alguna razón, su luz había prendido de nuevo.

–No es un sol –dijo Victoria entonces–. Es un cuerno de unicornio. Una espiral –contempló el libro, dubitativa–. Pero, si es un libro sobre unicornios, ¿por qué está en blanco?

–No está en blanco. Está aguardando a ser leído por la persona adecuada, y si tiene que ver con los unicornios, puede que tú seas esa persona.

–Pero ¿qué esperas encontrar aquí? ¿Por qué estás tan seguro de que tiene que ver con los unicornios, y de que es importante? Y más aún: si esto era lo que estabas buscando, ¿cómo sabías que estaba aquí?

Christian sacudió la cabeza.

–La magia es más antigua, dijiste tú. Los unicornios son anteriores a los sheks y los dragones. Eso quiere decir, Victoria, que cuando se inició la guerra de dioses, *los unicornios estaban allí*. Por tanto, debían de saber qué sucedió. Y si es así, los unicornios tenían las respuestas a las preguntas que nos estamos formulando ahora. Los unicornios poseían la clave para entender qué está pasando, y si existe una manera de evitar todo esto, ellos la conocían.

–Ya se me había ocurrido –admitió Victoria–. Pero, si es así, ¿por qué nunca dijeron nada?

–Piénsalo. Su propia naturaleza los obligaba a permanecer ocultos. Si en alguna ocasión decidieron contar al mundo lo que sabían, debieron de hacerlo a través de un mortal... que, automáticamente, habría quedado convertido en mago o semimago. ¿Crees de verdad que las Iglesias habrían escuchado las palabras de un mago acerca de la guerra de los dioses?

–No –reconoció ella–. En materia divina, los sacerdotes solo escuchan la voz de los Oráculos.

–Cualquier versión distinta a la oficial habría sido considerada blasfema y, por tanto, destruida. Si alguna vez los unicornios quisieron contar la historia del mundo a su manera, y lo hicieron a través de los magos, esa historia debía de guardarse en el único lugar donde las Iglesias no han llegado, un refugio para los magos que huyeron de la represión religiosa durante la Era de la Contemplación: Limbhad. ¿Comprendes ahora?

–Entonces, ¿de verdad crees que los unicornios trataron de comunicarse con los mortales?

–Llevan milenios haciéndolo, Victoria –repuso Christian con una calmada sonrisa–. Los unicornios se sienten atraídos por los mortales, por eso les entregan sus dones. Es algo innato en ellos, al igual que el odio es innato en sheks y dragones, dos razas creadas para luchar.

—¿Y por qué no lo contaron a los sheks y los dragones?

—Lo han estado haciendo, a su manera: concediendo la magia indistintamente en uno y otro bando. Y si hay menos magos entre los szish no es porque los unicornios los hayan menospreciado, sino, simplemente, porque nosotros perdimos una batalla importante y fuimos desterrados lejos de Idhún, a un lugar adonde los unicornios no podían llegar. Puede que sí trataran de revelar sus conocimientos a los sheks y los dragones, y puede que ellos, cegados por el odio, que debió de ser mucho más intenso y violento en el principio de los tiempos, no los escucharan. O puede que estuvieran demasiado implicados en la guerra como para entender todo lo que los unicornios querían contarles. No sé, solo estoy haciendo conjeturas. Si tengo razón, las respuestas están en ese libro.

—¿Y cómo vamos a leerlo? —preguntó Victoria, preocupada.

Christian sonrió.

—Tú sabrás. Eres un unicornio, ¿no?

Victoria no supo qué decir. Abrió de nuevo el libro y pasó las páginas, un poco perdida. Entonces recordó lo que había sentido al mirar fijamente el símbolo de la cubierta, y volvió a cerrarlo y a repetir el gesto.

De nuevo le pareció que la espiral comenzaba a rotar lentamente sobre sí misma y, en lugar de apartar la vista, se concentró más en ella. Casi pudo percibir que la luz de su frente se hacía más intensa. Sintió que Christian la miraba, conteniendo el aliento, pero intentó que eso no la distrajera.

La espiral empezó a girar más deprisa...

Y el libro se abrió de golpe, y sus páginas fueron agitadas por un viento invisible. Victoria lo dejó caer, con una exclamación de sorpresa; el volumen aterrizó sobre las baldosas del suelo y se quedó abierto, con las hojas todavía temblando, como sacudidas por una brisa fantasmal. Victoria sintió que los brazos de Christian la sostenían. Alzó la cabeza...

... y vio algo asombroso.

El Alma había reaccionado. Sobre la mesa de la biblioteca había aparecido de nuevo aquella esfera de luz que solía manifestarse cuando llamaban al espíritu de Limbhad. Solo que, en esta ocasión, ninguno de los dos lo había llamado.

Algo parecido a un haz luminoso emergió del libro y fue a encontrarse directamente con la esfera del Alma, que tembló un instante y comenzó a rotar vertiginosamente.

Victoria seguía refugiada entre los brazos de Christian, y los dos contemplaron, impresionados, cómo las imágenes empezaban a definirse en el interior de la esfera hasta formar un paisaje que ambos conocían muy bien.

Era Idhún; pero un Idhún más salvaje, de una belleza misteriosa y antigua, tan rebosante de magia y esplendor que a Victoria le dolió el corazón al verlo. Estaban contemplando Idhún en los albores de la Primera Era, aquella época mítica que casi se había olvidado. Lucía en el cielo un Triple Plenilunio, hermosísimo y radiante, y la luz de las lunas bañaba fantásticamente la superficie de aquel mundo primitivo. Se vieron de pronto en el claro de un bosque rebosante de vida. Con honda emoción, Victoria vio un unicornio saliendo de entre la espesura. Y luego, otro más. Y otro. Y otro...

Los unicornios, no obstante, no habían acudido a recibirlos a ellos. De hecho, ni siquiera los veían, porque en realidad no estaban allí.

Alzaban la cabeza hacia el cielo, hacia las lunas. Y, como si sus largos cuernos perlinos les señalasen lo que debían ver, Christian y Victoria miraron también hacia arriba.

—Mira Erea —dijo Christian en un susurro; pero Victoria ya la había visto.

La luna plateada estaba velada aquella noche, rodeada de un halo de tinieblas. Algo estaba pasando. Victoria percibió la inquietud de los unicornios, el miedo pintado en sus bellos ojos llenos de luz. Pero las hermosas criaturas no se movieron.

Pasó mucho rato: horas, tal vez. Los unicornios seguían contemplando el velo de oscuridad que cubría Erea, y Christian y Victoria no se atrevieron a moverse tampoco, porque sabían que algo estaba a punto de pasar.

Y sucedió. De pronto, un horrible sonido rasgó el cielo, como un furioso trueno, como el grito de ira de un millón de gargantas. Y algo cruzó el firmamento, algo que pareció emerger directamente del centro del triángulo formado por las tres lunas, y que cayó con un escalofriante silbido, dejando tras de sí una estela brillante.

Entonces, los unicornios echaron a correr. Abandonaron el claro, ligeros como mariposas, y se perdieron en el bosque.

—¡Tenemos que seguirlos! —dijo Victoria y, casi sin darse cuenta, se transformó en unicornio también y corrió tras ellos.

Christian la siguió, pero le costó trabajo mantenerse a su altura, puesto que, aunque era ágil y rápido, los unicornios parecían moverse como rayos de luna por el bosque. Todos parecían iguales en la distancia y, no obstante, él supo enseguida cuál de ellos era Victoria. Se lo decía el instinto, o tal vez el corazón. En cualquier caso, sabía que no la perdería de vista.

La manada salió del bosque y se detuvo en lo alto de un acantilado. Los pequeños cascos hendidos de los unicornios frenaron justo en el borde, tan cerca del abismo que desprendieron algunas pequeñas rocas y las hicieron precipitarse hacia el mar que bramaba más abajo. Christian llegó junto a ellos y aguardó, expectante. Sintió que algo muy suave lo rozaba e, inmediatamente, una dulce corriente de energía lo inundó por dentro. Bajó la cabeza y vio que un unicornio frotaba la quijada contra su brazo, con ternura. Era Victoria.

Christian se dio cuenta entonces de que el cuerno de ella había crecido considerablemente. No era tan largo como los de los otros unicornios, pero se había recuperado, no cabía duda. Se preguntó, no obstante, si aquello era parte del sueño del Alma, o si verdaderamente el cuerno de Victoria era ya así. Se dijo a sí mismo que debían comprobarlo cuando despertaran.

Los unicornios no movían un solo músculo y, sin embargo, había en el aire una palpable inquietud.

El objeto que caía del cielo seguía con su imparable descenso, formando un arco de fuego en el cielo... hasta que, por fin, se estrelló en el mar con estrépito, y el choque provocó una ola brutal que golpeó el acantilado y salpicó a los unicornios. Christian vio que se miraban unos a otros, con un brillo de entendimiento en los ojos. ¿Qué habían comprendido? ¿Qué significaba la caída de aquel cometa sobre Idhún?

Algo cálido se echó a sus brazos, y Christian descubrió que era Victoria, que había recuperado su forma humana. Quiso decirle algo, pero no tuvo ocasión, porque todo volvió a girar a su alrededor...

... Y se encontraron en otro lugar, otro tiempo, pero aún en Idhún, aún en el pasado. Estaban en la linde de un bosque, ocultos entre la floresta, y de nuevo allí estaban los unicornios. En esta ocasión era de día; los tres soles relucían en el firmamento, como joyas engarzadas en un vasto tapiz violáceo. Y más allá de la última fila de árboles había casas, unas chozas pequeñas y frágiles, y en torno a ellas había humanos.

En apariencia eran iguales a los actuales humanos de Idhún y, no obstante, su forma de vida parecía mucho más precaria. Tardarían milenios en dar forma a los reinos de Nandelt, a la impresionante arquitectura de sus castillos, a la planificación de sus grandes ciudades, a las grandes torres de hechicería que un día gobernarían el mundo. Y, sin embargo, eran humanos.

Los unicornios los contemplaban ocultos en la espesura, con un brillo de nostalgia en la mirada.

Fue entonces cuando se produjo el ataque.

Un grupo de hombres-serpiente surgió del otro lado de la aldea y arremetió contra todo lo que se movía. Con una furia y una crueldad sin límites, masacraron a los humanos, los golpearon con brutalidad, con piedras y garrotes, y seguían golpeando incluso cuando la víctima ya no se movía. Victoria escondió la cabeza en el hombro de Christian. Había visto muchas cosas, pero nada comparable a aquella carnicería. Los gritos de los humanos, hombres, mujeres y niños, siguieron resonando en sus oídos, y se alojaron en su corazón, de donde ya nunca más volverían a salir.

Christian contemplaba la escena con semblante impenetrable. Siguió mirando incluso cuando ya no quedó ningún humano vivo, cuando los szish empezaron a derribar las casas, piedra a piedra. Después se retiraron, sin llevarse nada de la aldea: ni comida, ni enseres. La habían destruido por el simple placer de destruirla.

Solo entonces, Christian habló:

–Los szish no son así –dijo.

Victoria alzó la cabeza para mirarlo.

–Christian –susurró–. ¿Por qué?

Pero él no respondió.

Uno a uno, los unicornios dieron media vuelta y se internaron de nuevo en el bosque. Y Victoria percibió su tristeza. No había miedo ni ira en ellos. Solo tristeza, una tristeza resignada, como si hubiesen estado esperando aquello.

–¿Qué está pasando? –se preguntó Victoria.

Christian movió la cabeza.

–Los szish no son así –repitió.

Y volvieron a encontrarse otra vez en la biblioteca de Limbhad. Victoria todavía seguía en brazos de Christian, temblando, cuando la esfera del Alma se desvaneció, y el libro de los unicornios se cerró de golpe.

Los dos permanecieron en silencio un largo rato. Victoria miró a Christian, pero él seguía reflexionando, sin que ninguna emoción asomase a su rostro.

–¿Tiene algún significado para ti? –le preguntó.

Christian volvió a la realidad, y la miró como si se acabara de percatar de su presencia.

–Tal vez –dijo lentamente–. Pero no estoy seguro.

–Supongo que no vas a compartir conmigo tus teorías.

El shek negó con la cabeza.

–Sería prematuro. Primero he de averiguar... tengo que averiguar...

–¿El qué?

Christian clavó su mirada en ella. Sus ojos azules parecían más fríos que nunca.

–Voy a volver a Idhún –le dijo, muy serio–. Con Gerde.

XIV
La leyenda de Uno

UNA leve sacudida sacó a Zaisei de su ensoñamiento. Llevaban mucho tiempo de viaje, y el aire de la burbuja empezaba a ser difícil de respirar, por lo que no había podido evitar adormecerse. Por fortuna, Bluganu ya se había percatado de ello. Acababa de traerle una nueva burbuja de marpalsa, y la empujaba contra la de Zaisei, con suavidad.

«Únelas», le dijo el varu.

Zaisei no las tenía todas consigo, pero trató de abrir su burbuja en el punto en el que se unía con la otra. Enseguida, las dos burbujas fueron una sola, y Zaisei respiró hondo. Poco a poco se le fueron aclarando las ideas.

Se dio cuenta entonces de que una extraña inquietud se había adueñado de su corazón. Miró al viejo Bluganu, que se había puesto en marcha de nuevo, empujando la burbuja, y notó que él tampoco parecía sentirse cómodo, si bien sus sentimientos al respecto eran menos intensos que los de la propia Zaisei. Comprendió que aquella intranquilidad no se la transmitía el anciano varu, sino que era algo que estaba en el ambiente, y que ambos percibían.

–Esto no me gusta –murmuró, pero Bluganu no la oyó.

Según avanzaban, la sensación se hacía cada vez más intensa. Zaisei estuvo a punto de pedirle a Bluganu que diera media vuelta y la llevara de regreso a Dagledu, pero recordó que iban al encuentro de la Madre Venerable, y que ella podía muy bien encontrarse en el mismo foco de la perturbación.

Pronto se arrepintió de su decisión. Los movimientos de Bluganu bajo el agua se hicieron más torpes y pesados: estaba claro que le costaba seguir avanzando, porque no deseaba hacerlo. Y el malestar que había preocupado a Zaisei seguía acongojándola, cada vez con más fuerza. Tardó un poco en entender de qué se trataba. Era como si estuviera cerca de alguien que acumulaba en su corazón tanto odio, maldad y rencor que le resultaba difícil soportarlo. Nunca había experimentado nada igual, aunque no hacía mucho sí había conocido a alguien cuyos sentimientos negativos la habían afectado casi de igual modo: Victoria, durante aquel tiempo en que creyó que había perdido a Jack para siempre.

Pero cuando se acercaron más, Zaisei rectificó aquella primera impresión. No tenía nada que ver con Victoria. Lo que quiera que estuviese emitiendo aquella oleada de malos sentimientos era inmensamente más grande que una joven, aunque esa joven fuese también un unicornio. Cuando las formas irregulares de la Roca Maldita aparecieron ante ellos, Zaisei se contuvo para no gritar.

En realidad no era una roca, sino dos. Inmensas, ciclópeas, aquellas dos piedras negras, irregulares, yacían semienterradas en el fondo oceánico, pero ninguna criatura viva había medrado sobre ellas. La roca seguía tan desnuda como cuando había caído al mar, muchos milenios atrás. Solo una figura se atrevía a desafiar a la maldad que emanaba de ella: provista de un afilado cuchillo, la Venerable Gaedalu nadaba por entre los salientes de la Piedra de Erea, hundiendo la hoja en ella y arrancando pequeños pedazos de roca que iba guardando en una bolsa enganchada a su correa. Sus acompañantes se habían quedado a una prudente distancia, y la observaban, nerviosos, sin osar acercarse, pero sin decidirse tampoco a abandonarla.

Zaisei quiso ponerse en pie en el interior de la burbuja, pero el horror que le producía aquella roca era tan intenso que cayó de nuevo; enterró la cabeza entre los brazos y se puso a gritar.

Gritó y gritó, de una forma similar a como lo habían hecho los Oyentes al escuchar directamente la voz de los dioses. Le parecía que gritando expulsaba la maldad de su propio corazón, y por eso lo hacía, ante la alarma del viejo Bluganu, que no sabía qué hacer.

Los demás varu se percataron de su presencia y acudieron a su encuentro. Pero Zaisei seguía hecha un ovillo, sumida en el horror del caos y el odio más absolutos; algo difícilmente tolerable para un varu, o para un humano, y completamente insoportable para cualquier celeste.

Gaedalu se acercó a toda prisa; sin embargo, Zaisei no se dio cuenta. Aquella garra oscura seguía oprimiendo su alma, al igual que oprimía las de los varu que se arremolinaban, nerviosos, en torno a su burbuja. La diferencia era que ellos no se percataban de esta circunstancia, y Zaisei, en cambio, era espantosamente consciente de ella. De modo que seguía gritando y pataleando, luchando por librarse de la maldad que acechaba su espíritu; y los varu, temiendo que acabase por romper la burbuja, se apresuraron a empujarla lejos de allí.

Gaedalu los siguió, preocupada por el estado de Zaisei.

Sin embargo, los fragmentos que había arrancado de la Piedra de Erea, la Roca Maldita, seguían en su bolsa, a salvo.

Las ruinas de la Torre de Awinor presidían el horizonte, y Kimara las contempló con nostalgia. La última vez que había estado allí, había sido con Jack y Victoria. Se habían enfrentado a un shek, y Kimara había estado a punto de no contarlo. Victoria le había salvado la vida, concediéndole la magia de paso. Se acordó de ellos, y deseó que estuvieran bien.

Estaba sentada sobre una roca, afilando su daga, mientras, a su alrededor, el campamento de los rebeldes exhibía su habitual actividad frenética y desordenada. Con todo, a pesar de la forma precipitada en que parecían hacer todas las cosas, era un momento de paz para ellos. Allí, en aquella base, se sentían a salvo. Estaba en las montañas que separaban el desierto de Awinor, la tierra de los dragones. Ni los yan ni los sheks se atrevían a ir más al sur. Los yan, porque habían venerado a los dragones, y para ellos Awinor era territorio sagrado. Los sheks, porque respetaban el inmenso cementerio en que se había convertido la tierra de sus enemigos ancestrales, o quizá porque temían que sus espíritus se vengasen de ellos (esta era la creencia más arraigada entre los yan); pero Kimara sabía que las serpientes aladas no eran supersticiosas: ella pensaba, más bien, que la visión de los restos de sus enemigos les causaba una honda tristeza, y eso las turbaba y las irritaba lo bastante como para decidir que no era bueno pasar por allí.

Goser, el líder de los rebeldes, era un yan y, por tanto, no osaba penetrar en Awinor; pero también era inteligente y sabía que aquel era un lugar privilegiado.

Había establecido que Awinor comenzaba en el primer esqueleto de dragón, que yacía al pie de una colina cercana, un poco más al sur. Sus seguidores se habían mostrado reticentes al principio, pero habían acabado por aceptarlo como norma general. Eso les dejaba una amplia franja de terreno montañoso en los límites de Awinor, lo bastante cerca como para que los sheks no los molestaran, y lo bastante lejos como para que los rebeldes más escrupulosos se quedasen tranquilos.

Ahora estaban todavía más sosegados, porque a las afueras del campamento reposaban nueve dragones artificiales. Los rebeldes los habían visto volar, y sabían que parecían reales. El hecho de que aquellos dragones hubiesen ido a parar tan cerca de Awinor solo podía considerarse como una buena señal.

Kimara suspiró para sus adentros. Le gustaban los dragones artificiales, aunque no llegaba a adorarlos como lo había hecho Kestra. Pero eso era normal: Kestra no había visto ningún dragón de verdad; Kimara había volado a lomos de uno.

Desde su atalaya vio que los centinelas daban el alto a un individuo desharrapado que acababa de llegar corriendo por entre los riscos. Parecía que traía malas noticias, porque se produjo un pequeño revuelo en el campamento. Kimara esperó, pensando que estaba bien donde estaba. No quería interferir con la autoridad de Goser, que era el auténtico líder del grupo. Los Nuevos Dragones estaban allí solo como apoyo.

Miró a Rando, que hasta hacía unos instantes había estado jugando al kam con un grupo de yan. El kam, un juego de azar en el que se lanzaban pequeñas piedras pintadas, era muy apreciado por la gente del desierto, y casi lo que más le había gustado al semibárbaro de aquel lugar. Lo cierto es que perdía muy a menudo, aunque nunca se enfadaba por ello. Se echaba a reír, de buen humor, y se lo pasaba bien tanto si ganaba como si no le sonreía la suerte. En aquellos momentos, el grupo de jugadores de kam se había disuelto. Se habían reunido todos en torno al recién llegado, y escuchaban sus nuevas con gravedad.

Kimara siguió esperando. Al cabo de un rato, cuando cada uno volvió a lo que estaba haciendo, y el mensajero estaba ya siendo atendido, la semiyan vio una figura trepando por los riscos, hacia ella. Cuando la alcanzó, Kimara vio que se trataba de Goser. Lo saludó, con una sonrisa, y él se sentó a su lado. Por un momento, ninguno de los dos habló.

–¿Malasnoticias? –preguntó ella.

–Muymalas –susurró Goser–. Ninhacaído.

Kimara entornó los ojos. Nin era la «otra base» de los rebeldes. El grupo de Goser actuaba siempre desde las montañas, pero en la ciudad de Nin tenían simpatizantes, gente que se encargaba de hacerles llegar información importante y, lo que era aún más crucial, víveres, agua y distintos utensilios básicos. Hasta el momento, Nin había esquivado los frecuentes registros de los szish. Pero si se habían decidido a lanzar contra ellos un ataque directo, eso solo podía significar que a Sussh se le estaba agotando la paciencia.

Y los sheks eran criaturas muy, muy pacientes.

—Estamosenunasituacióndelicada —murmuró Kimara, hablando deprisa sin darse cuenta—. ¿Quépiensashacerahora?

—Reconquistarlaciudad.

—NoestásenposicióndehaceralgoasíGoser —replicó ella—. Incluso aunquelarecuperases... ¿cómoibasamantenerla? Lasserpientespodrían volveratomarlacuandoquisieran. Notienesbastantegenteparadefenderla.

—Tenemosdragones.

Kimara no respondió.

—Demomento —añadió Goser— nosacercaremosparaverquéhapa sado.

—Puedequeseaunatrampa.

—Sí —asintió Goser—. Peroyopiensoirdetodasformas.

—Teacompañaré —decidió Kimara.

Goser le sonrió desde detrás del paño que cubría parte de su rostro. Kimara sostuvo la mirada de sus profundos ojos candentes.

—¿Esaestudaga? —preguntó entonces el yan; tomó la mano de Kimara y la alzó para observar el puñal de cerca.

—Noparecegrancosa —comentó—. Teconseguiréunamejor. Hacepoco capturamosunacaravanaquevéníadeNandeltytraíabuenasarmas.

—Teloagradezco —repuso Kimara.

Goser le dirigió una nueva mirada. No había retirado la mano, y Kimara no pudo decidir si aquello le gustaba o prefería que se apartase.

Ya se había dado cuenta de que Goser estaba interesado en ella. No tenía muy claro si iba en serio o simplemente estaba jugando, pero no le preocupaba, de momento, porque consideraba más urgente averiguar primero qué sentía ella al respecto. El líder de los rebeldes no le disgustaba, pero todavía no estaba segura de que le atrajese hasta ese punto.

—¿CuándovasapartirhaciaNin?

—Encuantoestemoslistos.

–Yaestácayendoelsegundosol –hizo notar ella–. ¿Piensassalirde noche?

Goser le dirigió una de sus largas sonrisas.

–¿Paraquéesperar?

Kimara sonrió también. Le gustaba aquella actitud, tan diferente de la de Qaydar, y de la de Jack, en los últimos tiempos. Goser soltó su mano y se puso en pie. Desde allí, lanzó el grito de guerra de los yan, y todo el campamento lo coreó.

Los ojos de Kimara se volvieron involuntariamente hacia Rando, que también había levantado la mirada hacia ellos, como el resto de los rebeldes. Le pareció que sonreía, o tal vez fueran imaginaciones suyas.

Por alguna razón, eso le molestó.

Era de noche cuando divisaron por fin las cúpulas del Oráculo, y Jack estaba agotado y hambriento.

No se habían detenido ni un solo instante en todo el viaje. No había tiempo que perder, porque estaban en juego muchas vidas. El día anterior habían sobrevolado una extraña perturbación en el mar, una gran onda que parecía ir avanzando lentamente hacia el sur, lanzando enormes olas a su derecha y a su izquierda, como Jack había relatado a Glasdur. Shail le había pedido que descendiera para verlo de cerca, y Jack lo había hecho, acercándose todo lo posible.

Pero no había nada que se moviera debajo de las aguas. Lo que se desplazaba era el mismo océano.

Jack se apresuró a levantar el vuelo y ascender todo lo que pudo. Lo ponía nervioso aquella presencia, y trató de disimularlo; aunque enseguida se dio cuenta de que el silencio de Shail y Alexander se debía a que estaban temblando de puro terror.

Por fortuna, la diosa Neliam, si es que se trataba de ella, avanzaba con mucha lentitud. Terminaron por sobrepasarla y, para cuando alcanzaron el Oráculo, la habían dejado atrás.

–¡Por fin! –exclamó Shail.

Jack no dijo nada. No tenía fuerzas. Sabía que lo peor estaba por llegar, que tendrían que proteger el Oráculo y enviar mensajeros al Reino Oceánico y a las tierras de los ganti, y todo ello antes de que Neliam llegase. No podían entretenerse, aunque él lo hubiera dado todo por una buena siesta.

Dio un par de vueltas sobre el Oráculo, buscando un sitio donde aterrizar; cuando por fin encontró un espacio suficientemente amplio, no lejos de la entrada del templo, descendió, aliviado.

El aterrizaje fue un poco brusco. Shail y Alexander tuvieron que aferrarse con fuerza al dragón para no caer. Jack se desplomó en el suelo y cerró los ojos un momento.

–¡No te duermas! –lo regañó Shail, bajando de su lomo de un salto. Jack gruñó, pero hizo un esfuerzo y alzó la cabeza.

Cuando vio que ambos estaban ya en tierra, se transformó en humano. Eso no hizo que se sintiera mejor: le dolían todos los huesos.

Corrieron a la entrada del Oráculo, pero, antes de que alcanzaran el pórtico, un grupo de sacerdotisas les salió al paso. Las dirigía un hada que llevaba la túnica de las adeptas al culto de la diosa Wina.

–¡Saludos! –dijo–. Soy la hermana Karale, regente del Oráculo en ausencia de la Madre Venerable. Hemos visto un dragón sobrevolando nuestro techo. ¿Acaso...?

–No importa el modo en que hemos llegado –cortó Alexander–, y no hay tiempo para dar explicaciones. Estoy seguro de que disculparéis mi brusquedad y mi falta de modales en cuanto escuchéis nuestras noticias.

Le relató lo que habían visto en el mar, y solo cedió la palabra a Jack para que él hablase del desastre de Puerto Esmeralda.

–La ola se dirige hacia aquí –concluyó Alexander–. Habéis de evacuar el Oráculo cuanto antes y enviar mensajeros a las tierras bajas. En cuanto a las ciudades submarinas, será necesario un varu que descienda hasta Dagledu, pero el dragón podrá llevarlo hasta allí en poco tiempo. Si la Madre Venerable...

–La Madre Venerable no se encuentra aquí –interrumpió Karale, pálida–. Partió hace varios días al Reino Oceánico.

–¿Y la hermana Zaisei? –intervino Shail, con una nota de pánico en su voz.

–La hermana Zaisei se fue con ella, hechicero. Pero pasad al ala de huéspedes; no tiene sentido que sigamos discutiendo aquí de temas tan graves.

No discutieron mucho, en realidad. Apenas unos instantes después, Jack volvía a emprender el vuelo en dirección al Reino Oceánico. Llevaba sobre su lomo a la hermana Eblu, una sacerdotisa de

Neliam. Eblu no recibió el encargo con demasiado entusiasmo: el enorme dragón la aterrorizaba y, además, la idea de volar por el aire, un elemento tan diferente al suyo propio, no mejoraba la situación. Pero era la única que podía hacerlo, puesto que ninguna de las otras tres sacerdotisas varu del Oráculo estaba disponible: la Madre Gaedalu se encontraba en Dagledu; Ludalu, la Oyente, no estaba en su sano juicio; y la tercera, la hermana Valeedu, era demasiado anciana y no se le podía pedir algo así. Jack le prometió a Eblu que volaría muy bajo, para que se sintiese más cercana al agua. Y Eblu aceptó: tenía familia en Glesu y temía por ellos.

Karale, por su parte, mandó llamar a Igara, una joven sacerdotisa humana que honraba a la diosa Irial. Era una muchacha decidida y audaz, y los visitantes pronto supieron que se trataba de la mensajera del Oráculo. El paske más veloz de los establos era el suyo. Igara aceptó sin dudar la misión de recorrer los poblados costeros de los ganti para avisar del desastre que se avecinaba. Momentos después, su paske corría a toda velocidad hacia el puente sobre el río Mailar que unía la península donde se situaba el Oráculo con el resto del continente.

Mientras tanto, Shail y Alexander discutieron acaloradamente sobre cómo salvar a las sacerdotisas. En los establos no había paskes para todas, y no habría tiempo de hacer dos viajes, si se las quería dejar lo suficientemente lejos, tierra adentro.

—Yo puedo tratar de proteger el Oráculo con mi magia —dijo entonces Shail.

Alexander lo miró.

—¿Lo crees prudente?

—No me voy a mover de aquí hasta que Jack regrese con Zaisei. Trataré de formar un globo de protección en torno a una habitación lo bastante grande. Si hay suerte, la ola podrá pasarnos por encima, pero no nos dañará.

—¿Y podrás resistir?

—Si he de resistir, resistiré —dijo el mago, decidido—. Tú llévate a tantas sacerdotisas como te sea posible. Carga a las niñas en los paskes y, si sobra espacio, llévate a las ancianas o a las mujeres embarazadas, si es que hay alguna. Yo haré lo posible por proteger a las demás.

Alexander podría haber discutido. Podría haberle dicho que no quería dejarlo atrás. Pero era un líder y sabía que en momentos de crisis hay que tomar decisiones rápidas.

—Muy bien —asintió.

Muchas ancianas no quisieron marcharse. Preferían ceder su lugar a las más jóvenes porque, según decían, ellas ya habían vivido bastante. Alexander no insistió. Las ancianas que optaron por quedarse, se quedaron. Las que prefirieron marcharse, lo hicieron. No había tiempo para discutir.

Momentos más tarde, una docena de paskes partían en dirección al puente del Mailar. Seguían la misma ruta que había tomado Igara, pero ellos continuarían hacia el noroeste, alejándose del mar y de los ríos, mientras que la joven mensajera había ido por el camino del sur. Alexander iba en cabeza, acicateando a su montura y procurando no prestar atención a los gemidos de una de las niñas, una limyati, que no paraba de sollozar:

—¡Ya viene, ya viene, ya viene...!

Nadie tuvo valor para hacerla callar.

La hermana Karale cerró la puerta del Oráculo, como si eso pudiera proteger de todo mal a las sacerdotisas que se quedaban. Ella tampoco había querido marcharse.

Alzó la cabeza hacia Shail.

—Bien, mago —dijo—. Estamos en tus manos.

Shail asintió. Sabía lo que tenía que hacer. El hechizo era sencillo, pero debía imprimirle mucha fuerza si quería que resistiese al embate de la gran ola. En condiciones normales, esto habría resultado difícil; estando su magia bajo mínimos, como ahora, era casi imposible.

Pero era la única posibilidad de las sacerdotisas del Oráculo, y, además, no quería dejar atrás a Zaisei.

Recorrió el edificio con la hermana Karale, en busca del lugar más apropiado. Se detuvo ante una puerta sellada.

—¿Qué hay ahí detrás?

—La Sala de los Oyentes —explicó el hada sacudiendo sus rizos verdosos, semejantes a brotes de hojas tiernas—. La clausuramos hace tiempo porque...

—Lo sé —interrumpió Shail—. Es un lugar rebosante de energía, pero comprendo que pueda ser peligroso entrar. De todas formas, me gustaría ver las habitaciones contiguas. Puede que el conjuro pueda beneficiarse de esa energía, aunque no lo realicemos en la misma sala.

Eligió por fin un cuarto que estaba justo junto a la Sala de los Oyentes. Una de las paredes había sido recubierta con colchones y gruesas alfombras, sin duda para que las voces atronadoras que provenían de la habitación de al lado no traspasaran sus muros. Las demás estaban forradas de estanterías repletas de manuscritos.

–Las notas de los Oyentes –susurró Karale.

Shail no preguntó si allí se incluían las profecías o, sencillamente, eran anotaciones desechadas. La estancia emitía una leve vibración, que solo Shail, como mago, podía percibir.

–Nos quedaremos aquí –dijo.

No permitió que las sacerdotisas entraran aún, sin embargo. De modo que todas ellas se reunieron en las salas cuyas ventanas se abrían al mar y contemplaron el horizonte, con el corazón encogido. Nada parecía amenazarlas, por el momento, y algunas de ellas empezaron a abrigar la esperanza de que fuera una falsa alarma.

Mientras, Shail trabajaba en la habitación que iba a servirle de refugio. Trazó símbolos arcanos en las paredes, el suelo y el techo, y dibujó sobre las baldosas un hexágono tan grande como las dimensiones del cuarto le permitieron. Después, con paciencia, comenzó a pintar signos de protección por todo su perímetro.

Cuando los varu llegaron a Dagledu, Zaisei ya se sentía un poco mejor. Por eso no tardó en advertir que una enorme inquietud se apoderaba de los corazones de Gaedalu y sus acompañantes.

–¿Qué... sucede? –murmuró, pero nadie la oyó.

Se incorporó un poco en su burbuja y miró a su alrededor.

La ciudad parecía presa del caos. Todos huían de sus casas y nadaban, con todas sus fuerzas, en una dirección. Gaedalu y Bluganu cruzaron una mirada preocupada. Zaisei golpeó la burbuja, con suavidad, y la Madre Venerable se volvió hacia ella.

«Algo se acerca», dijo. «Los varu van a ocultarse en los refugios dispuestos bajo el lecho del mar».

«¿Refugios?», pensó ella.

«El cementerio de enkoras. La enkora desarrolla a lo largo de su vida una enorme concha que entierra en la arena antes de morir. Los varu primitivos utilizaban esas conchas como viviendas, hasta que empezaron a construir sus propias casas. Cada ciudad varu fue levantada cerca de un cementerio de enkoras. Cuando el mar se agita o somos víctimas de algún tipo de ataque, los varu se refugian en las conchas enterradas bajo la arena. Pero tú, niña, no respiras agua; no tienes ninguna oportunidad. La corriente romperá tu burbuja y te ahogarás».

«Yo la llevaré a la superficie, Madre Venerable», dijo Bluganu. «Me aseguraré de que regrese al Oráculo sana y salva».

Gaedalu meditó.

«No», dijo por fin. «Yo he de cuidar de ella. Vosotros id a los refugios».

Los varu cruzaron una mirada.

«Puede que no alcancéis el Oráculo a tiempo. Puede que el Oráculo también resulte dañado...».

«Por eso he de volver», zanjó Gaedalu.

Zaisei estaba demasiado mareada como para entender del todo qué estaba pasando. Solo vio que los varu se alejaban de ellas, y que Gaedalu empezaba a empujar su burbuja hacia la superficie.

La ascensión se les hizo eterna. Cuando ya veían a lo lejos el brillo de las tres lunas, una sombra cruzó sobre ellas y acudió a su encuentro.

«¡Eblu!», dijo Gaedalu.

Zaisei no la había reconocido sin su túnica de sacerdotisa; además, no esperaba encontrársela allí.

«Madre... Zaisei», dijo ella, aliviada. «Menos mal que estáis a salvo. Dicen que viene...».

«... Una gran ola; sí, lo sé», dijo Gaedalu. «Los guardianes lo han advertido. Ya han dado aviso a todas las ciudades, y todos han ido a buscar cobijo en los refugios».

Eblu se mostró más aliviada.

«Hemos venido a traeros de vuelta al Oráculo. El dragón nos espera arriba, en el puerto».

«¿Dragón?», repitió Gaedalu.

—¡Jack! —dijo Zaisei; se preguntó si Shail estaría con él. Después pensó que, de ser así, Eblu lo habría mencionado.

«Deprisa, deprisa», dijo la varu, y ayudó a Gaedalu a empujar la burbuja de Zaisei.

Momentos más tarde, salían a la superficie. Eblu y Gaedalu abrieron la burbuja por arriba, como si fuese un huevo, y ayudaron a Zaisei a salir del interior. Se mojó de pies a cabeza, pero no le importó.

Jack las sobrevolaba, impaciente.

–¡Ya veo la ola! –dijo–. ¡Se dirige hacia aquí!

Las dos varu sostuvieron a Zaisei, que boqueaba porque acababa de engullir un buen trago de agua de mar; Jack volvió a pasar sobre ellas y les tendió una garra. Eblu, decidida, se aferró a ella.

Instantes después, las tres viajaban a lomos del dragón, de regreso al Oráculo.

–Ya se ve la cresta de la ola –informó Karale.

Shail alzó la cabeza y la miró, con la frente perlada de sudor.

–Hermana –confesó–, no sé si el hechizo resistirá.

Para su sorpresa, la feérica sonrió.

–Imaginaba que dirías algo así, hechicero. Si tu hechizo fuera a garantizarnos seguridad, no le habrías dicho a tu amigo que se llevase a las niñas.

Shail sonrió a su vez.

–Me gustaría que las cosas fuesen de otra manera –dijo–. Me gustaría poder deciros que soy capaz de protegeros a todas. Pero solo puedo decir que lo intentaré.

–Con eso nos basta –lo tranquilizó ella–. Te has quedado aquí, pudiendo salir volando con tu amigo el dragón. No podemos pedirte más.

El mago sacudió la cabeza.

–Llama a las sacerdotisas –dijo–. Traed agua y provisiones también. Si el mar derriba el techo sobre nuestras cabezas, debemos ser capaces de resistir hasta que nos rescaten.

La hermana Karale asintió.

Poco después, un numeroso grupo de sacerdotisas entró en la sala. Shail maldijo para sus adentros: no había imaginado que fueran tantas. Recordó entonces que Idhún había atravesado una larga época de terror bajo el reinado de Ashran. Era lógico que muchos padres hubiesen enviado a sus hijas al Oráculo, para protegerlas. Se obligó a sí mismo a sonreír.

–Estaremos un poco apretados aquí dentro. Espero que no os moleste.

Las sacerdotisas no dijeron nada. Todas estaban pálidas y asustadas. Obedeciendo la señal de Shail, se apiñaron en el hexágono que había pintado en el suelo. El mago estaba empezando a pensar que había espacio para todos cuando una enorme figura se inclinó para pasar por debajo del dintel de la puerta. Shail se quedó lívido.

—Hermanas —dijo Karale—, hacedle un sitio a la hermana Ylar.

Con un poco de esfuerzo y buena voluntad, las sacerdotisas encontraron hueco para la giganta. Pero una sacerdotisa yan, pequeña y enjuta, y otra celeste, tan liviana como todos los de su raza, tuvieron que subirse a hombros de Ylar.

—Bien —dijo Shail—, vamos a hacer una prueba. Quedaos quietas, por favor.

Alzó las manos y se concentró en la barrera protectora. Un fino haz de luz dorada emergió del hexágono, rodeándolos. Se cerró sobre ellos, pero se topó con la cabeza de la giganta.

—No pasa nada —murmuró Shail—. Lo haré más alto.

Lo intentó de nuevo, pero en esta ocasión tampoco funcionó. Una de las sacerdotisas había sacado el pie fuera del hexágono.

Alzó la barrera por tercera vez. En esta ocasión, los cubrió por completo. Shail se aseguró de que no tuviera fisuras, y entonces la deshizo.

—Esperaremos hasta el último momento —les dijo—. Cuanto más tiempo permanezca activa, antes se debilitará.

—¿Y cómo sabremos cuál es el último momento?

Shail sonrió.

—Lo sabremos.

Jack divisó la cúpula del Oráculo en lo alto del acantilado.

«¡Más deprisa, más deprisa, dragón!», lo urgió Gaedalu.

Pero Jack echó un vistazo atrás, por encima de su hombro. La ola estaba justo detrás de ellos. Batió las alas para elevarse más en el aire.

—¿Qué haces? —gritó Zaisei—. ¡Tenemos que bajar!

—¡Ya es demasiado tarde! —respondió él—. No se trata solo de llegar al Oráculo: hemos de entrar y localizar el lugar donde Shail está efectuando su conjuro de protección. No llegaremos a tiempo, y si lo hacemos, puede que nuestra llegada lo desconcentre y haga que falle su magia. Lo mejor que podemos hacer es aguardar a que pase la ola, y después bajar para rescatarlos en cuanto podamos.

—¡Pero yo no puedo quedarme aquí! —gritó Zaisei.

Jack volvió la cabeza hacia ella.

—¡Escúchame! —le gritó—. ¡Solo puedo cargar con tres personas, como mucho! ¡No puedo salvar a nadie más! Y si te pongo en peligro, Shail nunca me lo perdonará. ¡Confía en él! Ahora mismo, su magia será más efectiva que mis alas o mi fuego.

No le dijo que la magia de Shail estaba fallando a causa de su pierna artificial, pero no hizo falta. Zaisei percibió en su corazón que tenía dudas, y que temía por su amigo más de lo que le daba a entender.

Gaedalu no dijo nada. Había girado la cabeza para contemplar la enorme ola, y ahora se volvió de nuevo hacia el Oráculo. Su mente repetía un único pensamiento obsesivo:

«Mis hijas... mis hijas... mis hijas...».

Aquel pensamiento cobró la intensidad de un chillido cuando la ola se estrelló contra los acantilados de Gantadd y arrasó el Oráculo, a sus pies.

Hubo un pavoroso estruendo. El Oráculo entero tembló. Las sacerdotisas gritaron.

—¡Alza la barrera, mago! —chilló una de ellas.

Pero Shail negó con la cabeza.

—El techo y las paredes están protegidos por símbolos arcanos. Resistirán.

El techo crujió sobre ellos de manera siniestra. Las sacerdotisas se apiñaron unas contra otras, muertas de miedo. La puerta también emitió un escalofriante sonido, como si estuviese a punto de rasgarse. Pero resistió, y ni una sola gota de agua se coló por sus resquicios.

Entonces, una enorme grieta cruzó el techo de parte a parte. Este pareció combarse sobre sus cabezas.

—Ahora —dijo Shail, y levantó la barrera.

Todas se encogieron sobre sí mismas, tratando de hacerse más pequeñas.

Entonces, el techo se quebró y una gran tromba de agua cayó sobre ellas. Muchas gritaron de miedo, pero el agua no las tocó.

Shail apenas se atrevía a mirar. Fuera de la barrera, las aguas habían inundado por completo la habitación. Se arremolinaban en torno a ellos, furiosas, presionando la barrera mágica, empujando con tanta fuerza que el mago creyó que no lo soportaría. Sobre todo porque la pierna volvía a dolerle indescriptiblemente.

La puerta cayó por fin, y una nueva tromba de agua inundó la habitación y golpeó la magia de Shail, que dejó escapar un alarido.

Sintió que se debilitaba, y supo que no podría aguantar mucho más tiempo, si su pierna artificial seguía absorbiendo parte de su poder. Necesitaba poner toda su magia al servicio de aquel conjuro de protección. No valían medias tintas.

Apretó los dientes.

–¡Ylar! –llamó.

La giganta dio un respingo. Shail alargó la pierna y la plantó ante ella. No era un espectáculo agradable. El cuerpo de Shail, privado de la magia básica que necesitaba para mantener aquel miembro artificial, reaccionaba contra él. La unión con el metal ya no era limpia; la carne estaba hinchada y sangraba, como si aquella pierna fuese un millar de astillas metálicas profundamente hundidas en ella. Hubo murmullos entre las sacerdotisas, pero el mago las acalló con una sola palabra:

–Arráncamela.

–¿Qué... qué estás diciendo? –musitó Karale, lívida.

–¡Arráncame la pierna, Ylar –gritó Shail–, o moriremos todos!

Los gigantes tenían fama de ser un pueblo práctico. Ylar agarró la pierna metálica con ambas manos y tiró de ella con todas sus fuerzas. Shail aulló de dolor. La barrera mágica se tambaleó.

–¿Estás seguro de que...? –empezó Karale.

Pero Shail gritó:

–¡Tira, Ylar!

La giganta volvió a tirar. Karale aferró a Shail por la cintura y tiró en dirección contraria. El mago dejó escapar un nuevo alarido...

Pero Ylar logró desprender la pierna artificial. Shail sintió cómo parte de su magia le era devuelta. Eso le sirvió para calmar en parte su dolor..., pero no del todo.

Luchó por mantenerse consciente. La barrera se fortaleció, y eso le dio ánimos.

Unos momentos después, unos momentos que se hicieron eternos, el nivel de las aguas descendió.

La ola se retiraba.

Shail respiró hondo.

Después cayó entre las sacerdotisas, inconsciente.

Los restos del techo, que habían caído sobre la cúpula mágica, se desplomaron sobre ellos. Ylar sostuvo el pedazo más grande, y las sacerdotisas se refugiaron bajo sus poderosos hombros protectores. Algo, no obstante, liberó a la giganta de su pesada carga. Unas grandes garras de dragón, que apartaban afanosamente los escombros que habían caído sobre ellos. Las sacerdotisas lanzaron exclamaciones de alegría al ver a Jack y sus acompañantes. Pero, por encima de ellas, sonó el grito de horror de Zaisei, al ver a Shail yaciendo sobre el suelo mojado, pálido y cubierto de sangre.

Las tres lunas estaban ya muy altas cuando el grupo regresó al campamento. Tal vez hubieran deseado una llegada más discreta, pero no fue posible; el mago llevaba un bulto entre sus brazos, y el bulto lloraba con toda la fuerza de los pulmones. Pronto, todos los szish estuvieron en pie.

Assher corrió fuera de su tienda, antes de que su maestro pudiera detenerlo. Cuando llegó frente al árbol de Gerde, se encontró con una escena que le resultó extraña, tierna y siniestra a la vez.

Yaren se inclinaba ante Gerde y le tendía el bulto llorón, envuelto en cálidas mantas. Los szish, arremolinados en torno a ellos, contemplaron cómo Gerde tomaba al bebé entre sus brazos y lo contemplaba con una leve sonrisa en los labios. Su sonrisa, sin embargo, se congeló en su rostro. Los szish se miraron unos a otros, inquietos.

–Shur-Ikaili –dijo Yaren, en un susurro–. Como ordenaste.

–Ya veo –parecía molesta y divertida a la vez–. ¿Lo has hecho a propósito, Yaren? Me has traído una niña.

Yaren la miró, perplejo.

–Yo... no me había dado cuenta, mi señora. Perdona mi estúpido error. La devolveré y...

–No –cortó ella; de nuevo sonreía–. Una niña... sí, ¿por qué no? –dejó escapar una breve carcajada–. ¿Y dices que no te diste cuenta? –le preguntó a Yaren–. ¿Acaso no la has cambiado en todo el viaje? Oh, pobrecilla. Con razón huele tan mal. Conozco el olor de los bárbaros y, aunque es desagradable, no suele llegar a estos extremos.

Acunó al bebé, arrullándolo, y los llantos cesaron. Gerde sonrió, satisfecha. Alzó la cabeza y vio a Assher, que contemplaba la escena en silencio. Lo llamó a su lado.

–Mírala –lo invitó, mostrándole a la niña–. ¿No es preciosa?

Assher no había visto nada tan feo en su vida. Una carita redonda, sin escamas, enrojecida por el llanto. Un único mechón de pelo rubio cayendo sobre su frente. Unos bracitos que manoteaban en el aire, brazos de piel pálida, con listas pardas.

Un bebé humano, de la raza shur-ikaili, los bárbaros de las praderas.

–¿No es preciosa? –repitió Gerde–. Lo será más cuando la haya aseado un poco –calló un momento y la contempló, con los ojos brillantes–. Voy a llamarla Saissh –añadió.

Los szish se miraron unos a otros, inquietos. «Saissh» era la palabra que utilizaban las serpientes para referirse al número siete.

No había en el Oráculo un solo rincón seco, por lo que todas las sacerdotisas se despojaron de sus capas y formaron con ellas un lecho improvisado para el mago. Zaisei lo estrechaba entre sus brazos, con los ojos llenos de lágrimas, mientras las sacerdotisas de Wina, cuyos conocimientos médicos superaban a los de todas las demás, le lavaban y le vendaban la herida.

–Se pondrá bien –le aseguró Karale a Zaisei–. Solo necesita descansar.

Zaisei sabía que mentía, porque estaba demasiado preocupada como para estar tratando una herida leve. Sabía que Shail podía morir desangrado.

Jack, de pie junto a ellos, contemplaba el rostro del mago, con seriedad.

–Puedo tratar de cauterizar la herida –dijo–. Con Domivat.

Como ellas no entendían lo que quería decir, Jack sacó la espada de la vaina.

«Esa cosa es peligrosa, Yandrak», lo reconvino Gaedalu. «Podría hacer que el mago ardiese como una antorcha».

Pero Zaisei alzó la cabeza, decidida.

–Hazlo, Jack.

Las curanderas se miraron unas a otras. Parecieron estar de acuerdo porque retiraron el paño, empapado de sangre, con el que estaban tratando de detener la hemorragia.

Todas las sacerdotisas miraron hacia otro lado, excepto Zaisei, que mantuvo los ojos abiertos, arrasados en lágrimas.

Jack pasó apenas el filo de Domivat por el muñón sangrante de Shail. Se oyó un siseo, y un fuerte olor a carne quemada inundó la habitación. Se apresuraron a mojar la herida con agua, para que no prendiera.

–Menos mal que está inconsciente –murmuró Jack, impresionado.

Zaisei abrazó a Shail y hundió la cabeza en su hombro, sollozando.

–Ahora sí –dijo Karale–, debe descansar y recuperar fuerzas.

–Pero ¿dónde? –se preguntó otra de las sacerdotisas–. El Oráculo está destrozado...

Jack no les prestaba atención. Se había dado cuenta de que Domivat vibraba de forma extraña. Volvió la cabeza hacia la única de las paredes de la habitación que no había sido arrasada por el agua.

–¿Qué hay ahí detrás?

«La Sala de los Oyentes», respondió Gaedalu.

–Tengo que entrar –dijo él súbitamente.

«Hace mucho que nadie entra allí», repuso la Madre. «Es peligroso».

Jack no respondió. Gaedalu lo ponía de mal humor, y no sabía por qué. Había algo en ella que le resultaba desagradable. Más que la última vez que se habían visto.

–Me da igual –dijo, envainando la espada–. Voy a entrar.

No lo dijo simplemente para molestarla. Era cierto que sentía que algo lo llamaba; además, al descender sobre el Oráculo había visto que la ola no había destruido la cúpula de aquella estancia, que solo presentaba una grieta superficial. Y, por añadidura, hacía tiempo que estaba interesado en la Sala de los Oyentes. Esa era la razón por la cual había tenido tanto interés en viajar hasta el Oráculo: si las voces de los dioses se oían en aquella habitación, Jack tenía intención de escucharlas.

Zaisei alzó la cabeza hacia él.

–No me iré muy lejos –la tranquilizó–. Estaré aquí al lado.

Una de las sacerdotisas, la mujer yan, se apresuró a decir:

–Perolasvocesqueseoyenenlasalanosonbuenasparanadie. Podrías quedartesordooperderlarazón.

–Correré el riesgo –dijo Jack.

«Tengo que saber», pensó para sí mismo, «qué están diciendo los dioses. Tengo que saber qué pretenden».

Nadie trató de detenerlo cuando salió de la estancia y, sorteando charcos y escombros, llegó hasta la puerta de la Sala de los Oyentes. Las aguas habían arrastrado los colchones que cubrían la entrada, y un sonido sordo, como el retumbar de un trueno, se escuchaba al otro lado. Jack respiró hondo y abrió la puerta.

Al principio no oyó nada, salvo un profundo silencio. Ladeó la cabeza, desconcertado, buscando señales de las voces atronadoras que hacían enloquecer a la gente. A su espalda, Domivat pesaba tanto que parecía haberse vuelto de plomo. Y seguía vibrando, de un modo que Jack no se sentía capaz de definir, porque aquella vibración no parecía sonar en sus oídos, sino en su corazón.

De cualquier modo, algo extraño estaba ocurriendo.

Alzó la cabeza. La enorme cúpula de la Sala de los Oyentes mostraba una larga grieta producida por la presión del agua, pero, aun así, seguía siendo imponente. Era de un material que tenía cierto tono metálico, pero su color era de un violáceo oscuro y profundo. Jack tuvo la sensación de que sobre él no había techo, sino que aquel violeta continuaba sobre su cabeza indefinidamente, hasta llegar al infinito. Aquel techo no parecía ser sólido y, no obstante, lo era. Pero, si lo miraba fijamente, tampoco parecía etéreo. La textura de aquel material fluía como si fuera líquido... o tal vez se tratase solo de un efecto óptico.

Jack sacudió la cabeza y miró a su alrededor. En contraste con el techo, las paredes resultaban decepcionantes, desnudas, sin ventanas ni adornos. Las baldosas del suelo también eran blancas y lisas. Solo la iluminación, suaves luces de colores cambiantes, animaba un poco la estancia. Por lo demás, allí no había nada que mirar, y Jack comprendió que era intencionado. Los Oyentes no debían tener distracciones.

Había seis escritorios, cada uno junto a una pared. Jack se preguntó si en algún momento de su historia los Oráculos habían llegado a disponer de seis Oyentes. Tal vez fuesen previsiones muy optimistas porque, por lo que él sabía, en cada Oráculo no solía haber más de cuatro.

Se preguntó por qué los llamarían «Oyentes». Era una definición demasiado simplista, porque casi cualquier persona podía «oír»; pero no era tan fácil «escuchar», y esto era lo que ellos hacían. Tal vez en tiempos remotos sí se había creído que había personas que nacían con el don de «oír» el mensaje divino. Pero Jack tenía la sensación de que la voz de los dioses, recogida y amplificada por aquella inmensa cúpula, debía de sonar igual para todo el mundo. Simplemente, algunas personas sabían «escuchar».

Alzó la cabeza, intrigado. ¿Era cuestión de prestar atención, entonces? Trató de concentrarse; cerró los ojos y aguzó el oído.

Y sí, allí estaba. Un murmullo apenas audible, un eco tan lejano que no entendía las palabras que lo conformaban. ¿Esto eran las ensordecedoras voces de los dioses? Jack se sintió un poco desilusionado... hasta que se dio cuenta de que lo que estaba escuchando era la vibración de su espada, Domivat.

Abrió los ojos y la desenvainó, sorprendido. La llama de Domivat iluminó su rostro. Parecía arder con más fuerza que nunca.

—¿Qué...? —murmuró el joven, perplejo.

Por un momento, el fuego de la espada fue tan intenso que lo deslumbró. Giró la cabeza bruscamente y cerró los ojos; lanzó una exclamación de sorpresa cuando notó que la empuñadura ardía también, y la soltó, sobresaltado, retrocediendo un paso. Pero resbaló en un charco y cayó hacia atrás. Por fortuna, el golpe no fue muy fuerte. Jack se quedó sentado en el suelo, mirando a Domivat, que seguía en llamas, tiznando de negro las blancas baldosas.

Le pareció entonces que otro sonido acallaba la extraña vibración de la espada. Jack prestó atención. Sonaba débil y lejano, pero fue haciéndose cada vez más intenso, hasta que el muchacho captó en él una especie de risa, una risa seca y profunda, con cierto tono sardónico.

No parecía una risa divina, pero nunca se sabía.

—¿Hola? —se atrevió a preguntar, inseguro.

La risa cesó. Jack contuvo el aliento y oyó entonces una voz, una voz poderosa, que podría haber hecho que los más nobles reyes se postraran ante su dueño, si no fuese por su tono desenfadado:

—Hola, Yandrak.

Jack miró a su alrededor, pero no vio a nadie. Levantó entonces la cabeza y distinguió algo más arriba, una forma que parecía mezclarse con aquella cúpula fluida, o tal vez emanar de ella.

—¿Quién eres?

La figura empezó a definirse cada vez más, y Jack sintió que algo le oprimía el pecho.

Era un dragón.

—Creo que ya conoces la respuesta —dijo el dragón—. Me niego a creer que, después de tanto tiempo cargándome a tu espalda, todavía no me conozcas.

Descendió hasta posarse sobre el suelo, ante él. Jack lo contempló, maravillado. No parecía sólido, sino más bien una imagen etérea, una sombra de lo que había sido.

Tampoco era un dragón muy grande, al menos no tanto como algunos de los esqueletos que había visto tiempo atrás, en Awinor. Le pareció que era rojo, pero enseguida tuvo que corregir aquella impresión. Sus escamas tenían un tono más oscuro, una especie de granate intenso, como el color del vino añejo.

Pero lo más destacable de él era su tercer ojo, que lo observaba, divertido, encima de los otros dos.

–Domivat –dijo el chico con respeto. Quiso levantarse, pero no fue capaz.

El dragón rió de nuevo, y una voluta de humo escapó de entre sus fauces.

–No exactamente. Hace mucho que estoy muerto, aunque parte de mí reside en esa espada que llevas. Así que a estas alturas ya no sé si soy una espada o el fantasma de un dragón, o ambas cosas, o ninguna.

Jack abrió la boca, pero no dijo nada. Quería preguntarle tantas cosas que no sabía por dónde empezar. Domivat se dio cuenta.

–Para empezar –dijo–, no, no tengo por costumbre manifestarme de esta forma, y por eso no lo había hecho antes. No es tan sencillo. Pero este lugar... –miró a su alrededor, sobrecogido–, este lugar está impregnado de la esencia de los dioses. Y ahora más que nunca. Los dioses son las fuerzas que mueven este mundo: todos los cambios, todas las transformaciones, se ocasionan gracias a ellos, o a la energía que emana de ellos. Si había algo capaz de despertarme, era esto, y no sucederá muy a menudo, si es que vuelve a suceder. Así que aprovechemos el tiempo.

Jack asintió, todavía sin habla.

–Al día de hoy –dijo Domivat–, la raza de los dragones está extinta. Tú eres el último, y puede que tus hijos, si es que los tienes, hereden algo del dragón que hay en ti. Pero esto no basta para hacer que poblemos Idhún de nuevo, Yandrak.

–Lo sé. ¿Se te ocurre alguna manera de cambiar eso?

Domivat negó con la cabeza.

–No hay vuelta atrás. Pero no te apenes por ello. Siempre supe que sucedería, y es más: siempre deseé que sucediera. Porque fuimos creados para luchar, y un mundo perfecto no necesita soldados. Por mucho que me duela admitirlo, ni los dragones ni los sheks deberíamos haber existido nunca. La guerra podría haberse prolongado hasta el final de los tiempos, pero una de las dos razas se extinguió primero. Y, créeme, no envidio a los que se quedaron. Porque ahora los dragones descansamos en paz, mientras que los sheks tendrán que seguir viviendo con un odio insatisfecho para siempre.

—Nunca lo había visto de ese modo —admitió Jack, impresionado—. En cualquier caso, los dioses de Idhún son muy crueles.

—No son crueles —respondió el dragón—. Solo son dioses.

—Ahora están aquí. Van en busca del Séptimo y, cuando lo encuentren, lo destruirán. Esto no sería malo, si no fuese porque a este paso van a destruirnos a todos en el intento. Los sheks opinan que lo más sensato es escapar. De hecho, me parece que ya están en ello. Pero ¿qué dirían los dragones?

Domivat se quedó pensativo un momento. O, al menos, a Jack se lo pareció, porque cerró su tercer ojo. Cuando lo abrió de nuevo, dijo:

—Supongo que nos quedaríamos a salvar el mundo, y moriríamos con él. Una opción muy noble, pero poco práctica.

—¿Y eso es todo? —dijo Jack, decepcionado.

Los tres ojos del dragón brillaron, divertidos.

—¿Crees que los dragones pueden resolver una disputa que ni los propios dioses han sabido cómo solucionar?

—¿Pero cómo es posible que se peleen? —preguntó Jack a su vez—. ¿No se supone que son seres superiores?

—El caos está en el mismo origen del universo, Yandrak. Incluso la vida lleva consigo la muerte y la destrucción. No te has topado aún con la diosa Wina, ¿verdad?

—No... —respondió Jack, y añadió para sí: «Y espero no hacerlo nunca».

Domivat rió.

—Pues lo entenderás cuando lo hagas.

Jack calló, confuso.

—¿Conoces los mitos idhunitas acerca del origen de todo?

—Vagamente. Solo sé que los Seis crearon a las razas de Idhún, y que todo lo que hay sobre el mundo viene asociado al elemento del dios que lo creó.

—Más o menos. Pero yo me refiero a lo que sucedió antes de eso. Me refiero al origen *de todo*. A la leyenda de Uno.

—No —admitió Jack—. No la conocía. ¿Es importante?

—No es más que una leyenda —sonrió Domivat con amabilidad—. Pero no se trata de la forma, sino del fondo. Se trata de la idea que subyace bajo el disfraz del mito. ¿Quieres oírla?

Por toda respuesta, Jack cruzó las piernas, buscando una posición más cómoda. Se encontraba muy a gusto y deseaba prolongar aquella conversación lo máximo posible.

–Las leyendas más antiguas hablan de una entidad a la que se ha llamado Um. No me preguntes por qué –añadió con una larga sonrisa–. Bien, se dice que Um era, simplemente, una conciencia, un pensamiento. No tenía cuerpo ni existía en ningún lugar físico, puesto que entonces la materia como tal no había sido creada. Habitaba en el Vacío, convencido de que era Único. Convencido de que no existía nada más, aparte de él.

»Por tal motivo, se dedicaba a meditar y a trazar planes, como un arquitecto que proyecta una gran ciudad, hasta el más mínimo detalle. Si ese arquitecto hubiese sido Um, probablemente habría tenido planes para miríadas de grandes ciudades. Um llevaba toda la eternidad trazando planes.

»Hasta que se encontró con Ema.

»Más bien fue ella la que lo encontró a él, porque Ema era una entidad activa. Jamás había trazado planes, jamás había ideado un mundo. Ella solo quería hacer cosas, de modo que se desplazaba por el Vacío, derrochando energía, moviéndose sin detenerse jamás, sin preguntarse de dónde venía ni adónde iba. Quería hacer cosas, pero no sabía qué hacer. También ella pensaba que era Única.

»Como te puedes imaginar, el choque entre ambos fue brutal.

–¿Por qué? –preguntó Jack–. Parecían destinados a forjar una alianza perfecta.

–¿Tú crees? Cuando alguien se ha creído Único durante eones, ni siquiera concibe la idea de que exista Otro. Por tanto, no lo echa de menos.

»Así, el principio de todo nació del caos. De una disputa cósmica... porque Um y Ema quisieron destruirse mutuamente en cuanto se encontraron.

»La cosa no salió como ellos esperaban. Se arrojaron el uno contra el otro, pero, dado que no tenían cuerpo, el resultado fue que ambas esencias se fusionaron en una sola. En Uno.

»Creo que allí nacieron a la vez el amor y el odio. Creo que ambas entidades descubrieron la maravilla de la Unión en mitad de su deseo de destrucción mutua. Y fue una Unión completa y perfecta porque, desde ese mismo instante, Um y Ema dejaron de existir. La Energía y la Voluntad de Ema impregnaron el Pensamiento de Um. Por tanto,

Uno quería hacer cosas. Y sabía qué cosas quería hacer, y cómo hacerlas.

»Mientras las esencias de Um y Ema se disolvían lentamente en Uno, el resultado de la Unión recorrió el Vacío como un inmenso cúmulo incandescente, girando sobre sí mismo, en un frenesí cósmico del que fueron, poco a poco, desprendiéndose fragmentos que se desparramaron por doquier, dando origen al universo. Algunos fragmentos se solidificaron, otros no. En cualquier caso, había nacido la materia.

«El Big Bang», pensó Jack, con una sonrisa.

—Pero la historia no termina ahí —dijo el dragón—. Porque la existencia de Uno, como tal, fue bastante breve en comparación con la de sus antecesores. Una vez terminada la Unión, su resultado estalló en miríadas de fragmentos que fueron lanzados al universo. Podríamos decir que eran los hijos de Um y Ema, los hijos de Uno, tal vez. Entidades inmateriales, con las ideas y planes de Um, y la energía y voluntad de Ema.

—Dioses —entendió Jack.

—Dioses —asintió Domivat—. Multitud de ellos, más o menos poderosos, todos procedentes de la misma fuente, pero cada uno de ellos con una identidad distinta. La mayor parte de ellos encontraron mundos que habitar, pedazos de roca flotando en el espacio. A algunos de esos mundos llegó un dios; a otros, varios. A otros, ninguno, y esos fueron mundos muertos.

Jack se preguntó cuántos dioses habrían llegado a la Tierra. No podía saberlo, puesto que cada cultura tenía una concepción diferente y, al fin y al cabo, las grandes religiones monoteístas no habían sido las primeras. Sacudió la cabeza, y supuso que, si los humanos terrestres aún no se habían puesto de acuerdo en esa cuestión, no iba a resolverla él solo.

—Y había infinidad de proyectos que llevar a cabo —prosiguió Domivat—. Los dioses tenían dónde elegir, sin duda. Y tenían el poder de hacerlos realidad. Cada mundo vivo no es más que la materialización de uno de esos proyectos. Puede que haya varios mundos con el mismo proyecto, o puede que cada uno sea diferente. O puede que los dioses hayan alterado esos proyectos primigenios y creado otros nuevos, quién sabe.

—¿Qué fue de Um y Ema? —quiso saber Jack—. ¿Y Uno?

—Dejaron de existir. O, más bien, podría decirse que existen en cada uno de los dioses que pueblan los mundos vivos.

Jack se quedó pensativo un momento. Luego dijo:

—Me ha llamado la atención una cosa. ¿Era Um una entidad masculina, y Ema, una femenina? ¿Puede existir el concepto de sexo en algo que no tiene cuerpo?

—Hay dioses y diosas, y se supone que son inmateriales —hizo notar Domivat—. No lo sé. Puede que lo masculino y lo femenino no solo estén vinculados al cuerpo, sino también al espíritu, a la esencia. He conocido dragones machos que se sentían hembras, y al contrario. Quién sabe.

»O puede que no, y hablamos de dioses y diosas porque necesitamos imaginarlos como nosotros. Necesitamos saber si hablamos de Él o de Ella, sin darnos cuenta de que eso niega la otra posibilidad. La posibilidad de que sean ambas cosas, o ninguna.

—O ninguna —asintió Jack—. El Séptimo no hace distinciones, por ejemplo. No le importa ocupar un cuerpo masculino o uno femenino. Ahora mismo es la Séptima —sonrió.

—El Séptimo es un ente extraño —asintió Domivat—. Personalmente, sí creo que tenemos tres dioses y tres diosas en Idhún. La tradición es muy clara con respecto a esto. Tal vez porque al principio ocuparon, respectivamente, cuerpos masculinos y femeninos.

—¿De verdad utilizaron cuerpos materiales alguna vez? —preguntó Jack, interesado.

—Para crear los moldes de todas las cosas, especialmente las más pequeñas. Los dioses son fuerzas poderosas. No pueden hacer filigranas. Para establecer las bases de la creación, para modelar cada ser, necesitaban cuerpos más pequeños.

—Como un pintor que utiliza un pincel muy fino para pintar los detalles más pequeños de un cuadro —asintió Jack—, porque sus propios dedos son demasiado gruesos.

—Pero creo que no les gusta verse encerrados en la materia, porque no han vuelto a hacer nada parecido, que se sepa, e incluso ahora se desplazan por Idhún sin cuerpos materiales, aun a riesgo de destruirlo todo a su paso.

—Y fueron cuerpos masculinos y femeninos.

–Eso parece, si hacemos caso de las leyendas. Puede que eso los ayudara a definirse, aunque solo fuera por comodidad. Sinceramente, no creo que les importe demasiado.

»En cambio, lo de Um y Ema no está tan claro. Algunas leyendas hablan de Um como «Ella», y de Ema como «Él». Así que puede que sí fueran un ente masculino y uno femenino; pero no tenemos claro cuál era cuál. En lo que sí coinciden todas las tradiciones es en que Uno era «Ello». Una mezcla de ambas cosas.

»Pero el Séptimo, o la Séptima, no solo es un ente extraño por su curiosa indefinición en cuanto a su manifestación material. Lo es porque todas las leyendas son muy claras con respecto a una cosa: fueron Seis los dioses que llegaron a Umadhun, y después a Idhún. Seis, no Siete.

–Eso dicen. Pero siempre me pregunté si no sería esa la versión de los sangrecaliente, que han tratado de negar siempre la existencia del Séptimo dios.

El dragón rió.

–Conoces Umadhun, hablas del Séptimo dios, utilizas el término sangrecaliente y dudas de las historias sagradas acerca de los Seis –observó–. Más que un dragón, pareces un poco shek.

Jack desvió la mirada, incómodo.

–He aprendido cosas de ellos. Al fin y al cabo, los sheks eran los únicos que estaban ahí para responder a mis preguntas.

Los tres ojos de Domivat, negros como el azabache, relucieron peligrosamente.

–Cuidado, joven híbrido –le reconvino–. Está bien que aproveches tu parte humana para hacer cosas que, como dragón, habrían estado fuera de tu alcance. Pero no olvides nunca que el fuego corre por tus venas. Si lo haces, estarás perdido.

–¿Insinúas que debería reanudar la lucha contra los sheks, abandonarme a un odio ciego y sin sentido? –protestó Jack, irritado.

–Ah, pero fueron el odio, el caos y la destrucción los que dieron origen a todo lo que existe.

–No estoy de acuerdo. Es el amor lo que crea la vida. El odio solo la destruye. Además, tú mismo has dicho que en un mundo perfecto no existirían soldados.

–¿Verdad que es un contrasentido? Ahí es a donde quiero llegar, Yandrak. Esa es la raíz del problema.... porque el mismo caos que creó

442

el universo destruyó Umadhun. Y el amor que crea la vida estuvo a punto de destruir al último unicornio, la expresión última de la magia, de la energía creadora de los dioses. Morir por amor. Vivir para odiar. Debería ser una paradoja y, sin embargo, no lo es.

—Es lo mismo —comprendió Jack—. Uno.

—Exacto. Vida y muerte, orden y caos, luz y oscuridad, amor y odio. El problema, Yandrak... es que el Séptimo fue solo muerte y caos, oscuridad y odio.

—No te creo. El Séptimo creó a los sheks, y los sheks no son malvados. O, al menos, no todos ellos. Son fríos y despiadados a veces, pero no son malos. Por mucho que nos hayan hecho creer lo contrario.

—Ahí está el problema. Ese es el enigma de los dioses de Idhún, el origen de la guerra y de ambas especies. Es parte de la paradoja.

»Umadhun no es nuestro mundo. Nunca lo fue. Nosotros, los dragones, somos hijos de Idhún..., igual que los sheks.

—Sin embargo, los desterrasteis a Umadhun.

—Sí, y no nos lo han perdonado. Detestan ese mundo porque no tiene nada que ver con ellos. Y, sin embargo, tampoco son del todo idhunitas. ¿Entiendes por qué?

—Porque fueron Seis los dioses primigenios. Porque el Séptimo no participó en la creación de Idhún.

—Eso parece: los Seis son los dioses creadores, y eso significa que el Séptimo es un dios destructor.

»En cuanto a los sheks... no pertenecen a Umadhun, pero, aunque nacieran en Idhún, no son tampoco parte de este lugar. Los dragones los respetábamos. Pero no podíamos dejar de odiarlos. De modo que los mandamos lejos, a otro mundo. Puede parecer cruel y, sin embargo, durante el tiempo en que estuvieron desterrados, hubo paz en Idhún. Una paz relativa, quiero decir. Las otras razas seguían con sus pendencias de siempre. Pero la Gran Guerra entre sheks y dragones se estancó en una larga tregua.

—Los sheks dicen que masacrasteis a los szish —recordó Jack—. Y que durante esa tregua de la que hablas, había dragones que iban a Umadhun a matar sheks.

—Mmm, sí, y qué difícil es reprimir el odio, sobre todo cuando se es joven —suspiró Domivat—. Se decidió que el destierro era suficiente castigo, que no debíamos aprovecharnos de la debilidad del enemigo para destruirlo por completo..., aunque, si lo hubiésemos hecho, la guerra habría terminado para nosotros, definitivamente. Es la opción que eligieron los sheks. Por eso, ellos sobreviven como raza, y nosotros no. Siempre fueron más inteligentes –suspiró de nuevo.

»Muchos dragones no soportaron la idea de dejar escapar a los sheks. Se vengaron en los szish. No porque fueran más débiles, sino porque no eran tan importantes. Incluso los sheks valoraban más la vida de un dragón que la de un szish, y estos no eran el enemigo que habíamos decidido respetar. Solo eran...

–Sangrefría –dijo Jack con un hilo de voz–. Sé que es difícil luchar contra el odio. Los sheks dicen que no debe reprimirse, sino tratar de controlarlo. Yo soy joven, y lo estoy consiguiendo –dijo con mal disimulado orgullo.

–Tú eres en parte humano. Cierto es que los dragones habríamos preferido que el último de nuestra especie fuese un dragón puro, pero esa alma humana te ha salvado la vida muchas veces. En el fondo, no eres menos impetuoso que la mayoría de los jóvenes dragones que he conocido. Si no fueses también humano, habrías sucumbido al odio, como todos los demás. De hecho, recuerdo que en una ocasión estuviste a punto de descargarme sobre una cría de shek. Entonces, Haiass me detuvo. De lo contrario, habríamos matado a la cría, tú y yo. Bonita manera de controlar el odio –Jack enrojeció de vergüenza–. Los dragones llevamos milenios intentando controlar o reprimir el odio, igual que los sheks. No es tan sencillo. Pero tú tienes también un alma humana, y los humanos no odian a los sheks por naturaleza. Aunque se empeñen en creer que sí.

–Hubo una shek que controló su odio –musitó Jack–. Me salvó la vida. Me ayudó.

–A eso me refería con que tu alma humana te ha salvado en más de una ocasión. Hueles menos a dragón que cualquier otro dragón. Respeto a todos los sheks, y en especial a aquellos que luchan contra su odio, pero sé lo que son, porque en eso nosotros somos iguales. Si hubieses sido simplemente un dragón, ella no lo habría soportado. Habría terminado por matarte, aunque no lo quisiera.

–Odiaba a otra persona. A un dios.

–Odiaba a su propio dios –asintió Domivat–. Y se vio obligada a pactar con un dragón. Pobre criatura, cuánto debió de haber sufrido.

444

Jack no respondió. Permaneció un rato en silencio, recordando a Sheziss.

—Pero ahora tú tienes la oportunidad. Tú y el otro híbrido, el que empuña a Haiass. Por primera vez existe la posibilidad de una alianza. Y tal vez entre los dos... entre los tres... logréis comprender el enigma de nuestra existencia, algo que nos ha estado vedado a sheks y dragones porque el odio jamás nos permitió entendernos.

—Sheziss dijo que los dragones disfrutabais matando sheks. Que os abandonabais al instinto.

Domivat rió.

—¿Eso te dijo? Ellos disfrutaban matando dragones también. Es parte de nuestra maldición. Disfrutamos matándonos unos a otros, aunque nos horrorice. No podemos evitarlo.

»Y sí, somos más irreflexivos que los sheks, pero tampoco es para tanto. De todas formas, a lo largo de los siglos hemos buscado mil y una excusas para hacer lo que hacíamos, porque no nos gustaba hacerlo sin motivo. Los sheks decían que nosotros éramos crueles, y así justificaban su odio. Nosotros solíamos decir que ellos no tenían sentimientos, y así justificábamos el nuestro. Para ellos, nosotros disfrutábamos odiando, y eso les parecía atroz. Nosotros decíamos que a ellos les daba igual, y eso lo encontrábamos monstruoso. Supongo que ambos bandos exagerábamos, para sentirnos mejor con nosotros mismos.

—Supongo que sí —murmuró Jack.

Domivat le dedicó una larga mirada.

—Pero eso ya no tiene tanta importancia —dijo—, porque la guerra entre nosotros ha terminado. Hemos perdido, así que los dioses dejarán de jugar e intervendrán en la lucha de una vez por todas.

—Si hemos perdido, ¿no deberían aceptarlo?

—¿Y dejar Idhún en manos de la Séptima y sus sheks? No es como si fuese una disputa entre los Seis, Yandrak. Este mundo es suyo. Ella es una advenediza. No pueden rendirse, porque eso supondría quedarse sin mundo. Podrían crear otro, es cierto, pero ya lo hicieron una vez, ya dejaron Umadhun atrás y no van a abandonar Idhún, al menos mientras siga más o menos intacto.

—¿Y por qué razón no le hacen a la Séptima un lugar en el panteón?

—¿Por qué razón Um y Ema decidieron destruirse mutuamente? No podemos saberlo, pero está en la naturaleza de todas las cosas.

Tal vez ellos sí tengan razones para odiar a la Séptima. Sus criaturas hicieron cosas terribles cuando llegaron a Idhún.

–¿Según la versión de quién?

Domivat entornó los ojos.

–Según la versión de los unicornios. Dijeron que las serpientes eran la encarnación del mal, del caos, del odio y de la oscuridad.

–Vaya –dijo Jack–. Esto no me lo esperaba de los unicornios. Pensaba que eran neutrales.

–Son neutrales. Y por esta razón sé que decían la verdad.

–Pero Victoria... –empezó Jack–. El último unicornio ama a un shek. ¿Es por su parte humana, porque se siente atraída por la oscuridad?

Domivat sonrió.

–Los unicornios dijeron que las serpientes eran la encarnación del mal, del caos, del odio y de la oscuridad –repitió–. Pero nunca dijeron que debieran ser destruidas por ello. Supongo que pensaban que en el mundo debe haber de todo. Imagino que ellos comprendían mejor que nadie la esencia de Uno.

–Los unicornios –murmuró Jack– son difíciles de entender.

–No tanto como piensas –respondió Domivat, con un brillo soñador en la mirada–. No tanto como piensas.

Hubo un nuevo silencio, que Jack rompió al cabo de unos instantes.

–Entonces, ¿qué he de hacer?

–Lo que creas conveniente. Ya eres mayorcito para tomar tus propias decisiones.

Jack se quedó con la boca abierta.

–No puedo decirte lo que has de hacer –bostezó el dragón–. Me he limitado a contarte lo que sé.

–¿Todo lo que sabes? Las leyendas también dicen que lo ves todo, incluso el futuro. ¿Es cierto? ¿Sabes lo que va a pasar?

–No lo veo *todo*. Si fuese así, me habría vuelto loco. Solo veo algunas cosas. Cosas buenas y cosas malas. Pero lo que yo veo es solo un fragmento de la realidad, y no se puede juzgar el futuro entero por un solo aspecto. Creía que ya estabas escarmentado con respecto a las profecías.

Jack asintió enérgicamente, dándole la razón. Entonces se dio cuenta de que la imagen de Domivat se hacía más difusa.

—¿Qué te pasa?

—Que ya no tengo fuerzas. La diosa se aleja, y la energía que recoge esta sala ya no es tan intensa. He de despedirme, Yandrak, pero antes he de decirte dos cosas. La primera... no me prives del placer de un combate contra Haiass de vez en cuando. Por favor.

Jack lo miró, sorprendido. Ya se había dado cuenta de que Domivat conocía el nombre de la espada de hielo, pero no el del shek que la empuñaba.

—¿Disfrutas peleando contra ella?

—Oh, sí —dijo él con fruición—. Ya hace tiempo que fallecí como dragón, pero una parte de mí sigue viviendo en esa espada. Me temo que le he contagiado parte de mi odio. Y me encanta golpear una espada con alma de shek. Casi tanto como probar la sangre de shek —añadió, y Jack habría jurado que estaba a punto de relamerse de gusto.

—Bueno —dijo el chico, algo incómodo—, puede que tenga que pelear contra más sheks en el futuro, pero ahora suelo usar mi cuerpo de dragón cuando lo hago, y me he jurado a mí mismo que no voy a volver a herir a Kirtash, que es el shek contra el que suelo blandirte más a menudo. Lo siento.

—Por eso me contento con pedirte que me uses contra Haiass. Tiene algo del espíritu de un shek, también. Una vez la rompí —añadió, y sus tres ojos relucieron de júbilo—, aunque no negaré que me alegré cuando volví a enfrentarme contra ella. Así tendré la ocasión de romperla más veces.

—Eso si ella no te rompe a ti —lo riñó Jack—. Veré lo que puedo hacer. ¿Y qué otra cosa querías decirme?

Domivat lo miró, muy serio. Jack se sintió inquieto.

—Que ya no tengo fuerzas para protegerte —dijo el dragón—. Así que... corre.

La imagen se desvaneció de pronto. La llama de la espada perdió fuerza, quedándose solo en un leve resplandor apagado.

Y toda la sala pareció derrumbarse sobre Jack. El murmullo lejano que había oído al entrar se transformó, de pronto, en una cacofonía de voces atronadoras que lo golpearon con la fuerza de un alud. Jack apenas tuvo tiempo de envainar la espada y dar media vuelta, tapándose los oídos y gritando de dolor. Pero las voces llenaban su cabeza, amenazando con hacerla estallar.

447

Jack cayó de rodillas al suelo, a escasos pasos de la puerta, y se retorció sobre las baldosas mojadas, gritando, en plena agonía.

Sussh, gobernador de Kash-Tar, el shek que aún regía los destinos de las gentes del desierto, dormía cuando recibió la noticia. Se despejó inmediatamente, aunque en apariencia seguía completamente dormido. Pero una parte de su mente estaba receptiva al mensaje del otro shek.

«Los rebeldes han destruido Nin», le dijo.

Sussh entreabrió los ojos, sorprendido. El mensaje telepático del shek iba más allá del concepto «destruir». Traía implícitos todos los detalles: la ciudad había sido completamente arrasada, no había quedado piedra sobre piedra, todos habían muerto. Sangrecaliente, sangrefría, daba igual. Todos muertos.

«Han usado fuego», dijo el shek.

Lo habían carbonizado todo. El fuego era el mayor enemigo de los sheks, violento e impredecible. Y lo habían usado contra ellos.

«Suponemos que han sido los dragones. No queda nadie con vida para contarlo».

«Dragones», repitió Sussh. «Esos sangrecaliente siguen emulando a los dragones con esas desagradables máquinas. Y son tan sanguinarios como lo fueron ellos».

«No ganaban nada destruyendo la ciudad», opinó el shek. «Nada, salvo asegurarse de que no volvíamos a conquistarla. Los sangrecaliente son orgullosos y vengativos. Prefieren ver algo muerto que en manos de sus enemigos. Eso lo han aprendido de sus dioses», añadió con ironía.

«Bien», dijo Sussh. «Entonces, habrá que acabar con ellos antes de que sigan destruyéndolo todo. Regresa, Zakiash. Organizaremos un ataque a la base rebelde».

«Pero se ocultan en los confines de Awinor».

«Me he cansado de ser considerado. Si esta es la manera en que los sangrecaliente honran la memoria de los dragones... construyendo máquinas de matar semejantes a ellos... nosotros no tenemos por qué respetarlos tampoco».

Kimara se inclinó sobre la arena, con la cabeza gacha. En teoría, era para buscar huellas, pero lo cierto era que no se sentía capaz de seguir mirando.

La arena bajo sus pies se había fundido, cristalizada por el calor que había tenido que soportar. Era una visión extraña y sobrecogedora, pero era mejor que ver los restos carbonizados de Nin.

Todo destruido. Todos muertos.

Sintió un vacío en el estómago y parpadeó para contener las lágrimas. Oía los gritos y las maldiciones de sus compañeros, lamentos que se llevaba el viento, porque no quedaba en Nin nadie que pudiera escucharlos.

Una mano cayó sobre su hombro, sobresaltándola.

–Lo siento mucho –dijo la voz de Rando, extrañamente ronca–. Llegamos tarde.

Kimara asintió. Sus ojos llamearon con furia.

–Nunca más –juró–. Esa maldita serpiente no volverá a atormentar a mi pueblo. Voy a matarlo con mis propias manos.

–¿Serpiente? –repitió Rando en voz baja–. ¿Crees que los sheks están detrás de todo esto?

–¿Y quién si no? ¿Acaso no has visto cómo se alejaba el último rezagado?

Rando no contestó enseguida. Paseó la mirada por las ruinas ennegrecidas de Nin, por los cuerpos carbonizados, restos irreconocibles que parecían haber sido sometidos al fuego de uno de los soles. El viento traía consigo un aroma a humo y ceniza, a carne quemada, a muerte y tormento.

–Son sheks –razonó el semibárbaro–. No les gusta el fuego.

–Bueno, es obvio que han decidido atacarnos con nuestras propias armas –dijo Kimara, impaciente.

Rando se encogió de hombros.

–Si tú lo dices...

Kimara se incorporó y le dio la espalda, algo molesta.

–No espero que lo entiendas. Al fin y al cabo, tú no eres de aquí.

Rando la miró un momento y luego dejó escapar una carcajada.

–Sí, será eso. El calor del desierto me vuelve insensible ante la desgracia ajena.

Kimara no pudo dilucidar si lo decía en serio o se estaba burlando de ella. Se alejó del semibárbaro, a grandes zancadas, para reunirse con Goser. Los ojos de él estaban más brillantes de lo habitual.

–Undíaaciago –susurró la joven.

–ElúltimodíaaciagodeKashTar –juró Goser.

Se volvió hacia los demás y les llamó la atención con un grito de guerra.

–¡Susshpagaráporesto! –gritó–. ¡MataremoshastalaúltimaserpientedeestatierrayKashTarvolveráaserlibre!

Todos contestaron con salvajes gritos de ira y de odio.

–¡Venganza! –gritó Goser, alzando en el aire una de sus hachas–. ¡MuerteatodaslasserpientesenelnombredeAldun!

–¡EnelnombredeAldun! –corearon los rebeldes–. ¡Muerteatodaslasserpientes!

Kimara gritó con ellos. Pero Rando se limitó a mirarlos, con los brazos cruzados sobre el pecho, y la duda latiendo en su mirada bicolor.

Se hizo el silencio por fin. Las voces se habían convertido en un susurro confuso y, cuando se acallaron del todo, apenas se oyó una última palabra, como un leve soplo de brisa: «... destruirte».

Jack disfrutó del silencio un momento, y entonces se dio cuenta de que había algo más, algo que llenaba su corazón de una ternura indescriptible. Percibió unos brazos que lo acunaban, unas manos que acariciaban su rostro, unos dedos que se enredaban en su pelo. Su corazón se encendió de pronto.

Abrió los ojos con esfuerzo. Y allí estaba la mirada de ella, que no se apartaba de él. Tenía que ser un sueño.

–¿Victoria? –dijo con esfuerzo.

La joven lo abrazó con fuerza, y Jack luchó por despejarse. Respondió a su abrazo, aún aturdido.

–Victoria..., ¿cómo...? ¿Qué haces aquí?

Tal vez todo había sido un sueño, o una pesadilla, y todavía estaban en la Torre de Kazlunn o, mejor aún, en Limbhad. Miró a su alrededor y vio, a la pálida luz de la mañana, una habitación húmeda, con el techo semiderruido y las paredes llenas de grietas. El suelo estaba aún inundado de agua.

Seguía en el Oráculo.

–Te hemos estado esperando en la Tierra –le dijo ella al oído; Jack percibió la emoción que impregnaba cada una de sus palabras–. Pero no volvías, y yo temía que te hubiese pasado algo malo... Vi a través del Alma que tenías problemas... y volví para buscarte. Jack, ¿cómo se te ocurrió entrar ahí?

Jack empezó a pensar con claridad. Se incorporó.

—¿Y Domivat? —preguntó.

—La llevabas a la espalda. Te he quitado la vaina para que estés más cómodo.

—Domivat... Victoria, no imaginas las cosas que he aprendido allí dentro. ¿Me viste a través del Alma? ¿Viste...?

—Vi que hablabas solo, Jack. Temí que la voz de los dioses te hubiera hecho perder el juicio.

Jack calló, confundido. Victoria tomó su rostro entre las manos y lo miró largamente. Después, depositó un suave beso sobre los labios de él. Jack respondió al instante, olvidándose de Domivat, de los dioses y de las historias sobre la creación.

La abrazó con fuerza.

—Te he echado de menos —le dijo, sonriendo sin poderlo evitar—. Me alegro de que hayas vuelto, pero, por otro lado, las cosas aquí no han mejorado. Los dioses siguen siendo un peligro, y si su presencia te sigue afectando, como canalizadora que eres, no estás segura aquí.

—Sí, pero no me importa. No puedo seguir viendo cómo te juegas la vida una y otra vez, y quedarme mirando sin hacer nada.

—Eso es lo que hacen los unicornios: quedarse mirando sin hacer nada.

Victoria sacudió la cabeza con energía.

—Puede ser —dijo—, pero yo soy algo más que un unicornio —le recordó.

Jack sonrió.

—Shail se alegrará mucho de verte —dijo, y entonces recordó que el mago había perdido su pierna artificial de una forma muy desagradable. Victoria leyó la incertidumbre en su mirada.

—Ya lo he visto —lo tranquilizó—. Él es otro de los motivos por los que he vuelto. He terminado de curar su herida, pero está muy débil. Y en cuanto a esa pierna...

Jack movió la cabeza.

—Fue idea de Ydeon, y está claro que no debió hacerle caso.

—Tal vez no fue tan mala idea, Jack. He visto esa cosa y es algo más que una cosa. Está viva en parte. Ahora está tan débil como Shail, pero creo que ambos forman ya parte del mismo ser. Me parece... —titubeó un momento, y luego dijo—, me parece que yo puedo ayudarlos a ambos. Es lo menos que puedo hacer por él —añadió.

Jack la miró, dubitativo, pero no dijo nada. Trató de levantarse, apoyándose en el hombro de ella.

–Hay muchas cosas que hacer –dijo–. Tengo que volver con Shail, y averiguar si Alexander consiguió poner a salvo a las niñas. Y después hay que reunir de nuevo a toda la gente importante de Idhún. No pueden seguir ignorando todo lo que está pasando. Tal vez entre todos logremos encontrar una solución. Claro que –añadió de pronto, mirando a Victoria con cariño–, tal vez eso pueda esperar un poco. Tenemos que celebrar este reencuentro, ¿no crees? –añadió, guiñándole un ojo con picardía.

Victoria sonrió y le respondió con un beso. Jack recordó entonces a Christian.

–¿Dónde te has dejado al shek? –le preguntó, burlón–. ¿Crees que me taladrará con una de sus miradas gélidas si te acaparo un poco?

Victoria se puso seria de pronto.

–Volvimos juntos a Idhún, pero no se ha quedado conmigo –dijo–. Jack, Christian ha vuelto con Gerde.

XV
Disputas y decisiones

E L Oráculo de Gantadd había quedado inhabitable tras ser arrasado por el mar. Podrían reconstruirlo con un poco de tiempo y esfuerzo, pero, entretanto, las sacerdotisas necesitaban otro lugar donde alojarse, y en las poblaciones cercanas también habían sufrido las consecuencias del paso de Neliam.

De modo que habían partido hacia el bosque de Awa, para reunirse con Ha-Din en el nuevo Oráculo que había construido en el corazón de la floresta. Habían encontrado a Alexander y a las novicias tierra adentro. Todos estaban a salvo, aunque a Ankira, la Oyente limyati, le había entrado un ataque de pánico cuando la ola se había abatido sobre el continente; se había desmayado, y, al volver en sí, se había encerrado en un mutismo ausente.

Igara, la mensajera del Oráculo, no regresó. Por lo que sabían, había llegado a alertar a varias comunidades ganti, pero otras habían sido completamente devastadas por el maremoto. Tiempo después confirmaron que, efectivamente, había sido sorprendida por el mar durante el cumplimiento de su misión.

Mucho se había perdido tras el paso de la diosa Neliam por sus dominios, en los océanos del este. Cientos de personas se habían quedado sin hogar, y ahora vagaban por los bosques de Derbhad, temerosos todavía de regresar a sus casas inundadas. Los feéricos no sabían qué hacer con ellos. En algunos casos los habían acogido; pero en Trask-Ban, por ejemplo, los refugiados no habían sido bien recibidos.

Pocos viajaban hasta el bosque de Awa, que estaba demasiado lejos de Gantadd como para ser una opción cómoda para los damnificados, pero los habitantes del Oráculo lo habían hecho. De nuevo, la hermana Karale se había quedado atrás para tratar de reconstruir el edificio. Las sacerdotisas más voluntariosas habían decidido quedarse también, y de las zonas interiores, que la ola no había alcanzado, llegaba gente cada día para ayudar en la reconstrucción.

Alexander los habría acompañado de buena gana. No sentía el menor deseo de regresar al bosque de Awa, que le traía tan malos recuerdos. Sin embargo, al ver a los miembros de la comitiva, cambió de opinión.

Al frente del grupo estaba Jack, y a su lado caminaba Victoria. Hacía mucho tiempo que Alexander no la veía, y al principio la miró con recelo. Recordaba muy bien el estado en el que había llegado a Nurgon tras la supuesta muerte de Jack, y aquella era la última imagen que había tenido de ella. Por supuesto, entre Jack y Shail lo habían puesto al corriente de lo que había sucedido en su ausencia, y Alexander se había sentido conmovido al enterarse de que Victoria se había sacrificado ante Ashran para salvar al dragón. No obstante, ella también había dado su vida por el shek, y después de recuperarse de su enfermedad había huido a la Tierra con él; y Alexander, por mucho que lo intentara, no podía entender ni aprobar aquella actitud. Pero ahora Victoria estaba allí, con Jack, y una cálida sensación de gozo inundó su corazón al contemplar a la pareja de jóvenes, al ver cómo habían crecido y madurado, y que seguían juntos a pesar de todo. Shail también se encontraba allí: lo llevaban a lomos de un paske. Estaba muy débil y había perdido su pierna artificial, pero seguía vivo.

Aquello era la Resistencia. Sus amigos. Todos juntos otra vez.

Y lo mejor de todo era que no había ni rastro del shek. Tal vez Victoria hubiese recobrado la cordura por fin, y todo volvía a ser como antes... aunque Alexander no podía evitar preguntarse qué había estado haciendo ella todo aquel tiempo a solas con Kirtash, y por qué razón había regresado sin él.

Aun así, al ver a Jack y Victoria guiando el grupo, consolando a las sacerdotisas más afectadas, ayudando a Zaisei a cuidar de Shail, comportándose como los héroes que debían ser, Alexander no tuvo valor para darles la espalda y alejarse de ellos.

Gaedalu también los acompañaba. Había dudado entre quedarse en el Oráculo o acudir al bosque de Awa, pero Jack la había convencido de que fuera con ellos. Había muchas cosas de que hablar, y era necesario que tanto ella como Ha-Din estuvieran presentes.

Las dríades, guardianas de Awa, los dejaron pasar. La comitiva había tardado varios días en atravesar Derbhad; muchos feéricos los habían visto, y las noticias circulaban deprisa.

Ahora, guiados por las dríades, avanzaban por los estrechos senderos del bosque, senderos que solo las hadas eran capaces de encontrar. El primer día hallaron el bosque tan brillante y exuberante como siempre; pero, a partir de la segunda jornada, tras cruzar el río, empezaron a ver los estragos que los sheks habían causado allí en la última batalla. En algunas zonas del bosque hacía frío todavía, y los árboles habían muerto bajo una gélida capa de escarcha. Victoria se dio cuenta de que las dríades hacían lo posible por evitar aquellos lugares, y, sin embargo, no tenían más remedio que atravesar alguno de ellos de vez en cuando. Lo cual quería decir que el bosque había quedado más afectado de lo que ellas querían dar a entender.

Era ya de noche cuando alcanzaron el nuevo Oráculo. La comitiva se detuvo, impresionada.

No se parecía al resto de los Oráculos que se habían alzado en Idhún antes de la llegada de los sheks. En otras circunstancias, a nadie se le habría ocurrido construir un Oráculo en medio del bosque; pero durante el imperio de Ashran, Awa había parecido el único lugar seguro, la única opción posible.

Por supuesto, los feéricos habían puesto condiciones: todas las estancias del nuevo Oráculo eran árboles vivos, cuyos troncos, ramas y raíces se entrelazaban para formar paredes y tejados vegetales. Seguramente la arquitectura feérica jamás se había enfrentado a un desafío semejante: los árboles-vivienda de las hadas solían ser individuales, mientras que el Oráculo tendría que albergar a mucha gente, y necesitaría distintos tipos de dependencias. Con razón habían tardado años en construirlo, se dijo Jack. Por muy deprisa que creciesen los árboles en Awa, hasta los feéricos debían de haber necesitado mucho tiempo para hacerlos crecer de manera que formaran aquel edificio.

La única concesión de las hadas a la arquitectura humana, o más bien celeste, era el cuerpo central del edificio, cubierto por una gran cúpula. Aquella cúpula era absolutamente necesaria para el Oráculo, pues a través de ella se captaban las voces de los dioses.

«Seguro que ahora habrían preferido no construirla», pensó Jack, con un estremecimiento.

Le había relatado a Victoria todo lo que había escuchado en la Sala de los Oyentes. Por alguna razón, no había compartido aquella experiencia con Shail ni con Alexander. El mago tal vez estaría dispuesto a escucharlo, pero aún se sentía débil, y Jack no quería molestarlo.

Y en cuanto a Alexander... bien, Jack ya sabía lo que él opinaba acerca de la guerra entre dragones y serpientes aladas. No tenía sentido intentar que cambiara de parecer.

Victoria, a su vez, le había hablado de Shizuko y de los sheks que se habían refugiado en Japón, de la ventana interdimensional abierta por Gerde, de lo que habían averiguado en la biblioteca de Limbhad, gracias al libro de los unicornios. Coincidía con lo que Domivat le había referido al propio Jack.

Este también le había contado todo lo sucedido en Idhún durante su ausencia. Victoria escuchó, sobrecogida, el relato de la llegada de los dioses Karevan y Neliam, su experiencia en Nanhai, Puerto Esmeralda y la isla de Gaeru, y lo que Jack había descubierto en las ruinas del Gran Oráculo.

–Así que ya lo sabes –dijo–. Puedes decirle al shek que, casi con toda probabilidad, su madre se llamaba Manua, y era Oyente en el Gran Oráculo, donde conoció a Ashran cuando este acudió allí buscando información sobre el Séptimo dios. Si estoy en lo cierto, Christian nació allí, en los confines de Nanhai. Su madre debió de llevárselo del Oráculo tras escuchar la Profecía, la que hablaba del regreso de los sheks de la mano de Ashran. Me temo que fue la única que comprendió de verdad las implicaciones de esa profecía. Había visto a Ashran morir y resucitar convertido en el Séptimo dios. Pero, probablemente, nadie le creyó entonces, así que su única posibilidad fue huir lejos con su bebé.

–¿Y qué fue de ella?

–Ashran la encontró en su cabaña de Alis Lithban, el día de la conjunción astral, y le arrebató a su hijo. Posiblemente la matara entonces, o puede que ella buscara refugio en otra parte. No lo sé. He intentado preguntar a Gaedalu al respecto, pero ha reaccionado de forma extraña, casi con furia. Está claro que conoció a Manua, y parece que la odia. No sé si por ser la madre de Christian, porque tuvo una relación con Ashran o por algún asunto personal. Me ha dado a entender que está muerta, pero no sé si creerle. Puedo tratar de averiguar más cosas. Si sigo interrogándola, terminará por contarme todo lo que sabe.

Victoria negó con la cabeza.

–No es necesario –dijo–, no fuerces las cosas. Le diré a Christian quién fue su madre y dejaré en sus manos la opción de buscarla, si es lo que quiere. Creo que es algo que debe decidir él mismo.

Jack le dirigió una breve mirada.

—¿Se lo contarás? Se ha ido con Gerde. ¿Cómo sabes que volverás a verlo?

—Sé que volverá. Todavía llevo su anillo.

Jack movió la cabeza, preocupado. No había encajado bien la noticia de que Christian se había unido a Gerde. Ni siquiera Victoria había sido capaz de encontrar razones que justificaran aquella conducta.

—Fue después de que viésemos la matanza de los szish a través del Alma —recordó—. Él dijo: «Los szish no son así», y luego dijo que debía regresar con Gerde. Creo que entendió algo que nosotros no logramos comprender.

—¿Y no fue capaz de compartirlo contigo? —dijo Jack, exasperado—. ¿Vuelve a cambiar de bando, así, sin ninguna explicación?

Victoria alzó la cabeza.

—Yo confío en él, Jack —dijo solamente.

—Sí, claro —gruñó él—. Sé que tú puedes aceptar tranquilamente que ayude a los sheks a conquistar la Tierra, o que se vaya con un hada que no solo es la Séptima diosa sino que además siempre ha querido seducirlo, y decir que sigues confiando en él. Pero no sé si eso me basta a mí. ¿Por qué no es capaz de comprometerse con un bando de una vez por todas?

Victoria lo había mirado largamente, muy seria.

—Jack —le había dicho—, después de todo lo que hemos aprendido... ¿de verdad crees que tiene sentido seguir hablando de bandos?

Jack no había sabido qué responder.

Porque, en cierto sentido, Victoria tenía razón. Durante el viaje a Awa, Jack había oído a Alexander hablar de la Resistencia, de la lucha contra los sheks y del Séptimo, y, aunque todo aquello le era muy familiar, al mismo tiempo le sonaba como una canción muy lejana, unas palabras que ya no tenían ningún significado para él.

Esperaba que la reunión con Ha-Din aclarase un poco sus ideas. El Padre era una persona abierta y conciliadora, mucho más que Gaedalu, quien, además, cada día se le antojaba más hermética y siniestra.

Por eso se sintió aliviado cuando vio aparecer al celeste, que salía del Oráculo para recibirlos, con una amplia sonrisa. Las sacerdotisas hicieron una breve reverencia ante él. Alexander bajó la cabeza en señal de respeto, y Jack y Victoria lo imitaron.

–Bienvenidos, visitantes –dijo Ha-Din, aún sonriendo–. Ha pasado mucho tiempo desde la última vez que os di la bienvenida a Awa a algunos de vosotros, y mucho han cambiado las cosas desde entonces. Pero me alegro de veros a todos de nuevo. Entrad; encontraremos alojamiento para todos.

Tomaron una cena ligera e informal, y hablaron de cosas banales. Los recién llegados estaban cansados y deseaban irse a dormir cuanto antes. Ha-Din propuso que se reunieran al día siguiente, con la cabeza más despejada, y todos estuvieron de acuerdo.

Al principio, las sacerdotisas se mostraron inquietas ante la idea de dormir en una estancia formada por árboles vivos, pero pronto se dieron cuenta de que, por dentro, el Oráculo presentaba tantas comodidades como una casa de piedra. Las camas eran hongos enormes que crecían en el mismo suelo, suaves y mullidos, y las sábanas que las recubrían estaban hechas de amplias hojas aterciopeladas, cálidas y confortables. No había puertas, pero las espesas cortinas de ramas y lianas que cerraban los accesos a los habitáculos garantizaban la privacidad.

El joven novicio celeste que los guió hasta sus habitaciones alojó a Jack y a Victoria en el mismo cuarto, y nadie puso ninguna objeción.

No habían vuelto a hablar de Christian. Jack había echado mucho de menos a Victoria, y no estaba dispuesto a estropear aquella noche recordando al shek. Apenas habían tenido intimidad los días anteriores y, ahora que por fin estaban a solas, no pensaba desaprovechar la oportunidad.

Victoria, en cambio, había agradecido aquella falta de intimidad. También había añorado muchísimo a Jack, pero después de haber pasado tanto tiempo con Christian en Limbhad, se le hacía extraño volver a caminar bajo los tres soles de Idhún, junto a Jack. Por fortuna, no tuvo que decírselo a él; para cuando pudieron disfrutar de una noche a solas, en el Oráculo, Victoria ya se había acostumbrado de nuevo a la presencia del dragón.

No obstante, más tarde, cuando él dormía ya profundamente a su lado, Victoria seguía despierta, entre sus cálidos brazos, echando de menos la suave frialdad de Christian. No pudo evitar preguntarse si estaría bien. Se llevó a los labios la piedra de Shiskatchegg, y vio cómo esta se iluminaba suavemente, indicando que Christian restauraba el vínculo que había entre los dos, y que solía cortar a veces, para que ella disfrutara de intimidad cuando estaba a solas con Jack.

Victoria sonrió en la penumbra. «Cuídate», le dijo en silencio. «No hagas tonterías».

Lejos, en el otro extremo del continente, en otro gran bosque, Christian detectó su presencia al otro lado de su percepción, y sonrió a su vez.

Estaba en el árbol de Gerde, contemplando con interés al bebé que ella sostenía en sus brazos.

–Saissh –dijo, pronunciando el nombre que el hada le había dado.

–Muy apropiado, ¿verdad? –sonrió ella–. ¿Quieres cogerla?

Antes de que Christian pudiera contestar, Gerde le entregó a la niña. El shek la cogió con cuidado, pero Saissh se despertó de pronto y se echó a llorar.

–No te preocupes, llora mucho –dijo Gerde, volviendo a cogerla; la acunó entre sus brazos, canturreándole dulcemente, hasta que la niña se calló de nuevo–. Los bebés son mucho más sensibles que los adultos. Cualquier humano se sentiría intimidado en tu presencia, pero trataría de aparentar que no pasa nada. Un bebé no tiene por qué disimular. Su instinto le dice que no eres del todo humano, no le gustas, no quiere estar contigo, y se encarga de que todo el mundo lo sepa para que la alejen de ti. Criaturas simples y sinceras, los bebés.

Volvió a dejarla sobre la cunita de hojas que había preparado para ella. Christian la contempló en silencio y luego dijo:

–¿Y acaso no nota que tú tampoco eres del todo un hada?

–Sí que lo nota –sonrió Gerde–. Pero se va acostumbrando a ello. No creas que mi esencia está tan alejada de lo que hay en el fondo del corazón humano, Kirtash. Es más fácil que ella se acostumbre a mí a que no que llegue a encontrarse a gusto contigo.

–Y más le vale acostumbrarse a ti, ¿no es cierto?

Gerde sonrió.

–Sí –ronroneó–. Más le vale.

–Pasará mucho tiempo hasta que haya alcanzado la edad adecuada. Y no tenemos ese tiempo, Gerde. ¿De verdad crees que vale la pena criarla?

–«Mucho tiempo» no significa para ti lo mismo que para mí –le recordó el hada–. Este mundo será destruido en breve, pero harán falta muchos años antes de que podamos empezar a conquistar el otro. Para entonces, mi Saissh ya estará preparada. Ella será quien dirija la conquista.

–Es un plan lento, complejo y laborioso.

–¿Acaso se te ocurre algo mejor? –preguntó Gerde, mirándolo con interés.

–Un plan mucho más ambicioso, mi señora –sonrió Christian–. Y mucho más audaz. Será arriesgado, pero si sale bien, en poco tiempo ya no tendrás que preocuparte por los sangrecaliente, ni por sus dioses... nunca más.

El rostro de Gerde se iluminó con una lenta y amplia sonrisa. Acarició suavemente la mejilla de Saissh, y la niña gorjeó, agitando las manitas en el aire.

–Sabía que hacía bien manteniéndote a mi lado, Kirtash –dijo–. Cuéntame, ¿en qué consiste tu plan?

Christian le dedicó una media sonrisa; pero no llegó a decir nada, porque en aquel momento entró una sombra en el árbol y se quedó contemplándolos.

–Vaya –dijo con un ronco jadeo–. Si parecéis una familia y todo. Qué tierno.

Christian alzó la cabeza.

–¿Qué hace *él* aquí? –le preguntó a Gerde con peligrosa suavidad.

Ella se encogió de hombros.

–Lo mismo que tú: aburrirme con una innecesaria ostentación de orgullo masculino. Puede que a veces tengas ideas brillantes, Kirtash, pero eso no te da derecho a cuestionar mis decisiones. Él está aquí porque yo quiero que esté aquí, y con eso debe bastarte. Y en cuanto a ti –añadió, dirigiéndose a Yaren–, la próxima vez que no te dirijas a mí con el debido respeto, te mataré.

Yaren se quedó mirándola, con un destello de desafío asomando a sus ojos, pero finalmente acabó por asentir y bajar la cabeza, con humildad.

–¿Por qué no lo has matado ya? –le preguntó Christian con curiosidad.

–A veces resulta útil –respondió Gerde–. Igual que tú.

Christian no dijo nada.

–Fuera de aquí los dos –ordenó el hada–. Habéis conseguido que me duela la cabeza.

Cuando Christian y Yaren abandonaron el árbol, Gerde tomó al bebé en brazos, y se sentó en un rincón, meditabunda.

–¿Tú qué crees? –le preguntó a la niña–. ¿Debería matar a los dos?

Saissh la miró con sus enormes ojos azules. Gerde le tocó la nariz con la yema del dedo, y el bebé se rió.

–Te ríes por tan poca cosa –comentó Gerde con envidia; la alzó para contemplarla–. Sí, serás hermosa cuando crezcas. Todo lo hermosa que puede ser una humana, claro está –puntualizó–. Menos mal que Yaren te rescató de las tiendas de los bárbaros. Habrías acabado convirtiéndote en una bruta, como todos ellos.

Saissh pareció estar conforme porque emitió un ruidito parecido a una risa. Gerde sonrió.

–Pero no basta con eso, ¿verdad? –le dijo.

Alzó la mano; en su palma se materializó un objeto largo y afilado, blanco y puro como un rayo de luna. El bebé lo observó con sobrecogido interés.

–Contempla esto –dijo Gerde–. El símbolo de la magia. Del poder que los dioses tuvieron que dejar en manos de criaturas pequeñas y frágiles como los unicornios, porque ellos mismos eran tan grandiosos que habrían aplastado a los mortales al concedérselo. El poder creador de los dioses... que siempre me estuvo prohibido... hasta ahora.

La niña alzó las manos hacia el cuerno de unicornio, tratando de aferrarlo. Gerde sonrió de nuevo.

–Te gusta, ¿verdad? Cógelo.

Lo puso a su alcance. Las manitas del bebé se cerraron en torno al cuerno; Gerde sintió cómo la energía del entorno pasaba por ella y se canalizaba a través del cuerno, para derramarse sobre la pequeña Saissh, que lanzó una exclamación jubilosa, mientras sus ojos se llenaban de luz por un instante y su boca se curvaba en una extática sonrisa. Gerde apartó el cuerno de ella, con suavidad, y Saissh agitó las manitas en el aire, tratando de asirse de nuevo a él.

–No, no, ya has tenido suficiente, pequeña –la reconvino Gerde–. Suficiente para iniciarte en el camino de la magia.

Saissh gimoteó un momento y luego se echó a llorar. Gerde hizo desaparecer el cuerno.

–Oh, cállate –protestó, tomándola en brazos para acunarla.

Fuera, Christian alzó la mirada para contemplar el manto de estrellas que envolvía a las tres lunas. Había echado de menos el cielo idhunita.

Sintió una presencia junto a él.

—¿Qué quieres? —murmuró.

—¿Por qué has vuelto? —siseó Yaren—. Creía que estabas cuidando de Lunnaris.

Christian se volvió hacia él y le clavó una mirada gélida.

—No vuelvas a mencionar su nombre —le advirtió—. No con ese tono.

Él respondió con una suave risa apagada.

—¿Crees que fingir que no existe me hará odiarla menos?

—No. Pero evitará que me recuerdes que tengo intención de matarte.

Yaren retrocedió un paso. Su voz sonó burlona, no obstante, cuando dijo:

—¿Te atreverás a matarme sabiendo que estoy bajo la protección de Gerde?

—Ya se cansará de ti —sonrió Christian—. En cuanto dejes de serle útil... si es que le has sido útil alguna vez.

No dijo nada más, y tampoco alzó la voz, pero no fue necesario: un violento escalofrío recorrió la espalda de Yaren, que entornó los ojos, inclinó la cabeza y se alejó en la oscuridad.

Christian lo vio marchar. Se preguntó por qué lo había amenazado. Normalmente no se molestaba en advertir a alguien de que iba a matarlo. Lo hacía, y punto.

«Pero ahora no puedo hacerlo», comprendió. El mago tenía razón. De momento, estaba bajo la protección de Gerde, y no era buena idea contrariarla.

También Victoria, recordó de pronto, le había pedido que respetara la vida de Yaren. Pero Christian pensaba matarlo de todas formas. ¿Por qué obedecía los deseos de Gerde al respecto, y no los de Victoria?

No quiso detenerse a buscar la respuesta a esa pregunta. Silencioso como una sombra, regresó a su tienda a esperar la llegada de la mañana.

Shail se despertó bruscamente a altas horas de la madrugada. Tenía la sensación de que había una luz muy brillante en la habitación. Parpadeó, sorprendido, y se dio cuenta de que no había sido un sueño. Había una forma blanca junto a su cama, algo tan luminoso que hacía daño a los ojos. Volvió la vista y vio a Zaisei junto a él. La joven seguía durmiendo profundamente, y Shail dudó si despertarla o no.

—No lo hagas —susurró una voz; le resultaba familiar, pero, al mismo tiempo, tenía un tono nuevo, distinto—. Déjala dormir.

Shail se atrevió a levantar de nuevo la cabeza hacia la figura que se alzaba junto a él. Sus ojos fueron, lentamente, acostumbrándose a la luz. Reconoció aquel perfil.

Era un unicornio.

—¿Lunnaris... Vic? —murmuró, un poco aturdido.

Ella inclinó un poco la cabeza. Su cuerno no era tan largo como solía ser.

—No podía dormir —dijo—, así que decidí venir a verte. Tenía pensado hacerlo de todas formas, pero mañana habrá demasiada gente y... bueno, no me gusta que me vean así —concluyó, con cierta timidez.

Shail, maravillado, levantó la mano para rozarla, pero ella retrocedió un poco. El mago dejó caer la mano.

—¿Y por qué... por qué has venido con ese aspecto?

—Porque quería que me vieras. No habías visto a Lunnaris desde la conjunción astral, ¿verdad?

—No —concedió Shail, un tanto emocionado—. Has crecido mucho, y... en fin, estás muy hermosa.

El unicornio desvió la mirada.

—Te lo agradezco —dijo—, aunque sé muy bien que mi cuerno aún tiene un aspecto ridículo —sonrió—. Pero ya funciona, y esta es la otra razón por la que he venido aquí esta noche.

Shail la miró sin entender. Victoria bajó la cabeza hacia un objeto que reposaba sobre la bolsa del mago, que había dejado tirada de cualquier manera junto a la cama.

—Ah, eso —entendió él—. No sé, ¿crees que es buena idea?

Por toda respuesta, Victoria colocó la punta de su cuerno sobre la pulida superficie de la pierna artificial y cerró los ojos.

La magia fluyó a través de ella, recorriendo sus venas y canalizándose a través del cuerno. Victoria notó que la pierna de metal absorbía aquella magia, sedienta de vida. Ahogó una exclamación cuando el artefacto empezó a succionar cada vez más, y sintió un escalofrío: aquella sensación le había recordado, por un momento, a la horrible experiencia de la Torre de Drackwen, cuando Ashran le había arrebatado la magia a la fuerza. Inspiró hondo y se esforzó por sobreponerse.

Siguió transfiriendo magia a la pierna artificial, hasta que sintió que esta estaba ya repleta de energía y no precisaba más. Entonces se apartó y dejó caer la cabeza, agotada.

—Ya está —dijo—. Prueba a ponértela.

Shail dudó un momento; pero la vio tan cansada que no tuvo valor para decirle que no. Con cuidado para no despertar a Zaisei, se incorporó un poco y se estiró para coger el miembro de metal. Un delicioso cosquilleo recorrió sus dedos cuando la tomó entre las manos. La contempló de cerca. Parecía maravillosamente viva y palpitante.

No obstante, en su memoria estaba todavía muy reciente el dolor que había sufrido cuando Ylar se la había arrancado de cuajo. La herida apenas estaba terminando de cicatrizar, y la idea de volver a encajar la pierna en ella lo hizo estremecerse.

A pesar de ello, se atrevió a acercarla un poco a su muñón... solo para comprobar si encajaba.

Y antes de que pudiera reaccionar, el artefacto se le escapó de las manos y se ajustó a su carne, lanzando de nuevo sus tentáculos de metal, ávidos de vida de verdad. Shail dejó escapar un grito; sin embargo, el miembro artificial encajó en su sitio a la perfección, fundiéndose con su carne como si ambos fueran la misma cosa.

–Shail, ¿qué pasa? –murmuró entonces Zaisei, adormilada–. ¡Shail! –exclamó, despejándose del todo al ver lo que estaba sucediendo–. ¡Quítate eso, te va a...!

–Tranquila –la calmó él, aunque todavía estaba temblando–. Todo está bien; vuelve a funcionar, y creo que esta vez es la buena... Mira, el medallón de piedra minca ni siquiera se ha activado... Eso quiere decir que ya no necesita de mi magia para acoplarse a mi cuerpo.

Zaisei miró la pierna, entre maravillada y suspicaz.

–Pero ¿cómo... cómo lo has hecho?

–Ha sido Victoria... Lunnaris... su magia ha obrado el prodigio.

Parpadeó para retener las lágrimas y se volvió hacia el unicornio.

Pero ya no había nadie más en la habitación. Victoria había desaparecido.

Al día siguiente, Shail entró en la sala de reuniones caminando con las dos piernas. Parecía pálido y cansado, y Zaisei no se separaba de él, preocupada; pero los pasos del mago eran firmes y seguros. Al verlo, todos dejaron escapar un murmullo de sorpresa. Jack miró a Victoria, pero ella no hizo ningún comentario al respecto.

Fue la única buena noticia del día. A pesar de que los sacerdotes los habían dejado descansar hasta tarde, casi nadie había dormido bien, y estaban nerviosos y cansados. Era inevitable que terminaran discutiendo.

Con todo, el encuentro empezó bien. Se hallaban presentes Ha-Din y Gaedalu, junto con varios sacerdotes y sacerdotisas más, entre las que se encontraba Zaisei; la Resistencia en pleno, reunida de nuevo por primera vez desde su llegada a Idhún (nadie pareció echar de menos a Christian); y, por último, dos hadas y un silfo, en representación del pueblo feérico.

Jack lamentó la ausencia de Qaydar. No siempre se había llevado bien con el Archimago, pero había pasado mucho tiempo en la Torre de Kazlunn, se había familiarizado con los hechiceros que vivían allí y echaba en falta a más representantes de la Orden Mágica, aparte de Shail, en una reunión de tanto calibre.

De todas formas, por una vez no iban a hablar de poderosos hechiceros, de complicados conjuros ni de la agonía de la magia. Por una vez, lo divino cobraría importancia ante lo mágico.

Jack fue el primero en tomar la palabra. Les habló de lo que habían vivido en la Torre de Kazlunn, del devastador huracán que por poco había acabado con el último bastión de la Orden Mágica.

—La Madre Venerable y sus sacerdotisas saben de qué estoy hablando —dijo con gravedad—. Por poco las alcanzó en Celestia.

Zaisei palideció al recordarlo. Gaedalu bajó la cabeza, pero no dijo nada.

Jack habló entonces de los estragos que Karevan estaba causando en el norte y del terrible maremoto que había arrasado toda la costa este de Idhún. En esta ocasión no se guardó para sí lo que sabía, y lo atribuyó a la llegada al mundo de la diosa Neliam. Se percató de que, a medida que iba hablando, los sacerdotes se ponían cada vez más nerviosos, pero no calló.

—Los Oráculos llevaban tiempo advirtiendo de que esto iba a suceder —concluyó el joven—. El estado en el que se encuentran los Oyentes es una prueba de ello. Los Seis han regresado a Idhún porque el Séptimo está entre nosotros, y van a enfrentarse a él.

—¿Y cómo estás tan seguro de todo esto? —inquirió un sacerdote silfo, moviendo la cabeza en señal de desaprobación—. El Séptimo está entre nosotros, dices. ¿Por qué razón, pues, no podemos creer que todos estos fenómenos destructores los está causando él mismo?

Jack se quedó un momento callado para ordenar sus ideas. Lo cierto era que del poder destructivo de los dioses solo tenía noticia a través de Sheziss, una shek; y que había sido Christian, otro shek, quien le había dicho que el Séptimo se había reencarnado en Gerde. La intuición le decía que debía creerles, pero los sacerdotes de los Seis no opinarían igual.

–Nosotros nos enfrentamos a Ashran –dijo–. Descubrimos entonces que era la encarnación del Séptimo dios, algo que debimos haber deducido mucho tiempo atrás, porque ni siquiera Qaydar, el hechicero vivo más poderoso, habría sido capaz de mover los astros del modo en que él lo hizo.

»Una vez muerto Ashran, el Séptimo quedó libre. Sin embargo, hasta hace poco no se han manifestado esos... fenómenos destructores. Durante todos estos meses, tras la caída de Ashran, hemos gozado de una relativa calma... la calma que precede a la tempestad.

»Pero el Séptimo seguía libre, y un dios no puede ser derrotado por mortales, ni siquiera por los dragones; de modo que los Seis decidieron venir ellos mismos a luchar contra él.

»El problema es que son seres grandiosos y formidables, y nosotros no somos más que pequeños insectos comparados con ellos. Nos aplastarán casi sin darse cuenta; de hecho, lo están haciendo ya. Mientras no encuentren al Séptimo, seguirán dando vueltas por Idhún, y lo han perdido de vista de nuevo, puesto que ha vuelto a ocultarse bajo un disfraz mortal. Ahora se esconde tras la identidad de la feérica Gerde, una hechicera renegada.

Hubo murmullos en torno a la mesa. Jack percibió la mirada alarmada que le dirigió Victoria. Sabía que ella hubiera preferido que no delatase a Gerde, por el momento..., al menos, hasta que no supiesen qué se traía Christian entre manos. Pero aunque Jack había decidido no mencionar al shek, si podía evitarlo, no pensaba cubrirle las espaldas a Gerde.

–Los sheks saben lo que está pasando. Saben que los Seis han venido a buscar a su diosa, y lo que es más: no creen que vayan a poder vencer en esta batalla. Por eso están intentando huir. Pero quieren huir a un mundo que para mí es tan importante como este. Me refiero a la Tierra, el mundo donde nacimos y crecimos Victoria y yo. No tengo la menor intención de dejar que eso ocurra, pero tampoco quiero que los dioses aplasten Idhún en el transcurso de su disputa. ¿Alguna sugerencia?

Reinó un silencio de piedra. Todos estaban intentando asimilar lo que Jack les había contado, y de hecho algunos lo miraban con precaución, como preguntándose si estaba loco o se trataba de una broma de mal gusto.

—Si todo eso es cierto —dijo Alexander entonces, lentamente—, tal vez la mejor solución sería tratar de decirles a los dioses dónde está Gerde. Para que acaben con ella, y con el Séptimo, de una vez por todas.

Jack asintió.

—Es una opción —dijo—, pero no sabemos de qué manera podemos comunicarnos con ellos. La Sala de los Oyentes solo sirve para escuchar a los dioses, no para hablar con ellos. Y, no obstante, en el pasado Ashran, el Nigromante, logró comunicarse con el Séptimo dios a través de la Sala de los Oyentes del Gran Oráculo.

Se oyeron exclamaciones escandalizadas. Ha-Din alzó la mano.

—Me temo que es cierto —dijo—. Hace tiempo que tenía noticia de que Ashran había pasado una temporada en el Gran Oráculo... antes de convertirse en la poderosa criatura que sometió nuestro mundo tras la conjunción astral. Entonces, que los Seis me perdonen, no fui capaz de entender la gran importancia que revestía aquella información. Nunca se me ocurrió pensar... ni a mí ni a nadie... que el propio Ashran fuese el Séptimo dios. Por la forma en que me lo describieron... me pareció muy humano, en realidad.

—Fue humano antes de eso —murmuró Jack—. Después... ya no sé en qué se convirtió exactamente.

Hubo un nuevo silencio. Nadie se atrevía a hablar ahora, aunque Jack leyó la duda en los rostros de muchos de los presentes.

—De momento —tomó la palabra Shail—, creemos que han llegado a Idhún los dioses Karevan, Yohavir y Neliam. Karevan se mantiene en las montañas exteriores de Nanhai y se mueve tan lentamente que los gigantes, advertidos ya de su presencia, se limitan a apartarse de su camino. En cuanto a Neliam, tras provocar la ola que arrasó las costas de Nanetten, Derbhad y Gantadd, y las ciudades del Reino Oceánico, ha seguido hacia el sur y se ha alejado del continente. No sabemos dónde está.

»Con respecto a Yohavir... bien, parece que después de arrasar Kazlunn y Celestia se ha detenido... en el cielo, entre Rhyrr y Haai-Sil. Lleva allí varios días; los celestes han informado de que aún se puede ver una extraña espiral de nubes sobre sus tierras, algo que apenas deja pasar la luz de los soles, pero que tampoco descarga lluvia. Parece ser que les infunde miedo y desasosiego, pero por el momento no se mueve de ahí.

»Puede que estén esperando a que lleguen los otros dioses, o puede que se hayan dado cuenta de que no perciben la esencia del Séptimo en Idhún, y estén aguardando a que se manifieste. No lo sé. Pero no creo que esta situación se mantenga estable durante mucho tiempo. Llegará un momento en que se pongan en marcha de nuevo, y entonces...

No dijo nada más. Ha-Din tardó un poco en tomar la palabra.

—No voy a entrar en el debate acerca de la naturaleza de los males que están asolando Idhún. Creo que algunos de nosotros no estamos preparados para aceptar la explicación de Yandrak, que se contradice con muchas de nuestras creencias. No obstante, sí que me parece necesario que hablemos acerca de cómo podemos evitar esto. Varias poblaciones ya han sido destruidas, y puede que muchas más lo sean próximamente. ¿Qué podemos hacer al respecto?

Jack movió la cabeza.

—Lo único que se me ocurre es vigilar sus movimientos, estar atentos y saber reaccionar deprisa para evacuar las zonas por donde vayan a pasar. Es lo que hemos estado haciendo hasta ahora, y sé que no es un gran consuelo, porque no hemos podido salvar a todo el mundo, pero... ¿qué otra cosa podemos hacer?

—Quizá sería más sencillo averiguar dónde está Gerde, capturarla y entregarla a los dioses —sugirió Alexander.

—¿Capturar a Gerde? —repitió Jack—. ¿A Gerde, que ahora tiene el poder de una diosa? Nos costó años llegar hasta Ashran; no creo que con Gerde fuera mucho más sencillo.

Calló, recordando de pronto que Christian estaba con ella. ¿Sería aquel el plan secreto del shek?

—¿Y por qué no lo intentamos? —insistió Alexander—. Solo tenemos que averiguar dónde se esconde...

—Esa no es la cuestión —cortó Jack—. *Sabemos* dónde se esconde. Está en Alis Lithban.

—¡Jack! —protestó Victoria.

—¿Qué? —se defendió él—. Es verdad. Bueno, sé que Alis Lithban es muy grande, pero tenemos razones para pensar que se oculta en la zona sur del bosque, cerca de Raden.

Alexander asintió.

—Podemos tratar de capturarla, sí. Y entregarla a los dioses...

—Pero eso no evitará que luchen y destruyan el mundo —hizo notar Victoria.

—Eso no lo sabemos. Estamos hablando de los Seis: y Gerde, si de verdad es el Séptimo, no puede ser rival para ellos. ¿Qué clase de dios se oculta en un cuerpo mortal? Se está escondiendo porque sabe que los dioses lo destruirán, porque tienen poder para hacerlo. Quizá lo más sencillo sea permitir que todo termine de una vez por todas. No creo que sea peor que tener a los dioses destruyendo el mundo a su paso mientras la buscan.

—Hay otra salida —dijo Jack—. Existe un mundo... se llama Umadhun, y es el lugar donde los sheks habitaron hasta la llegada de Ashran. Es un mundo muerto. Si lográramos que los dioses fueran allí a solucionar sus disputas, Idhún estaría a salvo. Yo sé dónde está Umadhun, y cómo llegar hasta allí.

«¿De veras?», dijo entonces Gaedalu, hablando por primera vez. «¿Cómo es posible que sepas tales cosas?».

Jack sostuvo su mirada sin pestañear.

—Porque fue mi raza la que desterró a los sheks, Madre Venerable —dijo con calma.

Había más razones, y Gaedalu lo intuía. Pero la expresión de Jack era serena y resuelta, y denotaba que no iba a dar más explicaciones. Gaedalu entornó los ojos.

«No nos estás contando todo lo que sabes, Yandrak», acusó.

—Tal vez se deba a que no considere necesario dar más detalles —replicó él, imperturbable.

«¿No? Pues yo creo que sí. Hay muchas cosas en tu comportamiento y en el de Lunnaris que no han quedado claras. ¿Dónde está Kirtash, el shek al que defendíais con tanto interés?».

—Eso carece de importancia —respondió Jack—. Durante un tiempo nos ayudó, luchó a nuestro lado contra Ashran, y ahora ha vuelto con los suyos, que juzgarán sus actos según crean conveniente.

«¿Carece de importancia?», repitió Gaedalu. «¿El hijo de Ashran sigue vivo y colaborando con el enemigo, y eso carece de importancia?».

—Nos enfrentamos a varios dioses y a lo que queda de la raza shek, que no es poco. Además, sabemos que Gerde tiene el poder de consagrar magos, igual que Lunnaris. Considerando esto, creo que Kirtash es el menos importante de nuestros problemas —replicó Jack con frialdad.

–Yo estoy de acuerdo con la Madre Venerable, Jack –intervino entonces Alexander, muy serio–. Hay muchas cosas que no nos has contado, y después de todo lo que he vivido, en Idhún y en la Tierra, jamás se me ocurriría pensar que lo que haga Kirtash «carece de importancia». Le permitiste que se llevara consigo a Victoria. Han estado juntos hasta hace pocos días, ¿verdad?

De nuevo se oyeron murmullos escandalizados. Victoria se levantó y pidió silencio para hablar.

–No tiene sentido que sigamos hablando de Kirtash –dijo–. Haga lo que haga, y diga lo que diga, vais a seguir considerándolo un enemigo, de modo que aceptad simplemente que está con los suyos, donde todos vosotros creéis que debería estar. ¿Cuál es el problema?

–¡El «problema» es que los suyos son el enemigo, Victoria! –exclamó Alexander; sus ojos relucieron brevemente con un brillo salvaje, aunque solo Jack lo detectó–. Te he consentido muchas cosas, pero creo que, en lo que atañe a Kirtash, has ido demasiado lejos defendiéndolo, cuando es obvio que no lo merece.

–Kirtash luchó a nuestro lado en la Torre de Drackwen –intervino Jack, alzando la voz–. No sabes de qué estás hablando porque no estabas allí. Si no hubiese sido por él, ahora nosotros dos estaríamos muertos, y Ashran seguiría gobernando en Idhún.

Entonces, todos habían empezado a discutir. Los celestes habían permanecido en silencio, con la vista baja, hasta que habían sido incapaces de soportar tanta tensión y, uno por uno, habían salido de la habitación. La última fue Zaisei.

El Padre Venerable, sin embargo, se quedó allí, con el rostro oculto entre las manos, aguardando en silencio a que los demás bajaran la voz. Cuando quedó claro que nadie iba a dar su brazo a torcer, Ha-Din se puso en pie, con un evidente gesto de sufrimiento en el rostro, y pidió la palabra.

Por fin, todos se fueron sentando, malhumorados. Se hizo un silencio tenso e incómodo.

–Estamos muy alterados hoy –dijo Ha-Din, apaciblemente–. No me parece que vayamos a solucionar nada discutiendo. Madre Venerable, vuestro odio manifiesto hacia Kirtash es una cuestión personal que, aunque comprensible, y respetable, no debería interferir en vuestro juicio sobre lo que estamos debatiendo hoy –la riñó con suavidad.

«En tal caso, la insana atracción que Lunnaris siente hacia ese shek tampoco debería nublar su criterio», contraatacó Gaedalu.

–No he sido yo quien ha mencionado a Kirtash, Madre Venerable –replicó Victoria, con helada cortesía.

–Basta, por favor –intervino Ha-Din–. Así no vamos a llegar a ninguna parte. Tenemos que seguir investigando acerca de lo que está sucediendo en nuestro mundo, y la manera de detenerlo. No tiene sentido que sigamos acusándonos unos a otros.

Nadie replicó. Algunos bajaron la cabeza, ligeramente avergonzados.

–Los soles están ya muy altos –concluyó el Padre, con una suave sonrisa–. Propongo que vayamos a tomar un refrigerio. Seguiremos por la tarde y, mientras tanto, espero que reflexionemos sobre todo lo que Yandrak nos ha contado.

Todos parecieron aliviados. Salieron de la habitación y, uno a uno, descendieron por la escalinata que formaban las raíces del gran árbol, para llegar al patio.

Había un pequeño grupo de feéricos aguardando allí. Cuando vieron a Victoria, sus rostros se iluminaron con una amplia sonrisa de alivio.

Jack le dio un suave codazo.

–Creo que alguien va a suplicarte que le concedas la magia –le susurró al oído, sonriendo.

Victoria sonrió también, pero no dijo nada.

No obstante, Jack se equivocaba. El portavoz de los feéricos, un silfo cuyo rostro parecía tallado en madera, y cuyos cabellos, semejantes a largas ramas de saúco, caían por su espalda hasta su cintura, se inclinó brevemente ante ella.

–Dama Lunnaris..., sabemos que estáis ocupada, pero nos hemos atrevido a molestaros porque querríamos consultaros acerca de una cuestión que para nosotros es de vital importancia.

–¿De qué se trata? –preguntó ella, intrigada.

Los feéricos se miraron unos a otros. Finalmente, el silfo habló:

–¿Es cierto que sois vos el último unicornio?

Victoria se quedó helada. Hacía tiempo que nadie se lo preguntaba de forma tan directa.

–Sí, es cierto. Suponía que todo el mundo lo sabía.

–Sabemos que ese aspecto humano no es más que una envoltura para vuestra verdadera esencia. Sabemos que sois un unicornio. Pero, decid... ¿sois, de verdad, el último? ¿No existe la posibilidad de que quede alguno más?

Jack creyó comprender el sentido último de la pregunta.

–Existe otra persona capaz de consagrar magos –dijo–, pero no es un unicornio. Victoria... Lunnaris es la última.

Los feéricos cruzaron una nueva mirada. Jack leyó la decepción y el desconcierto pintados en sus rostros de suave color glauco. Daba la sensación de que la noticia de que alguien más podía otorgar la magia no los había impresionado.

–¿Por qué lo preguntáis? –quiso saber.

–Nuestros hermanos de Alis Lithban afirman que el bosque está reviviendo de una forma espectacular –dijo un hada–. Y nosotros pensamos... quisimos creer... que tal vez los unicornios habían regresado. Disculpad nuestra ignorancia, dama Lunnaris... mi señor Yandrak –añadió, con una profunda reverencia.

Ni Jack ni Victoria pudieron hablar durante un momento. Cuando los feéricos se alejaron, el joven miró a su compañera, que se había quedado muy seria.

–¿A qué crees que se debe? –preguntó con suavidad.

–El bosque revivió, en parte, gracias a la magia que Ashran me extrajo en la Torre de Drackwen –dijo Victoria–. Además, los sheks estaban colaborando con algunos feéricos para devolverle el esplendor de días pasados. Puede que Gerde esté detrás de todo esto; puede que haya encontrado la manera de reverdecer el bosque con mi cuerno, o con su nuevo poder de diosa.

–O puede que se trate de otra cosa –dijo Jack.

–Sí –asintió Victoria.

Quedaron un momento en silencio.

–Porque no es posible que hayan regresado los unicornios, ¿verdad? –preguntó entonces ella.

Jack la miró.

–¿Estás pensando en ir a investigar?

–Yo... no sé. Me gustaría ver de qué se trata. Alis Lithban es para mí lo que Awinor fue para ti, ¿te acuerdas? Si te llegaran noticias de que la tierra de los dragones está recuperando su antiguo esplendor, ¿no querrías ir a verla?

Jack meditó sus palabras.

—Sí —admitió—. Pero tienes que pensar que la opción más probable es que haya llegado otra diosa a Idhún. Y ya sabes cómo te afecta la proximidad de los dioses. Cuando Yohavir se acercó a la Torre de Kazlunn, estabas a punto de estallar, y eso que aún no habías recuperado tu poder.

Victoria no dijo nada.

—Vas a ir de todos modos, ¿verdad? —dijo Jack.

—Christian está allí —se limitó a responder ella.

—Oh. Claro. Lo había olvidado.

En la reunión de la tarde, Jack informó a Ha-Din y a los demás de las noticias de los feéricos. Todos convinieron en que la súbita resurrección de Alis Lithban era un fenómeno que merecía ser investigado.

—Muy bien —asintió Alexander—. Voy con vosotros, entonces.

—No me parece buena idea —dijo Jack con suavidad.

—¿Por qué? Según tus informes, Gerde, la Séptima diosa, está allí. Puede que ella tenga algo que ver. ¿No es eso lo que temes?

—En realidad, no. Tememos que la diosa Wina haya llegado por fin a Idhún.

—Mejor todavía: es nuestra oportunidad de ponerlas frente a frente. Si es cierto todo lo que dices, Wina estará encantada de que le sirvamos en bandeja a la Séptima, ¿no crees?

—Puede ser. Pero, precisamente por eso, si las dos diosas se encuentran, no debería haber nadie cerca. Puedes salir malparado, Alexander.

—En tal caso, tampoco tú deberías ir.

—Yo soy un dragón. Y Victoria es un unicornio.

Alexander miró a Jack fijamente. El joven percibió la ira de su amigo y, aunque le dolía apartarlo de aquella manera y sabía que acabarían discutiendo, también sabía que no tenía otra elección.

Nadie más hablaba. Todos percibían la tensión existente entre Jack y Alexander, entre el dragón y el que había sido su maestro, un príncipe sin reino, un guerrero que buscaba desesperadamente recuperar su lugar en un mundo que ahora parecía gobernar su discípulo. Y Jack también captaba todo esto, pero no sabía cómo arreglarlo. Alexander estaba demasiado anclado en sus ideas y sus convicciones como para asimilar todo lo que estaba pasando, y que su mundo se había vuelto del revés.

Se dio cuenta entonces de que Alexander ladeaba la cabeza y fruncía el ceño, como si estuviese escuchando algo. Y Gaedalu lo miraba fijamente.

–Iré con vosotros, Jack –dijo por fin–. Y no hay más que hablar.

Jack movió la cabeza, preocupado. Podía adivinar qué le había dicho Gaedalu. Seguro que tenía que ver con Christian.

–No, Alexander, no insistas.

–Insisto. ¿O es que acaso vais a reuniros con alguien cuya compañía no consideramos recomendable?

–Pues no deberías insistir –dijo Jack, lentamente–. Ya deberías saber que esta noche Erea está llena. Creo que si hay alguien cuya compañía no es recomendable, por lo menos cuando se pongan los soles, ese eres tú.

Alexander palideció y le disparó una mirada dolida; Jack habría preferido no tener que decir aquello, pero no lo lamentó.

–Nosotros partiremos en cuanto el Padre Venerable dé por concluida esta reunión –prosiguió Jack–. El príncipe Alsan no está en condiciones de acompañarnos hoy; muchos de vosotros sabéis que le aqueja un terrible mal que lo vuelve violento las noches de plenilunio.

Alexander se dejó caer sobre su asiento y se limitó a escuchar lo que decía Jack, con la mirada perdida.

–Seremos capaces de cuidar de él –asintió Ha-Din–. Los feéricos se ocuparán de que no cause daño a nadie. Nos hacemos cargo del dolor que todo esto supone para Alsan, así que propongo que no hablemos más del tema.

Siguieron las indicaciones del celeste, y no se volvió a hablar de ello; pero tampoco se tocaron otros temas. Nadie tenía ganas de seguir allí después de todo lo que había sucedido a lo largo del día.

Al salir, Alexander alcanzó a Jack y lo retuvo por el brazo.

–¿Cómo has podido hacerme esto? –siseó.

–No he disfrutado, créeme –replicó Jack, muy serio–. Pero es hora de que abras los ojos. Esto no es la Tierra, no luchamos contra Ashran, la Resistencia ya no existe. Y nos enfrentamos a algo mucho más serio, mucho más importante, que un asesino medio shek. Las cosas han cambiado. Y me duele que, mientras nosotros estamos luchando por salvar el mundo... una vez más, tú no seas capaz de ver más allá de Kirtash..., como de costumbre. Así que, por favor... despierta. Porque te necesito a mi lado, pero tú te empeñas en luchar en una guerra que ya no tiene razón de ser. Tengo que seguir mi camino y pelear en otras guerras. ¿Vas a acompañarme... o prefieres seguir de pie en un campo de batalla en el que ya nada se mueve?

Alexander no contestó. Jack le palmeó el brazo amistosamente.

–Nos vamos –dijo–, pero volveremos pronto. Cuídate. Hablaremos con más calma a mi vuelta, ¿vale?

Él lo miró, pero seguía sin hablar. Preocupado, Jack se despidió y se reunió con Victoria, que lo esperaba un poco más lejos. Juntos, cogidos de la mano, subieron a su habitación para hacer el equipaje.

Alexander los vio marchar.

«Duele que te dejen de lado cuando sufres una tragedia», susurró una voz en su mente. «Duele que resten importancia a algo que ha cambiado tu vida».

–Son muy jóvenes –dijo Alexander a media voz–. Creen que lo saben todo.

«Sí», asintió Gaedalu, colocándose junto a él. «Y por eso se equivocan».

Alexander no respondió. La varu lo miró de reojo.

«Ese mal del plenilunio del que hablaba Yandrak», dijo con suavidad, «¿se lo debes a Kirtash?».

Él entrecerró los ojos. A su mente acudieron imágenes de un tiempo pasado, pero que parecía tan real como si acabara de suceder el día anterior. Kirtash desarmándolo, dejándolo inconsciente, capturándolo... para entregarlo a Elrion, el imitador de nigromante que lo había transformado en lo que era. «Haz lo que quieras con él», había dicho el muy bastardo. Y después lo había mirado con aquella fría indiferencia suya, y se había limitado a comentar: «No me gustaría estar en tu pellejo».

Luego, la agonía.

Alexander había deseado morir muchas veces después de aquello. Y todo se lo debía a él, a Kirtash. Por el bien de la Resistencia, lo había aceptado tiempo después como aliado, pero ya no podía soportarlo más. No podía soportar que Jack confiase en Kirtash más que en él mismo, no podía soportar imaginar a Victoria, a quien había visto crecer, en brazos de aquella despiadada serpiente. Tenía la sensación de que todos lo traicionaban y se burlaban de él, de su dolor.

–Sí –respondió–. Se lo debo a él. Todo es culpa suya.

Gaedalu asintió en silencio. Después dijo:

«¿Te gustaría acabar con él?».

Alexander se imaginó por un momento hundiendo a Sumlaris en el pecho del shek. Sonrió.

–¿Por qué no? Pero es un enemigo poderoso, Madre Venerable.

Gaedalu le dedicó una larga sonrisa.

«Pronto, ya no lo será. Pronto, príncipe Alsan, podremos castigar a esa serpiente por todos sus crímenes. Y nadie, ni siquiera Lunnaris, será capaz de salvarlo».

Alexander la miró un momento y asintió.

–Hablad, Madre Venerable. Me interesa lo que tenéis que decirme.

También en el árbol de Gerde se había celebrado una importante reunión aquella tarde. Christian tenía muchas cosas que contarle, y el hada lo escuchó con atención, sin interrumpirlo en ningún momento. El shek le habló de cosas que ya sabía y de cosas que no sabía; y le expuso con todo detalle el plan que había trazado. Cuando, por fin, Christian dejó de hablar, Gerde quedó un momento en silencio, pensando.

–Es arriesgado –comentó por fin, sacudiendo la cabeza–. Y no me gusta arriesgarlo todo a una sola jugada. Son demasiadas las cosas que pueden salir mal.

–No tienes por qué decidir ahora. Puedo continuar investigando por mi cuenta, mientras tú sigues adelante con tu plan. Es bueno saber que, cuando llegue el momento, tendrás dos opciones. Así es como hemos funcionado siempre, ¿no?

–Sí –dijo Gerde, con una sinuosa sonrisa–. Así es como hemos funcionado siempre. Con un plan establecido y otro de reserva... por si acaso.

Pero volvió la cabeza con cierta brusquedad. No era un gesto propio de ella, y Christian pudo ver que sus ojos negros brillaban más de lo habitual.

–¿De veras no lo sospechabas? –le preguntó con suavidad.

–No –dijo ella–. De hecho, es una revelación tan sorprendente que no me extrañaría que me hubieses engañado –añadió, alzando la cabeza para mirarlo con cierta ferocidad.

Christian le devolvió una media sonrisa.

–¿Por qué iba a querer engañarte?

Gerde se rió, con una risa dulce y cantarina.

—Ah, mi retorcida serpiente, tienes muchos motivos para querer engañarme. Casi tantos como yo para querer matarte. Pero ¿por qué sigues con vida? ¿Lo sabes acaso?

—Por la misma razón por la cual te estoy diciendo la verdad —respondió Christian, con calma—. Porque nos conviene a ambos. Porque, si queremos sobrevivir, tenemos que formar una alianza.

La sonrisa de Gerde se hizo más amplia. Se inclinó hacia adelante, fijando en él la mirada de sus ojos negros, una mirada llena de promesas. Pero de pronto se quedó inmóvil, y su rostro se congeló en un extraño gesto de miedo. Se levantó de un salto, ligera como un junco.

—¡Kirtash! ¿Has sentido eso?

Christian se incorporó, alerta.

—¿El qué?

Gerde echó la cabeza hacia atrás. Su largo cabello resbaló por su espalda.

—¡Está tan cerca! —susurró—. ¿No lo notas? ¿No lo notas? —repitió, en voz más alta.

Christian iba a responder, pero alguien entró precipitadamente en el árbol.

—Mi señora... —jadeó Yaren, con esfuerzo—. Ha vuelto la patrulla. Dicen que hay algo extraño en el bosque. Algo que viene hacia aquí.

—Es *ella* —dijo el hada—. Oh, tengo que ir a verla...

El shek la retuvo por las muñecas cuando ya se iba.

—Te matará, Gerde.

—¡Pero tengo que ir! Solo... solo... no me acercaré demasiado...

Parecía una niña suplicando por un juguete nuevo. Christian la miró, tratando de sondear en el fondo de su alma, preguntándose si Gerde se comportaba de aquel modo porque era la Séptima diosa, o simplemente porque era Gerde.

—Iré contigo —decidió—. Para asegurarme de que no te hace daño.

Gerde le sonrió.

—Eres encantador cuando quieres hacer de caballero protector, ¿lo sabías?

Christian no respondió. Se volvió hacia Yaren.

—Habla con Isskez y Kessesh y diles que el campamento está en peligro. Nos vamos a ver qué está pasando. Si veis que pasa algo raro... no nos esperéis. Evacuadlo todo.

—¿Quién eres tú para...? —empezó Yaren.

Christian le cortó:

—Puedes obedecer, o no. Pero, si luego morís todos, será responsabilidad tuya.

—Pero...

—Limítate a transmitir esta información a los jefes szish. A diferencia de los humanos, los szish son lo bastante listos como para no cuestionar una orden sensata.

Yaren no respondió. Se inclinó brevemente ante ellos, aún temblando de ira. Momentos después, Christian y Gerde se internaban en el bosque, en silencio.

«No podemos esperar más», dijo el shek. «Debemos marcharnos».

«Aún es pronto», respondió Eissesh. «Aún no estamos listos para partir».

«Pero ya no hay ningún lugar donde podamos refugiarnos».

Eissesh no respondió esta vez.

El éxodo de los sheks había comenzado antes de lo previsto. Tiempo atrás, poco después de la visita de Gerde, habían tenido que abandonar su refugio en las cavernas, porque una fuerza misteriosa sacudía la raíz de las montañas y provocaba violentos desprendimientos. De modo que las serpientes no habían tenido más remedio que desplazarse hacia el oeste, buscando nuevos escondites en el corazón de la cordillera. Pero aquel fenómeno terminaba por alcanzarlos siempre.

«Es como si nos persiguiera», opinó otro shek.

«Eso no es posible», respondió el primero. «Los terremotos no tienen voluntad propia».

«Este, sí», replicó Eissesh. «Y es una voluntad a la que no le gustan los sheks».

Reinó un silencio desconcertado en la asamblea, mientras las serpientes aladas asimilaban la información implícita que Eissesh compartía con ellas a través de la red telepática.

«¿No es demasiado descabellado?», dijo entonces uno de ellos. «Podría ser obra de los hechiceros sangrecaliente. Ya sabemos lo que son capaces de hacer».

Los sheks sisearon, mostrando su irritación. Eissesh alzó la cabeza y abrió un poco las alas.

«Podría ser, pero es poco probable. En los últimos tiempos están sucediendo cosas extrañas en Idhún, cosas que escapan a nuestro control y a nuestro entendimiento. No seamos tan necios como los sangrecaliente, que contemplan a sus propios dioses y no los reconocen. Aceptemos la posibilidad de que los Seis estén realmente aquí, y uno de ellos quiera destruirnos».

De nuevo callaron los sheks.

«Aceptemos esa posibilidad», convino el que había hablado primero. «Si es cierto que un dios nos persigue, es otra razón para marcharnos de aquí».

«Tenemos que resistir un poco más», dijo Eissesh.

«¿Cuánto más? Los derrumbamientos han acabado ya con la vida de cuatro sheks y once szish. Cada vez es más difícil encontrar refugios seguros. Llegará un momento en que no logremos escapar lo bastante rápido».

«Hay otro lugar para nosotros», explicó Eissesh. «Un lugar mejor. Los herederos de Ashran están trabajando en ello, en algún lugar de Drackwen. Cuando todo esté listo, podremos emigrar con ellos, y con las serpientes de Kash-Tar. Pero nada debe interferir en su trabajo. No debemos atraer la atención de los sangrecaliente sobre ellos, porque tratarán de evitar que esos planes se lleven a cabo».

«Los herederos de Ashran», repitió otro de los sheks. «¿Son acaso la maga feérica y el híbrido renegado? ¿Por qué deberíamos confiar en ellos?».

«Porque quieren escapar de los Seis, igual que nosotros. Porque perdimos una batalla y aún no estamos preparados para afrontar otra. Porque no tenemos otra opción. Y por otros motivos que no me está permitido revelar».

«¿No te está permitido? ¿Acaso existe alguien por encima de ti?».

«Sí», respondió Eissesh. «Ziessel está viva, y todavía es nuestra soberana. Gerde ha contactado con ella. Nos espera en ese otro mundo al que emigraremos, allí adonde los dioses de los sangrecaliente no podrán seguirnos».

Los sheks meditaron sus palabras.

«De acuerdo», asintió uno de ellos. «Pero no podemos esperar indefinidamente. Este lugar ha dejado de ser seguro para nosotros».

«Estaremos preparados para salir a la superficie si no tenemos otra opción», los tranquilizó Eissesh. «Pero aún podemos aguantar un poco más, y debemos hacerlo. Nuestro futuro está en juego».

Los sheks asintieron, sombríos.

XVI

LA FUERZA DE LA VIDA

OS feéricos trabajaron deprisa. Eligieron un sector del bosque que estaba poblado por árboles de gruesos troncos y largas ramas, y estimularon el crecimiento de algunos de ellos, entretejiendo luego su nudoso follaje para formar sólidas paredes vegetales. Plantaron fuertes enredaderas en los lugares precisos, y también las hicieron crecer, formando una tupida red en torno a los troncos, que aseguró las ramas y taponó los escasos huecos dejados por los árboles. Cuando las hadas terminaron con su trabajo, habían creado una prisión vegetal que contendría a la criatura en la que Alexander iba a convertirse aquella noche.

El joven contempló la construcción arbórea con gesto sombrío.

–No sé si será suficiente –opinó, y su voz sonó como un gruñido.

Las hadas sonrieron.

–Aún no lo has visto todo, príncipe Alsan –dijo una de ellas–. Mira en su interior.

Alexander se asomó por el único hueco que habían dejado abierto entre los troncos, lo suficientemente grande como para que pudiera entrar una persona. La estancia no era muy amplia, pero las paredes arbóreas parecían sólidas. Le llamó la atención un pequeño hongo de color rosáceo que crecía en el suelo, justo en el centro del recinto. Conociendo a los feéricos, supuso que no lo habían dejado crecer allí por casualidad.

–¿Esto es lo que tenía que ver? –preguntó con curiosidad.

–Está a punto de liberar sus esporas –respondió el hada–. Para cuando salgan las lunas, todo el suelo estará recubierto de pequeñas setas somníferas. Cuando más patalees, más hongos pisarás, y mayor será tu aturdimiento. Si es cierto que eres tan fuerte como dices bajo tu otro aspecto, no creo que llegues a dormirte del todo;

pero tampoco estarás lo bastante despierto como para echar el árbol abajo.

Alexander rogó por que tuviera razón.

Se introdujo en su cárcel vegetal poco antes de que se pusiera el último de los tres soles: tal como los feéricos habían predicho, el suelo ya estaba alfombrado de pequeñas setas rosadas. Entró poniendo cuidado en no pisar ninguna. Le harían falta después.

Se acurrucó en un rincón a observar cómo las hadas hacían crecer de nuevo las plantas para encerrarlo del todo. Dos de los troncos se movieron perezosamente y sellaron la entrada. Alexander tuvo un pequeño acceso de pánico cuando las ramas cubrieron por completo el orificio, sumiéndolo en una oscuridad solo rota por la suave luminiscencia fantasmal que emanaba de los hongos. Se dominó y cerró los ojos, aguardando la salida de las lunas.

Podrían haber proseguido el viaje por la noche, puesto que había mucha claridad, pero Jack prefirió descender a descansar al abrigo de las montañas de Celestia. Encendió una hoguera, y entre los dos trataron de hacer más o menos habitable su improvisado campamento. Cuando se hubieron acomodado junto al fuego, ninguno habló durante un buen rato. Jack contemplaba las lunas, pensativo.

—¿Te preocupa Alexander? —dijo Victoria, adivinando lo que pensaba.

—Un poco —admitió él—. Me habría gustado quedarme con él esta noche... para darle apoyo. Pero si hubiésemos esperado hasta mañana, ya no habría podido impedirle que nos acompañase. Y no entiende que no debe venir con nosotros. Ya lo salvé por los pelos de Karevan y de Neliam. No voy a llevarlo de cabeza hasta Wina, porque puede que no tenga tanta suerte la próxima vez.

—Quizá deberías habérselo explicado.

—Lo he intentado, pero ya has visto cómo se ha puesto en la reunión. No he tenido más remedio que pararle los pies. Además, confieso que no me ha gustado ver cómo Gaedalu le apuntaba lo que tenía que decir. No puedo evitarlo: cada día me cae peor esa mujer.

Victoria frunció el ceño, pensativa.

—¿Tú no has notado nada extraño en ella? —preguntó.

—¿Aparte de que se está volviendo cada vez más irritante y desagradable?

Ella sacudió la cabeza.

–Hay algo raro, algo distinto en su forma de actuar. O en ella misma. No sabría decirte de qué se trata. Creo que hablaré con Zaisei al respecto: puede que ella sepa algo.

Jack asintió, pero no dijo nada.

Lejos de allí, en el interior de la prisión de árboles, la bestia en la que se había convertido Alexander aullaba y arañaba las paredes con furia. Odiaba sentirse atrapado, odiaba aquel resplandor espectral que provenía del suelo, y había tratado de apagarlo, pisoteando las setas. Pero eso había sido peor: un olor penetrante y dulzón había inundado su pequeña celda vegetal, ofuscándolo y produciéndole un sordo dolor de cabeza. De modo que ahora se abalanzaba una y otra vez, rabioso, contra los troncos que conformaban las paredes, tratando de echarlos abajo. Los árboles temblaban con cada sacudida, pero permanecían en su sitio, impávidos ante los aullidos de la criatura.

Fuera, Shail lo observaba todo con preocupación. Le había dicho a Zaisei que lo esperara en el Oráculo: sospechaba que los sentimientos de rabia y de ira que emanaban de Alexander la turbarían, de modo que había decidido que era mejor afrontar aquello solo.

Los feéricos que lo acompañaban también se habían presentado voluntarios para vigilar a la bestia encerrada. Se había corrido la voz de lo ocurrido en aquel mismo bosque, meses atrás, en la noche del Triple Plenilunio, y no tenían la menor intención de volver a dejar a aquella criatura suelta por Awa.

No esperaban a nadie más, y por eso los sorprendió ver llegar a la Venerable Gaedalu, justo cuando Alexander embestía de nuevo las paredes de su prisión, ciego de furia asesina. Los feéricos estaban en tensión, vigilando la estabilidad de los árboles, pero Shail se percató de su presencia.

–Madre Venerable, ¿qué hacéis aquí?

La bestia rugió de nuevo, pero Gaedalu no se inmutó.

«He venido a ayudar al príncipe Alsan, mago», respondió.

–Ah..., os lo agradezco en su nombre, pero es peligroso estar aquí. Vuestros rezos le servirán igualmente si los lleváis a cabo en un lugar más seguro.

Gaedalu respondió con una breve risa gutural.

«Mis rezos no le servirán de nada, ni aquí, ni en ninguna otra parte... ¿Me equivoco?».

Shail no supo qué decir.

«Sé cómo controlar a la bestia que se ha instalado en su noble corazón, hechicero. Pero voy a necesitar tu ayuda para llegar hasta él».

Shail se quedó sin habla durante un instante.

—¿Queréis entrar ahí... con él? No puedo permitirlo, Madre Venerable. Está fuera de control.

«Me lo permitirás porque yo te lo pido», dijo ella con cierta severidad.

—Lo digo por vuestro bien. Os hará pedazos si osáis acercaros.

«Por eso preciso de tu ayuda. ¿Crees que podrías inmovilizarlo? Solo será un momento. Después, ya no será necesario».

—No podemos abrir la prisión, Madre Venerable —intervino un silfo—. Si escapa...

«No escapará», interrumpió ella; se volvió de nuevo hacia Shail. «¿No oyes cómo sufre? ¿No quieres interrumpir su agonía? ¿O es que acaso vas a dejar que siga así hasta el primer amanecer, teniendo en tus manos la posibilidad de devolverlo a su verdadera forma?».

—¿Devolverlo a su verdadera forma? —repitió Shail—. Ni la magia más poderosa ha sido capaz...

«La magia no tiene nada que ver con esto», cortó Gaedalu bruscamente. «Ya sabemos que la magia es inútil cuando se trata de resolver problemas realmente importantes. Así que déjame hacer a mí, mago; ha llegado la hora de que tu amigo se acoja al infinito poder de los dioses. ¿Le negarás esa posibilidad?».

Shail no respondió. Ambos, humano y varu, cruzaron una larga, larga mirada. Finalmente, el joven se rindió.

—Muy bien —dijo—, abriremos la celda. Mi magia podrá retenerlo solo durante unos instantes. Después, no puedo hacerme responsable de lo que suceda.

«Será suficiente».

—Espero que sepáis de verdad lo que estáis haciendo, Madre —murmuró Shail.

Los feéricos torcieron el gesto, pero no dijeron nada. Shail se situó ante la celda arbórea, cerró los ojos, respiró hondo y finalmente dijo:

—Estoy listo.

Los feéricos colocaron las manos sobre los troncos de los árboles y entonaron un suave cántico, que quedó ahogado por los gruñidos de la bestia. Lentamente, dos de los troncos fueron separándose.

Alexander se lanzó contra la abertura con furia salvaje. Logró sacar por ella una de las zarpas, una zarpa que tenía tres dedos solamente, y manoteó con violencia, tratando de alcanzar a alguno de los feéricos.

«Esperad», dijo Gaedalu. «Con eso bastará. Inmovilízalo, mago».

Shail, aliviado, realizó el hechizo. Los gruñidos cesaron un instante, y la zarpa quedó colgando, inerte. Gaedalu se acercó, sin miedo, y la tomó entre sus manos.

–Cuidado, Madre Venerable –advirtió una de las hadas.

Ella no la escuchó. Sacó algo de su saquillo y lo puso en torno a la muñeca de Alexander. Le costó cerrarlo, porque era demasiado gruesa, pero finalmente lo consiguió.

Desde donde estaba, Shail no podía ver lo que estaba haciendo, y tampoco podía prestar mucha atención, puesto que debía mantener activo el hechizo. Pero los feéricos prorrumpieron en exclamaciones llenas de asombro y alegría, y el mago los miró, interrogantes.

«Ya puedes soltarlo», dijo Gaedalu con calma.

Shail notó que nada oponía ya resistencia a la fuerza de su hechizo. Se preguntó si Alexander se habría dormido por fin bajo los efectos de los hongos. Con cautela, deshizo el conjuro. Nada sucedió.

Se acercó a la celda, intrigado. Cuando, bajo la luz de las lunas, vio lo que estaba pasando, la sorpresa le impidió hablar.

La garra que asomaba por la abertura ya no era una garra: era una mano humana.

En torno a su muñeca, Gaedalu había puesto una pulsera. Era un adorno femenino, probablemente suyo, y no parecía tener nada especial, salvo la piedra que había engastada en ella. No encajaba del todo bien en aquella ajorca; a simple vista, parecía que Gaedalu había arrancado la gema originaria para incrustar aquella piedra en su lugar.

Y era una piedra de un raro color negro metálico: una piedra que parecía emanar oscuridad, o tal vez absorberla. Shail supo que era una gema poderosa, pero también tuvo la intuición de que ninguna magia podría haber creado algo así. Un estremecimiento recorrió su espalda, y miró a Gaedalu, anonadado.

La Madre advirtió aquella mirada y sonrió.

«¿Lo ves, hechicero? ¿Qué es la magia comparada con el poder de los dioses?».

Sacaron a un Alexander completamente humano de su prisión de árboles. Estaba inconsciente.

–Tenemos que alejarlo de los hongos –dijeron los feéricos–. Si no, no despertará.

Lo tendieron un poco más lejos, sobre la hierba, y le dejaron respirar. Momentos después, el joven abrió los ojos, aún algo aturdido.

–¿Qué...? –empezó, pero no fue capaz de formular la pregunta–. Me duele... la cabeza –fue todo lo que pudo decir.

–Apartaos, dejadle espacio –ordenó Shail.

Alexander tardó un poco en hacerse cargo de la situación. Cuando por fin alzó la cabeza hacia el cielo, y vio a Erea en su soberbio plenilunio, se miró las manos, sorprendido.

–Soy... ¿Qué me ha pasado?

Gaedalu debió de decirle algo, solamente a él, porque se volvió bruscamente hacia ella. La varu asintió con gravedad. Alexander se miró el brazalete, maravillado.

–De modo que es cierto –murmuró–. Funciona.

Shail los contemplaba a ambos, incómodo, consciente de que ellos dos sabían algo que no le habían contado.

«Dejadme a solas con él», ordenó la Madre.

–Pero... –empezó Shail.

Alexander lo interrumpió:

–Por favor, Shail. Quiero hablar con ella.

El mago se rindió. Él y los feéricos se retiraron un poco, inquietos, sin atreverse todavía a perderlo de vista.

–No puedo creerlo –susurró Alexander; sus hombros temblaron en un sollozo reprimido–. No puedo creerlo.

«Créelo, príncipe», dijo Gaedalu. «Los dioses han obrado el milagro. Te regalo esa pulsera, es tuya; úsala hasta que encuentres algo más apropiado para engarzar la gema».

Él alzó la cabeza para mirar a la varu.

–¿Cómo puedo agradecéroslo?

Gaedalu sonrió.

«Ya lo sabes. Ya sabes que mi plan es factible. ¿Me ayudarás a llevarlo a cabo?».

Alexander sonrió. Hincó una rodilla ante ella e inclinó la cabeza en señal de lealtad.

—Podéis contar conmigo, Madre Venerable. Soy vuestro más devoto servidor.

Shail vio todo esto desde el otro extremo del claro; y, aunque no llegó a oír lo que decían, su corazón se llenó de inquietud.

Jack y Victoria alcanzaron los límites de Alis Lithban cuando el primero de los soles empezaba a declinar. El dragón sobrevoló ampliamente la zona antes de decidirse a aterrizar, para hacerse una idea del entorno. Situada sobre su lomo, Victoria contemplaba el paisaje en silencio.

La enorme extensión de Alis Lithban seguía siendo en su mayor parte un bosque marchito. A lo lejos se veía una tímida mancha verde, en el lugar donde había estado situada la Torre de Drackwen. Pero, un poco más hacia el sur, el mismo corazón del bosque se había inflamado en una explosión de colorido. Allí, los árboles no solo parecían más altos y verdes, sino que mostraban una vitalidad que no habían exhibido ni siquiera cuando los unicornios poblaban aquella tierra. Y aunque ni Jack ni Victoria conocían este detalle, aquel estallido de vida no provocó en ellos el alivio y la alegría que habían esperado experimentar; al contrario: sintieron miedo.

Jack descendió a una distancia prudencial, cerca de las ruinas de la Torre de Drackwen. Ninguno de los dos recordaba con cariño aquel lugar y, no obstante, fue el único terreno más o menos despejado que encontró el dragón para poder aterrizar.

No hicieron ningún comentario al respecto. Se sentaron un momento a descansar, bajo los restos de la gran torre; Victoria sacó algo de comida de la bolsa que llevaba, y los dos cenaron en silencio, sumidos en hondos pensamientos.

—Deberíamos ponernos en marcha antes de que anochezca —dijo entonces Victoria.

—¿No sería mejor esperar a mañana?

—No quiero pasar la noche aquí —alzó la cabeza para mirarlo y le preguntó—: ¿Tú sí?

—Lo cierto es que no —reconoció Jack con un estremecimiento—. Vamos, pues. Ya encontraremos otro refugio por el camino.

Se puso en pie, resuelto, y echó a andar. Victoria recogió su bolsa y lo siguió, apresurando el paso para ponerse a su altura.

Se internaron en el bosque con las luces del primer crepúsculo. No tardaron en abandonar la zona verde que había generado la Torre de Drackwen en tiempos pasados. Cuando alcanzaron el Alis Lithban reseco y marchito, Victoria oprimió la mano de Jack con fuerza, pero no dijo nada. Ninguno de los dos tenía ganas de hablar.

Después del segundo atardecer, cuando ya solo el último de los soles iluminaba el bosque, empezaron a encontrar signos de la súbita revitalización de Alis Lithban.

Al principio, el reverdecimiento era suave y sutil. Nuevos brotes crecían en los árboles, hierba joven volvía a tapizar el suelo... Pero la fuerza de la naturaleza presentaba cada vez más vigor: conforme iban avanzando, la maleza era más verde, y los árboles nuevos, más altos; macizos enteros de flores alfombraban los rincones, y las aves piaban con más fuerza.

–Mira esto, Victoria –dijo Jack, sobrecogido, señalando un pequeño árbol.

Se acuclillaron junto a él y lo observaron con atención. Podían verlo crecer. Lentamente, las ramas se iban desplegando, el tronco se hacía más ancho y más alto, y pequeños brotes verdes empezaban a cubrir sus ramas.

Ambos cruzaron una mirada, pero no dijeron nada.

A medida que avanzaban, aquello fue más evidente. El bosque crecía a su alrededor, se regeneraba, y si los árboles eran más grandes no se debía a que llevaran allí mucho más tiempo, sino a que se desarrollaban cada vez más deprisa, conforme se acercaban al corazón de la perturbación.

–Si sigue así, no tardará en repoblar el bosque entero –murmuró Jack, admirado–. Si esto lo provoca la diosa Wina, desde hoy tiene ya mi más profundo reconocimiento; ya era hora de que alguno de los Seis demostrara que puede hacer algo más que destruir.

–No sé, Jack –dijo Victoria–. Ella no está aquí realmente. Todavía sigue lejos y, sin embargo, mira lo que provoca, incluso en la distancia. ¿Qué sería capaz de hacer si estuviera más cerca?

Pronto encontraron la respuesta a aquella pregunta. Alcanzaron una zona del bosque donde los árboles eran ya auténticos gigantes vegetales, y seguían creciendo, y generando, al mismo tiempo, nuevos frutos que caían al suelo para germinar de forma instantánea y convertirse, a su vez, en jóvenes árboles en cuestión de minutos. Llegó un momento en que la maleza no les permitió avanzar. Jack estuvo tentado de sacar a Domivat y de abrirse paso con ella, pero no lo hizo, porque temía que el fuego prendiera y provocara un incendio en el bosque.

–Quizá deberíamos parar aquí –opinó.

Victoria no lo escuchaba. Se había detenido junto a uno de los árboles, un enorme ejemplar de ramas bajas y espinosas, y contemplaba algo que había clavado en una de ellas. Jack lo miró con curiosidad, y retrocedió un par de pasos, horrorizado.

Era un hada. La rama le atravesaba el pecho de parte a parte, y la muerte había congelado su rostro para siempre en un gesto de sorpresa, dolor y terror.

El árbol había crecido tan deprisa que no había tenido tiempo de apartarse.

–Vámonos de aquí –murmuró Jack, con un escalofrío.

Cogió a Victoria de la mano, pero tuvo que soltarla, porque brotó un violento chispazo del contacto. Cruzaron una mirada.

–Vámonos –repitió Jack–. Estás empezando a cargarte de energía.

Dieron media vuelta y echaron a correr, alejándose del corazón del bosque. Cuando anocheció del todo, se dieron cuenta de que tendrían que detenerse. Las lunas debían de estar brillando sobre ellos, pero eran incapaces de verlas: las ramas de los árboles lo tapaban todo, sumiéndolos en una oscuridad profunda e inquietante.

Jack desenvainó a Domivat y su llama iluminó el entorno. Estaban atrapados. Las plantas habían seguido creciendo tras ellos, lentamente, pero lo bastante deprisa como para cerrar el camino que habían tomado. El joven apretó los dientes. De pronto, el sonido del bosque creciendo a su alrededor ya no le pareció tranquilizador.

–Voy a cortar esos árboles –anunció.

–No creo que sea buena idea.

–Pero es la única opción que tenemos. Hay que alejarse de aquí cuanto antes.

Jack enarboló la espada de fuego y empezó a abrir un camino en la maleza. Las llamas prendían en los arbustos y árboles más jóvenes, pero, por fortuna, el fuego no se propagaba. La fuerza vivificadora que estaba regenerando todo el bosque lo envolvía con un refrescante manto húmedo: las ramas eran demasiado tiernas, estaban demasiado verdes como para arder con facilidad; el musgo había crecido sobre los troncos, como si llevaran siglos allí; cada hoja estaba cubierta de perlas de rocío y bebía de ellas ávidamente. El fuego de Domivat lograba quemar algunos arbustos y abrir un estrecho camino para Jack y Victoria, pero el propio bosque lo sofocaba.

Por fin, Jack se detuvo, sin aliento, en un espacio que le pareció un poco más amplio.

–Tenemos que defender este claro, Victoria –dijo.

Despejó la maleza a base de mandobles, mientras Victoria cavaba con las manos en el húmedo suelo, en busca de rocas más o menos grandes. Encendieron una hoguera en medio del claro y la rodearon con piedras. Jack clavó a Domivat en el centro mismo del fuego y lo alimentó con hojas y arbustos.

–No se apagará –aseguró.

Se acurrucaron cerca del fuego, inquietos. A su alrededor, Alis Lithban continuaba creciendo, lenta pero inexorablemente.

–Wina está avanzando hacia el sur –dijo Victoria–. El hada que hemos visto antes murió porque el árbol creció demasiado deprisa. Yo todavía no he visto que las plantas crezcan a semejante velocidad, así que supongo que eso sucedió hace uno o dos días. Y si los árboles ya no crecen tan deprisa por aquí, es que ella se está alejando.

–Ojalá tengas razón –murmuró Jack–. Si eso es cierto, mañana todo estará mucho más calmado. Con la luz del día podré despejar esto con mayor eficacia... lo bastante como para poder transformarme en dragón y salir volando de aquí. Pero hemos de aguantar hasta entonces.

Victoria asintió en silencio. Ambos escucharon el crepitar del fuego, un sonido que les parecía cálido y tranquilizador en medio de aquel bosque inquietantemente vivo. Tuvieron la sensación de que las ramas, movidas por la brisa, susurraban palabras de odio hacia aquellas insignificantes criaturas que se atrevían a encender una hoguera.

–¿Recuerdas lo que he dicho antes? –dijo entonces Jack–. Algo acerca de mostrarle a Wina mi más sincero reconocimiento. Bien..., pues lo retiro.

–No deberías acercarte más –dijo Christian–. Si se fija en ti, te reconocerá.

Gerde no lo escuchó.

Se habían subido a la rama de un árbol; era una rama baja cuando se habían encaramado a ella, pero el árbol había seguido creciendo, y generando más follaje, y ahora contemplaban el frenético resurgir de Alis Lithban desde una altura considerable, desde una posición privilegiada.

Lo que Jack y Victoria habían visto era solo lo que quedaba del efecto que Wina había producido al pasar por allí un par de días atrás. Pero Christian y Gerde habían llegado lo bastante lejos como para contemplar a la diosa en acción.

Un poco más allá, a lo lejos, los árboles crecían a una velocidad vertiginosa, desarrollaban ramas, hojas y flores, se entrelazaban unos con otros, tejiendo redes arbóreas en varios niveles. La maleza seguía aumentando, como la espuma del mar, y las flores eran cada vez más grandes, de una belleza más misteriosa y salvaje.

Por no hablar de los animales. Las criaturas que poblaban Alis Lithban –aves, mamíferos, pequeños reptiles, insectos..., incluso los peces de los arroyos– habían sido impactadas de lleno por la energía vivificadora de Wina. Muchos animales se habían visto aplastados por la marea vegetal que crecía con desesperación. Ahogados por la maleza, ensartados por ramas que se desarrollaban casi instantáneamente, atrapados en un laberinto de raíces, habían muerto antes de ser capaces de huir.

Y los que podían escapar, no lo hacían. También el reino animal acusaba la presencia de Wina, a su manera. Contagiados por su furia creadora, se buscaban unos a otros por todos los rincones que aún no habían sido invadidos por el mundo vegetal.

Se estaban reproduciendo; con urgencia, de la misma forma que crecían y se reproducían los árboles. Las hembras que lograran sobrevivir al violento resurgimiento de las plantas repoblarían el bosque con sus retoños.

Gerde observaba todo esto con una extraña expresión pintada en el rostro. Por un lado, la fuerza vivificadora de Wina la maravillaba; por otro, había algo grandioso y terrible en todo aquello, algo incluso más sobrecogedor que la magia más destructiva.

Por fin, el hada suspiró, con cierto pesar.

–Alis Lithban no es así. Cuando vivían aquí los unicornios, tenía un aspecto muy distinto; y ahora ella lo está estropeando todo, ¿no crees?

–Lo cierto es que no recuerdo cómo era Alis Lithban antes de la extinción de los unicornios –dijo Christian–. Yo era muy pequeño entonces.

–Era diferente –respondió Gerde con un encogimiento de hombros–. Delicado como el cristal. Cada árbol parecía en sí una pequeña obra de arte, cada flor era única en su belleza. Se decía de este lugar que hasta la más pequeña brizna de hierba parecía haber sido esculpida por un artista de gusto exquisito. Supongo que este bosque fue creado en los tiempos en que los dioses tenían tiempo y ánimos para hacer filigranas –añadió, con un suspiro–. Y ahora mira a Wina, tan descontrolada, tan... desatada. Va a convertir Alis Lithban en un reflejo del bosque de Awa.

–Ya has visto bastante, Gerde –dijo el shek con firmeza–. Tenemos que marcharnos de aquí.

Ella le dirigió una sonrisa burlona.

–Oh, ¿te sientes incómodo? ¿Es que la cercanía de Wina altera tus sentidos? ¿Acaso tú también necesitas una hembra?

El semblante de Christian se endureció.

–Lamentablemente, no tengo cerca ninguna hembra de mi agrado –le respondió–. Y, por otra parte, prefiero decidir por mí mismo cuándo y por qué necesito una hembra, y poder elegirla libremente; no me siento a gusto cediendo al capricho de una diosa loca. Pero agradezco tu interés –concluyó, con cierto sarcasmo.

Gerde se rió de buena gana.

–Oh, sé lo mucho que te molesta saber que tu voluntad depende de los caprichos de una diosa loca –sonrió–. Y disfruto mucho haciéndotelo saber.

Christian se volvió bruscamente, luchando contra el impulso que lo llevaba a abrazar a Gerde.

–¿No es divertido? –susurró ella en su oído–. Puedo hacer que me desees hasta volverte loco; y créeme, seguiré ejerciendo ese poder, pero no permitiré que me toques otra vez. Nunca más, Kirtash. No lo mereces.

Christian respiró hondo, apretó los dientes y hundió las uñas con fuerza en el tronco del árbol. Se hizo daño; el dolor pareció devolverle, poco a poco, la cordura. Se dio cuenta entonces de que Gerde no le prestaba ya atención. Parecía más interesada en el rápido crecimiento del bosque, un poco más allá.

–Puede que sí tengas cerca una hembra que te interese –comentó–. ¿Te has dado cuenta? Wina se mueve de nuevo... hacia el norte.

–¿Hacia el norte? –repitió Christian, tratando de centrarse–. ¿Por qué razón vuelve sobre sus pasos?

—Los árboles dicen que unos humanos han encendido fuego en el bosque. ¿Conoces a alguien lo bastante estúpido como para abrirse camino por Alis Lithban con una espada de fuego, a dos pasos de la diosa Wina?

Christian maldijo por lo bajo.

Victoria se despertó bruscamente y miró a su alrededor.

La hoguera se había apagado, y solo la luz de Domivat, cuya llama ardía tímidamente, iluminaba el rostro de Jack, que se había puesto en pie.

—¿Qué está pasando? —murmuró ella, inquieta.

Jack negó con la cabeza. Victoria vio el miedo pintado en su expresión. Desenfundó el báculo y lo alzó en alto, y su luz inundó el claro.

Los dos se quedaron mudos de horror.

—Tenemos que salir de aquí —dijo Jack.

Las plantas habían crecido espectacularmente durante la noche. Los troncos de los árboles se habían cerrado en torno a ellos, y las ramas y los arbustos habían invadido su espacio. Parecía, no obstante, que la presencia de la llama de Domivat había impedido que las plantas se acercaran más. Con todo, Victoria tuvo la sensación, totalmente irracional, de que la vegetación de Alis Lithban estaba aguardando a que la llama se extinguiera para sofocarlos bajo su verde manto.

—Voy a transformarme, Victoria —avisó Jack, tenso.

—Aquí no tienes espacio...

—Me da igual. Retírate todo lo que puedas.

Victoria se pegó al tronco del árbol más alejado. Casi pudo sentir el musgo creciendo bajo su espalda. Contempló, inquieta, cómo Jack se metamorfoseaba en dragón, destrozando los troncos más endebles bajo su cuerpo. Con un rugido de furia, sacudió las alas para romper la red de ramas y lianas que los cubría. Trató de revolverse, pero apenas tenía sitio.

—Sube, Victoria —le indicó, con un sordo gruñido.

Victoria se colgó la bolsa al hombro y trepó por su garra hasta acomodarse sobre su lomo. Jack percibió que su contacto le producía un leve calambrazo, pero no dijo nada. Podía soportarlo y, aunque sabía que las escamas lo protegían, y que la descarga habría sido aún más fuerte de haberla tocado como humano, no quiso preocupar a Victoria. Porque aquello solo podía significar que la diosa Wina, en lugar de alejarse de ellos, se estaba acercando.

Azotó con la cola los arbustos más cercanos. Rugió, pateó a su alrededor, tratando de abrir más espacio. Alzó la cabeza.

–Sujétate y pégate bien a mí. Voy a usar mi llama.

Victoria obedeció. Jack inspiró hondo y lanzó una poderosa llamarada contra la maraña vegetal que cubría sus cabezas. Un par de bocanadas más y liberó bastante espacio como para abrir las alas del todo.

–¿Preparada?

Antes de que Victoria pudiera contestar, Jack batió las alas y, con un fuerte impulso, se elevó en el aire.

El vuelo fue difícil y accidentado. El fuego de Jack y la magia del báculo de Victoria, más poderosa que nunca, abrían brechas entre el follaje y permitían avanzar al dragón a duras penas. Pero las ramas más altas habían tejido una espesa red arbórea sobre ellos, y no lograban traspasarla. Seguían atrapados bajo aquella cúpula vegetal. Cuando, por fin, una de las alas de Jack se enredó en una liana, el dragón perdió el equilibrio y cayó al suelo con estrépito. Habían logrado alejarse un poco, pero no lo bastante.

–¿Estás bien, Victoria? –pudo decir él.

–Sí –respondió ella desde su lomo–. ¿Y tú?

–Tendrás que bajar. Continuaremos a pie. Si conseguimos alcanzar las ruinas de la Torre de Drackwen, estaremos relativamente a salvo.

Victoria se deslizó por el flanco del dragón y corrió a examinar su ala. Parecía dislocada.

–No vas a poder volar así, Jack.

El dragón resopló suavemente y volvió a transformarse en humano. Se incorporó con dificultad. Victoria lo sostuvo para ayudarlo, pero Jack retrocedió, sacudido por un nuevo calambrazo.

–Estás absorbiendo energía –murmuró él–. Eso quiere decir que Wina se mueve hacia nosotros más deprisa de lo que pensaba.

Victoria se mordió el labio, preocupada.

–Creo que nos ha detectado –dijo–, y creo, también, que no le ha hecho gracia que quemases su bosque.

Jack respiró hondo.

–No tiene sentido que tratemos de escapar –dijo–. Buscaremos refugio en las ruinas de la torre y esperaremos a que pase, simplemente.

Con un poco de suerte, no nos detectará si no usamos nuestras armas y seguimos en nuestros cuerpos humanos.

Victoria asintió. No era un gran plan, pero no tenían otro mejor.

Cuando, un rato más tarde, alcanzaron los restos de la Torre de Drackwen y buscaron abrigo entre los grandes bloques de piedra, estaban agotados, sucios y llenos de arañazos. Habían tropezado incontables veces con ramas y raíces, y caído entre la maleza erizada de arbustos con espinas. Las plantas crecían allí perezosamente, sin fuerzas para atraparlos o aplastarlos, y, sin embargo, parecía que sus ramas se alargaban hacia ellos, intentando alcanzarlos.

La vegetación también había cubierto las ruinas de la torre. Hacía solo unos meses que había caído, pero parecían haber pasado siglos. Las piedras estaban ya cubiertas de musgo, y enormes enredaderas extendían sus tentáculos sobre los restos de lo que había sido la morada de Ashran el Nigromante.

Sin embargo, los cimientos de la torre seguían siendo un lugar seguro, porque la piedra había detenido el imparable avance del reino de Wina.

Jack y Victoria se acurrucaron el uno junto al otro, temblando. Jack se dio cuenta de que la piel de ella empezaba a echar chispas.

–Tengo que sacarte de aquí –murmuró–. Tal vez desde aquí pueda alzar el vuelo...

–Tienes un ala dislocada –le recordó Victoria–. Primero tendría que curarte. ¿Quieres que lo intentemos?

–¿Con toda la energía que estás canalizando ahora mismo? –Jack negó con la cabeza–. No sé lo que podría pasar. Si tuviésemos...

No llegó a terminar la frase. Se oyó un fuerte golpe en el exterior, algo que había caído al suelo muy cerca de ellos, y que había hecho retumbar las piedras. Todas las alarmas del instinto de Jack se dispararon a la vez.

–¡Es un shek! –dijo, y desenvainó a Domivat.

Se había levantado de un salto y ya corría hacia el exterior cuando se obligó a detenerse, a respirar hondo y a tratar de controlar su odio. Tenía que actuar con prudencia. Envainó de nuevo la espada y trepó para asomarse por encima del muro semiderruido que les servía de protección. Se asomó un poco más allá, con precaución.

Bajo la luz de las lunas vio la figura del shek; su largo cuerpo plateado, fluido como un arroyo, yacía en una contorsión extraña, mientras la criatura trataba de arrancarse a mordiscos algunas enredaderas que oprimían su ala derecha.

El shek pareció detectar la presencia del dragón, porque sus ojos relucieron un momento y alzó la cabeza, alerta.

–Christian –susurró la voz de Victoria a su lado.

Antes de que pudiera detenerla, la joven había salido del refugio, saltando de piedra en piedra, y corría al encuentro de la serpiente. La criatura bajó la cabeza, hasta casi rozar el pelo de la muchacha. Jack sonrió, a su pesar. Era una escena extraña, pero no dejaba de haber cierta ternura en ella.

Para cuando se reunió con ellos, Christian ya había recuperado su aspecto humano y hacía ademán de besarla. Victoria dio un paso atrás y alzó las manos. Sus dedos estaban envueltos en chispas.

–No te acerques –le advirtió–. Será mejor que nadie me toque por el momento.

Christian movió la cabeza, con cierta preocupación.

–No deberíais estar aquí. ¿A qué estáis esperando para marcharos?

–Tengo un ala herida –dijo Jack.

Christian hizo una mueca.

–Pues tendré que cargar contigo. Pero Victoria no puede quedarse aquí. Mira cómo está –añadió, señalándola con un ademán.

La joven había caído de rodillas al suelo, mientras la estrella de su frente emitía un brillo cegador. Todo su cuerpo estaba envuelto en un manto de violentas chispas que estallaban a su alrededor.

–Demasiado tarde –susurró Victoria con esfuerzo–. Ella ya está aquí.

Christian se arrodilló junto a la chica.

–¡Victoria! –la llamó–. Tienes que sacar toda esa energía que llevas dentro, tienes que sacarla, de la misma forma que la estás absorbiendo. ¿Me entiendes?

Ella asintió.

–¡Pero no puede entregar la magia a nadie ahora mismo! –exclamó Jack–. ¡Lo haría estallar!

–Hay otra manera –dijo el shek.

La tierra tembló de pronto y empezó a bullir a sus pies, como si millones de insectos se agitaran bajo el suelo.

–¡Tenemos que salir de aquí! –gritó Christian–. Vamos, ¡a la torre!

Ninguno de los dos se atrevió a tocar a Victoria, pero la aguardaron mientras ella, con un tremendo esfuerzo, se levantaba y se reunía con ellos. A sus pies empezaron a brotar plantas, que se retorcían por el suelo como gusanos, tratando de elevarse hacia el cielo nocturno. Para cuando alcanzaron las ruinas, apenas unos segundos después, ya les llegaban por las rodillas. Los tres treparon por las piedras y buscaron refugio al otro lado del muro. Victoria se acurrucó contra la pared, mientras los destellos de energía que la envolvían se hacían cada vez más intensos.

–Hay que sacarla de aquí –dijo Jack, pero Christian negó con la cabeza.

–Ya es demasiado tarde. No la toques, o la descarga de energía te matará.

–¿Tienes una idea mejor?

Christian asintió.

–El báculo –dijo solamente. Jack entendió.

Victoria también. Alzó la cabeza con dificultad, y los chicos tuvieron que apartar la mirada, porque la luz de sus ojos y de la marca que señalaba el cuerno sobre su frente era tan intensa que les hacía daño. La joven sacó el báculo de su funda e, inmediatamente, su extremo se inflamó con la violencia de una supernova. Ella respiró, pero el cristal del báculo empezó a palpitar con intensidad, como si estuviese a punto de estallar.

–¡Apartaos! –dijo Victoria.

Christian tiró de Jack hasta ponerlo a cubierto tras un gran bloque de piedra. Victoria dio media vuelta y se asomó al exterior. Inspiró hondo y, con un grito, soltó de golpe toda la energía a través del báculo.

Un rayo de luz de gran potencia emergió de su extremo, iluminando por un momento el claro tanto como si fuese de día. La energía recorrió el cuerpo de Victoria, convulsionándolo y haciéndola gritar otra vez, mientras salía de ella, canalizada por el báculo, e iba a estrellarse contra la barrera de árboles que crecían más allá, haciéndolos estallar en llamas.

La descarga de energía duró unos segundos, que a Jack se le hicieron eternos. Después, por fin, Victoria se desplomó de rodillas sobre el suelo, agotada, y el báculo resbaló de sus manos, aún echando humo. Hubo un momento de calma y silencio, un momento en que el mundo entero pareció detenerse.

Y entonces, de pronto, todo el bosque se abalanzó sobre ellos. El sonido del crecimiento de los árboles se transformó en un ruido atronador, y las plantas empezaron a invadir su refugio, agrandando grietas y lanzando su letal abrazo en torno a las piedras sueltas.

–¡A cubierto! –gritó Christian, precipitándose hacia Victoria.

La cogió por la cintura y los dos rodaron por el suelo hasta un rincón donde el suelo todavía era completamente de piedra, donde las paredes parecían más altas y el techo no se había derrumbado del todo. Jack se reunió con ellos; los tres se acurrucaron unos contra otros, tratando de hacerse más pequeños, de pasar desapercibidos.

Y la diosa Wina llegó a las ruinas de la Torre de Drackwen.

No la vieron, porque no tenía un cuerpo material que pudiesen ver. Pero la sintieron en las plantas que envolvieron su refugio, en los tallos que se transformaron en gruesos troncos de árboles en cuestión de minutos, en las hojas y flores que brotaban por todas partes. Y, sobre todo, la sintieron en cada fibra de su ser.

–No llaméis su atención... –susurró Christian–. No llaméis su atención... Imaginad que sois humanos simplemente, ocultaos bajo vuestra identidad humana... Seréis demasiado insignificantes entonces.

Jack entendió que, a pesar de que él había osado encender fuego en el bosque, a pesar de que la energía de Victoria también había causado daños, era el propio Christian quien estaba en peligro más inmediato. Tal vez Wina los dejara marchar, porque, no en vano, ellos eran el dragón y el unicornio, los que habían hecho cumplir la profecía de los Oráculos. Pero, para los Seis, un shek sería siempre un shek, un hijo del Séptimo... aunque ese shek fuera Christian y estuviese dispuesto a dar su vida por Victoria.

–Quizá debería llamar su atención –dijo Jack en voz baja–. Y alejarla de aquí...

–Muy propio de ti –comentó Christian desdeñosamente–. No me cabe duda de que te sacrificarías por los demás, pero ella te aplastaría antes de darse cuenta de quién eres, y como no puedes volar, tampoco podrías alejarte lo bastante rápido como para que no nos aplastara a nosotros también. Así que reprime tus nobles instintos y piensa con la cabeza por una vez.

–¿Pensar con la cabeza? –repitió Jack, con voz ronca–. ¿De verdad crees que se puede usar la cabeza... en estas circunstancias?

Christian tragó saliva. Jack respiró hondo. Los árboles seguían creciendo en torno a ellos, pero la piedra los protegía aún, por el momento, mientras Wina seguía tejiendo su red vegetal alrededor de su refugio. Y, no obstante, eran otras las cosas que los preocupaban.

—¿Soy el único que se siente a punto de estallar? —susurró Jack.

Victoria no dijo nada. Se había encogido sobre sí misma, acurrucada entre los dos, y había escondido la cabeza entre los brazos. Trataba de hacer inspiraciones lentas y calmadas, pero su corazón latía con fuerza.

—Usa la cabeza —repitió Christian con firmeza—. Tienes un cerebro, así que puedes tomar tus propias decisiones. No tienes por qué permitir que los dioses te mangoneen a su antojo.

—¿No es acaso lo que han hecho siempre? —replicó Jack lúgubremente.

—¿Podemos hablar de otra cosa? —intervino Victoria con voz ahogada.

—Hace demasiado calor aquí —dijo entonces Christian.

Alargó el brazo para cubrir con él a Jack y a Victoria. Los dos sintieron el frío que emanaba de él, y lo agradecieron. Templó un poco sus corazones y les permitió respirar con más tranquilidad.

Nadie dijo nada durante un buen rato. Se quedaron inmóviles, esperando.

Aquellos minutos les parecieron los más largos de sus vidas. Intentaron calmarse, inspirando hondo, pensando en cualquier otra cosa, mientras la avasalladora energía de Wina, la fuerza de la vida, pasaba sobre ellos. Trataron de olvidar que la tupida maraña vegetal que los rodeaba se cerraba cada vez más en torno a ellos, haciendo su refugio más pequeño.

Por fin, la voz telepática de Christian llegó hasta sus mentes:

«Creo que ya se marcha».

Aguardaron un instante. Después, el shek retiró el brazo.

—Parece que sí... Las plantas ya no crecen tan deprisa, ¿no lo notáis? —dijo Victoria.

Jack se separó un poco de ella, respirando profundamente.

—Sí... se está alejando.

Christian se incorporó y apartó ramas, tallos y enredaderas. Jack y Victoria lo ayudaron a despejar el lugar. El shek logró ponerse en pie y retiró las ramas hasta llegar a una tan gruesa como un tronco; logró izarse hasta ella, con un pequeño esfuerzo, y una vez allí, trepó un poco más alto.

—Se puede salir por aquí —informó—. Hay un hueco entre los troncos.

Descendió de nuevo hasta ellos. Los sorprendió cruzando una larga mirada significativa.

–He dicho que hay una salida –repitió.

Jack volvió a la realidad.

–Sí, eh..., bien –farfulló–. Quizá sería mejor esperar un poco más, hasta estar seguros de que se ha marchado.

Christian lo miró, pero Jack no sostuvo su mirada. Victoria también parecía incómoda. Sus mejillas se habían teñido de color. Christian se volvió hacia ella; la joven alzó la cabeza y sus ojos se encontraron, y los dos se sintieron sacudidos por una necesidad intensa, acuciante. El shek reprimió el impulso de correr hacia ella. Y no tenía nada que ver el hecho de que Jack también había clavado la mirada en Victoria y sus ojos ardían con más intensidad de lo habitual. Los tres respiraban con dificultad, tratando de ignorar los desenfrenados latidos de sus corazones.

Christian comprendió que no serían capaces de mantener el control mucho más tiempo. Y, tras un tenso silencio, cargado de expectación, dijo, procurando que su voz sonase neutra:

–Como queráis. Yo voy a salir a tomar el aire.

Se dio la vuelta para trepar de nuevo hasta la rama, pero ya había visto cómo los brazos de Jack buscaban a Victoria, con cierta precipitación.

El shek salió por fin al exterior, y se encontró en lo alto de una pared semiderruida, comida por la vegetación. Junto a ella crecía el tronco de un árbol nudoso. Christian se encaramó a las ramas más bajas y siguió trepando. Cuando llegó a una altura considerable, se acomodó sobre una enorme hoja en forma de abanico, que sostuvo su peso sin apenas un crujido, y se concentró un momento en el vínculo mental que mantenía con Victoria. Lo cortó casi de forma automática. Después, cerró los ojos e inspiró hondo varias veces, hasta que, poco a poco, recuperó el dominio sobre sí mismo. Cuando se tranquilizó, se recostó contra el tronco y contempló el horizonte.

Los árboles se extendían cada vez más lejos, y eran cada vez más altos. Christian se preguntó si Wina tenía intención de moverse por el resto del continente. Su poder era la fuerza de la vida, de la creación, y era aún más destructivo, a su manera, que el de cualquier otro dios. Porque una ciudad podría recobrarse del paso de Yohavir, o incluso del de Neliam, pero no volvería a resurgir de entre las raíces de una selva tan agresiva y descomunal como aquella. Si los árboles seguían creciendo a aquella velocidad, incluso los feéricos tendrían problemas para habitar en aquel lugar.

Contempló con interés un brote que acababa de surgir de la rama. Lo vio crecer con ahínco, para tomar la misma forma de abanico que mostraba la hoja en la que él estaba sentado. Crecía deprisa, pero no tan vertiginosamente como los árboles que habían envuelto con sus ramas su refugio de piedra. Por el momento, estaban a salvo... siempre que no volvieran a llamar la atención de la diosa.

Como se dirigía hacia el norte, el campamento de los szish estaba a salvo. Con todo, a Christian no le pareció mala idea que se hubiesen desplazado. A aquellas alturas, Yaren, Isskez y los demás ya estarían en los confines de Raden. Probablemente, Gerde se habría reunido ya con ellos. Sonrió al imaginar su disgusto si tenía que instalarse en la ciénaga. Incluso ella tendría problemas para hacer crecer allí un árbol razonablemente confortable, y por eso Raden era ahora tan seguro. Era más probable que Wina se alejara hacia el norte.

En el fondo, Christian no lamentaba que Jack y Victoria estuviesen allí. Habían sobrevivido a Wina, y el dragón había llamado su atención lo bastante como para desviarla de su ruta. No había descubierto a Gerde.

El shek seguía preguntándose por qué el hada había corrido tantos riesgos, acercándose tanto a Wina. No en vano, ella era una feérica, y Wina era su diosa, o, al menos, la diosa de la nueva identidad que usurpaba el Séptimo dios. Pero por el mismo hecho de ser el Séptimo, o la Séptima, debía odiar y temer a los otros Seis... no acudir alegremente a su encuentro. ¿Cuánto de Gerde había en la criatura a la que servía ahora?

«Sigo siendo Gerde», había dicho ella. Y probablemente tenía razón. De lo contrario, no disfrutaría tanto humillándolo de aquella manera. Lo hacía por venganza, por rencor y por celos, y aquellos eran sentimientos propios de una mortal, y no de una diosa. Y, no obstante...

«No obstante, lo hace con una frialdad y una premeditación que no son propias de la Gerde que conocí», reflexionó Christian. «No le importa realmente; es como si siguiera sintiendo las mismas cosas, pero no con la misma intensidad; como un pálido reflejo de lo que un día fue su corazón, o como si lo viese todo desde un punto de vista más amplio, más lejano. Todo sigue ahí... pero ya no tiene la misma importancia para ella».

Se preguntó si eso debía molestarlo. En su día, Gerde no había significado nada para él. Apenas le había prestado atención, y la había matado cuando se había convertido en una auténtica molestia. Pero ahora ella había regresado, y estaba por encima de él. No era una situación cómoda para el shek y, sin embargo, no podía ser de otra manera.

Se quedó en el árbol un rato más, sumido en profundas reflexiones. Después, lentamente, descendió de nuevo hasta el refugio y volvió a deslizarse por el hueco que había entre las ramas. Lo abrió un poco más para que entraran algo más de aire y de luz.

Encontró a Jack y Victoria abrazados en un rincón. Victoria se había quedado dormida, pero Jack volvió la cabeza hacia él.

—¿Y bien? —le preguntó en voz baja.

Christian se sentó en el otro extremo de la estancia y apoyó la espalda en la pared, con calma.

—Parece que se ha ido —respondió en el mismo tono—. Aunque todo sigue creciendo anormalmente deprisa, no resulta tan alarmante. Los efectos de Wina se van disipando —añadió.

Jack desvió la mirada, incómodo. Cubrió a Victoria un poco más, aunque enseguida advirtió que aquel gesto era algo absurdo, a aquellas alturas.

—Gracias por dejarnos solos —dijo a media voz.

Christian se encogió de hombros.

—No lo he hecho por ti, así que no tienes por qué agradecérmelo.

—Lo sé, lo has hecho por ella. Aun así...

—Tampoco —cortó el shek—. Lo he hecho por mí mismo. Detesto esa sensación de perder el control. Cuando hago algo, me gusta hacerlo porque quiero, porque lo he decidido yo; no a causa de una influencia externa.

Jack sonrió. Había detectado un matiz de rabia en la voz de Christian.

—Sabía que tenías un punto débil —sonrió—, y no son tus sentimientos ni tu parte humana. Es tu pánico a perder el dominio de ti mismo.

Christian se encerró en un silencio molesto.

—Odias la idea de no saber qué está pasando, de no poder hacer nada por evitarlo, de no ser tú. Tienes miedo de no llevar las riendas, de que otro te domine a ti. Estás demasiado acostumbrado a ser tú el que lo sabe y lo controla todo. Pero a veces, sabes... –añadió Jack con una sonrisa, dirigiendo una tierna mirada a Victoria–, no es tan malo dejarse llevar.

–¿Dejarse llevar? –repitió el shek–. ¿Te arrojarías acaso al interior de un mar turbulento en plena tempestad? Olvídalo; es más prudente remontar las olas.

–Tal vez. Pero así solo vives una vida a medias, no disfrutas de las emociones del momento. No todo puede ser explicado, medido o razonado. No todo tiene un sentido, así que ¿por qué perder el tiempo buscándolo?

–Todo tiene un sentido –replicó Christian–. Solo que a veces no encontramos las respuestas que buscamos, o no formulamos las preguntas adecuadas. Pero eso no significa que esas preguntas y respuestas no existan.

–No lo creo. Mira a Wina, por ejemplo. Mira a los dioses. ¿No parecen la esencia del caos? ¿Por qué buscar un orden en todo lo que hacen?

–Porque *tiene* un orden y un sentido, a una escala mucho mayor. Desde nuestro punto de vista, tal vez no lo tenga. Pero desde otra perspectiva, sí.

–Ilumíname entonces y ayúdame a entender las cosas desde otra perspectiva. ¿Por qué actúas a veces de modo tan incomprensible? ¿Se puede saber qué diablos haces con Gerde, por ejemplo?

Christian le dirigió una breve mirada.

–Creía que era evidente.

–Pues es evidente que no lo es –gruñó Jack–. Pero intentaré adivinarlo. Sabes cómo derrotarla, y estás aguardando el momento de poner en práctica tu plan para acabar con ella. O puede que hayáis hecho un pacto... no sé, para proteger a Victoria, tal vez. Gerde se olvidará de ella, y a cambio tiene tu lealtad... ¿Me equivoco?

–Te equivocas. Esto no tiene nada que ver con Victoria, y tampoco tengo intención de matar a Gerde otra vez.

–Entonces, ¿estás con ella porque te obliga? ¿Porque es tu diosa?

–Tampoco. Estoy con ella porque quiero protegerla. Es así de simple.

Jack sacudió la cabeza, perplejo.

–¿Protegerla? ¿A Gerde? ¿Estamos hablando de la misma Gerde?

–No conozco a ninguna otra –repuso Christian con calma.

–¡Pero es la Séptima diosa! Estabas con nosotros cuando acabamos con su anterior encarnación. ¡Tú nos ayudaste a matar a Ashran!

–Cierto. Y no me arrepiento de ello.

–Entonces, ¿qué ha cambiado?

Christian sonrió.

–¿A ti qué te parece que ha cambiado? Ha cambiado todo, Jack. Todo. Las normas que valían antes ya no sirven. Todo lo que tenía por cierto estaba equivocado. Ahora sé lo que he de hacer, pero es algo que solo me atañe a mí, por el momento, de modo que no tengo por qué darte más explicaciones. Este es el camino que debo seguir yo. Tú seguirás el tuyo, como debe ser.

–¿Y qué hay de Victoria? ¿A ella no le debes explicaciones?

–Ella sabe que la quiero. Mis sentimientos al respecto no han cambiado.

–¿Y con eso le basta? ¿Dices que la quieres mientras corres a proteger a Gerde? ¿Por qué no eres capaz de permanecer a su lado, en lugar de dejarte arrastrar de un lado a otro, cada vez que cambia el viento?

Christian lo taladró con la mirada.

–Creía que habíamos quedado en que hago las cosas porque quiero, y jamás me dejo arrastrar –le recordó–. Solo sigo al viento cuando este sopla en la dirección que me interesa. Y los vientos cambian, porque el mundo cambia. Y si el mundo cambia, o cambia nuestra percepción del mundo, no puedes quedarte anclado en un plan que ya no se adapta a él. Hay que cambiar de planes, cambiar de ideas.

–En otras palabras, eres un oportunista –resumió Jack, exasperado–. ¿Es que no eres leal a nada?

–Soy leal a mí mismo –replicó el shek, imperturbable–. ¿A qué eres leal tú? ¿A la Resistencia?

Jack calló, porque Christian había puesto el dedo en la llaga. Todavía tenía muy reciente su discusión con Alexander.

–A Victoria, por ejemplo –respondió entonces.

Christian esbozó una breve sonrisa.

–Y yo, a mi manera –respondió–, aunque no le haga compañía ni despierte a su lado todos los días. Para eso ya estás tú.

Jack se quedó sin habla.

–¿Para eso estoy yo? –pudo repetir, por fin–. ¿Es eso lo que soy?

El shek se encogió de hombros.

—Si no te gusta, puedes marcharte. Aunque probablemente yo no ejercería de compañero con la misma eficacia que tú, no tendría ningún problema en ocupar tu lugar. ¿Eso es lo que quieres?

Jack no respondió.

—Podrías dejar de quejarte, para variar —prosiguió Christian—. Nadie te obliga a estar con Victoria, y si quisieras abandonarla, no dudo que le dolería, pero te dejaría marchar; ella aceptaría tu decisión, y lo sabes. Tal vez el problema no sea suyo, ni mío, sino tuyo. No sabes lo que quieres, Jack. Te quejas si Victoria está conmigo, te molesta que no esté con ella. Decídete. Te llevas la mejor parte de esta relación, así que no estás en situación de protestar. Si lo que te molesta es que estás con ella la mayor parte del tiempo, tal vez se deba a que no quieras estar con ella.

—No es eso —protestó Jack—. No tergiverses mis palabras. Lo que me pone de los nervios es que he dado la cara por ti, te he aceptado como aliado después de todo lo que pasó, incluso he asumido que vas a estar con Victoria igual que yo... y no sé ni para qué me he molestado en confiar en ti, cuando nos das la espalda a la primera de cambio... ¿para proteger a Gerde? Disculpa si te parezco egoísta, pero yo lo veo desde una perspectiva muy distinta. Nos has traicionado a todos, a Victoria, y a mí, y a los que nos hemos atrevido a dejar de lado los prejuicios para confiar en un shek.

Había alzado la voz, y Victoria se despertó bruscamente. Los dos chicos callaron, pero ella captó enseguida la tensión en el ambiente.

—¿Habéis estado discutiendo otra vez? —murmuró.

Christian no dijo nada. Salió del refugio, en silencio, y se perdió en la oscuridad de la noche.

—Dice que está con Gerde porque quiere protegerla —acusó Jack por fin.

Victoria inclinó la cabeza.

—Sus razones tendrá.

Jack se quedó de piedra.

—¿Tú también? ¿Soy el único al que esto no le parece normal?

Victoria se incorporó un poco, tratando de despejarse.

—Jack, reconoce que no sabemos cómo afrontar esta situación. Derrotamos a Ashran, como se nos dijo, y eso ha generado más problemas de los que solucionó. Si esa no era la opción correcta, ¿por qué volver a actuar de la misma forma?

–Eso puedo entenderlo –asintió Jack–. Entiendo que queráis desentenderos de todo esto, porque lo cierto es que nos hemos dejado la piel para salvar este mundo y no ha servido para nada. Pero no creo que Gerde se merezca tanta consideración por parte de Christian. ¿No crees?

–Jack, a Christian no le cae bien Gerde. Y mucho menos desde que sabe que ella tiene tanto poder sobre él. Así que, si está con ella, tendrá motivos... Motivos poderosos, ¿me entiendes?

–¿Como salvar el pellejo, por ejemplo?

–¿Salvar el pellejo? Con seis dioses buscando a Gerde para acabar con ella, ¿crees que Christian está más seguro si trata de protegerla?

Jack sacudió la cabeza.

–No entiendo nada.

–Si te sirve de consuelo, yo tampoco. No sé qué trama ni cuáles son sus verdaderas intenciones, pero ha vuelto a arriesgarse por nosotros, una vez más, esta misma noche. Ha venido hasta aquí a propósito para ayudarnos, y no tenía por qué hacerlo. Son este tipo de cosas las que me hacen confiar en él. ¿Comprendes?

–Supongo que sí –suspiró Jack, algo abatido.

Victoria lo miró y le sonrió con dulzura.

–Ha sido muy bonito –le dijo en voz baja, ruborizándose un poco.

Jack tardó un par de segundos en entender a qué se refería.

–Sí... –murmuró, sonriendo a su vez–. Estoy de acuerdo. ¿Sabes...? Puede que Wina termine cayéndome bien, al fin y al cabo.

Compartieron un largo beso. Después, con un suspiro, Victoria se incorporó.

–Voy a despedirme de Christian –dijo.

–¿Se va?

Victoria asintió, sin una palabra. Jack la vio salir al exterior y, tras un momento de duda, se levantó también y la siguió.

Se quedó junto a los restos del muro, que había desaparecido bajo un manto de vegetación, y desde allí vio que Victoria acudía al encuentro de Christian, que la esperaba un poco más lejos. Pero el shek detectó su presencia y lo miró fijamente.

«Ven», le dijo. «Antes de marcharme, hay algo que quiero enseñarte».

Jack lo miró con recelo, pero avanzó hacia él. Christian depositó un suave beso en la mano de Victoria y se separó de ella para reunirse con el dragón. La joven los vio marchar juntos, un poco inquieta, pero no los siguió.

Se abrieron paso a duras penas entre la maleza, trepando por encima de enormes raíces torcidas y subiéndose a ramas bajas para poder salvar algún obstáculo.

—¿Adónde me llevas? —preguntó Jack, desconfiado.

—Deberías saberlo —fue la respuesta—, porque eras tú quien tenía interés en venir aquí.

Jack lo miró sin comprender. Pero de pronto se hizo la luz en su mente, y su corazón empezó a latir un poco más deprisa.

—Mis padres —adivinó.

Christian asintió, pero no añadió nada más.

Se detuvieron apenas unos momentos más tarde, en un trozo de bosque que parecía igual que el resto.

—¿Qué pasa? —jadeó Jack—. ¿Ya no se puede seguir?

—Hemos llegado —respondió el shek.

Jack miró a su alrededor, sorprendido. Los gruesos troncos de los árboles apenas dejaban espacio para estar de pie. El suelo estaba cubierto por una espesa maleza.

—Entonces no tenía este aspecto, claro —añadió el shek—. Era el cementerio de la Torre de Drackwen.

—No sabía que la torre tuviese un cementerio —murmuró Jack.

—Lo tuvo, en tiempos remotos. Cuando era una torre de hechicería activa, muchos magos expresaban su deseo de ser enterrados aquí después de muertos. Bajo el suelo de Alis Lithban, el bosque de los unicornios, la cuna de la magia. Y aquí sepultaban sus cuerpos, sin lápidas ni señal alguna que indicase su nombre y condición. Era su manera de olvidar que habían sido individuos, y de pasar a ser uno con la tierra que hollaban los unicornios.

»Esta costumbre entró en desuso cuando la torre fue abandonada. Pero Ashran la recordaba y, por alguna razón que desconozco, ordenaba a los szish que enterrasen aquí los cuerpos de los hechiceros idhunitas que yo le enviaba.

—Pero mis padres no eran magos, y ni siquiera eran idhunitas.

—Los szish no sabían eso. Se limitaron a hacer con sus cuerpos lo mismo que hacían con los demás.

»No creo que sea posible indicarte el lugar exacto, Jack; no solo porque no tenían por costumbre señalar las tumbas, sino porque todo lo que podía crecer y florecer en el suelo de Alis Lithban lo ha hecho tras el paso de la diosa Wina.

–Gracias de todas formas –murmuró Jack.

Se sentó sobre una enorme raíz y enterró el rostro entre las manos. Durante unos momentos, no se movió ni dijo nada, por lo que Christian decidió dejarlo a solas, y regresó en silencio a las ruinas de la torre.

Jack se quedó un rato más allí, pensando.

Hacía tiempo que no se paraba a recordar a sus padres. Después de todo lo que había sucedido, su vida en la Tierra le parecía lejana, irreal. Le resultaba extraño pensar que había tenido una familia.

Durante un tiempo, su familia había sido la Resistencia; Shail y Alexander habían sido para él los hermanos que nunca había tenido, y Victoria... Victoria había representado el futuro.

Pero incluso eso lo estaba perdiendo. La Resistencia se había disgregado, ya no se sentía parte de ella. Y Victoria era el presente.

Trató de recordar a sus padres. Cerró los ojos y buceó en lo más hondo de su conciencia, en busca de recuerdos olvidados. Los encontró allí y, durante un rato, habló con los fantasmas de aquellos recuerdos, esforzándose por definir sus rasgos.

Y en el fondo de su corazón, halló también al niño que había sido, y que ahora le parecía un completo extraño. Pese a ello, lloró por él, por la vida que había dejado atrás. Lloró por sus padres, por no haber tenido tiempo de decirles todo lo que querría haberles dicho, por haber sido víctimas de una guerra que no era la suya, de un error absurdo, por haber recibido la muerte que estaba destinada a él.

Cuando, por fin, se levantó, dispuesto a regresar junto a Christian y Victoria, aún había lágrimas en sus mejillas, pero su corazón estaba sereno. También aquello representaba el pasado..., un pasado que no volvería.

Se despidió de sus padres, cuyos restos mortales yacían en alguna parte, bajo las raíces de aquellos enormes árboles, quizá ya formando parte de ellos, y se internó de nuevo en el bosque.

Cuando llegó a las ruinas de la torre, Christian aún seguía allí, pero parecía listo para partir. Jack no se acercó más; esperó a que se despidiera de Victoria, que se hallaba junto a él. La joven tenía la cabeza baja; Christian le hizo alzar la barbilla para mirarla a los ojos, y la besó con suavidad. Ella lo abrazó fuertemente y le dijo algo al oído. Jack pudo adivinar que sería «Ten cuidado», o algo parecido. Christian acarició su mejilla con cierta ternura.

Después, se transformó de nuevo en shek. Victoria le dio un último abrazo a la gran serpiente, al parecer sin importarle que hubiese cambiado de forma, y esta bajó la cabeza para rozarle el pelo con suavidad, en una última caricia.

Victoria retrocedió para dejarle espacio. Christian alzó el vuelo, rizó su largo cuerpo de serpiente para encontrar espacios entre el follaje y, finalmente, alcanzó el cielo abierto y batió las alas con fuerza, alejándose de ellos.

Jack se reunió con Victoria. Ella le dirigió una mirada inquisitiva.

—¿Cómo estás? —le preguntó con suavidad.

—Bien —repuso Jack con calma—. ¿Y tú? ¿No lo echas de menos cada vez que se va?

—Sí —suspiró ella—. Pero qué le voy a hacer.

Jack rodeó sus hombros con el brazo.

—Puede que algún día se vaya para siempre.

—Lo sé. Pero no soy quién para tratar de detenerlo, ¿no crees?

—¿Que no eres quién? Se supone que eres la mujer a la que ama, ¿no?

—Sí. Y precisamente por eso sé que cuando vuelve a mí lo hace porque quiere, libremente. El día en que regrese porque se sienta obligado, lo habré perdido para siempre. Por eso sé que debo dejarle marchar.

Jack la miró.

—¿Y a mí, me dejarías marchar?

Victoria le devolvió una cansada sonrisa.

—Tú no quieres que te deje marchar —le dijo—. Te esfuerzas mucho por atarte a mí, y por eso has tenido celos de Christian desde el principio. Tal vez un día descubras que no quieres sentirte atado. Ese día te marcharás y yo te dejaré marchar, si es eso lo que quieres. Pero yo estaré aquí para ti, igual que estoy para Christian, siempre que vuelvas porque lo deseas de verdad.

—Nunca me habías dicho esto —murmuró Jack.

—Nunca me lo habías preguntado.

Jack no supo qué decir.

—Estás conmigo porque quieres —dijo Victoria—, y yo estoy contenta de que estés conmigo. Pero el día que ya no quieras estar a mi lado, no podré hacer nada al respecto. Doy por hecho que estamos juntos porque los dos queremos estar juntos. Es así, ¿no?

Jack sonrió y la estrechó contra su pecho.

—Es así —le aseguró.

Regresaron al interior del refugio. Aguardarían el primer amanecer y, con las luces del día, Victoria curaría el ala de Jack para que pudiesen regresar a Awa. Ya habían hecho todo lo que tenían que hacer allí. Ya habían confirmado sus peores sospechas acerca de la llegada a Idhún de una nueva diosa.

Pronto se reunirían los Seis. Pronto tomarían una decisión con respecto a la Séptima, si es que había alguna decisión que tomar. Y si descubrían dónde encontrarla, ni siquiera Christian podría salvar a Gerde.

Jack no pudo evitar preguntarse, una vez más, por las verdaderas razones del shek. Christian no era amigo de luchar por causas perdidas. No tenía ningún sentido que apoyase a Gerde, salvo que su verdadera naturaleza de shek le exigiera que rindiera obediencia a su diosa. Y eso, a pesar de las palabras de Victoria, Jack no podía considerarlo algo bueno.

XVII
EL REY DE VANISSAR

CUANDO Jack y Victoria llegaron al Oráculo de Awa, dos días más tarde, estaban cansados y preocupados. Sabían que tendrían que hablarles a todos acerca de la llegada de Wina a Alis Lithban, que traían más malas noticias, y ninguna solución. Probablemente se enfrentarían a varios días de reuniones y de discusiones, mientras decidían entre todos qué hacer. Sabían de antemano que no llegarían a ninguna conclusión, y aquella sensación de impotencia, de absoluta vulnerabilidad, era lo peor de todo. En tiempos pasados, ante la amenaza de Ashran, los idhunitas habían tenido una profecía que les indicaba qué debían hacer, y la certeza de que sus dioses los protegerían a su manera. Era una esperanza débil; no obstante, era una esperanza. Pero ahora, ¿qué les quedaba?

Jack sabía que él y Victoria podrían marcharse a la Tierra, donde estarían más seguros que en Idhún, a pesar de la presencia de Ziessel y los suyos. Pero odiaba la idea de marcharse y dejar abandonado Idhún a su suerte. Y el único plan que tenía, la esperanza que estaba tratando de sembrar en los corazones de sus amigos, peligraba por culpa de aquel condenado shek. Eso lo ponía de mal humor.

No lo había hablado con Victoria, porque aún tenía muy recientes los recuerdos de los momentos que habían pasado juntos, cuando se habían visto afectados por la presencia de la diosa Wina. Jack no recordaba haberse abandonado jamás de aquella manera, y había sido una experiencia muy intensa para ambos, un momento maravilloso que los había unido todavía más. No quería estropearlo tan pronto.

Pero sabía que, tarde o temprano, tendrían que hablar de la estrategia a seguir. Jack seguía convencido de que su única salida consistía en derrotar a Gerde, en entregarla a los dioses para que ellos solucionaran el asunto que tenían pendiente con el esquivo Séptimo dios. Y si Christian insistía en proteger a la feérica, fueran cuales fuesen sus razones, se vería obligado a enfrentarse a él... otra vez. ¿Lucharía Victoria a su lado, contra Christian y Gerde? Jack no quería preguntárselo, porque temía la respuesta a aquella pregunta.

Por suerte o por desgracia, otros asuntos distrajeron su atención a su llegada al Oráculo.

Entre las personas que salieron a recibirlos no se encontraba Alexander, pero Jack no le concedió importancia a esto, al principio. Saludó a Ha-Din y a Shail y les contó brevemente lo que habían visto en Alis Lithban. No mencionó a Christian.

—No son buenas noticias —dijo Shail, preocupado.

—Son peores de lo que parece —señaló Ha-Din—. Jack, has regresado de Alis Lithban con el corazón lleno de dudas. Antes estabas más seguro de ti mismo, te enfrentabas a todo esto con actitud resuelta. Ahora, tu ánimo se tambalea. ¿Qué ha sucedido?

—Sucede que cada vez le encuentro menos sentido a todo esto, Padre Venerable —respondió Jack, sin mentir.

Ha-Din le dirigió una mirada pensativa, pero no dijo nada.

Después de cenar, Jack fue a buscar a Shail. Le alivió encontrarlo solo, sentado en el patio, leyendo un libro. Lo que tenía que decirle no debía ser escuchado por los oídos inadecuados.

—Tengo que hablar contigo —le dijo en voz baja.

Shail cerró el libro.

—También yo tengo cosas que decirte. Ha pasado algo mientras estabas fuera..., pero habla tú primero. Por la cara que pones, parece importante.

Jack se sentó a su lado.

—Shail, no sé si vamos a salir de esta —le dijo sin rodeos.

El mago no dijo nada. Se limitó a aguardar a que siguiera hablando.

—Ya hemos visto lo que pueden hacer los dioses —prosiguió Jack—, y no sé cómo detenerlos. Puede que en muy poco tiempo acaben con todo este mundo, voluntaria o involuntariamente. Y sé que suena cobarde y egoísta, pero no sé si quiero estar aquí para verlo.

Shail guardó silencio un instante, reflexionando. Luego dijo:

—Te refieres a regresar a la Tierra, ¿verdad? ¿Es eso lo que quieres hacer?

—Christian lo vio venir —asintió Jack—. Antes incluso de que Yohavir casi arrasara la Torre de Kazlunn, dijo que lo más prudente era escapar de aquí. Y eso hizo, de hecho, y se llevó a Victoria consigo, para protegerla de todo esto. Pero yo no quise rendirme tan pronto. Me quedé a luchar... y, por lo visto, ellos se cansaron de esperarme. Victoria regresó para buscarme.

»Ahora me pregunto si no debería haberme ido con ellos entonces. Soy testarudo y sé que aguantaré aquí hasta el último momento, pero terminaré marchándome. ¿Comprendes lo que quiero decir?

—Quieres saber si estamos dispuestos a regresar a Limbhad —entendió Shail—. Si Alexander y yo os acompañaríamos.

—Eso es exactamente lo que quiero saber.

Shail inclinó la cabeza.

—Yo no me iría sin Zaisei —dijo—, y no sé qué clase de vida le esperaría a una celeste en la Tierra.

—Será mejor que estar muerta —replicó Jack.

—Supongo que sí. E imagino que también querrías darles esa posibilidad a algunas otras personas cercanas a ti; como Kimara, por ejemplo. Pero no puedes llevarte a todos los idhunitas a la Tierra a través de la Puerta. ¿Y cómo vas a decidir quiénes se van y quiénes se quedan?

—Ya te dije que era una opción cobarde y egoísta. Pero estoy cansado de ser un héroe, Shail.

Shail lo miró, pensativo.

—¿Y qué hay de lo que propusiste el otro día? ¿Luchar contra Gerde, capturarla y entregársela a los dioses?

—Es una empresa casi imposible de realizar, Shail.

—También lo era hacer cumplir la profecía que anunciaba la caída de Ashran.

—Pero *había* una profecía. Teníamos a los dioses de nuestra parte. Ahora son ellos los que van a enfrentarse al Séptimo, por lo que ya no nos prestan atención. Ahora estamos solos frente a Gerde.

—Hace cuatro días, estabas dispuesto a intentarlo. ¿Qué ha cambiado?

Jack tardó un poco en responder.

—Nos encontramos con Christian en Alis Lithban —explicó—. Nos ayudó a protegernos de Wina, pero también dejó muy claro que ahora es leal a Gerde. No está con ella por obligación ni porque pretenda traicionarla en un futuro. De verdad quiere luchar por ella o, al menos, eso me dijo. Y creo que era sincero.

—Pero... ¿y Victoria?

—Por lo visto, sigue sintiendo lo mismo por ella. La relación entre ellos no se ha roto, que yo sepa.

—No entiendo nada —murmuró Shail, perplejo.

—Yo tampoco.

El mago sacudió la cabeza.

—Tuve ocasión de tratar a Kirtash en Nanhai. Sigo sin saber si puedo confiar en él o no, pero lo que sí me quedó claro es que, desde el mismo momento en que traicionó a Ashran, ya no ha vuelto a pertenecer a ninguna parte, ni siquiera a la Resistencia. Me sorprende saber que ha vuelto a elegir un bando, aunque en el fondo sospecho que está con ellos de la misma forma que estuvo antes con la Resistencia: porque convenía a sus propios planes. Entonces, aquellos planes consistían en proteger a Victoria.

—Él mismo me dijo que esto no tenía nada que ver con Victoria.

—Pero tampoco haría nada que pudiese dañarla. ¿Me equivoco?

—Supongo que no. O eso es lo que él cree. ¿Cómo se supone que debemos reaccionar los demás? Nuestro único plan pasaba por derrotar a Gerde. Si él se empeña en protegerla, terminaremos enfrentándonos otra vez. Y Victoria sigue manteniendo una relación con ambos. ¿Entiendes lo que quiero decir?

Shail frunció el ceño.

—Ahora, sí. Las únicas opciones que te quedan son enfrentarte a Gerde, y por tanto a Kirtash, o huir a la Tierra. Y si nos enfrentamos a Kirtash... ¿qué hará Victoria?

—No lo sé. No se lo he preguntado todavía, pero dudo mucho que quiera luchar contra él. No parece echarle en cara que haya vuelto a cambiar de bando, y eso me desconcierta.

—La he notado distante —asintió Shail—, como si ya no se sintiera parte de todo esto, de la Resistencia. ¿Crees que podría llegar a cambiar de bando ella también?

Jack sonrió.

—Victoria estaba con la Resistencia porque la profecía *obligaba* explícitamente a los unicornios a luchar contra Ashran —dijo—, pero ella se enamoró de ese shek a pesar de todo... y creo que eso se debe a que nunca creyó realmente que los sheks fueran los monstruos malvados que todos decían. Ahora que esa profecía ya no tiene validez, Victoria podría ayudarnos a nosotros, o a Christian, le da igual. Luchará por sus seres queridos, en uno y en otro bando, pero no creo que llegue a unirse a Gerde, simplemente porque no le tiene cariño. Ahora bien..., si le pedimos que se implique en una guerra contra ella, si eso supone enfrentarse a Christian... se negará.

—Es lo que pensaba —asintió Shail—. Y tú quieres evitar ese enfrentamiento.

—No solo por Victoria, sino también por mí. No quiero luchar contra él. Me saca de quicio, es verdad, y creo que el mundo sería un lugar mejor si él no existiera, pero no puedo negar que nos ha ayudado y nos ha salvado la vida en varias ocasiones.

»Así que la única opción que me queda es renunciar a luchar y marcharme de aquí, con Victoria y con todo el que quiera seguirme. Y te lo digo a ti, porque sé que tienes a alguien a quien quieres proteger, y considerarás al menos la posibilidad. Pero no quiero ni imaginar lo que dirá Alexander cuando se lo proponga —añadió, pesaroso.

Shail se irguió.

—De eso quería hablarte. Hace dos noches, Erea salió llena.

—Lo sé —respondió Jack—. Lo mencioné en la reunión, delante de Ha-Din y de otras personas importantes. Supongo que Alexander no me lo habrá perdonado todavía.

—No se trata de eso, Jack —Shail clavó la mirada en él, muy serio—. Esa noche... pasó algo muy extraño.

Procedió a relatarle lo que había sucedido entre Alexander y Gaedalu, y cómo esta había logrado revertir su transformación.

—Y debería alegrarme —concluyó—, pero no puedo. Me pareció todo muy extraño, y aquella piedra... no me dio la sensación de que fuera del todo benéfica. Además, Zaisei me ha contado que la Madre Venerable fue a Dagledu a buscar fragmentos de una roca que causa un extraño efecto en la gente. Por la descripción, aseguraría que la piedra del brazalete que le dio a Alexander era uno de esos fragmentos.

—¿De verdad? ¿Y qué clase de roca es esa?

—La llaman la Roca Maldita, aunque, por lo visto, su verdadero nombre es la Piedra de Erea. Se dice que cayó del cielo hace milenios.

Jack dejó caer la espalda contra la pared, sorprendido.

—Victoria me ha hablado de un meteorito que cayó en el mar, hace mucho tiempo —murmuró—. Encontró información sobre ello en Limbhad. Ella te dará más detalles, pero no me dio la impresión de que fuera algo bueno. Estaba relacionado con la llegada de las serpientes a Idhún –alzó la cabeza, decidido–. Tenemos que hablar con Alexander para que no vuelva a usar esa cosa. Supongo que no querrá escucharnos, pero...

–Alexander no está aquí –cortó Shail–. Partió ayer con Gaedalu en dirección a Vanissar –suspiró, preocupado–. Dijo que iba a recuperar lo que es suyo.

–¿Cómo se ha atrevido a regresar aquí? –murmuró Covan, irritado.

–No está solo, señor –informó el soldado–. La Venerable Gaedalu lo acompaña.

–¡Gaedalu! –repitió Covan, con cierto estupor.

Había una tercera persona en la habitación, aparte de ellos dos: alguien que se había retirado a un discreto segundo plano, y que asistía a la conversación desde un rincón en sombras. El soldado no se percató de su presencia hasta que se movió, inquieta ante la mención de la Madre Venerable. Pero no tuvo tiempo de fijarse en ella, porque Covan reclamó de nuevo su atención.

–¿Viene alguien más con ellos?

–No, señor. Nadie los acompaña.

–La Venerable Gaedalu, sin cortejo –dijo entonces la mujer del rincón, con voz suave y modulada–. Esto es muy irregular.

Covan sacudió la cabeza.

–Maldita sea, no puedo dejarlos en la puerta, y tampoco ordenar que prendan a Alsan. Si Gaedalu está con él...

–Sin duda, la Madre Venerable no sabe lo que nosotros sabemos acerca del príncipe Alsan, maestro Covan –intervino la mujer–. Nuestro deber es informarle del peligro que corre acompañándolo.

–Sin duda –concedió Covan, tras un instante de reflexión–. Hazlos pasar –ordenó al soldado.

El joven inclinó la cabeza y se retiró, dejándolos a solas.

Apenas unos momentos después, Alexander y Gaedalu entraban en la habitación. Covan los observó con cautela mientras se aproximaban a él. No dejó de notar que Alexander caminaba sereno y seguro de sí mismo, con el orgullo pintado en la mirada. Se parecía tanto al muchacho al que había entrenado en Nurgon que el maestro de armas sintió una punzada de dolor. Y, no obstante, no podía dejar de recordar a la criatura en la que se había metamorfoseado en la noche del Triple Plenilunio.

–Madre Venerable –saludó, con una profunda reverencia–. Príncipe Alsan –añadió, y esta vez no se inclinó–. ¿A qué debemos el honor de vuestra visita?

Alexander alzó una ceja.

–¿Acaso un príncipe necesita motivos para visitar su reino?

–Normalmente, no –gruñó Covan–; pero las cosas cambian si ese príncipe asesinó a su hermano a sangre fría, transformado en una bestia sanguinaria, para después desaparecer durante meses.

–No parece que se me haya echado de menos –observó Alexander con frialdad–. He oído que ya preparas la ceremonia de tu coronación.

El rostro de Covan se ensombreció.

«No creo que sea necesario todo esto», intervino Gaedalu. «Estamos aquí para aclarar las cosas, para unirnos todos contra el enemigo común. No tiene sentido que nos enfrentemos unos a otros...».

–Os pido perdón, Madre Venerable –murmuró Covan, apartando la mirada de la de Alexander–. Es cierto, hay muchas cosas que aclarar, y, con todos mis respetos, no creo que seáis consciente del peligro que corréis en compañía de Alsan. Pero habrá tiempo para hablar de eso, supongo. Os doy la bienvenida a Vanissar. Es un honor recibiros entre nosotros.

«Por lo que veo, no somos los únicos visitantes ilustres», observó Gaedalu. «¿No es cierto... Erive?».

La mujer que permanecía semioculta entre las sombras dio un par de pasos al frente, con una serena sonrisa.

–Madre Venerable –saludó, con una elegante inclinación–. Disculpad mis malos modales. El intercambio de opiniones entre el príncipe Alsan y el maestro Covan me pareció un asunto privado, y no creí oportuno intervenir. Príncipe Alsan –añadió, volviéndose hacia él–, sed bienvenido a vuestro reino.

Alexander sonrió a su vez, un poco incómodo. Conocía a la reina Erive de Raheld, pero él era apenas un muchacho cuando ella ya gobernaba los destinos de su reino con mano firme. Había pasado mucho tiempo desde entonces. Erive era ahora una mujer madura, pero seguía conservando su regia elegancia y su mirada sagaz. Raheld había salido airoso de la invasión shek; para salvaguardar su reino, Erive se había rendido inmediatamente a las serpientes y, como consecuencia, este permanecía intacto. Pero, tras la caída de Ashran, Erive había tomado partido por el bando contrario. Los que aún luchaban contra los sheks sabían que no podían permitirse el lujo de reprocharle su antigua alianza: tras la batalla de Awa, los Nuevos Dragones habían quedado muy mermados, y solo gracias a la generosidad de Erive habían logrado levantar cabeza. La reina de Raheld no solo les había proporcionado una nueva base, sino que además los apoyaba económicamente y había puesto a sus mejores ingenieros y artesanos al servicio de Denyal y Tanawe. Incluso les había enviado al mago Vankian, que hasta ese momento había estado al servicio de la reina en Thalis. Sin Erive, los Nuevos Dragones no eran nada.

No obstante, Alexander no sabía cómo tomarse su presencia en Vanissar.

—Gracias, señora —respondió con gravedad—. No deja de ser extraño, sin embargo, que seáis vos quien me dé la bienvenida a mi propio reino.

Erive rió suavemente.

—Es cierto, pero vivimos tiempos extraños. Sin ir más lejos, tu llegada ha sido toda una sorpresa para todo el mundo. Te dábamos por muerto. Celebro ver que no es así.

—No es la primera vez que se me da por muerto —observó Alexander, con una cansada sonrisa—. Y no es la primera vez que regreso a mi reino y me encuentro con que otro trata de usurpar mi puesto.

El rostro de Covan enrojeció.

—Yo luché por ti, y lo sabes. Defendí tu derecho al trono ante tu hermano, pero eso no justifica lo que le hiciste a él... y a Denyal.

—Mi hermano luchaba en una guerra, y luchaba en el bando enemigo —señaló Alexander con frialdad—. Nos enfrentamos, y él perdió.

—¡Lo destrozaste con garras y colmillos, Alsan! —casi gritó Covan.

—Lo habría atravesado con mi espada en otras circunstancias. ¿Qué importa la forma en que murió? Era un traidor, y estaba aliado con los sheks.

—Muchos nos aliamos con los sheks porque no tuvimos otra elección, príncipe Alsan —observó la reina Erive, sin alzar la voz—. Pasaste mucho tiempo lejos de casa, y no puedes saber lo que sufrimos aquí..., las terribles decisiones que tuvimos que tomar, por el bien de nuestro pueblo. También yo me rendí a los sheks para salvar a mi gente, igual que hizo Amrin. ¿Merezco la misma suerte que él?

—Si yo no lo hubiese matado, él habría acabado conmigo. Luchábamos en una batalla, señora mía. Éramos enemigos. ¿Pretendéis

518

hacerme creer que, de haber peleado vos en esa batalla, habríais fingido vuestros mandobles, o me habríais perdonado la vida, porque estabais aliada con los sheks por obligación?

Erive no respondió.

—¿Y qué hay de Denyal? —dijo Covan—. Le arrancaste un brazo de cuajo.

—Ese no era yo. He pasado un tiempo... poseído por una fuerza ajena a mí, una bestia que se apoderaba de mi voluntad las noches de luna llena. Pero, gracias a la intervención de la Venerable Gaedalu, eso no volverá a suceder. La pesadilla ha quedado atrás. Vuelvo a ser yo mismo y puedo asumir el liderazgo de mi pueblo.

Covan dio un paso atrás y lo miró con suspicacia.

—¿Y crees que con eso basta? ¿Crees que es tan fácil olvidar?

—La reina Erive fue aliada de los sheks y se la ha perdonado —observó Alexander—. Porque, según ella, actuaba así porque no tenía más remedio. Bien, tampoco yo era dueño de mis actos entonces. Estaba sometido a una fuerza mucho más poderosa que la amenaza shek; y sé de qué estoy hablando, puesto que durante los últimos años he plantado cara a los sheks, y no he sucumbido a ellos. Pero, en cambio, la bestia me venció.

»Eso se ha terminado. Ahora, la criatura que habitaba en mí ha sido derrotada y no volverá a aparecer.

—¿Y cómo podemos estar seguros de eso? ¿Por qué fiarnos de tu palabra?

Alexander movió la cabeza.

—Hubo un tiempo, maestro Covan, en que mi palabra te habría bastado. Porque estudié en la Academia, porque los caballeros de Nurgon no mienten. Pero, ya que insistes en dudar de mi palabra, espero que al menos escuches la de la Madre Venerable.

Gaedalu inclinó la cabeza.

«Lo que dice el príncipe Alsan es cierto», dijo. «Yo fui testigo de su transformación, hace varias noches, durante el último plenilunio de Erea. Y le proporcioné los medios para revertir la maldición. Alsan caminó bajo la luz de la luna llena, de nuevo como hombre».

Hubo un largo y pesado silencio.

—Dentro de cinco días, Ilea estará llena —dijo Alexander—. Tú me has visto bajo su influjo, sabes que la luna verde puede alterar mis rasgos. Verás que en esta ocasión seguiré siendo yo mismo.

Alexander y Covan cruzaron una mirada. Finalmente, el maestro de armas suspiró.

–Alsan, tú sabes que mi sueño ha sido siempre verte como rey de Vanissar. Pero no es tan fácil. Si, como has dicho, la fuerza a la que te enfrentas es aún más poderosa que los sheks, entonces no deberías mostrarte tan confiado. Sí, voy a pedirte una prueba, y no porque dude de tu palabra, ni de la Madre Venerable. Es porque todavía no puedes saber si has dominado a la bestia por completo.

Hizo una pausa. Alexander fue a decir algo, pero lo pensó mejor, y permaneció callado.

–Lo consultaré con los demás caballeros, y fijaremos un día para tu coronación como rey de Vanissar –prosiguió Covan–. Voy a proponer que sea el día de año nuevo.

Alexander frunció el ceño, pero no dijo nada.

–La víspera de tu coronación, mientras las tres lunas brillen llenas, permanecerás encadenado, bajo estrecha vigilancia. Si al alba no has cambiado, yo seré el primero en doblar la rodilla ante ti y jurarte fidelidad. De lo contrario... por el bien de Vanissar, tendrás que ser ejecutado.

«No será necesario eso», intervino Gaedalu. «El príncipe Alsan no se transformará. Los dioses lo protegen».

–Acepto tus condiciones, Covan –dijo Alexander con voz firme–. Tengo fe en los Seis, y en las palabras de la Madre Venerable.

Ambos hombres cruzaron una nueva mirada, serena pero desafiante. La reina Erive rompió el silencio:

–Estaréis cansados, después de un viaje tan largo –dijo–. La Venerable Gaedalu sin duda deseará que se le prepare un baño...

«Lo agradecería, sí», convino Gaedalu. «Pero también voy a necesitar otra cosa».

–¿De qué se trata? –inquirió Erive.

Alexander y Gaedalu cruzaron una mirada y sonrieron.

«Un orfebre», dijo ella. «El mejor orfebre de Vanissar».

Gan-Dorak era uno de los oasis más grandes de Kash-Tar. Estaba a medio camino entre Lumbak y Kosh y, por este motivo, era parada obligatoria en la mayor parte de las rutas caravaneras.

Los sheks sabían que quien controlase Gan-Dorak controlaría también gran parte de Kash-Tar, y por esta razón, mucho tiempo atrás, habían hecho fortificar el oasis e instalado varias guarniciones de szish allí. Cerca de media docena de sheks solían patrullar los cielos sobre Gan-Dorak todos los días.

Era, en suma, un objetivo difícil de conquistar y, no obstante, los rebeldes sabían que, mientras no cayera el oasis, no tendrían la menor oportunidad de llegar hasta la base que Sussh tenía en Kosh.

En otras circunstancias, tal vez habrían atacado con algo remotamente parecido a un plan. Pero la destrucción de Nin estaba demasiado reciente, la ira y el dolor inundaban sus corazones y, por otro lado, la sombra de las alas de los dragones los hacía sentirse protegidos y, lo que era más importante... invencibles.

Gan-Dorak fue atacado pocos días después de la caída de Nin, al filo del primer amanecer. Los nueve dragones artificiales, capitaneados por Ayakestra y Ogadrak, cayeron sobre las serpientes con furia salvaje. Los yan rebeldes, siguiendo la estela de las dos mortíferas hachas de Goser, atacaron la puerta principal con todo lo que tenían.

A nadie pareció extrañarle que aquel día el oasis pareciera un poco más vacío de lo habitual, y que solo dos sheks guardaran sus murallas.

Kimara se arrojó contra el primero de ellos con una violencia casi suicida. La serpiente tardó apenas unos segundos en reaccionar, pero, cuando lo hizo, atacó a Ayakestra con toda la fuerza de su odio ancestral.

Kimara no tuvo más remedio que hacer retroceder a la dragona. La ira se iba apagando rápidamente para dar paso a la sensatez, cuando esquivó una nueva acometida del shek y huyó de su mortífera cola. Pero entonces, a través de la ventanilla, llegó a ver el ojo redondo de la criatura, el brillo helado de su pupila irisada, y recordó a Kirtash, el shek al que había jurado matar. Sonrió de forma siniestra. Bien, pensó, si tenía intención de derrotarlo en un futuro, no le vendría mal practicar.

Se imaginó que aquella serpiente era el frío e irritante asesino a quien ella odiaba y, con un nuevo grito, tiró de las palancas adecuadas para vomitar una llamarada sobre el shek.

Algo, sin embargo, detuvo su fuego; una especie de pantalla invisible que protegió a la serpiente de la llama del dragón artificial. Kimara, furiosa, hizo revolverse a Ayakestra y lanzó las garras contra el shek. El sinuoso cuerpo de la criatura se escurrió entre las uñas del dragón, y, de pronto, Kimara sintió que algo la golpeaba desde abajo. Desconcertada, retrocedió y se alejó del shek para dar un par de vueltas sobre el oasis.

Vio entonces, por el rabillo del ojo, una especie de destello que se elevaba desde el suelo y que golpeaba el ala de uno de los dragones. Procedía de algún punto oculto bajo las grandes hojas de los árboles, junto a la laguna.

«No puede ser», pensó. «¿Tienen un mago?».

Descubrió que Rando también lo había visto. Hacía descender a Ogadrak en círculos cada vez más pequeños, hasta que llegó a bajar tanto como para rozar las copas de los árboles. Kimara decidió dejarle a él el asunto del mago y volvió a centrar su atención en el shek.

Otro de los dragones acudió en su ayuda. Tres más tenían rodeado al segundo shek, y el resto atacaba a los lanceros szish de las murallas para despejar el camino de los yan.

Momentos después, la puerta caía con estrépito, y un imparable Goser se precipitaba al interior del oasis, lanzando un poderoso grito de guerra. Sus dos hachas bailaron de nuevo, hundiéndose con saña en la fría carne de los hombres-serpiente, abriendo entre sus filas una estela marcada con sangre. Su gente lo seguía, como un río de fuego espoleado por el odio.

Como de costumbre, Goser avanzó como una flecha sin preocuparse por lo que dejaba atrás. Cuando rompió la última fila de szish, se detuvo un momento y sus ojos escudriñaron el horizonte del oasis. Advirtió que el dragón de Rando hacía caso omiso a los sheks y sobrevolaba una zona determinada, un poco más lejos, como si buscara algo entre la maleza. Lo vio esquivar por muy poco un rayo de color verde que alguien había lanzado contra él.

Un mago.

Goser entornó los ojos y lanzó un nuevo grito de guerra. Solo tres de sus guerreros dejaron lo que estaban haciendo para acudir a su llamada, pero el líder yan no necesitaba nada más. Los cuatro rebeldes cruzaron el oasis como rayos, en busca del hechicero.

Desde arriba, Rando vio una figura que se movía por entre los árboles. También descubrió al grupo de Goser, que acudía a su encuentro, probablemente buscando lo mismo que él.

Hizo batir las alas a Ogadrak y se elevó un poco más en el aire para tener algo de perspectiva.

Justo entonces, uno de los sheks cayó en picada a la laguna, con un chillido que le heló la sangre. El otro se debatía entre el fuego y las garras de cuatro dragones artificiales, por lo que no duraría mucho más. Parecía que habían vencido.

Abajo, el mago pareció entenderlo también, porque Rando le vio huir de Goser y de los suyos montado en un torka, en dirección al otro extremo de la muralla.

El semibárbaro estuvo a punto de dar media vuelta y ocuparse de otros asuntos, pues Goser y los suyos no tardarían en acorralar al mago contra la muralla; aquello estaba sentenciado. No obstante, la curiosidad pudo con él, y siguió observando.

Vio entonces cómo el mago lanzaba a su torka contra la muralla... y desaparecía.

Rando parpadeó, desconcertado. Pero apenas unos segundos después, detectó el torka del mago al otro lado de la muralla, corriendo con desesperación hacia el corazón del desierto.

El piloto dejó escapar una sonora maldición, y movió las palancas de Ogadrak con urgencia. Sobrevoló a los guerreros de Goser, que se habían quedado, confusos, al pie de la muralla, e hizo una breve pirueta sobre ellos, para darles a entender que él se ocuparía de dar caza al mago. Vio que Goser alzaba una de sus hachas, en señal de conformidad.

Pronto, el torka del mago y el dragón del semibárbaro se perdieron en el horizonte.

Kimara vio cómo el segundo shek caía sobre los árboles, muerto, y sintió una súbita explosión de júbilo salvaje en el pecho. Dio un par de vueltas sobre el oasis, hostigó con su fuego a los últimos soldados szish, que terminaron encontrando la muerte a manos de los rebeldes yan, y aterrizó por fin junto a la laguna.

Al descender de Ayakestra, lo primero que hizo fue correr al encuentro de Goser.

—¡GanDorakesnuestro! —gritó, y los rebeldes corearon sus palabras.

Goser la tomó por la cintura y la alzó en el aire, con un aullido de victoria. Cuando la dejó en el suelo, sonriente, Kimara se sintió, por un momento, aturdida por el olor a sangre y sudor que emanaba de él, y por el intenso calor que despedía su cuerpo. Sacudió la cabeza y se apartó del yan, entre complacida y confundida.

Pero no tuvo tiempo de pensar en ello, porque una sombra cubrió las cabezas de todos.

Kimara alzó la vista y vio que se trataba de uno de sus dragones. Volaba en rápidos círculos y, cuando los rebeldes lo oyeron soltar un gruñido de advertencia, supieron que tenían problemas.

–¡A los dragones, rápido! –ordenó Kimara.

Momentos después, estaba otra vez en el aire y contemplaba, con estupor, lo que se aproximaba por el horizonte.

Cerca de una veintena de sheks llegaban desde el sur y volaban directamente hacia ellos.

«¿De dónde vienen?», se preguntó, horrorizada. «¿Cómo han llegado tan deprisa?».

A ras de suelo, Goser y los suyos habían salido a la puerta principal y contemplaban también el horizonte, con gesto grave.

«No podremos vencer», comprendió Kimara.

Tenían que escapar de allí antes de que fuera demasiado tarde, antes de que los sheks los alcanzaran... aunque ello supusiera abandonar el recién conquistado Gan-Dorak.

Se elevó un poco más en el aire y viró hacia el norte, dando un par de vueltas sobre el oasis para dar tiempo a que los otros dragones se percataran de su maniobra. Pero, cuando ya estaban a punto de irse, Kimara se dio cuenta de que Goser sostenía en alto sus dos hachas de guerra y lanzaba un incendiario grito de ataque.

Kimara resopló, exasperada, e hizo que Ayakestra dejara escapar un poderoso rugido. Los yan se dieron cuenta entonces de que los dragones se marchaban, y miraron a su líder, confusos. Goser entornó los ojos y miró alternativamente a los dragones que se alejaban y a los sheks que acudían a su encuentro. Después, volvió la vista atrás, hacia el oasis que acababan de conquistar con tanta facilidad.

Y entendió lo que había pasado.

–¡Retirada! ¡Retirada! –gritó–. ¡Hayquevolveralabasecuantoantes!

Momentos después, los rebeldes abandonaban el oasis apresuradamente, evitando a los sheks, sin acordarse de que habían dejado a un dragón atrás.

Rando persiguió al mago durante un rato más. Vomitó fuego sobre él, pero el hechicero parecía haberse cubierto también con una protección mágica, porque las llamas rebotaban antes de alcanzarlo.

Sin embargo, Rando no estaba preocupado. Llevaba en Kash-Tar el tiempo suficiente como para saber lo que ocurría cuando alguien hacía correr a un torka de aquella manera.

En efecto, no pasó mucho tiempo antes de que el animal se dejara caer sobre la arena, de golpe, y se negara a seguir avanzando, ante la desesperación de su jinete.

Rando lanzó un salvaje grito de triunfo y descendió en picada sobre el mago.

Comprendió, en el último momento, que se había precipitada. Para cuando estaba lo bastante cerca como para ver que el hechicero era, como había supuesto, un szish, también pudo apreciar claramente que sus manos estaban cargadas de energía.

El golpe sacudió a Ogadrak desde los cuernos hasta la punta de la cola e hizo perder a Rando el control de los mandos. Trató de recuperarlo, pero estaba demasiado cerca del suelo.

El soberbio dragón artificial se estrelló contra la arena, con estrépito, y Rando, que no solía llevar puestas las correas de seguridad, salió despedido hacia adelante.

Se golpeó la cabeza contra el tablero de mandos y perdió el sentido.

Christian no encontró a su gente en Raden, como había supuesto, sino en Nangal, al pie de los Picos de Fuego. Los szish le explicaron que los pantanos no les habían parecido seguros. Las nieblas de Nangal, en cambio, los ocultarían de la mirada de los humanos y, por otra parte, la zona había sido asolada recientemente por una especie de tornado, y sus habitantes habían ido a refugiarse a las montañas.

Pero había otra razón, entendió Christian, y era que las plantas no echan raíces en la roca. Aunque los szish no hablaban de ello, porque el súbito crecimiento de Alis Lithban les producía demasiada inquietud, el shek sabía que se sentirían más seguros si podían correr a refugiarse en las cavernas y las quebradas de la cordillera en caso de necesidad. Que, para ellos, era mejor apartarse del camino de Wina que correr delante de ella. Y, por muy poderosa que fuera su fuerza creadora, no sobrepasaría el límite natural de las montañas.

Cuando acudió a ver a Gerde, se encontró con que ella ya había hecho crecer un enorme árbol, muy similar al árbol-vivienda que había ocupado en el campamento anterior. Antes de entrar, sin embargo, sorprendió a un joven szish oculto entre las raíces.

–¿Quién eres? –le preguntó en la lengua de los hombres-serpiente–. ¿Qué haces aquí?

–Yo... no lo sé... –titubeó el muchacho.

Christian lo miró con más atención. Lo reconoció. Había visto a Gerde entregándole la magia, en Alis Lithban, después de que Yaren atacase a Victoria.

–Te llamas Assher, ¿verdad?

–Sí... pero, por favor, no digas a Gerde que estaba aquí. Yo solo...

–¿Querías verla?

Assher tragó saliva y vaciló un instante. Christian leyó en su mente, como en un libro abierto, todas sus dudas y temores: aquel joven estaba loco por Gerde, y ella lo había mimado durante un tiempo... pero ahora se había cansado de él, porque solo prestaba atención a ese bebé... y al hijo de Ashran.

–No –mintió finalmente Assher, desviando la mirada–. No sé por qué he venido. Ahora he de marcharme... Me espera el maestro Isskez.

Christian lo soltó y lo vio marchar, pensativo. Podía imaginar para qué había querido Gerde a aquel muchacho, y por qué ahora prestaba más atención a un bebé humano, pero no valía la pena decírselo a él. Además, si su plan salía como esperaba, tal vez Gerde volvería a necesitar a Assher... antes de lo que pensaba.

Entró en el árbol. Halló a Gerde sentada en el centro de un hexágono que había dibujado en el suelo. Parecía estar en trance; sus ojos negros se habían vuelto ahora completamente blancos.

El shek no la molestó. Se sentó en un rincón y aguardó a que ella regresara.

Cuando lo hizo, cerró los ojos un momento, con una breve sacudida, y respiró profundamente. Después, los abrió de nuevo. Ya era otra vez ella.

–Has vuelto –comentó, al verlo allí.

Christian asintió.

–Te dije que volvería.

–¿Qué has encontrado en Alis Lithban?

–Encontré un dragón, un unicornio y una diosa loca –respondió Christian, encogiéndose de hombros–. No fue una buena combinación, pero nadie salió demasiado mal parado. Ahora, cada cual ha seguido su camino. Como debe ser.

—Como debe ser —murmuró Gerde, sonriendo.

—¿Y tú? ¿Qué has encontrado?

—No demasiado —reconoció ella—. No me atrevo a alejarme mucho, por temor a que me detecten. Es demasiado pronto; no puedo enfrentarme a ellos todavía.

—Ni debes hacerlo. ¿Has conseguido abrir la Puerta?

—Estoy tanteando solamente. El tejido interdimensional es difícil de romper, incluso para alguien como yo. Y, de todas formas, antes de hacerlo quiero asegurarme de que sé adónde voy.

Christian sonrió.

—Estoy seguro de que terminarás encontrando lo que buscas.

—Y yo también. Pero necesito tiempo, y el tiempo se agota...

Gerde suspiró y se frotó la sien, agotada.

—No me gusta vivir en un cuerpo mortal —le confesó—. Sufro mucho más sus limitaciones cuando regreso a él después de haber vagado por otro plano. Además... —se interrumpió de pronto y alzó la cabeza.

Christian siguió la dirección de su mirada y vio a un szish en la entrada.

—Disculpad, señora... Tenéis visita —dijo—. Un grupo de sangrecaliente; dicen que quieren veros.

—Bárbaros Shur-Ikaili —adivinó ella—. ¿Por qué no los habéis matado todavía?

—La mujer dice que os conoce, señora. Nos aseguró que tendríais interés en hablar con ella. Los tenemos rodeados, de todas formas. Si no es cierto lo que dice, los mataremos enseguida.

—¡Uk-Rhiz! —dijo Gerde, encantada—. Tiene razón; tengo interés en hablar con ella. O, más bien, en matarla personalmente —añadió, con una seductora sonrisa.

Eran solo cinco. Christian entornó los ojos al verlos. En el campamento de los szish había no menos de doscientos hombres-serpiente; si Gerde decidía matarlos, los bárbaros no saldrían con vida; y, no obstante, se alzaban ante ellos con orgullo y serenidad, como si fueran *ellos* los que tuvieran rodeados a los szish.

Shur-Ikaili. Más altaneros que los mismos caballeros de Nurgon. Más valientes... o más locos.

Gerde se adelantó unos pasos y los miró con una media sonrisa. Uk-Rhiz dio un paso atrás, instintivamente, pero enseguida rectificó:

plantó los pies en el suelo con firmeza, cruzó los brazos ante el pecho y lanzó a Gerde una mirada desafiante.

—Saludos, Uk-Rhiz —sonrió el hada—. Cuánto tiempo sin vernos.

—Desde que saliste huyendo de nuestro campamento, tras ser derrotada por la maga Aile, si no recuerdo mal —respondió la mujer bárbara, maliciosamente.

La sonrisa desapareció del rostro de Gerde. Su expresión se volvió de pronto seria, indiferente... casi inhumana.

—El tiempo nos ha colocado a cada una de las dos en el lugar que merecemos, Uk-Rhiz —dijo con suavidad.

—Aile tuvo una muerte noble y valiente. Tú sigues llevando una vida llena de mentiras, intrigas y traiciones.

Esperaba molestarla con estas palabras, pero Gerde solo sonrió.

—Es una vida —dijo solamente—. Es mejor que no tener ninguna, ¿no crees?

—No estoy tan segura —replicó Rhiz frunciendo el ceño—. Pero me importa bien poco lo que tú hagas. Solo hemos venido a recuperar a Uk-Sun, a devolverla a su hogar para que deje de estar bajo tu influencia.

—¿Uk-Sun? —repitió Gerde con peligrosa suavidad—. Creo que te equivocas. Ahora se llama Saissh, y de ningún modo va a regresar con vosotros.

Uk-Rhiz desenvainó la espada en un brusco movimiento.

—Atrévete entonces a luchar por ella. Te desafío, Gerde.

El hada se echó a reír.

—¿Tan importante es esa niña? ¿Tanto como para morir por ella?

—Pertenece a mi clan —replicó Uk-Rhiz.

Gerde sonrió, divertida.

—Acepto el desafío —dijo—. Atrás —ordenó, y Christian, Yaren y los szish retrocedieron unos pasos. Los bárbaros hicieron otro tanto.

Con un salvaje grito de guerra, Uk-Rhiz se abalanzó sobre Gerde, enarbolando su espada con ambas manos. El hada se quedó donde estaba. En el último momento, se apartó a un lado, con un ágil y sutil movimiento, y alargó la mano hacia la mujer bárbara. Le tocó la espalda con la punta de los dedos.

Uk-Rhiz se detuvo, como herida por un rayo, y abrió mucho los ojos, en una indefinible expresión de horror y agonía. La espada resbaló de entre sus dedos y cayó a tierra. Inmediatamente después, a la

Shur-Ikaili se le doblaron las rodillas, y se desplomó sobre el suelo. Estaba muerta.

Hubo murmullos y siseos entre los szish, y gritos de consternación entre los bárbaros. Dos de ellos se adelantaron y acudieron corriendo al lado de la Señora del Clan de Uk.

—¿Alguien más quiere desafiarme? —preguntó Gerde, con voz gélida.

Los bárbaros desviaron la vista, pero Christian detectó que temblaban de ira. Gerde los miraba fijamente. No necesitaba desplegar su poder seductor para dominarlos: aquellos hombres estaban muertos de miedo, y no había muchas cosas capaces de intimidar a un Shur-Ikaili.

De pronto, uno de los bárbaros, que se había arrodillado junto a Uk-Rhiz, alzó la cabeza.

—Sí, yo —dijo.

Gerde alzó una ceja.

—¿Estás dispuesto a morir? ¿Por qué razón?

El bárbaro se puso en pie. Era imponente: alto y musculoso, de largo cabello castaño y barba trenzada. Sus ojos azules miraron a Gerde con seriedad, mientras cruzaba los brazos ante el pecho.

—Porque Uk-Sun es mi hija, y quiero recuperarla.

Gerde observó al bárbaro de arriba abajo, con interés.

—Tu hija... —repitió—. Ya veo. Ha heredado tus ojos. Y su madre, ¿es hermosa?

—Es hermosa, fuerte y valiente, como todas las Shur-Ikaili —declaró el bárbaro con orgullo.

—Eso está bien —aprobó el hada con una sonrisa—. Pero no es más bella que yo, ¿verdad?

El bárbaro parpadeó de pronto y clavó su mirada en ella; lentamente, su expresión dejó de ser desafiante, para mostrar una clara fascinación.

—Más bella... —repitió; la voz le temblaba, y Christian percibió que trataba de luchar contra el embrujo seductor de Gerde—. No —dijo finalmente, y su voz denotaba una profunda adoración—. No es más bella que tú, mi señora.

Cayó de rodillas ante ella. Los otros bárbaros rugieron, indignados.

De pronto, Gerde pareció cambiar de idea.

—Eso está bien —repitió—, pero resulta que no me interesas.

El bárbaro parpadeó de nuevo y dejó caer los hombros, confuso.

–Decías que querías lanzar un desafío, ¿verdad? ¿Te atreves a desafiarme a mí?

El bárbaro temblaba violentamente, pero logró recobrar la compostura y alzó la cabeza para mirarla a los ojos.

–No, Gerde –dijo–. Eres la líder de tu clan de serpientes, y has derrotado a Uk-Rhiz, la jefa del clan de Uk, a quien ni siquiera yo pude vencer en su día. Pero yo, Uk-Bar soy el mejor guerrero de mi clan, después de ella. Así que desafiaré en combate a tu mejor guerrero. Si venzo, me llevaré a mi hija...

–No –cortó Gerde–. Ya he luchado por la niña, y he ganado, de forma que me pertenece. Si vences, os dejaré marchar con vida. Si pierdes... moriréis todos. Estas son mis condiciones. Y también es mi deseo que sea un combate a muerte.

La expresión de los bárbaros no varió un ápice. Uk-Bar se incorporó y asintió con decisión.

–Sea. Elige a tu guerrero y luchemos.

Gerde paseó la mirada por la gente que había allí reunida. Sus ojos se detuvieron un instante en uno de los capitanes de la guardia szish, probablemente el guerrero más feroz que tenía, pero no lo eligió a él. Con una sinuosa media sonrisa, clavó su mirada en Christian.

–No –protestó él.

–Kirtash es mi mejor guerrero –dijo Gerde, aún sonriendo–. Es un medio shek traidor que además suele hacer lo que le viene en gana, pero no deja de ser mi mejor guerrero, cuando quiere –añadió con cierta sorna–. Él luchará contra ti.

«¿A qué viene todo esto, Gerde?», le preguntó Christian telepáticamente. «Si vas a matarlos, hazlo ya; y si vas a dejarlos marchar, no tiene sentido que los obligues a luchar».

«Limítate a pelear contra el bárbaro, Kirtash», replicó ella.

Christian entornó los ojos, pero no dijo nada más. Se adelantó y desenvainó a Haiass.

Hubo un murmullo cuando el suave destello gélido de la espada iluminó los rasgos del shek. Los bárbaros habían oído hablar de Kirtash, y sabían que, a pesar de su figura estilizada, tan diferente de la planta hercúlea de la mayoría de los Shur-Ikaili, era un enemigo formidable. Sin embargo, Uk-Bar no hizo ningún comentario. Se limitó a desenvainar su enorme espadón de guerra.

—Yo, Uk-Bar, te desafío, Kirtash, en un combate a muerte —proclamó el bárbaro con voz potente.

Christian no dijo nada. Alzó a Haiass y retrasó un pie, adoptando una posición de combate. Los bárbaros retiraron el cuerpo de Uk-Rhiz, para dejarles espacio. También los szish retrocedieron un tanto.

Con un grito de ira, Uk-Bar se arrojó sobre Christian y descargó un poderoso mandoble. El shek dio un paso a un lado, esquivándolo, e interpuso a Haiass entre ambos. Las dos espadas chocaron. La del bárbaro vibró peligrosamente ante el poder de Haiass, pero no llegó a romperse. Sin embargo, el impulso de Uk-Bar llevaba tanta fuerza que empujó a Christian hacia atrás.

Los ojos del shek destellaron un momento mientras recuperaba su posición. Rápido como el pensamiento, se adelantó de nuevo, encadenando dos golpes seguidos. El primero fue detenido por la espada del bárbaro, y el choque fue brutal. Pero Christian retiró a Haiass casi al instante, y volvió a golpear. En esta ocasión, alcanzó la piel desnuda del Shur-Ikaili.

El filo de Haiass golpeó el brazo de Uk-Bar, aunque solo de refilón. Sin embargo, produjo una profunda herida en su piel listada, una herida que extendió rápidamente una capa de hielo desde el hombro del bárbaro hasta el codo. Uk-Bar dejó escapar un rugido de dolor, y giró la cintura para atacar a Christian de nuevo. El shek lo esquivó y trató de detener el golpe con Haiass, pero la espada del bárbaro volvió a lanzarlo hacia atrás.

Christian retrocedió un par de pasos y se detuvo a considerar sus opciones. Aquel bárbaro era el hombre más fuerte y resistente contra el que había tenido ocasión de luchar. Pero no el más rápido, ni el más inteligente.

Uk-Bar corría otra vez hacia él, con un nuevo grito de guerra. Christian clavó en el Shur-Ikaili la mirada de sus ojos de hielo, y lo esperó, frío y calculador. Aguardó el tiempo justo, y dio solo dos pasos, en la dirección adecuada. Descargó un solo golpe, preciso y letal, en un flanco desprotegido.

Y Haiass se hundió limpiamente en el corazón del bárbaro, que se detuvo en seco y lo miró, con los ojos abiertos en una expresión aturdida.

El gesto de Christian continuaba siendo de piedra cuando Uk-Bar cayó de rodillas ante él. Retiró a Haiass del pecho del bárbaro, con un enérgico movimiento, y contempló cómo se desplomaba a sus pies, muerto.

–Kirtash ha vencido –dijo Gerde solamente; se volvió hacia los szish–. Matadlos –ordenó.

Los hombres serpiente se abalanzaron sobre los tres bárbaros que quedaban. Christian no se unió a ellos. Se limitó a observar la lucha con calma, sin intervenir.

Pese a que habían aceptado las condiciones de Gerde, los Shur-Ikaili se defendieron con fiereza. El primero de ellos se llevó por delante a tres hombres-serpiente antes de ser abatido. El segundo había cortado un par de miembros antes de ser golpeado por la espalda, sin posibilidad de reaccionar. Y el tercero acabó con uno de sus contrincantes y peleaba con ferocidad cuando Gerde dijo:

–Alto. Dejad a este con vida.

Los szish se retiraron con presteza. El bárbaro, jadeando y aún aferrándose a su espada, miró a su alrededor con desconfianza. Pero los hombres-serpiente no movieron un músculo.

Gerde avanzó hasta el último de los Shur-Ikaili. El gesto desafiante del bárbaro se trocó en una expresión de absoluto terror cuando ella clavó su mirada en él.

–Voy a perdonarte la vida –dijo el hada con suavidad– porque quiero que regreses a Shur-Ikail y que cuentes todo lo que has visto aquí. Quiero que les hables a los tuyos acerca del desafío de Uk-Rhiz y Uk-Bar. Quiero que todos sepan que luchamos por esa niña, y que hemos vencido. Que en esta ocasión hemos solucionado las cosas a la manera de los Shur-Ikaili, pero que la próxima vez no seré tan clemente. No quiero volver a ver a un solo bárbaro por aquí. ¿Me has entendido?

El hombre asintió, temblando de miedo.

–Márchate –dijo Gerde.

El bárbaro dio media vuelta y echó a correr.

Los szish no lo abuchearon ni se burlaron de él. Aquello no era propio del carácter de los hombres-serpiente. Se limitaron a seguirlo con la mirada hasta que se perdió de vista.

«¿Por eso has aceptado el desafío de Uk-Rhiz?», preguntó Christian. «¿Para que no volvieran más?».

«Si los hubiese matado a todos, dentro de dos o tres días habríamos tenido aquí a otro clan. Y hay nueve, Kirtash. Estoy cansada del olor a bárbaro. No me apetece volver a verlos, y tampoco tengo tiempo de discutir con ellos. Son obtusos y testarudos. Hasta que no se les vence en un desafío, no atienden razones».

–Kessesh –llamó entonces en voz alta; uno de los capitanes szish se presentó ante ella–. Recoge los cuerpos de los bárbaros, reúne a una patrulla y devolvedlos a los suyos. De lo contrario, no tardaremos en tener de nuevo a más de esos bárbaros aquí, desafiándonos a un combate cuerpo a cuerpo para recuperar los restos de Rhiz y los demás.

El hombre-serpiente inclinó la cabeza y se retiró de nuevo, para hacer cumplir sus órdenes.

–Podrías haberles devuelto a la niña –dijo Christian cuando todos los demás volvieron a sus respectivas tareas–. Ya no la necesitas.

–¿Que no la necesito? Si tu plan sale mal, Kirtash, la necesitaré. Y aún no me has demostrado que tenga posibilidades de éxito. No; Saissh se quedará con nosotros, y ahora que he visto a su padre, con mayor motivo. Crecerá sana y fuerte, porque lo lleva en la sangre. Es justo lo que necesito.

Christian no dijo nada.

Regresaron juntos al campamento. Pasaron junto a Assher sin prestarle apenas atención.

Pero el joven szish había sido testigo del desafío de los bárbaros, de principio a fin. Había visto que Gerde había ordenado a Kirtash que peleara a muerte por aquel bebé, que ella misma se había rebajado a luchar contra una mujer bárbara, solo para quedarse a Saissh. Y, mientras contemplaba, pensativo, el cuerpo sin vida de Uk-Bar, que los szish levantaban para llevárselo de allí, tomó una decisión.

Una breve sacudida despertó a Rando de su inconsciencia.

Abrió los ojos, pestañeando, y reprimió un gemido. Le dolía espantosamente la cabeza y tenía en la boca un desagradable sabor metálico. Tragó saliva un par de veces y trató de incorporarse, pero una nueva sacudida se lo impidió. Al intentar moverse otra vez, notó un intenso dolor en el hombro izquierdo, y vio que tenía el brazo torcido en una postura extraña. Soltó una maldición. Se había dislocado el hombro.

Consiguió levantarse y, sobreponiéndose al dolor, miró a su alrededor. Parecía que el dragón no había sufrido daños serios, pero no podía estar seguro si no lo veía por fuera.

El suelo se movió otra vez, haciéndole perder el equilibrio y lanzándolo contra la pared. Se apoyó en el hombro lesionado sin querer, y no pudo evitarlo: lanzó un grito de dolor.

Las convulsiones cesaron entonces de golpe. A Rando le pareció que el silencio que siguió era un silencio cauteloso, lleno de inquietud.

Había alguien fuera.

Se ajustó al cinto, con una sola mano, la vaina con la espada que aún conservaba de su época de soldado, y abrió la escotilla superior.

El fuego de los tres soles le golpeó en plena cara; el semibárbaro parpadeó, deslumbrado, y miró a su alrededor. Llegó a ver, por el rabillo del ojo, una sombra que se removía bajo la panza del dragón.

Desenvainó la espada con la diestra, deseando que el desconocido no se diera cuenta de que era zurdo, y descendió a la arena de un salto. Después trepó por la duna hasta llegar al otro flanco del dragón.

Descubrió sin problemas la silueta que se acurrucaba a la sombra de Ogadrak.

—¡Eh! —exclamó el piloto—. ¿Quién eres?

Solo obtuvo un siseo por respuesta, pero fue suficiente.

—¡Sal de ahí, szish! —ordenó—. Si no opones resistencia, obtendrás una muerte rápida.

El otro le contestó unas palabras que a Rando le habrían parecido familiares... de no estar plagadas de tantas eses.

—¿Cómo has dicho, serpiente?

—Que me esss imposssible sssalir de aquí, ssssangrecaliente —replicó el szish.

Su voz era baja y silbante, pero tenía una curiosa inflexión aguda.

—¡Mmm! —exclamó Rando—. ¿Estás atrapado?

Se acercó a ver, pero mantuvo las distancias y la espada desenvainada.

El hombre-serpiente parecía agotado. La enorme mole del dragón había caído sobre su pierna derecha y le impedía moverse. Al rodearlo para estudiar la situación desde todos los ángulos, Rando vio la cabeza de un torka sobresaliendo bajo la panza del dragón.

—¡Por todos los dioses! —dijo—. ¡Tú eres el mago que andaba persiguiendo!

—Maga, sssi no te importa —dijo el szish.

Rando se quedó con la boca abierta. Ahora que lo contemplaba con atención, era cierto que bajo sus holgados ropajes se adivinaban formas femeninas. En cuanto a su rostro... bueno, era un rostro de ofidio, pero tal vez para alguien más acostumbrado a la fisonomía de los szish sí resultaría sencillo reconocer en él rasgos de fémina. Tal vez las facciones fueran un poco más suaves, los ojos un poco más grandes...

—¿Qué esstásss mirando? —protestó la hechicera—. ¡Mátame de una vez o sssácame de aquí!

—Nunca había visto a una hembra de tu raza —comentó Rando.

—Puesss yo he vissssto ya a basssstantes machosss de la tuya, y todosss sssoisss igual de repulsssivosss —dijo ella.

Rando pasó por alto el comentario.

—Y si eres maga, ¿por qué no te has liberado tú sola?

—Esss lo que essstaba intentando hacer, essstúpido humano.

Para demostrárselo, alzó las manos y lanzó una pequeña bola de energía contra el flanco del dragón, que se convulsionó, pero no se movió. La szish se dejó caer sobre la arena, agotada.

—Ya veo —dijo Rando—. Necesitas recuperar fuerzas.

La miró, pensativo. La había perseguido para matarla, obviamente, aunque no había planeado lanzarle el dragón encima. De todas formas, tal vez el hecho de que aún estuviera viva fuese una ventaja, y no un inconveniente. Ignorando el sordo dolor de su hombro, se inclinó junto a la mujer-serpiente.

—Hagamos un trato —dijo—. Yo te saco de ahí y tú me ayudas con tu magia, ¿de acuerdo?

Ella lo miró con desconfianza.

—¿Ayudarte? Ah, tu brazo —comprendió.

—No es solo eso. Necesito mi dragón para regresar, y mi dragón necesita magia. ¿Lo entiendes?

—Ni lo sssueñesss.

—Bien; entonces nos quedaremos los dos aquí hasta que alguien venga a rescatarnos, o hasta que muramos de sed.

—No me hagassss reír. Me maríass en cuanto te diessse lo que me pidesss. O me dejaríasss atrásss.

Rando se llevó la mano al pecho, dolido.

—Reconozco que soy un canalla y un miserable, pero nunca abandonaría a una dama en pleno desierto.

—Oh, ssssí que lo haríasss. Para ti no ssssoy una dama, sssoy el enemigo. Harásss bien en recordarlo —añadió, malhumorada.

Rando se rascó la cabeza.

–Creo que no hemos empezado con buen pie. Me llamo Rando, natural de Dingra, en Nandelt.

La szish no contestó.

–Bien –dijo Rando–, tendré que llamarte de alguna manera. Tal vez Lengua Bífida o Cara de Serpiente estaría bien. O Piel Escamosa. O quizá...

–Ersssha –dijo ella de pronto–. Me llamo Ersssha.

–Ersha –repitió Rando; la miró con curiosidad–. Eres una maga de verdad, ¿no? Eso quiere decir... ¿que viste al unicornio?

Ersha dejó escapar una sonrisa desdeñosa.

–Los szish no necesitamos unicornios para obtener la magia.

–Vaya, qué listos sois. Supongo que tampoco necesitáis la ayuda de un humano alto y fuerte para salir de debajo de la panza de un dragón de madera...

Ersha se volvió para contestarle, pero Rando ya no la miraba. Había clavado sus ojos bicolores en el horizonte, y su rostro se había transformado en una máscara de estupefacción.

–Que me cuelguen por los pulgares si no estoy soñando –murmuró.

Ersha se incorporó un poco, como pudo, para girarse en la dirección en la que miraba el semibárbaro.

Se quedó muda de terror.

Había cuatro soles en el horizonte. Debajo de Kalinor, Evanor e Imenor, casi rozando la línea del horizonte, había una cuarta bola de fuego de color rojo intenso.

–Esss un esssspejisssssmo –pudo decir la szish.

Rando frunció el ceño y se incorporó con cierta brusquedad.

–Puede –dijo–, pero yo quiero verlo de cerca. ¿Me acompañas?

Y antes de que Ersha pudiera contestar, empujó al dragón con un solo brazo, con fuerza, y lo levantó lo bastante como para que la szish pudiera retirar el pie. Después, lo dejó caer de nuevo.

Ersha retrocedió, arrastrándose sobre la arena, pero no pudo llegar muy lejos. Rando la retuvo por la túnica.

–Espera –dijo, con una amplia sonrisa–, no tan deprisa. Creo que me debes un favor.

Aún necesitaron varias horas para estar a punto. Hubo que poner en su sitio el hombro de Rando, y Ersha tardó un poco en regenerar su magia lo bastante como para poder curarlos a ambos.

Y, mientras, el cuarto sol seguía alumbrando en el horizonte. Llegó el primer crepúsculo, y después el segundo, y finalmente el tercero. Salieron las lunas y las estrellas, y aquella bola de fuego seguía estando allí, como una inmensa hoguera, alumbrando el desierto.

–Alguien más tiene que haberlo visto –murmuró Rando, interrumpiendo por un momento las reparaciones de Ogadrak para contemplar el horizonte.

La maga szish no dijo nada. Se había sentado sobre el lomo del dragón de madera y observaba aquella extraña bola de fuego, pensativa.

Las lunas estaban ya altas cuando Rando anunció que había terminado.

–No conozco la fórmula que usan los hechiceros para renovar la magia de los dragones –confesó–. Pero no debe de ser difícil...

–Nosssotrosss no usssamosss el lenguaje de los magosss ssssangrecaliente –interrumpió ella–. Déjame ver.

Bajó del dragón de un salto y sus pies se hundieron en la arena. Rando se sentó sobre una duna a contemplar lo que hacía, con curiosidad.

Ersha recorrió la superficie de madera con las manos, asintiendo para sí misma de vez en cuando, pero no le explicó al humano qué estaba buscando. Al cabo de un rato, se detuvo en un punto concreto, a la altura del pecho del dragón, y lo examinó con atención. Después plantó las palmas de las manos sobre la madera y dejó escapar un sonoro siseo. Sus dedos se iluminaron brevemente. Ogadrak se estremeció, pero nada más sucedió.

La szish volvió a intentarlo, un par de veces, hasta que por fin el dragón alzó la cabeza con un poderoso rugido.

Ersha retrocedió apresuradamente, tropezó y cayó de espaldas sobre la arena. Contempló, aterrorizada, al inmenso dragón que se alzaba sobre ella. Parecía tan real que casi podía ver cómo se movía su pecho cuando respiraba.

Rando se puso en pie, con un grito de júbilo. Corrió hasta el dragón y le palmeó el flanco, orgulloso.

–Gracias, Ersha –le dijo a la maga.

Ella trató de recuperar la compostura. Se puso en pie y se sacudió la arena de la túnica; aún dirigió al dragón una furtiva mirada de desconfianza.

–Ha sssido fácil –dijo.

Rando trepó por el flanco del dragón y abrió la cubierta superior.

–¿Vienes? –le dijo, antes de entrar.

La szish inspiró hondo para dominar su miedo.

–¿Aún quieresss acercarte a ver qué essss essse cuarto ssssol? –preguntó.

El piloto se mostró desconcertado.

–Claro. ¿Tú no?

–Te quemarásss...

–No tengo intención de acercarme *tanto*. Bueno, ¿vienes o te quedas aquí?

Tras un breve instante de vacilación, Ersha subió tras él. Apenas había bajado por la escalerilla cuando Rando le arrojó un paquete que tuvo que coger al vuelo.

–Ten, te lo has ganado.

Ersha le echó un vistazo, no sin recelo. Se quedó sorprendida al ver que eran provisiones y un odre con agua.

–¿Vasss a dar de comer a tu enemigo?

Rando se había sentado ya ante los mandos y manejaba las palancas con mano experta. Se encogió de hombros.

–Todo tiene su momento –dijo–. Y ahora mismo me interesa más sobrevivir que pelear. Te necesito para que renueves la magia de mi dragón hasta que pueda regresar con los míos. El día en que volvamos a encontrarnos en el campo de batalla ya tendremos tiempo de luchar.

Ersha iba a replicar, pero no tuvo ocasión. Con una breve sacudida, Ogadrak batió las alas y se elevó en el aire.

La szish sintió un vacío en el estómago y se dejó caer al suelo. Después gateó hasta un rincón y se acurrucó allí.

–¿No quieres sentarte a mi lado? –la invitó Rando, de buen humor; volar siempre lo ponía de buen humor–. Desde ahí no vas a ver nada.

Ersha negó vehementemente con la cabeza y dijo que tenía una buena perspectiva desde allí, lo cual era cierto: la cabina de un dragón artificial no era muy grande, y la szish no se encontraba tan lejos de la escotilla delantera como para no ver a través de ella el paisaje del desierto.

Volaron en silencio durante un rato más, mientras el extraño sol nocturno se hacía más y más grande. Ersha fue la primera en hacer notar que la temperatura había aumentado mucho. El semibárbaro apretó los dientes e hizo que Ogadrak volase un poco más rápido.

Cuando Rando empezó a sudar copiosamente, y la szish ya respiraba con dificultad, quedó claro que no debían acercarse más. Ogadrak realizó una nueva pirueta en el aire y batió las alas, dispuesto a aterrizar. Momentos después, el dragón reposaba de nuevo sobre la arena, y Rando y Ersha contemplaban el horizonte, sobrecogidos.

El cuarto sol no era exactamente un sol, pero se le parecía mucho: una gran bola de fuego que rotaba sobre sí misma, flotando a varios metros por encima del suelo. Un corazón ígneo del que brotaban lenguas de llamas que lamían el aire, volviéndolo asfixiante e irrespirable. No se movía. No aumentaba de tamaño ni se reducía. Simplemente estaba allí, esperando...

Rando sacudió la cabeza y trató de quitarse aquella idea de la mente. Una bola de fuego no podía tener conciencia racional. Las bolas de fuego no tenían cerebro, no podían estar esperando nada.

Entonces, ¿por qué razón tenía tanto miedo?

Miró de reojo a Ersha, cuyo rostro de serpiente, iluminado por la luz rojiza de la bola de fuego, mostraba una expresión de absoluto terror. Pero aquella cosa atraía su atención de un modo irresistible, y volvió a contemplarla hasta que le lloraron los ojos.

—¿Cómo de grande debe de ser? —murmuró, sobrecogido.

Sabía que aún estaban muy lejos. Y eso significaba que nada podría aproximarse demasiado a aquel corazón de llamas sin arder hasta los huesos.

Entonces, de pronto, Ersha retrocedió y apartó la vista del horizonte para mirar con odio a Rando.

—Asssí fue como lo hicisssteisss —siseó, furiosa—. De esssta forma dessstruisssteisssss Nin... malditosss ssssangrecaliente.

Antes de que el humano pudiera reaccionar, la szish se lanzó sobre él, con un grito, y lo hizo perder el equilibrio. Ambos rodaron por la arena, mientras las manos de la maga buscaban el cuello de Rando. El semibárbaro, una vez repuesto de la sorpresa, se la quitó de encima sin mucho esfuerzo.

—¡Espera! ¿De qué estás hablando? ¡Nosotros no atacamos Nin, eran nuestros aliados!

—¡Había tresss guarnicionesss de sssssszisssh asssentadasss en la ciudad! —replicó ella, aún colérica—. ¡Todosss murieron!

—¡Y también todos los habitantes de la ciudad! —replicó Rando—. ¡Pensamos que era obra de las serpientes!

Los dos se miraron un momento, anonadados.

—Pero si no fue obra vuestra —dijo Rando—, ¿quién...?

Ersha sacudió la cabeza y señaló la bola de fuego.

—Essso no lo haría una ssserpiente. Esss magia de losss sssangrecaliente.

—Es demasiado grandioso para ser obra de uno de nuestros magos...

—¡Lossss sssangrecaliente incendiaron el cielo durante una batalla! ¿Creesss que no lo sssé?

—Si pudiésemos hacer algo así, lo utilizaríamos como arma contra Sussh, y no para quemar a nuestra propia gente —razonó Rando.

Hubo un breve silencio. Finalmente, Ersha entornó los ojos y dijo:

—Entoncessss, tenemosss un enemigo común.

Rando se volvió de nuevo para contemplar la enorme masa ígnea que levitaba sobre las dunas.

—Pero ¿qué se supone que es? ¿Y por qué nos ataca?

Ersha sacudió la cabeza.

—Losss ssheksss lo sssabrán —dijo—. Ellosss sssiempre lo sssaben todo.

Rando le dirigió una breve mirada.

—Tal vez —dijo—, pero nadie te va a creer cuando se lo cuentes.

—Tampoco a ti, sssangrecaliente —replicó ella, molesta—. Tampoco a ti.

Los dragones fueron los primeros en llegar a la base en las montañas.

Kimara ya se había dado cuenta de que habían dejado atrás a Rando y Ogadrak; pero también había entendido, al igual que Goser, que aquel grupo de sheks que debía estar en el oasis y no estaba, regresaba de una misión que podía haber resultado fatal para los rebeldes.

La intuición del líder yan había resultado ser correcta.

Cuando los dragones alcanzaron su escondite, descubrieron que había sido completamente destruido.

Todo: las tiendas, los carros, las torres de vigilancia... todo estaba hecho añicos y cubierto bajo una helada capa de escarcha. Y todos los que se habían quedado atrás estaban muertos ahora: hombres, mujeres, ancianos, incluso los niños... Los sheks habían matado también a todos los animales.

Allí no les quedaba ya nada.

Kimara todavía estaba llorando de rabia y frustración, apoyada en el lomo de Ayakestra, cuando llegaron Goser y los demás rebeldes yan.

—Malditos —susurraba—. Malditos... Oh, cómo os odio a todos...

Goser no dijo nada, al principio. Corrió al centro del campamento y miró a su alrededor, temblando de ira. Entonces desenfundó una de sus hachas y, con un terrible grito de cólera, la descargó sobre el suelo, resquebrajando el hielo.

Kimara cerró los ojos. Por un momento deseó haber estado allí para defender la base; aunque probablemente los sheks los habrían matado a todos, por lo menos habrían podido luchar.

Se acercó a Goser, que se había acuclillado en el suelo y todavía resoplaba, furioso, apoyado en el mango de su hacha.

—Sehanvueltomuchomásosados —dijo en voz baja—. Yanotemen acercarseaAwinor.

Goser alzó hacia ella sus ojos de fuego.

—Entoncesnosotrostambiénseremososados —dijo—. Ynotemeremos acercarnosaKosh.

Kimara entornó los ojos y asintió, en un gesto torvo.

Cuando Shail, Jack y Victoria llegaron a Vanis, la capital del reino, encontraron a Alexander muy ocupado. Parecía que, por el momento, Covan había aceptado su palabra y la de Gaedalu de que no causaría daño a nadie más. Juntos se estaban esforzando mucho para pacificar el reino. Habían proclamado el regreso del príncipe Alsan, y habían anunciado que su coronación como rey de Vanissar tendría lugar tres meses después, el día de año nuevo.

Había mucho que hacer hasta entonces. Los enfrentamientos entre los partidarios del maestro Covan y los del príncipe Alsan habían sido muy serios en los últimos tiempos. A todo el mundo le cogió por sorpresa la reaparición de este último, y más todavía su alianza con Covan. Habían dado por supuesto que ambos lucharían por la corona.

Algunos de los seguidores de Covan, sin embargo, no se sintieron satisfechos con esta solución, y siguieron defendiendo a su candidato mediante las armas. Se convirtieron en rebeldes y en proscritos, y el mismo Covan dirigía su búsqueda y captura.

Sí, había mucho que hacer en Vanissar. Jack quiso atribuir a este hecho la forma en que Alexander los recibió. Pero, en el fondo, sabía que no se trataba de eso.

El príncipe de Vanissar acogió a Shail con hospitalidad y alegría, pero a Jack lo trataba con fría cortesía, y a Victoria la ignoraba por completo, respondiendo con réplicas cortantes a cualquier intento de iniciar una conversación por parte de ella. Jack trató de verse a solas con él para hablar del tema, pero Alexander se las arreglaba para no encontrar tiempo para él.

–No te preocupes –le decía Shail–. Es por esa piedra que lleva. Le hace comportarse de forma extraña.

Alexander ya no portaba la ajorca de Gaedalu. Un orfebre había forjado para él un brazalete más apropiado, y había engarzado en él la siniestra piedra negra, que un tallista había pulido hasta hacerla plana y redonda, y perfectamente lisa. Ahora, Alexander no se quitaba nunca aquel brazalete, que había convertido en su talismán. Ni siquiera le había permitido a Jack examinarlo de cerca.

–Pero Zaisei dijo que la Roca Maldita hacía que las personas tuviesen un comportamiento violento, porque estaba impregnada de odio –objetó Victoria–. ¿Cómo es posible que reprima a la bestia que Alexander lleva dentro? ¿No debería ser al revés?

–Hay algo que se nos escapa –dijo Jack, pensativo–. Dudo mucho que Gaedalu se tomara tantas molestias solo para ayudar a Alexander.

–Ha conseguido un valioso aliado –hizo notar Victoria.

Shail había bajado la cabeza, y ambos lo notaron.

–¿Qué? –lo apremió Jack.

–Gaedalu cree que la Roca Maldita hizo huir a los sheks cuando trataron de conquistar Dagledu –dijo–. Me parece que está tratando de fabricar un arma contra ellos.

–¿Y qué tiene eso que ver con el problema de Alexander? ¿También es eficaz contra los lobos?

–No lo sé; pero eso no es todo. Zaisei cree que Gaedalu está haciendo todo esto por motivos personales. La Madre le dijo que su hija había muerto –alzó la cabeza para mirar a Victoria–. Su hija se exilió a la Tierra tras la conjunción astral, por lo que tuvo que haberla matado Kirtash.

Victoria inclinó la cabeza, pero no dijo nada.

–Pero, si su hija se exilió –dijo Jack–, ¿cómo puede ella saber que está muerta? ¿Tal vez porque no volvió?

–Tal vez –dijo Shail–, pero, por lo que le dijo a Zaisei, parecía estar convencida de que había muerto. Recuerdo que me preguntó por ella cuando regresamos de la Tierra. No supe darle noticias entonces. Nosotros no sabíamos nada de ella, así que lo único que se me ocurre es que el propio Kirtash se lo dijera.

Jack negó con la cabeza.

—No es propio de él ir hablando de lo que hace o deja de hacer. No me lo imagino diciéndole a Gaedalu que había matado a su hija. ¿Para qué? ¿Para mortificarla?

—Si Gaedalu le preguntó al respecto —intervino Victoria, a media voz—, Christian le diría la verdad.

—La verdad... fría, desnuda y brutal —murmuró Jack—. Sí, eso sí que es propio de él. Bueno, no es ninguna novedad que haya alguien que quiera matarlo. Se ha ganado muchos enemigos... y se los ha ganado a pulso.

—Lo que Shail quiere decir es que es posible que Gaedalu haya encontrado el modo de hacerle daño —dijo Victoria.

—Sí, lo he entendido. Pero eso es asunto suyo, Victoria. Si de verdad mató a la hija de Gaedalu, tendrá que afrontar las consecuencias. ¿No crees?

Victoria no respondió.

—Lo que no entiendo —prosiguió Jack— es qué tiene que ver todo esto con Alexander, y por qué algo que puede hacer daño a un shek es capaz de reprimir a la bestia que hay en él. Sobre todo... me interesa saber qué es ese algo, y por qué razón parece tener tanto poder.

—Lo averiguaremos esta noche —dijo Shail—. Esta noche, Ilea sale llena. Eso suele alterar la fisonomía de Alexander. No llega a transformarse del todo, pero sí cambia un poco de aspecto. Veremos si esa gema sigue siendo igual de efectiva que cuando Gaedalu se la entregó.

Se reunieron en las almenas del castillo con el tercer atardecer. Estaban Shail, Alexander, Jack y Victoria; pero también Covan, Gaedalu y tres caballeros de Nurgon.

No era su presencia, no obstante, lo que hacía sentir a Jack que, aunque todos los miembros de la Resistencia estuvieran reunidos en el mismo lugar, la misma Resistencia ya no existía. Habían pasado demasiadas cosas, todo había cambiado. Jack y Victoria habían actuado por su cuenta durante demasiado tiempo, y, en el fondo, Alexander nunca se lo perdonaría. Y Shail había encontrado a otra persona a quien deseaba proteger aún más que a Victoria, y había aprendido demasiado como para seguir creyendo en los mismos ideales que antaño.

Jack contempló con seriedad a Alexander, mientras el último de los soles se ponía tras el horizonte y un manto de estrellas los cubría. Todos estaban mirando a Alexander, en realidad, atentos a cualquier cambio que las lunas pudieran provocar en él. Pero Jack buscaba otra cosa en su rostro: buscaba respuestas.

El joven príncipe ignoraba deliberadamente la mirada de todos. Tenía la vista clavada en el horizonte, y aguardaba, serio y sereno. Cuando la luna verde brilló llena sobre él, Alexander seguía pareciendo completamente humano. Alguien dejó escapar un leve suspiro de alivio.

Pero fue el propio Alexander quien se volvió hacia sus compañeros y les dijo, con calma:

–Esto es una buena señal, pero no basta. Hay que aguardar al Triple Plenilunio. Entonces veremos si soy digno de ceñirme la corona de Vanissar.

Aún permanecieron en las almenas un rato más, pero, uno a uno, fueron retirándose. Jack, Shail y Victoria se quedaron hasta el final. Cuando solo ellos y Alexander seguían allí, Shail tomó la palabra.

–Me alegro mucho por ti –dijo–. Llegué a pensar que no había nada que pudiésemos hacer, pero el poder de esa gema...

–El poder de esta gema no tiene nada que ver con la magia –cortó Alexander, con cierta sequedad–. La roca a la que pertenecía cayó directamente desde Erea. Es el poder de los dioses.

–Tiene que serlo –respondió Shail, conciliador–, puesto que la magia no ha podido hacer nada por ti. Sin embargo, me gustaría investigar...

–No hay nada que investigar –interrumpió Alexander.

–¡Pero no sabemos nada de esa roca! –saltó Jack–. ¡Podría hacerte daño!

Alexander clavó en él una mirada severa.

–Procede de los dioses –replicó–. No necesito saber nada más. Y aunque quisiera averiguar más cosas sobre este amuleto, ten por seguro que no las compartiría contigo. Al menos, no mientras sigas protegiendo a alguien que mantiene una relación íntima con un shek.

Y, al decir esto, taladró a Victoria con la mirada. Fue una mirada acusadora, llena de reproche y de rencor. Ella se limitó a sostener aquella mirada, pero no dijo nada.

Sin una palabra más, Alexander dio media vuelta y se alejó de ellos.

Jack reaccionó. Echó a correr tras él y lo alcanzó cuando ya bajaba por las escaleras.

–¡Espera! Creo que le debes una disculpa a Victoria.

–¿Disculpa? Jack, la acogí en la Resistencia cuando era apenas una niña. La protegí de Kirtash durante años... y ella nos traicionó a la primera de cambio. Le he tolerado muchas cosas, pero me he cansado de soportar que tenga tratos tan estrechos con el enemigo.

–¡El enemigo! –repitió Jack–. ¡Kirtash luchó a nuestro lado! ¡Le hundió a Ashran su espada en la espalda, yo estaba allí! Además –añadió–, no todos los sheks son «el enemigo». En una ocasión, una shek me salvó la vida. Ella...

–No sigas hablando –cortó Alexander, tenso–. Son esas serpientes las que envenenaron el corazón de Victoria, y están envenenando también el tuyo. No te reconozco, Jack. Los sheks te han arrebatado todo lo que tenías, han acabado con toda tu raza, con tu familia... Te enseñé a pelear para que pudieras luchar contra ellos, no para que los defendieras. Ese no es el objetivo de la Resistencia.

–Tú mismo aceptaste a Kirtash en la Resistencia.

–Sí –reconoció él–, pero entonces no era del todo yo. Cometí un error, y te aseguro que voy a subsanarlo.

–Pero, Alexander...

–Y, de ahora en adelante, no vuelvas a llamarme Alexander –cortó él–. Soy Alsan, príncipe de Vanissar.

Su conciencia vagaba por los pliegues existentes entre el espacio y el tiempo, libre de los límites materiales, flotando por las múltiples dimensiones que se abrían en el universo. Había accedido a otro plano, un plano en el que se sentía maravillosamente viva, aunque no tuviese un cuerpo con un corazón que latiera. Era un plano de colores pulsantes y formas difusas, un plano etéreo, una encrucijada entre docenas de planos. Desde allí, podía llegar a casi cualquier parte.

Percibió un leve movimiento cerca de ella, en el plano material, pero apenas le prestó atención porque estaba concentrada en una búsqueda vital, que trascendía cualquier cosa que pudiera suceder en el mundo. Además, aunque en aquel plano se sentía mucho mejor, sabía que era peligroso. Sabía que había entes poderosos que la estaban buscando, y que no descansarían hasta encontrarla. Y en aquel plano no podía ocultarse en ninguna parte. Por eso tenía que estar alerta.

De modo que su conciencia se deslizaba de un lado a otro, furtiva como una sombra, tratando de llegar más allá, cada vez más allá... En varias ocasiones había creído encontrar lo que estaba buscando, pero había sido una falsa alarma.

Una parte de su percepción insistía en que debía regresar al plano material, porque había sucedido algo importante. Lentamente, fue replegando todos los hilos de su ser y devolviéndolos a aquel pequeño e incómodo cuerpo mortal.

En el interior del árbol-vivienda, Gerde abrió los ojos. Tardó unos minutos en acostumbrarse a estar de nuevo en el mundo, pero, cuando lo hizo, se puso en pie inmediatamente y miró a su alrededor, aún algo desorientada. Sus ojos se detuvieron en la cuna de Saissh.

Estaba vacía.

El grito de ira de Gerde resonó por todo el campamento.

No muy lejos de allí, Assher corría a toda prisa entre la niebla. Llevaba un fardo sujeto a la espalda, un fardo que, por fortuna, había decidido dormir profundamente y no se había echado a llorar en ningún momento.

El joven szish sabía que no tenía mucho tiempo. Aún le quedaban varias jornadas de camino hasta llegar a su destino, pero trataría de acortarlas todo lo posible. Tenía que encontrar a los bárbaros, antes de que Gerde lo encontrase a él.

XVIII
El exilio de Eissesh

Algo despertó a Eissesh de un sueño inquieto y ligero. Le bastó con conectar un breve instante a la red de los sheks para entender lo que estaba pasando. Se deslizó fuera de su cueva y salió a la galería principal. Su mera presencia bastó para que los szish se detuvieran de inmediato. Uno de ellos se adelantó y se inclinó ante él. Cuando Eissesh clavó la mirada de su único ojo en él, el hombre-serpiente dijo:

–Ha habido más derrumbamientos, señor. Los túneles están empezando a caer. Quedaremos atrapados si no salimos de aquí. Estamos llevando a todo el mundo a los túneles superficiales, de acuerdo con el plan que habíamos trazado para este tipo de situaciones.

Habló con rapidez y precisión, pero con calma. Eissesh asintió y, con una breve orden telepática, lo envió a continuar con su tarea.

No tardó en situar a todos los sheks de su grupo en un mapa mental. Eran treinta y siete en total, y la mayoría se dirigía ya a las galerías superiores, junto con los szish. Otros se habían quedado atrás, cubriendo la retirada de los más rezagados. Eissesh reptó por un túnel descendente, en dirección a los sectores más profundos. Era allí donde había mayor peligro, pero había descubierto que un joven shek todavía permanecía en la zona de riesgo.

Mientras se deslizaba por los túneles hacia el corazón de la cordillera, la roca retumbó a su alrededor, y algunos fragmentos se desprendieron del techo. Eissesh contactó con aquel shek. Lo conocía; se trataba del mismo al que había enviado a Alis Lithban, para tratar con Gerde. El que no había vuelto a presentarse ante él.

«¿Qué sucede? ¿Qué haces ahí?», le preguntó.

«Estoy intentando comprender...», fue su extraña respuesta. No añadió nada más, pero Eissesh entendió.

«No es necesario que busques una explicación. He visto a Gerde. He hablado con ella».

El joven shek no respondió.

«Más tarde hablaremos acerca de ello», prosiguió Eissesh. «Pero ahora tienes que salir de ahí. Los túneles se están derrumbando. ¿O acaso no puedes moverte?».

«Temía presentarme ante ti sin poder describir con claridad lo que he visto y sentido», replicó el shek. «Tuve miedo de una feérica, Eissesh. No sé qué me sucedió, ni por qué, y...».

«Tendrás mucho más miedo si te alcanza el seísmo», respondió Eissesh. «¿Necesitas que vaya a buscarte?».

«No. Puedo salir yo solo».

«Bien. Te espero aquí».

Le envió información sobre su situación exacta, y aguardó.

El túnel tembló de nuevo. Eissesh retrocedió un poco más, hasta una zona más segura, y siguió esperando.

Entonces, cuando parecía que ambas serpientes estaban a punto de reunirse, hubo un terremoto todavía más violento, y parte de la caverna se desplomó sobre ellos. Eissesh retrocedió con un siseo, esquivó una estalactita que caía y se pegó a la pared de roca para evitar un nuevo desprendimiento.

Cuando todo se calmó y pudo volver a moverse, sacudiéndose los pequeños fragmentos de roca de sus escamas, percibió, en un rincón de su mente, que la conciencia del otro shek se había apagado. Hizo un nuevo intento de contactar con él, aunque sabía que era inútil. Entornó los párpados, con pesar; dio media vuelta y se alejó de allí.

El corazón de la montaña tembló un par de veces más antes de que alcanzara la salida. Entrevió a su gente en la boca del túnel, en un lugar donde la caverna se ensanchaba. Estaban aguardándolo a él. También ellos habían captado la desaparición del otro shek, y sabían que Eissesh se dirigía hacia allí. Se preguntó por un momento por qué no habían salido ya de los túneles. Comprendió enseguida que tenían miedo. Los fantasmas de la batalla de Awa no se habían desvanecido del todo aún. Temían la luz de los tres soles, temían a los sangrecaliente y a sus dragones artificiales, que echaban fuego, el mismo fuego que había prendido el cielo y por poco había acabado con todos ellos.

«Es hora de marcharnos», les dijo a todos, sheks y szish, tratando de infundirles confianza y seguridad con sus palabras.

Apenas había terminado de hablar, cuando todo retumbó otra vez, y la caverna se desplomó sobre ellos.

No hubo tiempo para gritos ni aspavientos. Todos corrieron o reptaron hacia la salida, esquivando las enormes agujas de piedra que caían del techo.

Algunos no lo consiguieron, y fueron aplastados por la montaña. Otros alcanzaron la boca del túnel y se precipitaron al exterior.

Eissesh fue uno de los últimos en salir. Pero, antes de lograrlo, sintió tras él una fuerza poderosa, algo que antes solo había intuido, una presencia formidable, ante la cual se sentía pequeño e insignificante. Algo tan grandioso y atroz que le hizo temblar de puro terror.

Y *aquello* los estaba buscando. Sabía que estaban allí, había encontrado a los sheks, y tenía intención de aplastarlos porque eran el enemigo.

Eissesh escapó. Huyó de allí tan deprisa como pudo, mientras su corazón se llenaba del miedo más intenso que había experimentado jamás, un horror que ni siquiera el letal hechizo de la maga Aile, el hechizo que había acabado con más de cuatrocientos sheks, había logrado inspirar en él.

Los llamaban los Rastreadores. Eran un grupo de seis dragones artificiales, cuya misión era peinar la vertiente sur del Anillo de Hielo, en busca de los sheks que habían sobrevivido a la batalla de Awa.

Porque no eran simplemente los sheks. Se creía que Eissesh habría escapado también, y que era el líder de aquellos supervivientes. Eissesh, el que había sido gobernador de Vanissar, controlando la voluntad del rey Amrin y rigiendo los destinos de sus súbditos.

Mucha gente había vivido razonablemente bien bajo el imperio de los sheks, pero los rebeldes habían sido perseguidos y castigados con gran celo, y odiaban profundamente a Eissesh y todo lo que él representaba. Y aunque después de la caída de Ashran se habían unido muchos jóvenes a los Nuevos Dragones, los miembros de la patrulla de Rastreadores eran todos del antiguo grupo. Todos ellos habían luchado contra Eissesh y los suyos en tiempos de la dominación shek.

Denyal, el líder de los Nuevos Dragones, era uno de ellos.

Había perdido el brazo izquierdo en la batalla de Awa y no podía pilotar dragones; pero solía acompañarlos, a bordo de Uska, una dragona artificial de color arena, pilotada por Kaer, un shiano feroz y vengativo, el primero, de hecho, en unirse a la patrulla de Rastreadores. Uska era una dragona lo bastante grande como para permitir cargar a dos personas en su interior, y a Kaer no le importaba llevar a Denyal como pasajero.

Aquel día era igual que muchos otros. Llevaban volando desde el primer amanecer, sin novedad. En realidad, en todos aquellos meses no habían obtenido resultados, y los pilotos empezaban a cansarse y a impacientarse. Además, la mitad de la flota estaba en Kash-Tar, donde seguramente sí disfrutaban de algo de acción y tenían la oportunidad de luchar contra sheks de verdad. Y aunque habían llegado a Nandelt noticias de la catástrofe de Celestia, donde había caído una docena de dragones artificiales a causa de un huracán, muchos creían que valía la pena correr el riesgo.

En aquel momento sobrevolaban Vanissar. Denyal había oído las noticias acerca del regreso del príncipe Alsan, y aunque, por lo visto, Covan había aceptado sus explicaciones y sus disculpas, el líder de los Nuevos Dragones no podía perdonarle lo sucedido en el bosque de Awa. Se llevó la mano al muñón del brazo, de manera inconsciente. Se dio cuenta entonces de que Kaer lo miraba, esperando una respuesta.

—Perdona, estaba distraído —dijo sacudiendo la cabeza—. ¿Qué has dicho?

—Digo que pronto alcanzaremos la ciudad de Vanis —respondió Kaer—. Sería conveniente descender para renovar la magia de los dragones.

—No estoy seguro. Quizá deberíamos seguir un poco más... hasta las fuentes del Adir, tal vez.

—No hay sheks tan al oeste —objetó el shiano—. La base de Eissesh no puede estar tan lejos del bosque de Awa.

Tenía razón, y Denyal lo sabía. No obstante, no se sentía con ánimos de visitar a Covan y a Alsan.

—Ha habido terremotos y aludes últimamente —comentó—. Lo cierto es que si los sheks se ocultaran en las montañas orientales, las rocas los habrían aplastado ya.

–Son sheks –razonó Kaer–. Si fuese tan sencillo acabar con ellos, no nos habrían esclavizado durante años.

Denyal no respondió.

–Bien, ¿qué hacemos? –insistió el piloto.

–Deberíamos dar media vuelta –dijo Denyal.

Kaer se sorprendió.

–¿Media vuelta? ¡Pero si aún no hemos terminado la ronda!

–Lo sé; pero estoy empezando a pensar que no tiene sentido todo esto. Puede que los sheks no escaparan, después de todo. Puede que estemos perdiendo el tiempo buscándolos. Obligamos a Tanawe a renovar la magia de los dragones día tras día, y es un desperdicio, porque no hacemos otra cosa que dar vueltas sobre las montañas. Tal vez haya llegado la hora de dar por concluida esta búsqueda y empezar a dedicarnos a otras tareas más productivas.

Kaer iba a responder, pero no tuvo tiempo. El dragón que iba en cabeza acababa de lanzar un rugido de advertencia, una señal de que un peligro se aproximaba. Denyal se incorporó sobre su asiento para otear a través de la escotilla delantera.

–¡Más rápido! –ordenó a Kaer.

Seguía con la vista clavada en un punto de las montañas, donde había detectado algo extraño.

Era obvio que la cordillera estaba siendo sacudida por un violento movimiento sísmico. Los aludes se precipitaban por las laderas de las cimas más altas, y grandes rocas caían por los precipicios y las cañadas.

Pero lo más interesante era la actividad que se estaba produciendo en la base de una de las montañas. Pequeñas figuras se desparramaban por la ladera, huyendo de un perseguidor invisible, y algo volaba sobre ellos, como una nube de enormes insectos.

–Son sheks –dijo Denyal, tenso.

–¿Sheks? ¿Cuántos son?

–Están demasiado lejos como para poder contarlos. Pero parecen más de una veintena.

Kaer rechinó los dientes.

–¿De dónde han salido?

–Parece que el terremoto los ha sacado de su guarida –respondió Denyal, con una sonrisa siniestra.

–¿Nos acercamos?

–Son demasiados, Kaer.

–¿Y qué vamos a hacer? ¿Salir huyendo? Llevamos meses buscándolos, Denyal.

Los dos hombres cruzaron una mirada. Después, lentamente, sonrieron.

Apenas unos momentos más tarde, los seis Rastreadores se abalanzaron sobre las serpientes aladas.

Eissesh los percibió mucho antes de que entraran en su campo de visión, porque las alarmas de su instinto le advirtieron de su llegada. Alzó la cabeza y los buscó con su único ojo.

«Dragones», avisó otro de los sheks, que también los había detectado.

Eissesh siseó por lo bajo. Acababan de escapar de una muerte segura y, apenas habían salido a la superficie, los atacaban los dragones.

«Son seis», informó el shek, con disgusto. Los sheks no eran supersticiosos, pero el número seis no les gustaba.

«Solo son seis», corrigió Eissesh. Ellos habían perdido a cinco sheks en los túneles, pero todavía contaban con una treintena de individuos.

Eissesh designó a tres serpientes para que guiaran a los szish a un lugar seguro, y al resto los conminó a seguirlo contra los dragones artificiales. Los sheks que escaparon con los szish lo hicieron a regañadientes: el instinto les exigía que acudiesen a luchar. Por fortuna, los dragones aún estaban lo bastante lejos como para que la lógica se impusiera sobre la irracionalidad.

«Acabemos con ellos de una vez», dijo Eissesh.

Los sheks volaron directamente hacia los seis dragones artificiales, en perfecta formación. Estaban cansados y el miedo aún anidaba en sus corazones, pero la pelea los haría sentir mejor.

Los pilotos de los dragones vieron a las serpientes volando hacia ellos.

–Veintinueve –contó Denyal.

–¡Bien! Tocamos a cuatro por cabeza.

–¿Y los cinco sobrantes? –sonrió Denyal.

El shiano sonrió a su vez.

–Esos, para mí también.

Con todo, Denyal no estaba tranquilo. Era cierto que todos deseaban un poco de acción, pero los sheks los sobrepasaban en número.

–No te preocupes –dijo Kaer al notar su expresión–. Podremos con ellos.

Las dos escuadras chocaron en el aire con violencia. Los sheks se abalanzaron contra sus enemigos con ferocidad y cierta alegría. Sabían que no eran más que máquinas, pero olían a dragón, y algo en su interior se estremecía de placer al destrozar entre sus anillos una de aquellas cosas. Los pilotos, por su parte, pusieron en práctica todos los movimientos y maniobras que habían estado ensayando durante meses. Sus dragones expulsaron fuego, mordieron y desgarraron, y lucharon con fiereza.

Pero las serpientes eran demasiadas. Al principio, el impulso del momento jugó en favor de los dragones, que cogieron a los sheks un poco desprevenidos; pues estos, más acostumbrados a observar, tomar nota y actuar en consecuencia, necesitaban un momento para hacerse una idea de la situación y elaborar una estrategia.

Los dragones atacaron sin estrategia. Se limitaban a abalanzarse contra el shek más cercano, a vomitar fuego contra él y a atacar sus alas con las garras. Habían aprendido que era la mejor forma de hacerles caer y, además, las enormes alas membranosas de los sheks eran una presa más fácil que sus escurridizos cuerpos.

Tal vez esto les habría servido, de haber luchado contra menos de una docena de sheks. Pero pronto se hizo evidente la superioridad numérica de las serpientes. Una vez que ellas hubieron evaluado a sus enemigos, Eissesh recogió toda la información que le enviaban sus compañeros y transmitió un plan de acción. Inmediatamente, los sheks se dividieron y atacaron por grupos a cada uno de los dragones.

–¡Mira, mi deseo se ha cumplido! –exclamó Kaer cuando cinco serpientes rodearon a Uska–. ¡Todas para mí!

–¡Sal de ahí, sal de ahí! –gritó Denyal–. ¡No puedes contra todas ellas...!

Se interrumpió al ver la cabeza de un shek pasando ante la escotilla lateral. Cuando el shek se dio la vuelta, apreció que tenía un solo ojo.

Denyal nunca había sido capaz de distinguir a los sheks, pero en el pasado había aprendido a reconocer a Eissesh. Y aunque estaba convencido de que había olvidado en qué lo diferenciaba de los demás, y tampoco tenía noticia de que hubiese perdido un ojo, tuvo la intuición de que se trataba de él.

Apartó bruscamente la cara de la ventana. Sabía que no debía mirar a un shek a los ojos. Nunca.

De pronto, Uska se tambaleó con violencia. Uno de los sheks había envuelto el cuerpo de la máquina entre sus anillos, y apretaba.

–¡Tenemos que salir de aquí! –gritó Denyal de nuevo.

Kaer entornó los ojos y maniobró con las palancas. La dragona volvió la cabeza y vomitó una llamarada contra el shek más próximo. Oyeron un chillido, y la serpiente los soltó de golpe.

–Tenemos que escapar –dijo Denyal–. De lo contrario...

–No escapamos –cortó Kaer–. Los Nuevos Dragones nunca escapamos. Solo vamos a pedir refuerzos.

Tiró bruscamente de la palanca, y Uska plegó las alas y descendió en picada, dejando atrás a los sheks. Después remontó el vuelo y dio media vuelta, con un poderoso rugido.

Era la señal. Los otros dragones iniciaron a su vez la maniobra de retirada. Hubo dos, sin embargo, que no lo consiguieron, y quedaron atrás, a merced de los sheks, aleteando para liberarse del letal abrazo de sus anillos. Denyal reprimió el impulso de volver por ellos. Sabía que, si lo hacían, morirían todos.

Los Rastreadores huyeron de allí, siguiendo la línea de las montañas. Los sheks los persiguieron durante un rato más, pero finalmente, Eissesh ordenó dar media vuelta y, todos a una, se esforzaron por reprimir su instinto y seguir a su líder.

Los dragones respiraron, aliviados.

Era ya noche cerrada cuando divisaron a lo lejos los tejados de la ciudad de Vanis.

Jack se despertó de golpe. Había tenido un mal sueño y, cuando fue consciente de que había sido solo un sueño y de que seguía en su habitación, en el castillo real de Vanissar, se sintió mucho mejor.

Sin embargo, se percató enseguida de que algo no cuadraba, y se incorporó, preocupado. No tardó en darse cuenta de lo que sucedía.

Victoria no estaba.

Jack palpó la cama, a su lado; las sábanas estaban frías. Debía de haberse marchado hacía ya bastante rato.

Inquieto, el joven se levantó, se vistió y salió en su busca.

Recorrió los pasillos del castillo, con todo el sigilo de que fue capaz. Todo el mundo dormía, y no quería despertar a nadie.

Al pasar frente al salón del trono, sin embargo, se dio cuenta de que estaba iluminado. De su interior salían voces apagadas. Se asomó con precaución.

Pero Victoria tampoco estaba allí. Jack vio a Covan y a Alsan; estaban hablando con un tercer hombre. Desde allí no podía estar seguro, pero parecía que le faltaba un brazo. Iba a retirarse con discreción, pero escuchó una palabra que lo dejó clavado en el sitio, y que le obligó a prestar atención.

–... Sheks –estaba diciendo el hombre de un solo brazo–. Cerca de una treintena, no muy lejos de aquí. Hemos perdido a dos dragones, pero debemos volver para atacarlos y destruirlos, antes de que se escapen de nuevo.

–Tienes todo mi apoyo –respondió Alsan–. No obstante, hay pocas cosas que puedan serte de utilidad en Vanissar. Nuestro ejército no está preparado para luchar contra los sheks, porque mi hermano fue su aliado, no su enemigo.

–Nosotros podemos ayudar –intervino Covan–. Tenemos nuestros propios métodos para cazar sheks, ya lo sabes.

Jack sabía a qué se referían. Durante muchos años, Covan y lo que quedaba de los caballeros de Nurgon habían peleado contra los sheks desde los límites del bosque de Awa. Habían desarrollado técnicas propias, arpones, redes, cualquier cosa que los hiciera caer. Y a veces eran efectivos..., pero nunca tanto como los dragones artificiales.

–Uno de nuestros dragones vuela ahora hacia Thalis –dijo el recién llegado–, para pedir refuerzos a mi hermana. No sé si serán suficientes; tenemos a la mitad de nuestra gente en Kash-Tar y, aunque ya les hemos ordenado que regresen, supongo que tardarán un tiempo.

Jack frunció el ceño, reconociéndolo de pronto. Tenía que ser Denyal, el líder de los Nuevos Dragones. Jack no lo conocía en persona, pero sí había tenido ocasión de tratar a su hermana, la hechicera Tanawe. Shail le había contado, tiempo atrás, que Alsan le había arrancado un brazo a Denyal la noche del Triple Plenilunio. Lo observó con atención. Se mostraba tenso, y no miraba a Alsan con simpatía. Jack supuso que era inevitable que le guardara rencor.

—Has dicho que también había szish –dijo entonces Alsan–. Puedo guiar a un pequeño ejército; nos enfrentaremos a ellos, pero no podemos prestaros refuerzos aéreos... salvo uno.

—¿Uno? –repitió Denyal, frunciendo el ceño.

—Sí –sonrió Alsan–. Nosotros también tenemos un dragón.

Jack dejó escapar una exclamación consternada. Los tres se percataron entonces de su presencia.

—Jack –lo saludó Alsan–. Precisamente hablábamos de ti.

El chico no tuvo más remedio que unirse a ellos. Le presentaron a Denyal, que lo miró con atención y un maravillado respeto, aunque no fue capaz de sostener su mirada mucho tiempo. Jack lo saludó con una cortesía cautelosa. Tiempo atrás, había rehusado unirse a los Nuevos Dragones, porque no quería volver a sucumbir a la espiral del odio, porque no quería verse envuelto de nuevo en la guerra contra los sheks, y nadie lo había entendido. Algunos lo habían excusado diciendo que tenía que cuidar de Victoria. Pero ahora, ese pretexto ya no le serviría.

—Han encontrado por fin el escondite de Eissesh en las montañas –informó Alsan–. Estamos preparando un contingente para atacarlos. Te unirás a nosotros, ¿verdad?

Jack no supo qué decir. Por un lado, le hervía la sangre al pensar en volver a pelear contra un shek... Pelear de verdad, a muerte. Nada de los duelos más o menos amistosos que había mantenido con Christian en los últimos tiempos. Por otro lado, seguía teniendo la impresión de que la lucha contra los sheks era algo inútil y sin sentido.

Alzó la cabeza y encontró la mirada de Alsan clavada en él. No se lo estaba pidiendo, comprendió. Aquello era una orden. Una parte de sí mismo se rebeló contra la idea de recibir órdenes de él. Pero entonces pensó que, si quería reparar la amistad que los había unido, no podía negarle aquello.

«Además», pensó, «lo dejaría en mal lugar ante Denyal, con quien ya está en deuda por lo que pasó la noche del Triple Plenilunio. Y, ¿qué diablos? Se trata de Eissesh, no de Christian ni de Sheziss. Nada me impide luchar contra él».

Asintió con aplomo.

—Muy bien; os acompañaré.

Pasaron un rato más ultimando detalles y, después, Jack dijo que tenía que marcharse.

—Estaba buscando a Victoria —les dijo—. ¿La habéis visto?

Covan negó con la cabeza. Alsan hizo como si no hubiese escuchado la pregunta.

—Voy a ver si ha vuelto a la habitación —dijo Jack, un poco preocupado—. Si no está, pediré a Shail que me ayude a buscarla.

—No vayas muy lejos —lo reconvino Alsan—. Partiremos mañana, con el tercer amanecer.

Jack asintió. Regresó a la habitación y respiró, aliviado, al ver, a la luz de las lunas, que Victoria había vuelto. Estaba, de nuevo, profundamente dormida. Jack se tendió a su lado, pero la muchacha no reaccionó. Nadie habría dicho que, momentos antes, no se encontraba allí.

«¿Adónde habrá ido?», se preguntó Jack, entre inquieto e intrigado.

Se acomodó junto a ella, se cubrió con la sábana y trató de dormir. Aún quedaba un rato hasta el primer amanecer, y tenía que aprovecharlo. Le esperaba un largo día.

Despertó a Victoria con la salida del primer sol. La joven tardó un poco en abrir los ojos. Cuando lo hizo, lo miró, un poco perdida.

—Buenos días —saludó Jack—. Siento despertarte tan temprano, pero tengo que hablar contigo.

Victoria respiró hondo y se esforzó por despejarse. Bostezó, se estiró y se incorporó un poco.

—¿Qué pasa?

—No es nada importante —dijo Jack—, pero tenía que avisarte de que me voy.

—¿Que te vas? ¿Adónde?

—Han encontrado la base de Eissesh. Me voy con los Nuevos Dragones para pelear contra los sheks.

Victoria se incorporó del todo, preocupada.

—¿Por qué? ¿Han atacado a alguien?

—No, que yo sepa.

Victoria lo miró sin entender.

—¿Entonces...?

Jack no supo qué responder.

—Es Eissesh, Victoria —dijo al fin—. El shek que gobernaba Vanissar antes de la caída de Ashran. No le gustan los sangrecaliente, ¿sabes?

Victoria sacudió la cabeza, con un suspiro.

—Así es como se perpetúan las guerras —murmuró.

—¿No vas a venir con nosotros, pues?

—No, Jack. No tengo motivos para luchar contra esos sheks. ¿Y tú? —añadió, mirándolo fijamente.

La pregunta lo cogió por sorpresa. Por un momento, le pareció estar hablando con Sheziss, tratando de encontrar una respuesta a aquellas cuestiones que ella le planteaba, y que le hacían sentir tan incómodo.

—Los de siempre, supongo. Y que Alsan me lo ha pedido.

Victoria inclinó la cabeza.

—Comprendo —dijo—. Bueno..., ten mucho cuidado, ya sabes.

Jack asintió. Se despidió de ella con un beso y salió de la habitación.

Encontró en el patio a Denyal y el dragón en el que había llegado a Vanis. Era otra hembra, y Jack se acercó, incómodo.

Le sorprendió ver que, junto a Denyal y el piloto, estaba Shail. Parecía muy concentrado en lo que le estaba explicando el líder de los Nuevos Dragones.

Los saludó a los tres, y preguntó por Alsan.

—Covan y él están reuniendo a los hombres de armas —dijo Denyal—. Partiremos cuando estén listos, y cuando lleguen Tanawe y los demás desde Thalis.

Jack asintió. Se dio cuenta entonces de que lo que Shail estaba haciendo era tratar de renovar la magia de la dragona.

—¿Vas a venir con nosotros? —preguntó, sorprendido.

Shail inclinó la cabeza.

—Tanawe traerá consigo a diez dragones más —dijo—. Y solo está ella para mantenerlos, de forma que necesitará a otro hechicero que renueve la magia de la flota. El resto de magos de los Nuevos Dragones están en Kash-Tar.

Jack recordó que Kimara era una de esas hechiceras. Se preguntó cómo le iría en su tierra, y si estaría bien.

—¿Has sabido algo de ellos? —quiso saber.

—Han pedido refuerzos para luchar contra los sheks de Sussh —respondió Denyal—, pero me temo que, tal y como están las cosas, no podemos concedérselos. Les he dicho que regresen de inmediato.

Jack no hizo comentarios. Volvió a echar un vistazo a Shail y al dragón artificial.

—¿Puedes enseñarle a Shail cómo renovar la magia de esa cosa? —le preguntó a Denyal, un poco perplejo; sabía que él no era mago.

—Conozco la fórmula. Sé que no debería, pues los magos guardan bien sus secretos, pero mi hermana me la confió en su día, cuando empezamos a fabricar dragones.

—No es algo muy complicado —sonrió Shail—. Cualquier mago podría aprenderlo enseguida.

Jack le dirigió una mirada de advertencia. «Como te descuides, se las arreglarán para que te quedes con ellos», quiso decirle. Los Nuevos Dragones andaban escasos de magos, y no dejarían escapar a Shail con facilidad.

—Me alegro de teneros a ambos entre los Rastreadores —dijo entonces Denyal.

Jack se volvió hacia él, con brusquedad.

—¿Cómo has dicho?

—Llamamos así a la patrulla que registra las montañas —explicó Denyal, sin entender el enfado de Jack.

El muchacho le dio la espalda, turbado.

«Rastreadores...», recordó, y la voz de Sheziss volvió a emerger desde las profundidades de su conciencia. «... Así llamamos a los dragones asesinos. Aquellos que son incapaces de dominar su instinto. Necesitaban matar sheks, lo necesitaban desesperadamente. De forma que, de vez en cuando, algunos de ellos se internaban por los túneles de Umadhun... para cazarnos. Por alguna razón que se me escapa, algunos disfrutaban mucho destruyendo nidos. Por eso las crías de shek tienen tanto miedo de los Rastreadores, que pueblan sus peores pesadillas».

—¿Sucede algo, Jack? —preguntó Shail, preocupado.

—No es un buen nombre —respondió él—. Puedo luchar ahora junto a los Nuevos Dragones, pero no soy un Rastreador, y nunca lo seré. ¿Queda claro?

Clavó en Denyal una mirada severa; este la sostuvo un momento, pero terminó por bajar la cabeza, intimidado.

—Como quieras —respondió con voz tensa.

Iba a añadir algo más, pero, en aquel momento, unas enormes sombras cubrieron el cielo. Los cuatro alzaron la mirada.

Una docena de dragones cruzaba los cielos de Idhún. Se movían en perfecta formación, con elegancia, deslizándose por el aire. Jack sintió que el pecho le estallaba de júbilo y añoranza. Dragones...

–Tanawe ya ha llegado –anunció Denyal.

Un rato después, cuando el tercero de los soles ya había emergido completamente por el horizonte, los Nuevos Dragones alzaron el vuelo y surcaron los cielos de Vanissar. A la cabeza de todos ellos iba Uska, con Kaer y Denyal en su interior, y Jack la seguía muy de cerca. Habían discutido sobre si Shail debía viajar a lomos de Jack o en el interior de uno de los dragones artificiales, y les había parecido más segura esta última solución.

Por tierra los seguía un contingente de soldados, a pie y a caballo, liderados por Alsan y Covan, y lo que quedaba de los caballeros de Nurgon. Eran un ejército pequeño, pero temible, que avanzaba bajo los pendones de Vanissar con el orgullo y la seguridad que les proporcionaba volver a ser un pueblo libre, que seguía a su legítimo rey, bajo la sombra de las alas de los dragones. Como había sido siempre.

Jack se sentía extraño. Nunca había estado rodeado de tantos dragones. Sabía que no eran reales y, sin embargo, su olor engañaba a su instinto y le hacía soñar con tiempos pasados, tiempos que no había conocido, pero que echaba de menos.

Dragones sobrevolando Idhún. Y Yandrak, el dragón dorado, volaba con ellos.

Durante los primeros días después de la batalla de Gan-Dorak, Kimara solía levantar a menudo la mirada hacia el cielo, en busca de Ogadrak, el elegante dragón negro de Rando. Pero era inútil, porque Rando no regresaba.

En otras circunstancias, habrían enviado a otro dragón para buscarlo; pero los días siguientes a la destrucción de la base rebelde fueron caóticos y complicados.

Goser no se había rendido, ni pensaba hacerlo. Se llevó a su gente un poco más lejos para buscar otro refugio entre las montañas, y volvieron a empezar desde cero. En esta ocasión fue más sencillo que la primera vez.

Se había corrido la voz de la destrucción de Nin y de la base de los rebeldes, y pronto hubo sublevaciones en otros puntos de Kash-Tar.

Se hablaba, además, de una tribu nómada que había sido completamente aniquilada, y a otras dos se les había perdido la pista.

Por primera vez desde la conjunción astral, los yan tenían miedo. Y este miedo los llevaba a rebelarse por fin contra las serpientes y a abandonar sus hogares para aventurarse por las montañas en busca de Goser y los suyos.

Cada día llegaba gente nueva para unirse a los rebeldes. Contaban que las serpientes se estaban volviendo cada vez más estrictas, que los szish estaban registrando cada casa y prendiendo a gente sin ningún motivo, para interrogarlos. Muchos no volvían nunca.

Mientras los rebeldes acogían a todos los que llegaban nuevos y los instruían en un básico manejo de armas, Kimara envió a uno de sus dragones con un mensaje para Denyal. Días después, el mensajero regresó diciendo que Denyal no podía proporcionarle los refuerzos que había pedido, porque los Nuevos Dragones se estaban preparando para otra batalla, en otro lugar. De hecho, les ordenaba que regresaran a Thalis para unirse a ellos.

Kimara lo habló con el resto de pilotos. Sabía que Goser no lo veía con buenos ojos, y tampoco le parecía bien abandonar a los yan a su suerte, pero tenía que contar con todo el mundo. Las opiniones fueron dispares. Había quien deseaba regresar a Nandelt, mientras que otros preferían seguir luchando en Kash-Tar. Por otro lado, todos coincidieron en que no podían marcharse sin saber qué había sido de Rando.

De modo que se quedaron allí unos días más. Kimara ya había dejado de otear el horizonte en busca de Ogadrak, cuando, una tarde, los vigías anunciaron que habían visto un dragón negro sobrevolando las montañas.

El corazón de Kimara dio un vuelco. Corrió a recibir al dragón cuando aterrizó a las afueras del campamento.

—¡Hola a todos! —saludó el semibárbaro con tono festivo, asomando por la escotilla superior—. ¡Me ha costado un montón encontraros!

Saltó al suelo, aparentemente sano y salvo, y Kimara reprimió el impulso de abrazarlo.

—¿Dónde te habías metido? —lo riñó—. Llegamos a pensar que no volveríamos a verte. Estoy harta de tener que preocuparme siempre de si nos sigues o no.

Rando le dirigió una sonrisa tan cálida que la desarmó por completo.

–Estaba investigando –dijo–. Y no vais a creer lo que he visto –añadió, súbitamente serio.

Cuando todos estuvieron reunidos en torno a él, incluido Goser, Rando pasó a relatar lo que había descubierto en el desierto, después de estrellarse con Ogadrak. Contó también cómo, después de haber contemplado la esfera de fuego, se había dedicado a recorrer Kash-Tar en busca de más información.

–Hay más personas que lo han visto –dijo–. Nómadas y exploradores afirman haber contemplado un cuarto sol que luce incluso de noche. Aunque los demás creen que fue una alucinación, estas personas juran que era real...

–¿Dóndeestálamagaszish? –cortó de pronto Goser.

Rando lo miró, frunciendo el ceño.

–Te ha preguntando por la hechicera que, según dices, iba contigo –tradujo Kimara.

–¡Ah! Volvió con los suyos.

Hubo murmullos entre los rebeldes.

–¿La dejaste escapar? –dijo Kimara, sin dar crédito a lo que oía.

–Colaboramos para salir del desierto. Me pareció que...

–¡Una maga szish, Rando! –estalló Kimara–. ¡Era una prisionera valiosísima!

Los yan empezaron a hablar todos a la vez. Rando alzó las manos, pidió calma y, como no le prestaron atención, gritó:

–¿Pero habéis escuchado lo que acabo de decir? ¡Lo que destruyó Nin sigue ahí fuera, y es imparable! ¡No tiene sentido que sigamos peleando contra las serpientes mientras esa cosa siga suelta por ahí!

Los rebeldes de Kash-Tar, no obstante, habían llegado a un punto en que la idea de no pelear contra las serpientes les resultaba inconcebible. Se produjo entonces una violenta discusión. Algunos decían que Rando había cambiado de bando y que los sheks lo enviaban como espía; otros, que lo habían hipnotizado para hacerle creer todos aquellos disparates; y los más clementes afirmaban que el calor del desierto le había nublado el juicio.

Finalmente, Goser exigió silencio. Y, cuando los ánimos se calmaron un poco, clavó en Rando sus ojos de fuego y dijo:

–Supongoquetendráspruebasdeloquedices.

El semibárbaro tardó un poco en procesar las rapidísimas palabras del yan.

–Claro –dijo–, puedo mostrároslo cuando queráis. Sé dónde está la bola de fuego. Venid a verla conmigo y comprobaréis que es cierto lo que os he contado.

Los sheks habían alcanzado ya los confines de Shur-Ikail cuando percibieron la presencia de los dragones.

Si hubiese habido solo sheks en el grupo, a aquellas alturas ya habrían franqueado la cordillera de Nandelt y estarían internándose en Nangal. Pero llevaban a los szish consigo, y los szish tenían piernas y no podían avanzar tan rápido como sus señores.

Y había que proteger a los szish. Era una raza que no se reproducía con tanta facilidad como las razas sangrecaliente, y había quedado muy mermada tras la guerra. Si existía una posibilidad de salir vivos de allí, de iniciar una nueva era en otro lugar, había que salvar también un número significativo de hombres-serpiente. Pero era inevitable que los szish los retrasaran y complicaran su huida.

A aquellas alturas, Eissesh sabía ya que Gerde y los demás estaban en Nangal. No le parecía un lugar adecuado para ocultarse, por lo que había decidido que, cuando llegasen, regresarían a Umadhun. Allí estarían a salvo.

Eissesh sabía que la perspectiva de volver a Umadhun no agradaba a nadie. Pero allí los sangrecaliente no los hostigarían y, además, no sería para siempre. No tenía la menor intención de que fuera para siempre.

Ahora, los sheks se detuvieron en el aire y volvieron su mirada hacia el este, por donde un grupo de pequeños puntos oscuros se acercaba.

«Dragones», pensaron todos a la vez.

Eissesh remontó el vuelo y subió mucho más alto para otear el horizonte. Cuando descendió, no traía buenas noticias.

«Esta vez son muchos más», dijo. «No nos igualan en número todavía, pero están cerca. Y traen tropas de tierra».

«¿Escapamos? ¿Peleamos?».

«Habrá que pelear», dijo Eissesh; y, cuando pronunció estas palabras, no pudo evitar preguntarse si había hablado la razón a través de ellas, o el instinto.

Transmitió las nuevas a las mentes de todos los szish, y observó con aprobación cómo los hombres-serpiente se apresuraban a organizarse, con precisión y serenidad. Eissesh no dudaba de que estaban asustados y nerviosos; y, no obstante, a diferencia de los sangrecaliente, los szish eran capaces de afrontar las situaciones de tensión y peligro sin dejar que sus emociones influyesen en sus actos.

Los sheks eran como ellos en ese sentido. La única emoción que no podían controlar era el odio hacia los dragones.

Por fortuna, los dragones se las habían arreglado para que luchar contra ellos fuese algo totalmente lógico y justificado.

Como en aquel mismo momento.

Eissesh dirigió una nueva mirada hacia los dragones que se acercaban por el horizonte. Estaban mucho más cerca, pero las serpientes ya estaban preparadas para luchar.

Detectó, sin embargo, algo distinto en la formación que acudía a su encuentro. Consultó el dato con los otros sheks; no lo había comentado con nadie, pero el hecho de haber perdido un ojo le hacía sentir algo inseguro con respecto a la agudeza de su visión.

«Es un dragón dorado», le confirmaron.

Eissesh entornó los párpados. Recordaba que los sangrecaliente habían fabricado un dragón dorado para que luchara con ellos en la batalla de Awa. También recordaba que había caído. ¿Lo habían reconstruido, tal vez?

Existía, no obstante, otra posibilidad. Y Eissesh sabía que todos los sheks la tenían en mente también.

Aguardaron, expectantes, mientras los sangrecaliente acudían a su encuentro. Fue uno de los sheks de más edad, que había luchado contra dragones Rastreadores en Umadhun, quien dijo:

«Es un dragón de verdad».

Los sheks sisearon, tratando de controlar el nerviosismo y la excitación que se apoderaban de ellos. Un dragón de verdad. Hacía casi veinte años que ningún dragón de verdad surcaba los cielos de Idhún. Y, antes de la conjunción astral, pocos sheks habían tenido ocasión de enfrentarse a aquellas criaturas durante su largo exilio en Umadhun.

«Yandrak, el último dragón», dijo Eissesh brevemente.

Los siseos de los sheks se tiñeron de odio y de ira.

«Calma», les recomendó Eissesh. «Hay más dragones aparte de ese. Y aunque no sean de verdad, son peligrosos igualmente».

Los sheks asintieron.

564

Y, por una vez, el hecho de que Tanawe recubriese sus máquinas con un ungüento de escamas de dragón favoreció a los sheks que, de lo contrario, se habrían abalanzado todos sobre Jack, descuidando al resto de los dragones. De esta manera, pues, no les costó seguir con el plan establecido y atacar a sus enemigos de forma ordenada y metódica.

Momentos más tarde, las dos facciones se enfrentaban sobre los cielos de Nandelt.

Jack se sintió desconcertado al principio. Era la primera vez que se veía en una situación semejante. Había luchado contra sheks en el pasado, sí, pero casi siempre habían sido peleas individuales. La única vez que se había enfrentado a algo parecido a un ejército había sido a su llegada a Idhún, cuando los sheks los habían atacado al pie de la Torre de Kazlunn. Y entonces había tenido que luchar como humano.

Ahora era diferente. Cada escama de su cuerpo de dragón vibraba de emoción ante la inminente batalla, y las fuerzas estaban casi igualadas. Y a su alrededor volaban otros dragones; dragones que iban a luchar a su lado, contra las serpientes.

Por una vez, no estaba solo.

Con un rugido de salvaje alegría, Jack se abalanzó contra el shek más adelantado. La criatura aceptó el reto, y sus ojos relucieron un instante, reflejando el ansia de sangre de dragón que anidaba en su corazón. El cuerpo ondulante del shek fluyó en torno a Jack, rodeándolo. El joven dragón tenía ya suficiente experiencia como para saber lo que vendría después. Batió las alas con fuerza y se elevó un poco más, para evitar ser aprisionado por los anillos de la serpiente. Después, se abalanzó sobre ella con las garras por delante. Sabía que debía reservar su llama para cuando estuviera seguro de dar en el blanco, y con los esquivos sheks era difícil calcular el momento adecuado. La criatura siseó y logró soslayar en el último momento las garras del dragón.

En los instantes siguientes, serpiente y dragón ejecutaron en el aire una danza de guerra, estudiándose mutuamente, girando uno en torno al otro, buscando vulnerabilidades, iniciando envites y eludiéndolos, sostenidos por sus enormes alas. Una danza aderezada por una sinfonía de rugidos y siseos amenazadores.

Siempre había sido así. Durante siglos, aquellas poderosas criaturas habían repetido aquellos movimientos, una y otra vez. Ningún dragón había enseñado a Jack a luchar contra los sheks, y aquella serpiente jamás había tenido la oportunidad de pelear contra un dragón de verdad, pero eso no importaba. Sin saberlo, por instinto, se atacaban el uno al otro, porque lo llevaban en la sangre, porque muchas generaciones de sheks y de dragones habían hecho lo mismo antes que ellos.

Y, como había sucedido siempre, fue el dragón el primero en abandonar toda precaución y lanzarse sobre su adversario. Y, como siempre, el shek lo esquivó y trató de atraparlo, pero se topó con las garras del dragón, un arma mortífera de la que las serpientes carecían.

El largo cuerpo del shek eludió las garras, pero Jack logró atrapar una de sus alas, y la desgarró con furia. El shek dejó escapar un chillido de dolor. Jack inspiró hondo para exhalar una llamarada sobre él, pero la cola de la serpiente se enrolló en torno a una de sus patas y tiró de él hacia abajo, con tanta fuerza que lo dejó sin respiración. Cuando quiso darse cuenta, sus ojos estaban a la altura de los ojos hipnóticos de la serpiente.

«Nunca mires a un shek a los ojos», recordó Jack.

Pero era demasiado tarde. La conciencia del shek se había introducido en su mente, paralizándolo; Jack no pudo hacer otra cosa más que quedarse quieto...

Algo surcó el aire de pronto, muy cerca de ellos, desequilibrando al shek y haciendo que perdieran contacto visual. Jack sacudió la cabeza y trató de mover las alas, pero la serpiente había enrollado su cuerpo en torno al de él, inmovilizándolo. Cuando Jack miró de nuevo, el shek había abierto la boca y se disponía a lanzarle una feroz dentellada. Jack eludió los mortíferos colmillos y exhaló su fuego.

La serpiente chilló otra vez y lo liberó para alejarse de él. Jack la persiguió sin piedad, hostigándola, hasta que logró atrapar una de sus alas con las garras. El shek aleteó, furioso. Jack alargó el cuello y trató de morder, una, dos veces... A la cuarta lo consiguió. Aún sintiendo el cuerpo del shek retorcerse contra él, Jack mordió con fuerza, hasta notar que algo se rompía... y la serpiente dejó de moverse y se desplomó, lacia.

Jack la dejó caer. Reprimió el impulso de volar tras ella para terminar de destrozarla. No le fue difícil, porque muchos otros sheks volaban a su alrededor.

La batalla arreciaba. Ambos bandos luchaban con denuedo, sin que pareciera haber un claro vencedor. Incluso los sheks, habitualmente tan fríos, parecían dejarse llevar por la cólera cuando arremetían contra un dragón..., a pesar de que sabían de sobra que aquellos dragones no eran de verdad.

Fuego, veneno, garras y colmillos... Jack se sintió sobrecogido y, por un momento, olvidó que todos los dragones habían muerto. Por un momento olvidó que era también humano, en parte, y que había otras amenazas más graves pesando sobre el futuro de Idhún. Olvidó todo aquello, y le pareció encontrarse en un mundo pasado, un mundo donde dos razas luchaban sin tregua, en una guerra interminable. Jack... Yandrak dejó escapar un rugido de triunfo y se zambulló en el corazón de la batalla, junto a sus hermanos, los dragones, los Señores de Awinor, contra aquel enemigo de corazón frío y mente retorcida, sabiendo que podía morir en aquella lucha, pero que moriría matando... matando sheks.

En aquel mundo soñado, los dragones aún existían. En aquel mundo pasado, los dragones seguirían luchando contra los sheks por toda la eternidad.

Y aunque una parte de sí mismo se estremecía de horror, en el fondo de su corazón añoraba aquellos tiempos que no volverían.

En tierra, Alsan y los suyos no estaban encontrando grandes dificultades en hacer retroceder a los szish. Aunque los hombres-serpiente eran hábiles guerreros, aquellos en concreto no parecían estar en su mejor momento. Sin duda, la larga estancia en las cuevas de la cordillera les había pasado factura. Al principio pelearon como solían, con eficacia y precisión, pero pronto empezaron a cometer fallos y a dejarse llevar por el nerviosismo. Las huestes de Vanissar se aprovecharon de ello. Y cuando los szish empezaron a replegarse, los humanos los hostigaron.

–¡Se retiran! –exclamó Denyal, desde su puesto en el interior de Uska.

–Ya lo he visto, malditas serpientes cobardes –gruñó Kaer.

–No es propio de ellos –aseveró el líder de los Nuevos Dragones.

–Tal vez porque hasta ahora nunca habían llevado las de perder.

Denyal se mordió el labio inferior, reflexionando sobre sus palabras.

A través de la escotilla de la dragona podía ver que, efectivamente, las serpientes estaban replegándose. Parecían dar por concluida la lucha, y trataban de quitarse a sus contrincantes de encima para emprender una huida hacia el sur.

La batalla no parecía decantada a favor de ninguno de los dos bandos, pero Denyal no sabía cómo iban las cosas en tierra y, además, los sheks parecían ir perdiendo energías a medida que pasaba el tiempo. Tal vez aquello fuera un síntoma de que realmente no podían más, y por ello optaban por una retirada estratégica. No obstante, daba la sensación de que lo hacían a regañadientes.

–¿Los seguimos? –preguntó Kaer.

–Claro que sí –gruñó Denyal–. Hay que darles caza antes de que vuelvan a esconderse.

Durante un buen rato, las serpientes volaron en dirección al sur, y los dragones las persiguieron. Por tierra, también los szish optaron por eludir una batalla que no podían ganar. La lucha entre sheks y dragones, en cambio, no parecía tan clara. Habían caído varias serpientes, pero también habían sido derribados otros tantos dragones.

Denyal había pasado muchos años luchando contra las serpientes en Vanissar. Sabía que siempre hacían las cosas por una razón de peso. Y que, a menudo, aquella razón se escapaba al entendimiento humano. Porque no solía ser la razón más obvia, sino la más importante.

–Se dirigen al sur –dijo Kaer con satisfacción–. Van a guiarnos hasta la base de Drackwen. Por fin sabremos dónde se ocultan las demás serpientes.

Denyal frunció el ceño.

–No son tan tontos. No nos mostrarían voluntariamente algo tan importante. Tiene que haber algo más.

–No hay más. Están cansados, tienen miedo de ser derrotados y huyen. Cuando los alcancemos...

–... Si es que los alcanzamos –comprendió Denyal de pronto–. Los sheks no están cansados, solo están fingiendo. Somos nosotros los que estamos cansados, o lo estaremos muy pronto.

Ambos cruzaron una mirada.

–No podremos llegar hasta Drackwen hoy –entendió Kaer–. Al anochecer tendremos que detenernos a renovar la magia de los dragones, y entonces...

–... Entonces darán media vuelta y nos atacarán, y no podremos defendernos. Esto es un error, Kaer. Tenemos que volver atrás.

El piloto dejó escapar una sonora maldición y golpeó con furia el tablero de mandos. Pero detuvo a la dragona, que aleteó, suspendida en el aire, con un resoplido de disgusto.

Fueron necesarias un par de maniobras más para que los dragones frenaran su avance. Momentos después, estaban todos congregados en torno a Uska, y veían marchar a los sheks, con resignación.

Todos, menos uno.

Tardaron un poco en darse cuenta de que Yandrak seguía persiguiendo a los sheks. Quizá no había entendido que los dragones artificiales no aguantarían aquel ritmo, o tal vez no le importaba. El caso es que, para cuando quisieron llamarlo, estaba ya muy lejos.

El plan funcionaba.

Los szish no estaban preparados para aquella batalla. Habían luchado con esfuerzo, pero los caballeros los superaban en número y estaban en plena forma. Los sheks habían comprendido que los szish perderían la lucha, y les había parecido muy sensata la decisión que habían tomado: se retiraban.

Los sheks cubrirían su huida, pero Eissesh no estaba seguro de que fuera buena idea separarse. De modo que se le había ocurrido que tal vez sería mejor que se replegaran ellos también.

Había luchado contra los Nuevos Dragones durante sus días como gobernador de Vanissar. Sabía cómo funcionaban aquellos artefactos, y que tendrían que detenerse en algún momento.

Si los humanos eran tan estúpidos como para seguirlos, se quedarían sin magia, y entonces sería el momento de dar media vuelta y atacar. Si eran listos, los dejarían marcharse.

Y, en aquel momento, huir era lo más importante. Si todo salía bien, las serpientes pronto abandonarían Idhún. Ya no valía la pena luchar por aquel mundo.

Fue difícil para los sheks controlar el odio y dar media vuelta. Eissesh tuvo que repetir varias veces su razonamiento para que, poco a poco, la lógica fuese ganando al instinto. El cansancio que mostraban los sheks no era del todo fingido: su cuerpo les exigía que se quedaran para luchar, mientras su mente intentaba convencerlos de lo contrario.

Cuando el primer shek logró dar media vuelta y huir, para los demás fue un poco más fácil escapar de las garras del instinto.

«No son dragones de verdad», les recordó Eissesh. «No valen la pena».

Como era de esperar, los humanos tardaron bastante en caer en la cuenta de lo que sucedería si continuaban persiguiéndolos. Pero al final lo entendieron, porque sus dragones se detuvieron y los dejaron marchar, lo cual, en el fondo, era lástima: todos los sheks estaban deseando tener una oportunidad para destrozarlos.

También las tropas de tierra de los sangrecaliente dejaron de hostigar a los szish, y Eissesh rió entre dientes. Ni siquiera los caballeros de Nurgon eran tan valientes sin la sombra de los dragones cubriéndoles las espaldas.

«Aún nos siguen», dijo alguien entonces.

Eissesh volvió la cabeza y vio un punto dorado tras ellos.

«Los dragones de verdad son aún más estúpidos que los falsos dragones», comentó, irritado.

Era cierto que aquel dragón no necesitaba de la magia para volar. Pero no era posible que no se hubiera dado cuenta de que se había quedado solo.

«Seguid adelante», dijo. «Yo me ocuparé de él».

Pero eligió a tres serpientes más para enfrentarse al dragón.

Los sheks no eran especialmente cobardes, pero tampoco confundían la valentía con la locura. Sabían que Yandrak era un enemigo peligroso y, simplemente, no querían correr riesgos. Cuatro sheks tendrían más posibilidades de vencerlo que uno solo, aunque ese uno fuese Eissesh.

Jack se detuvo de pronto, desconcertado. ¿Dónde estaban los demás dragones? Llevado por sus ensoñaciones y por aquella visión que había tenido de tiempos pasados, en que los suyos dominaban el mundo, apenas se había percatado de que los dragones artificiales se retiraban. Cuando quiso darse cuenta, estaba solo y cuatro sheks lo rodeaban. Uno de ellos lo observaba con un único ojo brillando en su rostro de ofidio.

«¿Qué está pasando?», se preguntó Jack, confuso. El instinto se le disparó, y se revolvió, con un rugido amenazador, tratando de decidir a qué serpiente atacaría primero.

Optó por la más cercana. Se lanzó sobre ella, y la cogió por sorpresa. El shek se alejó de él, con un siseo alarmado, pero Jack llegó a golpearlo con la cabeza y a desgarrar una de sus alas con los cuernos. El shek chilló de dolor.

Inmediatamente, Jack sintió que algo lo fustigaba en pleno pecho, con tanta fuerza que lo dejó sin respiración. Se volvió, de forma instintiva, hacia la serpiente que lo había azotado con su larga cola.

De nuevo, el shek con un solo ojo.

Jack quiso apartar la cabeza, pero la mirada de aquella serpiente ya se había clavado en él. Se quedó quieto por un momento, tal vez llegara a perder la conciencia... y, en aquel instante en blanco, perdió el control y empezó a caer.

Volvió en sí con un rugido de alarma y batió las alas, pero era demasiado tarde. Caía y caía sobre las estribaciones de las montañas, y cuatro sheks lo perseguían para matarlo.

Se esforzó por recordar a Sheziss, todo lo que ella le había enseñado; a Victoria, que lo aguardaba en Vanis; incluso a Christian. Luchó por dominar el instinto y, en lugar de dar media vuelta y pelear hasta morir, huyó para salvar la vida.

Planeó por entre los picos de las montañas y buscó un lugar donde aterrizar.

El resto no lo recordaría con claridad. Se desplomó sobre el suelo, destrozando algunos árboles, y aunque las alas frenaron la caída, fue dolorosa de todas formas. Se transformó en humano de inmediato y buscó un refugio entre la maleza, con el corazón palpitándole con fuerza. En aquel momento echó de menos las capas de banalidad que les había regalado Allegra, a él y a Victoria, al comienzo de su aventura idhunita.

Pero, por fortuna, los sheks no lo encontraron. Planearon un par de veces sobre el lugar donde se había ocultado y después remontaron el vuelo y siguieron su camino.

Jack sonrió, agotado, pero no se atrevió a salir de su escondite. Se acurrucó entre las raíces de un árbol, cerró los ojos un instante... y se quedó dormido.

–¿Todavía no ha vuelto? –preguntó Alsan en voz alta.

Shail negó con la cabeza.

–Ni rastro de él –dijo–. Deberíamos ir a buscarlo. Puede que los sheks lo hayan abatido, y en tal caso...

–... En tal caso, no podríamos hacer nada por él –intervino Tanawe.

Habían establecido el campamento en el norte de Shur-Ikail, junto al río Adir. Hacía rato que Shail y Tanawe habían terminado de renovar la magia de los dragones, pero seguían allí... esperando a Jack.

—Los chicos están empezando a ponerse nerviosos —prosiguió la maga—. Deberíamos regresar.

—¿Y dejar atrás a Jack?

—Si los sheks se han reunido con las serpientes de Drackwen, serán una fuerza a la que no podemos derrotar ahora mismo —explicó Tanawe con cierta impaciencia—. Ya los hemos expulsado de Nandelt; ahora debemos regresar a la base y reforzarnos, pedir ayuda a los reinos vecinos... formar un ejército importante para atacar Drackwen. Pero si perdemos más tiempo, les estaremos dando ventaja a ellos.

—¿Y dejar atrás a Jack? —repitió Shail en voz más alta.

—Es un dragón —replicó Tanawe—. Los dragones no necesitan de la ayuda de los humanos para resolver sus problemas.

—En eso tienes razón —asintió Alsan con un gruñido—. Jack ha demostrado repetidas veces que prefiere actuar por su cuenta. No sirve de nada ir tras él.

—Pero... —empezó Shail.

—Regresamos a Vanissar —cortó Alsan—. Buscad a Denyal y a Covan y decidles que levantamos el campamento.

Shail no dijo nada, pero dirigió a Alsan una larga mirada pensativa.

Cuando Jack se despertó, horas más tarde, ya era de noche y las tres lunas brillaban suavemente sobre él. Tardó un poco en recordar todo lo que había pasado. El vuelo con los Nuevos Dragones, la batalla, la persecución... todo se mezclaba en su mente de forma confusa y desordenada, como si fuese parte de un extraño sueño.

«¿Dónde estoy?», se preguntó.

Poco a poco, la mente se le fue aclarando. Le había sentado bien dormir, aunque aquel no era el lugar más adecuado, y por eso ahora tenía el cuerpo entumecido. Se puso en pie y se estiró.

Estaba en un bosquecillo, al pie de las montañas. Por el tiempo que había volado en pos de los sheks, Jack calculó que debía de encontrarse al sur de Shur-Ikail, al pie de la Cordillera de Nandelt. Alzó la mirada hacia el cielo, con precaución, pero no vio ninguna serpiente. Se habían marchado.

Aquello era un alivio, pero, por otra parte, el dragón que había en él se sintió decepcionado. Jack se riñó a sí mismo por desear, siquiera por un instante, luchar él solo contra dos docenas de sheks. Era absurdo, era una locura, y lo sabía. «Si no tengo cuidado, el instinto hará que me maten algún día», se dijo, alicaído. Pensó entonces en Alsan y los demás. Se preguntó dónde estarían, si habrían empezado a buscarlo, o si habrían regresado a Vanissar. Deseó que lo estuvieran aguardando en alguna parte de Shur-Ikail. Después de haber experimentado la sensación de volar con un grupo de dragones, aunque no fuesen de verdad, no le apetecía emprender solo el trayecto de regreso.

Se transformó en dragón. Comprobó que, aunque no tenía ninguna herida seria, la pelea contra los sheks lo había dejado bastante molido. Con un suspiro de resignación, abrió las alas y alzó el vuelo.

Al cabo de un rato, sin embargo, algo llamó su atención.

Sobrevolaba ya los márgenes de las praderas, y sus ojos escrutaban el paisaje, en busca de algo parecido a un campamento. Por eso descubrió la débil llama que ardía un poco más abajo, no lejos del río.

Intrigado, Jack trazó un círculo sobre la luz. Como sospechaba, era una hoguera. Se preguntó si se trataba de Alsan, que había ido a buscarlo. Por si acaso, se alejó un tanto y aterrizó en un lugar un poco más apartado. Allí recuperó su cuerpo humano. Si no era Alsan, no convenía asustarlo.

Al acercarse un poco más, lo recibió un delicioso aroma a carne asada. Se le hizo la boca agua, y recordó que no había comido nada desde el desayuno.

La persona que estaba sentada junto al fuego era grande y fuerte, pero no era Alsan. Jack se detuvo a una prudente distancia. Era demasiado pequeño para ser un gigante, y demasiado imponente para tratarse de un humano corriente. Y, no obstante, sus hombros estaban hundidos, como si soportase una pesada carga.

Jack avanzó unos pasos, pero el hombre lo oyó y se volvió con rapidez, mostrándole, a la luz del fuego, un rostro feroz, semioculto por una barba encrespada. Llevaba el torso desnudo, cubierto de pinturas de guerra, pero su piel mostraba también vetas pardas, el rasgo característico de su raza.

Un bárbaro. Era lógico, puesto que se encontraban en el territorio de los Shur-Ikaili. Pero no era habitual ver a un bárbaro solo, lejos de su clan.

Jack alzó las manos en son de paz.

–No vengo a luchar –dijo–. Estoy de paso.

El bárbaro se relajó solo un tanto.

–¿Quién eres? ¿Eres un hombre de Nandelt?

–Vengo de un lugar más lejano –respondió Jack, acercándose–. Pero ahora, mi destino es Vanissar.

–Para venir de lejos, vas ligero de equipaje.

–Venía con más gente, guerreros de Vanissar y Raheld, pero les he perdido la pista. Nos enfrentamos a las serpientes y, en la confusión de la batalla, me separé del resto. Supongo que habrán establecido el campamento más al norte. ¿Los has visto?

El bárbaro dejó caer los hombros de nuevo.

–No –gruñó–, vengo del sur. Pero hace unos momentos me ha parecido ver un dragón volando sobre mi cabeza, así que puede que no anden muy lejos.

Su rostro se había ensombrecido al oír mencionar a las serpientes. Jack se sentó a su lado, junto al fuego. El Shur-Ikaili no se movió.

–¿Les disteis su merecido? –preguntó, tras un rato de silencio.

–No estoy seguro. A mitad de batalla, dieron media vuelta y huyeron hacia el sur. No sé por qué lo hicieron. No llevábamos una clara ventaja.

El bárbaro no contestó enseguida. Ofreció a Jack un odre con agua y un trozo de carne que estaba terminando de asarse sobre la hoguera, y el joven aceptó ambas cosas, agradecido.

–Las serpientes son cobardes y traicioneras –opinó el bárbaro al cabo de un rato–. Los Shur-Ikaili nunca... –se interrumpió de pronto y desvió la mirada, con cierta brusquedad.

–¿Nunca huis? –completó Jack con suavidad.

El bárbaro no respondió. Su expresión delataba a las claras lo que estaba pensando, y Jack añadió:

–A veces es más prudente dar media vuelta y escapar.

–No cuando el enemigo ha matado a todos los tuyos y solo quedas tú para contarlo –murmuró el bárbaro–. No cuando has visto a los guerreros de tu clan luchar hasta la muerte.

Jack lo miró largamente.

–Debía de ser un ejército temible, si logró derrotaros.

–Serpientes –escupió el Shur-Ikaili–. No son más fuertes que nosotros. En un combate cuerpo a cuerpo, los habríamos vencido. Sin embargo... –se echó a temblar de pronto, como un niño. Jack se preguntó qué podía haber asustado hasta ese punto a un hombre como él.

–¿Había sheks con ellos?

–Había uno, si es cierto lo que dicen de él.

–Kirtash –adivinó Jack.

El bárbaro alzó la cabeza.

–¿Lo conoces?

–Me he enfrentado a él alguna vez –respondió Jack, sin mentir.

–Y sigues vivo –observó el bárbaro, mirándolo con suspicacia–. Kirtash mató en combate al segundo mejor guerrero de nuestro clan. Tú no pareces más fuerte.

–Tampoco Kirtash parece fuerte y, no obstante, venció –observó Jack.

–No luchaba a la manera de los Shur-Ikaili. No embiste de frente, sino que se mueve como una sombra, esquivando los golpes en lugar de afrontarlos.

–Es otra manera de luchar.

–Es cobarde.

–Puede; pero resulta efectiva, ¿no?

–Sin duda utiliza magia, igual que esa bruja feérica a la que sirve –refunfuñó el bárbaro.

–¿Gerde?

–Ella mató a la mejor guerrera de nuestro clan con un solo dedo –susurró el bárbaro, con la voz teñida de terror–. Hace tiempo, esa bruja estuvo en los clanes... con Hor-Dulkar. Otra maga feérica vino a desafiarla entonces, y la lucha estuvo muy igualada. Pero ahora... ahora, esa bruja tiene algo distinto. Puede matar a una persona con solo tocarla. Y ni siquiera los guerreros más poderosos osan mirarla a los ojos.

Jack escuchaba atentamente. El bárbaro le relató su encuentro con Gerde, con todo detalle. Parecía aliviado de poder contárselo a alguien y, aunque se suponía que debía regresar con los suyos para informar de todo lo que había sucedido, por alguna razón le resultaba más sencillo confiárselo a un desconocido. Sin duda, debía de resultarle difícil la idea de confesar ante los demás bárbaros que sentía miedo de alguien como Gerde, que había salido con vida solo porque ella así lo había querido, que no había tenido valor para seguir luchando hasta el final, como sus compañeros.

–No te atormentes –le dijo Jack–. Gerde no es la misma que conociste. El Séptimo dios está con ella, y posee un nuevo y oscuro poder al que nadie es capaz de oponerse. Ni siquiera los sheks.

El bárbaro lo miró, incrédulo.

–De lo contrario –añadió el joven–, Kirtash no estaría a sus órdenes. ¿No te parece?

El otro se encogió de hombros.

–Esa bruja puede hechizar a los hombres, yo lo he visto.

–Pero no habría podido hechizar a un shek. Si ahora puede hacerlo...

No concluyó la frase, pero no fue necesario.

–Comprendo –asintió el bárbaro.

Se puso en pie.

–He de seguir mi camino, extranjero –dijo–. Aún me queda un largo camino hasta los dominios de mi clan. Podemos seguir juntos un trecho.

Pero Jack negó con la cabeza.

–He cambiado de idea –dijo–. Creo que volveré sobre mis pasos. Hay algo que quiero comprobar.

El bárbaro lo miró, frunciendo el ceño, pero no dijo nada.

Momentos después, como testimonio de aquel encuentro solo quedaban las cenizas de la hoguera. El Shur-Ikaili continuó su viaje de regreso a su clan, y Jack se encaminó de nuevo a las estribaciones de la cordillera.

Nangal estaba muy cerca. Demasiado cerca como para no tratar de averiguar qué estaba sucediendo.

En primer lugar, ¿para qué quería Gerde un bebé Shur-Ikaili? ¿Y hasta qué punto estaba Christian enterado de sus planes? ¿Hasta qué punto obedecía sus órdenes?

XIX
LA SOMBRA SIN NOMBRE

A su regreso al palacio real de Vanis, Shail preguntó por Jack, pero nadie sabía nada de él. Sus esperanzas de que hubiera vuelto a la ciudad por su cuenta se desvanecieron.

Su preocupación aumentó cuando le dijeron que Victoria tampoco aparecía por ninguna parte.

–Tal vez se haya ido con Jack –murmuró, pensativo.

Gaedalu negó con la cabeza.

«Desapareció ayer por la mañana, después de desayunar», dijo. «No hemos vuelto a verla. Si hubiese ido con vosotros, la habríais visto».

Alsan frunció el ceño.

«Si esa muchacha está a vuestro cargo», añadió Gaedalu, adivinando lo que pensaba, «no deberíais dejarla tan suelta. Quién sabe si no se reúne en secreto con su amante shek».

Aquel comentario hizo que Alsan se quedase lívido de ira. Shail intentó calmar los ánimos.

–El sentimiento que hay entre los dos es sincero, Madre Venerable.

«Hablas igual que los celestes», rezongó ella. «¿Qué importa un sentimiento cuando el futuro de Idhún está en juego?».

–Puede que ese sentimiento haya salvado Idhún en más de una ocasión. En cualquier caso, ella no abandonaría a Jack. Si él está en peligro...

–¿Jack está en peligro? –dijo una voz a sus espaldas.

Victoria acababa de entrar y los observaba, aparentemente en calma, pero con la preocupación pintada en sus ojos oscuros.

–¿Dónde estabas? –exigió saber Alsan.

Victoria le dirigió una mirada serena.

–No creo que sea asunto tuyo –respondió con suavidad; se volvió de nuevo hacia Shail–. ¿Qué pasa con Jack? ¿Por qué no ha vuelto con vosotros?

–Si hubieses venido con nosotros, lo sabrías –replicó Alsan, cortante–. A no ser que lo que haga Jack haya dejado de ser... asunto tuyo.

–Alsan, ya tengo edad para tomar mis propias decisiones –replicó ella–, y no tengo por qué rendirte cuentas. Ya di explicaciones cuando tenía que darlas, y si a estas alturas todavía no confías en mí, entonces no tenemos más que hablar.

Alsan entornó los ojos.

–No –dijo con frialdad–. No tenemos más que hablar.

Hubo un largo y pesado silencio.

–Luchamos contra los sheks en los confines de Shur-Ikail –informó entonces Alsan, con voz impersonal–. Ellos se retiraron al cabo de un rato, y nosotros fuimos tras ellos. Después, los dragones optaron por detenerse antes de quedarse sin magia, pero Jack continuó persiguiendo a los sheks. Lo perdimos de vista, y lo esperamos hasta bien entrada la noche, pero no volvió.

–¿Y lo dejasteis atrás? –dijo Victoria; su voz seguía siento tranquila, pero vibraba en ella un tono de ira contenida.

–Tampoco yo tengo por qué rendirte cuentas, Victoria –se limitó a responder él.

Ella lo miró un momento, y después dio media vuelta para marcharse.

–¡Vic! –la llamó Shail–. ¿Adónde vas?

–A buscar a Jack –replicó ella, sin volverse.

Shail fue tras ella, pero se topó con Covan en la puerta. Parecía agitado.

–Tenemos problemas, Alsan –dijo, y Shail se detuvo y lo miró, preocupado.

–¿De qué se trata? –preguntó Alsan–. ¿Más sheks?

–No, esto es algo más... insólito e imprevisible. Que yo sepa, no había sucedido nunca antes. Nos enfrentamos a una invasión, y no precisamente de serpientes. Los gigantes abandonan Nanhai y penetran en nuestro territorio.

Reinó un silencio desconcertado.

–No puede ser –murmuró entonces Alsan–. Nuestras relaciones con Nanhai son buenas. ¿Por qué razón iban a invadirnos?

–No creo que vengan simplemente a saludar, Alsan. Se desplazan en grupos numerosos, y los gigantes son seres solitarios. ¿Para qué iban a reunirse tantos, sino para formar un ejército?

—No nos están invadiendo –dijo entonces Shail, de pronto–. Huyen de su tierra. Los terremotos deben de haberla hecho inhabitable.

Alsan lo miró fijamente.

—¿Estás seguro de lo que dices?

—No del todo, pero casi. Estuve en Nanhai hace un par de meses. Ya entonces había gigantes que estaban teniendo problemas por culpa de los movimientos sísmicos, y la cosa se estaba agravando cuando me marché. La misma fuerza que hizo salir a Eissesh de su escondite está mandando al exilio a los gigantes.

Alsan inclinó la cabeza, pensativo.

—Acudiré a su encuentro –se ofreció el mago–. Hablaré con ellos, y comprobaré si tengo razón. Además, durante mi estancia allí hice algunas amistades... Sé cómo tratarlos.

Alsan lo miró un momento, dubitativo. Después, lentamente, asintió.

Jack había optado por cruzar las montañas por el aire. Se había desviado un poco hacia el oeste, para evitar los picos más altos, y ahora penetraba en Drackwen por el valle que se abría entre el monte Lunn y la cordillera. Tenía pensado, no obstante, recuperar su forma humana cuando se internase en Nangal. No quería llamar la atención de los sheks.

Sin embargo, el paisaje que se abría ante sus ojos le hizo dudar de que fuera buena idea.

El bosque de Alis Lithban, visto desde el aire, resultaba imponente y a la vez inquietante. Se había transformado en una inmensa y abigarrada selva que parecía cubrir todo el horizonte. Había extendido sus límites en todas direcciones, y sus lindes llegaban casi hasta el mismo pie del monte Lunn. Por fortuna, parecía que no seguía expandiéndose hacia el norte. Si la diosa seguía allí, tal vez hubiese decidido desplazarse en dirección al sur, hacia los pantanos de Raden. Hacia el este terminaría por topar con las montañas, y hacia el oeste estaba el mar.

Jack, inquieto, sobrevoló aquella enorme masa vegetal, y aún le pareció sentir el cosquilleo del poder de Wina en lo más hondo de su ser. Batió las alas para ganar un poco más de altura y siguió su camino.

Pronto descubrió que parte de Nangal había desaparecido bajo la vegetación, pero que la zona más cercana a las montañas seguía intacta. Descendió por allí, a una prudente distancia del límite del bosque, y se transformó en humano.

Prosiguió su viaje a pie, en busca del escondite de las serpientes. Sabía que el instinto lo guiaría hasta ellas.

Pero, cuanto más avanzaba hacia el este, siguiendo la línea de las montañas, más inquieto se sentía. En aquella dirección estaban los Picos de Fuego, y aquel lugar le traía malos recuerdos. Allí había estado a punto de morir a manos de Christian. Allí se hallaba la Sima, que era en realidad una Puerta interdimensional que conducía a Umadhun, el reino de las serpientes aladas.

¿Y si Gerde y los suyos habían regresado a Umadhun? Descartó aquella posibilidad. Sabía lo mucho que los sheks detestaban aquel mundo, y que solo volverían si no les quedaba otra opción. Y, por otro lado, los bárbaros no habrían podido seguirlos hasta allí.

Con todo, si la base de Gerde estaba cerca de Umadhun, no eran buenas noticias. Todavía quedaban serpientes allí; serpientes que podían acudir en ayuda de Gerde y los suyos si era necesario.

La noche lo sorprendió todavía lejos de su destino, pero no le preocupó. Buscó un lugar para dormir, al abrigo de unas grandes rocas, y montó allí un campamento improvisado. Al filo del tercer atardecer, salió en busca de algo que cenar. La caza fue bien: encontró una colonia de washdans trepando por una pared rocosa, y solo tuvo que transformarse en dragón para volar hasta ellos y capturar un ejemplar.

No fue lo que se dice una gran cena, pero sació su hambre.

Cuando las lunas estaban ya altas en el cielo, Jack dejó que la hoguera se apagara, se acurrucó en su refugio y cerró los ojos.

Lo despertó, de madrugada, un extraño sonido, algo parecido a un gemido prolongado. Se incorporó, alerta, y prestó atención. Si no fuera porque parecía imposible, habría jurado que se trataba del llanto de un bebé.

Se puso en pie, en tensión. Llevaba ya bastante tiempo en Idhún, pero no el suficiente como para conocer a todas sus criaturas. Tal vez existiera algún animal que emitiera un sonido semejante.

O tal vez fuera de verdad un bebé. En cualquier caso, tenía que averiguarlo.

Se deslizó como un fantasma por entre los peñascos, bajo la luz de las tres lunas, guiándose por aquel sonido que parecía un llanto.

Por fin alcanzó su objetivo: una grieta en la base de la montaña, que otra persona había estado utilizando como refugio. Se ocultó entre las sombras y observó la escena con atención.

Era un bebé que lloraba, ahora ya estaba seguro. Había alguien con él, una sombra que lo acunaba y trataba de consolarlo, casi con desesperación. No daba la impresión de estar muy preocupado por el estado del bebé, sin embargo. Más bien quería que se callara para que no delatara su presencia.

«Demasiado tarde», pensó Jack frunciendo el ceño. El desconocido le hablaba al bebé, pero en una lengua plagada de siseos y silbidos: la lengua de los szish.

Jack se preguntó qué haría un szish tan lejos de los demás, y por qué cargaba con un bebé. Pensó también, por un momento, que, aunque su idioma resultase incomprensible, puesto que los szish hablaban una lengua propia que no era ninguna variante del idhunaico, sus bebés lloraban igual que los bebés humanos.

De pronto, el szish volvió la cabeza hacia él. Sus ojos relucieron un instante en la penumbra, y Jack supo que lo había detectado. Como seguía bien escondido y no había hecho ningún ruido, supuso que el calor que emitía su cuerpo lo había delatado.

El hombre-serpiente dejó al bebé en el suelo, sobre unas mantas, y se encaró con él, extrayendo una espada corta del cinto.

Jack salió de su escondite y sacó a Domivat de la vaina. Su fuego iluminó la escena, y el joven aprovechó para echar un vistazo al bebé, que seguía llorando. Agitaba en el aire dos manitas sonrosadas... sin escamas.

«Es humano», se dijo.

El szish se había quedado paralizado de miedo al ver el fuego de la espada. Pero, sacando fuerzas de flaqueza, se abalanzó hacia él con un agudo grito. Jack interpuso a Domivat entre ambos y lo desarmó sin muchos problemas. Finalmente, lo hizo caer a sus pies, como un fardo.

—¿Quién eres? —exigió saber—. ¿Qué pretendes hacer con ese niño?

El szish le respondió algo en su propia lengua. Jack se dio cuenta de que probablemente no entendía el idhunaico. Era evidente, no obstante, que estaba aterrorizado. Ningún szish se habría arrojado de forma tan imprudente contra un adversario con una espada de fuego. Intrigado, Jack acercó el filo de Domivat al rostro del szish, que gritó de miedo. No sabía gran cosa acerca de los hombres-serpiente, pero aquel le pareció muy joven.

—¡Pero si eres solo un crío! —exclamó sorprendido, y lo soltó.

El szish retrocedió un poco, arrastrándose, y masculló algo. Jack aguzó el oído.

—¿Cómo has dicho?

—No... crío –dijo él, mostrando evidentes dificultades para pronunciar cada palabra–. Catorce añosssss.

—¿Tienes catorce años? Pues eres un niño entonces.

Luego recordó que él era aún más joven cuando se unió a la Resistencia, y sacudió la cabeza, perplejo. El tiempo pasaba muy deprisa y, a la vez, tenía la sensación de que habían transcurrido siglos desde entonces.

—¿Cómo te llamas? ¿Qué estabas haciendo con ese bebé?

El szish negó con la cabeza, desconcertado. Jack envainó la espada y lo señaló con un dedo.

—Tu nombre –repitió lentamente–. ¿Cómo... te... llamas?

El otro le dedicó un siseo amenazador. No obstante, Jack vio el miedo en su mirada, un miedo mucho más profundo del que pudiera provocarle una espada de fuego o, incluso, un dragón. Siguió mirándolo fijamente, hasta que el szish claudicó y dejó caer los hombros.

—Assssher –dijo.

—¿Assher? ¿Te llamas así?

El szish se señaló a sí mismo.

—Nombre. Assssssher –siseó.

El bebé seguía llorando desconsoladamente, y Jack no lo soportó más. Dejó de prestar atención al szish y acudió a su lado.

Assher hizo ademán de detenerlo, pero al final no se movió. Contempló, impotente, cómo Jack tomaba al bebé en brazos y lo observaba con preocupación.

—¿Qué le has hecho? ¿Por qué llora?

Assher lo miró sin entender. Jack señaló a la criatura.

—Bebé. Niño pequeño. Crío –dijo–. ¿Qué le pasa?

—Crío llora –dijo Assher–. No sssé.

—¿No sabes por qué?

—Hambre... Creo.

Jack escudriñó la carita del bebé buscando alguna pista. Descubrió entonces las vetas pardas que marcaban su piel.

—Un bebé bárbaro –musitó, sorprendido–. ¿Es esta la niña Shur-Ikaili que secuestró Gerde?

Se volvió hacia Assher, con ojos relampagueantes.

–¿Qué habéis hecho con ella? –exigió saber–. ¿Para qué la quería Gerde? ¡Responde!

–¡Gerde! –repitió Assher, y en su voz había un tono de profunda adoración, pero también un miedo cerval–. Gerde quiere Saissssh –dijo, y señaló a la niña.

–¿Saissh? ¿Es así como se llama? ¿Y adónde la llevabas, Assher? ¿Qué querías hacer con ella?

–Bárbarossss vienen –susurró Assher–. Quieren Saissssh. Yo llevo Saisssh con ellossss.

Jack dejó de acunar a la niña y lo miró, incrédulo.

–¿Quieres devolverla a los bárbaros? ¿Por qué razón? ¿Lo sabe Gerde?

–Gerde no sssssabe –murmuró Assher.

–Comprendo. Eres un traidor.

–¡No traidor! –exclamó el szish, molesto.

Jack lo contempló, desconcertado. Assher no dominaba el idhunaico, y estaba claro que no encontraría palabras para explicar sus motivos, que, de momento, resultaban bastante incomprensibles. Pero él debía de saber por qué quería Gerde a aquel bebé. Convenía mantenerlo con vida, y retenerlo cerca.

–Pero quieres devolver a la niña a Shur-Ikail –dijo con suavidad–. Te acompañaré a devolverla. Iré contigo –añadió, para asegurarse de que lo entendiera.

Assher lo miró con una desconfianza llena de antipatía.

–Lleva Saisssssh –dijo–. Tú ssssolo. Yo vuelvo.

Jack sacudió la cabeza.

–Ni hablar. Tú vienes conmigo. Eres mi prisionero.

Assher debía de conocer la palabra «prisionero», porque le dirigió una breve mirada, se puso en pie a la velocidad del rayo y echó a correr.

Soltando una maldición por lo bajo, Jack dejó de nuevo al bebé sobre las mantas y salió en su busca.

Lo alcanzó un poco más lejos, cuando estaba a punto de internarse en la espesura. Se arrojó sobre él, y ambos rodaron por el suelo.

–Ah, no, no te vas –le dijo cuando logró reducirlo–. Me vas a explicar quién es Saissh, y para qué la quiere Gerde.

–No ssssé nada –ladró el szish, enfadado–. Essssstúpido ssssangrecaliente.

Jack se contuvo para no atizarlo. Lo agarró por la ropa y lo levantó con cierta brusquedad.

—Es un bebé, serpiente. Una niña pequeña, indefensa. Si Gerde le ha hecho daño...

—Gerde cuida Saisssh —replicó él—. Gerde quiere Saisssssh.

—¿Que le tiene cariño, quieres decir? —lo soltó, perplejo—. Esa mujer no tiene sentimientos. ¿Cómo va a querer a un bebé? ¿Me vas a decir que de pronto se le ha despertado el instinto maternal?

Assher no entendió sus palabras, de modo que se limitó a dirigirle una mirada malhumorada.

—Es igual —gruñó Jack—. No sé para qué me molesto, si...

Se interrumpió porque el szish se había incorporado, tenso como un muelle, y escuchaba con atención y con los ojos muy abiertos.

—¿Qué...?

—Saissssh no llora —siseó él.

Cruzaron una mirada... y los dos, al mismo tiempo, se levantaron y echaron a correr, de vuelta al campamento de Assher.

Cuando llegaron, se detuvieron de golpe, sorprendidos.

Había alguien más allí, alguien que había tomado al bebé en brazos y lo mecía con suavidad. Assher estuvo a punto de abalanzarse hacia ellas, pero Jack lo retuvo a su lado, con firmeza.

Cuando la joven alzó la cabeza, sintió que el corazón se le derretía, como cada vez que ella le sonreía de aquella manera. No podía ser un espejismo.

—Victoria, ¿qué haces aquí? —le preguntó con voz ronca.

—He venido a buscarte —respondió la muchacha—. Alsan y Shail regresaron sin ti..., y estaba preocupada.

—¿Y cómo has llegado aquí tan deprisa?

Victoria desvió la mirada hacia un peñasco cercano. En lo alto, hecho un ovillo, descansaba un pájaro haai.

Repuesto ya de la sorpresa, Jack acudió junto a ella, y la abrazó y la besó con ternura.

—Es una niña Shur-Ikaili —explicó—. Gerde la secuestró y luchó por ella cuando los bárbaros quisieron recuperarla.

No mencionó que también Christian había estado involucrado en todo aquello. Victoria asintió, sin apartar la mirada del rostro del bebé. Había una expresión extraña en su rostro, dulce y anhelante a la vez... y algo parecido a una sombra de inquietud.

—¿Se la has arrebatado a Gerde? —preguntó ella.

—No; fue él quien, por lo visto, se la llevó de su lado —explicó Jack señalando a Assher, que seguía mirándolos con desconfianza, un poco apartado—. Dice que quiere devolverla a los bárbaros, pero no ha querido, o no ha sabido, explicarme por qué, ni cuáles eran los planes de Gerde con respecto a ella.

Fue entonces consciente de que el szish seguía allí. Podría haber escapado, aprovechando la confusión del momento, pero seguía allí.

—Y me temo que ahora no puede volver con los suyos —añadió—. Parece ser que este bebé era muy importante para Gerde. Supongo que se pondría furiosa cuando desapareció, y que los está buscando.

Victoria asintió de nuevo.

—No paraba de llorar —dijo entonces Jack.

—Normal; tiene hambre, pobrecilla, y no sé qué darle de comer. He usado mi poder para calmarla un poco, pero eso no llenará el vacío de su estómago, me temo.

—¿Tu poder? ¿Cuánto poder, exactamente?

Victoria sonrió.

—Como para una curación leve. No le he concedido la magia, si es eso lo que quieres decir. No es necesario, porque esta chiquilla ya es una maga. Y el chico también —añadió mirando a Assher.

Jack los miró a ambos, sorprendido.

—¿Cómo lo sabes?

—Gerde usó mi cuerno para ello —respondió Victoria simplemente—. Hay algo de mi esencia en ambos, aunque solo sea un poco.

Jack movió la cabeza, algo preocupado.

—No hay duda de que Gerde le está sacando partido a tu cuerno, Victoria. Entiendo que quiera tener a algunos magos szish entre sus filas, pero ¿por qué robar a una niña bárbara y otorgarle la magia?

Victoria no respondió. Jack se quedó mirándola un rato, pensativo. Había algo de tristeza en los ojos de ella.

—¿Piensas en Christian? —le preguntó con suavidad—. ¿Crees que él sabe lo que trama Gerde?

—Es posible —asintió Victoria; alzó entonces la cabeza, decidida—. Si vamos a devolver a esta niña, hemos de hacerlo cuanto antes. Gerde no tardará en encontrarnos.

—Ahora ya no estoy seguro de que sea buena idea. Si la llevamos con los suyos, Gerde la encontrará de todos modos. Puede que lo mejor sea que nos la llevemos con nosotros, al menos hasta que averigüemos qué está pasando.

–Pero no puedo alimentarla, Jack. Y Gerde sí podía. Quiero decir que la niña está sana, mírala. Es el szish el que no le ha dado de comer, seguramente porque no sabía cómo cuidarla, pero Gerde la trataba bien.

–En Vanissar hay mujeres que la cuidarán, Victoria. Y ahora que sé que Gerde se toma tantas molestias por ella, no me atrevo a devolverla. Shur-Ikail será el primer sitio donde la buscará. Cuando la encuentre, los bárbaros lucharán por conservarla, y Gerde los matará a todos. Pero ella no sabe que la hemos encontrado, así que podemos ocultarla.

Victoria lo miró un momento, dubitativa. Después asintió.

–Muy bien; llevémosla a Vanissar, pues.

Emprendieron el viaje de regreso casi de inmediato. Jack no se atrevió a transformarse en dragón, por si Gerde o los sheks lo detectaban, y tampoco podían montar todos en el pájaro haai, que solo soportaría a dos personas sobre su lomo. Jack sugirió dejar atrás a Assher, pero Victoria se opuso.

–Si lo encuentran, lo matarán, Jack.

De modo que avanzaron a pie.

La jornada siguiente fue larga y difícil. Avanzaron bordeando las montañas, protegidos por la sombra de los grandes picos de piedra. Era un trayecto duro y complicado, y más cargando con un bebé, pero les pareció más seguro.

Saissh seguía hambrienta, y Jack y Victoria no tenían la menor idea de cómo remediarlo. No tenían leche para darle, ni nada apropiado para su boquita sin dientes, aunque le dieron agua para beber, y eso pareció aliviarla, en parte.

Cuando el tercero de los soles se puso por el horizonte, estaban cansados y desanimados, y les parecía que no habían avanzado demasiado.

–Cuando crucemos las montañas y nos adentremos en Nandelt, me transformaré y regresaremos volando –prometió Jack.

Victoria no dijo nada. Dejó caer la cabeza sobre su hombro, agotada, mientras Saissh tironeaba de uno de sus bucles, tal vez para llamar su atención, tal vez porque se aburría.

Se habían acurrucado en torno a una hoguera que habían encendido a la entrada de una pequeña caverna. A una prudente distancia de ellos estaba Assher, que los miraba con desconfianza. No había hablado en todo el día, aunque Jack sospechaba que los escuchaba con atención y trataba de entender lo que decían.

Estaban ya medio adormilados cuando Saissh se echó a llorar otra vez.

Victoria se despertó de golpe y la acunó entre sus brazos, tratando de calmarla. Y lo consiguió en parte. La niña dejó de llorar, pero parecía nerviosa, a pesar del cansancio.

–No se dormirá –murmuró Victoria–. Tiene demasiada hambre.

–Déjame a mí.

Jack la cogió en brazos y le hizo muecas hasta que consiguió que sonriera.

–Tal vez deberías cantarle una nana –sugirió Victoria.

–¿Yo? Qué va, canto muy mal.

–Eso no es verdad.

–Sí que lo es, y por eso nunca canto en público, a no ser que alguien me escuche a escondidas –añadió, lanzándole una mirada de reproche; Victoria sonrió–. Le contaría un cuento, pero ahora no se me ocurre ninguno. ¿Y a ti?

Ella se encogió de hombros. Se fijó entonces en Assher, que los observaba con atención.

–¿Conoces algún cuento para niños, Assher? –le preguntó.

–Victoria, si apenas conoce nuestro idioma...

El szish los miraba, desconfiado.

–Cuento para Saisssh –dijo, sorprendiéndolos a ambos–. Madressss sssszish sssaben cuentossss para niñossss. Yo ssssé.

–¿Lo ves? –le dijo Victoria a Jack.

Aún receloso, Assher se acercó y se sentó junto a ellos. Alargó un dedo para acariciar la barbilla del bebé, pensativo. Probablemente estaba tratando de ordenar sus pensamientos y de encontrar suficientes palabras para relatar la historia que tenía en mente.

–Cuento para niñossss –dijo–. Cuento de la Sssssombra Ssssin Nombre.

–Extraño título para un cuento infantil –comentó Jack, pero Victoria le hizo callar.

Assher hizo varios intentos de comenzar a relatar su historia, pero terminó sacudiendo la cabeza, derrotado. Siguiendo un impulso, Jack se quitó su amuleto de comunicación y se lo entregó.

–Toma –le dijo–, póntelo. Con esto, hablarás nuestro idioma.

Assher lo miró, desconfiado, pero la sonrisa de Victoria pareció relajarlo un tanto. Aún inseguro, se puso el colgante.

–¿Qué tal ahora? –preguntó Jack. Assher lo miró, un poco sorprendido, y volvió a contemplar el amuleto, respetuosamente.

–Puedo hablar como lossss ssssangrecaliente –dijo, con cierta cautela.

–Con un acento atroz, pero sí –asintió Jack–. No sé por qué no se me ha ocurrido antes.

Assher le disparó una mirada llena de antipatía. Pero, en aquel momento, el bebé empezó a hacer pucheros otra vez, y Jack lo meció de nuevo.

–No lloressss –dijo el szish–. El cuento essss bonito. Era mi favorito cuando era un niño.

Ni Jack ni Victoria dijeron una palabra. Pensativo, Assher empezó a hablar.

–Hubo una vez una Sssombra Ssssin Nombre. Vagaba por el mundo, ssola y confussa. No ssabía de dónde venía, ni quién era, ni ssi había otrasss sssombrasss como ella. Ssse había perdido.

»Había intentado hablar con lasss sssssombrassss que proyectaban lossss objetossss, pero eran sssombrasss muertassss que no ressssspondían a sssusss preguntassss. «¿No habrá en el mundo nadie como yo?», sssse preguntaba la sssombra.

»Por un tiempo, dessseó ssser como aquellassss sssssombrassss mudassss. Cualquier cosssa, con tal de essscapar de la sssoledad. Asssí que le preguntó a una roca sssi podía ssser ssu sssombra. «Yo ya tengo mis tressss sssssombrassss», dijo la roca. «No necesssito ninguna másss». La Sssombra Sssin Nombre preguntó: «¿Y por qué?». «Porque hay tresss sssssolessss», dijo la roca, «y por esssso todassss lasss rocasss hemosss de tener tresss sssssombras». La Sssombra Sssin Nombre dijo que quizá hubiera otra roca con ssssolo dossss sssssombras, o inclusssso una, y que necesssitasssse una tercera sssombra. La roca le recomendó que preguntasssse al Amo de la Montaña, que conocía todassss lasss rocasss del mundo.

»La Sssombra Ssssin Nombre busscó al Amo de la Montaña; pero, cuando por fin lo encontró, esssste no fue nada amable con ella. «¿Qué hacesss tú aquí?», le preguntó, con una voz terrible que sssonaba como cientossss de piedrasss rodando por una ladera. «Eresssss ssssolo una sssombra, no puedesss dejarte ver bajo lossss ssssolessss. Tu lugar essss la ossscuridad de la que procedessss».

»El Amo de la Montaña assssussstó tanto a la Ssssombra Ssssin Nombre que esssta sssalió huyendo, y no volvió a acercarsssse a lassss rocassss. Asssí que continuó ssssu camino. Y un día sse atrevió a acercarsssse a un árbol y preguntarle ssssi podía ssser sssu sssombra. «No lo ssssé», dijo el árbol, «puessss yo ya tengo misss tressss ssssombrassss, y no sssé ssssi el Amo del Bosssque me permitiría tener una cuarta sssssombra». La Ssssombra Ssssin Nombre fue a ver al Amo del Bosssque, pero essste gritó al verla. «¡Vete! ¡Vete! ¡Largo de aquí! ¡No deberíasss exissstir!». El Amo del Bosssque era terrible y poderossso, y la Ssssombra Ssssin Nombre sssscapó de allí y no volvió a acercarsssse a los árbolessss.

»Pero el tiempo passsaba, y la Sssombra Sssin Nombre essstaba cada vez másss confusssa y perdida. Como tenía miedo de lassss rocasss y de lossss árbolessss, quissso esssscondersse en lassss profundidadessss del mar, y le preguntó a un pez ssssi podía sssser ssssu sssssombra. «No hay muchosss pecessss que tengan ssssombra», dijo el pez. «Ssssolo aquellosss que nadan en aguasss poco profundassss, donde puede llegar la luz de lossss ssolessss. Pero ellosss ya tienen todassss ssusss ssssombrassss». La Sssombra Sssin Nombre fue a ver al Amo del Mar. Y el Amo del Mar sse sssorprendió mucho cuando la vio. «¡Ah, de modo que esstássss aquí!», dijo, y quisssso encerrar a la Sssombra en una prisssión húmeda y osscura. La Ssssombra Ssssin Nombre, assussstada, huyó de allí y no volvió a acercarsssse al mar.

»Penssssó entoncesss que podía ssser la sssombra de un ave. Lassss ssssombrasss de lasss avesss sson cambiantessss y esssquivasss, parecían tener una perssssonalidad propia, como ella. Asssí que le preguntó a un pájaro sssi podía ssser sssu sssssombra. El pájaro no lo sssabía. Ni sssiquiera se había dado cuenta de que tenía tressss sssssombrassss. Losss pájarossss no sse fijan mucho en essassss cossassss. De modo que la Sssombra fue a ver al Amo del Viento. Tenía miedo, pero le habían dicho que el Amo del Viento era un tipo sssimpático. Cuando la vio, el Amo del Viento sse burló de ella. «¡Eressss tan poca cosssa!», le dijo. «¡Sssolo una ssssombra, no eressss nada, nada importante! ¡Y te hassss atrevido a pressentarte ante mí! Ah, sssí, eressss muy graciosssa....». El Amo del Viento sssseguía riéndosssse cuando la Ssssombra sse fue de allí. Tampoco volvió a hablar con lossss pájarossss.

»Sssse dijo que lossss sssolesss eran los ressponssablesss de todo aquello. Ellossss creaban lassss ssssombrasss de las cosssasss y habían decidido que sssolo eran tressss. Quizá ellosss pudieran darle nombre o decirle de qué manera podría ssser como lasss otrasss sssombrasss.

»Pero los sssolesss le dijeron que debía hablar con el Amo de los Sssolessss, el másss poderosso y temible de todossss. Y la Ssssombra Ssssin Nombre sssse presssentó ante él.

»Nada mássss verla, el Amo de los Ssssoles montó en cólera. «¡Bassssura, basssura!, ¿qué essssstássss haciendo aquí?». Trató de aplassstar a la Sssombra con sssu fuego abrassador, pero la Ssssombra esscapó. Y dessssde aquel día, dejó de sssalir a la luz de loss sssolesss.

»Una noche habló con lassss lunasss. Lassss lunassss también producían ssssombrasss, no tan nítidasss como lass sssombrasss diurnasss, pero ssssí másss bonitasss. Lasss lunasss le dijeron que hablara con el Amo de lasss Esstrellasss. La Sssombra Sssin Nombre estaba canssada, pero no ssabía qué otra cossa hacer.

»El Amo de lasss Esstrellassss no le gritó ni le inssultó. Ssse limitó a mirarla y a essscucharla. «Yo no quiero ssser una Sssombra Sssin Nombre», dijo ella. «Sssi sssoy la sssombra de algo, quiero ssaber de dónde procedo, y por qué no esssstoy unida a essse algo, como todassss lassss demásss ssombrassss». «Ah», dijo el Amo de lassss Esstrellassss, «¿no lo entiendesss? Eresss la Sssombra del Amo de la Montaña, del Amo del Bosssque, del Amo del Mar; eresss la Ssssombra del Amo del Viento, del Amo de losss Sssolesss, y del Amo de lasss Esssstrellasss. Pero losss Amosss no debemosss tener ssombrassss y, por esssso, tú no debesss exisssstir».

»Y el Amo de lasss Essstrellasss brilló con tanta fuerza que sssu luz essstuvo a punto de desshacer a la Sssombra Ssssin Nombre. Pero ella resssissstió, y huyó de allí... y fue a ocultarsse en lo másss profundo del mundo, lejosss de la sssuperficie, en un lugar donde nadie pudiera encontrarla.

»Allí quedó un tiempo, sssumida en la osssscuridad. Hasssta que un día topó con una criatura en uno de losss túnelessss. Era una ssserpiente.

»La Ssssombra Ssin Nombre no había hablado nunca con lassss ssssserpientesss. Reptaban demasssiado cerca del sssssuelo como para tener una ssssombra grande, una sssombra en la que valiera la pena fijarsssse. Pero aquella sssserpiente ni ssssiquiera ssssabía lo que era una sssombra, puessss vivía en la osscuridad, como ella, y nunca había vissssto la luz de losss sssolesss. Asssí, la ssserpiente y la Ssssombra Sssin Nombre sse hicieron amigasss. Y un día, la Ssssombra le preguntó a la ssserpiente sssi podía sssser ssssu ssssombra. «Claro que ssssí», ressssspondió ella, «puesssto que nunca he tenido una ssssombra».

»Y, a partir de entonces, la Ssssombra Sssin Nombre dejó de sssser la Ssssombra Sssin Nombre, para convertirsssse en la Ssssombra de la Sssserpiente. Y dice la hisssstoria que, cuando la ssserpiente murió, la sssombra sssse había hecho tan fuerte a ssssu lado que sssiguió exissstiendo, y dessssde entonces possssee la forma de una sssserpiente, no importa cuántosss sssssolesss la iluminen, ni a qué cuerposss y objetosss ssse acerque.

Assher calló. Hacía rato que Saissh se había dormido, arrullada por la susurrante voz del szish. Jack y Victoria, en cambio, se habían cogido de la mano, y tenían el rostro pálido y la mirada perdida.

–¿Dices que es un cuento para niños? –murmuró entonces Jack, rompiendo el silencio–. Te equivocas, Assher. Es vuestro génesis. El origen de vuestra especie... y de vuestro dios.

El szish lo miró un momento, sin comprender.

–La Sombra Sin Nombre es el Séptimo, el dios sin nombre –explicó Jack–. Y los Amos son los otros Seis dioses. Sabíamos que siempre han estado enfrentados, que el Séptimo andaba buscando su lugar en el mundo y que tiene una curiosa afinidad con las serpientes, pero lo que no imaginaba... era que el Séptimo nació de los otros Seis. La Sombra de los Seis. Algo de lo que los dioses quisieron desprenderse, y que cobró vida de alguna manera.

Assher le dirigió una mirada llena de odio.

–Essstúpido ssangrecaliente –escupió–. Tan arrogante como todosss los tuyosss. Nuesssstro diosss no esss una ssimple ssombra, ess tan poderossso como todosss vuesssstross engreídosss diosssesss juntosss.

–Por supuesto que lo es –asintió Jack–, porque procede de todos ellos. No de uno ni de dos, sino de los Seis.

–¿Para essto me pidesss que cuente un cuento? –replicó Assher–. ¿Para inssssultar a mi diosss y a nuesstrasss creenciass? No quiero ssseguir hablando contigo.

Se arrancó el colgante, con cierta violencia, y lo arrojó a sus pies. Después, volvió a su lugar, lejos de ellos, y allí se hizo un ovillo y fingió que dormía. Jack lo contempló un momento, pensativo. Le tendió la niña a Victoria, que la sostuvo con cuidado para no despertarla, recogió el amuleto de comunicación y volvió a colgárselo al cuello.

–¿De veras crees que ese cuento infantil es una especie de metáfora del origen del Séptimo, o lo has dicho solo para molestarlo? –preguntó Victoria.

–Lo creo de verdad. ¿Tú no has encontrado nada familiar en esa historia?

Victoria inclinó la cabeza.

–La referencia a la serpiente que vivía en las cavernas me ha recordado a Shaksiss, la serpiente legendaria que veneran los sheks –dijo, y acarició, casi sin darse cuenta, la piedra de Shiskatchegg–. Pero podría ser una coincidencia; no es tan extraño que Shaksiss aparezca en los mitos de los szish. Por otra parte, que esos malvados Amos sean precisamente seis tampoco tiene nada de particular. Para las serpientes, el seis es un número de mal agüero.

Jack rodeó sus rodillas con los brazos y apoyó la cabeza en ellas, pensativo.

–Es posible –admitió–, pero explicaría muchas cosas. ¿Recuerdas lo que te conté que me dijo Domivat, acerca del origen de los Seis? Bien, en un mundo donde solo hay un dios, este no encuentra competencia. Pero donde hay varios, tiene que encontrarse con límites y restricciones, a la fuerza. Mira a Wina: está expandiendo el bosque de Alis Lithban, pero llegará un momento en que tope con el mar o con la montaña. Los dioses se contienen unos a otros, cada uno marca los límites de los demás. Por eso Um y Ema quisieron destruirse mutuamente; por eso los Seis destruyeron Umadhun con sus disputas.

»Después crearon Idhún y, para evitar que sucediera lo mismo, se alejaron de él... pero dejaron a los unicornios en su lugar para que siguieran moviendo esa energía que mantenía vivo al mundo. Y, sin embargo...

–... Sin embargo, eso no evitó que siguieran peleando, ¿verdad?

–No. Pero imagínate que tuvieran la posibilidad de extraer de sí mismos esa parte destructiva.

–¿Se puede hacer eso?

–Desde que comprendí la naturaleza de mi odio hacia las serpientes, no ha habido un solo día que no haya deseado arrancármelo del corazón –replicó Jack, con una cansada sonrisa–. Pero, claro, yo soy solo un dragón, y ese tipo de cosas están fuera de mi alcance. Sin embargo... si fuera un dios... si pudiera hacerlo... lo haría.

—«Los Amos no deben tener sombras» —recordó Victoria, con un estremecimiento—. ¿Quisieron ser solamente dioses creadores, y se «liberaron» de su parte destructiva, del odio, la oscuridad y todo eso?

—O al menos lo intentaron. Tal vez creyeron que habían acabado con ello, pero lo cierto es que, de alguna manera, dieron vida a un nuevo dios. Un dios que concentraba todo lo malo que había en ellos. Y desde entonces, por lo visto no han vuelto a pelearse entre ellos, así que supongo que sí tuvieron éxito, en cierto modo. Pero ahora tienen que acabar con esa «parte mala» que se les ha rebelado. Por eso crearon a los dragones, y el Séptimo respondió creando a los sheks, o tal vez fuera al revés.

Victoria movió la cabeza, no muy convencida.

—¿Crees que no fue así? —preguntó Jack.

—No sé. Lo cierto es que yo tenía mi propia teoría, ¿sabes? Acerca del meteorito que cayó en Idhún en tiempos remotos. Pensaba que había traído consigo al Séptimo, que era un dios... «extraidhunita», por así decirlo. Por eso no pertenecía a este lugar. Pero tu versión lo hace tan idhunita como los otros Seis.

»Por otro lado, a mí los Seis me siguen pareciendo un tanto destructores. El Séptimo también es un dios creador, a su manera. ¿No creó a los sheks y a los szish, después de todo? Además, yo sigo sin ver que las serpientes sean completamente malvadas. Las cosas no son tan sencillas.

—Los unicornios dijeron que las serpientes eran la encarnación de todo lo malo —le recordó Jack.

—Eso fue hace mucho tiempo —protestó Victoria—, y además, puede que los dragones malinterpretaran sus palabras. ¿En serio crees que son tan malos? ¿Qué me dices de Christian, o de Sheziss, por ejemplo? Incluso Assher... míralo —añadió, señalando el lugar donde el szish dormía o fingía dormir—. ¿Tan diferente es de cualquier chico humano? Si eres capaz de mirar más allá de su aspecto de serpiente, ¿qué ves en él?

Jack la miró largamente.

—No, no creo que ellos sean tan malos —dijo con suavidad—, pero tampoco tan buenos como tú pareces creer. ¿No será que en el fondo tratas de justificar a Christian, de disculparlo por habernos dado la espalda para regresar con las serpientes?

–No, no es eso –se enfadó Victoria–. Y no cambies de tema.

De pronto, Jack se incorporó de un salto, sobresaltándola.

–¿Qué...? –empezó ella, pero se calló de pronto.

Había algo en el ambiente, una presencia tan poderosa que la hacía estremecer. Al mismo tiempo percibió otra cosa a través del anillo. «Christian», pensó, inquieta, y se incorporó también, estrechando a Saissh entre sus brazos.

Jack había desenvainado a Domivat y escudriñaba la penumbra. Assher, por su parte, se había despertado y retrocedía, alerta.

De entre las sombras emergieron dos figuras. La primera de ellas era esbelta y sutil como un rayo de luna. La seguía la inconfundible silueta de Christian.

Los músculos de Jack se tensaron al máximo, pero, por una vez, no se debía a la presencia del shek. Era Gerde quien le transmitía una embriagadora sensación de peligro.

–Veo que habéis encontrado a mis dos fugitivos –comentó ella, con una sonrisa.

Assher dio un par de pasos atrás, pero la mirada de Gerde había capturado la suya como un imán. El szish temblaba violentamente cuando empezó a avanzar hacia ella, atraído por aquella mirada. Por fin cayó de rodillas ante el hada y le dijo algo en el idioma de los hombres-serpiente. Gerde le respondió en la misma lengua. Titubeando, Assher alzó la cabeza y la miró, como si no acabara de creerse lo que le había dicho. Gerde le tendió la mano y, lentamente, Assher se levantó y acudió a su lado, todavía temblando. El hada le acarició el rostro.

–Ya he recuperado a uno –dijo–. Supongo que no tendréis la amabilidad de devolverme a la niña, y que tendré que perder el tiempo recobrándola por la fuerza.

Jack no respondió. Se había situado ante Victoria y Saissh, interponiendo a Domivat entre ellos y los recién llegados. Victoria, por su parte, cruzó una larga mirada con Christian. Pero no iniciaron ningún contacto telepático.

–Victoria –dijo Gerde–. Devuélveme a mi Saissh.

–¿Qué vas a hacer con ella? –exigió saber Jack.

Gerde lo miró como si no creyera lo que estaba oyendo.

–¿De veras crees que es asunto tuyo? –le espetó.

–No es tuya –replicó él– y, además, es solo un bebé. Si pretendes que forme parte de uno de tus retorcidos planes...

No terminó la frase porque, súbitamente, algo tiró de él, una sensación que subió desde su estómago a su garganta y que le obligó a dar varios pasos hacia adelante, con una sacudida. Luchó por resistirse, pero fue completamente inútil. La fuerza que tiraba de él era tan poderosa que era como tratar de oponerse a un río desbordado.

–¡Jack! –lo llamó Victoria cuando se apartó de su lado. Pero no tuvo tiempo de retenerlo.

Cuando quiso darse cuenta, Jack había envainado la espada y estaba frente a Gerde, contemplándola absolutamente embelesado, convencido de que jamás había visto una criatura tan hermosa. El hada sonrió con lentitud y le dirigió una mirada evaluadora.

–Un dragón –dijo–. Qué interesante. Sabes, desde que volví a la vida no he encontrado a nadie que estuviera a mi altura. ¿Crees que tú serías capaz de complacerme?

Por toda respuesta, Jack se abalanzó sobre ella, deseando estrecharla entre sus brazos. Gerde lo detuvo con un solo dedo.

–Calma –lo riñó–. Las cosas hay que hacerlas con un poco más de elegancia, ¿no crees?

Mientras Jack temblaba como un niño ante ella, Gerde deslizó la yema del dedo por su rostro, recorriendo cada uno de sus rasgos. Después, bajó el dedo por su cuello, hasta el pecho. Y, poco a poco, se acercó a él y lo besó.

Jack perdió el control y respondió al beso apasionadamente. No era capaz de pensar en otra cosa que no fuera Gerde. Se había olvidado por completo de todo lo demás.

Victoria los contempló un momento y luego desvió la mirada hacia Christian. El rostro de él seguía impenetrable. Observaba a la pareja con cierta curiosidad, pero nada más.

Assher, en cambio, miraba hacia cualquier otra parte. No podía soportar ver a Gerde en brazos del dragón.

–No ha estado mal –comentó Gerde, separando a Jack de sí–. ¿Me besarías otra vez? –le preguntó con cierta coquetería.

–Por supuesto –respondió Jack con voz ronca, sufriendo en cada fibra de su ser la agonía de no estar ya en contacto con la piel de Gerde–. Cada vez que me lo pidas.

–Porque eres mío, ¿verdad?

–Completamente –respondió él, muy convencido; seguía mirándola fascinado, como si no existiera nada más en el mundo.

–Demuéstramelo, dragón. Besa mis pies y jura que eres mío.

Jack se echó de bruces ante ella. La simple idea de contrariarla le parecía inconcebible. Gerde adelantó uno de sus pequeños pies descalzos, y Jack lo tomó entre sus manos, como si fuera un tesoro, y lo besó con devoción.

–Soy tuyo –susurró–. Lo juro.

–Qué encantador –sonrió el hada; miró a Victoria–. ¿Te importa que me lo quede?

Ella le dirigió una mirada llena de frío desprecio.

–No tengo derecho a decidir por él –dijo–. Ni yo, ni nadie. Y mucho menos tú. Jack no es un objeto, así que no vuelvas a tratarlo como a tal. Atrévete a retirar el hechizo y a preguntarle a él mismo si quiere marcharse contigo por propia voluntad. A ver qué te dice.

Gerde alzó una ceja.

–Como quieras.

Jack sintió, de pronto, como si pudiera respirar después de estar mucho rato bajo el agua. Sacudió la cabeza, aturdido y desorientado. Se vio arrodillado ante Gerde y se levantó de un salto. Retrocedió, con la mano en el pomo de la espada.

–¿Qué... qué me has hecho, monstruo? –gritó, con una nota de pánico en su voz.

–¿Lo ves? –dijo el hada–. Quiere matarme. De esta manera, solo conseguirá que lo mate yo a él, mientras que si lo tengo hechizado, por lo menos lo mantendré con vida mientras me resulte interesante.

Jack retrocedió un poco más. Con cada palabra de Gerde, recordaba con más claridad lo que había sucedido apenas unos minutos antes, y la vergüenza cubrió su rostro de rubor; pero, al mismo tiempo, la rabia por haber sido utilizado lo ahogaba por dentro. Gerde lo había vencido sin luchar, lo había manejado como a un muñeco sin voluntad, lo había humillado. Sin mirar a Victoria, desenvainó la espada y masculló:

–Sí, quiero matarte, y lo haré aunque tenga que morir en el intento.

Descargó a Domivat sobre ella, con toda su rabia, pero algo se interpuso. Un filo liso y frío como el hielo.

–¿Qué demonios estás haciendo? –casi gritó Jack.

–No la toques, Jack –advirtió Christian, con calma–. Por tu bien.

Los dos sostuvieron la mirada un momento más. Todavía temblando de ira, Jack retiró la espada con esfuerzo. Christian bajó la suya.

—Qué interesante —dijo Gerde—. El dragón lucha por su dama, la serpiente protege a la suya. ¿Qué dices, Victoria? ¿Dejamos que peleen hasta que muera uno de los dos?

Victoria volvió a mirar a Christian, pero los ojos de él estaban fijos en Gerde, y su expresión era indescifrable.

—No —dijo—. Sería una lucha cruel y sin sentido. Y no voy a permitirlo.

—¿Y cómo piensas evitarlo? —sonrió Gerde—. Verás... Tal y como yo lo veo, el dragón tiene dos opciones: o me resulta útil, y vive, o no me sirve para nada, y muere. Si lo mantengo hechizado, tal vez...

—¡Ni hablar! —gritó Jack, tratando de disimular bajo una fachada de furia el pánico que sentía—. ¡No te atrevas... no te atrevas a volver a hacer nada parecido!, ¿me oyes?

—Entonces puedes entretenerme peleando contra Kirtash. Las luchas entre sheks y dragones son uno de los espectáculos más soberbios de Idhún. ¿Lucharías contra él? Lo estás deseando.

—¿Para entretenerte a ti? Ni lo sueñes.

—Bien; entonces no eres útil. Qué lástima —suspiró Gerde.

—¡No! —gritó Victoria, pero el hada ya había alargado la mano hacia él, y una fuerza invisible lo hizo caer a sus pies, con un grito de agonía—. ¡No! —chilló Victoria otra vez.

Trató de correr hacia Jack, pero un muro invisible la retuvo en el sitio, impidiéndole avanzar.

—¿Qué pasa? —dijo Gerde con frialdad—. ¿No querías que le preguntara a él? Pues entonces, no interfieras —se volvió hacia Jack, que se retorcía de dolor a sus pies, como si mil látigos lo estuviesen torturando a la vez—. ¿Qué me dices? ¿Serás útil?

—N... no —jadeó Jack.

Gerde sonrió. Con apenas un gesto, el dolor se intensificó, y el joven dejó escapar un alarido. Sin embargo, lo que más lo torturaba no era tanto el dolor que ella le estaba infligiendo como la certeza de que podía matarlo en cualquier momento, con un solo dedo.

—¡Déjalo en paz! —gritó Victoria—. ¡Tengo a la niña! ¡Si le pasa algo a Jack...!

—¿Qué? ¿La matarás? No tienes agallas, Victoria. ¿Matarías a un bebé para salvar la vida de tu amado?

Victoria la miró con repugnancia.

–Pensaba entregártela –replicó–. Pero, si haces daño a Jack, me la llevaré lejos y no volverás a verla –la estrella de su frente empezó a brillar con intensidad–. No sé qué quieres de ella, pero la estabas cuidando, ¿verdad? Porque es importante para ti.

–Tal vez. ¿Me estás proponiendo un cambio?

–Si te devuelvo al bebé... ¿dejarías marchar a Jack? ¿Y cómo sé que puedo fiarme de ti?

Jack cerró los ojos un momento, agotado. El dolor había cesado, pero no tenía fuerzas para levantarse. Cuando los abrió de nuevo, dirigió una mirada a Christian, pero él continuaba impasible. «¡Traidor...!», pensó Jack, furioso. El shek le dirigió una breve mirada, pero no estableció contacto telepático con él.

Pese a ello, Jack siguió centrando sus pensamientos en Christian, insultándolo mentalmente, a pesar de que era Gerde quien lo mantenía atado a su poder, en apariencia sin el menor esfuerzo. Jack era consciente de ello y, tal vez por eso, le resultaba más sencillo volcarse en la rabia que sentía hacia el shek; porque no se atrevía a mirar a Gerde, porque el simple recuerdo de su nombre hacía que temblara de terror de los pies a la cabeza.

–No voy a matar al dragón –sonrió Gerde–. No necesitas saber por qué. No obstante, si no quieres que siga torturándolo...

–No quiero –replicó Victoria–. Lo sabes perfectamente.

De pronto, fue capaz de moverse. Respiró hondo y avanzó hasta situarse ante ella, con Saissh entre sus brazos.

–La niña por el dragón –dijo Gerde–. ¿Te parece un trato justo?

–¿Qué? –replicó Victoria, conteniendo la ira que sentía–. ¿Quieres añadir al lote otro cuerno de unicornio?

–Resulta tentador, pero... me temo que tengo otros planes para ti –sonrió.

Alzó la mano y acarició la mejilla de Victoria. La joven sostuvo su mirada sin pestañear, aunque por dentro se estremecía de un terror tan intenso como irracional.

–No te preocupes –ronroneó Gerde–. Conozco tu pequeño secreto, pero está a salvo conmigo. Me interesa conocer el final de esta historia. Tengo... un interés personal –añadió, con una seductora sonrisa–. Tú ya me entiendes.

Victoria retrocedió un paso, pálida.

–No –le advirtió.

Sintió de pronto los brazos extrañamente ligeros, y se dio cuenta entonces de que Saissh había desaparecido. Se le escapó una exclamación de angustia, pero enseguida la vio en brazos de Gerde.

–Gracias –dijo el hada, burlona–. Y dile a tu dragón que no es prudente contrariar los deseos de alguien como yo. Kirtash ya lo aprendió hace tiempo, ¿no es cierto? –añadió, dirigiendo una mirada a Christian–. Volveremos a vernos, Victoria.

La joven no dijo nada. Se había arrodillado junto a Jack y lo estrechaba entre sus brazos. Gerde les dio la espalda y se perdió entre las sombras, llevándose consigo a Saissh. Assher la siguió.

Christian, por el contrario, aguardó un momento.

Los tres cruzaron una mirada, Jack y Victoria en el suelo; el uno, agotado, en brazos de la otra, y el shek contemplándolos de pie, muy serio.

–Eres... un maldito traidor –jadeó Jack.

Christian dio media vuelta y se alejó, en pos de Gerde, pero aún oyeron su voz telepática en cada rincón de su mente:

«Manteneos al margen, o la próxima vez no tendréis tanta suerte».

Jack apretó los puños, furioso.

Cuando se quedaron solos y el silencio los envolvió, Victoria lo abrazó con todas sus fuerzas y lo cubrió de besos y de caricias, sin acabar de creerse que estuviese vivo todavía. Jack correspondió a su abrazo, pero aún estaba dolorido, por lo que ella, acariciándole el pelo, dejó que su energía curativa fluyese hasta él. Jack cerró los ojos y se dejó llevar.

–Odio a esa mujer –gruñó–. La odio con todas mis fuerzas. Y por mucho que lo intento, no puede caerme bien la Sombra Sin Nombre. Visto lo visto, empiezo a lamentar que el Amo de los Soles no la triturara con su fuego abrasador...

Se calló al notar que Victoria estaba llorando. Se incorporó un poco, como pudo, y la estrechó entre sus brazos.

–Tranquila –murmuró–. Quiero que sepas... que lo que has visto... con Gerde...

–Ya sé lo que he visto, Jack –sollozó ella–. No es por eso; no le des más vueltas.

Jack respiró hondo.

–Pero yo no quería tocarla –siguió tratando de justificarse–. Ni siquiera me gusta. Ella...

–Sé lo que Gerde es capaz de hacer –cortó Victoria–. En cierta ocasión, la vi ejerciendo ese poder sobre Christian... y no fue agradable.

–No lo sabía –murmuró Jack; pero, por alguna razón, se sintió un poco mejor.

–Entonces, lo que realmente me dolió fue la idea de que él nos hubiese traicionado a todos –prosiguió ella–. Fue poco después de que me... de que me torturaran en la Torre de Drackwen –admitió con esfuerzo–. Al ver a Christian con Gerde temí que hubiese cambiado de bando otra vez, y eso me hizo tanto daño... no te imaginas cuánto. No me duele que os sintáis atraídos por Gerde en determinados momentos, Jack. Pero odio que os utilice y que anule vuestra voluntad. Y en el caso de Christian, me da pánico la idea de que puedan volver a manipularlo para que se vuelva contra mí... como entonces.

Cerró los ojos al rememorar el dolor que había sentido cuando el shek la había secuestrado para entregarla a Ashran.

–¿Por eso justificas a Christian? –dijo Jack–. ¿Crees que Gerde puede estar ejerciendo ese control sobre él?

–No... No lo creo.

–Y tienes miedo de que él te haya traicionado *de verdad* –adivinó Jack–. No porque esté con otra mujer, sino porque esa mujer es tu enemiga, alguien que te ha hecho mucho daño... y que podría volver a hacértelo.

Victoria se estremeció al recordar cómo Gerde la había torturado en la Torre de Drackwen y por poco había acabado con su vida.

–*Sé* que no me ha traicionado –dijo sin embargo–. Sé que está con ella por propia voluntad, pero aun así ha seguido protegiéndonos... protegiéndote. Si él no hubiese detenido tu espada, Gerde te habría matado. Y por eso sigo confiando en él. Odia que lo controlen y lo manipulen, y uniéndose a Gerde se arriesga a caer completamente bajo su dominio. Además, la mató para que no fuese un peligro para mí. ¿Entiendes? Si ahora lucha por ella, a pesar de todo, es porque debe de tener un buen motivo. Un motivo de mucho peso.

–Es una forma de verlo –gruñó Jack–. Pero a mí no me basta. Si Christian quiere que confíe en él, tendrá que explicarme cuáles son esos motivos de peso. No puedo confiar en él si él no confía en mí, y lo que es más importante: no puedo confiar en él si él no confía en ti.

Victoria no dijo nada. Jack detectó tal gesto de desconsuelo en su rostro que la abrazó para calmarla.

—No llores, por favor —le pidió—. Lo siento mucho.

—No es por ti, Jack, ya te lo he dicho —susurró ella—. Y tampoco es por Christian. Esta vez se trata de mí.

Jack calló, tratando de encontrar un sentido a sus palabras. Al final creyó entenderlo.

—Yo también he pasado mucho miedo —le dijo en voz baja—. Y es verdad, no sirve de nada que vuelque mi ira sobre Christian, o que trate de hacerme el valiente. He pasado mucho miedo.

Victoria enterró el rostro en su hombro, pero no añadió nada más.

Cuando llegaron a Vanissar, un par de días después, estaban agotados y sin ganas de hablar con nadie. Alsan salió a recibirlos, entre inquieto y enfadado.

—¿Dónde os habíais metido?

—Hemos tenido un encuentro con Gerde —murmuró Jack, con un suspiro de cansancio—. Mejor no preguntes.

—Claro que preguntaré —protestó Alsan—. ¿Crees que puedes abandonar el grupo y desaparecer durante días...?

—Alsan, por favor —cortó Jack—. Me duele la cabeza, estoy hecho polvo y a la vez tengo los nervios a flor de piel. Preferiría que hablásemos mañana, ¿te importa? Yo me voy a dormir.

Alsan dirigió una breve mirada a Victoria, que estaba de pie, junto a Jack, y apenas había hablado.

—Antes de eso, hay algo que quiero comentarte —dijo—. Es importante... y es privado —añadió, volviendo a mirar a Victoria significativamente.

—Estaré en la habitación —dijo ella.

Oprimió la mano de Jack con suavidad antes de marcharse. Alsan esperó hasta que desapareció escaleras arriba, y entonces condujo a Jack hasta un pequeño balcón, para hablar con más intimidad.

—¿Qué tenías que decirme? —preguntó el joven, algo más bruscamente de lo necesario. Todavía no se había repuesto de su encuentro con Gerde, y seguía de mal humor—. ¿Habéis encontrado más serpientes en otra parte?

—Puede que más cerca de lo que pensábamos —replicó Alsan, cortante—. Si no sabes de qué estoy hablando, tal vez Victoria pueda darte más detalles.

—¿Otra vez Kirtash? —Jack empezaba a impacientarse.

—Jack, estoy hablando en serio —cortó Alsan con severidad—. Victoria está actuando de forma muy extraña últimamente. Se ha encerrado en sí misma y nos oculta cosas. ¿Adónde fue la otra noche?

—¿La otra noche? —repitió Jack; recordó entonces que, antes de ir a la batalla contra Eissesh, se había despertado de madrugada, y ella no estaba.

—Desapareció sin dar ninguna explicación, y lo mismo hizo al día siguiente, mientras estuvimos fuera. Nadie ha sido capaz de averiguar adónde fue. ¿Lo sabes tú, acaso?

Jack negó con la cabeza, un poco desconcertado.

—Pensaba que vosotros dos no teníais secretos —dijo Alsan con ironía—. Puede que tú no le concedas importancia, pero el hecho de que se reúna subrepticiamente con Kirtash me parece de todo menos inocente. Victoria ha pasado mucho tiempo con esa serpiente y puede habernos traicionado. ¿Eres consciente de eso?

—Victoria no nos traicionaría —protestó Jack—. Su relación con Kirtash...

—¡... Su relación con Kirtash es en sí misma una traición! —gritó Alsan.

—¿Desde cuándo? —replicó el joven en el mismo tono—. ¡Estamos hablando del mismo Kirtash que luchó junto a la Resistencia, que se enfrentó a Ashran a nuestro lado!

—Todo fue una maniobra para arrebatarnos a Victoria, ¿no lo habías pensado? Entonces yo estaba confuso y fui fácilmente manipulable; lo acepté entre los nuestros, pero eso no volverá a pasar. Jack, ¿no te das cuenta? Kirtash nos ha traicionado, y lo ha hecho ahora porque sabe que la voluntad de Victoria le pertenece. Ese era su plan desde el principio.

Jack sacudió la cabeza, estupefacto.

—Eso es absurdo.

—¿Lo es? Dime, ¿dónde está Kirtash ahora? ¿Qué te oculta Victoria?

Jack retrocedió un paso, confuso. No pudo evitar recordar que Gerde había jugado con él, y que Christian no había movido un solo dedo para evitarlo. Que el shek había demostrado ya en varias ocasiones que estaba de parte de Gerde... en cuyo interior habitaba el Séptimo, aquella Sombra Sin Nombre que había nacido de todo lo malo que había en el mundo.

Y Victoria aprobaba su actitud o, al menos, la disculpaba.

—Estuvieron juntos en la Tierra, solos —le recordó Alsan—. ¿Por qué Kirtash no regresó con ella... con nosotros?

—Mira, yo confío en Victoria —concluyó Jack, ceñudo—. Hablaré con ella si eso va a hacer que te sientas más tranquilo, pero no creo que nos oculte nada. Si apenas te dirige la palabra es porque te lo has ganado a pulso: he visto cómo la has tratado desde que volvió de la Tierra. Seguro que si fueras más amable con ella...

—¿Amable? Jack, nuestro mundo está al borde del colapso y tengo responsabilidades en mi reino; no puedo permitirme el lujo de ser amable.

El semblante de Jack se endureció.

—Pues tal vez deberías intentarlo —replicó con sequedad—. Buenas noches.

Abandonó el balcón, y Alsan no lo retuvo. Sumido en ominosos pensamientos, Jack regresó a su habitación.

Se encontró con que Victoria estaba profundamente dormida. Seguramente había tenido intención de esperarlo, porque no se había cambiado de ropa. Por lo visto, debía de haberse echado en la cama, solo para descansar un momento, y el sueño la había vencido por sorpresa.

Jack no quiso despertarla. La cubrió con una manta, se desvistió y se echó a su lado, con un suspiro de cansancio.

Las palabras de Alsan seguían martilleando en su cabeza, pero trató de no prestarles atención.

Se despertó horas más tarde, sacudido por una pesadilla. En los últimos tiempos, las tenía muy a menudo. La de aquella noche tenía que ver con Gerde.

Le inquietó comprobar, al despejarse, que Victoria se había marchado otra vez. Se recostó en la cama y se preguntó adónde habría ido, y si solía hacer aquello a menudo. Ella nunca había mencionado aquellas escapadas nocturnas, por lo que parecía claro que no consideraba necesario comentarlo con él... ¿tal vez porque se trataba de un asunto privado? Jack dio media vuelta sobre la cama, buscando una posición más cómoda. Su relación con Christian *era* un asunto privado, pero, en cierto modo, Alsan tenía razón. Si el shek los había traicionado, si luchaba de verdad contra ellos, la relación de Victoria con él había dejado de ser un asunto privado. Para Victoria, podía suponer la diferencia entre ser una aliada y ser una enemiga. Y, por mucho que los unicornios fuesen neutrales, el simple hecho de mantener aquella relación, con uno y con otro, ya la implicaba, para bien o para mal.

Jack tardó mucho en volver a dormirse, pero, cuando lo hizo, Victoria aún no había regresado. Y cuando despertó, a la mañana siguiente, ya se había levantado.

Lo supo porque había arreglado su lado de la cama, colocando la manta correctamente. Jack se incorporó, se vistió y fue a buscarla.

Encontró a Covan en la sala donde solían desayunar y, para no transmitirle su preocupación, le preguntó por todo el mundo en general. Covan le contó que Alsan estaba en una reunión con unos embajadores de Nanetten; que Shail había partido dos días atrás en dirección al norte, para acudir al encuentro de los gigantes que habían invadido Vanissar; que Gaedalu había ido al templo de la ciudad, a visitar a los sacerdotes que lo mantenían, y que los Nuevos Dragones habían regresado a Thalis el día anterior. Y en cuanto a Victoria...

—Estaba terminando de desayunar cuando he llegado yo —le dijo—. Parecía que no se encontraba bien, como si estuviese enferma o hubiese dormido poco. También la he visto triste y preocupada. ¿Qué habéis encontrado en vuestro viaje, muchacho?

Jack inclinó la cabeza con un suspiro.

—Prefiero no hablar de ello.

—Como quieras —dijo Covan, y siguió dando cuenta de su desayuno.

—Alsan cree que Victoria es una traidora —dijo entonces Jack, sin poderse contener.

Covan lo miró.

—¿De veras? Bien, es el deber de Alsan velar por los intereses de su gente. Es normal que desconfíe de alguien que actúa de forma extraña o le oculta cosas. ¿Tú qué opinas?

—Yo creo que Victoria no está de acuerdo con Alsan en muchos aspectos —repuso Jack—, pero dudo que hiciera nada que pudiera perjudicarnos. Al menos, voluntariamente.

Covan sonrió.

—Estoy de acuerdo contigo, chico. No conozco muy bien a esa muchacha, pero sí sé que el otro día, cuando Alsan dijo que te habían dejado atrás, no dudó un momento en ir a buscarte. Alsan actuó como un buen líder, se preocupó de su gente y la llevó de vuelta a casa. Sé que Victoria comprendía su actitud en el fondo. Pero eso no impidió que fuera a buscarte. ¿Entiendes?

—Creo que sí —asintió Jack—. Voy a buscarla —añadió levantándose.

Se despidió de Covan, salió de la habitación y reemprendió la búsqueda de Victoria.

La encontró en las almenas contemplando el paisaje, pensativa. Se había cubierto los hombros con una especie de chal, y estaba blanca y con ojeras, como si no hubiese dormido. Detectó la presencia de Jack y le sonrió.

—Buenos días —dijo; su voz sonaba tranquila, pero cansada.

—Hola, Victoria —respondió Jack, situándose junto a ella.

No la besó ni la abrazó, sino que mantuvo las distancias. Victoria lo notó, pero no hizo ningún comentario.

—Pareces cansada —dijo entonces Jack.

—Un poco.

—Eso te pasa por no dormir lo suficiente —dejó caer Jack.

Victoria se volvió para mirarlo, con un brillo de advertencia latiendo en sus ojos oscuros. Pero él siguió hablando:

—Saliste anoche, ¿verdad? —dijo de forma casual—. ¿Adónde fuiste?

Victoria desvió la mirada.

—A dar un paseo.

—¿De verdad? ¿Te encontraste con alguien?

—No tenía ninguna cita con nadie, si es lo que estás preguntando.

La voz de ella había sonado un tanto seca, y Jack lo notó. Comprendió que no había empezado con buen pie.

—Victoria, hay quien dice que eres una traidora —dijo sin rodeos—. Si sigues actuando con tanto misterio, te vas a meter en líos, ¿sabes?

—No me asusta Alsan, Jack. Haré lo que tenga que hacer, con su aprobación o sin ella.

Hubo un largo silencio. Por fin, Jack dijo, un tanto dolido:

—¿Tanto te cuesta confiar en mí? ¿Qué me estás ocultando?

Victoria se volvió hacia él, con los ojos muy abiertos.

—¡Jack! No creerás en serio que os estoy traicionando, ¿verdad?

Él sacudió la cabeza.

—No, pero... es verdad que tienes un secreto. ¿Tan personal es que no puedes contármelo? ¡Incluso Gerde lo sabía! ¡Te dijo que conocía tu secreto! ¿Por qué ella puede saberlo, y yo no?

Victoria le dirigió una larga mirada, y Jack detectó que estaba asustada.

–No... no quería gritarte. Perdona.

Ella negó con la cabeza.

–No es por eso. Es que... no se lo he contado a nadie, Jack. A nadie. Gerde no debería saberlo, y es eso lo que me da miedo. Cuando me dijo aquello... –apartó la cabeza bruscamente, pero Jack vio las lágrimas brillando en sus ojos–. ¿Qué voy a hacer ahora?

–¿Contar conmigo, tal vez? –sonrió Jack, atrayéndola hacia sí para abrazarla.

–Sí..., supongo que es lo justo, porque también te incumbe a ti... aunque no sé hasta qué punto.

Jack se separó de ella un momento y la miró a los ojos.

–¿Qué te pasa, Victoria?

Ella se secó las lágrimas y sonrió. Cuando volvió a mirarle, había un nuevo brillo en su mirada, una chispa de alegría contenida. Y su sonrisa era cálida y serena.

–Que estoy embarazada, Jack. Voy a tener un bebé.

Aquellas palabras sonaron en la mente de Jack como martillazos sobre un yunque. Se quedó inmóvil, sin ser capaz de reaccionar, y por un momento creyó que hasta su corazón había dejado de latir. Enseguida, un aluvión de confusos sentimientos inundaron su pecho.

–Pero, cómo... ¿Estás segura, Victoria?

Ella asintió, sin una palabra.

–Pero... ¿no somos muy jóvenes? –pudo decir Jack.

–Haberlo pensado antes –replicó ella, con una sonrisa burlona.

–Esto... esto es... –farfulló Jack, todavía aturdido–. ¿Vas a ser madre?

La sonrisa de ella se hizo más amplia.

–Si todo sale bien, sí.

–Vaya... –sonrió Jack, tratando de asimilar la noticia–. No me extraña que estuvieras asustada. Yo estoy... no sé cómo estoy –confesó.

–No es eso lo que me asusta –dijo Victoria–. Hace tiempo que sabía que esto podía suceder, y estoy preocupada, claro que sí, pero a la vez estoy contenta. Quiero tener este bebé. Quiero que crezca dentro de mí, quiero darlo a luz y cuidarlo. Sé que soy joven, pero también era joven para luchar en una guerra y, sin embargo, lo hice. Ahora tengo la oportunidad de traer vida al mundo, en lugar de muerte.

Jack la abrazó y la besó impulsivamente.

—Tardaré un poco en hacerme a la idea —dijo—, pero quiero que sepas que no vas a estar sola. Te lo prometo.

Victoria se separó un poco de él, con un suspiro.

—Hay otra cosa que debes saber. Algo que no cambia las cosas para mí, pero que puede que sí altere... tu punto de vista en todo este asunto.

Jack la miró un momento... y comprendió. Fue como si una garra helada le oprimiese las entrañas, y trató de liberarse de aquella sensación.

—¿Quieres decir... que tu bebé no es hijo mío?

—No lo sé, Jack. Puede que sea tuyo, o puede que no. Pero si tú no eres el padre, solo hay otra posibilidad.

—Christian —murmuró Jack.

Victoria asintió.

—Ya te he dicho que para mí no cambia nada. En cualquier caso, será el hijo de alguien a quien quiero con locura, y voy a recibir a este bebé con la misma ilusión y el mismo cariño. Pero..., bueno, si resulta que Christian es el padre... no tendrías por qué hacerte cargo de él. Y no voy a pedírtelo.

Jack la contempló en silencio, tratando de ordenar sus ideas.

—¿Lo sabe él?

Victoria negó con la cabeza.

—Todavía no se lo he dicho, pero ahora que te lo he contado, hablaré con él en cuanto se me presente la oportunidad.

—¿Y cómo vas a saber...? —Jack no pudo terminar la pregunta, pero Victoria entendió.

—Creo que lo sabré cuando nazca el bebé y lo mire a los ojos. Sabré reconocer en él a uno de los dos.

—¿Cómo puedes estar tan segura?

—Es solo una intuición, pero creo que es correcta.

Jack no dijo nada. Siguió pensando, asimilando todo aquello.

—Te he dicho antes que para mí no cambia nada —añadió Victoria—, y es verdad. Pero lo que pasó el otro día puede que sí cambie algo.

—¿El hecho de que Christian te haya abandonado por Gerde? —dijo Jack con cierta sorna.

—No —negó Victoria—. El hecho de que Gerde lo sabe. Y me dejó marchar justamente por eso. Dijo que tenía un interés personal, y sé a qué se refiere. No puedo saber qué clase de criatura nacerá de mí, pero si hereda mis poderes... y también es hijo de Christian, y posee parte del alma de un shek...

–Pertenece a la Séptima diosa, en parte –entendió Jack–. De modo que esperará a que des a luz, y si resulta que es medio shek, o un cuarto de shek, y encima posee algo del poder del unicornio...

–Tratará de quitármelo.

–Es una buena forma de saber quién es el padre –comentó Jack–. Si Gerde no se lo lleva, entonces es que... perdona –se cortó, al ver que ella se había puesto triste de nuevo–. Soy un bruto. No debería haber dicho eso. Es solo que... bueno, todo esto es nuevo para mí, y además...

–Sabía que no encajarías bien la posibilidad de que vaya a dar a luz a un hijo de Christian –dijo Victoria–. Y lo entiendo perfectamente... Es normal.

Jack sacudió la cabeza.

–Bueno, pero en mi caso no debería serlo. He aceptado que lo quieres igual que a mí, así que debería estar preparado para afrontar todas las consecuencias. Es solo que...

No fue capaz de continuar. Victoria le dirigió una sonrisa cansada.

–No todos somos capaces de anteponer la racionalidad a las emociones, Jack –le dijo con suavidad–. No todos somos sheks.

Jack suspiró.

–Necesito un poco más de tiempo.

Victoria asintió. Jack le oprimió el brazo, con cariño, y volvió a entrar en el edificio. Ella se abrigó un poco más y dejó resbalar su mirada por los tejados de la ciudad que se extendía a sus pies.

–Supongo que a estas alturas ya sabrás que fue una estupidez –suspiró Gerde.

Assher no dijo nada. No fue capaz. Se había inclinado ante ella, temblando de miedo, y no osaba mirarla a los ojos.

–¿Qué pretendías hacer con la niña, Assher? ¿Por qué la entregaste al dragón y al unicornio?

–No sabía quiénes eran –juró Assher–. Quería devolverla a los bárbaros. Quería devolverla porque...

No pudo continuar. Gerde suspiró de nuevo y se inclinó junto a él. Dejó caer una mano sobre el hombro del muchacho y le acarició suavemente la mejilla con los dedos.

–¿... estabas celoso, acaso? ¿Creías que habías dejado de ser mi elegido?

–Yo... fui un estúpido, mi señora... –empezó Assher.

Gerde lo interrumpió:

–Pero tenías razón. Los planes que tenía para ti dejaron de tener sentido hace tiempo, y por eso descuidé tu educación. No obstante... Kirtash me ha hecho ver que puede que todavía tenga que recurrir a esos planes. Así que agradéceselo: todavía puedes ser mi elegido. Pero eso no depende de ti, ni tampoco de Saissh, sino de si nuestro gran proyecto llega a buen término... o no.

Assher tragó saliva. No entendía lo que Gerde le estaba diciendo, por lo que no se atrevió a hacer ningún comentario.

–Te escogí porque eres joven y entregado, porque tienes talento como mago –prosiguió Gerde, con una suavidad que dejaba entrever una leve amenaza–. Podrías llegar a ser el mago más grande que hayan visto los szish, y eso me interesa. Pero recuerda que aún eres solo un niño. Puedo seguir haciendo pruebas y puedo encontrar a otro szish prometedor. Puedo entregarle la magia y puedo educarlo y entrenarlo para que sea mi elegido. Aún no eres imprescindible, así que yo, en tu lugar, intentaría no decepcionarme.

Assher temblaba. Tenía la boca seca, por lo que tragó saliva de nuevo y dijo con esfuerzo.

–No... volveré a decepcionarte, mi señora.

Gerde rió por lo bajo.

–Claro que no –sonrió.

En un gesto rápido y enérgico, abrió la camisa de Assher, descubriendo su pecho. El szish hizo ademán de retroceder, por instinto, pero se dominó y permaneció donde estaba. Aún sonriendo, Gerde alargó un dedo y rozó con la yema la piel escamosa del joven.

Un dolor insoportable recorrió a Assher de arriba abajo, como si una violenta corriente eléctrica lo sacudiera. Ahogó un grito, pero no pudo reprimir el espasmo que convulsionó su cuerpo.

–¿No te gusta? –sonrió Gerde–. Pero si apenas hemos empezado.

Deslizó el dedo por el pecho desnudo de Assher. Su simple contacto fundió las escamas de la piel del szish y llegó hasta la carne.

Assher trató de retroceder, de cubrirse el pecho con los brazos, de dejarse caer y rodar por el suelo..., pero no fue posible. Estaba casi completamente paralizado. Lo único que podía hacer era gritar... y eso hizo.

Gritó con toda la fuerza de sus pulmones, mientras Gerde trazaba un símbolo indeleble sobre su piel, infligiéndole un dolor insoportable.

La tortura no duró mucho, pero a Assher se le hizo eterna. Cuando, por fin, volvió a ser el dueño de su cuerpo, no tuvo fuerzas para tenerse en pie, y cayó de rodillas a los pies de Gerde.

–¿Lo ves? –dijo ella, dedicándole una encantadora sonrisa–. Ahora ya no olvidarás nunca que eres mío.

Temblando, Assher bajó la cabeza y vio lo que el hada había hecho.

El nombre de Gerde, grabado en caracteres de la lengua de los szish, aparecía claramente sobre su pecho; se había esmerado en cada trazo, y no cabía duda de que era una auténtica filigrana... pero no dejaba de tratarse, también, de una horrible cicatriz que lo marcaría de por vida.

Assher apretó los dientes, tratando de conjurar así el intenso escozor que le producía la herida. Gerde se inclinó junto a él y le susurró al oído:

–Eres mío..., mi elegido. ¿No era esto lo que deseabas?

Assher deseó gritar, huir..., incluso una parte de él quiso golpearla. Pero tragó saliva, cerró los ojos e inspiró profundamente. El dolor fue remitiendo poco a poco.

El nombre de Gerde grabado sobre su piel... El joven szish sonrió. Fue apenas una mueca, pero Gerde la apreció, porque le devolvió la sonrisa.

–Sí, mi señora –dijo Assher con auténtica devoción–. Muchas gracias. No soy digno de...

–No, no eres digno –cortó ella–, pero lo serás. Porque la próxima vez, muchacho, no seré tan comprensiva. ¿Ha quedado claro?

Assher asintió, todavía temblando. Gerde sonrió..., pero de pronto dejó de prestarle atención y alzó la cabeza. A la entrada de su árbol-vivienda estaba Christian.

–¿Podemos hablar un momento? –preguntó el shek con suavidad.

–Cómo no –sonrió Gerde–. Ve con el maestro Isskez –le ordenó a Assher, que había vuelto a cubrirse el pecho y miraba a Christian con cierta antipatía–. Pero regresa al caer el primero de los soles. Revisaré lo que has aprendido.

Assher asintió. Le costó un poco ponerse en pie; cuando lo hizo, salió del árbol esforzándose por no tambalearse.

Cuando se quedaron solos, Gerde se volvió hacia Christian.

–¿De qué querías hablar?

Christian inclinó la cabeza.

–Los observadores dicen que Wina se ha desviado hacia el este. Y parece que se ha vuelto a detectar la presencia de Yohavir sobre los cielos de Celestia. De momento sigue estable; se limita a... girar y girar como un inmenso torbellino, demasiado alto como para causar daños, pero demasiado cerca de nosotros como para que no me sienta inquieto.

–¿Qué quieres decir con eso? ¿Que deberíamos darnos prisa? –Gerde suspiró–. Lo sé, Kirtash..., pero todavía no estamos preparados. He hablado con Ziessel; ha buscado un lugar en la Tierra para nosotros, pero todavía necesita un poco más de tiempo...

–No me refiero a eso, y lo sabes.

Ambos cruzaron una larga mirada. Finalmente, fue Christian el que tuvo que bajar los ojos.

–Resulta que tu magnífico plan tiene un fallo, Kirtash –dijo ella–. Cada vez que abandono mi cuerpo... cada vez que utilizo el plano astral... estoy al descubierto. Así no puedo ir muy lejos. Si los Seis me descubren antes de que haya obtenido resultados, estaremos perdidos.

–Lo sé. Pero hay que correr riesgos si se quiere obtener resultados.

Gerde lo miró de nuevo.

–Tal vez lo intente –dijo por fin–. Tal vez..., cuando haya puesto un poco de orden aquí. Eissesh y los suyos llegaron a los Picos de Fuego cuando yo estaba fuera, buscando a Saissh... La gente está empezando a ponerse nerviosa, y no puedo permitirme más ausencias. Aunque esta valió la pena –rió–. Quién lo habría dicho... La pequeña Victoria, qué callado se lo tenía, ¿verdad?

Christian frunció el ceño.

–¿No lo sabes? –sonrió Gerde–. Entonces puede que no estés tan implicado como yo creía. Lástima; habrá que matarlos a los tres, después de todo.

Christian no preguntó qué había de saber. Inclinó brevemente la cabeza ante Gerde y salió del árbol-vivienda, sigiloso como un fantasma.

Algo estaba abrasando el desierto.

Incluso los más escépticos tuvieron que reconocer que ese algo existía, porque pocas cosas podían quemar algo que no podía arder, y era obvio que la misma arena se derretía al paso de aquella extraña amenaza.

Habían buscado el lugar donde Rando se había estrellado con Ogadrak, y desde allí habían rastreado la bola de fuego. Ya no seguía en el mismo lugar, pero no tardaron en encontrar huellas de su presencia. La arena del suelo estaba completamente quemada y había cristalizado, formando una extraña capa vidriosa que desconcertaba a los yan, acostumbrados a caminar descalzos sobre las ondulantes dunas.

No formaban un grupo excesivamente numeroso. Los lideraba Goser, que, como de costumbre, no se perdía ni una sola expedición, pero solo dos dragones los vigilaban desde el aire. Uno era el de Rando... y el otro no era el de Kimara.

La semiyan había optado por ir con ellos, pero no desde el aire. Había preferido dejar a Ayakestra en la base para seguir, junto a Goser, el rastro de la esfera de fuego, a ras de suelo.

Desde el aire se veía claramente que se había desplazado. No había más que seguir el amplio camino de arena cristalizada que había dejado a su paso.

Pero aquella no era la única huella de su presencia. Sobrecogidos, los rebeldes contemplaron, a medida que avanzaban, los cadáveres carbonizados de las criaturas que habían tenido la desgracia de cruzarse en el camino de aquella cosa. Lo que más les impresionó fue ver el cuerpo sin vida de un swanit, literalmente calcinado bajo las placas de su caparazón duro, que se habían fundido con el calor como si fuesen de mantequilla. No lejos de la criatura, hallaron el cadáver de un explorador yan que había cometido la imprudencia de acercarse demasiado, tal vez llevado por la curiosidad que le producía el cuarto sol, tal vez tentado por la posibilidad de obtener fácilmente un caparazón de swanit.

Cuando los soles ya empezaban a declinar, los rebeldes toparon con otra escena que los conmocionó todavía más.

Una de las tribus nómadas perdidas también se había acercado demasiado a aquel misterioso sol.

El espectáculo era dantesco. Los yan habían ardido como antorchas, junto con sus tiendas, enseres y animales. Los cuerpos estaban irreconocibles. Daba la sensación de que habían tratado de escapar de aquel calor infernal, pero no habían sido lo bastante rápidos. Tal vez los había sorprendido mientras dormían, o tal vez habían esperado al último momento, con el objetivo de ver qué era exactamente aquel corazón de fuego que se acercaba.

Rando no lo sabía. Solo tenía claro que lo que provocaba aquello, fuera lo que fuese, era terrorífico e imparable.

Él y el otro piloto habían aterrizado no lejos de la tribu masacrada y se habían reunido allí con los demás rebeldes. Rando llegó a ver a Kimara sollozando en brazos de Goser, y a un par de feroces guerreros yan sentados sobre la arena cristalizada, con el rostro oculto entre las manos, tal vez para ocultar sus lágrimas, tal vez mareados por el hedor a muerte.

—Qué forma tan horrible de morir —murmuró el otro piloto, impresionado.

Rando no dijo nada. Se acercó a Goser y a Kimara, y dijo con suavidad:

—No tiene sentido que sigamos aquí.

El yan y la mestiza cruzaron una mirada. Los habitantes del desierto tenían por costumbre incinerar a sus muertos, pero dudaban que nadie tuviese valor para volver a prender fuego a aquellos cadáveres.

—Laarenaenterrarásusrestos —dijo Goser, y Kimara asintió, aliviada—. Lasserpientespagaránporesto.

Rando suspiró, exasperado.

—Mira a tu alrededor —le espetó—. ¿Crees de veras que esto han podido hacerlo los sheks?

—Ellos atacan con hielo —murmuró Kimara, pensativa—. Como cuando destruyeron nuestra base.

—¿Acasoconocesalgunaotracosaenestemundocapazdehaceralgoasí? —inquirió Goser, y sus ojos de fuego destellaron con más intensidad.

—Lo verás por ti mismo —dijo Rando, sombrío.

Prosiguieron su camino, con el corazón encogido, pero a la vez aliviados por dejar atrás aquella escena macabra.

XX

UN MOMENTO DE RESPIRO

AVANZABAN lenta y pesadamente, sin apenas detenerse. Elegían caminos anchos y despejados porque les resultaban más cómodos, por lo que mucha gente los vio. Y aunque casi todos salían huyendo al verlos, lo cierto era que no había nada que temer. Tenían un aspecto imponente, eso era verdad, y pocos habitantes de Nandelt habían visto a uno de cerca alguna vez. Por eso, toda una comitiva de cientos de individuos no podía dejar de llamar la atención. Pese a ello, los valientes que se quedaron a observarlos se llevaron una decepción. A no ser que se atrevieran a salirles al paso, los recién llegados no prestaban atención a los humanos. Se limitaban a seguir su camino; cruzaban las aldeas sin saludar a nadie, lo cual tampoco era tan extraño, puesto que la mayoría se ocultaban al verlos.

Los pocos que osaron dirigirse a alguno de ellos obtuvieron, para su sorpresa, una respuesta amable. Estaban de paso, dijeron. No, no tenían intención de herir a nadie, respondieron. ¿Por qué razón habrían de hacerlo? Cuando se les señalaba que habían destrozado algunas cosechas bajo sus enormes pies, ellos se mostraban confundidos. Para algunos humanos, era la señal de que mentían.

Pero para los que, como Shail, conocían las costumbres de los gigantes, aquella actitud no tenía nada de contradictoria.

No había campos de cultivo en Nanhai. Pocos gigantes habían cruzado alguna vez el Anillo de Hielo y, por tanto, no sabían hasta qué punto podía resultar destructor que ellos «estuviesen de paso».

El mago no tuvo problemas en localizar a la comitiva de gigantes. Ciertamente, llamaban mucho la atención.

Iban por el camino que conducía directamente a Les. En su trayecto atravesarían aún varias aldeas, pero la voz había corrido deprisa y, para cuando los gigantes llegaran a cualquier lugar habitado, no quedaría nadie para recibirlos. En espera de noticias del rey en funciones, los ciudadanos de Les estaban reforzando las defensas de la ciudad... por si acaso.

Cuando Shail los alcanzó por fin, comprendió cómo se habían sentido los campesinos con los que se habían topado. Ciertamente, el mago había tratado con gigantes; incluso había desarrollado cierta amistad con Yber, el mago, y con Ymur, el sacerdote del Gran Oráculo. Por no hablar de Ydeon, el forjador de espadas. Los tres eran impresionantes; incluso Yber, que era un poco más bajo que el común de los gigantes.

Pero ver a tantos gigantes a la vez...

Shail se sintió de pronto muy pequeño. Sobrecogido, se sentó junto al camino para verlos pasar.

No tardó en darse cuenta de que, aunque iban todos en la misma dirección, no formaban realmente un grupo. Habían decidido que tenían que ir a otra parte, y eso hacían, pero cada uno por su cuenta. Si coincidían todos en el mismo camino, se debía a que ese era el camino más directo.

La mayoría no se percataban de su presencia. Algunos volvían la cabeza y lo miraban con cierta curiosidad y, cuando Shail saludaba, alzaban la mano para corresponder al saludo, pero poco más.

Aprovechó que dos de los gigantes se habían detenido cerca de él. Uno de ellos era un niño... un niño más alto y fornido que Shail, pero un niño, al fin y al cabo. Parecía que había perdido algo, porque rebuscaba en su bolsa, sin mucho éxito. Su madre esperaba a su lado, con paciencia.

Ninguno de los dos prestó atención a Shail hasta que este los saludó en voz alta. Entonces alzaron la cabeza y clavaron en él sus ojos rojizos.

–Buenas tardes, humano –dijo la madre con cierta amabilidad–. ¿Qué se te ofrece?

–He sido enviado para daros la bienvenida al reino de Vanissar –respondió Shail–. A todos vosotros.

La giganta se mostró desconcertada.

–¿Vanissar? ¿Qué es eso? Creía que estábamos en Nandelt.

–Esto *es* Nandelt –rió Shail–. Pero Nandelt es una tierra tan grande que los humanos la hemos dividido en reinos más pequeños, y cada uno de ellos tiene un nombre. Ahora mismo nos encontramos en Vanissar.

—Entiendo —asintió la madre—. ¿Y nos dan la bienvenida, dices? Qué amables. Lo cierto es que no hemos visto mucha gente durante nuestro viaje.

—Os temen, sin duda, pero no se lo tengáis en cuenta. No están acostumbrados a ver gigantes por aquí.

—Tampoco yo había visto nunca un humano —dijo el niño gigante, mirándolo con curiosidad—. Y hay muchos más como tú, ¿verdad? ¿Vendrán todos a darnos la bienvenida?

—No creo. En realidad, yo vengo en nombre del rey de Vanissar, que os saluda en representación de todas las personas de su reino. Me envía también para preguntaros hacia dónde os dirigís y cuál es el destino de vuestro viaje.

Ella se mostró sorprendida.

—¿Por qué quiere saberlo? No lo conocemos de nada.

—Bueno, es normal que una comitiva de gigantes despierte el interés de cualquier humano, y más aún el de un rey, si esa comitiva atraviesa su reino.

—Ah —entendió la giganta—. Cuando te refieres a «nuestro viaje», estabas hablando de todos los gigantes, ¿verdad? No solo de nosotros dos.

—Eso es —asintió Shail, recordando que los gigantes no estaban acostumbrados a pensar como una colectividad.

El niño tiraba de la ropa de su madre.

—Mamá, ¿qué es un rey?

—Así llaman los humanos al que manda sobre todos los demás, hijo.

El niño pareció encontrar el concepto muy extravagante, porque sonrió ampliamente, pensando que su madre le estaba tomando el pelo.

—¿Que manda sobre todos los demás? ¿Para qué? ¿Y cómo consigue que todos le hagan caso?

—Es largo de explicar —respondió Shail—, pero dejémoslo en que el rey de Vanissar representa a todas las personas de Vanissar. Y me envía a mí para representarlo a él. Debería hablar con el gigante que os representa a vosotros, pero sospecho que no lo tenéis.

—Bueno —dijo la giganta, un poco perpleja—. Si lo que quieres saber es adónde vamos nosotros dos, te diré que nos dirigimos al sur, a la llamada Cordillera de Nandelt.

Le contó lo que Shail ya sospechaba: que los movimientos sísmicos, los aludes y los corrimientos de tierras estaban haciendo Nanhai inhabitable, y que los gigantes emigraban a lugares más benignos.

–Nuestra caverna quedó sepultada –murmuró la giganta–. Podríamos haberla despejado o haber buscado otra, pero no me pareció seguro...

–... Y optaste por abandonar Nanhai..., como muchos otros.

–Supongo que los otros se marchan por el mismo motivo. No sé; pregúntales tú mismo.

–¿Uno por uno? –casi rió Shail.

–Al menos, hasta que tengamos a alguien que nos represente –sonrió la giganta–. Pero no creo que haya muchos gigantes dispuestos a dedicar tanto tiempo a conocer a todos los demás, sus vidas, sus familias, sus circunstancias, sus opiniones... para poder hablar por ellos. Sería muy trabajoso, ¿no es cierto?

Riendo entre dientes, la giganta prosiguió su camino, seguida de su hijo. Shail se quedó quieto un momento, preguntándose si realmente ella no había entendido el concepto de «rey», o si simplemente le estaba tomando el pelo.

Caminó durante todo el día junto a los gigantes, hablando con unos y con otros, y cosechó historias semejantes. Iban a la Cordillera de Nandelt porque Nanhai no les parecía seguro..., aunque algunos de ellos tenían intención de instalarse un poco más al sur, cerca de los Picos de Fuego; y un gigante joven y aventurero le confió su deseo de conocer la Cordillera Cambiante. Historias semejantes, pero no iguales. Por el momento, sin embargo, sus pasos los llevaban por el mismo camino.

Excepto a uno de ellos.

Al caer la tarde, cuando remontaban una colina, Shail vio que uno de los gigantes se separaba de los demás y tomaba un sendero que iba hacia el oeste. Bajó corriendo por la ladera y lo siguió.

Tardó bastante en alcanzarlo. Cuando el gigante se dio la vuelta, lentamente, clavó sus ojos cansados en el mago, que estaba sin resuello tras la carrera.

–¿Me seguías, hechicero? –preguntó él.

Shail alzó la cabeza. Habría querido decir que lo reconoció por su rostro, por su aspecto; pero lo cierto es que fue la túnica que llevaba lo que le dio la pista.

–¡Ymur! –exclamó, gratamente sorprendido.

Era ya noche cerrada cuando Victoria salió de la habitación. Se había cubierto los hombros con una capa, aunque en realidad no hacía frío. Atrás dejaba a Jack, profundamente dormido. Como cada noche, se había despedido de él con un beso y una caricia.

Aún no le había dicho adónde iba cuando se escabullía entre las sombras, como una ladrona. Sin duda, si él le preguntaba con suficiente insistencia, acabaría por contárselo, aunque prefiriera guardárselo para sí, al menos por el momento. Pero, de todas formas, los últimos acontecimientos habían hecho que Jack se olvidara casi por completo de aquel detalle.

Mientras recorría en silencio los pasillos del palacio real de Vanissar, Victoria meditó sobre las últimas conversaciones que habían mantenido.

Ambos estaban de acuerdo en que, de momento, era mejor no comentar con nadie el hecho de que Victoria estaba encinta. Terminarían por darse cuenta, sin duda, pero todavía faltaba bastante para eso y, tal y como estaban las cosas, ni siquiera podían tener la certeza de que Idhún seguiría en su sitio para entonces.

No obstante, cuando hablaban de ello, sí hacían planes de futuro. Lo más seguro para Victoria era regresar a la Tierra, había dicho Jack, y Christian estaría de acuerdo en cuanto le hicieran partícipe de aquel secreto que, por el momento, solo conocían Victoria y él... y Gerde.

La joven había replicado que no pensaba marcharse sin ellos. No iba a dejar atrás a ninguno de los dos, no otra vez; o, al menos, no mientras Idhún no fuese un lugar seguro. Jack protestó un poco, pero lo comprendía, en el fondo. Cualquiera de los dos podía ser el padre del bebé de Victoria. Si no había sido capaz de decidir entre ambos, cuando aquella elección dependía solo de ella, ¿cómo iba a dar la espalda a uno de los dos, o a ambos, ahora, en aquella situación?

Sin embargo, si no se marchaban los tres, la otra opción que quedaba pasaba por derrotar a Gerde, o por permitir que ella se apoderase de la Tierra y dejase Idhún en paz, lo cual parecía corresponderse con los planes de Christian. Ninguna de las dos posibilidades les resultaba tranquilizadora.

Así que habían terminado hablando de si iba a ser niño o niña, de qué nombre le pondrían...

No obstante, la conversación se había apagado cuando apenas habían sugerido un par de nombres.

—No es que no se me ocurra nada más —había dicho Jack—. Es que no sé si es a mí a quien le corresponde elegirlo.

Su voz había sonado un poco más dura de lo que pretendía. Victoria había tardado un poco en contestar.

–¿Quieres decir que vas a esperar nueve meses para decidir si lo quieres o no? –dijo entonces, con suavidad–. ¿Y qué vas a hacer mientras tanto? ¿Comerte las uñas? ¿Pensar en lo que harás si resulta que tiene los ojos azules?

Jack desvió la mirada, confuso.

–¿Y si resulta que sí los tiene? –replicó–. ¿Es mejor hacerme ilusiones para que luego...?

–Para que luego, ¿qué? Jack, ¿de verdad quieres desentenderte hasta que nazca el niño? Si no es hijo tuyo, no tienes por qué responsabilizarte de él, pero... ¿lo odiarías, lo despreciarías, lo ignorarías?

–No lo sé –reconoció Jack–. Supongo que la pobre criatura no tendría la culpa de tener sangre de shek; bastante desgracia tendría ya con eso, ¿no? –añadió, burlón–. Así que supongo que yo podría ser para ella... «el tío Jack», o algo parecido. ¿Eso me da derecho a ponerle nombre?

–Te da derecho a comentar tus preferencias, que serán muy tenidas en cuenta –respondió Victoria–. No solo porque vienen del tío Jack, sino porque podrían ser las preferencias de «papá».

Jack se rió, a su pesar.

–Todo esto es bastante confuso –dijo–. Si quieres que te diga la verdad, todavía no sé si quiero ser papá o prefiero quedarme en tío.

–Entonces, no protestes –zanjó Victoria con una sonrisa.

Pero sabía que, aunque Jack se estaba tomando aquel asunto con buen humor, en el fondo tenía miedo y dudas... igual que ella.

La joven sacudió la cabeza y siguió recorriendo el palacio, en dirección a la escalinata que llevaba hasta la entrada principal. Habría gente vigilando, pero no se fijarían en ella. Si lo deseaba, nadie se fijaba en ella.

Se detuvo a mitad de pasillo, no obstante, porque oyó una voz.

No solía prestar atención a las conversaciones que podían oírse, en forma de murmullos apagados, tras las puertas del castillo. Pero en esta ocasión lo hizo porque la voz era la de Alsan, porque hablaba bastante alto, como si estuviese alterado... y porque había pronunciado la palabra «Kirtash».

Se acercó con sigilo y prestó atención.

–... No conseguiremos nada si sigue escondiéndose, eso está claro. Todavía no he logrado que Jack me diga si lo vio en Drackwen o no.

Es demasiado escurridizo... –hizo una pausa y continuó–. ¿Usarla como cebo? Es una treta muy sucia. No es así como quiero comportarme ahora que tengo la posibilidad de recuperar la confianza de mi gente –de nuevo pausa–. Tal vez, pero no puedo arriesgarme.

Parecía estar hablando solo y, por un momento, Victoria temió que hubiese perdido el juicio. Se le ocurrió entonces que su interlocutor podía no tener voz. No era muy probable que Alsan escondiese a un shek en su habitación, así que debía de tratarse de un varu. «Gaedalu», pensó Victoria, y siguió escuchando. Sospechaba que no solo hablaban de Christian... sino también de ella misma.

–Esa es otra posibilidad –admitió Alsan–, aunque implicaría tener que mentir, y es algo con lo que tampoco estoy de acuerdo. Además, no es algo que pueda fingirse fácilmente. Tendría que dar explicaciones a demasiadas personas –breve silencio–. ¡No pienso ponerla en peligro *de verdad*! –replicó, alzando un poco más la voz; la bajó de nuevo para añadir–: Si es una traidora, me ocuparé de que sea castigada, pero no de esa manera. No, Madre Venerable; tiene que haber otro modo de atraer a Kirtash. Un modo más seguro, quiero decir. Es un enemigo peligroso. Si le preparamos una trampa, sospechará inmediatamente. Sería mucho mejor si lográramos capturarlo en combate, o cuando esté desprevenido. Aunque tengamos que esperar...

Alsan calló de pronto, como si le hubiesen recordado que otras personas podían estar escuchando. Victoria no oyó nada más. Si la conversación continuaba, lo hacía a nivel mental, en un enlace telepático al que ella no estaba invitada. En silencio, se retiró de la puerta y reemprendió el camino hacia su habitación.

Había olvidado por completo que tenía pensado salir. La conversación que había escuchado la había dejado profundamente preocupada.

Sabía que Gaedalu odiaba a Christian, y que a Alsan no le caía bien. Pero parecían muy decididos a unir sus fuerzas para hacer algo al respecto, hasta el punto de considerar la posibilidad de usarla a ella, a Victoria, como cebo para atraerlo a una trampa. Sí, sin duda él acudiría en su ayuda si detectaba que estaba en peligro. Pero ¿qué sucedería después?

Reflexionó. Alsan era un estratega inteligente, no provocaría un enfrentamiento contra alguien como Christian sin un plan previo. Podían sorprender al shek, pero no dañarlo o capturarlo, a no ser que contaran con Jack... o con una flota de dragones artificiales. Pero Victoria sospechaba que no era eso lo que tenían en mente...

Con una sincronía escalofriante, Shiskatchegg empezó entonces a emitir una suave luz parpadeante, que sobresaltó a Victoria cuando ya enfilaba el pasillo en el que estaba su habitación.

Christian estaba allí.

Tenía que ser una casualidad, se dijo Victoria, y sin embargo no dejaba de resultar siniestra. Bien; Alsan y Gaedalu estaban todavía atando cabos importantes de su plan, así que no estarían preparados para enfrentarse a él si llegaban a descubrirlo.

Victoria dio media vuelta y corrió al encuentro de Christian, dejándose guiar por la señal del anillo.

Lo encontró en las almenas. Se había sentado entre dos de ellas y la aguardaba, aparentemente en calma. Victoria sonrió para sí, recordando aquellos encuentros en la casa de su abuela. Se reunió con él.

—No deberías haber venido —fue lo primero que le dijo, sin embargo—. Estás en peligro.

Christian ladeó la cabeza.

—Qué curioso; yo creía que eras tú la que tenía problemas.

Victoria recordó la conversación que acababa de oír, y se estremeció.

—Hablo en serio, Christian. Tienes enemigos aquí, ya lo sabes. Y creo que pueden hacerte daño.

—Correré el riesgo, al menos por esta noche. Pero tenía que verte.

Victoria se derritió bajo la intensa mirada del shek, con la sinceridad que impregnaba sus palabras. Suspiró y se acercó un poco más a él. Era la primera vez que estaban a solas desde que habían regresado de la Tierra.

Trató de sobreponerse.

—Bueno, pues ya me has visto, estoy bien. Y ahora, vete.

Christian sonrió.

—No tan deprisa. He recorrido un largo camino, ¿sabes? He venido para verte, pero también porque tengo que hablar contigo... acerca de lo de la otra noche.

Victoria suspiró.

—Jack no te perdonará que te quedases mirando cómo Gerde lo mangoneaba y lo torturaba —dijo, y algo en el tono de su voz alertó a

622

Christian de que ella se lo reprochaba también–. Supongo que había una razón. Una de esas razones que solo conoces tú y que no revelas a nadie.

–Quería que Jack experimentara lo que supone enfrentarse a Gerde. No lo olvidará fácilmente, así que se mantendrá alejado durante un tiempo.

–¿Solo por eso? ¿Y si... y si lo hubiese matado?

–Sé que no lo habría hecho, por muchos motivos. Uno de ellos tiene que ver contigo y conmigo.

Victoria lo miró, interrogante.

–Jack ya no es rival para Gerde. Los Seis no han formulado una nueva profecía, y eso significa que han dejado de prestaros atención, que ya no contáis con su apoyo. Si os enfrentáis a Gerde, no podréis vencer.

»Gerde lo sabe. Sin duda disfrutaría matándoos a los dos, pero sabe que, si te hace daño, me perderá, y todavía me necesita. En cuanto a Jack... si él muere, yo acudiría a tu lado, y eso me obligaría a abandonar a Gerde, cosa que a ella no le interesa, de momento. Por otra parte, ella considera que Jack es lo único que se interpone entre tú y yo, así que no lo eliminará, solo para molestarme. Le gusta hacerme sufrir –añadió con sorna.

–¿Te guarda rencor? Se supone que es una diosa, ¿no?

–Mientras no altere significativamente sus planes, se permite a sí misma esos pequeños caprichos. Además –añadió–, creo que Jack le ha gustado. Supongo que la próxima vez que se enfrente a ella, no retirará el hechizo simplemente porque tú se lo pidas.

Victoria movió la cabeza.

–A veces me cuesta aceptar que seas tan frío... que racionalices de esa forma el miedo y el sufrimiento... que todo tenga un sentido para tu mente, incluso cosas que ningún corazón asimilaría con facilidad.

–La explicación más sencilla es que soy un traidor, ¿verdad? –sonrió él–. Debe de ser un alivio poder dividir el mundo en conceptos simples: traidor o no traidor... Hay una serie de requisitos; si los cumples, estás en un lado, y si no, en otro... Pero ¿y si hubiera más variables, un comportamiento que no encaja con ninguno de esos dos conceptos contrapuestos?

–Sin duda, todos te comprenderíamos mejor si nos explicaras qué variables son esas.

—No puedo hacerlo, Victoria. Debéis quedaros con los vuestros, con la Resistencia, con los sangrecaliente. No hay alternativa para vosotros. Por eso no tiene sentido que os cuente todo lo que sé.

Victoria desvió la mirada.

—Puede que ya sea tarde –murmuró–. Alsan está convencido de que yo sí soy una traidora.

Christian esbozó una sonrisa sarcástica.

—He oído que van a hacerlo rey –comentó, mordaz.

Ella le dirigió una mirada de reproche.

—¿Para eso has venido? ¿Para volver a repetirme que me mantenga al margen?

—No –Christian se puso serio de pronto–. He venido porque Gerde sabe algo acerca de ti, algo importante que no me has contado. Y quiero saber qué es.

Victoria retrocedió un paso, turbada.

—Si es un secreto, no tienes por qué confiármelo –prosiguió Christian–, pero desde el momento en que Gerde lo supo, ya no es un secreto. Me bastará con sostenerte la mirada un par de minutos para saberlo, pero prefiero que me lo cuentes tú.

Victoria inspiró hondo y alzó la cabeza.

—Iba a contártelo de todas formas –dijo–. Y no porque lo sepa Gerde, sino porque creo que debes saberlo. Estoy embarazada, Christian.

Él no dijo nada. La miró fijamente, serio y sereno, y sus ojos azules parecieron atravesarla como una daga de hielo.

—No sé cómo lo supo Gerde –prosiguió Victoria, incómoda–. Cuando nos vimos, aún no se lo había contado a Jack, así que nadie lo sabía, aparte de mí.

—Entiendo –dijo Christian–. Imagino que Gerde seguirá tu embarazo con mucho interés, y eso significa que te dejará en paz, por lo menos, en los próximos meses. Después, tendremos que poneros a salvo, a ti y al bebé.

—Jack había sugerido marcharnos a la Tierra.

—Puede ser una opción, pero no es viable ahora mismo.

—¿Por Shizuko?

—No; porque Gerde planea exiliarse allí con todos los sheks, así que te encontraría de todos modos.

Victoria no dijo nada. Se sentía cansada y a la vez aliviada, como si se hubiese liberado de una pesada carga..., aunque sabía que los problemas acababan de empezar.

Christian la miró un momento y la atrajo hacia sí para abrazarla.

–No tengas miedo –le dijo–. Te juro que haré lo posible por protegeros, a ti y a tu bebé. Pero ahora he de volver con Gerde. Por el momento tendremos que estar separados, pero vendré a verte...

–No –cortó ella, casi al borde de las lágrimas–. No vengas. Estarás en peligro si lo haces, y yo me las arreglaré bien, en serio.

Christian dudó un momento, pero finalmente asintió.

–Lo dejo en manos de Jack, pues. Pero prométeme que no volveréis a acercaros a Gerde. A veces es un poco imprevisible, ¿sabes? Y yo no soy rival para ella. Si cambia de idea y decide mataros, no habrá nada que yo pueda hacer. Así que no volváis a cruzaros en su camino.

Se puso en pie para despedirse de ella. Cruzaron una larga mirada que culminó con un beso. Victoria lo abrazó con todas sus fuerzas.

–Ten cuidado –le pidió.

Christian asintió.

Cuando estaba a punto de marcharse, Victoria lo llamó de nuevo.

–No me has preguntado quién es el padre de mi bebé –le dijo en voz baja.

Él la miró, un tanto sorprendido.

–No me ha parecido un dato relevante –comentó.

Victoria sonrió.

Al día siguiente, Alsan recibió noticias de Shail. A través de un mensajero, le hacía saber que el éxodo de los gigantes era totalmente pacífico, y que simplemente estaban de paso, cruzando Nandelt de camino hacia las montañas del sur. También le contaba que se había encontrado con Ymur, y que este se dirigía a la Torre de Kazlunn.

–Por lo visto, tiene intención de hablar con Qaydar –les explicó Alsan a Jack y a Victoria–. La situación en Nanhai se ha vuelto insostenible. Ymur está empezando a tomarse en serio la teoría de que Ashran se transformó en el Séptimo dios, allí, en el Gran Oráculo, y quiere investigar un poco más acerca de su pasado. Está convencido de que Qaydar tiene que saber algo de él.

»Shail lo acompaña porque también siente curiosidad. Por otra parte, hace tiempo que no tenemos noticias de los magos de Kazlunn, y lo cierto es que también yo quiero saber qué están haciendo, si tienen algún plan para detener esto o simplemente prefieren actuar como si no pasara nada. El silencio de Qaydar me tiene intrigado, y a la vez me preocupa.

Victoria sonrió levemente. Alsan detectó el gesto y frunció el ceño, pero no dijo nada.

—Entretanto, los gigantes siguen avanzando, y la gente está asustada; incluso en algunas aldeas se han preparado para defenderse de lo que creen una invasión. Ya he hablado con Covan: vamos a dedicar los próximos días a asegurarnos de que no se producen incidentes. Tanawe enviará también un par de dragones, y no estaría de más que tú los acompañaras, Jack. Tu presencia tranquilizará a los habitantes de Les cuando los gigantes lleguen a las puertas de la ciudad.

—Claro, contad conmigo —asintió Jack—. ¿Eso quiere decir, entonces, que los preparativos para el ataque a Drackwen se retrasan?

Alsan le hizo callar con una mirada feroz.

—Te agradecería que no divulgases nuestros planes, Jack —lo riñó con sequedad.

El joven se mostró desconcertado.

—Pero si no he... —empezó—. Pero si no se lo he contado a nadie, salvo a... ah —entendió, dirigiendo una mirada fugaz a Victoria—. No encontré ninguna razón para ocultárselo —añadió con más firmeza—. Ella sabe que hace tiempo que andamos buscando el modo de enfrentarnos a Gerde.

—¿Ninguna razón? ¿El hecho de que Kirtash esté en el bando enemigo no te parece una buena razón?

Victoria se levantó, con gesto cansado.

—No hace falta que discutáis por mí —dijo—. No es mi intención entrometerme en vuestros planes de batalla, ya lo sabéis.

Alsan le dirigió una larga mirada.

—Si conocieras los detalles —le dijo—, si supieses cuándo va a ser el ataque, con qué fuerzas contamos y cuál es nuestra estrategia... ¿no se lo contarías a Kirtash?

—Haría lo posible por que él no saliese perjudicado —replicó ella—, pero no tengo la menor intención de defender a Gerde. Y, si no me equivoco, lucháis contra ella.

–... Y contra sus aliados –matizó Alsan.

–Puede que para ti sea lo mismo, pero para mí no lo es. Yo lucharé contra Gerde si hace falta. Y contra sus aliados. Pero no contra Christian.

Alsan sostuvo su mirada.

–No hace mucho, me pediste ayuda para matar a Kirtash –le recordó–. Pensé que habías recobrado la cordura por fin, pero veo que me equivoqué.

–No fue así –respondió Victoria con suavidad–. Entonces no recuperé la cordura, sino que la perdí. Y tú lo sabías, y por eso no quisiste acompañarme.

Alsan no supo qué decir. Con un suspiro, Victoria abandonó la estancia, y los dos se quedaron a solas.

–¿Se puede saber qué te pasa? –estalló Jack–. ¡No dejas de meterte con ella!

–¿Has averiguado ya qué te ocultaba, Jack? –contraatacó Alsan, implacable.

–Sí –replicó el joven con serenidad–. Y no tiene nada que ver con lo que tú sospechas. De todas formas, lo que ella me ha confiado es un asunto personal, así que no puedo contártelo. Sé que no confías en Victoria, pero... ¿confías en mí?

Alsan le dirigió una larga mirada.

–Sí –capituló con un suspiro–. Confío en ti, Jack. Espero que sepas lo que estás haciendo.

«Yo también», se dijo el dragón para sí.

Allí..., un poco más lejos...

Siempre parecía estar un poco más lejos. Demasiado lejos para tratar de llegar rápidamente y en silencio. Gerde contempló aquellas luces que brillaban en la distancia, y deseó verlas más de cerca. Sospechaba que allí podía estar el objeto de su búsqueda. Si solo...

Estaba ya a punto de decidirse a dar un paso adelante cuando percibió que había alguien cerca de su cuerpo físico. Regresó inmediatamente. Tenía motivos para prestar atención a lo que sucedía en el plano material, pero en esta ocasión lo hizo con más alivio que alarma o enfado. Aunque había dejado claro que no quería que la interrumpieran, en aquel momento lo agradeció.

«Pero volveré», se dijo. «Tengo que ver si más allá se encuentra lo que estoy buscando».

Poco a poco, su esencia regresó a su cuerpo.

Christian se había quedado contemplándola, sentada en mitad de aquel hexágono, completamente inmóvil, con los ojos en blanco. Había clavado la vista en su esbelto cuello, deseando cerrar las manos en torno a él, y estrangularla... volver a matarla, y para siempre.

No había día que no lo deseara. Pero, al mismo tiempo, el poder que Gerde ejercía sobre él le impedía acercarse más... a menos que fuera para besarla.

El joven había logrado mantener las distancias. Sabía que, cuanto más se resistiera él, más disfrutaría Gerde. Podría haber hecho que cayera rendido a sus pies con apenas un gesto, como había hecho con Jack unos días atrás. Pero entonces el juego habría terminado.

Christian sabía que Gerde disfrutaba viendo cómo luchaba por su libertad, día tras día. El shek sufría con la idea de estar a su merced; en el momento en que eso dejara de importarle, dejaría de sufrir... y Gerde quería que sufriese, que supiera lo que era sentirse inferior, sentirse bajo el dominio de alguien.

No era este el único motivo por el que no trataría de matarla. Había uno que para él era más poderoso, más importante que el deseo.

Los ojos de Gerde recuperaron su color normal. Christian esperó mientras, lentamente, volvía en sí.

–Kirtash –murmuró el hada, aún un poco aturdida–. ¿Qué haces aquí? ¿Por qué me has interrumpido? Oh –dijo de pronto, al entenderlo; su rostro se iluminó con una sonrisa–. Ya has hablado con ella. ¿Y bien? ¿Te ha dicho quién es el responsable?

Christian la miró fijamente.

–Supiste que estaba embarazada con solo mirarla –dijo–. ¿Por qué necesitas que yo te diga quién es el padre de su hijo?

Gerde frunció levemente el ceño.

–No es tan difícil detectar una vida creciendo en el interior de una mujer, Kirtash. Pero es demasiado pronto para poder echar un vistazo a su alma. La esencia de esa criatura es en gran parte humana, y está arropada por la esencia de su madre. Hasta que no crezca y se desarrolle más, no será posible detectar en ella vestigios de una esencia de dragón... o de shek. Supongo que entenderás la importancia que puede tener ese dato para el futuro de la criatura...

Los ojos de Christian se estrecharon hasta convertirse en dos finas rayas azules.

—No te atrevas a tocar a ese niño —siseó.

Gerde lo miró, divertida.

—¿Así que es tuyo, al fin y al cabo? Porque no creo que seas tan estúpido como para desafiarme por el hijo de un dragón.

—Me es indiferente. Es el hijo de Victoria, y con eso me basta.

Gerde se levantó con un ágil movimiento. Sacudió la melena y lo miró por encima del hombro.

—No debería darte igual. Si es hijo tuyo, también me pertenece a mí. Parte de su alma me rendirá culto siempre, y lo sabes.

—¿Cómo puedes estar tan segura? Es el hijo de un unicornio. Los sangrecaliente lo reclamarán...

Gerde se echó a reír.

—Kirtash, Kirtash, ¿cómo puedes ser tan ingenuo? Los sangrecaliente no lo reclamarán. Lo rechazarán, tratarán de matarlo si saben que es en parte shek. Ellos son así —sonrió—. ¿Por qué, si no, estás tú aquí? ¿Te aceptarían entre ellos, a pesar de que tienes un alma humana? No, Kirtash. Nadie olvidará, ni por un instante, que eres un shek. Pero aquí, ya ves..., a pesar de que eres en parte humano, te acogemos entre nosotros. ¿Qué te hace pensar que sería diferente con tus hijos?

Christian dio un paso atrás.

—Para mí no cambia nada. No quiero que tengas nada que ver con ese niño, ni que le hagas daño, ni que lo manipules...

—... ¿como hago contigo? ¿Y cómo crees que vas a impedirlo?

Cristian alzó la cabeza y la miró, desafiante.

—No te pertenece —dijo con serenidad—. Si es en parte dragón, no tienes nada que ver con él. Y si lleva mi sangre... me aseguraré de que no tengas poder sobre él... igual que no lo tienes sobre mí.

—¡Qué descarado! —exclamó ella, lanzándole una mirada incendiaria—. ¿Cómo te atreves a decir que no tengo poder sobre ti? ¿Quieres que te lo demuestre?

—Puedes hacer todas las demostraciones que quieras. Puedes humillarme, puedes anular mi voluntad..., pero hay una parte de mí que nunca será tuya, y lo sabes.

Gerde no dijo nada al principio, pero su rostro se había congestionado en una mueca de rabia.

–Algún día arrancaré ese anillo de su dedo, Kirtash –siseó–. Y entonces ya no te quedará nada. Sí... me llevaré a ese niño que crece en su vientre, y le arrebataré tu anillo... y después la mataré. Ella morirá, pero tú quedarás con vida para poder echarla de menos. Y serás mi esclavo en cuerpo y alma, pero mantendré sus recuerdos en tu mente... para que sepas... para que sufras... siempre. Eso será para ti un castigo peor que la muerte, ¿no crees?

Christian no dijo nada. Dio media vuelta y salió del árbol, furioso.

A sus espaldas, Gerde reía.

Alguien, sin embargo, había escuchado toda la conversación desde las sombras. En otras circunstancias, tal vez lo habrían descubierto; pero Gerde solía estar algo desorientada después de sus viajes por el plano inmaterial, y el shek se encontraba demasiado alterado como para preocuparse por nada más.

Y era para estarlo, se dijo Yaren.

La pequeña Victoria iba a ser mamá. Qué gran noticia.

Gerde tenía interés en ese niño, de modo que aguardaría a que naciera, y mantendría a Victoria a salvo hasta entonces. Después, probablemente, la mataría. De forma certera y efectiva. No la dejaría viva para que sufriera, porque eso alimentaría las esperanzas de Kirtash. No; la eliminaría...

Gerde quería que Kirtash sufriera, y Yaren quería que Victoria sufriera. Que sufriera mucho, igual que estaba sufriendo él.

Sacudió la cabeza y se alejó del árbol en silencio. En otros tiempos, la idea de abandonar a Gerde le habría parecido monstruosa, pero en aquel momento no le pareció tan grave. Sabía por qué: el hada ya no tenía interés en él y, por tanto, había relajado el hechizo que lo mantenía atado a su voluntad.

A Yaren no le parecía tan espantoso vivir bajo el embrujo de Gerde. Incluso ahora, cuando su voluntad volvía a pertenecerle, no entendía por qué Kirtash la valoraba tanto. El tiempo que había pasado con Gerde no había borrado la huella de dolor y angustia que aquella magia corrupta había dejado en su alma, pero lo había aliviado, en cierto sentido.

Lamentó que hubiese acabado. Pero, por otro lado, ahora era libre para enfrentarse a Victoria.

Se deslizó por el campamento de los szish. Cada paso que daba le producía dolor, como si mil agujas pinchasen cada uno de sus músculos. La magia era como su sangre, recorría todo su cuerpo y llegaba hasta su cerebro, llenándolo de pensamientos lúgubres y ominosos.

«Sabrás lo que es el dolor, Victoria», se juró a sí mismo olvidando, como hacía a menudo, que el unicornio había experimentado ese mismo dolor, tiempo atrás, y que era el sufrimiento de su propio corazón lo que le había transmitido. «Pronto... lo sabrás».

No notaron su ausencia hasta la mañana siguiente.

Fue la propia Gerde quien preguntó por él. Lo buscaron por todo el campamento, pero el mago había desaparecido. El hada no le concedió mayor importancia, pero Christian, preocupado, salió en su busca. Sabía lo mucho que Yaren odiaba a Victoria y temía lo que podría llegar a hacer si la encontraba.

Así pues, emprendió el vuelo en dirección a Nandelt, pero no encontró ni rastro del mago. No llegó a adentrarse en Vanissar: era imposible que Yaren hubiese llegado antes que él.

Iba a sobrevolar de nuevo las montañas, cuando algo llamó su atención: un inmenso torbellino, una espiral de nubes que rotaban sobre los Picos de Fuego y avanzaban, lenta pero inexorablemente, hacia Drackwen.

Dio media vuelta y regresó al campamento.

—No he encontrado a Yaren —dijo cuando se presentó de nuevo ante Gerde—. Pero...

—... pero has visto algo todavía más preocupante —adivinó Gerde—. Yohavir viene hacia aquí.

—Me temo que sí. Y Wina sigue rondando por Alis Lithban, así que estamos en una situación muy delicada.

—Son los sheks —dijo Gerde—. Eissesh y los demás. Están entrando y saliendo de Umadhun constantemente. Era cuestión de tiempo que alguno de los Seis los detectara.

—¿Qué hacemos, pues?

Gerde frunció el ceño, pensativa.

–Podemos huir hacia Raden –dijo–, pero es un sitio demasiado abierto para mi gusto, y acabarían por encontrarnos... Vete de aquí –le ordenó de pronto–. Necesito pensar.

Aquella noche, cuando Victoria iba a salir de la habitación, la voz de Jack la sobresaltó.

–No deberías andar por ahí de noche, Victoria. Sabes que puedes meterte en problemas.

La joven se volvió hacia él, un poco preocupada.

–No tenía intención de despertarte –dijo en voz baja–. Lo siento.

Jack se incorporó sobre la cama, con un suspiro.

–No lo has hecho; es que yo no podía dormir.

–Deberías descansar. Mañana saldremos muy temprano.

–¿Saldremos? –repitió Jack–. ¿Tú también vienes a Les?

–Si Alsan no se opone, sí.

Jack la miró un momento.

–Ven, siéntate a mi lado –le pidió–. Tenemos que hablar.

Victoria lo hizo.

–Sé que viste a Christian la otra noche –dijo Jack sin rodeos–. Noté su presencia en el castillo.

Victoria inclinó la cabeza.

–Sí, es cierto. No te lo dije porque no quería ponerte en un compromiso con Alsan. Ya es bastante malo que desconfíe de mí.

–No es que me moleste, pero, si te reúnes con él a escondidas, ¿por qué me lo ocultas a mí también?

Ella se rió suavemente.

–Pero si no lo hago, Jack. No tenía ninguna cita con él; se presentó de improviso. Vino porque Gerde le insinuó algo acerca de mí, y estaba preocupado. Pero es la única vez que nos hemos visto a solas desde que regresamos de la Tierra. No considero que tenga que mentirte con respecto a mi relación con Christian, ya lo sabes.

–¿Le hablaste de... lo tuyo? –le preguntó Jack en voz baja.

–Sí, se lo dije.

–¿Y aun así... se fue? ¿Volvió con Gerde?

–Yo le pedí que se marchara. Aquí corre peligro, así que...

–Pero... ¿cómo se lo tomó?

–Con bastante tranquilidad. Ya lo conoces. Lo único que dijo es que habría que encontrar un lugar para poner al bebé a salvo de Gerde.

Hablamos de la posibilidad de ir a la Tierra, pero no le pareció buena idea, porque Gerde y los sheks planean exiliarse allí.

–Sí, y él los está ayudando –apostilló Jack, dando un resoplido–. Supongo que es su manera de salvar a Idhún..., condenando a la Tierra. Otra de sus brillantes ideas.

–¿Crees que lo hace por eso? Los Seis no seguirán a Gerde hasta la Tierra, ¿verdad?

–No lo creo. Pero, aun así... lo que él está haciendo no me parece bien. Los humanos de la Tierra no merecen tener que sufrir a Gerde, y además, en el caso de que nuestro mundo tuviera sus propios dioses, ¿cómo la recibirían? Cargarle el problema a otro no me parece una buena opción.

Victoria no dijo nada. Jack la miró.

–¿Y tú? Ibas a salir, ¿no? ¿Llegas tarde a alguna parte?

Ella negó con la cabeza.

–No me espera nadie. Iba solo a dar un paseo.

–¿A dar un paseo? –repitió Jack, incrédulo–. ¿A estas horas? ¿Todas las noches?

Victoria sonrió.

–¿Alguna vez has salido de noche a contemplar las estrellas, para ver si veías una estrella fugaz?

–Sí, muchas veces –respondió él, sin entender adónde quería llegar.

–Pasas las horas mirando el cielo, observando las estrellas –prosiguió Victoria–. Y todas te parecen igual de hermosas. Sin embargo, lo que estás esperando es una estrella especial, una estrella fugaz. Ese tipo de estrella que sabes que solo vas a ver tú, durante un instante, y solo porque estabas mirando. ¿Alguna vez has visto una estrella fugaz? ¿Y le has pedido un deseo?

–Sí, claro. Como todos.

–Esa estrella fugaz es, en ese momento, tu estrella. Y depositas en ella tus sueños, tus ilusiones... y a lo mejor se cumplen; o tal vez la estrella no estuviese escuchando en ese momento. No importa; lo que cuenta es que levantas la cabeza hacia el cielo para ver las estrellas, para encontrar esa estrella fugaz con la que compartes tu corazón un breve instante... aunque luego el deseo que formulaste al verla no llegue a cumplirse nunca.

Jack le dirigió una larga mirada.

–¿Es eso lo que haces por las noches? ¿Buscar estrellas fugaces?

Victoria sonrió.

–Más o menos. ¿Quieres acompañarme esta noche?

La pregunta cogió a Jack por sorpresa.

–¿Yo? Pero...

–Deberías dormir –añadió Victoria–, pero si te vas a quedar más tranquilo viéndolo con tus propios ojos, entonces ven conmigo. Es difícil explicarlo con palabras.

Jack dudó un momento, pero terminó por asentir.

–De acuerdo. Dame un minuto para vestirme; enseguida estaré listo.

Rando fue el primero en divisar el cuarto sol aquella noche.

Se había adelantado a los otros para reconocer el terreno desde el aire, y, tras franquear una pequeña cadena montañosa, lo vio a lo lejos: una esfera de llamas que latía como si de un corazón volcánico se tratase.

No se molestó en aproximarse más. Dio media vuelta, regresó con los demás y les habló de lo que había visto.

–No podremos acercarnos mucho más –dijo–. Detrás de las montañas hará demasiado calor como para poder resistirlo.

Los yan esbozaron una sonrisa de autosuficiencia. Llevaban toda su vida soportando las elevadas temperaturas de un desierto que ardía bajo tres soles. El calor no los asustaba.

–Recordad a los nómadas –les advirtió Rando, y la sonrisa se borró de sus rostros.

«Ya están todos en Umadhun», dijo Eissesh. «Salvo los sheks de Kash-Tar. Sussh no considera que ellos estén en peligro. Su mayor preocupación son ahora los rebeldes».

«Testarudo», pensó Gerde; no se molestó en hablar, porque habría tenido que gritar para hacerse oír en medio del vendaval que azotaba el campamento, y era consciente de que el shek captaba sus pensamientos. «No entiendo por qué se aferra tan obstinadamente a ese pedazo de tierra reseca. Ya no queda nada que defender».

«No considera que tenga que retroceder ante los sangrecaliente. Para él, los únicos rivales dignos de los sheks eran los dragones».

«Eso es porque no ha sentido en sus escamas la presencia de ninguno de los Seis. Pero cuando lo haga... ya será demasiado tarde. ¿Qué hay de los szish?», preguntó de pronto, cambiando de tema.

«No llegarán a tiempo a la Sima», respondió Eissesh, «pero han buscado refugio en las montañas».

«Bien», asintió ella. «Ya puedes irte con ellos, Eissesh. A Umadhun o con los szish, lo que creas conveniente. Pero asegúrate de que alguien se queda con ellos para evitar que se acerquen demasiado a la zona de los volcanes».

«¿Y tú?», preguntó la gran serpiente, entornando el párpado.

«Yo tengo mis propios planes», se limitó a responder Gerde.

«¿No nos vas a acompañar a Umadhun?».

«¿Y arriesgarme a que los Seis me encierren en ese mundo muerto? Ni hablar. No, Eissesh. Tengo una idea mejor. Si sale bien, nos dará un momento de respiro. Si no sale bien... habrá que empezar de nuevo».

Eissesh no preguntó qué significaba aquello. Se despidió con un gesto, abrió las alas y alzó el vuelo. Una ráfaga de aire más violenta que las demás agitó con furia la larga cabellera de Gerde, pero ella no se inmutó. Contempló, pensativa, cómo se alejaba el shek, y después, haciendo caso omiso del furioso silbido del viento, que anunciaba la proximidad del dios Yohavir, paseó la mirada por el campamento, que estaba totalmente desierto.

A excepción de su árbol-vivienda, donde lo esperaban dos personas.

Cuando entró, Christian alzó la cabeza para mirarla. Estaba pálido, pero sereno. Junto a él se hallaba Assher. Se sentía inquieto porque Gerde había ordenado que todos los szish buscaran refugio en las montañas... todos, salvo él. Y aún no conocía la razón.

Christian sí lo sabía, pero no se lo dijo. La lógica le decía que lo más prudente era salir de allí, huir a Umadhun, que, ahora que sabía dónde estaba, se le antojaba un lugar bastante más seguro y tranquilo que Idhún en aquellos momentos. Pero Gerde le había ordenado que se quedara; y no solo eso, sino que además había una razón para que lo hiciese. Christian sabía que alguien tenía que cubrirle las espaldas a la Séptima diosa, y Gerde sabía que el shek estaba dispuesto a hacerlo, no solo porque se lo había ordenado, sino también porque convenía a sus propios planes.

El hada paseó la mirada por el interior de la estancia. El hexágono seguía allí, pintado en el suelo, sobre la corteza del árbol. Gerde entornó los ojos y, sin una palabra, ocupó su lugar en el centro. Christian habría jurado que la había visto temblar, aunque solo fuese un breve instante.

El shek también se sentó, pero fuera del hexágono. Ordenó a Assher que se sentara junto a él, y el szish, tras dirigir una mirada dubitativa a Gerde, obedeció.

Gerde inspiró hondo y cerró los ojos. Los volvió a abrir enseguida, sin embargo, para mirar a Christian y a Assher.

–Ya sabéis lo que tenéis que hacer –murmuró, pero lo cierto era que Assher no lo sabía. Christian, no obstante, asintió.

Trató de relajarse, pero sus músculos seguían en tensión. Percibió que el szish lo miraba, interrogante. No le devolvió la mirada.

Gerde cerró los párpados de nuevo. Su respiración fue haciéndose cada vez más lenta, y Christian se sorprendió a sí mismo conteniendo el aliento. Cuando, por fin, Gerde abrió los ojos otra vez, sus pupilas habían desaparecido y su rostro era completamente inexpresivo, apenas una fría máscara de mármol.

La Séptima diosa había abandonado su envoltura carnal para viajar por otros planos.

Su aspecto era inquietante, pero, a pesar de ello, Christian no podía apartar la mirada de ella. Assher, en cambio, desviaba la vista hacia cualquier otra parte, intentando no pensar en el violento silbido del viento. Fue él quien se dio cuenta de que el árbol-vivienda de Gerde había empezado a crecer, lenta y silenciosamente.

Quiso indicárselo al shek, pero no se atrevió a moverse, por miedo a romper la concentración de Gerde.

No hacía falta, de todas formas. Christian ya sabía que Wina y Yohavir se estaban acercando. Y ahora que la Séptima diosa se había liberado de su cuerpo mortal, no tardarían en descubrirla.

La esencia de Gerde se deslizó, veloz, por las fronteras entre planos. Conocía el lugar que había tratado de visitar en viajes anteriores, pero en esta ocasión tomó el sentido contrario, y se apresuró a alejarse de él todo lo que pudo.

Las distintas dimensiones tomaron forma ante ella, como un amplio abanico de posibilidades. Gerde las fue descartando, una tras otra, velozmente. Advirtió entonces una dimensión lo bastante alejada como para llevar a cabo sus propósitos. Una dimensión lo bastante extensa como para que los otros Seis tardaran en encontrarla. Llegó hasta allí, pero permaneció en el plano inmaterial, sin descender al mundo físico. Y entonces lanzó una señal.

Rápida como el pensamiento, trató de regresar a su cuerpo, que estaba en Idhún. Con un poco de suerte, los Seis la seguirían hasta el plano inmaterial de aquella dimensión; pero, para cuando llegaran, ella ya estaría de vuelta.

Las cosas no salieron como esperaba. Una presencia se interpuso entre ella y su objetivo. Allí, en el plano inmaterial, todos los dioses eran iguales, pero entre ellos se conocían. Y hacía muchos milenios que la Séptima diosa conocía el nombre de aquella presencia, porque no era la primera vez que se enfrentaban.

«Irial», pensó.

¿Cómo había llegado tan deprisa? La Séptima comprendió que se debía a que Irial no estaba en el plano físico, no había descendido aún a Idhún, como los otros cinco. Un error de cálculo que podía costarle muy caro...

Gerde percibió la alegría de Irial, su sensación de triunfo al haberla hallado por fin. Sabía que los otros cinco no tardarían en llegar, porque los Seis estaban estrechamente conectados entre sí. Y no se trataba solo de que hubiesen creado un par de mundos juntos. Los Seis habían estado mucho más unidos desde que se habían librado de la Séptima.

Pero entretanto... antes de que llegaran todos... había un breve instante, una posibilidad mínima... de regresar...

Muy lejos de allí, en el plano físico del mundo conocido como Idhún, en un árbol que había crecido al pie de los Picos de Fuego, dos mortales temían por sus vidas.

El viento huracanado amenazaba con arrancar el árbol de cuajo; y el árbol, por su parte, se esmeraba en crecer cada vez más, hacia arriba y hacia abajo, por lo que sus raíces, más largas y fuertes, seguían aferrándolo al suelo con obstinación.

En el interior, Assher se encogía sobre sí mismo, aterrorizado. Christian estaba sereno, pero solo en apariencia. No había apartado la mirada de Gerde. Estudiaba su rostro con atención, tratando de adivinar, a través de él, lo que estaba sucediendo en el plano de los dioses.

Gerde no tenía la menor intención de enfrentarse a ellos. Trató de huir, de regresar a su cuerpo..., pero la esencia de Irial la rodeaba, la hostigaba, la obligaba a plantarle cara.

Gerde sabía que Irial trataba de cortarle su única posibilidad de huida, que buscaba el fino hilo que la unía con su cuerpo material, para romperlo e impedirle que volviese a escapar. Si lo lograba, la Séptima diosa estaría atrapada en el plano inmaterial y ya no podría esconderse de la mirada de los Seis.

No tenía la menor intención de que eso sucediese. Pero también había previsto aquella posibilidad.

Irial la obligó a retroceder un poco más. Gerde concentró más energías en evitarla. El vínculo que la unía al mundo material fue haciéndose cada vez más débil...

–¡Tenemos que salir de aquí! –gritó Assher–. ¡Hemos de escapar!

Trató de llegar hasta Gerde para arrastrarla fuera del hexágono, pero Christian se lo impidió.

–¡Quieto! –le gritó, para hacerse oír por encima del aullido del viento y de los chasquidos de la madera a su alrededor–. ¡No debemos moverla del sitio!

Se había quedado muy cerca de Gerde, y aferraba el brazo del szish con fuerza. Assher intentó liberarse, pero Christian no lo soltó. Seguía con la mirada clavada en el rostro de Gerde, que continuaba pálido e inexpresivo.

–¿A qué estás esperando? –preguntó Assher, aterrado.

–A que vuelva –respondió Christian–. O a que no lo haga.

El szish quiso retroceder, pero él no se lo permitió. Seguía reteniéndolo junto a sí, con firmeza.

Gerde seguía huyendo. Sabía que, cuanto más tiempo pasase en aquella dimensión y cuanto más lejos viajase, más se debilitaría el vínculo con su cuerpo mortal. Pero no tenía otra opción: Irial estaba por todas partes, por todas partes... y Gerde se dio cuenta, con horror, de que ya no era capaz de encontrar el hilo que la unía a la vida mortal...

Ajeno a los gritos de Assher, al ensordecedor rugido del viento, al hecho de que, al crecer sin control, el árbol-vivienda iba reduciendo cada vez más sus espacios huecos, Christian seguía mirando fijamente a Gerde.

Le pareció ver un cambio. Para asegurarse, alargó la mano que tenía libre y tomó la muñeca de Gerde, casi con delicadeza.

No le encontró pulso.

—Maldita sea —murmuró el shek.

Tiró de Assher hacia sí. El szish se debatió y trató de liberarse con un hechizo, pero Christian fue más rápido. Lo volvió hacia él, con determinación, y lo miró a los ojos.

En medio del caos producido por los dioses, a pesar de su miedo y de su confusión, Assher fue plenamente consciente de lo que pretendía el shek. Un pánico irracional recorrió su espina dorsal cuando su mirada se encontró con aquellos ojos de hielo. Quiso suplicar por su vida, pero no le quedaba voz.

Allí... el hilo. Gerde descubrió, con alivio, que su vínculo con el plano material seguía existiendo. Se aferró a él.

En aquel momento, otras cinco presencias irrumpieron con fuerza en aquella dimensión. Irial se retiró un poco, tal vez para acudir a su encuentro...

Allí... un pequeño espacio.

La Séptima diosa se escabulló, tal y como había hecho siempre, milenio tras milenio, y se apresuró a volver, a través de las distintas dimensiones, hasta el cuerpo que la aguardaba al otro lado: un cuerpo pequeño y miserable, pero que era capaz de garantizarle un mínimo de seguridad.

Su condena... su prisión.

Assher sintió de pronto que el hielo se retiraba de su mente y podía respirar de nuevo. Se dejó caer, agotado, sin poder creerse que siguiera vivo. Enfocó la vista y miró a su alrededor, temeroso.

Junto a él estaba Christian. Assher retrocedió un poco, por instinto. Pero el shek no le estaba prestando atención.

Sostenía en brazos a Gerde, que había vuelto en sí. Sus ojos volvían a ser completamente negros, y sus mejillas habían recuperado algo de color. Y aunque parecía estar agotada, sonreía.

Fue entonces cuando Assher se dio cuenta de que la calma había regresado al árbol. El viento había cesado de soplar. Las plantas habían detenido su desaforado crecimiento.

—Los he engañado, Kirtash —susurró Gerde con esfuerzo—. Los he engañado a todos.

Christian entendió lo que eso significaba.

Gerde se las había arreglado para atraer a los dioses de vuelta a su dimensión. Los Seis habían abandonado Idhún... aunque solo fuera de forma temporal. El shek cerró los ojos un momento, agotado.

–¿Cuánto tardarán en volver? –preguntó, con voz neutra.

–No tanto como quisiéramos –respondió Gerde, cansada; cerró los ojos y cayó profundamente dormida.

Habían salido del castillo sin el menor percance. Jack no había tratado de esconderse, pero nadie le había impedido salir, aunque había visto dudar a los guardias. Sospechaba que alertarían a Alsan si no regresaban en un tiempo prudencial, pero no le importaba. No tenían nada que ocultar, le dijo a Victoria cuando se adentraron en las calles de la ciudad.

Sin embargo, ella había movido la cabeza, preocupada.

Lo había conducido hasta las afueras de la ciudad, donde habían llamado a la puerta de una casa pequeña, coronada por una cúpula, al estilo de Celestia. Les había abierto la puerta un anciano celeste, quien, a pesar de lo tardío de la hora, no pareció dar muestras de sorpresa al ver a Victoria.

–Pensaba que no vendríais esta noche, dama Lunnaris –murmuró sonriendo.

–Me he retrasado un poco –respondió ella devolviéndole la sonrisa–. Espero no haberos despertado.

–Farlei está ya en la cama, pero yo os aguardaba despierto. Pasad; el pájaro está durmiendo, pero ha descansado bastante. Lo encontraréis donde siempre.

–Gracias, Man-Bim.

Cruzaron la casa, un hogar sencillo y agradable, y llegaron al patio trasero. Allí, sobre una percha, dormitaba un enorme y precioso haai, con la cabeza bajo el ala. Victoria lo acarició y le habló con palabras dulces cuando se despertó.

–Se llama Inga –dijo en voz baja–. Pertenece a Man-Bim, pero me lo presta siempre que quiero salir de la ciudad.

–¿Salir de la ciudad? –repitió Jack–. ¿Para ir adónde?

–A buscar estrellas fugaces –sonrió ella.

Inga podía cargar con los dos, y Victoria tenía ya cierta destreza en montar pájaros haai, de modo que no tuvieron problemas con el despegue. Jack no dijo nada cuando el pájaro planeó sobre la ciudad de

Vanis y enfiló hacia el oeste. Parecía que se movía al azar, sin ningún rumbo determinado. Victoria mantenía las riendas sueltas y permitía al animal volar a donde le pareciese.

Jack no tardó en dejar a un lado su inquietud para disfrutar del paseo. Solo había viajado en haai en una ocasión, antes de aprender a transformarse en dragón, y le había gustado. Además, las lunas brillaban sobre los dos, cómplices, y la brisa de la noche susurraba con dulzura en sus oídos.

Finalmente, Inga había descendido cerca de un bosquecillo. Victoria y Jack habían desmontado de su lomo y lo habían dejado chapotear en un arroyo.

Ahora paseaban por entre los árboles, aparentemente sin rumbo. Jack empezaba a sospechar para qué habían acudido allí. Pero Victoria parecía cada vez más intranquila. Miraba a su alrededor, buscando algo, o a alguien, tal vez. Sin embargo, el bosque seguía en silencio.

–Deberías darte prisa en hacer lo que quiera que tengas que hacer –dijo Jack–. Queda un largo camino de vuelta a la ciudad, y tenemos que levantarnos con el primer amanecer.

–Lo sé –asintió ella–. Pero hemos ido a parar demasiado lejos de cualquier lugar habitado. Hay una aldea cerca del río... aunque no sé si tendremos tiempo de llegar y dar una vuelta antes de que se nos haga demasiado tarde para regresar.

Jack sonrió, comprendiendo que su intuición era acertada.

–¿Tus estrellas fugaces son personas, Victoria?

Ella respondió con una amplia sonrisa. Jack rodeó sus hombros con el brazo.

–Pues no lo fuerces –le aconsejó–. Haz lo que sueles hacer todas las noches, no importa que yo esté o no presente. No tienes que demostrarme nada. Si no hay suerte esta noche, tal vez mañana encuentres lo que buscas.

Victoria no dijo nada. Se había quedado mirándolo fijamente, y Jack se sintió inquieto.

–¿Qué ocurre?

–Que estaba equivocada –respondió ella, con cierta dulzura–. Sí he visto una estrella fugaz esta noche.

Mientras hablaba, se fue transformando lentamente en unicornio. Jack dejó escapar una exclamación de sorpresa, y la miró conmovido.

No era la primera vez que la veía así. Sin embargo, Victoria no solía adoptar su otra forma; al menos, no con la misma frecuencia con que lo hacía Jack.

Con el corazón latiéndole con fuerza, Jack aguardó a que el unicornio se acercara a él. No se movió cuando sintió sus suaves crines acariciándole el brazo. Victoria alzó la cabeza y su cuerno rozó dulcemente la mejilla de él.

Y algo lo llenó por dentro, un torrente cálido y renovador que recorrió sus venas, haciéndole sentir más vivo de lo que había estado jamás. El muchacho cayó de rodillas sobre la hierba, maravillado, y cuando Victoria apoyó la cabeza sobre su hombro, él rodeó su cuello con los brazos y enterró el rostro en sus crines, para que ella no viera que tenía los ojos llenos de lágrimas.

—No deberías haber hecho esto —susurró Jack al cabo de un rato—. Soy un dragón, así que seré un desastre como mago. No deberías desperdiciar tu magia conmigo.

—No es así como funciona —sonrió Victoria—. No se debe encadenar la entrega de la magia a razones lógicas. Tiene que nacer del corazón.

Jack alzó la cabeza. Victoria había vuelto a transformarse en humana, y lo miraba intensamente. Jack se sentó en el suelo, todavía maravillado. Victoria se acomodó sobre la hierba junto a él.

—¿Cuánto tiempo llevas haciendo esto? —le preguntó él.

—Desde que volví de la Tierra. Es decir, en cuanto recuperé mis poderes.

—¿Y has encontrado a mucha gente desde entonces? —quiso saber Jack, entusiasmado—. ¿Cuántos son? ¿Quiénes son?

—No pienso decírtelo —replicó ella—. Es un secreto entre ellos y yo.

Jack sacudió la cabeza, perplejo.

—Pero ¿por qué?

—Porque debe ser un regalo y no una carga. Deben ser ellos quienes decidan si quieren desarrollarlo o no. Sabes... no todo el mundo quiere abandonarlo todo para estudiar en una escuela de hechicería, por mucho que Qaydar se empeñe en pensar lo contrario. Y tal y como están las cosas... ser un mago puede no ser una ventaja. ¿Me entiendes?

—Creo que sí. Kimara, por ejemplo, echaba de menos su tierra cuando estaba estudiando con Qaydar.

—No se trata solo de eso. Gerde está utilizando un cuerno de unicornio para crear magos leales a su causa. Qaydar quiere que utilice el mío para crear magos leales a la suya. No veo una gran diferencia, Jack.

Él se volvió para mirarla, sorprendido.

—¿Que no ves gran diferencia? —repitió—. ¿Cómo puedes decir eso?

—Lo que quiero decir es que los dos quieren tener a los magos a su servicio. Y yo creo que los magos deberían ser libres para decidir qué van a hacer con el don que se les ha otorgado. ¿Entiendes?

»Los líderes de la Orden Mágica siempre han anhelado hacerse con el control del proceso de creación de magos, pero no han podido nunca gobernar a los unicornios. Ahora, aparte de Gerde, yo soy la única que puede conceder la magia, y tengo también una identidad humana, por lo que Qaydar tiene la posibilidad de controlarme *a mí* y de obtener lo que sus predecesores nunca consiguieron. Los unicornios eran seres indómitos: nadie podía capturarlos ni controlar sus movimientos. En cambio, yo vivo como humana, entre los humanos. No puedo ni salir por las noches sin que se me pidan explicaciones. ¿Comprendes? No quieren dejarme libre, Jack. Tienen miedo de perderme, miedo de perder la magia. Pero es que la magia no les pertenece a ellos, sino a todo el mundo. Y en los tiempos que corremos, con la Orden Mágica a punto de desaparecer, Qaydar no dejará pasar esta oportunidad. Por eso debo seguir actuando por mi cuenta.

—Se enterará de todas formas, Victoria. Alguna de las personas a las que les has entregado la magia acudirán a la Torre de Kazlunn.

—Lo sé: ya lo están haciendo. Por eso llegará un momento en que tenga que marcharme... al menos, hasta que Qaydar comprenda que no debe imponer sus reglas, que los magos no le pertenecen.

—Marcharte, ¿adónde? Victoria, vas a tener un bebé...

—Ya lo sé —cortó ella en voz baja—. Fue así como lo supe, ¿entiendes? En una ocasión me transformé en unicornio y, al regresar a mi cuerpo humano, sentí ahí... algo distinto. No sé cuánto tiempo llevaba creciendo dentro de mí, pero en ese momento supe que estaba allí... Y tengo que cuidar de él, porque puedo asumir que haya gente que quiera utilizar mi poder para sus propios fines... Ashran, Gerde, Qaydar..., me da igual. Pero no pienso permitir que le suceda lo mismo a mi hijo. Así que a veces deseo que sea un chiquillo humano normal, y otras veces quiero, por el bien de Idhún, que herede mi capacidad de entregar la magia, para que alguien siga consagrando nuevos magos cuando yo no esté. Pero los unicornios nunca fueron esclavos de nadie, ¿sabes? Y no quiero ese futuro para él.

Jack la miró en silencio. Algo en su rostro le reveló que Victoria estaba recordando la forma en que Ashran la había utilizado, arrebatándole salvajemente la magia, primero, y amputando su cuerno después.

–Habrá otros como él –comprendió.

Victoria no respondió.

–También a Ashran le entregó la magia un unicornio –dijo Jack–. Y a Gerde. Incluso antes de ser recipientes del Séptimo dios, ya eran sus aliados.

–Pedimos deseos cuando vemos una estrella fugaz –le recordó Victoria–. Pero no siempre las estrellas escuchan.

Parecía triste. Jack la abrazó.

–¿Sientes que sea así?

–No, no es eso. Es que a veces dudo de que todo esto valga la pena. Muchas noches regreso sin haber encontrado a nadie que despierte en mí el deseo de compartir la magia con él. Y no puedo evitar preguntarme qué pasará cuando yo no esté. La magia va a morir en Idhún de todas formas, Jack, haga lo que haga. Una sola persona no puede asumir el trabajo de toda una raza. Yo voy a seguir haciendo lo que debo hacer, pero no servirá de nada, ¿sabes? Si Idhún sobrevive a esto, dentro de varios siglos, cuando haya muerto el último mago, cuando yo ya no esté...

–Entiendo lo que quieres decir –dijo Jack–. Yo me siento igual. Yo solo contra toda la raza shek. Se supone que he de seguir luchando, y ni siquiera estoy seguro de que sea lo correcto, aunque Alsan se empeñe en decirme que sí.

Permanecieron un rato en silencio, abrazados, contemplando las lunas, hasta que Jack volvió a la realidad.

–Se hace tarde –dijo–, y debemos irnos. Además, tienes que devolverle el pájaro a su dueño, ¿verdad? ¿De qué lo conoces? –preguntó con curiosidad–. ¿Cómo es que te lo presta?

Victoria no respondió, pero Jack lo adivinó enseguida.

–Es una de tus estrellas fugaces –comprendió, con una sonrisa.

–Una de esas estrellas que prefieren llevar una vida tranquila, en lugar de abandonarlo todo para seguir los designios de la Orden Mágica

–respondió ella con suavidad–. Una de esas estrellas que Qaydar no debe conocer.

–Entiendo –asintió Jack–. En cualquier caso, tenemos mucho que hacer.

Victoria asintió. Se levantó y llamó a Inga con un silbido. Momentos después, los dos remontaban el vuelo, a lomos del haai, de regreso al castillo de Vanissar.

Ymur y Shail llegaron a la Torre de Kazlunn más tarde de lo que esperaban. Shail había calculado que alcanzarían sus puertas con el tercer atardecer, pero la noche los había sorprendido en mitad del camino. Para tener las piernas tan largas, el gigante era asombrosamente lento. Se detenía a observarlo todo con interés, y no parecía tener ninguna prisa.

Cuando por fin llegaron a los pies de la torre, era ya noche cerrada, y Shail dudó que los dejaran entrar.

Se llevó una sorpresa, sin embargo. Cuando llamaron a la puerta, les abrieron enseguida y los condujeron a la presencia de Qaydar.

El Archimago estaba en su despacho, trabajando, a pesar de lo avanzado de la hora. Cuando alzó la cabeza hacia ellos, no detectaron ni una sombra de cansancio en su mirada. Al contrario; Shail no recordaba haberlo visto nunca tan contento.

Le presentó a Ymur, y le habló de los motivos por los que habían acudido a la Torre.

–Conocí a Ashran, sí –confirmó Qaydar–. Coincidimos en esta misma torre, cuando él no era más que un aprendiz. Pero no recuerdo que destacara especialmente. Solo sé que a veces se metía en problemas por buscar en la biblioteca libros muy por encima de su nivel. No sabría deciros si era ambicioso o, tan solo, extraordinariamente curioso. Puede que las dos cosas.

–Me gustaría consultar los volúmenes de vuestra biblioteca, si no tenéis inconveniente –dijo Ymur.

–Los volúmenes de nuestra biblioteca están escritos en idhunaico arcano, sacerdote.

El gigante hizo un gesto despreocupado.

–Oh, no me refería a los libros de magia. Me interesan más los libros de historia. Los conocimientos sobre el mundo que atesora la Orden. Imagino que todo ello estará escrito en idhunaico común, ¿no es cierto?

–Sí..., pero os recuerdo que algunos magos permanecimos quince años encerrados en esta torre, cuando resistíamos al imperio de Ashran. Os aseguro que tuvimos mucho tiempo para buscar información sobre él. No encontramos nada.

–Tal vez porque no buscasteis la información adecuada –intervino Shail–. Lo que Ymur desea saber es dónde encontró Ashran algo que le llevara a interesarse por el Séptimo dios, y de qué se trataba exactamente.

Qaydar los miró, pensativo.

–Bien –dijo por fin–, supongo que se nos puede haber pasado algo por alto. Aunque no veo qué utilidad puede tener todo esto, ahora que Ashran está muerto.

–Pero Gerde no lo está –murmuró Shail–, y su poder es muy similar al que tuvo Ashran en su día.

Qaydar asintió.

–De acuerdo, pues. No quiero entreteneros más; sin duda estáis cansados.

Los acompañó hasta el pasillo. Allí los esperaba un sirviente para guiarlos a sus habitaciones, pero solo se llevó consigo a Ymur. Fue el propio Qaydar quien escoltó a Shail, y este adivinó que quería hablar con él.

No se equivocó.

–¿Cómo está Victoria?

–Bien... Se encuentra en Vanissar, con Alsan y Jack. Regresó de la Tierra completamente curada –añadió sonriendo.

Qaydar sonrió a su vez.

–Lo sé –dijo–. ¿Habéis hablado acerca de ello? ¿Te ha dicho cuántos son?

–¿Cuántos son? –repitió Shail, perplejo.

–Me refiero a los magos que ha consagrado. De momento, nos han llegado tres.

–¿Tres magos? ¿Aparte de Kimara?

–Veo que no lo sabías –comprendió Qaydar–. En estos últimos días han llegado varias personas que decían poseer el don de la magia: un silfo y dos humanos. Y decían la verdad: ahora mismo, la Orden cuenta con tres aprendices más.

–Vaya, es una gran noticia –comentó Shail–. Pero ¿cómo sabemos que son magos consagrados por Victoria, y no por Gerde?

—Porque todos ellos dijeron haber visto al unicornio. Tú sabes lo que se siente cuando se ve un unicornio, Shail. No podían estar fingiéndolo.

Shail no respondió. Todavía estaba asimilando la noticia.

—Me sorprende que no te lo haya dicho —comentó Qaydar.

Shail recordó las escapadas de Victoria, el recelo de Alsan, la reticencia de ella a hablar del tema. Sonrió.

—Sí que lo hizo. A su manera, lo hizo.

Los rebeldes de Kash-Tar tardaron unas horas más en subir las montañas. Pero, cuando llegaron a una de las cimas y contemplaron el horizonte, se mostraron desconcertados.

Allí no había nada. Solo tres soles, como siempre, asomando por el horizonte.

Rando, desde el aire, también lo había visto. Se apresuró a aterrizar junto a sus compañeros.

—¡Estaba allí ayer por la noche! —exclamó desde la escotilla superior de Ogadrak—. ¡Lo juro!

Goser iba a replicar cuando, de pronto, uno de sus hombres lanzó un grito de advertencia. Los yan clavaron sus ojos rojizos en el horizonte. Los humanos hicieron lo mismo, pero tuvieron que apartar la mirada enseguida, porque los soles los deslumbraban.

La luz solar, sin embargo, nunca había dañado la vista de los yan, a quienes nadie podía igualar en descifrar las señales del desierto.

—¿Qué hay? —preguntó el otro piloto.

Los yan tardaron un poco en contestar, y esto era extraño en ellos.

—Sheks —dijo entonces Goser, entornando los ojos.

Rando dejó caer a un lado la tapa de la escotilla, anonadado.

—No es posible —musitó.

Los yan ya murmuraban entre ellos, recelosos.

—¡Elhumanonoshatraicionado! —dijo alguien.

—¡Noshallevadodirectosaunatrampa!

La mirada de Rando se cruzó con la de Kimara. Detectó un rastro de dolor y decepción en los ojos de ella; pero se endurecieron enseguida.

—¡Traidor! —le escupió.

—Medaigualqueseaunatrampa —dijo entonces Goser, sacando una de sus dos hachas y enarbolándola amenazadoramente—. Yovoyaluchar; ¿quiénviene?

Todos los yan lanzaron su grito de guerra. Los humanos se lo pensaron un poco más.

—Ytú —dijo entonces Goser, señalando a Rando con el extremo de su hacha—, vendrásconnosotros.

Poco a poco, Gerde fue recuperando fuerzas. Durmió durante todo el día y, cuando abrió los ojos, Christian estaba a su lado.

—¿Se han ido? —fue lo primero que preguntó, con esfuerzo.

—Sí, Gerde, se han ido —respondió él—. Pero no tardarán en darse cuenta de que has regresado, y volverán para buscarte.

—Es igual: tenemos un respiro. Tenemos tiempo para terminar de prepararlo todo.

El shek no respondió.

—Pero si regresan antes de tiempo —prosiguió Gerde—, tendremos que escapar de aquí. No puedo enfrentarme a ellos otra vez, y estoy cansada de luchar.

—¿Cuánto tiempo?

Ella negó con la cabeza.

—No lo sé. Estas cosas van lentas, pero los Seis tienen prisa. Puede que tu unicornio tenga suerte —añadió, burlona—. Puede que tenga que marcharme antes de que ella dé a luz. Claro que se quedaría atrás, con seis dioses furiosos buscándome por todo el mundo, pero... así es la vida. ¿Y tú, Kirtash? ¿Te salvarías conmigo, o te condenarías con ella?

—Me salvaría con ella —respondió él con una sonrisa.

—Eso no depende de ti —replicó Gerde—. Aunque quieras creer que sí.

Las dos facciones chocaron entre el segundo y el tercer atardecer.

El grupo de serpientes no era muy numeroso. Si los rebeldes no hubiesen estado tan cegados por la ira, tal vez se habrían preguntado cómo era posible que tres sheks y dos pelotones de szish fueran los responsables de tanta destrucción. Y, probablemente, los sheks también habrían llegado a la misma conclusión que ellos, de no haberlos enloquecido el odio cuando detectaron a los dos dragones artificiales.

Rando no tuvo más remedio que defenderse. Los sheks se abalanzaron sobre él y sobre el otro dragón, obligándolos a luchar. Y, en un primer momento, Rando respondió a la provocación y Ogadrak rugió sobre las arenas de Kash-Tar, vomitando su fuego contra las serpientes. No obstante, en una de las temerarias maniobras típicas de él, al piloto le pareció ver una figura que corría hacia el corazón del desierto, alejándose de la batalla. Batió las alas y se elevó más alto para verla mejor. Sí, no cabía duda. Era un szish y escapaba de los suyos, sin importarle que sus pies se hundiesen en la arena hasta los tobillos, desentendiéndose de la lucha que se desarrollaba a sus espaldas.

Rando tuvo un presentimiento. Trató de desembarazarse del shek que lo seguía y planeó sobre la figura fugitiva. No pudo confirmar su identidad, pero, de todas formas, descendió en picada sobre el szish y sacó las garras.

El fugitivo se volvió hacia él y ejecutó un hechizo de ataque. Ogadrak se tambaleó cuando la magia impactó en una de sus alas, perforándola.

–¡Au! –exclamó Rando, tan dolido como si el golpe lo hubiese recibido él mismo.

No se arredró, sin embargo. Movió las palancas con determinación, y Ogadrak enganchó limpiamente al szish entre sus garras. Batió las alas y logró elevarse un poco más, aunque algo escorado, mientras su prisionero pataleaba con todas sus fuerzas.

Pero Rando no tuvo tiempo de felicitarse por su habilidad. Oyó un siseo tras él, un siseo que le heló la sangre, y descubrió que uno de los sheks lo estaba siguiendo.

–¡Déjame en paz! –le gritó, aun sabiendo que no lo oiría desde fuera–. ¡Que estoy desertando!

Dio una vuelta de campana en el aire para despistar al shek, olvidando por un momento que llevaba un szish entre las garras. «Esto no me lo va a perdonar», pensó.

Se volvió con brusquedad contra el shek y vomitó su fuego. La serpiente chilló, furiosa, y retrocedió, pero Rando, temerariamente, bajó la cabeza de Ogadrak y embistió de nuevo, con los cuernos por delante. Sintió el tremendo golpe que dio el cuerpo de la serpiente cuando chocó contra el dragón, pero no se detuvo. Volvió a atacar, una y otra vez.

Le resultó un poco difícil, porque en esta ocasión no podía utilizar las garras delanteras, que ahora sostenían al szish y que solían resultarle muy útiles a la hora de aferrar los resbaladizos cuerpos de las serpientes. Pero, finalmente, logró lanzar una nueva llamarada al rostro de la serpiente, cegándola. La dejó retorciéndose de dolor en el aire y escapó de allí, todo lo deprisa que fue capaz.

A sus espaldas, la batalla proseguía con tanta fiereza que nadie se percató de que se marchaba.

Aterrizó cuando los tres soles ya estaban muy altos, junto a un pequeño oasis que apenas consistía en un pozo al pie de un par de árboles. Dejó a Ogadrak en precario equilibrio sobre sus patas traseras y depositó con cuidado a su prisionero sobre la arena.

Que, como había imaginado, no era prisionero, sino prisionera.

—¡Te hasss vuelto loco! —le gritó Ersha cuando bajó del dragón—. ¿Qué tengo que hacer para librarme de ti, ssssangrecaliente?

—¡Hey! —protestó Rando, ofendido—. ¡Te he ayudado a escapar! ¿No era eso lo que querías?

—¡Podía esssscapar yo sssola, muchasss graciasss! —siseó ella—. ¡Por poco me matassss!

Rando sacudió la cabeza.

—Bueno, no ha sido tan terrible. Ya estamos aquí, ¿no? —le dirigió una breve mirada—. Deduzco que no te creyeron.

—Losss ssheksss examinaron mi mente y vieron misss recuerdosss. Creyeron que había algo y por essso fuimosss a investigar —le lanzó una mirada incendiaria—. No teníaiss que essstar allí. ¿Dónde ha ido la esssssfera de fuego?

—No lo sé. Pero no pienso perder el tiempo peleando mientras esa cosa siga por ahí suelta.

La szish rió brevemente.

—Essso fue lo que yo pensssé. Mientrasss veníamosss de Kosssh hemosss vissssto cossssasss... todo un oasssisss carbonizado. Inclussso el agua de la laguna sssse evaporó. Y la guarnición de ssszisssh que había allí...

—No sigas —se estremeció Rando—. Me lo imagino.

—Mientrasss essstaba peleando contra vosssotrosss —prosiguió Ersha—, imaginé que la bola de fuego volvía y nosss sssorprendía allí... luchando unosss contra otrosss... —se encogió de hombros—. No tuve ganasss de essstar allí cuando volviera... asssí que me temo que he desssertado... como tú —añadió con una sonrisa siniestra.

Pero Rando hizo un gesto despreocupado.

—No es para tanto —dijo—. Lo de desertar, quiero decir. No es la primera vez que lo hago.

Sin embargo, se volvió un momento para contemplar el horizonte con cierta tristeza. Ersha advirtió el gesto.

–¿Acassso dejasss a alguien atrássss, humano?

–Tal vez –respondió Rando con una sonrisa enigmática–. Tal vez.

Días después, un cuarto mago llegó a la Torre de Kazlunn. Para entonces, Shail ya se había marchado a Vanissar, e Ymur estaba encerrado en la biblioteca. Qaydar lo recibió en su despacho y lo interrogó a fondo. Había comprobado que, en efecto, la magia latía en él..., pero lo hacía de una forma extraña, devorándolo por dentro, produciéndole un intenso sufrimiento. El Archimago sospechó que aquello podría ser obra de Gerde.

–Fue Victoria quien me entregó la magia –dijo el hechicero, adivinando lo que pensaba–. La llaman también Lunnaris, el último unicornio.

Le habló de Victoria; le contó que la había guiado hasta la Torre de Drackwen, primero, y hasta la Torre de Kazlunn, después, porque ella tenía intención de matar a Kirtash, a quien hacía responsable de la muerte del último dragón. Le dijo las fechas exactas en que aquello había sucedido. Qaydar sabía que decía la verdad. Pocas personas sabían lo que había pasado con Victoria en aquellos momentos tan difíciles para todos.

Pero no se le ocurrió relacionar a Yaren con el individuo que, según le habían contado, había atacado a Victoria tiempo atrás. Nadie le había dado demasiados detalles.

–Y había algo extraño en su mirada –concluyó Yaren–. Suelen describir a los unicornios como criaturas llenas de luz, pero ella era siniestra. Nadie podía mirarla a los ojos sin sentir un escalofrío.

Qaydar no respondió. No podía dudar de la palabra de Yaren. Él mismo había experimentado una profunda sensación de terror al mirar a Victoria la noche en que había abandonado Nurgon para ir en busca de Kirtash.

Yaren malinterpretó su silencio.

–Fue antes de que ella perdiera su poder tras enfrentarse a Ashran –explicó–. Sé que tenéis motivos para dudar, pero...

–¿Has venido aquí porque tienes intención de unirte a la Orden Mágica? –interrumpió Qaydar.

Yaren inspiró hondo.

–Quiero estudiar magia aquí, en la torre. Lo he pensado mucho y me he dado cuenta de que solo aquí podré desarrollar el don que me ha sido entregado. Solicito que me admitáis como aprendiz. Os lo ruego.

–¿Sabías que no eres el único nuevo aprendiz?

–He oído hablar de una mujer de Kash-Tar...

–No me estoy refiriendo a ella. Hablo de personas que han llegado en los últimos días.

El mago comprendió.

–Victoria –susurró–. Victoria ha recuperado su poder.

Se echó hacia atrás, consternado. Una mezcla de confusos sentimientos inundó su corazón: rabia, envidia, odio, impotencia... y un débil rayo de esperanza.

–Veo que no lo sabías. Bien, tampoco yo sabía que hubiese consagrado a más magos, aparte de Kimara, antes de derrotar a Ashran. Nunca me ha hablado de ti.

La esperanza murió, ahogada por el dolor y la rabia, por aquella magia siniestra que aniquilaba despiadadamente todos los sentimientos positivos que nacían en él.

–No me sorprende –dijo–. No soy precisamente su mejor obra.

Hablaba lentamente, como si pronunciar cada palabra le costara un tremendo esfuerzo. Qaydar lo miró, compasivo, pero también intrigado.

–¿Cómo es posible que la magia del unicornio haya tenido este efecto tan demoledor en ti?

Yaren esbozó una torcida sonrisa.

–Todo el mundo se equivoca al principio y mejora con la práctica –dijo–. Los unicornios no son una excepción.

XXI
Coronación

F ALTABAN ya pocos días para que el nuevo rey de Vanissar tomase posesión del trono, y en todo Nandelt se aguardaba la llegada del día de año nuevo con expectación... y no poca incertidumbre.

Porque, por extraño que pudiera parecer, todo el mundo conocía la fecha de la coronación, pero no estaban seguros acerca de la identidad de la persona que iba a ser coronada.

Para asombro de todos y alegría de muchos, el príncipe Alsan había regresado a su reino para reclamar el trono. Y Covan, caballero de la Orden de Nurgon, que había sido su maestro en la Academia y había estado actuando como regente durante su ausencia tras la batalla de Awa, lo había recibido en el castillo.

Pocos días después, se había hecho pública la noticia de que, el día de año nuevo, el pueblo de Vanissar tendría un nuevo rey. No obstante, no se había aclarado si ese nuevo rey sería Alsan o el propio Covan.

En principio, todo apuntaba a que Alsan, heredero legítimo del rey Brun, ceñiría la corona. Pero los rumores decían que se había convocado a varias personas ilustres para que asistiesen a una especie de prueba que tendría lugar la noche del Triple Plenilunio. Si Alsan superaba dicha prueba, sería coronado. De lo contrario, renunciaría al trono en favor de Covan.

En los tres meses que habían transcurrido desde el regreso del príncipe, nadie había aclarado oficialmente si los rumores eran o no fundados. Alsan se ocupaba de gobernar el reino mientras tanto, y Covan era su mano derecha, por lo que, con el tiempo, la gente se acostumbró a la idea de que, en efecto, el príncipe heredero asumiría el trono.

No obstante, apenas unos días antes de la fecha de la coronación, la Venerable Gaedalu en persona llegó a la ciudad.

Corrían rumores de que había estado allí, tiempo atrás, en secreto, y había apoyado a Alsan a la hora de reclamar el trono, pero después había vuelto a marcharse para coordinar la reconstrucción del Oráculo de Gantadd, que había sido arrasado por las aguas. Si bien nadie tenía la certeza de que esto fuera cierto, en esta ocasión no se pudo dudar de que la Madre Venerable estaba en la ciudad. Entró por la puerta principal, con todo su séquito, y Alsan en persona salió a recibirla y la escoltó hasta el castillo.

Los líderes de las iglesias no solían estar presentes en aquella clase de ceremonias. La tradición ordenaba que no se involucraran en asuntos políticos, aunque en la práctica solían enviar un representante de cada Oráculo a la coronación de un rey de Nandelt. Si el representante no llegaba, el nuevo rey podía entender que desde el Oráculo no se aprobaba aquella coronación. Era todo lo que se le permitía al poder sagrado. Habría sido de mal gusto que el Padre o la Madre opinaran abiertamente sobre un asunto semejante, y por este motivo tampoco acudían en persona a las coronaciones.

El hecho de que Gaedalu hubiese decidido romper la tradición de una forma tan obvia era un indicio de algo importante. Ciertamente, el mundo había cambiado mucho, y aquella era la primera coronación en Nandelt desde la caída de Ashran. Pero también podía ser que la Madre no acudiese a la ceremonia, sino a aquella supuesta prueba que iba a celebrarse la víspera.

No obstante, Gaedalu no fue la única en presentarse en Vanissar por aquel entonces. Apenas dos días después, cuando el primero de los soles ya se ponía por el horizonte, Ha-Din, Padre de la Iglesia de los Tres Soles, hizo acto de presencia en la ciudad. También en esta ocasión fue a recogerlo Alsan, y lo guió hasta el castillo junto con todo su séquito.

Al filo del tercer atardecer, un grupo de hechiceros de la Torre de Kazlunn, liderados por Qaydar, el Archimago, se presentaba a las puertas de Vanis.

La llegada de estos tres personajes eclipsó un poco la presencia, menos extraordinaria, de otros soberanos de Nandelt: la reina Erive de Raheld, un representante de la cámara de nobles que regía los destinos de Nanetten, y el príncipe heredero de Dingra, hijo del rey Kevanion, que había fallecido en la batalla de Awa. Aún no había sido coronado por ser todavía muy joven, pero se estaba preparando para asumir las riendas del reino, y su presencia en Vanissar indicaba que tenía intención de olvidar el pasado y establecer una nueva alianza con Alsan.

Todos estaban dispuestos a olvidar el pasado, se dijo Victoria mientras paseaba por las almenas, contemplando el horizonte. Habían transcurrido casi tres meses desde que los Seis habían desaparecido inexplicablemente de Idhún. Se habían terminado los seísmos, los maremotos, los ciclones y el crecimiento indiscriminado de árboles y plantas.

Parecía que la pesadilla había acabado, y los idhunitas se habían apresurado a comenzar con la reconstrucción de las poblaciones afectadas para borrar cuanto antes las huellas de la destrucción. Para retomar sus vidas como si nada hubiese ocurrido.

Pero no había terminado. Nada había terminado.

Se llevó una mano al vientre, inquieta e ilusionada a la vez. Su hijo crecía dentro de ella, despertando toda clase de nuevas sensaciones en su interior. Aún no lo había dicho a nadie. Jack la había acompañado durante aquellos tres meses y sabía que Christian, en la distancia, también pensaba en ella y estaba dispuesto a acudir a su lado si hacía falta.

Pero no había hecho falta, al menos por el momento. Y Victoria deseaba que las cosas siguieran así.

No obstante, aunque había empezado a usar ropas un poco más holgadas, no tardaría en resultar evidente para todo el mundo que estaba embarazada.

Suspiró para sí. Lo cierto era que aquel no era el mayor de sus problemas.

—Te estaba buscando —dijo una voz tras ella, sobresaltándola.

Se volvió. Shail estaba allí, sonriéndole.

—Con todo este lío, Zaisei no ha tenido ocasión de saludarte —le dijo—. Ya me ha preguntado por ti un par de veces. ¿Dónde te escondías?

—También yo he estado ocupada —respondió Victoria, evasiva.

Quería ver a Zaisei, pero no podía. No podía ver a ningún celeste, en realidad, porque su embarazo estaba ya lo bastante avanzado como para que cualquiera de ellos pudiera percibir lo que le sucedía. Hacía ya tiempo que había dejado de molestar a Man-Bim por las noches. Era Jack quien la acompañaba, llevándola sobre su lomo, cuando sentía la necesidad de «buscar estrellas fugaces». Habían seguido utilizando aquella expresión cuando hablaban del tema, aunque ya no era necesario. A aquellas alturas, la noticia de que Victoria estaba consagrando nuevos magos era ya de dominio público. Y eso estaba causando muchos problemas a la muchacha.

–¿No quieres ver a Qaydar? –dijo Shail–. También ha preguntado por ti.

Victoria no contestó. Shail se situó a su lado.

–¿Por qué no quieres volver a la Torre de Kazlunn, como te propuso?

–Ya te lo he explicado, Shail. No soy una de las aprendizas de Qaydar. Quiere que le informe de quiénes son los nuevos magos, cómo son, dónde están... para ir a buscarlos, como si le pertenecieran. Si voy a seguir entregando la magia, no puedo, no debo seguir sus normas. Los unicornios deben ser libres para que la magia sea libre, ¿recuerdas? Entiendo que él se sentiría más tranquilo si me encerrara en su torre y tuviese constancia de todo lo que hago, pero las cosas no funcionan así. La magia es algo muy serio y poderoso y no debe estar en manos de una sola persona o institución. Por eso los unicornios podemos entregarla, pero no utilizarla. Por eso nadie puede capturar o someter a un unicornio.

–Lo sé, Vic. Pero no puedes vivir siempre como un unicornio, ¿o sí?

–No –dijo Victoria a media voz; suspiró–. Se me pide que cumpla con mi deber de unicornio, pero no se me permite actuar como tal.

Shail inclinó la cabeza.

–¿Y qué vas a hacer, entonces? ¿Quedarte aquí, en Vanissar?

–No lo sé –respondió Victoria con sinceridad.

Jack había encontrado un lugar en Vanissar. Durante aquellos tres meses, él y Victoria habían viajado mucho. Habían estado en Celestia, habían visitado a las sacerdotisas de Gantadd, incluso habían hecho un breve viaje a la Torre de Kazlunn. Siempre había cosas que hacer, sobre todo después de la visita de los dioses. Habían ayudado en la reconstrucción y habían actuado como embajadores de Vanissar en más de una ocasión. Victoria había aprovechado aquellos viajes para recorrer, como unicornio, lugares diferentes. Recordaba con claridad, por ejemplo, a la náyade a la que había sorprendido en su estanque, en Derbhad. Se habían mirado un breve instante, y Victoria había sentido aquella conexión, aquel impulso que la había llevado a acercarse a ella y a tocarla con su cuerno. Recordaba la expresión de ella, y cómo sus ojos se habían llenado de luz momentáneamente, cuando le había entregado la magia. A cambio, Victoria solo le había preguntado su nombre.

Se llamaba Lisbe.

No lo había olvidado, ni lo olvidaría jamás. Tampoco olvidaría al joven gigante con que había topado en una de sus primeras expediciones, cuando todavía iba sola. Había hallado a los gigantes al borde del camino, descansando tras un duro día de marcha. Se había deslizado entre ellos como un rayo de luna, y ni siquiera la habían visto. Solo uno de ellos le había llamado la atención. Lo había vigilado desde las sombras hasta que él se había separado del grupo para acercarse al río. Entonces, ella se había mostrado ante él.

Se llamaba Ymon.

Victoria sabía que Ymon no iría nunca a la Torre de Kazlunn; que, tras aquel encuentro, había seguido su camino, y que ahora estaba, junto con los otros gigantes, tratando de comenzar una nueva vida en la cordillera de Nandelt. Una opción tan respetable como la de Lisbe, que ya estudiaba con los aprendices de Qaydar.

Había más, y Victoria recordaba con claridad sus rostros y sus nombres. Y sabía cuántos eran. Demasiados para tan poco tiempo, pero a Qaydar aún le parecerían pocos.

No; Victoria no podía quedarse en un solo lugar, ya fuera Vanissar o Kazlunn. Tenía que moverse por el mundo, viajar, recorrer distintas ciudades, pueblos, aldeas. Porque todos, en el norte o en el sur, en todos los rincones de Idhún, tenían derecho a soñar que alguna vez verían a un unicornio.

Jack, sin embargo, estaba cada vez más a gusto en Vanissar. Había estado entrenando con Covan, había conocido a otros caballeros de Nurgon, y estaba planteándose entrar en la Orden. Aunque también le atraían los Nuevos Dragones. Había volado otras veces con ellos, y le sentaba bien.

No obstante, Victoria sabía que no compartía del todo los ideales de unos ni de otros. No quería seguir luchando contra las serpientes, como hacían los Nuevos Dragones. Y las rígidas normas de los caballeros de Nurgon le resultaban artificiales: unos principios que, en muchos aspectos, no se ajustaban a la realidad compleja y cambiante que él conocía.

Sin embargo, ahora todos se habían unido para luchar contra un enemigo común: Gerde.

Todos sabían que el hada se ocultaba en algún lugar de los Picos de Fuego, y Jack apostaba por las cercanías de la Sima, la entrada a Umadhun. Era el único lugar donde podían haberse escondido tantos sheks.

Porque seguían en Idhún, Jack estaba seguro de ello. Sentía la presencia de las serpientes, sabía que algunas de ellas entraban y salían de Umadhun. Lo sabía porque, si todos los sheks se hubiesen marchado ya a la Tierra o se hubiesen ocultado en Umadhun, se habría sentido extrañamente vacío.

De modo que estaban preparando un gran ejército para atacar a las fuerzas de Gerde. Jack sabía que Christian seguía con ella, pero le había dicho a Victoria que estaba cansado de esperar con los brazos cruzados a que pasara algo.

—Los dioses se han marchado y nos han dejado aquí a Gerde, y no estoy dispuesto a que reconquiste este mundo, renovando el imperio de Ashran, y mucho menos a permitir que se lleve a todos los sheks a la Tierra. Lucharemos y obligaremos al Séptimo a salir de su cuerpo. Tal vez así regrese a la dimensión de la que procede, donde los Seis la estarán esperando. Si Christian es tan inteligente como dice ser, se hará a un lado y no se interpondrá.

Victoria dudaba que Christian fuera realmente a hacerse a un lado, pero sabía que no podría disuadir a Jack. Este no solo odiaba estar sin hacer nada, sino que además detestaba profundamente a Gerde; más, quizá, de lo que había odiado a Ashran. Si alguna vez había tenido dudas acerca de si participar o no en la guerra, su catastrófico encuentro con el hada las había despejado todas.

—Jack está a gusto en Vanissar —dijo Shail, devolviéndola a la realidad—. Cuando todo esto acabe, tal vez quiera quedarse aquí. No en el castillo, claro. Imagino que querréis tener una casa propia y todo eso...

Victoria inspiró hondo.

—El problema no es Jack, soy yo —dijo—. ¿Sabes cuántas personas al día vienen para pedir que les conceda la magia? Alsan ha tenido que designar a un secretario específicamente para que las atienda. Y toma nota de sus peticiones, de sus datos y de los motivos por los que quieren ser magos... Es de locos, Shail. Las cosas no funcionan así.

—¿Y por qué no cambiarlas un poco, entonces? —replicó él—. ¿Por qué no empezar a hacer esto de otra manera?

—¿Seleccionando a los mejores candidatos? —Victoria sonrió—. ¿Así fue como decidiste que amabas a Zaisei? —le preguntó de pronto—. ¿Tomando nota de las peticiones de las candidatas y seleccionando a la más apta de todas ellas?

—No es lo mismo —protestó Shail.

—No, pero es parecido. Todos tenemos derecho a ser amados alguna vez. Si solo los mejores pudiesen optar a recibir el amor de otra persona, ¿cuántas personas tendrían pareja? Con la magia sucede igual. Todos tienen derecho a ver alguna vez un unicornio, Shail. No los puedes seleccionar. ¿Con qué criterios lo harías?

—Entiendo —murmuró el mago—. Supongo que es sencillo para mí, puesto que yo ya recibí el don del unicornio. Pero, si no hubiese sido así..., no sé si habría querido que me pusieran en una lista, o que me excluyesen de ella.

—La magia es la energía del mundo, Shail. Es parte de todos. Por eso... no puedo quedarme en Vanissar, ni en Kazlunn, ni en ninguna otra parte. Imagina que estableciese mi casa en alguno de los reinos. Todos los demás exigirían que me mudase al suyo. Se pelearían por tenerme. Porque en el lugar donde yo viva habrá más magos, y eso es algo que le interesa a cualquier soberano. Ahora todos se han unido porque temen a los sheks, pero el día en que ellos no estén, el mundo se dividirá y todos lucharán para obtener los dones del último unicornio... si saben dónde encontrarlo. Por eso a los unicornios nunca había manera de encontrarlos. Así que, si algún día decidiese echar raíces en alguna parte, tendría que ser un lugar secreto que no fuese de dominio público.

—¿Y qué vas a hacer, entonces?

Victoria le dirigió una larga mirada.

—No lo sé —confesó—. Yo quiero estar con Jack, pero no le puedo pedir que pase el resto de su vida viajando de un lado a otro. Por otra parte... Shail, estoy haciendo todo lo que puedo, pero no sé si servirá de algo. ¿Qué será de la magia cuando yo ya no esté? ¿Acaso lo que estoy haciendo no es prolongar su agonía un poco más?

Shail suspiró. No tenía respuestas para aquellas preguntas.

En aquel momento, una tercera persona salió a las almenas. Victoria retrocedió instintivamente, pero ya era demasiado tarde: los había visto.

—¡Estás aquí! —saludó Zaisei—. Shail, te he estado buscando. La Madre está tomando su baño, y yo...

Reconoció entonces a Victoria, y se acercó a ella para saludarla. La joven no tenía dónde esconderse, de modo que se adelantó unos pasos, con una forzada sonrisa.

Zaisei se dio cuenta de que no era bienvenida cuando ya estaba a punto de abrazarla. Se detuvo un momento, confusa, y la miró, casi como pidiendo disculpas. Victoria sacudió la cabeza y la abrazó con calidez.

–Me alegro de verte –le dijo, y era verdad. Zaisei detectó aquel sentimiento de cariño que emanaba de Victoria, y que se impuso por encima del leve rechazo que había percibido en ella al principio. Se separó un poco de ella, y entonces notó algo distinto en los sentimientos que le transmitía, una mezcla de ilusión, dulzura, alegría, expectación e inquietud... todo junto.

Un niño celeste tal vez no habría sido capaz de descifrar aquellos síntomas, pero Zaisei había estado en otras ocasiones cerca de mujeres embarazadas. Dio un paso atrás y la miró, con los ojos muy abiertos. Victoria le devolvió una mirada de advertencia, pero no era necesaria. Zaisei supo inmediatamente que quería mantenerlo en secreto. De lo contrario, ya se habría corrido la noticia.

–Yo también me alegro mucho de verte –respondió con suavidad–. Espero que podamos hablar un rato: hace mucho que no sé nada de ti.

Victoria asintió sonriendo.

–Tendremos unos días muy ocupados, pero encontraremos un hueco, estoy segura.

–Me alegro mucho por Alsan –dijo entonces Shail–. Es muy importante para él ocupar el lugar que dejó su padre. Siente que tiene una deuda con él por haber abandonado Vanissar para ir a la Tierra.

–¡Pero lo hizo para salvar Idhún! –objetó Zaisei.

–Sí, y al hacerlo descuidó a su propio pueblo, permitiendo que su padre muriese en la lucha contra las serpientes, y que su hermano tuviera que rendirse a Ashran. Aunque no lo dice, se siente responsable por todo eso. Quiere enmendar sus errores pasados.

–Sí, eso lo repite mucho últimamente –murmuró Victoria, algo alicaída.

Su relación con Alsan había mejorado un poco, aunque no del todo. Sin duda, la noticia de que Victoria había estado consagrando nuevos magos había aliviado su suspicacia hacia ella, y el hecho de que Christian no se hubiese dejado ver por allí en todo aquel tiempo también era un punto a favor. Pero no bastaba. Cada vez que hablaba con ella, Alsan no podía evitar mirar el anillo que aún lucía en su dedo, prueba irrefutable de que la relación de la joven con el shek seguía adelante. De modo que ambos se trataban con una fría cortesía. No habían vuelto a tener una discusión seria, sin embargo, así que Victoria consideraba que aquello era mejor que nada.

—¿Creéis que el brazalete que lleva lo protegerá del Triple Plenilunio? —preguntó entonces Shail bajando la voz.

Las dos chicas cruzaron una mirada pensativa.

Alsan no se había separado de aquel brazalete ni un solo instante. Y parecía funcionar: en aquellos tres meses se habían producido tres plenilunios de Ayea, y otro más de Ilea, y ninguno de ellos había parecido afectarlo lo más mínimo. Claro que ni la luna roja ni la verde tenían suficiente poder como para transformarlo del todo, con o sin brazalete. La respuesta a la pregunta de si Alsan estaba o no curado la tenía Erea y, desde la noche de la intervención de Gaedalu en el bosque de Awa, la luna mayor no había vuelto a mostrarse llena. La próxima cita con ella era tres días después. La noche de fin de año. La noche del Triple Plenilunio.

Victoria desvió la mirada. Se le hacía extraño pensar que ya había pasado casi un año desde la muerte de Ashran, desde aquella terrible noche que aún le producía pesadillas. Tal vez se tratara de una intuición totalmente irracional, pero el Triple Plenilunio le daba mala espina. La experiencia le decía que nada bueno podía salir de una conjunción astral, aunque aquella llevara desarrollándose en Idhún todos los años, desde el principio de los tiempos, sin ninguna consecuencia, no más peligrosa que cualquier eclipse en la Tierra.

Zaisei movió la cabeza.

—Si el brazalete lo protege —dijo—, será una buena noticia; pero no estoy segura de que el hecho sea bueno en sí mismo. Ese objeto lleva una gema extraída de la Roca Maldita, Shail. Mientras no sepamos qué es...

Dejó la frase inconclusa, pero nadie se animó a terminarla.

Habían buscado más información sobre aquella roca. Habían revisado libros y antiguos documentos, habían preguntado a personas mayores y más sabias, sin éxito. Todavía no tenían idea de la naturaleza de aquel objeto, ni estaban seguros del efecto que podía producir en la gente.

A Alsan parecía estar sentándole bien. Volvía a ser el de antes; incluso estaba recuperando, poco a poco, su antiguo color de pelo.

Y, no obstante, Victoria no estaba segura de que le gustara el cambio.

Ciertamente, Alsan era, de nuevo, el caballero rígido e inflexible que había conocido, duro como una roca, firme en sus convicciones, seguro de sí mismo. Volvía a tener fe en las normas que le habían inculcado desde niño, y conceptos como el honor o el deber tenían, otra vez, un sentido para él.

Y, justamente por eso, ya no toleraba ninguna infracción, nada que se alejara de su concepto del mundo. Todo volvía a ser blanco o negro. El color gris estaba desapareciendo para él, de la misma manera que desaparecía de su cabello.

Shail, Victoria y Zaisei siguieron hablando, esta vez de cosas más banales. Pero los tres sentían aquella inquietud indefinible, aquella impresión de que los problemas no habían terminado todavía, de que estaban solo viviendo un tiempo de receso, la calma que precede a la tempestad.

Que lo peor todavía estaba por llegar.

—Hay algo de lo que quiero hablar contigo, Victoria —dijo entonces Zaisei, cambiando de tema.

La joven la miró con cautela.

—Es acerca de uno de los hechiceros que han venido con Qaydar.

Victoria frunció el ceño, comprendiendo.

—¿Has hablado con él? —preguntó.

—No ha hecho falta. Me he cruzado con el grupo cuando ha llegado. He sentido... todo lo que ese joven lleva dentro. No me gusta desvelar emociones ajenas, pero no había percibido eso en una persona desde que...

—No sigas —cortó Victoria—. Sé a qué te refieres. Hablaré con Qaydar al respecto.

Shail las miró a ambas, intrigado.

—¿De qué estáis hablando?

Victoria suspiró.

—Se trata de alguien a quien conozco —simplificó—. Tengo un asunto pendiente con él, pero es algo estrictamente personal, algo que debo solucionar yo sola. Os agradecería que no lo comentarais a nadie más.

—¿Ni siquiera a Jack?

—Especialmente a él.

Shail y Zaisei cruzaron una mirada, pero no hicieron más comentarios.

Finalmente se despidieron de Victoria y la dejaron sola en las almenas. Al marcharse, Zaisei dirigió una mirada significativa a la muchacha, una mirada que quería decir: «Tenemos que hablar». Victoria asintió casi imperceptiblemente. Por un lado, temía desvelar el secreto que había guardado tan celosamente durante aquellos tres meses. Por otro, la aliviaba inmensamente la posibilidad de poder confesárselo a alguien más. A alguien que fuese una mujer. Lo cierto era que, aunque no se lo había dicho a Jack, echaba mucho de menos a su abuela. Ante Jack se mostraba serena y segura de sí misma, para no preocuparlo; pero no dejaba de ser una madre primeriza y anhelaba pedir consejo a otra mujer más experimentada. Y aunque Zaisei no había tenido hijos aún, sí era unos años mayor que ella.

Con un suspiro, Victoria volvió a entrar y descendió por las escaleras, preocupada. El aviso de Zaisei con respecto al mago que había venido desde la Torre de Kazlunn no la había cogido totalmente desprevenida. Hacía tiempo que sabía que Yaren estudiaba con Qaydar.

Acudió a reunirse con el Archimago y lo encontró en las habitaciones que le habían asignado.

—Has tardado en venir a verme, Victoria —sonrió Qaydar.

—No deberías haberlo traído —dijo ella sin rodeos—. Aquí corre peligro. Si Jack se entera de que está aquí...

—Me dijiste que Jack no lo conocía.

—No lo ha visto nunca, pero ha oído hablar de él.

El Archimago la miró fijamente.

—Intentó hacerte daño, ¿verdad? Cuando estabas convaleciente. Él fue la persona que...

—No le guardo rencor —cortó Victoria—. Pero necesito saber si has hecho progresos con él.

Qaydar sacudió la cabeza con un suspiro.

—Se está volviendo cada vez más inestable. Intento enseñarle de la misma forma que a los demás, pero algunos hechizos simplemente parecen estar fuera de su alcance... en concreto, todos aquellos conjuros que implican un trabajo con seres vivos.

–Las plantas se marchitan, los animales enferman, las personas sufren –adivinó Victoria–. Eso es lo que provoca su magia.

–Y más que eso. Cada vez que utiliza su poder, sufre un intenso dolor. A pesar de eso, insiste en seguir practicando porque se niega a ser menos que el resto de aprendices. No quiere quedarse atrás. De modo que, cuanto más tiempo pasa con nosotros, más prolonga su agonía y más se agría su carácter.

–¿No has podido hacer nada por él, pues?

–Sigo estudiando su caso, pero por el momento solo puedo tratar de aliviarlo con hechizos curativos; sin embargo, el efecto le dura mucho menos que al resto de las personas, como si la oscuridad que hay dentro de él absorbiese cada pequeña gota de luz que tratamos de introducir en su alma. Además, tengo la sensación de que calmando su dolor solo curo los síntomas, pero no voy a la raíz del problema. Por eso lo he traído.

Victoria cerró los ojos un momento. Suponía que tarde o temprano sucedería aquello.

Unas semanas atrás, ella y Jack habían visitado la Torre de Kazlunn, y la joven había hablado con Qaydar acerca de Yaren. No había llegado a verlo entonces, porque se las había arreglado para evitarlo. Pero el Archimago le había insinuado que tratara de hacer algo por él. Victoria, no obstante, se había negado. Podía renovar su magia, eso era cierto; pero temía que, al hacerlo, no consiguiera otra cosa que remover la energía negativa que habitaba en Yaren, provocándole aún más sufrimiento.

–¿Crees que tratará de volver a atacarte? –inquirió Qaydar–. ¿Por eso lo evitas?

Victoria negó con la cabeza.

–Sabe que he recuperado mi poder; puede que aún conserve la esperanza de que sea capaz de ayudarlo. Temo matar esa esperanza, Qaydar. Tengo miedo de no ser capaz de hacer ya nada por él. Soy la responsable de la oscuridad que nubla su alma; no quiero tapar también el último rayo de luz que pueda llegar hasta ella.

–¿Tan segura estás de que no funcionaría?

Victoria sacudió la cabeza.

–¿Cómo limpiarías un océano contaminado, Qaydar? Es más fácil ensuciar las cosas que limpiarlas. Y puede que, al intentarlo, no hagamos sino empeorarlo todo. Antes de intentarlo, quiero estar segura de que es la opción correcta. O la única opción.

Qaydar asintió.

—Entiendo —murmuró.

Christian llegó al desfiladero entre el segundo y el tercer atardecer.

No había muchos que pudieran acercarse a aquel lugar. Todos los sheks lo tenían terminantemente prohibido, por seguridad. Christian era una excepción, no solo por ser uno de los pocos que sabían lo que estaba sucediendo allí realmente, sino porque su parte humana lo hacía más difícil de detectar. Lo que Gerde estaba llevando a cabo en aquel lugar era tan importante, tan crucial para los sheks, que todos se mantenían alejados para no llamar la atención sobre él. Su base principal estaba más lejos, al norte, cerca de la Sima. Pero, aunque todas las serpientes se encontraban allí, aquello no era más que un señuelo.

Christian se detuvo en la entrada del desfiladero y contempló la pantalla que flotaba a medio metro del suelo. Era de color rojizo y mostraba una textura fluida, cambiante. No parecía sólida y, no obstante, no podía verse lo que había detrás.

Una Puerta.

Aquello era el resultado de varios meses de trabajo. Romper el tejido interdimensional había resultado complicado, y mantenerlo estable, todavía más. Aquella era la Puerta por la que se exiliarían los sheks cuando llegase el momento, si todo marchaba bien.

Christian la contempló con gesto crítico. Era demasiado pequeña para que entrase un shek a través de ella. Pero, por el momento, Gerde no necesitaba nada más, y una Puerta mucho más grande sería fácilmente detectable.

El shek miró a su alrededor. Junto a la pared rocosa crecía un pequeño árbol-vivienda, demasiado estrecho como para que Gerde se sintiera cómoda, pero suficiente como casa improvisada. Entre sus raíces gateaba un bebé.

Christian tardó unos segundos en reconocer a Saissh. Se acercó y se acuclilló junto a ella para observarla de cerca.

Había crecido mucho en los últimos tiempos. Más de lo normal.

El shek se quedó mirando, pensativo, cómo la niña jugaba con una corteza medio suelta. No pudo evitar acordarse de Victoria y de su bebé, y sintió el impulso de coger a Saissh en brazos... solo para ver qué tal lo hacía. Sonrió para sí mismo y sacudió la cabeza. Por primera vez, sintió que la añoranza lo devoraba por dentro, y cerró los ojos para sentir a Victoria al otro lado de su percepción. Ella seguía llevando puesto su anillo, pero, por alguna razón, eso ya no le bastaba. La echaba de menos. Necesitaba verla.

Un ruido lo hizo volver a la realidad, y se incorporó con cautela. Pero solo era Assher, que había salido del árbol para vigilar al bebé, y lo contemplaba con cierto recelo.

–Gerde no está aquí –dijo abruptamente–. Ha ido... a esa otra parte –añadió, señalando la Puerta con un gesto.

–Lo imaginaba –asintió Christian–. No importa, esperaré. Tengo que hablar con ella.

–¿Qué estabas haciendo con la niña? –inquirió Assher de pronto.

–Advertir lo mucho que ha crecido. Cuando Gerde me la mostró por primera vez, tenía unos pocos meses de vida, y ahora ya gatea.

–Y casi anda –asintió Assher con orgullo–. Pero sé que eso no es normal en un bebé humano. Fue esa diosa, la que hace crecer las cosas.

–¿Wina? –Christian lo miró fijamente–. ¿La presencia de Wina la afectó? ¿La hizo desarrollarse más deprisa?

Assher asintió.

–Los szish la alejaron todo lo que pudieron, pero creció igualmente. Cuando Gerde la vio, dijo que no habría sido tan mala idea dejar que se desarrollara un poco más. Creo que tiene ganas de que se haga mayor y pueda empezar a aprender magia también.

Christian entornó los ojos, pensativo, pero no dijo nada.

–Yo también crecí –añadió Assher–, la noche en que... –calló de pronto, pero Christian sabía que quería decir: «la noche en que estuviste a punto de matarme»–. La noche en que evacuamos el campamento porque llegaron dos de los dioses.

Christian le echó un breve vistazo y comprobó que, en efecto, el szish estaba un poco más alto.

–Pero a mí no me afectó –dijo–. Sigo igual que siempre.

–Porque tú ya eres adulto –replicó Assher–. Ya no puedes crecer más, solo envejecer. Y Wina no hace envejecer las cosas: las desarrolla.

¿Adulto? Christian sonrió. Cierto, tenía casi veinte años. El tiempo transcurría de una forma tan extraña que a veces lo olvidaba. Aquellos tres meses, por ejemplo, se habían deslizado por su vida de forma lenta y perezosa, y le habían parecido una eternidad. Y, no obstante, el tiempo que había transcurrido desde su regreso a Idhún, con la Resistencia, hasta la caída de Ashran, parecía haber pasado tan vertiginosamente como un torbellino.

Contempló, pensativo, cómo Assher recogía a Saissh y la llevaba en brazos al interior del árbol.

«Me sorprende que Gerde te deje cuidarla», le comentó telepáticamente, para no tener que alzar la voz.

«Sabe que no voy a volver a traicionarla», le respondió el joven szish desde el interior del árbol. «Supongo que es mucho más de lo que puede decirse de ti».

Christian sonrió de nuevo, sin sentirse ofendido en absoluto. Assher lo temía, lo respetaba y lo odiaba al mismo tiempo, pero, desde la noche en que Gerde había engañado a los dioses, se atrevía a plantarle cara porque le guardaba rencor por haber tratado de matarlo. Era, además, su manera de desafiarlo a enfrentarse a él por Gerde. Creía que lo había atacado para poder quedarse con ella.

Christian nunca se había molestado en decirle que no tenía el menor interés en matarlo, y mucho menos en «arrebatarle» a Gerde. Tampoco le explicó cuál era el destino que su idolatrada feérica le tenía reservado. Ya se enteraría por sí mismo.

Se volvió de nuevo hacia la Puerta, cuyo contorno centelleaba suavemente, indicando un cambio. Se acercó y la observó con curiosidad. La superficie, de color cárdeno apagado, se ondulaba como movida por una ligera brisa. Una figura apareció entonces al otro lado, como un fantasma. Christian aguardó. Conocía muy bien aquella silueta.

Pronto, Gerde atravesó el umbral tambaleándose. Christian la recogió en brazos cuando ya caía al suelo.

—Kirtash —dijo Gerde con esfuerzo—. ¿Qué haces aquí? Van a florecer los brotes de ardécala.

Christian no respondió. La acomodó un poco mejor, sobre el suelo, y aguardó a que se recuperara un poco. No tenía nada de particular que Gerde volviera de un viaje desorientada y exhausta, y diciendo cosas absurdas. Le sucedía siempre.

—He inventado una planta nueva —dijo ella—. Tiene dos colores, ¿sabes? Pardo y pálido. Como la piel de Saissh. Pero es demasiado pronto para plantarla. La ardécala aún no ha florecido.

—Gerde, no hay tiempo para eso —replicó Christian—. Tenemos que marcharnos cuanto antes. No hay tiempo para pequeños detalles.

—No, no, la ardécala es importante. Tiene que cubrir todo el suelo, ¿entiendes? Para que se pueda respirar —de pronto, pareció a punto de llorar—. Millones de años. El trabajo de millones de años... he de hacerlo en tan poco tiempo, tan poco tiempo... yo sola. No puedo hacerlo, no puedo hacerlo. Moriremos todos.

Christian quiso decirle algo, pero no encontró las palabras.

En aquel momento llegó Assher, con Saissh en brazos. Se la tendió a Gerde, sin una palabra.

—Hola, pequeña —la saludó el hada, sonriendo débilmente.

Cerró los ojos un momento e inspiró hondo. Poco a poco fue regresando a la realidad.

—Llevadme a mi árbol —dijo entonces.

Assher se apresuró a incorporarla, adelantándose a Christian. El joven contempló unos instantes cómo los dos se alejaban juntos, con lentitud. A sus pies gateaba Saissh, y el shek se inclinó para recogerla.

La niña trató de zafarse y, cuando Christian la alzó entre sus brazos, se echó a llorar escandalosamente.

Aún apoyada en Assher, Gerde se volvió y le sonrió, socarrona.

—¿Practicando para cuando seas papá, Kirtash? —se burló.

—Solo es un bebé —respondió Christian con indiferencia. Cargó con ella, a pesar de sus lloros y pataleos, y la llevó de vuelta al árbol.

Cuando Gerde se sentó en el interior del árbol, con la espalda apoyada en la madera del tronco, pareció sentirse mucho mejor. Christian dejó a Saissh cerca de ella y aguardó. Por fin, Gerde abrió los ojos para mirarlo.

—Hacía tiempo que no te veía —comentó—. ¿Cómo van las cosas en Nandelt?

Christian inclinó la cabeza.

—Se acerca el día de la coronación de Alsan —dijo—. Los líderes de los sangrecaliente se han reunido en Vanis para la ceremonia. Y el ejército de los Nuevos Dragones crece día tras día —añadió—. Se preparan para atacarnos.

—Ya lo sabíamos.

—El ataque es inminente. Probablemente aguarden a que Alsan acceda al trono, pero no esperarán mucho más.

Gerde entornó los ojos, pensativa.

—¿Qué pasa con los magos?

—Hay once nuevos magos en la Torre de Kazlunn —informó Christian—. Pero puede que haya más —hizo una pausa y añadió—: Yaren está entre ellos.

El hada inclinó la cabeza.

—Lo sospechaba —comentó solamente—. Bien, no creo que debamos preocuparnos. Por lo que parece, Victoria ha recuperado su poder, así que sabrá defenderse perfectamente de alguien como él.

Christian no dijo nada.

—¿Y el dragón? —quiso saber Gerde—. El de verdad, quiero decir.

—Sigue en Vanis, por lo que sé. Apoyando a su amigo Alsan. Se ha unido a los Nuevos Dragones, o a los caballeros de Nurgon, o a ambos, no lo sé. No he hablado con él.

—Qué gracioso. Como si él quisiera hablar contigo.

Christian no respondió.

—¿Y los caballeros? —siguió preguntando Gerde.

—Han iniciado una campaña para reclutar nuevos discípulos para la Academia. Los están entrenando con mucha intensidad. También ellos quieren recuperar la gloria perdida.

—Ya veo —comentó Gerde—. ¿Y Victoria? ¿La has visto?

—No —repuso Christian—; pero sé que está bien, al igual que su bebé.

Gerde no hizo ningún comentario.

En las últimas semanas, Christian no había pasado mucho tiempo con los suyos. Sin embargo, a pesar de que ejercía de espía para Gerde y, por lo tanto, tenía tiempo de sobra para rondar por Vanissar y ver a Victoria, no se había acercado al castillo de Alsan, pero no por miedo a ser descubierto, sino porque no quería comprometerla a ella.

—Los sangrecaliente se preparan para atacar —murmuró entonces Gerde—. Pero yo necesito un poco más de tiempo. Lo último que quiero es un grupo de dragones de madera hostigando a mis sheks. Odio que me distraigan cuando estoy haciendo algo importante.

—¿Cuánto tiempo más necesitas? —preguntó Christian, inquieto.

Gerde le dirigió una aviesa sonrisa.

—Hasta que nazca el bebé de Victoria, por ejemplo.

El shek frunció el ceño.

—No estás hablando en serio. Hay cosas más importantes que ese niño. ¿Te vas a quedar a esperarlo mientras los Seis siguen buscándote y los Nuevos Dragones atacan nuestra base? No tardarán en encontrar este lugar, Gerde. No puedes arriesgarlo todo por un bebé.

—No, es verdad. Entonces, tendremos que llevarnos a Victoria con nosotros, ¿no crees?

Christian suspiró.

—No es una buena idea.

—Ni te imaginas lo que podría hacer con ese niño, si es lo que creo que puede ser —añadió Gerde—. Tendría más potencial que Assher y Saissh juntos. Y si es en gran parte humano, como imagino... no me dará tantos problemas como tú.

—Puede que no sea hijo mío —le recordó Christian.

—Entonces, lo mataremos —repuso Gerde con indiferencia.

Christian alzó la cabeza.

—Ya te advertí que no voy a permitir que toques a ese niño.

—No estás en situación de exigir nada, Kirtash. Pero, ya que no pareces entenderlo, voy a aclararte un par de cosas. Si me veo obligada a marcharme de aquí antes de tiempo, no tendré ningún motivo para mantener con vida a tu unicornio, ni a su bebé, porque, al igual que tú, no me servirán ya de nada. Así que los mataré antes de irme... Será mi regalo para los sangrecaliente... y para ti —añadió con una sonrisa.

Christian no dijo nada.

—De modo que, si quieres que sigan con vida, tendrás que conseguirme más tiempo. Necesito tiempo para terminar de prepararlo todo, tiempo para que nazca el bebé de Victoria... Y si los sangrecaliente atacan, se acabará ese tiempo. Porque entonces, los sheks no tendrán más remedio que salir a la luz, y los Seis nos encontrarán... y se acabará todo.

—Entiendo —dijo Christian a media voz.

—Te conviene que ese bebé sea hijo tuyo, Kirtash, y te conviene entregármelo en ese caso. Porque, de lo contrario, los mataré a ambos. Ya sabes: si no me es útil, no vale la pena que viva. ¿Me he explicado bien?

—Con total claridad.

—Bien —suspiró Gerde—. Entonces vete a Nandelt y detén a los Nuevos Dragones.

Christian la miró, sin estar seguro de haber oído bien.

—¿Que detenga a los Nuevos Dragones? ¿Yo solo?

—Oh, vamos, si no son más que humanos montados en dragones de juguete —rió Gerde—. Sabotea sus máquinas, o mejor aún: habla con tu amigo el dragón y dile que no le conviene que nos ataquen.

—No es mi amigo.

—Compartís la misma mujer: eso une mucho —sonrió Gerde—. Estoy segura de que comprenderá que se lo pides por el bien de Victoria. Dile que estoy dispuesta a aguardar hasta el final de su embarazo, aunque solo sea por curiosidad, para ver qué clase de criatura nace de ella. Pero que mi curiosidad se evaporará rápidamente como vea uno solo de sus dragones de madera sobrevolando los Picos de Fuego.

—¿Y le cuento también que estás dispuesta a matar a Victoria y al bebé, en el caso de que sea hijo suyo? —replicó Christian—. ¿O que te lo llevarás contigo si resulta que es mío?

—No creo que necesite saber tanto —sonrió Gerde—. ¿No te parece?

El shek no respondió.

—Vamos, vete —lo echó ella—. No querrás perderte la coronación de nuestro amigo el príncipe, ¿verdad?

—¿Cuánto tiempo? —preguntó Zaisei en voz baja.

Victoria dudó.

—No estoy segura —dijo por fin—. Han sido tres meses en Idhún, pero no sé cuántos han pasado en la Tierra. Vuestros meses duran solo veintiún días..., pero son días más largos.

Estaban ambas en una habitación apartada, sentadas junto a la ventana. Habían acudido allí después de la comida, para poder hablar con tranquilidad.

Zaisei inclinó la cabeza.

—Las mujeres humanas tardan entre ocho y nueve lunas rojas en dar a luz —dijo—. Las celestes, un poco menos —le dirigió una mirada crítica—. No tardarás en notar que se te ensancha la cintura.

—Ya lo estoy notando —murmuró Victoria—. Y me encuentro mal por las mañanas, y me duele el pecho. Lo cierto es que no me está sentando muy bien todo esto.

Zaisei sonrió.

—Eso es completamente normal. He convivido con mujeres embarazadas en el Oráculo. Al principio tenían muchas molestias, pero luego se les pasó. Los últimos meses traen consigo molestias... de otro tipo.

Victoria enterró el rostro entre las manos. Zaisei le pasó un brazo por los hombros.

–No tengas miedo. No estás sola. El vínculo que hay entre Jack y tú es fuerte y verdadero. Eso es lo más importante a la hora de traer hijos al mundo: que sean fruto del amor...

La celeste no terminó la frase porque percibió la súbita inquietud que inundó el corazón de Victoria. Lo comprendió todo de pronto. Se separó un poco de ella y la miró con ojos muy abiertos.

Victoria alzó la cabeza y le devolvió la mirada.

–¿Qué ocurre?

–Tu bebé... ¿no es de Jack? –preguntó Zaisei en susurro.

Victoria abrió la boca, pero al principio no fue capaz de responder.

–No será de Kirtash, ¿verdad? –musitó la celeste, muy preocupada–. Victoria, ¿no te habrá...?

–No –cortó ella con firmeza–. No tienes por qué inquietarte por eso, Zaisei. Te aseguro que mi bebé es fruto del amor. Pero no sé de qué amor –añadió con una sonrisa.

–Oh. Entiendo.

–Zaisei, tú sabes lo que siento por él, sabes que es mutuo.

La celeste sacudió la cabeza.

–La última vez que vi a Kirtash, acababa de clavar una espada en el pecho de Jack.

–Lo sé –murmuró Victoria–. Puedo asegurarte que lo sentí como si me la hubiese clavado a mí.

–Sí –asintió Zaisei–. Lo recuerdo. Yo también estaba allí. Y sé cómo te sentiste. Por esa razón quisiste matarlo después.

Pero Victoria negó con la cabeza.

–No, te equivocas. Por mucho que lo odiara entonces, no actué así por venganza. Solo trataba de enmendar mi error.

–No lo entiendo.

Victoria suspiró.

–No pude evitar enamorarme de él, Zaisei, a pesar de que éramos enemigos. Pero una vez... cuando aún luchábamos en bandos contrarios... le pedí que perdonara la vida a Jack, y lo hizo... por mí. Entonces tuve una sensación extraña. Pensé que no valía la pena seguir luchando, que era absurdo pelear, y que el odio no tenía ningún sentido. Que el amor era mucho más poderoso. Que podía solucionar todos los problemas y cambiarlo todo. Qué tontería, ¿verdad?

–No es ninguna tontería. Así pensamos los celestes.

–Christian... Kirtash se unió a nosotros por mí, porque me quería. Jack lo aceptó a regañadientes, y Alsan lo hizo porque no tuvo más remedio, pero desde el principio estaba en contra. Y yo sé lo que opinaba de nuestra relación: que solo podía traernos problemas, no solo a mí, sino a todos los miembros de la Resistencia. Yo no quise creerlo. Me negué a admitir que la única forma de solucionarlo todo fuera seguir odiando, seguir luchando, incluso contra aquellos a los que amas.

»Pero entonces... sucedió aquello, en los Picos de Fuego. Christian y Jack se pelearon y fue Christian quien venció.

–No pudiste evitar pensar que había sido culpa tuya –dijo Zaisei. Victoria asintió.

–Pensé que había estado equivocada: que Alsan había tenido razón desde el principio; que había sido una estúpida teniendo fe en mis sentimientos, y que mi error era el motivo de que Jack estuviese muerto. Tenía que hacer lo que no había hecho en su día: luchar contra mi enemigo, matarlo, por mucho que lo amase. Eso no devolvería la vida a Jack, pero era lo menos que podía hacer por mi gente. Porque quise morir entonces, ¿sabes? Pero no podía marcharme y dejar las cosas así. Sin hacer nada para corregir mi estúpido error.

Zaisei tragó saliva. El dolor de Victoria al recordar aquel episodio era tan intenso que le hacía daño a ella también. Pero entonces, de pronto, la joven sonrió.

–¿Y sabes una cosa? No había sido un error. Fue el propio Jack quien me lo hizo ver, cuando él mismo evitó que yo matase a Christian.

–¿De veras hizo eso? –preguntó Zaisei, impresionada.

–Sí –sonrió Victoria–. Los dos pueden ser muy cargantes a veces, porque cuando no discuten están obsesionados por protegerme, pero los quiero muchísimo. Y cuanto más tiempo pasamos juntos, más sólido e intenso es lo que siento por ellos.

–Es porque tenéis una historia juntos. Pero... ¿no has pensado... en optar por uno de los dos?

Victoria la miró fijamente.

–¿Y romper un lazo?

Había dado en el clavo. Zaisei palideció un poco.

–Es cierto –admitió en voz baja–. Romperías un lazo.

–No puedo hacerle eso a ninguno de los dos. No puedo romperles el corazón a estas alturas... mirar a Jack, o a Christian, a los ojos, y mentirle, y decirle que no lo quiero más a mi lado, que prefiero estar con «el otro». Christian no me creería. Me diría que no es eso lo que siento de verdad, y tendría razón. Y, por mucho que se lo pidiera, no se marcharía sin más, no mientras estuviese seguro de que lo quiero todavía. Y en cuanto a Jack...

–No lo aceptaría –murmuró Zaisei.

–¿Te imaginas si, después de todo lo que hemos pasado juntos, le digo que quiero dejarlo para estar con Christian? –sacudió la cabeza–. Le dolería más que saber que no tengo preferencias.

–No las tienes, ¿verdad? –quiso asegurarse la celeste.

–No, no las tengo. Pero si algún día decido romper mi relación con uno de los dos, será con Jack. Y el día en que lo haga, no será porque quiera más a Christian, sino porque habré llegado a la conclusión de que él será más feliz solo que conmigo. Con respecto a Christian, no tengo dudas. Sé que él me prefiere a su lado, y que no le importa que esté Jack también. Y en cuanto a Jack... si un día llego a tener la certeza de que no puedo hacerle feliz...

–¿Lo mirarías a los ojos y le dirías que ya no sientes nada por él, que prefieres estar con el shek?

–Y si lo hiciera, le mentiría como una miserable. Y le partiría el corazón. Pero si he de hacerlo por su bien, Zaisei, te aseguro que lo haré.

La celeste suspiró, pensativa.

–Si Jack fuera un celeste, no tendría sentido que lo intentaras siquiera. Él sabría que lo quieres, de todos modos.

–Debería saberlo ya –murmuró Victoria–, sin necesidad de leer mi mente, como hace Christian, o de sentir lo que yo siento, como puedes hacer tú. Pero no es el caso, así que supongo que, de ser necesario, sí podría tratar de engañarlo para echarlo de mi lado.

–Eso solo os haría sufrir a los dos –le advirtió Zaisei, un poco asustada; la idea de mentir para romper un lazo deliberadamente le parecía especialmente cruel, por lo que trató de cambiar de tema–. ¿Y qué va a pasar cuando nazca el niño? ¿Hará que tengas preferencias... por uno de los dos?

Victoria sonrió.

–Lo dudo mucho. Pero si es hijo de Christian... puede que Jack simplemente no pueda aceptarlo. Le he dicho que comprendería que quisiera romper nuestra relación si resulta que mi bebé no es hijo suyo, o por cualquier otro motivo. Dice que no tiene intención de hacer tal cosa, y que cuando aceptó seguir a mi lado, aun sabiendo que yo estaba con Christian, sabía que esto podía suceder. Pero supongo que en el fondo tiene miedo. Supongo que, si cambia de opinión, yo no podría reprochárselo.

Zaisei sacudió la cabeza.

—¿Y el shek? ¿Qué hará él si das a luz al hijo de un dragón? ¿Te daría la espalda?

Victoria sonrió.

—No —dijo solamente, segura y convencida.

Zaisei sonrió. Acarició con suavidad el vientre de Victoria.

—Te deseo que nazca sano y que sea feliz —dijo—. Independientemente de quién de los dos lo engendrara dentro de ti.

—Muchas gracias —respondió Victoria, emocionada—. Lo cierto es que estoy muy ilusionada con este niño. Si pudiese elegir... me encantaría que fuesen dos. Y que uno tuviera los ojos de Christian, y el otro, la sonrisa de Jack.

Zaisei, que encontraba que los ojos del shek eran fríos e inhumanos, se estremeció al imaginar un bebé con semejantes características. Pero la alegría de Victoria era sincera... y contagiosa. La celeste sonrió a su vez, y la abrazó con cariño. Victoria parpadeó para retener las lágrimas.

—Estoy muy sensible últimamente, parezco tonta —se disculpó, secándose los ojos.

—Es normal, en tu estado —dijo Zaisei.

—No le había contado esto a nadie —dijo Victoria en voz baja—. Solo se lo he dicho a Jack y a Christian, y bueno... Jack está ilusionado también, pero tiene miedo, y además le preocupa lo que va a pasar entre nosotros si resulta que mi bebé no es suyo. Y en cuanto a Christian... —vaciló; lo cierto era que no había vuelto a verlo ni a hablar con él, desde la noche en que le había dicho que estaba embarazada—. No lo veo mucho últimamente. No es bien recibido aquí.

Zaisei reflexionó.

—Si el shek es el padre de tu bebé, tendrás problemas, Victoria.

—Lo sé —asintió ella.

—¿Es él consciente de eso?

—Supongo que sí. Y creo que por eso se mantiene alejado.

—Se mantiene alejado porque es un cobarde —cortó entonces una voz desde la puerta—. Para pelear siempre está a punto, pero lo de asumir responsabilidades no va con él.

Las dos jóvenes se volvieron, sobresaltadas. Jack las estaba mirando, muy serio.

–Jack... –empezó Victoria, pero él se llevó un dedo a los labios e hizo un gesto con la cabeza, indicándole que por el pasillo se acercaba alguien más. Oyeron las voces de Alsan y Shail.

Jack se inclinó junto a Victoria. La tomó de las manos y la obligó a mirarlo a los ojos.

–Victoria –dijo en voz baja–. No podemos mantener esto en secreto mucho más tiempo. Tenemos que decirlo, hacerlo público.

–¿Hacerlo público? –repitió Victoria–. ¿Para que se convierta en un asunto de estado?

–¿Y cómo piensas ocultarlo, entonces?

Victoria no dijo nada.

–Tarde o temprano, todo el mundo se enterará –insistió Jack.

–¿De qué se enterará? –dijo la voz de Shail tras ellos.

Jack respiró hondo. Se incorporó y tiró con suavidad de Victoria, para que se levantara también. Después, sostuvo con aplomo la mirada de Alsan y Shail.

–Victoria está embarazada –anunció; rodeó sus hombros con el brazo y añadió, con una amplia sonrisa–: Vamos a tener un bebé.

Los días siguientes fueron una locura para todo el mundo.

Aunque Alsan habría preferido que la ceremonia de la coronación fuese algo sobrio y discreto, la presencia de tantos personajes importantes en su castillo exigía un mínimo de protocolo, y convertiría el acto en algo más multitudinario de lo que había imaginado.

Por esta razón, tanto él como Covan tuvieron mucho trabajo aquellos días, y sus amigos no dudaron en ayudarlos en todo lo que pudieron. No solo había que atender a los invitados y a sus respectivos cortejos, sino que además sería necesario organizar un banquete digno de ellos para después de la coronación..., por no hablar de la coordinación de los diferentes homenajes que se iban a realizar. Tanawe había enviado a tres de sus dragones, que obsequiarían a los presentes con una exhibición aérea; los nuevos caballeros de Nurgon tenían intención de presentar sus respetos al futuro rey en un desfile, y los nuevos hechiceros habían preparado un pequeño espectáculo de magia. Victoria hizo notar que no podría hacerse todo eso en el patio del castillo, y que habría que buscar, por tanto, un lugar más amplio, tal vez fuera de las murallas de la ciudad.

–Esto no es un espectáculo, es una coronación –protestó Alsan–. No tiene que verse como una fiesta, es algo serio y solemne.

–En otras circunstancias, lo sería –repuso Victoria–. Pero la gente necesita una fiesta, necesita recuperar la confianza. ¿Crees que los dragones, los magos y los caballeros van a hacer una exhibición solo para honrar al nuevo rey? Necesitan mostrar al mundo quiénes son. Necesitan creer, unos y otros, que no se han extinguido después del reinado de Ashran.

Alsan la miró, pensativo.

–Puede que tengas razón –admitió–. Pero yo quería reservar todo eso para otra ocasión especial –añadió, con una sonrisa significativa.

Victoria sonrió a su vez, pero se sentía inquieta. Alsan había recibido con gran satisfacción la noticia de su embarazo, pero solo porque estaba convencido de que Jack era el padre de la criatura. Aquello parecía haberlo reconciliado con Victoria: la joven no solamente había estado consagrando a nuevos magos, sino que además había estrechado su relación con Jack, de forma concluyente. Como debía ser.

Victoria, sin embargo, no se sentía cómoda con aquella situación. No le importaba que Alsan creyese que su bebé era hijo de Jack, porque había muchas posibilidades de que así fuera. Lo que realmente temía era todo lo que implicaba aquello que Alsan estaba sugiriendo: convertir el nacimiento de su hijo en una fiesta pública.

Aunque todavía no lo habían anunciado oficialmente, para no eclipsar la ceremonia de la coronación, la noticia se había difundido ya por el castillo. Jack y Victoria habían recibido la felicitación de amigos y conocidos, entre ellos Qaydar, quien ya les había preguntado si creían que su hijo heredaría el poder de Victoria de conceder la magia.

Y vendrían más. Por unas razones o por otras, el nacimiento de aquel bebé despertaría gran expectación. Todos querrían saber más acerca de él: qué aspecto tendría, si sería un ser extraordinario o un bebé humano corriente... Y cada día que pasaba, Victoria deseaba con más fuerza que su hijo fuese un niño normal y no llegase a manifestar nunca ningún poder ni capacidad de transformación.

–Lo cierto es que preferiría que el nacimiento de mi bebé fuese algo más... privado –le confesó a Alsan.

–También yo preferiría que la coronación fuese un poco más íntima –señaló el príncipe–, pero, como tú misma has dicho, la gente necesita una fiesta y recuperar la confianza. Esta ceremonia, junto con la celebración por el nacimiento de vuestro hijo, nos unirá a todos mucho más, ¿no es cierto?

–Y por eso estoy dispuesta a afrontarlo, aunque sabes que prefiero pasar desapercibida –respondió Victoria con firmeza–. Pero no quiero eso para mi hijo. Quiero que lleve una vida normal, al menos hasta que sea lo bastante mayor para decidir lo que quiere hacer, si quiere ser... un personaje público e importante o, por el contrario, prefiere ser una persona anónima y llevar una vida tranquila.

–Por el simple hecho de ser quien es, no llevará una vida tranquila, Victoria –replicó Alsan, muy serio–. Es hijo del último dragón y del último unicornio. Aun cuando no llegue a tener ningún poder especial, su mera existencia ya es un símbolo para mucha gente. Y eso conlleva obligaciones. De la misma manera que quien nace príncipe debe asumir la responsabilidad de gobernar un pueblo y esforzarse en estar a la altura de las circunstancias, lo quiera o no.

Victoria no dijo nada. Apretó los labios y murmuró:

–Doy por hecho, entonces, que puedo empezar a organizarlo todo para que la coronación se lleve a cabo a las afueras de la ciudad.

–Sí... –suspiró Alsan–. Te agradecería mucho que te ocupases de ello. No obstante –añadió–, lo de la víspera...

–Eso sí que no tiene por qué ser un espectáculo público –lo tranquilizó Victoria–, y podemos hacerlo en el patio del castillo. Ya había pensado en ello.

Alsan sonrió.

–Gracias –dijo solamente.

No habían vuelto a hablar del tema, pero Victoria había cumplido su parte con diligencia. El día antes de la coronación, cuando el segundo de los soles ya se hundía por el horizonte, todo estuvo preparado para la prueba a la que Alsan se sometería, y que decidiría si al día siguiente ceñiría él la corona o, por el contrario, sería Covan el nuevo rey de Vanissar.

Habían preparado una fila de asientos en el patio del castillo. Alsan sabía cuál era el suyo: se trataba de la silla de hierro con cadenas a la que estaría sujeto toda la noche. Aunque Victoria se había ocupado de que el orfebre forjara aquella silla con adornos y filigranas, y la coronara con el escudo de armas de Vanissar, no dejaba de ser un trono de hierro con cadenas.

–Lo encuentras humillante, ¿verdad? –le preguntó Shail aquella tarde.

Alsan no contestó enseguida.

Se habían reunido, junto con Jack, en un pequeño balcón que daba al patio del castillo, para tomar un respiro antes de la prueba que decidiría el futuro de Alsan. Desde allí habían contemplado el primer atardecer, y ahora asistían al segundo. Pero no tenían prisa. Se merecían aquel descanso, y Alsan necesitaba la compañía de sus amigos.

–Sería humillante si esas cadenas hubieran de retenerme –dijo Alsan al cabo de un rato–. Pero no serán necesarias, porque no me transformaré.

–Te deseo todo lo mejor como rey, entonces –murmuró Jack–. Pero debes empezar a plantearte que, si se lo debes a ese brazalete, vas a depender de él el resto de tu vida.

Alsan le dirigió una mirada severa.

–Se lo debo a los dioses –corrigió–. Su poder mantiene cautiva a la bestia que hay en mí.

–Pero no la ha arrancado de tu interior, Alsan. Sigue ahí.

–Si me extraen el espíritu de la bestia, moriré. ¿Es eso lo que sugieres que haga?

–Claro que no –replicó Jack, molesto–. Quiero que seas rey, si es lo que deseas. Pero sobre todo quiero que tú estés bien. Y que recuerdes que sin ese brazalete volverías a ser el de antes.

–Por eso no me lo quito nunca. Por eso nadie debe saber lo que sucederá si lo pierdo –añadió Alsan, y sus palabras contenían no solo una advertencia, sino también, le pareció entrever a Jack, una velada amenaza.

No insistió en el tema.

–¿Y qué hay de ti? –le preguntó Shail, recostándose sobre su asiento–. Zaisei me ha dicho que Victoria está ya de tres meses. ¿Le habéis puesto ya nombre? –añadió con una sonrisa.

–Lo cierto es que no. Ni siquiera sabemos si va a ser niño o niña..., aunque Victoria dice que preferiría que fuese una niña.

–¿Y eso?

Jack sonrió. También él había planteado lo mismo, y la respuesta de Victoria, medio en broma y medio en serio, le había hecho reír:

«¡Porque creo que ya hay demasiados hombres en mi vida!». No obstante, no creía que Alsan lo encontrara gracioso, de modo que dijo, sin contestar a la pregunta:

—No hay modo de saberlo antes de que nazca, ¿verdad? No hay ecografías en Idhún.

—¿Eco qué?

—Olvídalo —rió Jack.

—¿No habéis pensado en que bendigan vuestra unión? —dijo entonces Alsan, de pronto—. Ya sé que no es necesario, pero... bueno, la gente habla mucho, y existen rumores acerca de una relación entre Victoria y Kirtash...

—No son rumores, es un hecho —cortó Jack.

—Un hecho pasado —replicó Alsan con firmeza—. Pero si formalizáis vuestra unión públicamente, no quedará ya ninguna duda acerca de la lealtad de Victoria a nuestra causa.

Jack se echó hacia atrás, un poco desconcertado.

—¿Cómo, quieres que nos casemos? ¿Por motivos políticos?

—¿Por motivos políticos, dices? —repitió Alsan, tan ofendido como si lo hubiese insultado—. ¡Por supuesto que no! ¡Ya sabes que eso es imposible!

—No, no lo sabe —intervino Shail, conciliador; se volvió hacia él—. Verás, Jack, hace siglos que en Idhún ya no existen enlaces por cuestiones políticas o económicas, o por cualquier otro motivo que no sea un sentimiento sincero. El matrimonio, como ceremonia o como institución, desapareció de nuestra cultura hace mucho tiempo. Desde que fueron los celestes los encargados de la ceremonia de unión.

»Todo empezó cuando un sacerdote celeste tuvo que oficiar el enlace entre dos príncipes humanos. Imagínate la situación: ante un público de nobles, reyes y embajadores de otras razas, el sacerdote trató de pronunciar varias veces las palabras que unirían a la pareja en matrimonio, pero no lo consiguió. Terminó alzando la cabeza y diciendo en voz alta: «Lo siento, no puedo bendecir una unión que no existe. Estas dos personas no se aman».

—¿En serio? —dijo Jack, estupefacto—. ¿Y qué pasó?

—Buscaron a otro sacerdote y llevaron a término la ceremonia, aunque la novia no paraba de llorar. Pero el episodio fue muy comentado y, desde entonces, cada vez más parejas empezaron a exigir que fuese un celeste quien los casara, para demostrar así al mundo que su amor era sincero. Puedes imaginarte el resto. Lo que empezó como una moda romántica, se convirtió en una revolución.

—Con el tiempo, el matrimonio desapareció como tal —prosiguió Alsan, más calmado—. Lo cierto es que, desde el punto de vista de los celestes, tiene su lógica: una unión no existe porque lo diga un sacerdote; existe porque dos personas se aman, independientemente de lo que diga un sacerdote. Así que ahora la ceremonia se llama «bendecir la unión», y solo pueden oficiarla los sacerdotes celestes. Si dos personas no se aman, la ceremonia no puede llevarse a cabo porque no hay ninguna unión que bendecir.

—¿Y son infalibles los sacerdotes celestes? ¿Cómo pueden saber que dos personas se quieren de verdad?

—Ellos dicen que existen lazos entre las personas —explicó Shail—. Lazos que las unen: de amor, de amistad, de cariño... Para nosotros es algo abstracto, pero para ellos es muy real, porque de verdad pueden ver esos lazos y las relaciones que existen entre las personas, igual que pueden ver la ropa que llevan. Dicen que el lazo que une a dos personas que están enamoradas tiene un color y una intensidad especiales. Para ellos, por tanto, los ritos de matrimonio de otras razas no tenían ningún sentido: ellos saben que son dos personas que se aman las que crean ese lazo, y no una ceremonia, sea quien sea el que la oficie. De modo que se limitan a dar testimonio de que ese lazo existe, y a bendecir a la pareja, deseándoles que el lazo perdure y que sean muy felices. Lo hacen los sacerdotes por conservar un poco la tradición, pero cualquier celeste podría realizar una ceremonia de unión.

—¿Y no mienten nunca al respecto?

—No pueden. Para ellos, los lazos son algo sagrado: no pueden fingir que un lazo existe, si no ha existido nunca o si hace tiempo que se ha roto... y al contrario.

»Todo esto cambió nuestra concepción del mundo. Los celestes son muy discretos, no hablan de lazos ajenos a no ser que se les pregunte, y en aquella época, de pronto, todo el mundo empezó a preguntar. Imagina todo lo que implicó. Las demás razas descubrimos de pronto que podían existir lazos de amor entre personas de distintas razas, edad, condición o situación social, del mismo sexo... Los lazos estaban en todas partes, y nosotros no los veíamos. Supongo que, en cierto modo, a los celestes debió de parecerles hasta gracioso. Fue como si todos los demás hubiésemos descubierto de pronto que existían los soles, después de haber sido alumbrados por ellos durante milenios.

–Todos los enamorados reivindicaron su derecho a amarse –añadió Alsan con una sonrisa–. Fue una época bastante caótica, pero las iglesias reaccionaron bien. Decidieron reformar la idea que tenían del matrimonio y dejar a los celestes que se ocuparan de esos asuntos. Y cambiaron muchas cosas; entre ellas, los matrimonios políticos.

–Eso es bonito –opinó Jack–. Ojalá las cosas fueran así en la Tierra.

–No tenéis a los celestes –replicó Shail, con una amplia sonrisa–, y lo siento por vosotros. No solo son una raza encantadora, sino que además nos han enseñado mucho acerca de las relaciones y los sentimientos.

–Supongo que ahora entiendes un poco mejor mi comentario de antes –dijo Alsan–. Entre Victoria y tú ya existe un lazo lo bastante fuerte como para que valga la pena molestar a un sacerdote celeste para que oficie una ceremonia. Lo único que hará es confirmar que estáis enamorados, sin más. Y lo estáis, ¿no?

–Claro que sí –replicó Jack rápidamente.

–Bueno, piénsatelo. Creo que sería bueno para todos que celebrásemos vuestra unión, antes o después del nacimiento del bebé, como queráis. Este tipo de cosas animan a la gente y les hacen sentir mejor, sobre todo en tiempos difíciles. De hecho, sería buena idea que el propio Ha-Din oficiase la ceremonia...

–Eh, eh, no corras tanto –protestó Jack–. No he dicho que sí. Tengo que pensarlo y, por supuesto, hablarlo con Victoria.

–Estará de acuerdo. No hay ningún motivo para que te diga que no, ¿verdad? Además, va a tener un hijo tuyo.

–¿Y...? –preguntó Jack, sin entender adónde quería ir a parar.

–Bueno... un hijo no implica necesariamente un lazo, pero vosotros ya estáis enamorados, y esto os unirá todavía más. Ahora sois una familia, con bendición o sin ella. Y no sabes lo feliz que me hace la idea. Por eso quiero celebrarlo públicamente, y que sea el mismo Padre de la Iglesia de los Soles quien declare ante todos que sí, que existe un lazo entre vosotros. Y que ahora que Victoria está más unida a ti de lo que jamás estuvo a Kirtash, es muy probable que termine desterrando a ese shek de su vida para siempre. Después de todo, tú eres el padre de su bebé.

Sonreía, orgulloso y emocionado, pero Jack no pudo evitar sentirse incómodo.

—De todas formas, he de hablarlo con Victoria —repitió.

Alsan le quitó importancia con un gesto.

—A todas las futuras madres les encanta declarar que están felizmente enamoradas del padre de su hijo —le aseguró—. Puede que proteste un poco ante la idea de que sea una ceremonia pública, pero no te dirá que no. Al fin y al cabo, vais a tener un bebé.

—Deja de repetir eso, por favor —murmuró Jack, sintiéndose cada vez peor—. Ya te he dicho que hemos de hablarlo.

—Y además, tenemos otros asuntos más urgentes que atender —añadió Shail, detectando la creciente tensión de Jack—. El tercero de los soles empieza a declinar.

Sobrevino un breve silencio. Después, Alsan se puso en pie.

—Bajemos, pues —dijo solamente.

Momentos después, los tres salían al patio. Allí los aguardaban ya Covan y Victoria, y poco después salió Gaedalu, acompañada de Zaisei. Cuando el último de los soles ya se ponía por el horizonte, aparecieron Qaydar, Ha-Din y la reina Erive de Raheld, seguida de Denyal, de los Nuevos Dragones.

Todos ellos iban a ejercer como testigos. No obstante, otras personas los acompañaban. Dos caballeros de Nurgon y media docena de soldados del castillo, bien armados, rodearon a Alsan. Junto a Qaydar habían llegado dos magos más. Uno de ellos era Yber, el hechicero gigante que, tiempo atrás, había sido capaz de contener al príncipe de Vanissar en una de sus transformaciones.

Los testigos ocuparon sus respectivos asientos. Iba a ser una noche muy larga, pero Alsan se mostraba sereno. Reaccionó con naturalidad cuando los caballeros lo condujeron hasta la silla, le hicieron sentarse y lo rodearon con fuertes cadenas.

—Solo por seguridad —le aseguraron, y Alsan asintió. Lo había hablado con Covan, y sabía que aquello era necesario.

Denyal, Covan y Jack se cercioraron de que las cadenas estaban bien puestas. Antes de separarse de él, Jack oprimió con suavidad el brazo de Alsan, para darle ánimos. Después, regresó junto a Victoria y se sentó a su lado. Se tomaron de la mano, inquietos.

También Shail estaba nervioso. Había cruzado un par de frases cariñosas con Zaisei, pero después había retrocedido hasta el pie de la muralla, donde estaba Yber, y ambos intercambiaban impresiones en voz baja.

Los demás, simplemente, callaban y esperaban.

Poco a poco, el cielo se fue oscureciendo y aparecieron las primeras estrellas. Todos aguardaban, en tensión.

Por fin, las lunas aparecieron en el horizonte, redondas, perfectas. Primero se dejó ver Ilea, la luna verde, brillante y magnífica. La siguió Ayea, la pequeña luna roja, zambulléndose en el cielo nocturno. Y por último hizo su aparición, en medio de las otras dos, ocupando el vértice inferior del triángulo, la reina de la noche idhunita, la bellísima Erea, la luna de plata donde, según la tradición, habitaban los dioses.

Todos contemplaron, sobrecogidos, el triple plenilunio que se alzaba sobre sus cabezas, mientras en otras partes de la ciudad ya sonaba música de fiesta, celebrando la inminente llegada del año nuevo, como siempre hacían en aquellas fechas.

Pero en aquella ocasión se festejaban, además, dos cosas más: que a la mañana siguiente Vanissar tendría por fin un nuevo rey, y que ya había pasado un año desde la derrota de Ashran el Nigromante y de sus sheks, en la batalla de Awa.

Fue esto lo que recordaron también Jack y Victoria. Por un momento, cruzaron una mirada, y Jack oprimió la mano de Victoria con más fuerza.

Un año.

Un año desde aquella noche fatídica en que Victoria había tenido que elegir, entregando su cuerno y su vida para salvar la de sus seres queridos. Un año desde la noche en que había ardido el cielo, llevándose consigo las vidas de cientos de sheks y la de Allegra, la abuela de Victoria. Un año desde la caída de la Torre de Drackwen, desde la muerte de Sheziss.

Un año desde la derrota de Ashran el Nigromante.

Victoria bajó la cabeza, conmovida, y dedicó un pensamiento a su abuela. También se acordó de Christian. Hacía exactamente un año, los tres se habían enfrentado a su enemigo, juntos. La tríada.

¿Dónde estaba Christian ahora?

Procuró no pensar en ello, y alzó la cabeza para mirar a Alsan.

También hacía un año que Alsan se había transformado en la bestia sanguinaria que había acabado con la vida de su propio hermano...

y aquella era la razón, se recordó a sí misma, por la que estaban allí aquella noche.

Pero el rostro de Alsan no había cambiado en esta ocasión. Inmóvil como una estatua, encadenado a su trono de hierro, contemplaba la belleza del Triple Plenilunio.

Seguía siendo él.

Los testigos aún aguardaron un largo rato, antes de que la voz telepática de Gaedalu llegara a las mentes de todos.

«Ha superado la prueba», dijo solamente.

–Yo prefiero esperar un poco más –dijo Covan–. No debemos dejar nada al azar.

Gaedalu no dijo nada, pero entornó los ojos. Jack se preguntó si Covan pretendía de verdad obligar a las personas más ilustres de Idhún a permanecer despiertos en una silla toda la noche de fin de año. Por lo visto, el maestro de armas pareció pensar lo mismo, porque añadió:

–Si estáis demasiado fatigada, Madre Venerable, podéis retiraros. Los caballeros y yo nos quedaremos velando al príncipe.

Nadie se movió.

La primera en marcharse, no obstante, fue la reina Erive de Raheld. Un rato más tarde, se levantó y declaró que se retiraba a sus habitaciones. Se despidió de los presentes y, antes de irse, se inclinó brevemente ante Alsan.

–Alteza… –saludó–. Nos veremos mañana en vuestra coronación.

Alsan le respondió con cortesía y se disculpó por no poder levantarse. Sus palabras, impregnadas de humor, hicieron sonreír a todo el mundo.

Victoria llegó a ver cómo se retiraban también Gaedalu, cuando su piel empezó a resecarse, y Zaisei, que se fue con ella. Después, el sueño le fue cerrando lentamente los ojos…

Se despertó con las primeras luces del alba. Seguía en su silla; se había dormido con la cabeza apoyada en el hombro de Jack.

–¿Qué ha pasado? –murmuró, un poco aturdida.

–Sssshh –la hizo callar Jack, en voz baja–. Mira.

Victoria alzó la cabeza y vio que Alsan todavía estaba encadenado a su silla, y que Yber, el gigante, se hallaba tras él. Por un momento, se sintió inquieta, pero entonces vio que todo parecía seguir igual que horas atrás; las ropas de Alsan estaban intactas y ni la silla de hierro ni las cadenas parecían haber sufrido desperfectos.

Yber estaba, justamente, arrancando las cadenas que habían retenido a Alsan hasta entonces. Cuando cayeron al suelo, con estrépito, despertando a Shail, que también se había quedado dormido contra el muro, Alsan se levantó, despacio, moviendo los brazos para desentumecerlos. No parecía molesto por haber sido sometido a aquella prueba, y tampoco contento por haberla superado. Mostraba en su rostro una expresión extraña, distante y, a la vez, reflexiva.

Covan se adelantó entonces unos pasos. Los dos caballeros que lo habían acompañado lo seguían de cerca.

Ambos, príncipe y maestro, cruzaron una larga mirada. Lentamente, Covan hincó la rodilla ante Alsan, y los caballeros lo imitaron.

—¡Suml-ar-Alsan, rey de Vanissar! —dijeron al unísono.

A Jack le pareció que era una escena tremendamente solemne, por lo que se levantó de su asiento. Victoria lo imitó.

Alsan inclinó la cabeza y tendió la mano a Covan para ayudarlo a levantarse. Después, los dos hombres se unieron en un abrazo fraternal.

Sin embargo, los ojos de Alsan miraban más allá, por encima del hombro de Covan. Jack no pudo evitar volverse para seguir la dirección de su mirada.

Las sillas de los testigos estaban casi todas vacías ya. Qaydar se había retirado poco antes del primer amanecer, y los soldados también habían vuelto a sus puestos hacía un buen rato.

Denyal, en cambio, seguía allí. Se había quedado un poco más alejado, junto a la puerta, y contemplaba la escena con los ojos entornados. Jack le vio llevarse la mano al muñón de su brazo izquierdo y sacudir la cabeza para, seguidamente, dar media vuelta y marcharse, sin dirigir a Alsan una sola palabra.

Y, no obstante, no era a él a quien miraba Alsan.

Había una persona, aparte de Jack y de Victoria, que no se había movido de su silla.

Era Ha-Din, el celeste, el Padre Venerable.

Jack no había tenido ocasión de hablar con él desde su llegada a Vanissar, y lo cierto era que tampoco había acudido a su encuentro. Temía que Ha-Din percibiera sus dudas con respecto al embarazo de Victoria y, aunque Zaisei le había asegurado que su miedo e inseguridad podían ser fácilmente interpretables como los temores de un padre primerizo, Jack se sentía inquieto de todos modos.

Ahora, no obstante, los ojos de Ha-Din estaban clavados en Alsan. No sonreía, pero tampoco lo observaba con reprobación. Jack detectó un rastro de inquietud en su expresión, como si hubiera captado en Alsan algo que no terminara de gustarle.

Finalmente, Ha-Din se levantó y, con una forzada sonrisa, inclinó la cabeza ante Alsan. El joven correspondió al gesto.

Jack no era un celeste, pero, a pesar de eso, percibió con claridad la tensión existente entre los dos.

Después, Ha-Din dio media vuelta y se dirigió a sus habitaciones.

Alsan dejó de prestarle atención. Shail estaba ya junto a él, y los dos comentaban, sonrientes, los resultados de la prueba.

–¿Qué está pasando? –murmuró Victoria, desconcertada.

–¿Tú también te has dado cuenta? –dijo Jack, preocupado.

No pudieron hablar más, porque en aquel momento Shail les indicó con un gesto que se acercaran. Jack inspiró hondo.

–Ven –dijo, tomando de la mano a Victoria–. Vamos a felicitar al nuevo rey de Vanissar.

XXII

RUPTURA

LA ceremonia de la coronación tendría lugar cuando Kalinor, el sol mayor, alcanzase su punto más alto sobre el cielo idhunita.

Hasta entonces, todavía faltaba tiempo.

Los que habían presenciado la prueba de Alsan hasta el final apenas habían dormido; salvo el propio Alsan y los caballeros que lo vigilaban, que no habían pegado ojo, el resto sí habían dado alguna cabezada en el transcurrir de la larga noche. No obstante, no hubo tiempo para descansar. Aún quedaban muchas cosas que preparar para la ceremonia.

Habían elegido una explanada a las afueras de la ciudad, cerca del bosque. Allí se había dispuesto una tarima con tres asientos, como era habitual en las coronaciones de los reyes de Nandelt. Dos de ellos los ocuparían el futuro rey y la persona que iba a colocar la corona sobre su cabeza. Normalmente, este gesto solía realizarlo alguien de la misma familia, pero, dado que Alsan ya no tenía hermanos y que sus padres también habían muerto tiempo atrás, sería otro soberano quien le ceñiría la corona. En este caso, Alsan había elegido a Erive, reina de Raheld.

El tercer asiento estaba reservado para un representante de la Orden de Caballería de Nurgon. Naturalmente, lo ocuparía Covan.

También habían dispuesto una grada para que se situaran los invitados importantes.

El resto del público tendría que permanecer de pie, puesto que no había sillas para todos. Por su parte, los cocineros del castillo habían pasado toda la mañana y gran parte de la noche anterior preparando cientos de las empanadas de ave típicas de Vanissar. También se servirían grandes cantidades de nunk, un tipo de bebida muy común en todo Nandelt, que se hacía con bayas silvestres fermentadas. De modo que todos los que acudiesen a la ceremonia de la coronación no solo contemplarían el espectáculo que iban a ofrecer los magos y los dragones artificiales de Tanawe, sino que además se marcharían a sus casas con el estómago lleno.

A pesar del cansancio que sentían, los amigos de Alsan siguieron supervisando los últimos detalles, hasta que apenas quedó nada por supervisar.

—Acaban de enviar el altar desde el templo, y en la explanada no tienen muy claro dónde ponerlo —informó Jack a Shail y a Victoria, a media mañana—. ¿Qué hago? ¿Pregunto a Gaedalu dónde deberían colocarlo?

—No es necesario molestarla por algo tan obvio —repuso Shail—. Se trata de un pequeño altar de ofrendas, y se coloca siempre a la entrada del lugar de oración: en este caso, junto al camino que conduce a la explanada, por donde va a llegar la gente. Eso lo sabe todo el mundo. ¿Qué problema tienen?

—Por lo visto, bloquea la entrada —repuso Jack.

Shail dejó escapar un suspiro exasperado.

—Iré a ver qué pasa. ¿Me acompañáis? —les preguntó.

—Yo, sí —dijo Jack—, pero Victoria debería quedarse en el castillo hasta la hora de la ceremonia.

Ella asintió, con cierta resignación. En los últimos tiempos, apenas salía del castillo a plena luz del día. La gente solía abordarla por la calle para suplicarle que les concediese la magia.

—Me aseguraré de que todo va bien en la cocina —dijo—. ¿Dónde está Alsan?

—Ha ido a la capilla a rezar —dijo Shail—. Para pedir a los dioses salud y buena fortuna en su reinado, ya sabes. Es la tradición.

Victoria echó un breve vistazo al cielo.

—Daos prisa —dijo—. Pronto empezará a llegar la gente a la explanada, y todo tiene que estar a punto.

Christian había llegado a la ciudad con el primer amanecer, pero no se había acercado al castillo. Tras rondar por la explanada donde iba a celebrarse el acto de la coronación, se había ocultado entre la maleza con las primeras luces del día, y se había dedicado a observar desde allí a la gente que iba y venía, preparándolo todo para la ceremonia.

No había dejado de preguntarse por qué razón habían elegido aquel día, el día de año nuevo, para la fiesta de la coronación de Alsan. La noche anterior había habido un Triple Plenilunio, y Christian sabía el efecto que las lunas ejercían sobre el príncipe. Imaginaba que habían mantenido encadenado a Alsan toda la noche; no estaría en muy buenas condiciones, por tanto, para asistir a su propia coronación.

¿Por qué aquel día? El aniversario de la muerte de Ashran era una fecha simbólica, sin duda. Pero también se trataba del aniversario de la muerte de Amrin, el hermano de Alsan, a manos de este. Coronarse rey de Vanissar el día en que todo su pueblo recordaba a su anterior soberano no era una idea inteligente. ¿Por qué?

Christian estaba al tanto de la presencia en Vanissar de Ha-Din, Qaydar y Gaedalu. No había tardado en enterarse de los rumores acerca de la «prueba» a la que supuestamente iban a asistir como testigos. No le costó trabajo atar cabos y comprender que tenía que ver con el Triple Plenilunio.

¿Habría conseguido Alsan dominar el espíritu de la bestia? Parecía imposible y, sin embargo, era la única explicación que tenía sentido.

Mientras cavilaba sobre aquello, fue testigo de cómo un grupo de novicios del templo llegaban a la explanada y colocaban el altar de las ofrendas bloqueando el camino de entrada. Había espacio para pasar, pero, por lo visto, no el suficiente, porque pronto les llamaron la atención y les pidieron que lo retiraran. Estalló una discusión hasta que, momentos después, un muchacho fue enviado al castillo, seguramente para solicitar la intervención de alguien con más autoridad.

Christian aguardó pacientemente. Un rato más tarde, vio llegar a Jack y a Shail.

Como cada vez que veía al dragón, tuvo que controlar el impulso que lo llevaba a desenvainar a Haiass y a lanzarse contra él. Observó a Shail con curiosidad, al ver que caminaba con bastante soltura sobre sus dos piernas, y sonrió para sí. No cabía duda de que Ydeon había hecho un buen trabajo.

El shek contempló cómo, entre todos, movían el altar de ofrendas, un pesado bloque con forma hexagonal, para colocarlo a un lado del camino. Cuando Jack se incorporó para secarse el sudor de la frente, Christian clavó en él su mirada de hielo.

691

Jack no tardó en sentir un escalofrío y en mirar a su alrededor, visiblemente inquieto. Por fortuna, los demás estaban ocupados con el altar de ofrendas y no repararon en el gesto.

«Quieto», le dijo Christian telepáticamente. «No seas tan obvio, vas a llamar la atención de alguien».

Jack dio un pequeño respingo.

«¿Christian?», pensó. «¿Dónde estás?».

«Oculto, por el momento. Tengo que hablar contigo».

«¿De qué?».

«Te lo diré en persona, si tienes un rato y podemos hablar a solas. Tiene que ver con Victoria».

Jack dudó un momento. Alzó la cabeza y clavó la mirada en el lugar exacto donde se ocultaba Christian, señal inequívoca de que ya lo había detectado.

—¿Te encuentras bien? —le preguntó Shail, inquieto.

Jack volvió a la realidad.

—Sí, yo... estoy un poco mareado. Demasiadas emociones y demasiado trabajo, supongo. Creo que, si no me necesitáis aquí, iré a dar una vuelta: necesito despejarme. No tardaré.

Shail asintió. Jack dio media vuelta y se alejó por el sendero, sin mirar atrás.

Si lo hubiese hecho, habría visto que Alsan se aproximaba por entre los árboles. Llegó junto a Shail cuando Jack ya se perdía por un recodo.

—Me han dicho que había problemas con el altar de las ofrendas —dijo—. ¿Qué ha pasado?

—Nada que no hayamos podido solucionar nosotros —lo tranquilizó Shail—. Relájate, ¿quieres? El futuro rey de Vanissar no tendría que salir corriendo de su castillo por un altar mal puesto.

Alsan apenas lo escuchaba.

—¿Adónde va Jack? —preguntó con curiosidad.

El mago se encogió de hombros.

—Ha dicho que necesitaba despejarse.

Alsan frunció el ceño, pero no dijo nada.

Desde la maleza, Christian también lo había visto a él. Se había percatado del cambio en su expresión y en el color de su pelo. Se preguntó si habría usado un tinte para hacer desaparecer de su cabello el color gris que tan poco congeniaba con sus facciones juveniles, pero desechó la idea: no era el estilo de Alsan, o Alexander, o como quiera que se llamase.

¿Sería cierto, entonces, que había logrado dominar a la bestia que había en él? La rápida mente de Christian ya estaba estableciendo conexiones. Si existía algo, o alguien, capaz de someter un espíritu tan lleno de rabia y de furia como el que latía en el interior de Alsan... ¿podría ese algo o alguien subyugar el odio innato de sheks y dragones?

La presencia de Jack lo distrajo de aquellos pensamientos. Sacudió la cabeza y se deslizó por entre la maleza para acudir a su encuentro.

Se reunieron un poco más lejos, en un claro del bosquecillo que rodeaba la explanada.

—¿Qué has venido a hacer aquí? —le preguntó Jack, con cierta brusquedad.

—Traigo malas noticias.

—¿Y cuándo no traes malas noticias?

—No seas tan agresivo, ¿de acuerdo? Traigo malas noticias porque las cosas se están poniendo muy feas ahí fuera, aunque en esta ciudad, en este castillo, os empeñéis en pensar que todo marcha bien.

Jack trató de calmarse.

—Está bien. ¿De qué se trata esta vez?

—Sé que estáis preparando un ataque contra la base de Gerde en los Picos de Fuego.

—¿Y...?

—Suspendedlo.

Jack se quedó con la boca abierta.

—¿Cómo has dicho?

—Ya me has oído.

Jack respiró hondo varias veces para no responderle una barbaridad. Después logró decir:

—¿Por alguna razón en especial?

Christian lo miró un momento. Parecía que estaba buscando las palabras adecuadas, y aquello no era propio de él.

—Porque lo dice Gerde. Si no cumplís sus exigencias... si no la dejáis en paz... Victoria morirá.

Jack se quedó sin habla un momento.

—¿Y lo dices tan tranquilo? —le reprochó.

–¡No estoy tranquilo! –estalló de pronto Christian; se dominó a duras penas–. Se trata de una situación muy delicada. Gerde es muy poderosa, Jack, por si no te habías dado cuenta. Si quiere matar a Victoria, lo hará. Si quiere matarte a ti, lo hará. Si quiere matarme a mí, le bastará con chasquear los dedos...

–¿Y por eso te has convertido en su esclavo?

–No –repuso el shek; había recuperado su gélida calma–. Estoy con ella por otros motivos, que no espero que comprendas. Pero tu último encuentro con Gerde ya debería haberte enseñado que no eres rival para ella. No es como en los tiempos de Ashran. No hay profecía, Jack, y eso significa que los dioses no os protegen.

Jack sacudió la cabeza.

–No te creo –dijo–. Si pudiera matar a Victoria, lo habría hecho ya.

Christian tardó un poco en responder.

–Ya sabes que está interesada en su bebé –dijo a media voz–. Aguardará a que nazca el niño, pero si se ve importunada por los sangrecaliente...

–Espera –cortó Jack–. Entonces, ¿el interés de Gerde por el bebé de Victoria es *real*? ¿No estamos hablando de especulaciones? ¿Significa eso que de verdad piensa que el alma de ese niño le pertenece? Eso querría decir...

No terminó la frase. Miró a Christian, pálido y con los ojos muy abiertos, pero el shek no contestó a su pregunta.

–Tenemos entre cinco y seis meses más, calculo yo –dijo–. No es mucho, pero es mejor que nada. Por el bien de Victoria, no molestéis a Gerde. Se enfada con mucha facilidad.

Jack estaba temblando, pero logró decir:

–No pienso ceder a su chantaje.

–¿Arriesgarías la vida de Victoria y de su hijo... por una cuestión de orgullo?

Jack alzó la cabeza.

–¿Qué tienes que ver tú con ese niño? –exigió saber–. ¿Cómo te atreves a venir aquí, cuando en todo este tiempo no has sido capaz de acercarte a ella, aunque solo fuera para ver cómo estaba? ¿Cómo... cómo te atreves a volver, después de haber pasado todo este tiempo con Gerde? ¿Quién te crees que eres?

Había alzado la voz, y Christian lo fulminó con la mirada. Jack se controló a duras penas.

—No tienes derecho a venir a decirme lo que he de hacer —concluyó—, y mucho menos con la excusa de que es por el bien de Victoria. Porque soy yo quien está cuidando de ella, soy yo el que se preocupa por ella y por su bebé. ¿Dónde has estado tú todo este tiempo?

Christian no respondió. Jack sacudió la cabeza.

—No puedes volver ahora e insinuar... que, al fin y al cabo...

No pudo continuar.

—¿Que, al fin y al cabo, qué? —preguntó Christian con suavidad—. ¿Acaso te atormenta la posibilidad de que el bebé de Victoria no sea hijo tuyo?

Jack entornó los ojos y lo miró con odio.

—Van a bendecir nuestra unión —le espetó—. Será una ceremonia pública.

—Me alegro por vosotros —repuso Christian con calma—. Pero será mejor que se lo digas a Victoria primero.

Jack se llevó la mano al pomo de la espada, furioso, pero se contuvo y, a duras penas, abrió el puño.

—A veces me cuesta trabajo creer que es cierto que la quieres —dijo a media voz—. No puedo dejar de preguntarme qué ha visto ella en ti. No la mereces.

Christian no dijo nada. Jack movió la cabeza, agotado.

—No sé si creerte cuando vienes y me pides que no levante la mano contra Gerde. Si realmente es tan poderosa como dices, no se molestaría en exigir que no la ataquemos. Si lo hace, es porque nos teme.

—No lo creo —respondió Christian—. Simplemente, se limita a ordenarme que cierre la ventana para que no entren bichos molestos.

Jack entornó los ojos.

—Ya, pues ¿sabes una cosa? Que se moleste en cerrarla ella misma.

Christian le dirigió una larga mirada.

—También a mí me cuesta creer a veces que sientas algo por Victoria —comentó—. Algo que no sea solamente el deseo de obtenerla como si fuera una medalla, claro está.

No hablaron más. Jack no respondió a la acusación de Christian, que se despidió con una leve inclinación de cabeza y desapareció, como una sombra, entre los árboles.

Cuando Jack regresó a la explanada, Alsan y Shail todavía estaban allí.

Regresaron juntos al castillo, pero Jack no les habló de su encuentro con Christian. No obstante, ambos se dieron cuenta de que estaba arisco y poco hablador. Shail lo atribuyó a que había dormido poco. Alsan, por su parte, no hizo ningún comentario..., pero le dirigió una extraña mirada.

Victoria estaba terminando de prepararse para la ceremonia. Las doncellas del castillo habían elegido para ella una túnica blanca de mangas anchas, con un amplio cinturón azul..., un cinturón que se ajustaba a su talle más de lo que ella habría deseado. Su embarazo no era ya ningún secreto entre sus amigos, pero tampoco era un asunto de dominio público... todavía. Estaba decidiendo si ponerse o no el cinturón, cuando sintió un leve cosquilleo en un dedo, y dio un respingo. Alzó la mano derecha; sí, allí estaba: Shiskatchegg emitía suaves destellos de color rojo.

Se sentó en el borde de la cama, cerró los ojos y se llevó la piedra del anillo a los labios.

«¿Christian?», pensó, casi con timidez.

La voz telepática de él sonó en algún rincón de su mente.

«Hola, Victoria».

El corazón de ella latió más deprisa. Tragó saliva. Lo había echado muchísimo de menos durante todo aquel tiempo. No obstante, su sensatez se impuso a sus emociones.

«No deberías haber venido», le dijo. Sabía que, para poder contactar con ella con tanta facilidad, Christian debía estar relativamente cerca. «Corres peligro».

«También tú», replicó él. «Y sé que no debería contactar contigo, pero...».

Victoria aguardó, anhelante, a que él terminara aquella frase, a que dijera algo parecido a «te echaba de menos», «necesitaba oírte otra vez»...

«... Esto es importante», añadió Christian, y Victoria nunca llegó a saber si era el final de la frase anterior o el principio de la siguiente. «Sé que Alsan está preparando un ejército, Victoria. Un ejército para luchar contra Gerde. Ella...».

Se interrumpió de pronto. Victoria captó pensamientos confusos, como si el shek tratara de poner en orden sus ideas, establecer una lista de prioridades. Aquello no era propio de él.

«No», dijo de pronto Christian, con brusquedad. «No era eso lo que quería decirte».

Hubo un breve silencio, cargado de expectación.

«¿Cómo estás?», preguntó él de pronto. «¿Y el bebé?».

Victoria respiró hondo.

«Bien», pensó. «Todo bien».

Nuevo silencio.

«Me alegro», dijo Christian entonces. Pareció dudar antes de añadir: «He pensado mucho en ti».

Ella tragó saliva. Tenía un nudo en la garganta.

«Lo sé, Christian», lo tranquilizó. «Haz lo que tengas que hacer, pero, por lo que más quieras, sé prudente».

Casi pudo sentir que él sonreía, estuviera donde estuviese.

De nuevo, pareció que él permanecía en silencio. Y, de pronto, algo inundó la mente de Victoria, una sensación intensa como una descarga eléctrica, pero infinitamente más agradable, y la presencia de Christian llenó todos sus sentidos, como si él estuviese allí mismo, junto a ella. Se le escapó una exclamación ahogada.

Sabía lo que había sido aquello. No era la primera vez que experimentaba algo así, aunque, desde luego, nunca lo había hecho de aquella manera.

Christian la había besado sin tocarla, en la distancia, rozando en su mente los puntos necesarios para despertar los recuerdos de besos pasados. Era extraño y hermoso, distante y a la vez mucho más íntimo que cualquier contacto corpóreo. Durante unos instantes, la mente de Victoria quedó en blanco, mientras todo su cuerpo se estremecía en un agradable escalofrío.

«Esto es todo lo que puedo darte, por el momento», dijo él. «Pero no es, ni mucho menos, todo lo que quiero darte».

Victoria no fue capaz de pensar nada coherente. Con suavidad, la mente de Christian abandonó la suya. La joven alzó la mano para besar el anillo, y la otra la deslizó hasta su vientre.

Y así la encontró Jack cuando entró en la habitación, apenas unos segundos después. Victoria alzó la cabeza, sobresaltada. Tenía los ojos húmedos.

Jack tardó unos momentos en decir:

—¿Estás bien?

Victoria sacudió la cabeza.

–Sí. Es solo que...

–Christian ha contactado contigo por fin... después de tres meses sin dar señales de vida.

Victoria no le preguntó cómo lo sabía. Se encogió de hombros y sonrió.

–Se hace tarde –dijo–. Supongo que ya nos estarán esperando.

Momentos después, la comitiva salía del castillo. Abrían la marcha seis caballeros de la Orden de Nurgon, entre los cuales estaba Covan. Los seguía Alsan, caminando con pie sereno y enérgico. Tras él iban Ha-Din y Gaedalu, con sus respectivos cortejos. Detrás caminaban Jack y Victoria, seguidos por toda la realeza de Nandelt. Y por último, cerrando la marcha, Qaydar y los magos.

Recorrieron toda la ciudad, en medio de los vítores de los vanissardos. Parecía, por fin, que Alsan iba a ser coronado nuevo rey de Vanissar. Tal vez aún hubiese gente que albergara dudas acerca de si Alsan era o no la persona adecuada para ocupar el trono; pero el hecho de que lo respaldasen tantas personas importantes, y el alivio porque al fin el futuro de Vanissar parecía aclararse un poco, ayudaron a despejar aquellas dudas.

La comitiva franqueó las puertas de la ciudad y se dirigió hacia la explanada, que ya estaba a rebosar de gente. Sobre ellos, varios dragones artificiales surcaban los cielos.

Pero, por una vez, Jack no alzó la cabeza para contemplarlos y sentir el deseo de volar con ellos.

Enfilaron por el camino que conducía hacia el claro y pasaron junto al altar hexagonal.

Las ofrendas que se depositaban en él eran puramente simbólicas, una expresión de los deseos de buena voluntad de los ciudadanos. Así, a los pies del altar se amontonaban flores, plumas de ave, cuencos de agua y pequeñas bandejitas con alimentos sencillos.

Victoria se detuvo para dejar sus ofrendas: un frasquito de agua, una flor y un pastelillo.

–¿Y la pluma? –preguntó Jack.

Victoria negó con la cabeza, pero no dio más explicaciones.

La flor simbolizaba el amor y la fertilidad. Aquellos que dejaban flores deseaban al futuro rey o reina que encontrase una pareja con la que formar una familia.

Las ofrendas de comida, ya fueran frutas o pasteles, representaban el deseo de que su reinado fuera próspero para todo el mundo.

El agua implicaba un deseo de salud y longevidad para el nuevo soberano.

Y, por último, la pluma de ave representaba la gloria y la grandeza, el deseo de que el rey volase más alto que ninguno. Normalmente, los reyes obtenían la grandeza sobre los demás por la fuerza de las armas.

Jack entendió.

—Ojalá los dioses escuchen tus plegarias —le dijo al oído.

—Ojalá —suspiró Victoria.

Sin embargo, el altar de las ofrendas estaba lleno de plumas de ave. Alsan se había ganado un nombre combatiendo, y todos esperaban que continuara así. En cambio, pocos habían dejado cuencos con agua. Había cierta cantidad de ofrendas de comida, y bastantes flores. Pero, sobre todo, plumas.

—¿Esto es lo que todos esperan de él? —dijo Victoria con cierta amargura—. ¿Que siga luchando?

—Prácticamente no ha hecho otra cosa en toda su vida —comentó Jack—. Pero entiendo lo que quieres decir.

Su mano se entrelazó con la de ella. Victoria lo miró y le sonrió.

Jack deseó, por un momento, que aquel instante no terminara nunca. Pero le pesaba su reciente conversación con Christian. ¿Y si los dos lo sabían ya? ¿Y si el bebé que esperaba Victoria era hijo del shek y se lo habían ocultado? ¿Y si...?

—Estás nervioso hoy —le dijo Victoria de pronto—. ¿Qué te pasa?

—He estado pensando —cortó él impulsivamente; se inclinó hacia ella y le dijo al oído—: ¿Te gustaría que bendijesen nuestra unión?

Lo dijo a bocajarro, sin pensar apenas. Aquella mañana se había jactado ante Christian de que iban a celebrar la ceremonia de la unión, y el shek, con aquella irritante capacidad suya de ir por delante de los demás, había adivinado que no lo había consultado todavía con Victoria. En fin, pensó Jack, eso era solo una formalidad. Claramente estaban enamorados. No había motivo para que ella dijese que no.

Pero el semblante de Victoria cambió en cuanto se lo propuso. Sus ojos se agrandaron y palideció un poco; al menos, a Jack se lo pareció.

—No es como si fuera una boda —se apresuró a aclarar él—. Un sacerdote celeste se limita a...

–Lo sé –lo tranquilizó ella–. Sé lo que significa la bendición de la unión. ¿Ha sido idea de Alsan?

Jack se detuvo un momento, ofendido.

–Alsan me ha explicado en qué consiste –dijo– y me ha dicho que sería buena idea, sí. Pero ten por seguro que no te lo diría si no lo quisiera de verdad. ¿Por quién me tomas?

Victoria lo tomó de la mano, conciliadora.

–Ya lo sé. Es solo que... bueno, no me esperaba que me hablaras de esto... aquí y ahora.

Jack cerró los ojos, maldiciéndose por su torpeza. La conversación con Christian lo había enervado un poco, y le había hecho precipitarse. Por supuesto que habría tenido que esperar al momento adecuado, en un entorno más íntimo.

–Lo siento... Ha sido un impulso. Pero eso no significa que no quiera hacerlo igual.

La miró, expectante. Pero Victoria le dirigió una mirada de disculpa.

–También a mí me gustaría –repuso–, pero no puedo hacerlo, Jack. Lo siento.

La negativa fue para él como un jarro de agua fría. Se desasió de la mano de Victoria como si le quemara.

–Pero... ¿por qué? –susurró–. ¿Es por Christian?

Victoria inclinó la cabeza.

–En parte –dijo.

Jack no preguntó nada más, pero el recuerdo de una reciente conversación con Alsan acudió inoportunamente a su memoria: «A todas las futuras madres les encanta declarar que están felizmente enamoradas del padre de su hijo», había dicho él.

También había hablado de lo mucho que todo aquello uniría a Victoria y al padre de su bebé. Solo que Alsan había dado por sentado que se trataba de Jack.

Pero... ¿y si no lo era? ¿Por eso Victoria acababa de negarse a que bendijeran su unión? ¿Y si el tiempo que había pasado con Christian los había unido tanto como para que ella hubiese elegido definitivamente al shek, o para engendrar un hijo, o ambas cosas?

Se estremeció. No quería creerlo, pero ¿qué otro motivo podía llevarla a rechazar su propuesta, salvo el temor a que el sacerdote dijese ante todo el mundo que ella no estaba enamorada de él?

Sintió que la mano de Victoria se enlazaba con la suya, oyó la voz de ella en su oído.

—No tiene que ver contigo, Jack. No necesitas que un celeste te diga lo que ya sabes, o deberías saber.

—¿Y qué debería saber? —replicó él, con un poco de dureza.

Vio el semblante dolido de Victoria, pero no llegó a escuchar su respuesta porque, en aquel momento, Alsan subía al estrado y la multitud estallaba en una salva de aplausos.

Fue una ceremonia extraña. Jack y Victoria se sentaron juntos, esforzándose por parecer felices y relajados, pero la preocupación asomaba a sus semblantes, y la tensión era palpable entre ambos.

Por fortuna, la mayor parte de la gente estaba a demasiada distancia de ellos como para darse cuenta de lo que sucedía. Y, por otro lado, también había muchas otras cosas en que fijarse.

La ceremonia en sí fue corta y austera. Alsan hincó una rodilla ante la reina Erive, quien le hizo pronunciar el juramento de lealtad a su reino. Con voz firme y serena, Alsan proclamó, como era tradición, que todo Vanissar era ahora su hogar, y sus habitantes, su familia. Y, como tal, se esforzaría por que nada les faltase mientras él siguiese con vida, por defenderlos por la fuerza de las armas, si fuera preciso, y por gobernarlos con sabiduría y bondad.

Jack olvidó sus diferencias con Victoria cuando Erive colocó la corona sobre la cabeza de Alsan y todos los presentes prorrumpieron en gritos de júbilo.

Alsan se incorporó y dirigió a todos una mirada serena; Jack detectó un brillo de orgullo y alegría latiendo en sus ojos oscuros, y sonrió, aplaudiendo al nuevo soberano de Vanissar con todas sus fuerzas.

A su lado, Victoria también aplaudía. No obstante, no pudo evitar darse cuenta de que había una persona en el palco que no se había unido a la alegría general.

De nuevo, Ha-Din, el Padre Venerable.

Permanecía sentado con las manos sobre el regazo, y aunque su semblante parecía serio e inexpresivo, sus hombros caídos revelaban un profundo abatimiento.

Tras el juramento de fidelidad de los caballeros vanissardos y el saludo formal de los reyes y nobles de los demás reinos, Alsan pronunció un discurso.

No fue un parlamento muy largo ni muy elocuente. Alsan recordó a su padre, el rey Brun, y juró hacer lo posible por ser tan buen soberano como lo había sido él.

Prosiguió hablando de las penalidades sufridas por su pueblo en la era de Ashran. Habló de su viaje en busca del dragón y del unicornio, y de cómo los había traído de vuelta para que los ayudaran en la lucha contra los sheks.

A medida que iba avanzando el discurso, Victoria se iba poniendo cada vez más tensa. Miró por el rabillo del ojo a Jack, y descubrió, por la forma en que fruncía el ceño, que a él tampoco le convencía el cariz que estaban tomando los acontecimientos.

Alsan terminó su discurso proclamando que la lucha aún no había finalizado. Y declaró, con voz potente, que no descansaría hasta exterminar a la última serpiente de Idhún.

Victoria movió la cabeza, preocupada.

—Esto no puede ser bueno —murmuró, pero nadie la oyó porque todos estaban aclamando a Alsan.

Apenas se enteró de lo que sucedió a continuación. Los dragones artificiales empezaron a sobrevolar la explanada, haciendo piruetas en el aire, pero Victoria no les prestó atención. Y vio que Jack sí alzaba la cabeza para mirarlos, aunque apenas los veía; por su expresión seria y pensativa, parecía claro que tenía la mente en otra cosa.

Cuando los dragones se alejaron de la ciudad, de vuelta a Raheld, uno de los hechiceros de la Torre de Kazlunn se adelantó e inclinó la cabeza ante el público del palco. Tras él había seis aprendices que iban a ofrecerles a todos una muestra de su magia.

Victoria alzó la cabeza. Aquellos aprendices debían de ser magos a los que ella misma había consagrado en los últimos tiempos. La posibilidad de volver a verlos la animó un poco.

Contempló cómo los aprendices deleitaban a los presentes con una danza de sombras mágicas, que se alzaban sobre ellos y bailaban, entrelazándose, como movidas por la brisa.

Todos los rostros le resultaban familiares. A todos ellos les había entregado la magia no hacía mucho.

Yaren no estaba entre ellos.

Victoria arrugó el ceño, preocupada, y echó un vistazo a Qaydar, que estaba sentado en el palco, cerca de ellos. Yaren tampoco se hallaba junto a él. Respiró hondo. Estaba convencida de que le había visto salir del castillo junto a los demás. Y su instinto le decía que no podía andar muy lejos.

Tal vez fuera el momento de volver a enfrentarse a él.

Murmurando una disculpa, se levantó de su asiento y se dispuso a marcharse. Lanzó una mirada fugaz a Jack, pero este hizo como si no se diera cuenta. Victoria bajó por las escaleras y se deslizó hacia la parte posterior de las gradas, deseando que nadie detectara su ausencia demasiado pronto.

Lo encontró no muy lejos de allí, en el bosquecillo que rodeaba la explanada. O tal vez fue él quien la encontró a ella. Se miraron a los ojos un momento.

—Volvemos a vernos —dijo Yaren con lentitud.

—Cierto —respondió Victoria suavemente—. ¿Qué es lo que quieres hacer ahora? ¿Matarme? ¿Hablar?

El mago entornó los ojos.

—Sé que has recuperado tu poder. Sé también que traté de matarte. Pero, a pesar de eso, me lo debes, Lunnaris. Me debes una magia limpia. No puedes negármela.

Victoria sonrió.

—Después de lo que sucedió la última vez, ¿todavía insistes en pedirme que te entregue la magia?

Yaren palideció.

—Mírate —prosiguió Victoria—. La magia está echando raíces en tu interior, fluye por tus venas cada vez con mayor facilidad. No deberías permitirlo.

—¿Insinúas acaso que no debería seguir estudiando en la torre? ¿Que nunca llegaré a ser un mago como los demás?

Victoria señaló a sus pies con un breve gesto. Yaren bajó la mirada. La hierba se marchitaba a sus pies, se volvía de un feo color amarillento, como si la tierra en la que crecía hubiese sido regada con veneno puro.

—Irá a más —dijo Victoria con suavidad.

—Entonces arréglalo —replicó Yaren entre dientes.

Victoria cerró los ojos un instante.

—Puedo volver a entregarte la magia, una magia limpia. Pero no podría garantizarte que eso purificara tu cuerpo. Tal vez solo te produzca más dolor y sufrimiento. Quizá sería necesario que canalizara mi magia durante mucho rato, y aun así no sé si funcionaría.

—Estoy dispuesto a probarlo.

—¿Y si no da resultado?

Yaren esbozó una torva sonrisa.

—Entonces, nada me impedirá matarte.

Victoria ladeó la cabeza.

—¿Crees que eso aliviará el dolor que sientes?

—Tal vez no —reconoció Yaren—. Pero estoy convencido de que disfrutaré viéndote morir. Porque no soporto que sigas entregando la magia a otras personas, que estés creando nuevos hechiceros y haciendo realidad para ellos el sueño que no pudiste hacer cumplir para mí. No es justo.

—¿Qué es lo que quieres, pues? ¿Quieres que trate de renovar tu magia? ¿Te arriesgarías a probarlo?

Yaren titubeó.

—¿Debo hacerlo?

Victoria se encogió de hombros.

—La decisión es tuya. Ya te advertí en su día de las consecuencias de recibir mi magia y, pese a todo, insististe en seguir adelante. Ahora te advierto de que lo único que puedo hacer por ti tal vez no sea suficiente. Tú eliges.

Yaren la miró largamente. Después, con lentitud, hincó una rodilla ante ella.

—Me lo debes —dijo simplemente.

Victoria suspiró.

—Como quieras. Lo intentaremos... y que los dioses nos ayuden a ambos.

Se transformó en unicornio. Se sintió inquieta porque de pronto dejó de percibir a su hijo dentro de ella. Le pasaba siempre que llevaba a término aquella metamorfosis, y sabía que, al recuperar su cuerpo humano, recuperaría también a su bebé. Pero no terminaba de acostumbrarse.

Al verla, Yaren se echó un poco hacia atrás, por instinto, y la miró con desconfianza. No tardó, sin embargo, en dejar caer la cabeza. Las greñas de cabello rubio le taparon la cara.

Victoria avanzó hacia él y bajó la cabeza con lentitud, hasta que su largo cuerno rozó el rostro de Yaren, dulcemente.

El torrente de magia penetró en el interior del joven, y era una magia pura, limpia y hermosa. Por un instante, una sensación de paz y de armonía con todo lo bello que había en el mundo lo embargó y le hizo suspirar, extasiado. Pero terminó de forma rápida y brutal cuando aquella energía removió la suya propia, extendiéndola por cada fibra de su ser y haciéndole sentir el dolor más intenso que jamás había experimentado.

Yaren dejó escapar un alarido y trató de escapar, aterrado. Pero el unicornio lo empujó, haciéndole caer al suelo, y lo retuvo entre sus patas, mientras seguía canalizando energía hacia él. «Tengo que limpiarlo... tengo que limpiarlo...», era lo único que pensaba. Sin embargo, pronto se dio cuenta de que aquella magia oscura que estaba removiendo la afectaba también a ella. Volvió a experimentar el dolor, la angustia, el odio, mientras Yaren se revolvía sobre la hierba, gritando en plena agonía. Victoria apretó los dientes y se esforzó por captar todavía más energía del ambiente para derramarla en el interior de Yaren; esperaba que la nueva magia terminaría por hacer desaparecer el antiguo poder oscuro del mago, pero no sabía cuánto tiempo necesitaría, ni si Yaren lo resistiría.

Sobreponiéndose al dolor, Victoria lo miró, inquieta: los ojos de Yaren emitían una luz intensa, radiante, pero su rostro seguía siendo una máscara de sufrimiento. Y Victoria comprendió que era inútil; que, si seguía así, el cuerpo del joven no resistiría toda aquella energía y terminaría por estallar. Y que, derramando más magia en su interior, solo contribuía a extender la energía sucia por su esencia... todavía más.

Con un sordo jadeo, retiró el cuerno y se dejó caer sobre sus cuartos traseros, agotada. Yaren se quedó hecho un ovillo sobre la hierba, temblando y sollozando como un niño. Victoria recuperó su cuerpo humano, pero aún tardó un poco en liberarse de aquella sensación de angustia y sufrimiento. Acarició su vientre, inquieta, deseando que la energía negativa que había absorbido de Yaren no hubiese afectado a su bebé.

Lentamente, el mago se incorporó y la miró con profundo odio.

—Eres un monstruo —dijo, y escupió a sus pies.

Victoria no dijo nada. Se quedó allí, arrodillada sobre la hierba, mientras una espantosa sensación de abatimiento inundaba su corazón. Yaren sacudió la cabeza y, aún tambaleándose, se alejó de allí.

Victoria enterró el rostro entre las manos, destrozada. «Ya está», se dijo. «He matado su última esperanza». Pero tenía que intentarlo, pensó. Era lo menos que podía hacer.

Se quedó un rato más allí, arrodillada sobre la hierba, abrazándose a sí misma, preguntándose qué debía hacer a continuación. No conocía a nadie a quien pudiese consultar acerca del caso de Yaren. Qaydar no sabía cómo curarlo. Si los unicornios habían conocido un remedio para aquellos casos, desde luego, se habían llevado el secreto con ellos.

Entonces, de pronto, un suave escalofrío recorrió su espalda. Conocía esa sensación.

Momentos después, Christian la estrechaba entre sus brazos.

–¿Qué ha pasado? –preguntó el shek, inquieto–. ¿Estás bien? He sentido...

–Estoy bien, Christian –lo tranquilizó ella con una sonrisa–. Me recuperaré. ¿Y tú? ¿Qué haces aquí? Creía que te habías marchado. Sabes que deberías mantenerte alejado.

Christian sonrió a su vez.

–Todavía rondaba por aquí. Pero tienes razón, no deberíamos estar haciendo esto. Si te ven...

–No es por eso; no me importa que me vean –replicó Victoria, con voz ahogada–. Estoy cansada de fingir que no te quiero. Que piensen lo que quieran, que digan lo que quieran. No voy a renegar de lo que siento por ti.

Christian le acarició el cabello, pensativo, y la miró con emoción contenida.

–No esperaba verte hoy –reconoció–. Ni siquiera tenía pensado hablar contigo. Pero...

–Pero Jack te ha echado en cara que no te dejas ver por aquí, ¿verdad?

–No ha sido solo por Jack –protestó él–. Necesitaba comprobar que estabas bien.

Le contó que, tras su primera conversación, había estado a punto de marcharse, puesto que nada lo retenía ya allí. Pero le intrigaba el cambio que se había producido en Alsan, y se había quedado un poco más para observar la coronación desde las sombras.

–Ahora he de regresar. No sé si Jack cumplirá con lo que le he pedido, pero, por lo menos, a Gerde le gustará saber que tú y tu hijo os encontráis bien.

Victoria inclinó la cabeza.

–De modo que Gerde sigue interesada en mi bebé –dijo–. ¿Tan segura está de que es...?

–¿... mío? Sabe que existe esa posibilidad. Aguardará un tiempo hasta que nazca, o hasta que pueda saber seguro qué aspecto tiene su alma, pero espero haber encontrado una solución para entonces.

Victoria lo miró intensamente.

–¿De veras existe una solución para todo esto?

–No una solución que satisfaga a todo el mundo, naturalmente. Pero a mí me basta con una solución que me sirva a mí y a las personas que me importan.

En aquel momento, sonaron más vítores y aplausos. La exhibición había terminado.

–Es la hora del almuerzo –suspiró Victoria–. Será mejor que vuelva antes de que me echen de menos.

Christian volvió a abrazarla y cerró los ojos para disfrutar de su presencia.

–Yo sí te he echado de menos –confesó en voz baja.

Victoria apoyó la cabeza en su hombro y tragó saliva.

–Y yo –susurró, casi sin voz–. No sé por qué... cada vez me resulta más duro separarme de ti.

–Yo sí sé por qué –dijo Christian, pero no añadió más.

Aún permanecieron juntos unos instantes, susurrándose tiernas palabras de despedida, antes de separarse, con el corazón encogido.

Victoria regresó a la explanada, que ya se había visto invadida de gente. Casi todos estaban cerca del lugar donde se repartían las empanadas y las jarras de nunk, pero, aun así, a Victoria le costó encontrar a sus amigos entre la multitud. Detectó a Zaisei un poco más lejos, mirando en torno a sí, algo desconcertada. Se dirigió hacia ella, pero un muchacho la interceptó.

–¡Dama Lunnaris! Os lo ruego: sé que no soy digno, pero si quisierais...

–No funciona así –respondió ella con suavidad–. Discúlpame...

Aún tuvo que eludir a dos personas más antes de llegar a Zaisei.

–¡Victoria! ¿Dónde te habías metido?

–¿Me habéis echado de menos? –preguntó ella, preocupada.

–Supuse que se trataba de una urgencia, pero, como tardabas, empezaba a preocuparme... ¿Has visto a la Madre Venerable?

–¿También se ha ido? –se extrañó Victoria–. Tal vez esté con Ha-Din.

–El Padre Venerable regresó al castillo con su escolta antes de la exhibición de los dragones. Gaedalu estaba conmigo entonces...

—Bueno; con tanta gente, no es de extrañar que la hayas perdido de vista. Quizá haya ido a felicitar a Alsan.

—Eso es lo que he supuesto, pero tampoco lo veo a él.

De pronto, un horrible presentimiento empezó a cobrar forma en el corazón de Victoria. Dio media vuelta y, sin una palabra, echó a correr.

Apenas unos instantes más tarde, sintió en su propio pecho el dolor agudo e intensísimo de Christian, un dolor insoportable que iba mucho más allá de lo físico. Se detuvo un instante y dejó escapar un grito.

Varias personas la vieron y se acercaron a ella para socorrerla. Pero Victoria, sacando fuerzas de flaqueza, se zafó de ellas y siguió corriendo, con desesperación, hacia el lugar donde Christian luchaba por su vida.

El shek se había visto sorprendido en una emboscada al abandonar el pequeño claro en el que se había reunido con Victoria. Se había deshecho de los tres primeros soldados sin grandes dificultades; pero entonces había aparecido Alsan.

Christian retrocedió solo unos pasos y alzó a Haiass para detener el embate de Sumlaris, la Imbatible. Había esperado algún comentario por parte de Alsan; pero él se limitó a dar un paso atrás para luego volver a atacar, sin una palabra.

No era la primera vez que peleaban, pero había transcurrido mucho tiempo, cerca de dos años, desde su último duelo en la Tierra. Entonces, el shek había salido vencedor, y solo la intervención de Jack y de Victoria había impedido que Alsan muriese bajo la fría mordedura de Haiass.

En esta ocasión, sin embargo, hubo algo diferente. Alsan siempre había sido un guerrero sereno y prudente, pero ahora peleaba con fiereza, caminando por la delgada línea existente entre la temeridad y la seguridad de quien sabe, con total certeza, que está haciendo lo correcto. Los golpes de Sumlaris eran, también, más fuertes. La hoja legendaria parecía haberse robustecido, al igual que el ánimo de su portador.

Y un nuevo brillo alentaba sus ojos oscuros, un brillo que nada tenía que ver con la mirada de la bestia.

—¡Pelea, cobarde! —le espetó Alsan cuando Christian lo esquivó con una finta.

El shek no dijo nada, pero tampoco cayó en su provocación. Siguió luchando a su manera, esquivando y contraatacando, moviéndose con la sutileza de un felino. Cuando Alsan asestó un mandoble lo bastante poderoso como para haberle segado el brazo al que estaba destinado, Christian decidió que no podía andarse con miramientos, por mucho que hubiesen combatido juntos en la Resistencia, por mucho que Alsan fuese amigo de Jack y de Victoria. Alzó a Haiass, que centelleó un instante bajo la luz de los soles, y la descargó contra Alsan.

El rey de Vanissar levantó su espada para detenerla, y ambos aceros chocaron de nuevo.

Entonces, de pronto, algo se clavó en el hombro de Christian.

El joven abrió los ojos, sorprendido. Lo había atacado por detrás; había oído el silbido producido por el dardo, momentos antes de hundirse en su carne, pero la postura forzada que se había visto obligado a mantener mientras forcejeaba con Alsan le había impedido esquivarlo.

No era nada grave, sin embargo. Su cuerpo de shek aguantaría casi cualquier veneno, si es que el dardo estaba envenenado. Pero, ante todo, debía saber quién lo había atacado por la retaguardia.

Empujó con fuerza hacia atrás para desembarazarse de Alsan, e hizo un brusco giro de cintura.

No llegó a ver a su atacante, no solo porque este parecía haberse esfumado, sino porque Alsan arremetió de nuevo contra él.

Y, por primera vez, lo cogió desprevenido.

El shek ya se había vuelto hacia él y aguardaba el golpe de Alsan. Interpuso a Haiass entre él y su adversario, pero lo que no esperaba era que Alsan atacase con ambas manos. Christian detuvo a Sumlaris a escasos centímetros de su cuerpo y trató de protegerse, en un acto reflejo, de la mano izquierda de Alsan, que se había lanzado hacia él.

Demasiado tarde. El rey de Vanissar alcanzó su objetivo.

Sin embargo, no era una daga lo que sostenía en su mano, sino un objeto negro, redondo y pulido.

Christian retrocedió por instinto.

El objeto lo acompañó.

Se pegó a su cuerpo, como un parásito, quemando su ropa como si fuese ácido y hundiéndose en su piel. Aterrado, Christian soltó a Haiass y trató de arrancárselo del pecho. Pero aquella extraña gema se clavó todavía más en su carne, produciéndole un dolor intenso y punzante.

Christian cayó al suelo de rodillas, mientras percibía un espantoso olor a quemado y contemplaba, atónito, cómo aquella cosa extendía por su piel largos filamentos oscuros, como las patas de una gigantesca araña, que recorrían todo su pecho, marcándolo con horribles cicatrices.

Después, sus sentidos se nublaron de pronto, como si hubiese metido la cabeza bajo el agua, y ya no vio ni oyó nada más.

Alsan y Gaedalu contemplaron al shek inerte a sus pies.

«Ya no parece tan peligroso, ¿verdad?», dijo ella con rencor.

Alsan lo miraba con un cierto destello de pena en su mirada. No por la suerte del criminal, sino porque un adversario temible había sido derrotado... de una forma que, en el fondo, no parecía del todo justa.

«Podemos matarlo ya», dijo la Madre Venerable.

De pronto, una sombra veloz penetró en el claro y se arrojó sobre Christian. Gaedalu retrocedió un paso, sobresaltada, pero el semblante de Alsan se endureció.

–Apártate de él, Victoria –ordenó.

La muchacha estaba examinando la siniestra piedra incrustada en el pecho de Christian. No hizo caso de Alsan. Acababa de comprobar que la gema absorbía su magia curativa, o tal vez la hiciera rebotar. Victoria no estaba muy segura al respecto; lo que sí sabía era que, de alguna manera, aquella piedra no le permitía ayudar a Christian.

–Apártate de él, Victoria –repitió Alsan.

La joven se volvió.

–¿Qué le habéis hecho?

«Hacérselo pagar, niña», dijo Gaedalu. «Ni siquiera tú podrás salvarlo de la muerte que merece».

Pero Alsan negó con la cabeza.

–Hay que juzgarlo primero. El mundo entero debe conocer los crímenes que ha cometido, saber que lo castigamos por ellos.

Gaedalu lo miró con cierta rabia.

«En casi todas las culturas idhunitas, el castigo por todo lo que ha hecho es la muerte», dijo.

–Entonces, no importará que esperemos un poco más –dijo el rey–. Además, dicen que si muere el heredero de Ashran, las serpientes volverán a marcharse. Si eso es cierto, los idhunitas merecen estar preparados para disfrutar del espectáculo de la liberación de nuestro mundo.

Gaedalu estrechó los ojos.

«Es un error posponer su muerte».

Alsan sonrió con tranquilidad.

—Mientras tenga esa cosa clavada en el pecho, es completamente inofensivo.

—¡Completamente inofensivo! —repitió Victoria—. ¡Pero si lo está matando!

Los semblantes de piedra de Alsan y Gaedalu no mostraron la menor compasión.

En aquel momento, más personas llegaron al claro. Se trataba de Jack, Covan y Shail, acompañados por varios caballeros de Nurgon.

—¿Qué está pasando aquí? —preguntó Shail, perplejo.

Alsan se volvió hacia ellos, sonriente.

—Caballeros, acabamos de capturar a uno de nuestros enemigos más peligrosos: Kirtash, el shek, el hijo de Ashran el Nigromante.

Hubo un murmullo desconcertado, que Alsan acalló con un gesto.

—Esta criatura —añadió señalando a Christian, que yacía en brazos de Victoria— ha cometido innumerables crímenes. Dotada de una astucia despiadada y retorcida, ha logrado engañar a muchas personas, entre las cuales me incluyo. También yo creí que podía llegar a albergar buenos sentimientos en su oscuro corazón. Pero me equivoqué, y ahora he tratado de enmendar mi error.

Victoria alzó la cabeza. No hacía mucho, también ella había pronunciado palabras parecidas ante Zaisei, para explicarle por qué, tiempo atrás, había querido matar a Christian. La diferencia entre Alsan y ella consistía en que Victoria sí tenía motivos para desear que Christian siguiera con vida. El rey de Vanissar, no.

Algunos de los caballeros habían desenvainado las espadas, pero Alsan los detuvo.

Victoria apenas escuchó cómo trataba de convencerlos de la necesidad de que el shek fuese juzgado en público y que todo Idhún conociese con detalle la larga lista de crímenes que se le atribuían. La muchacha acarició la frente de Christian al apartarle el pelo de la cara y la halló extrañamente caliente. Lo apartó con suavidad y se incorporó.

—Esto es cruel —dijo interrumpiendo a Alsan—. Esa gema que le habéis puesto lo está matando, Alsan. No sobrevivirá mucho más tiempo.

«Ya no podemos quitársela», dijo Gaedalu. «Y aunque pudiésemos, ten por seguro que no lo haríamos. Es lo único capaz de retener a alguien como él».

Victoria cerró los ojos un momento.

–Sabíais que estaba cerca –murmuró–. Me manteníais vigilada.

Alsan movió la cabeza.

–Sabía que no tardaría en venir a verte, Victoria. Eres su punto débil.

Ella se irguió.

–Te equivocas –dijo–. Soy su mayor apoyo ahora mismo. Porque el que quiera tocarlo siquiera, tendrá que pasar por encima de mí.

Los caballeros la miraron, con incredulidad y cierto estupor.

–Victoria, no es momento para caprichos –dijo Alsan, tenso, avanzando un paso.

Ella entornó los ojos.

–Por encima de mi cadáver, Alsan –reiteró.

El rey se detuvo un momento y frunció el ceño. Miró a Victoria y luego volvió la cabeza a Jack, que lo observaba todo con una extraña expresión en el rostro, sin intervenir.

Comprendió. Retrocedió un poco y contempló a la joven y al shek que yacía a sus pies, anonadado.

–Tú... vosotros...

La contempló con profundo asco.

«Ya te lo dije», le recordó Gaedalu.

Alsan sacudió la cabeza.

–Nunca pensé que llegarías tan lejos, Victoria –dijo, y cada una de sus palabras iba cargada de desprecio y repugnancia–. Nunca creí que... harías algo más que tontear con ese shek.

Victoria temblaba por dentro, pero su voz no vaciló ni un ápice cuando, llevándose una mano al vientre, dijo:

–Bien; pues ahora que por fin te tomas en serio lo que siento por él, comprenderás por qué no puedo permitir que toques un solo pelo del que puede que sea el padre de mi hijo.

De nuevo, murmullos escandalizados. Habían llegado más personas al claro, pero Victoria no les prestó atención. Sus ojos estaban clavados en Alsan.

–Me das náuseas –escupió Alsan–. No me importa que hayas pertenecido a la Resistencia o que, por alguna razón que todavía no acierto

712

a comprender, seas el último unicornio del mundo. Si insistes en proteger a esa serpiente... morirás con ella.

Avanzó hacia Victoria, con Sumlaris desenvainada, pero otra persona se interpuso.

–Déjala en paz, Alsan –ordenó Jack, muy serio.

–Apártate, chico –gruñó el rey–. No merece que la defiendas. No merece...

–Déjala en paz –repitió Jack–. Te dije una vez que era la madre de mi hijo, y no mentía, no del todo. Antes has jurado que ibas a defender Vanissar como si fuese tu familia. Bien, yo no soy rey, pero supongo que no me negarás el derecho a defender a *mi* familia. A todos ellos –añadió.

Alsan los miró un momento. Después echó un vistazo a su alrededor.

–¿Vais a defender al shek... de toda esta gente? –preguntó, ceñudo.

Los murmullos aumentaban en intensidad. Alguien pidió a gritos la muerte para el hijo de Ashran. Jack vaciló.

–Llevadlo al castillo –ordenó Alsan–. Lo encerraremos hasta que podamos celebrar un juicio.

Jack dudó un momento, pero por fin asintió y se apartó un poco. Tuvo que tirar de Victoria para que se retirara también, porque se resistía a separarse de él.

–No vas a poder sacarlo de aquí, Victoria –le susurró–. Si luchas, terminarán por matarlo, y no puedes protegerlo de toda esta gente. Acepta el hecho de que, por una vez en su vida, ha perdido.

Victoria se desasió de él y permaneció junto a Christian. Lo incorporó un poco y se echó el brazo de él sobre los hombros.

–Yo lo llevaré al castillo –dijo–. Y más vale que, entretanto, vayas pensando en cómo quitarle esa cosa del pecho.

–No me amenaces, Victoria –replicó Alsan–. También tú estás bajo sospecha.

Victoria no dijo nada. Echó a andar tras él, de regreso al castillo, escoltada por los soldados y caballeros, que mantenían alejada a la multitud. Jack dudó un momento sobre si ayudarla a cargar con el shek, pero, antes de que pudiera tomar una decisión, Shail acudió junto a ella y sostuvo al inerte Christian por el otro brazo.

–Me salvó la vida en un par de ocasiones –dijo, al advertir la mirada de Alsan–. Es lo menos que puedo hacer por él.

–Todo eso podremos discutirlo en el juicio. Aunque sospecho cuál va a ser el resultado: los crímenes de este shek superan ampliamente sus buenas acciones.

–Voy a sacarlo de ahí –declaró Victoria.

Jack negó con la cabeza.

–Victoria, no hay nada que tú puedas hacer. Solo conseguirás empeorar las cosas.

–¿Crees que me voy a quedar de brazos cruzados mientras Christian se muere?

Habían vuelto a su habitación en el castillo. Victoria no había protestado cuando Alsan había hecho encerrar a Christian en una mazmorra y apostado varios guardias en la puerta, pero le había dirigido una larga mirada desafiante.

Solo la intervención de Jack, Shail y Zaisei le había impedido encerrarla también a ella.

–No exageres –dijo Jack–; solo está inconsciente. La piedra que lleva en el pecho está hecha del mismo material que el brazalete de Alsan, y a él le sienta bien.

–Él no es un shek –replicó Victoria con sequedad–. Esa cosa afecta a los sheks, Gaedalu lo sabía muy bien cuando fue a buscar esos fragmentos al Reino Oceánico.

Jack ladeó la cabeza.

–Si existiera algo capaz de matar a los sheks de forma tan efectiva, se habrían librado de ello hace mucho tiempo. Estoy seguro de que solo lo ha debilitado. En su estado, está más seguro encerrado; si lo sacas de ahí, lo matarán.

Victoria alzó la mano ante Jack para mostrarle el anillo que llevaba.

–¿Ves esto? Está mudo, Jack. Muerto. No percibo a Christian al otro lado, y te aseguro que eso no es una buena señal. Todo esto del juicio es una farsa: van a matarlo de todas formas.

Jack la miró fijamente.

–¿No quieres que se le juzgue? Es su oportunidad para contar al mundo su versión de los hechos, Victoria. Podrá explicar de una vez por todas qué motivos tiene para apoyar a Gerde, por qué razón no deberíamos atacar su base, y créeme, lo van a escuchar...

–No podrá contar nada si está muerto.

—¿Es que tienes miedo de oír la larga lista de personas a las que ha asesinado? ¿Temes que no encuentren ningún motivo para perdonarlo?

—Sé todo lo que ha hecho, Jack. Entiendo que Gaedalu lo odie y le guarde rencor por haber matado a su hija, y lo respeto. Gaedalu tiene derecho a luchar por sus seres queridos. Lo mismo estoy haciendo yo.

—La hija de Gaedalu no había matado a nadie, Victoria.

—Tampoco mi abuela había matado a nadie, y estaba en la lista de Christian. Él respetó su vida porque era importante para mí, ¿y qué hizo ella con esa vida? ¡Sacrificarla para matar a cientos de sheks!

—¡Allegra fue una heroína, Victoria! ¿Cómo te atreves a hablar así de ella?

—Es una heroína para los sangrecaliente —repuso Victoria—. Para los sheks es una genocida. Pero para mí era simplemente mi abuela, y la querré siempre, y la recordaré siempre con cariño. Muchos de nosotros luchamos en esta guerra porque no tenemos otra opción. Tampoco elegimos el bando en el que queremos luchar.

—¿En qué bando lucharías tú, Victoria? —replicó Jack, cortante.

—¿Si pudiera elegir? No lucharía en ninguno, Jack.

—¿Ni siquiera contra aquellos que exterminaron a tu raza?

—Destruirlos no devolverá a la vida a los unicornios. Tampoco a los dragones.

—¿Y crees que debemos olvidarlo todo, así, sin más?

Victoria suspiró.

—Solo digo que Christian no debería ser juzgado por un tribunal humano. ¿A cuántos sheks has matado tú, Jack? ¿Crees que eres menos asesino que él? ¿Te gustaría ser juzgado por un tribunal de serpientes?

Jack no supo qué responder. Victoria dejó caer los brazos, exasperada.

—No puedo creer que, después de todo lo que ha pasado...

—Defenderé a Christian en el juicio, Victoria —cortó él—. Hablaré de todo lo que ha hecho por nuestra causa, de cómo luchó a nuestro lado contra Ashran y cómo nos salvó la vida tantas veces. Pero no puedes negar... a Gaedalu y a todos los demás... la oportunidad de mirarlo a la cara y preguntarle por qué.

—Porque era lo que tenía que hacer, sin más —respondió Victoria—. Le preguntarán si se arrepiente, y él les dirá que no puede sentir remordimientos por haber hecho lo que en su día consideró lo más correcto. ¿Les hará eso sentir mejor... a Gaedalu y a todos los demás? ¿Se sentirán mejor cuando Christian haya muerto?

Jack alzó la cabeza para mirarla a los ojos.

—Tal vez sí —replicó, muy serio.

Victoria respiró hondo.

—No estoy diciendo que apruebe lo que hizo —dijo—. No estoy diciendo que me parezca bien. Pero simplemente... no puedo permitir que le hagan daño. No puedo quedarme quieta mientras él se muere. Esperar sentada a que lo maten —suspiró—. No puedo.

—También tú estuviste a punto de matarlo por venganza —le recordó él—. ¿Lo has olvidado?

—No. Y tampoco he olvidado que fuiste tú quien detuvo mi mano. Así que sabes mejor que nadie de qué estoy hablando.

Jack cerró los ojos, agotado.

—¿Qué pretendes? ¿Que lo saque de ahí?

Victoria alzó la barbilla.

—No. No tiene sentido que trates de rescatarlo si crees que no es más que un criminal. Pero para mí es mucho más que eso, Jack, y sí que voy a hacer algo al respecto. No te estoy pidiendo ayuda, permiso ni aprobación. Solo te pido que entiendas mi postura.

Jack levantó la mirada hacia ella.

—¿Que si la entiendo? —respondió con voz helada—. La entiendo perfectamente. Estás loca por él, y eso te impide ser objetiva.

—Y tú estás celoso y lo odias, y por eso no puedes ser objetivo.

Jack se levantó de un salto, encolerizado.

—¡Objetivo! —replicó—. ¡Estuve en Umadhun, Victoria, en el mundo de las serpientes! ¡De haberme encontrado, me habrían matado... sin juicio!

—Con juicio, sin juicio, ¿qué más da? Te habrían matado por ser un dragón. De la misma manera que a él lo van a matar por ser un shek, simplemente. Por luchar en el bando contrario.

»También tú has matado a muchos sheks sin juicio. De haber podido, incluso habrías matado a Sheziss, sin conocerla, solo por ser una shek... ¿Me equivoco?

Jack no respondió.

—Pero tienes razón en una cosa —prosiguió Victoria—. No importa cuántos motivos pueda darte para justificar mi actitud. Voy a hacer algo por Christian, voy a salvarlo porque lo quiero. Sin más.

—Ya lo había notado —dijo Jack, tenso—. Acabemos con esta farsa, pues. Vete con él, escapaos juntos, criad a vuestro hijo. Yo siempre fui el elemento sobrante en esta relación, ¿no es cierto?

Victoria lo miró, sin creer lo que estaba oyendo.

—No es posible que todavía dudes de lo que siento por ti. ¿Quieres más pruebas? ¿Acaso quieres que deje morir a Christian solo para demostrarte que me importas? ¿Es eso lo que me estás pidiendo? ¿Era eso lo que esperabas que hiciera cuando Ashran me exigió que eligiese entre los dos? ¿Es eso lo que aún no me has perdonado?

Jack no respondió. Victoria movió la cabeza, exasperada, y dio media vuelta para marcharse.

—Espera —la detuvo Jack, cuando ya estaba a punto de salir—. ¿De veras piensas ir a rescatarlo, a pesar de todo?

—Sí —respondió ella sin vacilar.

Jack apretó los dientes.

—De acuerdo, haz lo que creas conveniente —dijo, sin poder contenerse—. Pero si cruzas esa puerta... no te molestes en volver.

Victoria entornó los ojos, pero no dijo nada.

En silencio, con suavidad, abrió la puerta, salió de la habitación y volvió a cerrarla tras de sí.

Jack se quedó un momento de pie, temblando. Después, una súbita debilidad invadió su cuerpo y se dejó caer sobre el borde de la cama, pálido. Enterró el rostro entre las manos y murmuró:

—Soy estúpido, estúpido...

Pero no se levantó. No fue a buscar a Victoria, ni tampoco corrió a advertir a Alsan de las intenciones de la joven. Simplemente se quedó allí, angustiado, pensando, preguntándose si había obrado bien: si estaba dejando escapar al amor de su vida o, por el contrario, acababa de recuperar... su libertad.

Zaisei había estado presente durante la discusión entre Alsan y Victoria, después de la ceremonia de coronación. Había escuchado sin intervenir, pero, como celeste que era, había hecho mucho más que escuchar.

Había percibido las dudas de Jack; el miedo que ocultaba Victoria tras aquella expresión desafiante; la fría determinación de Alsan, rayana en el fanatismo; y, sobre todo, el odio que albergaba el corazón de Gaedalu.

Seguía sintiendo aquel odio ahora, varias horas después. Había acompañado a Gaedalu hasta la capilla del castillo. La Madre Venerable había dedicado una plegaria de agradecimiento a los dioses por haber propiciado la captura del shek; pero aunque aquel hecho llenaba a la varu de satisfacción, Zaisei sabía que no descansaría hasta verlo muerto.

La joven celeste temía a Kirtash, pero no hasta el punto de desear su muerte, y menos aún después de haber hablado con Victoria acerca del origen de su bebé.

–Lo matarán, ¿verdad? –preguntó de pronto, en voz baja, mientras regresaban a la estancia de Gaedalu.

«Es lo que merece», respondió Gaedalu. «De hecho, debería estar muerto ya».

–Puede que sea el padre de la criatura que espera Victoria.

«Con mayor motivo».

Zaisei guardó silencio un momento. Después suspiró, preocupada.

–Madre, comprendo que odiéis a Kirtash, y respeto vuestro dolor. Pero ese joven no puede ser simplemente un monstruo. Si bien ha despertado el odio en muchas personas, también es capaz de causar sentimientos positivos. Ha provocado un profundo amor en el corazón de Victoria...

Gaedalu se detuvo bruscamente y la miró a los ojos.

«¿Y eso lo exime de todos sus crímenes?».

Zaisei retrocedió, intimidada por la violencia de su odio y su dolor.

–También salvó la vida de Shail –admitió en voz baja–. Tal vez por eso...

«¿Tal vez por eso eres capaz de ver algo bueno en él? ¿Crees que no te ha causado ningún daño? ¿Crees que no tienes nada que ver con ese shek? Pues te equivocas».

Zaisei se quedó inmóvil, en medio del pasillo, mientras Gaedalu seguía caminando. La celeste corrió para alcanzarla.

–¡Madre! ¿Qué habéis querido decir con eso? ¿Qué tengo yo que ver con Kirtash?

Habían llegado ante las puertas de la estancia de Gaedalu. La varu entró, sin responder a las preguntas de Zaisei, y ella la siguió hasta el interior de la habitación.

«Cierra la puerta», ordenó Gaedalu.

Zaisei obedeció. Apenas había terminado de girar el picaporte, cuando la voz telepática de la Madre Venerable ya resonaba en su mente:

«Conocí a la madre de Kirtash. No recuerdo su nombre, solo que era Oyente en uno de los Oráculos... como tu madre. Eran amigas, de hecho. ¿Te sorprende?», sonrió. «Pues eso no es nada».

Zaisei percibió los sentimientos de rabia e ira que latían en el interior de Gaedalu, y tuvo miedo.

–No sé si quiero conocer el resto...

«Pero yo quiero que lo conozcas», dijo Gaedalu, sin piedad. «Porque debes conocerlo. Te lo he ocultado todo este tiempo, pero ya eres mayor para saber la verdad».

La joven celeste tragó saliva y dio media vuelta para encararse a ella. Gaedalu sonrió, con amargura.

«Fue después de la conjunción astral», dijo. «Todos los Oráculos fueron destruidos, menos el nuestro, el de Gantadd. Por eso muchas mujeres vinieron a buscar refugio bajo su techo. Entre ellas estaba la madre de Kirtash. Conocía a tu madre, ambas habían escuchado la Primera Profecía. Llegó, desesperada, diciendo que Ashran le había arrebatado al hijo de ambos. Yo no quise tener entre los muros del Oráculo a alguien que hubiese mantenido una relación tan estrecha con el hombre que había exterminado a los dragones y los unicornios, el hombre que había hecho volver a los sheks. Pero tu madre intercedió por ella. Por eso, solo por eso, la dejamos quedarse. ¿Tienes idea de lo que hizo esa mujer?».

Zaisei negó débilmente con la cabeza.

«Tiempo después, los Oráculos hablaron de nuevo», recordó Gaedalu. «Llamé a tu madre para que anotase las palabras de la Segunda Profecía, junto con la hermana Eline y la hermana Ludalu. Acudió con la cabeza y el rostro cubiertos por una capucha, y dijo que había contraído una dolencia leve en los ojos y le hacía daño la luz. Nadie sospechó que no era ella... hasta que encontramos a la verdadera Kanei en su habitación, tendida en la cama. Llevaba varias horas muerta».

Zaisei la miró, sin poder creerlo.

«Sí», confirmó Gaedalu. «La madre de Kirtash había envenenado su infusión de hierbas para poder ocupar su lugar entre los Oyentes. Sabía que yo no le permitiría escuchar la Segunda Profecía, y por eso mató a Kanei, para suplantarla. Después, desapareció del Oráculo y no volvimos a verla. Quién sabe si no sigue actuando como espía para Ashran».

Zaisei se dejó caer contra la pared, lívida.

–¿Por qué no me lo dijisteis? –musitó.

«Para no hacerte sufrir, hija. Pero dime ahora... ¿Tendrías más piedad con Kirtash de la que su madre mostró con la tuya?».

Zaisei no dijo nada. Cerró los ojos y un par de lágrimas rodaron por sus mejillas.

Había cinco guardias vigilando la mazmorra donde languidecía Christian, aunque el shek estaba demasiado débil para mover un solo músculo. No obstante, todos ellos habían estado en tensión toda la noche. Sabían que custodiaban un enemigo peligroso y que no debían darle una sola oportunidad de escapar. Además... tal vez estuviera fingiendo.

Se asomaban a menudo a través de los barrotes de la ventanilla, solo para comprobar que seguía en la misma postura de siempre, tendido sobre el suelo como si fuese un saco viejo, musitando palabras incomprensibles, en medio de su delirio. No se parecía al temible asesino que había sido la mano derecha de Ashran. Pero, por si acaso, los guardias seguían atentos al menor indicio de cambio, y el propio Qaydar había reforzado la puerta de la prisión con su magia.

No obstante, ninguno de ellos esperaba que la salvación del shek viniera de otro lado.

De pronto, una luz intensísima inundó el corredor, una luz que los cegó durante un buen rato. Cuando, parpadeando, el primer guardia logró extraer la espada del cinto, una sombra se arrojó sobre él y lo golpeó en pleno rostro, y le hizo caer hacia atrás, conmocionado. La figura, rápida como el rayo, disparó una patada al estómago de otro de los guardias, y después le golpeó la cabeza contra la pared. El tercero logró esquivar una nueva patada de su atacante, a pesar de que la luz todavía le obligaba a moverse a ciegas. Blandió la espada, pero algo parecido a un bastón golpeó su filo con fuerza y se la arrebató de las manos. Momentos después, yacía también en el suelo, junto a los otros dos. La figura, amparada en la radiante luz que ofuscaba los sentidos de los guardias, se desembarazó del cuarto, también sin muchos problemas. Solo el quinto logró verle la cara, y la sorpresa lo paralizó un instante.

—¿Dama Lun...? —empezó, pero recibió en el pecho un golpe que lo dejó sin respiración, y cayó al suelo de rodillas; otro golpe, esta vez en la sien, le hizo perder el conocimiento.

Victoria apartó los cuerpos de los guardias y se detuvo un momento, con el corazón latiéndole con fuerza. Se llevó una mano al vientre. «Te prometo que no habrá más bandazos, de momento», le dijo en silencio a su hijo no nacido. «Pero aguanta, por favor. Tenemos que salvar a Christian».

Rogando por que la pelea no hubiese tenido efectos negativos sobre su bebé, Victoria alzó el báculo ante la puerta de la mazmorra. La primera descarga de energía la dejó intacta. Mordiéndose el labio inferior, Victoria lo intentó de nuevo, y en esta ocasión absorbió todavía más energía del ambiente. La puerta se tambaleó. La protección mágica de Qaydar se resintió.

Victoria probó por tercera vez y, en esta ocasión, los goznes cedieron, el cerrojo saltó y la puerta se abrió con un chirrido.

La joven se precipitó en el interior de la celda y se agachó junto al prisionero.

—¿Christian? —le preguntó en un susurro—. ¿Estás bien?

—Victoria —murmuró él; tenía los labios resecos—. ¿Dónde estás? No puedo verte.

Ella frunció el ceño, preocupada. La luz que había generado el báculo ya se estaba extinguiendo, y no podía haber cegado los ojos de Christian porque la puerta estaba cerrada. Pasó una mano ante su rostro, pero la mirada perdida de él no reaccionó.

—Estoy aquí —susurró—. A tu lado.

Le abrió la camisa para ver el estado de la gema que le habían clavado en el pecho. Seguía ahí, como un parásito, aunque las estrías negras que había dibujado en su piel no se habían extendido. Victoria colocó una mano sobre la frente del shek.

—Estás caliente —dijo—. Esto no puede ser bueno para ti. Tengo que sacarte de aquí.

—Estoy... solo —gimió Christian, y había una nota de auténtico pánico en su voz—. No hay nadie, Victoria, todo está... tan oscuro.

—Estoy contigo —insistió ella—. No estás solo.

—No... hay... nadie más —murmuró él, y su rostro, habitualmente impasible, era una máscara de terror—. No siento nada...

A Victoria se le encogió el corazón, pero no perdió más el tiempo. Le obligó a levantarse y se lo cargó a los hombros.

–Vamos, intenta caminar –le susurró al oído–. Tenemos que salir de aquí antes de que nos encuentren.

Lo arrastró por el pasillo, sorteando los cuerpos inertes de los guardias. Uno de ellos empezaba a volver en sí.

–Cierra los ojos, Christian –ordenó y, de nuevo, dejó que una luz intensísima bañase el corredor. Oyó que el soldado gemía, supuso que se cubriría los ojos con los brazos, pero no se detuvo para mirar atrás. No tenían mucho tiempo.

A trompicones, salieron de las mazmorras. En la sala de guardia, Victoria se detuvo un momento para hacer saltar el candado del baúl de las armas confiscadas a los presos. Encontró allí a Haiass y la rescató, con la esperanza de que Christian pudiera volver a empuñarla en un futuro próximo.

Aún tuvo que enfrentarse a tres soldados más y a dos caballeros de Nurgon antes de salir de ahí. Victoria sabía que no peleaba limpiamente si los cegaba con su luz para derrotarlos, pero en aquellos momentos no podía permitirse el ser considerada.

Por fin llegaron al patio de armas. Victoria se pegó a la pared y empujó a Christian hasta un rincón oscuro, para que la luz de las lunas no revelase su posición. Desde allí estudió todas las posibles vías de escape. Como era de esperar, Alsan había hecho redoblar la vigilancia en todas las puertas. No tardarían en dar la alarma y todos aquellos guardias se les echarían encima.

A pesar de todo, se quedó quieta un momento, esperando. Tal vez aguardaba a que se le revelara, milagrosamente, el modo de sacar a Christian de allí. Pero en el fondo sabía que una parte de sí misma todavía estaba esperando a que Jack se uniese a ellos en el último momento.

Cerró los ojos y respiró hondo. Sabía que si se marchaba, tal vez Jack no se lo perdonaría, tal vez lo perdería para siempre. Pero *tenía* que salvar la vida de Christian.

Se arriesgó a esperarlo unos momentos más.

Pero Jack no apareció.

Entonces, de pronto, un suave arrullo la sobresaltó y le hizo alzar la cabeza.

Desde lo alto de la muralla, un pájaro haai la contemplaba.

—No es posible —murmuró Victoria, sin terminar de creerse su buena suerte. ¿Era aquel el milagro que había estado esperando?

—Lo he llamado yo —dijo una voz a sus espaldas.

La joven se movió para ocultar tras ella el cuerpo de Christian, que respiraba con dificultad, apoyado contra el muro.

—Sabía que no aguardarías al juicio, muchacha —dijo la voz, y Victoria reconoció el tono apacible de Ha-Din, el Padre Venerable—. Espero que sepas lo que estás haciendo.

El celeste se acercó a ella desde las sombras. Parecía cansado, muy cansado, pero su rostro reflejaba también determinación. Victoria alzó la cabeza.

—Padre, sabéis que hay un lazo entre nosotros...

—...Un lazo fuerte y sólido —completó el celeste—. Sí, lo sé. Pero no necesitas darme explicaciones. Si puedes elegir entre salvar una vida y extinguirla, elige siempre salvar una vida, sin importar el pasado ni las circunstancias de esa persona. Porque, al asesinarla, lo único que haces es reproducir el comportamiento de aquel al que pretendes castigar. Tú tienes motivos personales para salvar al shek. Yo, no. Pero igualmente lo salvaría, si pudiera. Por eso he llamado a este pájaro para ti.

Victoria cerró un momento los ojos, porque se le llenaban de lágrimas de gratitud.

—Padre, yo... —empezó, pero Ha-Din la interrumpió con un gesto.

—No son necesarias las palabras. Conmigo, no. Vete, hija, y haz lo que creas conveniente. Lo único que te pido es que averigües qué es ese objeto que tiene en el pecho, y que es tan similar al que luce Alsan en el brazo.

Victoria inclinó la cabeza.

—Creo que reprime parte de su alma... de forma brutal —susurró—. Ha perdido sus sentidos de shek. Su poder mental. Es como si lo hubiesen encerrado en un cubículo diminuto y oscuro, completamente aislado del mundo. Para un shek, eso es una tortura atroz, un estado peor que la muerte.

—Reprimir su parte shek —repitió Ha-Din—. Sí, eso es malo. También la gema que porta el rey de Vanissar tiene un efecto parecido en él. Ha encerrado a la bestia en un rincón de su alma. Y, con la bestia, todo el odio y la ira que pudiera haber dentro de él.

—Pero eso... parece ser bueno, ¿no?

—En ciertos aspectos, sí. Pero, Victoria, cuando alguien cree que el mal no puede tocarlo, empieza a creerse con derecho a juzgar a los demás. Se vuelve intolerante ante los defectos y las faltas ajenas, que empieza a considerar imperdonables porque está por encima de todo eso.

—Eso es lo que le está sucediendo a Alsan —murmuró Victoria—. No solo quiere reparar los errores que piensa que ha cometido; también cree haberse desembarazado de todo lo malo que había en él, y por eso se comporta de ese modo.

Ha-Din inclinó la cabeza.

—La gema de Kirtash está produciendo el mismo efecto en él —dijo—, separando la luz de la oscuridad, reprimiéndola en el fondo de su alma. Pero los sheks no son como los humanos. Eso lo matará.

—Los sheks no son del todo malos —protestó Victoria—. Él...

—No se trata de lo que yo crea —interrumpió Ha-Din—, sino de la visión que los dioses tienen del mundo. Y un objeto así solo puede provenir de ellos. De los Seis, del Séptimo, no sé... Está en tu mano averiguarlo.

—Entiendo —asintió Victoria—. Gracias por todo, Padre. Os prometo que haré lo posible por encontrar respuestas.

Ha-Din entonó una breve melodía, y el haai descendió hasta posarse junto a Victoria.

—Que los Seis te protejan, hija —dijo el celeste.

Momentos después, el ave se elevaba sobre los tejados de Vanis, guiada por la mano de Victoria, que sostenía entre sus brazos a Christian, moribundo. Sabía que dejaba muchas cosas atrás... cosas que, probablemente, jamás podría recuperar. Pero, si existía una mínima posibilidad de salvar a Christian, Victoria estaba dispuesta a encontrarla...

—¿Sabías que iba a tratar de rescatar a Kirtash? —dijo Alsan, y sus ojos reflejaban una fría cólera que no se mostraba en su rostro de piedra.

Jack alzó la cabeza. Sus ojos estaban marcados por profundas ojeras porque no había logrado dormir en toda la noche; pero estaba sereno.

—Sí, lo sabía.

–¿Y por qué no trataste de retenerla?

–Porque estoy cansado de tratar de retenerla. Por una vez, decidí dejarla marchar..., que es, probablemente, lo que ella quería... desde el principio.

Alsan lo miró, pensativo.

–Gaedalu se va a poner furiosa –comentó–. Y no hablemos de Qaydar...

Jack se encogió de hombros.

–Me da igual. No pienso ir a buscarla, no importa lo que digan Qaydar, o Gaedalu, o quien sea. ¿No dicen que «los unicornios han de ser libres para que la magia sea libre»? Pues, en lo que a mí respecta, Victoria ya lo es. Quizá lo mejor para todos sea perderlos de vista a los dos..., de una vez por todas. Así que, sintiéndolo mucho, debo decir que en el fondo no lamento que Kirtash haya escapado.

Hubo un breve silencio.

–No te preocupes por eso –sonrió Alsan–. Kirtash morirá pronto, esté donde esté, porque no hay nada en este mundo capaz de destruir la gema una vez se ha activado.

Jack lo miró casi sin verlo, entendiendo de pronto por qué no estaba furioso por la huida de Christian. Alsan pareció captar sus pensamientos.

–Habría preferido mantenerlo prisionero y condenarlo a muerte oficialmente, después de un juicio. Pero va a morir de todas formas, así que...

–Entonces, es verdad lo que dijo Victoria –murmuró–. Es verdad que el shek se estaba muriendo –lo sabía, en el fondo, pero le había convenido no creerlo.

Alsan entornó los ojos.

–¿Victoria sabía eso? ¿Cómo es posible?

–Lo detectó a través de Shiskatchegg –murmuró Jack, abatido; alzó la cabeza al percibir que Alsan lo miraba fijamente–. Su anillo –explicó–. Ya sabes, el que le regaló Kirtash.

La expresión de Alsan se había vuelto tan severa y sombría que Jack se sintió inquieto y lo miró, desorientado, sin entender el porqué de su reacción.

–¿Ese anillo tiene nombre? –preguntó Alsan con peligrosa suavidad–. ¿Y se llama Shiskatchegg?

—Sí —dijo Jack, cada vez más preocupado—. ¿Por qué lo preguntas?

—Porque no lo sabía —repuso Alsan—. De modo que el anillo es capaz de indicar a Victoria el estado de su amante shek —comentó.

—No lo llames así —masculló Jack, sin saber muy bien por qué—. Sí, están... unidos a través de él. Por eso Victoria supo que él estaba en peligro —sacudió la cabeza y añadió—: Si esa piedra lo mata, Alsan, Victoria no te lo perdonará.

El rey se encogió de hombros. Todavía había un brillo extraño en su mirada, pero Jack, abatido como estaba, no lo percibió.

—Creo que podré vivir con eso.

Pero Jack negó con la cabeza.

—No, no podrás. Si el shek muere por tu culpa, te aseguro que no habrá fuerza humana capaz de detener a Victoria cuando se vuelva contra ti.

Alsan recordó la transformación que había sufrido Victoria al creer que Christian había matado a Jack. Su rostro se ensombreció.

—Jack... —dijo una voz a sus espaldas.

Alsan y Jack se volvieron. Shail acababa de entrar.

—Ya me lo han contado —dijo; le dirigió una larga mirada—. Eres consciente de que ella te quiere muchísimo, ¿verdad?

—Shail, no confundas más al chico —gruñó Alsan—. Ya está bastante dolido a causa de la traición de Victoria.

—¿Traición? —repitió Shail, estupefacto—. ¿Qué traición?

—¿Cómo que qué traición? Sabes tan bien como yo que Victoria ha abandonado a Jack para unirse al enemigo...

Jack no pudo evitar recordar que Victoria se había marchado porque él la había obligado, en cierto modo. Una parte de él se sentía culpable por no haberla acompañado a rescatar a Christian, pero, sobre todo, por haberla echado de su lado simplemente porque ella había manifestado su intención de hacer lo que consideraba más correcto. No obstante, aquellos pensamientos quedaron ahogados por el dolor y la confusión, y por la acalorada discusión que mantenían sus amigos.

—¡Los unicornios no pueden elegir un bando! —estaba diciendo Shail.

—Pues Victoria sí que lo ha hecho —sentenció Alsan—. Va a tener un hijo del shek.

—¡Eso no lo sabemos! —reaccionó Jack—. ¡Puede que su bebé sea mío!

Los ojos de Alsan se estrecharon.

—Eso es lo que ella te ha hecho creer —se limitó a comentar.

Jack acusó el golpe y lo miró, profundamente herido.

—Si ella estuvo con los dos, ¿cómo esperas que sepa quién es realmente el padre de su hijo? —razonó Shail, perdiendo la paciencia.

Alsan se encogió de hombros.

—¿Quién sabe? Es un unicornio, ¿no? Los unicornios pueden saber esas cosas. Y ella lo sabe, Jack. ¿Por qué otro motivo habría escapado con el shek?

—¡Porque lo estabais matando, Alsan! —casi gritó Shail; se volvió hacia Jack, buscando apoyo, y se sorprendió de ver un rastro de duda en su mirada—. ¡Por todos los dioses, Jack! ¡Conoces a Victoria mejor que yo, y hasta yo soy capaz de entender sin problemas por qué se ha ido!

Jack respiró hondo, pero no respondió.

—Ya basta, Shail —cortó Alsan con firmeza—. Jack tiene que olvidarse de todo este asunto cuanto antes. Pensar en Victoria no va a ayudarlo cuando ataquemos a Gerde.

Shail lo miró fijamente, sin poder creer lo que estaba oyendo.

—¿Vas a seguir adelante con ese plan?

Alsan se mostró sorprendido.

—Claro, ¿por qué no?

Shail suspiró, exasperado.

—Bueno, pues no contéis conmigo. Creo que Kirtash y Victoria trataban de decirnos algo, y no los hemos escuchado. Tal vez...

—Me dijo que Gerde exigía que suspendiésemos el ataque —cortó Jack—. De lo contrario, mataría a Victoria.

—Razón de más para no escucharla —dijo Alsan—. Está claro que es un farol. No mataría a Victoria; está aliada con ella.

—¡Victoria no está aliada con Gerde! —exclamó Jack.

—Victoria está aliada con Kirtash, que está aliado con Gerde —razonó Alsan—. Por tanto, Victoria está aliada con Gerde. Todo es una trampa. No digo que ella tenga toda la culpa: ese shek la ha estado embaucando desde que la conoce. Pero Victoria ha dejado claro esta noche de qué lado prefiere estar —añadió, muy serio—, y tendrá que afrontar las consecuencias. Lo que le suceda a partir de ahora es responsabilidad suya.

Jack cerró los ojos. No podía creer a Alsan, pero una parte de él deseaba creerle. Era una explicación tan sencilla, tan obvia... aunque no fuera la verdad. Jack tragó saliva. La verdad era infinitamente más compleja que todo eso y, tal vez, más difícil de afrontar. Y, por alguna razón que se le escapaba, las palabras de Alsan resultaban tan reconfortantes...

Shail movió la cabeza.

–Me niego a tomar parte en esto –dijo–. Aun a riesgo de que me declares traidor a mí también, voy a volver a la Torre de Kazlunn, con Ymur. Probablemente en sus libros encuentre más respuestas que en tus espadas y dragones, Alsan.

Él le dedicó una serena sonrisa.

–Como quieras –dijo–. Pero nuestros planes seguirán adelante, contigo o sin ti. Jack –dijo volviéndose hacia él–, sé que puedo contar contigo para seguir luchando contra Gerde y los sheks.

Algo se agitó en el interior de Jack. La vocecita del instinto empezó a susurrarle: «Matar serpientes. Matar serpientes. Matar serpientes».

–De momento –prosiguió Alsan–, quiero que vayas a Thalis y supervises la fabricación de dragones con Tanawe. Ayúdale a conseguir todo lo que necesite para el nuevo ejército. Cuantos más dragones tengamos, más serpientes mataremos.

Jack lo pensó. Alsan le ofrecía una misión sencilla, algo que hacer, algo que lo mantendría ocupado y que le impediría pensar, y se lo agradeció mentalmente. Una parte de él se rebelaba ante la idea de seguir luchando. Pero el instinto era poderoso y, por una vez, no había nada que lo frenara.

–De acuerdo –cedió con una sonrisa–. Vamos a matar serpientes.

XXIII

DISTANCIA

GERDE cruzó el Portal, ligera como un rayo de luna, y seguidamente se desplomó en el suelo.

Assher corrió a socorrerla. Era habitual que el hada se sintiera débil tras uno de sus viajes al extraño mundo que se abría más allá de aquella pantalla rojiza.

—Todo es distinto allí —había murmurado ella una vez, aún mareada—. Cuesta mucho acostumbrarse a los cambios.

Assher solía dejarle espacio para respirar y aguardaba con paciencia a que ella se sintiera mejor. Sin embargo, en aquella ocasión había algo urgente que tenía que notificarle.

—Mi señora... tenéis visita —le dijo.

—¿Visita...? —repitió Gerde, aturdida.

Alzó la cabeza y trató de enfocar la mirada en la enorme figura que se alzaba en la entrada del desfiladero.

—¿Qué está haciendo aquí? —murmuró—. Dejé bien claro que nadie debía acercarse a este lugar.

—Dice que tiene una información que os interesará.

Gerde se levantó, a duras penas, y avanzó hacia la gran serpiente alada que la aguardaba sin mover un músculo. Para cuando llegó junto a ella, ya era de nuevo completamente dueña de sí misma.

—¿Y bien? —exigió saber.

El shek había mantenido sus ojos irisados fijos en el Portal, que contemplaba con curiosidad y cierta suspicacia. Los volvió hacia Gerde.

«Me envía Eissesh», dijo. «Quiere que te informe de que el híbrido ha caído. Hace días que ya no percibimos su conciencia en ningún lugar de este mundo».

Gerde frunció el ceño.

–¿Kirtash ha caído? ¿Y no es posible que se haya ocultado de forma voluntaria?

La serpiente esbozó una breve sonrisa.

«La mente de un shek, incluso la de un medio shek como él, es demasiado poderosa como para pasar inadvertida, feérica. Ninguno de nosotros podría ocultarse de los demás. No durante tanto tiempo».

Gerde inclinó la cabeza, pensativa.

Sabía que las mentes de los sheks eran como islas navegando a la deriva en un inmenso océano. La red telepática era semejante a una tupida maraña de puentes que comunicaban unas islas con otras y las mantenían unidas incluso en la distancia.

Hacía tiempo que los sheks habían expulsado a Kirtash de aquella red telepática. Y, no obstante, el hecho de que una isla no estuviese comunicada con las demás no implicaba que el resto no estuviese al tanto de su existencia. Los sheks sabían que Kirtash seguía existiendo, aunque hubiesen roto aquella conexión. Si el híbrido moría, las serpientes lo detectarían de todas formas. Sería como si una estrella se hubiese apagado en el cielo, aunque esa estrella no perteneciese a ninguna constelación.

–¿Cómo habrán podido derrotarlo? –se preguntó Gerde en voz alta–. Los sangrecaliente no son rivales para él.

«Pero el dragón sí», dijo el shek.

Gerde frunció el ceño, pero no dijo nada.

«Espera», dijo entonces el shek, y sus ojos adquirieron un leve tinte azulado. «Un mensaje para ti».

Gerde alzó una ceja.

–¿Otro? Qué solicitada estoy esta tarde.

La serpiente se alzó sobre sus anillos. Parecía divertida.

«Por lo visto, el híbrido sigue vivo. Te espera en tu propia base». Hizo una pausa y añadió: «No está solo».

–No... puedo verte... –dijo Christian–. ¿Qué me está pasando?

–Tranquilo –susurró Victoria–. Tus ojos están bien. Trata de utilizar solo tus sentidos humanos y aléjate de tu conciencia de shek. Sé que no te gusta, pero tus sentidos de serpiente no te van a ser muy útiles, de momento.

Christian cerró los ojos y respiró hondo.

Victoria había sobrevolado los Picos de Fuego durante horas, por las proximidades de la Sima, evitando las zonas donde se abrían los grandes volcanes y las calderas de lava. Por fin había localizado, desde el aire, el campamento de los szish. Un par de sheks le habían salido al encuentro, y ella había dejado que exploraran sus pensamientos superficiales para que entendieran que solo quería hablar con Gerde y que no tenía ninguna intención de atacarla. También les dejó entrever el maltrecho estado de Christian.

No obstante, no fue nada de esto lo que llevó a los sheks a escoltar a su aterrorizado haai hasta la base de Gerde, sino la siniestra gema que lucía en el pecho de Christian. Habían detectado su poder, habían percibido que había algo en ese objeto que no era bueno para ellos.

Hicieron aterrizar a Victoria en un claro cerca del campamento y, antes de molestarse en avisar a Gerde, la interrogaron a fondo.

Ella les contó todo lo que sabía acerca de la procedencia de aquel objeto. Les preguntó si sabían algo más, si conocían el modo de contrarrestar aquel poder.

Los sheks no respondieron.

No obstante, los condujeron, a ella y a Christian, hasta una de las cabañas exteriores del campamento, y les dijeron que esperasen allí.

Y eso estaban haciendo.

Victoria deslizó los dedos por encima de la gema negra que Alsan le había clavado a Christian en el pecho. Aquella cosa le había producido al shek unas profundas marcas en la piel que su magia no había podido borrar, pero eso era lo de menos. Lo peor de todo era que había tratado por todos los medios de romper aquella piedra, y no había sido capaz.

—Puedo intentar arrancártela del pecho —murmuró—, pero no sé si funcionará. Está clavada tan profundamente en tu cuerpo que tengo miedo de matarte si lo intento.

Christian abrió lentamente los ojos. Se esforzó por enfocar la vista, y la clavó en el rostro de Victoria.

—Ya... te veo —musitó.

Victoria lo estrechó entre sus brazos, con una sonrisa.

—Eso está bien —dijo.

—Pero no... te veo como siempre —añadió él con esfuerzo—. ¿Dónde está la luz de tus ojos?

—Donde siempre, Christian. No soy yo quien ha cambiado, sino tú. Tus poderes de shek están totalmente bloqueados. Si no quieres volverte loco, tendrás que tenerlo en cuenta.

–Me siento... como si me hubiesen mutilado...

–Lo sé, Christian. Te juro que haré lo posible por ayudarte. Tengo un plan. No sé si es un buen plan, pero de momento es el único que tengo.

Christian dejó caer la cabeza, agotado. Victoria oyó un ruido fuera y se separó de él para aproximarse a la puerta de la cabaña.

–¿Victoria? –murmuró Christian.

La joven se apresuró a volver a su lado.

–Tranquilo, estoy aquí. No me he ido. No voy a dejarte solo.

Él la miró con cierto cansancio.

–No podré acostumbrarme –dijo–. Si no te veo, si no te toco, no sé que estás aquí. Es... una sensación horrible.

Victoria sonrió.

–No me separaré de tu lado, entonces –susurró en su oído, apartándole el pelo de la frente.

Christian cerró los ojos otra vez, apoyó la cabeza en su regazo y buscó su mano. Victoria se la estrechó con fuerza.

Apenas unos instantes después, había perdido el conocimiento de nuevo. Victoria lo contempló, con el corazón roto en pedazos.

Aún tardaron un rato en ir a buscarlos. Victoria cargó con Christian y siguió a los szish hasta el árbol de Gerde. Observó los rostros de los hombres-serpiente, preguntándose si sería capaz de reconocer a Assher entre ellos. Pero todos le parecían iguales.

Nadie la ayudó a arrastrar al shek por entre las raíces hasta franquear la abertura que llevaba a la sala principal, pero tampoco le metieron prisa. Cuando por fin se encontró en presencia del hada, alzó la cabeza y la miró con serenidad.

–Victoria –saludó Gerde con una amplia sonrisa–. ¿Vienes a devolverme lo que queda de mi espía? Qué detalle por tu parte.

–Vengo a pedirte que le salves la vida –dijo ella.

El hada avanzó hasta la pareja y contempló el rostro de Christian con cierta desgana.

–Qué mal aspecto tiene –comentó–. Diría que hasta se ha puesto amarillo.

–Por favor –insistió Victoria–. Si no hacemos algo pronto, morirá.

Gerde le dirigió una mirada divertida.

–¿Crees que me importa?

Victoria alzó la cabeza.

—Lo necesitas —le recordó—. Si no fuese así, lo habrías matado hace ya mucho tiempo.

—Lo *necesitaba* —corrigió Gerde—. Pero ya me dio una información valiosa, en su día, y también me proporcionó un plan interesante. Resultaba un espía útil, pero, dado que los tuyos le han dado caza y lo han dejado en este lamentable estado, queda claro que no era tan útil como yo suponía. Puedes quedártelo —concluyó con indiferencia.

—¿Vas a dejarlo morir? ¡Es uno de los tuyos!

—Eso es lo que quiere hacerme creer.

Victoria sacudió la cabeza.

—Está bien, ¿qué es lo que quieres a cambio de su vida?

Gerde alzó una ceja, interesada.

—Oh, quieres hacer un trato. ¿Qué tal la vida de tu hijo?

Victoria apretó los dientes.

—Si Christian no significa nada para ti, entonces no puedes pretender cambiarlo por algo realmente valioso —replicó—. Y sé que mi hijo te interesa... mucho.

—No estamos hablando de lo que significa Kirtash para mí, sino de lo que significa *para ti*. Has renunciado a tu dragón para salvarle la vida, ¿no es cierto? ¿Renunciarías también a tu bebé?

Victoria respiró hondo.

—No puedes volver a hacerme esto —musitó.

Pero Gerde se echó a reír, con una risa pura como un arroyo.

—Estaba bromeando —dijo—. Lo cierto es que no puedo hacer nada por él... salvo darle una muerte rápida para ahorrarle sufrimientos. Pero eso es algo que no voy a hacer, por la simple razón de que me gusta verlo sufrir.

—¿Que no puedes hacer nada por él? —repitió Victoria, incrédula—. ¡Eres una diosa! No hay nada que no puedas hacer.

Gerde se volvió hacia ella y le dirigió una mirada insondable. De pronto, su rostro se había vuelto serio, extraordinariamente serio. Sus ojos negros parecieron taladrar a Victoria, que tembló de puro terror.

—Te equivocas —dijo—. Hay cosas que no puedo hacer... porque no soy la única diosa de este mundo.

Con un enérgico movimiento, apartó los restos de la camisa de Christian para dejar su pecho al descubierto.

—¿Ves eso? —dijo señalando la gema que estaba matando al shek—. *Eso* forma parte de mis primeros recuerdos sobre este mundo.

Su tono de voz se había vuelto helado y lleno de un odio tan profundo que Victoria dio un paso atrás, de forma instintiva.

–¿Tus primeros recuerdos... como Gerde? –se atrevió a preguntar, aunque conocía la respuesta.

Pero ella negó con la cabeza.

–Mis primeros recuerdos como Gerde tienen que ver con árboles, creo –dijo–. No; desde que regresé a la vida tengo recuerdos de otras cosas que hice antes. Antes de ser Gerde, quiero decir.

Alzó la mirada hacia la muchacha.

–¿Qué es lo primero que ven los bebés cuando nacen? –preguntó–. ¿Qué es lo primero que verá tu hijo, Victoria?

–Luz... supongo –dijo ella–. No creo que los bebés tengan una vista muy aguda, al principio.

–¿Qué es lo primero que ven los dioses al nacer? Nunca lo he preguntado –se encogió de hombros–. Se supone que ellos estaban aquí desde siempre, ¿no? Antes de que existieran todas las cosas. Antes de que hubiese luz y oscuridad. Y, no obstante, yo... lo primero que recuerdo... es oscuridad. Frío y oscuridad. Fue lo primero que sentí cuando tomé conciencia de que existía.

Le dio la espalda y se alejó de ella. A Victoria le pareció que temblaba.

–Esa piedra ha encarcelado al espíritu del shek que habita en Kirtash –dijo–. Lo ha confinado en un lugar pequeño, frío y oscuro, olvidado del mundo; lo ha condenado a la soledad. No es tan extraño que produzca ese efecto en él, puesto que los sheks están hechos de mi misma esencia. Y esa cosa... también me encarceló a mí, hace muchos milenios. Era mi condena... mi prisión.

Victoria alzó la cabeza, sorprendida.

–La llaman la Roca Maldita –dijo–. Es un meteoro que cayó en el mar, hace mucho tiempo.

Gerde suspiró profundamente.

–Allí fue donde nací –dijo–. En el interior de esa roca, en el fondo del mar. Cuando tomé conciencia de mí misma, lo primero que pensé fue que el mundo era sorprendentemente pequeño –añadió con amargura–. Pero había tantas ideas en mi mente... tantas cosas que sabía que existían.. o que podían existir... No era posible que todo se redujese a aquellas paredes de roca, a aquella celda que cada día que pasaba se volvía más y más estrecha.

Hizo una pausa. Victoria escuchaba, conteniendo el aliento.

–Así que ya lo sabes –dijo–. Eso que tú llamas la Roca Maldita fue creado por los Seis para recluirme antes incluso de mi nacimiento. Para mantener cautiva mi esencia. Tardé varios siglos en escapar de allí, en acumular la fuerza necesaria para liberarme. ¿Y tú pretendes que destruya esta gema en unos minutos?

Se rió con sarcasmo.

–Entiendo –murmuró Victoria–. Entonces, solo los Seis podrían salvar a Christian.

Gerde la miró, sonriendo con fingida inocencia.

–Podrían... si quisieran. Pero, en primer lugar, son un poco sordos a la voz de los mortales y, por otro lado, dudo mucho que estén dispuestos a salvar a un shek.

Victoria apretó los dientes.

–No me importa –dijo–. Yo voy a intentarlo de todas formas.

Dio media vuelta para marcharse, aún cargando con Christian.

–Deberías dejarlo morir –oyó que decía Gerde a sus espaldas–. No vale la pena, ¿sabes? Además, se lo ha buscado él solo, con esa manía suya de ir por libre. ¿Ves lo que ha conseguido? Que todo el mundo lo odie, lo tema o lo desprecie. Nadie moverá un dedo por ayudarlo, Victoria, porque a nadie le importa.

–Te equivocas –replicó Victoria–. A mí sí me importa.

Gerde rió de nuevo, burlona, pero Victoria no se molestó en volverse. Salió del árbol, con Christian a cuestas, y avanzó, vacilante, hacia el lugar donde había dejado al pájaro haai.

Los szish los observaron con recelo, pero ninguno de ellos intentó detenerlos. Probablemente, nunca antes habían visto al poderoso Kirtash en aquel estado tan lamentable.

El trayecto hasta los límites del campamento fue largo y difícil. Victoria avanzaba paso a paso, cargando con Christian, bajo la atenta mirada de los hombres-serpiente.

Entonces, de pronto, una figura salió entre la multitud y acudió a ayudar a Victoria, sosteniendo a Christian por el otro brazo. Victoria lo miró y sonrió.

–Gracias, Assher –dijo.

Pero el muchacho sacudió la cabeza y entornó los ojos, molesto.

Entre los dos arrastraron a Christian hasta el claro donde los esperaba el pájaro haai. Victoria abrió la boca para decir algo más a Assher, pero el joven szish volvió sobre sus pasos antes de que ella pudiera pronunciar una sola palabra.

Montó a Christian sobre el haai y subió tras él. Lo aseguró bien al lomo del ave para que no resbalara. Él despertó en aquel momento y la miró, desorientado.

–¿Dónde... adónde vamos? –preguntó.

Los ojos de Victoria se llenaron de lágrimas, pero se mordió los labios para contenerlas.

–No lo sé, Christian –susurró–. No lo sé.

El shek no hizo ningún comentario. Cerró de nuevo los ojos y se recostó contra Victoria, sin fuerzas para nada más.

En silencio, Victoria se aferró a las plumas del pájaro haai y lo espoleó para que alzara el vuelo.

Momentos después, se alejaban de allí, dejando atrás el campamento base de Gerde.

Gaedalu acudió a hablar con Alsan al tercer atardecer.

Lo hacía todos los días. Sabía que lo encontraría en las almenas, contemplando la ciudad a sus pies, como solía hacer antes de retirarse a dormir. Si Alsan recibía con disgusto aquellas visitas de la Madre, desde luego no lo demostraba.

«¿Alguna noticia?», preguntó Gaedalu, una vez más.

Alsan negó con la cabeza.

–Todavía no los han encontrado. Hemos hallado a más testigos que dicen haber visto un haai sobrevolándolos, y que iba en dirección al sur, pero el rastro se difumina más allá del río, lo cual no es de extrañar; al otro lado del río está Shia, y en Shia no queda mucha gente a la que preguntar.

Gaedalu inclinó la cabeza, pero no dijo nada. Alsan captó su mirada de reproche.

–¿Creéis que no hago lo suficiente, Madre Venerable? –preguntó con calma–. Todo apunta a que han ido a reunirse con Gerde. Y Gerde se ha rodeado de un ejército formidable. No tardaremos en enviar nuestro propio ejército a luchar contra ellos, pero aún no estamos preparados.

»Además –añadió con una serena sonrisa–, no debéis preocuparos por el shek. Si no está muerto aún, no tardará en estarlo.

Gaedalu entornó los ojos.

«Lo sé», dijo, «pero me habría gustado verlo morir. Si no se os hubiesen escapado», añadió, acusadora, «ahora mismo no estaríamos manteniendo esta conversación».

Alsan se volvió hacia ella. No parecía molesto ni ofendido, pero habló con aplomo y seguridad cuando dijo:

—No conocíamos el alcance del poder de Victoria. Ahora ya sabemos qué es capaz de hacer, de modo que en el futuro estaremos preparados.

«¿En el futuro?», repitió la varu. «¿Creéis que habrá una segunda vez?».

—Cuando muera el shek, Victoria regresará —vaticinó Alsan—, tal vez para tratar de recuperar a Jack, o tal vez para vengarse de mí. Pero regresará, y entonces ya no podrá escapar.

«A no ser que algún celeste llame a un haai para ella», apostilló Gaedalu, con cierto sarcasmo.

Alsan se irguió.

—Solo hay dos celestes en el castillo, Madre Venerable. Uno de ellos está con vos.

«Zaisei no tuvo nada que ver. Estuvo en su habitación toda la noche».

Alsan guardó silencio un momento. Después añadió:

—¿Habéis hablado con él al respecto?

Aunque mencionaran en todas sus conversaciones la posibilidad de que Zaisei los hubiera traicionado, lo cierto era que los dos sabían que había sido Ha-Din, el Padre Venerable, quien había propiciado la huida de Victoria.

«Se lo he mencionado, sí. Pero no ha querido hablar del tema».

Alsan no respondió.

«Tal vez fuera por el bebé de Victoria», añadió Gaedalu. «Los celestes son una gente muy sentimental. Quizá le pareció que la criatura no debía quedar huérfana de padre antes incluso de su nacimiento».

—Tal vez —murmuró Alsan frunciendo el ceño—. O tal vez estemos pasando por alto lo evidente, Madre Venerable.

«¿Qué es lo evidente?», quiso saber Gaedalu, con peligrosa suavidad.

—Que puede que, en el fondo, Ha-Din sea un adorador del Séptimo.

Sobrevino un largo silencio.

«Ha-Din es el Padre de la Iglesia de los Tres Soles», hizo notar Gaedalu con frialdad.

–Raelam también era el Padre de la Iglesia –se limitó a responder Alsan.

La varu entrecerró los ojos, ofendida.

Raelam había sido el último Padre durante la Era de la Contemplación. En una época de exaltación de la doctrina de los Seis dioses y de persecución de la magia, Raelam había sido sorprendido adorando al Séptimo ante un altar oculto en los sótanos del Oráculo de Raden, en una cámara llena de objetos e imágenes que evocaban el culto a las serpientes. Aquello había escandalizado a todo Idhún, había propiciado el regreso de los magos, había desacreditado a la Iglesia y había provocado su escisión en dos: la Iglesia de los Tres Soles y la Iglesia de las Tres Lunas.

«No tenemos por costumbre hablar de aquel lamentable incidente», replicó Gaedalu con dignidad. Alsan sonrió para sí. No pudo evitar recordar que tiempo atrás, en Limbhad, también Shail se había sentido molesto ante la mención de la Era Oscura. Entonces había mencionado a Shiskatchegg, un objeto que había controlado la voluntad de todos los magos.

Un objeto que, a juzgar por sus últimas averiguaciones, era mucho más que un mito. Y que, si Jack estaba en lo cierto, ahora lucía Victoria.

Decidió no compartir con Gaedalu esta información. Después de todo, aún no estaba seguro de que el Shiskatchegg que había mencionado Jack, el anillo de Victoria, fuera el objeto de la leyenda.

–Cierto, tal vez me haya precipitado –concedió–. No sospecho del Padre Venerable, en realidad. Pero tenemos que estar abiertos a esa posibilidad.

«¿Cuánto tiempo más lo retendréis aquí?».

Alsan se mostró genuinamente desconcertado.

–No lo estoy reteniendo. Se ha quedado porque ha manifestado su deseo de quedarse, al menos un tiempo más. Igual que vos.

«Yo estoy aguardando al regreso de Victoria, que, según decís, ha de producirse en breve. Estoy esperando noticias de la muerte del shek. Y, además, quiero bendecir personalmente los ejércitos que acudan a la batalla contra las serpientes».

–Sería un gran honor para nosotros, Madre Venerable.

«¿Por qué razón se está retrasando tanto el ataque?».

Alsan dudó un momento antes de hablar, pero finalmente se encogió de hombros y dijo:

—No tenemos ninguna posibilidad de vencer sin dragones. Y a los dragones de Tanawe les faltan, hoy por hoy, dos cosas: hechiceros que renueven su magia y un ingrediente que suele utilizarse en su fabricación, y que es necesario para engañar los sentidos de los sheks en la batalla. Llevamos mucho tiempo aguardando a que nos traigan ese ingrediente de Kash-Tar, pero hemos enviado a alguien a buscar a los pilotos a los que se les encargó que lo obtuvieran. Y en cuanto a los magos... sé que Qaydar no nos proporcionará aprendices de buen grado, pero tengo una propuesta que hacerle... una propuesta que no rechazará.

«Entiendo», asintió Gaedalu.

—Pero no tardaremos en estar preparados —le aseguró Alsan—. Cuando eso suceda, atacaremos a Gerde con todo lo que tenemos. Y si Kirtash sigue vivo y está con ella, lo mataremos.

No mencionó a Victoria, y Gaedalu tampoco lo hizo. Juntos, contemplaron la caída del último de los soles por el horizonte.

«¿Qué estoy haciendo yo aquí?», se preguntó Jack.

Apenas hacía unas horas que había sobrepasado los límites marcados por el río Ilvar, pero ya se había hecho aquella pregunta al menos diez veces.

En realidad, sabía perfectamente lo que estaba haciendo allí. Aunque apenas había tenido un momento de respiro en los días anteriores, y las horas que había dormido podían contarse con los dedos de una mano, recordaba muy bien cada detalle de todo lo que había sucedido, de modo que no podía alegar que estaba distraído cuando aceptó aquella misión.

Recordaba con claridad su reunión con Tanawe en Thalis. Ella lo había mirado algo recelosa, como si no terminara de creerse que por fin el último dragón se dignara a visitar su base, o como si temiera que fuese a reprocharle el hecho de que estuviera repoblando los cielos de Idhún con dragones artificiales, pálidas sombras de su orgullosa raza. Jack había tratado de mostrarse amable, pero estaba irritable aquellos días, y se notaba que tenía la cabeza en otro sitio.

Habían recorrido juntos las instalaciones de los Nuevos Dragones, y Jack había podido admirar el nuevo ejército de Tanawe: doscientos dragones nuevos listos para ser pilotados.

–Los pilotos no son un problema –dijo ella–, porque cada día nos llega gente nueva. El problema son los magos –añadió frunciendo el ceño.

Jack ya estaba al tanto de que Qaydar y Tanawe habían estado disputándose a los escasos hechiceros de Idhún prácticamente desde la batalla de Awa. Ahora que Victoria estaba consagrando a nuevos magos, los dos se lanzaban sobre ellos como perros de presa. Suspiró para sus adentros. Sabía lo que vendría a continuación.

–No podremos hacer funcionar todos estos dragones el día de la batalla –dijo Tanawe señalando los artefactos con un amplio gesto de su mano– si no contamos con suficientes magos. Sería de gran utilidad que Lunnaris nos visitase un día y seleccionase, de entre nuestros pilotos, a los que ella considere más adecuados...

–No funciona así –cortó Jack–. Ella... no consagra magos de esa manera.

Se abstuvo de decir que Victoria había huido con Christian, y probablemente no regresaría por allí en mucho tiempo. Y no lo hizo por encubrirla: al fin y al cabo, las noticias corrían rápido, y la traición del último unicornio no tardaría en conocerse en todos los rincones de Nandelt. No; lo que le dolía de verdad era admitir que ella lo había dejado por otro.

«¿O he sido yo quien la ha dejado a ella?», se preguntó de pronto.

Tanawe cruzó los brazos ante el pecho.

–¿No consagra magos de esa manera? –repitió–. ¿Y cómo lo hace, pues? Sé que las estancias de la Torre de Kazlunn se están llenando de aprendices. Si ella puede hacer magos para Qaydar, ¿por qué no para mí?

–Porque la función de los unicornios es repartir la magia por el mundo, no fabricar hechiceros en cadena, como tú fabricas dragones –replicó Jack sin poderse contener.

La maga entornó los ojos y Jack supo que la había herido.

–Si no fuera por mis dragones, tu raza se habría extinguido ya –le espetó ella.

–Mi raza ya se ha extinguido, con tus dragones o sin ellos.

—En tal caso, no puedes reprocharnos a los humanos que busquemos otras formas de enfrentarnos a los sheks. Si no queríais dragones artificiales, deberías haber exterminado a las serpientes cuando tuvisteis ocasión.

Habló con dureza y con un frío odio que impresionó a Jack. No obstante, el joven estaba ya cansado de discusiones, y clavó en ella una larga mirada. Finalmente, Tanawe titubeó y bajó la cabeza, intimidada.

—Yo no puedo hablar en nombre del unicornio —dijo Jack con suavidad—. No soy yo quien tiene el poder de otorgar la magia.

No le dijo que él mismo era ya un mago. La idea seguía resultándole demasiado nueva. Por otra parte, tampoco estaba seguro de ser capaz de renovar la magia de un dragón artificial. Por lo que sabía, era muy posible que le prendiese fuego en el intento.

—Entonces, ¿para qué has venido? —quiso saber Tanawe.

«Eso», se dijo Jack. «¿Para qué he venido? ¿Porque Alsan me lo ha ordenado? ¿Y por qué razón tengo que acatar sus órdenes?».

—Para supervisar la creación del ejército —dijo, sin embargo—. Si os faltan magos, transmitiré el problema a Alsan y a Qaydar, y veremos qué se puede hacer al respecto. Pero necesito datos más concretos —añadió, tratando de darle un toque de profesionalidad a su voz.

Tanawe se relajó un tanto y reanudó su paseo por el hangar de la base. Jack se puso a su altura.

—Aquí, en Thalis, somos dos —dijo ella—. Pero contamos con otro mago en Vanissar. Denyal me ha dicho que tu amigo Shail se ha unido a nosotros.

Miró a Jack, esperando confirmación.

—Nos acompañó en la lucha contra Eissesh —dijo Jack, esquivo; no pensaba decirle que Shail no tenía la menor intención de dedicar su tiempo al mantenimiento de los dragones artificiales, y que en aquel momento estaba en la Torre de Kazlunn... con Qaydar.

Pero Tanawe pareció darse por satisfecha con la respuesta.

—Muy pocos magos —dijo—. También tenemos a otros dos magos en Kash-Tar, pero hace tres meses que deberían haber regresado y...

Jack se detuvo en seco.

—¿Kimara no ha vuelto de Kash-Tar?

Tanawe negó con la cabeza y procedió a contarle que, por lo que sabía, la escuadra de dragones que habían enviado al desierto seguía allí, enzarzada en una sangrienta lucha contra Sussh y desoyendo todas las órdenes de retirada que les habían enviado desde Thalis.

–Volvieron dos de los dragones hace tiempo –explicó–, pero el resto se ha quedado. Y ha habido varios pilotos que se han unido a ellos, a pesar de nuestras órdenes expresas de no hacerlo. Parece ser que los rebeldes yan son una facción muy violenta y desorganizada, y por alguna razón eso atrae a muchos de nuestros jóvenes. Encuentran que Kash-Tar es sinónimo de acción, aventura y libertad.

–En cierto modo, lo es –murmuró Jack, recordando el tiempo que había pasado allí; apartó aquellos pensamientos de su mente porque le recordaban dolorosamente a Victoria.

Tanawe lo miró largamente.

–Es cierto, estuviste allí. Bien... –dudó un momento antes de añadir–: Si de verdad quieres hacer algo por nosotros... nos sería de gran ayuda que fueses a Kash-Tar a sacarlos a todos de ahí. Tanto los magos como los dragones son muy valiosos; en su día nos pareció buena idea enviarlos al desierto, pero ahora los necesitamos en otra parte.

Jack dudó. La idea de regresar a Kash-Tar le resultaba tentadora y, además, sospechaba que le vendría bien un cambio de aires. Por no hablar de que, aunque no quisiera admitirlo, tenía ganas de ver a Kimara otra vez. Por su mente cruzó, fugaz, el recuerdo del baile que habían compartido tiempo atrás, en Hadikah, y se le aceleró el pulso.

Sacudió la cabeza. Le parecía patético ir a buscar a Kimara cuando no hacía ni tres días que había roto con Victoria.

–Eres el único que puede traerlos de vuelta –insistió Tanawe–. Ni Denyal ni yo podemos permitirnos el lujo de abandonar Nandelt en estas circunstancias.

Al final había aceptado la propuesta. No solo porque Tanawe *realmente* necesitaba a aquellos magos, sino también porque estaba preocupado por Kimara. El hecho de que la rebelión de Kash-Tar se hubiese vuelto tan sangrienta, no presagiaba nada bueno para ella y, por otro lado, no dejaba de resultar extraño. Los yan eran gente práctica que pocas veces se embarcaba en empresas suicidas. No obstante, cuando lo hacían era por motivos de peso, y ni los bárbaros llegaban a igualarlos en ferocidad y salvajismo. Y algo debía de haber detonado la bomba de relojería de Kash-Tar. Algo había hecho saltar a los yan, después de casi veinte años de tolerar la dominación shek.

«Supongo que eso es lo que estoy haciendo aquí», se dijo Jack con cansancio, mientras sobrevolaba las rosadas arenas de Kash-Tar.

«Averiguar qué está pasando en realidad, y qué tiene que ver Kimara con todo esto».

Pero, para ello, primero tendría que encontrarla.

La última vez que había estado en Kash-Tar, la propia Kimara había sido su guía en el desierto, llevándolos a él y a Victoria de oasis en oasis, buscando en la arena caminos que solo ella podía ver. Ahora, Jack podía sobrevolar la inmensa extensión de Kash-Tar, pero no soportaría mucho tiempo el intensísimo calor.

Al principio se adentró en el desierto sin preocuparse por ello, con cierta temeridad. Y el primer día tuvo suerte. Divisó a lo lejos un oasis y descendió para beber.

Le sorprendió comprobar que estaba desierto, a pesar de que había agua en la laguna y los árboles rebosaban de unos frutos azulados que resultaron ser comestibles. Pero, fijándose mejor, Jack descubrió que aquel lugar parecía haber sido escenario de una batalla. Muchos de los árboles estaban calcinados o destrozados, y un poco más lejos descubrió, turbado, un montón de cadáveres carbonizados: soldados caídos en la batalla, cuyos cuerpos habían sido apilados y quemados.

Desde aquel momento, le fue más fácil entender que nadie quisiese pernoctar allí.

Tampoco él tenía intención de quedarse toda la tarde. Bebió agua en abundancia y se atiborró de fruta y, cuando estuvo listo, emprendió de nuevo el vuelo. No dejó de echar de menos, sin embargo, los oasis llenos de color y actividad que había tenido ocasión de visitar en su último viaje. Curiosamente, en aquella época era solo un adolescente que aún no controlaba sus poderes de dragón, Kash-Tar estaba bajo la férrea mano de las serpientes y Ashran lo buscaba por todo el continente; y, no obstante, recordaba aquellos días con añoranza.

Tal vez porque, aunque ahora ya estaba en la plenitud de su poder, aunque todos lo temían y respetaban, aunque las serpientes habían sido derrotadas, Ashran ya no existía y los dioses parecían haberse marchado... Victoria ya no estaba a su lado.

Al día siguiente, cuando el calor ya estaba empezando a hacer mella en él, un shek lo interceptó.

Daba la sensación de que estaba buscando algo, o tal vez patrullaba por la zona. Voló derecho hacia Jack en cuanto lo detectó, y cogió al joven dragón por sorpresa. Se defendió como pudo, con un poco de torpeza, acusando ya el hambre, la sed y el cansancio. Le sorprendió, no obstante, la ciega ira con que el shek lo atacaba. Siempre había admirado y envidiado la fría dignidad con que las serpientes aladas sobrellevaban su odio, mostrándose majestuosas incluso en pleno ataque de cólera, como si quisieran hacer creer al mundo que controlaban su odio hacia los dragones, y no al revés. No obstante, aquel shek mostraba un brillo de locura asesina en su mirada; estaba desatado, descontrolado.

Jack estaba demasiado cansado como para hacerse más preguntas. Se defendió con todas sus fuerzas, huyendo de los letales colmillos de la serpiente, de su asfixiante abrazo, de su mirada de hielo. Se defendió porque no le quedaba energía para atacar.

Y cuando creía que todo estaba perdido, llegaron los dragones al rescate.

Eran tres. Se arrojaron contra el shek con aquella misma ferocidad que había detectado en la serpiente, lo hostigaron hasta volverlo loco de odio, le hicieron caer al suelo y, una vez allí, lo inmovilizaron y lo maltrataron con saña hasta que exhaló su último aliento.

Jack contemplaba todo esto sin intervenir, sobrecogido. La actitud de los dragones le recordaba a la forma en que él había destrozado la piel de shek que había hallado en las montañas. «Pero a mí me dominaba el instinto», se dijo, «y estos no son dragones de verdad. ¿Cuál es su excusa?».

Planeó suavemente hasta el suelo y se dejó caer sobre la arena, exhausto. Desde allí, contempló a los dragones. Ninguno de ellos era la dragona roja de Kimara, y se sintió levemente decepcionado.

Los momentos siguientes le resultarían confusos. Los pilotos salieron de los dragones y corrieron a su encuentro, y tiempo después Jack recordaría haber pensado que casi daban más miedo ellos que los propios dragones. Se habían teñido el rostro con feroces pinturas de guerra y llevaban el cabello largo y peinado en trenzas sucias y desgreñadas. Los soles habían tostado su piel, tornándola más oscura. Iban armados hasta los dientes, y Jack se preguntó para qué necesitaban tantas armas unos hombres que luchaban a bordo de dragones.

Con todo, lo recibieron con salvajes gritos de alegría y, en cuanto se transformó en humano otra vez, lo contemplaron con sobrecogido respeto.

Acababa de caer la noche cuando llegaron a la base de los rebeldes en las montañas. Jack estaba aturdido todavía, de modo que lo alojaron en una tienda y le dieron un odre de agua fresca para que bebiera y se refrescara un poco. Después le llevaron algo de comer, y el joven dio buena cuenta de todo, hambriento. Solo entonces empezó a pensar con claridad.

Oyó tambores y gritos de júbilo, y el crepitar de las hogueras; y, de nuevo, recordó aquella inolvidable noche en Hadikah. Sonriendo, se levantó y salió de la tienda.

El espectáculo que le recibió, no obstante, no tenía nada que ver con la mágica velada que él recordaba.

Habían dejado el cuerpo del shek en medio del campamento, horriblemente mutilado: le habían sacado los ojos y cortado las alas, y varios rebeldes se ensañaban con él, arrancándole las escamas una a una o descargando dagas y espadas contra él.

Y aunque Jack odiaba a las serpientes, no pudo evitar que se le revolviera el estómago. «Menos mal que está muerto», pensó. Y de pronto entendió que no era la primera vez que hacían aquello; que lo de los ojos, las alas, las escamas... no había sido una ocurrencia improvisada.

Y que probablemente alguna vez, quizá en varias ocasiones, habían torturado así a serpientes vivas.

Se estremeció de horror y repugnancia. Retuvo al primero que pasó junto a él.

—¡Espera! ¿Conoces a Kimara?

—Kimaranohavueltoaún —dijo el yan, y Jack se dio cuenta de que era muy joven, probablemente más joven que él—. Laesperamosconla primeraluna.

Jack asintió, aliviado, y alzó la cabeza para mirar al cielo. Aún no habían salido las lunas, pero no tardarían en emerger por el horizonte. No tendría que esperar mucho para hablar con Kimara, para encontrar algo de sensatez en aquella locura.

Dio la espalda a la serpiente mutilada y se alejó un poco, turbado. Los rebeldes parecían haberse olvidado de él, de modo que aprovechó para dar una vuelta por el campamento.

Descubrió, no sin sorpresa, a varios dragones artificiales reposando un poco más allá. Uno de ellos era el de Kimara.

Se preguntó si el yan se habría equivocado y Kimara sí estaba en el campamento. ¿Qué otro motivo tendría para salir sin su dragón? Tal vez, pensó de pronto, se habría estropeado, o necesitara magia...

Sacudió la cabeza: Kimara era una hechicera, y era perfectamente capaz de renovar la magia de su dragona ella sola.

Detectó entonces la primera uña de luna emergiendo tras las montañas y regresó con los demás.

Parecía que se habían olvidado del shek, porque ahora estaban trabajando en otra cosa. Jack los vio amontonando trastos ante el cuerpo de la criatura y, seguidamente, levantar postes verticales en cada uno de los montones, mientras entonaban feroces cánticos de guerra al ritmo de los tambores.

–¡Yandrak! –lo llamó alguien.

Se volvió. A la luz de las hogueras, reconoció a uno de los pilotos que lo habían salvado por la mañana.

–Celebro ver que ya te has repuesto –dijo; hablaba casi tan rápido como Kimara–. ¿Nos acompañarás en la fiesta de esta noche?

–¿Qué clase de fiesta? –preguntó Jack con precaución.

El humano rió.

–Eso depende de cómo se les haya dado la caza a Goser y los demás –sonrió, enseñando todos los dientes–. Pero apuesto a que será memorable –señaló con un gesto vago los postes y los montones de trastos–. Bonita pira, ¿verdad? Arderá muy bien...

Jack retrocedió un paso. Aquel tipo empezaba a resultarle siniestro.

Iba a comentar algo cuando, de pronto, los vigías lanzaron gritos de aviso. Pero, a juzgar por la reacción jubilosa del resto de los rebeldes, parecía que los recién llegados eran amigos. El corazón de Jack dio un vuelco.

Corrió hacia el lugar por donde un grupo de figuras llegaban triunfales, bañadas por la luz de las hogueras. Los demás las recibieron con una algarabía de tambores y gritos de aliento. Jack se detuvo a unos metros, de golpe, cuando vio que los recién llegados llevaban prisioneros. Sin poder creer lo que veían sus ojos, contempló cómo subían a los cautivos, ocho szish, a las piras que habían preparado para ellos, y los ataban fuertemente a los postes. «Los van a quemar vivos», entendió estremeciéndose. Había algo grotesco y perverso en la idea de sacrificar a aquellos soldados szish ante el cadáver de la gran serpiente, sin ojos y sin alas. «Probablemente le habrían arrancado también los colmillos, si se hubiesen atrevido a enfrentarse al veneno», pensó Jack, asqueado.

Tenía que detener aquella locura. Avanzaba hacia ellos, con paso firme, cuando otra cosa llamó su atención.

Alguien había subido a lo alto del cadáver del shek y lanzaba un potente grito de triunfo, enarbolando un hacha en el aire. Todos corearon su nombre:

—¡Goser! ¡Goser! ¡Goser! ¡Goser!

Casi enseguida, otra figura subió junto a él. Una figura femenina.

Ambas siluetas se confundieron un momento, recortadas contra la luz del fuego, y volvieron a separarse. La mujer emitió un grito de júbilo y alzó los puños en señal de victoria. Los rebeldes la secundaron, y los tambores sonaron más alto.

Jack reconoció a Kimara, y no lo soportó más. Se abrió paso entre la gente y se acercó, a empujones, hasta el cuerpo del shek.

Interceptó a Kimara cuando esta bajaba de un salto desde el muñón del ala derecha. Casi tropezó con ella.

—¡Jack! —exclamó la semiyan, encantada, al reconocerlo—. ¡Has venido a unirte a nosotros!

Jack retrocedió un paso y la contempló. También ella parecía tan salvaje como sus compañeros.

—Si esto es lo que hacéis aquí —dijo con frialdad señalando el cuerpo del shek y a los szish que estaban siendo amarrados a los postes—, no quiero tener nada que ver.

La sonrisa se borró del rostro de Kimara.

—¿Sigues defendiendo a las serpientes? Hemos ejecutado a gente por mucho menos que eso —amenazó.

Jack entornó los ojos.

—Atrévete a ponerme una sola mano encima —la desafió.

Kimara echó un breve vistazo a su alrededor. Estaban rodeados de gente que los miraba con curiosidad. Indicó a Jack con un gesto que la siguiera a un lugar más discreto.

—¿A qué has venido, entonces?

—Tanawe exige que volváis a Nandelt.

Kimara hizo un gesto de fastidio.

—Otra vez con eso. Pues no voy a volver. Este es mi hogar y es aquí donde de verdad estamos luchando... Vosotros, gente de Nandelt, no hacéis más que organizar y preparar cosas, pero nunca pasáis a la acción.

–¿Es así como deberíamos pasar a la acción? –casi gritó Jack–. ¿Mutilando sheks?

Kimara le dirigió una breve mirada.

–Veo que aún eres amigo de Kirtash.

–Kirtash no... –empezó Jack, pero se mordió la lengua; acalló aquella parte de su mente que le recordó, de forma muy poco oportuna, que el shek se había llevado a su novia, y dijo conteniendo la ira–: Kirtash será un asesino y un traidor, pero aún no ha caído tan bajo como vosotros.

–¿De qué estás hablando? –le espetó Kimara, y sus ojos llameaban de ira–. ¡Tú eres un dragón! ¡Deberías odiar a los sheks!

–Y lo hago... pero también los respeto. Pueden ser fríos o despiadados, pero no son crueles. No hieren ni matan por placer. Esa, me temo, es una cualidad de los sangrecaliente. Una cualidad de la que deberíamos avergonzarnos.

Kimara sonrió de forma siniestra.

–Yo no me avergüenzo –dijo–. Yo me enorgullezco de estar viva y de sentir cosas... aquí –se golpeó el pecho con el puño–. ¡Me enorgullezco de que corra fuego por mis venas, y no hielo! ¡Y de tener valor para vengar las atrocidades que los sheks cometen contra mi gente, día tras día! ¿Acaso tú no sientes cosas? ¿O es que ya tienes el corazón congelado?

Se acercó a él... lo bastante como para que pudiera sentir el olor de ella, salvaje y almizclado... demasiado como para que se sintiera cómodo.

Jack respiró hondo y se apartó de ella. Y esta vez no lo hacía por Victoria, sino por sí mismo.

–No, Kimara –dijo–. Me enorgullezco de mis emociones, pero no de todas ellas. No de las que podrían llegar a convertirme en alguien... como la persona que has llegado a ser tú.

Ella se rió de él.

–Bien –dijo–. Si has venido a sermonearme, me temo que no tengo tiempo para escucharte. Ya puedes volver a Nandelt con Victoria y tu amigo shek.

Jack deseó con toda su alma poder hacerlo.

–Me vuelvo a la fiesta –prosiguió ella–. Creo que me la he ganado, ¿no te parece? Al menos, yo sí me dejo la piel luchando contra el enemigo. ¡Ah! Puedes llevarle la dragona a Tanawe. Ya no la necesito.

—No es eso lo que Tanawe quiere de ti, y lo sabes.

—Ya lo sé –dijo ella–. Pero se le pasará el enfado en cuanto le des lo que hay en el interior de la dragona, ya lo verás.

—¿Qué hay en el interior de la dragona? –preguntó Jack frunciendo el ceño.

—¿Cómo, no te lo dijo? Me pidió restos de dragón: escamas, colmillos, garras y cosas así. Y yo he cumplido con mi parte.

Jack la miró, sin dar crédito a lo que oía.

—¿Entraste en Awinor para saquear los restos de los dragones?

—Sí, y fue tu admirada Tanawe quien me lo pidió. ¿No es encantadora? –añadió con sequedad–. Y ahora, vete antes de que se nos acabe la paciencia.

Jack no respondió. Los gritos agónicos de los szish, mezclados con siseos desesperados, empezaban a resonar por el campamento. El joven, ignorando a Kimara, desenvainó a Domivat y se abrió paso hasta la pira. Los rebeldes lo abuchearon y varios trataron de detenerlo, pero Jack los rechazó blandiendo su espada de fuego. Después fue de poste en poste, hundiendo a Domivat en los fríos corazones de los hombres-serpiente, otorgándoles la muerte rápida y limpia que los rebeldes les negaban, ahorrándoles el sufrimiento de ser incinerados vivos.

Cuando bajó de la pira de un salto, se topó con Goser, que lo observaba con sus brazos tatuados cruzados ante el pecho y sus ojos de fuego fijos en él.

—¿Porquéhashechoesoextranjero? –quiso saber.

Jack sostuvo su mirada.

—No me gusta ver cómo torturan a la gente –dijo–. No me parece que sea un espectáculo que pueda disfrutar nadie que tenga corazón –añadió, en voz lo bastante alta como para que Kimara lo oyese.

Goser entrecerró los ojos.

—Losszishnosongente –dijo–. Sonmonstruos.

—Son gente –replicó Jack–. Aunque no tengan nuestro mismo aspecto.

El yan movió la cabeza.

—Nodiríasesosihubiesesvistoloquesoncapacesdehacer.

Jack sostuvo su mirada un momento más, tratando, tal vez, de leer en el alma del líder yan. Le pareció ver, bajo su capa de seguridad y determinación, una honda tristeza.

Sacudió la cabeza, dio media vuelta y se alejó de él.

No dijo nada a Kimara cuando pasó junto a ella. No dijo nada a nadie ni respondió a los gritos ni a los abucheos. Se limitó a entrar en su tienda, a tenderse en la estera y a cerrar los ojos con amargura.

La fiesta continuó hasta bien entrada la noche. Como si quisieran desafiar a Jack, los rebeldes tocaron, cantaron y bailaron en torno al fuego y al cuerpo del shek, lanzando gritos de salvaje júbilo a las estrellas. Sin embargo, cuanto más altos sonaban los cánticos, más tenía Jack la certeza de que aquella fiera alegría no hacía sino enmascarar un profundo poso de ira, dolor y desesperación.

Durmió apenas un rato, lo bastante como para recuperar fuerzas. Después, salió de la tienda.

La celebración proseguía. Los yan ejecutaban en aquel momento la danza de las antorchas que tan gratos recuerdos le traía. Goser y Kimara bailaban junto a la hoguera, y Jack se quedó un momento a contemplarlos desde lejos, admirando, a su pesar, la fuerza de cada uno de sus movimientos, la energía que derrochaban, como si lo que latiera en sus pechos fuera el corazón de una estrella. Sonrió con cierta melancolía: también él había bailado aquella danza con Kimara, pero no cabía duda de que Goser lo hacía mucho mejor.

«Tengo que marcharme de aquí», se dijo; pero, por alguna razón, se quedó hasta el final, hasta el momento en que ambos entraron juntos en una de las tiendas.

Cerró los ojos. Los recuerdos seguían acudiendo a su mente y resultaba difícil echarlos.

La noche en que había bailado con Kimara, había echado de menos a Victoria. Parecía haber pasado una eternidad desde entonces. Él había cambiado, y Kimara también había cambiado, y había encontrado a otra persona que le gustara lo bastante como para bailar con ella en torno al fuego. Pero había cosas que permanecían inalterables.

Todavía seguía echando de menos a Victoria. Desesperadamente.

Jack sacudió la cabeza y se alejó del campamento, hasta un lugar más discreto. Allí se transformó en dragón, alzó el vuelo y abandonó la base de los rebeldes sin despedirse de nadie.

Victoria encontró la cabaña por pura casualidad cuando sobrevolaban los márgenes de Alis Lithban.

Estaba semiderruida. El desmesurado crecimiento de la flora del bosque había estado a punto de derribarla por completo; pero, misteriosamente, las paredes habían aguantado, y el tejado, aunque asfixiado por el abrazo de los árboles, no se había hundido por completo.

El interior, no obstante, estaba mucho peor.

Con un suspiro de resignación, Victoria cubrió con su capa una extensa mata de helechos que había crecido en un rincón y depositó sobre ella a Christian, con sumo cuidado. Después, procedió a adecentar la cabaña, a retirar las hierbas y a colocar en su sitio los muebles y utensilios que todavía pudiesen utilizar. Mientras se subía a uno de los troncos para tratar de retirar la maleza que cubría una de las ventanas, se dio cuenta de que Christian la miraba. Bajó con cuidado y se reunió con él.

—¿Qué sucede? —le preguntó, preocupada—. ¿Te encuentras bien?

—Nada. Solo... bueno... me gusta mirarte.

Victoria sonrió.

—¿Redescubriendo los sentidos humanos, por fin? —bromeó, pero su voz se quebró en la última sílaba, y se mordió los labios para contener las lágrimas.

—No deberías... estar haciendo esto —dijo Christian con esfuerzo—. Vas a tener un bebé.

Victoria tragó saliva y se secó una lágrima indiscreta.

—La cama no se puede usar —dijo, sin responder al comentario del shek—. Pero voy a hacerte un lecho de hierbas y hojas. Intentaré que no resulte demasiado húmedo...

—No importa. No estoy... acostumbrado a las comodidades. Puedo descansar en cualquier parte.

Victoria deslizó sus dedos por el rostro de Christian, pero él alzó la mano para cogerla por la muñeca. La miró a los ojos, y la tristeza volvió a invadir a la joven, al no ver en ellos aquel brillo gélido que solían reflejar.

—¿Qué... está pasando, Victoria? —pudo decir él; trató de que su voz sonara firme, pero estaba demasiado débil, y fue solamente un susurro.

Ella respiró hondo.

—Hemos... te he traído aquí para cuidar de ti. Sé que no es gran cosa, pero es que... no sabía dónde llevarte.

«No te quieren en ninguna parte», pensó, pero no se atrevió a decírselo en voz alta.

Él seguía mirándola.

—Necesito saber más —dijo—. Por favor... sé sincera.

Había una nota de pánico en su voz. «Por una vez, no puede leer mi mente», pensó Victoria. «No sabe qué pienso, no sabe qué está pasando». Se sintió conmovida. No podía mentirle.

Incorporó la cabeza de él, con cuidado, para apoyarla en su regazo.

—No sé cómo curarte, Christian —susurró—. Nadie sabe cómo curarte. He acudido a Gerde, pero ni siquiera ella puede hacer nada por ti. La materia de la que está hecha esta gema fue creada por los Seis para encarcelar la esencia del Séptimo. Una vez que se activa para cumplir con su cometido, no hay fuerza sobre el mundo capaz de destruirla. Solo los Seis podrían salvarte... y me temo que no van a hacerlo.

—¿Dónde está Jack? —preguntó Christian de pronto.

Victoria apretó los dientes. Pensar en Jack le hacía mucho daño, le rompía el corazón en pedazos; por eso trataba de apartarlo de su mente para centrarse en Christian, en buscar la forma de ayudarlo... Pero eso era casi peor.

—Se ha... quedado en Vanissar.

—¿Por qué... no está aquí, contigo?

Victoria no supo qué responder. No le parecía que fuese el momento adecuado para hablar de sus problemas sentimentales.

—Porque... bueno, ha preferido quedarse allí.

—Tendría que estar... contigo. Vas a tener un bebé —parecía obsesionado con esa idea; la miró, con un brillo febril en los ojos—. ¿Quién... va a cuidar de vosotros cuando yo no esté?

—¡No digas eso! —casi gritó Victoria—. Y deja ya de hablar de cuidar de mí. Deja que sea yo quien cuide de ti, por una vez. Yo no me he rendido, ¿me oyes? Te juro... que encontraré la forma de salvarte.

Christian la miró un momento, casi sin verla, y después cerró los ojos y volvió a sumirse en un estado de inconsciencia. Victoria lo alzó un poco más, con cuidado, para estrecharlo entre sus brazos.

—No te rindas... —susurró—. Por favor, no te rindas. No puedes acabar así. Te prometo que... —su voz quedó ahogada por las lágrimas, y tardó un poco en poder hablar de nuevo—. Ojalá supiera qué hacer. Ojalá...

Shail halló a Ymur leyendo atentamente un enorme libro, sentado junto a la ventana, ante una de las pocas mesas especiales para gigantes que había en la Torre de Kazlunn. Junto a él había otra pila de libros pendientes de revisar. La mayor parte de ellos eran volúmenes de un tamaño considerable.

Shail también llevaba sus propios libros, aunque de tamaño más reducido. Los dejó sobre la mesa contigua, y el ruido sobresaltó al gigante.

—¿Algo nuevo? —le preguntó el mago.

—Es muy interesante este libro —respondió el sacerdote—. Me sorprende la visión de la historia tan errónea que tenéis los hechiceros. Presentáis la Era de la Contemplación como una época de represión y oscurantismo.

«Porque lo fue», pensó Shail, pero no lo dijo. No tenía ganas de iniciar una discusión con Ymur.

—Es el mismo libro que estabas leyendo ayer —señaló con una sonrisa—. ¿Sigues con él porque es muy interesante, o porque tiene las letras muy grandes y resulta más fácil de leer que los otros?

El sacerdote gruñó, pero no respondió a la pregunta.

—Y tú, ¿qué has visto en esos libros? —quiso saber, señalando los volúmenes en arcano que Shail había sacado de la Biblioteca de Iniciados.

El mago movió la cabeza.

—Se puede invocar a demonios, genios, espíritus e incluso elementales —dijo—, pero no dice nada de cómo invocar a un dios. Me pregunto de dónde sacaría Ashran la idea de que se puede hablar con los dioses. Y cómo consiguió que la Sala de los Oyentes sirviera para algo más que... escuchar.

Ymur no lo escuchaba. Había vuelto a su libro, y Shail, encogiéndose de hombros, se sentó frente a él y empezó a examinar los volúmenes que se había traído.

Pero apenas lograba concentrarse.

No podía dejar de pensar en la huida de Victoria. Sabía que podía cuidarse sola, pero no podía evitar preocuparse un poco. También le entristecía la ruptura de Jack y Victoria. Lo había hablado con Zaisei, antes de despedirse de ella para ir a la Torre de Kazlunn, y la joven se había mostrado sinceramente apenada.

—Era un lazo tan hermoso —suspiró—. Ojalá no permitan que se rompa.

Shail le pidió que hablara con Jack, que le dijera lo que sabía acerca de los sentimientos de ambos chicos, pero Zaisei se había negado.

—Es algo que deben solucionarlo ellos dos, Shail. Si después de todo este tiempo Jack todavía tiene dudas acerca de sus sentimientos y de los de Victoria, nada de lo que yo pueda decirle lo arreglará. Sería como poner un parche sobre la herida sin limpiarla primero, ¿comprendes?

Shail había dicho que sí, pero lo cierto era que no lo comprendía del todo.

Se había despedido de Zaisei con el corazón encogido. Había actuado de forma impulsiva al decirle a Alsan que se iba a la Torre de Kazlunn sin consultarlo con la celeste, y ahora se arrepentía. Zaisei y Gaedalu seguían en Vanissar, pero pronto partirían de vuelta al Oráculo. Para cuando Shail regresara, ellas ya se habrían marchado.

También Qaydar y el resto de los hechiceros habían vuelto a la Torre de Kazlunn. Nadie había dicho aún al Archimago que Victoria se había marchado; solo sabía que Kirtash había escapado, pero, por lo visto, eso no lo inquietaba. Uno de los aprendices había desaparecido, y Qaydar estaba sinceramente preocupado por él. Shail lo conocía de vista: se trataba de un joven de aspecto amargado que no sonreía nunca. Qaydar había vuelto a la Torre de Kazlunn con la esperanza de encontrarlo allí, pero no había ni rastro de él. Shail no entendía por qué le concedía tanta importancia. Era cierto que había pocos magos, pero, por lo que él sabía, aquel en concreto no era precisamente un aprendiz prometedor. No obstante, se había ofrecido a acompañar a los magos de regreso a la Torre; no había motivo para retrasar el viaje y, además, sentía curiosidad por saber si Ymur había averiguado alguna cosa más.

Aunque la verdad era que regresaba porque, después de todo lo que había pasado, ya no se sentía a gusto con Alsan. Era cierto que Kirtash era un asesino, era cierto que había sido su enemigo. Pero eso no justificaba, en su opinión, que lo humillaran, lo maltrataran y lo asesinaran de aquella forma. «Debería morir en combate», se dijo, «como el guerrero que es; o, en su defecto, debería tener una muerte rápida y limpia, sin dolor, como las que él mismo dispensa». Le costaba entender cómo era posible que Alsan, precisamente Alsan, no fuera capaz de comprender esto. No era propio de él utilizar aquellos trucos para acabar con sus enemigos y, no obstante, seguía estando convencido de que actuaba con justicia.

Un golpe seco interrumpió sus pensamientos. Alzó la cabeza, sobresaltado. Ymur acababa de cerrar el libro con cierta violencia.

–Qué sarta de mentiras –dijo disgustado–. ¿Cómo se puede justificar en modo alguno el comportamiento de los hechiceros en la Segunda Era? ¡Estaban todos de parte de Talmannon!

–Se debía a Shiskatchegg... –empezó Shail, pero Ymur lo interrumpió:

–Ya he leído eso. Menuda excusa más pobre. Todo el mundo sabe que Shiska-lo-que-sea no es más que un mito.

Shail no quiso discutir.

–Talmannon fue un hechicero poderoso –comentó–. No logró hacerse con el poder en Idhún por casualidad.

–Claro que no; el Séptimo estaba de su parte, todos lo sabemos. Él y los sheks...

Se interrumpió de pronto, porque Shail se había puesto en pie de un salto.

–¡Pero qué estúpido soy! –exclamó–. ¿Cómo no me había dado cuenta antes? ¡Talmannon! Él fue una de las primeras encarnaciones del Séptimo. Ashran debió de imaginarlo, de alguna manera... se inspiró en él, quiso emularlo...

Ymur lo miró fijamente.

–¿Talmannon, una encarnación del Séptimo? –repitió–. No puede ser. Si fuese un dios, ¿cómo habría logrado derrotarlo Ayshel?

–Igual que Jack y Victoria derrotaron a Ashran: porque los dioses actuaron a través de ellos, les prestaron su poder... Quizá, en el caso de Ayshel, fue a través de los unicornios... quizá hubo otra profecía...

Pero no tenía certezas. Sacudió la cabeza, confundido.

–Es una teoría interesante, mago –gruñó Ymur–. Pero eso no explica cómo averiguó Ashran la forma de invocar a un dios.

Shail sacudió la cabeza, perplejo.

–Debió de leerlo en alguna parte, estoy seguro. Pero ¿dónde?

Ymur se rió sin alegría.

–Esto no me lo oirás decir muchas veces, Shail, pero mucho me temo que no se trate de un conocimiento que pueda leerse en los libros. De lo contrario, mucha más gente tendría constancia de ello. Más gente aparte de Ashran, claro.

Shail cerró los ojos y se recostó sobre el respaldo de la silla, con un suspiro. El razonamiento de Ymur tenía sentido y, no obstante, no podía dejar de pensar en el libro que Victoria había encontrado en Limbhad, un libro cuyo contenido había sido celosamente guardado por los unicornios hasta aquel momento. Pero Ashran, que él supiera, no había tenido ocasión de viajar a Limbhad, por lo que la información que estaban buscando no podía encontrarse allí.

–Desde la época de Talmannon hasta ahora –estaba diciendo Ymur–, hemos tenido un largo periodo de paz. Si tu teoría es acertada, cuando Talmannon fue derrotado por la Doncella de Awa, el Séptimo abandonó Idhún... hasta que Ashran lo volvió a llamar.

–¿Y dónde estuvo todo ese tiempo? –murmuró Shail, aún con los ojos cerrados.

–... Desde Talmannon hasta Ashran –prosiguió Ymur–, nadie más invocó al Séptimo. Ese conocimiento permaneció oculto. ¿Cómo lo descubrió Ashran? ¿Dónde lo obtuvo?

–Como no se lo preguntemos a él mismo... –dijo Shail, alicaído.

–Sí –gruñó Ymur, molesto–. No me cabe duda de que los magos sois capaces de hacer ese tipo de cosas. Molestar a los muertos en su eterno descanso para preguntarles cosas absurdas.

–No todo el mundo puede hacer eso –protestó Shail irguiéndose–. Es una rama de la magia prohibida y peligrosa. Se llama...

Se calló, de golpe, y el color desapareció de su rostro. Ymur lo vio y arrugó el ceño.

–... ¿Nigromancia? –lo ayudó.

Shail se había quedado sin habla.

–No puede ser –dijo–. ¿Ashran fue capaz de invocar al mismísimo Talmannon para preguntarle cómo había contactado con el Séptimo?

Ymur frunció el ceño.

–Mmmm –murmuró, pensativo–. Mmmnm. Sí, ¿por qué no? Después de todo, estamos hablando del hombre que exterminó a los dragones y los unicornios. Del que, según me has contado, fue capaz de implantar el espíritu de un shek en el cuerpo de su propio hijo.

–Pero esas cosas las hizo cuando ya era el Séptimo.

–¿De veras? También Talmannon, si nuestra teoría es acertada, estaba poseído por el Séptimo. Si se hubiese visto obligado a hacer cosas que no quería hacer, ¿por qué razón iba a contar a alguien, después de muerto, cómo renovar su imperio?

Shail sacudió la cabeza.

–Estamos sacando conclusiones precipitadas.

—¿Se podría invocar el espíritu de Talmannon, Shail? ¿Podría hacerlo alguien lo bastante poderoso... o lo bastante loco? ¿Podría haberle preguntado cómo logró hacer volver a Idhún al Séptimo?

Shail hundió la cabeza entre las manos, temblando.

—Yo... no lo sé —admitió—. Tendría que investigarlo un poco más. Tendría que...

Se levantó de un salto y salió volando de la habitación, en dirección a la Biblioteca de Iniciados.

Gerde se despertó de golpe. Se encontraba a solas en el árbol-vivienda. Assher y Saissh dormían en una tienda que habían levantado no lejos de allí... cerca del Portal interdimensional. Y, sin embargo, sentía una presencia muy cerca de ella. Retrocedió hasta la pared y lanzó una mirada cautelosa al cuenco de agua que reposaba en un rincón.

El agua temblaba y se ondulaba, emitiendo un extraño resplandor. Gerde sabía que eso significaba que, desde la Tierra, Shizuko quería hablar con ella.

Cuando la imagen de la mujer fue claramente visible en la superficie del agua, Gerde le espetó:

—¿Qué es lo que quieres ahora, Ziessel? Te dije que aguardaras a mi señal.

Ella no la escuchó. Alzó la cabeza hacia Gerde, y el hada vio que, por primera vez, el rostro marfileño de Shizuko mostraba un rictus de profundo sufrimiento.

—Te lo ruego... —dijo con voz ahogada—. No puedo soportarlo más... no puedo... Por favor... devuélveme mi cuerpo.

Gerde retrocedió y la miró con disgusto.

—¿Y para eso me molestas?

—Hace tiempo me dijiste que tuviese paciencia; que, cuando estuviésemos todos en la Tierra, harías algo por mí... pero ya no puedo... no puedo seguir viviendo así...

El hada no respondió. Se limitó a mirarla con expresión inescrutable, y Shizuko comprendió, de pronto, lo que estaba sucediendo. Palideció.

—No tienes la menor intención de ayudarme, ¿verdad?

—Por el momento, no.

Shizuko entornó los ojos, pero no dijo nada. Gerde le dedicó una encantadora sonrisa.

–Sé lo que estás pensando. Tienes intención de regresar a Idhún en cuanto acabe esta conversación. Sabes, Ziessel, eso no sería una buena idea. Te concedí el poder de viajar entre dimensiones, pero fui yo quien abrió la Puerta a través de ti tras la caída de Ashran. Porque nunca te enseñé a utilizar ese poder, ¿no es cierto?

–No, que yo recuerde –dijo Shizuko con lentitud.

–Déjame adivinarlo: Kirtash te ha enseñado, ¿verdad? Entrometido híbrido –suspiró–. ¿No se os ocurrió pensar que si no te enseñé fue porque no quería que regresaseis?

Shizuko pareció perder su compostura. Sus hombros temblaron en una convulsión silenciosa.

–No puedo quedarme más tiempo aquí, mi señora. Te lo ruego... permítenos volver. Devuélveme mi cuerpo.

–Todo a su debido tiempo, Ziessel. Todavía es pronto...

–Pronto, ¿para qué? –se desesperó ella, y no era una criatura propensa a la desesperación–. ¡He hecho todo lo que me ordenaste! ¡Lo tengo todo preparado, incluso estoy haciendo gestiones para recuperar los grandes bosques, como me dijiste! Estoy invirtiendo toda la fortuna de mi familia... de la familia de Shizuko Ishikawa –se corrigió– en adecuar este mundo a tus necesidades. Pero es demasiado esfuerzo para una sola persona, y cuando te busco al otro lado solo encuentro silencio.

–Demasiado esfuerzo para una sola persona –murmuró Gerde–. Te comprendo muy bien. Sabrás, pues, que toda tarea importante lleva su tiempo. Sabes... que la Tierra no es todavía un lugar adecuado para los sheks... ni para mí. Me dices que está todo listo, pero sé muy bien que tardarás años, tal vez décadas, en terminar tu tarea.

Los ojos rasgados de Shizuko se agrandaron al máximo.

–¿Vas a esperar... tanto tiempo?

–Esperaré todo lo que haga falta –replicó Gerde con sequedad–. Y tú, mientras tanto, vas a quedarte donde estás. Tu labor en la Tierra es muy importante para todos nosotros. Siempre y cuando te atengas al plan establecido, por supuesto. Y para asegurarme de que lo haces... voy a retirarte el poder de abrir Puertas. No podrás volver si yo no te lo permito.

Shizuko palideció, aterrada, y quiso replicar, pero Gerde no le dio oportunidad. Cortó la comunicación, y el cuenco de agua volvió a quedar oscuro y en silencio.

Se incorporó, inquieta. No había sido tan brusca con ella simplemente porque la hubiese molestado. Había algo fuera, algo que requería su atención inmediata. Salió del árbol, con precaución, y atisbó por entre las ramas. Entornó los ojos, irritada, cuando vio dos dragones sobrevolando el desfiladero. Estaban descendiendo; debían de haber visto ya el suave resplandor rojizo de la Puerta, y bajaban a investigar.

Un movimiento junto a ella le indicó la presencia de Assher.

–¿Habéis visto eso, señora? –susurró el szish.

Gerde asintió, pero no se volvió para mirarlo. Sus ojos seguían fijos en los dragones.

De pronto, uno de ellos inspiró hondo y lanzó una bocanada de fuego contra la Puerta interdimensional. Gerde gritó y trató de detenerlo con un hechizo, pero el fuego alcanzó su objetivo igualmente. La frágil brecha entre dimensiones tembló bajo el ataque y parpadeó.

–¡Malditos dragones! –siseó Gerde. Corrió hasta plantarse ante la Puerta interdimensional, dispuesta a defenderla. Los pilotos la vieron. Debieron de reconocerla, puesto que tomaron impulso para descender en picada hacia ella.

Gerde empleó la magia para construir una barrera mágica en torno a sí misma y a la Puerta. Dudó un instante. Podía utilizar el poder que latía en el fondo de su alma, un poder que iba mucho más allá de la magia que le habían entregado los unicornios tiempo atrás. Podía usar ese poder y destruir a los dragones en un instante. No obstante, temía llamar la atención si lo hacía. Había seis dioses que la estaban buscando por otras dimensiones, pero estaba convencida de que, en el fondo, no habían dejado de vigilar Idhún ni un solo instante, aguardando una señal que les indicase que ella seguía allí.

Usó la magia del rayo para atacar al primero de los dragones, pero no tuvo el efecto que esperaba. Aquellos artefactos estaban construidos con madera ignífuga. Ni canalizaban la electricidad, como el metal, ni el fuego podía prender en ellos. Recordó que, meses atrás, la presencia de Yohavir había acabado con la mitad de una flota de dragones, si era cierto lo que le habían contado. Recurrió a la magia del viento.

Uno de los dragones descendió hacia ella para atacarla, pero se vio atrapado en el tornado que había creado. Lo vio rugir mientras daba vueltas en el aire, y entonces utilizó un hechizo para succionar toda la magia que recorría aquel armazón de madera.

De pronto, el dragón dejó de parecer un dragón. Agitó las alas inútilmente y fue a caer, dando vueltas sobre sí mismo, sobre las rocas que bordeaban el desfiladero, no muy lejos de la Puerta. Gerde ejecutó un último hechizo destructor, energía pura que lanzó con violencia contra el dragón caído. Ambos, máquina y piloto, estallaron en una espectacular explosión.

El hada sonrió para sí misma. Pero entonces vio que el otro dragón se batía en retirada y se alejaba de allí. Entrecerró los ojos. Los sheks estaban demasiado lejos como para interceptarlo a tiempo, pero si permitía que regresase a Vanissar y que revelase el lugar exacto en el que se encontraba, no tardaría en tener encima a toda la flota de dragones artificiales de los sangrecaliente. Cerró los ojos y tomó una decisión.

El piloto había visto lo que había sucedido con su compañero. Había comprendido que, en aquellos momentos, era más urgente regresar a Nandelt para revelar a todo el mundo lo que había descubierto que quedarse a pelear y correr el riesgo de que aquella información se perdiera con él.

Los Nuevos Dragones llevaban ya tiempo enviando patrullas a explorar los Picos de Fuego. Sabían exactamente dónde encontrar a los sheks y a los szish, pero todavía no habían atacado su base. Se limitaban a recorrer los alrededores, reconociendo el terreno. Alguna vez habían sido interceptados por sheks. Pero nunca antes habían topado con Gerde. Todo el mundo daba por supuesto que ella se encontraría en el mismo lugar donde se habían refugiado el resto de las serpientes, cerca de la Sima. La noticia de que se escondía en otro lugar iba a interesar mucho a Denyal, a Covan y al rey Alsan.

Nunca llegó a salir de los Picos de Fuego. Lo último que vio fue el rostro de la feérica al otro lado de la escotilla, un rostro terrible y sobrenatural, enmarcado por una revuelta cabellera que parecía tener vida propia; Gerde lo miraba sin expresión alguna en sus facciones de alabastro, y era una mirada que pareció taladrar su mente e hizo temblar de horror cada partícula de su cuerpo.

Aquella sensación de puro terror fue lo último que sintió antes de que él y su dragón se desintegrasen igual que un muñeco de arena aplastado por la mano de un titán.

Gerde volvió a posarse en tierra, suavemente, y oteó el cielo sobre ella. No había más dragones. Sonrió, satisfecha... y se estremeció de pronto, sin saber por qué. Alzó la cabeza, preocupada, deseando que su percepción se hubiese equivocado.

–No, aún no... –murmuró–. Aún es demasiado pronto...

«¿Qué demonios estoy haciendo aquí?», se preguntó Jack, por segunda vez en muy poco tiempo. «Soy un dragón: tengo una dignidad...».

Pero también era en parte humano y, por alguna razón, le había parecido algo natural, al deambular sin rumbo por las calles de Lumbak, entrar en la primera taberna que había encontrado.

No le sorprendió ver que la regentaba un humano. No obstante, los clientes eran yan, en su mayoría. Después de lo que había visto en el campamento de los rebeldes, no sentía ganas de tener más tratos con yan, por el momento; de modo que ocupó un lugar libre no lejos de un enorme humano barbudo que roncaba, de bruces sobre la mesa, ante la que con toda seguridad no era, precisamente, su primera jarra.

Jack suspiró para sus adentros. Aquello era un antro caluroso, ruidoso y maloliente, pero en aquellos momentos no le importaba. Sentía que no tenía ningún otro sitio a donde ir. Ya no quería regresar a Nandelt, con Alsan, Tanawe y los demás. Tenía la extraña sensación de que había visto su futuro en aquel campamento yan; de que, si las cosas seguían así, pronto la guerra contra las serpientes se convertiría en algo muy semejante a lo que estaba sucediendo en Kash-Tar.

El tabernero interrumpió sus lúgubres pensamientos.

–¿Qué te sirvo, muchacho?

Jack lo miró con cierta desgana.

–¿Qué es lo típico por aquí?

–El darkah –respondió el hombre, con una amplia sonrisa–. Pero es una bebida yan. Puro fuego, ya sabes.

Jack se encogió de hombros.

–No me asusta el fuego.

–Como quieras –rió el tabernero.

Lo cierto era que Jack no estaba acostumbrado a beber alcohol, y suponía que lo que iban a servirle le sentaría como un tiro. Pero no le importaba. El borracho que yacía a su lado dormía como un bendito, y en aquellos momentos Jack lo envidiaba profundamente.

El tabernero plantó ante él una jarra llena de un líquido rojizo. Jack no quiso preguntar con qué se elaboraba el darkah. Sospechaba que no le sentaría mejor si lo sabía.

–Banzai –murmuró, y bebió un sorbo.

Fue mucho peor de lo que había imaginado. El licor abrasó su boca, su lengua y su garganta, y cayó por su esófago como un río de lava. Jack empezó a toser sin poderlo evitar, despertando al borracho y provocando un coro de risas en el local.

–¡Por Aldun, muchacho; ya te dije que era fuerte!

Jack trató de decir algo, pero no fue capaz. Entonces, un vozarrón tronó a su lado:

–¡Vete a llenarle las tripas a un swanit, Orfet! ¿Es que quieres envenenarlo?

Después le ordenó al tabernero que le sirviera algo que Jack no entendió. Momentos más tarde, tenía ante sí una nueva jarra. Aún boqueando, la miró con cierta desconfianza.

–Bebe, te sentará bien.

Cualquier líquido tenía que ser, por fuerza, más refrescante que lo que le acababan de dar, por lo que Jack, con la garganta abrasada, bebió con avidez. Y fue casi milagroso: el brebaje calmó su sed y lo refrescó por dentro. Se volvió hacia su salvador, el enorme humano borracho, que resultó tener, despierto, una desconcertante mirada de dos colores.

Abrió la boca para darle las gracias, pero de pronto todo empezó a darle vueltas y dejó caer pesadamente la cabeza sobre la mesa. Sintió vagamente que el barbudo lo agarraba del cuello de la camisa y lo levantaba un poco en el aire. Después, lo dejó caer otra vez.

Jack respiró hondo y, poco a poco, fue recuperándose. Logró alzar la cabeza un poco, parpadeó y enfocó la vista. Todavía le daba vueltas la cabeza, pero empezaba a sentirse mejor.

–Caray –fue todo lo que pudo decir.

El borracho le dio un par de cachetes en las mejillas. «Bastante certeros para estar borracho», pensó Jack. Se despejó del todo.

–Ya... para, para. Ya estoy bien.

—Tu primer trago de darkah, ¿eh? Suele producir ese efecto en la gente. Deberías andar con cuidado y, si te dicen que algo es fuerte, hacer caso.

Jack se sintió molesto de pronto. Le entraron ganas de gritar a todo el mundo que él no era ningún niño, que había cazado un swanit, matado a varios sheks y derrotado a un dios. Se contuvo al pensar que nadie lo creería y que, de todas formas, no había entrado en aquella taberna buscando notoriedad sino, precisamente, pasar desapercibido. El gesto del barbudo era amistoso, por lo que se esforzó por sonreír.

—Gracias —dijo—. Me llamo Jack.

—Qué nombre tan raro —comentó el hombre—. Bueno, yo soy Rando.

No parecía tan borracho como Jack había supuesto. Volvió a mirarlo con más atención y se dio cuenta de que su primera impresión había sido correcta: tenía un ojo de cada color.

Desvió la mirada, para no parecer descortés, y volvió a hundirla en las profundidades de su jarra.

—Puedes beber eso tranquilamente —dijo Rando—. Te entonará un poco, pero no te matará. Al menos, al principio —añadió con una risotada.

Jack sonrió. No fue una sonrisa alegre.

—Problemas con las mujeres, ¿eh? —dijo entonces Rando.

—¿Por qué, cuando alguien tiene un problema, la gente siempre da por sentado que se trata de mujeres? —replicó Jack, molesto.

—Problemas con las mujeres —entendió Rando, asintiendo enérgicamente.

Jack no pudo reprimir una sonrisa, pese a que lo intentó.

—Problemas con muchas cosas, en realidad —murmuró.

—Bueno —respondió Rando, encogiéndose de hombros—. Nada puede ser tan grave como para querer suicidarse bebiendo el que, probablemente, es el peor darkah de todo Kash-Tar —añadió, levantando la voz para que lo oyera el tabernero; este lo mandó a paseo desde la barra.

Rando cogió la jarra de darkah de Jack y, alzándola en el aire, se la bebió de un trago, a la salud del tabernero. Jack lo miraba, atónito. Cuando Rando dejó la jarra en la mesa, aún se quedó mirándolo un momento más, sin poder creerse que siguiera tan tranquilo.

–Tú sí que debes de tener problemas –comentó–. ¿Cómo puedes tragarte eso?

–Precisamente porque no tengo problemas –sonrió Rando–. Los problemas son un engorro; te impiden ser feliz, ¿no te parece?

Jack sonrió.

–Supongo que sí –murmuró–. Pero ¿qué pasa si los problemas lo persiguen a uno?

–Pasa que al final terminamos huyendo de ellos a base de darkah. Pero es sorprendente la gran cantidad de problemas que se resuelven simplemente hablando. Sobre todo cuando se trata de mujeres.

–Eso es simplificar las cosas –protestó Jack–. Hay muchos otros asuntos que me preocupan.

–Si fuera así, no estarías aquí tirado; estarías tratando de solucionarlos –razonó Rando; suspiró y sacudió la cabeza–. Y todo es mucho más sencillo cuando tienes a una mujer a tu lado. Parece mentira, pero te crees capaz de cualquier cosa. Y no te das cuenta, hasta que la pierdes... de hasta qué punto te apoyabas en ella. Es por eso por lo que acabamos derrumbándonos en cualquier bar.

Jack lo miró con cierta curiosidad.

–¿Por eso estás aquí? ¿Porque no tienes una mujer en la que apoyarte?

–En cierto modo. Pero la tuve. Ah, sí, la tuve –sonrió con nostalgia, y Jack entendió que la bebida sí le había afectado, al menos hasta el punto de soltarle la lengua–. Y la perdí por no hablar con ella.

–Yo hablaba con ella –replicó Jack–. Hablábamos mucho.

–¿Y la escuchabas?

–Claro que sí. Yo era la persona en quien más confiaba. Era su mejor amigo...

Calló, de pronto, al recordar que, pese a todo, Christian siempre había conocido y comprendido a Victoria mucho mejor que él. Y eso que apenas había pasado tiempo con ella, en comparación. Sacudió la cabeza. «Él tiene ventaja», pensó. «Puede leerle la mente».

–Y querías ser algo más, ¿no?

–Era algo más. Éramos... bueno, llevábamos bastante tiempo juntos –se rindió por fin–. Es cierto –murmuró–. Creo que en el fondo temo no ser más que un buen amigo para ella... a pesar de todo lo que hemos pasado juntos.

–Oh –comentó Rando–. Entonces es que hay otro.

Jack sonrió con cansancio.

—Siempre ha habido otro —hundió la cabeza entre las manos—. ¿Qué se supone que debía hacer? Hasta hace poco lo he llevado... no sé, más o menos bien. Pero ahora... están pasando muchas cosas —suspiró—. Le pregunté si quería que bendijesen nuestra unión, y me dijo que no. ¿Qué se supone que debo pensar?

—Nada —respondió Rando, rotundamente—. Por mucho que te esfuerces, no vas a comprender las razones por las que una mujer hace tal o cual cosa. Porque las mujeres siempre tienen razones para hacer las cosas, razones que, aunque nosotros no les concedamos importancia, para ellas *sí* son importantes. Así que, ante la duda, lo mejor es preguntar. Siempre. Y no darlo todo por sentado.

—Gracias por el consejo —murmuró Jack, arrepintiéndose ya de haber iniciado aquella conversación; estaba empezando a darse cuenta de que la bebida le había hecho hablar demasiado a él también.

—Es lo que me pasó a mí —prosiguió Rando, sin hacerle caso—. Yo tenía una mujer. Preciosa, lista, dulce, valiente... perfecta, o por lo menos, a mí me lo parecía. Se llamaba Yenna. Cuando encuentras a una mujer así, y encima ella siente algo por ti... quieres creer... deseas creer que para ella no existe nada en el mundo, aparte de ti. Pero, por muy importante que seas para ella... es una persona, y tiene su propia vida, y otras cosas que le importan.

»Yenna y yo éramos felices. Había un lazo entre nosotros, los sacerdotes habían bendecido nuestra unión. En aquel entonces, yo trabajaba como soldado en el ejército del rey Kevanion. Se me daba bien —añadió con una sonrisa—, porque tengo algo de sangre Shur-Ikaili y soy más alto y fuerte que la mayoría de los hombres. Pero para mí no era más que un trabajo. Así que, cuando los sheks invadieron Idhún y el rey Kevanion se alió con ellos... para mí no cambió nada. Seguí luchando, como siempre, aunque algunos de mis compañeros desertaron.

»Pero, con el tiempo, Yenna empezó a comportarse de forma diferente. La encontraba más callada, más esquiva. Me estaba ocultando algo, y empecé a sospechar que se veía con otro.

Jack alzó la cabeza, interesado.

—Un día los vi juntos —prosiguió Rando—, mientras regresaba a casa. Estaban en un callejón oscuro y hablaban en susurros, compartiendo un secreto, algo que no me incluía a mí. Me puse furioso, para qué negarlo. Regresé a casa y la esperé y, cuando llegó, le pedí explicaciones. Le pregunté quién era ese hombre y qué estaba haciendo con él.

–¿Qué te dijo? –quiso saber Jack.

–Nada –respondió Rando–. No me dijo nada. Se limitó a mirarme, y entonces dio media vuelta y salió de casa. Esa fue la primera vez en toda mi vida que me emborraché –añadió, abatido–. Fui a la taberna y bebí hasta el tercer amanecer, y compartí mis penas con otros solitarios, como estoy haciendo contigo ahora. Cuando regresé a casa, ella no había vuelto aún, pero yo estaba tan ebrio que apenas me di cuenta. Al día siguiente pasé todo el día durmiendo. Al despertar me extrañó que Yenna aún no hubiese regresado, y lo primero que pensé fue que se había ido con el otro. Pero entonces me di cuenta de que algo no andaba bien en casa. Todas sus cosas seguían en su sitio. Y parecía que había habido un forcejeo.

»Entendí entonces que alguien se la había llevado a la fuerza, y me lancé a las calles a buscarla, sin éxito. Apenas un par de días después, me llegó un mensaje oficial desde el castillo. Me informaban de que no hacía falta que buscase más a Yenna, porque había sido acusada de traición... y ejecutada.

Se le quebró la voz. Jack se había quedado helado.

–Pensé que debía de ser una broma pesada. ¿Yenna, mi Yenna... tenía tratos con los rebeldes? Y entonces recordé... cuando nos llegó la noticia de que los sheks habían arrasado Shia. Ella había llorado toda la noche. Yo la consolé como pude, pensé que era muy sensible, de hecho me gustaba que fuera sensible. Pensé que se le pasaría. Como al día siguiente ya no lloraba, creí... que ya se le había olvidado.

–Pero no fue así –murmuró Jack.

Rando dio un puñetazo sobre la mesa.

–Si hubiera sabido escucharla... Si me hubiese dado cuenta de que su dolor iba mucho más allá de la empatía, si hubiese concedido importancia al hecho de que ella tenía raíces shianas... tal vez me habría dado cuenta antes de lo que estaba sucediendo. Estábamos luchando en bandos contrarios, y yo no lo sabía. Pero lo que para mí era un trabajo... para ella era una pasión. Creía firmemente en la causa de los rebeldes, hasta el punto de dar su vida por ella. Pero no quería arriesgar la mía, y por eso nunca me dijo nada. Sabía que si me mantenía al margen, me protegería incluso aunque las serpientes la capturasen a ella. Y yo, estúpido de mí, no fui capaz de darme cuenta de que Yenna tenía una vida más allá de nosotros dos y de nuestro hogar. Cuando la vi con ese hombre, no pude evitar pensar que tenía que ver conmigo, que era una amenaza para nuestra relación. Pero, aunque yo era el centro de su mundo, no era todo su mundo, ¿entiendes? Es lo que no fui capaz de ver. Y por eso la delaté sin darme cuenta.

–¿Que la delataste? –repitió Jack, perplejo. Rando asintió.

–Fue la noche en que le pregunté por el hombre del callejón, que no era sino uno de sus compañeros rebeldes. Ella no respondió a mis preguntas. Y no solo lo estaba protegiendo a él, sino también a mí. Podría habérmelo contado todo, pero entonces me habría puesto en peligro. Pero consideró que salvar mi vida era más importante que salvar nuestra relación. Y la traicioné sin darme cuenta. En la taberna... cuando conté que había visto a mi mujer con otro hombre, y que no había obtenido ninguna explicación ni excusa por parte de ella... había oídos szish escuchando cada una de mis palabras. Las serpientes son astutas, y llevaban tiempo siguiendo la pista de Yenna. Algo de lo que yo dije les dio el dato que necesitaban para descubrir su identidad. Yo la traicioné, la mataron por mi culpa... y todo por no haber sabido escuchar.

Jack escuchaba, sobrecogido. Cuando Rando hundió el rostro entre las manos, temblando, solo fue capaz de decir:

–No fue culpa tuya. Ellos la ejecutaron. No podías saberlo...

Rando alzó la cabeza.

–Yo era su hombre. *Debía* saberlo. Debía conocerla mejor –sacudió la cabeza–. Después de eso fui incapaz de seguir sirviendo en el ejército a las órdenes del rey Kevanion. Deserté..., pero tampoco fui capaz de odiar a las serpientes por lo que habían hecho. No más de lo que me odiaba a mí mismo, en cualquier caso.

Sobrevino un largo silencio.

–Pero no estábamos hablando de mí –concluyó el semibárbaro, súbitamente animado–. Esto pasó hace mucho tiempo. Y ahora eres tú el que tiene que aprender a escuchar a su chica, ¿no?

–No necesito escuchar más para saber que está con otro –murmuró Jack–. ¿Crees que se puede querer a dos personas a la vez?

–Por supuesto –afirmó Rando, muy convencido–. Aunque una de las dos suele ser un capricho, y la otra, tu amor de verdad. A veces cuesta un poco distinguirlos.

–¿Y cómo puede saberse si es o no un capricho?

–Pues porque los lazos de verdad duran mucho más tiempo –respondió Rando, como si fuera obvio–. Pero si aún te quedan dudas, preguntas a un celeste y listo. Aunque yo siempre he pensado que eso es como hacer trampa.

Jack dejó caer los hombros.

–Me temo que su «capricho» dura ya dos años, puede que más –murmuró–. Supongo que tengo miedo de que al final resulte que el «capricho» era yo. ¿Se pueden tener dos lazos verdaderos con dos personas distintas?

–Ya lo creo. Yo mismo tengo dos amores –declaró con una sonrisa pícara–. Cualquier chica que quiera algo conmigo tendrá que aceptar que mi corazón no puede pertenecerle solo a ella.

Jack lo miró con estupor.

–¿Dos amores... y aún hablas de una tercera chica? –preguntó, atónito.

Rando se echó a reír.

–Claro, hombre. Mi primer amor –enumeró alzando un dedo– es, y siempre será, Yenna. Aunque ella ya no esté, siempre la recordaré y siempre la llevaré aquí, conmigo, en mi corazón. Por supuesto que sé que puedo enamorarme otra vez, y de hecho estoy en ello; pero no tiene sentido fingir que he olvidado a Yenna o que ya no la quiero, igual que no tiene sentido creer que nunca volveré a amar a ninguna otra mujer, o compararlas a todas con mi Yenna. Una vez –añadió pensativo–, una chica me dijo que no podía competir con el recuerdo de Yenna. Me quedé bastante sorprendido. «¿Y quién te ha pedido que compitas con ella?», le pregunté. No lo entendió. No sé si lo que pretendía era que borrara su recuerdo de mi corazón, o es que de verdad creía que mi corazón estaba tan muerto como Yenna y no volvería a amar a nadie más, pero el caso es que no fue capaz de resistirlo.

–Pero realmente no las quieres a las dos *a la vez* –razonó Jack.

–¿Estás seguro? Ponte en mi lugar. Imagina que quieres a una mujer más que a nada en el mundo... y después la pierdes. La lloras, la echas de menos, pero acabas por rehacer tu vida y seguir adelante. Y encuentras a otra persona a la que amas, no porque sea un reflejo de la que perdiste ni porque necesites llenar un vacío, sino simplemente por ser ella. Iniciáis una vida juntos... pero... ¿qué pasaría si la mujer a la que creías muerta siguiese viva, y volvieses a encontrarte con ella?

Jack no supo qué responder.

—Yo te lo diré –prosiguió Rando–. Si ambos lazos son verdaderos, y no hay motivo para pensar que no lo son, ¿por qué razón no voy a creer que se puede amar a dos personas a la vez?

—¿Pero te quedarías con ambas? –insistió Jack; Rando se encogió de hombros.

—Eso dependería de ellas. Las personas son libres de tomar sus propias decisiones, y yo no puedo obligar a nadie a estar conmigo o no estar. Así que lo que yo pudiera decidir al respecto no tiene mucha relevancia. Podría decir a las dos que las amo, y sería verdad. También podrían creer ellas que tengo mucha cara dura, y estarían en su derecho de dejarme plantado –rió–, pero yo no podría evitar seguir queriéndolas de todas formas.

Jack sonrió, desconcertado.

—Entonces, ¿ya has encontrado a otra chica a la que puedes compartir con el recuerdo de Yenna? –quiso saber.

—Todavía no, pero estoy en ello. De momento, estoy esperando.

—Esperando, ¿a qué?

—A que se dé cuenta de que el tipo con el que está ahora no es más que un capricho –sentenció Rando, y apuró su jarra de darkah.

Jack se rió; su seguridad y su alegría resultaban contagiosas.

—¿Y cuándo piensas decirle que es una candidata a ser tu segundo amor?

—Qué dices, pero si ya tengo un segundo amor. ¿Quieres conocerlo? –preguntó, cómplice.

—¿Conocer... *lo*? –repitió Jack, perplejo.

Rando se levantó y arrojó unas monedas sobre la mesa.

—Invito yo.

—Ni hablar... –protestó Jack; Alsan le había dado dinero para el viaje y, aunque había estado a punto de rechazarlo, enseguida había pensado que, después de todo lo que había hecho por Idhún, bien merecía una compensación... Hasta los héroes tenían que vivir de algo.

—Invito yo –repitió Rando–. Es lo menos que puedo hacer, después de haberte aburrido durante tanto rato.

Jack se rindió ante la avasalladora simpatía del semibárbaro.

Salieron del local y recorrieron las estrechas y retorcidas calles de Lumbak. Hacía ya rato que se había puesto el tercero de los soles, y las lunas iluminaban suavemente los achaparrados edificios de la ciudad. Jack siguió a Rando hasta las afueras de la población. Llegaron a una especie de almacén abandonado; Rando franqueó las puertas con paso firme.

Jack fue tras él. Cuando sus ojos se acostumbraron a la semioscuridad, vio un bulto al fondo de la estancia, cubierto con una lona.

El instinto habló por él.

–¡Es un dragón! –exclamó, antes incluso de verlo.

–¡Vaya! ¿Cómo lo has sabido?

Rando encendió una lámpara de aceite y retiró un poco la lona.

–Te presento a Ogadrak –dijo–. Te aseguro que estamos total y sinceramente enamorados el uno del otro. Y que se atreva cualquier celeste a llevarme la contraria.

Pero Jack no rió la broma. Había retrocedido y miraba a Rando con cautela.

–Sé que no tiene aspecto de dragón –dijo el semibárbaro, malinterpretando su gesto–. Pero eso es porque hay que renovar su...

–Eres uno de los pilotos de Tanawe –cortó Jack–. Del grupo que envió a Kash-Tar.

Rando pestañeó, perplejo.

–¡Sabes muchas cosas, tú! –dijo, y se puso repentinamente serio–. ¿Quién eres?

–Me enviaron desde Thalis a buscaros. Pero, a juzgar por lo que he visto –añadió, y su voz se endureció–, habría preferido no encontraros nunca.

Rando le dirigió una larga mirada.

–Comprendo –dijo–. Por ese motivo me separé del grupo –acarició la madera del dragón, pensativo–. Ya no tengo nada que ver con ellos. Me uní a los rebeldes por seguir el ejemplo de Yenna, pero era su guerra, no la mía. Y sin embargo... la primera vez que volé... a bordo de un dragón... me sentí feliz por primera vez en mucho tiempo. Y sé que el dragón no es mío y que, si me niego a luchar con los Nuevos Dragones, tendré que devolverlo... y me niego a separarme de él, así que supongo que lo he robado –añadió, y miró a Jack, desafiante.

–Por mí, puedes quedártelo –respondió Jack con una sonrisa–. Creo que está mejor en tus manos que en las de cualquier otro piloto, y te lo dice alguien que realmente disfruta matando serpientes –añadió con cierta tristeza.

–Por supuesto que me lo quedaré. Ogadrak y yo estamos hechos el uno para el otro. Nada ni nadie podrá separarnos.

—¿Renunciarías a él... a volar... por amor? ¿Si te lo hubiese pedido Yenna, por ejemplo?

—Por amor se hacen muchas tonterías, Jack. Supongo que sería capaz de renunciar a mi dragón para demostrar mi amor por ella. Pero, por el simple hecho de pedírmelo, Yenna habría demostrado todo lo contrario. Si amas a una persona, no puedes exigirle que renuncie a algo que es importante para ella. Yo lo aprendí con Yenna. Si hubiese sabido lo que hacía, si le hubiese exigido que abandonara la lucha contra las serpientes... la habría matado por dentro. Aunque con ello le hubiese salvado la vida... obligarla a renunciar a sus ideales, a aquello que ella amaba, habría sido como mutilar su espíritu.

Jack sacudió la cabeza, confundido. Rando descargó una palmada sobre su hombro.

—Eres un buen chaval —dijo—. Solo necesitas aclararte un poco.

—Supongo que sí —murmuró él—. Me acostumbré con el tiempo a que mi chica tuviese... dos amores, como dices tú. Pero es que pronto tendrá tres —gimió—. Se ha quedado encinta.

Rando se rascó la cabeza.

—Vaya, vaya. ¿Te preocupa que el niño sea hijo del otro y eso te deje a ti fuera de la familia? ¿Y por qué no lo hablas con ella?

—Demasiado tarde, me temo.

—Nunca es demasiado tarde si algo te importa de verdad.

Jack cerró los ojos. De pronto tuvo ganas de correr a buscar a Victoria, dondequiera que se encontrase, y decirle lo mucho que la quería. Recordó las palabras de Rando: «Consideró que salvar mi vida era más importante que salvar nuestra relación». Respiró hondo. «Qué idiota he sido», pensó. Victoria no había elegido entre los dos. Se había visto obligada a elegir entre salvar la vida de Christian o salvar su relación con Jack. Se preguntó, de pronto, cómo estarían los dos... los tres. «El bebé», pensó. Le había costado asimilar la idea de que Victoria iba a ser madre, pero se había acostumbrado ya y aguardaba el nacimiento del niño con la misma ilusión que la propia Victoria. Y no soportaba la idea de que resultase ser hijo de Christian y eso supusiese perder a ambos definitivamente.

«Pero la he dejado sola», recordó de pronto, «embarazada de tres meses y cargando con un shek moribundo». Tenía que ir a ayudarla... a ayudarlos. A los tres. A Victoria, a Christian y al bebé que aún no había nacido pero al que, en el fondo, ya quería como a un hijo. «No importa que sea hijo de Christian», pensó entonces. «Quiero a ese bebé, y quiero a Victoria, y... y quiero estar con ellos», comprendió.

–Creo que tengo que hablar con ella –murmuró.

Rando sonrió e hizo ademán de palmear de nuevo la espalda de Jack. Pero el muchacho se apartó con presteza y se volvió bruscamente. Había oído un suave siseo en la puerta del almacén.

–¿Quién esssstá contigo, Rando? –preguntó, irritada, una voz siseante.

Jack desenvainó a Domivat casi sin pensarlo. Rando dio un paso atrás, alarmado.

–¡Eh! ¿Qué es esa cosa? ¡Guárdala! ¡Ersha es una amiga!

Jack lo miró, sin terminar de creer lo que acababa de oír.

–Amiga no –rectificó la szish–. Conocida, nada másss –se acercó un poco más, sin apartar la vista del filo de Domivat–. Tengo noticiasssss, Rando –dijo–. El corazón de llamasssss ha vuelto.

Rando entornó los ojos, repentinamente serio.

–Esperaba no tener que volver a oír eso nunca más.

–Pero ahora podrán verlo –dijo Ersha–. Comprenderán todo lo que passsó.

–¿A costa de qué, Ersha? ¿Cuántas más personas tienen que morir calcinadas para que entendamos de una vez qué es esa cosa?

–Perdón –intervino Jack–. Sé que probablemente no es de mi incumbencia, pero... ¿de qué estáis hablando?

Ersha lo miró con desconfianza, pero Rando respondió:

–Estamos hablando de lo que ha hecho que la gente se vuelva loca, aquí, en Kash-Tar. Pero no tiene sentido que te lo explique; tienes que verlo con tus propios ojos.

Jack entrecerró los ojos, asaltado por una súbita sospecha.

–Llévame a verlo –pidió–. Creo que sé de qué se trata.

XXIV

PODER SAGRADO

SHAIL levantó la vista del libro que estaba leyendo, sobresaltado, cuando alguien cerró de golpe la puerta de la Biblioteca de Iniciados.

Los dos aprendices que estudiaban en la mesa contigua se levantaron de un salto, cohibidos, al ver entrar a Qaydar con evidente gesto de enfado, y se echaron a temblar como flanes.

Shail también se levantó, con lentitud y gesto resignado. No tenía muy claro por qué, pero sospechaba que él era el blanco de las iras del Archimago.

—Dejadnos solos —pidió Qaydar, y los aprendices se apresuraron a marcharse, claramente aliviados.

Shail cerró el libro que estaba leyendo, tratando de ocultar su título, pero Qaydar no le prestó atención.

—Me han llegado noticias de que Victoria se ha escapado, de que ha huido con el shek —dijo—. ¿Es eso cierto?

—Bueno... —vaciló Shail.

—¿Por qué no me habías informado? —estalló Qaydar—. ¡Sabes que ella es vital para el futuro de la Orden Mágica! Ahora el enemigo tiene dos cuernos de unicornio...

—Con todos mis respetos, Victoria es una persona, no un cuerno de unicornio —cortó Shail con sequedad—. Tiene sentimientos...

—¡Y también responsabilidades!

—Sí, pero si tiene que rendir cuentas a alguien, no es a vos, Archimago.

Qaydar entornó los ojos.

—Dicen que el hijo que espera lleva la sangre del shek.

—¿Pero cómo se entera la gente de esas cosas? —dijo Shail, perplejo.

—¡Entonces, es verdad!

El mago alzó las manos para tranquilizarlo.

–No sabemos si es verdad. Ni la propia Victoria está segura, así que no deberíamos sacar conclusiones precipitadas.

Qaydar se dejó caer sobre una de las sillas, temblando.

–Esto es inaudito –murmuró–. ¿Cómo ha sido capaz...? ¿Qué clase de unicornio se comportaría de esa forma?

–Solo está tratando de salvar la vida de Kirtash. Nos guste o no, hay un lazo entre ellos dos. Si queréis tener a Victoria de vuestra parte, Archimago, haríais bien en respetar ese lazo.

–Un lazo... con un shek –repitió Qaydar; sacudió la cabeza–. Es repugnante.

Shail recordó cómo Victoria había protegido a Christian, herido de muerte, de Alsan y Gaedalu, y sonrió con cierta tristeza.

–A mí, en cambio, me parece hermoso –dijo.

Qaydar se levantó con brusquedad.

–Hermoso o repugnante, lo cierto es que Victoria no debería poner ese lazo por encima de sus obligaciones. Recoge tus cosas –ordenó–. Nos vamos a Vanissar. Hay que organizar una búsqueda. La traeremos de vuelta, lo quiera o no.

–Pero...

–Sin excusas, Shail. Nada de lo que puedas estar haciendo es más importante que encontrar al último unicornio, ¿no?

«Lo cierto es que sí», pensó Shail, alicaído, pero no dijo nada.

Era la primera vez que Jack montaba en un dragón artificial, pero no estaba seguro de que le gustase. Era una sensación parecida a volar en avión... un avión bamboleante y tan, tan inestable que incluso él, acostumbrado a volar y sin miedo a las alturas, se sintió inquieto.

–¿No es fantástico? –le dijo Rando cuando despegaron; su rostro mostraba una extática expresión de alegría.

–Sí... Fantástico –masculló Jack, que empezaba a marearse.

Había optado por no revelar todavía quién era, no porque no confiara en Rando, sino porque el semibárbaro le caía bien y no quería que él empezara a tratarlo de forma diferente. Dado que Ersha había decidido quedarse en Lumbak, puesto que no tenía intención de volver a acercarse al «corazón de llamas», había un sitio en la cabina para él.

Rando lo había puesto al tanto de lo que había visto tres meses atrás en el desierto, y que, en su opinión, había hecho arder Nin hasta los cimientos. Jack había escuchado, con semblante grave, la historia del semibárbaro.

–¿Quieres decir que ambos bandos culpan al otro de una masacre que ocurrió por culpa de Al... de la bola de fuego? –preguntó, moviendo la cabeza con incredulidad.

–A estas alturas, poco importa quién empezó –dijo Rando–, porque ambas facciones han cometido ya tantas atrocidades que tienen excusas de sobra para seguir matándose unos a otros durante muchos siglos más.

«Así es como se perpetúan las guerras», recordó Jack que había dicho Victoria.

–Vamos en la dirección que indicó Ersha –informó Rando, interrumpiendo sus pensamientos–. No sé cuánto tardaremos en avistarlo, pero, de todas formas, no podremos acercarnos mucho. Si empiezas a tener calor, avisa.

Jack asintió, inquieto.

Aún tardaron varias horas más en comenzar a notar la presencia de lo que Ersha llamaba el «corazón de llamas». La temperatura subió dentro del dragón, y los dos empezaron a sudar.

–¿Dónde está? –preguntó Jack, mirando a través de todas las escotillas.

–Todavía estamos lejos –dijo Rando, y la preocupación de Jack aumentó. Los efectos del dios se dejaban sentir incluso a gran distancia. ¿Cómo sería verlo de cerca?

El corazón del joven se aceleró un momento. Había tenido bastantes dioses para el resto de su vida, pero, aun así, sentía una extraña atracción hacia Aldun. Se preguntó si se debía a que, según las leyendas, aquel era el dios que había intervenido de forma más directa en la creación de los dragones.

En aquel momento, Ogadrak coronó una enorme duna y, de pronto, el corazón de llamas se mostró ante ellos vomitando lenguas de fuego, como el núcleo de una estrella.

–¡Cuidado! –gritó Jack, alarmado. Rando dejó escapar una sonora maldición y tiró de las palancas para remontar el vuelo. Una oleada de aire abrasador los golpeó de lleno y, de pronto, una de las alas de Ogadrak se incendió como una tea.

—¡No, no, no! —chilló Rando, moviendo los mandos frenéticamente; dio media vuelta y trató de escapar, pero el dragón no respondía—. ¡Ogadrak! —gritó, como si estuviesen torturándolo a él.

—¡Tienes que aterrizar, Rando! —exclamó Jack.

—¡Pero qué...! ¡Lo que he de hacer es salir de aquí!

—¡Hazme caso! ¡Aterriza! ¡Aterriza! —insistió Jack, mientras el dragón daba un par de vueltas de campana en el aire.

Finalmente, Ogadrak se estrelló contra una duna, con un fuerte bandazo. Rando y Jack salieron despedidos de sus asientos. Jack chocó contra una de las paredes, pero, en cuanto el dragón se estabilizó, salió a toda prisa por la escotilla superior. Rando tardó un poco más en despejarse. Lo hizo en cuanto oyó el crepitar de las llamas que estaban devorando a su dragón, y lanzó un alarido de alarma.

Pero enseguida un montón de arena cayó sobre el dragón, arena rosada que se desparramó a través de la escotilla en varias oleadas, hasta que el sonido del fuego se apagó.

Rando salió de la cabina. Una noche clara y agobiante lo recibió, y el ambiente asfixiante le hizo resoplar.

—¡Oye! —gritó—. ¿Cómo has hecho para arrojar tanta arena de golpe sobre...?

Se calló en cuanto vio que no estaba hablando con un humano, sino con un gran dragón dorado que contemplaba a Ogadrak con preocupación.

—Por todos los... —empezó el piloto, pero no fue capaz de terminar la frase.

Bajó a la arena de un salto y se acercó a Jack con precaución.

—Ya sé quién eres —le dijo—. He oído hablar mucho de ti.

—Qué bien —respondió Jack, sin mucho entusiasmo.

Volvió a transformarse en humano y corrió a examinar los desperfectos de Ogadrak.

—Solo se ha quemado la capa externa, parece —dijo—. El armazón ha resistido. Solo está un poco chamuscado.

Rando se había quedado con la boca abierta, pero sacudió la cabeza y trató de centrarse.

—Debería haber resistido más —dijo—. El recubrimiento de los dragones... de los dragones artificiales, quiero decir —añadió mirándolo de reojo—, está protegido con conjuros antifuego. Y esto es madera de olenko, se supone que no arde. Ni se chamusca.

Jack movió la cabeza y señaló con un gesto a la gran esfera de fuego que iluminaba el horizonte.

–Dudo mucho que exista algo que no arda cerca de eso –dijo.

Él mismo sentía que la piel le quemaba y que tenía la garganta seca. Se pasó un brazo por la frente cubierta de sudor. Lo apartó inmediatamente; el simple roce le escocía y, al mirarse los brazos, vio que su piel estaba enrojeciendo.

–Tenemos que salir de aquí cuanto antes –murmuró–. Esto es un auténtico horno.

Rando ya estaba de nuevo concentrado en Ogadrak. También él sudaba copiosamente.

–Se puede arreglar –dijo, con una sonrisa de alivio–. A pesar de todo, los daños han sido solo superficiales. Creo que si reparo el ala, incluso podremos volar hasta un lugar civilizado.

Jack dejó escapar un suspiro de impaciencia.

–No sé si podré esperar tanto –dijo–. Escucha, tal vez pueda cargar con el dragón y alejaros a los dos de aquí.

–¿Cargar con el dragón? –repitió Rando–. ¿Te has vuelto loco?

–Ya sé –dijo Jack– que lo lógico sería llevarte a ti solamente y dejar aquí este trasto, pero no me hago ilusiones –sonrió–. Es tu segundo amor, ¿no?

Rando soltó una carcajada.

–Cierto, cierto... Bien, si nos llevas a ambos, te lo agradeceré. No me parece que este sea un lugar demasiado seguro para pasar la noche –añadió, y se volvió para contemplar, sombrío, el corazón de llamas. Le dio la espalda inmediatamente porque no soportaba el calor, y se abanicó con la mano tratando de aliviar el ardor que mordía su piel.

–No esperaba volver a toparme con ninguno de ellos –dijo Jack a media voz.

Rando lo miró, desconcertado.

–¿Habías visto antes algo parecido?

–No exactamente –dijo–, pero me he cruzado antes con otros de su clase.

–Y... ¿qué es?

Jack se volvió para clavar en él una larga mirada, pero no contestó.

–Vámonos de aquí –concluyó–. Ya no puedo quedarme parado.

«Los próximos días van a ser muy largos», se dijo, pesaroso.

También resultó largo el viaje de vuelta. El dragón artificial pesaba más de lo que Jack había supuesto, y el semibárbaro, montado sobre su lomo, no era, ni mucho menos, tan ligero como Victoria. Cuando por fin los dejó a ambos de nuevo junto al almacén de donde habían partido, estaba a punto de amanecer, y Jack estaba molido.

–Deberías descansar un poco antes de marcharte –le dijo Rando–. No hemos dormido nada en toda la noche.

Pero Jack negó con la cabeza.

–No hay tiempo que perder –dijo–. Tengo que ir a avisar de que han regresado. Y tengo que encontrar a Victoria –añadió, preocupado–. Quién sabe lo que puede pasarle si vuelve a cruzarse con uno de ellos.

–Hablas de tu chica, ¿verdad? –sonrió Rando–. Bien, te deseo mucha suerte con ella. Confieso que jamás me habría imaginado que me encontraría al último dragón en el antro de Orfet –añadió, un tanto desconcertado–, ahogando sus penas amorosas en una jarra de darkah.

–Que no todo se reduce a eso –protestó Jack, un tanto molesto; pero enseguida sonrió–. Bien, ten por seguro que no volverás a verme probar el darkah. Que te vaya todo bien, Rando. Me alegro de haberte conocido –añadió, dando una palmada amistosa en el musculoso brazo del semibárbaro–, y espero que volvamos a vernos. Entretanto, me gustaría pedirte un favor.

Rando se rió.

–¿Tú, pidiéndome un favor a mí...? –empezó, pero calló al ver el gesto, extraordinariamente serio, de Jack–. Bien... ¿de qué se trata?

–Cuida de Kimara –le pidió, para su sorpresa–. Asegúrate de estar cerca de ella cuando se le pase el capricho, ¿quieres? Le vendrá bien tener a su lado a alguien como tú –añadió guiñándole un ojo.

Después, dio media vuelta y se alejó hacia la puerta del almacén.

–¡Espera! –lo llamó Rando–. ¿Cómo sabías lo de Kimara?

Jack no respondió. Se despidió con un gesto, sin volverse, y salió de nuevo a encontrarse con el desierto.

Victoria se despertó de golpe al sentir que algo se movía bajo su cuerpo, hormigueando. Se incorporó, sobresaltada. En cuanto se despejó del todo, se volvió para mirar a Christian, que yacía junto a ella, inerte. Preocupada, Victoria se apresuró a asegurarse de que todavía respiraba. Suspiró, más tranquila, cuando comprobó que seguía vivo. Su pulso era muy débil, y su respiración, apenas un leve aliento, pero aún vivía. Apretó los dientes para aguantar las lágrimas. No sabía cuánto tiempo más resistiría, y sabía que no soportaría verlo morir. Pero no podía hacer otra cosa por él, aparte de cuidarlo con todo el cariño de que era capaz.

Se incorporó un poco. Las luces del primer amanecer ya se filtraban por las ventanas y los resquicios de la ruinosa cabaña. Victoria miró a su alrededor, en busca del cuenco que utilizaba para traer agua del arroyo para Christian. El shek apenas si podía tragar, pero Victoria le daba de beber de todas formas. También había estado alimentándolo con frutas y bayas del bosque, pero hacía un par de días que ya no tenía fuerzas ni para masticar.

De pronto volvió a sentir que algo se movía bajo su cuerpo, y se puso en pie de un salto, alarmada. Apartó la capa, que hacía las veces de sábana y que había tendido sobre el montón de maleza que les servía a ambos de cama, con precaución, para ver qué había debajo.

Al principio le pareció un gusano, o una pequeña serpiente, que se retorcía entre las hojas. Pero, cuando lo vio mejor, se dio cuenta de que se trataba de un pequeño brote verde que crecía, lentamente, buscando la luz solar.

–No puede ser –murmuró Victoria.

Apartó un poco a Christian, con delicadeza, y despejó la zona un poco más.

Allí estaba: entre las losas del suelo crecían plantas, lentamente pero sin pausa. Victoria alzó la cabeza, mientras el corazón empezaba a latirle con fuera, y vio que todas las plantas que ella no había retirado de la cabaña habían comenzado de nuevo a desarrollarse. La joven inspiró profundamente y cerró los ojos para concentrarse. Sintió aquella extraña vibración que percibía cuando un ambiente se cargaba de energía.

Ya no cabía duda. Los dioses habían regresado.

Cuando abrió los ojos otra vez, los tenía empañados de lágrimas. Aquel era el milagro que había estado esperando.

Cargó con Christian, con cierta precipitación, y salió de la cabaña. Allí buscó con la mirada al pájaro haai, y se sintió aliviada al comprobar que no se había marchado. Había estado alimentándolo todos los días y parecía que el ave le había cogido cariño, pero Victoria no lo mantenía atado, por lo que el animal podía irse cuando quisiera. Lo llamó con un suave silbido que había aprendido de Man-Bim, y el haai se acercó a ella amistosamente. Victoria cargó a Christian sobre su lomo y, seguidamente, montó tras él. Momentos más tarde, se elevaban en el aire, sobrevolando la cúpula arbórea de Alis Lithban.

Le costó trabajo dominar al haai, cuyo nerviosismo aumentaba por momentos a medida que se iban acercando al lugar donde el bosque volvía a crecer desaforadamente. Victoria frunció el ceño, preocupada. Sabía que era peligroso, sabía que no debía aproximarse más... pero se trataba de salvar la vida de Christian. Cuando juzgó que se había acercado lo suficiente, instó al ave a descender, deseando no haberse equivocado en sus cálculos.

A ras de tierra, los árboles volvían a crecer y a desarrollar ramas, flores y hojas a una velocidad prodigiosa. Victoria tuvo problemas para encontrar un espacio donde aterrizar y, cuando lo hizo, se apresuró a atar al haai con una liana que colgaba de uno de los árboles. El animal trató de levantar el vuelo, pero la cuerda lo retuvo. Aterrorizado, dirigió una mirada suplicante a Victoria, mientras dejaba escapar un suave gorjeo de reproche.

–Lo siento –murmuró Victoria–, pero te necesito. Por favor, espera un poco más. Después serás libre, te lo prometo.

Dejó a Christian al pie de un árbol y lo contempló un instante, sobrecogida. Pero sacudió la cabeza y se esforzó por mantener la sangre fría. Se miró las manos. Empezaba a sentir un cosquilleo en las puntas de los dedos. Tuvo miedo, y reprimió el impulso de salir corriendo de allí. Cerró los ojos y respiró hondo. «Por Christian», se dijo.

Siguió inspirando profundamente, tratando de calmarse, mientras el haai piaba, desesperado, y los árboles crecían cada vez más deprisa. Cuando abrió los ojos otra vez y volvió a mirarse las manos, vio que estaban envueltas en chispas. «Ahora», pensó.

Se transformó en unicornio.

Fue espantoso. Un brutal torrente de energía la recorrió por dentro, casi destrozándola, y la hizo lanzar un alarido de dolor. Trató de detener aquello, pero no pudo, y recordó, como si hubiese sucedido el día anterior, cómo Ashran la había utilizado para succionar la energía del mundo. Aquello era parecido, pero era su propio cuerpo el que absorbía más magia de la que podía contener, y se veía completamente desbordado, como un cauce demasiado estrecho ante una inundación. Victoria inclinó la cabeza, rota de dolor por dentro. El cuerno pesaba tanto que creyó que le iba a partir el cuello.

Apretó los dientes y abrió los ojos con esfuerzo. La luz del cuerno la deslumbró. Luchó por levantar la cabeza y alejar el cuerno del cuerpo de Christian. Cualquier cosa que rozara en aquellos momentos estallaría en millones de fragmentos.

Cualquier cosa...

Victoria aguantó aún un momento más, aterrorizada, a punto de estallar. Sabía lo que podría sucederle si no descargaba toda aquella energía, pero tenía miedo de hacer daño a Christian. «Tengo que intentarlo», se dijo con esfuerzo. «Es la única oportunidad que tiene».

Con un gemido de dolor, volvió a mover la cabeza, luchando por controlar el movimiento al milímetro. Si se equivocaba y el cuerno rozaba la piel de Christian, aunque solo fuera un instante...

Procuró no pensar en ello.

Lenta, muy lentamente, bajó la cabeza, acercando la punta del cuerno a la gema que latía en el pecho del shek. Su cuerno tembló un instante, a escasos centímetros de la piedra. Junto a ella, el pájaro haai chillaba de terror.

«Un poco más», se dijo Victoria, con un jadeo de agonía. «Solo un poco más».

La punta del cuerno rozó la piedra negra.

Victoria sintió cómo se descargaba de la energía divina, cómo pasaba a través de ella violentamente, desgarrando su alma y obligándola a gritar de dolor, pero se mantuvo firme. La gema absorbió aquel poder, palpitando como un corazón de obsidiana, y Victoria aguantó... aguantó...

De pronto, la gema se rompió en mil pedazos. El unicornio retiró el cuerno y la magia se detuvo de golpe, inflamándola por dentro hasta que se sintió a punto de estallar.

No aguantó más. Se transformó en humana otra vez, y el dolor remitió.

Sintió ganas de llorar, pero se contuvo. Se dejó caer junto a Christian y se miró las manos. Aún despedían chispas, pero no tantas como antes. Respiró hondo. Tenía que salir de allí...

No se atrevió a mirar a Christian. No estaba preparada, todavía, para saber si había funcionado o no. De momento, lo más urgente era regresar a la cabaña, a un sitio donde pudieran estar seguros.

Se incorporó, y entonces fue consciente de que algo iba terriblemente mal.

Bajó la mirada, inquieta, y dejó escapar un grito de terror al ver que su vientre se hinchaba lentamente. Lo palpó con las manos, muerta de miedo. Podía sentir a su hijo creciendo dentro de ella.

–¿Qué estás haciendo? –chilló, con una nota de pánico en su voz–. ¿Qué está pasando?

Tuvo una fugaz visión del bebé aumentando de tamaño a tal velocidad que acababa por rasgar su vientre y salir de ella violentamente; trató de serenarse, pero entendió que si el niño seguía creciendo, podía hacerla romper aguas y obligarla a dar a luz allí mismo, en pleno bosque...

Dejó escapar un gemido de terror y siguió sujetándose el vientre, sintiéndolo aumentar de volumen; se había quedado bloqueada, sin saber qué hacer.

De pronto, una mano aferró su muñeca. Al volverse, se encontró con la mirada de Christian.

–Tienes que salir de aquí –dijo solamente.

Hablaba todavía con esfuerzo, pero estaba consciente. El alivio inundó el pecho de Victoria. Ayudó a Christian a incorporarse, tratando de no mirar hacia abajo, pero se sentía muy débil y extrañamente hambrienta. Su cuerpo estaba utilizando todos los recursos a su alcance para hacer crecer a su bebé a toda velocidad, contagiado de la fiebre creadora de Wina.

Llegaron a duras penas hasta el pájaro haai, que chillaba escandalosamente y aleteaba desesperado. Victoria ayudó a Christian a subir a su lomo. El propio Christian tuvo que tirar de ella, porque apenas podía caminar.

Cuando la joven, una vez acomodada sobre el lomo del animal, soltó por fin sus ataduras, el haai lanzó un grito de libertad, abrió las alas y levantó el vuelo. Y, poco después, los tres se alejaban de allí, hacia el cielo coronado por los tres soles.

Llegaron a la cabaña, y Victoria comprobó aliviada que las plantas habían dejado de crecer: Wina se estaba alejando hacia el sur, hacia Raden.

Dejó libre al haai con unas palabras de agradecimiento y, cuando el ave alzó el vuelo con un agudo gorjeo, ayudó a Christian a traspasar el umbral. No se detuvo a analizar qué le había pasado. Tendió al shek sobre el lecho de hojas y examinó su pecho con ansiedad.

La gema había desaparecido. No obstante, las cicatrices permanecían: una marca oscura y redonda en el lugar donde había estado clavada la piedra, como una quemadura que hubiese abrasado la piel del shek; y aquellas estrías que partían de la marca central y que recorrían su pecho, como las patas de un insecto siniestro. Victoria rozó la marca con la yema del dedo.

–¿Te duele? –preguntó.

Como Christian no respondía, alzó la cabeza para mirarlo. Vio que tenía los ojos fijos en ella. Estaba consciente y parecía que, poco a poco, su mirada iba recuperando aquel brillo de inteligencia que la caracterizaba. Victoria, no obstante, no quiso hacerse ilusiones tan pronto.

–¿Te duele? –repitió.

Christian negó con la cabeza, sin dejar de mirarla. Victoria se concentró entonces en sus cicatrices y puso en juego todo su poder curativo, para regenerar su piel y hacerlas desaparecer.

Fue inútil. Exhausta, retiró las manos. Se sentía mareada, pero, aun así, lo intentó de nuevo.

–Descansa –dijo Christian con suavidad, obligándola a detenerse.

Tomó sus manos y las deslizó hasta su vientre. Victoria temblaba de miedo y rehuyó su mirada.

–El bebé ha crecido de golpe –observó Christian.

Victoria bajó la cabeza para mirar, desolada, la nueva curva que presentaba su abdomen.

–Pero ¿por qué? –susurró; la voz le temblaba y estaba a punto de llorar.

–Te lo habría dicho si hubiese tenido ocasión. Wina no solo hace crecer las plantas. También acelera el desarrollo de todo tipo de criaturas.

Victoria palpó su vientre, preocupada. Cerró los ojos un instante. Christian aguardó, sin molestarla, hasta que ella lo miró con una débil sonrisa.

–Ya da patadas –dijo–. ¡Le he notado moverse! ¿Crees que... estará bien?

Christian la rodeó con sus brazos.

–Espero que sí. En teoría, lo único que ha hecho ha sido ahorrarte varios meses de embarazo –la observó con aire crítico–, pero creo que aún es demasiado pequeño. No vas a dar a luz esta noche –añadió sonriendo.

Victoria lo miró, seria.

—Y tú, ¿cómo estás?

—Agotado, pero... mejorando, creo —arrugó levemente el ceño—. Es como si mi visión hubiese estado desenfocada y fuera aclarándose poco a poco.

Ella sonrió, pero no respondió. Alzó la mano para tocarle la frente.

—Me parece que estás un poco más frío.

Christian se recostó sobre el lecho y cerró los ojos, con un suspiro de cansancio.

—La esencia de shek va recuperando poco a poco el terreno que había perdido —dijo—. Quizá tarde un tiempo, pero me parece que volveré a recobrar mis fuerzas y mi poder.

—Eso está bien —murmuró Victoria, acurrucándose junto a él.

Christian la abrazó con gesto protector, pero la muchacha, rendida, cerró los ojos y, apenas unos instantes más tarde, ya dormía profundamente. Christian sonrió.

—Me has salvado la vida —le dijo al oído—. Nunca lo olvidaré.

Habían visto la Luz.

Era lo único que sabían, lo único que eran capaces de balbucear cuando les preguntaban qué había sucedido y quién los había dejado en aquel estado.

—Vienen todos de una aldea cercana a las fuentes del Adir, Majestad —informó Covan—. Y aún hay muchos más que vagan perdidos por el valle. Los soldados están recogiendo a todos los que pueden, pero... no sé si podremos devolverlos a sus casas.

—¿Por qué no? —preguntó Alsan, inquieto—. ¿Sigue allí lo que los ha atacado?

Covan negó con la cabeza.

—Es que no hay manera de encontrar la aldea, Alsan. Dicen que la zona está envuelta en un resplandor tan intenso que nadie puede aproximarse sin que le duela la vista. Y teniendo en cuenta el estado de toda esa gente, no sé si resulta prudente acercarse más.

Alsan frunció el ceño, pensativo. Se inclinó junto a un bulto que se había acurrucado en un rincón, gimiendo y cubriéndose la cara con las manos.

—Vanissardo, te hallas ante tu rey —dijo—. Dime, ¿qué os ha sucedido?

El hombre alzó apenas la cabeza. Alsan se estremeció cuando vio aquel rostro, pálido como el de un cadáver y con las cuencas de los ojos completamente vacías.

—La Luz... la Luz... —gimoteó el aldeano.

—¿Por qué no lo han curado todavía? —inquirió Alsan.

—Los curanderos no saben qué hacer con ellos —respondió Covan—. No pueden devolverles los ojos, y parece, en cualquier caso, que no les duele. Parece como si... esa luz de la que hablan les hubiese quemado los ojos y, no obstante, no les importa. Por lo visto, algunos hasta bendicen a los dioses por haberles arrebatado la vista. Porque no son dignos de contemplar la Luz y su resplandor los hiere por dentro. O algo parecido.

—Bendicen a los dioses... —murmuró Alsan, presa de un horrible presentimiento.

Iba a seguir hablando, pero algo lo interrumpió. En aquel momento llegó Shail como una tromba.

—¡Alsan! —exclamó—. ¿Qué está pasando? Acabamos de llegar, y en el patio del castillo hemos visto a todas esas personas... ¿Quiénes son? ¿Qué les pasa? Parece que se han vuelto...

—... ciegas —confirmó Alsan—. Todas ellas.

Covan avanzó para cortarle el paso a Shail.

—¿Qué maneras son estas, mago? ¡Te encuentras ante el rey de Vanissar!

Shail se detuvo, perplejo.

—Covan, que soy yo —protestó.

El caballero iba a replicar cuando vio a Qaydar, que acababa de entrar. Frunció el ceño, pero no dijo nada más.

—Archimago —dijo Alsan con una sonrisa—. Celebro volver a veros tan pronto. Vamos a necesitar vuestra ayuda.

—Oímos las noticias acerca de la huida de Victoria, y hemos venido a colaborar en su búsqueda —informó el Archimago, cruzando las manos ante el pecho.

—Victoria tendrá que esperar —cortó Alsan—. Tenemos otro problema mucho más urgente —señaló al ciego que se acurrucaba en un rincón, y que seguía musitando: «La Luz... la Luz...»—. Tengo a una docena de aldeanos en estas mismas condiciones aquí, en el castillo, y me han dicho que hay muchos más perdidos por el reino. Debo encontrarlos a ellos primero y averiguar qué está pasando.

Qaydar frunció el ceño.

–¿Un ataque de las serpientes?

–No es su estilo.

Qaydar se había acuclillado junto al ciego y examinaba su rostro con preocupación.

–¿Podéis sanarlo? –preguntó Shail.

–¿Reconstruir sus ojos? –Qaydar negó con la cabeza–. Eso está lejos de mi alcance. De todas formas, creo que el mayor daño lo ha recibido su mente, no su visión –suspiró–. Este hombre ha perdido la razón.

–Como los Oyentes de los Oráculos –murmuró Shail, y dirigió a Alsan una larga mirada significativa.

–Sí –asintió él–, ya lo había pensado. Pero hace tiempo que ya no suceden este tipo de cosas en Idhún. Tenía entendido que se habían marchado.

–Tal vez han regresado a terminar lo que empezaron –sugirió Shail–. Puede que ya sepan dónde encontrar a Gerde.

–En tal caso no estarían aquí, en Vanissar –gruñó Alsan.

–Pero no están *todos*. Si lo que ha llegado a Vanissar puede definirse como «Luz», creo que ya sé cómo debemos llamarla.

Sobrevino un silencio incómodo, lleno de aprensión.

–No me resulta cómoda esa idea –declaró Alsan.

–¿Por qué? –preguntó Shail sin alzar la voz–. ¿Pensabas acaso que nuestra diosa sería menos destructiva o más amable que los otros cinco?

–¿De qué estáis hablando? –intervino Covan–. ¿Qué tiene que ver Irial con todo esto?

Los dos le dirigieron una mirada incómoda. Pero fue Qaydar quien contestó:

–Hace tres meses, un extraño tifón sacudió los cimientos de la Torre de Kazlunn. El joven Jack afirmaba que se debía a la presencia del dios Yohavir en nuestro mundo.

Covan palideció.

–¿Pero cómo... cómo se puede decir semejante insensatez?

–No es tan insensato –dijo Alsan–. Nosotros asistimos a un violento terremoto en Nanhai, y una ola gigantesca barrió las costas de Derbhad en las mismas fechas. Tampoco es un secreto para nadie que Alis Lithban se regeneró de forma asombrosa. Ni siquiera las serpientes podrían haber hecho eso, y tampoco es lógico creer que Gerde pueda estar detrás de todo esto.

–Karevan, Neliam y Wina –resumió Shail–. Los hemos representado siempre como seres parecidos a nosotros, pero ¿por qué razón habrían de tener nuestro mismo aspecto?

Covan dio un paso atrás.

–Estáis todos locos –dijo–. No quiero escuchar más blasfemias.

Dio media vuelta, no sin antes inclinarse brevemente ante Alsan, y salió de la habitación.

–Parece ser –dijo Alsan al cabo de un rato– que la diosa Irial me ha hecho el honor de visitar mi reino.

–Pues ya están todos, entonces –murmuró Shail–. A excepción de Aldun, claro. Me pregunto por qué no se ha manifestado todavía.

Alsan sacudió la cabeza.

–¿Quién dice que no lo haya hecho? Hace tres meses que Tanawe envió a un grupo de dragones a Kash-Tar, y aún no han vuelto. Y tampoco Jack, a quien enviamos para buscarlos –añadió.

Shail entornó los ojos, preocupado.

–¿No ha regresado aún?

–De modo que hemos vuelto a perder al dragón y al unicornio en vísperas de una batalla crucial –gruñó Qaydar.

–Hemos perdido mucho más que un dragón y un unicornio, Archimago –dijo Alsan–. Estamos perdiendo dragones artificiales: el grupo de Kash-Tar no ha vuelto, y sospecho que ya no regresará. También han desaparecido dos dragones que fueron enviados hace poco a patrullar por los Picos de Fuego. Es cierto que Tanawe tiene una gran flota preparada y que hay un número significativo de pilotos entrenándose... Pero esos dragones no volarán sin magia.

Qaydar lo miró con fijeza.

–No estoy dispuesto a arriesgar a mis magos en una guerra.

–¿Ni siquiera para recuperar a Victoria? ¿O para obtener el cuerno de unicornio de Gerde?

El Archimago frunció el ceño.

–¿Insinúas que si Gerde fuese derrotada...?

–... pondríamos el cuerno que posee a disposición de la Orden Mágica –asintió Alsan–. En principio había pensado devolvérselo a Victoria, pero, dadas las circunstancias...

La arruga de la frente de Qaydar se hizo más profunda.

–Entiendo –asintió–. Hablaré con Tanawe y veré qué puedo hacer.

–Os lo agradecería, Archimago. Hace tiempo que tenemos localizada la base de los sheks y, si no hemos atacado aún, es precisamente por esta razón. Pero en cuanto los Nuevos Dragones dispongan de hechiceros que puedan poner en marcha sus máquinas... la batalla comenzará.

–No sé si es buena idea luchar contra las serpientes en estas circunstancias –dejó caer Shail entonces, mirando a Alsan; este se volvió hacia él.

–¿Qué sugieres, pues? ¿Que luchemos contra los dioses?

–No se puede luchar contra ellos, Alsan, lo sabes tan bien como yo. Además, no tienen nada contra nosotros. Es al Séptimo a quien buscan.

–Pues más vale que lo encuentren pronto –gruñó Alsan–. Si pudiera, yo mismo les diría dónde buscarlo –miró de nuevo a Shail, súbitamente interesado–. Tú te fuiste a Kazlunn para averiguar más cosas sobre Ashran. Sobre cómo aprendió a invocar al Séptimo, ¿no?

Shail se removió, incómodo, sintiendo sobre él la inquisitiva mirada de Qaydar.

–Sí... Ymur y yo tenemos una teoría –dijo–. Pero, por supuesto, no está confirmada.

Les contó, en pocas palabras, la conclusión a la que habían llegado.

–Eso es absurdo –dijo Qaydar–. Para invocar al espíritu de Talmannon, Ashran habría necesitado al menos dos cosas: un objeto que le hubiese pertenecido y restos de su cuerpo: huesos, cenizas, lo que sea. Estamos hablando de un hechicero que vivió en la Segunda Era, Shail. Todo lo que hubiera podido quedar de él se perdió hace mucho tiempo.

Shail se acarició la barbilla, reflexionando.

–¿Todo...? –preguntó–. ¿Sabemos acaso qué fue de Talmannon después de que Ayshel lo derrotara? ¿Qué fue de su cuerpo?

Qaydar lo miró, entornando los ojos.

–Los restos mortales de Ashran estaban bajo las ruinas de la Torre de Drackwen –insistió Shail–. Lo rescatamos todo e hicimos una pira con su cuerpo. Recogisteis las cenizas, Archimago. ¿Qué fue de ellas?

–No estarás insinuando que se puede invocar a Ashran después de muerto –intervino Alsan, alarmado–. ¿No deberíamos esparcir sus cenizas por el mar, para asegurarnos de que nadie...?

–No queda nada de Ashran que pueda ser utilizado en una invocación –cortó Qaydar, categóricamente.

–A Ashran lo llamaban *el Nigromante* –insistió Shail–. Si de algún modo logró llegar hasta los restos de Talmannon...

–Tampoco queda nada de Talmannon. Es absurdo suponer que alguien pudo invocar su espíritu.

Sin saber muy bien por qué, Shail tuvo la impresión de que el Archimago estaba mintiendo.

–Pero –intervino Alsan– si quedara *algo* y se pudiera realizar la invocación... y preguntarle a Talmannon cómo se habla con un dios...

Hubo un largo silencio. Qaydar y Alsan cruzaron una mirada. Shail la captó.

–No... no estaréis pensando...

–Si pudiésemos hablar con Irial –reflexionó Alsan–, le haríamos ver que estamos aquí. Le contaríamos lo que su presencia, y la de los otros dioses, está suponiendo para nosotros. Podríamos decirle dónde está Gerde. Nosotros lo sabemos, ellos no.

–Podríamos pedirle que volvieran a crear a los unicornios, como en tiempos pasados –añadió Qaydar.

Shail los miraba, alternativamente, a uno y a otro.

–No podéis estar hablando en serio. Talmannon fue el primer emperador oscuro, el antecesor de Ashran... ¿y estáis hablando de invocarlo para preguntarle cómo contactó con el Séptimo... para hacer vosotros lo mismo?

–Lo mismo, no –puntualizó Alsan–. Nosotros invocaríamos a uno de los Seis, no al Séptimo. No es lo mismo.

Shail movió la cabeza, sin poder creer lo que estaba oyendo.

–Es una locura –dijo–. Por fortuna, no poseemos ningún objeto de Talmannon ni conservamos restos de su cuerpo. Así que estamos solo conjeturando, ¿verdad? –insistió.

Reinó un breve silencio.

–Sí –dijo Qaydar entonces–. Es una lástima.

Alsan no dijo nada. Solo entornó los ojos, pensativo.

Cuando Christian se despertó aquella noche, Victoria no estaba a su lado. No obstante, tuvo la sensación de que estaba cerca. No se trataba de aquella absoluta certeza que solía experimentar tiempo atrás, sino más bien un presentimiento, una intuición. Era mejor que nada.

Inspiró hondo y cerró los ojos. Trató de localizar la red telepática shek, pero solo obtuvo información fragmentaria e imprecisa. «Todo lleva su tiempo», se recordó a sí mismo.

Se levantó en silencio y salió de la cabaña.

Sentada junto a la puerta encontró a Victoria, que se sobresaltó al verlo llegar y se secó los ojos apresuradamente. Christian vio que soltaba la Lágrima de Unicornio, que había estado oprimiendo entre los dedos como si se tratase de su más preciado talismán.

—No podía dormir —murmuró ella ante la mirada inquisitiva del shek.

—Echando de menos a Jack, ¿no es cierto? —sonrió él, sentándose a su lado.

Victoria se encogió de hombros.

—Es mejor así. Estaba claro que yo no podía hacerle feliz, así que...

—¿De verdad piensas eso? —preguntó Christian mirándola fijamente.

—Se merece tener a su lado a una chica que pueda quererlo solamente a él —murmuró Victoria—. Y yo no soy esa chica.

Christian movió la cabeza con desaprobación.

—Claro —dijo—. Y el hecho de que hayas entregado tu vida para salvar la suya en un par de ocasiones no cuenta nada, ¿verdad?

—Por lo visto, no —respondió Victoria, con una sonrisa cansada—. Pero no se lo reprocho. Cada uno tiene sus prioridades. Quizá tendríamos que haberlo aclarado mucho antes... Tendríamos que haber hablado de todo esto. Pero supongo que había que salvar el mundo y no tuvimos ocasión de ser sinceros el uno con el otro. Me parece que en el fondo él estaba esperando que tú y yo rompiéramos nuestra relación. Creía que era cuestión de esperar. Tendría que haberle dicho...

—Se lo dijiste —cortó Christian—, de cien maneras distintas. Y creo que lo aceptó, pero... parece que lo del bebé ha sido demasiado para él.

—Normal —sonrió Victoria, acariciando su vientre con ternura—. Somos tan jóvenes... Tendría que haberle aclarado que yo seguiría queriéndolo aunque mi hijo fuera hijo tuyo también. Pero no sé si habría servido de algo. No —concluyó—, es mejor así. Es mejor que tenga la posibilidad de encontrar a una mujer con la que formar una familia en el futuro, sin una tercera persona...

—¿Crees de verdad que llegará a querer a alguien de la misma forma que a ti? No sois del todo humanos, Victoria.

–Lo sé. Pero Jack es un chico cariñoso, sociable y abierto. Creo que puede llegar a ser feliz con otra persona que no sea yo. Sabes... Puede que yo haya sido el gran amor de su vida, al menos hasta el momento, pero la gente no siempre termina emparejándose con su gran amor. Puede que llegue a ser feliz con una mujer a la que tenga mucho cariño y que llegue a ser una buena compañera para él. Alguien que pueda entregarse solamente a él... alguien a quien no tenga que compartir con nadie.

Christian movió la cabeza en señal de desaprobación.

–¿Y es eso más importante que un verdadero sentimiento?

–Para Jack, quizá sí.

–Pues no le des más vueltas. Si de verdad le importa más poseerte que amarte, entonces es que no se merece tu amor.

–Es por lo del bebé –murmuró Victoria, tratando de justificarlo–. Supongo que tenía miedo de que yo decidiese abandonarlo si resulta que es hijo tuyo.

–¿Y por eso te ha abandonado él antes a ti?

Ella trató de aguantar las lágrimas, pero no fue capaz. Christian la atrajo hacia sí, y Victoria lloró largo rato sobre su hombro.

–Si no te importara tanto –murmuró el shek, cuando ella se calmó–, te juro que hace mucho tiempo que le habría arrancado las entrañas, por estúpido.

–Atrévete a tocarle un solo pelo y lo lamentarás –susurró Victoria.

Christian sonrió, a pesar de que sabía que no estaba bromeando.

–Supongo que no soy quién para hablar de esto –dijo–. Me enerva que te haga daño y, no obstante, yo tampoco te he tratado siempre bien.

Victoria esbozó una sonrisa amarga.

–Estoy acostumbrada –dijo– a la indiferencia de uno y los celos del otro. Pero nadie es perfecto, ¿no?

Christian deslizó la mano hasta el vientre de Victoria y guardó silencio.

–¿Has notado eso? –susurró la joven, con los ojos brillantes–. Se ha movido.

Christian asintió.

–¿Ya has pensado en ponerle nombre?

–En realidad necesito cuatro nombres. Dos de chico y dos de chica. Uno idhunita y uno terrestre para cada caso. ¿Es muy complicado?

–No –repuso él–. Porque será hijo de los dos mundos.

—Eso si queda algún mundo al cual pertenecer, cuando todo acabe.

Christian sacudió la cabeza.

—No hables de eso ahora. Quiero disfrutar de este momento. Dime, ¿en qué nombres estabas pensando?

Victoria inclinó la cabeza.

—Lo cierto es que los nombres idhunitas no los había pensado aún. Casi todos los nombres que se nos ocurrieron eran nombres terrestres. Por ejemplo, si es niño... Jack había sugerido llamarlo Erik.

—¿Qué significa?

—No lo sé. A Jack le gustaba simplemente. Me dijo que era un nombre común en Dinamarca y que varios reyes daneses lo habían llevado.

—Entonces, tal vez su nombre idhunita sería Kareth. Varios reyes de Nandelt llevaron ese nombre.

—Kareth —repitió Victoria con suavidad; sonrió—. Me gusta. Si es niña —añadió—, me gustaría llamarla Eva. Tampoco sé lo que significa. Según la tradición, este fue el nombre de la primera mujer.

—En rigor, la primera mujer fue Lilith —la corrigió Christian con una sonrisa—. Pero Eva es un buen nombre. La primera mujer idhunita, según dicen, no fue humana, sino feérica. Su nombre era Lune.

Victoria cerró los ojos.

—Erik o Kareth, Eva o Lune. Me gustan todos los nombres. Gracias.

Christian se encogió de hombros.

—Me gusta poder aportar algo al tema de la elección del nombre. Sea o no hijo mío, me siento responsable.

Victoria lo miró, sonriendo.

—¿Te has hecho a la idea de ser padre, Christian?

—Desde el mismo instante en que me dijiste que estabas encinta —respondió él—, supe que protegería a ese niño con mi vida, sin importar si era mío o no. Y sigo pensando igual. Pero no sé si sería un buen padre o, al menos, de los que están en casa todos los días.

—Puedo imaginar cómo serías como padre —murmuró Victoria—. Porque sé cómo eres como pareja. Capaz de hacer los mayores sacrificios, de luchar hasta la muerte por las personas que amas..., pero incapaz de atarte a nadie. De estar en los pequeños momentos de cada día en los que se necesita un hombro en el que apoyarse. Yo puedo soportar eso, con o sin Jack. Pero no sería justo para mi hijo.

—Tiene dos padres —señaló Christian—. Lo bastante canallas como para hacerte sufrir más a menudo de lo que sería deseable, pero no tanto como para abandonarte con un bebé a cuestas. O, al menos, eso creía en el caso de Jack. Veo que estaba muy equivocado.

–Basta, por favor –murmuró Victoria, cansada–. Sé que no era el mejor momento para romper nuestra relación, pero prefiero que hayamos dejado las cosas claras. No creo que fuera bueno para el bebé tener un padre que no es feliz estando a mi lado. O, peor aún, que lo tratara mal, lo despreciara o lo ignorara por ser el hijo de otro hombre. Así que puede que, después de todo, las cosas estén mejor así. Y tampoco... –vaciló.

–¿Tampoco crees que sea buena idea que yo me ocupe de él, si al final resulta ser hijo de Jack? –Christian movió la cabeza–. Victoria, ya te he dicho que eso me es indiferente. Puede que no sea capaz de estar siempre que me necesites, pero te aseguro que si tu hijo se mete en problemas, me dejaré la piel para sacarlo de ellos, aunque, por un casual, apeste a dragón. ¿No lo hago ya con Jack, acaso?

Victoria sonrió, aunque recordar a Jack seguía provocándole una angustiosa opresión en el pecho. Parpadeó para retener las lágrimas. No pudo, y se cubrió el rostro con las manos.

Christian aguardó un poco a que se calmara, y después la abrazó por detrás, con suma delicadeza, y le dijo al oído:

–Sé que lo echas de menos, y sé que lo harás durante el resto de tu vida. Ni siquiera yo puedo cambiar eso, ni hacerte feliz si él no está; pero deja, al menos, que trate de reconfortarte un poco.

Victoria cerró los ojos, tragó saliva y trató de resistirse:

–Deberías guardar reposo. Has estado muy enfermo...

–Estoy guardando reposo. Pero cuando deje de hacerlo, cuando me recupere del todo, tendré que marcharme otra vez. Puede que tardemos en volver a vernos.

Victoria se volvió hacia él, y detectó en sus ojos un rastro del hielo que solían mostrar.

–Parece que estás mucho mejor –observó.

–No lo suficiente –dijo él–. No lo suficiente.

Le dedicó otra de sus medias sonrisas, y fue un bálsamo para el corazón herido de Victoria.

Eissesh se inclinó sobre el nido para acariciar a una de las crías. La pequeña serpiente alzó la cabeza y lo miró. Parecía agotada. Sus alas eran apenas dos frágiles membranas húmedas y arrugadas que se le pegaban al cuerpo. Tardaría aún un tiempo en desplegarlas, y más aún en aprender a volar.

«Quince», informó la madre. «Seis varones y nueve hembras. Otras dos no han logrado salir del huevo».

«Buena prole», aprobó Eissesh. «Mi enhorabuena».

La madre shek entornó los ojos y siseó con suavidad. Después, levantó la cabeza para mirar a Eissesh.

«Son muy jóvenes», dijo. «¿Resistirán el viaje?».

El shek se alzó sobre sus anillos, pensativo.

«No lo sé», respondió. «Aún no sé cuándo nos iremos, ni cómo será el viaje a ese otro mundo en el que nos esperan Ziessel y los demás. Es la primera vez que nuestra especie hace algo parecido, si exceptuamos, claro está, cuando nos exiliamos por culpa de los dragones. Pero haremos lo posible por proteger a las crías. A las tuyas y a todas las demás. Son el futuro de nuestra especie».

La hembra bajó la cabeza para devolver a su lugar a una cría que reptaba demasiado lejos.

«Por el momento», añadió Eissesh, «estarán mejor aquí, en Umadhun. Lejos de los sangrecaliente y sus dioses desquiciados».

Un aviso lo interrumpió. Alguien deseaba hablar con él, y Eissesh le prestó atención.

«Gerde desea hablar contigo», le dijeron.

Eissesh siseó, molesto.

«Espero que sea importante».

«No me ha dicho de qué se trataba», respondió la serpiente. «Quiere hablar contigo en persona».

Eissesh entornó los párpados, pero no dijo nada. Se despidió de la madre y salió a la galería principal. Un rato después, ya se encontraba en lo que los sheks llamaban «la estancia del Portal», la gran caverna donde se abría la grieta interdimensional que comunicaba con Idhún.

Detestaba profundamente aquella sensación de intenso calor que tenía que soportar cada vez que cruzaba la Puerta interdimensional entre ambos mundos. Y, en los últimos tiempos, tenía que hacerlo muy a menudo. Con un siseo irritado, alzó el vuelo y, tras dar un par de vueltas en el aire, se atrevió a cruzar el Portal.

Fue tan desagradable como en otras ocasiones, pero le reconfortó comprobar que al otro lado era de noche, una noche suave y fresca, que calmó la sensación de calor que había traspasado sus escamas y amenazaba con alcanzar su corazón. Dedicó una breve mirada a las lunas, maravillándose, como siempre que lo hacía, de su turbadora belleza, pero no se entretuvo mucho más. Contactó inmediatamente con la red shek y preguntó por Gerde. Le informaron de que no estaba en la base principal. Eso quería decir que lo esperaba en su refugio secreto, donde estaba terminando de ultimar los detalles para el exilio de las serpientes. Eissesh se sintió intrigado. Sabía que Gerde no deseaba que ningún shek se acercara por allí, para no llamar la atención sobre aquel lugar, vital para la supervivencia futura de la especie.

El cielo empezaba ya a clarear cuando divisó el árbol de Gerde encajonado entre dos paredes montañosas; no lejos de él, un suave resplandor rojizo delataba el Portal que ella mantenía permanentemente abierto.

Se posó cerca del árbol, con suavidad, y aguardó. Apenas unos instantes después, el interior del árbol se iluminó y Gerde apareció en la entrada.

–Eissesh –dijo al reconocerlo–. Me alegro de que hayas podido venir tan deprisa.

El shek inclinó un poco la cabeza para verla más de cerca.

«¿De qué se trata?».

El semblante del hada se ensombreció.

–Los dioses han regresado –dijo–. Están volviendo, uno tras otro. No sé si algo de lo que hemos hecho ha llamado su atención, o simplemente se cansaron de buscar por el plano espiritual y han decidido regresar al plano material. El caso es que irán manifestándose todos otra vez, y cuando se haya reunido el panteón al completo, seguirán arrasando Idhún hasta que nos encuentren. No podemos esperar más.

El cuerpo de Eissesh se estremeció. Pensó en la shek a la que acababa de visitar, en sus crías recién nacidas.

«¿Adónde iremos?», quiso saber.

Gerde inspiró hondo. Pareció mostrarse indecisa por primera vez desde que la conocía.

–¿Ves esa Puerta? –dijo señalándola–. Es la Puerta a nuestro futuro, Eissesh. Pero es un futuro que no veo claro todavía. Necesito que alguien vaya al otro lado para comprobar que todo marcha bien.

Eissesh siseó suavemente.

«Entiendo».

–Sheks y szish –dijo Gerde–. No un grupo demasiado numeroso, cuatro o cinco individuos, como mucho. Si regresan sanos y salvos, y con informes favorables, sabré que puedo conduciros a todos al otro lado.

«Tú cruzas esa Puerta a menudo», observó Eissesh.

Gerde rió.

–Sí, pero yo no soy una serpiente –hizo notar.

«Es peligroso, ¿verdad?».

–Probablemente. En rigor, debería ser responsabilidad de Ziessel, pero ella no está aquí para asumir esa responsabilidad. De modo que deberás elegir a los que formarán el grupo y traerlos aquí, como muy tarde, mañana al primer atardecer.

«¿Qué sucederá si el grupo no regresa, o si los informes no son favorables?».

–Que pondremos en marcha el plan de reserva. En cualquier caso, ha llegado la hora de reunir a todos los sheks –hizo una pausa y añadió–: Incluyendo a Sussh y a los suyos.

La serpiente ladeó la cabeza.

«No vas a poder arrancar a Sussh de Kash-Tar. Está demasiado apegado a ese pedazo de desierto, quién sabe por qué».

–Iré a buscarlo, entonces. Igual que fui a buscarte a ti. Ahora retírate, Eissesh, y vuelve mañana con tu gente.

Pasaron el día explorando los alrededores de la cabaña, sin alejarse demasiado. Las plantas habían dejado de crecer. Parecía que Wina seguía avanzando hacia el sur.

Meses atrás, su paso había transformado al marchito Alis Lithban en una selva llena de vida y colorido. Fue sencillo encontrar frutas comestibles, y Christian llegó incluso a pescar en el arroyo. Victoria, por su parte, encontró que su nuevo estado restringía su movilidad. Le resultaba difícil acostumbrarse, dado que había sucedido de la noche a la mañana.

–No deberías hacer esfuerzos –dijo Christian cuando regresó con el pescado y la vio arrodillada ante lo que había sido el brasero, despejándolo de maleza–. Estás embarazada.

–Tampoco tú –replicó ella, alzando la cabeza para mirarlo–. Estás convaleciente.

Christian sonrió y se inclinó junto a ella para ayudarla.

—Cuando estés mejor, nos marcharemos de aquí —dijo Victoria—. Como refugio, esta cabaña deja bastante que desear.

El shek se encogió de hombros.

—Tal vez —dijo—, pero a mí me trae buenos recuerdos.

Victoria se volvió hacia él, desconcertada.

—¿Buenos recuerdos? ¿Es que habías estado aquí antes?

Christian asintió y paseó la mirada por las ruinosas paredes.

—Viví aquí con mi madre —explicó—, antes de que Ashran viniera a buscarme.

Victoria se quedó con la boca abierta.

—¿Quieres decir... que esta era tu casa?

—Ya ves —sonrió él—. No tengo muchos recuerdos de aquella época, pero los pocos que conservo se ajustan a este lugar. Por lo visto, nadie ha vuelto a vivir aquí desde entonces.

Victoria tardó un poco en responder. Observó a Christian mientras este terminaba de despejar el brasero.

—Christian —dijo entonces—, Jack y Shail estuvieron buscando información sobre Ashran y averiguaron cosas sobre tu madre.

Él no respondió. Ni siquiera la miró. Seguía con toda su atención puesta en la tarea que estaba llevando a cabo, como si no la hubiese escuchado.

—Se llamaba Manua —prosiguió ella en voz baja—. Era Oyente del Gran Oráculo —hizo una pausa y añadió—: Allí fue donde conoció a tu padre, cuando invocó al Séptimo a través de la Sala de los Oyentes. Y allí naciste tú, meses después.

Christian alzó la cabeza por fin y la miró.

—¿Dices que invocó al Séptimo a través de la Sala de los Oyentes? —repitió—. Eso no lo sabía.

Victoria inclinó la cabeza.

—Por lo visto, se clavó una daga en el pecho y murió allí mismo para después resucitar como el Séptimo dios.

—Suponía que habría hecho algo así —asintió él; sonrió levemente—. También Gerde murió antes de ser la Séptima diosa, doy fe de ello. Lo que me llama la atención es que Ashran necesitó la Sala de los Oyentes para invocar al Séptimo, no lo hizo desde cualquier lugar. Eso quiere decir que el Séptimo no estaba en Idhún, sino en alguno de esos planos inmateriales por los que se mueven los dioses. Y sería un lugar, imagino, donde los otros Seis no lo habían encontrado. Vaya –añadió frunciendo el ceño–. Eso no me lo había contado.

–¿No te llama la atención lo que te he contado sobre tu madre?

–Eso pertenece al pasado y no tiene relevancia para el momento presente, Victoria.

–Pero tu madre...

–Mi madre está muerta –cortó él con serenidad. No había rabia ni dolor en su voz cuando lo dijo, y Victoria se estremeció. Y aunque quiso preguntarle cómo lo sabía, no se atrevió a insistir.

Aquella tarde, Victoria, agotada, se quedó profundamente dormida después del segundo crepúsculo. Christian la dejó dormir y permaneció en la entrada de la cabaña contemplando el bosque, pensando.

Cuando se hizo de noche, entró en la casa y se tendió junto a Victoria, todavía meditabundo.

Habían llegado puntualmente con el primer atardecer. Eran tres sheks y cuatro szish.

Gerde los observó con atención y asintió aprobadoramente ante la elección de Eissesh.

Uno de los sheks era una hembra vieja que probablemente habría puesto sus huevos mucho tiempo atrás, y ya no sería necesaria para la continuidad de la especie. El otro era un macho joven, pero que parecía débil. Y el tercero era el propio Eissesh.

En cuanto a los szish, ninguno de ellos era un mago. Con eso le bastaba.

–¿Vas a guiar personalmente al grupo?

«Sí», respondió Eissesh. «Me he hecho cargo de los sheks de Nandelt desde la batalla de Awa. Ziessel no está; alguien ha de asumir responsabilidades».

Gerde alzó una ceja.

–¿Y si no regresáis?

«Queda Ziessel. Imagino que algún día estará en condiciones de liderar a todos los sheks».

Gerde esbozó una leve sonrisa, pero no dijo nada.

«Información», pidió entonces Eissesh.

Gerde abrió su mente y le ofreció los conocimientos que precisaba. El shek se inclinó un poco más y la miró a los ojos, y ella notó que los tentáculos de la conciencia de Eissesh penetraban en la suya propia y bebían de todos los datos que ella le proporcionaba acerca del mundo que iban a explorar.

Cuando el contacto se cortó, Eissesh entornó los párpados, pensativo.

«No es como lo había imaginado», reconoció.

–Nunca lo es –aseguró Gerde–. De todas formas, se está desarrollando muy deprisa, es un mundo en constante cambio. Puede que lo que encontréis ahora no sea lo mismo que yo vi ayer en él.

Los sheks cruzaron una mirada de incertidumbre, pero no dijeron nada.

Eissesh dirigió una breve orden telepática a los szish, y ellos fueron los primeros en cruzar la Puerta. Después, los otros dos sheks los siguieron. Antes de ir tras ellos, Eissesh se volvió de nuevo hacia Gerde.

«Espero que sepas lo que haces», le dijo.

–Yo también –murmuró Gerde y, por una vez, no sonreía.

Se quedó mirando la Puerta, incluso mucho rato después de que las serpientes se hubiesen marchado. Ni siquiera se percató de que Assher se colocaba a su lado, inquieto, ni de que Saissh gateaba a sus pies.

–Como esto no funcione –susurró para sí misma–, juro que encontraré a ese medio shek, si todavía sigue vivo, y se lo haré pagar.

Christian se despertó unas horas más tarde. Abrió los ojos y escuchó con atención, alerta. Después, en absoluto silencio, se levantó y se deslizó hasta la entrada, desde donde escrutó las sombras hasta que percibió un leve movimiento o, al menos, eso le pareció.

Volvió al interior de la cabaña y fue al rincón donde Victoria había dejado a Haiass. Dudó un momento antes de cogerla, pues no estaba seguro de si se habría recobrado lo suficiente como para poder sacarla de la vaina. De todas formas, la recogió y se la ajustó a la espalda. Al hacerlo, sus dedos se deslizaron sobre la marca que le había dejado en el pecho la gema maldita. Se estremeció. Nunca, jamás, lo había pasado tan mal como cuando aquella cosa constreñía su alma de shek. Había sido para él peor que cualquier tortura.

Procuró no pensar en ello. Alzó la cabeza y trató de concentrarse en lo que rondaba por el exterior. Le inquietaba el hecho de no saber de qué se trataba. Todavía no había recuperado del todo sus sentidos de shek, y no estaba acostumbrado a ser, simplemente, un humano con una percepción notable. Aun así, salió de la casa y penetró en la selva con cautela.

Momentos más tarde, algo hizo que su parte shek, enferma como estaba, despertase de pronto en su interior. Casi sin pensarlo, Christian desenvainó a Haiass. Sintió cómo el hielo quemaba su piel, pero no hasta el punto de resultar peligroso. Entornó los ojos. Solo había algo capaz de hacerle reaccionar de aquella manera.

Jack no tuvo tiempo de desenvainar a Domivat. Algo surgió de las profundidades del bosque, a medias entre una sombra y un torbellino, que empuñaba un filo de hielo que conocía muy bien. El dragón, cogido por sorpresa, retrocedió, tropezó y cayó hacia atrás. Su espalda topó con el tronco de un enorme árbol. Inmediatamente, el acero de Haiass acarició su cuello, produciéndole un escalofrío.

—Christian —murmuró Jack—. Veo que vuelves a estar bien, aunque... no te he detectado hasta que te me has echado encima. ¿Cómo lo has hecho?

—¿Qué haces aquí? —replicó el shek con sequedad.

Jack captó la mirada hostil de él, y tampoco se le escapó que no había retirado la espada todavía. Lo miró con cautela.

—Os estaba buscando.

Christian ladeó la cabeza, pero no apartó la espada.

—Supongo que estás enfadado porque no ayudé a Victoria a rescatarte —murmuró Jack—. Vale, fue una estupidez. En mi defensa diré que estaba completamente convencido de que esa cosa no podía hacerte daño. Y por lo visto no me equivocaba, porque estás... —calló cuando el filo de Haiass se hundió un poco más en su piel, produciéndole un fino corte que le causó una intensa sensación de frío.

—He estado a punto de morir.

Jack hizo un amago de inspirar hondo, pero sentía la espada de Christian demasiado clavada en su carne como para que aquello fuera una buena idea.

—Créeme si te digo que en ningún momento pensé que ningún sangrecaliente, ni siquiera Alsan, tuviera poder para herirte, y mucho menos matarte —dijo, y lo decía con total sinceridad—. Pero no se trata solo de eso. Aquel día estaba furioso y...

—Lárgate —cortó Christian—. Lárgate y no vuelvas a acercarte a nosotros nunca más.

Jack lo miró como si no creyera lo que estaba oyendo.

—¿¡Qué!?

Christian retiró la espada, solo un poco.

—Ya me has oído. Por deferencia hacia lo que Victoria siente por ti, no te mataré esta noche, pero si vuelves a acercarte a ella...

—¡Un momento! —interrumpió Jack, y el fuego del dragón llameó en sus ojos verdes—. ¿Quién eres tú para hablarme así?

—El hombre que está con ella ahora mismo. Y tú eres el que la abandonó. Así que vete.

Jack entornó los ojos. Sentía que Domivat latía a su espalda, sedienta de sangre de shek. Se contuvo para no dar rienda suelta a su rabia.

—¿Que *yo* la abandoné? ¿Y cuánto tiempo has pasado tú lejos de ella, cuántas veces fuiste a visitarla en los tres meses que han transcurrido desde que te dijo que iba a tener un bebé? ¡Un bebé que puede que sea tuyo!

—Es eso lo que te duele —sonrió Christian—. Tienes miedo de reconocer mis rasgos en ese niño. Te da pánico la idea de sostenerlo en brazos y sentir que tiene algo de shek, ¿no es cierto?

Jack abrió la boca para responder, pero no fue capaz. Christian retiró la espada con brusquedad.

—Vete —dijo—. No pongas a prueba mi paciencia.

Jack alzó la cabeza. En el cuello tenía la marca azulada del beso de Haiass.

—No me iré sin hablar con Victoria primero.

—No voy a permitir que te acerques a ella.

—¿Con qué derecho? ¿Le has dicho acaso que he venido y ella se ha negado a verme?

—No pienso decírselo. Lo mejor para ella es que salgas de su vida de una vez.

—¿Pero qué..? —estalló Jack—. ¡Va a tener un bebé! ¡Y puede que sea mi hijo!

—Haberlo pensado antes de romper con ella.

—¡Pero eso no es asunto tuyo! —casi gritó Jack—. Si ella no quiere volver a verme, lo aceptaré, pero no tienes derecho a hablar en su nombre ni a decidir lo que debe o no debe hacer. ¿No eras tú el que me reprochaba que la tratara como a un objeto de mi propiedad?

—Por eso mismo. He sido muy paciente, pero me he cansado de ver cómo juegas con ella. No voy a permitir que la confundas más.

Jack lo miró, todavía atónito. Frunció el ceño y dio un paso adelante.

–Voy a ver a Victoria.

Christian alzó a Haiass, cuyo resplandor iluminó suavemente sus rasgos.

–Tendrás que pasar por encima de mí.

Jack desenvainó a Domivat y la sintió palpitar con feroz alegría. No respondió con palabras al desafío de Christian. Sin más, se arrojó sobre él y descargó el primer golpe.

Y una vez más, Haiass y Domivat se enfrentaron.

Los movimientos de Christian eran más torpes que de costumbre, y pronto se dio cuenta de que le costaba anticiparse a su contrario. Los árboles y la maleza los estorbaban, y fue una pelea brusca, diferente del baile ágil y elegante de otras ocasiones. Christian no tardó en notar, también, que el poder de Haiass había menguado. Recordó cuando había peleado contra Jack, en la Tierra, en la playa, y cómo él había roto su espada, que más tarde había reparado Ydeon. No podía permitir que aquello volviera a suceder.

Retrocedió, esquivando a Jack. Si la lucha se alargaba, perdería. Y, por el bien de Victoria, no debía dejar que eso sucediera.

Realizó un brusco giro de muñeca para voltear la espada y detener un golpe a media altura. La fuerza de Domivat hizo temblar a Haiass un breve instante. No solo Christian lo notó.

–Estás débil –dijo Jack–. No quiero pelear contra ti, Christian. No es necesario todo esto.

El shek no respondió. Retiró la espada y la descargó de nuevo sobre Jack, que dio un salto atrás e interpuso su propio acero entre ambos. De pronto, el dragón perdió de vista a Christian, que parecía haberse fundido con las sombras. Se mostró desconcertado un breve instante, y después se dio la vuelta.

Pero aquel segundo de vacilación fue su perdición. Notó que algo se deslizaba entre sus pies y le hacía tropezar. Instantes después, estaba tendido sobre la maleza, con la punta de Haiass sobre el pecho.

–Has hecho trampa –gruñó.

Christian se encogió de hombros.

–Era necesario. Guarda eso –dijo señalando con un gesto a Domivat–, antes de que prenda algo.

Todavía con la espada de hielo muy cerca de su corazón, Jack envainó lentamente a Domivat.

–¿Vas a matarme? –preguntó con calma.

–Esta noche, no –repuso Christian–. Voy a dejarte marchar. Pero antes de hacerlo vas a escucharme... con mucha atención. Y vas a hacerlo porque, si haces que me enfade, puede que se esfumen todas mis buenas intenciones. ¿Queda claro?

Jack inspiró hondo y asintió.

–Dispara –murmuró.

–Estoy cansado de esta situación –empezó Christian–. Estoy cansado de que constantemente vengas con exigencias, con protestas y con malos humos. Victoria no tiene ninguna obligación de estar contigo. Lo hace porque quiere. Porque te quiere.

–Eso lo sé... –dijo Jack.

El shek lo cortó:

–Sé que vienes de un mundo con unas normas distintas, en el que es más importante lo que está socialmente aceptado, lo que es socialmente correcto, que los verdaderos sentimientos de cada uno. Y también sé que desde el principio todos se han esforzado en separarnos a Victoria y a mí, y en haceros creer a vosotros dos que vuestro destino, vuestra *obligación*, es estar juntos. Sé que nada de lo que diga podrá cambiar tu forma de pensar porque te han educado así, de modo que voy a hablarte en tu mismo idioma. Y más vale que prestes atención.

Jack frunció el ceño, pero no dijo nada. Christian clavó en él una mirada fría como la escarcha.

–Victoria es mi novia –dijo, muy serio–. Tú llegaste después. Yo fui el primero en besarla; la primera vez que ella dijo a alguien «te quiero», solo yo estaba allí para escucharlo. Nosotros empezamos a salir juntos mucho antes de que tú osaras decirle lo que sentías por ella. El hecho de que ella también sintiera algo por ti casi desde el principio no es relevante. Porque, al fin y al cabo, lo que cuenta son las normas, no los sentimientos, ¿no?

–Sabes que no pienso así –murmuró Jack, pero Christian acercó aún más la espada a su pecho, y calló.

–Hemos tenido discusiones y diferencias –dijo el shek–, pero nunca hemos roto nuestra relación, nunca hemos decidido, de común acuerdo, que debíamos seguir cada uno nuestro camino. Nunca. Ni siquiera cuando ella se enteró de que yo era un shek. Ni siquiera cuando la rapté para llevarla a la Torre de Drackwen. Incluso en plena tortura, ella seguía diciendo que me quería. Incluso cuando trató de matarme por lo que hice en los Picos de Fuego... mi anillo aún lucía en su dedo, y eso significa que ella todavía sentía algo por mí.

Jack cerró los ojos, incapaz de seguir escuchando.

—Y claro que me importa —prosiguió Christian, sin piedad—. Los dos hemos sufrido mucho, hemos sacrificado mucho por esta relación. No vamos a romperla solo porque tú te empeñes en creer que tienes algún derecho sobre la vida de Victoria.

—Me estás diciendo que yo soy el que sobra —dijo Jack—. Ya lo he captado.

—No, Jack, no has entendido nada. A mí no me importa en absoluto que ella esté enamorada de ti también. Lo que haga cuando no está conmigo es asunto suyo. Lo único que quiero que comprendas es que, hablando en los términos de la cultura en la que te has criado, ella es mi novia, y tú estás con ella porque yo te lo permito.

—¿Crees que no lo sé? —casi gritó Jack—. ¡Lo he sabido siempre!

—Sé que lo sabes. Y sé que lo entiendes. Lo que quiero es que lo asumas. Ella todavía te quiere, te echa de menos y daría su vida por ti. Pero no va a pedirte que vuelvas con ella porque cree que mereces algo mejor. Es demencial.

Ahora era Christian el que se estaba enfadando. Jack lo notó y, por alguna razón, eso templó un poco sus ánimos.

—¿Pero qué es lo que quieres? ¿Que vuelva con ella o que la deje en paz?

Christian le dedicó una media sonrisa sardónica.

—Decir «ella es mi novia y tú estás con ella porque yo te lo permito» es una de las cosas más absurdas y estúpidas que he dicho en mi vida. Pero, probablemente, es el único punto de vista que hará que entres en razón. Ella estará con quien le dé la gana, porque le dé la gana, y punto. Si está embarazada, cuidaré de ella y me preocuparé por ella, porque me importa. Porque el bebé que dé a luz será hijo suyo, y eso basta para que sea importante para mí también. Y porque, al fin y al cabo, los bebés son criaturas a las que hay que proteger y cuidar, no importa quiénes sean sus padres. Tú lo sabes —añadió—. Te jugaste la vida ante una diosa para defender a una niña que no era hija tuya ni de Victoria. Y, no obstante, no puedes soportar la idea de cuidar del hijo de otro hombre, por más que haya nacido de una mujer a la que quieres más que a tu propia vida. ¿Entiendes lo absurdo de tus planteamientos?

Jack dejó caer los hombros.

—No es eso —murmuró—. No es eso.

Quiso añadir algo más, pero no fue capaz. Ambos cruzaron una mirada, inquisitiva la de Christian, llena de angustia la de Jack. El shek entendió sin necesidad de palabras. Dio un paso atrás, anonadado, y bajó la espada.

—Todavía dudas de sus sentimientos por ti. Todavía crees que no te quiere. ¿Cómo es posible? —añadió, irritado—. ¡Tú viste, igual que yo, que se sacrificó para salvarnos, a ti y a mí! ¿Cómo puedes... cómo puedes dudar de ella? ¿Cómo te atreves a dudar de ella?

—Eso fue hace tiempo —repuso Jack—. Antes de lo del bebé.

Christian sacudió la cabeza.

—El bebé no va a hacer que tome una decisión que en su día fue incapaz de tomar. ¿Crees que si Victoria da a luz a un hijo mío, te apartará de su vida para siempre?

—No sé lo que creo. Solo sé que tú no estás nunca con ella y, a pesar de eso, no puede dejar de pensar en ti.

—No puede olvidarme precisamente porque no estoy con ella. Porque me echa de menos. Pero desde que yo estoy fuera de peligro, no puede dejar de pensar en ti, porque te echa de menos. Es así de simple. Claro que... si crees que es mejor no estar con ella y que te eche de menos...

—Ve al grano —cortó Jack, molesto—. ¿Adónde quieres ir a parar?

La espada de Christian se alzó de nuevo y le hizo retroceder, alarmado. Contempló con cautela el filo de Haiass, que otra vez estaba peligrosamente cerca de su barbilla.

—Es sencillo —dijo el shek con calma—. Ella todavía te quiere. Si le dices que quieres volver a su lado, la harás la mujer más feliz de este mundo y el otro... pero solo hasta que vuelvas a hacerla sufrir con tus dudas y tus miedos. Y no estoy dispuesto a permitirlo.

»Así que decide de una vez. Asume de una vez que somos tres y que, cuando nazca el bebé, seremos una familia de cuatro miembros, o déjala en paz.

—¿Eso... eso es todo? —preguntó Jack, aliviado; pero Haiass se acercó todavía más.

—Estoy hablando en serio, Jack. Ayer mismo, ella me decía que cree que mereces tener a tu lado a una mujer que solo tenga ojos para ti. Pregúntate a ti mismo si estás de acuerdo. Asume que Victoria no es esa mujer. Y decide si prefieres estar con ella, con todo lo que ello implica, o ser libre, por fin, para elegir a otra persona con la que puedas formar una pareja, sin nadie más. La decisión es tuya. Hagas lo que hagas, ella te seguirá queriendo y no te guardará rencor. Pero, si decides regresar a su lado, no tendrás derecho a volver a culparla por estar conmigo.

Jack se mordió los labios.

–He vuelto porque quiero estar con ella. Me parece que todo esto no era necesario.

–Sí era necesario, Jack. Te dejas llevar por los impulsos del momento. Imagino que rompiste con ella en un momento de ira o de frustración. Puede que sea la añoranza lo que te haya hecho volver junto a ella y que, cuando estés de nuevo a su lado, olvides fácilmente toda esta conversación. Por eso te pido que reflexiones. Y que no pienses en lo que quieres hacer ahora, sino en lo que quieres hacer siempre, de ahora en adelante. Hay un bebé en camino; esto nunca ha sido un juego, pero ahora, menos todavía.

Retiró la espada. Jack bajó la cabeza, pensativo.

–Entiendo –murmuró.

–Tienes hasta el primer amanecer –dijo Christian, muy serio–. Si decides que no vas a ser capaz de soportar esta relación, entonces no te molestes en regresar. No le diré a Victoria que has venido, ni que hemos hablado. Solo serviría para hacerle daño. Y en cuanto al bebé... no tendrás que volver a preocuparte por él. Lo protegeré, no importa quién sea el padre. Porque, si abandonas ahora a Victoria por miedo a que dé a luz al hijo de otro hombre, entonces no tienes ningún derecho a exigir a un niño al que nunca has querido. Y como vuelvas a acercarte a Victoria, o a su bebé, te mataré.

»Si estás aquí con el primer amanecer, dejaré que hables con Victoria y que arregléis las cosas. Y todo volverá a ser como antes. Ahora bien... Si vuelves a molestar a Victoria a causa de su relación conmigo, o si se te pasa por la cabeza abandonarla después de que dé a luz porque su hijo no es como tú esperabas, te mataré. Así que tú eliges, Jack. Has tenido dos años para sopesar las ventajas e inconvenientes de esta relación. Sabes lo que es estar con Victoria y lo que es estar sin ella. Ahora decide: o lo tomas, o lo dejas. Pero, sea cual sea tu decisión, llévala hasta el final. Y yo la respetaré.

Jack se puso en pie lentamente. Dirigió a Christian una mirada cansada.

–Piénsalo bien –dijo este–, porque ya no estamos hablando de Victoria, sino de ti. Decide lo que quieres para ti y, por una vez en tu vida, no te precipites.

–Lo sé –asintió él.

Ambos cruzaron una mirada. Después, sin una palabra más, Jack dio media vuelta y se internó de nuevo en el bosque.

Christian se quedó allí un momento. Luego regresó, sin prisas, a la cabaña.

Victoria seguía durmiendo profundamente. Christian pudo ver, en la semioscuridad, la curva de su vientre. Sonrió. Se despojó de Haiass, pero no la dejó muy lejos. Después se tendió junto a ella y dedicó el resto de la noche a contemplar su rostro mientras dormía.

Cuando Victoria abrió los ojos, Christian ya se había marchado. Tardó unos segundos en despejarse lo bastante como para mirar a su alrededor. Pero la cabaña estaba vacía.

Se incorporó, temerosa de que él hubiese regresado con Gerde sin despedirse de ella. Se llevó la mano al vientre, de forma inconsciente. Trató de tranquilizarse. Tal vez hubiese ido a buscar algo para desayunar.

Se levantó con cierta dificultad, sacudió la capa y la colgó de una rama que entraba por la ventana, para que se ventilase. Después se lavó la cara en la jofaina con agua que habían dejado sobre la desvencijada alacena y salió de la cabaña.

Los rayos del primer amanecer hirieron sus ojos y la hicieron parpadear, pero llegó a ver una figura que la aguardaba, en pie, un poco más lejos.

–¿Christian? –murmuró.

Se hizo visera con la mano y miró mejor. El corazón le dio un vuelco y se quedó paralizada en el sitio, sin atreverse a avanzar.

–Hola, Victoria –saludó Jack, con una sonrisa entre tímida y afectuosa; le tendió el ramo de flores que había recogido para ella–. ¿Me perdonas?

El corazón de Victoria latía con tanta fuerza que sintió que se le iba a salir del pecho. Todavía sin poder creérselo, dio unos pasos hacia Jack y lo miró, vacilante, sin terminar de saber si era real o producto de un sueño.

–He sido un idiota –prosiguió Jack, un poco preocupado al ver que ella no decía nada–. Quiero decirte que te echo muchísimo de menos y que, si tú me dejas y a Christian no le parece mal, querría volver contigo y con el bebé. Para siempre –añadió.

Victoria tragó saliva y trató de controlar el impulso de arrojarse a sus brazos. Inspiró hondo.

–No es buena idea –dijo; Jack nunca llegaría a saber lo muchísimo que le costó pronunciar estas palabras–. No vas a ser feliz conmigo, Jack. Porque yo estoy con Christian y nunca podré dedicarte mi vida solamente a ti.

–Ni lo pretendo –respondió él, muy serio–. No quiero que me entregues tu vida. Solo quiero compartirla contigo. Y si Christian es parte de tu vida, al igual que tu bebé... no deberías renunciar a todo eso por mí. Lo único que te pido es que me dejes volver a formar parte de tu vida... igual que tú formas ya parte de la mía.

Victoria ya no pudo retener más las lágrimas. Algo pareció estallar en su pecho, una felicidad tan intensa que hasta la asustó; y, temblando de emoción, corrió hasta él y le echó los brazos al cuello. Jack, algo aturdido, la abrazó y hundió el rostro en su melena castaña, sintiéndose más feliz de lo que había sido nunca. De pronto se dio cuenta, al abrazarla, de que su cintura era mucho más ancha de lo que recordaba. Se separó de ella y la contempló, atónito.

–Victoria, ¿qué te ha pasado? –preguntó, con una nota de auténtico pánico en su voz–. ¡Si solo hace nueve días que no te veo! ¿Cómo es posible?

–¿Has... contado los días?

–Todos y cada uno de ellos –le aseguró él–. ¿Estás bien? –insistió–. ¿Y el bebé?

Colocó las manos sobre el vientre de ella, angustiado. Victoria sonrió, conmovida.

–Estamos bien los dos –le aseguró–. Tuvimos un encuentro con la diosa Wina, eso es todo. Y ahora parece que voy a ser mamá antes de lo que había calculado.

Jack movió la cabeza, entre perplejo y maravillado. Victoria tomó su rostro con las manos, con sumo cuidado; Jack reprimió una mueca de dolor.

–¿Y qué te ha pasado a ti? –murmuró la joven–. Tienes la piel requemada, como si hubieses pasado muchas horas tomando el sol. Hasta se te ha despellejado la nariz.

Jack se encogió de hombros.

—Aldun —se limitó a responder. Victoria suspiró, preocupada.

—En momentos como este se echa de menos una buena crema hidratante —comentó con una sonrisa—. No importa; trataré de aliviarte con mi magia.

Jack sonrió. Hundió los dedos en su cabello, le hizo alzar la cabeza con suavidad y la contempló largamente. Después la besó, y fue un beso largo, anhelante. Ambos bebieron con avidez el uno del otro, como náufragos que hubiesen hallado por fin un poco de agua dulce.

—Cómo te he echado de menos —murmuró él, estrechándola de nuevo entre sus brazos—. Oh, cómo te he echado de menos.

—Yo también a ti, Jack —respondió ella con voz ahogada—. Siento haberme marchado de forma tan brusca. Tenía que...

—Lo sé, Victoria. Siento no haber sido capaz de comprenderlo.

—Gracias por volver —dijo ella, a punto de llorar de emoción.

—Gracias a ti por aceptar que vuelva —contraatacó Jack, con una amplia sonrisa—. Lo he pensado mucho, y creo que soy más feliz contigo, con todo lo que ello implica, que sin ti. Así que te agradezco que, a pesar de todo, me dejes volver a formar parte de esto.

—Tú siempre has sido parte de esto, Jack —sonrió ella—. En ningún momento he dejado de quererte.

Jack la abrazó de nuevo. Al hacerlo vio, por encima de su hombro, una sombra que se apoyaba calmosamente contra la deteriorada fachada de la cabaña. Sonrió.

—Supongo que el shek tendrá que acostumbrarse de nuevo a mi presencia —comentó, burlón, en voz más alta.

—Contaba con ello —respondió Christian, sereno—. No eres de los que abandonan con facilidad. Lástima. Pero, en fin, no es asunto mío. Todos aquellos que sienten aprecio por Victoria merecen mi respeto, así que bienvenido de nuevo.

La sonrisa de Jack se ensanchó.

—Añade esto a la larga lista de favores que te debo, serpiente.

—Empieza a ser demasiado larga —repuso Christian moviendo la cabeza; se incorporó—. Me voy a dar un paseo. Volveré con el primer atardecer. Tenemos que hablar de muchas cosas.

Jack asintió, aún estrechando a Victoria entre sus brazos. Christian dedicó a Victoria una de sus medias sonrisas y después, silencioso como una sombra, se internó en la selva.

–Ya veo que conseguiste salvarle la vida –murmuró Jack sin apartar la mirada del lugar por donde se había marchado–. Así que, si no hubiese sido por ti, ahora mismo estaría muerto.

–Sí –susurró Victoria, y una sombra cruzó su rostro; Jack adivinó lo mucho que había sufrido aquellos días, y se odió a sí mismo por no haber estado a su lado para apoyarla.

–Tengo que reconocer –dijo Jack frunciendo el ceño– que, si hubiese muerto, lo habría lamentado.

Victoria alzó la cabeza para mirarlo.

–Solo un poco –se apresuró a puntualizar Jack.

XXV

LAZOS

TODO se había vuelto de un extraño tono grisáceo.

Al menos, esa fue la impresión que tuvieron Jack y Victoria cuando sobrevolaban Vanissar, de regreso al castillo de Alsan. No habrían podido decir cómo había sucedido, pero de pronto habían pasado de un día claro, radiante... tan radiante que hacía daño a los ojos, a un paisaje en el que todos los colores eran mucho más desvaídos, y el cielo parecía verse desde un filtro que lo volvía más oscuro y de un curioso tono mate.

–¿Qué está pasando aquí? –murmuró Jack, atónito.

–¡Es un hechizo! –exclamó Victoria–. ¡Qué extraño!

También era extraño lo que estaba sucediendo a ras de tierra. Parecía como si todos los campesinos y aldeanos de Vanissar se hubiesen echado a los caminos, emprendiendo un precipitado éxodo hacia las ciudades. Algunos arrastraban carros en los que habían cargado gran parte de sus cosas, pero otros caminaban con lo puesto.

A medida que se iban aproximando a la capital, la luz también disminuía, bañando el mundo como si tuviera que traspasar una pesada capa de nubes de lluvia para llegar hasta él. Pero el cielo seguía estando completamente despejado. Y cuando llegaron por fin a Vanis y vieron el castillo dominando el horizonte, quedó claro que aquel extraño manto de oscuridad tenía su foco allí.

«¿Qué opinas?», preguntó Victoria mentalmente.

Le llegó, lejana, la respuesta de Christian.

«Ya lo he visto. Diría que es una especie de protección. Utilizan la oscuridad para resguardarse de la luz».

«Irial», pensaron los dos a la vez.

Victoria sonrió para sí. Era la primera vez que armonizaban sus pensamientos de aquella forma, y resultó reconfortante y, a la vez, curiosamente excitante, como si, por un momento, hubiesen alcanzado una unión casi perfecta.

Christian no volaba a su lado, sobre el lomo de Jack. Tampoco había adoptado una forma de shek para viajar con ellos. Era demasiado peligroso para él acercarse a Vanissar, sobre todo ahora que Alsan tenía poder para causarle daño. No obstante, tampoco había regresado con Gerde; Victoria sabía, aunque él no se lo había dicho, que estaba preocupado por ella y que, antes de volver a separarse, quería asegurarse de que iba a estar a salvo en Vanissar.

De modo que los seguía, a una prudente distancia.

Victoria jamás olvidaría el momento en el que Christian se había transformado en shek de nuevo, y que había supuesto para él la confirmación de que su alma volvía a estar sana y completa.

Había sido un momento íntimo en el que solo habían participado ellos dos. Jack había preferido retirarse discretamente para que el odio instintivo, que les resultaba tan difícil de controlar, no lo estropease. Le había costado casi todo el día, pero por fin Christian había logrado adoptar de nuevo la forma de una serpiente alada. Victoria sonrió al recordarlo. Los sheks no eran muy expresivos, pero ella había podido leer con total claridad el alivio y la alegría en aquellos ojos de reptil.

Christian los había acompañado, volando, hasta los límites de Nandelt. Una vez allí, recuperó su forma humana y dijo que los seguiría de una forma más discreta. Victoria lo había perdido de vista, pero sabía que andaba cerca: el contacto telepático no se había roto.

La llegada del dragón no dejó de causar impresión en la ciudad. Pese a que la capa de oscuridad impedía que los soles arrancaran reflejos dorados de las escamas de Jack, todos reconocieron en él al último dragón, el único dragón de carne y hueso que quedaba en Idhún.

Para cuando descendieron, planeando, sobre el patio del castillo, ya había varias personas esperándolos. Jack se posó donde pudo, replegó las alas y esperó a que Victoria bajara hasta el suelo por una de sus garras para recuperar su forma humana.

Allí, en el patio, el filtro mágico que tamizaba la luz la había convertido en una penumbra extraña, irreal, como la que hay en el momento de un eclipse de sol.

—¿Qué está pasando? —preguntó Jack a Alsan, que los observaba, inquisitivo, con los brazos cruzados ante el pecho—. ¿Irial se ha manifestado cerca de aquí?

–Se trata de una luz tan intensa que quema literalmente los ojos a todos los que la contemplan –explicó Shail–. Estamos creando globos de oscuridad en todas las ciudades para que la gente pueda refugiarse de la claridad, pero no sé si servirá de algo cuando Irial se acerque. A pesar de que aún se encuentra lejos, su luz incide con tanta fuerza en nuestra oscuridad que la desbarata. ¿Veis esta penumbra? Debería ser una oscuridad tan impenetrable que no nos veríamos unos a otros. Tal vez...

–¿Cómo te has atrevido a volver aquí? –cortó Alsan bruscamente, mirando a Victoria.

Ella iba a responder, pero Jack se adelantó y le pasó un brazo por los hombros.

–Está conmigo. ¿Algún problema?

–Antes estaba con Kirtash. ¿Acaso la has arrancado de su lado, o es que ya ha muerto y ella no tiene ningún sitio adonde ir?

–No ha muerto –dijo Victoria con tranquilidad; alzó la mirada hacia él–. Y puedes dar gracias por ello.

El semblante de Alsan se endureció.

–Te veo un poco cambiada –comentó–. ¿Es que las serpientes crecen más deprisa que los humanos en los vientres de sus madres?

–Alsan, basta –cortó Jack.

–No voy a permitir que dé a luz al hijo de ese bastardo en mi castillo –replicó él.

–No hay problema –dijo Victoria–. Me iré...

–No, Victoria, me temo que no te irás. Prendedla –ordenó a los soldados.

–¡Qué! –exclamó Shail, atónito–. ¿Te has vuelto loco?

Jack ya se había colocado ante Victoria, dispuesto a defenderla.

–Disculpad –intervino entonces la voz apacible de Ha-Din–. No sé qué está sucediendo, pero sin duda no será necesario llegar a las armas.

El Padre Venerable se abrió paso hasta llegar junto a ellos.

–Jack –dijo con una suave sonrisa–. Victoria. Que los dioses os bendigan. Me alegro de volver a veros sanos y salvos.

–Padre Venerable –gruñó Alsan–. Estáis obstruyendo el trabajo de mis soldados.

–No es mi intención intervenir en asuntos que no son de mi incumbencia; solo sentía curiosidad. Me pareció que estabais a punto de prender a una mujer embarazada.

–Es *evidente* que está embarazada. Demasiado evidente, diría yo. También es evidente que confraternizó con el enemigo... en exceso.

Ha-Din lo miró, sonriendo con inocencia.

–¿Eso anula el hecho de que se trata de una joven encinta? ¿Pensabais acaso arrojarla a uno de vuestros lóbregos calabozos, majestad?

–Os lo agradezco, Padre Venerable, pero no soy de cristal –sonrió Victoria; volvió a mirar a Alsan, seria–. Puedes encerrarme si quieres, pero eso no cambiará el hecho de que hay cosas mucho más importantes que debatir el origen de mi hijo, y cosas mucho más peligrosas, ahora mismo, que un bebé que ni siquiera ha nacido. Habéis asistido a la manifestación de Irial en Nandelt; Jack ha visto a Aldun en Kash-Tar, y Wina vuelve a pasearse por Alis Lithban. Los dioses han regresado, y me temo que ahora ya están todos. No tardarán en volver a llegarnos noticias de nuevos tornados, maremotos y corrimientos de tierras. No tardaremos en saber dónde están los tres que faltan.

Hubo un breve silencio, tenso, lleno de malos presagios.

–Han venido a luchar contra el Séptimo dios –prosiguió Victoria–, que ahora se oculta de ellos en un cuerpo material. Si ese cuerpo es destruido... si la esencia del Séptimo vuelve a ser liberada, los dioses lucharán contra ella y todos nosotros seremos aniquilados en el proceso.

Alsan arrugó el entrecejo.

–No es la primera vez que escucho esta historia. ¿Cómo puedes estar tan segura de que no acabarán de una vez por todas con el Séptimo, de que no se marcharán después por donde han venido?

–Porque los dioses no pueden ser destruidos –dijo Jack–. Son la energía misma que dio origen al mundo. Pueden estar luchando eternamente entre ellos sin que haya un claro vencedor. Y todo lo demás será devastado mientras tanto. Ya lo hicieron una vez... en el primer mundo que crearon, antes de Idhún. Lo destruyeron con sus disputas, y eso que aún no existía el Séptimo.

–¿Que no existía el Séptimo? ¿Insinúas que fue creado después? Si fue creado, puede ser destruido.

Jack inspiró hondo, se armó de valor y lo soltó:

–El Séptimo procedía de los otros Seis. Se libraron de toda la energía negativa que había en ellos y después la arrojaron al mundo como si fuera basura.

«Jamás había escuchado tanta blasfemia junta», restalló en sus mentes la voz de Gaedalu. Nadie la había oído llegar, pero ahora estaba junto a ellos, con Zaisei a su lado, observando a Jack con reprobación. Ha-Din ladeó la cabeza y la miró con amabilidad.

—¿Tú crees? Pues a mí me parece una teoría interesante.

—Por eso hay que proteger a Gerde, no luchar contra ella —dijo Jack—. Porque, en el momento en que los dioses la encuentren y la destruyan, liberarán la esencia del Séptimo, comenzará la guerra y todo habrá terminado para los mortales.

»Porque, desde que destruimos a Ashran, ya no tenemos papel en esta historia. Ahora todo queda en manos de los dioses, y todo lo que están haciendo favorece sus propios intereses, y no los nuestros. Si todo va bien, Gerde y los sheks se marcharán a otro mundo, lejos del alcance de los Seis, que regresarán a su propio plano.

—¿Regresarán a su propio plano? —repitió Alsan con sarcasmo—. Eso no puedes saberlo. Tal vez se queden por aquí y sigan destruyéndolo todo. ¿Cómo puedes sugerir siquiera que nos quedemos a cubrir la retirada a Gerde y a los sheks, que dejemos que *huyan*? ¿Cómo puedes creerte esa patraña? ¡Está claro que todo eso se lo han inventado los sheks para que no luchemos contra ellos! ¡Porque saben que no pueden ganar!

Jack cruzó una mirada con Victoria.

—Te dije que no era buena idea contárselo —comentó.

—Lo sé —respondió ella con suavidad—, y por esta razón Christian no quería decirnos nada de todo esto. Pero tienen que saber la verdad.

—¡La verdad! —dijo Alsan—. ¿La verdad que te ha contado Kirtash? ¿O tal vez Gerde?

«No sé por qué estamos hablando de todo eso», intervino Gaedalu. «Está claro que es una de ellos...».

—¿Y yo? —cortó Jack—. ¿También yo soy uno de ellos?

«Actúas cegado por tus sentimientos», observó Gaedalu. «Te niegas a creer que ella te ha engañado y que solo te está utilizando. Ha demostrado repetidas veces su amor por el hijo de Ashran».

—Cierto —asintió Alsan—. Siento decírtelo, Jack, pero yo no me creo que a Victoria le importes tanto como te hace creer. Está claro para qué ha regresado, y de quién es el hijo que espera y al que defiende con tanta pasión.

—Hay un lazo entre nosotros —declaró Jack con rotundidad.

Todos miraron a Ha-Din y a Zaisei. La sacerdotisa desvió la mirada, turbada, y el Venerable murmuró:

–No es así como deben hacerse las cosas.

Miró a Victoria, que sostuvo su mirada sin pestañear.

–Ella no quiere que hagamos pública esa información –dijo–. Mientras no diga lo contrario, la existencia o no de un lazo solo podemos revelarla a las personas unidas por ese lazo, y a nadie más.

–¡Pero yo puedo declararlo! –dijo Jack–. ¡Sé que hay un lazo, cualquier celeste me lo confirmará, aunque sea en privado!

–Estás loco por ella –gruñó Alsan–. Harías cualquier cosa por ella, incluso aceptar que tenga un hijo con un shek. ¿Crees que no sé que también mentirías para protegerla?

Jack suspiró y miró a Victoria, pero ella se mantenía imperturbable.

–No sabía que pudieses llegar a ser tan testaruda –le reprochó.

Ella le dedicó una sonrisa, pero no cedió.

–Yo confío en ellos dos –intervino entonces Shail–. Lucharon contra Ashran, que fue también quien, no hace mucho, torturó brutalmente a Victoria y le arrebató su cuerno. Piensa con lógica, Alsan. ¿Crees de veras que ella defendería esas ideas si no creyese que son verdad?

–Estoy harto de discutir –cortó Jack–. Hemos venido desde Alis Lithban y estamos cansados. Así que, Alsan, decide ya si nos echas, nos acoges o nos encarcelas, nos juzgas y nos ejecutas por traidores.

–No estamos hablando de ti...

–Estás hablando de mí, porque no permitiré que pongas la mano encima a Victoria ni a mi hijo, ¿queda claro?

Había alzado la voz y miraba a Alsan fijamente. Este sostuvo su mirada un momento, pero no fue capaz de aguantar mucho más. Procuró que su voz siguiera sonando firme cuando dijo:

–Hablaremos más tarde. De momento, podéis alojaros donde siempre. Ya conocéis el camino.

El monte Lunn era el lugar donde, según las leyendas, el primer unicornio había recibido el poder de los dioses a través de su cuerno y lo había transformado en magia.

Todos los magos solían visitar el lugar alguna vez a lo largo de sus vidas, no solo por lo que simbolizaba, sino también porque, según se decía, todavía flotaba algo de energía en el ambiente, pese a que habían transcurrido más de quince mil años desde entonces. Pero también otro tipo de personas habían acudido con frecuencia a rezar frente al pequeño templo que se había construido en su cima. A lo largo de cientos de generaciones, semimagos de todas las razas y condiciones habían ido allí a suplicar a los dioses que les concediesen la magia completa.

Porque allí, en el monte Lunn, lo mágico y lo sagrado se daban la mano. No había hechicero que no hubiese descendido de su cima sin elevar una fervorosa plegaria a los Seis, ni sacerdote que no hubiese deseado, tras pisar el lugar donde la magia había tocado el mundo por primera vez, haber visto un unicornio.

El templo del monte Lunn era más un refugio de peregrinos que un auténtico lugar de culto. Lo atendía un anciano ermitaño celeste que llevaba allí muchos años, más de los que nadie podía recordar. Si le hubiesen preguntado, habría respondido que no recordaba haber dado cobijo a ningún hechicero particularmente ilustre.

Y, no obstante, durante muchas generaciones, los magos más poderosos habían visitado el monte Lunn, porque era allí donde se ocultaba uno de los mayores secretos de la Orden Mágica, un secreto que, a lo largo de la Cuarta Era, solo había estado en manos de los Archimagos... y que, en la actualidad, solo Qaydar conocía.

El Archimago había abandonado Vanissar poco después de haber llegado allí en busca de Victoria. Alsan le había dejado claro que para él era más urgente tratar de controlar a Irial antes de que todos sus súbditos perdieran la vista, y, por otra parte, la conversación que había mantenido con él y con Shail le había abierto nuevas posibilidades, al lado de las cuales el asunto de la pérdida de Victoria parecía algo irrelevante.

Ahora avanzaba por un largo pasadizo que se hundía en las entrañas del monte Lunn, acompañado solo por una esfera de luz mágica que bailaba ante él, alumbrando su camino.

Sabía lo que iba a encontrar al final del túnel, porque no era la primera vez que visitaba aquel lugar. No obstante, aquello había ocurrido mucho tiempo atrás, más de doscientos años atrás, si no le fallaba la memoria. En aquel tiempo, la Torre de Drackwen había sido una escuela de magia floreciente. Antes de que los sacerdotes obligaran a los magos a abandonarla.

Qaydar frunció el ceño. Los sacerdotes siempre habían temido el poder de los hechiceros, y habían hecho todo lo posible por restringirlo. Era cierto que los dioses eran mucho más poderosos, y que podían obrar milagros que no estaban al alcance de los magos. Pero los dioses pocas veces se dejaban ver y los milagros escaseaban, mientras que los prodigios de los hechiceros eran mucho más frecuentes y, por otra parte, los unicornios, dadores de magia, eran criaturas de carne y hueso que podían verse y tocarse, al menos en algunos casos. Era inevitable que las Iglesias temieran perder su influencia en favor de la Orden Mágica. A pesar de que los magos siempre habían sido una minoría, la gente solía confiar más en ellos que en los sacerdotes.

Excepto cuando los hechiceros abusaban de su poder... como en la Era Oscura.

Qaydar sonrió amargamente. Después de la derrota de Talmannon, había llegado la Era de la Contemplación, y los magos habían sido perseguidos y exterminados de forma sistemática. Por aquel entonces, los unicornios empezaron a verse como criaturas malditas, a pesar de que habían ayudado a Ayshel a derrotar a Talmannon. En otras épocas, ser tocado por un unicornio se consideraba una bendición. Durante la Era de la Contemplación, fue una desgracia.

No era de extrañar, se dijo Qaydar, que desde la Era Oscura los magos guardaran secretos que nadie debía conocer jamás; mucho menos, los sacerdotes.

Suspiró para sus adentros. La Cuarta Era, la llamada Era de los Archimagos, estaba tocando a su fin, puesto que él era el último. ¿Qué vendría después? Sin unicornios, la Orden Mágica moriría irremediablemente. Y se abriría en Idhún una nueva Era de la Contemplación, mucho más árida y estricta que la anterior. Porque, por muchos hechiceros que hubiesen ejecutado los sacerdotes, nunca habían logrado ponerle las manos encima a un unicornio.

Mientras que Ashran los había exterminado en un solo día.

Tenían razón. Aquel condenado mago *tenía* que haber sido el Séptimo. Y si aquello lo había hecho un dios, solo otro podía repararlo.

Y las leyendas decían que la diosa Irial siempre había sentido predilección por los unicornios.

Desembocó, por fin, en una amplia sala hexagonal iluminada por seis antorchas que daban una luz lúgubre, irreal. No había nada de magia en aquel lugar. Las antorchas las mantenía encendidas un ser vivo, alguien que, con toda probabilidad, era la criatura más desdichada de Idhún. Alguien que llevaba allí abajo mucho más tiempo que el ermitaño que vivía en la cumbre, alguien que no había visto la luz de los soles en más de dos mil años.

—Custodio —llamó—. Un hechicero desea verte.

Era consciente de que él sabía que estaba allí. Pero había que llamarlo para que se atreviese a mostrar su rostro a otras personas.

Lo llamaban el Custodio, pero también el Imperecedero, o el Sempiterno. Nadie recordaba su verdadero nombre. Había vivido allí desde la misma noche de la caída de Talmannon, y había permanecido oculto. Los más leales servidores de Talmannon lo habían escondido allí, junto con otros tesoros que habían rescatado de su castillo, y posteriormente, durante la represión religiosa, aquel había sido el lugar elegido para guardar los más preciados tesoros de la Orden Mágica de la severa mirada de los sacerdotes.

El Custodio los protegería, como había hecho siempre. Y lo haría por toda la eternidad, porque ningún futuro lo aguardaba en el exterior, y porque mucho tiempo atrás lo habían bendecido o condenado con el don de la inmortalidad.

Qaydar lo observó, sobrecogido, cuando avanzó hacia él, portando un candil, con el rostro cubierto por una amplia capucha que ocultaba sus rasgos.

—Soy Qaydar, el Archimago —dijo el hechicero con gravedad.

—Oh —respondió el Custodio, sin mucho entusiasmo—. Esperaba a otra persona.

—Esperabas a Ashran, ¿verdad? Él estuvo aquí hace mucho tiempo.

El Custodio no respondió a la pregunta.

—¿Has venido a hacer una consssulta?

Qaydar se estremeció. De vez en cuando, el Custodio siseaba sin darse cuenta. Decían que tenía la lengua bífida, pero no había tenido ocasión de comprobarlo.

—He venido a entregarte esto —dijo, y le mostró una pequeña urna marcada con el símbolo del Séptimo dios—. Ashran —dijo solamente.

El Custodio dio un paso atrás y, aunque Qaydar seguía sin verle la cara, notó que había quedado conmocionado.

—Lo conocías, ¿no es cierto?

El Custodio recuperó la compostura y se irguió para decir:

—Sígueme.

Echó a andar por el corredor, y Qaydar lo siguió. Atravesaron hasta siete puertas distintas, que el Custodio abrió con cada una de las siete llaves que portaba colgadas al cuello, hasta que llegaron a la Sala de las Reliquias.

A pesar de ser el hombre más poderoso de Idhún, Qaydar se sintió intimidado al entrar en aquella habitación, que databa de los tiempos del mismo Talmannon. Aquello había nacido como un santuario dedicado al Séptimo dios, y los seguidores de Talmannon, aquellos que seguían sirviéndolo incluso después de que Shiskatchegg dejase de ejercer su influencia sobre ellos, habían ocultado allí todos sus tesoros, incluyendo sus restos mortales, una urna de cenizas que aún se conservaba en el nicho más profundo de la sala.

El resto de hechiceros debieron haber destruido aquel lugar, y a su Custodio, en cuanto descubrieron su existencia. Pero el Custodio no podía ser destruido y, por otro lado, aquel fue el único lugar de Idhún en el que pudieron refugiarse durante los años más lóbregos de la Era de la Contemplación. Sin la Sala de las Reliquias, la Orden Mágica jamás habría podido recuperarse, y ellos lo sabían.

En agradecimiento, permitieron al Custodio seguir con su tarea, y adoptaron la costumbre de llevar allí las cenizas de todos los grandes hechiceros. De vez en cuando, alguien utilizaba parte de aquellas cenizas para realizar una invocación y consultar al espíritu del difunto. Pero nadie, jamás, habría osado invocar al mismísimo Talmannon y, por otra parte, daban por sentado que el Custodio no lo permitiría.

El Custodio lo guió hasta una hornacina que quedaba libre. Después, le tendió las manos para que le entregara el recipiente con las cenizas de Ashran. Qaydar no pudo evitar fijarse en que aquellas manos estaban cubiertas por una fina capa de escamas traslúcidas. Le dio la urna, y el Custodio la colocó en su lugar.

—Séllalo —dijo.

Qaydar pronunció un hechizo de protección sobre la vasija, que emitió un breve resplandor azulado y después recuperó su aspecto habitual.

Los dos permanecieron un instante en silencio.

—¿Hemos acabado? —preguntó el Custodio.

—Aún no —dijo Qaydar—. Necesito que me respondas a algunas preguntas.

La criatura se rió amargamente.

—¿Qué puedo saber yo, que hace tanto tiempo que no sssalgo de aquí?

—Cosas que ocurrieron en este lugar —hizo una pausa—, hace más de veinte años.

El Custodio no respondió. Dio media vuelta y se alejó de él, hacia la entrada de la Sala de las Reliquias. Qaydar lo retuvo por el brazo.

—¡Espera! Vino un joven hechicero llamado Ashran, ¿verdad? ¿Cómo entró aquí?

—No lo sé. Vosotros, los magos, sabréis cómo mantenéis protegido este lugar, y qué requisitos exigís para entrar. Solo sé que desde que estoy aquí, solo poderosos hechiceros han logrado traspasar sus puertas.

Qaydar reflexionó.

—Está bien —dijo—. Es difícil que Ashran averiguara la existencia de este lugar, y más aún que encontrara la clave para hallar la entrada y traspasarla... pero no es del todo imposible. ¿Qué fue lo que te dijo? ¿Te pidió cenizas para una invocación?

—¿Para qué otra cosa, si no, vienen aquí los magos?

—¿Quién fue el hechicero al que invocó? ¿Lo recuerdas, Custodio?

La criatura se estremeció.

—No podría olvidarlo —dijo—. Me pidió invocar al más grande hechicero de todos los tiempos. A mi Amo y Señor, Talmannon. Nadie había osado jamás hacerme una petición semejante. Nadie se habría atrevido a profanar sus cenizasss.

—¿Le dijiste que no, entonces?

El Custodio alzó la cabeza hacia él.

—Le dije que ssssí. Pero no le permití que se llevara la urna, ni siquiera un saquillo de cenizas. Realizamos la invocación aquí mismo.

Qaydar dio un paso atrás, anonadado.

—¿Dejaste que invocara a Talmannon? ¿Por qué razón?

—¿Por qué razón invocan los hechiceros a personas que murieron mucho tiempo atrás? Para preguntar. Para saber. Nada de lo que vuestros magos muertos tengan que decir me interesa lo más mínimo. Pero mi Amo... tenía que preguntarle... quería saber...

—¿Saber, qué? —preguntó Qaydar con impaciencia.

El Custodio se volvió hacia él y se retiró la capucha con brusquedad.

—¡Essssto es lo que quiero saber! ¡Si sirvió de algo! ¡Si mi existencia tiene algún sentido! ¡Cuánto tiempo... voy a continuar en la oscuridad... siendo único... siendo un monssssstruo!

Qaydar se había quedado mudo de horror.

Sabía lo que era el Custodio. De niño, había creído que los szish, los hombres-serpiente que habían servido a Talmannon y a los sheks, no eran más que leyendas... hasta que había visto a aquella criatura.

Pero el Custodio no era exactamente un szish. Era, tal vez, el único hombre-serpiente de Idhún que merecía realmente aquel nombre.

Porque tenía un rostro que era más humano que reptiliano. Tenía unos ojos con iris, pupilas y un brillo de emoción humana. Y, no obstante, también mostraba rasgos de serpiente y toda su piel estaba cubierta por una fina película escamosa. Qaydar sabía que, bajo la túnica que usaba, lucía una cola anillada, como la de cualquier szish.

–Solía llamarme «sssangretibia» –dijo el Custodio, y Qaydar vio esta vez, con claridad, que su lengua mostraba una pequeña muesca que no llegaba a ser una lengua bífida, pero que tampoco era del todo redondeada–. Él estaba orgulloso de mí, decía que era el futuro, y que pronto todos se darían cuenta de que los szish no eran tan diferentes a los sangrecaliente, puesto que pueden mezclarse con ellos. Pero para el resto del mundo yo no era más que una aberración, un monstruo. Por eso, para protegerme de los demás, mi Amo me hizo inmortal. Nada ni nadie podría dañarme, ni siquiera el tiempo... Viviría eternamente... aguardando el día en que habría en Idhún más criaturas como yo. Pero llevo aguardando más de dos milenios, y solo siguen entrando aquí los magos sangrecaliente.

Qaydar recordó de pronto lo que sabía de Kirtash: que Ashran lo había creado fusionando el alma de un ser humano y el alma de un shek. ¿Había sido una idea suya, o seguía un plan que el Séptimo llevaba acariciando desde hacía siglos... cuando, bajo la identidad de Talmannon, cruzaba humanos con hombres-serpiente?

–Querías preguntarle por qué te creó, ¿no es cierto?

–¿Crearme? ¿A mí? –el mestizo rió sin alegría–. Yo no soy una criatura suya. Soy fruto del amor que existió entre una hechicera humana y un capitán szish. Nací de forma natural, y el Amo me adoptó.

–¿Amor? –repitió Qaydar, y no pudo evitar una mueca de repugnancia–. ¿Entre una humana y una serpiente?

De nuevo volvió a pensar en Kirtash... y en Victoria.

–No nací de la violencia ni de la pasión de una noche –insistió el Custodio–. Mis padres se amaban. Los recuerdo a ambos. Formábamos una familia. Pero ahora... ya no queda nadie. Ni mi padre ni mi madre ni el Amo están aquí. Así que, cuando Ashran me dijo que quería invocar a Talmannon... quise estar presssente. Para pedirle que me retirara el don que me había concedido, y que me permitiera morir.

–Invocasteis a Talmannon, pues. ¿Qué le preguntó Ashran?

—No lo recuerdo. Salí de la habitación después de hablar con el Amo, y los dejé a solas.

—¿Por qué? ¿Qué te dijo a ti?

El Custodio tardó un poco en responder.

—Me dijo que ya no tenía poder para retirarme el don y permitirme morir. Que perdió ese poder al abandonar su cuerpo. Y que solo alguien con el mismo poder podría concederme mi mayor deseo.

Qaydar lo miró largamente.

—Sabías que Ashran adquirió ese poder a lo largo de su vida, ¿verdad?

El semiszish inclinó la cabeza.

—Me dijo que lo intentaría —murmuró—. Y me prometió que volvería cuando lo consiguiera.

—Hace casi veinte años que lo logró, si no me han informado mal —dijo Qaydar con suavidad—. Nunca regresó a buscarte.

Se preguntó por qué no lo había hecho. Tal vez la existencia de aquel extraordinario mestizo seguía suponiendo un logro para él, pero, en tal caso, ¿por qué no lo había sacado de aquella cripta y lo había mantenido a su lado, tal y como hiciera Talmannon?

También existía la posibilidad de que se hubiese olvidado de él. Podía parecer cruel, pero, al fin y al cabo, Ashran había llegado a ser un dios. Tal vez el tiempo ya no tuviese la misma importancia para él, o quizá la lucha contra la profecía de los Oráculos hubiese sido entonces un asunto de tal prioridad para él que todo lo demás quedó en segundo plano.

—Y ahora está muerto —concluyó el Custodio.

Qaydar se preguntó si debía decirle que existía otra persona en el mundo que atesoraba ese poder. Tal vez el semiszish reuniría el valor suficiente como para salir de aquella tumba en la que llevaba dos mil años encerrado, y buscar a Gerde para pedirle clemencia. Descartó la idea. Si el Custodio moría, no habría nadie encargado de guardar las reliquias de la Orden Mágica.

—Lo siento —murmuró Qaydar—. Tal vez el Séptimo dios tenga todavía planes para ti.

—Si es asssí, no los ha compartido conmigo.

El mestizo se volvió a echar la capucha sobre la cabeza, dio media vuelta y se encaminó de nuevo hacia la puerta. Qaydar sintió entonces un leve temblor en el suelo, pero no le concedió importancia.

—Aguarda, Custodio —lo detuvo por segunda vez—. No he terminado. Deseo hacer una invocación.

El Custodio lo miró.

—Quiero invocar a Talmannon. Necesito parte de sus cenizas.

El semiszish negó con la cabeza.

—No, Archimago. Los restos del Amo permanecerán donde están. No volveré a cedérselos a nadie.

Qaydar frunció el ceño.

—¿Cómo vas a impedir que me lleve la urna?

—Protegiéndola con mi vida. Y, como ya sabes, mi vida es algo que nadie puede arrebatarme. Ni siquiera tú.

El suelo volvió a retumbar, esta vez con más fuerza. Los dos lo notaron y miraron a su alrededor, inquietos.

—Parece un temblor de tierra —murmuró Qaydar.

No había terminado de hablar cuando el seísmo se repitió, y toda la caverna rugió con un sonido parecido al bostezo de un titán. Ambos, mestizo y hechicero, perdieron el equilibrio y cayeron al suelo.

—Algo se acerca —dijo el Custodio, nervioso.

El Archimago se levantó, a duras penas. El suelo seguía temblando. Algunas pequeñas piedras se desprendieron del techo y cayeron sobre ellos.

—¡Tenemos que salir de aquí! —lo apremió Qaydar, pero el semiszish lo miró, aturdido, sin ser capaz de responder.

Otro movimiento, más violento que el anterior, resquebrajó una de las paredes e hizo caer una urna al suelo. El hechizo de protección evitó que se rompiera y que las cenizas se desparramaran, pero el ruido hizo reaccionar al Custodio, que se volvió, sobresaltado.

De nuevo, las entrañas de la tierra parecieron crujir, como si se despertaran de un sueño de millones de años. Un escalofrío recorrió la espina dorsal de Qaydar; había pasado demasiado tiempo hablando con Shail en los últimos meses como para no reconocer lo que estaba sucediendo.

—¡Levántate! —le gritó—. ¡Todo esto se va a venir abajo!

El mestizo lo miró, anonadado.

—No puede ser. Tu magia...

—¡Mi magia no puede hacer nada contra lo que se nos viene encima! ¡Levántate y salgamos de aquí!

El Custodio sacudió la cabeza.

–No puedo... no puedo... el Amo... las cenizas...

Se incorporó de pronto y, desafiando al temblor sísmico, echó a correr hacia el fondo de la estancia. Qaydar gruñó por lo bajo, pero lo siguió.

Lo alcanzó cuando ya regresaba con una urna que oprimía contra su pecho como si fuese su posesión más preciada. Qaydar sabía qué llevaba allí dentro, y recordó de pronto su misión.

–¡Custodio! ¿Queda algo más de Talmannon que quieras rescatar?

El semiszish negó con la cabeza.

–Nada importante. Nada personal. La bruja de Awa lo destruyó todo cuando conquistó el castillo. Solo... conservaba un cinturón que le perteneció, pero Ashran se lo llevó. Le permití que lo hiciera porque prometió regresar...

Una nueva sacudida hizo que se desprendieran varios bloques del techo. Qaydar tiró del Custodio para apartarlo del peligro.

Juntos, salieron de la Sala de las Reliquias. Contemplando el largo corredor que los recibía, Qaydar comprendió que no saldrían vivos de allí a menos que usara la magia.

–Voy a teletransportar a ambos al exterior.

El semiszish lo miró, aterrorizado.

–¿Al... exterior? ¿Bajo los soles?

Se echó a temblar.

–¡Pero tienes que salir! –gritó Qaydar–. ¡Si te quedas aquí, las rocas te aplastarán! ¡Dudo mucho que ni siquiera tú seas capaz de sobrevivir al paso de uno de los Seis!

De pronto, el rostro del Custodio se iluminó con una amplia sonrisa. Tendió la urna a Qaydar.

–Toma –dijo–, llévatelo. Es lo único que quiero sssalvar de este lugar.

El Archimago sostuvo el recipiente entre sus manos, abrumado.

–¡Pero no puedes quedarte aquí!

El Custodio sacudió la cabeza.

–Realiza la invocación, si así lo deseas. Dile al Amo que espero volver a verlo pronto. Y utiliza todas sus cenizas, para que nadie más vuelva a molestarlo.

Qaydar quiso decir algo más, pero no tuvo ocasión. El Custodio dio media vuelta y corrió de nuevo hacia el interior de la Sala de las Reliquias. Uno de los arcos que sostenían el techo terminó de agrietarse y cayó, con estrépito, separando al mestizo del Archimago y sellando su destino para siempre.

Conmovido, Qaydar realizó el hechizo de teletransportación y salió de allí, llevando consigo la urna con las cenizas de Talmannon.

Varias toneladas de roca más arriba, el ermitaño contemplaba la destrucción de la montaña, sobrecogido. Había llamado a un pájaro haai al notar los primeros temblores y, por fortuna, había uno en las inmediaciones, uno que procedía de Alis Lithban y que había escuchado su canto. Y ahora, montado sobre el lomo del pájaro dorado, asistía a la devastación del lugar donde había nacido la magia, y se preguntaba si no sería aquello una señal de los nuevos tiempos que estaban por venir, tiempos donde los unicornios y los dragones serían leyenda, donde solo los dioses serían más poderosos que las personas.

Cuando estaba a punto de retirarse, aún conmocionado, percibió una intensa emoción que venía del corazón de la montaña: un miedo cerval, y después un inmenso alivio, y después, nada más...

Sacudiendo la cabeza, el celeste se alejó de allí, aún temblando de terror, dando la espalda al que había sido su hogar durante los últimos ochenta años.

La cercanía de Irial hizo que todos se olvidaran momentáneamente de la posible traición de Victoria: había mucho que hacer, y muchos otros problemas que solucionar. Lo más urgente era encontrar alojamiento y comida para todos los que llegaban a la ciudad a refugiarse en su acogedora semioscuridad. Pero también se estaban enviando mensajeros a distintos lugares de Idhún, para tratar de averiguar dónde estaban todos los dioses y qué estaban haciendo. Así, pronto tuvieron noticias que confirmaron lo que Victoria había dicho sobre lo que estaba sucediendo en Alis Lithban; también recibieron nuevas del derrumbamiento del monte Lunn, y pronto supieron que Karevan se desplazaba lentamente hacia la cordillera de Nandelt; si no cambiaba de rumbo, los gigantes tendrían que marcharse otra vez. Los mensajeros hablaron también de inundaciones en Raden, debidas a unas mareas especialmente violentas.

Así, poco a poco, fueron conformando el mapa de dioses, y no tardaron en darse cuenta de que les faltaba uno. Todavía no habían recibido noticias de ciclones ni tornados, ni de vientos huracanados, y eso los aliviaba, pero también los inquietaba. ¿Dónde podría haberse metido Yohavir?

Mientras, los magos seguían creando globos de oscuridad. La Torre de Kazlunn había quedado vacía, porque todos estaban poniendo su poder al servicio del resto del mundo. El único que faltaba era Qaydar; nadie sabía dónde había ido, ni cuándo volvería, pero no había tiempo para echarlo de menos.

La inminente batalla contra Gerde quedaba aplazada de forma indefinida mientras todos trabajaban frenéticamente en la búsqueda de una solución, y los sacerdotes mantenían larguísimas reuniones en las que se debatían, por primera vez, los fundamentos de unas cuestiones teológicas que habían permanecido estables durante milenios.

Jack no podía dejar de preguntarse, sin embargo, si Alsan habría actuado así de no haberse manifestado Irial en su propio reino. Estaba casi convencido de que, de no tener que proteger a su propia gente, se habría lanzado a la guerra de todos modos. Pero no pensaba preguntárselo y, de todas formas, aquello convenía a sus planes. Habían prometido a Christian que harían lo posible por entretener a Alsan y sus aliados para dar tiempo a Gerde y a los sheks a abandonar Idhún.

Aquella tarde, Jack encontró un momento libre para ir a hablar con Ha-Din. El celeste salía de una de sus reuniones con Gaedalu y con otros sacerdotes y sacerdotisas, con evidentes síntomas de estar padeciendo un terrible dolor de cabeza. Jack se detuvo en seco en mitad del pasillo, sin saber si era o no un buen momento para plantearle sus dudas. Ha-Din lo vio.

—Ven, Jack —dijo, con una sonrisa—. Acompáñame a las almenas, a que me dé un poco el aire. Me vendrá bien.

Jack aceptó de buena gana.

—Estos... concilios... son largos y aburridos —opinó el Padre—. Antiguamente solían celebrarse en el Gran Oráculo, que era terreno neutral, más o menos. Hemos llegado a discutir sobre si deberíamos estar hablando de todas estas cosas en el Oráculo de Gantadd, o en el de Awa. Creo que al final hemos optado por quedarnos aquí porque a nadie le apetece viajar más —añadió con una sonrisa—. Aunque no importa el lugar que elijamos, pues las conclusiones a las que lleguemos serán siempre las mismas: no tenemos ni la más remota idea de lo que está pasando.

Jack inclinó la cabeza.

—Nosotros hemos ido reuniendo información —dijo—, y hemos reconstruido lo que creemos que es una historia bastante aproximada de este mundo. Entre lo que sabe Kirtash, lo que Victoria ha descubierto, lo que Shail ha encontrado en los libros y lo que he averiguado yo... todas las piezas parecen encajar. Y, sin embargo... no estoy seguro de que todo lo que hemos aprendido pueda ayudarnos a afrontar el momento presente, o a tratar de averiguar qué nos deparará el futuro.

—Sabias palabras, Jack —sonrió el celeste—. No sé si estoy preparado para conocer toda esa información, y tampoco sé si me ayudaría en algo conocerla. Pero sí necesito saber una cosa: cuando Victoria sacó a Kirtash de las mazmorras y se lo llevó para tratar de salvarle la vida, le pedí que buscara datos sobre ese objeto... que la Madre Venerable extrajo de las profundidades del mar, y que ha servido, a la vez, para reprimir la bestia de Alsan y subyugar a un shek. No he tenido ocasión de hablar con ella todavía. No sé si a ti te habrá dicho algo al respecto.

Jack sonrió y le contó a Ha-Din cómo, miles de años atrás, los dioses se habían liberado de aquella parte de sí mismos que los llevaba a luchar unos contra otros, toda la destrucción y el caos que formaban parte, también, de todo proceso de creación.

—Lo encerraron en una especie de cámara —prosiguió—, que en teoría no podía romperse. Y lo arrojaron al mar. Pero, mucho tiempo después, esa roca se rompió, y un nuevo dios emergió de su interior.

»La sustancia con la que fue creada la roca estaba... diseñada, por así decirlo, para reprimir esa esencia de caos y destrucción que querían mantener encerrada en su interior. La esencia de la que está formado el Séptimo y que dio origen a los sheks. Por esta razón, esa cosa los repele y anula sus sentidos. Pero también reprime todo aquello que es, en esencia, caótico y destructivo. Por eso ha anulado la bestia que hay en el interior de Alsan.

—Pero no la ha destruido —hizo notar Ha-Din.

—No creo que pueda ser destruida, Padre Venerable. El espíritu del lobo forma ya parte de él. Arrancarlo de su cuerpo equivaldría a desgarrar su propia alma. La única opción que le quedaba era... reprimirlo, anularlo, encarcelarlo en su interior. Algo que puede funcionar bien en el caso de Alsan, porque las dos esencias no convivían en armonía en su cuerpo, sino que luchaban constantemente por la supremacía. Pero en el caso de Kirtash casi resultó letal porque, en él, el humano y el shek son una sola cosa. No obstante... —frunció el ceño—, no estoy muy seguro de que el cambio le haya sentado bien a Alsan.

—Puede parecer extraño –asintió Ha-Din–, pero, desde que lleva ese brazalete, tengo la sensación de que se ha convertido en un monstruo más terrible aún que el que trataba de destruir.

—¿Por qué razón? –preguntó Jack, intrigado–. Alsan siempre ha sido severo e inflexible, pero nunca cruel o intolerante. ¿Cómo es posible?

—Tú mismo lo has dicho: se ha librado de todo lo caótico y destructivo que había en él. Eso le lleva a querer crear el orden a su alrededor, a que todo siga las normas establecidas. A luchar contra el caos con todas sus fuerzas. Por la misma razón por la cual nuestros dioses se esfuerzan con tanto empeño en destruir esa oscuridad de la que quisieron librarse... sin darse cuenta de que, al hacerlo, reproducen ese mismo caos que tanto los disgusta.

—Es un círculo vicioso –murmuró Jack.

—Sí –asintió Ha-Din–, y eso me lleva a pensar que uno no puede deshacerse con tanta facilidad de esa parte oscura y caótica. No me cabe duda de que tu amigo Alsan cree que hace lo correcto luchando contra el mal, encarnado en el Séptimo y en sus serpientes. Él es un caballero de Nurgon, fue educado para pelear, no conoce otra cosa. Tienes que darle un enemigo físico contra el cual dirigir su espada justiciera. Si le dices que las serpientes no son tan malas, no te escuchará, porque creerte supondría para él asumir que su vida, tal y como le han enseñado a vivirla, no tiene sentido.

—Pero él mismo ha experimentado ese caos. Él mismo estuvo a merced de una criatura destructora, y por un tiempo... me pareció que hasta la aceptaba.

—Eso es lo que más odia de sí mismo: que se convirtió en una de las criaturas a las que juró combatir. Y, porque el caos lo esclavizó, ahora buscará el caos y luchará contra él, donde quiera que este se encuentre. Aunque sea en una joven a la que antaño apreciaba.

Jack se estremeció.

—De eso justamente quería hablaros. Él apreciaba a Victoria, la ha visto crecer, la ha educado junto con Aile y Shail, y ha sido, prácticamente, como su hermano mayor. No sería capaz de hacerle daño, ni a ella, ni a su bebé, ¿verdad?

Ha-Din movió la cabeza, y una sombra de duda cubrió su rostro.

—Los hombres como él, tan comprometidos con unos ideales que consideran por encima de todas las personas, incluso por encima de ellos mismos... no son capaces de crear lazos fuertes con nadie, porque para ellos, los lazos no son tan importantes como el deber. No dudo que en el fondo le duele atacar a Victoria, pero lo hará si cree que es lo que debe hacer. Es una de las formas en que se rompen los lazos. Alsan te aprecia, Jack, pero te sacrificaría sin dudarlo si creyese que ese es su deber. Por mucho que le doliera, cumpliría con su obligación.

Jack inclinó la cabeza.

–Entiendo. Pero si existiese un lazo de auténtico amor entre Victoria y yo... tal vez confiaría más en ella, ¿no?

Ha-Din lo miró.

–¿Quieres que te diga si existe un lazo entre los dos?

El joven negó con la cabeza.

–No es necesario. Ya conozco la respuesta a esa pregunta. Lo que quiero saber es por qué Victoria no quiere que se bendiga su unión conmigo. Necesito saber qué se lo impide. Por su propio bien, es necesario que la ceremonia se lleve a cabo, en público o en privado, me da igual. Pero debo protegerla de Alsan. A ella y a mi hijo.

Ha-Din sonrió.

–Puedo saber lo que sienten las personas, Jack, no lo que piensan.

Jack iba a responder, cuando el propio Alsan salió a las almenas.

–Venerable –saludó, con una inclinación de cabeza–. Jack, te estaba buscando. He de hablar contigo.

–Yo tengo que regresar a mi reunión –suspiró Ha-Din–. Nos veremos a la hora de la cena.

Los dos aguardaron a que el celeste se marchara y permanecieron un momento más en silencio, sintiéndose algo incómodos.

–Quería preguntarte –dijo entonces Alsan– por los dragones que fuiste a buscar a Kash-Tar.

–Se han visto envueltos en una sangrienta guerra contra el líder shek del lugar. No tienen la menor intención de volver.

Alsan frunció el ceño.

–Pero les dijiste que volvieran, ¿no? ¿Por qué no te obedecieron?

–¿Acaso estaban obligados a obedecerme? –preguntó Jack, perplejo.

–¡Claro que sí! Jack, ¿aún no lo entiendes? Eres un dragón. El último que queda. En un futuro no lejano, cuando hayamos acabado con todas las serpientes, tú gobernarás sobre todos los pueblos de Idhún.

Jack retrocedió como si hubiese recibido un mazazo.

–¿Qué? ¿Te has vuelto loco?

–No; eres tú el que no actúa con cordura. ¿Cuánto tiempo más vas a seguir eludiendo tus responsabilidades?

Jack dejó escapar una breve carcajada de incredulidad.

–¿Para esto nos hemos jugado la vida? ¿Derrotamos a un dictador para que tú coloques a otro en su lugar?

–¿Cómo puedes insinuar que es lo mismo? ¡Tú eres un dragón, y Ashran era la encarnación del Séptimo!

Jack seguía tan atónito que fue incapaz de hablar. Alsan aprovechó su silencio para añadir:

–¿Comprendes ahora por qué es tan condenadamente importante que dejes de tratar con las serpientes? ¡No es un comportamiento digno del que va a ser el soberano de Idhún! Traté de explicarle a Victoria que su relación con Kirtash era un error, que no era apropiada... Tenía la esperanza de que tú la harías entrar en razón, de que la convencerías de que olvidara al shek y estableciera de una vez un lazo de verdad. Pero eras tú el que debía...

–Espera –cortó Jack con voz extraña–. ¿Has dicho «un lazo de verdad»?

–Un lazo entre los que deberían ser los futuros emperadores de Idhún, Jack –respondió Alsan, solemne.

Pero Jack no lo escuchaba.

–Ya lo entiendo –dijo solamente, y, dando media vuelta, echó a correr hacia el interior del castillo, dejando a Alsan con la palabra en la boca.

Aquella noche, después de la cena, otra persona se acercó a Ha-Din para hablar con él.

–Padre Venerable, necesito vuestro consejo... si tenéis un momento.

Ha-Din se detuvo.

–Tú dirás, hija.

Zaisei alzó la cabeza y dejó que Ha-Din notara su preocupación, sus dudas y su sentimiento de culpa.

–No es correcto que un sacerdote se niegue a bendecir una unión, ¿verdad?

–Si no existe un lazo...

–Hablo del tipo de unión en que el lazo está fuera de toda duda –cortó Zaisei.

–Supongo –dijo Ha-Din con precaución– que si el sacerdote se niega, se deberá a otros motivos, ¿no es cierto? ¿Qué motivos podrían ser esos? ¿Que la unión no parece... adecuada... o aceptable?

Zaisei negó con la cabeza.

–Los prejuicios del sacerdote no son nunca motivo para no bendecir un lazo existente, Padre. Aunque el sacerdote no supiera muy bien a qué dioses, exactamente, solicitar la bendición –añadió en voz un poco más baja; Ha-Din sonrió al notar su desconcierto–. Pero... ¿qué sucedería si el sacerdote se sintiera... agraviado de alguna manera por causa de uno de los miembros de la pareja?

–El sacerdote es celeste; sin duda comprenderá los motivos por los que se produjo el agravio.

–Podría resultar un tanto difícil ponerse en el lugar de algunas personas –murmuró Zaisei–. Pero ¿y si no se trata de uno de los miembros de la pareja, sino de un familiar... a quien el sacerdote no conoce?

Ha-Din sonrió.

–Ve al grano, Zaisei; resulta muy enojoso hablar de este tema como si se tratase de un problema teológico –bajó la voz–. Sé que Kirtash tiene muchas cuentas pendientes, y su padre, más todavía...

–No me refiero a su padre, sino a su madre, Venerable.

Sobrevino un breve silencio.

–¿Qué te ha contado Gaedalu? –quiso saber Ha-Din.

Zaisei inclinó la cabeza.

–Que la madre de Kirtash envenenó a la mía. Sé que no debería importarme, y que, si sus sentimientos son sinceros, los míos no...

–Aguarda –la detuvo Ha-Din–. Las cosas no fueron exactamente así.

Zaisei lo miró, con los ojos muy abiertos.

–¿Vos conocíais...? –empezó–. Entonces, ¿la Madre me ha mentido?

–No del todo –Ha-Din inspiró hondo–. Conocí a tu madre, Zaisei, aunque solo de vista. Escuchamos juntos la primera profecía. También la madre de Kirtash estaba allí, pero a ella tuve ocasión de conocerla más a fondo algunos años más tarde... después de la segunda profecía y de la muerte de tu madre.

–¿Es cierto que la madre de Kirtash la envenenó para poder ocupar su lugar en la Sala de los Oyentes?

—Es cierto que Manua quiso ocupar el lugar de tu madre en la Sala de los Oyentes, para escuchar una profecía que, según creía, y no se equivocaba, hablaría de su hijo, el niño que Ashran le había arrebatado. Pero en ningún momento tuvo intención de hacerle daño a tu madre.

»Cuando la prendieron y la encerraron, fui a verla. Su dolor y su desconcierto eran reales. Ella no había querido matar a Kanei. Solo le había administrado un somnífero, me dijo. La pobre mujer no había tenido en cuenta que el metabolismo de los celestes no es igual que el de los humanos. Nosotros somos físicamente más frágiles que ellos y, por eso, algunas cosas no nos afectan de igual modo que a ellos. La dosis que a un humano solo le habría hecho dormir durante varias horas, para tu madre resultó letal.

Zaisei se dejó caer contra la pared, temblando, con los ojos llenos de lágrimas.

—A diferencia de Kirtash —prosiguió Ha-Din—, su madre nunca tuvo intención de hacer daño a nadie. Y su amor por Ashran... por la persona que era Ashran antes de convertirse en lo que ya conocemos... era sincero.

»La saqué del Oráculo y encontré un lugar apartado para ella, un lugar donde pudiera vivir oculta, lejos de la mirada de Ashran y de un mundo que no la veía tampoco con buenos ojos. Sé que vivió en el anonimato durante muchos años, hasta que un día, sin ninguna razón aparente, Ashran envió a un grupo de szish a matarla. Kirtash debía de tener entonces, si lo calculé correctamente, unos quince o dieciséis años.

Zaisei bajó la cabeza.

—¿Lo sabe él? —murmuró.

—Lo dudo mucho —respondió Ha-Din amablemente—. Todos hemos visto en qué se convirtió ese niño al cabo de los años. La educación que Ashran le dio no habría tenido el mismo éxito si el recuerdo de su madre hubiese influido mínimamente en él.

Zaisei guardó silencio durante un largo rato. Después alzó la cabeza y dijo:

—Muchas gracias, Padre. Gracias por despejar las nieblas de mi espíritu.

Ha-Din sonrió.

—De nada, hija. ¿Bendecirás su unión, pues?

Ella inspiró hondo y se irguió cuando dijo:

—No hay motivo para no hacerlo.

—Victoria se alegrará de que hayas aceptado —comentó Ha-Din, pero Zaisei negó con la cabeza.

—Victoria no sabe nada. Es Jack quien me ha pedido que los bendiga a ambos, a ella y al shek.

Ha-Din se mostró impresionado.

—Ese muchacho —comentó— parece atolondrado a veces, pero en el fondo sabe muy bien lo que hace. Ten cuidado, Zaisei. Por muy fuerte y sólido que sea ese lazo, mucha gente querrá romperlo. Podrías verte implicada.

—Es un lazo —respondió Zaisei con sencillez—, y mi obligación es dar testimonio de que existe, si ambos me lo piden.

—No —replicó Christian—. No pienso hacerlo.

—Pero, Christian —protestó Jack—, ¿qué más te da? Será algo discreto: solo estaremos cuatro personas, y el resto del mundo no se enterará.

—No necesito que uno de vuestros sacerdotes me diga algo que yo considero evidente —replicó el shek.

Jack respiró hondo, armándose de paciencia.

Se habían reunido en un bosque cercano a la ciudad, después de que Jack le pidiera a Victoria que le dijese a Christian, a través del vínculo telepático que ambos mantenían, que quería hablar con él. El shek, en realidad, ya se iba; había retrasado su regreso a los Picos de Fuego solo para reunirse con Jack aquella noche.

—Alsan no confía en ella —explicó—. Desde que se fugó contigo, está convencido de que es una especie de espía de los sheks, o algo así. Pero en mí... en mí todavía confían. Si ven que existe un lazo verdadero entre nosotros dos...

—Eso no tiene nada que ver conmigo. No necesitáis mi permiso para que bendigan vuestros lazos, o como quiera que se llame eso.

—Sí que tiene que ver contigo, Christian. Porque Victoria no quiere que la ceremonia de nuestra unión sirva para tapar lo que siente por ti, que se utilice para hacer creer al mundo que no te quiere. No quiere seguir ocultándose; está orgullosa de amarte, de la misma forma que estará tremendamente orgullosa de su bebé cuando nazca, sea hijo de un dragón o sea hijo de un shek. Hay lazos, Christian. Hay un lazo entre ella y yo, y hay un lazo entre tú y ella. Victoria no quiere que uno de ellos sea oficial, y el otro, un secreto vergonzoso que haya que ocultar. Los dos son para ella igual de importantes, por lo que no aceptará que los sacerdotes bendigan su unión conmigo, si no bendicen también el lazo que comparte contigo.

Christian lo miró, pensativo.

–¿Te lo ha contado ella?

–No, pero lo sé. Y también sé por qué no me explicó esto. Porque, o bien no lo entendía, y me sentía herido y traicionado, o bien sí lo entendía, y trataba de convencerte de que aceptases que bendigan vuestra unión...

–... que es lo que estás haciendo ahora mismo.

–Ella no quiere ponerte en peligro, pero a mí eso me da más o menos igual. Sé que eres capaz de correr riesgos si es por una buena razón.

–¿Que tú puedas bendecir tu unión con Victoria es una buena razón?

–Sé que a ella le encantaría y le haría mucha ilusión, pero no es por eso por lo que te lo pido, y tampoco es por mí. Es porque se la está jugando, Christian, igual que se la jugó cuando te sacó de esa celda y huyó contigo a cuestas, porque está defendiendo a capa y espada lo que siente por ti. Y eso puede ser muy perjudicial para ella. Más de lo que tú piensas.

Christian reflexionó.

–¿Y no sería peor para ella que se supiera que, efectivamente, mantiene una relación seria conmigo? –preguntó–. Es lo que supone todo el mundo, ¿no? Eso es lo que horroriza a Alsan y a los demás. Por eso tienen tanto afán en demostrar que tú eres su única pareja verdadera.

–Eso es lo que Victoria quiere evitar. Nosotros hemos tratado de protegerla, tú manteniéndote alejado de ella, yo fingiendo que estoy convencido de que el hijo que espera es mío, pero no es eso lo que ella quiere. No quiere que la protejamos, quiere decidir por sí misma. Y ha decidido que no quiere seguir fingiendo. Te quiere, Christian, y no le importa lo que vaya a decir la gente. Está dispuesta a afrontar las consecuencias.

Christian no respondió, y Jack aclaró:

–Tampoco te estoy pidiendo que comparezcas en una ceremonia pública; eso sería una locura. No dudo que Alsan y Gaedalu estarán encantados de tener otra oportunidad de echarte el guante. Te estoy hablando de algo más íntimo. Ella y tú, un sacerdote y un testigo. A mí no me importa ser ese testigo, y Zaisei ya ha aceptado oficiar la ceremonia. A Victoria le bastará con eso. No necesita que todo el mundo sepa lo que sentís el uno por el otro. Le bastará con que los dioses lo sepan, al menos de forma simbólica.

Los ojos de Christian brillaron de manera extraña.

–Los dioses, ¿eh? –murmuró; reflexionó un momento y añadió–: El último unicornio osa plantar cara a los Seis, reivindica su derecho a amar a quien le plazca y exige que reconozcan que se ha enamorado de un malvado shek, que además es hijo de una encarnación del Séptimo dios. Qué disgusto para todos los sangrecaliente.

Jack lo miró.

–Christian, no estarás pensando...

El shek no respondió. Sonreía de forma un tanto siniestra cuando alzó la cabeza y dijo:

–De acuerdo. Dime un día, una hora y un lugar, y allí estaré.

Qaydar depositó la vasija sobre la mesa y miró largamente a Alsan.

–Aquí está –dijo con gravedad–. Las cenizas de Talmannon.

El rey de Vanissar sacudió la cabeza y arrugó el ceño.

–Me resulta difícil creer que la Orden Mágica guardase semejante aberración. Claro que, tratándose de magos, todo es posible, ¿no?

–Una de las primeras cosas que enseñamos a nuestros aprendices –señaló el Archimago– es que todo en el mundo es neutro, ni bueno ni malo. Todo depende de para qué se use. Al igual que la magia –añadió tras una pausa.

Alsan ladeó la cabeza.

–¿Pretendéis decirme que las cenizas que Ashran utilizó para traer de vuelta al mundo al Séptimo dios son algo neutro?

–Sí. Porque nosotros vamos a usar estas mismas cenizas para contactar con los Seis y comunicarles dónde se halla ese mismo Séptimo dios. Cada hechizo tiene su contrahechizo, Majestad. O lo tendría, en este caso –añadió con un suspiro–, si hubiese conseguido algún objeto personal de Talmannon. Me temo que el único que conservaba la Orden se lo llevó Ashran. Y sospecho que se perdió con él, de modo que, en el fondo, lo que hay en el interior de esta vasija no sirve para nada.

Alsan se acarició la barbilla, pensativo.

–Tal vez sí –dijo–. ¿Podríais invocar el espíritu de Talmannon si yo os consiguiese un objeto suyo?

–Podría –asintió Qaydar.

Alsan sonrió. Iba a comentar algo más, cuando la puerta se abrió de golpe y entró Jack.

–¡Alsan, estás aquí! Te estaba buscando –reparó en el Archimago y lo saludó con una sonrisa–. ¿Cuándo has vuelto, Qaydar? Shail preguntaba por ti...

–Jack –cortó Alsan–. Deberías llamar a la puerta antes de entrar.

–Lo sé, lo siento –dijo él–. Solo quería invitaros a la ceremonia de bendición de la unión.

Alsan alzó una ceja.

–¿De quién?

Jack sonrió ampliamente.

–¿Cómo que de quién? De Victoria y mía, naturalmente. Ha-Din la oficiará. Será mañana al mediodía.

Alsan dio un respingo.

–¡Mañana! ¡Pero hay que organizar...!

–No hay que organizar nada –lo tranquilizó Jack–. Tienes a medio Vanissar alojado en la capital y alrededores. Haz correr la voz de que habrá empanadas gratis y verás cómo vienen todos –bromeó–. No, ahora en serio: no es momento de organizar una gran fiesta, pero será una ceremonia a la que puede asistir bastante gente. Los Venerables están aquí, hasta el Archimago podrá estar presente. Y demostraremos a todos que existe un lazo entre nosotros dos, y eso les dará confianza y seguridad en estos momentos de incertidumbre. ¿No era eso lo que querías?

Alsan sacudió la cabeza.

–Pero ella se fugó con el shek –le recordó.

–Porque él también le importa, Alsan, más de lo que estás dispuesto a admitir. Pero eso no resta valor a lo que ella siente por mí. Si me quiere de verdad, no me traicionará ni se volverá contra mí. ¿No te bastaría con eso?

Alsan todavía estaba perplejo.

–Supongo que sí. Pero... si Ha-Din ha aceptado... significa que...

–Significa que realmente cree que hay un sentimiento verdadero entre ellos dos –concluyó Qaydar con una pausada sonrisa.

–Te dije que existía un lazo, Alsan. Y no quisiste creerme, ni a mí ni a Victoria, pero a partir de mañana ya no tendrás más dudas.

Alsan cerró los ojos un momento.

–Gracias a los dioses –murmuró.

Jack sonrió.

–Sabía que te encantaría la noticia –comentó, con algo de sarcasmo.

Uno tras otro, los sheks regresaron a través de la Puerta. El último fue Eissesh.

Gerde esperó un poco más, pero los szish no aparecieron.

«Han muerto todos», le explicó Eissesh. Gerde entornó los ojos, pero no dijo nada. «Creemos que era el agua. No nos ha sentado bien a nosotros tampoco, pero para ellos ha sido letal».

–¡El agua! –repitió Gerde, exasperada–. ¡Son tantas cosas, tantas pequeñas cosas!

«Todo este plan es una locura», opinó Eissesh. «A primera vista parecía una buena idea, pero en el fondo no es más que una trampa. Hace semanas que podríamos estar lejos de aquí y, sin embargo, te entretienes con este proyecto monumental y nos obligas a todos a esperar. Cuando queramos marcharnos, ya será tarde. Me pregunto si no era esa la intención del híbrido desde el principio».

El resto de sheks sisearon mostrando su conformidad.

–¿Insinúas acaso que Kirtash sería capaz de engañarme? –dijo ella, con peligrosa serenidad.

«No sería la primera vez», hizo notar Eissesh.

Gerde alzó la cabeza y lo miró fijamente. La gran serpiente entrecerró los ojos.

–Marchaos –dijo el hada por fin, con un suspiro–. Necesitáis descansar. Yo trataré de arreglar el problema del agua.

Uno por uno, los sheks alzaron el vuelo y se alejaron de allí. El último, de nuevo, fue Eissesh.

«Comprendo que es un bello sueño», le dijo, esta vez, solamente a ella. «Pero no nos sacrifiques a todos por un sueño. Danos algo real, algo que pueda servirnos de verdad».

Gerde sonrió con amargura, pero no respondió. Eissesh agitó las alas y se elevó en el aire.

«De todas formas», susurró en su mente, antes de marcharse, «me ha parecido muy hermoso».

Gerde no dijo nada. Aguardó a que los sheks se perdieran de vista y entonces, con un suspiro, se dispuso a cruzar la Puerta una vez más.

Alguien la detuvo. Gerde se volvió y se topó con la mirada de Assher.

—¿Algún problema?

—Permíteme que vaya contigo, mi señora —le rogó el szish.

Gerde sacudió la cabeza.

—No es una buena idea. Te quedarás aquí cuidando de Saissh... como de costumbre.

—Pero es peligroso cruzar al otro lado —insistió Assher—. No te sienta bien; siempre regresas débil y confundida. Sé que también puedes ir allí con la mente, lo haces cuando entras en trance, y eso no te sienta tan mal. ¿Por qué razón tienes que viajar allí a través de esa Puerta?

Gerde suspiró, pero colocó las manos sobre sus hombros y explicó pacientemente:

—Hay muchos mundos, Assher. Mundos que están separados unos de otros por distancias tan grandes que no podrías ni tratar de imaginarlas. Y cada uno de esos mundos tiene varios planos superpuestos. El plano físico es aquel en el que se mueven todos los seres materiales: el plano en el que existes tú, y todo lo que puede verse y tocarse.

»Pero hay otros planos. Está el plano espiritual, y hay incluso un plano superior a ese... el plano en el que se mueven los dioses. Hasta hace muy poco, los dioses habitaban en ese plano. Pero ahora han descendido al plano material y se manifiestan como fuerzas poderosas a las que ningún mortal podría hacer frente.

—Eso lo sé —asintió Assher—. Y lo entiendo.

—En ese plano, las distancias entre mundos no existen. Cuando entro en trance y parte de mi esencia viaja hasta el plano de las divinidades, puedo llegar a cualquier punto del universo. Pero solo a su plano inmaterial. No podría descender al plano material de otro mundo que no fuese el mío, y menos aún si mi cuerpo físico está en otra parte.

»De modo que desde el estado de trance puedo llegar hasta el lugar que se abre al otro lado de mi Puerta, pero no puedo hacer nada allí. Para actuar en ese mundo, para modificarlo, necesito llegar físicamente hasta él.

»Como ya te he dicho, las distancias entre mundos son inconmensurables. Los habitantes de mundos que no poseen magia se afanan en construir artefactos que cubran esas distancias a velocidades imposibles, pero somos nosotros, las criaturas de los mundos donde la magia sigue viva, quienes poseemos el secreto de viajar a través de todos los universos, de todas las dimensiones. Aunque se trata siempre de una técnica compleja y solo reservada a aquellos cuyo extraordinario conocimiento de la magia es solo equiparable a su gran poder. Así, somos capaces de rasgar el tejido de la realidad entre dimensiones y viajar instantáneamente de un mundo a otro.

»Los sheks, unicornios y dragones tuvieron ese poder en tiempos remotos, y solían viajar con relativa frecuencia al mundo conocido como la Tierra. Sus habitantes todavía conservan leyendas que hablan de unicornios y dragones. Los sheks, por lo visto, fueron bastante más discretos –sonrió–. Pero los Seis estrecharon los caminos entre ambos mundos para impedir que unos y otros viajaran hasta la Tierra. Es una larga historia –añadió, aburrida de pronto–, y además, eso ya no importa, puesto que levanté esa prohibición en cuanto Ashran murió, y los sheks son libres para cruzar la Puerta a la Tierra, si lo desean, sin miedo a verse privados de sus cuerpos.

–Entonces, ¿por qué no se van? –inquirió Assher.

–Quedan aún... pequeños asuntos que zanjar.

–Como el agua –adivinó Assher.

Gerde se rió, como si hubiese dicho algo muy divertido.

–Algo así –sonrió–. Y ahora, vete a ver qué hace Saissh. No tardaré en volver.

Y antes de que el szish pudiera detenerla, el hada se irguió y, de un ligero salto, volvió a atravesar la Puerta interdimensional.

Jack encontró a Victoria en su habitación, pero no estaba sola. Junto a ella se hallaba Shail y, tendido en la cama, había un hombre con una venda que le cubría parte del rostro. Parecía profundamente dormido.

Victoria se había sentado a su lado y había colocado las manos sobre la cara del enfermo, sin llegar a tocarlo. Parecía muy concentrada, y Jack se detuvo en la puerta sin saber si podía o no interrumpirla. Shail lo vio y se reunió con él.

–¿Qué está haciendo? –preguntó Jack en voz baja–. Tenía entendido que ni siquiera Qaydar había podido hacer nada por esos pobres desgraciados.

Shail se encogió de hombros.

–Qaydar no es un unicornio.

–Aun así, ¿qué clase de hechizo puede ser imposible de realizar para un Archimago, pero factible para un unicornio?

–No es exactamente un hechizo. Verás, el cuerpo tiende a regenerarse solo cuando lo hieren. Solo que, cuanto más compleja es la herida, más tarda en curarse, y a menudo el individuo no sobrevive al proceso. Pero si proporcionamos al cuerpo energía suficiente, si lo estimulamos para que se regenere más deprisa... en teoría podría curar casi cualquier cosa. El problema está en que normalmente los magos tienen un límite de energía mágica. Incluido Qaydar. Pero Victoria no tiene ese límite, porque la magia que ella transmite no es la suya propia, es la misma energía del mundo, que es inagotable. De modo que si canaliza energía el tiempo suficiente...

–... ¿podría hacer que se le regenerasen los ojos?

–Es un proceso lento y laborioso, y necesitará mucho tiempo. Pero Victoria cree que puede hacerlo.

Jack recordó cómo Victoria había curado a Christian después de que este recibiese una estocada de Domivat en pleno estómago. Había estado varios días transmitiéndole energía, hasta que el cuerpo del shek había sanado por completo.

–Pero hay docenas de afectados –dijo Jack–. Necesitarías años para curarlos a todos... si es que puedes curarlos realmente.

–Eso no importa –respondió la propia Victoria, alzando la cabeza para mirarlo–, porque tengo mucho tiempo libre. Alsan no me permite salir de aquí. ¿No has visto los guardias del pasillo? Están ahí para vigilarme.

Jack se quedó helado.

–¿Qué? ¡No puede hacer eso! Le he dicho...

–Le has dicho que van a bendecir nuestra unión –murmuró Victoria, volviendo de nuevo su mirada hacia el ciego–. Podrías haberme consultado primero.

Jack la miró, apenado.

–Venía a decírtelo ahora mismo. Me habría encantado decírtelo yo. ¿Quién ha sido el bocazas?

–Ha-Din vino a verme hace un rato –dijo Victoria–. Para bendecir una unión se necesita tener la conformidad de los dos y, por lo visto, olvidaste decirle lo que yo opinaba al respecto.

–Eh... os dejo solos –murmuró Shail.

Ninguno de los dos le prestó atención cuando salió de la habitación.

–No lo olvidé –repuso Jack, muy serio; avanzó hasta ella y se sentó a su lado–. ¿Qué más te ha contado?

–Que la ceremonia está prevista para mañana –Victoria alzó la mirada hacia él, preocupada–. Jack, ¿cómo has podido hacerme esto? ¿Tienes idea de lo que significa para mí...?

–Lo sé, tranquila –Jack la abrazó, y por un instante sintió, también, la energía que fluía a través de ella–. Lo he tenido todo en cuenta. Todo está en orden.

Victoria negó con la cabeza.

–No, Jack, nada está en orden. No entiendes...

Jack le pidió silencio, colocando la yema del dedo índice sobre sus labios.

–Lo entiendo todo perfectamente. De verdad. Dime, ¿confías en mí?

–Claro que sí, Jack. Plenamente, lo sabes. Pero...

–Te prometo que he tenido muy en cuenta tu situación y tus circunstancias, y que no te arrepentirás. Así que dime... Si confías en mí... ¿estarías dispuesta a que mañana bendijesen nuestra unión?

Victoria lo miró un momento, llena de dudas. Después, lentamente, asintió. Jack se sintió tan feliz y aliviado que la abrazó con fuerza y la besó impulsivamente.

Aquella noche, Jack despertó a Victoria cuando gran parte de la gente del castillo dormía ya. Aturdida, la joven logró murmurar:

–¿Qué sucede? ¿Y los ojos?

Jack tardó un instante en comprender que se refería al aldeano al que había estado tratando de curar. Había pasado todo el día junto a él, y había pretendido entrar en trance a su lado para seguir transmitiéndole energía incluso mientras dormía, pero Jack no se lo había permitido. El sueño curativo podía durar días enteros, y el joven le recordó que no era buena idea que se abandonase de aquella manera, con un bebé en camino. De modo que habían devuelto al ciego a la habitación del castillo donde lo habían alojado, y Victoria se había dormido casi enseguida, después del segundo atardecer. Ni siquiera había bajado a cenar.

Jack la había dejado dormir. Necesitaba recuperar fuerzas.

–Todo está bien –le susurró al oído–. Tengo que enseñarte una cosa. Levántate y vístete. No tenemos mucho tiempo.

Victoria obedeció. Cuando ya cogía la capa que le tendía Jack, se detuvo y lo miró, ya algo más despejada.

—Espera, no puedo marcharme. Estoy prisionera, ¿recuerdas?

—Les he dicho a los guardias que se fueran —sonrió—. Ayer mismo, Alsan me decía que debo empezar a hacer que la gente me obedezca, y me pareció un buen momento para comenzar a practicar.

Victoria iba a replicar, pero Jack la tomó de la mano y la sacó a rastras al pasillo.

—No hagas ruido —le dijo mientras recorrían juntos las estancias del castillo—. Será mejor que nadie se entere de que nos marchamos.

—Pero ¿adónde vamos? —susurró ella.

Él le dedicó una sonrisa enigmática.

—Ya lo verás.

Cuando salieron al patio, descubrieron que la noche volvía a mostrarse tan oscura como solía.

—Es porque Qaydar ha regresado —explicó Jack en voz baja—. Ha dado fuerza al globo de oscuridad de los magos. Pero fuera de las murallas de la ciudad, lejos de la zona de influencia del hechizo, hay casi tanta claridad como si fuera de día.

En el patio había gente, y las murallas del castillo estaban coronadas de vigías y soldados, pero Jack se deslizó, arrastrando a Victoria tras de sí, hasta la parte trasera. Allí no había gran cosa, salvo los establos y, un poco más allá, un invernadero abandonado. Victoria no tardó en darse cuenta de que era allí adonde la guiaba Jack.

—El invernadero de la reina Gainil —susurró Jack—. Lo descuidaron un poco cuando murió, y se ha convertido en un pequeño jardín salvaje, pero creo que servirá.

La puerta se abrió con un chirrido cuando Jack la empujó. Avanzaron entre altísimas plantas y flores de embriagadora belleza, hasta una pequeña plaza, en el centro mismo del invernadero, donde había una fuente que lanzaba al aire tintineantes chorros de agua. Junto a ella distinguieron dos figuras que los estaban aguardando. Victoria reconoció a Shail y a Zaisei.

—No he querido dejarla salir sola a estas horas —explicó Shail, ante la mirada acusadora de Jack—, y casi la he obligado a decirme adónde iba. Lo siento si me estoy entrometiendo... Como compensación, he reparado la fuente con mi magia —añadió—. Llevaba años sin funcionar, y me pareció que...

—Esperad un momento —cortó Victoria—. ¿Alguien quiere explicarme qué está pasando aquí?

Zaisei se mostró desconcertada.

–¿Cómo, no lo sabes? Voy a bendecir vuestra unión... si estás de acuerdo, claro. Oh, debería haber hablado contigo primero, pero Jack me aseguró que...

–¿Pero la ceremonia no era mañana? –dijo Victoria, impaciente; miró a Jack, creyendo entender–. ¿Querías algo más íntimo? ¿Es por eso por lo que me has traído hasta aquí?

Jack desvió la mirada, azorado.

–No exactamente...

–¿No lo sabe? –repitió Zaisei, alarmada.

–Se suponía que iba a ser una sorpresa... –empezó Jack, pero calló de repente y alzó la cabeza, alerta.

Victoria también lo había notado. Le dio un vuelco el corazón.

Shail y Zaisei tardaron un poco más en percibir que la temperatura había descendido un poco. Pero apenas unos instantes después, vieron una elegante figura acercándose a ellos desde las sombras del invernadero.

Jack sujetó a Victoria por los hombros y le dio un suave empujón para que avanzara un poco.

–Zaisei va a bendecir tu unión con Christian –le dijo al oído–. Si tú estás de acuerdo, claro. Y mañana será nuestra ceremonia. ¿No te parece que es mejor así?

–¿Mi... unión con Christian? –repitió ella; parecía tímida de pronto–. ¿Y qué dice él al respecto?

–Obviamente, si no estuviese de acuerdo, no habría venido hasta aquí esta noche –respondió con calma el propio Christian.

Avanzó hasta quedarse justo frente a Victoria. Los dos se miraron, y todos pudieron captar la intensa conexión que había entre ambos. Jack retrocedió un poco para dejarlos a solas. Victoria no sabía qué decir, y Jack habría asegurado que hasta el mismo shek estaba un tanto cortado.

–¿Y tú, Victoria? –preguntó Zaisei con delicadeza–. ¿Estás conforme?

Victoria se volvió para mirar a Jack, insegura.

–Mañana me toca a mí –le recordó él con una sonrisa.

Victoria sonrió a su vez, y fue una sonrisa llena de agradecimiento que inundó el corazón de él como un bálsamo sanador. Se alegró de haber acertado, y pensó que, después de todo, entender a Victoria no era algo tan complicado.

La joven había vuelto a centrarse en Christian.

–Sí que estoy conforme –murmuró.

Zaisei se situó junto a ellos. Alzó la cabeza, pero no fue capaz de mirar al shek, que la intimidaba.

–Comencemos –dijo–. Se trata de una ceremonia muy sencilla, pero los preliminares son necesarios para que os relajéis poco a poco y dejéis que vuestros verdaderos sentimientos fluyan con facilidad. Tomaos de las manos.

Christian cogió las manos de Victoria. Ella se estremeció y alzó la cabeza para mirarlo, con cierta timidez.

–Decid vuestros nombres –los invitó Zaisei.

–Me llamo Kirtash –dijo Christian–. Algunas personas me llaman también Christian.

–Yo soy Victoria d'Ascolli –respondió ella–. También me conocen por el nombre de Lunnaris.

–¿Cuánto tiempo hace que os conocéis?

Victoria frunció el ceño, tratando de calcular los años que habían pasado. Pero Christian se le adelantó:

–Seis años –respondió, sereno.

Ella lo miró, sorprendida.

–¿Tanto?

–Te vi por primera vez en Suiza –repuso él–. Tendrías entonces diez u once años. Estabas de vacaciones con tu abuela... en un balneario.

Victoria recordó la sombra que la había perseguido por el bosque cuando ella era aún una niña.

–Pero apenas pude verte entonces –murmuró. «Lo cual fue una suerte», pensó, sin poderlo evitar. Christian pareció captar sus pensamientos, porque le dedicó una media sonrisa.

–Cuatro años, pues. El día que nos vimos en el metro.

Victoria sonrió, emocionada, al comprender hasta qué punto estaban vívidos aquellos recuerdos en la mente de Christian.

–¿Qué sucedió ese día? –preguntó Zaisei.

Victoria tragó saliva. La celeste captó un rastro de miedo en su corazón.

–Entonces éramos enemigos –relató la joven–. Él había sido entrenado para encontrar y matar a todos los miembros de la Resistencia. Especialmente, al dragón y al unicornio.

Hizo una pausa, esperando tal vez que Christian tomase el relevo. Pero él no lo hizo, de modo que Victoria prosiguió:

–Ese día me encontró. Me persiguió para matarme, pero logré escapar. Y justo cuando conseguí ponerme fuera de su alcance, cruzamos una mirada. Fue la primera vez que nos vimos cara a cara. Y pensé... no sé lo que pensé –concluyó, un poco cohibida; recordaba vagamente haber pensado que había imaginado a Kirtash de otra manera, y que había algo en él que la atraía de forma inquietante y misteriosa, pero aquella sensación, si había sido real, había quedado sepultada por una oleada de miedo y de angustia.

–Yo sí sé lo que pensé –dijo entonces Christian, a media voz–. Pensé: «Qué lástima que tenga que morir».

Reinó un silencio sorprendido.

–¿Es... verdad eso? –preguntó por fin Victoria, con timidez.

El shek asintió.

–Lo recuerdo –dijo– porque era la primera vez que cruzaba por mi mente un pensamiento parecido. Me preocupó, sinceramente. Traté de comportarme como si nada hubiese sucedido, pero la siguiente vez que nos vimos, en el desierto, no pude evitar volver a mirarte... y preguntarme por qué.

Los dos cruzaron una mirada larga, intensa. Zaisei dejó que compartieran recuerdos y emociones, que fuesen, poco a poco, rememorando aquellos primeros sentimientos de la historia que ambos compartían. Después preguntó, con amabilidad:

–¿Cuánto tiempo hace que estáis juntos... como pareja?

Victoria cerró los ojos un momento y volvió a experimentar aquel electrizante primer beso. Recordó el encuentro a escondidas, la daga, el beso robado, las súplicas y las amenazas... y, ante todo, aquel sentimiento que había nacido en los dos.

Sonrió. Si aquello había sido su primera cita, no había dejado de ser extraña.

Esta vez fue ella quien respondió:

–Dos años, más o menos.

–¿Y querríais seguir juntos... durante más tiempo?

Victoria volvió a mirar a Christian. Sus ojos estaban clavados en ella, una mirada intensa, inquisitiva. La joven sintió que volvía a dominarla la timidez, pero se sobrepuso y susurró:

–Sí.

—Pero habrá habido malos momentos, ¿no es así? —dijo Zaisei con suavidad.

Sí, había habido muy malos momentos. Todos ellos cruzaron por la mente de Victoria, todos a la vez, como una masa de oscuros nubarrones de tormenta.

Zaisei percibió sus sentimientos de miedo, de dolor, de inseguridad, y suspiró para sí misma, entendiendo lo difícil que había resultado para ambos llevar adelante aquella relación.

—Sí que los ha habido —reconoció Victoria.

—¿Y quieres seguir con él, a pesar de todo?

Victoria suspiró.

—Sí —dijo, esta vez en voz más alta.

Zaisei se volvió hacia Christian.

—¿Y tú... Christian? —preguntó.

El shek no contestó enseguida. Se había quedado mirando a Victoria, fijamente. Los segundos que permaneció en silencio se le hicieron eternos.

—Sí —dijo finalmente.

Zaisei dio un paso atrás y los contempló a ambos, mirándose a los ojos, tomados de la mano. No fue difícil para ella detectar el sentimiento que los unía a los dos. Sonrió.

—Existe un lazo entre vosotros —declaró—. Un lazo fuerte, hermoso y sincero. Y no son solo vuestras palabras las que dan fe de ello, sino también vuestros sentimientos. Soy testigo ante los dioses de que os amáis, y suplico a los Seis... a los Siete —se corrigió, ruborizándose; le costó un poco, no obstante, pronunciar la palabra—, les suplico que derramen todas sus bendiciones sobre vosotros, que vuestro lazo perdure y que os colme de felicidad a ambos.

Victoria sonrió y parpadeó, porque se le habían empañado los ojos de emoción. Christian alzó una mano para acariciarle la mejilla y se acercó un poco más. El corazón de la joven empezó a palpitar con más fuerza, al pensar que él iba a besarla delante de Jack, de Shail y de Zaisei. Pero Christian se volvió bruscamente hacia la celeste y clavó en ella una mirada de hielo.

—Hay un lazo entre nosotros, ¿no es cierto? —preguntó sin alzar la voz.

Zaisei titubeó.

—Eso... acabo de decir.

Christian sonrió. Atrajo a Victoria hacia sí y rodeó su cintura con un brazo.

–Un lazo entre un unicornio y un shek –dijo–. Entre la criatura predilecta de los Seis, y un hijo del Séptimo. ¿Existe ese lazo?

Zaisei no fue capaz de responder. La intensa mirada del shek la hacía temblar de terror.

–Ya basta –intervino Jack–. No creo que sea necesario...

–¿Existe? –insistió el shek.

Zaisei alzó la cabeza, con un intenso escalofrío.

–Sí que existe –murmuró.

Christian sonrió. No fue una sonrisa agradable.

–Bien –dijo–. Desafío a tus dioses a tratar de probar que no es cierto. A que me arrebaten esa parte del corazón de Victoria que me pertenece.

Reinó un silencio horrorizado.

–Yo no... no sé... –tartamudeó la pobre Zaisei; quiso añadir algo más, pero no fue capaz.

Por fin, Christian pareció relajarse un tanto.

–Díselo a tus dioses, celeste –murmuró–. Diles que hay un lazo.

Cerró los ojos y abrazó a Victoria, y por un momento pareció cansado y derrotado. Jack contempló cómo ella rodeaba la cintura del shek con los brazos y apoyaba la cabeza en su pecho, con un suspiro.

–Bien... –murmuró Zaisei–. Supongo que podemos dar por concluida la ceremonia. Enhorabuena a los dos.

Victoria abrió los ojos.

–Gracias por bendecir nuestra unión, Zaisei –dijo–. Sé que no te ha resultado fácil.

Había en sus ojos, sin embargo, un rastro de tristeza.

No muy lejos de allí, alguien los observaba. Tres figuras se habían reunido en torno a un gran cuenco con agua, en cuya superficie se reflejaba la imagen de lo que estaba sucediendo en el invernadero en aquellos instantes. Alsan contemplaba, sombrío, a Christian y a Victoria, aún abrazados, ante Zaisei. Y había escuchado cada una de sus palabras.

«La arrogancia de ese shek no conoce límites», dijo Gaedalu, disgustada.

–¿Habéis autorizado esto, Madre Venerable? –preguntó Alsan, tenso.

«Por supuesto que no».

—Es vuestra pupila quien ha oficiado esa ceremonia. Y ha mencionado al Séptimo dios, todos lo hemos oído.

«Esa ceremonia ha sido organizada por vuestro pupilo, Majestad», repuso Gaedalu con sequedad. «El dragón que iba a guiar a vuestros ejércitos en la batalla contra los sheks. Y uno de vuestros magos», añadió, volviéndose hacia Qaydar, «está presente también. Él sedujo a Zaisei y la ha llevado a tener tratos con los aliados del Séptimo».

Qaydar no dijo nada. Sus ojos estaban fijos en la figura de Victoria, que seguía junto a Christian.

—Eso debería ser motivo suficiente para prenderlos a todos, por traidores. A los cuatro —murmuró Alsan—, ya que, por lo visto, la fruta podrida ha envenenado el resto del árbol. Y, de paso, dar muerte a ese maldito shek. Se nos escapó una vez, pero no volverá a hacerlo.

«Eso espero», dijo Gaedalu con rabia. «¿Cómo es posible que siga vivo? ¿Cómo logró salvarlo Victoria?».

—Sin duda, Gerde la ayudó —replicó Alsan—. Creo que hemos sido demasiado generosos con ellos. Enviaré a la guardia a prenderlos a todos inmediatamente.

—Aguardad —lo detuvo Qaydar—. El Padre iba a bendecir mañana la unión de Jack y de Victoria, ¿no es verdad?

—Zaisei acaba de bendecir otra unión... monstruosa y sacrílega... entre Victoria y esa retorcida serpiente. Después de esto, no me queda sino pensar que lo de mañana no será más que una farsa.

—¿Y si existiesen dos lazos?

Alsan le dirigió una mirada inquisitiva.

—¿Es eso posible?

«Para los celestes no existe nada imposible en cuestión de lazos, o, al menos, eso dicen», admitió Gaedalu, de mala gana.

—La propia Victoria decía que estaba convencida de amarlos a los dos —recordó Alsan, pensativo.

—Que sea Ha-Din quien lo confirme o lo desmienta —propuso Qaydar.

«No podemos esperar hasta mañana. El tiempo apremia».

Alsan frunció el ceño, meditabundo.

—Esperaremos hasta mañana —decidió por fin—. Si intervenimos ahora, perderemos a Jack definitivamente; pero si aguardamos a la ceremonia, y Ha-Din anuncia que no existe vínculo verdadero, al menos por parte de ella... aún podremos recuperarlo para nuestra causa.

«¿Y qué sucederá si el Padre bendice su unión, después de todo?». Alsan calló durante un largo rato.

—Que nuestra gente lo verá, y eso les dará valor para luchar contra el enemigo —murmuró después—. Después, si Victoria cae... en la batalla... o de cualquier otra manera... todos la recordarán como una heroína. Y será algo mejor que lo que merece. Mejor morir con honor que vivir como una traidora.

Qaydar dio un paso atrás.

—No puedo creer que estéis sugiriendo...

Alsan alzó la mirada hacia él. Sus ojos oscuros mostraban, pese a todo, una calma insondable.

—Estaba pensando en voz alta solamente, Archimago —murmuró.

«Independientemente del resultado de la ceremonia de mañana», intervino Gaedalu, «aun en el caso de que ella no sintiese nada por él... su bebé podría ser hijo de Jack. ¿Os arriesgaríais a permitir que el último unicornio muriese... en la batalla, o de cualquier otra manera... sin que haya transmitido su legado? ¿Sacrificaríais también al hijo de Jack?».

Alsan clavó en ella una mirada serena.

—¿Os arriesgaríais vos a que diera a luz al hijo de un shek? ¿Al hijo de Kirtash?

Gaedalu se estremeció visiblemente y desvió la mirada.

—Apenas ha pasado diez días fuera, y su embarazo ha avanzado de forma desmesurada —añadió Alsan—. Puede que ya no tengamos por delante todo el tiempo del que creíamos disponer. Puede que la gestación de su hijo siga siendo anormalmente acelerada. Podría dar a luz dentro de pocos días. ¿Cómo podemos saber que su bebé no es uno de ellos?

—Jack lo sabría —murmuró Qaydar—. Tiene un extraño sentido para detectar a las serpientes; no en vano es un dragón.

—Pero sería capaz de mentir para protegerla. Sería muy capaz de ocultarnos el verdadero origen del bebé... igual que nos ha ocultado esto —añadió señalando a la escena que reflejaban las tranquilas aguas del recipiente.

El Archimago movió la cabeza.

–No puedo permitirlo. Por el bien de la magia, protegeré a esa muchacha...

–Si hubiese más unicornios –interrumpió Alsan–, unicornios puros, que no tuviesen nada que ver con los sheks, que cumpliesen con su tarea en lugar de coquetear con el enemigo... ¿sería Victoria igual de importante para la Orden Mágica?

Qaydar lo miró fijamente.

–¿Estáis seguro de que los dioses atenderán mi petición?

–Llevan meses buscando al Séptimo dios. Cuando les digamos dónde se encuentra, se sentirán agradecidos...

«Si es que los dioses pueden experimentar tales sentimientos hacia los mortales», intervino Gaedalu.

–Si es su voluntad que la magia perdure, atenderán a la petición de Qaydar. Y, por otro lado, no creo que les guste saber que su elegida ha pasado a engrosar las filas del Séptimo. Nos entregarán un sustituto, alguien que pueda otorgar la magia, alguien en quien podamos confiar.

Qaydar movió la cabeza, no muy convencido.

–Parecéis muy seguro de que podremos hablar con los dioses –comentó–. No obstante, yo preferiría no hacer daño a Victoria ni a su hijo hasta que hayamos aclarado todo esto. Prometí a Aile que cuidaría de ella. Fue lo último que me pidió antes de dar su vida para salvarnos a todos en Awa.

–Sí –gruñó Alsan–. Aile se sacrificó por todos nosotros, y así se lo paga su protegida... Traicionándonos.

Qaydar parecía incómodo.

–Tal vez no nos haya traicionado... –empezó, pero Alsan alzó la cabeza para mirarlo, muy serio, y dijo:

–¿La palabra «Shiskatchegg» os dice algo, Archimago?

Qaydar entornó los ojos y lo miró con cautela, pero no dijo nada.

–Así llama Victoria al anillo que luce en su dedo –añadió Alsan brevemente–. El anillo que Kirtash le regaló.

El Archimago pareció horrorizado. Sacudió la cabeza.

–Tiene que ser un error... –murmuró palideciendo.

–Tal vez. Pero, si no lo es, probaría de una vez por todas que no podemos ya confiar en Victoria... y, por otro lado, podría proporcionarnos la clave para solucionarlo todo...

Gaedalu los miraba, ligeramente irritada.

«Doy por hecho que tendréis a bien explicarme en qué consiste esa clave de la que habláis».

Alsan sonrió.

–No faltaría más, Madre Venerable. De hecho, me encantaría contar con vuestra bendición antes de ejecutar el plan que tengo en mente. Un plan que no puede llevarse a cabo sin Victoria... o, más bien, sin algo que ella posee. Este plan, a su vez, podría traer consigo la caída definitiva de Kirtash. Porque en cuanto él detecte que tenemos a Victoria, acudirá a buscarla.

Qaydar lo contempló, todavía conmocionado.

–Os estáis volviendo maquiavélico y retorcido, Majestad –comentó con cierta sequedad–. Tenéis fama de ser un buen estratega, pero, sinceramente, empiezo a preguntarme dónde termina el genio militar y comienza el manipulador.

Alsan no respondió. Se había quedado mirando fijamente la imagen del grupo del invernadero, con semblante impenetrable.

Jack se había llevado aparte a Christian y a Victoria.

–¿Pero a ti qué te pasa? –le echó en cara al shek–. ¡Casi lo echas a perder todo! ¿A qué venía eso?

Él lo miró con una breve sonrisa.

–Cálmate, Jack. Al fin y al cabo, acabas de asistir a un hecho histórico. Una sacerdotisa de los Seis ha admitido oficialmente que uno de sus unicornios se ha enamorado de...

–Cállate –cortó Jack, sin poderse contener–. Ahora eres tú el que habla de Victoria como si fuese un trofeo. Te enorgulleces de que se haya enamorado de ti, como si fuera un mérito tuyo, cuando lo que tendrías que proclamar al mundo es que *tú* la amas a ella. Eso es lo que has intentado enseñarme durante todo este tiempo, ¿verdad?

El semblante de Christian se ensombreció.

–Tienes razón –admitió, tras un instante de silencio; buscó la mirada de Victoria y le dijo con suavidad–: Lo siento. Últimamente he estado bajo mucha tensión. No suelo... Esto no es propio de mí.

Victoria sacudió la cabeza.

–No pasa nada. En cierto modo, te comprendo. Vamos en contra de todo el mundo manteniendo viva esta relación. Lo de esta noche era algo íntimo, era una forma de decir que estamos preparados para seguir juntos, porque nuestros sentimientos son sinceros; pero, al mismo tiempo, es un acto de rebeldía contra todos aquellos que han tratado de separarnos. Si no fuese así –añadió–, no lo haríamos a escondidas, como ladrones –añadió con cierta amargura.

–Y, no obstante, yo os envidio –sonrió Jack–, porque habéis venido aquí por voluntad propia, y porque ha sido algo privado y personal; mientras que lo nuestro será una especie de acto público, casi como un examen –suspiró–. Y me alegro de que vayamos a hacerlo, pero preferiría que las cosas fueran de otro modo, y que el hecho de que nosotros nos queramos, o no, solo nos importase a nosotros, y a nadie más.

–Sentimos interrumpir –intervino entonces Shail, acercándose–, pero deberíamos regresar ya, o alguien nos echará de menos.

Jack, Christian y Victoria cruzaron una mirada.

–En rigor, deberíais pasar el resto de la noche juntos –dijo Jack–. Supongo que tener que separaros justamente ahora será triste para los dos...

–Pero es lo más prudente –cortó Christian, con firmeza, apartándose suavemente de Victoria–. Para ella, para mí y también para vosotros.

Jack los miró, sonriendo.

–Despedíos, pues –dijo–. Os esperamos en la puerta del invernadero, pero no tardéis mucho, o terminarán por encontrarnos.

Y no tardaron mucho. Apenas unos instantes después, Victoria se reunía en silencio con Jack, Shail y Zaisei. No dijo nada, pero sus ojos mostraban un brillo especial y estaban ligeramente húmedos. Jack sonrió, rodeó su cintura con el brazo y la besó en la sien, con cariño.

–¿Se ha ido ya? –le preguntó en voz baja.

Victoria asintió, y Jack sacudió la cabeza, perplejo.

–Me pregunto cómo hace para entrar y salir a su antojo de sitios como este. Parece un fantasma.

Victoria sonrió, pero no dijo nada. Shail se volvió hacia ellos, algo preocupado.

–No se lo vamos a decir a Alsan, ¿verdad?

–Ni hablar –negó Jack–. No lo entendería.

La mirada de Shail se suavizó.

–No –coincidió tomando la mano de Zaisei–. No lo entendería.

XXVI
INVOCACIÓN

ACUDIÓ a él como una aparición surgida del aplastante bochorno del desierto, caminando descalza sobre las arenas candentes como brasas, sin que la más mínima señal de calor o cansancio estropeara su fina piel aceitunada.

Sussh alzó apenas la cabeza al verla llegar. Las serpientes, criaturas de sangre fría, toleraban relativamente bien el calor, y a menudo permitían que los soles caldearan sus cuerpos. Pero era tan contrario a su propia esencia que tendían a retirarse a la sombra al cabo de un rato. Cuando Gerde llegó hasta él, Sussh había buscado refugio a la sombra de una formación rocosa en lo alto de una colina. Había ocultado su enorme cuerpo tras las rocas de forma tan eficaz que resultaba prácticamente invisible. Sin embargo, Gerde caminaba derecha a él, sin vacilar. A Sussh no le sorprendió. Ningún hada sería capaz de hacer lo que ella estaba haciendo en aquel momento. Cualquier feérico sucumbiría a la eterna extensión del desierto, tan lejos de cualquier bosque.

Cuando Gerde se detuvo por fin ante él, ambos se miraron un instante, el viejo shek curtido en mil batallas, el hada que había regresado de la muerte. Fue ella quien habló primero:

–Eres esquivo, Sussh.

La gran serpiente entornó los ojos.

«¿Esperabas encontrarme en Kosh, acaso?».

–Cualquier otro habría esperado encontrarte en Kosh. Yo, no. Yo sabía que estabas aquí.

Sussh no respondió. Bajó de nuevo la cabeza hasta reposarla sobre su cuerpo, enrollado sobre sí mismo, y contempló largamente el horizonte. Gerde se dio la vuelta para mirar en aquella dirección. A sus pies, en la base de la colina, se había reunido un nutrido grupo de personas. La gran mayoría de ellos eran yan; se los reconocía por su forma de moverse, inquietos y desorganizados, corriendo de un lado para otro, incapaces de permanecer inactivos un solo instante. Hablaban deprisa y gesticulaban mucho, y se notaba que estaban impacientes por entrar en acción.

Pero también había humanos entre ellos, humanos que parecían haberse contagiado del entusiasmo de los yan, porque hablaban a gritos y se impacientaban casi tanto como ellos. Gerde suspiró para sus adentros. Casi todas las razas de Idhún se habían limitado a asentarse en el territorio donde se habían desarrollado como pueblos, pero los humanos, no. Los humanos estaban en todas partes.

Aquel grupo en concreto, humanos y yan, era más un caótico revoltijo de bultos desharrapados que un grupo de personas. Pero algunos se habían reunido en torno a dos hombres que permanecían en pie junto a sendos dragones que se habían tumbado a descansar sobre la arena. Los soles arrancaban reflejos de sus escamas bruñidas.

—¿No sospechan que los espías?

«Son sangrecaliente», repuso Sussh, como si eso lo explicara todo.

—También yo soy una sangrecaliente.

«Pero tú sabías que estaba aquí».

Gerde no vio necesidad de responder.

«Creen que no lo sabemos, pero estamos al tanto de todos sus movimientos», prosiguió el shek. «Están reuniendo a todas las tribus del desierto y reclutando aliados en las ciudades limítrofes. Ya son bastantes como para lanzar una ofensiva contra Kosh, así que atacarán mañana».

—¿Tan pronto? ¿Sin aguardar a trazar un plan?

«Son yan», le recordó Sussh.

Gerde movió la cabeza.

—¿Por qué te molestas en luchar contra ellos? ¿Por qué insistes en pelear por este pedazo de desierto?

Sussh siseó con suavidad, pero no respondió.

—Nosotros estamos listos para marcharnos —dijo Gerde—. Estoy ensanchando ya la Puerta interdimensional para que pueda dar comienzo nuestro viaje...

«Nuestro exilio», rectificó Sussh. Gerde lo miró.

—¿Es eso lo que crees? ¿Que nos echan?

La serpiente la obsequió con una larga sonrisa.

«¿Acaso no es así?».

Gerde se encogió de hombros.

–No, no lo es. Podríamos quedarnos a pelear hasta el final, pero es una pérdida de tiempo. No es lógico y no es razonable, Sussh, lo sabes.

«Tal vez no. Pero dime, feérica: ¿hay dragones en el lugar al que pretendes conducirnos?».

–No –reconoció Gerde–. Pero tampoco los hay aquí.

«Están los artefactos de los sangrecaliente. Una pálida sombra de los dragones de antaño, un pobre sustituto para alimentar nuestro odio insatisfecho. Pero es mejor que nada».

–¿Deseas seguir luchando? ¿Es eso todo lo que esperas del futuro? Sussh alzó la cabeza y la miró fijamente.

«¿Acaso no era eso lo que *tú* esperabas de nosotros?», la interrogó. Gerde esbozó una media sonrisa.

–¿Lo sabías?

Sussh cerró los ojos, cansado.

«Lo intuía».

–Entonces, si te digo que debemos emigrar a otro mundo, sabrás que no tienes alternativa.

«No», dijo Sussh. «Los sheks fuimos creados para luchar contra los dragones. Fue entonces cuando no nos diste alternativa. Se nos ordenó que lucháramos contra los dragones por toda la eternidad, y, que yo sepa, esa orden sigue vigente. Si tenías planeado que dejásemos de luchar algún día, entonces deberías habernos evitado el odio y el instinto. Quedándome a pelear, defendiendo este pedazo de tierra muerta, no hago sino obedecer el mandato que nos fue implantado en el alma, en los albores de nuestra historia. ¿Serías tú capaz de extirpar el odio de nuestra sangre?».

Gerde sonrió.

–Tal vez.

«Pues ahí tienes mi respuesta. Mientras desee pelear contra un dragón, aunque sea un sucedáneo, permaneceré allá donde haya dragones, obedeciendo las órdenes que mi dios nos transmitió a todos los de nuestra raza. Seguiré luchando, porque es lo que he hecho siempre, y porque los sheks fuimos creados para la guerra. No se nos puede pedir que vivamos en paz. Quien pretenda que lo hagamos, deberá cambiar esa circunstancia, porque de lo contrario nos condenará para siempre al terrible vacío que supone para una criatura no poder cumplir la función para la cual fue creado. La mayoría de las criaturas se conformarían simplemente con vivir. Pero nosotros hemos de luchar. Así que, al fin y al cabo, depende de ti».

–No querrás estar aquí cuando lleguen los Seis.

«Depende de ti», repitió Sussh.

Gerde se rió.

–Oh, sí, tal vez. Deja que te ahorre trabajo, entonces. Si no quedan enemigos contra los que luchar, tal vez cambies de idea.

Alzó la mano, solo una vez, y algo sucedió. El paisaje pareció ondularse un instante, como si la misma realidad se estremeciera. Y, momentos después, todos los miembros del grupo rebelde, incluyendo los dragones artificiales, estallaron en miríadas de partículas y se fundieron con la arena del desierto. Sussh entornó los ojos. Si estaba impresionado, no lo demostró.

«Has destruido un pequeño grupo», observó, «pero quedan muchos más».

El hada se encogió de hombros.

–Podría desintegrarlos a todos –admitió–, pero tengo cosas más importantes que hacer. Y además, no lo he hecho para quitártelos de encima, Sussh. Considero que tú también deberías tener cosas más importantes que hacer. Lo comprenderás en cuanto este lugar reciba la visita de alguien mucho más poderoso y peligroso que un grupo de sangrecaliente.

El shek entornó los ojos.

«Conozco los rumores acerca de la presencia que abrasa el desierto».

–Son mucho más que rumores –se rió Gerde–. No tardarás en comprobarlo por ti mismo. Estoy convencida de que a estas alturas ya ha detectado lo que acabo de hacer, y no tardará en presentarse aquí.

«¿Tienes intención de enfrentarte a él, acaso?».

–Sabes que no. Por eso estoy abriendo una Puerta a nuestra libertad. Cuando te hayas enfrentado a uno de ellos, si es que sales con vida, lo entenderás.

«Nuevamente», dijo Sussh, «no tiene que ver con el entendimiento, sino con el instinto. Llévame a un mundo donde haya dragones o elimina el odio que late en mi ser, y entonces te seguiré».

Gerde se rió otra vez, pero no dijo nada.

«Te estás marchitando», observó él.

Y era cierto: la piel de Gerde parecía más mustia, menos tersa. El brillo acerado de sus ojos también parecía estar debilitándose.

–Ya ves –dijo ella con sencillez–. Todos tenemos que luchar contra cosas que escapan a nuestro control. Es lo malo de tener un cuerpo, ¿no te parece?

Sussh no respondió. Cerró los ojos, como si estuviera tremendamente cansado. Cuando volvió a abrirlos, Gerde ya había desaparecido.

Victoria alzó el largo vestido azul y lo contempló con aire crítico. Después, bajó la vista hasta su cintura y suspiró.

–Ese traje era de mi madre –se oyó una voz desde la puerta–. Lo llevaba puesto el día en que los sacerdotes bendijeron su unión con mi padre.

Victoria se volvió para mirar a Alsan, cautelosa. El rey de Vanissar se había apoyado en el quicio de la puerta y, por lo visto, no parecía importarle el hecho de que la joven llevase todavía la ligera túnica que solía usar para dormir.

–Ya me lo habían dicho –repuso ella–. Y te lo agradezco mucho, pero me temo que no me lo voy a poner hoy; es demasiado estrecho de talle.

Alsan se encogió de hombros.

–Te habría valido hace unos días –observó–. ¿Qué te ha pasado exactamente?

Victoria se alegró de que Alsan pareciese por fin dispuesto a escucharla.

–Me acerqué demasiado a la diosa Wina. Ya sabes, la diosa que hace crecer las cosas vivas. Todas ellas –añadió.

Alsan la miró, asombrado.

–¿Y qué habría pasado si llegas a acercarte *más*? –quiso saber.

Victoria se estremeció.

–Procuro no pensar en ello.

Se había inclinado junto a un arcón que había en un rincón de la habitación y examinaba su contenido, sacando unas prendas y desechando otras. Casi nada de lo que había allí dentro era suyo realmente; en su primer viaje a Idhún había llevado solo lo imprescindible, y cuando había regresado por segunda vez, con Christian, tampoco se había molestado en hacer la maleta. Las ropas que solía usar en su mundo natal no encajaban allí.

Levantó en alto una amplia túnica blanca y la estudió con atención. Era un poco sosa, pero le cabría. Suspiró para sus adentros. No era una joven coqueta, pero aquel día deseaba de corazón estar radiante para Jack. También le habría gustado poder prepararse de forma apropiada para la ceremonia de la noche anterior, con Christian, pero había algo romántico y excitante en el hecho de que se hubiera realizado de forma tan furtiva. La misma relación que mantenía con él era así, construida sobre momentos inesperados, no planificados. Y no era la primera vez que salía de su habitación en plena noche para reunirse con él en secreto, pensó, recordando aquellas primeras citas, cuando él acudía a buscarla y ella corría a su encuentro en pijama, sin preocuparse para nada por su aspecto. En aquellos momentos, el aspecto era lo que menos les había importado a los dos.

Con Jack era diferente. No porque él concediera importancia a la ropa que llevaba, sino porque a su lado tenía la oportunidad de llevar adelante una relación más convencional. Incluso Jack lo había mencionado alguna vez. «Llevarte al cine, invitarte a cenar en un restaurante bonito, regalarte rosas el día de los enamorados», había dicho. Victoria suspiró de nuevo. No cambiaría los momentos que habían pasado juntos por nada del mundo, pero tampoco habría dicho que no a una cita así. Y también ella añoraba, a veces, hacer las cosas al estilo de la Tierra. «Llevar un traje bonito el día de mi boda», se dijo. «Ponerme guapa para él».

—Ojalá hubiera tenido tiempo de buscar un vestido en condiciones —murmuró.

—¿Te importa de verdad?

La voz de Alsan desde la puerta la sobresaltó. Casi había olvidado que él estaba allí. Se volvió y lo vio mirándola de una forma que la inquietó.

—No especialmente. Quiero decir que me habría gustado que hoy todo fuera precioso y perfecto, porque es un día muy especial para mí. Pero creo que en el fondo no importa cómo salga, porque seguirá siendo un día que recordaré con cariño el resto de mi vida.

Alsan tardó un poco en responder.

—Ambos erais casi niños cuando os acogimos en Limbhad —dijo entonces, a media voz—. Recuerdo haber pensado en ocasiones, cuando os veía juntos, que hacíais buena pareja. Y cuando se desveló vuestra verdadera identidad, pensé que solo podía ser una señal de los dioses:

el último dragón y el último unicornio encarnados en cuerpos humanos, un cuerpo masculino y uno femenino. Estaba claro cuál era su voluntad: que formarais pareja y tuvieseis descendencia, hijos que heredarían parte de vuestra esencia. Y soñé con el día en que vería cumplido ese plan divino: el día en que destruiríamos a las serpientes de una vez por todas y celebraríamos la libertad de Idhún con la ceremonia de unión más espléndida y radiante que se hubiera visto jamás. Yo os habría acompañado con orgullo ante el sacerdote, Victoria. También habría sido para mí el día más feliz de mi vida.

Victoria lo miró, pero no dijo nada.

–Y podría haber esperado –prosiguió Alsan–, porque sois jóvenes y porque aún queda mucho por hacer. Podría haber esperado a que se solucionase todo este asunto de los dioses, a derrotar a Gerde y a los sheks. Y después habríamos culminado nuestro triunfo y el regreso de la paz a Idhún con vuestra unión. Habría sido todo perfecto, ¿no crees?

Victoria desvió la mirada y empezó a doblar la ropa para volver a guardarla en el arcón.

–Podríamos haber aguardado si hubiese podido confiar en ti –prosiguió Alsan con sequedad–. Si no hubieses desafiado la voluntad de los dioses manteniendo una relación sacrílega con un shek.

Victoria no se inmutó. Siguió doblando la ropa, con calma.

–¿De quién es el niño que esperas, Victoria? –preguntó él directamente.

Victoria alzó la cabeza para mirarlo a los ojos.

–No lo sé –respondió con franqueza–. Puede ser de Jack o puede ser de Christian. Sé que me odias por ello, pero lo cierto es que no me importa quién de los dos sea el padre.

Las uñas de Alsan se clavaron en el marco de la puerta. Fue su única manifestación de ira.

–Pues debería importarte. ¿Eres consciente de que puede que des a luz al nieto de Ashran?

Victoria sonrió con cierta amargura.

–Sí, no deja de ser irónico –admitió.

–Es mucho más que irónico. ¿Tienes la menor idea de lo que eso supondría para todo el mundo?

–Puedo imaginarlo. Escucha, sé que te he decepcionado, que he roto todas las expectativas que tenías puestas en mí. Puedes odiarme por amar a un shek, por no representar el papel que habías escrito para mí, pero hay tres cosas que quiero que sepas y que, pase lo que pase, tengas muy claras. La primera es que siento de verdad no ser lo que tú esperabas que fuera. Tienes razón, habría sido bonito y perfecto que esto fuera simplemente una historia de buenos y malos, y que la chica y el chico mataran a la malvada serpiente y salvaran el mundo y después fueran felices para siempre. Habría sido todo infinitamente más sencillo y más cómodo. Y no te imaginas la de veces que he deseado que las cosas fueran así. Pero no lo son, y nunca lo han sido.

Alsan no dijo nada. Siguió mirándola, casi sin verla.

–La segunda cosa que quiero que sepas –prosiguió Victoria–, es que defenderé a mi hijo y lo protegeré con mi vida, te guste o no. Sé que será un alivio para todos si resulta ser hijo de Jack; pero, si no lo es, no voy a avergonzarme por ello ni, mucho menos, voy a librarme de él. Así que no te molestes en pedírmelo.

Alsan entornó los ojos, pero siguió sin hablar.

–Y por último –concluyó ella–, me gustaría que me creyeras si te digo que quiero a Jack de corazón, que estoy sinceramente enamorada de él, y que nunca le he mentido ni engañado al respecto. Sé que le tienes mucho cariño y que temes que pueda estar haciéndole daño. Esta relación es dolorosa a veces, es verdad, pero no solo para él. No estoy jugando con sus sentimientos ni le hago concebir falsas esperanzas. Es verdad que lo amo. Daría mi vida por él sin dudarlo un solo instante.

Alsan esbozó una breve sonrisa.

–No me crees –comprendió Victoria–. Dentro de un rato, el Padre Venerable confirmará que mis sentimientos por Jack son sinceros. Puede que a él sí le creas, pero no me importa; quería que lo escucharas primero de mis labios. Quería decírtelo yo.

Alsan la taladró con la mirada. Después, sus ojos bajaron lentamente hasta las manos de Victoria y el anillo que lucía en uno de sus dedos.

–¿Vas a llevar eso en la ceremonia de tu unión con Jack? –le preguntó con frialdad.

Victoria miró el anillo. No tenía intención de quitárselo, pero comprendía que Alsan no lo encontrara apropiado. Recordó entonces que durante la bendición de su unión con Christian había llevado puesto el colgante que Jack le había regalado, y que el shek no le había concedido la menor importancia.

–Sí –dijo solamente.

Alsan no respondió. Solo volvió a mirarla de aquella manera, como si ella no fuese una persona, sino una mancha que había que limpiar porque estropeaba un suelo pulcro e impoluto. Victoria le sostuvo la mirada, aparentemente en calma, aunque por dentro sentía que el muro que los separaba se hacía cada vez más y más alto. Finalmente, Alsan se retiró de la puerta y dio media vuelta para marcharse.

–Lo siento –dijo Victoria, y era sincera. Lo sentía por Alsan, aunque no se arrepintiera de las decisiones que había tomado.

El rey de Vanissar inclinó la cabeza.

–Me ocuparé de que busquen un traje que te sirva –dijo con tono impersonal, antes de abandonar la habitación.

La ceremonia tendría lugar en el patio del castillo, el mismo lugar en el que, días atrás, Alsan se había sometido a la prueba del Triple Plenilunio. Habían vuelto a disponer los asientos casi de la misma forma, solo que, en lugar del trono con cadenas, habían llevado hasta allí un pequeño altar hexagonal. El suelo estaba alfombrado de flores blancas, que habían crecido allí de manera espontánea, y pequeñas chispas de colores, como luciérnagas bailarinas, animaban el ambiente. Aquellos detalles habían sido un pequeño obsequio de Shail.

Victoria alzó la mirada para contemplar los soles, pálidos discos que se veían como a través de una espesa capa de niebla. No obstante, a pesar del globo de oscuridad que aún protegía la ciudad, había tanta luz como en un día despejado... porque no era la luz de los soles lo que los alumbraba en aquellos momentos.

Se esforzó por alejar aquellas preocupaciones de su mente. Se volvió hacia Jack y le sonrió.

Estaban aún bajo el pórtico de entrada, sin atreverse a salir al patio. Había mucha gente fuera: personajes importantes, como Gaedalu, Qaydar, Covan y algunos otros caballeros y nobles de Vanissar. También estaban allí sus amigos: Alsan, Shail, Zaisei. Y muchas otras personas a las que no conocían.

–Para haber avisado con tan poca antelación –murmuró Jack, nervioso de pronto–, se ha reunido mucha gente, ¿verdad?

–Hurra por nuestro gran poder de convocatoria –respondió ella, alicaída. Jack la miró, y se dio cuenta de que estaba temblando como un flan.

–¿Estás asustada? No deberías estarlo; al fin y al cabo, tienes en esto más práctica que yo –bromeó.

–Lo de anoche no se parecía en nada a esto –replicó Victoria–. Y, además, sigue siendo algo nuevo para mí –lo miró y sonrió–. Es la primera vez que hago esto contigo. Quiero que sepas... –tragó saliva y continuó, un poco sonrojada– que me hace mucha, muchísima ilusión.

–A mí también –aseguró Jack, emocionado–. Aunque habría preferido algo más íntimo.

–Y yo –suspiró Victoria–, pero no podemos decepcionarlos ahora, ¿verdad?

Jack sonrió otra vez.

–Hay algo que tengo que decirte –susurró–. No es muy importante, pero quería decírtelo.

–¿De qué se trata?

–Anoche, durante tu ceremonia de bendición de la unión con Christian... dijiste tu nombre. Tu nombre completo, quiero decir. El nombre que tenías en la Tierra. Supongo que ya lo sabía de antes porque lo debo de haber visto escrito en alguno de tus libros de texto, pero no había prestado atención y no lo recordaba. Eres Victoria d'Ascolli. Para mí siempre habías sido simplemente Victoria.

Ella sonrió.

–¿Adónde quieres ir a parar?

Jack la miró con seriedad.

–¿Sabes acaso cómo me llamo yo? ¿Conoces mi nombre completo?

Victoria abrió la boca para responder, pero enseguida la cerró y negó con la cabeza. Jack sonrió otra vez.

–Me llamo Jakob Redfield –se rió al ver la cara de desconcierto que puso ella–. Jakob es un nombre danés, me lo puso mi madre. Pero mi padre era inglés y solía llamarme, simplemente, Jack.

–Creía que Jack era el diminutivo de John –murmuró ella, aún consternada.

–En mi caso, no. En realidad, mi padre debería haberme llamado Jake, pero le gustaba más Jack.

–Jakob Redfield –repitió Victoria en voz baja–. Se me hace raro. Es como si me estuvieses hablando de otra persona.

Jack sonrió ampliamente.

–¿Verdad que sí? En fin, sé que esto no es exactamente una boda, pero se le parece mucho, y además vamos a tener un niño... Así que me pareció obvio que por lo menos deberías saber mi nombre... antes de que lo pronuncie ante el sacerdote y te lleves una sorpresa.

–Puede que en el fondo no sea tan importante –opinó Victoria–. Al fin y al cabo... no es más que un nombre, ¿no? –se rió, y recordó a Christian; se preguntó, de pronto, dónde estaría, si se habría marchado ya, o si se había quedado cerca para observar la ceremonia desde las sombras–. Por otro lado –añadió–, aunque mi nombre oficial es Victoria d'Ascolli, en realidad no era ese el apellido de mis padres. Fui adoptada, ¿recuerdas?

–Victoria d'Ascolli suena muy bien –comentó Jack–. Suena elegante.

–Mi abuela siempre fue muy elegante –sonrió Victoria–. Ojalá estuviese aquí hoy –añadió, con la voz teñida de emoción.

Jack la tomó de las manos para consolarla. Victoria tragó saliva, parpadeó y sacudió la cabeza. El muchacho la contempló con cariño.

–Estás guapísima hoy.

Victoria enrojeció y se recogió un poco el borde del vestido, que se ajustaba justo debajo del pecho, dejando el vientre y la cintura sueltos. Era blanco, pero solo la capa inferior; livianos velos de gasa verde caían por su espalda y desde su cintura. Delicados bordados en plata adornaban el bajo de la túnica.

Jack la tomó de la barbilla y le hizo alzar el rostro hacia él. También la habían peinado con esmero, retirándole el cabello de la cara y dejándolo suelto sobre sus hombros. El joven no podía dejar de mirarla.

Durante un instante, todo el universo pareció detenerse a su alrededor. Se quedaron prendidos en los ojos del otro, saboreando toda una constelación de sensaciones.

–Te quiero –dijo Jack simplemente, y la besó con ternura.

El breve suspiro de Victoria quedó ahogado en aquel beso.

–Yo también a ti –susurró ella, temblando, cuando apoyó la cabeza en su hombro.

Jack demoró un poco más el instante de la separación. Cuando se apartó de ella, con delicadeza, aún sonreía.

–Pues que todo el mundo se entere –declaró–. ¿Estás preparada?

Victoria asintió. Jack deslizó una mano hasta su vientre.

–¿Y tú, pequeñín? ¿Listo?

Una enérgica patada pareció ser la respuesta. Los dos sonrieron.

Jack tomó a Victoria de la mano. Ambos inspiraron profundamente y salieron al patio. Cuando se percataron de su presencia, todos se volvieron para mirarlos.

Jack oprimió con fuerza la mano de Victoria y alzó la cabeza con aplomo. Juntos, los dos recorrieron la distancia que los separaba del altar. Allí los aguardaba Ha-Din.

—Bienvenidos —sonrió el Padre Venerable—. Celebro veros juntos otra vez.

—Gracias, Padre —respondió Jack; Victoria corroboró sus palabras con una inclinación de cabeza.

—La ceremonia de la bendición de la unión —prosiguió Ha-Din— es motivo de alegría para la pareja y sus allegados. Es una forma de decir a todo el mundo que sentís algo el uno por el otro, un vínculo sólido y verdadero, que deseáis que sea duradero y que os aporte a ambos paz y felicidad. El vínculo es parte de vosotros mismos. Nace del corazón de cada persona y la une a aquellos que más le importan. Los vínculos son algo íntimo y privado, y los sacerdotes no podemos crearlos ni deshacerlos; solo dar testimonio de que existen... o de que no.

»Vuestro caso es especial. Que se sepa, nunca antes había existido un vínculo de esta naturaleza entre un dragón y un unicornio. Pero también es cierto que nunca antes había habido dragones y unicornios con cuerpos y almas humanos. Por esta razón, vuestra relación es tan importante para todo el mundo. Sois el símbolo de Idhún. Sois el último dragón y el último unicornio. Y los dioses os han dado cuerpos humanos que pueden procrear.

El rostro de Victoria se había ensombrecido. No era aquello lo que esperaba. Dirigió una mirada fugaz a Jack, y vio que él también se había puesto serio.

—A pesar de todo ello —continuó el Padre—, esto sigue siendo una ceremonia de bendición de la unión. Una ceremonia que celebra un vínculo privado y personal que no debería concernir a nadie más. Por eso, antes de seguir, necesito saber que venís por voluntad propia, porque lo deseáis de corazón, y no porque se os haya presionado o porque creáis que es vuestro deber.

Hubo murmullos apagados entre el público. Ha-Din sonrió al percibir el desconcierto de ambos jóvenes. También supo que Alsan lo taladraba con la mirada, pero no se inmutó.

Victoria fue la primera en hablar.

–Yo he venido porque lo deseo –dijo–. Puede que hubiese preferido que la ceremonia se llevase a cabo de otra manera, pero no estoy en contra de que se celebre. Quiero hacer esto. De todo corazón.

Oprimió con fuerza la mano de Jack, que sonrió.

–Yo también he venido por voluntad propia –dijo.

Ha-Din asintió con placidez.

–No esperaba menos de vosotros. Ahora es vuestro turno: decid vuestros nombres.

–Mi nombre humano es Victoria d'Ascolli –dijo Victoria–. Mi nombre de unicornio es Lunnaris.

Jack la miró aprobadoramente. Se preguntó si Victoria había pensado en aquella fórmula después de su unión con Christian, o se le había ocurrido en aquel mismo momento de forma espontánea. De cualquier modo, le gustó.

–Mi nombre de humano es Jakob Redfield, o Jack, para los amigos –dijo–. Mi nombre de dragón es Yandrak.

Ha-Din sonrió.

–Hablad de vuestra relación y de vuestros sentimientos –los invitó.

Fue Jack quien empezó. Rememoró el momento en que había conocido a Victoria, recordó cómo había empezado a sentirse atraído por ella al llegar a la adolescencia. No dio detalles porque había mucha gente presente, gente extraña; pero Ha-Din no los necesitaba. Bastaba con que él recordase cada momento, aunque no lo expresase en voz alta. Porque los recuerdos despertaban en su interior las emociones más puras y sinceras. Porque le hacían olvidarse de lo que sucedía a su alrededor para pensar solamente en Victoria.

Ella, a su vez, evocó el momento en que se habían reencontrado, después de dos años separados. Ambos se rieron al recordarse en la puerta del colegio de Victoria, felices de volver a verse pero demasiado tímidos como para demostrarlo.

Después, callaron un momento. En silencio, recordaron su primer beso, sus primeros momentos juntos, cada instante que les había pertenecido solo a ellos dos. Victoria se ruborizó levemente al evocar algunas escenas más íntimas. Jack tragó saliva, un tanto azorado. Ha-Din sonrió al percibir los sentimientos de ambos. Estaba claro que no iban a hablar en público de aquellos momentos privados, pero no hacía falta. El celeste detectaba ya, con total claridad, la ternura y la pasión que emanaban de ellos.

–Una relación hermosa y sincera –comentó, bajándolos a ambos de la nube–. Pero ¿qué hay de los malos momentos?

Victoria cerró los ojos al recordar las discusiones, los celos y las suspicacias. Jack inspiró hondo y revivió el dolor de creer que Victoria lo abandonaría en cualquier momento para irse con el shek.

–La nuestra es, a veces, una relación difícil –reconoció Victoria.

No dijo nada más. Sobrevino un breve silencio, mientras ambos evocaban algunos de aquellos momentos dolorosos. Ha-Din entornó los ojos para percibir con mayor claridad los sentimientos de dolor, recelo, miedo e inseguridad. Claro que era una relación difícil. Victoria también estaba enamorada de otro hombre, pero Jack no tenía la menor intención de renunciar a ella.

Ha-Din valoró todo esto en conjunto. Valoró los buenos momentos y los malos, los sentimientos positivos y los negativos. Y después, lentamente, preguntó:

–Pese a todo, ¿queréis seguir juntos?

–Sí –respondió Jack sin dudar.

–Sí –dijo Victoria con aplomo.

Ha-Din dio un paso atrás y los contempló. Sí, allí estaba el lazo. Lo había visto en multitud de ocasiones, cuando ambos estaban juntos. Un fino cordón de energía que los unía y que resplandecía como si estuviese trenzado con rayos de los tres soles. Un vínculo sólido.

–Existe un lazo entre vosotros –anunció por fin–. Un lazo fuerte, hermoso y sincero. Y no son solo vuestras palabras las que dan fe de ello, sino también vuestros sentimientos. Soy testigo ante los dioses de que os amáis, y suplico a los Seis que derramen todas sus bendiciones sobre vosotros, que vuestro lazo perdure y que os colme de felicidad a ambos.

Victoria sonrió, emocionada, mientras el público estallaba en vítores, aplausos y buenos deseos para la pareja. Jack la besó con intensidad; no sabía si aquello era o no apropiado en aquella ceremonia, pero no le importaba.

Aún en brazos de Jack, Victoria detectó, por encima de su hombro, una sombra fugaz en las almenas. Fue apenas un instante y enseguida desapareció, pero no pudo engañarla. Sonriendo para sí, Victoria comprendió que Christian no había podido resistir la tentación de asistir... a su manera. Le dio las gracias mentalmente, pero no obtuvo respuesta. No le sorprendió. El shek sabía ser discreto cuando era necesario, y sabía que aquel momento, aquel día, era solo de Jack y de Victoria.

Enseguida se vieron rodeados de gente que se acercaba para felicitarlos. Victoria, algo aturdida, permaneció junto a Jack mientras murmuraba agradecimientos y trataba de ubicar todas las caras. Tuvo la sensación de que había incluso menos gente de la que le había parecido en un principio. «Demasiados desconocidos», pensó, turbada, y echó de menos a los que no estaban allí: a Christian, a Kimara, a Allegra... al Alsan que había conocido tiempo atrás, en Limbhad. Alzó la cabeza y lo buscó entre la multitud. Lo vio un poco más lejos, mirándola fijamente. Su rostro era una máscara inexpresiva, pero la fulminaba con la mirada, y a Victoria la apenó no ver el más mínimo rastro de cariño en sus ojos. Se preguntó, inquieta, si aquello era obra del brazalete que llevaba o si, por el contrario, había cometido un crimen tan horrible como para que él no pudiera perdonarla, como para que la rechazase hasta ese punto. Junto con Shail, Alsan había sido casi como su hermano mayor en los tiempos de la Resistencia. ¿Tanto habían cambiado todos?

Detectó a Shail un poco más allá. Estaba junto a Zaisei, diciéndole algo al oído. Ella se había ruborizado. Descubrió a Gaedalu mirándolos casi con la misma cara con que Alsan la había estado observando a ella. Shail debió de advertirlo, porque se apartó un poco de Zaisei. Fue entonces cuando sus miradas se cruzaron, y el mago le dedicó un saludo y una cálida sonrisa que hizo que Victoria se sintiese un poco mejor.

Jack la tomó de la mano y la arrastró lejos del corro de gente. Trató de llevarla hasta el pórtico de nuevo, pero Victoria se detuvo de pronto y miró a su alrededor, extrañada.

–¿Qué sucede? –preguntó él, inquieto.

–¿No notas que hay menos luz? Como si, de repente, el hechizo de los magos tuviese más fuerza.

Por un instante, la esperanza de que Irial se hubiese retirado prendió en sus corazones. Pero les bastó con alzar la cabeza hacia el cielo para que fuera sustituida por un profundo horror.

Sobre sus cabezas había aparecido, de pronto, una enorme espiral de nubes que giraba lentamente, cubriendo los soles por completo. Incluso a través del conjuro de oscuridad que protegía el castillo podían ver con claridad el resplandor sobrenatural que emitía aquel torbellino, como si hubiera cientos de relámpagos trenzándose en su interior; el color de aquella masa nebulosa, de un violáceo intenso, tiñó por un momento sus aterrados rostros, dándoles un aspecto fantasmal. De pronto, el cielo entero emitió un espantoso crujido, y se levantó un viento huracanado que sacudió las ropas de todos e hizo gritar a algunas mujeres. Todos se habían quedado mirando el cielo, horrorizados, pero una nueva ráfaga de aire tumbó algunos asientos e hizo perder el equilibrio a los más livianos, y Jack reaccionó:

—¡A cubierto! —gritó—. ¡Todos a cubierto!

Y cundió el pánico. La gente empezó a chillar y salió en desbandada, algunos hacia la puerta principal del castillo, en dirección a la ciudad; otros, hacia el pórtico de acceso al edificio. Nadie entendía qué estaba sucediendo ni sabían qué era aquella extraña tormenta, pero su simple presencia llenaba sus corazones de una angustia que jamás habían experimentado y que no sabían explicar.

Jack entendía el por qué de esa sensación: el horror ante lo grandioso, lo inconmensurable, la terrorífica fascinación de saberse, de pronto, nada más que una mota de polvo en un universo demasiado grande como para ser consciente de tu existencia.

«Pero incluso las motas de polvo tienen derecho a existir», se dijo el joven, con firmeza. Trató de coger a Victoria de la mano para llevársela de allí, pero no pudo tocarla; la muchacha se había cargado de energía de forma tan rápida y brutal que su mirada parecía una galaxia de estrellas en miniatura. De nuevo, un manto de chispas centelleaba a su alrededor.

—¡El báculo! —gritó Jack—. ¿Dónde tienes el báculo?

—¡No pretenderías que cargara con él el día de mi boda! —pudo decir ella.

—¿Qué pasa? ¿Qué está pasando? —gritó Alsan, que acababa de llegar junto a ellos.

—¡Hay que llevar a todo el mundo bajo tierra! —dijo Jack—. ¡A un sótano, a las mazmorras, a donde sea!

—¡Pero hay que tratar de detenerlo!

—¡No se puede detener a Yohavir, es un dios! ¡Lo que hay que hacer es ponerse a cubierto!

Alsan los miró un momento, aturdido.

—¡Pero no puedes salir huyendo! —le reprochó—. ¡Tenemos que sacar a todo el mundo de aquí!

Jack resopló, exasperado.

—¡Mira cómo está Victoria! ¡Tengo que acompañarla a buscar el báculo, es lo único que puede ayudarla ahora!

—Yo iré con ella —dijo entonces la voz de Qaydar, junto a ellos—. Ya sé por experiencia que mi magia no resultará muy útil contra eso —añadió, señalando el torbellino que se estaba formando sobre sus cabezas.

—Pero... —empezó Jack; Alsan lo interrumpió tirando de él y llevándoselo a rastras.

—No hay más que hablar. La dejo en vuestras manos, Archimago.

A Victoria no se le escapó la mirada de entendimiento que habían cruzado Alsan y Qaydar, pero no tuvo tiempo de decir nada. Una ráfaga de viento la obligó a taparse el rostro con un brazo y, cuando pudo volver a mirar, Alsan y Jack ya se alejaban de nuevo hacia el centro del patio, desafiando al vendaval.

—¡Vámonos! —gritó Qaydar, y entró en el castillo.

Victoria no podía entretenerse más. Lo siguió, mientras sentía que su corazón palpitaba a toda velocidad, bombeando energía a cada célula de su cuerpo. Sabía que estaba a punto de estallar y que no aguantaría mucho más. Y temía que su bebé no lo resistiera tampoco.

Los dos subieron a toda velocidad por la escalera de caracol hasta la habitación de Victoria. La joven se precipitó sobre el báculo de Ayshel y, en cuanto lo tomó en sus manos, sintió que el objeto absorbía aquella energía, descargándola y aliviándola inmensamente.

—Hazte a un lado, Qaydar —murmuró, estremeciéndose al ver que el extremo del báculo comenzaba a brillar intensamente.

El Archimago obedeció. Contempló, fascinado, cómo ella se arrastraba hasta la ventana y se quedaba allí, un momento, mientras la energía fluía a través de ella hasta el báculo y se acumulaba en la piedra que lo remataba. Finalmente, Victoria liberó toda aquella energía, y un poderoso rayo brotó del báculo y salió disparado por la ventana, perdiéndose en el firmamento.

La joven se dejó resbalar hasta el suelo, agotada pero aún aferrada al báculo. Qaydar se inclinó junto a ella.

—¿Te encuentras bien? —le preguntó con amabilidad.

—Creo... creo que sí —jadeó Victoria—. Pero estoy muy cansada y...

Deslizó una mano hasta su vientre, inquieta. Esperaba que el bebé estuviese bien.

Cuando alzó la cabeza de nuevo, le sorprendió ver el rostro del Archimago muy cerca de ella. Y la miraba de una forma extraña.

–¿Qaydar...?

–Lo siento, Victoria –murmuró él.

Alzó una mano y la alargó hacia ella. Victoria, alarmada, vio que su palma relucía con un siniestro resplandor azulado, y retrocedió, pero el Archimago fue más rápido. En cuanto la mano de él tocó su frente, Victoria sintió que se le apagaba la conciencia de pronto, como quien extingue una vela de un soplido.

Christian había asistido a la ceremonia de unión desde su escondite, en lo alto de las murallas, pero se había apresurado a refugiarse en una de las torres nada más iniciarse el huracán. Ahora observaba desde una ventana a la gente del patio, corriendo de un lado para otro, como pequeños insectos huyendo de una tempestad. El cono del tornado descendía lentamente hacia tierra, y Christian vio cómo succionaba a los que no habían podido agarrarse a nada todavía, levantándolos del suelo y arrastrándolos por el aire, en medio de un caos de alaridos y pataleos. Él mismo, a pesar de estar protegido tras la gruesa pared de piedra, sentía que la presión le dificultaba la respiración. Se aferró con todas sus fuerzas al marco de la ventana antes de atreverse a mirar de nuevo.

Descubrió abajo a Alsan y a Jack; vio a Shail tratando de poner a cubierto a Zaisei y a los Venerables; pero no vio a Victoria, y eso no le pareció una buena señal. La sintió, no obstante, al otro lado del anillo, y dejó que su percepción lo guiase por los corredores del castillo, ahora desiertos. A través de una ventana vio el rayo de energía descargado por el báculo, y apretó el paso.

Pero cuando llegó a la habitación de Jack y Victoria, la encontró vacía; solo el báculo permanecía allí, en el suelo, abandonado de cualquier manera.

Jack trató de abrirse paso a través de la marea humana que avanzaba por los sótanos del castillo. Estiraba el cuello en busca de Alsan, pero no lo vio por ninguna parte. Se topó con Shail en la puerta.

–¿Has visto a Alsan? –le preguntó.

–No –repuso este–. Puede que esté al fondo, con los primeros que han entrado. ¿Por qué no vas a ver?

–Estoy esperando a Victoria y a Qaydar –dijo Jack, y no pudo evitar que a su tono de voz aflorase la preocupación que sentía–. Ya deberían haber bajado.

En aquel momento, Ha-Din y Zaisei se reunieron con ellos.

–¿Alguien ha visto a la Madre Venerable? –preguntó Ha-Din, preocupado.

Ambos negaron con la cabeza.

–Ven, te ayudaré a buscarla –se ofreció Shail, tomando de la mano a Zaisei.

–Yo voy a recoger a Victoria –anunció Jack–. Tenemos a Yohavir justo encima; debería estar ya resguardada, como los demás.

Ha-Din lo retuvo cuando ya se iba.

–Ten cuidado, Jack –le dijo–. Puede que Yohavir no sea lo único peligroso hoy aquí.

El joven lo miró un momento, asintió y salió disparado hacia las escaleras.

Subió los escalones de dos en dos, sorteando a los últimos rezagados que bajaban a los sótanos del castillo, huyendo del monstruoso tornado que gemía y rugía sobre sus cabezas. Jack ya había pasado por ello tiempo atrás; entonces, su situación había sido mucho más precaria porque la Torre de Kazlunn se alzaba junto a un acantilado, y no solo habían tenido que hacer frente a la furia del viento, sino también a la de las aguas. El castillo de Alsan, no obstante, parecía más sólido... y, lo más importante, no tenía todo un océano de olas rugientes a sus pies.

Sin embargo, Jack no pudo evitar sentirse inquieto. Sabía que los balcones podían hundirse y que los tejados podían salir volando. Sabía que pasar junto a una ventana abierta sería todo un desafío. Por todo ello, caminó con cuidado por los corredores de la morada de los reyes de Vanissar, pegado a las paredes, agradeciendo que su habitación no estuviese en un piso superior.

Cuando llegó, no obstante, no encontró allí ni a Victoria ni a Qaydar. Corrió al interior de la habitación y estuvo a punto de recoger el báculo caído; pero se detuvo a tiempo, recordando que él ya no era un semimago, sino un mago completo, y que el artefacto absorbería su energía, en lugar de permitir que lo sostuviese. Dejó el báculo donde estaba y recogió a Domivat del lugar donde la había guardado, preguntándose, otra vez, por qué diablos confiaba tanto en aquella espada, que de ninguna manera lograría protegerlo de un dios. Recordó las palabras de Ha-Din, sacudió la cabeza y se ajustó a Domivat a la espalda, por si acaso.

Y de pronto su instinto lo avisó de que había alguien tras él, y se volvió con rapidez, llevándose la mano al pomo de la espada. Se topó con los ojos azules de Christian.

–¿Dónde está Victoria? –fue lo primero que le dijo, en cuanto logró controlar el impulso de extraer a Domivat de la vaina.

–Yo iba a hacerte la misma pregunta –repuso él.

A pesar de su aparente calma, Jack se dio cuenta de que estaba muy preocupado. Trató de tranquilizarse y de pensar con frialdad.

–Vino a buscar el báculo –dijo.

Christian frunció el ceño.

–Lo utilizó para descargarse de energía hace solo unos momentos –dijo–. Pero ya no estaba cuando llegué. No lo habría abandonado en estas circunstancias, ¿verdad? –Jack negó con la cabeza–. ¿Sabes si había alguien con ella?

–Qaydar –dijo Jack–, pero él sabía que los estaríamos esperando ab...

–¿El Archimago? –cortó Christian, y la arruga de su frente se hizo más profunda–. ¿La has dejado a solas con él?

Jack detectó la alarma subyacente en sus palabras.

–¡No veía motivos para desconfiar de él! Nos acogió en la Torre durante meses, cuidó de Victoria cuando estaba enferma...

–Victoria es un unicornio, Jack –interrumpió Christian con impaciencia–. El último que queda. Ya deberías haber aprendido que hay mucha gente dispuesta a utilizarla y a obligarla a que entregue sus dones. Y deberías haber sospechado que, cuando Qaydar se diese cuenta de que ella no va a seguir sus normas, dejaría de ser amable.

Jack respiró hondo para tranquilizarse. No era el mejor momento para empezar a discutir.

–Hablaremos después de sus motivaciones. Si Qaydar se la ha llevado, quiero saber adónde ha ido. ¿Puedes percibirla al otro lado del anillo?

–Sí –respondió él–. No está muy lejos... todavía.

–Entonces, ¿a qué estamos esperando?

«Bebe».

Victoria abrió un poco la boca, aturdida, pero volvió a cerrarla.

«Bebe», insistió la voz de su cabeza.

Victoria entreabrió los labios y sintió algo frío apoyándose en ellos y un líquido deslizándose en su boca. Sacudió la cabeza con un gemido y tosió violentamente, pero ya era tarde: el brebaje descendía por su garganta. Tosió más todavía hasta que se despejó del todo y abrió los ojos. La luz hirió sus pupilas y la hizo parpadear.

Distinguió tres figuras inclinadas sobre ella. Tardó unos instantes en reconocer a Alsan, Qaydar y Gaedalu. Trató de incorporarse, pero descubrió que unos grilletes la mantenían encadenada a la pared.

—¿Qué me habéis hecho? —pudo decir, con una nota de pánico en su voz; notó que tenía la boca pastosa. Una agotadora debilidad se iba apoderando de su cuerpo, y la obligó a dejar caer la cabeza porque le pesaba demasiado.

«Asegurarnos de que no puedes moverte», dijo Gaedalu. «Tratándose de una criatura como tú, nunca se sabe».

Victoria cerró los ojos un instante y trató de pensar. Cuando los abrió de nuevo, clavó una mirada acusadora en Alsan.

—¿Qué... significa esto? —se esforzó por decir.

El rey de Vanissar inclinó la cabeza, con un suspiro pesaroso.

—Los dioses saben que confiaba en ti, que te quería como a una hermana —dijo—. Pero el honor y el deber han de estar por encima de los sentimientos. Es la única lección que nunca aprendiste... La más importante.

Victoria lo miró sin entender. Acababa de demostrar al mundo que sus sentimientos por Jack eran sinceros. ¿No era eso lo que había querido Alsan desde el principio?

Gaedalu no pudo ocultárselo por más tiempo.

«Has tenido la osadía de hacer que bendijesen tu abominable unión con un shek. Con el hijo de Ashran. Tú, quien además admites creer que Ashran era el Séptimo dios. Tu alma ha sido corrompida por él y sus criaturas, y por eso los dioses han venido a buscarte hoy».

Victoria esbozó una amarga sonrisa.

—No... somos... tan importantes —logró decir—. No ha venido... por mí... sino... por Irial.

«Mientes. Todos hemos visto cómo te afectaba la presencia del sagrado Yohavir...».

—Soy... un... unicornio —cortó ella—. Absorbo... energía.

—Puede que hayas absorbido energías... poco apropiadas —replicó Alsan con frialdad—. Pero es tarde para arrepentirse. Has tenido ocasiones de sobra para dar marcha atrás.

Se acercó más a ella. Victoria trató de retroceder.

—¿Qué... vas a hacer? Mi... hijo...

Alsan esbozó una sonrisa siniestra. Alargó hacia ella su mano izquierda, su mano de tres dedos, y le hizo alzar la barbilla.

—No he venido por tu hijo hoy, Victoria. Pero puedes estar segura de que, como sea una serpiente, el día en que nazca le clavaré a Sumlaris en su frío corazón.

Victoria palideció. Sacudió la cabeza para liberarse del contacto de Alsan.

—Es... un bebé —susurró.

—Pero yo no puedo permitir que el último unicornio dé a luz un engendro. Deberías haberlo sabido antes de permitir que Kirtash te tocara.

Hablaba con un desprecio tan profundo que hirió a Victoria en lo más hondo. No dijo nada, sin embargo. Se limitó a levantar la cabeza y a clavar en Alsan una mirada desafiante.

—No deberíamos perder más tiempo —intervino Qaydar con impaciencia.

Alsan asintió. Gaedalu se aproximó a Victoria llevando en la mano un fragmento de roca que ella reconoció inmediatamente. Retrocedió, inquieta. Alsan sonrió y tomó la roca de la mano de Gaedalu.

—¿Tanto hay de serpiente en ti, que temes lo que la piedra de los dioses puede hacerte? Comprobémoslo —añadió con una sonrisa, y acercó la roca al vientre de Victoria.

La joven gritó y trató de apartarse, pero no le quedaban fuerzas.

—¡Maldita sea... Alsan! —exclamó, y su voz tenía un tono de urgencia y desesperación que detuvo la mano del rey y le hizo alzar la cabeza hacia ella—. ¿Te has... vuelto loco? ¡Estoy embarazada! ¿Por qué... es más importante la identidad del padre... de mi hijo... que el hecho de que yo... sea su madre?

Alsan entornó los ojos, sin saber adónde quería ir a parar.

—Soy yo... Alsan —insistió Victoria—. Es a mí a quien... tienes prisionera. A Victoria. ¿Por qué... haces esto?

El joven respiró hondo; pareció, de pronto, muy cansado.

—Porque es mi deber, Victoria. Los dioses exigen que luchemos contra los hijos del Séptimo. Así es como ha sido siempre, y así es como ha de hacerse. Y yo... dudé de ellos cuando creí que Jack había muerto y que la profecía no se cumpliría. Me demostraron cuán equivocado estaba... me devolvieron a la luz de Irial... –añadió, tocándose el brazalete.

–Fue... Jack quien te salvó –dijo Victoria–. Te trajo... desde Nanhai. Te rescató... de tu exilio. Si no... vas a escucharme a mí... piensa en él... piensa en si le gustaría... que pusieras en peligro... la vida de... su hijo.

Por un instante, Victoria detectó un destello de ternura en la mirada de él. Pero Alsan sacudió la cabeza y respondió, con voz impersonal:

–Jack no puede entenderlo. Por mucho que lo intente, no pertenece a este mundo.

–Entonces –repuso Victoria–, ¿por qué... has insistido tanto... en hacerle creer que sí?

Él no contestó.

«Majestad», intervino Gaedalu, apremiante. Alsan respiró hondo, se incorporó un poco y tomó la mano de Victoria. Ella sintió que Alsan le extendía los dedos y observaba, con una mezcla de curiosidad y repugnancia, el anillo que lucía y que la mantenía en contacto con Christian.

También Qaydar se había quedado contemplándolo, con una mezcla de temor, curiosidad y fascinación.

–De modo que es esto –comentó–. ¿Cómo podemos estar seguros de que se trata del verdadero Ojo de la Serpiente?

–Lo comprobaremos enseguida.

«¿No podemos arrebatárselo, sin más?», preguntó Gaedalu.

Alsan negó con la cabeza.

–A través de este anillo, Kirtash vigila a Victoria y está al tanto de todos sus movimientos. Es, además, un objeto peligroso y, como tal, sabe protegerse solo. Pero contiene parte de la esencia de ese shek... y ya sabemos a qué es vulnerable la esencia de una serpiente.

Victoria hizo acopio de fuerzas y se debatió, gritando con rabia. No sirvió de nada. Alsan se limitó a sujetarla hasta que cayó entre sus brazos, rendida a los efectos de la pócima de Gaedalu. Entonces volvió a atrapar su mano, colocó la piedra sobre el Ojo de la Serpiente... y dejó que empezara a actuar.

Victoria gimió. Quiso resistirse, pero la pócima ya había terminado de relajar todo su cuerpo, y no fue capaz de moverse. No tardó en sentir cómo el anillo se iba debilitando cada vez más bajo la presencia de aquel fragmento de la Roca Maldita, cómo la conciencia de Christian se retiraba apresuradamente, expulsada con violencia del que había sido uno de los apéndices de su percepción. La gema de Shiskatchegg emitió un breve parpadeo alarmado y después, lánguidamente, se apagó.

Y Victoria se sintió sola y vacía, mucho más sola y vacía de lo que había estado jamás. En los últimos tiempos había creado una conexión sólida y estrecha con Christian, una conexión que había culminado aquella noche, en el ático de él, en Nueva York, cuando ambos habían fusionado sus mentes. Si ella hubiese sido una shek, no habría necesitado el anillo para mantener viva aquella conexión.

Pero no lo era. Y cuando Shiskatchegg se rindió al poder de la Roca Maldita, el vínculo mental con Christian fue brutalmente cortado. Victoria dejó escapar un gemido, mientras Alsan extraía el anillo de su dedo sin que ella pudiese hacer nada para evitarlo. Cerró los ojos y dos lágrimas corrieron por sus mejillas.

Christian se detuvo de golpe, con tanta brusquedad que Jack chocó contra él.

—El anillo... –murmuró–. ¡El anillo!

—¿Qué? –preguntó Jack, inquieto; Christian parecía fuera de sí, y la última vez que lo había visto en aquel estado había sido cuando Victoria había caído en manos de Ashran, y ellos estaban en Limbhad, sin poder llegar hasta ella.

—He... he perdido la conexión con ella –dijo el shek, anonadado–. Es como si no estuviese ahí.

—¿Y eso qué quiere decir? ¿Que le ha pasado algo malo?

Christian respiró hondo y trató de centrarse.

—No necesariamente. Puede que se haya quitado el anillo, pero...

—Ella no se lo quitaría por voluntad propia, bajo ninguna circunstancia.

Christian no respondió. Parecía profundamente preocupado, y Jack supo que no se lo había contado todo aún. Aguardó.

—He sentido... algo muy desagradable. Justo antes de perder la conexión, algo me ha obligado a retirar mi conciencia del anillo. Algo que ya había experimentado antes.

—¿La Roca Maldita?

—Solo se me ocurre que la hayan empleado para arrebatarle el anillo, para que perdiera todo contacto conmigo. Si utilizan esa cosa contra Victoria, puede que a ella no le afecte, pero...

Los dos cruzaron una mirada.

—El bebé —dijeron a la vez.

Se precipitaron pasillo abajo, manteniendo la dirección que seguían antes de que Christian perdiese el contacto. Desembocaron en una sala que el rey utilizaba para reuniones privadas. No había ninguna otra salida allí, pero Christian ya se había fijado en los gruesos tapices que forraban las paredes y estaba tirando de ellos.

Jack lo ayudó. En unos instantes desnudaron los muros, pero solo hallaron en ellos piedra sólida y fría. Fuera, el viento aullaba con fuerza.

«Tiene que haber un pasadizo secreto», dijo Christian telepáticamente. «Tiene que estar por aquí».

Jack lo observó mientras palpaba las paredes con desesperación.

«Si eso fuera cierto», respondió, pensando tan solo, «significaría que Alsan está detrás de todo esto. Dudo mucho que Qaydar conozca los secretos de este castillo mejor que él».

Christian le dirigió una breve mirada.

«¿Y te extraña?», dijo solamente.

Jack entornó los ojos. Sabía que Alsan y él no estaban de acuerdo en muchas cosas; pero la posibilidad de que hubiese secuestrado a Victoria, justo después de su unión con él... la idea de que tuviese intención de hacerle daño, a pesar de que sabía que tal vez ella diese a luz al hijo de ambos... le hizo sentirse herido y traicionado.

«Éramos amigos», respondió sin más.

Christian no dijo nada. Siguió examinando las paredes, y Jack se le unió sin decir una palabra.

Victoria logró incorporarse un poco y trató de ver lo que estaban haciendo. Qaydar y Alsan ya no le prestaban atención. La habitación en la que estaban encerrados los cuatro, una amplia mazmorra apenas iluminada por algunas antorchas, estaba prácticamente desnuda. El Archimago trazaba en el suelo símbolos arcanos, utilizando para ello unos polvos blancuzcos que extraía de una vieja vasija. Victoria detectó el signo del Séptimo grabado en la vasija, y entornó los ojos.

Gaedalu, que estaba junto a ella, advirtió su mirada.

«Durante los últimos años», dijo, «los hijos del Séptimo nos han utilizado y manipulado para su conveniencia. Ya es hora de que nosotros devolvamos el golpe».

Victoria no fue capaz de hablar ni de moverse. Contempló, sobre-cogida, cómo Qaydar terminaba de prepararlo todo. En el centro del hexágono de cenizas, depositó a Shiskatchegg.

«¿Qué estáis haciendo?», quiso preguntar Victoria, pero no le salió la voz. La Madre sí captó aquellos pensamientos; no obstante, se limitó a mirarla, sin responder a su pregunta.

Alsan retrocedió para dejar espacio al Archimago, que alzó las ma-nos y empezó a recitar, lenta y solemnemente, una larga letanía en idhunaico arcano. Victoria conocía algo del idioma de los magos, por-que Shail se lo había enseñado tiempo atrás, pero aquellas palabras le resultaron incomprensibles. Debía de tratarse de una magia antigua y secreta, solo reservada a los hechiceros más poderosos, a aquellos que conocían sus misterios más profundos.

De cualquier modo, a Victoria no le gustó.

Lenta, muy lentamente, el hexágono formado con las cenizas se fue iluminando.

Victoria sintió, de pronto, que había algo invisible en la habitación, con ellos. Era solo una intuición, y tampoco sabía exactamente de qué se trataba, pero sospechaba que, si se transformaba en unicornio, se-ría capaz de verlo. No lo hizo, de todas formas. El instinto le impedía cambiar de aspecto allí, delante de personas a las que no tenía la me-nor intención de entregar la magia. Se estremeció, cerró los ojos y trató de percibir qué había allí.

Era algo real, no tenía la menor duda. Algo que no solamente era invisible, sino que ni siquiera era material. Pero existía, y tenía con-ciencia. Una criatura espiritual.

Y aquel ser acudía a la llamada de Qaydar, que había utilizado el anillo y las cenizas para llamarlo. Una invocación. Estaban invocando a un fantasma.

Victoria abrió los ojos de golpe y clavó la mirada en la vasija con el símbolo del Séptimo dios. No era posible que Qaydar invocase a Ashran. ¿O sí?

Poco a poco, la temperatura en la celda fue descendiendo y se aba-tió sobre ellos una especie de calma sobrenatural, como si el tiempo se hubiese detenido. Ninguno de los cuatro pudo evitar un escalofrío de puro terror. De pronto, el simple hecho de respirar los convirtió en extraños, en intrusos, en personas insultantemente vivas en el umbral de una puerta que aún no debían traspasar. Y, mientras tanto, algo iba conformándose en el interior del hexágono, una bruma grisácea que se hacía más consistente con cada nueva palabra de Qaydar, hasta que el fantasma adquirió un rostro de rasgos feéricos, un rostro delicado y armonioso, pero frío e impasible.

Por fin, la voz de Qaydar se extinguió. Todos contuvieron el aliento.

El espíritu se volvió hacia el Archimago, y su boca fantasmal se curvó en una irónica sonrisa.

–Tú eres nuevo –dijo; su voz susurrante sonaba lejana, fría y sin emoción–. ¿Dónde está el joven que me invocó la última vez?

–Muerto –repuso Qaydar; parecía cansado, pero, no obstante, se irguió y miró al fantasma fijamente cuando dijo–: Te saludo, Talmannon, Señor de las Serpientes. Te doy las gracias por acudir a mi llamada...

–Como si tuviera otra opción –comentó el fantasma con sarcasmo.

Qaydar no se dejó arredrar.

–Yo soy Qaydar, el Archimago, líder de la Orden Mágica. Se encuentran conmigo el rey Alsan de Vanissar y Gaedalu, la Madre Venerable. Se te ha invocado...

–Qué gran honor –cortó Talmannon–. ¿Y quién es la joven prisionera?

El espectro clavó sus ojos fantasmales en Victoria, que fue incapaz de moverse. Aún no podía creer que todo aquello estuviese sucediendo de verdad. Talmannon había gobernado en Idhún mucho tiempo atrás, en la Segunda Era, en pleno apogeo de la guerra entre sheks y dragones. Había oído hablar mucho de él. Había leído historias sobre él. Pero jamás se le había pasado por la cabeza la posibilidad de que alguien pudiese invocar su espíritu y conversar con él. Se estremeció de pronto al darse cuenta de que el anillo de Christian, el que los mantenía tan estrechamente conectados a ambos, había pertenecido a Talmannon. Shiskatchegg, el Ojo de la Serpiente, había sido el arma más preciada del Señor de las Serpientes, el Emperador Oscuro. Victoria lo había sabido desde el principio, pero nunca se había detenido a pensarlo seriamente. Siempre le había parecido un personaje de leyenda.

Estaba claro que era mucho más que una leyenda, y Victoria lamentó no haber averiguado más cosas sobre él. De entrada, siempre se lo había imaginado como un humano. Y, por lo visto, resultaba que había sido un silfo.

Qaydar quiso recuperar las riendas de la conversación.

–Se te ha invocado...

–¿Quién es ella? –exigió saber el espectro.

Sin saber muy bien por qué, Victoria se encogió sobre sí misma.

–Ella es Lunnaris –intervino Alsan con calma–, un...

–... ¡unicornio! –aulló Talmannon, furioso de pronto. Pareció que trataba de salir de los límites del hexágono, pero Qaydar había hecho bien su trabajo y no había fisuras–. ¿Qué hace ella aquí? ¿Cómo os habéis atrevido a traer ante mi presencia a semejante criatura?

–Acabamos de arrebatar de su dedo el Ojo de la Serpiente –le informó Qaydar con frialdad.

–Shiskatchegg ha caído en manos de los unicornios –murmuró el espectro, comprendiendo.

«Me temo que fue un shek quien se lo entregó», intervino Gaedalu con una amarga sonrisa.

–En todos los bandos hay traidores, ¿verdad? –comentó Alsan, al advertir el desconcierto de Talmannon.

–Los unicornios son traidores por naturaleza –dijo Talmannon–. Ellos no deberían haber intervenido y, no obstante, se aliaron con Ayshel y los suyos y se volvieron contra nosotros. Los unicornios no fueron creados para la guerra, pero vosotros creasteis el báculo, os unisteis a los dragones y desequilibrasteis la balanza. Dime, criatura, ¿por qué?

Victoria alzó la cabeza y lo miró. Entendió que, a pesar de todo el tiempo que había pasado, para Talmannon aquella derrota seguía siendo tan reciente como si acabara de producirse.

–Lunnaris aún no había nacido cuando eso sucedió –señaló Qaydar.

–Fue... por los magos –logró decir Victoria al fin; era cierto que no había estado allí, que no había vivido aquella guerra, pero en aquel momento comprendió, con claridad meridiana, por qué los unicornios habían intervenido entonces–. Esclavizaste... a todos los magos. Nuestros... elegidos. Los unicornios... no lucharon contra los... sheks. No lucharon... para derrotar al Séptimo. Solo... para liberarlos a ellos... para que tuvieran... la oportunidad de elegir...

El esfuerzo pudo con ella, y dejó caer la cabeza de nuevo. Cerró los ojos. Pese a ello, percibía la helada mirada de Talmannon clavada en ella, envolviendo cada fibra de su ser. Un escalofrío recorrió su espina dorsal.

—Si no hubiese sido por los unicornios —dijo entonces Talmannon—, jamás habríamos sido derrotados.

Nadie se lo discutió. Aquellos hechos databan de un pasado demasiado remoto como para interesar a nadie más que a él.

—¿Y por eso Ashran los exterminó a todos? —inquirió Qaydar, dominando su cólera.

Talmannon rió suavemente.

—Oh, ¿así que lo hizo, por fin? Le advertí sobre ellos. Ya sabía que los dioses enviarían a los dragones contra ellos, pero le avisé de que no perdiera de vista a los unicornios. Con magos o sin ellos, con dioses o sin ellos... existía la posibilidad de que intervinieran.

—Hablaste con Ashran —dijo Qaydar—. Te invocó para preguntarte acerca de los dioses. Acerca del Séptimo.

Talmannon le dirigió una mirada de desprecio.

—¿Crees de verdad que voy a compartir con vosotros, adoradores de los Seis, los secretos del Séptimo dios... Archimago? Es así como os hacéis llamar los hechiceros poderosos ahora, ¿no? En mis tiempos, a un hechicero poderoso se le llamaba «Amo» o «Señor».

—Tus tiempos han pasado —cortó Alsan—. Si fuiste el mago vivo más poderoso, ahora no eres más que una sombra muerta. Si alguna vez llegaste a ser un dios, ahora solo eres un pobre fantasma. Así pues, ¿qué puede importarte?

El espectro se rió. No fue una risa agradable.

—Mi legado sigue vivo. Muchas de las cosas que creé han llegado hasta vuestro tiempo. El imperio de los sheks se renovó a través de Ashran. El Séptimo dios regresó al mundo a través de él, al igual que, en el pasado, regresó a través de mí.

—¿Cómo? —insistió Qaydar.

Talmannon clavó en él una mirada gélida y profunda.

—Adoradores de los Seis —escupió—. ¿Creéis que no sé lo que está sucediendo? Los dioses están provocando el caos en el mundo. Los Siete. Y si os habéis molestado en invocarme es porque deseáis hablar con ellos, al igual que hizo Ashran en su día. ¿Creéis de verdad que os revelaría ese secreto? Jamás traicionaré a mi dios.

«Eres un silfo», repuso Gaedalu con frialdad. «Wina es tu diosa».

—Por nacimiento —respondió él—, pero no por adopción. Adoro al Séptimo dios y todo lo que él creó. Hay que estar ciego para no apreciar la belleza y la suprema inteligencia de los sheks. Ella lo sabe

–añadió, volviéndose de nuevo hacia Victoria–. ¿No es cierto, unicornio?

Victoria no respondió.

–Tú fuiste el Séptimo dios –dijo Qaydar–, hasta que Ayshel acabó con tu vida...

–No seáis engreídos, adoradores de los Seis –cortó Talmannon, malhumorado–. Una semimaga sola no habría podido vencerme. Tenía a todos los unicornios de su parte. Tenía ese artefacto, ese báculo. Y en aquella época, en pleno esplendor de la era de los unicornios, aquella cosa era mucho más poderosa de lo que es ahora. Por no hablar de vuestros dioses, claro. Ayshel no fue convocada por casualidad. Los unicornios la eligieron porque los dioses habían ordenado a los dragones que acabaran conmigo. Conmigo, específicamente, y no con Esshian, que era la soberana de los sheks en aquella época. Los dioses lo sabían. Los dioses propiciaron la victoria de Ayshel, y los unicornios le otorgaron todo su poder. Ella no fue más que un juguete en manos de fuerzas más poderosas y, no obstante, vosotros seguís atribuyéndole todo el mérito –dejó escapar una carcajada sarcástica–. Como si una semimaga pudiese derrotar a un dios.

–Antes de ser un dios, ¿qué eras? –insistió Qaydar–. ¿Un hechicero más? ¿Tuviste que sacrificar tu propia vida para que tu dios regresara a Idhún a través de ti?

–Estamos perdiendo el tiempo, vosotros y yo –replicó el espectro, aburrido–. Me hacéis preguntas cuyas respuestas conocéis de sobra; y las preguntas para las que no tenéis respuesta no pienso contestarlas.

–No tienes ningún tiempo que perder –cortó Qaydar–. Eres un espíritu. Eres eterno. Y estás atrapado en mi hexágono de poder. Estás obligado a obedecerme, lo quieras o no. Y cuanto más tiempo permanezcas en este mundo, más se debilitará tu esencia. ¿Cuántas invocaciones más podrás soportar antes de verte reducido a la nada?

Hubo un largo intercambio de miradas. La presencia de Talmannon era aterradora e intimidante, pero el Archimago no cedió. Finalmente, el fantasma dijo:

–Hablé con el Séptimo dios. Le entregué mi vida a cambio de su esencia. El precio que tuve que pagar fue ínfimo en comparación con lo que él me proporcionó.

–¿Cómo te pusiste en contacto con él?

Talmannon rió.

–¿Cómo nos ponemos en contacto con los dioses? A través de los Oráculos, por supuesto.

–Es lo que hizo Ashran –intervino Alsan a media voz–. Se sacrificó a sí mismo en la Sala de los Oyentes del Oráculo de Nanhai. Pero, cuando lo hizo... ya había hablado con el Séptimo.

–¿Cómo lo consiguió? –exigió saber Qaydar.

El espectro esbozó una sonrisa desagradable.

–Los dioses hablan –dijo–, pero por lo general no nos hablan a nosotros. En tiempos remotos aprendimos a construir cúpulas que captaban la voz de los dioses, y el secreto fue celosamente guardado por los sacerdotes. La base de su poder estaba en que solo ellos podían comunicarse con las divinidades, decían. Pero esto no era del todo cierto. Podían escuchar a los dioses, pero no hablar con ellos. Y algunos escuchaban mejor que otros.

–Los Oyentes –murmuró Qaydar.

–Existe una fórmula para revertir el proceso. Una fórmula que hace que, en lugar de escuchar nosotros a los dioses, nos escuchen ellos a nosotros. Pero el conjuro ha de realizarse en un sitio especial. Con una persona especial.

Reinó un largo silencio.

«Entiendo», dijo entonces Gaedalu.

–Yo también –dijo Qaydar.

De pronto, uno de los bloques del muro se deslizó hacia atrás, y después hacia un lado, dejando al descubierto un oscuro pasadizo.

–Por aquí –dijo Christian, y se internó por él.

Parecía haber recuperado su sangre fría. Había puesto todos sus sentidos en lo que estaba haciendo y procuraba no perder la calma. Jack lo siguió, inquieto.

Ante ellos se abría una escalera descendente que se perdía en la oscuridad. Christian, que iba delante, desenvainó a Haiass para que alumbrara el camino. En silencio, ambos descendieron un largo rato, hasta que desembocaron en un largo pasillo. Christian se detuvo un momento y miró a su alrededor.

–Creía que esto llevaría a los sótanos –murmuró Jack–, donde se ha reunido todo el mundo huyendo de Yohavir. Pero parece un lugar apartado.

–Y laberíntico –añadió el shek, alzando la espada; a su luz pudieron ver que a ambos lados del pasillo se abrían nuevos pasadizos–. Y bien, ¿por dónde?

–¿No puedes detectar a Victoria?

–Sin el anillo, no. Está demasiado lejos. Pero tú sí deberías saber cómo llegar hasta ella. Tenéis una conexión espiritual muy estrecha. Podrías encontrarla en cualquier parte, si quisieras.

Jack lo miró un momento, pensando que estaba bromeando. Pero los ojos de Christian hablaban en serio.

–Lo intentaré –suspiró por fin.

Extrajo a Domivat de la vaina para que le iluminase en la oscuridad, se adelantó unos pasos y echó a andar por el corredor.

Shail empezaba a estar preocupado. Jack tampoco había regresado, y en el exterior, por encima de ellos, el viento rugía y aullaba, amenazando con llevarse el castillo entero por los aires.

–Voy a echar un vistazo –le dijo a Zaisei.

–Ten cuidado –le pidió ella.

Cruzaron un rápido beso. El mago subió las escaleras con precaución. Llegó hasta la planta baja y se encontró allí con Covan, quien, protegido tras una de las columnas, contemplaba a través de una ventana el furioso vendaval que azotaba el castillo.

–¿Has visto a Jack y a Victoria? –le preguntó, alzando la voz para hacerse oír por encima del rugido del viento.

Covan negó con la cabeza.

–¡Nadie ha pasado por aquí! –replicó–. ¡Todos están ya refugiados en los sótanos!

–¡Todos, no! ¡Tampoco encontramos a la Madre, al Archimago ni al rey!

El maestro de armas se volvió hacia él con rapidez.

–¿Alsan no está abajo?

Shail negó con la cabeza. Covan dudó.

–El tornado se está retirando –dijo–, pero aún es demasiado arriesgado salir del castillo. ¿No puedes tratar de localizarlos con tu magia, hechicero? Será más rápido que recorrer el castillo a ciegas.

–Puedo intentar un conjuro localizador –admitió Shail. «Pero no funcionará con Victoria», pensó. No sabía por qué lo sabía, pero intuía que era así. Los unicornios no habrían permanecido ocultos durante milenios si cualquier mago hubiese podido encontrarlos con conjuros localizadores. «No importa», pensó. «Puede que logre ponerme en contacto con Qaydar, o puede que consiga encontrar a Jack; Victoria estará con ellos».

–¿Puedes hacerlo? –insistió Covan, al ver que él se había quedado en silencio.

–Puedo; pero necesito un lugar tranquilo.

Covan esbozó una media sonrisa irónica.

–Lo más tranquilo posible... dadas las circunstancias –puntualizó Shail.

La habían dejado sola.

De la estremecedora invocación, solo quedaba un leve rastro de cenizas en el suelo y una extraña sensación en el ambiente, como si el espectro de Talmannon no se hubiese marchado del todo. Por lo demás, se lo habían llevado todo: la vasija con lo que quedaba de las cenizas, los fragmentos de la Roca Maldita... y el Ojo de la Serpiente.

Y la habían dejado allí, encadenada a la pared, encerrada en aquella húmeda celda, todavía vestida con el precioso traje blanco y verde que había llevado en la ceremonia de su unión con Jack. Alsan parecía haberse ablandado un poco al verla así, porque se había quitado la capa y la había cubierto con ella para protegerla del frío.

–Deberíamos llevarla con nosotros –dijo Qaydar.

–Estará más segura aquí –repuso Alsan–, a salvo de los dioses. Donde nadie pueda encontrarla.

Para asegurarse de ello, se habían llevado el anillo con ellos. Gaedalu lo había guardado en una pequeña cajita, en cuya tapa había hecho engarzar una gema hecha con un fragmento de la Roca Maldita. Victoria sonrió con amargura al recordarlo. Probablemente sin saberlo, Gaedalu reproducía el comportamiento de los dioses a los que servía. Por fortuna, aquella caja encerraba tan solo un anillo, uno de los tentáculos de la percepción de Christian. Pero Victoria no dudaba de que la Madre habría sido muy capaz de encerrar al propio Christian en una caja similar, de haber podido.

Llevaba un rato pensando en todo lo que había visto y tratando de encontrarle un sentido. Había entendido que tanto Talmannon como Ashran habían sido encarnaciones del Séptimo dios, al que habían invocado para traerlo de vuelta al mundo, en distintas épocas de la historia de Idhún. Pero ¿por qué razón Alsan, Qaydar y Gaedalu estaban dispuestos a repetir la experiencia? ¿Tal vez para tratar de comunicarse con Gerde? Era absurdo; la única opción que tenía sentido era que quisieran contactar con alguno de los Seis. Victoria recordaba que Shail había mencionado alguna vez algo al respecto: hablar con los dioses, hacerles ver que los mortales estaban allí, suplicarles que se detuvieran.

La idea de que Shail pudiese estar implicado en todo aquello se clavó en su corazón como mil agujas punzantes; pero enseguida comprendió que no era posible que él estuviese al tanto de lo que estaban haciendo aquellos tres. Alsan había tomado medidas muy drásticas, secuestrándola, drogándola y manteniéndola allí encerrada.

«No va a suplicar clemencia a los dioses», comprendió de pronto. «Esto es la guerra, y por eso está tomando decisiones difíciles. Va a revelarles la identidad del Séptimo dios. Va a decirles dónde encontrar a Gerde».

Recordaba ahora que Alsan había planteado aquella posibilidad en alguna reunión. Entonces, a Jack le había parecido buena idea. Pero después de hablar con Christian, después de poner las cartas sobre la mesa, comprendían por qué los Seis debían permanecer sin conocer el paradero de Gerde. Por qué, de pronto, era necesario cubrirle las espaldas a su enemigo.

–No quería decíroslo –había dicho Christian– porque sois el dragón y el unicornio, los héroes elegidos por los Seis. Se espera de vosotros que luchéis contra el Séptimo, sus criaturas y sus aliados. Si los líderes de los sangrecaliente descubren que protegéis a Gerde, no os lo perdonarán. Yo puedo hacerlo, porque es lo que se espera de mí. Vosotros, no. De modo que lo mejor que podéis hacer es fingir que los apoyáis en su lucha contra Gerde, pero manteniéndoos al margen. Podemos ocuparnos de todo esto. Solo necesitamos un poco más de tiempo.

Victoria cerró los ojos. No le gustaba la idea de que los Seis anduvieran dando vueltas por Idhún, destrozándolo todo; pero si encontraban a Gerde y obligaban al Séptimo a dar la cara sería peor, mucho peor.

Y eso era lo que Alsan pretendía.

«Hay que detenerlo», se dijo Victoria. Pero seguía siendo incapaz de moverse y, de todas formas, estaba encadenada y no podría escapar de allí. ¿O sí?

Inclinó un poco la cabeza y trató de transformase en unicornio.

No lo consiguió. Su cuerpo no la obedecía. Por alguna razón, la pócima que le había dado Gaedalu le impedía transformarse, al igual que le impedía moverse. Suspiró. Sabía que ella era lo bastante fuerte como para soportar aquello, pero temía por su bebé. Si había heredado la resistencia sobrenatural de sus padres, tal vez podría superar aquella prueba sin consecuencias. Pero aún era pronto para saberlo.

Tenía que limpiar su cuerpo de aquella sustancia. Cerró los ojos otra vez y trató de ir liberando poco a poco su otra esencia. Un destello de luz se iluminó en su frente mientras, lentamente, su poder de unicornio iba purificándola por dentro.

Por fin recuperó parcialmente la movilidad. Intentó metamorfosearse de nuevo en unicornio y, tras varios intentos, lo consiguió.

Las delicadas patas del unicornio se deslizaron sin problemas fuera de los grilletes. Victoria bajó los cascos al suelo y sacudió la cabeza, sintiendo el peso de su largo cuerno, y una cascada de crines suavísimas deslizándose por su cuello. Trató de ponerse en pie, pero le temblaban las patas. Se arrastró como pudo hasta la puerta. Estaba cerrada por fuera.

«... Unicornio...».

La voz, susurrante, que parecía venir de todas partes y de ninguna, la sobresaltó. Miró a su alrededor y descubrió algo que antes, con sus ojos humanos, no había sido capaz de ver, pero que su mirada de unicornio percibía con claridad.

Una tenue forma plateada se deslizaba por los rincones de la celda, algo similar a una fina masa de niebla que se movía en una y en otra dirección, confusa y desconcertada.

–¿Talmannon? –murmuró ella, inquieta.

«No, Talmannon no», susurró la voz en algún rincón de su conciencia. «Yo soy solo su impronta».

–¿Impronta? –repitió Victoria.

«Cada vez que un espíritu es obligado a regresar al mundo de los vivos mediante una invocación», explicó el ser, «deja tras de sí, al marcharse, una impronta, una huella. Parte de su esencia. Yo no soy Talmannon. Él ha vuelto a su dimensión. Yo soy la huella que su presencia ha dejado en el mundo de los vivos».

–¿Y... qué eres exactamente?

«Nada», respondió él. «¿Qué otra cosa puede ser la sombra de un espíritu?».

Habló con amargura, y Victoria lo notó.

–Lo siento –murmuró.

«No lo sientas. Tu mundo está lleno de criaturas como yo, creadas por los mortales irresponsables que juegan con la vida y la muerte. Por eso la nigromancia es un arte prohibido. Pero eso no ha impedido a los magos guardar las cenizas de todos sus grandes hechiceros, para importunarlos de vez en cuando con problemas que ellos mismos no saben resolver».

Victoria no supo qué decir.

«Vete», dijo la impronta. «Vete de aquí y evita que los dioses se enfrenten... Si vuelven a chocar, será el final para todos los seres vivos... y el principio de un nuevo mundo y una nueva historia. Quién sabe si su tercer mundo no será un mundo perfecto».

–Sería un mundo perfecto, pero sin nosotros –replicó Victoria–. Y yo voy a tener un hijo. Quiero que nazca mi hijo, quiero que vea la luz de los soles.

«Ah, una extraña criatura, tu hijo», comentó la impronta. «Desde aquí puedo ver su alma. ¿Quieres saber cómo es?».

–No –respondió Victoria con decisión–. Prefiero verla por mí misma la primera vez que lo mire a los ojos.

Había estado examinando las bisagras de la puerta bajo la suave luz que emitía su cuerno, y preguntándose qué sucedería si les transmitiese energía. No sería la primera vez que hacía aquello con un objeto inanimado. Pero la pierna artificial de Shail estaba hecha de un material preparado para absorber y asimilar aquel poder.

No tenía tiempo para pensar en ello. Bajó la cabeza y colocó la punta de su cuerno sobre uno de los goznes.

Y se esforzó en transmitirle la magia.

Al principio, fue como si topara con una sólida pared infranqueable. Estaba claro que, salvo algunas excepciones, los objetos inanimados no estaban preparados para recoger la magia. Pero Victoria insistió.

Se hallaban en una celda subterránea, muy lejos de la superficie. No había por allí demasiada energía que canalizar. Y, no obstante, justo sobre ellos, un dios vociferaba con la fuerza de todos los vientos. Una pequeña parte de aquella energía lograba filtrarse hasta ella y recorrer su cuerpo. No se le escapó que también estaba transmitiendo a la puerta una parte de la impronta de Talmannon, que no era otra cosa que un rastro de energía. Pero no se detuvo.

Pronto, el metal empezó a fundirse, hasta que terminó goteando hasta el suelo. Victoria se alzó sobre sus patas traseras para alcanzar la bisagra superior, y repitió el proceso. Cuando concluyó, empujó la puerta hasta que consiguió que cediera.

Salió al corredor. Estaba oscuro, pero su cuerno la iluminaba y su instinto la guiaría hasta la salida. Antes de internarse por el túnel, se volvió hacia el interior de la celda y descubrió allí, en un rincón, a la impronta de Talmannon.

–¿Estarás bien ahí? –le preguntó.

«Estaré bien en cualquier parte», replicó el ser, lúgubremente. «Y tú vete ya y haz lo que tengas que hacer. Y procura recuperar ese anillo. No siento cariño por los unicornios, pero, si es cierto que fue un shek quien te lo entregó, entonces prefiero que lo tengas tú».

Victoria inclinó la cabeza, pero no dijo nada. Ligera como un rayo de luna, echó a correr por el túnel, en dirección a la libertad.

–¡Shail! ¡Shail! –lo llamó Covan.

El mago mantenía los ojos cerrados, y una expresión de intensa concentración marcaba su rostro. Pese a ello, el maestro de armas lo sacudía con fuerza, gritando para hacerse oír por encima del aullido del viento.

Se habían encerrado en la despensa, una pequeña habitación anexa a las cocinas, que no tenía ninguna ventana abierta al exterior. Aunque el huracán todavía resultaba ensordecedor, su sonido se oía un poco más amortiguado que en las salas exteriores.

Por fin, Shail abrió los ojos y lo miró, un tanto aturdido.

–¿Qué pasa? ¿Qué es ese ruido?

–¡El ruido no es lo más preocupante ahora mismo! –exclamó Covan–. ¡Mira!

Aún confuso, Shail volvió la cabeza en la dirección que señalaba el caballero. La puerta de la despensa estaba cerrada, pero una luz intensa se filtraba por debajo. Demasiada luz, comprendió Shail de pronto.

–¡El conjuro de oscuridad! –exclamó–. ¿Qué está pasando? ¿Por qué ya no funciona?

—Esperaba que pudieses decírmelo.

Shail trató de pensar.

—Puede que el foco de luz se esté acercando todavía más. O puede que la magia del conjuro esté fallando. Tal vez... —vaciló antes de añadir—, tal vez se deba a que Qaydar se ha marchado.

—¿Que Qaydar se ha marchado? —casi gritó Covan. Shail alzó las manos para calmarlo.

—Puede que haya fallado mi hechizo de localización, no lo sé. He buscado a Alsan, a Gaedalu, a Qaydar, a Jack y a Victoria —inspiró hondo—. Solo he encontrado a Jack. Está muy por debajo de nosotros. Por debajo de los sótanos, incluso. Sí —añadió—, tiene que ser un error. Seguramente la energía que genera el huracán ha interferido con...

—No —cortó Covan—, tiene sentido. He oído contar historias acerca del entramado de túneles que se extiende por debajo de la ciudad. Se dice que los primeros reyes de Vanissar los hicieron construir en tiempos remotos.

—Puede que Jack haya encontrado una entrada y se haya refugiado allí —reflexionó Shail—, pero ¿dónde están los demás?

—¡La luz es lo más urgente ahora! —señaló Covan.

—Todos los magos de la ciudad estamos aportando una parte de nuestra energía para mantener activo el conjuro. Incluso yo. Podría dedicar toda mi magia a ello, pero eso no bastaría. Necesitaríamos que todos los magos volviesen a levantar el conjuro. Yo solo no puedo hacer nada.

Covan frunció el ceño.

—¿Y pretendes quedarte aquí, escondido?

—No —Shail se puso en pie—. Utilizaré una variante del conjuro localizador para tratar de llegar hasta Jack. Tal vez él sepa dónde está Qaydar. Tú deberías volver al sótano, con los demás, y asegurarte de que se cubren bien los ojos, y de que taponáis todos los resquicios por donde pueda entrar la luz. Cuanto más oscuro esté el sótano, mejor. Y que los demás magos traten de volver a levantar el conjuro.

—Haré lo que pueda; pero el rey...

—El rey ahora no está —cortó Shail—. Tú sabes, mejor que nadie, quién era el otro candidato al trono. Alsan confía en ti, de modo que, en su ausencia, eres tú quien ha de tomar las decisiones.

El maestro de armas lo miró, pensativo; después, asintió.

–Espera –lo llamó Shail, cuando ya se iba. Colocó las manos sobre su rostro y pronunció en voz baja las palabras de un hechizo. Cuando las retiró, una espiral de tinieblas cubría los ojos de Covan.

–¿Qué me has hecho? –exclamó, sobresaltado–. ¡No veo nada!

–Es para protegerte la vista –replicó Shail–. Ni siquiera mi magia puede bloquear la luz de Irial, así que te recomiendo que, además del velo de oscuridad que te he aplicado, te cubras los ojos con alguna otra cosa. Toda precaución es poca.

Covan respiró hondo y asintió, tratando de calmarse. Desgarró de un tirón su manga izquierda y se vendó los ojos con ella. Después, avanzó a tientas hacia la puerta.

–Voy a abrir –avisó cuando sus manos se posaron sobre el picaporte.

Shail se cubrió los ojos con ambos brazos y pronunció para sí mismo el conjuro de oscuridad. Apenas terminó, una intensa luz bañó toda la estancia, deslumbrándolo, a pesar de todas sus precauciones. Oyó la exclamación de asombro de Covan, y de nuevo el ruido de la puerta al cerrarse, y después percibió que una reconfortante penumbra volvía a rodearlo. Se atrevió a retirar los brazos de los ojos, lentamente. Sus ojos tardaron aún un rato en volver a acostumbrarse a la oscuridad.

Más adelante, el túnel se acababa.

Victoria había llegado hasta allí siguiendo una luz intensa. Le sorprendió ver que procedía de una puerta situada al fondo. Una puerta que estaba cerrada a cal y canto.

Aquella luz se colaba por los finos resquicios de sus bordes. Victoria recuperó su forma humana y tiró del pomo para abrirla. Cuando lo hizo, se dio cuenta de que la salida estaba obstruida por algún pesado mueble que alguien había situado delante para taparla. Victoria empujó, tratando de apartarlo.

Era muy, muy pesado. Victoria jadeó y volvió a empujar, una y otra vez. Lenta, muy lentamente, fue separándolo de la pared.

Mucho rato después, con los brazos y los hombros doloridos, y cubierta de sudor, logró deslizarse fuera del túnel y salió de ahí. Se encontró en un sótano frío y húmedo, pero para nada oscuro. Había unas escaleras al fondo, y al término de ellas, una puerta cerrada. No obstante, la luz que se filtraba por los resquicios de la madera era tan intensa que iluminaba el sótano como si estuviese al aire libre. Victoria subió por la escalera; al llegar arriba se detuvo para arrancar, no sin cierta pena, uno de los velos de su vestido, y se vendó los ojos con él. Después abrió la puerta.

La luz hirió sus ojos a través de la venda, a través de sus párpados cerrados, y le hizo lanzar una exclamación de sorpresa. A pesar de ello, avanzó a ciegas, torpemente, hasta que topó con una pared y, luego, con un mueble desvencijado y cubierto de polvo. Entendió que estaba en el interior de una casa, y se sorprendió de que, pese a todo, hubiese tanta luz. Supuso que se habrían dejado alguna ventana abierta.

De pronto sintió una presencia cerca de ella, en la misma habitación.

—¿Quién eres? —sonó una voz junto a ella; era una voz masculina, y hablaba con lentitud—. No puedo verte; me he vendado los ojos para protegerlos de la luz.

—Yo tampoco puedo ver nada —respondió Victoria—. Siento haber invadido tu casa. He entrado aquí a través del sótano, buscando un refugio.

—Esto no es mi casa. No es más que una vieja posada abandonada. Pero conozco el sótano —añadió; parecía que le costaba mucho hablar—. No hay en él ninguna salida al exterior.

—Estaba oculta tras una alacena. Es la entrada a una red de túneles subterráneos.

—¿De verdad? ¿Y adónde conducen?

—Al castillo, creo.

—Muéstramelo, por favor.

—Bien, sígueme; además, estaremos más seguros en el sótano: está más oscuro.

Se buscaron a tientas, guiados por el sonido de sus respectivas voces, hasta que las manos de Victoria atraparon las de su compañero. Sintió entonces algo extraño. Pensó, inquieta, que no le gustaba aquel contacto, que le transmitía algo desagradable. Trató de quitarse aquella idea de su cabeza.

—Pasa algo con tus manos —dijo él—. Noto un cosquilleo.

«Estoy canalizando la energía de los dioses», pensó Victoria.

—No me cojas, entonces —murmuró—. No lo necesitas; por lo visto, conoces esta casa mejor que yo.

El otro no respondió. Victoria se puso en pie y después, lentamente, ambos avanzaron a ciegas hacia el sótano.

Tardaron un rato en llegar hasta la puerta porque Victoria avanzaba muy despacio. No quería poner en peligro a su bebé, corriendo el riesgo de tropezar y caerse. Sin embargo, su acompañante no le metió prisa. Cuando por fin abrieron la puerta del sótano, Victoria se aferró al pasamanos y tanteó los primeros escalones con el pie.

–Hemos llegado –murmuró.

Sintió cómo el otro bajaba los primeros peldaños, junto a ella. Oyó el chirrido de la puerta al cerrarse. De pronto, la luz que percibía al otro lado de la venda pareció menos intensa. Respiró hondo, se destapó los ojos y parpadeó para volver a acostumbrarse al ambiente. Ante ella, la persona que la había acompañado también se retiraba la venda de la cara.

Tardaron unos segundos en mirarse y reconocerse.

–¡Tú! –exclamó Yaren entornando los ojos.

Jack se volvió hacia todos lados, irritado.

–¡Hemos vuelto a llegar tarde!

Estaban en el interior de una celda vacía. Christian se había inclinado junto a los restos de un hexágono que parecía haber sido trazado en el suelo con cenizas, y los estudiaba con el ceño fruncido. Jack, en cambio, se había quedado de pie ante los grilletes de la pared, y temblaba de rabia.

–Como la haya encadenado... –murmuraba–. Como le haya puesto esos grilletes, te juro que lo va a pagar muy caro.

Christian se volvió hacia él.

–¿Quién, exactamente?

Jack alzó una capa que había recogido en el suelo.

–Es de Alsan.

Christian podría haber dicho «Te lo dije», pero no hizo ningún comentario. Se incorporó y señaló los restos del suelo.

–Es reciente –dijo–. Han usado esto para hacer algún tipo de conjuro en presencia de Victoria. No estoy seguro, pero podría ser una invocación.

–¿De qué tipo?

Christian iba a responder, pero oyeron pasos en el corredor y salieron con precipitación.

Una luz venía bailando pasillo abajo.

—¡Jack! –se oyó la inconfundible voz de Shail–. Jack, ¿eres tú?

—¡Shail! ¡Estamos aquí!

—¿Estamos? ¿Quién está contigo?

No hizo falta que Jack contestara. El mago había llegado ya junto a ellos y había visto a Christian.

—Alsan se ha llevado a Victoria –fue lo primero que dijo Jack–. La ha secuestrado.

Shail lo miró con estupor.

—Pero ¿cómo...?

Jack no perdió el tiempo en explicaciones. Lo condujo al interior de la celda y dejó que lo viese por sí mismo.

—Y si estaba aquí –pudo decir Shail, cuando asimiló aquella información–, ¿adónde se la ha llevado ahora?

—Se ha debido de escapar ella misma –respondió Christian señalando a la puerta–. No puede estar muy lejos, entonces. No tardaremos en encontrarla si nos damos prisa.

—Sí –asintió Jack–, vámonos. Además, este lugar me pone los pelos de punta. ¿No sentís como si hubiese algo raro aquí?

—Sí –dijo Christian, pero no añadió nada más.

Los tres salieron de nuevo al pasillo y se internaron en el laberinto de túneles. El shek, antes de abandonar la celda, echó un último vistazo, inquieto.

—Tú... –dijo Yaren–. Tenía que haberlo sabido.

Victoria fue a decir algo, pero no tuvo tiempo. El mago la empujó con violencia, y ella perdió el equilibrio y estuvo a punto de precipitarse escaleras abajo. Por fortuna, pudo aferrarse al pasamanos antes de caerse.

—¿Te has vuelto loco? –le gritó temblando–. ¡Estoy embarazada!

—Lo sé –respondió Yaren, con una sonrisa siniestra–. ¿Crees que habrá sufrido daños tu hijo? Vamos a curarlo, entonces.

Colocó las dos manos sobre el vientre de Victoria e inició el hechizo de curación. Una oleada de energía oscura, llena de malas vibraciones, inundó el cuerpo de Victoria, que gritó alarmada mientras sentía que su bebé se revolvía en su interior. Recuperó el equilibrio y apartó a Yaren de un empujón. Estaba lívida de ira, pero su corazón se estremecía de miedo ante la sola idea de haber podido perder al niño que esperaba.

—Puedes castigarme a mí, si quieres. Pero no permitiré que hagas daño a mi hijo.

Yaren sonrió de nuevo.

—No podrás impedirlo.

«Claro que sí», pensó Victoria, y se transformó en unicornio. No le gustaba hacerlo delante de la gente, aunque fuese gente que, como Yaren, ya la hubiese visto antes con aquel aspecto. Pero no tenía alternativa. Era consciente de que, embarazada como estaba, en lo alto de la escalera era frágil y vulnerable ante Yaren.

El mago se quedó mirándola un momento, asombrado. Victoria aprovechó para empujarlo a él escaleras abajo.

Con un grito ahogado, Yaren rodó hasta el suelo del sótano. Victoria bajó tras él, con la gracia natural que caracterizaba a los unicornios; sus ojos, no obstante, estaban repletos de una luz intensa e indomable. Cuando el mago trató de levantarse, dolorido, el cuerno de ella apuntaba a su pecho.

—Este es el instrumento que entrega la magia —dijo ella—, pero ahora mismo, muy cerca de aquí, hay un dios, o dos, que son pura energía, y toda mi esencia capta esa energía como si fuera una esponja. De modo que, si te toco ahora, probablemente no te entregaré la magia, sino un torrente de energía tan intenso que tu cuerpo podría estallar en pedazos. Así que no me provoques.

Yaren bajó la mirada para clavarla en el cuerno. Relucía de forma extraordinaria; tanto, que tuvo que apartar la vista.

—Está bien. ¿Qué es lo que quieres?

Victoria respiró hondo.

—¿Qué es lo que quieres *tú*? Tienes un aspecto lamentable. ¿Cuánto tiempo hace que vives aquí?

Yaren vaciló.

—Unos cuantos días... no sé. Después de lo que pasó tras la coronación de Alsan, no fui capaz de regresar con Qaydar. Tampoco con Gerde —añadió—. No sabía qué hacer, de modo que traté de quitarme la vida. No tuve valor.

Sus últimas palabras fueron tan solo un susurro. Victoria entornó los ojos, conmovida.

—No sé qué puedo hacer por ti —murmuró—. Sé que no debería haber atendido a tu petición aquella tarde, junto a la Torre de Kazlunn.

Yaren, hundido y derrotado, cerró los ojos.

–Yo insistí –dijo con esfuerzo–. Siempre creí que hay que perseguir los sueños hasta... hasta el final. ¿Debería haberlo dejado pasar?

Victoria calló un momento, pensando.

–No lo sé –dijo con sinceridad–. Probablemente yo habría actuado igual que tú. Supongo que a veces... hay que arriesgarse. Aunque pueda salirte mal. En eso consiste el riesgo.

El mago enterró el rostro entre las manos.

–Ya no puedo más –susurró–. No puedo más. Nunca debí perseguir el sueño equivocado. Debí imaginar que si el primer unicornio que vi, cuando era niño, no me entregó su magia... habría tenido sus razones...

–No las tenía –replicó Victoria–. Entregar la magia es algo que sale del corazón. Puede que aquel unicornio no encontrara motivos para convertirte en un mago. Pero otro, tal vez sí... –hizo una pausa–. Yo lo habría hecho. Me negué tantas veces porque sabía lo que podía suceder, sabía que no estaba preparada. Pero en cualquier otro momento, lo habría hecho.

Yaren alzó la cabeza para mirarla.

–Eres hermosa –le dijo al unicornio–. Debería haberme conformado con verte. Me obstiné en arrancar una flor y se marchitó entre mis manos.

Victoria inclinó la cabeza, pero no dijo nada. Yaren alzó la mano para acariciar sus crines, lentamente. Victoria sintió la energía que emanaba de su alma, una energía llena de dolor y rabia, y le hizo daño, pero no se movió. También Yaren sintió que un torrente de magia recorría sus dedos al tocarla, y eso le produjo más dolor, pero lo soportó.

Finalmente, él retiró la mano.

–Puedes hacer algo por mí –dijo con esfuerzo.

Victoria lo miró, y leyó en la expresión de su rostro lo que iba a pedirle. Horrorizada, volvió a metamorfosearse en humana para que él viese la angustia y la consternación pintadas en sus facciones.

–No puedes pedirme eso –susurró.

Yaren esbozó una amarga sonrisa.

–Es lo último que voy a pedirte. Y sabes que no puedes negármelo. Me lo debes.

Victoria parpadeó. Tenía los ojos húmedos y el corazón en un puño.

—Me lo debes –insistió Yaren–. Demuéstrame que valió la pena perseguir a un unicornio. Demuéstrame que tu corazón es más fuerte que el mío.

Después de avanzar a ciegas por la planta baja del castillo, pegado a los muros para orientarse, Covan llegó hasta la entrada del sótano. Se encontró con la puerta cerrada y la golpeó con los puños.

—¡Abrid! –llamó–. ¡Soy yo, Covan!

Escuchó voces al otro lado. Gritos, sollozos y lamentos, y un aviso: «¡Cubríos los ojos; hay alguien fuera!».

—¡Vamos a abrir un resquicio! –le gritaron desde dentro–. ¡Entra y cierra enseguida!

Covan tanteó la puerta y aguardó, muy pegado a ella. Oyó el chasquido del cerrojo y el chirrido de las bisagras al moverse. Se introdujo de cabeza por el hueco y cerró la puerta de golpe tras él.

Lo recibió un ambiente un poco más oscuro, y respiró aliviado. No obstante, había gente que gemía y gritaba, y retrocedió un paso, inquieto.

—Puedes quitarte la venda –dijo una voz cerca de él–. Aquí la luz es tolerable.

Tras un breve instante de duda, el maestro de armas se retiró la venda.

Cerró los ojos enseguida, porque la luz todavía hería sus pupilas, pero poco a poco fue acostumbrándose, y se arriesgó a abrirlos de nuevo. Los sollozos se oían de nuevo.

—¿Quién llora? –preguntó con el corazón encogido.

—La pérdida del globo de oscuridad nos cogió por sorpresa –dijo la persona que estaba con él; Covan lo miró, y descubrió que era uno de los magos–. Hubo gente que no tuvo tiempo de apartarse de la puerta o de cubrirse los ojos. Vaya, tú tienes además una protección mágica –añadió mirándolo a los ojos–. No te será necesaria aquí, pero te la mantendré en su sitio, por si acaso.

—Pero ¿qué ha pasado? ¿Por qué hemos perdido el hechizo?

El mago negó con la cabeza.

—Se debilitó de pronto –dijo–, y además, la luz se hizo mucho más intensa, como si el... foco, o lo que sea... se hubiese acercado tanto como para tenerlo casi encima. Estamos restaurando el hechizo, pero aún tardaremos un poco más. La buena noticia es que el huracán parece estar amainando. Y ahora, si me disculpas, tengo que volver al trabajo –añadió, y bajó apresuradamente por la escalera.

Covan bajó tras él, inquieto. La gente mantenía la mirada baja y buscaba los rincones en sombras; comprendió que la luz que se filtraba por debajo de la puerta era todavía lo bastante intensa como para resultar molesta. Él, no obstante, veía sin problemas, y agradeció que Shail lo hubiese ayudado con su magia.

En una esquina oscura, bajo la protección de un arco, una voz femenina murmuraba con desesperación:

–¿Qué pasa? ¿Qué está pasando? ¡No puedo ver nada!

Se acercó, con el corazón encogido, y se inclinó junto a la mujer ciega y su acompañante, que la sostenía en brazos y trataba de calmarla.

–¿Qué sucede? –murmuró.

–¿Covan...? ¿Eres tú?

El maestro de armas se quedó helado al ver que la joven que yacía allí era Zaisei.

–¿Dónde está Shail? –imploró la celeste, que acababa de percibir la sorpresa y la piedad que brotaron del corazón de Covan–. ¿Qué me pasa?

El maestro de armas no pudo decir nada, al principio. Tomó la mano de ella para tratar de consolarla.

–Está bien –dijo–. Iba a ir a buscar a Jack.

–Zaisei había subido a la planta baja para esperar al mago –explicó la otra sacerdotisa en voz baja–. La luz la sorprendió demasiado lejos de la puerta del sótano.

Covan se estremeció de horror y de pena; los hermosos ojos de la celeste, abiertos de par en par, tenían la mirada perdida; sus iris azules habían perdido color, volviéndose de un extraño tono traslúcido.

Cuando Jack, Christian y Shail se precipitaron en el interior del sótano, hallaron una escena extraña.

Victoria estaba allí, arrodillaba en el suelo, con las mejillas mojadas de lágrimas. Acunaba entre sus brazos un cuerpo pálido e inerte.

Jack se precipitó hacia ella, pero Christian lo retuvo con brusquedad.

–¿Qué...? –susurró Shail; no fue capaz de continuar.

Victoria alzó la mirada hacia ellos.

–Lo he matado –susurró, con la voz quebrada de emoción, y los tres pudieron ver que el joven que yacía en sus brazos tenía una marca sangrienta en el pecho, justo sobre el corazón.

—¿Por qué? —pudo preguntar Jack, impresionado por el dolor que se reflejaba en la expresión de ella.

Victoria sacudió la cabeza.

—Porque me lo pidió —musitó—. Porque era lo único que podía hacer por él.

«Es Yaren», informó Christian a Jack. El dragón comprendió. Acudió a su lado, se arrodilló junto a ella y la abrazó para consolarla.

Victoria se secó las lágrimas y trató de recuperar su entereza.

—Pero no hay tiempo que perder —dijo—. Tenemos que detener a Alsan.

Christian frunció el ceño.

—¿Por qué te secuestró? ¿Para robarte el anillo?

Con delicadeza, Victoria apoyó el cuerpo de Yaren contra la pared y se levantó para mirar a Christian.

—Me quitó el anillo para utilizarlo en una invocación, y Gaedalu se lo ha llevado consigo. Lo siento mucho. Traté de impedirlo, pero...

—No te preocupes —la tranquilizó Christian—. Lo recuperaremos.

Jack fue testigo de cómo se abrazaban, profundamente afligidos. Sabía que aquel anillo mantenía un fuerte vínculo entre los dos, un vínculo que les hacía soportables los largos periodos que permanecían separados. Perderlo había supuesto una pequeña tragedia para ambos.

—¿Qué clase de invocación? —quiso saber Shail.

Victoria respiró hondo y relató en pocas palabras lo que había sucedido. Shail se quedó muy sorprendido al saber que el anillo de Victoria era el mítico Shiskatchegg, el arma que había utilizado Talmannon, en tiempos remotos, para controlar a todos los magos.

—¿Por qué no me lo dijiste antes? —preguntó impresionado.

—¿Te habrías sentido más tranquilo, de haberlo sabido?

Shail miró de reojo a Christian, que los observaba muy serio.

—La verdad es que no —reconoció—. Pero, si ni siquiera yo lo sabía, ¿cómo se enteró Alsan?

—Creo que se lo dije yo sin darme cuenta —murmuró Jack, profundamente avergonzado—. Debí de mencionar el nombre del anillo delante de él. Lo cierto es que no se me ocurrió pensar que era el anillo de Talmannon. Es verdad que lo sabía, pero... no sé, no suelo pensar en ello. Para mí siempre ha sido el anillo de Christian y Victoria.

—No pasa nada —dijo ella, con una breve sonrisa—. A mí me pasa igual.

—Ya está hecho –zanjó Christian–. Ahora tenemos que centrarnos en el presente. ¿Dónde están ahora Alsan y los demás?

—Se han ido al Oráculo de Gantadd. Van a invocar a los dioses a través de la Sala de los Oyentes.

Jack frunció el ceño.

—Tenemos que impedírselo. Aunque el Oráculo está muy lejos y tardarán en llegar...

—Es Qaydar –le recordó Victoria.

—No es su estilo –dijo Shail–, pero, si lo considera absolutamente necesario, hará el esfuerzo de teletransportarlos a los tres hasta allá.

—Maldita sea –murmuró Jack.

En aquel momento, un velo de oscuridad cubrió el sótano, que hasta aquel momento había estado tan iluminado como si hubiese amplios ventanales abiertos en sus paredes.

—El globo de oscuridad vuelve a funcionar –dijo Shail–. Por fin una buena noticia.

Nadie dijo nada. Aquella buena noticia era solo una gota de aceite en un océano de malas noticias.

XXVII

LA VOZ DE LOS DIOSES

CUANDO le anunciaron la súbita llegada de los visitantes, la hermana Karale fue a recibirlos al pórtico, sorprendida.

–¡Madre Venerable! –exclamó al ver a Gaedalu–. No esperábamos vuestro regreso hasta... –se interrumpió al ver a Qaydar y a Alsan.

«Hermana», dijo la varu con gravedad, «creo que ya conoces a Alsan, rey de Vanissar».

La feérica abrió mucho los ojos, impresionada. Cierto; había conocido a Alsan el día en que la cólera de Neliam se había abatido sobre el Oráculo. Pero en aquel entonces tenía un aspecto diferente, se dijo, y respondía a otro nombre. Y en ningún momento había comentado nada acerca de ser rey.

–Nos conocemos, sí –dijo Alsan con una serena sonrisa.

«Y puede que no conozcas a Qaydar, el Archimago», prosiguió Gaedalu, «pero no me cabe duda de que has oído hablar de él».

Karale tardó un poco en reaccionar.

–Sí, claro... Cómo no –recordaba muy bien los sermones de la Madre acerca de confiar en los magos, y especialmente en los magos poderosos, pero se recuperó de su estupor y logró balbucir–: Es un honor.

«Venimos para hacer una consulta en la Sala de los Oyentes», dijo Gaedalu.

Karale palideció.

–Pero, Madre, ¡no podéis estar hablando en serio! Sabéis que esa sala ha sido clausurada. Estamos en vías de derruir la cúpula porque, por más que hemos tratado de insonorizarla, el ruido es cada vez más intenso, y no nos permite...

«Aun así, entraremos, hermana», cortó Gaedalu, inflexible. «El Archimago se encargará de proteger nuestros oídos convenientemente».

Karale logró murmurar un asentimiento y los escoltó a través de los pasillos. El Oráculo se había recuperado bastante bien del embate de las aguas. Las sacerdotisas se habían esmerado mucho en reconstruir las partes más dañadas, y aunque todavía se veían algunos desperfectos aquí y allá, aquel lugar volvía a ser un hogar.

En otros tiempos, Gaedalu se habría sentido orgullosa de su comunidad de sacerdotisas y de todo lo que habían trabajado. Pero en aquel momento, apenas se percató de todo ello. Solo tenía una cosa en mente.

«Hermana», dijo cuando ya enfilaban por el corredor que los conduciría a la Sala de los Oyentes, «ve a buscar a la pequeña Ankira. Hoy, más que nunca, vamos a necesitar del sagrado don que los dioses le concedieron».

Zaisei seguía sin ver.

Como el castillo volvía a ser habitable, la habían trasladado a una de las habitaciones superiores, junto a otras personas afectadas por la luz de Irial. La mayoría se iba recuperando lentamente, pero ella no; sus ojos habían quedado demasiado dañados.

El tornado se había alejado hacia el sur y el globo de oscuridad volvía a proteger la ciudad. Los refugiados del sótano se atrevieron, uno tras otro, a abandonar su escondite y a regresar a sus casas o a sus estancias, en el caso de aquellos que estaban alojados en el castillo. El Padre Venerable, no obstante, se había quedado con Zaisei y los demás.

Habían tratado de explicarles lo que había sucedido, pero no podían entenderlo y, por tanto, no podían aceptarlo. Zaisei era la única que permanecía en silencio, con los ojos cerrados, aguardando.

Ha-Din sabía que estaba esperando a Shail.

No era el único que había desaparecido durante aquellos caóticos momentos. Covan había buscado a Alsan por todo el castillo, pero no había ni rastro de él. Tampoco aparecían Jack, Victoria, Qaydar ni Gaedalu.

—El mago dijo que Jack había descendido a los túneles subterráneos —le dijo a Ha-Din cuando regresó para informarlo—, pero los demás no estaban con él. Espero de corazón que el tornado no se los haya llevado.

El celeste entornó los ojos.

—Yo me inclino más bien a pensar que se han ido por voluntad propia.

–¿Ido? –repitió Covan–. Pero ¿adónde?

Ha-Din no tuvo ocasión de responder. En aquel momento, entraron a decirle que un recién llegado preguntaba por el rey Alsan. El maestro de armas se despidió de Ha-Din con una inclinación de cabeza y salió apresuradamente de la habitación.

El visitante lo aguardaba en el patio. Era un joven alto y decidido que se erguía junto a un dragón artificial.

–Me envían Denyal y Tanawe para hablar con el rey –proclamó.

–El rey no puede recibirte: no se encuentra en el castillo en estos momentos, y no sabemos cuándo volverá.

Al escuchar estas palabras, todo el aplomo del piloto pareció desmoronarse.

–Pero ¿cómo? –se desesperó–. ¡Hoy era el día! No podemos esperar más. Yo tendría que haber llegado aquí hace horas, pero el tornado me obligó a refugiarme en las montañas. El mensaje...

–¿El tornado? –cortó Covan–. ¿Y qué hay de la luz?

–Tanawe le aplicó al dragón un hechizo de oscuridad antes de partir. Pero escuchad, caballero: eso no es lo más importante ahora. Ayer llegaron a Thalis los hechiceros prometidos por Qaydar. Hace tres días regresó también uno de los pilotos enviados a Kash-Tar, con el último ingrediente que precisaba Tanawe para completar los dragones. Ahora, la flota está lista para partir. Los ejércitos de Nanetten, Dingra y Raheld nos aguardan también. Necesitamos con urgencia una respuesta del rey Alsan.

Covan reflexionó. Sabía que el ataque a los Picos de Fuego era inminente, y que Alsan lo había dejado todo cuidadosamente planeado. Se preguntó si estaría autorizado a tomar aquel tipo de decisiones en su nombre.

«Sé lo que diría él», pensó de pronto. «Llevaba mucho tiempo planeando esto. Si regresa pronto, estará satisfecho de ver que todo marcha según lo previsto, y si tarda en volver... bien, el reino no puede estar sin una mano que lo guíe en estos momentos tan difíciles». Shail tenía razón. Él era el otro candidato al trono, el que debía sustituir a Alsan en su ausencia.

–Di a Denyal que ordene la partida de la flota –dijo por fin–. Los ejércitos de Vanissar partirán de inmediato. Nos veremos en los Picos de Fuego.

El joven piloto inclinó la cabeza y subió de nuevo a su dragón. Momentos después, sobrevolaba los tejados de Vanis, rumbo a Thalis.

–¡No quiero volver a entrar! –chillaba Ankira, tratando de aferrarse a los marcos de las puertas, mientras Alsan la arrastraba hacia la sala de los Oyentes–. ¡No quiero!

La última palabra que pronunció terminó en un aullido de terror cuando Alsan consiguió que se soltara y se la echó al hombro, a pesar de sus lloros y pataleos. La hermana Karale observaba la escena, angustiada.

–¿Es necesario todo esto, Madre?

«Absolutamente», respondió Gaedalu. «También yo preferiría no tener que recurrir a una niña, pero las otras dos Oyentes no están en condiciones de ayudarnos. Y necesitamos a Ankira, hermana. El mundo entero la necesita ahora mismo».

Ankira lloraba mientras Alsan la llevaba hacia la terrorífica Sala de los Oyentes. Suplicó entre lágrimas que la dejaran marchar; pidió ayuda a la hermana Karale, pero esta no pudo hacer otra cosa que quedarse pegada a la pared, mirando impotente, maldiciéndose por su cobardía.

Vio que el Archimago aplicaba sobre los cuatro un conjuro para proteger sus oídos, pero eso no le hizo sentirse mejor. Se quedó mirando cómo retiraban los colchones, las mantas y los almohadones que protegían la puerta de la sala, hasta que el ruido fue tan ensordecedor, tan insoportable, que no tuvo más remedio que salir huyendo.

Los que se quedaron oían aquel sonido, pero mucho más amortiguado. Parecían voces, era cierto; pero no llegaban a entender lo que decían. Sonaba como un galimatías sin sentido, como el sonido de muchos susurros entremezclándose, susurros que retumbaban con la potencia de un huracán.

–Nos van a matar, nos van a matar –gemía Ankira.

«Son nuestros dioses, pequeña», dijo Gaedalu amablemente. «No harán daño a aquellos que confíen en ellos».

–¡Pero es que no saben que estamos aquí! –chilló ella, desesperada.

Nadie le hizo caso. Abrieron la puerta de la sala y entraron. Fue Qaydar el encargado de cerrarla tras ellos y bloquearla de nuevo con su magia para que no los molestaran.

–Necesitaré un poco de tiempo para preparar el conjuro –dijo.

«No nos queda mucho», replicó Gaedalu, «pero esperaremos».

Ankira, todavía en brazos de Alsan, gimió y enterró la cara en su ancho pecho. Y por un instante, el joven evocó el rostro de otra niña aterrada a quien él y Shail habían salvado de la muerte años atrás. Sacudió la cabeza, mientras una punzada de dolor atravesaba sus recuerdos. «Le fallé a Victoria», se dijo. «Le dije que la protegería de Kirtash y no lo he hecho. Él acabó por seducirla, se la llevó consigo, a pesar de que le juré que la defendería. No le planté cara y me la arrebató. No volverá a pasar».

–No temas, pequeña –le dijo a Ankira–. Eres una elegida de los dioses; ellos no permitirán que te pase nada malo... y yo tampoco.

Ella no respondió. Seguía temblando, muda de terror.

Shail se precipitó en el interior de la habitación.

–¡Zaisei! –exclamó.

Ella volvió hacia él sus ojos sin vida.

–¿Shail? –murmuró, pero no pudo añadir más, porque el mago la sofocó en un apretado abrazo.

–¿Qué... qué te ha pasado?

–La luz la deslumbró –dijo Ha-Din en voz baja–. No puede ver nada. Puede que recupere la visión en las próximas horas, pero...

Shail se separó un poco de la sacerdotisa, tomó su rostro con las manos y contempló sus ojos.

–Dioses –susurró, e inmediatamente se arrepintió de haber utilizado aquella expresión. Apretó los dientes con rabia.

Zaisei captó aquellos sentimientos.

–No... –murmuró.

Shail cortó:

–Sí, siento pena, siento rabia y siento ira, Zaisei. Sé que estas emociones turban la paz de mi espíritu, pero soy humano y no puedo evitarlo.

Se le quebró la voz. La estrechó otra vez entre sus brazos.

–Tal vez Victoria pueda hacer algo por ella –dijo la voz de Jack a sus espaldas.

El mago alzó la cabeza hacia él. Victoria no estaba allí, y recordó por qué: nada más llegar, había corrido a su habitación en busca del báculo. Esa idea lo devolvió a la realidad.

–No –decidió–. Vosotros id a detener a Alsan. Después, cuando todo haya terminado... si seguimos todos aquí... le pediré ayuda para Zaisei. Pero ahora tenéis que marcharos cuanto antes.

–¿Marcharnos? ¿No vas a venir con nosotros?

Shail negó con la cabeza, sin apartar la mirada de Zaisei.

–No soy un héroe, Jack. Mi lugar está aquí, junto a ella. Lo siento.

–No lo sientas –murmuró Jack–. Tú no tienes la obligación de salvar el mundo. Sé que suena a consejo egoísta, pero... aprovéchate de ello.

Shail asintió.

–Vete a buscar a Victoria –dijo–, y marchaos ya. No dejes que entre aquí, o querrá quedarse a curar a toda esta gente.

Jack se mordió el labio inferior.

–No creas que no me tienta la idea de dejarla aquí –reconoció–. En su estado...

–Pero sin ella no llegarás a tiempo al Oráculo, Jack.

Él lo miró sin entender.

–¡Vete! –lo apremió Shail, impaciente.

Jack abrió la boca, pero no dijo nada. Inspiró hondo, asintió y, tras despedirse con un gesto de Ha-Din, dio media vuelta y salió de la habitación.

Instantes después, volaba sobre el castillo, con Victoria montada sobre su lomo, rumbo a Gantadd.

Qaydar pronunciaba las palabras lenta y concienzudamente. En el centro del hexágono, Ankira sollozaba de puro terror. Un poco más apartados, Alsan y Gaedalu aguardaban en silencio. Cuando el hexágono, trazado con finas líneas de polvo dorado, se iluminó un breve instante, ambos cruzaron una mirada. Tanto Alsan, un caballero de Nurgon, como Gaedalu, una sacerdotisa, desconfiaban de la magia, pero ninguno de los dos detuvo a Qaydar, como tampoco lo habían detenido a la hora de invocar a Talmannon. Gaedalu esbozó una amarga sonrisa y, aunque no dijo nada, Alsan comprendió su significado, porque él estaba pensando lo mismo: la necesidad obliga a hacer extraños aliados.

El hexágono brilló con más intensidad, y Qaydar elevó el tono de su voz. Las palabras mágicas resonaron con fuerza en el interior de la burbuja que el propio Archimago había creado para aislarlos a todos del sonido atronador de la sala. Ankira gritó de miedo y se dejó caer de rodillas sobre el suelo, sujetándose la cabeza con las manos.

Qaydar pronunció las últimas palabras, dio un paso atrás y esperó.

Ankira gritó otra vez y sacudió la cabeza. Temblaba violentamente, pero no fue capaz de ponerse en pie y tratar de escapar del hexágono.

–¿Qué le está pasando? –preguntó Alsan, inquieto de pronto.

–Estoy abriendo sus sentidos –dijo Qaydar–, abriendo el canal de su mente que la comunica con los dioses, para que esa comunicación sea en ambas direcciones.

«¿Le duele?», preguntó Gaedalu.

–Posiblemente; pero pasará pronto.

Qaydar tenía razón. Tras un último alarido, que murió lentamente en sus labios, la niña alzó la cabeza y abrió los ojos de par en par.

Alsan tragó saliva. Los ojos de Ankira se habían vuelto completamente blancos, y su rostro moreno se había quedado tan frío e inexpresivo como el de una estatua de ébano.

–¿Ankira? –preguntó Alsan, inquieto, pero ella no respondió, ni dio muestras siquiera de haberle oído. Estaba en trance.

–¿Hay alguien... al otro lado? –preguntó Qaydar.

Ankira entreabrió los labios. Un extraño murmullo salió de su boca, como si varias voces hablasen al mismo tiempo. Pero todas aquellas identidades hablaban con la voz de Ankira.

El susurro se hizo un poco más audible, pero no mucho más inteligible.

–¿Hay alguien? –repitió Qaydar.

Por fin, Ankira habló en idhunaico. Y fue una voz extraña, porque parecía formada por seis voces diferentes que se trenzaban en un solo murmullo, pero todas hablaban con la voz de la niña:

–*Mortales* –dijo Ankira, con un tono carente de toda emoción–. *¿Qué queréis?*

–¡No llegaremos a tiempo! –gritó Jack, batiendo las alas con todas sus fuerzas.

Victoria no respondió inmediatamente. Estaba inquieta por Christian, que había partido hacia los Picos de Fuego para avisar a Gerde y a los sheks de las intenciones de Alsan. También él tardaría demasiado en llegar. Probablemente se toparía con algún dios por el camino y tendría que dar un rodeo. Pero lo que más le preocupaba era que, sin el anillo, había perdido aquel contacto tan tranquilizador que le permitía saber que, por muy lejos que estuviese, por muchos peligros que corriera, seguía estando a salvo.

—¡Victoria! —insistió Jack—. ¡Shail ha dicho que puedes hacer que lleguemos antes!

—Sí —respondió ella, volviendo a la realidad—. Puedo moverme con la luz. Pero no es muy seguro.

—¿Por qué? ¿Es algo así como la teletransportación?

—No; la teletransportación consiste en desaparecer en un sitio y aparecer en otro, y yo no puedo hacer eso. El único riesgo de la teletransportación es que aparezcas en un lugar inesperado, como en el interior de una pared o algo así; pero se soluciona visualizando con claridad el lugar al que quieres transportarte. Esto es diferente. Lo que yo puedo hacer consiste en moverme con la luz, y no puedo prever todos los obstáculos que encontraré en mi camino. ¿Cómo crees que sería estrellarse contra un pico montañoso a la velocidad de la luz?

Jack se lo imaginó, y se le pusieron las escamas de punta.

—Pero ¿lo has hecho alguna vez?

Victoria recordó cómo había acudido al rescate de Jack y de Christian, cuando Ashran los había capturado en la Torre de Drackwen.

—Sí, pero era una emergencia.

—¡Esto también lo es!

—Antes no estaba embarazada; ahora, sí.

Jack no dijo nada.

Victoria pensó en todo lo que Christian les había contado acerca de Gerde, de lo que había comprendido sobre los dioses, del plan de exilio de los sheks. Era un concepto tan diferente a todo lo que les habían enseñado que les había costado asimilarlo, y sabían que los demás tampoco lo aceptarían. Pero no podían correr el riesgo.

—No existen dioses creadores y dioses destructores —les había contado Christian, en la soledad de la cabaña semiderruida de Alis Lithban—, porque todos los dioses proceden del mismo caos creador, de una voluntad creadora y destructora al mismo tiempo. Porque el orden y el caos, la luz y la oscuridad, el día y la noche, son una sola cosa y no se pueden separar. Están en la esencia de todas las cosas y todas las criaturas.

—Pero los Seis lo hicieron —había objetado Jack—. Extrajeron de ellos esa parte destructora y la encerraron en una especie de cápsula indestructible.

—Y por eso el Séptimo fue oscuro, caótico y destructor al principio —asintió Christian—, y las primeras generaciones de hombres-serpiente fueron monstruos crueles y destructivos. Pero no se puede separar para siempre ambas esencias. Si los dioses se hubiesen liberado del caos, no destruirían las cosas a su paso. No habrían podido crear dragones capaces de odiar.

»Y si el Séptimo fuese solamente caos y destrucción –añadió–, jamás habría sido capaz de dar vida a una nueva especie.

–¿Quieres decir que, con el tiempo, la parte creadora y la parte destructora volvieron a equilibrarse en la esencia de cada dios? –dijo Victoria.

Habían reflexionado mucho sobre aquello. Jack lo había comparado con lo que sucede cuando se intenta separar los polos positivo y negativo de un imán: no se obtiene un polo positivo y un polo negativo, sino dos imanes diferentes, cada uno con ambas polaridades.

–Y lo irónico del caso –dijo Christian– es que los Seis no son conscientes de que esa parte destructiva ha vuelto a aflorar en ellos con el tiempo, no se dan cuenta de la destrucción que provocan a su paso. De la misma forma que el Séptimo no tenía conciencia de ser un dios creador.

–¿*Tenía*? –había repetido Victoria, mirándolo con una súbita sospecha. Christian se había limitado a sonreír.

–Jamás podrán destruir al Séptimo –dijo el shek–, porque, aunque lo consideren la parte sobrante de sí mismos, los desechos que arrojaron al mundo, en el fondo es un dios tan completo como los otros Seis. Saben que es indestructible y por eso lo encerraron. Y tratarán de volver a encerrarlo cuando lo encuentren. Después, privadas de la energía de su dios, las serpientes perderán fuerza y serán exterminadas. Todas ellas –añadió.

–Incluido tú, supongo –dijo Jack–. En tal caso, ahora entiendo por qué defiendes a Gerde con tanto interés.

–Incluido yo, o una parte de mí, al menos. Pero no hago esto solamente por mí. El Séptimo lleva milenios huyendo de los dioses, ocultándose en otras dimensiones o en cuerpos mortales; incluso dio vida a una raza destinada a plantar cara a los dragones creados para encontrarlo y destruir cada una de sus encarnaciones. Si es descubierto, si Gerde muere y la esencia del Séptimo sale a la luz... no se rendirá sin oponer resistencia. Los dioses no podrán destruirlo. Lucharán contra él hasta que logren encerrarlo de nuevo. No quedará gran cosa de nosotros cuando eso suceda, pero a los Seis no les importará. Son dioses creadores. Siempre pueden crear otro mundo, un mundo donde el Séptimo no exista. Y seguirán intentándolo una y otra vez, porque esa es su esencia, la esencia del universo: crear cosas y luego destruirlas para crear otras nuevas. Nosotros no nos damos cuenta porque nuestras vidas son tan breves para un dios que no somos capaces de abarcar la idea de que cada mundo no es más que un nuevo proyecto de uno o varios dioses. Intentan cuidarlos, pero nada puede permanecer inmóvil y estable mucho tiempo. Por eso, tarde o temprano, todos los mundos mueren. O son violentamente destruidos por el caos, o perecen tras marchitarse largo tiempo en un no-cambio que no les proporciona energía para evolucionar.

—Los dioses quisieron que el mundo permaneciera sin cambios —murmuró Victoria—, pero un mundo que no cambia es un mundo muerto. Por eso crearon a los unicornios: para que mantuviesen esa energía en movimiento, sin necesidad de que ellos tuviesen que seguir destruyendo y creando cosas.

—No fue suficiente, y se libraron del caos encerrándolo en una prisión que sepultaron en el mar. Pero no lograron acabar con él, y por eso, tiempo más tarde, crearon a los dragones, y el Séptimo dio vida a los sheks; los sheks eran el caos, la destrucción y el cambio; los dragones eran los guardianes del orden y de la creación de los Seis. Pero ahora, las cosas han cambiado. Los dragones fueron destruidos y el Séptimo y los sheks se hicieron con el poder, y no lo destruyeron todo, como se esperaba de ellos, sino que, en cierto sentido, mantuvieron estable la creación de los Seis, limitándose a gobernarla. ¿Entendéis lo que quiero decir?

—¿Y crees que también se limitarán a gobernar la Tierra, sin más? ¿Por eso los ayudas a escapar?

Christian sonrió. Fue una sonrisa con un punto pícaro que no solía ser propio de él.

—Ese era el plan principal —admitió—. Gerde sabía, gracias a los informes de Shizuko, lo difícil que le resultaría conquistar la Tierra, y estaba haciendo planes a largo plazo. Esos planes incluían el adiestramiento de una futura encarnación humana que le permitiera moverse por ese nuevo mundo sin llamar la atención, hasta que se asegurase de que la humanidad terrestre sucumbía a las serpientes y no había ninguna divinidad colérica que le negase la entrada en el panteón de la Tierra. Pero ese plan pasó a ser nuestro plan secundario cuando Gerde asumió que también podía ser una diosa creadora.

Jack y Victoria lo entendieron de golpe, y miraron a Christian, anonadados.

–Sí –confirmó él–. Es el proyecto más importante, el más grandioso que jamás hayan emprendido el Séptimo y sus criaturas. Pero si los Seis encuentran a Gerde, si descubren que ella es la identidad actual del Séptimo, todo se habrá terminado. Por eso hemos de darles tiempo. Por eso hay que proteger a Gerde. Si nosotros nos vamos, no habrá enfrentamiento y puede que Idhún sobreviva como mundo varias decenas de milenios más. Si nos quedamos y nos descubren, todo habrá terminado... para todos.

Las palabras de Christian flotaron aún un instante más en el recuerdo de Victoria. Apretó los dientes y gritó:

–¡Jack, remonta el vuelo y sube todo lo alto que puedas! –gritó–. ¡Viajaremos con la luz!

Jack volvió su largo cuello para mirarla un instante, pero asintió, con una larga sonrisa, y batió las alas, elevándose todavía más en el seno del firmamento idhunita.

–*Mortales* –dijo de nuevo Ankira–, *¿qué queréis?*

El tono de aquella voz, formada por seis voces entrelazadas, era frío e inhumano y, a la vez, tan profundo y aterrador que los hizo caer de rodillas ante la niña, muertos de miedo. Había algo estremecedor en aquellas voces, en los ojos de ella, en el mismo ambiente, algo tan grande, tan inconmensurable, que habrían enloquecido de terror si no hubiesen estado demasiado turbados como para pensar siquiera.

Al cabo de unos instantes de amedrentado silencio, Gaedalu se atrevió por fin a lanzar unas palabras telepáticas a la mente de Ankira, tan vasta e inmensa de pronto como un arroyo que se hubiese transformado en un océano en un solo instante.

«Divinos señores...», empezó, preguntándose si era ese el tratamiento adecuado para los dioses, «nos concedéis un gran honor al escuchar nuestras torpes palabras. Mi nombre...».

–*Mortales* –repitió Ankira–. *¿Qué buscáis?*

De nuevo, la voz los hizo encogerse de terror. Gaedalu decidió saltarse las formalidades para no impacientarlos, aunque las voces divinas no habían sonado en absoluto impacientes, sino más bien indiferentes.

«Divinos señores», osó susurrar, «hemos tenido el atrevimiento de invocaros para revelar la identidad de la última encarnación del Séptimo dios».

–*Podéis permanecer tranquilos, mortales* –dijo Ankira–: *él y sus criaturas pronto serán erradicados de este mundo*

Aquello era una buena noticia, pensó Alsan, aliviado. Era reconfortante saber que por fin había alguien, más sabio y poderoso que él, que asumiría la responsabilidad de librar al mundo del Séptimo y sus serpientes. Sin embargo, no pudo evitar preguntarse cómo era posible que los dioses no supieran que estaban destruyendo el mundo que pretendían salvar. Se aclaró la voz, porque tenía la garganta seca, y tras varios intentos logró decir, con voz temblorosa:

–Divinos señores... no quisiera resultar irrespetuoso, pero desearía hacer notar que vuestro paso por nuestro mundo está causando... bastantes estragos. Si tuvierais a bien...

–*Estamos renovando la energía del mundo* –dijeron las voces, y sonaron, por un instante, con el tono de un padre paciente que explica algo muy complicado a un niño muy pequeño o muy corto de entendederas.

Alsan tenía el corazón desbocado de puro terror, y reprimió el impulso de dar media vuelta y salir corriendo, y otro, más preocupante, que lo instaba a suicidarse allí mismo por haber osado cuestionar a los dioses. Cerró un momento los ojos y trató de calmarse antes de atreverse a decir, con un hilo de voz:

–Pero... está muriendo gente...

–*Eso no tiene importancia. Muere y nace gente nueva. Lo hacen constantemente. Llevan haciéndolo desde que el mundo fue creado. Ya nadie se acuerda de la gente que nació y murió durante la primera generación de mortales. Esta generación no es más importante que las anteriores.*

Alsan no supo qué decir. Tenía la mente completamente en blanco.

«El Séptimo», intervino Gaedalu hablando muy deprisa, «habita entre nosotros y perturba nuestra existencia, dedicada a la gloria y exaltación de vuestras Seis divinidades. Su nombre ahora es Gerde. Es una feérica».

Se había repetido aquellas palabras muchas veces para sí misma, reuniendo valor para atreverse a transmitirlas a la mente de Ankira; y, cuando lo hizo, envió aquellos pensamientos de golpe, aterrorizada por su propia osadía y, a la vez, aliviada por quitárselos de encima.

Los dioses permanecieron mudos. Alsan pensó que no les había gustado que les insinuaran que debían acabar con el Séptimo, y trató de aliviar un poco aquella impresión.

–Podemos... podemos hacerlo nosotros, los mortales –tartamudeó–. Podríamos seguir luchando sin necesidad de molestar a sus divinidades. Si regresasen los dragones –añadió en voz más baja–, podríamos encargarnos de derrotar a Gerde y a los sheks, y exterminarlos a todos.

–Y si volviesen los unicornios –logró añadir Qaydar, temblando y sin atreverse a mirar a Ankira a los ojos–, la Orden Mágica recuperaría su antiguo esplendor... y los hechiceros dedicaríamos nuestra vida y nuestra magia a luchar contra las serpientes.

«... para mayor gloria de los Seis», se apresuró a aclarar Gaedalu, escandalizada ante tantas peticiones.

–*Cuando atrapemos al ser que vosotros llamáis el Séptimo* –dijo Ankira, con su susurro de seis voces entrelazadas–, *todas las serpientes sucumbirán con él y ya no serán necesarios los dragones. Tampoco son necesarios ya los unicornios* –añadió–, *porque hemos recargado el mundo de energía con nuestro paso. Hasta dentro de muchas generaciones, no volverá a marchitarse de nuevo.*

Qaydar palideció.

–Pero la Orden Mágica... –susurró; calló inmediatamente, sin osar continuar, temeroso de la ira de los Seis.

Los dioses no se enfadaron. Parecía como si nada de lo que ellos pudieran hacer o decir, comprendió Alsan de pronto, pudiera molestarlos ni agradarlos, ni tan siquiera interesarles.

–*Todo eso no tiene importancia* –respondieron las voces–. *Los mortales nacen, viven y mueren; las estructuras, las ciudades, las organizaciones, también. Hace tiempo que perdimos el interés por las vidas de las personas y por todas las cosas que hacen. Apenas duran lo que el parpadeo de una estrella.*

Los tres se quedaron atónitos, sin saber qué decir. También los dioses permanecieron callados, hasta que Gaedalu susurró en la mente de Ankira:

«Os lo ruego, no castiguéis nuestra estupidez con vuestro silencio... si os hemos importunado...».

–*Estamos buscando a la mortal llamada Gerde* –dijeron las seis voces a través de la boca de la niña, con un timbre monótono y absolutamente impersonal. Entre líneas, Alsan creyó entender que los dioses no estaban castigando a Gaedalu con su indiferencia; la indiferencia ya estaba ahí, y los dioses nunca se molestarían en castigar a los mortales, porque nada de lo que estos pudieran hacer podría llegar a molestarlos ni a afectarlos lo más mínimo.

–Si no es... muy osado por mi parte –vaciló Qaydar–, siento curiosidad por saber... cómo pensáis encontrarla.

–Todos los mortales llevan su nombre escrito en su conciencia. Son un confuso caos de nombres y de voces y de rostros, tan parecidos unos a otros, tan pequeños e insignificantes que son difíciles de distinguir. Pero, conociendo su nombre, podemos encontrar su conciencia entre millones de conciencias similares, y de esta manera, encontrarla a ella.

No dijeron nada más, y los tres mortales no se atrevieron a seguir preguntando. De pronto, los ojos completamente blancos de Ankira relucieron de un modo extraño.

–Eso es –susurraron las seis voces.

Qaydar se removió, inquieto.

–¿Ya... ya la habéis encontrado? –tartamudeó.

El rostro de la niña seguía sin expresar la más mínima emoción y, no obstante, las voces sonaron siniestras y aterradoras cuando dijo:

–Sí.

Gerde se estremeció de pies a cabeza y miró a su alrededor, aterrorizada, como si varios pares de ojos hostiles se hubiesen clavado en ella desde las sombras.

–No –murmuró–. No, aún no... Aún es demasiado pronto.

Se dio la vuelta con brusquedad. Tras ella, en el desfiladero, aguardaban docenas de szish, perfectamente alineados. Aguardaban con estoicismo, sin una sola queja. Gerde se sintió orgullosa de ellos.

Sabía que la formación llegaba mucho más allá, y que a cada momento se le unían más y más szish. Todos preparados para el gran salto. Todos dispuestos a emigrar a un nuevo mundo.

Gerde paseó la mirada por aquella multitud. Había también mujeres y niños. Los habían dejado pasar primero y, aun así, el desfiladero era casi una tumba. Cuando lloraban, los bebés szish lo hacían muy bajito. No les era necesario alzar la voz para que el fino oído de sus madres detectara su llanto.

Gerde suspiró para sus adentros. La Puerta interdimensional estaba allí, reluciente, aguardando a ser traspasada. Todavía no estaban todos los problemas solucionados. Todavía había aristas que limar. Pero no podían esperar más.

Alzó la cabeza hacia Eissesh, que aguardaba, muy quieto, a su lado.

–Me han encontrado –dijo.

La serpiente entornó los ojos, pero no dijo nada.

–Tardarán un poco en llegar hasta aquí, porque por este mundo se desplazan muy despacio –prosiguió Gerde–. Quizá tengamos tiempo de evacuar a todos los szish, pero vosotros...

No terminó de hablar porque no era necesario. Eissesh sabía que la Puerta interdimensional era aún demasiado pequeña como para permitir el paso de muchos sheks a la vez. Requeriría un poco más de tiempo abrir un orificio más grande y, además, tampoco debían apresurarse. La Puerta debía ensancharse en el último momento. El tejido entre ambas realidades no debía mantener un orificio tan grande durante tanto tiempo, porque ello podría inestabilizar los dos mundos.

«Entonces, no hay tiempo que perder», dijo Eissesh.

Se volvió hacia los szish y les transmitió, a todos ellos, una breve orden telepática. Pareció que los primeros dudaban solo una fracción de segundo. Entonces, lentamente, se pusieron en marcha.

Assher, de pie junto a Gerde, los contempló en silencio. Descubrió un rostro familiar: el de una joven hembra szish a la que un día había dejado caer en una trampa de barro. Recordó su nombre: Sassia.

Ella también lo miró, pero no dijo nada. Simplemente, giró de nuevo la cabeza hacia el frente y siguió caminando. Assher no la detuvo ni trató de hablarle. Después de todo, no tenían nada que decirse.

Cuando los primeros hombres-serpiente cruzaron la Puerta interdimensional de camino a un nuevo mundo, Gerde tuvo la impresión de que ya no había vuelta atrás.

Se sintió inquieta, pero a la vez exultante y extrañamente triste.

Gaedalu lloraba.

Grandes lágrimas caían de sus enormes ojos acuosos mientras sostenía entre sus brazos el cuerpo de la pequeña Ankira. Su piel se estaba resecando por momentos, pero no le importaba.

Los dioses se habían retirado de la mente de la niña nada más localizar a Gerde, y ella se había deslizado hasta el suelo, inerte, como una hoja de otoño. Sus ojos seguían estando en blanco. Su corazón todavía latía, pero lo hacía con esfuerzo, como si no creyera que valiese la pena continuar haciéndolo. Habían tratado de reanimarla, pero era inútil.

También ellos estaban muertos de cansancio. Fue como si, una vez que los dioses dejaron de prestarles atención, se hubiesen llevado consigo toda la energía que los mantenía en pie. Qaydar estaba sentado sobre el suelo, con los hombros hundidos y la mirada baja, como un anciano que se hubiese cansado de vivir. Alsan había hundido el rostro entre las manos y sollozaba sin saber por qué.

Sobre sus cabezas, aún protegidas por el hechizo del Archimago, las voces de los dioses seguían retumbando en aquel susurro incomprensible, señal de que seguían estando en aquel mundo, en alguna parte... pero ya no hablaban con ellos ni tenían la menor intención de seguir escuchándolos.

Fue así como los encontraron Jack y Victoria cuando se precipitaron en el interior de la Sala de los Oyentes, momentos más tarde. Victoria se detuvo de golpe y se tapó los oídos con un gemido, pero Jack tiró de ella hasta llevarla al interior de la campana protectora.

Alsan no alzó la cabeza siquiera. Jack lo agarró por la ropa y le hizo volverse hacia él, con violencia. Después, cerró el puño y descargó un golpe en su mandíbula, con todas sus fuerzas.

—Esto por haberle puesto las manos encima a Victoria y a mi hijo —le echó en cara, irritado.

Iba a pegarle de nuevo, pero Victoria lo detuvo.

—¡No tenemos tiempo para esto, Jack!

El joven se contuvo a duras penas.

—Hablaremos de esto —le prometió—. No creas que voy a dejar las cosas así.

Alsan no respondió. Se había llevado la mano a la cara, al lugar donde Jack le había golpeado. Sin duda le había dolido, pero no parecía importarle. Alzó la cabeza hacia ellos, con la mirada perdida. Jack lo sacudió sin contemplaciones.

—¡Escúchame! ¿Lo habéis hecho? ¿Les habéis dicho a los dioses dónde está el Séptimo dios?

Alsan asintió, con cierto esfuerzo. Jack dejó escapar una maldición.

—¡Eres un inconsciente! —le recriminó—. ¿Tienes idea de lo que has hecho? ¡Si destruyen a Gerde, liberarán al Séptimo y la batalla entre ellos será tan feroz que acabará con todos nosotros!

Alsan lo miró, pero no respondió. Jack lo zarandeó de nuevo.

—¡Lo has estropeado todo! —le gritó—. ¡Los planes de Gerde, el exilio de los sheks, todo! ¡Habían encontrado un nuevo mundo, un mundo vacío, para marcharse y dejarnos en paz de una vez por todas! Gerde ha pasado meses tratando de hacerlo habitable. ¿Por qué no has sido capaz de entender que la única forma de ganar esta guerra consistía en dejar escapar al enemigo? ¡Si los dioses se enfrentan, seremos los mortales quienes perderemos, en uno y en otro bando! ¿Por qué no lo entiendes?

–Lo entiendo –dijo entonces Alsan en voz baja–. Lo entiendo.

Jack lo soltó y lo miró, un poco confuso.

–Lo entiendo –murmuró Alsan–. Los dioses tienen sus propios planes para el mundo. Nosotros formamos parte de ese mundo, pero no lo somos todo. Para ellos no somos tan importantes. Les da igual lo que hagamos o lo que digamos. Sus planes son demasiado grandes y llevan desarrollándolos desde el principio de los tiempos. En comparación con la grandeza y la inmensidad de sus proyectos, las vidas de los mortales no significan gran cosa. Lo he entendido.

Jack no supo qué decir. Comprendió que el haberse enfrentado a los dioses, cara a cara, le había abierto los ojos... quizá demasiado tarde.

–¿Qué... qué puedo hacer? –murmuró Alsan, y por primera vez en su vida, Jack lo vio perdido y confuso. No encontró palabras para responderle.

Victoria, por su parte, había tomado a Ankira en sus brazos y trataba de curarla con su magia. Pronto, el rostro de la niña se relajó, y sus ojos se cerraron. Momentos después, profirió un chillido de terror y volvió a abrirlos, sobresaltada. Gaedalu respiró, aliviada, al ver que volvían a tener la misma apariencia de siempre.

Ankira se echó a llorar, y Victoria la abrazó para consolarla. Ninguna de las dos habló. No fue necesario.

Entonces, Victoria alzó la cabeza y miró a los ojos a Gaedalu, muy seria. Y, lentamente, extendió la mano hacia ella. La varu la contempló con la mirada perdida, como si no estuviese viéndola realmente. Después, bajó la cabeza. Buscó entre los pliegues de su túnica y sacó una pequeña cajita con una gema negra incrustada en la tapa. Tras una breve vacilación, la depositó en la palma abierta de Victoria. Ella tomó la caja, la abrió y sacó de su interior el Ojo de la Serpiente. Cuando lo deslizó de nuevo en su dedo y percibió que la presencia de Christian volvía a tantear suavemente su conciencia, no pudo evitar cerrar los ojos, con un suspiro de alivio.

Jack se puso en pie.

–Me voy –anunció.

Alsan reaccionó.

–¿Adónde?

–Con Kirtash. Sí –asintió, al ver su expresión interrogante–, jamás pensé que diría esto, porque odio profundamente a Gerde, pero tengo que cubrirle la retirada. A ella y a lo que queda de la raza shek –añadió, sombrío.

Victoria apartó con suavidad a la temblorosa Ankira y se incorporó con cierto esfuerzo, apoyándose en el báculo.

–Yo también. Y no vas a convencerme para que me quede atrás –añadió, antes de que Jack abriese la boca–. Voy a ir contigo y con Christian.

–Pero ¿cómo vais a llegar a los Picos de Fuego a tiempo? –murmuró Alsan, desconcertado.

–Los dioses se mueven despacio –dijo Jack– porque para ellos el tiempo no significa lo mismo que para nosotros. Al fin y al cabo, son eternos y no tienen prisa –añadió con una breve sonrisa–. Con un poco de suerte, los adelantaremos antes de que logren llegar hasta Gerde.

Alsan asintió. Se levantó y, con un gesto enérgico, se arrancó el brazalete que llevaba y lo arrojó al suelo. Gaedalu lo vio caer ante ella, pero no reaccionó.

–Os acompañaré –dijo con aplomo–. No creo que sirva para nada, pero si puedo ayudar en algo para enmendar mi error, lo haré. Os lo debo... y a ti especialmente –añadió mirando a Victoria.

Ella inclinó la cabeza, pero no dijo nada.

Jack miró a Qaydar y Gaedalu, pero ninguno de los dos dijo nada ni hizo el menor gesto. Estaban demasiado conmocionados todavía, y el joven entendió que tardarían mucho tiempo en asimilar la experiencia que habían vivido. Se volvió hacia Alsan. También él estaba pálido y temblaba todavía, pero se esforzaba en mantener una expresión resuelta.

–Bien –dijo Jack asintiendo–. Entonces, no hay tiempo que perder.

Ankira no quiso quedarse allí. Cuando Jack, Victoria y Alsan salieron de la Sala de los Oyentes, deprisa, la niña iba prendida de la mano de Victoria.

Los dioses se estaban desplazando.

Los Seis a la vez comenzaron a moverse, sin prisa, hacia el lugar donde habían detectado la presencia de Gerde.

Antes, para ellos Gerde no había sido Gerde. Solo era una partícula más de aquella masa de criaturas vivas que habitaban el mundo. Vivían y morían demasiado deprisa como para que los Seis llegaran a conocerlas a todas ellas. Incluso las razas más longevas, como feéricos o gigantes, no eran para ellos más que breves existencias que se apagaban con la facilidad de una vela al viento.

Cada vez que miraban al mundo había nuevas criaturas, todas ellas pequeñas e insulsas, todas ellas parecidas. Los únicos seres que habían llegado a llamar su atención, por su complejidad y su capacidad para alterar el mundo que ellos habían creado, eran los unicornios, los dragones y los sheks. Algunos de los hechiceros más poderosos habían logrado atraer su interés en alguna ocasión, y de este modo habían descubierto a Ashran tiempo atrás, y al individualizarlo, al estudiarlo separado del resto, habían hallado al Séptimo agazapado en su alma. Por supuesto, habían ordenado a los dragones y los unicornios que se ocupasen de él, pero el Séptimo los había exterminado a casi todos. Y los Seis habían centrado su atención en los únicos supervivientes.

Una vez destruido Ashran, la encarnación mortal del Séptimo, este se había mostrado claramente ante ellos. Los dioses sabían que ni todos los dragones y los unicornios juntos lograrían vencer al Séptimo dios. Y habían decidido intervenir. Pero entonces, él se había ocultado otra vez, de nuevo un mortal anónimo entre toda aquella masa de mortales que nacían, vivían y morían.

Ahora, por fin, la nueva encarnación del Séptimo había dejado de ser un mortal anónimo. Se llamaba Gerde. Los dioses habían sabido dónde buscar en esta ocasión, y la habían encontrado.

Y acudían a ella.

Desde los océanos del sur, Neliam avanzaba alterando las aguas a su paso, provocando una nueva marea, tan brutal como no se había visto jamás en Idhún, una marea que llegó a sumergir completamente las islas Riv-Arneth, que no regresaron a la superficie hasta varias horas después. Las olas que la diosa producía a su paso se estrellaban contra las costas de Awinor, batiendo las montañas y filtrándose por los desfiladeros, arrastrando a su paso los mudos esqueletos de los dragones. Las tierras pantanosas de Raden quedaron completamente sepultadas bajo las aguas. La ciudad de Sarel desapareció bajo el mar.

Lenta, muy lentamente, Neliam se deslizó río arriba, hacia el mar de Raden, provocando crecidas y desbordamientos. Pero los habitantes de Kosh, la ciudad que se erguía junto a aquel pequeño mar interior, estaban demasiado ocupados peleando en su guerra como para darse cuenta de lo que se les acercaba.

Karevan había estado haciendo rugir a las rocas de la Cordillera de Nandelt; pero ahora avanzaba lentamente hacia el sur, en línea recta. Abandonó las montañas y se internó en la llanura de Nangal, estremeciendo la roca a su paso, abriendo simas y quebradas y provocando erupciones de piedra que se transformaban, lentamente, en una nueva cordillera. Los sheks más rezagados lo vieron venir, y los supervivientes a la Batalla de los Siete jamás olvidaron el día en que las montañas brotaron del suelo y crecieron, igual que árboles, en la llana tierra de Nangal.

Wina seguía desplazándose hacia el sur; había sentido deseos de pasearse por Derbhad, pero los Picos de Fuego le cortaban el paso. De modo que viajaba en dirección a Raden, expandiendo el bosque de Alis Lithban hacia tierras más meridionales, buscando rodear las montañas y atravesar el sur de Kash-Tar, o tal vez Awinor, si encontraba un resquicio de tierra por el que deslizarse, una franja en la que el suelo no estuviese formado de dura roca, para extender por ella su verde manto de vida. Pero ahora que tenía un objetivo más concreto, dio la vuelta y volvió a recorrer, una vez más, el bosque de Alis Lithban, en dirección al norte. Era la diosa más cercana a la Sima y, por tanto, la que primero llegaría, aunque probablemente no podría llegar a acercarse al Séptimo dios, que se había encerrado en un desfiladero rodeado de roca.

Yohavir se había manifestado en Vanissar, pero había empezado a deslizarse hacia el sur de nuevo, porque Celestia lo atraía como un imán. Destrozó aldeas y cultivos a su paso por Nandelt, y apenas hubo de desviar su rumbo cuando tuvo noticia de la nueva identidad del Séptimo. Arrancó tejados y se llevó carros, animales y algunas personas en las ciudades de Les y Kes, donde también produjo un fuerte oleaje en el río, que se abatió contra las murallas de ambas poblaciones y por poco echó abajo el puente; después, con su habitual despreocupación y ligereza, siguió avanzando hacia el sur, sin percatarse de que todo un ejército lo seguía a una prudente distancia, y de que sus líderes se preguntaban cómo era posible que aquel extraño tornado llevase exactamente la misma dirección que ellos.

Aldun no era un dios que se caracterizase, precisamente, por su gran movilidad. Probablemente era el más destructivo de todos, y por eso su manifestación era la más pequeña en cuanto a tamaño. Aldun solía compactarse todo lo que podía cuando descendía al mundo físico. Expandido al máximo, podía llegar a alcanzar el tamaño de uno de los soles gemelos. Pero ello habría fundido instantáneamente todo Idhún, de modo que Aldun tendía a mostrarse mucho más pequeño de lo que realmente era. Se había limitado a ir de un lado a otro del desierto de Kash-Tar, porque mucho tiempo atrás había acordado con Wina cuáles serían los límites de su espacio de influencia. Aldun podía destruir toda la vida de Idhún si no tenía cuidado, y un mundo muerto es un fracaso para cualquier dios. Pero el Séptimo estaba demasiado cerca como para quedarse allí, simplemente, esperando, por lo que Aldun se dirigió hacia el norte, desde las estribaciones de los montes de Awinor, adonde se había retirado en espera de noticias. Tenía la vaga impresión de que por allí cerca había un gran número de mortales, y de hecho hacía poco que había percibido algo que había atraído su interés, una manifestación del poder del Séptimo. De modo que prestó un poco más de atención y descubrió criaturas frías entre ellos: serpientes.

Debido a su naturaleza ígnea, Aldun era, de los Seis, al que más disgustaba la simple existencia de los sheks, y por ello había participado tan activamente en la creación de los dragones. Pero aquel sentimiento, un leve disgusto de un dios (los sheks eran seres formidables, pero demasiado insignificantes, en comparación con los dioses, como para que estos pudiesen llegar a tomárselos realmente en serio), se transformó, en los pequeños cuerpos de los dragones, en un odio intenso y visceral.

En realidad, Aldun era demasiado grande e inabarcable como para tener verdaderos deseos de abrasar a todos aquellos pequeños sheks. Pero los encontró de camino y, aun sabiendo que estaban allí, no se desvió.

Irial también se había manifestado en Vanissar. Desde allí, nada más llegar, había llamado a Yohavir, el último rezagado, y este había aparecido no muy lejos, justo encima de la capital.

Irial, en realidad, había estado vagando por los confines de Vanissar, cerca de las montañas. Pero su luz era tan intensa que había llegado a cubrir todo el reino. Cuando empezó a desplazarse, se contrajo un poco, reduciendo su zona de influencia. Siguió la misma trayectoria que Yohavir, en línea recta, pero más al oeste, de modo que atravesó Shur-Ikail de parte a parte.

Nadie había advertido a los bárbaros y, aunque trataron de huir, en las amplias praderas de Shur-Ikail no había realmente muchos sitios para esconderse. Dio la casualidad de que dos de los clanes acampaban en aquellos momentos en distintos puntos de las estribaciones de la cordillera, y pudieron correr a refugiarse en las profundas cuevas y grietas que las montañas les ofrecían. La inmensa mayoría de los demás perdieron la vista ante la cegadora luz de Irial.

Los Seis se desplazaban, y lo hacían lentamente, sin prisa pero sin pausa, provocando el caos a su paso. Cuando encontraran al Séptimo y lo obligaran a deshacerse de su envoltura carnal, el choque sería mucho más brutal. Los dioses no saldrían malparados porque los dioses eran inmortales e invulnerables. Los dioses eran eternos.

Pero los mortales, no.

Al caer el tercero de los tres soles, Christian llegó volando al desfiladero donde se abría la Puerta interdimensional. Los sheks le enseñaron los colmillos, con siseos amenazadores, cuando lo vieron planear sobre ellos en busca de un espacio para aterrizar, pero Gerde apenas le prestó atención. Cuando, recuperada ya su forma humana, Christian se acercó a ella, el hada no desvió la mirada de la Puerta interdimensional, por la que todavía cruzaban, uno a uno, docenas de szish.

—Los dioses pronto sabrán que estás aquí —dijo Christian; estaba agotado tras un vuelo precipitado y sin descansos, y no perdió tiempo ni energías con preámbulos innecesarios.

—Llegas tarde —repuso ella sin inmutarse—. Hace horas que lo saben. Y hace horas que yo sé que ellos lo saben.

—Entonces, ¿por qué seguís aquí? ¡He venido desde Vanissar, y Yohavir me pisaba los talones! ¡No tardará en llegar hasta aquí!

Por fin, Gerde apartó la mirada de los szish y se volvió hacia él. Los ojos de ella, de un gris plateado, como habían sido los de Ashran, se clavaron en los suyos y le hicieron estremecerse de terror.

—Veo que también has tenido un encuentro con Irial —comentó, aludiendo al velo de oscuridad que protegía los ojos del shek, y que había sido obra de Shail.

Christian le restó importancia con un gesto.

—No he llegado a toparme con ella. Estaba relativamente lejos de mí, pero la influencia de su luz es muy grande.

—Imagino que no habrá sido fácil volar a ciegas.

—No; pero no tenía alternativa. He venido a... —calló un momento, desconcertado. En realidad, no sabía por qué estaba allí. En principio había acudido para informarla de que corría peligro, pero ella ya lo sabía. Y Christian no podría protegerla de lo que se le venía encima. «¿Cubrirle la retirada?», preguntó de pronto. «¿Y cómo pretendo hacer eso?».

Gerde percibió su confusión y sonrió.

—Has venido a cruzar la Puerta con nosotros —dijo con suavidad—. Eres un shek, ¿no es cierto? —añadió, al ver el desconcierto de él—. ¿Creías acaso que podías hacer oídos sordos a la llamada de tu diosa? ¿Pensaste, siquiera por un instante, que podías desobedecerme?

—Pero... —balbuceó Christian, mientras una oleada de frío pánico se apoderaba de su cuerpo; no estaba acostumbrado a experimentar ese tipo de sensaciones, y no le gustó—. Pero no puedo irme con vosotros. Yo... quiero quedarme aquí... con Victoria... y con mi hijo...

La sonrisa de Gerde se hizo más amplia, y también más taimada.

—Sí —se limitó a responder—. Lo sé.

En las arenas del desierto de Kash-Tar, Sussh también había oído la llamada de su diosa.

No obstante, había otra cosa que lo llamaba, una voz tan poderosa como la del Séptimo: la voz del instinto.

Para proteger Kosh, Sussh había decidido que no aguardarían el ataque de los rebeldes yan, sino que acudirían a su encuentro. Sabía dónde se habían reunido todos, sabía que no estarían preparados aún, y mucho menos organizados. De modo que reunió a su gente, a los szish y a los sheks que todavía le eran leales, y que habían optado por quedarse con él en lugar de seguir a Gerde, y se había lanzado al ataque.

Percibió el miedo y el desconcierto de todos aquellos yan y humanos que se habían alzado contra él, y a los que acababa de sorprender antes de que estuviesen realmente listos para atacar. Supo que, si nada lo impedía, aquel día aplastaría por fin a los rebeldes de Kash-Tar.

Ambos ejércitos estaban a punto de chocar cuando Sussh recibió la llamada de Gerde.

En cualquier otra circunstancia, la habría obedecido sin rechistar y sin plantearse por qué lo hacía exactamente. Pero en aquel mismo momento, uno de los dragones artificiales arremetía contra él; el día anterior, su piloto lo había frotado vigorosamente con una pasta hecha de restos de dragón, similar a la que solía emplear Tanawe, y el artefacto apestaba tan profundamente a dragón que Sussh creyó morir de nostalgia, evocando aquellos tiempos pasados en que los sheks habían podido saciar su odio con dragones de verdad.

En cualquier otra circunstancia, Sussh habría huido de allí y habría seguido el mandato de su diosa, pero en aquel momento el instinto fue más fuerte, y lo ignoró.

De modo que los dos ejércitos luchaban con fiereza, gente del desierto contra soldados szish, dragones artificiales contra sheks de verdad, cuando llegó Aldun.

Al principio, solo sintieron un aumento de la temperatura, pero en el fragor de la batalla, entre espadas, lanzas, hondas, hachas y puñales, y bajo el fuego de los dragones, nadie le concedió importancia.

Kimara, sí.

Fue un presentimiento; tal vez, un sexto sentido. Estaba peleando espalda contra espalda junto a Goser. Había conseguido una espada corta y una daga, y las manejaba con mortífera rapidez. Entre salvajes gritos de guerra, hundía su filo en la carne escamosa de los szish, cercenaba miembros, traspasaba entrañas. Hacía tiempo que habían dejado de impresionarla aquellas carnicerías. Cuando luchaba se olvidaba de todo, dejaba escapar todo su odio, su ira, su miedo. Con cada golpe que descargaba, sentía que se liberaba de una parte de su rabia, pero a la vez perdía también una parte de su alma.

No le concedía demasiada importancia a esto. Admiraba a Goser, su arrojo temerario, su fuerza, su seguridad y, sobre todo, su poder para hacer que pasaran cosas. Kimara no era una persona capaz de esperar durante mucho tiempo a que las cosas pasaran por sí mismas, tenía que provocarlas ella. Y Goser era el tipo de persona capaz de aceptar y entender esto, porque él se sentía igual. Eran almas gemelas.

Ahora luchaban juntos, como lo habían hecho desde que se habían conocido, varios meses atrás. Kimara se dejaba llevar, corriendo riesgos, jugándose la vida irreflexivamente en cada batalla, un imparable huracán de fuego y acero que no se detendría hasta caer bajo las armas de sus enemigos, o hasta que el último enemigo cayese muerto a sus pies.

Pero en aquel momento, nunca supo muy bien por qué, después de hundir su espada en el corazón de un hombre-serpiente, se detuvo.

Fue apenas un instante. En medio de la locura, del fragor de la batalla, de los gritos y los alaridos y el olor a sangre, Kimara se detuvo, miró a su alrededor y tuvo un pensamiento extraño: «¿Qué estoy haciendo yo aquí?». Lo siguiente que pensó fue: «Hace mucho calor». Y este era un pensamiento todavía más extraño, puesto que Kimara era una hija del desierto y jamás hacía mucho calor para ella.

Una de las hachas de Goser descendió de pronto junto a ella, sobresaltándola, y fue a hundirse en el pecho de un szish que estaba a punto de atacarla. Contempló, un poco aturdida, cómo el poderoso yan arrancaba el hacha del cuerpo del szish, con cierta brutalidad, y oyó su voz, irritada:

–¿Quétepasa? ¡Prestamásatención! ¡Porpocotematanynosiempre podrécubrirtelasespaldas!

Avergonzada, Kimara alzó sus armas de nuevo y trató de centrarse. Pero una parte de sí misma le dijo que ella, en realidad, no quería estar allí.

–Hace... demasiado calor... –murmuró.

Volvía a estar distraída, y probablemente la habrían matado de no ser porque alguien dio la voz de alarma, un alarido de terror tan escalofriante que se elevó por encima de los gritos de guerra. Algunos lo escucharon y se detuvieron, confusos, y eso acarreó la muerte a más de uno. Pero pronto el miedo, como una enfermedad contagiosa, se desparramó por aquella masa caótica de guerreros hinchados de odio, y, uno tras otro, volvieron su mirada hacia el horizonte que habían estado ignorando, y por el cual asomaba un único sol que se aproximaba a ellos con estremecedora resolución.

Pronto, todo el mundo lo vio, y ya no pudieron seguir luchando. Se detuvieron, sobrecogidos. El miedo paralizó a muchos de ellos, y no fueron capaces de reaccionar. Otros lograron dar media vuelta y huir, despavoridos.

Kimara no se movió. No podía. A pesar de que cada vez hacía más calor, y gruesas gotas de sudor se deslizaban por todo su cuerpo, a pesar de que la piel le quemaba y los ojos le escocían, fue incapaz de desviar la mirada de aquella bola de fuego, contemplándola con fascinado terror.

Goser tampoco huyó. Pero no se quedó quieto, como Kimara, porque Goser era completamente incapaz de detenerse. De modo que siguió peleando, y sus hachas continuaron buscando enemigos, a pesar de que estos habían comenzado a huir, presas de un terror irracional.

El líder yan no era el único que continuaba luchando. En el cielo, los dragones artificiales trataban de batirse en retirada, pero los sheks no se lo permitían. Ignorando, inconsciente o deliberadamente, la mortífera esfera de fuego que se les acercaba, los sheks seguían peleando y hostigando a los dragones. Ellos, al igual que Goser, no podían dejar de luchar.

Sin embargo, querían huir, deseaban huir desesperadamente, porque nada en el mundo podía causarles tanto miedo como el fuego. El único shek que no quería escapar de allí, a pesar de todo el miedo que sentía, era Sussh. Y así, uno tras otro, sheks y dragones fueron liberándose de la inercia del combate y batiéndose en retirada. Sussh, no. Sussh continuó luchando, hostigando al dragón contra el que peleaba una y otra vez, impidiéndole huir, obligándolo a enfrentarse a él. Sussh sabía que aquella sería su última gran batalla, y quería morir luchando.

En ese momento, Kimara supo con total seguridad que no quería estar allí. Encontró fuerzas para moverse y gritó a Goser que debían marcharse. El yan no la escuchó.

Kimara trató de detenerlo tomándolo del brazo, pero Goser se desasió, alzó las hachas por encima de su cabeza y lanzó un salvaje grito de guerra. Después, bajó las armas y miró a Kimara.

La pelea había desprendido el paño que cubría su cabeza y su rostro, de modo que, cuando obsequió a la semiyan con una larga sonrisa, ella pudo ver perfectamente que aquel gesto no era más que una mueca siniestra, y que en sus ojos rojizos había un destello de locura.

Ninguno de los dos dijo nada. La temperatura seguía aumentando, se oían gritos de terror y lejanos alaridos agónicos: los que habían tenido la desgracia de quedarse más rezagados, habían sido alcanzados por el mortífero calor de aquella cosa. Sus pieles se quemaban como hojas de papel colocadas al sol bajo un vidrio.

Kimara y Goser estaban demasiado lejos como para contemplar aquel terrible espectáculo, pero los gritos llegaron hasta ellos con espantosa claridad. Kimara, con la mirada, le pidió a Goser que la acompañara. La sonrisa del yan se hizo más amplia. Después le dio la espalda y, con un nuevo grito de guerra, enarboló las hachas con violencia y cortó la cabeza de un szish que pasó corriendo por su lado, huyendo del calor.

Kimara, horrorizada de pronto, dio media vuelta y echó a correr, sin mirar atrás.

A sus espaldas, dos seres tan distintos como la noche y el día, dos criaturas con alma de guerrero, siguieron luchando, sin poder detenerse, hasta que el fuego los alcanzó.

El último szish cruzó por fin la Puerta interdimensional. Gerde respiró hondo.

—Ya están todos —dijo.

Eissesh la miró.

«¿Todos...?», repitió. «¿Y qué hay de la gente de Sussh?».

—No vendrán. Sussh ha caído en Kash-Tar.

Apenas un par de segundos después de que ella pronunciara estas palabras, Eissesh percibió, efectivamente, que la estrella de la conciencia de Sussh se apagaba en la constelación de la red telepática shek. Se sintió anonadado, pero no lo demostró. Se limitó a entornar los ojos.

Gerde se dio la vuelta. Vio a Assher mirándola. Llevaba a Saissh en brazos.

—Deja a la niña y cruza —ordenó Gerde.

Assher se mostró inquieto.

—¿Qué va a pasar con ella?

Gerde contempló a Saissh con cierta indiferencia.

—El lugar al que vamos no es un sitio adecuado para ella.

El szish la miró, confuso.

—Pero, mi señora... ¡la trajiste aquí para llevártela contigo!

—Para llevármela a la Tierra —puntualizó Gerde—. Pero no vamos a la Tierra, al fin y al cabo. Así que déjala y cruza la Puerta con los demás, Assher.

Assher tembló.

—No, mi señora, te lo ruego. Permíteme aguardar aquí contigo. Permíteme esperar hasta el último momento. Yo...

Las palabras murieron en sus labios. Bajó la mirada, turbado.

No pudo ver que Gerde le sonreía alentadoramente.

—Como quieras —dijo; se volvió entonces hacia Christian, que aguardaba, sombrío, un poco más lejos—. Ven —le ordenó.

El shek trató de resistirse, pero cuando quiso darse cuenta estaba junto a ella. Se sintió furioso, comprendiendo una vez más hasta qué punto no era más que un juguete en manos de su diosa.

Gerde se había situado ante la Puerta, con los brazos extendidos. Sus ojos relucieron un instante y, tras un breve estremecimiento, la abertura empezó a ensancharse lentamente.

Christian sintió de pronto un leve temblor de tierra bajo sus pies.

«Están llegando», pensó. Aquel pensamiento flotó un momento y se topó con uno similar. Cruzó una mirada con Eissesh. Nunca se habían llevado especialmente bien; el ex gobernador de Vanissar siempre había mostrado una fría indiferencia hacia el híbrido, como si de esa manera lograse olvidar que existía realmente. Pero en aquel momento, las mentes de ambos entrelazaron un mismo pensamiento.

«No quiero marcharme», se dijo Christian.

Aquella idea llegó también hasta Eissesh.

«Sussh tampoco quería marcharse», comentó solamente.

Christian no dijo nada más. Lo cierto era que no estaba muy seguro de lo que deseaba hacer.

Los sheks se marchaban. Todos ellos, o al menos, casi todos. En aquellos instantes, Umadhun estaba completamente vacío. Centenares de sheks sobrevolaban las inmediaciones o aguardaban en las oquedades y quebradas de los picos cercanos, esperando el momento de cruzar al mundo que los esperaba más allá de la Puerta, el mundo que Gerde había creado para ellos. Cuando se marcharan, Christian se quedaría vacío e irremediablemente solo. Y una parte de él ansiaba seguirlos, a pesar de que sabía que muchos de ellos lo matarían si tenían ocasión, a pesar de que la posibilidad de perder de vista a Gerde era lo que más le gustaba de todo aquel plan. Una parte de él se estremecía de terror ante la simple idea de estar tan insondablemente solo. De ser el último de su especie.

Pero, por otro lado, si se marchaba, probablemente jamás volvería a ver a Victoria, ni vería nacer a su hijo.

—No te esfuerces en tomar una decisión —dijo Gerde—. No tienes opción.

Había terminado de trabajar en la Puerta, que ahora flotaba ante ellos, mucho más amplia y alta que antes, lo bastante como para que un shek pudiera traspasarla con comodidad. Más allá no se veía otra cosa que un leve resplandor rojizo; por alguna razón, Gerde les velaba la visión de su futuro hogar.

Christian cerró los ojos, comprendiendo, de pronto, que en realidad deseaba quedarse en Idhún, aunque fuera la última serpiente del mundo de los tres soles. Sonrió con cierta amargura. Se lo debía a Gerde: ella haría lo posible por hacerle desgraciado, por lo que, si de verdad hubiese deseado marcharse, le habría obligado a quedarse.

—No te quedes ahí parado —dijo ella—. Necesito que la mantengas estable.

Christian vio que los bordes de la abertura tendían a contraerse de nuevo. Entendió lo que tenía que hacer. Se acercó a la puerta, alzó las manos y utilizó su poder para mantenerla abierta del todo. Gerde le dio la espalda para dirigirse a Eissesh.

—Es la hora —dijo.

El shek asintió. Transmitió la información a todos los sheks de Idhún, y pronto empezaron a planear sobre el desfiladero y a descender, uno a uno, hacia la Puerta interdimensional. Cuando el primero de los sheks la cruzó para adentrarse en aquel nuevo mundo desconocido, Christian sintió que una parte de su alma se iba con él.

Kimara se sintió asfixiada por la oleada de gente que huía, desesperada, hacia el corazón del desierto. A sus espaldas, los más rezagados habían estallado en llamas. La semiyan no quería mirar atrás, pero tenía ya la espalda cubierta de ampollas producidas por el intenso calor.

Se dejó arrastrar por aquella marea de gente, humanos, yan, szish, todos juntos, corriendo en una misma dirección... Kimara no pudo dejar de pensar que, después de todo lo que había pasado, después del odio, de aquellas sangrientas batallas... resultaba irónico que se hubiesen puesto todos de acuerdo con tanta rapidez.

De pronto, no quiso ser una más. Trató de cambiar de dirección para alejarse de todo el mundo, y avanzó a trompicones, abriéndose paso entre la aterrorizada multitud, desplazándose hacia uno de los flancos de la masa. Le costó un buen rato, muchos empujones y quedarse un poco más rezagada, recibiendo de nuevo una bofetada del ardiente calor de Aldun, pero logró escapar de la multitud y correr, sola, sobre la abrasadora arena del desierto.

Entonces tropezó y cayó cuan larga era. Gritó de dolor al sentir los granos de arena que se clavaban cruelmente en su maltratada piel, trató de levantarse, pero no pudo. Quiso llorar, y tampoco fue capaz. El calor había secado todas sus lágrimas.

Estaba ya a punto de sucumbir al fuego, cuando algo tapó la luz de aquel corazón de llamas, proporcionándole sombra durante un breve y glorioso instante. Parpadeando, Kimara alzó la cabeza y sintió que la esperanza renacía en su corazón.

Era un dragón.

Volaba en círculos sobre ella, y era evidente que la había visto y que estaba allí para ayudarla. Por un momento, creyó ver reflejos dorados en sus escamas; pero fue solo una ilusión óptica confundida por el recuerdo.

Porque el dragón era negro como el ébano, y Kimara solo pudo pensar, antes de que descendiera en picada sobre ella y la atrapara entre sus garras, que debía de ser un sueño, porque a aquellas alturas él ya debía de estar lejos, muy lejos de allí...

Apenas fue consciente de que el dragón se la llevaba, alejándola de la aterradora bola de fuego. Debió de perder el conocimiento, y por eso no se dio cuenta de que el dragón volaba hacia el oeste. No vio desde el aire la desoladora estampa de Kosh, que había sido inundada por las aguas, tras la súbita y espectacular crecida del mar de Raden. No despertó hasta que el dragón se posó, con suavidad, a las afueras de la ciudad, y la dejó caer en una charca de poca profundidad.

Eso la despertó inmediatamente. El agua estaba turbia, pero refrescó su piel y alivió el calor que sentía. Aún aturdida, se deslizó al fondo de la charca para mojarse hasta el cuello.

El dragón negro descansaba cerca de ella. La escotilla superior se abrió de golpe y de ella surgió Rando, que bajó hasta el suelo y acudió a su encuentro.

Kimara alzó la cabeza, todavía sin saber muy bien lo que estaba sucediendo. Se topó con los ojos bicolor del semibárbaro y detectó que estaban repletos de emoción.

—Menos mal que te he encontrado a tiempo —dijo Rando.

Kimara no pudo más. Un torrente de emociones inundó su pecho y, sin poder evitarlo, se echó a llorar. Rando la abrazó con cierta torpeza. La semiyan dejó caer la cabeza sobre su ancho pecho y siguió llorando, liberándose de todas las tensiones, calmando su miedo y su dolor. El contacto del semibárbaro le hacía daño porque tenía la piel quemada por el fuego de Aldun, pero no le importó. La sola presencia de Rando era ya un bálsamo que alivió todas las heridas de su alma.

De nuevo, el temblor de tierra, esta vez más intenso.

Karevan se acercaba. Christian contempló a los sheks que volaban en círculos sobre la Puerta interdimensional. Uno tras otro iban cruzándola, camino de un nuevo mundo; pero aunque el tránsito se estaba realizando de forma rápida y eficaz, seguían siendo muchos, y él se estaba cansando.

Gerde pareció leer sus pensamientos.

—Aparta de ahí, ya sigo yo —dijo, y se colocó a su lado para reforzar la Puerta.

Christian asintió, sin una palabra. A sus pies, el suelo tembló de nuevo.

«¿Cuántos quedan todavía?», le preguntó a Eissesh.

«Trescientos cincuenta y ocho», respondió él. Entonces, de pronto, entornó los ojos y alzó la cabeza, con un siseo amenazador. El instinto de Christian se disparó apenas unos instantes después.

Dragones.

Habían dado un rodeo para esquivar el tornado que, en aquellos momentos, abandonaba los confines de Shia para deslizarse por la Cordillera de Nandelt. Habían sobrevolado el campamento base de los szish y lo habían hallado vacío. Pero no se les había escapado la nube de sheks que, a lo lejos, volaban sobre las montañas.

Denyal y Tanawe iban montados en el mismo dragón. Era uno especialmente grande, en el que cabían tres personas, incluyendo al piloto. Los dos hermanos contemplaron el campamento vacío a través de las escotillas, y luego Tanawe comentó:

—Deberíamos esperar a Alsan y a los ejércitos de tierra.

Denyal negó con la cabeza. Estaba al tanto de que el ejército había partido sin Alsan. Y aunque sabía que les habría sido de mucha utilidad contar con su fuerza y su habilidad, él, personalmente, no lo echaba de menos. Además, estaba el hecho de que las tropas de tierra se habían quedado demasiado atrás, por culpa del tornado. Tendrían que aguardar a que se disipase, o bien dar un larguísimo rodeo.

–Creo que los sheks ya saben que hemos llegado –dijo–. No podemos esperar más. Además, ese extraño remolino se dirige hacia aquí: cuanto antes terminemos con todo esto, mejor.

Tanawe asintió, sombría. Denyal dio instrucciones al piloto, y el dragón dio un par de vueltas, para atraer la atención de los demás, y se dirigió hacia el lugar donde se habían reunido todos los sheks. Los pilotos, encantados de experimentar al fin un poco de acción, lo siguieron.

Los sheks trataron de luchar contra el instinto. Algunos lo consiguieron, y siguieron pendientes de la Puerta interdimensional. Otros, los más jóvenes, observaron a los dragones que se acercaban, enseñándoles los colmillos y siseando por lo bajo.

Gerde les ordenó a todos, en silencio, que no respondieran a los dragones, y las serpientes lo intentaron. Pero el odio era demasiado poderoso.

Cuando el primer shek se abandonó al instinto y salió al encuentro de los dragones artificiales, varios más lo siguieron.

El hada se volvió hacia Christian, que contemplaba el cielo, sombrío. También él deseaba con todas sus fuerzas transformarse en shek y unirse a la lucha.

–Te dije que no quería ver por aquí a los sangrecaliente –le dijo Gerde, irritada.

Christian se encogió de hombros.

–Ya te expliqué que yo solo no conseguiría retenerlos –dijo, pero lo cierto era que, desde su experiencia con aquella gema siniestra que por poco lo había matado, no había vuelto a ocuparse del tema.

Gerde exhaló un suspiró de impaciencia.

–Ocúpate tú de esto –ordenó, y se retiró de la Puerta. Christian volvió a emplear su poder para mantenerla del todo abierta, mientras los sheks, uno tras otro, seguían cruzando.

El hada alzó la mirada y contempló a los dragones artificiales, que atraían como imanes a los sheks. Eran listos aquellos humanos, pensó el hada. Aquellos artefactos despertaban el instinto de los sheks y los arrastraban a una lucha irracional, pero los pilotos no estaban encadenados a ese odio que había dominado también a los dragones de verdad. En época de guerra, el odio había sido útil a ambos bandos. Ahora resultaba un tremendo contratiempo. Por una vez en la historia de la especie, la Séptima diosa no deseaba que los sheks luchasen. No podían perder tiempo con algo así.

Y, sin embargo, el número de sheks que abandonaban el grupo que aguardaba su turno para cruzar la Puerta era cada vez mayor. Acudían al encuentro de los dragones artificiales, y pronto se enfrentarían a ellos. Había que hacerlos volver.

—¡Libéralos del odio! —exclamó entonces Christian—. ¡Es la única manera de que atiendan a razones!

Gerde se rió.

—Tendría que modificarlos uno a uno, o destruirlos a todos y volver a crear a la especie de nuevo. No; hay un método más rápido.

Alzó la mano y la dirigió al dragón más avanzado, uno pequeño y veloz que, llevado por el entusiasmo, había adelantado al gran dragón que parecía ser el líder. Fue apenas un instante; el aire se onduló y el dragón artificial y su piloto estallaron en millones de partículas.

Gerde volvió a alzar la mano. Esta vez la dirigió hacia toda la flota en pleno. Podría destruirlos a todos con solo desearlo.

Pero, entonces, un destello dorado cruzó su campo de visión, algo que voló velozmente al encuentro de los dragones, interponiéndose entre ellos y los sheks.

Christian también lo había visto.

—¡No! —gritó; abandonó la Puerta para correr junto a Gerde—. ¡No lo hagas!

Gerde había reconocido ya al dragón dorado, el último de Idhún. Bajó la mano y dirigió una aviesa sonrisa a Christian.

—Tu amigo el dragón no quiere perderse la acción —comentó—. Y la pequeña unicornio, tampoco, ¿verdad?

Christian se quedó helado al darse cuenta de que, en efecto, Victoria iba también a lomos de Jack. Palideció.

—Déjalos —le pidió—. Han venido para tratar de detener a los dragones, no para luchar contra nosotros.

—Será más rápido destruirlos a todos de golpe —comentó Gerde con indiferencia—. Vuelve a la Puerta; hemos de mantenerla abierta.

Christian la miró a los ojos. La fuerza de la mirada de Gerde no admitía réplica, y sabía que, si ella quería que permaneciese allí, manteniendo estable la brecha interdimensional, tendría que hacerlo. No tenía opción.

«¿O sí?», se preguntó, de pronto, recordando a Sussh. Entrecerró los ojos.

Tenía opción. Una sola opción, pero serviría. Había otro mandato de su diosa, una orden grabada a fuego en su alma. Ambas órdenes, en aquel preciso instante, se contradecían. Christian podía elegir entre obedecer una u otra.

Se transformó en shek.

–¡Kirtash! –ordenó Gerde–. ¡La Puerta!

Christian no la escuchaba. Con un chillido de ira, alzó el vuelo en dirección a los dragones que se acercaban por el horizonte. En aquel momento atendía a otro de los mandatos de su diosa, el que decía que, si había un dragón cerca, los sheks tenían que luchar.

Gerde trató de detenerlo, pero era tarde: Christian ya se alejaba en dirección a Jack, que volaba hacia los dragones artificiales, con la esperanza de interceptarlos. Sobre su lomo montaban Alsan y Victoria. Gerde podría haberlos matado a todos en un solo instante, pero la Puerta se estaba cerrando. Con un suspiro exasperado, se ocupó de ella y volvió a abrirla al máximo, para que los sheks pudiesen seguir atravesándola.

Podría ocuparse de ambas cosas a la vez. Podía mantener abierta la Puerta y, al mismo tiempo, desatar su poder contra los dragones. Pero, en tal caso, correría el riesgo de llevarse por el camino a todos sus sheks. No; debía controlar aquel poder si quería que solo afectase a los dragones, y para ello necesitaba concentración: no podía dividir su atención entre aquella Puerta y sus enemigos.

No había tiempo para ocuparse de los dragones. La Puerta era mucho más importante.

En aquel momento, el suelo volvió a temblar bajo sus pies. A lo lejos, retumbó una montaña.

Gerde fue consciente entonces de que había demasiada luz, una luz que no era natural: hacía mucho rato que se había puesto el último sol, y las lunas debían brillar pálidamente en un cielo nocturno. Pero la luz las eclipsaba.

Una ráfaga de aire sacudió sus ropas. Un nuevo aviso.

El hada cerró los ojos un momento y transmitió a los sheks la orden de que se dieran prisa. «Está bien», pensó. «La nueva generación de serpientes no va a necesitar el odio en un mundo sin dragones. Sobrevivirán aquellos que sean capaces de cruzar la Puerta. Los que se queden atrás porque no fueron capaces de dominar su instinto, morirán».

Bien mirado, no era tan mala idea. Los sheks entretendrían a los dragones y le darían un poco más de margen. Y como los Seis no tardarían en hacer acto de presencia, de todas formas no tendría tiempo de llevárselos a todos consigo.

Alsan todavía no daba crédito a lo que veía.

Todo el ejército de los Nuevos Dragones estaba allí, dispuesto a iniciar una batalla contra los sheks.

–¿Cómo diablos han llegado hasta aquí? –se preguntó en voz alta.

–Tú estabas preparando un gran ataque contra Gerde y los suyos –le recordó Victoria.

–¡Pero nunca di la orden de...! –se interrumpió de pronto, entendiéndolo–. Covan –murmuró–. Teníamos que atacar hoy, y él lo sabía.

–¡Maldita sea! –estalló Jack–. ¡Distraerán a los sheks e interferirán en su partida! ¡Por no hablar de la llegada de los Seis! ¡Los van a matar a todos!

–Eso si Gerde no los mata primero –murmuró Victoria, sombría.

Alsan empezó a agitar los brazos como un loco, y a gritar a los dragones que dieran la vuelta. Victoria dudaba que pudieran escucharlo. Percibió, de pronto, una presencia familiar tras ella, y se giró sobre el lomo de Jack para mirar a una serpiente que había levantado el vuelo y acudía hacia ellos. Alsan también la vio.

–¡Jack, alerta! –exclamó.

Pero Victoria interrumpió:

–Tranquilos, es Christian.

Inmediatamente, la voz del shek inundó sus mentes.

«¿Por qué habéis venido? ¿Os habéis vuelto locos?».

«Queríamos...», empezó Jack, pero de pronto se detuvo, confuso. Era cierto que no sabía muy bien por qué razón habían acudido allí. ¿Para ayudar a Gerde? ¿Y cómo pensaban defenderla de los dioses?

«Teníamos que sacarte de aquí», pensó Victoria. Christian se sintió conmovido al detectar que la preocupación de ella era genuina. No obstante, les respondió:

«No vuelvas a poner en peligro la vida de tu hijo por mí. Tenías razón al decir que eres libre de tomar tus propias decisiones y elegir si quieres arriesgarte o no, pero ahora tienes que pensar también en él».

Victoria calló, sorprendida. Era cierto que no había pensado en su bebé al acudir allí. Y, lo que era también sorprendente, Jack tampoco.

Y fue él quien lo entendió.

«No hemos tomado la decisión nosotros», comprendió. «Los dioses nos han convocado a la última batalla. Hemos venido aquí para pelear contra los sheks, nos guste o no... de la misma forma que, en su día, no tuvimos más opción que luchar contra Ashran».

«Bien», dijo Christian, tras un momento de silencio. «Eso puedo entenderlo. Pero ¿qué hacen estos dragones aquí? ¿También han sido convocados por los dioses?».

«No», respondió Victoria. «Por lo visto, ha sido un error».

Los ojos tornasolados del shek se clavaron en Alsan, acusadoramente.

«¿Y qué haces *tú* aquí?».

«No hay tiempo para eso», pensó Jack. «Tenemos que detener a los dragones y hacer que se vayan de aquí...».

No tuvo ocasión de seguir hablando. De pronto, los sheks que habían partido al encuentro de los dragones artificiales los alcanzaron y se lanzaron contra ellos, locos de odio. Estaba claro que nada olía más a dragón que un dragón de carne y hueso.

–¡Maldita sea! –exclamó Jack, sintiendo que el instinto despertaba en él de nuevo, hambriento y feroz, y lo instaba a responder a la provocación.

–¡Es el dragón! –exclamó Denyal, perplejo–. ¡El de verdad!

–Y Alsan y el unicornio van con él –añadió Tanawe–. ¿Qué es lo que pretenden?

–Se han unido a nosotros –dijo el piloto, jubiloso–. ¡Yandrak va a guiarnos en la última batalla!

Se sintieron muy aliviados de pronto. Por muy orgullosa que estuviese Tanawe de sus dragones artificiales, la presencia de Yandrak tenía un significado simbólico que aquellos artefactos jamás alcanzarían. Por otra parte, habían visto a uno de sus compañeros desintegrarse ante sus ojos sin ninguna razón ni causa aparente, y estaban nerviosos y asustados.

No obstante, Tanawe no estaba convencida.

–Tenía entendido que ella estaba embarazada –murmuró–, o al menos, eso había oído.

–¿Y...? –preguntó su hermano.

–Una mujer embarazada no acude a luchar a una guerra. Da la sensación... Mira, Alsan nos está haciendo señas. Es otra cosa la que pretenden.

Denyal abrió la boca para contestar, pero no hubo tiempo. Todos vieron cómo, en aquel momento, los sheks los alcanzaban y se abatían todos sobre Jack, ignorando a los demás.

–¡Tenemos que ayudarlo! –exclamó el piloto y, lanzando un grito de guerra, maniobró para llevar a su dragón al encuentro de Yandrak.

Todos los Nuevos Dragones lo siguieron.

Christian se detuvo en el aire, confuso.

No sabía qué hacer. Los sheks y los dragones pronto chocarían en el aire, y Jack estaba en medio... con Victoria. Si era lo bastante inteligente, huiría de la confrontación y se alejaría de los sheks. Pero, por desgracia, no se trataba de una cuestión de inteligencia: el instinto podía obligar a Jack a perder todo rastro de sensatez y poner en peligro, con ello, la vida de Victoria.

También él deseaba luchar, lo deseaba con toda su alma. Y eso resultaba un problema. Podía tratar de reprimir el instinto, pero, si lo hacía, el otro mandato de Gerde, el que lo obligaba a ayudarla a mantener abierta la Puerta, cobraría fuerza, y no tendría más remedio que regresar. Y si ayudaba a Gerde con la Puerta, dejándole las manos libres, nada le impediría destruir a todos los elementos molestos: dragones artificiales, dragones de verdad, unicornios, humanos y algún shek que estuviera demasiado cerca de sus enemigos.

Luchó contra sí mismo durante unos instantes, sin saber qué hacer, y entonces optó por aferrarse a la parte de su alma que aún le pertenecía.

Llegó hasta la mente de Victoria a través del anillo, y la llamó con tranquilidad. Cuando la muchacha respondió, Christian se aferró a ella, deslizando un par de tentáculos de su conciencia hasta la mente de ella, libre del odio ancestral. Victoria entendió muy bien el dilema de Christian y, aunque estaba ocupada manejando el báculo para mantener alejadas a las serpientes, acogió a la mente del shek en la suya, como a un ladrón perseguido que llamase a las puertas de un santuario.

Christian se esforzó, de nuevo, por controlar el odio. La orden de Gerde seguía resonando en cada rincón de su ser, pero ahora sonaba más lejana, y pudo permitirse el lujo de ignorarla.

«Tenemos que sacar a Jack de ahí», le dijo a Victoria.

El joven dragón se debatía también entre el odio que le inspiraban los sheks, que lo hostigaban sin piedad, y el deseo de escapar de aquella locura y buscar un lugar seguro para Victoria. La llegada de los Nuevos Dragones, que arremetieron contra los sheks, lo alivió un poco, pero no demasiado. Seguía teniendo enemigos contra los que pelear, y los tenía demasiado cerca.

Entonces percibió la llamada de Christian en su mente.

«Jack, sal de ahí».

«Lo intento», pensó él con desesperación, mientras exhalaba una nueva llamarada contra un shek que se había aproximado demasiado. De momento se contentaba con mantenerlos a raya, porque sabía que si llegaba a enzarzarse en una lucha cuerpo a cuerpo, Alsan y Victoria no sobrevivirían. Eran demasiado frágiles, comparados con aquellas soberbias criaturas.

«No lo intentes; hazlo», ordenó Christian.

Le transmitió, de pronto, un torrente de imágenes de Victoria, recuerdos fragmentarios en los que se apreciaba el rostro de la muchacha, su sonrisa, el brillo de sus ojos. Llenó la mente de Jack de Victoria, Victoria, Victoria, y el dragón jadeó al principio, confuso, pero pronto no fue capaz de pensar en nada más. Vio el puente que Christian le tendía y aprovechó aquel instante para lanzarse hacia él y cruzarlo. Con un soberano esfuerzo de voluntad, batió las alas y se elevó un poco más, para librarse de sus perseguidores. Una violenta ráfaga de viento le quitó a los sheks de encima, y Jack, tras dar algunos bandazos en el aire, descendió como pudo.

Se reunieron los cuatro en tierra firme. Christian recuperó su forma humana y se vio casi ahogado por el intenso abrazo de Victoria. Jack se metamorfoseó también y alzó la cabeza hacia el cielo, un cielo anormalmente claro, tanto, que hacía daño a los ojos. Justo sobre ellos, dragones artificiales y serpientes aladas se habían enzarzado en una lucha sin cuartel. Algunos de los sheks les lanzaban miradas envenenadas; sabían que Jack era el dragón auténtico, su instinto se lo decía, pero en aquel cuerpo humano no resultaba tan interesante.

—Hemos llegado tarde —murmuró, desanimado—. No creo que haya nada que podamos hacer.

El viento soplaba cada vez con más fuerza. Además, ahora que estaban en tierra firme, percibían con claridad el temblor del suelo. De nuevo retumbó otra montaña, escalofriantemente cerca.

Los cuatro se volvieron hacia todas partes, inquietos, buscando señales de los otros dioses. Percibían vagamente la lejana presencia de Wina, porque los pocos parches de tierra que había entre las rocas se estaban cubriendo de vegetación, y porque el árbol de Gerde parecía estar creciendo. Pero le costaría mucho tiempo abrirse paso por la estéril roca de las montañas.

También notaron que hacía más calor. Y Victoria señaló un torrente que caía por un desfiladero cercano; antes no había sido más que un hilillo de agua, pero ahora parecía haber aumentado inexplicablemente su caudal. Se miraron unos a otros: incluso la diosa Neliam sería capaz de llegar hasta allí, remontando el curso de los ríos de Celestia.

Christian se volvió hacia el lugar donde Gerde mantenía abierta la Puerta interdimensional. Los sheks seguían cruzándola, uno tras otro, pero había algo extraño en la figura del hada. Parecía iluminada, como si hubiesen proyectado un foco de luz sobre ella.

—No —entendió de pronto—. La han encontrado.

Echó a correr hacia ella. Los otros tres se quedaron un momento quietos, sin saber qué hacer.

Entonces, la luz se hizo más intensa y todos tuvieron que cubrirse los ojos. Victoria lanzó una exclamación consternada, pero reaccionó rápido. Alzó el báculo y empezó a absorber la luz, creando un círculo de oscuridad en torno a ella.

—¡Venid! —dijo, y Alsan y Jack se refugiaron a su lado.

Victoria lanzó una mirada angustiada a Christian, que aún corría, a trompicones, hacia Gerde. Sintió que el poder de los dioses volvía a recorrer su cuerpo, llenándolo de energía, pero el báculo absorbía buena parte de esa energía, y decidió que no se marcharía, que aguardaría a Christian hasta el final.

En el aire, la batalla era un caos. Sheks y pilotos de dragones habían quedado deslumbrados por la luz de Irial y volaban a ciegas. Pero, mientras los dragones no tenían ningún punto de referencia, los sheks se dejaban llevar por el instinto y localizaban fácilmente a sus enemigos. Confusos, los dragones trataban de buscar una vía de escape; los sheks, en cambio, seguían arremetiendo contra ellos, a pesar del viento huracanado que los zarandeaba, a pesar de la luz que los cegaba. Los sheks no podían dejar de luchar.

Gerde seguía manteniendo la Puerta abierta. Era consciente de que los dioses ya la habían encontrado. «Tengo que cruzar», se dijo. Solo un instante: cruzaría al otro lado y escaparía de allí, y nadie podría ya alcanzarla. Dejaría atrás a todos los sheks que no habían traspasado la Puerta aún, pero...

Percibió a Christian corriendo hacia ella, pero no fue eso lo que la distrajo, sino un potente llanto infantil y la voz angustiada de Assher, que estaba junto a ella, sosteniendo a Saissh entre sus brazos y tratando de protegerla del viento y de la luz.

—¡Mi señora! —dijo el muchacho, gritando para hacerse oír por encima del vendaval—. ¿Qué está pasando?

Gerde lo miró un momento. Dudó un instante entre cruzar la Puerta, dejándolos a todos abandonados a su suerte, y esperar, aun sabiendo lo que podía suceder si lo hacía.

Aquel instante de duda decidió por ella.

Christian lo vio venir. Gritó el nombre de Gerde, corrió con todas sus fuerzas, pero un violento temblor de tierra le hizo perder el equilibrio y caer al suelo cuan largo era. El haz de luz que enfocaba a Gerde se hizo aún más intenso, y Christian, tan deslumbrado que apenas podía ver nada, se protegió el rostro con las manos...

Llegó a distinguir el cuerpo esbelto de Gerde en aquella columna luminosa, una sombra sutil alzándose en medio de aquel glorioso resplandor divino, un débil cuerpo mortal abandonado a la furia de los dioses. Llegó a ver a Gerde un último momento, apenas un instante antes de que la luz de los dioses la desintegrara para siempre.

Su última mirada había sido para Assher.

El joven szish no habría sido capaz de definir lo que había en la expresión del rostro del hada un instante antes de que desapareciera en la luz de Irial. Terror, pena, dolor, ternura... tal vez todo eso, o tal vez más, o tal vez menos. Nunca lo sabría.

Le costó unos momentos darse cuenta de que Gerde ya no estaba, de que jamás volvería a verla, de que la había perdido para siempre. Se dejó caer de rodillas sobre el suelo, ignorando el hecho de que temblaba y retumbaba, ignorando el viento que destrozaba sus oídos, la luz que hería sus ojos, el calor que abrasaba sus sentidos. Estrechó a la llorosa y aterrada Saissh entre sus brazos y lloró por Gerde, con el corazón roto en pedazos.

—Mi señora... —sollozó—. Yo era tu elegido... y te he fallado...

El llanto ahogó sus palabras.

De pronto parecía que había menos luz. Christian se arriesgó a incorporarse un poco y a echar un vistazo. No vio a Gerde, y comprendió enseguida lo que había pasado.

«La Puerta se está cerrando», dijo entonces una voz en su cabeza. Christian reconoció a Eissesh.

Alzó la cabeza y vio a los sheks esperando en torno a la Puerta, inquietos. Entendió lo que debía hacer.

Se levantó, no sin esfuerzo, y avanzó cojeando hasta la brecha interdimensional. Sobrepasó a Assher, que seguía sollozando protegiendo a Saissh entre sus brazos, se colocó ante la Puerta y la mantuvo abierta para los sheks.

«Vete, Eissesh», le dijo. «Marchaos antes de que sea tarde».

Sintió la mirada del shek sobre él.

«Si te quedas aquí, morirás», dijo Eissesh.

«Lo sé. Pero este es mi mundo y aquí está mi vida. No puedo marcharme a ninguna otra parte».

«Si sobrevives al día de hoy», vaticinó el shek, «cambiarás de opinión».

Christian no respondió, y Eissesh no añadió nada más. Fue el siguiente en cruzar la Puerta.

Victoria deshizo el globo de oscuridad y avanzó como pudo sobre aquel suelo convulso para tratar de llegar hasta Christian. Jack la sostuvo del brazo para evitar que se cayera.

—¿Adónde vas?

—Con Christian. Allí... corre peligro.

—Y tú también. No permitiré...

—¿Qué? ¿Vas a tratar de impedirme que acuda en su ayuda?

Los dos cruzaron una larga mirada.

—No —dijo Jack—. Voy contigo.

—Mirad eso —dijo entonces Alsan señalando al cielo.

Algo había ensombrecido la luz de Irial, algo parecido a una nube de tormenta henchida de electricidad, algo informe que se desplazaba sobre ellos, hostigado por las energías de las seis divinidades. Todos los que lo miraron se estremecieron de terror, y los que estaban más cerca sintieron cómo hasta su alma se deslizaba algo indefinible, poderoso y oscuro, que los hizo temblar y sentirse pequeños e insignificantes y, al mismo tiempo, inquietantemente vivos. Todos los sheks lo contemplaron con veneración. Incluso Christian alzó la mirada para verlo y sintió que algo le estallaba en el pecho, una sensación de jubiloso reconocimiento.

Aquello era el Séptimo dios.

No estaba en su mejor momento. Los Seis lo rodeaban y parecían estar creando en torno a su esencia una especie de manto luminoso, que iba envolviéndolo y atrapándolo. Todas las serpientes sisearon, horrorizadas.

–Van a volver a encerrarlo –murmuró Victoria.

Pero nadie la oyó, porque la roca retumbaba, los vientos aullaban y el torrente de agua que caía por el desfiladero se había convertido en una atronadora cascada que seguía agrietando la pared rocosa. No tardaría en hacerla estallar, y entonces toda la quebrada se vería inundada.

Jack miró a Christian largamente. Le estaba pasando algo extraño. De pronto, deseaba matarlo, lo deseaba con todas sus fuerzas. Luchó contra aquel impulso y, en un instante de lucidez comprendió que sus dioses le estaban ordenando que acabara con la vida del shek que mantenía abierta la Puerta por la que escapaban las serpientes. Y quiso rebelarse ante aquella orden, quiso luchar, pero la voz de los dioses fue superior a su voluntad: con un grito, desenvainó a Domivat y corrió hacia él.

Christian dio un salto atrás para esquivar la arremetida de Jack. Se mostró confuso un momento, pero un instante después ya había sacado a Haiass de su vaina y respondía a la provocación, abandonando la Puerta a su suerte.

–¡Jack! –gritó Victoria–. ¿Qué se supone que estás haciendo?

Jack no la escuchó. Encadenó una serie de movimientos para llegar hasta Christian, pero él hizo una finta y se apartó de su camino, interponiendo a Haiass entre ambos. Una vez más, ambas espadas chocaron, y sus filos se estremecieron de odio y de placer. Victoria trató de correr hacia ellos, pero Alsan la retuvo.

–¡No te acerques! ¡Podrían hacerte daño!

–¡Sé cuidar de mí misma! –protestó ella.

—Pues ten un poco de sentido común. ¡Estás embarazada!

Victoria apenas lo escuchaba. Estaba observando las caras de ambos: de Jack, de Christian. Siempre había habido rivalidad entre ellos, una enemistad manifiesta, pero jamás se habían mirado de aquella manera. Sus rostros ahora eran una máscara de odio; sus ojos no reconocían al contrario. A pesar de seguir todavía bajo su aspecto humano, en aquellos momentos eran solamente un dragón y un shek.

Y no parecía importarles que el suelo retumbara bajo sus pies, o que el viento entorpeciera sus movimientos. Nada de todo aquello era importante. Nada, salvo la voluntad de matarse el uno al otro.

—¿Qué les pasa? —dijo Victoria, angustiada.

Un poderoso trueno ahogó sus palabras. Sobre sus cabezas, aquella extraña niebla oscura, siniestra y cambiante, que se deslizaba de un lado para otro, seguía tratando de escapar de la luz envolvente que trataba de aprisionarla. Todo el firmamento parecía estar contemplando la última batalla de los Siete.

—¡Los dioses pelean entre ellos! —gritó Alsan para hacerse oír por encima de aquel estruendo—. ¡Sus criaturas, también!

Victoria buscó señales de los dragones artificiales en el cielo, pero no vio ninguno. Los que no habían caído en la batalla contra los sheks, habían sido arrastrados por el tornado o habían logrado escapar. Los sheks supervivientes regresaban a las inmediaciones de la Puerta, que se estaba cerrando por momentos. Sin embargo, a nadie parecía importarle; por alguna razón, todos contemplaban, sobrecogidos, la doble lucha que se desarrollaba allí mismo, entre los Seis y el Séptimo, entre un dragón y un shek.

Jack logró alcanzar a Christian, pero el shek se movió a un lado, y el golpe le acertó en la cadera. Fue doloroso. Ahogó un grito y se retiró un poco más, cojeando. Detuvo una nueva estocada de Jack. A pesar del dolor, golpeó de nuevo. Estuvo a punto de hundirle a Haiass en el estómago, pero Jack dio un salto atrás, trastabilló y un nuevo movimiento sísmico le hizo caer de espaldas al suelo. Rodó a un lado para escapar de la embestida de Christian, que llegó a producirle una fría brecha en el antebrazo izquierdo. Jack gritó, pero instantes más tarde estaba de nuevo en pie y atacando otra vez.

—¡Hay que detenerlos! —insistió Victoria—. ¡En cualquier momento cambiarán de forma, y en cuanto Jack vuelva a ser un dragón, todos los sheks se le echarán encima!

Alsan frunció el ceño. Dio una mirada circular buscando a los sheks, y descubrió a varias docenas de ellos acurrucados contra las paredes de roca, contemplando impotentes cómo su dios luchaba por su libertad contra los otros seis. Se dio cuenta entonces de que la Puerta continuaba cerrándose; soltó de golpe a Victoria y echó a correr hacia allí, desafiando a los elementos, tratando de mantener el equilibrio sobre aquel suelo bamboleante. Pasó junto a Jack y a Christian, que seguían luchando entre ellos, pero no les prestó atención, ni ellos a él. Pasó junto a Assher, que seguía de rodillas acunando a una berreante Saissh, y se detuvo en seco frente a la Puerta. Observó, entornando los ojos para protegerse de la luz, la abertura rojiza que se iba estrechando por momentos, y de pronto se dio cuenta de que no tenía ni la menor idea de cómo mantenerla abierta. Hizo lo primero que se le ocurrió: extrajo a Sumlaris de la vaina y la hundió en aquella pantalla fluida. Fue como si clavara la espada en un charco de agua. Sin embargo, aquel material pareció succionar el arma, y Alsan, con un grito, tiró de ella para no ser arrastrado también. Sintió que una gran oleada de energía pasaba a través de la espada y llegaba hasta la misma empuñadura, abrasando las palmas de sus manos y obligándole a gritar, pero no cedió.

Los bordes de la abertura siguieron estrechándose durante unos segundos más, y después se estabilizaron. Alsan clavó bien los pies en el suelo, tratando de mantener el equilibrio, y aferró con más fuerza aún el puño de la espada. Apretó los dientes y cerró los ojos, en un esfuerzo por aguantar el dolor...

La abertura seguía siendo lo bastante amplia. Uno de los sheks replegó las alas y se atrevió a reptar hasta ella y cruzar al otro lado.

Lentamente, los demás lo siguieron pasando junto a Alsan, que seguía manteniendo la Puerta abierta, tendiendo a las serpientes un puente hacia su libertad.

Con un nuevo grito salvaje, Jack y Christian volvieron a arremeter el uno contra el otro. Las espadas estuvieron a punto de chocar por encima de sus cabezas, pero algo se interpuso, una vez más: el báculo de Ayshel, brillante, cristalino y más henchido de energía que nunca.

El choque entre las tres armas fue brutal. La energía despedida del báculo los lanzó hacia atrás, separándolos y rompiendo la espiral de odio en la que estaban atrapados el shek y el dragón. Los dos cayeron al suelo con violencia.

Jack sacudió la cabeza y trató de volver a la realidad. Y la realidad no le gustó.

Los vientos bramaban sobre ellos. En la lejanía, los volcanes retumbaban. La cordillera entera temblaba, y la cresta del desfiladero empezaba a desprenderse. Un violento torrente de agua estaba agrietando la pared rocosa de parte a parte. Hacía tanto calor que apenas podía respirar. Y las enredaderas estaban empezando a extenderse, como tentáculos, por todas partes. Además, había tanta luz como si fuera de día, a pesar de que algo cubría sus cabezas, una niebla que se movía de un lado a otro, una especie de garra oscura que lanzaba sus dedos ganchudos en todas direcciones, buscando una manera de escapar de la brillante red de relámpagos en la que los dioses la habían atrapado. Y aquella trampa se hacía cada vez más compacta y más resistente, asemejándose cada vez más a una especie de crisálida. De nuevo, los Seis estaban a punto de encerrar al Séptimo en la nueva Roca Maldita que estaban creando.

Los sheks contemplaban todo aquello sin ser capaces de reaccionar. Jack podía oler su miedo, su incertidumbre. ¿Qué sería de ellos si su dios era capturado?

Volvió la mirada hacia la Puerta, por la que iban escapando uno a uno, mientras Alsan la mantenía abierta a duras penas. Buscó entonces a Christian, y vio que él trataba de incorporarse, con dificultad, y sacudía la cabeza para despejarse. Vio también a Victoria cerca de allí, arrodillada en el suelo, con el báculo entre las manos. Su cuerpo estaba envuelto en un centelleante manto de chispas, y ella, temblando y con la cabeza gacha, trataba de extraer de sí misma toda aquella energía. La piedra del báculo parecía a punto de explotar. Inquieto, Jack pensó que su vientre parecía todavía más abultado que antes.

Corrió hacia ella y se arrodilló a su lado. Colocó una mano sobre el abdomen de ella y, en efecto, le pareció que su bebé seguía creciendo lentamente.

—Tengo que sacarte de aquí —le dijo, pero ella no le oyó.

Christian, por su parte, se levantó y trató de ir a reunirse con ellos, pero alguien lo detuvo. Se volvió y se topó con la mirada de Assher, extraordinariamente seria.

Él dijo algo, pero Christian no pudo escucharlo porque el estruendo que provocaba la presencia de los dioses hacía retumbar todo el desfiladero. Sin embargo, tomó a Saissh en brazos cuando Assher se la tendió.

«¿Qué significa esto?», le preguntó el shek.

«Tendrás que cuidar de ella», dijo Assher. «Yo soy el elegido de Gerde. He de hacer lo que ella esperaba de mí».

Lo demás sucedió muy deprisa. Haiass había caído al suelo, cerca de Christian. Antes de que este pudiera darse cuenta de lo que estaba pasando, Assher cayó de rodillas junto a la espada y la cogió con ambas manos. Gritó de dolor cuando le congeló las palmas, pero se sobrepuso, alzó el arma... y, con un certero y decidido movimiento, se clavó la espada en el corazón.

Christian reprimió el impulso de tratar de detenerlo. Había subestimado a Assher, pensó. Sabía muy bien cuál era su función dentro del círculo de Gerde. Había intuido, tal vez mucho tiempo atrás, para qué lo estaba entrenando.

Contempló, impasible, la autoinmolación de Assher, haciendo caso omiso de las exclamaciones de alarma de Jack y Victoria, del alarido de dolor que emitió el szish cuando la espada de hielo empezó a congelar sus órganos internos. Se limitó a esperar, hasta que el corazón de Assher dejó de latir, convertido en una fría flor de escarcha.

Entonces, Christian se cargó a la llorosa Saissh sobre el brazo izquierdo y, con la mano derecha, tiró de su espada para recuperarla. A sus pies quedó el cuerpo de Assher, rígido, frío, muerto.

–¡Christian! –oyó la voz de Jack, entre el bramido del viento. Él y Victoria se habían reunido con el shek y contemplaban la escena, anonadados.

«Una muerte», replicó Christian telepáticamente, para que ambos lo captaran con claridad. «Un nuevo comienzo».

Le entregó a Saissh, que seguía llorando a pleno pulmón, y Jack la cogió, preguntándose qué diablos estaba sucediendo, preguntándose si saldrían vivos de aquella locura. Se sintió, más que nunca, un pequeño insecto en un mundo de titanes.

Y entonces, de pronto, algo sucedió.

Victoria se había inclinado junto a Assher y lo contemplaba, entristecida. Fue ella quien dio la voz de alarma cuando el cuerpo del szish se estremeció un momento y comenzó a regenerarse de forma espontánea. Jack retrocedió, aterrorizado, al ver que una fina niebla oscura, que parecía densa y maleable como el mercurio, se estaba introduciendo en el cuerpo del szish a través de sus fosas nasales. Los dioses rugieron con más fuerza. Un pico montañoso estalló en miles de fragmentos, y todos se cubrieron la cabeza para protegerse de las esquirlas que pudieran llegar hasta ellos. Cuando volvieron a alzar la mirada, Assher estaba vivo de nuevo. Se había incorporado y los contemplaba con una mirada plateada e insondable. La masa oscura que se retorcía entre relámpagos, sobre sus cabezas, había desaparecido.

La luz volvió a golpear el desfiladero con fuerza, pero ellos estaban protegidos por el báculo de Victoria, que absorbía la luz y creaba un agradable espacio de penumbra a su alrededor.

Assher los miró de nuevo y sonrió. Fue una sonrisa fría y distante que, por alguna razón, los hizo estremecerse de terror.

–Ha llegado la hora –anunció y, a pesar del fragor de los elementos, lo oyeron perfectamente–. Dessspedíosss de nosssotrosss, ssangrecaliente. No volveréisss a vernosss, y oss asseguro que en el futuro nosss echaréisss de menosss.

Dirigió una larga mirada a Victoria y ella se sintió incómoda, como si estuviese desnudando su alma. El szish sonrió simplemente, pero no hizo ningún comentario.

«Lo sabe», pensó Victoria, horrorizada. «Ya sabe quién es el padre del bebé». Retrocedió unos pasos, temerosa. Recordaba lo que le había contado Christian acerca de las intenciones de Gerde con respecto a su hijo. Si era hijo de Jack, los mataría a los tres. Si el shek era el padre, se llevaría al bebé consigo... y a la madre también, si aún no había dado a luz.

Pero Assher no hizo nada contra ella. No trató de secuestrarla ni de hacerle daño. Solo dio media vuelta y se alejó en dirección a la Puerta, que Alsan todavía mantenía abierta, a duras penas.

Victoria temblaba. Tal vez, pensó, el dios de las serpientes ya no tuviese interés en nada de lo que Idhún pudiese ofrecerle, puesto que tenía, por fin, un mundo para él y sus criaturas. Un mundo por el cual no tendría que luchar.

–¿Quién... qué es? –murmuró Jack, estremeciéndose.

«El Séptimo dios», dijo Christian.

Alsan seguía manteniendo la Puerta abierta, sujetando con fuerza a Sumlaris, que le transmitía fuertes pulsaciones de energía, como descargas eléctricas que eran cada vez más dolorosas. Sin embargo, en ningún momento se le ocurrió soltarla. Una parte de él encontraba extraña la idea de estar cubriendo la retirada a los sheks, los hijos del Séptimo, el dios al que le habían enseñado a odiar. Y seguía sin apreciar a aquellas criaturas, seguía siendo leal a los Seis. Pero también sentía que había cometido un error, un terrible error, que podía costarles la vida a todos. Todo aquel caos, toda aquella destrucción... la caída de más de un centenar de dragones artificiales, arrastrados por el poder de los elementos como si fuesen frágiles hojas al viento... había sido culpa suya. Si ayudando a los sheks a escapar podía detener todo aquello... tenía que intentarlo.

Mientras las sombras sinuosas de los sheks se deslizaban, una tras otra, a través de la Puerta, percibió una sombría presencia a su lado y se estremeció sin saber por qué. Sin embargo, no pudo ver nada: la luz de Irial era tan intensa que lo obligaba a mantener los ojos cerrados.

—Buena esssspada —comentó una voz siseante a su lado; había algo en ella que hizo que el estómago se le retorciera de puro terror; apretó los dientes e hizo un soberano esfuerzo de voluntad para seguir sosteniendo a Sumlaris—. Un arma legendaria que abssorbe la energía de la Puerta y ssse convierte en un puente entre ambos mundos. En cuanto la sssueltes, la Puerta ssse cerrará.

Alsan no fue capaz de responder. Estaba paralizado de miedo.

Assher tampoco dijo nada más. En aquel momento, el último shek cruzó a través de la Puerta. El szish sonrió.

—Adiósss, ssangrecaliente —dijo simplemente.

Y cruzó la Puerta él también, apenas unos instantes antes de que los Seis descargaran todo su poder contra el lugar por el que se les habían escapado el Séptimo y sus criaturas. Alsan solo tuvo tiempo de retirar su espada y ver cómo la Puerta se cerraba tras los sheks, y entonces cayó sobre él la ira de los dioses.

En aquel mismo instante, las montañas se estremecieron y se derrumbaron, y todos los volcanes de la cordillera entraron en erupción; un impetuoso torrente de agua inundó el desfiladero, con increíble violencia, y brotes de espinos cubrieron todas las paredes, como tentáculos siniestros. Se oyó, de nuevo, el aullido de un furioso huracán. Después hubo un intensísimo rayo de luz...

Y la Puerta estalló con increíble violencia.

Y después, el silencio.

Lentamente, las aguas bajaron y las montañas dejaron de temblar. La luz se apagó. Por fin se hizo de noche, la temperatura volvió a ser agradablemente fresca y el aire se calmó. Poco a poco, las plantas dejaron de crecer.

Después de un largo rato, que le pareció eterno, Jack abrió los ojos. Aún llegó a ver cómo se desvanecía la burbuja de energía que los había protegido de la furia de los elementos. Una parte de su mente se preguntó si todo aquello no sería más que un mal sueño. Entonces, algo se removió entre sus brazos y le exigió atención con un sonoro llanto. El joven volvió a la realidad y sentó a Saissh sobre sus rodillas, tratando de calmarla.

Miró a su alrededor y vio a Victoria echada de bruces sobre Christian. El báculo yacía en el suelo, cerca de ella.

—¿Victoria? —murmuró—. ¿Estás bien?

Ella abrió los ojos y lo miró, un poco aturdida. Christian despertó de pronto y, en un movimiento reflejo, alargó la mano en busca de su espada. Se relajó un tanto al verlos.

—¿Qué ha ocurrido? —murmuró el shek—. Me ha parecido que nos han pasado seis dioses por encima, y seguimos vivos. ¿Cómo es posible...?

Victoria sacudió la cabeza y se incorporó un poco.

—Yo... Todo fue muy rápido. Los dioses se lanzaron sobre nosotros y utilicé el báculo para crear un escudo de protección... Jamás pensé que funcionaría.

Christian frunció el ceño, pensativo.

—Cualquier cosa que hagas con el báculo funcionará mejor cuanta más energía puedas utilizar. Ha canalizado toda la energía de los dioses. Tenía que ser un escudo a prueba de todo.

Victoria se incorporó con cuidado. Palpó su abdomen con delicadeza. Sintió a su hijo moviéndose dentro de ella.

—Aún está vivo —murmuró con lágrimas de alivio—. No puedo creerlo. Después de todo lo que ha pasado... aún está vivo.

Jack sonrió, también enormemente aliviado. La estrechó entre sus brazos. De pronto, ella alzó la cabeza, con la cara congelada en una mueca de horror.

—Alsan... No.

—¿Qué pasa con Alsan? —preguntó Jack, con el corazón en un puño.

—Traté de extender el escudo también hacia él, pero estaba demasiado lejos. No sé... no sé si llegué a tiempo.

Jack dejó a Saissh en el suelo, se puso en pie de un salto y vociferó:
—¡Alsan! ¿Me oyes?

Solo el eco le devolvió sus palabras. Una leve brisa sacudió el pelo y el rostro de Jack, pero él apenas lo notó. Corrió de un lado a otro, saltando charcos y trepando por encima de las rocas, llamando a Alsan una y otra vez, mientras Victoria hundía el rostro entre las manos y se echaba a llorar suavemente. Christian la abrazaba, tratando de consolarla, mientras Saissh, agotada, se acurrucaba en un rincón y caía profundamente dormida.

Jack siguió buscando a Alsan, incansablemente, hasta que las luces del primer amanecer tocaron la cresta del desfiladero. Se negaba a creer que hubiesen perdido a Alsan y, sin embargo, la lógica acabó por imponerse: nadie habría podido sobrevivir a aquello.

Con un nudo en el estómago, regresó junto a Christian y Victoria. Seguían abrazados. Ambos tenían un aspecto lamentable; estaban agotados, pero, sobre todo, parecían perdidos y asustados. Jack los miró, desolado. También él se sentía así.

Victoria alzó la cabeza hacia él. Cruzaron una larga mirada de entendimiento.

Jack se derrumbó. Se arrodilló junto a Victoria y la abrazó él también. Enterró la cara en su hombro y lloró, como la noche en que se conocieron, allá en Limbhad; lloró por el amigo perdido, por Alsan, rey de Vanissar, que había muerto por ayudar a salvar el mundo, que se había sacrificado para enmendar su terrible error. Por Alsan, rey de Vanissar, en cuyo pecho había latido el corazón de un héroe.

Se quedaron allí, los tres, largo rato, sin moverse, abrazados como una piña. El mundo les parecía sorprendentemente tranquilo y vacío. Todavía no se acostumbraban al silencio, a la sensación de que todo había terminado, de que por fin podrían descansar.

El Séptimo y los sheks habían huido a otro mundo. Los Seis ya no tenían nada que hacer en Idhún, por lo que habían regresado a su dimensión.

El mundo volvía a pertenecer a los mortales.

XXVIII
NACIMIENTO

ERA muy tarde cuando uno de los novicios sacó a Ha-Din de la cama para comunicarle que dos desconocidos querían verlo. El celeste captó el desconcierto del joven, su inquietud, y se apresuró a vestirse y a acudir al encuentro de los recién llegados.

Cruzó con rapidez los pasillos del Oráculo de Awa, formados por troncos de árboles vivos, que se entrelazaban entre sí para formar un edificio sorprendentemente vital. Tenía una sospecha acerca de quiénes podían ser los visitantes, a pesar de que hacía casi un mes que nadie tenía noticias de ellos. Desde el día en que la furia de los dioses se había desatado sobre Idhún y las serpientes habían desaparecido misteriosamente.

Había costado mucho volver a la normalidad. Centenares de muertos, ciudades enteras destrozadas, multitud de damnificados. No había mucha gente en Idhún que creyese realmente que todas aquellas catástrofes habían sido directamente provocadas por los dioses, pero los que lo sabían, y lo aceptaban, renegaban de ellos. Ha-Din sabía que se acercaban tiempos difíciles para ambas Iglesias y, no obstante, él todavía tenía fe. Era cierto que los dioses no habían resultado ser los padres sabios y comprensivos que había creído, pero, aun así, no podía evitar admirarlos y adorarlos por su grandeza. Los dioses eran la vida y la muerte, los dioses eran el mundo, los dioses lo eran todo. Y la existencia era a menudo caótica y cruel, y la vida podía parecer a veces injusta y sin sentido. Pero, pese a ello, la mayor parte de los mortales agradecían estar vivos y luchaban por seguir en el mundo, por cada segundo de existencia. Y por eso Ha-Din seguía agradeciendo a los dioses, aunque ellos jamás escucharían su voz. Ellos no solo habían creado el mundo; ellos *eran* el mundo. Un mundo imperfecto, un mundo que seguía sus propias reglas, un mundo en el que los mortales solo eran una pieza más, pero un mundo, al fin y al cabo. Ha-Din se sentía parte de ese mundo, y no le importaba que este no girase a su alrededor. Daba gracias, simplemente, por existir en él.

Llegó por fin al pórtico, formado por dos gigantescos árboles cuyas ramas se trenzaban entre sí, formando un delicado techo en forma de arco apuntado. Al pie de uno de los troncos lo aguardaba la pareja.

Se habían retirado a un rincón en sombras y ocultaban sus rostros bajo las capuchas de sus capas de viaje, pero Ha-Din los reconoció.

Se volvió hacia el novicio.

—Gracias, puedes retirarte. Yo mismo los acompañaré a las habitaciones de invitados.

El Padre Venerable tenía fama de ser un anfitrión amable y atento, por lo que el muchacho no pareció sorprenderse. Inclinó la cabeza y los dejó a solas.

El joven inició la conversación:

—Lamentamos venir a estas horas, y sentimos molestar, pero es que...

—... Es que no sabíamos adónde ir —completó ella.

Ha-Din la miró. Percibió su inquietud, su miedo, su angustia... y su cansancio.

—Seguidme —dijo—, os buscaré una habitación apartada. Hablaremos allí.

Parecieron aliviados. Ha-Din los guió a través del Oráculo, y no se le escapó que la muchacha caminaba con dificultad, apoyándose en su compañero, y que se detenía a menudo a descansar. Cuando entraron en la habitación, entre los dos la llevaron con cuidado hasta el lecho, un enorme hongo de aspecto gomoso. Ella suspiró y, cuando se aseguró de que la cortina de hojas estaba echada, se retiró la capucha de la cara. Estaba pálida y sudorosa.

—¿Ha comenzado ya? —preguntó Ha-Din.

—Hace un rato —dijo Jack quitándose la capa—. Hacía tiempo que habíamos decidido venir aquí cuando fuese el momento, pero no hemos sido lo bastante rápidos. Calculamos mal el tiempo, supongo.

—No me sorprende. No es precisamente habitual que una mujer dé a luz tras solo cuatro meses de gestación.

—Han pasado muchas cosas raras últimamente —dijo Jack, ayudando a Victoria a recostarse sobre la cama. Hablaba con calma, pero Ha-Din detectó con claridad sus nervios y su inquietud.

–No temas; avisaremos a las hadas, y estarán encantadas de ayudar. Normalmente no les permitimos la entrada, porque les gusta distraer y turbar a los novicios: lo encuentran divertido; pero se toman muy en serio todo lo que gira en torno a la concepción y el nacimiento. Enviarán a una partera de confianza. El único problema es que, tratándose de ellas, no tardará en correr la noticia de que estáis aquí. Los sacerdotes del Oráculo suelen ser discretos; las hadas, no.

Jack se encogió de hombros.

–Para entonces, ya estaremos muy lejos.

Ha-Din lo miró largamente. Pareció que iba a preguntarle algo, pero en aquel momento Victoria lanzó una exclamación de dolor, y el celeste sacudió la cabeza y dijo:

–Voy a enviar a buscar a la partera.

Un rato más tarde, el hada ya había llegado. Había traído consigo a dos hadas más jovencitas, que trataban de parecer serias y formales, aunque no podían disimular su emoción y su alegría. Para los feéricos, todo nuevo nacimiento era una gran fiesta.

Echaron a Jack de la habitación, sin contemplaciones. El joven protestó y dijo que quería quedarse, y Victoria también suplicó que le permitieran permanecer junto a ella; pero las hadas eran inflexibles: había cosas, dijeron, que una mujer tenía que hacer sin hombres molestando alrededor, y dar a luz a su hijo era una de ellas.

–¡En mi tierra se permite a los padres estar presentes en el parto! –protestó Jack, pero la partera lo echó de todas formas.

–El día en que seas tú quien lleve un bebé en la barriga, podrás quedarte –dijo–. Y ahora, largo.

Frustrado y angustiado, Jack no tuvo más remedio que quedarse fuera. Le alivió ver que Ha-Din estaba allí y le sonreía amablemente.

–Vamos –le dijo–, salgamos al jardín.

Jack se resistía a alejarse de allí. Cuando oyó un nuevo grito de Victoria, estuvo a punto de volver a entrar. El Padre lo detuvo.

–Déjalas. Saben lo que hacen. Además, he de hablar contigo.

Jack respiró hondo y se obligó a sí mismo a serenarse. Siguió dócilmente a Ha-Din hasta el jardín, aunque su corazón seguía en aquella habitación, con Victoria.

Ha-Din fue al grano.

–¿Por qué no estáis en Vanissar, Jack? ¿Por qué habéis acudido a mí?

Jack desvió la mirada.

–En Vanissar ya no está Alsan.

–Pero aún tenéis amigos allí.

Jack respiró hondo. Era cierto, allí todavía estaban Shail y Zaisei. Después de haber sobrevivido a lo que algunos llamaban ya la Batalla de los Siete, los tres habían pasado un tiempo recuperándose de las emociones pasadas y del horror que habían experimentado aquel día. Por fin, cuando se había sentido con fuerzas, el joven había dejado a Victoria a cargo de Christian y había volado hasta allí para relatar todo lo que había pasado. Los ejércitos que Covan había enviado a la batalla regresaron sin haber combatido siquiera, porque, por suerte para ellos, no llegaron a tiempo. Los Nuevos Dragones no habían sido tan afortunados: ciento treinta y cuatro dragones, con sus correspondientes pilotos, habían caído, bien entre los anillos de los sheks, bien arrastrados por el huracán.

Covan había enviado una patrulla para recuperar los cuerpos. Lo último que Jack sabía era que habían encontrado el de Alsan sepultado bajo un alud de rocas, en un estado lamentable, aún aferrándose a su espada. Iban a trasladarlo a Vanissar. El funeral se celebraría poco después, y, por supuesto, Jack no pensaba faltar.

Entonces, ¿por qué había llevado a Victoria al Oráculo, en lugar de a Vanissar? Era cierto que aquel lugar le traía muchos recuerdos, y que aún no había asimilado, y mucho menos superado, la pérdida de Alsan, su amigo y maestro. Pero no era solo eso.

–Se trata de Covan –dijo–. Pronto será el nuevo rey de Vanissar. Y no me malinterpretéis: es un gran tipo, pero para ciertas cosas es tan intransigente como lo fue Alsan. Jamás quiso aceptar que todo lo que hemos pasado se deba a los dioses. Y lo cierto es que hubo una batalla en los Picos de Fuego, contra las serpientes. No me creyó cuando le dije que se habían marchado todas. Cree que están ocultas en alguna parte, preparándose para volver a atacarnos. Les echa la culpa de la masacre de los Nuevos Dragones... y, en concreto, a Christian. Al hijo... al *heredero* de Ashran –se corrigió–. Además, ha encajado muy mal la muerte de Alsan. Todos lo hemos hecho, pero para él... no sé, creo que era casi como un hijo, y creo que se arrepiente de haberle dado la espalda después de la caída de Amrin. ¿Recordáis que, el día de su coronación, Alsan juró que no descansaría hasta matar a la última serpiente de Idhún?

—Temes que el nuevo rey de Vanissar pretenda acabar la tarea que Alsan empezó.

—Traté de decirle que el propio Alsan había ayudado a los sheks a huir, y no reaccionó muy bien. Se lo tomó como una grave ofensa contra el recuerdo de Alsan. Llegó a decir que yo estaba celoso de su heroica muerte y que estaba intentando ensuciar su memoria insinuando que tenía tratos con las serpientes.

—Entiendo —murmuró Ha-Din.

—En vida de Alsan, Vanissar llegó a convertirse en un entorno hostil para nosotros, pero sobre todo para Christian y Victoria. Y me temo que las cosas siguen igual. No quiero ni pensar lo que sucedería si nuestro hijo llega a tener la sangre de un shek.

Ha-Din sonrió levemente al advertir que Jack hablaba de «nuestro hijo» incluso en el caso de que fuese Christian su padre biológico. Era una extraña familia, sin duda, pero había algo de belleza y ternura en todo aquello: «nuestro» hijo, había dicho Jack. El hijo de los tres.

—Covan perseguirá a todas las serpientes de Idhún —prosiguió Jack—, solo para seguir el ejemplo de Alsan. Pero solo queda una serpiente en Idhún. Puede que dos, ahora mismo —añadió preocupado; se volvió bruscamente al escuchar un nuevo grito de Victoria, esta vez más apagado debido a la distancia; trató de controlar su nerviosismo—. Y ahora, él y sus partidarios, es decir, todos aquellos que culpan a los sheks de lo que pasó en los Picos de Fuego, tienen un arma contra ellos. Gaedalu poseía fragmentos de la Roca Maldita...

—No has de preocuparte más por ella —lo tranquilizó Ha-Din—. Gaedalu ha renunciado a su cargo como Madre Venerable en favor de la hermana Karale.

No había tenido más remedio que hacerlo, pensó Ha-Din con tristeza. Después de su experiencia con los dioses, Gaedalu no había vuelto a ser la misma. Apenas hablaba con nadie, y pasaba el tiempo con la mirada perdida, derramando, de vez en cuando, lágrimas amargas. Habían acabado por llevarla de nuevo a Dagledu, con la esperanza de que, al dar la espalda a la tierra firme y regresar a sus orígenes, lograra superar todo aquello... con el tiempo.

—Pero dejó fragmentos de la Roca Maldita en Vanissar —señaló Jack—, y Covan los está utilizando para crear armas contra Christian. Lo están buscando y, si lo encuentran, puede que terminen acabando con él.

–¿Por eso no ha venido hoy con vosotros?

Jack sonrió misteriosamente, pero no dijo nada. Ha-Din entendió sin necesidad de palabras: el shek *sí* estaba allí, oculto en alguna parte, tal vez entre la maleza que rodeaba el Oráculo, quizá escondido entre sus mismísimas paredes.

–No se oculta por miedo, en realidad –le explicó Jack–. Es simplemente que no queríamos que su presencia alterara a los habitantes del Oráculo. Necesitábamos que nos acogierais hoy –añadió en voz baja.

–Sois bienvenidos, Jack, lo sabes. También el shek.

Jack sonrió, agradecido.

–¿Y Zaisei? –quiso saber Ha-Din, cambiando de tema.

–Mejorando. Shail está cuidando de ella, y dice que parece que empieza a ver formas borrosas. Los médicos que la atienden confían en que terminará por recuperar la vista.

«Lo cual no puede decirse de muchas otras personas», se dijo, alicaído. La luz de Irial había sorprendido a Zaisei en el interior del castillo, y aun así la había cegado. Pero otros no habían tenido tanta suerte. Desde el día de la Batalla de los Siete, se habían multiplicado los casos de personas que habían perdido no solo la visión, sino también los ojos. Especialmente los Shur-Ikaili.

Jack había podido comprobar personalmente el lamentable estado en el que se encontraban siete de los Nueve Clanes. Todos ciegos, todos obligados a aprender a vivir de otra manera. Los clanes bárbaros siempre habían guerreado entre ellos, pero ahora no habían tenido más remedio que unirse. Los miembros de los dos clanes que se habían salvado cuidarían de los demás. Los bárbaros acabarían por volver a ser lo que habían sido, pero sería necesario que una nueva generación de niños sanos naciese, creciese y sustituyese a los adultos.

Por eso habían acogido a Saissh con los brazos abiertos. La niña había quedado deslumbrada por la luz de Irial, pero el báculo de Victoria la había protegido, y a los dos días ya podía ver de nuevo a la perfección. Recuperó su nombre Shur-Ikaili, Uk-Sun, y localizaron a sus familiares más cercanos. Agradecieron a Jack que les devolviera a la pequeña.

Nunca sabrían que aquella niña había sido la elegida por Gerde para ser la futura encarnación del Séptimo dios, en el caso de que decidiese iniciar la conquista de la Tierra. Aquel plan había sido desechado por uno más arriesgado, pero mucho mejor a largo plazo: la creación de un mundo completamente nuevo para los sheks. Uk-Sun nunca sabría lo cerca que había estado de viajar a la Tierra y ser, de mayor, la líder de todos los sheks, al menos hasta que ellos conquistasen aquel extraño mundo dominado por humanos y no necesitasen que su diosa siguiera ocultándose tras un disfraz mortal. El arriesgado plan de Christian, que había propiciado que finalmente fuese Assher el elegido, un hombre-serpiente para un mundo de serpientes, había liberado a la pequeña de aquel destino. Podría crecer como una niña normal.

¿Normal...?

Jack sonrió. Los bárbaros habían obviado el hecho de que Uk-Sun ya caminaba, cuando en teoría no tenía más de unos pocos meses de vida, pero no tardarían en darse cuenta de que a aquella niña se le había concedido el don de la magia.

¿Qué haría, entonces? Jack trató de imaginársela de mayor, estudiando hechicería en la Torre de Kazlunn, junto a Qaydar. También se la imaginó cabalgando por las praderas de Shur-Ikail, libre, salvaje y feliz. Cualquiera de las dos estampas le valía, y comprendió que aquello debía ser decisión de Uk-Sun, o Saissh, y no de Qaydar. Por eso no había dicho una palabra sobre los dones de la pequeña.

—Me alegra saber que Shail está con ella —dijo Ha-Din, y Jack recordó, de pronto, que estaban hablando de Zaisei.

—Sí —asintió—. Victoria quiere ir a verlos, pero de momento no nos parece prudente. Quizá después de que nazca el bebé.

Volvió a darse la vuelta, angustiado. Seguía oyendo gritar a Victoria.

—Todo está bien —lo tranquilizó Ha-Din, aunque comprendía su nerviosismo a la perfección—. Y sé que no es el momento más adecuado, pero me gustaría que me contases qué pasó exactamente en los Picos de Fuego.

Jack lo miró con cansancio.

—¿Queréis saberlo todo? —preguntó—. ¿Todo lo que yo sé?

Ha-Din suspiró.

—Creo que si voy a seguir siendo el Padre de la Iglesia de los Seis, sería conveniente que conociese todos los detalles acerca de la manifestación divina más importante de la historia, después de la creación. No sería serio ni profesional que me mantuviese en una deliberada ignorancia, ¿no te parece?

Jack sonrió, a su pesar.

Y procedió a contárselo todo, desde el principio.

Estuvo mucho rato hablando. Le contó todo lo que habían averiguado en los últimos tiempos, Um, Ema, Umadhun, los unicornios, la génesis del Séptimo, la Roca Maldita, la Sombra Sin Nombre y la creación de las serpientes, la aparición de los dragones, su eterna lucha contra los sheks, Talmannon, Shiskatchegg, la caída y exilio de los sheks, la verdadera función de los Oráculos, Ashran, las encarnaciones del Séptimo, la dualidad de los siete dioses, los planes de Gerde, la Tierra, la creación de un nuevo mundo para los sheks, la búsqueda de los Seis, y cómo, finalmente, habían logrado escapar de Idhún.

—No sé cómo les irá —murmuró Jack—, y no sé si este mundo estará mejor sin ellos. Se diría que mucha gente desea volver a encontrarlos, aunque solo sea para cargarles las culpas de todo lo malo que pasa en el mundo. Covan necesita vengar la muerte de Alsan de alguna manera, y los dragones artificiales no tienen razón de ser si no están ellos...

—Tampoco los dragones de verdad, ¿no es así? —dijo Ha-Din amablemente. Había escuchado con atención el relato de Jack, cada pieza del rompecabezas que parecía encajar en su sitio, y sabía que tardaría mucho tiempo en asimilarlo todo y en aceptarlo. Pero la nostalgia de Jack podía palparse, era real.

—Fuimos creados para luchar —respondió él con sencillez—. Toda nuestra existencia, generación tras generación, giró en torno a los sheks. Y ahora ellos ya no están. Una parte de mí se siente inútil y vacía.

—Pero eres en parte humano. Eso te ayudará a sobrellevarlo mejor.

—Ellos son del todo sheks. No sé qué harán en un mundo sin dragones. Supongo que el Séptimo debería hacer algo al respecto, pero no sé si le importa realmente.

—No tendrá mucho tiempo para preocuparse por ello. No entiendo de mundos nuevos ni de procesos de creación, pero se me ocurren muchas cosas que podrían salir mal cuando uno intenta conformar un mundo nuevo, un mundo vivo, en tan poco tiempo. Esas cosas tardan millones de años en hacerse.

Jack sonrió.

—Les irá bien. Siempre han sido más listos que nosotros, y creo que eso, en el fondo, era lo que más odiábamos de ellos —admitió.

—Y los unicornios —dijo Ha-Din—, ¿tampoco regresarán?

–Por lo visto, Qaydar preguntó a los dioses al respecto. No mostraron mucho entusiasmo. Parece ser que Idhún ha quedado tan cargado de energía que no será necesaria la magia, de momento.

El rostro de Ha-Din se ensombreció.

–No me parece buena cosa –comentó–. Los magos y los sacerdotes siempre nos hemos disputado el dominio sobre las creencias de las personas. Había quien tenía fe en los dioses, había quien confiaba más en la magia, y aunque nos peleáramos para decidir en qué debía creer la gente, lo cierto es que lo más importante es que tengan algo en qué creer. Y después de todo lo que ha pasado, me temo que la religión no va a ser precisamente fuente de consuelo en tiempos difíciles. Los pocos magos que quedan utilizarán su poder para ayudar a reconstruir el mundo; puede que la gente pueda volcar su fe en ellos, pero son pocos, y con el tiempo se extinguirán. Ni siquiera Victoria podrá mantener viva la magia para siempre.

–Yo provengo de un mundo donde la magia se extinguió hace mucho –murmuro Jack.

–¿De veras? ¿Y cómo les va?

Jack sonrió.

–No muy bien, ciertamente –admitió–. Y tampoco sabría deciros en qué cree la gente. Algunos creen en dioses, otros no creen en nada.

–No se puede no creer en nada –replicó Ha-Din, un tanto desconcertado.

–Se puede no creer en alguien *superior* –dijo Jack–, pero pienso que sí que se puede tener fe en otro tipo de cosas. En la gente que te rodea, y en la que confías. En tu propia capacidad para sacar adelante tu vida y poner un poco de tu parte para que el mundo mejore... no sé. Hubo un tiempo en que yo pensaba que no creía en nada. Odiaba a los dioses por obligarme a tomar parte en una profecía, me sentía incapaz de tener fe en ellos. Pero sí tenía fe en otras cosas. Si no creyese en nada, estaría muerto por dentro.

Ha-Din asintió, pensativo. No añadieron nada más. Se mantuvieron un momento en silencio, y justamente entonces oyeron un llanto que rasgó la noche y se elevó hacia las luces del primer amanecer.

Ha-Din no tuvo tiempo de reaccionar. Cuando se quiso dar cuenta, Jack ya corría hacia la habitación de Victoria. Nada ni nadie habría podido detenerlo en aquel momento.

Cuando se precipitó en el interior del cuarto, las hadas todavía estaban allí. Sostenían un bebé rubicundo y lloroso que no dejaba de patalear. Estaban terminando de limpiarlo con agua de rocío, y Jack se sintió, de pronto, tremendamente tímido. Miró a Victoria, desde la puerta, y ella le sonrió débilmente, exhausta.

–Todo está bien –dijo la partera–. Es un niño. Y está sano.

Un inmenso alivio inundó el corazón de Jack. Contempló cómo el hada envolvía al bebé en una manta suave y sedosa y lo depositaba en brazos de su madre. Esperó a que saliera de la habitación, seguida de sus ayudantes. Solo cuando estuvieron a solas, osó Jack acercarse a Victoria y a su bebé.

–Mira –musitó ella, emocionada–. Mira... Es Erik.

–Hola, Erik –susurró Jack acariciando la manita del bebé; no se atrevió a más–. Hola, pequeño –añadió, pero se le quebró la voz.

Abrazó a Victoria y parpadeó, pero no fue capaz de retener las lágrimas. La besó, con inmenso cariño, y volvió a contemplar al niño.

–Qué grande es –comentó con una amplia sonrisa–. Para haber sido un embarazo de cuatro meses solamente, no está nada mal.

–Sí, no veas lo que ha costado sacarlo –suspiró ella; Jack la abrazó más fuerte–. Se debe al efecto de Wina –prosiguió Victoria–. Espero que esto sea todo y que se desarrolle como un niño normal.

–¿Normal? ¿Crees que... bueno, que es del todo humano?

Victoria sonrió.

–No, no lo es, aunque lo parezca. Tiene algo de la esencia no humana de sus padres. No sé si eso le dará poderes especiales ni si podrá transformarse. A mí... a mí me gustaría que fuese un niño normal –añadió–. Así nadie intentará convertirlo en un héroe.

–Eso no lo sabes –replicó Jack, sombrío–. Simplemente por ser hijo de quien es, tenga o no habilidades especiales, ya significará mucho para mucha gente... para bien o para mal.

Victoria alzó la mirada hacia él. Era una mirada triste y cansada.

–Después de todo lo que hemos hecho –dijo–, después de todo lo que hemos sacrificado, ¿crees que es mucho pedir a cambio que le den a nuestro hijo la posibilidad de llevar una vida tranquila y feliz?

Jack no supo qué responder. Como no quería nublar aquel momento con malos presagios, cambió de tema:

–¿Y tú? ¿Cómo estás?

Ella cerró los ojos. El bebé había dejado de llorar y se acurrucaba plácidamente entre sus brazos.

—Estoy agotada. Creo que dormiría una semana entera.

Jack sonrió y la besó otra vez.

En aquel momento, alguien entró en la habitación. Ambos alzaron la cabeza.

Se trataba de Christian.

Se había quedado parado en la puerta, dubitativo, casi tímido, igual que había hecho Jack momentos antes. Contemplaba a la pareja y al bebé sin saber todavía si debía esperar a ser invitado para acercarse.

—¿Te ha visto alguien? —preguntó Jack.

Christian sacudió la cabeza.

—Todo estaba muy despejado. Demasiado despejado, en realidad.

Jack sonrió.

—Parece que Ha-Din ya sabía que vendrías —comentó.

—Todo un detalle por su parte —dijo Christian, y se aproximó a ellos. Rodeó el lecho para acercarse a Victoria por el otro lado y contempló al niño con expresión indescifrable.

—Te presento a Erik —sonrió Victoria, muy orgullosa.

Christian no dijo nada, no se movió ni hizo el menor gesto. Seguía contemplando al bebé.

Pero Victoria detectó un destello de profunda emoción en sus ojos de hielo.

Permanecieron un rato en silencio, hasta que por fin Christian habló.

—Erik —repitió—. Kareth. Es hermoso —comentó con una media sonrisa—. Es perfecto.

Se sentó sobre el lecho, junto a Victoria.

—¿Te encuentras bien? —le preguntó en voz baja, con una suavidad que rozaba la dulzura.

Por toda respuesta, Victoria sonrió y dejó caer la cabeza sobre su hombro. Christian la rodeó con el brazo y la besó en la frente.

Jack no podía dejar de contemplar al bebé, todavía maravillado. Acarició la mejilla de Erik con la yema del dedo y sonrió al ver cómo él movía las manitas, buscándolo. Se moría de ganas de sostenerlo en sus brazos, pero no se atrevió a decirlo. Sin embargo, Victoria leyó en su rostro como en un libro abierto.

—Ten, cógelo —dijo entregándole al bebé.

Jack se sobresaltó.

–¿Quién... yo? ¿Y si se me cae? –preguntó, con un breve acceso de pánico.

Victoria se lo puso entre los brazos.

–Sé que no vas a dejarlo caer.

Jack cogió al bebé con infinitas precauciones. Erik no pareció inmutarse. Abrió la boca y dejó escapar un pequeño bostezo. Jack sonrió.

–Parece que se aburre estando con papi –comentó–. No sé si eso es buena señal.

Acunó al bebé un rato, le habló, pero todo lo que obtuvo de él fue una amodorrada indiferencia. Finalmente, alzó la mirada hacia Christian y sonrió, burlón.

–Vamos, ve con tu otro papi –le dijo a Erik–. Ya es hora de que lo conozcas.

El shek abrió los ojos súbitamente, un tanto alarmado, pero cogió al bebé que Jack le tendía. Lo hizo con serenidad y seguridad desde el principio, aunque lo sostenía con tanta delicadeza como si fuese de cristal.

–¿No es un milagro? –susurró Victoria. Christian sonrió.

–Sí que lo es –dijo en voz baja.

Entonces, de pronto, Erik se echó a llorar en brazos de Christian, con tanta energía y desesperación que el shek se apresuró a devolverlo a los brazos de su madre.

–A lo mejor tiene hambre –aventuró Jack, algo desconcertado.

–No es la primera vez que me pasa algo así –sonrió Christian, recordando a Saissh–. No te preocupes. A los bebés no suelen gustarles los sheks.

De pronto, los dos fueron conscientes de lo que implicaban aquellas palabras. Cruzaron una mirada y después se volvieron hacia Victoria, que seguía acunando a Erik, con la cabeza gacha.

–¿Lo sabías? –preguntó Jack en voz baja.

Victoria alzó la cabeza para mirarlos.

–Desde hace apenas unos momentos. Mientras estábamos los tres mirando al bebé... he tenido una intuición. Y parece que era correcta.

Christian alargó el dedo para rozar con la yema la punta de la nariz del bebé; este esbozó una mueca que hizo sonreír a los tres.

–Será mucho mejor para él –comentó–. Tendrá muchos menos problemas.

Jack se encogió de hombros.

–Para mí, Erik sigue teniendo dos padres y una madre –dijo–. El hecho de que lleve los genes de uno o de otro no es más que una coincidencia totalmente casual. Además –añadió–, todos nosotros tuvimos dos padres y dos madres, ¿no?

–Sí –susurró Victoria–. Y resulta extraño pensar que ahora ya no nos queda ninguno. Los tres somos huérfanos por partida doble.

Sobrevino un pesado silencio.

–Visto así –murmuró Jack–, lo cierto es que me alegro de saber que este niño va a tener quien se preocupe por él. Cuantos más, mejor. Así que supongo... que somos una familia, ¿no?

–No estoy seguro de que vaya a caerle bien –dijo entonces Christian, un poco preocupado. Victoria sonrió, enternecida al ver que, a pesar de todo, el bebé no le era indiferente.

–Se acostumbrará a ti –lo tranquilizó Jack–. Yo lo he hecho, ¿no?

De nuevo se quedaron en silencio, contemplando a Erik.

–¿Qué vamos a hacer a partir de ahora? –murmuró entonces Victoria.

Jack sonrió ampliamente.

–Vivir, sin más. ¿Te parece poco?

La mayor parte de los habitantes de Vanissar apenas sabía gran cosa de su difunto rey. Habían estado gobernados por Amrin durante muchos años, y después había subido al trono su hermano mayor; pero lo había hecho tras derrotarlo en una batalla, después de la cual había desaparecido durante meses.

Tras la coronación, lo primero que había hecho había sido organizar un ejército para luchar contra las serpientes, y morir en aquella guerra.

No, los vanissardos no sabían muy bien qué pensar del rey Alsan. Les había traído el caos y la guerra, tras más de una década del organizado gobierno de las serpientes. Pero al final les había devuelto la libertad.

A muchos, sin embargo, no les parecía que hubiesen ganado con el cambio. Alsan los había abandonado con el reino arrasado por el tornado y lleno de personas que habían perdido la vista. Las cosas tardarían mucho tiempo en volver a ser como antes.

Covan tenía mucho trabajo por delante.

Jack no pudo evitar pensar en ello mientras contemplaba, entristecido, cómo las llamas devoraban el cuerpo amortajado de Alsan. Todavía le costaba creer que Alsan los hubiese dejado. Él le había enseñado muchas cosas, le había salvado la vida, le había ayudado a crecer. No siempre habían estado de acuerdo en todo; además, Jack había evolucionado de una forma distinta a como Alsan había esperado. Pero, por mucho que se hubiesen distanciado en los últimos tiempos, Jack sentía que en el fondo nunca habían dejado de ser amigos.

Desvió la mirada de la pira y la dirigió al pequeño Erik, que dormía en brazos de Victoria. Le acarició la manita con ternura. Alsan no había llegado a conocer a aquel bebé. «Cuando sea mayor, le hablaré de ti», le prometió a su amigo en silencio.

Tomó a Erik en brazos para que Victoria pudiese descansar. El pequeño se despertó, pero no hizo ningún ruido. Parecía como si comprendiera de verdad lo importante que era aquel momento para sus padres.

Ahora que tenía los brazos libres, Victoria se enjugó una lágrima indiscreta. Se había propuesto no recordar en aquel momento al Alsan de los últimos tiempos, el rey rígido e intolerante que la había secuestrado y encadenado, amenazando a su bebé. El caballero que consideraba que tener un corazón de serpiente era un delito imperdonable. El mismo que había tratado de matar a Christian.

No; en aquellos momentos, Victoria evocaba al joven sereno y seguro de sí mismo que la había acogido en Limbhad en tiempos inciertos, y a cuyo lado se había sentido protegida cuando no era más que una niña. También a ella le había enseñado muchas cosas.

Volvió la mirada hacia Shail, que también estaba allí, triste y sombrío. A su lado estaba Zaisei. Su mirada perdida denotaba los estragos que la luz de Irial había obrado en ella; Victoria había tratado de curarla y, aunque no le había devuelto la vista del todo, sí la había mejorado.

Tuvo que retirarse al cabo de un rato, porque Erik estaba hambriento. Jack hizo ademán de acompañarla, pero Victoria negó con la cabeza. Sabía lo importante que era para él quedarse hasta el final. Tomó al bebé en brazos y, tras una larga y última mirada a los restos mortales de Alsan, se despidió de él y se fue.

Poco a poco, mientras la pira se consumía, la gente se fue retirando. Qaydar acompañó a Zaisei y a la reina Erive al interior del castillo. Uno tras otro, se fueron marchando.

Al final, solo quedaron Jack, Shail y Covan. Se quedaron hasta que la hoguera se consumió por completo.

–Siempre supe que sería un buen rey –suspiró Covan a media voz–. Y sabía que era un valeroso guerrero. Los que no temen a la muerte, como él, mueren jóvenes. Pero siempre deseé que él fuera diferente, o, al menos, que sobreviviera a muchas batallas más.

–Murió como un héroe –murmuró Jack.

–Combatiendo a las serpientes –asintió Covan.

Jack no lo contradijo. Ya no había serpientes contra las cuales combatir, por lo que tampoco tenía sentido, a aquellas alturas, tratar de explicar a la gente qué había sucedido en realidad.

Shail sí lo sabía. Los dos cruzaron una mirada sombría.

–Y todo por culpa de ese condenado Kirtash –siguió diciendo Covan–. Provocador de catástrofes y señor de serpientes, igual que su padre. Maldito sea.

Jack se quedó helado. Se volvió hacia él.

–Covan, nada de lo que ha pasado fue culpa de Kirtash –dijo con voz extraña.

–Los supervivientes afirman que estaba allí, con las demás serpientes –replicó Covan–. Muerto Ashran, ¿quién si no habría podido causar semejante destrucción en nuestro mundo? Pero acabaremos por darle caza, tenlo por seguro. No podrá esconderse para siempre.

–Pues no contéis conmigo –murmuró Jack, molesto–. Estoy cansado de tener que repetir siempre la misma historia y que nadie quiera escucharme. Kirtash no...

–Sedujo a Victoria –cortó Covan fríamente–. Si es cierto lo que dicen por ahí, vuestro hijo bien podría haber sido el vástago de esa retorcida serpiente. Victoria... Lunnaris... podría haber dado a luz al nieto de Ashran. ¿No lo entiendes? Mientras los herederos de Ashran existan en este mundo, los sheks podrán volver...

Jack quiso replicar, pero en aquel momento, una sombra negra cubrió el cielo y los hizo alzar la cabeza. Un enorme dragón negro volaba en círculos sobre la ciudad.

–Tanawe envía a alguien –gruñó Covan–. Veo que por fin ha cambiado de idea.

Jack se hizo visera con la mano para contemplar al dragón, y supo inmediatamente que no lo enviaba Tanawe. Pero no dijo nada.

Los Nuevos Dragones habían sido masacrados en la Batalla de los Siete Dioses. Denyal y Tanawe habían sobrevivido de milagro. La mayor parte de los dragones que habían escapado eran aquellos en los que iban montados los magos. Gracias a su poder, habían logrado protegerse del tornado y habían escapado de allí. No todos, por supuesto, pero sí unos cuantos. El dragón en el que volaba Tanawe era uno de ellos.

Culpaban a Alsan por haberlos embarcado en una empresa suicida. Habían roto toda relación con Vanissar. Seguirían luchando, había dicho Tanawe, pero sin ellos.

Jack no pudo dejar de preguntarse, cuando se enteró, contra quién pensaban seguir luchando, y qué harían cuando buscaran serpientes por todo Idhún y no las encontraran.

De todas formas, los Nuevos Dragones y los Caballeros de Nurgon volvían a ser entidades separadas. Como Covan sería coronado nuevo rey de Vanissar, tendrían que elegir a un nuevo líder para que tomase las riendas de Nurgon y devolviera a la Academia el esplendor de días pasados. Todos esperaban que Jack se uniese a los caballeros, en memoria de Alsan, pero él se había negado. Tampoco lideraría a los Nuevos Dragones.

A Covan, destrozado por la muerte de Alsan, apenas le había importado. A Denyal le había molestado, pero Jack sospechaba que en el fondo se alegraba de que no fuera a interferir.

Sabía bien que aquel dragón negro no lo habían enviado desde Thalis. Y cuando se posó en el patio del castillo y se abrió su escotilla superior, se dio cuenta de que no se había equivocado.

Un rostro con una tupida barba castaña asomó por la abertura.

—¿Llegamos tarde? —el vozarrón del semibárbaro se oyó en todo el castillo. Covan le dirigió una mirada irritada.

Rando bajó de un salto del lomo de Ogadrak y después, para sorpresa de Jack, se volvió para tender la mano a otra persona que iba con él en el dragón.

—¡Kimara! —exclamó, encantado de volver a verla.

La pareja se reunió con ellos. Jack y Kimara se fundieron en un cálido abrazo. El joven saludó afectuosamente a Rando, que le devolvió una palmada en la espalda tan fuerte que lo dejó sin aliento.

—¡Me alegro de volver a verte, chaval!

—¿Os conocíais? —preguntó Kimara, un tanto perpleja.

Los dos sonrieron, pero no dijeron nada.

Hubo un instante de silencio mientras los recién llegados presentaban sus respetos ante los restos mortales de Alsan.

—Lo echaremos de menos —murmuró Kimara.

Hablaron de Alsan en voz baja, hasta que Victoria salió al patio a recibirlos. Abrazó con cariño a Kimara, contenta de volver a verla.

—Oímos noticias de lo que había pasado en Kash-Tar —dijo ella—. Me alegra ver que estás bien.

—¿Dónde está Erik? —le preguntó Jack en voz baja, inquieto.

—Estaba rendido, y lo he dejado dormido —respondió Victoria en el mismo tono—. Pero no quiero que se quede solo mucho rato.

—Dicen por ahí —intervino Kimara con cierta timidez— que habéis tenido un bebé. ¿Es... bueno... es verdad?

Los dos sonrieron, orgullosos. Momentos más tarde, Victoria arrastraba tras de sí a Kimara para presentarle a Erik. No tardaron ni dos minutos en llegar allí.

—Qué guapo es —dijo Kimara en voz baja para no despertarlo—. ¿A quién se parece?

—Tiene los ojos castaños, como yo. Pero es rubio. Aunque puede que se le oscurezca el pelo cuando crezca. ¿Tú crees que se parece a Jack?

—Sí que tiene un aire —sonrió la semiyan.

Salieron de la habitación en silencio, y se quedaron en el pasillo para poder hablar con más tranquilidad.

—¿Y qué va a pasar con él cuando crezca? —quiso saber Kimara—. ¿Crees que... heredará vuestros poderes?

Victoria se encogió de hombros.

—Es pronto para saberlo. ¿Y tú? —preguntó de pronto, cambiando de tema—. ¿Qué ha sido de tu dragona?

El rostro de Kimara se ensombreció.

—Fue destruida por el fuego, igual que muchas otras cosas en Kash-Tar —dijo a media voz.

Victoria le presionó el brazo con suavidad para consolarla.

—¿Y qué vas a hacer ahora? ¿Regresarás a tu tierra o vas a quedarte por aquí?

Kimara alzó la cabeza.

—Voy a volver a la Torre de Kazlunn, con Qaydar —declaró—. Estudiaré hechicería y aprenderé a utilizar mi poder. Y después regresaré a mi tierra y utilizaré mi don para ayudar a mi gente. Hay muchas heridas que sanar, y no solo heridas físicas. Así que... te agradezco mucho que me convirtieras en maga, porque eso me dará la oportunidad de hacer muchas más cosas.

–No tienes que agradecérmelo –murmuró Victoria, un tanto cortada–. Lo hice porque deseaba hacerlo. Me alegro mucho de saber que, después de todo, no fue una carga para ti. Pero ¿y Rando? ¿Te esperará?

–Eso dice –sonrió Kimara–. Parece que al final le ha gustado Kash-Tar, así que regresaremos juntos allí cuando yo termine mis estudios... si es que Qaydar me lo permite –añadió, sombría.

–Lo hará –la tranquilizó Victoria–. Qaydar ha cambiado mucho.

Y, en efecto, lo había hecho. Del mismo modo que la fe de Gaedalu en los dioses había sufrido tal revés que se había sentido incapaz de seguir ocupando el cargo de Madre Venerable, tampoco Qaydar había encajado bien el hecho de que los Seis no tuviesen la menor intención de hacer que los unicornios regresasen al mundo, al menos en varias decenas de miles de años.

–Regresaré a mi torre –le había dicho a Victoria– y no creo que volváis a verme muy a menudo fuera de ella. Acogeré allí a todos aquellos que deseen ser iniciados en los caminos de la magia y posean el don, pero aguardaré a que ellos acudan a Kazlunn. Vive libre, criatura, y cuida de tu hijo. Al fin y al cabo, no habrías sido capaz de mantener viva la magia en el mundo tú sola.

Había hablado con profunda tristeza, y Victoria sintió de veras no poder hacer lo que él sugería.

–Qaydar se alegrará de volver a verte –le dijo a Kimara con una sonrisa.

Cuando anocheció, retiraron los restos mortales de Alsan y los llevaron a la cripta, donde reposarían para siempre junto a los de sus antepasados. Jack se preguntó si alguna vez acudiría a visitar aquella cripta, y comprendió que era poco probable. Todavía le resultaba extraño pensar que lo que quedaba de su amigo estaba ahí dentro. Prefería aceptar, simplemente, que se había marchado y que no regresaría jamás.

Buscó un momento para hablar a solas con Shail después de la cena. Victoria se había quedado con Zaisei, hablando con ella y utilizando su magia sanadora para tratar de acelerar el proceso de curación de sus ojos. Jack recordó la sonrisa de Zaisei cuando le habían puesto a Erik en los brazos, y deseó que se pusiera bien.

–¿Qué pasa, Jack? –le preguntó Shail, un tanto preocupado, cuando él se lo llevó aparte.

–Nada grave –lo tranquilizó él–. Aunque supongo que tardaremos un poco en volver a acostumbrarnos a la tranquilidad, ¿verdad? No todas las noticias tienen por qué ser malas noticias.

Shail sonrió.

–Cierto. La última noticia que me diste era magnífica –comentó, refiriéndose al nacimiento de Erik.

También él estaba encantado con el bebé, y Victoria ya lo llamaba, en broma, «tío Shail».

–Esta nueva noticia es buena, al menos para nosotros. Tenemos algo parecido a un hogar.

–¿Un hogar? –repitió Shail–. ¿Dónde?

–Esta es la parte delicada. Ha-Din se comprometió a buscar un sitio donde pudiésemos vivir más o menos en el anonimato, y creo que lo ha encontrado. Será una casa apartada, en un lugar donde a nadie le importe quiénes somos realmente, donde no nos conozcan... donde podamos criar a nuestro hijo con tranquilidad. Por eso nadie va a saber dónde encontrarnos, salvo Ha-Din... y tú.

Shail respiró hondo, entendiendo las implicaciones de lo que le estaba contando. Se sintió conmovido ante aquella muestra de confianza.

–Jack, no es necesario...

–Sí que lo es. Nos sentiremos más tranquilos si sabes dónde estamos. Pero, por lo que más quieras, no se lo digas a nadie.

–¿Y qué hay de Kirtash?

Jack pareció ligeramente sorprendido ante la pregunta.

–Al decir que tenemos un hogar, me refería, naturalmente, a los tres. A los cuatro –añadió–. De hecho, él es otro de los motivos por los cuales hemos buscado un sitio apartado. Quiero que pueda venir a ver a Victoria y a Erik cuando quiera, que pueda quedarse con nosotros, o con ellos, el tiempo que quiera, sin sentir que corremos peligro o que pueden atacarlo en cualquier momento. Todavía tiene muchos enemigos. Hay quien dice que, mientras siga vivo, las serpientes tendrán la posibilidad de regresar a Idhún. Es el hijo de Ashran, Shail. Me temo que habrá gente que no lo olvidará nunca. Y ahora... en fin, ahora ya no es tan invencible.

–Pero, si vosotros desaparecéis, la gente empezará a buscaros...

–No vamos a ocultarnos para siempre. Por supuesto que seguiremos dejándonos ver, y sobre todo ahora que hay que reconstruir medio Idhún y puede que seamos necesarios. Pero no solo se trata de eso. Hoy hemos venido al funeral de Alsan. Dentro de un mes podríamos estar visitando a Qaydar en la Torre de Kazlunn. No vamos a ser invisibles. Es solo que quiero mantener un espacio privado para mí y para mi familia.

–Lo entiendo –asintió Shail–. Podéis contar conmigo.

Jack sonrió.

Cuando vieron la casa, ninguno de los dos pudo hablar durante un largo rato. Simplemente se quedaron mirándola, emocionados, sin poder creer lo que estaban viendo.

Naturalmente, tendrían que haber esperado algo así, pensó Victoria más tarde. Estaban en Celestia, a las afueras de un pequeño poblado cerca de Kelesban, en medio del bosque. Era lógico que una casa construida allí, al estilo celeste, fuera similar a la casa de Limbhad.

No habían elegido Celestia porque pudiera recordarles al acogedor hogar que habían conocido, sino porque allí, en aquel rincón perdido, nadie los conocía ni sabía quiénes eran. Y, aunque lo supiesen, probablemente no dirían nada a nadie, porque eran gentes sencillas que lo único que querían era vivir en paz y, por tanto, podían comprender perfectamente que los recién llegados tuviesen las mismas modestas pretensiones.

Y allí estaba la casa, con sus cúpulas, con su planta redondeada, con sus habitaciones exteriores como pequeñas burbujas. Era, por supuesto, de tamaño mucho más reducido que la casa de Limbhad, pero eso solo hacía que pareciese aún más acogedora.

Victoria deslizó la mano hasta la de Jack y la estrechó con fuerza.

–Me encanta –susurró.

–A mí también –respondió Jack sonriendo.

Durante los meses siguientes, vivieron apaciblemente en la casa de Kelesban, que pronto se convirtió en su hogar. Jack había sido un joven inquieto, viajero, acostumbrado a ir de un sitio a otro, pero, después de todo lo que había pasado, acogió su nueva vida familiar como una bendición. Junto a la casa había un huerto, que ambos cuidaban con esmero. Los celestes eran vegetarianos y cultivaban una gran variedad de frutas y verduras, por lo que no les faltaban semillas y brotes para plantar. Pero Jack, que no podía evitar sentirse más bien carnívoro, solía ir a cazar al bosque de vez en cuando. Había aprendido dos cosas al respecto: una, que nunca debía matar a un animal en presencia de un celeste, y dos, que nunca debía matar a un pájaro, bajo ningún concepto, porque esa idea los horrorizaba todavía más que percibir los sentimientos del pobre animal moribundo. Una vez asumido esto, la convivencia con sus vecinos celestes no supuso ningún problema.

Y Erik seguía creciendo. Lo estaban criando entre los tres. Christian pasaba mucho tiempo en la casa; tenía un cuarto para él, que podía usar cuando le apeteciera, y solía quedarse durante largos periodos de tiempo, de varios meses a veces. Jack sabía que Victoria y él pasaban la noche juntos de vez en cuando, pero Christian era lo bastante discreto como para no mencionarlo jamás ni acercarse a Victoria si Jack estaba cerca; y Jack era lo bastante considerado como para hacer viajes cortos de vez en cuando, dejándoles intimidad. Además, de esta manera podía seguir viajando y visitando a sus amigos y conocidos: a Kimara y Dablu, en la Torre de Kazlunn; a Shail y Zaisei, en Haai-Sil, donde se habían establecido ahora que Zaisei estaba casi completamente recuperada; a Ha-Din, en el Oráculo de Awa; a Covan, en Vanissar, y a Rando, en Les, donde vivía ahora para poder estar cerca de Kimara mientras ella terminaba su aprendizaje. Y también acariciaba la idea de ir a Nanhai para visitar a Ymur, que había vuelto a su hogar en el Gran Oráculo, pero nunca se decidía.

Sabía, por otra parte, que a la gente le gustaba verlo volar sobre sus cabezas, bajo los tres soles. Los veía señalarlo con el dedo, alzar a sus hijos para que lo vieran bien, y casi podía escucharlos decir: «¡Mirad, es Yandrak, el último dragón de Idhún!». Le llenaba de orgullo, pero también lo entristecía. Había regresado en otra ocasión a Awinor y le había parecido oír los susurros de los espíritus de todos los dragones que murieron en la conjunción astral.

«Pero yo no soy el último», quiso decirles. «Erik es mi hijo. Puede que el fuego de Awinor corra por sus venas, aunque solo sea un poco».

Él no era el único que viajaba a menudo. De vez en cuando, normalmente coincidiendo con el plenilunio de Erea, Victoria empezaba a mostrarse nerviosa. Durante el primer plenilunio permaneció en casa, con Jack y con Erik, pero Jack notó que le pasaba algo extraño.

—Es tu instinto de unicornio, ¿verdad? –dijo Christian cuando Jack lo planteó–. Necesitas vagar por el mundo para entregar la magia.

—Buscar estrellas fugaces –dijo Jack con una sonrisa.

A partir de entonces, Victoria desaparecía varios días cada vez que Erea estaba llena. Habría podido hacerlo en cualquier otro momento, pero lo decidieron así para que los chicos supieran cuándo no podían contar con ella. Después de tomar aquella decisión, recordaron inmediatamente a Alsan y sus noches de plenilunio.

También, con el tiempo, Christian empezó a sentirse inquieto. La primera en notarlo fue Victoria.

—¿Tienes que marcharte otra vez? –le preguntó, una noche que contemplaban juntos las estrellas desde el porche.

—Siempre me marcho. Voy y vengo, ya lo sabes.

—Sí, pero esta vez es diferente. Quieres marcharte mucho más tiempo, ¿verdad?

Christian inclinó la cabeza.

—Quiero ir a Nanhai –dijo.

—¿A ver a Ydeon?

—En parte. También me gustaría visitar el Gran Oráculo.

—El lugar en el que naciste –dijo Victoria a media voz.

Christian no respondió.

Apenas habían hablado del tema, pero era obvio que Christian le había dado vueltas. Ahora sabía que Ashran había utilizado a Manua en la Sala de los Oyentes para contactar con el Séptimo, de la misma manera que Qaydar, Alsan y Gaedalu habían utilizado a la pequeña Ankira. En cuanto a la niña, Victoria había insistido mucho en que regresara con su gente, los limyati, y Karale no había podido negárselo; ya tendría tiempo de decidir si quería servir en el Oráculo cuando fuera mayor.

No había podido evitar preguntarse si Manua sabía realmente lo que hacía; si Ashran la había engañado, si la había forzado o lo había hecho por voluntad propia. Expuso sus dudas a Christian, y él había dicho:

—Dudo mucho que él la sedujera; siempre le interesó más la magia que las mujeres. Si hubiese querido utilizarla simplemente para la invocación, no habría pasado con ella tanto tiempo como para que concibiese un hijo. Creo que ella le importaba de verdad. Y luego... simplemente hubo otras cosas que le importaron más que ella.

—¿Piensas, entonces, que estaban enamorados?

—¿Importa tanto eso?

Victoria había alzado la mano para apartarle un mechón de la frente, con ternura.

—Importa más de lo que crees —sonrió.

Christian sonrió a su vez, pero no le dio la razón ni la contradijo.

—Creo que mantuvieron una relación más o menos sincera el tiempo que él estuvo estudiando los textos de Ymur, en el Oráculo, hasta que decidió hacer la invocación. Tal vez la convenciera o tal vez la engañara, no lo sé. Solo tengo la sensación, por lo que sabemos, de que mi madre nunca fue realmente consciente de lo que pretendía Ashran de verdad.

»Y sí, creo que él la quería entonces. Porque, de lo contrario, la habría matado al abandonar el Oráculo. Habría matado a la única persona que sabía lo que había pasado de verdad. La única que podría delatarlo antes de que estuviese preparado para traer de vuelta a los sheks.

No habían vuelto a mencionar el tema, pero, por alguna razón, Christian seguía pensando en ello. Tal vez le había llamado la atención el detalle del canasto que Ymur utilizaba para sus libros, y que había sido la cuna del propio Christian cuando era un bebé no mayor que Erik. Tal vez deseaba comprender por qué Ashran había decidido cambiar el curso de la historia, trayendo de vuelta a los sheks de Umadhun. O quizá era, simplemente, que, ahora que los sheks se habían marchado, se sentía terriblemente solo.

Victoria conocía aquel sentimiento, pero la conciencia de ser el último de una raza extinta siempre había afectado más a Jack. No obstante, aunque los dos chicos se llevaban bastante bien, Victoria sabía que no podía pretender que ambos compartieran dudas y temores como si fuesen amigos de toda la vida.

—Si has de marcharte, hazlo —le dijo en aquel momento—. Nosotros estaremos aquí cuando vuelvas.

Christian sonrió.

—Aunque no lo parezca, eso me reconforta mucho —dijo solamente.

Cuando Victoria despertó a la mañana siguiente, él ya se había marchado.

Y tardó mucho tiempo en regresar.

Jack y Victoria siguieron haciendo su vida, viendo cómo crecía Erik y adaptándose a la apacible vida de Celestia. Fueron a la bendición de la unión de Shail y Zaisei, que se celebró en Haai-Sil poco después de que Erik cumpliera un año, cuando Zaisei ya estaba del todo recuperada de su ceguera. También asistieron casi todos los miembros de la familia de Shail; Victoria se alegró de conocerlos, y Jack, de verlos otra vez. De nuevo recordaron a Alsan, que ya no estaba con ellos.

Y cuando Victoria echaba de menos a Christian más de lo que se creía capaz de soportar, él regresó.

Llegó con el tercer atardecer. Jack estaba solo en casa con Erik, y salió a recibirlo.

Los dos se miraron un momento.

–Bienvenido a casa –sonrió Jack.

Christian sonrió a su vez. Fue una sonrisa un tanto forzada, como si llevara mucho tiempo sin ensayarla.

Parecía mayor y más cansado. El tiempo pasado en Nanhai lo había curtido todavía más. Quizá por eso había vuelto un poco más inexpresivo, como si el hielo hubiese congelado sus facciones.

–Me alegro de estar de vuelta –dijo, y lo decía de verdad.

–Victoria te ha echado de menos –comentó Jack–. Ha ido a la aldea; no tardará en volver.

Christian asintió.

No entraron en la casa. Se estaba muy bien allí, de modo que se sentaron en el porche a contemplar la puesta de sol. Christian saludó a Erik, que se enfurruñó casi enseguida y volvió a entrar corriendo en la casa.

–En el fondo le caes bien –dijo Jack–. Ha preguntado por ti, te ha echado de menos. Creo que el rechazo que siente hacia ti en tu presencia es algo...

–Instintivo –lo ayudó Christian.

–Supongo que sí –suspiró Jack.

Hubo un breve silencio.

–Jack, tú sabes que las cosas no serán siempre así –dijo entonces Christian.

Jack bostezó perezosamente.

–¿A qué te refieres? Yo creo que todo va bien.

–Todo va bien porque hemos pasado mucho tiempo en tensión, luchando en una guerra, y estamos cansados de pelear. Pero cuando nos hayamos acostumbrado a la calma, el instinto volverá a jugarnos malas pasadas.

—No sé tú, pero yo tengo a Domivat bien guardada y hace mucho tiempo que no la uso. Benditos celestes —sonrió.

Christian movió la cabeza con desaprobación. Jack comprendió.

—Te marchas, ¿verdad? Has venido a decir que vas a irte, y esta vez por mucho más tiempo.

Christian paseó la mirada por el horizonte.

—Me vuelvo a la Tierra —dijo solamente.

Jack se quedó helado.

—¿Que te vuelves a la Tierra?

—Eso he dicho.

—Pero... ¿por qué?

—Tú eres el último dragón. Si supieras que puedes llegar a un mundo donde queda un puñado de dragones, ¿qué harías?

—Es verdad —comprendió Jack—. Hay sheks en la Tierra. Pero, según Victoria, no te tienen aprecio. Tratarán de matarte.

—No sería muy inteligente por su parte. Soy el único que puede decirles adónde se fueron los otros sheks.

—¿Gerde no les avisó? —Jack no podía creerlo—. ¿Los abandonó en la Tierra?

—No van a alegrarse mucho cuando lo sepan, pero alguien tiene que decírselo. No creo que deseen seguir siendo leales al Séptimo cuando se enteren. Podré pactar con ellos; los ayudaré a buscar a los otros sheks si me garantizan que me van a dejar en paz.

—Pero la idea de crear un nuevo mundo en lugar de conquistar la Tierra fue tuya. Si no fuera por ti, ahora todas las serpientes estarían allí, en la Tierra. O sea que, indirectamente, es culpa tuya que ellos se hayan quedado allí tirados.

—Me aseguraré de que no descubran ese pequeño detalle.

—Pero —dijo Jack— ¿realmente puedes reunirte con ellos en su nuevo mundo?

—No. Los Seis destruyeron la Puerta por completo, el único enlace que había entre este mundo y el otro. La conexión con la Tierra sigue existiendo, y por eso puedo seguir viajando de un lado a otro. Pero no puedo reunirme con los míos en el lugar donde viven ahora.

—Seguirías estando fuera de lugar —dijo Jack—, porque tienes un cuerpo humano, y en su nuevo mundo no hay humanos.

—Lo sé. Por eso la Tierra es el lugar perfecto para mí. Podemos tardar años, tal vez siglos, en averiguar dónde está ese mundo exactamente y en tratar de llegar hasta él. Pero yo soy el que tiene la poca información de que disponemos. Me necesitan... otra vez.

Pensó en Shizuko y sonrió.

–¿Y si deciden regresar a Idhún?

–¿Ellos solos? Son solo treinta y dos. Regresar a Idhún sería un suicidio para ellos en estas circunstancias.

Hubo un breve silencio.

–No es solo por eso –dijo Jack entonces; Christian lo miró–. Podrías ir a la Tierra y regresar en poco tiempo, y no tendrías necesidad de dar tantas explicaciones. Vas a ir para quedarte. Los otros sheks no tienen tanta importancia en el fondo, ¿verdad?

–Me voy para no poneros en peligro –admitió el shek–. Los Nuevos Dragones están removiendo cielo y tierra para buscarme. No tienen sheks contra los que luchar, así que su mera existencia ya no tiene ningún sentido, de modo que se han vuelto contra mí. ¿Has oído las historias?

–Sí –asintió Jack–. Dicen que pretendes devolver a la vida a Ashran, y que todo lo que pasó cuando vinieron los dioses fue porque estabas jugando con magia prohibida para traerlo de vuelta. Dicen que toda la culpa es tuya. Es curioso, nadie habla de Gerde.

–Muy poca gente sabe que ella estuvo implicada en todo lo que pasó. Y sé que no se sentirán tranquilos hasta que hayan acabado conmigo. Y si siguen mi rastro, tarde o temprano os encontrarán a vosotros también. No quiero que perdáis todo esto que habéis conseguido.

–Estamos dispuestos a arriesgarnos, Christian; lo sabes. Si te vas solo por no ponernos en peligro, le partirás el corazón a Victoria.

Christian respiró hondo.

–Son muchas cosas –dijo–. Supongo que la más importante de ellas es que, a pesar de haber nacido aquí, hace mucho que ya no siento este mundo como mío –se volvió hacia Jack y dijo–: Existe otra posibilidad, y es que os vengáis conmigo los tres, de vuelta a la Tierra.

La propuesta era tan tentadora que a Jack le dolió el corazón de nostalgia.

–Sería mucho lo que dejaríamos aquí –dijo, sin embargo–. Y nadie nos espera al otro lado, después de todo. Pero háblalo con Victoria. Creo que en el fondo ella es la principal interesada.

Se puso en pie de un salto.

–Me voy –anunció–. Victoria está al caer, y si te vas a marchar mañana, como supongo que harás, esta noche yo sobro aquí –añadió con una sonrisa.

Christian sonrió a su vez.

–Gracias –dijo.

–¿Quieres que me lleve al niño para que no os moleste?

–No, déjalo. Tiene un sueño muy pesado; dormirá como un tronco hasta el amanecer.

–En eso se parece a mí –comentó Jack–. Bien, pues me marcho. Dile a Victoria que volveré con el tercer amanecer. Y en cuanto a ti... buena suerte, y buen viaje. Y vuelve de vez en cuando, aunque solo sea para saludar. No puedes abandonarla ahora –añadió, muy serio.

–No voy a abandonarla. Nunca.

Jack sonrió otra vez, pero no dijo nada más. Se despidieron y, momentos más tarde, Jack se elevaba hacia las tres lunas, en dirección a las montañas.

Victoria volvía ya cuando lo vio alejarse. Lo llamó, pero él no la oyó. La joven corrió a casa, preocupada por que Erik pudiera haberse quedado solo.

Christian la estaba esperando en el porche.

Victoria se detuvo en seco. Hacía casi un año que no lo veía, y se quedó mirándolo, sin poder creer que fuera de verdad. El anillo no le había transmitido nada aquella vez; Christian había querido mantener su llegada en secreto, tal vez para que fuese una sorpresa.

Cuando él avanzó unos pasos y la luz de las lunas iluminó su rostro, Victoria corrió a refugiarse entre sus brazos, ebria de felicidad.

–¡Christian! –susurró–. ¡Has vuelto! Te he echado mucho de menos.

El shek sonrió y le acarició el pelo, pero no dijo nada. Juntos, cogidos de la cintura, regresaron al interior de la casa.

Dieron de comer a Erik, lo bañaron y lo acostaron. Solo cuando el niño ya dormía profundamente, se sentaron junto a la ventana, con las luces apagadas, y hablaron en voz baja.

Victoria le contó todo lo que había pasado cuando él estaba fuera. Hablaba feliz y entusiasmada, y Christian sabía que le rompería el corazón si le decía que tenía que marcharse otra vez. Deseó, por un momento, ser como Jack, ser capaz de quedarse con Victoria constantemente, de formar parte de una familia. Pero sabía que necesitaba estar a solas, y sabía que terminaría por marcharse a la Tierra tarde o temprano. Podría quedarse varios días, varios meses, en Kelesban, con ellos, antes de irse, pero en el fondo no le parecía buena idea. Tenía que hacerlo ahora, cuanto antes, porque cada minuto que pasara allí le costaría más trabajo marcharse.

Pero necesitaba volver a estar con Victoria al menos un rato más. Al menos una noche más.

—Y a ti —dijo ella entonces—, ¿cómo te ha ido?

Christian empezó a contarle, en pocas palabras, lo que había sido su vida en Nanhai todo aquel tiempo, pero no llegó a terminar su relato. Calló y la miró intensamente, en silencio.

—¿Qué? —susurró Victoria, estremeciéndose sin saber por qué.

El shek respiró hondo.

—Victoria, tengo que volver a marcharme.

Ella lo miró, pero no dijo nada. Permaneció callada mientras él le explicaba todo lo que le había dicho a Jack.

—... Por eso he de irme —concluyó—. Pero me gustaría que vinierais conmigo.

Victoria suspiró.

—Ojalá pudiéramos. Pero tengo que pensar en Erik. No sé qué puedo ofrecerle en la Tierra. Y además... tampoco podemos marcharnos, sin más. Darles la espalda a Shail, a Zaisei, a Kimara... a todo el mundo.

—¿Todavía te sientes responsable por todo lo que pase aquí? —sonrió Christian.

Victoria sacudió la cabeza.

—Es una sensación difícil de olvidar.

Tomó su mano tímidamente, como si no quisiera que él creyese que trataba de retenerlo.

—Voy... voy a echarte de menos —susurró.

—Volveré, Victoria. Te prometo que vendré a menudo. Pero no será como antes, porque estaremos en mundos diferentes.

Victoria no dijo nada. Christian la tomó de la barbilla, con delicadeza, y le hizo alzar la cabeza para mirarla a los ojos.

—Yo también voy a echarte de menos —dijo—. Muchísimo.

Y la besó como nunca antes la había besado. Victoria se dejó envolver por sus brazos, hundió los dedos en su pelo y lloró como una niña.

—Quiero irme contigo —le susurró al oído.

—Ven cuando quieras —respondió él, también en su oído—. Si algún día no eres feliz, o te sientes en peligro, o crees que ya no perteneces a este mundo... no tengas miedo y cruza la Puerta. Te estaré esperando al otro lado. A ti y a Jack y Erik, si quieres.

Victoria lo abrazó con todas sus fuerzas.

—Siempre me dices que vaya contigo —murmuró—, y yo nunca lo hago.

—Siempre me pides que me quede contigo —respondió él—, y yo nunca puedo. Y a pesar de eso... me siento más unido a ti que a ninguna otra persona que haya conocido jamás.

Victoria cerró los ojos y se abandonó a sus besos y a sus caricias.

«No te vayas», pensó.

«Nunca me iré del todo», respondió él.

Christian se quedó hasta el primer amanecer. Normalmente se iba cuando todavía era de noche, pero aquel día quería estar junto a Victoria cuando ella despertase.

No obstante, al verla tan profundamente dormida, Christian supo que no tendría valor para despertarla, o para esperar a que abriese los ojos, y tener que despedirse... otra vez.

De modo que se levantó y se vistió en silencio. Besó a Victoria suavemente en la frente antes de salir, y abandonó la habitación.

No les había contado, ni a Jack ni a Victoria, que lo que le había hecho decidirse por exiliarse a la Tierra había sido algo que le había sucedido días atrás, cuando sobrevolaba Nanetten.

Siempre tenía buen cuidado de no mostrarse bajo su forma de shek, y cuando volaba, lo hacía de noche. Pero en aquella ocasión, alguien lo había visto: uno de los dragones artificiales de Tanawe.

Iba solo; en principio, Christian no tuvo ningún problema en enfrentarse a él. Le sentaría bien y, además, no creía que corriese verdadero peligro. Casi todos los buenos pilotos de los Nuevos Dragones habían muerto en la Batalla de los Siete. Aquel solo podía ser un novato.

De modo que había lanzado un intenso siseo para provocarlo y se había preparado para la lucha.

Pero entonces había detectado algo que le había puesto las escamas de punta, algo que había inspirado en su corazón un oscuro terror que no estaba dispuesto a afrontar.

Eran las garras del dragón. Estaban fabricadas con material de la Roca Maldita.

Christian no temía al combate, pero no estaba dispuesto a volver a pasar por eso otra vez. Había dado media vuelta y había salido huyendo.

Ahora, los Nuevos Dragones sabían que todavía quedaban sheks en Idhún. En realidad, solo quedaba uno, y tal vez alguien inteligente ataría cabos; pero, en cualquier caso, no se hacía ilusiones: si Tanawe seguía fabricando dragones, y además con «mejoras», no cabía duda de que era porque aún esperaban encontrar sheks en alguna parte. Así que no se detendrían hasta dar con ellos.

Hasta dar con él.

Christian no quería alarmar a Victoria, pero no estaba dispuesto a seguir huyendo. Había muchas cosas en el mundo que podían matarlo, pero solo una capaz de hacerle experimentar un estado que para él era peor que la muerte. Los sangrecaliente habían descubierto la Roca Maldita; hasta que aquel objeto no desapareciese de la faz de Idhún, Christian no se sentiría cómodo allí.

Pasó por el cuarto de Erik y se asomó a su cama. El niño dormía, pero se despertó cuando Christian le acarició la mejilla. Lo miró con unos profundos ojos castaños. El shek habría jurado que había en ellos un destello de luz.

—Hola, pequeño —susurró—. Me marcho.

Respiró hondo. Sabía que también echaría mucho de menos a aquel niño. A pesar del ligerísimo olor a dragón que despedía, Christian lo quería como a un hijo.

—¿Cuidarás de tu madre? —le preguntó suavemente.

El niño no dijo nada. Solo siguió mirándolo.

—Y de Jack también —siguió diciéndole Christian—. Suele meterse en problemas con más facilidad de la que quiere reconocer.

Erik seguía sin hablar. Christian sintió que ya era hora de despedirse.

—No te olvides de mí, ¿de acuerdo? —dijo en voz baja.

—*Kistan* —dijo Erik.

Christian sonrió. Hacía mucho que no pasaba por aquella casa y, sin embargo, Erik había aprendido a pronunciar su nombre.

Le hizo una nueva carantoña y salió de la habitación.

Momentos después, abandonaba la casa, tal vez para no volver.

Jack regresó con el tercer amanecer y encontró a Victoria en un estado profundamente melancólico. La abrazó y la consoló lo mejor que pudo.

—Iremos a la Tierra, con él, si eso te hace sentir mejor —le prometió.

Victoria dijo que no era necesario, pero Jack sabía que si Christian no regresaba en un plazo razonable de tiempo, tendrían que ir a reunirse con él. Era tan sumamente cruel mantenerlos tanto tiempo separados, que Jack se preguntó por qué insistiría el shek en marcharse una y otra vez.

—Tranquila —murmuró en su oído—. Volverás a verlo cuando menos te lo esperes. Sabes que nunca nos libraremos de él —añadió burlón.

Victoria sonrió.

A sus pies, Erik jugaba con un perrito de madera que Jack había tallado para él. Todo estaba bien, todo parecía tranquilo y apacible y, no obstante, tanto Jack como Victoria sabían que faltaba algo en aquel cuadro para que estuviese completo.

Muy lejos de allí, en otro universo tal vez, Shizuko Ishikawa acababa de salir de una reunión de negocios. Se movía con elegancia, casi deslizándose, casi ondulando, como lo había hecho cuando era una shek. Era hora punta y había mucha gente en la calle, demasiada como para que ella se sintiese cómoda. Sus ojos rasgados buscaron un taxi para regresar a su propia oficina.

Y entonces lo vio.

Frío, sereno, vestido de negro, como de costumbre. Había pasado bastante tiempo, tal vez un año, tal vez dos, suficiente como para que una mujer olvide a un hombre que la ha decepcionado.

Pero los sheks nunca olvidan.

Se quedó quieta, con el semblante impenetrable, y simplemente esperó a que él se acercase. Cuando estuvieron frente a frente, no hubo ningún saludo verbal, ningún apretón de manos. Solo se miraron a los ojos.

«¿Qué haces aquí?», quiso saber ella.

Christian se lo explicó.

En apenas unos segundos, puso a su disposición toda la información que creía que ella debía conocer. A medida que fue conociendo los detalles, el semblante de porcelana de Shizuko palideció cada vez más.

«Mientes», dijo. «No pueden habernos dejado atrás. Ella prometió...».

«Tenía un plan mejor», respondió Christian.

Shizuko lo miró en silencio.

«Y ahora, ¿qué vamos a hacer?», preguntó después. «¿Cómo vamos a sobrevivir en este mundo?».

«Como hemos hecho siempre», dijo Christian. «Puede que tardéis años, o décadas, pero os las arreglaréis para ser los señores de este mundo. Y probablemente los humanos jamás lo sabrán».

«Es un pobre consuelo».

«No tenía intención de consolarte».

Volvieron a cruzar una larga, larga mirada. Después, Christian dio media vuelta y se alejó de ella, sin mirar atrás.

Shizuko se quedó parada en medio de la gente, del tráfico, del ruido y del humo, del caos de Tokio, que se arremolinaba en torno a ella, sin llegar a advertir, ni por un solo instante, la vasta desolación que podía llegar a esconderse en el interior de aquella mujer de hielo, de aquella serpiente condenada a vivir entre humanos.

EPÍLOGO

EXILIO

SHAIL llegó de madrugada, cuando las tres lunas estaban ya muy altas y la noche idhunita lo envolvía en su suave frescor. Se detuvo frente a la puerta de la casa y alzó la mirada para contemplar a los tres astros. Se preguntó si los dioses los observaban realmente desde Erea, y si les importaba, aunque solo fuese un poco, el destino de la familia que vivía allí. Intentó no pensar en ello.

Llamó con insistencia a la puerta, hasta que Jack salió a abrir, amodorrado.

—Os han encontrado —dijo solamente—. Vienen por vosotros.

Jack se despejó enseguida. Hizo pasar a Shail al interior de la casa y fue a despertar a Victoria.

Descubrió que estaba ya despierta, acunando al bebé, que sollozaba quedamente. Ambos cruzaron una mirada, de incertidumbre la de ella, sombría la de él.

—Tenemos que marcharnos, Victoria —dijo él.

Victoria se estremeció y estrechó al bebé entre sus brazos. Volvió a dejarlo en la cuna y se apresuró a ir en busca de sus cosas.

Jack volvió a la entrada, donde aguardaba Shail, muy nervioso.

—No tardarán en llegar —dijo el mago.

Jack entornó los ojos.

—Es mi familia —dijo con ferocidad—. Y no permitiré que se acerquen a ellos. Lucharé si es necesario —añadió, y Shail vio que se había colgado a Domivat a la espalda.

—Volverán a encontraros, una y otra vez. No puedes luchar contra todos ellos. Quieren al bebé, y no se detendrán hasta conseguirlo.

Jack cerró los ojos. Por un momento, pareció agotado.

–Luchamos para salvar este mundo –dijo–. Lo hemos dado todo por este mundo, nos hemos enfrentado a los sheks, a Ashran, a los dioses... ¿y así es como nos lo pagan? –dijo con amargura.

Había alzado la voz, y Shail le pidió que bajara el tono, aunque, reconoció, estaba totalmente de acuerdo con él.

Victoria regresó por fin. Se había colgado una bolsa a la espalda, y otra reposaba junto a sus pies. Jack la recogió y se la cargó al hombro. Victoria seguía acunando a su lloroso bebé.

–Vete a buscar a Erik –le dijo a Jack–. Le he dejado dormir un poco más.

Jack asintió. Cuando desapareció en busca del niño, Shail y Victoria cruzaron una mirada.

–Lo siento, Vic –dijo él–. Lo siento muchísimo. Nunca... nunca pensé que las cosas sucederían así.

Victoria sacudió la cabeza, con los ojos llenos de lágrimas.

En aquel momento llegó Jack, arrastrando tras de sí a Erik, que se frotaba los ojos, amodorrado.

Salieron al porche precipitadamente. Victoria se quedó un momento más en la puerta, contemplando el lugar que había sido su hogar en los últimos tiempos. Había sido feliz en aquella casa. Su familia había sido feliz en aquella casa. Respiró hondo, deseando que todo fuese un mal sueño, que no la obligasen a marcharse de allí, después de todo.

Pero era una esperanza vana.

Jack oprimió suavemente su brazo.

–Hemos de irnos –le dijo al oído.

Victoria se tragó las lágrimas y asintió.

Momentos después, corrían por el bosque. Vieron las sombras de los dragones sobrevolando las copas de los árboles. No tardarían en encontrar un lugar donde aterrizar, y entonces irían a buscarlos a la casa... Victoria se los imaginó entrando en ella con violencia, revolviendo sus cosas, revolviendo su vida, echándolos de aquel pequeño oasis de felicidad. «¿Por qué?», se preguntaba una y otra vez.

Llegaron por fin al claro donde, desde hacía varias semanas, estaban preparando su vía de escape. Había un enorme hexágono trazado en el suelo, rodeado de los símbolos arcanos correspondientes.

Jack dudó.

–¿Estás seguro de que sabes cómo abrirla? Tenía entendido que solo podían hacerlo los hechiceros más poderosos.

Shail resopló.

–Me pasé años en Limbhad estudiando las Puertas interdimensionales, buscando la manera de regresar a casa. Me sé la teoría de memoria. Solo necesito un poco más de poder.

Victoria captó el mensaje y asintió. Le tendió el bebé a Jack y extrajo el báculo de su funda. Lo levantó en alto para permitir que absorbiera energía del ambiente. La respuesta fue rápida y eficaz; desde que los dioses se habían paseado sobre la faz del mundo, este estaba mucho más cargado de energía que antes, más vibrante, más vivo.

La joven alargó la otra mano y la colocó sobre el hombro de Shail. Inmediatamente, empezó a transmitirle energía.

–De acuerdo –murmuró Shail–. Vamos allá.

No poseía el poder que tenía Christian para abrir Puertas interdimensionales de forma instantánea, pero conocía la fórmula, sabía cuáles eran los pasos, y ahora tenía la energía necesaria.

Lenta, muy lentamente, la Puerta a la Tierra se fue abriendo. Cuando las voces de sus perseguidores ya resonaban en el bosque, Shail terminó de abrir una brecha lo bastante amplia como para que pudiesen pasar.

–Ya está –jadeó–. Marchaos.

Victoria asintió. Se acercó a él y le tendió algo alargado, que iba envuelto cuidadosamente en un paño.

–Cuida de esto –dijo–. No conozco a nadie que merezca tenerlo más que tú. Haz buen uso de él y, sobre todo, que nadie sepa que lo tienes. Podrías tener problemas.

Shail lo desenvolvió parcialmente, con curiosidad. Algo blanco y brillante como un rayo de luna emergió de entre los pliegues de la tela. El mago se quedó paralizado de sorpresa.

–Esto es... –pudo decir por fin–. ¡Es un cuerno de unicornio!

–Es mi cuerno –asintió Victoria–. El que Ashran me arrebató. Lo encontramos en el árbol de Gerde después de la Batalla de los Siete.

–Y por qué... –empezó él, aún aturdido–, ¿por qué no se lo dijisteis a nadie?

Victoria y Jack cruzaron una mirada de circunstancias. Sobraban las palabras. Shail entendió, y estrechó el paquete contra su pecho.

–Seré digno de él –prometió; vaciló antes de preguntar–: ¿Puedo... con esto puedo consagrar nuevos magos? ¿Puedo tocarlo sin que me haga daño?

—Puedes —asintió Victoria—, porque es mi cuerno y yo te lo regalo.

Shail tragó saliva, emocionado. Fue incapaz de seguir hablando, por lo que Victoria añadió:

—Gracias por todo, Shail.

Lo abrazó con fuerza, y el mago correspondió a su abrazo, emocionado.

—Mi pequeña Victoria —susurró—. Espero que encuentres la paz y la felicidad que te mereces.

Victoria inspiró hondo.

—Gracias —pudo decir—. Lo mismo te deseo yo a ti. Por favor, despídete de Zaisei por mí, y de todo el mundo. Os echaremos de menos.

—Lo mismo digo —intervino Jack—. Pero espero que esto no sea una despedida para siempre. Espero que volvamos a vernos en Limbhad.

Shail sonrió.

—Yo también.

Revolvió el pelo de Erik y le dio un fuerte abrazo, y luego abrazó también a Jack. Contempló a la criatura que sostenía entre sus brazos, y que permanecía serena y callada, como si intuyese el peligro que los amenazaba.

—Todo por una cosa tan pequeña...

—Es solo un bebé —dijo Victoria, al borde del llanto—. No ha hecho daño a nadie.

Shail no supo qué contestar. Volvió a contemplar al bebé.

—Adiós, Eva —susurró—. Adiós, pequeña Lune.

La niña lo miró, muy seria. Sus ojos eran azules como el hielo.

—Daría mi vida por protegerla, Shail —dijo Jack con voz ronca.

—Lo sé —sonrió Shail—. Ojalá os vaya todo bien.

—Irá bien porque estaremos todos juntos. Christian estará encantado de conocer a Eva. Habrá que ver la cara que pone —añadió con una amplia sonrisa—. No me lo perdería por nada del mundo.

Victoria sonrió también. El rostro se le iluminó, y Jack se alegró de haber mencionado a Christian. La pena por abandonar su hogar, por dar la espalda a Idhún, podría mitigarse un tanto con la alegría de reencontrarse con el shek. La joven tomó a la niña de los brazos de Jack.

—Christian —susurró Victoria al oído del bebé—. Vamos a volver a ver a Christian, Eva.

Jack sonrió y rodeó su cintura con el brazo que tenía libre. Con el otro sostenía a Erik.

Tras despedirse de Shail por última vez, los cuatro dieron el paso que los llevaría lejos de Idhún, de vuelta a casa. No sabían qué los aguardaría allí. No sabían si serían bien recibidos en el mundo que una vez los había visto nacer, ni si sus hijos, nacidos idhunitas, podrían ser niños normales en la Tierra o, por el contrario, manifestarían poderes heredados de sus extraordinarios padres. No podían saberlo, pero en aquel momento no les importaba.

Regresaban a casa.